本丛书主　编／余嘉华
本卷副主编／蔡川右
本卷选注／张德鸿　吴培德　杨发恩　萧学禹
　　　　　梁春域　刘平都　蔡川右　余嘉华
本丛书获中国共产党云南省委员会宣传部资助

主 编／余嘉华　易　山
副主编／张德鸿　蔡川右　吴培德

云南历代文选

散文卷

云南出版集团公司
云南教育出版社

图书在版编目（CIP）数据

云南历代文选. 散文卷 / 余嘉华，易山主编. —昆明：云南教育出版社，2013.12

ISBN 978 – 7 – 5415 – 7768 – 0

Ⅰ. ①云… Ⅱ. ①余…②易… Ⅲ. ①中国文学 – 作品综合集 – 云南省②散文集 – 中国 Ⅳ. ①I218.74

中国版本图书馆 CIP 数据核字（2013）第 311490 号

书　　名	云南历代文选　散文卷
主　　编	余嘉华　易　山
副 主 编	张德鸿　蔡川右　吴培德

责任编辑	邹悦悦
特约编辑	李开泰
整体设计	高　伟
责任印制	赵宏斌
出版发行	云南出版集团公司　云南教育出版社
社　　址	昆明市环城西路 609 号
网　　站	www.yneph.com
开　　本	787mm×1092mm　1/16
印　　张	28.5
字　　数	650 000
版　　次	2014 年 3 月第 1 版
印　　次	2014 年 3 月第 1 次印刷
印　　刷	昆明卓林包装印刷有限公司
书　　号	ISBN 978 – 7 – 5415 – 7768 – 0
定　　价	130.00 元

版权所有　侵权必究

蜀王之先名曰蠶叢後代名曰柏濩後者名曰魚鳧此三代各數百歲皆神化不死其民亦頗隨王化去魚鳧田於湔山得仙今廟祀之於湔時蜀民稀少

後有一男子名曰杜宇從天墮止朱提有一女子名利從江源井中出為杜宇妻乃自立為蜀王號曰望帝

望帝積百餘歲荊有一人名鼈靈其尸亡去荊人求之不得鼈靈尸隨江水上至郫遂活與望帝相見望帝以鼈靈為相時玉山出水若堯之洪水望帝不能治使鼈靈決玉山民得安處鼈靈治水去後望帝與其妻通慚愧自以德薄不如鼈靈乃委國授之而去如堯之禪舜鼈靈即位號曰開明帝

帝生盧保亦號開明

望帝去時子鴂鳴故蜀人悲子鴂鳴而思望帝望帝杜宇也後天墮

《全漢文》卷五十三所載揚雄《蜀王》

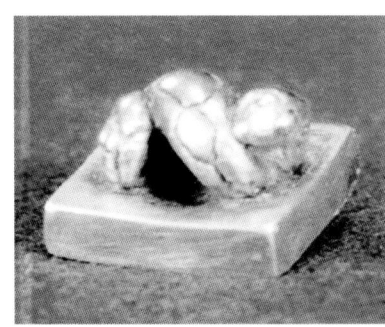

西漢滇王之印　上為金印印鈕下為印面"滇王之印"

四川郫縣望叢祠中古望帝之陵

剑川石宝山清雍正乙卯(1735)高为阜书匾额"何处得来"

之謂息災難也乃於保和昭德皇帝紹興三寶廣濟四生乃捨雙南之魚金仍鑄三部之聖衆雕金券付掌御書巍豐郡長封開南侯張傍監副大軍將宗子蒙玄宗等遵崇敬仰号曰建國聖源阿嵯耶觀音至武宣皇帝摩訶羅嵯欽崇像教大啓真宗自獲觀音之真形又蒙集衆之鋇鼓洎中興皇帝問儒釋耆老之輩通古辯今之流崇入國起之圖致安邦異俗之化贊御臣王奉宗信博士内常侍酋望忍爽張順等謹按巍山起因鐵柱西耳河等記而略叙巍山已來勝事

時中興二年戊午歲三月十四日謹記

唐 《南诏图传》文字卷(局部)公元 899 年

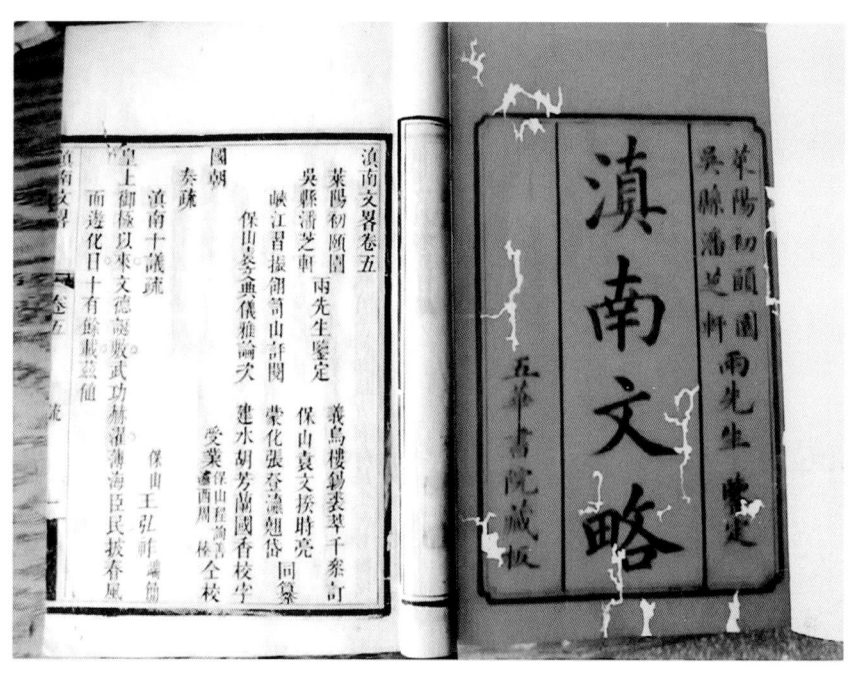

清　袁文揆等所纂辑《滇南文略》

元　李源道撰《创修圆通寺记》
碑　碑存昆明圆通寺

《四库全书》所收张志淳《南园漫录》（局部）

明　安宁杨一清（1454—1530）像

杨一清正书残碑

```
欽定四庫全書
　關中奏議卷一
　　　　　　　　明　楊一清　撰
馬政類
一為修舉馬政事
該欽奉勅諭陝西設立寺監衙門職專牧馬先年邊方
兵部覆該督理馬政都察院左副都御史楊一清題節
所用馬匹全籍於此近來官不得人馬政廢弛始盡今
特命爾前去彼處督同行太僕寺官苑馬寺官專理馬政
爾須查照兵部奏准事理考究國初成法親歷各該監
苑督委都布政三司能幹官員踏勘牧馬草場果有侵
占者即令退還查點養馬軍人果有逃亡者即令撥補
見在種兒騍馬實有若干設法增添務足原額倒失
折馬駒隨宜追補量為分豁布置已定責令該管官員
用心牧養欽此欽遵臣章句迁儒本無致用之具伏蒙
皇上簡擢總理陝西馬政且馬政雖是一事關係軍國
```

《四库全书》所收杨一清《关中奏议》（局部）

建水文庙 始建于元代

大姚石羊镇孔子铜像 铸于清康熙年间

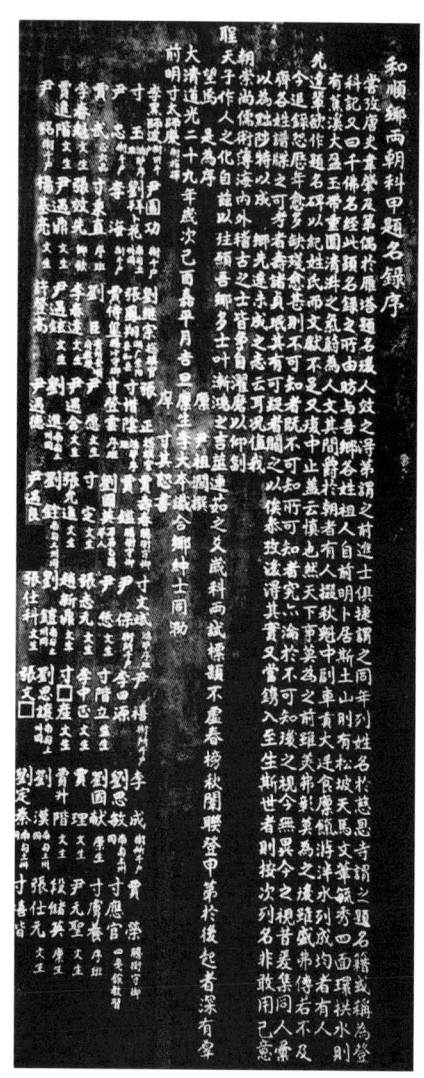

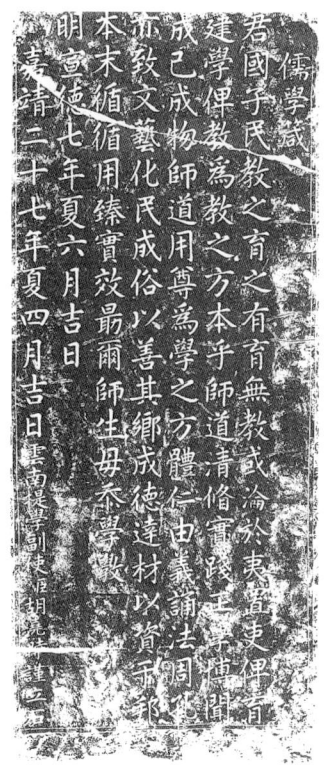

明嘉靖二十七年（1548）所
立儒学箴碑（局部）现存大理市

和顺乡两朝科甲题名录序，清道光
二十九年（1849）立

清　高奣映铜像铸于清初　现存姚安县

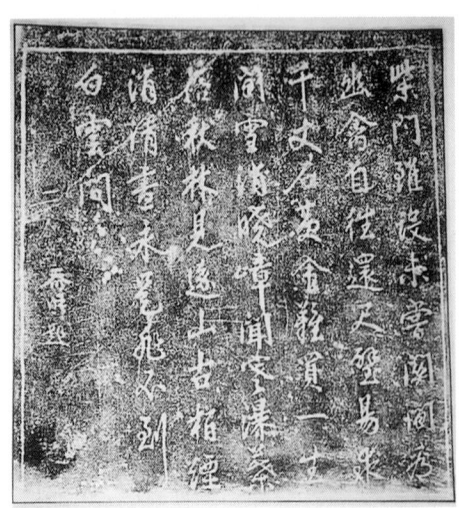

清　大姚县昙华山高奣映题诗刻石

宋　高氏34世祖量成遗像　绘于大理国时期现存姚安县

宜良草甸土官村土主庙戏台碑立于清康熙年间

清 曹士桂（1800~1848）在台湾做官时写下的《宦海日记》（局部）

剑川沙溪仕登街古戏台始建于清嘉庆年间光绪四年（1878）重建

明 杨慎撰《重修曹溪寺记》嘉靖癸巳年(1533)立碑

《云南丛书》所收清钱南园《请复军机旧规疏》

明 李元阳撰《崇圣寺重器可宝者记》嘉靖庚申年(1560)立碑

《云南历代文选》序（一）

最早以"文选"为书名，而且影响最大者，当首推萧统的《昭明文选》。在他之前，晋代的挚虞曾编选过一部《文章流别集》，这是按文体分类的文选，惜已失传，现只留下《文章流别论》，是后人的佚文辑本。所以，《昭明文选》应算是我国文学史上最早的保留最完整的文学作品选集。萧统是梁武帝萧衍的长子，立为皇太子，死后谥为昭明。萧统雅好文学，他以太子的身份和地位，在身边聚集了一大批文人，其中如著名的《文心雕龙》作者刘勰等，这可算是半官方性质的文化团体。由萧统牵头主持编选的这部文选所选的文章，就时代而言，跨越周、秦、汉、魏、晋、宋、齐七代；就文章体裁而言，包括诗、赋、散文、碑文、书信等37个门类。就文章性质而言，可以说都属于我国古代的文学作品的范畴。关于这个问题，萧统在《文选序》中说得比较明白。序文中明确指出，经、史、子类的作品一概不选，他所选的文章，或称之为"篇章"，或称之为"篇什"，都是以"能文为本"的单篇文章，其特点是"事出于沈思，义归乎翰藻"，而且要"综辑辞采"，"错比文华"。因此，我们也可以说《昭明文选》是我国古代第一部包括各种文学体裁的大型文学作品选集。它不仅为后代保留了从先秦至汉魏六朝文学作品的精华，而且还比较明确地表明了我国古代文学观念的形成。《昭明文选》成书至今已一千多年，其得以普遍推广与流传，除自身的价值外，还得力于历代的注释和研究。它是历代文士们所必读的一部书，历代对它的注释和研究，已成为一门专门的学问，叫做"文选学"。在历代注释本中，被公认为比较好的注本是唐代李善的《文选》注；后来的汇注、补注也很多，直到现在对《文选》的研究，仍然是学术界的热门之一。究其原因，不外乎如下几点：一是《文选》所选的作品及其分类，为研究先秦至六朝的文学史提供了重要的参考资料。二是所选作品本身都有一定的代表性，具有很高的文学价值，是历代文士们必读的文学读本。过去曾流传过这样一句话："文选烂，秀才半。"就是说把《文选》读得烂熟，就是半个秀才了。三是历代对《文选》进行注释、校勘的学者很多，校注的成果不仅可帮助读者读懂这部书，而且校注本身又成为一门学识渊博的学问。可见，《昭明文选》作为一部具有综合性的中国古代文学作品选集，历时一千多年至今仍盛行不衰，就是由于它自身有独立存在的价值。

我这里并不是专门研究《昭明文选》，而是想借它来谈《云南历代文选》；当然，我也不是想把两部文选相提并论，而是想借从《昭明文选》所得到的启示，谈谈《云南历代文选》的学术价值和现实意义。这部书由余嘉华教授和易山编审主编，组织了一批学有专长的教授、专家分工合作，分卷负责编选注释，历时10年完成这部长达400万字的七卷本文选。七卷的分类名目为散文卷、辞赋卷、游记卷、传记卷、碑刻卷、文论卷、诗词卷。按中国古代文体分类，这些基本上都属于文学的范畴，因此，我们也可以把《云南历代文选》看作是文学作品选集。云南历代文学作品（不包括民族民间口头文学作品）十分丰富，自两汉时期至南诏、大理，尤其是明、清时期，有许多文人学士留下了大量文学作品。其中，多半是云南本土作者，如杨一清、担当、李元阳、钱沣等；但也有不少是宦游滇云，或谪戍来滇的外籍士大夫文人，如李京、郭松年、杨升庵、阮元等。云南虽地处祖国边陲，然其文化之发达，彬彬之盛，并不亚于中原；只不过在历史上交通阻隔，故鲜为人知。现在，大家虽已意识到云南历史文化底蕴深厚，典籍丰富，但尚未得到很好的发掘与传承；再加上古今语言文字差别较大，年轻一代阅读古籍，颇多障碍，因此，编选一部包括各种文体在内的选本，并对原文认真校勘注释，以便广大读者阅读和研究，这是十分必要的。近年间，已有一些研究者对我省古籍作过一些整理注释，但多限于某一作家的某一部作品或某种文体的选本；而像《云南历代文选》这样比较全面的文学作品选集，尚未见到。就这点来说，本书的编选出版，确乎是一项具有开拓性的工作，也是我省文化建设的基础性工作。本书所选的作品，是从汗牛充栋的地方文献中选出来的，其来源除像《云南丛书》等较完整的大型丛书之外，还有各种个人的文集以及各种史志图书、碑刻。其涉及文献之广，工作量之大，自非一二人之力在短期内可以完成；唯有集众专家之力，精耕细作，才能保证全书的质量。就现已定稿的全书观之，我觉得有几个突出的优点是值得肯定的：

首先，所选的作品都注意到它的代表性。这里所说的代表性，除了一些著名作家和他们有代表性的作品之外，还要考虑到作品所反映的社会内容的广泛性，如云南的历史、民族、宗教、文化、教育、经济等诸多方面。这就不仅为读者提供了优美的文学作品可供鉴赏，还可从多方面艺术地再现云南历史发展的概貌。所以，这部文选虽然是一部文学作品选集，但是透过艺术的折光，也可看到历史的真实，使之具有多方面的参考价值。

其次，所选的作品，也都注意到他们的文学价值，也就是说从内容到形式，都有较高的艺术性，其中，尤以诗歌和游记最为突出。云南名山胜水众多，徐霞客、杨升庵、李元阳等诸多名士，都留下了许多脍炙人口的记游名篇。还值得一提的是，《云南历代文选》中把"文论"专列为一卷，这是很有意义的。"文论卷"中收有多种诗话、词话以及一些文论著作；其中如许印芳的《诗法萃编》等，在国内都有较大影响。这对我们了解云南古代文学以及文学理论的发展，是不可缺少的重要材料，拓展了研究云南古代文学的视野。其实，在《昭明文选》中也收录了曹丕的《典论·论文》、陆机的《文赋》等著名的古文论文章；《云南历代文选》则专列"文论"为一卷，就更为充实了。

再次，选注这部书，工作量最大、最艰苦的是注释。一部文选的价值，首先是看所选作品的质量，其次就要看注释的水平。《昭明文选》流传千载，除其自身的价值外，和李善等历代学者的注释也分不开。《云南历代文选》的注释工作，自然要参照前人的研究成果，但作为反映云南的作品，其中涉及许多地方历史文献，还有许多云南民风民俗，都需要搜集爬梳，钩沉索隐，辨识真伪，独立思考，其间不少校勘考证的工作，都有较大的难度。参加选注的各位学人，治学严谨，旁征博引，择善而从，言必有据，力戒主观臆断，望文生义。当然，这样一部卷帙浩繁的书，校注涉及典籍甚多，需要有文字、音韵、训诂、校勘等方面的国学功底，故或有错漏，亦在所难免，还有待广大读者补充纠正。但参加本书编选注释的同仁们，已为我们做了第一步最基础的工作，的确是功不可没。

《云南历代文选》付梓之前，余嘉华教授嘱为之序，余欣然受命。因为我一直觉得在我国社会主义建设突飞猛进的今天，我国古代许多文化典籍，其中如大型图书《四库全书》、《二十四史》等等，都已得到整理出版，而我省的古籍整理工作还比较落后，我们只做了一些零星的工作而缺乏整体的、规模较大的规划和措施，所以，《云南历代文选》的出版，可视为系统整理云南古籍的良好开端。最近，省人民政府决定支持云南省文史研究馆整理重印《云南丛书》，这是令人鼓舞的举措。《云南历代文选》的出版，是把云南古代典籍推向现代文化市场的一项重要工程，应予以鼓励和支持，我个人也愿为之宣传鼓吹，所以写了以上这些想法，聊以充序。

张文勋

2005年11月于云南大学

《云南历代文选》序（二）

　　源远流长、深邃博大、奇峰迭起的中华文化，是由各地区各民族的文化共同构成的。对各地区各民族传统文化的整理研究，是中华文化建设的基础工程之一。对各地区各民族的文化遗产系统地进行发掘整理，将其精品展示出来，为世人所知所用，中华民族文化会更加辉煌灿烂，光芒四射。广大读者将通过这些作品进一步领会到各民族的生命力、创造力、内聚力，感受到以爱国感情、忧患意识、民本思想等为主要内容的民族精神，并加以继承与弘扬。各个领域的研究者，可以在新的高度上，从不同角度，全面系统地概括中华民族文化的内容和特点，逐步改变以某些地区代替全国，以某一民族文化代替多民族文化的缺憾。

　　云南26个民族在长期的历史发展进程中所形成和拥有的各具特色的文化，是整个中华文化的重要组成部分。由于云南位于东南亚文化、藏文化和中原文化的交汇点，各民族处于不同的地理环境和历史发展阶段，精神上息息相通，文化上各有独特的创造；彼此和谐相处，共生互补，而又无法互相替代，使彩云之南的地方民族文化具有神奇瑰丽的色彩，有其他地区无法相比的多样性、多层次性、独特性。它是一座独具魅力的民族文化宝库，从中随便提取一串，都是价值连城的闪光的珍珠，可为中华民族文化增添异彩。它蕴藏着巨大的经济和文化价值，是云南可持续发展的重要资源。深入研究、充分认识和自觉发展这种多样性、独特性，阐述它对中华文化和全人类文化发展的价值和意义，分析和总结云南民族文化发展的特点和规律，追溯其源流，探究其历史经验，对促进今天地方民族文化的持续健康发展，都极为有益。

　　数十年来，云南在地方民族文化的发掘整理方面，已做了不少工作。如以方国瑜教授为首的一批学者，已整理出版了13卷、1300多万字的《云南史料丛刊》；以马曜教授为代表的一批学者，调查、整理出版了有关云南少数民族的社会经济资料及简史、简志等百余种；以东巴文化研究所整理出版的百卷本《纳西东巴古籍译注全集》为代表的少数民族文字古籍的今译，已陆续出版；音乐、舞蹈、民间文学等集成工作，亦陆续完成。但是，历代各民族作者用汉文写成的数千种作品，至今仍无人系统地发掘整理，大批珍品尘封土埋，这是云南文化建设中的一大缺憾。这些作品，是各民族先民智慧的结晶，是民族心理和民族性格的积淀，蕴藏着强烈的民族精神，是云南数千年文明的重要见证和标志。为此，我们决定，邀约同人，在上级和云南省高等院校古籍整理研究工作委员会、云南教育出版社的支持下，为云南地方古籍的整理做点工作。考虑到人力、物力的限制，只能从选本入手，故编辑了这套《云南历代文选》。

　　选编古代文献，可按学科进行。《云南历代文选》即为文学选本，选收历代文学创作和文学论著中的精品。拟编辑出版散文、辞赋、游记、传记、碑刻、文论、诗词七卷。选文时限与云南古代、近代史相始终。所选作品内容涉及历史、民族、宗教、民俗、经济、物产、文化、教育、军事、外交、交通、商贸等各个领域。这些作品，不仅能给人以审美的愉悦，而且对于总结和研究历代开发与治理云南的经验，研究云南文化发展的特点和规律，都有一定的参考价值。

《云南历代文选》的选编工作，包括选文、校勘、注释等方面。选文须选出精品，方能产生尝鼎一脔之功效；校勘务必精审，才能避免作品流传中发生的谬误；注释应力求准确、通俗，让今天具有中等文化水平的读者读得懂。选文以历史唯物主义的观点为指导，根据作品的历史价值和现实意义，坚持思想性和艺术性统一的原则，兼顾各地区各民族的实际，并参照前人的研究成果选定篇目。由于典籍浩繁，作品数量众多，需要有较宽的阅读面和较深的分析比较功夫，工作的繁难可以想象。选文难，标点注释更难。前人所著所选滇诗文，均无标点、注释，不像《诗经》、《楚辞》、李白、杜甫那样注家蜂起，各呈见解，可以参考。滇诗文的注释，纯属垦荒性质。其间既有中原传统的史实、典故，更多的是涉及云南历史、地理、民俗、景观、人物及神话传说等方面的内容，大多较为生僻，一般典籍中很难查到。选注者都尽力而为，或查方志，或参阅其他地方文献，或向耆宿请教，所费时间和精力，倍于其他典籍的注释。然而，由于我们学识浅薄，所选未必精当，注释亦难免有误，诚望识者不吝指正。

20世纪是民族觉醒的时代，是民族自强的时代。愈来愈多的人认识到：文化的承传是民族发展的命脉，是维系国家统一与民族团结的精神纽带；民族文化是民族之间、国家之间交往极具亲和力的桥梁。经济要全球化，文化要多元化；民族要现代化，文化要特色化。既要标时代之新，又要立民族之异。惟其各具民族特色，才能拔旗成队，自立于世界文化之林；惟其标新立异，充满原创的活力，才能在世界文化的百花园中独具风采，自铸高格，引人注目，才能使民族永葆青春。

新世纪已经到来，新世纪里云南民族文化必将更加繁荣昌盛。在繁花似锦、辉煌灿烂的民族文化的大花园中，愿《云南历代文选》成为一小丛独具特色、常开常艳的花朵。

余嘉华
2000年5月18日

前　言

　　中国古代的散文，是与韵文相对而言，包罗极广的文体。包括论说（奏议、论说、原解等）、杂记（人物、事件、山水、名胜等）、序跋（书画、寿喜、离别、上任等）、书牍（上书、与亲友书信等）、箴铭（规劝、告诫、自勉）、哀祭（祭天地、山川、神祇、人物）、传状（传记、行状等）、碑志（碑文、墓志等）、公牍（檄文、诏令、敕诰等）、典志（典章制度、地方史志）、辞赋等。本丛书则参照现代文体分类，将碑刻、人物传记、游记、辞赋、文论等单独列卷，而本卷只侧重选收论说、杂记类的散文。

　　论说文名目甚多，其中有两类较为常见：一类是古代臣子给帝王的上书，有章、奏、表、议、疏、封事、对策、奏折等不同的名称。这些名称与上书的内容或功用有关：章，用于谢恩；奏，用于揭发问题；表，用于陈述衷情、庆贺、贡物；议，用于陈述不同意见；疏，逐条陈述；封事，为机密奏议；对策，帝王出题，应者陈述己见；奏折，因奏议用的纸须经折叠而得名。在古代，能给皇帝上书的，是有相当级别的官员。另一类是文化人用于论述或说明的文章，其名称有论、辩、辨、原、说、解等。论，重于推断事理，其特征在"立"；辩、辨，驳议、辨析，侧重于"破"；原，推本求源；说，说明事理；解，解释疑难。

　　在论说文中，奏议颇受重视。作者多为谏官、重臣；所谈内容，多为关系国计民生、吏治边防大事，是针对当时社会中某一重要问题而作出的分析，提出的建言、对策。奏议的深度、建言的可行度，体现着一代朝臣识见的高低，执政能力的强弱。批阅奏议，是皇帝处理政务的一个重要方面。官员们的奏议一旦被采纳，便有可能付诸实践，在社会生活中产生影响。奏议被采纳的多少及重要程度，影响着官员的荣辱升迁。因此，有的奏议，多为官员精心撰写之作，不乏较为优秀的作品。以云南而言，明清两代奏议存文甚多。如明代中叶杨一清有《关中奏议》、《吏部献纳稿》、《宸翰录》、《密谕录》、《阁谕录》等，许多奏议论述精辟，措施得当。选入本卷的《论云南夷情奏疏》，以明嘉靖七年（1528）寻甸土司安铨反叛为例，指出由于"贪官嗜利，法官舞文"，使"各地土官衙门有十馀年、有二三十年未得袭职"，以致"怀怨积愤"，酿成祸患；加之两任云南巡抚"一病懦"，"一庸人"，缺乏威望才干，对突发事件不能恰当处置，导致社会时有动荡。为此，建议通查一省土司，未得袭职者，就地袭职；特选素有威望重臣一员，任云南巡抚，以总制或提督军务。此奏疏显示出杨一清历练深、识见广、夷情熟、谋事切的特点。稍后，明代隆庆年间任云南布政使的陈善有《土官袭职议》，从云南布政使司所属吏房等部门，借土官申报承袭之机，巧立名目，敲诈勒索，诈骗巨额钱财，奸弊丛生的现实出发，提出如遇土官告袭，限日上报；衙门若有伺机行骗者，严行查问。这样，"夷情可顺而弊端可厘"。提问题，讲危害，言辞尖锐；谈对策，定措施，切实可行。杨一清在朝廷做官，陈善在地方执政，地位不同，提出的问题却很相近：做好土司承袭，处理好与民族上层的关系，稳定边疆，关键的一环是严惩贪官，选派得力大员。

在地方上当政的官员既要执行朝廷旨意，也要体察民情，反映民意。明嘉靖年间，朝廷多次征采大理石屏，其中嘉靖四十年（1561）征采50块，"见方七尺五块，六尺八块……"。尺寸高大，石料难寻；体量重，难扛运；山道崎岖，路程遥远，舟楫不通，途中破损严重；重复采补，终难完命，民夫逃亡，军民泣啼。巡抚蒋宗鲁冒罪上疏，请求尺寸小者先行采办，尺寸大者请停免，"以苏民艰"。文中引述民语陈情，并加作者分析，效忠朝廷与关心民瘼兼顾，重心在于体恤民情，地方官微妙的心态触手可感。稍后于蒋宗鲁任云南巡抚的陈用宾，遇到的是朝廷命采宝石进贡。宝石有红、蓝、黄、白之分，以红宝石为贵；另一类为玉石，有翠绿、艳绿、豆绿、水绿、绸阳绿、透阳绿，有藻草绿花、藻草蓝花各种。宝石主产区在猛密土司辖区抹谷，玉石主产区在猛拱土司辖区老山。这些地区陈用宾来云南时已归缅甸多年。明万历七至十一年（1579~1583）刘綎、邓子龙等平定土司勾结缅军寇滇西之乱，二十年至二十一年（1592~1593）缅军再次入侵。中缅边境的安全形势严峻。此时明朝廷传旨要采进宝石，继后又派太监杨荣前来督率"开采解进"。陈用宾认为，开井采宝，聚数千之兵保护，必起边衅；敞开国门，则藩篱必撤，安全难保。特上《罢采宝井疏》、《陈言开采疏》，请求将"宝井采买之役亟赐罢免"。在特定时代，以国家和人民的安全为上，陈用宾特事特办，是从实际出发的有识之举。当然他也为自己留了一条后路："宝石，俟臣等恢复猛密之日，令彼夷酋任土作贡。虽未敢必，实为至愿。"他还劝阻朝廷派太监来，以免引起事端。后太监杨荣来滇，恣行威福，引起众愤，被杀，时为嘉靖三十四年（1606）正月。明代后期任云南巡抚的沈儆炌，于万历四十八年（1620）八月上《请蠲贡金疏》。当时明王朝为应付辽东战事，在原赋税的基础上，向全国加派每亩九厘，云南增派地亩银一万六千一百六十四两；接着，在原额二千两贡金的基础上，增金三千两黄金。就在这一年，云南多事：滇南大水，滇东风灾，易门地陷死二百余人；省城旱，米价腾贵；元谋、猛卯、罗次等地先后地震；建水土酋勾结交阯兵入犯，云龙州土酋构衅，黔蜀土酋反，调兵剿。添兵添饷，势不能免。百姓困不能支，难糊其口。为此，沈儆炌上书："欲少留涓滴以活滇人之命，则惟有请蠲（免除）黄金一节而已。"又说："臣度眼前光景，金价决无所出，来岁贡金决不能办，臣惟有与地方诸臣，席藁以待斧钺尔已。"与阿谀逢迎或明哲保身的官吏相较，为民请命，不惧杀头，准备草席裹尸的沈儆炌，作为一位封建官吏，难能可贵。斩钉截铁的语言，使其坚毅果敢的性格在字里行间浮现。

怎样治理和开发云南，历代当政者从不同的角度提出了自己的建议。清初曾任刑部、兵部、户部尚书的永昌人王弘祚在《筹画滇疆五条疏》中陈述：云南边远，官员履任、交接多费时日，常"官席未暖"就升迁，不利于地方治理，宜适当延长任期；云南久经战乱，民生凋残，酌量蠲免赋税；滇省矿藏丰富，适当扩大采矿，以利增加收入；前朝投诚人员宜解散，州县之官宜由朝廷委派，此针对吴三桂自行选官及扩军而言，有防范结党之意。此疏体现了作者对桑梓的关切，对百姓的体恤，对中央集权的维护。杨朝栋的《筹滇开路疏》，在滇黔通道因战乱被阻时，建议开辟完善从四川成都经建昌（西昌）、会川

(会理)抵滇中的通道,以利仕宦商旅往来,亦便援黔。实为熟知滇情之论。其馀如李发甲《请澄清吏治疏》、杨永斌《奏采买米谷以平市价折》、程含章《择要疏河以纾急患疏》、谷际岐《历陈官逼民反情形疏》等,为滇人在外省执政时,针对当时当地的实情提出的建议,虽从某一角度讲,却带有一定的普遍意义。

论辩体的文章,就作者而言,多为一般知识分子或中下层官吏;就语言说,多自由、少拘谨;就话题论,也广泛得多。明代杨士云《议开金沙江书》、清代师范《开金沙江议》,同一题目而侧重点不同。杨士云简述金沙江的流程及开发价值,认为开发水运是"一劳永逸,暂费永宁"之事;师范认为开发金沙江水运,能使滇蜀"筋脉"相通,沿江"十五郡可袤领而挈也",为边防之大计,同时滇省矿产、木材等输出"非但滇利而蜀亦利"。师范对云南的利弊、经费、钱法等多有论述,晚年他在安徽望江任县令时纂辑《滇系》一书,灌注了他对云南的关切热爱之情。

姚安土同知高㐯映的《教民艺树议》,基于姚安"寄住游民半于土著"的现实,提出分田给游民,让其种植经济林木,区分不同地势、水源、日照等情况,种桑、花椒、水果,"五年而收利则可继百世"。另一篇《禁邪巫惑众议》认为,以巫术治病,"病未瘳而家已破",并把人心搞乱("荡人意"),剖析透辟。联系他兴办学校开启民智,开设医馆为民治病等,表现了这位土官对当地生产状况的了解,对当地民俗的熟悉,提出的措施也较切实。杨昌的《木氏世守丽江论》,针对改土归流以来某些官员对木氏土司片面否定的言论,指出无论土官、流官均有"昏明仁暴"之分,宜具体分析。木氏土司能"守土保民","有功德于民","终不失臣节",而"民赖安堵"者数百年,经济文化得以发展,功不可没。不随俗见,独具只眼,表现了这位纳西族知识分子的独立思考精神。

王思训的《滇南通考》,从云南的山川地理大势着眼,认为云南"有三要害":"东南界交趾、老挝诸夷,以元临为锁钥;西南缅甸诸夷,以永顺、腾越为咽喉;西北吐蕃,以丽江、永宁、北胜为扼塞。"从兵防要略的角度,让人对云南的地理概貌有个总体的了解。马恩溥的《大理形势说》写于咸丰丙辰(1856),对大理西屏苍山东临洱海,北为龙首关、南为龙尾关的形势及各方道路分析准确,虽为清军筹画,但有普遍参考价值。

袁嘉谷的《〈周礼〉农工商诸政各有专官论》,是他1903年参加经济特科考试的命题作文。开端即破题,接着分论农、工、商诸政的范围职责;其间主张不能重农抑商,"商自有商才,商自有商用",商对流通、便民、富国有用;批评传统以士为贵,以工农商为贱的观念,主张"使士为农工商之学,不如使农工商自为农士、工士、商士之学",即提高劳动者的文化素质及技术水平。由于"古今势易",宜"因时制宜",变法图强,选拔"当任一国之宏才而兴利","当握一国之要务而生财"。即选人杰、抓要政才能"危使安,乱使治,弱使强,贫使富"。结尾又照应题目,并强调"毋悖古,毋泥古"。洞达古今,通晓时务,所论皆治国安邦之策,卓有见地。袁嘉谷也因此被录取为当年经济特科第一名。清末,有大批云南青年学生出国留学,寻求富国强兵、挽救民族危难的良方,其中留日学生受孙中山革命思想影响很大,有的先后参加了同盟会,并建立了云南支部,1906年10月在东京创办了《云南杂志》,推举李根源等负责。李撰《〈云南杂志〉发刊词》,先剖析当时的云南形势,列强"鹰瞵虎视,各争要区",法国占领越南,筑滇越铁路以吸血;

英国占领缅甸，谋求修筑滇缅铁路以谋利；英法联合侵夺云南七府矿产开采权。"强索铁路，云南之腹心溃；攘夺矿权，云南之命脉绝"。云南"气息奄微，颜色黯淡"。若要救亡图存，必须改良思想，唤起民众，树立国家、团结、公益、进取、尚武、实业、地方自治、男女平等等新思想，内固国基，外御强敌，使"云南复为云南人之云南"。作者以饱含激情的笔触，充满爱国爱乡血泪的呼唤，希望人民觉醒，自强自立。读之，令人心灵震颤。

杂记类的散文，是以记人、记事、记物为主体的叙述性文体。云南的杂记，内容丰富，涉及面广；形式多样，不拘一格；语言活泼，各呈个性。

记人者，本卷所选王景常《董庄愍死节威楚序》，表彰元天历（1328～1329）初威楚（今楚雄）知事董文彦"嚼血唾贼"，誓不从逆，"凛凛乎仗大义，树大节"的品格，叙议结合，较充分地展示了"僰人"董文彦的精神。林俊的《永昌名宦乡贤祠记》申述入祠的人物的主要事迹，如吕凯有"执忠"功，郑纯有"服夷"功，王骥有"平蛮"功，余谷有"师范"功等等。用墨极省，特点突出。陶珽《李卓吾先生祠堂记》记述在姚安建李氏祠的理由：李贽离姚安太守任已40年，去世已16年；其在姚时"尽其心"，其去姚"无系恋"。不言功，不言廉，而尽在其中；又"纵观宇内诸公无人不读先生书"，足见其影响。袁嘉谷的《滇南三僧》介绍苍雪、担当、介庵，重点是介庵治印成就。《陈海楼》写陈履和倾其全力刊印其师崔述遗著的精神，其所刊崔著被日本高等师范列为教科书，影响远及海外。仅此一例也足见其价值。选于卷首的《滇王》，显示了滇池地区的先民在庄蹻入滇前就已开辟了"肥饶数千里"的土地，繁殖了众多的人口，庄蹻拥有二万之众，也不得不"变服，从其俗以长之"，楚文化融入滇文化之中。滇王受印，云南纳入中国的版图。扬雄的《蜀王本纪》，记载朱提（今昭通）人杜宇带领部众向北发展，直达成都平原建立政权，教民务农的传说。他是第一位有文字记载的云南杰出人物。范晔的《哀牢王》，记述九隆（龙）神话：一女触木而孕，一系列的兄弟与一系列姊妹结为婚姻，繁衍后代，浓缩了特定历史时代的人类婚姻形态。"三王"是云南早期先民的代表，在云南文化发展史上有多方面的研究价值。

记述事件者，本卷所选甚多，记述历史、学校、水利、桥梁、物产、风习、省外国外见闻等。《袁滋册封南诏记》将贞元十年（794）袁奉唐王之命到大理册封南诏王的途程、册封仪式，写得有声有色：马队、步兵、象队、伎乐队绵延二十馀里相迎；具仪礼，宣敕书，离位受册，稽颡再拜，恭敬劝酒，互相祝愿。人物的动作、语言逐一展现。欢迎仪式之盛大热烈，册封会场之庄重有节，各具神采。册封后，南诏于贞元十六年（800）派出以王子寻阁劝为首的代表团到首都长安献《奉圣乐舞》，唐德宗亲至麟德殿观看。贞元十八年骠国王遣其弟悉利移率队到长安献乐舞。对两次演出的乐器种类、道具、服饰、队形变换、舞蹈动作及其象征意义均有生动形象的记述。如："舞人服南诏衣、绛裙襦、黑头囊、金佉苴、画皮靴，首饰袜额，冠金宝花鬘，襦上复加画半臂。执羽翟舞，俯伏，以象朝拜；裙襦画鸟兽草木，文以八彩杂华，以象庶物咸遂；羽葆四垂，以象天无不覆；正方布位，以象地无不载；分四列，以象四气；舞为五字，以象五行；秉羽翟，以象文德；节鼓，以象号令远布；振以铎，明采诗之义；用龟兹等乐，以象远夷悦服。"参与演奏的乐工有196人，所用乐器有30种，可见阵容之庞大。这次演出的盛况能载入《新唐书·骠国传》，也反映了当政者对它的重视。作者将变化多端、层次丰富、主题突出、特点鲜明、乐曲动作多样的精彩演出，逐一展示出来，让人领会到演出节目的大结构环环相扣，匠心独运；小细节也精心雕刻，于细微处显特色。《铁柱记——南诏图传文字卷》以观音点化细奴逻获得南诏十三传的故事为线索，显示佛教初入洱海地区时当地居民从怀疑、排斥到逐渐信仰、皈依的经过。以七"化"解图，似连环画的解说词；或画卷的绘制者以文来设计画面。形式独特，如水注瓶，恰切合体。

南诏之后的大理国虽未直接隶属宋王朝，但与中原的经济文化交流却从未中断。范成大《桂海虞衡志·大理》一文，记载南宋孝宗乾道癸巳（1173）年冬，大理人李观音得等23人到广西横山卖马，采购大批书籍、药材、日用品。带一采购单，其后附文，引用古语"知己之人，幸逢相谒，言音未同，情愫相契"，还有短诗："言音未会意相和，远隔江山万里多"，"其人皆有礼仪"。约可窥见大理人的文化修养和儒雅风度。与此相近的是周去非《岭外代答·马政及其他》记述南宋设置专职官员，指定专门市场，政府拨出定款向大理买马，以应战场（先对金，后对蒙古）骑兵及运输之需。仅绍兴二十七年（1157）在"岁额一千五百匹"之外，"添买三十一纲，盖买三千五百匹矣。此外又择其权奇以入内厩，不下十纲（每纲50匹）"。"朝廷岁拨本路上供钱、经制钱、盐钞钱及廉州、石康盐、成都府锦，付经略司为买马之费"。在进行马的大宗交易的同时，其他货物也在买卖。在邕州横山寨博易场，大理人带来"麝香、胡羊、长鸣鸡、披毡、云南刀及诸药物"，南宋商人带来锦缯、豹皮、文书及诸奇巧之物，通过翻译"平价交市"。大理特产多受称誉，如："蛮刀以大理所出为佳"，"诸蛮唯大理甲胄以象皮为之，黑漆坚厚"，"苟试之以弓矢，将不可彻，铁甲殆不及也"。在战争频仍的年代，有利于保护自己、消灭敌人，能提高战斗力的产品，格外受到重视。

元明两代赛典赤等在云南建文庙、修水利多受人称道。郭松年的《中庆路儒学记》，写赛典赤于至元甲戌（1274）冬至丙子（1276）春兴建中庆路（昆明）文庙的目的、经过、规模及经理人员。黄综《修建五华书院记》则简写明嘉靖庚戌（1550）至壬子（1552）修复云南具有高等教育性质的五华书院经过，详于教育对社会的作用、人才成长的论述。强调人们学习文献，提高素养，犹如接受"宇宙之日月灯光也"。

在农业社会，兴修水利对发展农业关系极大。水能否为民造福，全在于善于"引水"、善于"用水"。平显《汤池渠记》、陈文《南坝闸记》、陈宣《石屏水利记》、方良曙《重浚海口记》均为明代水利工程的实录。前二者一写沐英、沐春在宜良扩修汤池渠，引流分灌，军民赖之；一记景泰年间沐璘、郑颙在昆明南坝银棱河上"造石闸以蓄泄其水"，使"田不病于旱潦"，为用水得当的范例。后二篇写高原湖泊的利用，一记弘治年间开渠引石屏湖水灌溉万亩良田；一述万历年间再次开挖海口，降低滇池水位，减少水患，"湖落地出，尽膏腴也"。当政者以此而欣然自得。但石屏异龙湖引水过量，滇池疏浚过头，水位过分降低，二湖水面日益缩减，生态逐渐失衡。这是当政者、为文者当时未曾认识到的。

有水必有桥，建桥有助于各民族经济文化的交往，有利于边防的巩固。位于永平与永昌之间澜沧江上的霁虹桥，是大理通往永昌的咽喉，屡建屡坏，仅明万历年间就建了两次。刘廷蕙《霁虹桥记》、邓原岳《重修霁虹桥记》，叙述再建缘由、经过。对桥的描写也有精彩之笔，如："矫若长虹，翩若半月；力将岸争，势与空斗。"但二人对桥被毁的原因，都归罪于顺宁土司勐（猛）廷瑞，实为湾甸土酋使人冒充勐氏部下，嫁祸于人；廷瑞申诉，主管官员张应扬向申诉者索贿未应，遂进谗言于巡抚，廷瑞被冤死。刘、邓二人依照官方所言，撰写建桥记时未能查明情况，值得引以为戒。

风土记是云南散文中独具特色的篇章。本书所选唐梁建方的《西洱河风土记》、元李京的《云南志略·诸夷风俗》、明杨慎《云南山川志》、唐尧官《晋宁州风土记》、清刘靖《顺宁杂记》、檀萃《蒙岳记》、桂馥《滇游续笔》、张泓《滇南新语》等，对唐至清云南的山川、物产、民俗、寺观、温泉、地震等，从不同侧面作了记述。如檀萃的《滇海虞衡志·普茶》、阮福的《普洱茶记》，对普洱茶的历史、产地、品种、贡茶的种类均有记载，并兼及顺宁、大理、昆明的茶，早年的采茶、饮茶习俗。又如《滇南新语·口琴》，对口弦的制作、簧片的凸凹厚薄、握弦的姿势、弹奏的指法、流传的地区等均有生动的描述。可见作者对口弦这一民族民间乐器是作了深入考察的。

中原人到边疆，云南人到省外、国外，对异地的事物分外敏感，记忆特别鲜明。明初钱古训、李思聪撰《百夷传》，记述滇缅边境的百夷（傣族）部落、称谓、军制、服饰、饮宴、乐舞、贸易、器物、婚丧习俗，兼及周围十余种民族的概况。是后人了解元明之际生活于这一地区的傣族及其他民族的第一手资料。清末黄懋材的《西輶日记》（节选）、陶思曾的《藏輶日记》（节选）对云南赴缅甸的途程、关隘、居民、习俗，缅甸蛮慕、新街、阿瓦、漾贡（仰光）等城镇的民居、文身、重佛、缅甸繁盛之区、英军蚕食殆尽等作了记述，有浓重的时代色彩。二人对华侨在缅甸的情况尤其关注。如黄懋材看到新街"滇人在此者四五十家，而往来商旅常有数百人，建关神庙为会馆"。在古都阿瓦"滇人居此者三千馀家"。陶思曾所见漾贡"华侨在此者约十万，以闽粤人居多数"；在阿瓦城建有"迤西会馆，云南商人公建者也。内祀孔子，规模阔大"，"其地址乃前缅王所与者。滇人经商于此及分往各地者，不下十馀万人，以腾越人居多"。陶所见的阿瓦城故王宫殿"规模颇壮，栋宇楹柱，多饰以金，殊觉辉煌。后宫绮疏，雕镂精细，闻其上均嵌宝石、金刚钻等，今已为英人取去矣"。赞美创造与谴责掠夺并存，令人感悟。

云南人在省外的足迹随处可见，有的还到台湾任职，并用生动的文字记录下来。如清代道光年间，云南开化府文山县（辖今蒙自）人曹士桂任台湾鹿港同知。道光二十七年（1847）前往内山考察，五月又陪闽浙总督刘韵珂视察水沙连地区（今台湾云林、南投县境内）。曹士桂撰有《闽浙制军大司马刘公查勘投诚献地，呈请开垦水沙连六社番地番情日记》，记录刘韵珂一行奉旨考察日月潭周围台湾高山族群（高山九族）居住区的生产生活状况及风土民情的行程，从中可见高山族群民众对国家的真挚感情和强烈的内聚力；赴台官员沿途除奸剔弊，温言安抚，甚得民心。考察后将实情上报，该地得以建城郭、设官司、辟田野、建学校。这是开发台湾中部山区的重要一页。

中国古代记录山川风物的读物，有"左图右书"之说。图，载山川形势，名胜方位；书，记录风土民情，旅行途径，景点特色。让闻其名而未到其地者了解梗概，有利于实地考察者按图索骥，选择重要景点参观。本书所选杨士云《苍洱图说》、大错《鸡足山指掌图记》、张学懋《丽江府芝山福国禅林纪胜记》即为此类作品。《苍洱图说》以简练优美的文字，描绘了一幅苍洱画卷，并与中原的一些名胜比较，突出苍洱神韵。既有峰、溪、云、雪，又有水碓、寺观、鸿钟、玉柱、渔火、大理石。自然景观与人文色彩交相辉映，美丽的风光中充溢着人间烟火味。《鸡足山指掌图记》，先为总览，继而沿游鸡足山的路线蜿蜒而上，又沿另一路线回环而下，或左或右将鸡足山"大寺八、小寺三十有四、庵院六十有五、静室一百七十餘所"及溪涧、桥梁、洞穴、塔林所在的位置逐一指点出来，让游者了然于胸。最后强调，此文之成，是与道友历时半年穷讨冥搜，调查研究，把笔纪胜的结果。相信"自指掌图一出，海内名贤卧游是赖"。《丽江府芝山福国禅林纪胜记》，是先有图，后有记。丽江木氏土知府，绘制了以芝山福国禅寺为中心的名胜图，派人送给鹤庆知府张学懋，"悬诸衙斋"，"邀阮君学博指点其胜"，因而记录成文。视野从玉龙雪山而及芝山，由峰顶、山腰而及山腹；由"松桧万章"而及"金碧辉映"的福国寺，再沿山路去领略峰、峦、飞瀑、溪涧、赤松、碧草、野鹿、幽禽、牧笛，在自然与佛国中净化心灵，得到解脱。上述几篇"图说"均写于明代后期，几个景点都依托于极富特色的自然景观，以宗教建筑为重点，自然之趣与宗教之理结合，历史与现实交融，人们在朝佛的同时，也受到大自然的熏陶。从中也可窥见先民在建造园林时的审美意向。

本卷还选录了一篇寸氏的《阳温敦小引》。阳温敦为腾冲和顺乡古名。这里的居民多出国经商，尤以到邻国缅甸者为多。出国后怎样立身为人，是一个普遍的问题。作者以一位辛苦备尝的走缅华侨的身份，将自己及朋友成功与失败、顺利与挫折、欢愉与悲哀的切身体验，对青年人易犯的寻花问柳、吹大烟（吸鸦片）、进赌场、摆阔绰等带来的恶果逐一剖析，以通俗易懂、朗朗上口的韵语写出，让读者引以为戒，为后人"做一盏暗室灯"。全文以词开始，以诗作结，中间插有五首戒吹大烟的民间小曲，正文则用"三、三、四"的句式，其格式与唐代以韵文形式叙述历史故事或佛经故事的"变文"相近，带有较强的民间讲唱文学的色彩。内容虽针对腾冲旅缅华侨而言，但其中蕴含的生活哲理极具普遍意义，时代和地域色彩也较浓厚。

从以上所举，可知本卷所选散文有奏议、论辩、杂记（含人物、事件、水利、交通、儒学、风土、图说、讲唱）等，形式题材多样，各篇皆针对当时的滇人、滇事、滇情而言，有其深刻独到之处。如议论文章，有的揭露某些部门的官员借少数民族土司申报承袭之机，贪婪索贿，以致积怨酿祸，可谓洞察民情，切中时弊；有的敢于冒犯朝廷之命，请予减免贡金、贡品，缓解滇民困苦，为了边疆的安定不惧丢官的精神，令人肃然起敬；有的提倡开发金沙江航运，有的提倡种植经济林木，有的提倡禁止巫邪蛊民，有的呼吁改变观念，救亡图存等等，思想的火花，在暗夜中不时闪亮。在记叙类散文中，有的记人物，或忠贞，或重谊，或成就独特，主干突出，给人留下深刻印象；有的记事件，或记历史事件，或记水利桥梁，或记经济文化交流，或记风物民情，或指点风景名胜，或记境外见闻，为后人留下了一幅幅珍贵的历史长卷，其浓厚的乡土性、原创性，使它成了珍贵的历史资料。

我们注意到：先秦两汉，多为外地作者写云南；唐宋以后，特别是元明清以来，云南人写云南的作品逐步增多，彝族、白族、回族、纳西族等民族的作者创作的作品不断涌现。云南文化（包括散文作品）日益丰富、发展提高。这与汉文化在云南的传播、普及息息相关，也与社会政治经济的发展分不开。

正是云南散文的独特性、乡土性，在文学的园地中构成了一个小小的别具特色的群落。可惜由于篇幅限制，本书所选只不过百分之一二，更多的佳作还有待爱好者、研究者去翻检历代古籍。

本卷为云南高校古籍整理项目之一，参加选注工作的有云南师大中文系教授张德鸿、吴培德、杨发恩、萧学禹、梁春域。由于成书时间较长，张德鸿、蔡川右二位先生不幸先后去世。在此，谨表深切的怀念。

在本卷选注过程中，各位同仁彼此交流，取长补短，使稿件质量有所提高。本丛书主编之一易山编审在统一体例、校正、修改文字方面做了大量细致的工作。云南教育出版社积极支持本丛书的立项及出版。本丛书成稿后，又得到中共云南省委宣传部领导的关怀，在出版经费上给予专项资助。在此，谨对一切关心、帮助、支持本丛书出版的同志和单位，表示衷心的谢意！

余嘉华
2009年3月

目 录

《云南历代文选》序（一） ············· 张文勋（1）
《云南历代文选》序（二） ············· 余嘉华（4）
前　言 ····························· 余嘉华（6）

司马迁（一篇） ························· （1）
　　滇王 ····························· （1）
扬　雄（一篇） ························· （6）
　　蜀王本纪 ························· （6）
范　晔（一篇） ························· （9）
　　哀牢王 ··························· （9）
梁建方（一篇） ························ （12）
　　西洱河风土记 ···················· （12）
异牟寻（二篇） ························ （14）
　　贻韦皋书 ························ （14）
　　誓文 ···························· （17）
佚　名（一篇） ························ （20）
　　袁滋册封南诏记 ·················· （20）
佚　名（一篇） ························ （25）
　　铁柱记 ·························· （25）
　　　——《南诏图传》文字卷
欧阳修　宋祁（一篇） ················· （32）
　　南诏奉圣乐 ······················ （32）
范成大（一篇） ························ （42）
　　大理 ···························· （42）
周去非（一篇） ························ （46）
　　马政及其他 ······················ （46）
李　京（一篇） ························ （55）
　　诸夷风俗 ························ （55）
宋　濂等（一篇） ····················· （62）
　　张胜温画卷跋 ···················· （63）
段　宝（二篇） ························ （70）
　　答梁王书 ························ （70）
　　上明太祖表 ······················ （71）
王景常（二篇） ························ （73）

云津桥记 …………………………………………………… (73)
　　董庄愍死节威楚序 …………………………………… (76)
平　显（一篇） ……………………………………………… (78)
　　汤池渠记 …………………………………………………… (78)
钱古训　李思聪（一篇） ………………………………… (81)
　　百夷传 …………………………………………………… (81)
杨一清（二篇） ……………………………………………… (88)
　　论弭灾急务奏对 ………………………………………… (88)
　　论云南夷情奏疏 ………………………………………… (97)
陈　文（一篇） ……………………………………………… (101)
　　南坝闸记 ………………………………………………… (101)
陈　宣（一篇） ……………………………………………… (105)
　　石屏水利记 ……………………………………………… (105)
赵　熙（一篇） ……………………………………………… (108)
　　思政楼记 ………………………………………………… (108)
王　臣（一篇） ……………………………………………… (110)
　　咸阳王庙铭 ……………………………………………… (110)
陈　金（一篇） ……………………………………………… (114)
　　海口记 …………………………………………………… (114)
杨士云（二篇） ……………………………………………… (118)
　　苍洱图说 ………………………………………………… (118)
　　议开金沙江书 …………………………………………… (121)
林　俊（一篇） ……………………………………………… (126)
　　永昌名宦乡贤祠记 ……………………………………… (126)
李梦阳（一篇） ……………………………………………… (129)
　　石淙精舍记 ……………………………………………… (129)
陆　深（一篇） ……………………………………………… (132)
　　月坞记 …………………………………………………… (132)
蒋宗鲁（一篇） ……………………………………………… (135)
　　奏罢屏石疏 ……………………………………………… (135)
李元阳（一篇） ……………………………………………… (138)
　　三塔崇圣寺重器可宝记 ………………………………… (138)
杨　慎（一篇） ……………………………………………… (141)
　　云南山川志（节选） …………………………………… (141)
陈　善（一篇） ……………………………………………… (145)
　　土官袭职议 ……………………………………………… (145)
唐尧官（一篇） ……………………………………………… (148)

晋宁州风土记 …………………………………………………（148）
方良曙（一篇） ………………………………………………………（152）
　　　重浚海口记 …………………………………………………（152）
陈用宾（二篇） ………………………………………………………（156）
　　　罢采宝井疏 …………………………………………………（157）
　　　陈言开采疏 …………………………………………………（160）
刘庭蕙（一篇） ………………………………………………………（164）
　　　霁虹桥记 ……………………………………………………（164）
涂时相（一篇） ………………………………………………………（169）
　　　仕学肤言 ……………………………………………………（169）
邓原岳（一篇） ………………………………………………………（174）
　　　重修霁虹桥记 ………………………………………………（174）
黄　琮（一篇） ………………………………………………………（178）
　　　修建五华书院记 ……………………………………………（178）
沈儆炌（一篇） ………………………………………………………（183）
　　　请蠲贡金疏 …………………………………………………（183）
陶　珽（一篇） ………………………………………………………（186）
　　　李卓吾先生祠堂记 …………………………………………（186）
杨栋朝（一篇） ………………………………………………………（188）
　　　筹滇开路疏 …………………………………………………（188）
罕　氏（一篇） ………………………………………………………（192）
　　　麓川思可法事迹 ……………………………………………（192）
张学懋（一篇） ………………………………………………………（194）
　　　丽江府芝山福国禅林纪胜记 ………………………………（194）
木　增（二篇） ………………………………………………………（199）
　　　止止园记 ……………………………………………………（199）
　　　江上渔舟记 …………………………………………………（201）
大　错（二篇） ………………………………………………………（203）
　　　鸡足山指掌图记 ……………………………………………（203）
　　　剑川石宝山图记 ……………………………………………（207）
王弘祚（一篇） ………………………………………………………（212）
　　　筹画滇疆五条疏 ……………………………………………（212）
范承勋（一篇） ………………………………………………………（217）
　　　小碧玉泉说 …………………………………………………（217）
阙祯兆（一篇） ………………………………………………………（219）
　　　彩云楼记 ……………………………………………………（219）
高奣映（二篇） ………………………………………………………（222）

教民树艺议···（222）
　　　禁邪巫惑众议···（223）
王思训（一篇）···（224）
　　　滇南通考···（224）
李发甲（一篇）···（229）
　　　请澄清吏治疏···（229）
刘　彪（一篇）···（233）
　　　重修临安府庙学碑记···（233）
杨永斌（一篇）···（236）
　　　奏采买米谷以平市价折···（236）
杨　书（一篇）···（239）
　　　一叶亭记···（239）
倪　蜕（一篇）···（241）
　　　复当事论厂务书···（241）
赵　淳（一篇）···（246）
　　　戒淫祀说···（246）
谷际歧（一篇）···（249）
　　　历陈官逼民反情形疏···（249）
陈履和（一篇）···（253）
　　　誓禁鸦片烟碑文···（253）
刘　埥（一篇）···（256）
　　　顺宁杂著···（256）
程含章（一篇）···（264）
　　　择要疏河以纾急患疏···（264）
高上桂（一篇）···（269）
　　　星回节考···（269）
韩锡章（一篇）···（273）
　　　万人冢记···（273）
马培元（一篇）···（275）
　　　宜良县骆家营双塘灵泉记···（275）
檀　萃（六篇）···（277）
　　　蒙岳记···（277）
　　　翠峰山记···（281）
　　　清宁山记···（283）
　　　香海山记···（285）
　　　普渡河记···（286）
　　　普茶···（287）

窦　晟（一篇） ……………………………………………………… （290）
　　缠足论 ………………………………………………………… （290）
师　范（六篇） ……………………………………………………… （293）
　　云南水道纪略 ………………………………………………… （294）
　　开金沙江议 …………………………………………………… （299）
　　论滇省利弊 …………………………………………………… （301）
　　论滇南经费 …………………………………………………… （304）
　　论钱法 ………………………………………………………… （305）
　　论滇马 ………………………………………………………… （308）
桂　馥（一篇） ……………………………………………………… （311）
　　滇游续笔（节选） …………………………………………… （311）
张　泓（一篇） ……………………………………………………… （318）
　　滇南新语（节选） …………………………………………… （318）
刘　彬（一篇） ……………………………………………………… （323）
　　吏论 …………………………………………………………… （323）
杨　昌（一篇） ……………………………………………………… （325）
　　木氏世守丽江论 ……………………………………………… （325）
阮　福（一篇） ……………………………………………………… （328）
　　普洱茶记 ……………………………………………………… （328）
曹士桂（二篇） ……………………………………………………… （330）
　　东渡 …………………………………………………………… （330）
　　查勘水沙连六社番地番情日记 ……………………………… （332）
艾　濂（一篇） ……………………………………………………… （342）
　　蒲峡龙门说 …………………………………………………… （342）
何桂珍（一篇） ……………………………………………………… （344）
　　上吴甄甫师书 ………………………………………………… （344）
窦　垿（一篇） ……………………………………………………… （349）
　　请严惩办理夷务错误诸大臣折 ……………………………… （349）
陈奇猷（一篇） ……………………………………………………… （354）
　　振肃滇吏疏 …………………………………………………… （354）
刘中鹤（一篇） ……………………………………………………… （358）
　　重建大观楼记 ………………………………………………… （358）
马恩溥（二篇） ……………………………………………………… （361）
　　大理形势说 …………………………………………………… （361）
　　云南形势说 …………………………………………………… （364）
张　鼎（一篇） ……………………………………………………… （368）
　　筹办矿务议 …………………………………………………… （368）

朱庭珍（一篇） ……………………………………………………………（371）
　　马白关铭 ……………………………………………………………（371）
黄　华（一篇） ……………………………………………………………（373）
　　马白关铭 ……………………………………………………………（373）
寸　氏（一篇） ……………………………………………………………（375）
　　阳温暾小引 …………………………………………………………（375）
黄懋材（一篇） ……………………………………………………………（387）
　　西辅日记（节选） ……………………………………………………（387）
陶思曾（一篇） ……………………………………………………………（393）
　　藏辅随记（节选） ……………………………………………………（393）
杨增新（二篇） ……………………………………………………………（395）
　　通令各属知事严禁贪赃文 …………………………………………（395）
　　通令各属无得虐待上控人民文 ……………………………………（398）
李根源（一篇） ……………………………………………………………（400）
　　《云南杂志》发刊词 …………………………………………………（400）
张文光（一篇） ……………………………………………………………（406）
　　致刘弼臣密函 ………………………………………………………（406）
袁嘉谷（二篇） ……………………………………………………………（408）
　　《周礼》农、工、商诸政各有专官论 ………………………………（408）
　　滇绎（节选） …………………………………………………………（416）
附　录
　　云南历代散文要目 ……………………………………… 钟　和（421）

司马迁（一篇）

司马迁（前145~前87?），字子长，左冯翊夏阳（今陕西韩城南）人。西汉史学家、文学家。太史令司马谈之子。少而好学，20岁后曾遍游南北，考察民俗，采集历史传说。先任郎中，元封三年（前108）任太史令，开始写作《史记》。后因替李陵辩解，获罪入狱，受腐刑。出狱后发愤著书，完成史学巨著《史记》，为我国第一部通史，开创了纪传体史书体例，具有很高的史学及文学价值。本书节选《史记·西南夷列传》中的一段，据其内容，拟题为《滇王》。

《滇王》一段，是记录先秦至西汉时期云南历史文化的重要文献。它既对西南夷地区的部族及政权分布情况作了全景式的扫描，又对滇及滇王作了较细致的记述。文约事丰，有多方面的价值。从文中可以看出，在庄蹻入滇前，这里已形成了较大的滇部落联盟，先民已开垦了"肥饶数千里"的土地。庄蹻虽然部众甚多（《太平寰宇记》说"庄蹻将士二万人"），但与滇相比，毕竟太少，因而不得不"变服，从其俗以长之"，即改换衣着服饰，顺从滇地的民族风俗习惯而当他们的首领。在两种文化的交流碰撞中，楚文化融进了滇文化之中，楚人融进了滇民族中。

滇王的受封及益州郡的设置，说明汉王朝既在云南推行郡县制，又顾及边疆民族地区的实际，仍让在当地有影响的民族首领管辖其原所属之地。此办法，多为后代沿用。益州郡的设置及滇王王印的授与，也说明云南二千多年前就已是中国不可分割的一个组成部分。滇王金印的出土，为司马迁的记载提供了确证。

滇　王[1]

西南夷君长以什数，夜郎最大[2]；其西靡莫之属以什数，滇最大[3]；自滇以北君长以什数，邛都最大[4]；此皆魋结，耕田，有邑聚[5]。其外西自同师以东，北至楪榆，名为嶲、昆明[6]；皆编发，随畜迁徙，毋常处，毋君长，地方可数千里[7]。自嶲以东北，君长以什数，徙、筰都最大[8]；自筰以东北，君长以什数，冉駹最大，其俗或土著，或移徙，在蜀之西[9]。自冉駹以东北，君长以什数，白马最大，皆氐类也[10]。此皆巴、蜀西南外蛮夷也[11]。

始楚威王时，使将军庄蹻将兵循江上，略巴蜀、黔中以西[12]。庄蹻者，故楚庄王苗裔也[13]。蹻至滇池，地〔池〕方三百里，旁平地，肥饶数千里，以兵威定属楚[14]。欲归报，会秦击夺楚巴、黔中郡，道塞不通，因还，以其众王滇，变服，从其俗以长之[15]。秦时常頞略通五尺道，诸此国颇置吏焉[16]。十馀岁，秦灭[17]。及汉兴，皆弃此国而开蜀故徼[18]。巴蜀民或窃出商贾，取其筰马、僰僮、髦牛，以此巴蜀殷富[19]。

……

及元狩元年，博望侯张骞使大夏来，言居大夏时见蜀布、邛竹杖[20]。使问所从来，曰："从东南身毒国，可数千里，得蜀贾人市。"[21]或闻邛西可二千里有身毒国[22]。骞因盛言大夏在汉西南，慕中国，患匈奴隔其道，诚通蜀，身毒国道便近，有利无害[23]。于是天子乃令王然于、柏始昌、吕越人等，使间出西夷西，指求身毒国[24]。至滇，滇王尝羌乃留，为求道西十馀辈[25]。岁馀，皆闭昆明，莫能通身毒国[26]。

滇王与汉使者言曰："汉孰与我大？"及夜郎侯亦然[27]。以道不通故，各自以为一州主，不知汉广大[28]。使者还，因盛言滇大国，足事亲附。天子注意焉[29]。

……

南越破后，及汉诛且兰、邛君，并杀筰侯，冉駹皆振恐，请臣置吏[30]。乃以邛都为越嶲郡，筰都为沈犁郡，冉駹为汶山郡，广汉西白马为武都郡[31]。

上使王然于以越破及诛南夷兵威风喻滇王入朝[32]。滇王者，其众数万人，其旁东北有劳浸、靡莫，皆同姓相扶，未肯听[33]。劳浸、靡莫数侵犯使者吏卒[34]。元封二年，天子发巴蜀兵击灭劳浸、靡莫，以兵临滇[35]。滇王始首善，以故弗诛[36]。滇王离难西南夷，举国降，请置吏入朝[37]。于是以为益州郡，赐滇王王印，复长其民[38]。

西南夷君长以百数，独夜郎、滇受王印[39]。滇小邑，最宠焉[40]。

选自《史记·西南夷列传》

【简注】〔1〕滇：先秦时代的部落名，后发展为部落联盟，并建立了地方政权。它活动的区域，当以今滇池区域为中心。而滇池之得名，亦与滇部落在这一带生息繁衍有关。　〔2〕西南夷：指古代居住于中国西南地区的少数民族，司马迁所述的范围，约相当于今天的四川西部、贵州大部及云南全境。君长以什数：部落首领以十计。什，即十。夜郎：古国名，其中心在今贵州安顺关岭县，辖今贵州西部及北部，并包括云南东北、四川南部及广西北部部分地区。汉初与南越、巴、蜀有贸易关系。汉武帝元鼎六年（前111）于其地置牂牁郡。　〔3〕靡莫之属：即靡莫等部族群，其活动区域，约在今曲靖及昆明地区。以什计：以十计算，言其数量多。　〔4〕邛都：古国名，其中心在今四川西昌。汉武帝元鼎六年（前111）在以西昌为中心的今凉山彝族自治州境置越嶲郡。　〔5〕魋（zhuī）结：《汉书·西南夷列传》称"椎结"，同"椎髻"。司马贞索隐："谓为髻一撮似椎而结之。"即将头发之一部分结成椎形的髻。邑聚：村落。邑，古代或称国，或称京城，或泛指一般村落、城镇。句中指部落、村落，即以氏族为核心形成的村落，或小城镇。这些部落已定居，形成村落，以农耕为生。　〔6〕同师：《汉书·西南夷列传》作"桐师"，古地名，在今保山市一带。楪（yè）榆：《汉书·西南夷列传》作"叶榆"，古地名，今大理市一带，西汉元封二年（前109）立为县。嶲、昆明：即嶲唐、昆明，皆为古部族或地区名。嶲唐，中心在今云龙县漕涧，西汉元封二年（前109）置嶲唐县。昆明，中心在今洱海地区。今楚雄彝族自治州也有部族分布。　〔7〕皆编发：都编发辫。随畜迁徙：即游牧，随着放牧的牲畜而迁徙。毋（wú）常处：没有长期定居在某个地方。毋君长：没有较大的部落联盟首领，或没有较大的地方政权。地方可数千里：地方大约有数千里。可，大约，大概。　　〔8〕徙（sī）、筰（zuó）都：古地名。《汉书·西南夷列传》唐颜师古注："徙及筰都，二国也。徙后为徙县，属蜀郡，筰都后为沈黎郡。徙音斯。筰音材各反。"清王先谦补注："徙县，在雅州府天全县东。沈黎，今雅州府清溪县东南。"筰都：在今四川汉源县。　　〔9〕冉駹（rǎnmáng）：古族群名、地名。西汉元鼎六年（前111）置汶山郡。其地在今四川茂汶县至松潘县一带。《史记·西南夷列传》会证丁谦曰："冉駹，汉为汶山县，今曰茂州。"　　〔10〕白马：古族名、地名。作民族名，又称"白马氏"；作地名，丁谦曰："白马，汉为阴平道，今阶州成县西南白马地也。"汉代的阴平道治所在今甘肃文县西北四里（据刘琳《华阳国志校注》）。氐类：古族群名，先秦至汉主要分布在今陕西、甘肃、四川等省。　　〔11〕巴、蜀：古族群名、地名。有广义与狭义之分。广义的巴，包括汉水中游到长江中游的地区；狭义的巴，是以江州（今重庆市）为中心的巴。广义的蜀，按《华阳国志·蜀志》记载包括今川西及汉中一带，以川西为活动中心；狭义的蜀，是以今成都附近为中心的蜀。这里所指，与狭义的巴蜀较近。　　〔12〕始：当初。楚威王（前339~前329）时：属战国后期。《后汉书·西南夷列传》载为"楚顷襄王时"（前298~前263），此说近是。因秦夺楚黔中地置黔中郡在秦昭王三十年（前277），道阻。使：派。将兵：带兵。循：沿着。江：指长江支流沅水，庄蹻由沅水入夜郎再至滇池。《华阳国志·南中志》："楚顷襄王遣将军庄蹻溯沅水，出且兰，以伐夜郎，椓牂牁系船于且兰。既克夜郎，而秦夺楚黔中地，无路得归，遂留王之，号为庄王。"黔中以西：指今天的贵州及云南地区，包括滇池区域。黔中，战国至秦为黔中郡，战国时楚置。治临沅（今湖南省常德市）。辖湖南、贵州交界一带地方，是由楚国通夜郎的要道。〔13〕故：已亡故，或原来的。楚庄王，春秋时楚国国君，公元前613年至591年在位。苗裔：后代子孙。　　〔14〕滇池：在今云南省昆明市西南，面积约330平方公里，秦汉时滇池面积比现在大得多。其名称历来有多种说法，如《华阳国志·南中志》称：滇池"所出深广，下流浅狭，如倒流，故曰滇池"。范晔《后汉书》、郦道元《水经注》多沿此说。有的认为：滇，巅也。"言最高之顶"。有人认为是彝语diè（甸），即大坝子。另一说是，"滇"为古代居住于这一地区的最大部落。可能先有滇部落，再有滇池名，即以族名池。近是。　　〔15〕会：恰好遇到。秦击巴楚、黔中郡：秦国出兵攻打巴楚、黔中郡，时在公元前279年。道塞不通：因秦夺黔中而阻塞了庄蹻回楚的道路。因：于是。还：退回滇池地区。以其众王滇：依靠他带来的部属在滇称王。王，名词作动词用。变服，从其俗：庄蹻及其部众将原来的楚国服饰变成滇池地区的民族服饰，在风俗习惯上也依从"滇"人。以长（zhǎng）之：以此为滇之长，即成滇王，长，某单位或集体的领导者。　　〔16〕常頞（è）：秦将。頞，鼻梁，李贤注引"《说文》曰：'頞，鼻茎也'，折曲曲也。"可能因其人鼻子很有特点，时人给他取了常頞这样一个绰号，而本名已佚。五尺道：《史记·正义》引《括地志》云，"五尺道在郎州。"颜师古注，"其处险厄，故道才广五尺。"考诸史籍，五尺道为秦始皇时派常頞率部开始修筑，汉武帝时派唐蒙督工续修，北起四川宜宾，南抵云南曲靖，以道宽五尺而得名。诸此国：疑为"此诸国"之误，即这些小国家。颇置吏：颇，悉、皆。置吏，设置官吏。由此可知秦王朝时，已在今云南设置官吏。　　〔17〕十馀岁，秦灭：过了十几年，秦王朝灭亡。秦亡于公元前206年，若从公元前221年秦始皇统一全国称帝算起，秦统治中国共16年。　　〔18〕及汉兴，皆弃此国而开蜀故徼（jiào）：到汉王朝建立，暂时无力顾及便放弃了西南夷夜郎、滇等国，而沿用蜀国以往的边界。另一种解释是，《史记会证》中王念孙曰："'开'字当依《汉书》作'关'，言秦时尝于诸国置吏，及汉初，则弃此诸国，而但以蜀诸徼为关也。下文曰：'巴、蜀民窃出商贾'，即出此关也。"徼，边界。《汉书·邓通传》："人有告通盗出徼外铸钱。"颜师古注："徼，犹塞也。"　　〔19〕窃出商贾：偷跑出边界经商。取其筰马、僰（bó）僮、髦牛：买回西南夷地区的筰马等畜类及仆人。筰马，筰国或筰地出产的马。僰僮，僰国或僰民族的僮仆。髦牛，即牦牛。〔20〕及元狩元年：到汉武帝元狩元年（前122）。元狩，汉武帝刘彻的年号（前122~前117）。博望侯张骞使大夏来：张骞出使大夏归来。张骞（前？~前114），西汉名宦，封博望侯。建元二年（前139）奉命出使西域，至元朔三年（前126）归汉报命。元狩三年（前119）又奉命出使乌孙，并派副使出使大宛、康居、大夏、安息等地。他两次出使，沟通了中原和西域各民族的联系，也促进了中国与中亚各国的经济文化交流。大夏（Bactria），音译巴克特里亚，中亚细亚古国，在今阿富汗北部。公元前3世纪中叶由狄奥多德建国，以巴克特拉为首都（《史记》作蓝市城）。公元前3世纪末至2世纪初，国势强盛，领有北起阿姆河上游、南达印度河流域的广大地区，后国土分裂，势衰，约公元前130年大月氏入据。大夏文化多受希腊、印度和中国的影响。蜀布：蜀地（今四川）产的丝绸或布匹。筇竹：竹名，可作杖，称为筇竹杖。从汉至唐为西南，尤其是云南等地的名特产品。　　〔21〕"使问"数句：使者问这些东西（蜀布、筇竹杖等）从哪里来？答曰：从在身毒国（今印度）做生意的蜀地（今四川）商人手中买来，道路约有数千里。身毒，古代又译作天竺。贾人，商人。市，买。　　〔22〕"或闻"句：又听说邛（邛都、邛地）西面约二千里有身毒（今印度）国。从张骞在大夏（阿富汗）及长安的见闻看，远在公元前3至2世纪就有一条从四川经云南、缅甸至印度的古商道，简称"蜀身毒道"，或川滇缅印古道，今称为"西南丝绸之路"，这是中国古代文献中关于中国西南与东南亚各国商业文化交往的较早的记录。　　〔23〕"骞因盛言"数句：意为张骞因此极力向汉武帝进言，大夏位于中国西南，羡慕中国，苦于匈奴隔断了他们与中国联系的道路，如果能开通蜀地（通往缅印）的道路，通往身毒（今印度）国的道路比经西域更近便，这对朝廷有利无害。盛言，充分说明或极力阐述。诚，这里当"如果"讲。　　〔24〕天子：皇帝，这里指汉武帝。使间：使者伺机。西夷西：《史记·大宛列传》说，"天子欣然，以骞言为然，乃令骞因蜀、犍为发间使，四道并出，出駹、出冉、出徙、出邛、僰，皆各行一二千里。"由此推之，"西夷西"即指駹、犍为（治所在今四川宜宾一带）以西之地。指求身毒国：即目的在于寻找通往身毒国的道路。指求，旨在寻求。指，通"旨"。　　〔25〕尝羌：滇王名。《汉书》作"当羌"。乃留：于是就留下使者。为求道西十馀辈：派了十多批人帮助使者向西面寻求通往身毒国道路。　　〔26〕岁馀：历时一年多。皆闭昆明：都被昆明族阻挡。　　〔27〕汉孰与我大：即"汉与我孰大"的颠倒。即汉与我（滇）相比谁大。及夜郎侯亦然：到夜郎，夜郎侯也这样说。此即为"夜郎自大"典故的由来。　　〔28〕以道不通故：因为道路不通的缘故。不知汉广大：（滇王、夜郎侯）不知道汉王朝所辖土地的广大。　　〔29〕足事亲附：很值得专门招抚，使其亲附汉王朝。《史记会证》颜师古注："言可专事招来之，令其亲附。"事，专门从事。亲附：亲近，依附。　　〔30〕南越破后：南越（今广东）于元鼎五年（前112）反，汉武帝派兵击破。南越，亦称南粤，古族名、国名，其范围包括今之广东、广西，南至越南北部，北至湖南、贵州南部。南越国，赵陀建。《史记·南越列传》："自尉陀初王后，五世九十三岁而国亡焉。"且（jū）兰、邛君：且兰侯及邛都王。西汉牂柯郡（治所在今贵州凯里）中心地带，曾封当地首领为且兰侯。振恐：震惊而恐慌。请臣置吏：请求臣属汉王朝，设置官吏。　　〔31〕越嶲郡：汉武帝元鼎六年（前111）置，领十五县，治所在邛都（今西昌），辖有今四川凉山彝族自治州及云南的丽江、永胜、华坪、元谋、永仁、大姚等县。沈犁郡：辖今四川西部大渡河以北之雅安地区，治筰都。汶山郡：治所在汶山（今四川茂汶县）。武都郡：西汉元鼎六年（前111）置，治所在武都（今甘肃省西和县），辖九县，包括今甘肃南部武都、成县、徽县、西和、两当、康县及陕西省西凤县、略阳等地。　　〔32〕"上使"句：皇帝派王然于为使，以南越破灭，且兰、邛君、筰侯等被诛的兵威，暗示、劝告滇王向汉王朝称臣。上，皇帝，指汉武帝。王然于，人名，前曾出使西南寻求通往天竺道路，未果。风喻，暗示、劝告。　　〔33〕"滇王者"数句：滇王的臣民有数万人，滇国的旁边东北面有劳浸、靡莫等部族，都为同一姓氏，互相扶持，不肯听王然于的劝告。劳浸、靡莫，古部族名、地名，约在今曲靖一带。其时代"可能与滇部族同时，庄蹻至滇时已有之"（方国瑜《中国西南历史地理考释》）。　　〔34〕劳浸、靡莫数侵犯使者吏卒：劳浸、靡莫多次侵扰（或阻挠）汉王朝的使者、官吏、士卒。　　〔35〕"元封二年"句：元封二年（前109），汉武帝派巴郡、蜀郡的兵，击灭滇部落东北面的劳浸、靡莫，以大军进逼滇国。临滇，靠近滇国。〔36〕"滇王始首善"句：由于滇王开始时就表示友好（主要指汉武帝派使者寻求通往印度道路时，曾派十馀批人帮助），因此没有杀他。首善，《史记会证》颜师古注："言初始以来常有善意。"〔37〕"滇王离难西南夷"句：意为滇王对汉采取与某些西南地区部族不一样的态度。其中"难"字衍，据《汉书》校。举国降：全国投降汉王朝。请置吏入朝：请求汉王朝设置（郡县）官吏，并入朝拜见皇帝。〔38〕以为益州郡：以滇王所辖地区设益州郡。益州郡，元封二年（前109）设，治所在滇池县（今晋宁县晋城镇），辖双柏、同劳、铜濑、连然、俞元、秦臧、味、邪龙、牧靡、谷昌、昆泽、叶榆、律高、不韦、云南、嶲唐、弄栋、比苏、贲古、毋棳、胜休、建伶、来唯等24县，约相当于今高黎贡山以东，鹤庆、剑川、姚安、元谋、东川以南，曲靖、宜良、华宁、蒙自以西，哀牢山以北地区。东汉时以其中一部分划归永昌郡，辖境缩小。蜀汉建兴三年（225）改为建宁郡。滇王王印：1956年于晋宁石寨山滇王墓中出土，金质，蛇纽，蛇首昂起，背部有鳞纹。印文为篆体"滇王之印"，方形，边长2.4厘米，重90克。滇王之印的出土，足证《史记》记载的真实性，也证明中央王朝在云南设置郡县已二千多年。复长其民：还是让他管理他的百姓。〔39〕"西南夷"句：西南夷地区的部落酋长多，以百来计算。独：唯独，只有。〔40〕滇小邑，最宠焉：滇是一个小国，最受宠。

（余嘉华）

扬　雄（一篇）

扬雄（前53~前18），字子云，蜀郡成都人，西汉末著名的哲学家、语言学家和辞赋家。主要著作有《太玄》、《輶轩使者绝代语释别国方言》（简称《方言》）和《法言》，另存辞赋《蜀都赋》等11篇。本书选收他的《蜀王本纪》。

《蜀王本纪》据巴蜀古代传说写成。蜀王中有一代名杜宇，相传他是朱提（今昭通市）人，带领部众向北发展，到成都平原，自立为王，号曰望帝。他教民务农，促进了四川古代农业的发展。后来巴蜀农民每当栽种前，都要祭祀他。这是川滇文化交流较早的记载。杜宇生活的年代约在公元前七世纪，距今二千六百多年，他是第一位有文字记载的云南杰出人物。

杜宇的名字流传广，且千古不绝，又与"望帝杜鹃"、"杜鹃啼血"等成语的广为运用有关。《禽经·杜鹃》，晋张华注引汉李膺《蜀志》曰：望帝称王于蜀，得荆州人鳖灵，便立以为相，"数岁后，望帝以其功高，禅位于鳖灵，号曰开明氏。望帝修道，处西山而隐，化为杜鹃鸟，或云化为杜宇鸟，亦曰子规鸟，至春则啼，闻者凄恻。"又，李时珍《本草纲目》引唐陈藏器《本草拾遗》云："人言此鸟，啼至血出乃止。"故有"杜鹃啼血"之说。历代诗人吟咏不绝。

蜀王本纪[1]

蜀王之先名蚕丛，后代名曰柏濩，后者名鱼凫[2]。此三代各数百岁，皆神化不死，其民亦随王化去[3]。鱼凫田于湔山，得仙，今庙祀之于湔[4]。时蜀民稀少[5]。

后有一男子，名曰杜宇，从天堕，止朱提[6]。有一女子，名利，从江源井中出，为杜宇妻[7]。乃自立为蜀王，号曰望帝，治汶山下，邑曰郫[8]。化民往往复出[9]。

望帝积百馀岁，荆人有人名鳖灵，其尸亡去，荆人求之不得，鳖尸随江水上至郫，遂活[10]。与望帝相见，望帝目鳖灵为相[11]。时玉山出水，若尧之洪水，望帝不能治，使鳖灵决玉山，民得安处[12]。鳖灵治水去后，望帝与其妻通，惭愧，自以德薄，不如鳖灵，乃委国授之而去[13]。如尧之禅舜[14]。鳖灵即位，号曰开明帝。帝生卢保，亦号开明[15]。

望帝去时子规鸣，故蜀人悲子规鸣而思望帝[16]。望帝，杜宇也。从天堕。

选自《全汉文》卷五三

【简注】〔1〕本纪：古代史书中帝王的传记，是纪传体史书的一部分。始于司马迁《史记》，后世相沿。　　〔2〕蜀：今为四川省的简称。古代为民族名及其所建立的地方政权名。其地在今四川西部。柏濩（huò）：可能是蚕丛氏中的一支，他们向平原迁徙，其活动中心在今灌县一带。濩，当作灌。鱼凫：一代蜀王名，本为水鸟鸬鹚，俗称渔鹰。由此推知，这一支先民当生活在水边，活动中心在今成都北彭县、广汉、温江一带。三星堆文化遗址中发现的土陶器中有好多个鱼鹰头像，似一种图腾，当与古鱼凫有关。对此三代的记载，严可均按："《初学记》八、《艺文类聚》六、《御览》（《太平御览》）一百六十六引作次曰伯雍，又次曰鱼凫。"　　〔3〕各数百岁：可能有二，一是相传蚕丛、柏濩、鱼凫等各活了数百岁；二是他们所建立的政权各存在了数百年，后者较为合理。神化不死：三代蜀王有兴替，前者不再担任蜀王了，仍不失为一部落领袖，或一国诸侯。其所属的人民仍由其统领。其民亦随其化去：首领退出蜀王的位置，民亦随他到特定的区域中生活。　　〔4〕湔（jiān）山：在今灌县境内，名玉垒山。田：种田，耕田。相传鱼凫于湔山麓耕田遇仙，后世立庙祭祀。　　〔5〕蜀民稀少：原文后有按语："《御览》一百六十六。又九百一十三。"　　〔6〕从天堕：即人从天上掉下来。这是人类起源说的一种，为此"天"又代表男性。云南人类起源传说甚多，有人从葫芦出说，天神以土造人说，由某种植物、动物变成说，卵生说等。杜宇"从天堕"，是有文献记录的较早的一种。朱提（shūshí）：今云南昭通。　　〔7〕江源：今成都西崇州市一带。井中出：即从井中出生。这位名利的女子从井中出生，即从地里冒出来，为此，"地"又代表女性。这又是另一种人类起源的传说。　　〔8〕郫：地名。故址在今成都西北的郫县。杜宇在这肥沃的成都平原郫建都，显然是以农业为重点。　　〔9〕化民：可能指原已随其部落首领到其他地方去的人民，或已逃亡的人民。化，去世、消失。复出：即原逃亡的百姓又回来了。此句下有原编者按：上述记载又见于"《文选·思玄赋》注，《御览》一百六十六，又八百八十八"。　　〔10〕荆：地名。西汉时称荆州，包括湖北、湖南两省及河南、贵州、广东、广西的一部分，其中心在湖北江陵。鳖灵：人名。原编者按："《后汉书》注、《文选》注引作鳖令。"尸：含义甚多，一是作神像解，古代祭祀时，代死者受祭、象征死者神灵的人，以臣下或死者的晚辈充任。后世渐用神主、画像、塑像充当。二是主持，主持某一事，《诗经·召南·采蘋》："谁其尸之，有齐季女。"《尚书·康王之诰序》："康王既尸天子，遂诰诸侯。"这里指尸体。亡：消失。随江水上至郫：（鳖灵）溯长江而上至蜀国都城郫。据说，他中途曾在南安（今四川乐山）居留，《水经注·江水》载：（南安）"即蜀王开明故治也"。遂活：即鳖灵的尸体在荆消失，至郫又复生。　　〔11〕望帝：即杜宇。目："以"的古字。下文径改，不再注。　　〔12〕相：即宰相、臣相。玉山：即王垒山。出水：暴发洪水。若尧之洪水：相传在唐尧、虞舜作部落首领时，黄河流域发生特大洪水，大地一片汪洋。舜派禹治水，他采用疏导的方法，历十馀年，终于把洪水治平。决玉山：开凿或扩大玉垒山的出水口，使洪水得以宣泄。鳖灵来自江汉平原长江沿岸地区，有较丰富的防洪排涝经验，当他来到成都平原，遇上洪灾，望帝无法治理，他便有机会一展身手，开沟通渠，水患平，鳖灵成为蜀中治水的先驱。　　〔13〕通：即私通。德薄：品德低下。《易·系辞下》："德薄而位尊。"委国：将国家政权托付别人。《史记·秦本纪》："韩王入朝，魏委国听令。"授：授权。即杜宇把国家政权交给鳖灵。　　〔14〕如尧之禅舜：《尚书·尧典》和《孟子》均称尧、舜、禹之间部落首领的更替，均为"禅让"，而不是夺权。但《古本竹书纪年》和《韩非子》等书记载却完全不同。《古本竹书纪年》称："昔尧德衰，为舜所囚。"《韩非子·说疑篇》："舜逼尧，禹逼舜，汤放桀，武王伐纣，此四人者，人臣之弑其君者也。"由此知舜继尧位不是禅让，而是夺权。从社会发展实际考察，后说似更近实际。鳖灵之取代杜宇，亦大致相仿佛。杜宇师法尧而让位给鳖灵，似根据华夏族的传说而编出来的。　　〔15〕开明：据《华阳国志·蜀志》记载，开明"凡王蜀十二世"，亡于周慎王五年，即公元前316年。若以30年一代计，开明王朝约360年，其为开明王时间约在公元前676年。本段后有原编者按："《后汉书·张衡传》注，《文选·思玄赋》注，《御览》八百八十八，又九百二十三，事类赋注六。"　　〔16〕望帝去时子规鸣：《太平寰宇记》云，"望帝自逃之后,欲复位,不得,死化为鹃,每春月间,昼夜悲泣,蜀人闻之曰:'我望帝魂也。'"从中约可窥见鳖灵平息成都平原水患后,人民得以安居,功德昭著,得到百姓的拥护;杜宇被迫失位,欲复不得,悲愤而死。也许,这较接近历史的真实。而杜宇在位时,曾教民务农,对农业生产的发展起过作用,因而百姓对他寄予了深厚的同情和怀念,为他立祠祭祀。《华阳国志·蜀志》称:"后有王曰杜宇,教民务农,一号杜主。……以汶山为畜牧,南中为园苑。会有水灾,其相开明决玉垒山以除水害。帝遂委以政事,法尧、舜禅授之义,遂禅位于开明,帝升西山隐焉。时适二月,子鹃鸟鸣,故蜀人悲子鹃鸟鸣也。巴亦化其教而力农务,迄今巴、蜀农时先祀杜主君。"

(余嘉华)

范 晔（一篇）

范晔（398~445），南朝宋史学家。字蔚宗，顺阳（今河南淅川东）人，曾以《东观汉记》为主要依据，综合各有关后汉的著作，写成《后汉书》的主体纪传部分，未完而卒。北宋时，将晋司马彪《续汉书》八志与之相配，成今本《后汉书》，共120卷，为纪传体东汉史。本书从中节选《哀牢王》一文，标题为选者所拟。

本文所节选的两个片断，时间跨度大，似断实连。各自具有较丰富的文化内涵，而又一脉相承。文中九隆（龙）的故事，首先是反映了一种原始的婚姻形态，即人们不知其父的群婚形态；其次是反映了哀牢夷生活的环境：旁山近水，崇拜龙；再次，保留了当时的风俗：纹身，衣着尾；留下了哀牢夷古老的语汇"九"（背）"隆"（坐）——陪坐。

选文的后一段，叙述了永昌郡的建立及其历史意义：哀牢王柳貌于东汉永平十二年（69），"遣子率种人内属"，汉王朝在其地建立了永昌郡。这在东汉王朝被视为一件盛事。班固《东都赋》称"绥哀牢，开永昌"之日，朝廷"万乐备，百礼暨，皇欢浃，群臣醉"。由于永昌郡的建立，一条由四川成都起，经云南、缅甸至印度的古商道有了进一步开辟和发展的可能。这条古商道，今人称之为"西南丝绸之路"。由川入滇道路有多条，而由滇出缅，古代最重要的交结点在永昌的兰津渡口，即今永平县与保山市隆阳区之间的澜沧江渡口。这正是"度博南，越兰津"的地方。永昌郡的建立，为中国与东南亚文化交流的发展创造了条件，也为永昌地区与内地人民的交往提供了更多的机会。

哀 牢 王[1]

哀牢夷者，其先有妇人名沙壹，居于牢山[2]。尝捕鱼水中，触沉木若有感，因怀妊，十月，产子男十人[3]。后沉木化为龙，出水上。沙壹忽闻龙语曰："若为我生子，今悉何在[4]？"九子见龙惊走，独小子不能去，背龙而坐，龙因舐之[5]。其母鸟语，谓背为九，谓坐为隆，因名子曰九隆[6]。及后长大，诸兄以九隆能为父所舐而黠，遂共推以为王[7]。后牢山下有一夫一妇，复生十女子，九隆兄弟皆娶以为妻，后渐相滋长[8]。种人皆刻画其身，象龙文，衣皆著尾[9]。九隆死，世世相继[10]。乃分置小王，往往邑居，散在溪谷[11]。绝域荒外，山川阻深，生人以来，未尝交通中国[12]。

……

永平十二年，哀牢王柳貌遣子率种人内属，其称邑王者七十七人，户五万一千八百九十，口五十五万三千七百一十一[13]。西南去洛阳七千里，显宗以其地置哀牢、博南二县，割益州郡西部都尉所领六县，合为永昌郡[14]。始通博南山，度兰仓水，行者苦之[15]。歌曰："汉德广，开不宾。度博南，越兰津。度兰仓，为他人[16]。"

选自《后汉书·西南夷传》

【简注】〔1〕哀牢：古国或古地方政权名。以"九隆"为始祖，至东汉永平十二年（69）建立永昌郡止，存在了三百馀年。方国瑜说，杨终《哀牢传》"所载世系，在扈栗之前有八代，以二十五年为一代推之，禁高生于汉景帝之世。禁高以前'代代相传，名号不可得而数'，则至少中缺五代之名号，不可纪知。疑九隆之世应在周赧王时，或在以前，当公元前二百年以前，是时，哀牢部族已有称王"（《中国西南历史地理考释》第21页，中华书局1987年版）。　〔2〕哀牢夷：云南古代族名。秦汉时分布在澜沧江、怒江、龙川江流域。沙壹：《华阳国志》作"沙壶"，《水经注》作"沙台"。牢山：即哀牢山，属云岭主脉的东南延伸，西北起大理白族自治州西南部，东南延伸至越南境内名为黄连山，因山的中、北部为古哀牢所在地，故名。　〔3〕触沉木若有感，因怀妊：人类起源神话之一。《后汉书·西南夷传》尚有夜郎女子，浣于遁水，有大竹流入足间，剖竹得子，为夜郎侯的记载。这触竹而孕与触木而孕属同一类型。　〔4〕若：你。悉：都。何在：在什么地方？　〔5〕背：《华阳国志·永昌郡》作"陪"，"犹汉言陪坐也"。龙因舐（shì）之：犹如"老牛舐犊"的意思，应理解为父认子，反映了母系制向父系制过渡的萌芽。　〔6〕鸟语：说话似鸟鸣，喻语言不通。唐韩愈《昌黎集》卷二一《送区册序》："小吏十馀家，皆鸟言夷面。始至，语言不通。"此地的鸟语，可作少数民族语解。谓背为九，谓坐为隆：皆为汉字记少数民族音。今人又常从故事本意出发，将"九隆"写成"九龙"。　〔7〕为父所舐而黠（xiá）：九隆被其父确认（舐）而且聪明、机智。遂：于是。　〔8〕九隆兄弟皆娶以为妻：十个女子与十个男儿成婚，是继群婚制之后出现的一种婚姻形式，夫妻分属不同的氏族，从一系列的女子与一系列的男子互为婚姻逐渐向相对固定的一夫一妻制过渡。这在社会发展史上是一个漫长的过程。民族学家称之为家族对偶婚，摩尔根称之为"普那路亚家庭"。　〔9〕刻画其身：俗称纹身，古代为图腾崇拜的一种表现，现代则含有纹饰意味。哀牢夷先民于身上刻画龙纹，即以龙为图腾。著尾：即衣服后襟呈尾状；若是牛羊皮或兽皮制成，将尾留在后襟下端。这与龙崇拜或动物崇拜有关。　〔10〕世世相继：汉杨终《哀牢传》说，"九隆代代相传，名号不可得而数。至于禁高，乃可知记。禁高死，子吸代；吸死，子建非代；建非死，子哀牢代；哀牢死，子桑藕代；桑藕死，子柳承代；柳承死，子柳貌代；柳貌死，子扈栗代。"　〔11〕小王：部落酋长。散在溪谷：即分布于各个河谷山野之中。　〔12〕交通：交往。中国：指中原。　〔13〕柳貌：《华阳国志》作"抑狼"。而杨终《哀牢传》作"柳貌"，是柳承之子、扈栗之父，较可靠。遣子：派遣其儿子扈栗。率：带领。种人：此处当民族讲，即哀牢夷。实际上哀牢夷是一个族群，包涵了许多民族。内属：归属中央王朝。邑王：指部落首领，有国王之意。邑，古代称国为邑。或为县的别名，如邑宰，即为县令。或泛指一般城市，大曰都，小曰邑。　〔14〕显宗：即东汉第二代皇帝明帝刘庄。显宗是他的庙号，按汉代宫廷礼制，皇帝死后，要在太庙辟设专室立神主奉祀，这专室的名字就是庙号，它是由下一代的皇帝用某祖、某宗的形式奉上的。如太祖（刘邦）、太宗（刘恒）、世宗（刘彻）等。永昌郡：辖哀牢（今腾冲、龙陵、德宏、临沧及缅甸的一部分）、博南（今永平一带），以及原益州西部都尉所领不韦（今保山）、嶲唐（治今云龙县漕涧镇）、比苏（今云龙、兰坪）、叶榆（今大理）、邪龙（今巍山、漾濞）、云南（今祥云）六县。由此可知东汉永昌郡所辖约今大理以西到缅甸伊洛瓦底江广大地区。首任郡守为郑纯，治所在嶲唐。约八年后迁至不韦（今保山坝）。　〔15〕始：开始。开通博南山时间，本文说是永平十二年（公元68年）；《华阳国志·南中志·永昌郡》称："孝武（即汉武帝）时通博南山，度兰沧水，渚溪，置嶲唐、不韦二县。"时在元封二年公元前109年。民间往来当在更早。博南山：在永平县境，澜沧江东侧，近南北走向，因位于汉博南县（今永平县）而得名，又名金浪巅山或叮咚山。一般山峰高2 000米～2 700米。临江陡绝险峻，"南方丝绸之路"的博南古道越山而过。兰仓水：即澜沧江，古代常写成兰仓水、兰沧江、鹿沧江、浪沧江，均为汉字记少数民族音的差异。"澜沧"为傣语"百万大象"。此水发源于青藏高原中部，流经青海、西藏、云南，出中国境后称湄公河，经老挝、缅甸、泰国、柬埔寨、越南注入南海，全长4 500公里。是中国西南联系东南亚的纽带。行者苦之：过往行人感到走博南古道太艰苦。〔16〕开不宾：开发原未归顺中央王朝的地方。宾，服从、归顺。度博南：越过博南山。越兰津：渡过澜沧江。为他人：为别人，主要指为当时的统治者。

（余嘉华）

梁建方（一篇）

梁建方，生平不详。据《新唐书》、《资治通鉴》载，唐贞观十九年（645），"松外蛮"（今四川盐边一带）与唐王朝发生矛盾，使唐王朝从成都经大理至印度的商道断绝，嶲州（今西昌）都督刘伯英上书"请击之"。贞观二十二年（648）朝廷派"右武将军梁建方发蜀十二州兵进讨"。事平，率军进入西洱河地区招谕，于是"西洱河大首领杨敛、松外蛮首领蒙羽皆入朝授官秩"，梁建方亦"振旅而还"。这里所选的《西洱河风土记》，当是据此行的见闻写成。原文已佚。这里所选文字，是方国瑜先生从《新唐书》、《通典》、《太平寰宇记》、《唐会要》、《资治通鉴》诸本关于西洱河风土记之文合抄校理而成。题为方国瑜先生所拟。

《西洱河风土记》记载云南西洱河一带古代少数民族部落的风土人情，涉及族源传说、族姓、物产、饮食、服饰、婚丧、道德与族规、族法一系列问题。内容具体、明确、清晰。这是研究唐代前期滇西少数民族的经济、文化与习俗的重要资料。

西洱河风土记

其西洱河从嶲州西千五百里，其地有数十百部落，大者五六百户，小者二三百户[1]。无大君长，有数十姓，以杨、李、赵、董为名家[2]。各据山川，不相役属[3]。自云其先本汉人。有城郭村邑，弓矢矛铤[4]。言语虽小讹舛，大略与中夏同[5]。有文字，颇解阴阳历数[6]。自夜郎、滇池以西皆云庄跻之馀种也[7]。

其土有稻、麦、粟、豆。种获亦与中夏同。而以十二月为岁首。菜则葱、韭、蒜、菁[8]。果则桃、梅、李、柰[9]。有丝麻蚕织之事，出绝、绢、丝、布、麻，幅广七寸以下[10]。染色有绯帛[11]。早蚕以正月生，二月熟。畜有牛、马、猪、羊、鸡、犬。饭用竹箄抟之，而啖羹用象杯，形若鸡彝[12]。有船无车。

男子以毡皮为帔，女子绁布为裙衫，仍披毡皮之帔，头髻有发，盘而成，形如髽，男女皆跣[13]。

至于死丧哭泣，棺郭袭敛无不毕备[14]。三年之内，穿地为坎，殡于舍侧，上作小屋；三年而后出而葬之，蠹蚌封棺，令其耐湿。豪富者杀马牛祭祀，亲戚必会，皆赍牛酒助焉，多者至数百人[15]。父母死皆衰布衣，不澡[16]。远者至四五年，近者二三年，然后即吉[17]。其被人杀者，丧主以麻结发而黑其面，衣裳不缉[18]。唯服内不废婚嫁。

娶妻不避同姓。富室娶嫁，金银各数十两，马牛羊皆数十头，酒数十瓶。女之所赍金银，将徒亦称是[19]。婿不亲迎，女至其家，亦有拜谒尊卑之礼[20]。

其俗有盗窃、杀人、淫秽之事，酋长即立一长木，为击鼓警众，共会其下。强盗者，众共杀之；若贼家富强，但烧其屋，夺其田业而已，不至于死[21]。穿窬盗者，九倍征赋[22]。处女孀妻，淫佚不坐，有夫而淫，男女俱死[23]。不跨有夫女子之衣。若奸淫之人，其族强者，输金银请和，妻则弃之。其两杀者死，家族即报复，力不能敌则援其部落举兵相攻之[24]。

选自《云南史料丛刊》卷二

【简注】[1] 西洱河：源出云南洱海，经大理流入漾濞江。但西洱河古称叶榆泽，即洱海，在大理县东。此当泛指洱海地区。巂（xī）州：宋属大理，故治在今四川西昌市境内。州在川滇交界处，在云南有华坪、永胜、丽江三县。部落：聚居的部族、氏族。　[2] 大君长：泛指首领，部落长。　[3] 役属：役使而使之臣属、归顺。　[4] 村邑：村镇。矛铤（chán）：泛指短柄兵器。铤，铁柄小矛。　[5] 讹舛（chuǎn）：错误。这里应指（与中原的）差别。中夏：指中原地区。　[6] 阴阳：指日月运行特点。历数：泛指推算节气次序。　[7] 夜郎：汉时我国西南地区古国名，地约在今云贵交界周围地区。滇池：也称昆明池，在云南昆明市西南。湖面积 330 平方公里。水经螳螂川北流注入金沙江。《史记·西南夷传》："（庄）跻至滇池，方三百里。"庄跻：一作庄豪。战国时楚将，一说为楚庄王后裔。楚顷襄王派庄跻率军攻取川黔以西，直到滇池附近。后因黔中被秦攻占，与楚交通断绝，即还滇称王，号庄王。汉武帝时，滇王始与汉通，后以其地为益州郡。馀种：后代。《新唐书》："自夜郎、滇池以西，皆庄跻之裔。"唐宋人犹有"庄跻馀种"之说（见《滇绎》）。　[8] 菁（jīng）：芜菁，俗称蔓菁。　[9] 柰（nài）：花红，沙果。　[10] 绝（shī）：粗绸。绢（juàn）：薄的丝织品。　[11] 绯帛：红色丝织品。　[12] 竹筲（shāo）：竹制容器，云南方言叫筲箕。抟（tuán）：把东西揉弄成圆形。这里指把饭弄成团。啖（dàn）：吃。象杯：酒杯。《礼·明堂位》："牺象，周尊也。"鸡彝：古祭祀用的酒尊。用木刻成鸡形或画鸡于酒器上而成。　[13] 毡皮：用兽毛碾压成的片状物，可作防寒等用品。帔（pèi）：披肩。髽（zhuā）：用麻和头发合打成的发髻。跣（xiǎn）：光着脚。　[14] 棺郭：当为"棺椁"，棺材和套在棺外的外棺。袭敛：埋葬。袭，专指为死者尸体穿衣。《释名·释丧制》："衣尸曰袭。袭，匝也，以衣周匝覆衣之也。"敛，敛藏，殡殓之殓，经传皆作"敛"。为死者易衣曰小敛，入棺曰大敛，又棺埋入墓穴亦谓敛。　[15] 坎：墓穴。《礼·檀弓》："往而观其葬焉，其坎深不至于泉。"蠡（lí）蚌：即贝壳，蚌壳。赍（jī）：送与。　[16] 衰（cuī）衣：丧服。衰同"缞"，被于胸前的麻条衣，古为服三年之丧（臣为君、子为父、妻为夫）者用之。不澡：不洗涤。　[17] 即吉：除去丧服。《晋书·李含传》傅玄表："世祖之崩，数旬即吉。"　[18] 不缉（qī）：不缝衣服下面的边。《仪礼·丧服》："斩者何？不缉也。"斩，即斩衰，用粗麻布制成的丧服。左右和下边不缝。　[19] 称是：与之相应酬答。　[20] 拜谒：拜见。　[21] 酋长：部落长。　[22] 穿窬（yú）：穿壁翻墙。指偷窃行为。《论语·阳货》："色厉而内荏，譬诸小人，其犹穿窬之盗也与。"窬，翻墙而过。　[23] 淫佚：纵欲放荡。不坐：不获罪，无罪。　[24] 援：引进，联引。

（蔡川右）

异牟寻（二篇）

异牟寻（759~808），姓蒙氏，阁罗凤孙，幼受教于郑回，"颇知书，有才智，善抚其众"（《旧唐书》）。唐代宗大历十四年（779）嗣立，居史城（今大理喜洲）。连吐蕃攻蜀。兴元元年（784）迁都太和（今大理），改名大礼国，吐蕃改封为"日东王"（从兄弟之国降为臣属之邦），更立官制。其疆域东至今贵州，南接越南、缅甸，西接西藏，北至金沙江。因吐蕃征求无厌，悉夺险立营，岁索兵助防。听清平官郑回建议，愿永为唐藩属。贞元九年（793），分三道遣使经成都至京师，第二年春与唐使崔佐时会盟于点苍山神祠，诏封为云南王。同时出兵吐蕃，攻取铁桥等十六城堡，俘王而献唐。贞元十年（794）唐遣袁滋册立为南诏王，赐金印。十四年，请以大臣子弟入质于唐，唐令就学于成都，十馀年更替不绝。在位30年，谥孝桓王。

从唐德宗贞元三年（787）开始，韦皋以节度使名义数次致书异牟寻，劝其弃吐蕃归唐，以牵制和削弱吐蕃东扰兵势。其中一次文书劝道："不乘此时依大国之势以复怨雪耻，后悔无及矣。"直到贞元九年（793），异牟寻才最终决定归附唐朝。

《贻韦皋书》诉说南诏"世为唐臣"，受辱无处澄雪，被迫脱唐臣吐蕃，是权宜之计，是"唐负南诏"所致。唐王朝官僚的腐败，更加剧边阃争斗和民族矛盾。南诏更有"四忍"、"四难忍"的难言之痛。而其困境中挣扎，"调度吐蕃，极有兵谋"。此书"后幅辞义朴懋（同'茂'），自异宋元人文字"（均见《滇南文略》）。全文重在说理，言词恳切，情在其中，甚为感人。

《誓文》之题为后人所拟。《滇文丛录》按："《新唐书》有与韦皋书而无《誓文》，而《蛮书》有与赵昌书并表，表今佚，疑即《誓文》。盖南人质直，或即抄《誓文》入奏，以明诚恳。此表流传安南，唐懿宗咸通初，经略使蔡袭于郡州得之，后以奏上。"

据《新唐书·南诏传》等记载，异牟寻不欲让吐蕃知唐使者到南诏，而崔佐时自谓唐使者，不愿"衣牂牁使者服以入"，异牟寻只好"夜迎之，设位陈燎，佐时即宣天子意，异牟寻内畏吐蕃，顾左右失色，流涕再拜受命"。且按崔的劝告，除掉吐蕃使者，把吐蕃以前颁发的金印等物上交唐廷，去"日东王"封号，请唐"复南诏旧名"。

唐德宗贞元十年（794），异牟寻"使其子寻阁劝及清平官与佐时盟点苍山"神祠。此为会盟誓文。语意诚恳，不亢不卑，归唐明志，义无反顾，斩钉截铁，甚为坚决。涉及唐、南诏、吐蕃三者的关系，思路明晰，表述简洁。叙述弃吐蕃而复归唐廷，大义凛然，入情入理。

贻韦皋书[1]

异牟寻世为唐臣，曩缘张虔陀志在吞侮，中使者至，不为澄雪，举部惶窘，得生异计[2]。鲜于仲通比年举兵，故自新无繇[3]。代祖弃背，吐蕃欺孤背约[4]。神川都督论讷舌使浪人利罗式眩惑部姓，发兵无时，今十二年；此一忍也[5]。天祸蕃廷，降衅萧墙，太子弟兄流窜，近臣横污，皆尚结赞阴计，以行屠害，平日功臣，无一二在[6]。讷舌等皆册封王[7]。小国奏请，不令上达；此二忍也[8]。又遣讷舌逼城于鄙，敝邑不堪[9]。利罗式私取重赏，部落皆惊；此三忍也。又利罗式骂使者曰："灭子之将，非我其谁[10]？子所富当为我有"；此四忍也。

今吐蕃委利罗式甲士六十侍卫，因知怀恶不谬；此一难忍也[11]。吐蕃阴毒野心，辄怀搏噬[12]。有如偷生，实污辱先人，辜负部落；此二难忍也[13]。往退浑王为吐蕃所害，孤遗受欺[14]；西山女王，见夺其位[15]；拓跋首领，并蒙诛刈[16]；仆固志忠，身亦丧亡[17]。每虑一朝亦被此祸；此三难忍也[18]。往朝廷降使招抚，情心无二，诏函信节，皆送蕃廷[19]。虽知中夏至仁，业为蕃臣，吞声无诉；此四难忍也[20]。

曾祖有宠先帝，后嗣率蒙袭王，人知礼乐，本唐风化[21]。吐蕃诈给百情，怀恶相戚[22]。异牟寻愿竭诚日新，归款天子[23]。请加戍剑南、西山、泾原等州，安西镇守，扬兵四临，委回鹘诸国，所在侵掠，使吐蕃势分力散，不能为强，此西南隅不烦天兵，可以立功云[24]。

选自《新唐书·南诏传》

【简注】〔1〕《贻韦皋书》：题目为《滇南文略》所加，《新唐书》称为"遗皋帛书"。贻，致送。韦皋（745～805），字城武，唐京兆万年（今陕西西安）人。初任监察御史，知陇州行营留后事，因参加平定朱泚叛乱有功，升陇州刺史，奉义军节度使。德宗时，官至检校司徒兼中书令。贞元初，转任西川节度使，在蜀21年，经略滇中，实行联络南诏、专御吐蕃的策略，封南康郡王。顺宗时，王叔文当权，他请兼领剑南三川，不成，上表请皇太子（宪宗李纯）监国。不久暴卒。书，书信。 〔2〕曩（nǎng）缘：过去因为。张虔陀：唐时任姚州（今姚安）都督、云南（治今祥云县）郡太守。欲削阁罗凤势力，未成。侮辱阁罗凤妻子，还"多所求丐"，"阴表其罪"，激怒阁罗凤起兵反唐，成为天宝战争的导火线。张后被阁罗凤攻杀。吞侮：忍受侮辱。或掩盖对阁罗凤的侮辱。中使：朝廷派出的使者，多由宦官充任。澄雪：澄清，雪耻。举部：整个南诏。惶窘：惊恐窘迫。得生异计：必须想出奇特的计谋。得，必须。 〔3〕鲜于仲通（693～755）：姓鲜于，名向，唐渔阳（今天津市蓟县）人，寄籍新政（四川南部东南）。天宝初年，杨国忠从军于蜀，贫不能归。他特加周济，并荐于剑南节度使章仇兼琼，送归长安。国忠当政，荐鲜于仲通为剑南节度使。天宝十载（751）率兵进攻南诏，大败于泸南（今姚安境），丧师六万。国忠掩败为胜，叙其战功，荐为京兆尹。后被贬。比年：连年，近年。无繇（yóu）：无从，没有门径。繇，通"由"。《新唐书·南诏传》载，"阁罗凤遣使者谢罪，愿还所虏，得自新，且城姚州"，但"仲通怒，囚使者，进薄白厓城，大败引还"。 〔4〕代祖：指阁罗凤。"阁罗凤卒，以凤迦异前死，立其孙异牟寻以嗣"。弃背：指逝世。代，迨也，等到。吐蕃（bō）：我国古代藏族建立的地方政权。由雅隆（今西藏山南地区）农业部落为首的部落联盟发展而成的奴隶制政权。系出西羌，唐初兼并诸羌，定都今拉萨。八世纪后半叶，最为强盛，曾辖有青藏高原诸部，远及西域、河陇地区，计传位九代，历时二百馀年。上层原信本教，后崇尚佛教。唐、蕃通使频繁，经济文化联系至为密切。吐蕃是唐人对这一政权的称谓，宋、元、明初史籍称青藏高原及当地土著族、部为吐（土）蕃，或称西蕃（番）。欺孤背约：《新唐书·南诏传》记载，"然吐蕃责赋重数，悉夺其险立营候，岁索兵助防，异牟寻稍苦之。" 〔5〕神川：今丽江、迪庆金沙江边塔城、腊普一带，曾属吐蕃。都督：地方军政长官。唐都督于各州分上中下三等。其边防重地之都督，则加旌节，谓之节度使。中叶以后，节度使益增，都督之名遂废。论讷舌：人名。吐蕃称宰相曰论，后以官为氏。浪人：樊绰《云南志》卷三载，"凡浪穹、邆睒、施浪，总谓之浪人"。利罗式：樊绰《云南志》卷三载，"……剑川罗识与神川都督言语交通，时傍与其谋，俱求立为诏。谋泄，时傍被杀；罗识北走神川，神川都督送罗聘二（王忠认为'二'字涉上文'些'字衍）城。"又卷六载，"又称八诏，盖白岩城，时傍及剑川矣罗识，二诏之后。"王忠认为，"是罗识即矣罗识，亦即本传之利罗式也。"（《新唐书南诏传笺证》）。眩惑：迷乱。部姓：部族。 〔6〕降衅：落下争端，种下祸根。萧墙：门屏，宫室用以分隔内外的当门小墙。《论语·季氏》："吾恐季孙之忧，不在颛臾而在萧墙之内也。"后以萧墙之患喻内部潜在的祸害。横污：不洁，污秽，腐败。横，充溢。尚结赞：吐蕃大相，"有材略"，助浑瑊破朱泚，德宗爽约不与地。吐蕃怨而寇泾陇邠宁。陷盐夏，结赞屯鸣沙，馈饷数困以乞和，复盟于平凉。结赞伏精兵欲长驱入寇，及盟，浑瑊仅得脱。结赞寻遣送兵部尚书崔汉衡等归，诏受而绝其使，遂屡寇数州，俘掠殆尽。贞元中卒。屠害：杀害。 〔7〕册封：皇帝以封爵授给属国君长、少数民族首领、异姓王、宗族、妃嫔等，要经过仪式，即在受封者面前宣读授给封爵位号的册文，连同印玺一齐授给被封人。 〔8〕不令上达：不让皇帝知道。 〔9〕逼城：犹兵临城下。逼，胁迫。鄙：自称，自谦之词。敝邑：偏远的都城。不堪：受不了。 〔10〕子：对人的称呼。其谁：表示测度，反诘语气。 〔11〕怀恶不谬：包藏祸心却自以为是。 〔12〕辄怀搏噬（shì）：总想厮杀。辄，总是。噬，咬。 〔13〕偷生：苟且而活。 〔14〕退浑王：吐谷浑国王。《新唐书·西域传》记吐谷浑被唐更封青海国王的诺曷钵死后，子忠立。忠死，子宣超立。"宣超死，子曦皓立。曦皓死，子兆立。吐蕃复取安乐州，而残部徙朔方、河东，语谬为'退浑'"。 〔15〕西山：在翼州，即四川茂汶县北。见夺：被夺。 〔16〕拓跋：也作拓拔，党项羌的一支。并蒙：一齐蒙受。诛刈（yì）：清除。 〔17〕仆固：复姓，疑指仆固怀恩，属铁勒部族，世袭都督。从郭子仪讨安禄山，复两京，平史朝义。累官尚书左仆射，兼中书令，河北副元帅，封太宁郡王。后为宦官骆奉先、鱼朝恩所谮，愤而叛变，诱合诸蕃入寇，病死灵武。 〔18〕被：同披，犹蒙受。 〔19〕降使：下派使者。诏函：秦汉后，专指帝王文书、命令、信函。信节：信使符节。节，使臣执以示信之物。蕃廷：南诏自称。 〔20〕中夏：中国，指唐王朝。业：已经。吞声：心有怨恨而不敢作声。 〔21〕曾祖：指盛逻皮。有宠：有宠于。先帝，指唐睿宗。率蒙：大略蒙受。袭王：世袭王位。礼乐：指儒家文化，泛指其社会规范和道德标准。风化：风俗，教化。 〔22〕诈绐（dài）：欺骗。百情：百端，百态。相戚：相互警惕、戒备。 〔23〕日新：经常改过更新。王忠认为"日"当作"自"（《新唐书南诏传笺证》）。归款：归顺。款，服罪。 〔24〕剑南：包括今四川剑阁县以南，长江以北，甘肃嶓冢山以南和云南东北境地区。西山：见本文注〔15〕。泾原：在甘肃泾川北至宁夏固原一带。安西：安西都护府，曾辖及龟兹、疏勒、于阗、焉耆（一作碎叶）四镇等。扬兵四临：出兵四周。回鹘（hú）：即回纥（hé），维吾尔的古称。其先匈奴，北魏称高车部，或敕勒，讹为铁勒。有15个部落，散居漠北，以游牧为生。隋大业中，因反抗突厥贵族的压迫，组成回纥部落联盟，与唐大多保持友好和从属的关系。唐曾借兵平安史之乱和吐蕃之扰，但常抢掠。其中唐大历十三年（778）曾寇太原，大掠而去。唐德宗贞元四年（788）改为回鹘，取"回旋轻捷如鹘"之意。后部落分散西迁。

（蔡川右）

誓 文

贞元十年，岁次甲戌，正月乙亥，朔，五日己卯，云南诏异牟寻及清平官、大军将与剑南、西川节度使判官崔佐时，谨诣玷苍山北，上请天地水三官、五岳、四渎及管川谷诸神灵同请降临，永为证据[1]。

念异牟寻乃祖乃父忠赤附汉[2]。去天宝九载，被姚州都督张乾陁等离间部落，因此与汉阻绝，经今四十三年，与吐蕃洽合，为兄弟之国[3]。吐蕃赞普册牟寻为日东王[4]。亦无二心，亦无二志。去贞元四年，奉剑南节度使韦皋仆射书，具陈汉皇帝圣明，怀柔好生之德[5]。七年，又蒙遣使段思义等招谕，兼送皇帝敕书[6]。遂与清平官、大军将、大首领等密图大计，诚矢天地，发于祯祥，所管部落，誓心如一[7]。去年四月十三日，差赵莫罗眉、杨大和眉等赍仆射来书，三路献表，愿归清化，誓为汉臣[8]。启告宗祖明神，鉴照忠款[9]。今再蒙皇帝、蒙剑南西川节度使韦皋仆射遣判官崔佐时传语，牟寻等契诚，誓无迁变[10]。谨请西洱河、玷苍山神祠监盟，牟寻与清平官洪骠利时、大军将段盛等请全部落归附汉朝，山河两利[11]。即愿牟寻、清平官、大军将等福祚无疆，子孙昌盛不绝，管诸赕首领永无离二[12]。兴兵动众，讨伐吐蕃，无不克捷[13]。如会盟之后，发起二心，及与吐蕃私相会合，或辄窥侵汉界内田地，即愿天地神祇共降灾罚，宗祠殄灭，部落不安，灾疾臻凑，人户流散，稼穑产畜，悉皆减耗[14]。如蒙汉与通和之后，有起异心，窥图牟寻所管疆土，侵害百姓，致使部落不安，及有患难不赐救恤，亦请准此誓文，神祇共罚[15]。如蒙、大汉和通之后，更无异意，即愿大汉国祚长久，福盛子孙，天下清平，永保无疆之祚[16]。汉使崔佐时至益州，不为牟寻陈说，及节度使不为奏闻牟寻赤心归国之意，亦愿神祇降之灾[17]。

今牟寻率众官具牢醴，到西洱河奏请山川土地灵祇，请汉使计会，发动兵马，同心戮力，共行讨伐[18]。然吐蕃神川、昆明会同以来，不假天兵，牟寻尽收复，铁桥为界，归汉旧疆宇[19]。谨率群官虔诚盟誓，共克金契，永为誓信。其誓文一本请剑南节度使随表进献，一本藏于神室，一本投西洱河，一本牟寻留诏城内府库，贻诚子孙[20]。伏惟山河神祇，共鉴诚恳[21]。

选自《滇文丛录》卷首

【简注】〔1〕贞元十年：公元794年。贞元是唐德宗年号。岁次：指每年岁星所值的星次与其干支。古以岁星纪年，也叫年次。甲戌记年，下文乙亥记月，己卯记日。云南诏：即南诏。云南，在今祥云县。

南诏为唐地方政权。唐初洱海地区有六诏，蒙舍诏最南，称为南诏。皮逻阁统一六诏后，南诏遂为六诏的总称。诏，云南少数民族称王为诏。清平官：南诏官名。樊绰《云南志》："清平官六人，每日与南诏参议境内大事。"犹唐宰相。大军将：南诏官名。樊绰《云南志》："大军将十二人，与清平官同列。每日见南诏议事。出则领要害城镇，称节度。有事绩功劳尤殊者，得除授清平官。"剑南：今四川剑阁县以南以及甘肃、云南的部分地区。西川：指四川西部。唐贞观元年设剑南道。元和后分设西川、东川节度使。西川领十六州，其后分合不一。节度使：初唐，节度使封郡王，掌总军旅，专诛杀。天宝初，设十节度使，以后遍设于国内。总管一道或数州，军事民政用人理财，皆得自主。安史之乱后，地方武将亦多署节度使名号，自置官属；大者连州数十，小者犹兼三四，父死子继，号为留后，世称藩镇。《滇文丛录》按："崔佐时乃韦皋所遣西川节度巡官，不可直称节度使，疑有脱文。今案当重一'使'字。"原文当为"节度使使崔佐时"。赵吕甫《云南志校释》作"节度使判官崔佐时"。崔佐时在此文为节度使巡官。巡官在判官之次。谨诣：恭敬去到。玷苍山：即点苍山。古称灵鹫山，俗称苍山，以山色苍黑得名。在大理市西部，由19座山峰组成，18山溪东注洱海。长43公里，宽约20公里，以洱河为界与哀牢山脉南北对峙。主峰马龙峰海拔4 122米，其余均在3 000米以上。风景巍峨秀丽，为南中奇胜。五岳：中岳苍山，东岳乌龙山（在今禄劝东北），南岳蒙乐山（即无量山），西岳高黎贡山，北岳玉龙山（即玉龙雪山）。四渎：黑惠江、澜沧江、泸水（即金沙江）、潞江（即怒江）。唐大历十四年（779），异牟寻曾封此五岳四渎，各建神祠祀之。渎，独流入海，此泛指河川。　　〔2〕念：此字为赵吕甫《云南志校释·附录》所增。乃祖乃父：先祖先父。乃，你的。忠赤：忠心赤胆。附汉：归顺唐王朝。　　〔3〕去：已过去的。天宝九载：公元750年。天宝是唐玄宗年号。姚州：今姚安。都督：唐地方军政长官。张乾陁：也作"张虔陀"，时任姚州都督，云南（治今弥渡县）郡太守，欲削阁罗凤势力，未成。侮辱阁罗凤妻子，还"多所求丐""阴表其罪"，激起阁罗凤起兵反唐，成为天宝战争的导火线。张被阁罗凤攻杀。部落：聚居的部族。吐蕃（bō）：见本书异牟寻《贻韦皋书》注〔4〕。洽合：《云南志校释·附录》作"洽和"，和好，协调。　　〔4〕赞普：吐蕃君长称号。《新唐书·吐蕃传》："其俗谓强雄曰赞，丈夫曰普，故号君长曰赞普。"册：封爵的策命，册封。皇帝以封爵授给属国君长，少数民族首领等，要在受封者面前宣读授给封爵位号的册文，连同印玺一齐给被封人。日东王：唐天宝十一载（752），南诏阁罗凤附吐蕃，吐蕃封之为赞普钟，称东帝，给金印。大历十四年（779），阁罗凤卒，孙异牟寻立，吐蕃封之为日东王，从兄弟之国降为臣属之邦。　　〔5〕贞元四年：公元788年。贞元，唐德宗年号。韦皋（745～805）：见本书异牟寻《贻韦皋书》注〔1〕。仆射（yè）：唐代不设尚书令，仆射即为尚书省长官。初与中书令、侍中同为宰相，中宗以后，非加同中书门下平章事不为宰相。韦皋官至检校司徒兼中书令，检校尚书右仆射，位同宰相。具陈：详述。怀柔：招来安抚，使之安宁。怀，来。柔，安。后指笼络他族使之归附。曹丕封孙权吴王策命："君宣导休风，怀柔百越，是用锡君朱户以居。"好生：好好地。　　〔6〕段忠思：《云南志校释·附录》作"段忠义"，本是阁罗凤时的南诏使者，居留西川多年，此时任西川节度使讨击副使。招谕：招使知晓、告知。敕书：唐制，皇帝行文臣僚，凡慰谕公卿，诫约朝臣者称敕书。　　〔7〕大首领：大头人。密图：密商，秘密图谋。诚矢：诚誓。矢，誓。《诗·卫风·考槃》："独寐寤言，永矢弗谖。"祯祥：吉兆。　　〔8〕"差赵莫罗眉"两句：贞元九年（793），异牟寻派出三路使节分别至长安，觐见德宗，呈上南诏归唐公文，贡献方物。一路使者由赵莫罗眉率领，出石门，取道戎州；一路是杨大和眉，取道黔中；一路由杨传盛率领，经原南宁州爨地，取道安南。三路使还带有异牟寻《贻韦皋书》。差（chāi）：派遣。赍（jī）：持物送人。表，泛指归唐书，公文。清化：清明的教化。李密《陈情表》："逮奉圣朝，沐浴清化。"　　〔9〕鉴照：明辨，明察。忠款：忠诚。　　〔10〕判官：唐代节度、观察、团练、防御诸使，其僚属都有判官、推官，其次是巡官。契诚：真诚投合，忠诚。迁变：变化，更改。　　〔11〕西洱河：此指洱海，又名西洱海，因湖形如耳得名。古称叶榆泽。在大理市东。湖汇西洱河及点苍山麓诸水后，经漾濞江入澜沧江。北起洱源江尾,南止下关,长约40公里,宽4~6公里,面积250多平方公里,平均水深11.5米,最深40米。洪骠利时、段盛:均为人名。汉朝:这里指唐王朝。　　〔12〕福祚(zuò):同义复词,幸福。诸赕(tǎn):各政区,相当于各州。或作睒、脸、甸等,为南诏政区名,以赕为准。唐贞元十五年(799)后增为十赕。《新唐书·南诏传》:"有十睑(赕),夷语睑若州。"即云南(祥云县云南驿)、白崖又名勃弄(弥渡红岩乡)、品澹(祥云县城)、邆川(邓川)、蒙舍(巍山县城)、大厘又名史睑(大理喜洲镇)、苴咩又名阳睑(大理城)、蒙秦(巍山北、漾濞)、矣和(大理太和村)、赵川(大理凤仪镇)。此十赕在洱海地区,为南诏直辖之赕,自成一个区域。他本所列十赕,略有出入。　　〔13〕克捷:取胜。　　〔14〕会盟:诸侯间聚会而结盟。或辄:或者。内(nà):即纳,取,占领。神祇(qí):天地之神。《释文》:"天曰神,地曰祇。"宗祠:祠堂,家庙。古代士庶不得立家庙,至明代,许立始迁祖庙。殄(tiǎn)灭:灭亡,灭绝。臻凑(zhēncòu):全到,聚集。　　〔15〕窥图:暗中图谋。救恤:救助,帮助。　　〔16〕国祚(zuò):帝王之位。也指国家命运。祚,皇位。之祚:之福。　　〔17〕益州:此指成都。崔佐时留南诏26日而归成都。　　〔18〕牢醴(lǐ):泛指牛羊酒食。醴,甜酒。灵祇:神灵,地神。计会:思虑,盘算。《韩非子·解老》:"人有欲则计会乱。"戮力:并力,尽力。〔19〕神川:今丽江,金沙江一带。昆明:此为嶲州的昆明县(今四川盐源县),唐武德二年(619)置,后为南诏所并。不假:不借。天兵:指唐王朝军队。铁桥:铁桥城,在今丽江塔城乡。城北有铁桥跨金沙江上,为南诏与吐蕃间的交通要道。唐贞元十年(794),地入南诏,于此置铁桥节度。　　〔20〕虔(qián)诚:恭敬有诚意。共克金契:共同遵守盟誓。克,同"刻"。金契,指坚固牢靠的盟约。进献:恭敬地献上。神室:神祠。留诏:存令,待命。府库:官府储存财物兵甲的仓库。贻诫:传诫,垂训。〔21〕伏惟:俯伏思维,下对上的敬词。《古诗为焦仲卿妻作》:"府吏长跪告,伏惟启阿母。"常用于奏疏或信函中。共鉴:共照,共明。

(蔡川右)

佚 名（一篇）

唐贞元十年（794）正月，南诏异牟寻与唐使崔佐时盟于点苍山神祠，复归唐。三月，南诏袭击吐蕃于神川（今金沙江畔），取铁桥城（今丽江塔城）等16城。六月遣弟凑罗栋、清平官尹仇宽等献地图纳贡，望复号南诏。唐遣祠部郎中袁滋为御史中丞至南诏为册封使。九月，袁滋至石门关（今盐津县豆沙关），题名摩崖，至今犹存。十月，袁滋至阳苴咩城（今大理古城西北），异牟寻备礼郊迎，率官属北面跪受。袁代表唐德宗册封异牟寻为南诏王，赐印文为"贞元册南诏印"的银窠黄金印。宴会时，异牟寻出示玄宗天宝五载（746）所赐平脱头盘，并指说开元皇帝赐胡部龟兹两部，"只馀此二人在国"。袁希望南诏"坚守诚信，为西南藩屏"，异牟寻表示："敢不承命！"

十一月，袁滋途经成都还朝复命，著《云南记》记述有关南诏事。第二年，异牟寻派清平官尹辅酋等17人随唐使至京师上贡，奉表谢恩。唐授尹辅酋为检校太子詹事兼御史中丞，其馀使者皆授官。唐设云南安抚司，以剑南、西川节度使韦皋兼云南安抚使。

《袁滋册封南诏记》记叙云南（从安宁到大理）沿途各地迎接袁滋持节册封使等的具体情况，威严庄重的场面，册封的过程，以及袁滋来回的路线。特别强调南诏重新归唐的坚定意志，详列贡物的具体内容。这是唐王朝再次统一云南的真实记录。

题目为编选者所拟。赵吕甫《云南志校释》认为："此文纪贞元十年（794）唐册封南诏事首尾最详备，疑即樊绰录自袁滋《云南记》而附于卷末者也。"

袁滋册封南诏记[1]

唐使既至，因遣曹长段南罗各同伦判官赵伽宽等九人，与南诏清平官尹辅酋及亲信李罗札将大马二十匹迎，子弟羽仪六人沿路视事[2]。十五日至安宁城[3]。城使段伽诺出步军二百队，马军一百队夹道排立，带甲马六十队引前，步枪五百人随后，去城五十里迎候[4]。十九日到曲驿[5]。镇使杨盛出马军一百三十队、步军一百七十队，夹道排立，带甲马二百人引前，步枪三百人随后，去驿一十里迎接[6]。二十一日过欠舍川；首领父老百馀人，蛮夷百姓数千人，路旁罗列而拜，马上送酒[7]。云南节度将五十匹马来迎[8]。二十三日到云南城。节度蒙酋物出马军一百队，步军三百人，夹道排立，带甲马一十队引前，步枪五百人随后，去城一十里迎候[9]。门前父老二百馀人，吐蕃封王数人，在路迎拜。是日，南诏使大军将兼户曹长王各苴来迎[10]。二十四日到白崖城[11]。城使尹瑳迁出马军一百队，步军二百队，夹路排立，引马六十匹，步枪五百人，去城五里迎候[12]。南诏遣大军将李凤岚将细马一千匹并伎乐来迎[13]。渠敛赵中路客馆馆前父老二百馀人，蛮夷百姓五六十人，路迎马前[14]。大军将喻于俭出马步军三百队夹路排立，引马六十匹，步枪三百人，去城五里迎候[15]。南诏妹李波罗诺将细马一十匹来迎[16]。入龙尾城客馆[17]。南诏异牟寻叔父阿思将大马二百匹来迎[18]。二十六日过大和城，南诏异牟寻从父兄蒙细罗勿及清平官李异傍、大军将李千傍等，将细马六十匹来迎，皆金镂玉珂，拂髦振铎[19]。夹路马步军排队二十馀里。南诏异牟寻出阳苴咩城五里迎[20]。先饰大象一十二头引前，以次马军队，以次伎乐队，以次子弟持斧钺[21]。南诏异牟寻衣金甲，披大虫皮，执双铎鞘[22]。男蒙阁劝在傍，步枪千馀人随后，马上祗揖而退[23]。诘旦受册[24]。

贞元十年十月二十七日，阳苴咩城具仪注设位，旌节当庭，东西特立[25]。南诏异牟寻及清平官已下，各具仪礼，面北序立，宣慰南诏使东向立，册立南诏使南向立，宣敕书，读册文讫[26]。相者引南诏蒙异牟寻离位受册，次受贞元十年历，南诏及清平官已下稽颡再拜，手舞足蹈[27]。庆退而言：牟寻曾祖父开元中册云南王，祖父天宝中又蒙册袭云南王[28]。自隔大国，向五十年[29]。贞元中，皇帝圣明，念录微效，今又赐礼命，复睹汉仪，对扬天休，实感心肺[30]。其日楼下大会，又坐上割牲，用银平脱马头盘二面[31]。牟寻曰：此用天宝初先人任鸿胪少卿宿卫时，开元皇帝所赐[32]。此宝藏不敢用，得至今。又伎乐中有老人吹笛、妇人唱歌，各年近七十馀。牟寻指之曰，先人归蕃来国，开元皇帝赐胡部龟兹音声各两部[33]。今死亡零落尽，只馀此二人在国[34]。酒既行，牟寻自捧杯擎跽劝让[35]。册立使袁滋引杯釂酒曰[36]："南诏当深思祖宗绪业，坚守诚信，为西南藩屏，使后嗣有以传继也[37]。"异牟寻嘘鞘曰："敢不承命！"其年十一月七日事毕，发阳苴咩城[38]。

云南王蒙异牟寻以清平官尹辅酋十七人，奉表谢恩，进纳吐蕃赞普钟印一面[39]。并献铎鞘、浪川剑、生金、瑟瑟、牛黄、琥珀、白氎、纺丝、象牙、犀角、越赕马、统备甲马、并甲文金，皆方土所贵之物也[40]。仍令大军将王各苴、拓东副使杜伽诺具牛羊，领鞍马及丁夫三百人提荷食物[41]。其年十一月二十四日送至石门，从石门更十日程到茂州[42]。自后南蛮移心向化[43]。

选自《云南志校释·附录》

【简注】〔1〕袁滋：字德深，唐蔡州朗山（今河南汝南北）人。强学博记，通春秋，工篆隶。与李阳冰、瞿令问在"唐代篆书……鼎足而三"。据《旧唐书·袁滋》记载："朝廷方命抚谕，选郎吏可行者，皆以西南遐远惮之。滋独不辞，德宗甚嘉之，以本官兼御史中丞，持节充入南诏使。未行，迁祠部郎中，使如故。"曾累转尚书右丞，出为华州刺史。宪宗监国，进拜中书侍郎，同平章事，后为山南东道节度使，授彰义军节度使。吴元济反，因其"淹留无功"，贬抚州刺史，稍迁湖南观察使，累封淮阳郡公。册：册封，封爵的策命。皇帝以封爵授给属国君长、少数民族首领等，要在受封者面前宣读给封爵位号的册文，连同印玺一齐授给被封人。南诏：唐时有六诏，蒙舍诏最南，称为南诏。后统一六诏，建立地方政权，号大蒙，后改号南诏，占有云南地，治羊苴咩城（今大理古城西北）。南诏也为六诏总称。

〔2〕唐使：指袁滋等人。曹长：南诏官名。《新唐书·南诏传》："有六曹长，曹长有功补大军将。……次补清平官。有内算官，代王裁处；外算官，记王所处分，以付六曹。"段南罗、赵伽宽：均为人名。同伦：同伦长，南诏官名，樊绰《云南志》："同伦长两人，各有副都，主月终唱示。"判官：长官的僚属，佐理政事。清平官：南诏官名。樊绰《云南志》："清平官六人，每日与南诏参议境内大事。"犹唐宰相。尹辅酋、李罗札：均为人名。将：带领。羽仪：南诏亲兵。樊绰《云南志》："羽仪亦无员数，皆清平官等子弟充，诸蛮不与焉。常在云南王左右，羽仪长帐前管系之。"视事：治事、办事，多指政事。

〔3〕安宁城：南诏属鄯阐府，即今安宁市，属昆明市。城使：南诏官名。大军将出领要害城镇，称为城使。段伽诺：人名。甲马：穿铠甲，骑战马。犹称全副武装。步枪：持枪（长柄的刺击兵器）步兵。

〔4〕去城：离开城。 〔5〕曲驿：在今楚雄市境。 〔6〕镇使：戍守城镇的长官。杨盛：人名。

〔7〕欠舍川：又名沙却，在今南华县。首领：头人，一群之长。蛮夷：泛指少数民族。 〔8〕云南：云南城，在今祥云县。节度：南诏官名。樊绰《云南志》："大军将十二人，与清平官同列，每日见南诏议事。出则领要害城镇，称节度。" 〔9〕蒙酋物：当为人名。 〔10〕是日：此日。王各苴（jū）：人名。 〔11〕白崖城：在今弥渡县。 〔12〕尹瑳（cuō）迁：人名。 〔13〕李凤岚：人名。细马：良马。《旧唐书·职官志·太仆寺》："凡马有左右监，以别其粗良。……细马称左，粗马称右。"伎乐：泛指歌舞艺人。 〔14〕渠敛赵：即渠滥川，也称赵川赕，赵赕，在今大理市凤仪镇。中道：途中。 〔15〕喻于俭：人名。俭，同"企"。 〔16〕南诏妹：向达《蛮书校注》说，"原本'妹'字下疑脱一'婿'或'倩'字"。若此，则疑为异牟寻的妹夫。李波罗诺：人名。

〔17〕龙尾城：亦称龙尾关，下关。在今大理市。 〔18〕异牟寻（759～808）：姓蒙氏，阁罗凤之孙，唐代宗大历时立。连吐蕃攻蜀。兴元时改名大礼国，吐蕃封为"日东王"。贞元九年（793）重新归唐。第二年先后被唐王朝封为云南王、南诏王。在位30年。阿思：人名。 〔19〕大和城：即太和城。在今大理古城南太和村。大，通"太"。从父兄：堂兄。从父，伯父、叔父的通称。从，同一宗族次于至亲者。蒙细罗勿、李异傍、李千傍：均为人名。金镞（sōu）：即金鏉（zōng），马头饰物，《新唐书》诸本作"鏉"。玉珂：马勒，以贝饰之，色白似玉，振动则有声。拂氅：振动马颈上的毛。振铎：摇铃。 〔20〕阳苴咩（jūmiē）城：亦称阳苴咩赕、苴咩赕、阳赕、羊苴咩等，地在今大理古城西北。唐大历十四年（779），南诏异牟寻以其中心筑羊苴咩城，由太和城迁王都于此处，大理国因之。

〔21〕斧钺（yuè）：两种兵器。钺像斧，比斧大些。 〔22〕衣（yì）金甲：穿铠甲。大虫皮：虎皮。干宝《搜神记·扶南王》："扶南王范寻养虎于山，有犯罪者，投与虎，不噬，乃宥之；故虎名大虫，亦名大灵。"铄矟（shuò）：兵器。矟，长矛，长丈八尺为矟。《新唐书·南诏传》作"铎销"与"铎鞘"（"销"同"鞘"），且说："铎鞘者，状如残刃，有孔傍达，出丽水，饰以金，所击无不洞，夷人尤宝，月以血祭之。" 〔23〕蒙阁劝（778～809）：即寻阁劝，亦作寻梦凑、新觉劝。以蒙为姓，异牟寻之子。唐元和三年（808）嗣立，唐册封为南诏王，赐元和金印，以鄯阐（今昆明）为东京，大理为西京。在位一年，谥孝惠王。祗（zhī）揖：恭敬拱手。 〔24〕诘旦：明旦、明朝。受册：接受封册。

〔25〕贞元十年：公元794年。贞元，唐德宗年号（785～805）。仪注：礼节制度。《宋书·徐爰传》："时世祖将即大位，军府造次，不晓朝章，爰素谙其事，既至，莫不喜悦，以兼大常丞，撰立仪注。"历代王朝的礼仪制度多有不同。设位：安排座次。旄节：使节所持之符节。节，竹节，以牦牛尾作饰，为信守的象征。当庭：值庭，在庭。特立：专立，对立。 〔26〕已下：以下。仪礼：礼节，仪式。序立：按次序站立。宣慰南诏使：唐廷派朝官巡视南诏的官员，"俱文珍为宣慰使"（《新唐书·南诏传》）。册立：册封。皇帝以封爵授给属国君长、少数民族首领等，其仪式是在受封者面前宣读授给封爵位号的册文，连同印玺一齐授给被封人。敕书：唐代皇帝行文臣僚，凡慰谕公卿，诫约朝臣者称敕书。册文：

册书，皇帝封王的诏书。讫（qì）：结束，终了。　　〔27〕相者：赞礼的人，导引宾客者，即傧相。迎宾称傧，赞礼称相。《论语·先进》："宗庙之事，如会同，端章甫，愿为小相焉。"受册：受册封，接受封王的册书。"次受"句：赵吕甫按："此谓受唐历，奉唐朝朔正也。"稽颡（qǐsǎng）：指稽首，行跪拜礼时，以额触地。稽，叩头至地。颡，额，脑门子。手舞足蹈：形容朝仪乐奏，臣下拜舞的光景。
〔28〕庆退：祝贺之后。"牟寻"句：异牟寻的曾祖父是皮逻阁。开元：唐玄宗年号（713～741）。《南诏野史》："开元二十六年（738），皮逻阁破吐蕃及洱蛮入朝，元宗（即玄宗，因避讳）礼之，加封为特进云南王。""祖父"句：异牟寻的祖父阁罗凤。天宝：唐玄宗年号（742～756）。蒙：蒙受，谦词。袭：因袭，继承。《南诏野史》："阁罗凤唐天宝戊子七载（748）即位……唐遣中使黎敬义持节册凤袭云南王。"　　〔29〕大国：指唐王朝。向：接近，至今。　　〔30〕念录：想到，记住。微效：很小的进步（愿效忠唐王朝）。礼命：按礼制规定百官迁升的文书。孙诒让《周礼正义》："礼命者，国之礼籍，王之策命，若典命内史所掌是也。"《后汉书·杨震传》："常客居于湖，不答州郡礼命数十年。"汉仪：泛指中国礼制，朝廷威仪。对扬：对答称扬，多对王命而言。《书·说命》："敢对扬天子之休命。"天休：天赐福祐。休，美好、吉祥。　　〔31〕坐上：座上。割牲：杀牲畜以盟誓。《庄子·让王》："割牲而盟以为信。"银平脱：漆器工艺品。把镂成花纹图案的银（或用金）薄叶，用胶漆贴在所制器物表面，重行上漆，加工细磨，使花纹脱露，这种工艺称为平脱。唐代最盛。唐段成式《酉阳杂俎·忠志》："安禄山恩宠莫比，锡赉无数，其所赐品目有：……金银平脱隔馄饨盘，平脱着足叠子。"　　〔32〕先人：指异牟寻之父凤迦异，"天宝初……入宿卫，拜鸿胪卿，恩赐良异"（《新唐书·南诏传》）。鸿胪，汉代称大鸿胪，掌诸侯王及少数民族首领的迎送、接待、朝会、封授等礼仪以及赞导郊庙行礼，管理郡国计吏等事。鸿，声。胪，传。传声赞导，故曰鸿胪。唐代称鸿胪卿。少卿，副职。　　〔33〕归蕃：归附，归属。蕃，附属。来国：回邦，回南诏。龟（qiū）兹：唐乐曲名省称。龟兹原为古西域城国名，在今新疆库车一带，其人擅长音乐。　　〔34〕国：此指王城，属国。　　〔35〕擎跽（jì）：跪而耸身直腰，双手举物向上。古人席地而坐，以两膝著地，两股贴于两脚跟上，股不著脚跟为跪。　　〔36〕酾（shī）酒：斟酒。《诗经·小雅·伐木》："伐木许许，酾酒有藇。"酾，他本多作"洒"。　　〔37〕绪业：遗业，事业。藩屏：藩篱屏蔽，屏障。后比喻藩国。后嗣（sì）：后世，后代。　　〔38〕嘘稍（shuò）：一作嘘唏，叹息、抽咽。敢：岂敢。承命：接受命令。　　〔39〕尹辅酋：人名。"奉表"句：尹辅酋等十七人随唐使至京师奉表谢恩。奉，接受。进纳：上交。进，奉上。纳，贡献，缴纳。赞普：吐蕃君长之号。《新唐书·吐蕃传》："其俗谓强雄曰赞，丈夫曰普，故号君长曰赞普。"赞普钟：吐蕃赞普给南诏王阁罗凤的封号。藏语"赞普"意为王；"钟"意为"弟"。　　〔40〕浪川剑：疑为《新唐书·南诏传》记的"浪剑"。唐代南诏兵器名。樊绰《云南志》："浪人诏能铸剑，尤精利，诸部落悉不如，谓之浪剑。"生金：未经冶炼的金矿石。瑟瑟：珠宝名。唐郑处诲《明皇杂录》："（虢国夫人）堂成，以金盆贮瑟瑟二斗，以赏匠者。"牛黄：牛胆囊中的结石，可入药。《本草》列上品。琥珀（pò）：松柏树脂的化石。红者称琥珀。可入药，也可制饰物。白氎（dié）：也作"白叠"，布名。用棉纱织成（棉花唐时始入中国）。后来用野蚕丝或毛制成的织物，也往往沿称白氎。犀角：犀牛角。可以制器，也可入药。越睒（tǎn）马：也称越睒驹，产于腾冲一带的良马。南诏时腾冲亦称腾越睒。此马多骢，尾高，极善驰骤，是古代良马之一，为贡品，亦出口国外。统备马：披甲战马，总领警戒马。并：连同。甲文金：疑为金属薄片有纹络的铠甲。方土：乡土，指南诏。汉王符《潜夫论·浮侈》："各取方土所出，胶漆所致。"又《晋书·王浑传》："可令中书指宣明诏，问方土异同，贤才秀异，风俗好尚，农桑本务。"　　〔41〕拓东：唐广德元年（763），南诏阁罗凤命其子凤伽异筑为拓东城，取开拓东境之义。故址在今昆明市。设有拓东节度，辖境包括今昆明、曲靖、昭通、玉溪、红河、文山等州市之地。大理国改名鄯阐城。副使：节度副职。具：准备，备有。提荷（hè）：扛负，担荷，提携。　　〔42〕石门：石门关，在今盐津县西南豆沙关。更：再，经历。茂州：在今四川茂汶羌族自治县。赵吕甫认为："此处

之'石门'必非北道之'石门',而此处之'茂州'亦必非'戎州'之误。疑此'石门'乃巨津州之'石门关','茂州'或为嶲州'之讹。意袁滋等由北道入云南,由南道还西川,疑莫能定,姑识于此俟考。"可备一说。嶲州在今四川西昌市。巨津州的石门关在今丽江市的石鼓镇北。又云龙县政府驻地以入处路经悬岩峭壁间形似石门,也叫石门,即石门镇。　　〔43〕南蛮:泛指南方少数民族,此指南诏。移心:变心,革心。向化:归化,归顺。

(蔡川右)

佚 名（一篇）

南诏铁柱，原名天尊柱，亦称崖川铁柱，立于今弥渡县城西北太花乡的铁柱庙内。柱基高约2米，柱高3.3米，周长1.05米，分5节铸成，实心圆柱体。柱刻有22个字："维建极十三年岁次壬辰四月庚子朔十四日癸丑建立"款识。柱为南诏景庄王世隆所立。建极十三年即唐懿宗咸通十三年（872）。铁柱保存唐代滇中金石文字，仅其历史和文化意义，"可贵之程度，不在南诏碑下"（徐嘉瑞）。它反映中原文化和边疆少数民族文化的融合情况。

胡蔚《南诏野史》记载，唐王朝大将军、建宁国王张乐进求在白崖（今弥渡）重铸铁柱，召集洱海各部落首领（《南诏图传》画卷中有张乐进求等九人）共祭铁柱。柱顶原有金缕鸟，忽然飞歇在细奴逻肩上，八天才飞去。部落首领甚惊骇此神异之兆。张乐进求即把国王位让给细奴逻，还把女儿也嫁给他。细奴逻"于唐太宗贞观二十三年（649）即位，年三十二，建号大蒙国，称奇嘉王，据南诏"。野史存此传说，反映"张乐进求为蒙氏所灭"（李京《云南志略》）的史实。

到唐昭宗光化二年，即南诏舜化贞中兴二年（899），南诏命张顺、王奉宗等绘成《南诏中兴二年画卷》，以佛教传说和南诏建立的故事为题材，用绘画艺术的形式反映南诏历史、社会、政治、经济、文化等方面的情况，每图有题记文字，说明本图内容。其中包括"巍山起因"、"铁柱"、"西耳河记"三部分。画卷也称为《南诏中兴画卷》或《南诏中兴国史画卷》。画笔生动精美，宗唐人笔法，为我国古代名画。原藏故宫，今在日本。

这里选录其中《铁柱》的题记。题目为编选者所拟。题记以七次变异和幻化的佛教故事，记叙与细奴逻有关的神话传说，把细奴逻神化，强调其非凡的神异之兆，以宣扬人权神授的观念。全文分为以下几个部分：一、梵僧化缘，姑媳布施；二、梵僧被害，随即复现；三、张乐进求等九人共祭铁柱情景；四、供奉观音像，有皇帝领臣属。最后是题记时间及郑氏时的续作。

铁 柱 记
——《南诏图传》文字卷

《铁柱记》云：初，三赕白大首领将军张乐进求并兴宗王等九人，共祭天于铁柱侧，主鸟从铁柱上飞憩兴宗王之臂上焉[1]。张乐进求自此已后，益加惊讶[2]。兴宗王乃忆，此吾家中之主鸟也，始自欣悦。此鸟憩兴宗王家，经于一十一月后乃化矣。又有一犬，白首黑身，生于奇王之家也[3]。瑞花两树，生于舍隅，四时常发，其二鸟每栖息此树焉[4]。又圣人梵僧未至前三日，有一黄鸟来至奇王之家[5]。又于兴宗王之时，先出一士，号曰各郡矣，着锦服，披虎皮，手把白旗，教以用兵。次出一士，号曰罗傍，着锦衣。此二士共佐兴宗王统治国政[6]。其罗傍遇梵僧，以乞书教，即封民之书也[7]。后，有天兵十二骑来助兴宗王，隐显有期，初期住于十二日，再期住于六日，后期住于三日。从此，兵强国盛，辟土开疆。此亦阿嵯耶之化也[8]。

第二化。浔弥脚、梦讳等二人欲送耕饭。其时，梵僧在奇王家内留住不去。浔弥脚等送饭至路中，梵僧已在前，回乞食矣[9]。乃戴梦讳所施黑淡彩，二端叠以为首饰[10]。其时，浔弥脚等所将耕饭，再亦回施，无有吝惜之意[11]。

第三化。浔弥脚等再取耕饭家内，送至巍山顶上[12]。再逢梵僧坐于石上，左右朱鬃白马，上出化云，中有侍童，手把铁杖[13]；右有白象，上出化云，中有侍童，手把方金镜；并有一青沙牛。浔弥脚等敬心无异，惊喜交并，所将耕饭，再亦施之。梵僧见其敬心坚固，乃云："恣汝所愿。"[14]浔弥脚等虽申恳愿，未能遣于圣怀[15]。乃授记云："鸟飞三月之限，树叶如针之峰，弈叶相承，为汝臣属[16]。"授记讫，梦讳急呼耕人奇王蒙细奴逻等云："此有梵僧，奇形异服，乞食数遍，未恻圣贤[17]。今现灵异，并与授记[18]。如今在此。"奇（王）蒙细奴逻等相随往看，诸馀化尽，唯见五色云中有一圣化，手捧钵盂，升空而住[19]。又光明中仿佛见二童子，并见地上有一青牛，馀无所在[20]。往看石上，乃有圣迹及衣服迹，并象、马、牛踪，于今现在[21]。

第四化。兴宗王蒙逻盛时，有一梵僧，来自南开郡西澜沧江外兽赕穷石村中，牵一白犬，手持锡杖钵盂，经于三夜[22]。其犬忽被村主加明、王乐等偷食。明朝，梵僧寻问，翻更凌辱[23]。僧乃高声呼犬，犬遂嗥于数十男子腹内[24]。偷食人等莫不惊惧相视，形神散去[25]。谓圣僧为妖怪，以陋质为骁雄[26]。三度害伤，度度如故。初解支体，次为三段，后烧火中。骨肉灰尽盛竹筒中，抛于水里，破筒而出，形体如故，无能损坏。钵盂锡杖，王乐差部下外券赴奏于峣岈山上，留著内道场供养顶礼[27]。其靴化为石，今现在穷石村中。

第五化。梵僧手持柳瓶、足穿屦履，察其人辈根机下劣，未合化缘，因以隐避登山[28]。村主王乐等或骑牛马乘，或急行而趁之[29]。数里之间，梵僧缓步而已，以追之莫及。后将欲及，梵僧乃回首看之，王乐等莫能进步。始乃归心稽颡伏罪[30]。梵僧乃出开南崾浮山顶。后遇普苴诺苴大首领张宁健[31]。后，出和泥大首领宋林别之界焉[32]。林则多生种福，幸蒙顶礼[33]。

第六化。圣僧行化至忙道大首领李忙灵之界焉[34]。其时，人机暗昧，未识圣人。虽有宿缘，未可教化[35]。遂即腾空乘云，化为阿嵯耶像。忙灵惊骇，打铓鼓集村人[36]。人既集之，仿佛犹见圣像放大光明。乃于打铓鼓之处，化一老人云："乃吾解熔铸，作此圣容，所见之形，豪厘不异[37]。"忙灵云："欲铸此像，恐铜铓未足。"老人云："但随铜铓所在，不限多少。"忙灵等惊喜从之，铸作圣像，及集村人铓鼓，置于山上焉。

《铁柱记》云：初，三赕白大首领大将军张乐进求并兴宗王等九人，共祭天于铁柱侧。主鸟从铁柱上飞憩兴宗王之臂上焉。张乐进求自此已后，益加惊讶，兴宗王乃忆，此吾家中之主鸟也，始自欣悦。

第七化。全义四年已亥岁，复礼朝贺[38]。使大军将王丘佺、酋望张傍等部至益州，逢金和尚云[39]："云南自有圣人入国授记汝先于奇王，因以云南遂兴王业，称为国焉。我唐家或称是玄奘授记，此乃非也[40]。玄奘是我大唐太宗皇帝贞观三年己丑岁，始往西域取大乘经，至贞观十九年乙巳岁届于京都[41]。汝奇王是贞观三年己丑岁始生，岂得父子遇玄奘而同授记耶？又玄奘路非历于云南矣。保和二年乙巳岁，有西域和尚菩立陁诃来至我京都云[42]：'吾西域莲花部尊阿嵯耶观音，从蕃国中行化至汝大封民国，如今何在？'语讫，经于七日，终于上元莲宇[43]。"我大封民始知阿嵯耶来至此也。

帝乃欲遍求圣化，询谋太史扐托君，占，奏云：圣化合在西南，但能得其风声，南面逢于真化[44]。乃下敕大清平官沧澜郡王张罗疋[45]："富卿统治西南，疆界遐远，宜急分星使，诘问圣原，同遵救济之心，副我钦仰之志[46]。"张罗疋急遣男大军将张匹傍，并就银生节度张罗诺、开南郡督赵铎咩访问原由，但得梵僧靴化为石，欲擎昇以赴阙，恐乖圣情，遂绘图以上呈[47]。儒释惊讶，并知圣化行至首领张宁健及宋林则之处，馀未详悉。至嵯耶九年丁巳岁，圣驾淋盆，乃有石门邑主罗和、李忙求奏云[48]："自祖父已来，吾界中山上，有白子影像一躯，甚有灵异，若人取次无敬仰心，到于此者，速致亡[49]。若欲除灾禳祸，乞福求农，致敬祭之，无不遂意[50]。今于山上，人莫敢到。"奏讫，敕遣慈双宇李行将兵五十骑往看寻觅，乃得阿嵯耶观音圣像矣，此圣像即前老人之所铸也，并得忙灵所打鼓呈示摩摩诃诃[51]。倾心敬仰，熔真金而再铸之。

敕　大封民国圣教兴行，其来有上，或从胡梵而至，或于蕃、汉而来，弈代相传，敬仰无异[52]。因以兵马强盛，王业克昌，万姓无妖扎之灾，五谷有丰盈之瑞[53]。然而，朕以童幼，未博古今，虽典教而入邦，未知何圣为始[54]。誓欲加心供养，图像流行，今世后身，除灾致福。因问儒释耆老之辈，通古辩今之流，莫隐知闻，速宜进奏。敕付慈爽，布告天下，咸使知闻[55]。

中兴二年二月十八日[56]。

大矣哉[57]！阿嵯耶观音之妙用也，威力罕测，变现难思，运悲而导诱迷途，施权化而拯济含识，顺之则福至，逆之则害生[58]。心期愿谐，犹声逐响者也[59]。由是，乃效灵于巍山之上，而乞食于奇王之家[60]。观其精专，遂授记别，龙飞九五之位，鸟翔三月之程[61]。同赞期共称臣妾，化俗设教，会时立规，感其笃信之情，遂现神通之力[62]。则知降梵释之形状，示象马之珍奇，铁杖则执于拳中，金镜而开于掌上[63]。聿兴文德，爰立典章，叙宗祧之昭穆，启龙女之轨仪[64]。广施武略，权现天兵，外建十二之威神，内列五七之星曜[65]。降临有异，器杖乃殊。启摧凶折角之方，广开疆辟土之义[66]。遵行五常之道，再弘三□之基[67]。开秘密之妙门，息灾殃之患难[68]。故于每年二月十八日，当大圣乞食之日，是奇王睹像之时，施麦饭而表丹诚，奉玄彩而彰至敬[69]。当此吉日，常乃祭之。更至二十八日，愿立霸王之丕基，乃用牲牢而享祀[70]。《西耳河记》云：西耳河者，西河如耳，即大海之耳也。主风声，扶桑影照其中，以种瑞木，遵行五常，乃压耳声也[71]。二者，河神有金螺、金鱼也。金鱼白头，额上有轮。蒙毒蛇绕之，居之左右，分为二耳也。而祭奠之，谓息灾难也。乃于保和昭德皇帝绍兴三宝，广济四生，乃舍双南之鱼，仍铸三部之圣众[72]。雕金券，付掌御书巍丰郡长封，开南侯张傍、监副大军将宗子蒙玄宗等，遵崇敬仰，号曰"建国圣源阿嵯耶观音"。至宣武皇帝摩诃罗嵯，钦崇圣像教，大启真宗，自获观音之真形，又蒙集众之铿鼓。洎中兴[73]。

皇帝问儒释耆老之辈、通古辩今之流，崇入国起因之图，致安邦异俗之化。赞御臣王奉宗、信博士内常侍酋望忍爽张顺等，谨按《巍山起因》、《铁柱》、《西耳河》等记，而略叙巍山已来胜事。

时中兴二年戊午岁三月十四日谨记

选自《南诏图传》

【简注】[1] 三赕（tǎn）：今鹤庆以北的平川，即今丽江坝地。今藏语犹称丽江为三赕。张乐进求：相传为汉张仁果33代孙，改建宁为云南，唐册为首领大将军（见《南诏野史》）。"因祭铁柱，见习农乐有金铸凤凰飞上左肩，乐进求等惊异之，遂逊位其哀牢山王孙，王以蒙号国，王曰奇嘉。"张乐进求为国老。兴宗王：当指细奴逻。憩（qì）：止息。　　[2] 已后：以后。　　[3] 白首黑身：原注，"号为龙犬。"奇王：奇嘉王，细奴逻即位，建号大蒙国。"受唐封。卒，谥奇王。"（《南诏野史》）　　[4] 瑞花：吉祥的花。原注："俗称橙花。"　　[5] 梵僧：天竺僧人，观音化身。黄鸟：原注，"即鹰子也。"　　[6] 二士：原注，"其二士表文武也。"　　[7] 封民之书：待考。　　[8] 阿嵯（cuó）耶：即观音。化：幻化。　　[9] 回乞食：返回求食。　　[10] 黑淡彩：原注，"盖贵重人所施之物也，后人效为首饰。"　　[11] 回施：返回施舍。　　[12] 巍山：指巍山城南约七公里的巍宝山。　　[13] 右：原按，"应为'有'。"　　[14] 恣汝：任你，随你。　　[15] 恳愿：诚恳的心愿。遣：排解。圣怀：圣心，圣恩。　　[16] 弈（yì）叶：即奕叶，犹言累世。曹植《王仲宣诔》："伊君显考，奕叶佐时。"弈，通"奕"。"弈"与"奕"音同义异，但古籍常混同。　　[17] 未恻：疑为"未测",即难推测,不知是否。 〔18〕灵异:指神鬼呈现奇异的迹象。 〔19〕诸馀:其馀种种。韩愈《赠刘师服》:"朱颜皓颈讶莫亲,此外诸馀谁更数。"钵盂:僧人的食器。钵,梵语钵多罗的省称。〔20〕馀无所在:其他都没有。 〔21〕于今现在:原注,"后立青牛,祷,此其因也。" 〔22〕逻盛:逻盛炎(?~712),亦作逻晟,蒙舍诏细奴逻之子。唐上元元年(674)嗣立,奉唐正朔。先天元年(712)卒,在位32年。谥世宗兴宗王。南开郡:指南安州和开南州一带,即今双柏、景东和巍山县范围。澜沧江:发源于青海省唐古拉山,至昌都与昂曲汇合,经西藏由德钦县进入云南,流经12个县,于南腊河汇合出省境,入老挝后称为湄公河,经缅甸、泰国、柬埔寨、越南,在西贡附近注入南海。干流全长4 180公里,云南境内干流长1 170公里。是我省水量最丰富,水能开发潜力较大的河流。在云南境内有支流143条。锡杖:也称禅杖,智杖,德杖。其形状是杖头有一铁卷,中段用木,下安铁篡,振时作声。僧人法器之一。 〔23〕翻更:反而更。 〔24〕嗥(háo):吼叫。 〔25〕形神散去:脸变色,失魂落魄。 〔26〕陋质:卑贱、丑陋之性。骁雄:英雄。 〔27〕道场:诵经礼拜成道修道的地方。供养:佛教指供献神佛或设饭食招待僧人。《景德传灯录·忍大师》:"唐武后闻之,召至都,于内道场供养。"顶礼:跪地以头承尊者的脚,为佛教徒的最敬礼。后来一般用作敬礼,致敬的意思。 〔28〕屣履(xiělǚ):鞋子,木屐。根机:当为根基,即基础,本质。化缘:佛教指诸佛、菩萨教化众生,因缘而来人世,缘尽而去。也称能布施的人为与佛有缘,所以称募化为化缘。〔29〕马乘:原按,"应为'乘马'。" 〔30〕稽颡(qǐsǎng):即稽首,行跪拜礼。有二说:一说行跪拜礼时,以头触地,为敬之极。另一说行跪拜礼时两手拱至地,头至手,不触及地。颡,额,脑门子。伏罪:服罪。承认自己的罪过。 〔31〕张宁健:原注,"即建成之父也,建成即张化成也。"〔32〕和泥:即和尼,哈尼族分支之一。别:下文为"则"。不知孰确。 〔33〕种(zhòng)福:布行福祉。 〔34〕行化:行走化缘。 〔35〕人机:人的素质、秉性。暗昧:愚昧。宿缘:前生因缘。姚合《寄主客刘郎中》:"汉朝共许贾生贤,迁谪还应是宿缘。"教化:教育感化。 〔36〕铿(gēng)鼓:疑为铜鼓。铿,义未详。 〔37〕豪:应为"毫"。 〔38〕全义:南诏劝利晟年号,共四年,时当唐宪宗元和十一年至十四年(816~819)。后改大丰。劝龙晟自元和四年为王之后,崇尚佛教,铸佛三尊,用金三千两,安置于佛顶寺。己亥:即全义四年,公元819年。朝贺:聚会庆贺。〔39〕大军将:南诏官名。樊绰《云南志》:"大军将一十二人,与清平官同列。每日见南诏议事。出则领要害城镇,称节度。有事绩功劳尤殊者,得除授清平官。"酋望:南诏八种最高官名之一。胡蔚《南诏野史》:"其设官则有把国事八人:曰坦绰、曰布燮、曰久赞,谓之清平官;曰酋望、曰正酋望、曰员外酋望,曰大军将、曰员外。"益州:唐武德至开元及北宋初,曾先后改蜀郡、成都府为益州,州境仅及成都平原,云南等各地已不在内。 〔40〕玄奘(602~664):通称三藏法师,俗称唐僧。唯识宗创姓人之一。与鸠摩罗什、真谛并称为中国佛教三大翻译家。本姓陈,名祎,洛州(今河南偃师)人。13岁出家,博涉经论。贞观年间从长安西行求法,历经艰苦,到印度,入戒贤法师之门,学梵书,钻研诸部。在印17年,同学者辩论,名震天竺。带回经论657部。奉诏与弟子在10年间共译73部,共1 330卷。又据求法所经诸国见闻,撰成《大唐西域记》12卷。 〔41〕唐太宗(599~649):李世民,隋末随其父李渊起兵反隋,李渊称帝时,封为秦王,任尚书令。武德九年(626)发动"玄武门之变",得为太子,继帝位(公元626~649年在位)推行均田制、租庸调法和府兵制度,兴修水利,恢复农业生产。并加强对地方官吏的考核。又修《氏族志》,发展科举制度。他常以"亡隋为戒",较能任贤、纳谏。被旧史家誉为"贞观之治"。后击败东突厥,被铁勒、回纥等族尊为天可汗。发展西域交通,促进贸易和文化交流。以文成公主嫁给吐蕃赞普松赞干布,促进藏族经济文化的发展,加强汉藏的友谊。贞观三年己丑岁:即公元629年。贞观,唐太宗年号(627~649)。西域:指玉门关以西,巴尔喀什湖以东及以南的广大地区。西域之称始于汉代。汉武帝遣张骞出使西域。宣帝时,置都护,治乌垒城,去阳关2 700馀里,于西域为中。后世泛指葱岭以西诸国。大乘经:泛指佛经。大乘,对小乘而言。梵语摩诃衍,摩诃义为大,衍义为乘,乘车运载的意思。佛教认为,开一切智、尽未来际众生化益之教为大乘。比喻修行法门为乘大车,故名。《法华经·譬喻品》:"若有众生,从佛世尊闻法信受,勤修精进;求一切智、佛智、自然智、无帅智、如来知见,力无所畏;愍念安无量众生,利益天人,度脱一切,是名大乘。"按释迦牟尼佛在世时,曾说过大、小法门。佛教初传播小乘,后来马鸣著《大乘起信论》,始发展大乘教义。届:到。京都:国都,指长安。　　〔42〕保和二年乙巳岁:公元825年。保和,南诏昭成王劝丰祐年号,共17年,时当唐穆宗长庆四年至文宗开成五年(824~840)。陁(tuó):同"陀"。〔43〕莲花部尊:指莲花座,莲台。唐释道世《诸经要集·三宝敬佛》:"故十方诸佛,同出于淤泥之浊;三身正觉,俱坐于莲台之上。"蕃国:古称藩属的地区。《周礼·秋官大行人》:"九州之外谓之蕃国。"也泛指外国。《宋史·食货志》:"商人出海外蕃国贩易者,令并诣两浙市舶司请给官券,违者没入其宝货。"此当指外国。大封民国:南诏国号。阮元声《南诏野史》:"(建宁国)张氏传三十三世至张乐进求,一见蒙奇王有异相,遂妻以女,让位与奇王。王姓蒙,名细奴罗,遂灭张氏,号大封民国。"上元:南诏孝桓王异牟寻年号,共25年。时当唐德宗兴元元年至宪宗元和二年(784~808),莲宇:佛寺。〔44〕帝:此指南诏国君。圣化:指神异迹象。询谋:谋于众人,讨教。太史:古为史官及历官之长。魏晋时修史撰文归著作郎,太史专掌天文历法。隋置太史监,唐初改太史局。元并设太史院与司天监。至明清遂专以天文占候之事归钦天监,史馆事多以翰林任之,故也称翰林为太史。占:视兆以知吉凶。真化:指神异迹象。　　〔45〕下敕:帝王颁发诏书、命令。清平官:南诏官名。《新唐书·南诏传》:"南诏官曰坦绰、曰布燮、曰久赞,谓之清平官,所以决国事轻重,犹唐宰相也。"樊绰《云南志》:"清平官六人,每日与南诏参议境内大事。"郡王:隋始有郡王之称,位次于王。唐皇太子、诸王并为郡王,亲王之子承恩者亦封郡王。又隋唐后,州郡互称。此郡王相当于州郡地方最高长官。　　〔46〕遐远:遥远。同义复词。星使:指皇帝的使者。因古代天文家认为天节八星主使臣持节,宣威四方,故称。诘问:追问。圣原:指出现神异的源头,出现的原因。副:符合,相称。钦仰:敬仰。　　〔47〕并就:并向。节度:南诏官名。樊绰《云南志》:"大军将十一人,与清平官同列,每日见南诏议事。出则领要害城镇,称节度。"郡督:隋唐后,郡州互称。郡督为郡州长官的辅佐。擎舁(yú):扛抬。舁,共同抬物。赴阙:往京城、王都。阙,帝王住所。乖:违背,背离。圣情:帝意,王意。　　〔48〕嵯(cuó)耶九年丁巳岁:公元897年。嵯耶,南诏武宣皇帝隆舜(一名法尧)年号,凡九年,时当唐昭宗龙纪元年至乾宁四年(889~897)。圣驾:指帝王。驾,帝王车乘的总称。石门:在今盐津县。　　〔49〕已来:以来。界:毗连。《荀子·强国》:"东在楚者乃界于齐。"取次:任意,随便。杜甫《送元二适江左》:"经过自爱惜,取次莫论兵。"速致:很快招致。亡:死亡。原件"亡"后有空缺,但从文意看,似未缺字。　　〔50〕禳(ráng)祸:祈祷去邪除灾。遂意:如意,顺心。　　〔51〕摩摩诃诃:指有大智慧的僧人。摩诃,梵语音译,意译为大、多、胜。　　〔52〕圣教:宗教徒各称其教为圣教。卢士衡《寄天台道友》:"且住人间行圣教,莫思天路便登龙。"有上:为上,多上。或:有的。胡梵:西域,印度一带。弈(yì)代:即奕世,累代,一代接一代。参见本文注〔16〕。　　〔53〕克昌:能昌。妖扎:妖刺,邪恶。瑞:吉祥,好预兆。　　〔54〕朕:从秦始皇起专用为皇帝的自称。博:博通,广通。典教:从事圣教,佛教。入邦:切合邦事,犹治国。　　〔55〕耆(qí)老:同义复词,年老。六十曰耆,七十曰老。特指受人尊重的老者。《礼·檀弓》:"鲁哀公诔孔丘曰:'天不遗耆老,莫相予位焉。'"慈爽:南诏官名。《新唐书·南诏传》:"爽,犹言省也。幕爽主兵,琮爽主户籍,慈爽主礼,罚爽主刑,劝爽主官人,厥爽主工作,万爽主财用,引爽主宾客,禾爽主商贾。皆清官、酋望、大军将兼之。"咸:全,都。　　〔56〕中兴二年:即公元899年。中兴,南诏孝哀皇帝舜化年号,共六年,时当唐昭宗乾宁四年至天复二年(897~902)。　　〔57〕大矣哉:伟大呀!矣,语气助词;哉,叹词。两字连用,加强赞叹语气。　　〔58〕罕(hǎn)测:难测,很少能知。运悲:运用慈悲,怜悯。《大智度论》:"大悲怜愍众生苦,……慈悲是佛道之根本。"权化:变化。含识:佛教语。有思想意识者,指人。《北齐书·临淮王像碑》："俾斯含识，俱圆妙果。"　　〔59〕愿谐：如愿。逐响：回声。　　〔60〕效录：显示灵验。《北史·隋本纪》大定元年册文："近者赤雀降祉，玄龟效灵，钟石变音，蛟鱼出穴，布新之贶，焕焉在下。"巍山：此指今巍山城南约七公里的巍宝山，是南诏发祥地。南诏第一代王细奴逻即出于此。胡蔚《南诏野史》："唐太宗贞观初，其父舍龙，又名龙伽独，将奴罗自哀牢避难至蒙舍川，耕于巍山。"　　〔61〕精专：精诚专一。记别：别记，另记。"龙飞"句：《易·乾》，"九五，飞龙在天，利见大人。"乾卦九五，术数家说是人君的象征，后因称帝位为九五之尊。　　〔62〕赞期：辅佐，希望。臣妾：奴隶。男曰臣，女曰妾。《史记·吴太伯世家》："（越王）使大夫种因吴太宰嚭而行成，请委国为臣妾。"化俗：变俗，改革习俗。会时：适时。笃（dú）信：诚信。　　〔63〕梵释：泛指佛。〔64〕聿：助词。用于句首或句中。《诗经·文王》："无念尔祖，聿修厥德"。爰（yuán）立：乃立。《诗经·硕鼠》："乐土乐土，爰得我所。"宗祧（tiāo）：宗庙。祧，远祖之庙。昭穆：古代宗法制度，宗庙或墓地的辈次排列，以始祖居中。二世、四世、六世位于右方，称穆；用来分别宗族内部的长幼、亲疏和远近。后来泛指家族的辈分。龙女：《法华经·提婆达多品》：佛经中有龙女成佛的故事。说婆竭罗龙王之女，八岁领悟佛法，现成佛之相。轨仪：法则，仪制。轨，道。仪，法。《魏书·李崇传》："模唐虞以革轨仪，规周汉以新品制。"　　〔65〕权现：变化显现。威神：尊严的神灵。星曜：泛指星辰。《素问·天元纪大论》："九星悬朗，七曜周旋。"注："七曜，谓日、月、五星。"　　〔66〕摧凶折角：比喻能言善辩，有口才。摧凶，挫败顽敌。折角，断其角，形容有口才。《汉书·朱云传》记元帝命五鹿充宗与论家论《易》。充宗贵幸，有口才，诸儒皆称病不敢会。独朱云论难，屡讥充宗，诸儒为之语曰："五鹿岳岳，朱云折其角。"　　〔67〕五常：此指五伦，五种封建礼教规范，即君臣、父子、兄弟、夫妇、朋友之间的五种关系。又仁、义、礼、智、信也称五常。　　〔68〕妙门：深微之道。〔69〕大圣：佛家对佛或菩萨的敬称。《无量寿经》："一切大圣，神通已达。"玄彩：疑指玄衣，天子祭群小祀所用之服。玄，赤黑色。　　〔70〕丕基：大基，广泛基础。牲牢：供祭祀用的牲畜。牛、羊、豕为牲，系养者曰牢。享祀：祭祀。　　〔71〕西耳河：此指洱海，古称叶榆泽、昆弥川、昆明池，在大理市东北。以形似人耳得名。北起洱源江尾，南止下关，长约40公里，宽4～6公里，面积250多平方公里，平均水深11.5米，最深处40米。为云南第二大湖。扶桑：神木名，传说日出其下。《淮南子·天文》："日出于旸谷，浴于咸池，拂于扶桑，是谓晨明。"瑞木：吉祥、珍贵的树木。　　〔72〕保和：南诏昭成王劝丰祐年号，共18年，时当唐穆宗长庆三年至文宗开成五年（823～841）。四生：佛教分世界众生为四大类：胎生、卵生、湿生、化生。胎生如人与畜；卵生如飞鸟与鱼类；湿生如虫类等；化生，谓无所依托，唯借业力而忽然出现者，如诸天神、饿鬼与地狱受苦者等。《法苑珠林·四生会名》："故有四生。依壳而生曰卵，含藏而出曰胎，假润而兴曰湿，欻然而现曰化。"　　〔73〕宣武皇帝摩诃罗嵯：指南诏王隆舜。据《南诏野史》、《白古通记浅述》等书记载，他即位后曾改元嵯耶，自号摩诃罗嵯耶，去世后谥宣武帝。真宗：正宗。洎（jì）：到、及。

（蔡川右）

欧阳修　宋　祁（一篇）

欧阳修（1007～1072），字永叔，自号醉翁、六一居士，卒谥文忠。庐陵（今江西吉安市）人。宋仁宗朝进士，官馆阁校勘，因直言论事贬知夷陵。任谏官，支持范仲淹的改良，被诬贬知滁州。官至翰林学士，枢密副使，参知政事。对王安石新法中的青苗法有所批评。北宋文坛领袖，文为"唐宋八大家"之一。诗风散文化，清新流畅。词意疏隽深婉，承袭南唐馀风。与宋祁等合修《新唐书》，撰本纪、志、表。编者自称"事增于前，文省于旧"。但文辞刻意求简，以致时有含糊不清之处。又独撰《新五代史》，收集金石文字编为《集古录》，有《欧阳文忠集》。

宋祁（998～1061），字子京，卒谥景文。开封雍丘（今河南杞县）人，幼居安陆（今属湖北）。与兄庠同举进士，并有文名，时称"二宋"。宋仁宗朝进士，曾官翰林学士，史馆修撰。与欧阳修等合修《新唐书》，撰写列传。书成，进工部尚书，拜翰林学士承旨。善诗词，颇工丽。《玉楼春》词中有"红杏枝头春意闹"之句，世称"红杏尚书"。且通音律。《宋史》本传记载，"有司言太常旧乐数增损，其声不和，诏祁同按试"。清人辑有《宋景文集》，近人辑有《宋景文公长短句》。

本书选收《新唐书·骠国传》中的《南诏奉圣乐》一段，标题为选注者所拟。

骠国，古代骠人在今缅甸伊洛瓦底江流域建立的国家，又称朱波。公元8世纪时，国势强，佛教兴。《旧唐书·骠国》记载："贞元中，其王闻南诏异牟寻归附，心慕之。十八年乃遣其弟悉利移因南蛮重译来朝，又献其国乐凡十曲，与乐工三十五人俱。乐曲皆演释氏经论之词意。"唐次有《骠国乐颂》，胡直钧有《太常观阅骠国新乐府》，元稹、白居易有《骠国乐》记其盛事。白居易《与骠国王雍羌书》说："又令爱子远副阙庭。今授卿太常卿，并卿男舒难陀那及元佐摩诃思那二人亦各授官。"可见当时率乐队和舞蹈者到长安献艺表演的当有悉利移和舒难陀。因此，《新唐书·南蛮传》收录两则材料：一是"贞元中，王雍羌闻南诏归唐，有内附心，异牟寻遣杨加明诣剑南西川节度使韦皋请献夷中歌曲，且领骠国进乐人。于是皋作《南诏奉圣乐》"。二是"雍羌亦遣弟悉利移城主舒难陀献其国乐，至成都，韦皋复谱次其声。以其舞容，乐器异常，乃图画以献"。

《南诏奉圣乐》记录南诏乐舞，具体详叙乐器、曲名、曲调、服饰、道具、演出程序、舞蹈队形、舞蹈图案，特别强调其歌舞谦恭尽礼的象征性和归顺唐王朝的所谓"愿为唐外臣"的深意。解读舞蹈与乐曲丰富而严密的含义，甚为具体而详细。这是研究唐与南诏关系，研究古代民族文化交流和南诏歌舞风格的重要文献。

南诏奉圣乐

骠，古朱波也，自号突罗朱，阇婆国人曰徒里拙[1]。在永昌南二千里，去京师万四千里[2]。东陆真腊,西接东天竺,西南堕和罗,南属海,北南诏[3]。地长三千里,广五千里,东北袤长,属羊苴咩城[4]。

凡属国十八:曰迦罗婆提,曰摩礼乌特,曰迦梨迦,曰半地,曰弥臣,曰坤朗,曰偈奴,曰罗聿,曰佛代,曰渠论,曰婆梨,曰偈陀,曰多归,曰摩曳,馀即舍卫、瞻婆、阇婆也[5]。

凡镇城九:曰道林王,曰悉利移,曰三陀,曰弥诺道立,曰突旻,曰帝偈,曰达梨谋,曰乾唐,曰末浦[6]。

凡部落二百九十八,以名见者三十二:曰万公,曰充惹,曰罗君潜,曰弥绰,曰道双,曰道瓮,曰道勿,曰夜半,曰不恶夺,曰莫音,曰伽龙眏,曰阿梨吉,曰阿梨阇,曰阿梨忙,曰达磨,曰求潘,曰僧塔,曰提梨郎,曰望腾,曰担泊,曰禄乌,曰乏毛,曰僧迦,曰提追,曰阿末逻,曰逝越,曰腾陵,曰欧咩,曰砖罗婆提,曰禄羽,曰陋蛮,曰磨地勃[7]。

由弥臣至坤朗,又有小昆仑部,王名茫悉越,俗与弥臣同[8]。由坤朗至禄羽,有大昆仑王国,王名思利泊婆难多珊那。川原大于弥臣[9]。由昆仑小王所居,半日行至磨地勃栅,海行五月至佛代国。有江,支流三百六十。其王名思利些弥他。有川名思利毗离芮[10]。土多异香[11]。北有市,诸国估舶所凑,越海即阇婆也[12]。十五日行,逾二大山,一曰正迷,一曰射鞮,有国,其王名思利摩诃罗阇,俗与佛代同[13]。经多茸补罗川至阇婆,八日行至婆贿伽卢,国土热,衢路植椰子、槟榔,仰不见日。王居以金为甓,厨复银瓦,爨香木,堂饰明珠。有二池,以金为堤,舟楫皆饰金宝[14]。

骠王姓困没长,名摩罗惹,其相名曰摩诃思那。王出,舆以金绳床,远则乘象,嫔史数百人[15]。青甓为圆城,周百六十里,有十二门,四隅作浮图,民皆居中,铅锡为瓦,荔支为材[16]。俗恶杀[17]。拜以手抱臂稽颡为恭[18]。明天文,喜佛法。有百寺,琉璃为甓,错以金银,丹彩紫矿涂地,复以锦罽,王居亦如之[19]。民七岁祝发止寺,至二十有不达其法,复为民[20]。衣用白氎、朝霞,以蚕帛伤生不敢衣[21]。戴金花冠、翠冒,络以杂珠[22]。王宫设金银二钟,寇至,焚香击之,以占吉凶[23]。有巨白象,高百尺,讼者焚香跽象前,自思是非而退[24]。有灾疫,王亦焚香对象跽,自咎[25]。无桎梏,有罪者束五竹捶背,重者五、轻者三,杀人则死[26]。土宜菽、粟、稻、粱,蔗大若胫,无麻、麦[27]。以金银为钱,形如半月,号登伽佗,亦曰足弹陀。无膏油,以蜡杂香代烓[28]。与诸蛮市,以江猪、白氎、琉璃罂缶相易[29]。妇人当顶作高髻,饰银珠琲,衣青婆裙,披罗段[30];行持扇,贵家者傍至五六。近城有沙山不毛,地亦与波斯、婆罗门接,距西舍利城二十日行[31]。西舍利者,中天竺也[32]。南诏以兵强地接,常羁制之[33]。

贞元中，王雍羌闻南诏归唐，有内附心，异牟寻遣使杨加明诣剑南西川节度使韦皋请献夷中歌曲，且令骠国进乐人[34]。于是皋作《南诏奉圣乐》，用正律黄钟之均[35]。宫、徵一变，象西南顺也[36]；角、羽终变，象戎夷革心也[37]。舞六成，工六十四人，赞引二人，序曲二十八叠，舞"南诏奉圣乐"字[38]。舞人十六，执羽翟，以四为列[39]。舞"南"字，歌《圣主无为化》；舞"诏"字，歌《南诏朝天乐》；舞"奉"字，歌《海宇修文化》；舞"圣"字，歌《雨露覃无外》；舞"乐"字，歌《辟土丁零塞》。皆一章三叠而成。

舞者初定，执羽，箫、鼓等奏散序一叠，次奏第二叠，四行，赞引以序入[40]。将终，雷鼓作于四隅，舞者皆拜，金声作而起，执羽稽首，以象朝觐[41]。每拜跪，节以钲鼓[42]。次奏拍序一叠，舞者分左右蹈舞，每四拍，揖羽稽首，拍终，舞者拜，复奏一叠，蹈舞抃揖，以合"南"字[43]。字成遍终，舞者北面跪歌，导以丝竹，歌已，俯伏，钲作，复揖舞[44]。馀字皆如之，唯"圣"字词末皆恭揖，以明奏圣。每一字，曲三叠，名为五成。次急奏一叠，四十八人分行磬折，象将臣御边也[45]。字舞毕，舞者十六人为四列，又舞《辟四门》之舞。遽舞入遍两叠，与鼓吹合节，进舞三，退舞三，以象三才、三统[46]。舞终，皆稽首逡巡[47]。又一人舞《亿万寿》之舞，歌《天南滇越俗》四章，歌舞七叠六成而终。七者，火之成数，象天子南面生成之恩[48]。六者，坤数，象西南向化[49]。

凡乐三十，工百九十六人，分四部：一、龟兹部，二、大鼓部，三、胡部，四、军乐部[50]。龟兹部，有羯鼓、揩鼓、腰鼓、鸡娄鼓、短笛、大小觱篥、拍板，皆八[51]；长短箫、横笛、方响、大铜钹、贝，皆四[52]。凡工八十八人，分四列，属舞筵四隅，以合节鼓。大鼓部，以四为列，凡二十四，居龟兹部前。胡部，有筝、大小箜篌、五弦琵琶、笙、横笛、短笛、拍板，皆八[53]；大小觱篥，皆四。工七十二人，分四列，属舞筵之隅，以导歌咏。军乐部，金铙、金铎，皆二[54]；掆鼓、金钲，皆四[55]。钲、鼓，金饰盖，垂流苏[56]。工十二人，服南诏服，立《辟四门》舞筵四隅，节拜合乐[57]。又十六人，画半臂，执掆鼓，四人为列[58]。舞人服南诏衣、绛裙襦、黑头囊、金佉苴、画皮靴，首饰袜额，冠金宝花鬘，襦上复加画半臂[59]。执羽翟舞，俯伏，以象朝拜[60]；裙襦画鸟兽草木，文以八彩杂华，以象庶物咸遂[61]；羽葆四垂，以象天无不覆[62]；正方布位，以象地无不载；分四列，以象四气[63]；舞为五字，以象五行；秉羽翟，以象文德[64]；节鼓，以象号令远布；振以铎，明采诗之义[65]；用龟兹等乐，以象远夷悦服。钲鼓则古者振旅献捷之乐也[66]。黄钟，君声，配运为土，明土德常盛[67]。黄钟得《乾》初九，自为其宫，则林钟四律以正声应之，象大君南面提天统于上，乾道明也[68]。林钟得

《坤》初六，其位西南，西南感至化于下，坤体顺也[69]。太蔟得《乾》九二，是为人统，天地正而三才通，故次应以太蔟[70]。三才既通，南吕复以羽声应之[71]。南吕，酉，西方金也；羽，北方水也[72]。金、水悦而应乎时，以象西戎、北狄悦服。然后姑洗以角音终之[73]。姑，故也；洗，濯也。以象南诏背吐蕃归化，洗过日新。

皋以五宫异用，独唱殊音，复述《五均谱》，分金石之节奏[74]：

一曰黄钟，宫之宫，军士歌《奉圣乐》者用之。舞人服南诏衣，秉翟俯伏拜抃，合"南诏奉圣乐"五字，倡词五，舞人乃易南方朝天之服，绛色，七节襦袖，节有青褾排衿，以象鸟翼[75]。乐用龟兹、胡部、金钲、㭀鼓、铙、贝、大鼓。

二曰太蔟，商之宫，女子歌《奉圣乐》者用之。合以管弦。若奏庭下，则独舞一曲。乐用龟兹，鼓、笛各四部，与胡部等合作。琵琶、笙、箜篌，皆八；大小觱篥、筝、弦、五弦琵琶、长笛、短笛、方响，各四。居龟兹部前。次贝一人，大鼓十二分左右，馀皆坐奏。

三曰姑洗，角之宫，应古律林钟为徵宫，女子歌《奉圣乐》者用之。舞者六十四人，饰罗彩襦袖，间以八采，曳云花履，首饰双凤、八卦、彩云、花鬟，执羽为拜抃之节[76]。以林钟当地统，象岁功备、万物成也。双凤，明律吕之和也。八卦，明还相为用也。彩云，象气也。花鬟，象冠也。合"奉圣乐"三字，唱词三，表天下怀圣也。小女子字舞，则碧色襦袖，象角音主木；首饰巽卦，应姑洗之气[77]；以六人略后，象六合一心也。乐用龟兹、胡部，其钲、㭀、铙、铎，皆覆以彩盖，饰以花趺，上陈锦绮，垂流苏[78]。按《瑞图》曰："王者有道，则仪凤在鼓。"故羽葆鼓栖以凤凰，钲栖孔雀，铙、铎集以翔鹭，钲、㭀顶足又饰南方鸟兽，明泽及飞走翔伏。钲、㭀、铙、铎，皆二人执击之。贝及大鼓工伎之数，与军士《奉圣乐》同，而加鼓、笛四部。

四曰林钟，徵之宫，敛拍单声，奏《奉圣乐》，丈夫一人独舞，乐用龟兹，鼓、笛每色四人。方响二，置龟兹部前。二隅有金钲，中植金铎二、贝二、铃钹二、大鼓十二分左右。

五曰南吕，羽之宫，应古律黄钟为君之宫。乐用古黄钟方响一，大琵琶、五弦琵琶、大箜篌倍，黄钟觱篥、小觱篥、筝、笙、埙、篪、挡筝、轧筝、黄钟箫、笛倍[79]。笛、节鼓、拍板等工皆一人，坐奏之。丝竹缓作，一人独唱，歌工复通唱军士《奉圣乐》词。

雍羌亦遣弟悉利移城主舒难陀献其国乐，至成都，韦皋复谱次其声。以其舞容、乐器异常，乃图画以献。工器二十有二，其音八：金、贝、丝、竹、匏、革、牙、角[80]。金二、贝一、丝七、竹二、匏二、革二、牙一、角二。

铃钹四，制如龟兹部，周圆三寸，贯以韦，击磕应节[81]。铁板二，长三寸五分，博二寸五分，面平，背有柄，系以韦，与铃钹皆饰缘纷，以花氎缕为蕊[82]。螺贝四，大者可受一升，饰缘纷[83]。有凤首箜篌二：其一长二尺，腹广七寸，凤首及项长二尺五寸，面饰虺皮，弦一十有四，项有轸，凤首外向[84]；其一项有条，轸有鼍首[85]。筝二：其一形如鼍，长四尺，有四足，虚腹，以鼍皮饰背，面及仰肩如琴，广七寸，腹阔八寸，尾长尺馀，卷上虚中，施关以张九弦，左右一十八柱[86]；其一面饰彩花，傅以虺皮为别。有龙首琵琶一，如龟兹制，而项长二尺六寸馀，腹广六寸，二龙相向为首；有轸柱各三，弦随其数，两轸在项，一在颈，其覆形如师子[87]。有云头琵琶一，形如前，面饰虺皮，四面有牙钉，以云为首，轸上有花象品字，三弦，覆手皆饰虺皮，刻捍拨为舞昆仑状而彩饰之[88]。有大匏琴二，覆以半匏，皆彩画之，上加铜瓯[89]。以竹为琴，作虺文横其上，长三尺馀，头曲如拱，长二寸，以绦系腹，穿瓯及匏本，可受二升。大弦应太蔟，次弦应姑洗。有独弦匏琴，以班竹为之，不加饰，刻木为虺首；张弦无轸，以弦系顶，有四柱如龟兹琵琶，弦应太蔟。有小匏琴二，形如大匏琴，长二尺；大弦应南吕，次应应钟。有横笛二：一长尺馀，取其合律，去节无爪，以蜡实首，上加师子头，以牙为之，穴六以应黄钟商，备五音七声；又一，管唯加象首，律度与荀勖《笛谱》同，又与清商部钟声合[90]。有两头笛二，长二尺八寸，中隔一节，节左右开冲气穴，两端皆分洞体为笛量。左端应太蔟，管末三穴：一姑洗，二蕤宾，三夷则[91]。右端应林钟，管末三穴：一南吕，二应钟，三大吕。下托指一穴，应清太蔟。两洞体七穴，共备黄钟、林钟两均。有大匏笙二，皆十六管，左右各八，形如凤翼，大管长四尺八寸五分，馀管参差相次，制如笙管，形亦类凤翼，竹为簧，穿匏达本[92]。上古八音，皆以木漆代之，用金为簧，无匏音，唯骠国得古制。又有小匏笙二，制如大笙，律应林钟商。有三面鼓二，形如酒缸，高二尺，首广下锐，上博七寸，底博四寸，腹广不过首，冒以虺皮，束三为一，碧绦约之，下当地则不冒，四面画骠国工伎执笙鼓以为饰[93]。有小鼓四，制如腰鼓，长五寸，首广三寸五分，冒以虺皮，牙钉彩饰，无柄，摇之为乐节，引赞者皆执之[94]。有牙笙，穿匏达本，漆之，上植二象牙代管，双簧皆应姑洗[95]。有三角笙，亦穿匏达本，漆之，上植三牛角，一簧应姑洗，馀应南吕，角锐在下，穿匏达本，柄觜皆直[96]。有两角笙，亦穿匏达本，上植二牛角，簧应姑洗，匏以彩饰。

　　凡曲名十有二：一曰《佛印》，骠云《没驮弥》，国人及天竺歌以事王也[97]。二曰《赞娑罗花》，骠云《咙莽第》，国人以花为衣服，能净其身也。三曰《白鸽》，骠云《答都》，美其飞止遂情也[98]。四曰《白鹤游》，骠云

《苏谩底哩》，谓翔则摩空，行则徐步也。五曰《斗羊胜》，骠云《来乃》。昔有人见二羊斗海岸，强者则见，弱者入山，时人谓之"来乃"。来乃者，胜势也。六曰《龙首独琴》，骠云《弥思弥》，此一弦而五音备，象王一德以畜万邦也[99]。七曰《禅定》，骠云《掣览诗》，谓离俗寂静也。七曲唱舞，皆律应黄钟商。八曰《甘蔗王》，骠云《遏思略》，谓佛教民如蔗之甘，皆悦其味也。九曰《孔雀王》，骠云《桃台》，谓毛采光华也。十曰《野鹅》，谓飞止必双，徒侣毕会也[100]。十一曰《宴乐》，骠云《嚨聪纲摩》，谓时康宴会嘉也。十二曰《涤烦》，亦曰《笙舞》，骠云《扈那》，谓时涤烦瞽，以此适情也[101]。五曲律应黄钟两均：一黄钟商伊越调，一林钟商小植调[102]。乐工皆昆仑，衣绛氍，朝霞为蔽膝，谓之祓禶[103]。两肩加朝霞，络腋[104]。足臂有金宝环钏。冠金冠，左右珥珰，绦贯花鬘，珥双簪，散以毳[105]。初奏乐，有赞者一人先导乐意，其舞容随曲。用人或二、或六、或四、或八、至十，皆珠冒，拜首稽首以终节[106]。其乐五译而至，德宗授舒难陀太仆卿，遣还[107]。开州刺史唐次述《骠国献乐颂》以献[108]。太和六年，南诏掠其民三千，徙之拓东[109]。

选自《新唐书·骠国传》

【简注】〔1〕骠：即缅甸古国。阇（shé）婆：又名诃陵、杜婆，刘宋时法显《佛国记》作耶婆提。地在今印度尼西亚境内。　　〔2〕永昌：今保山。去：离开，距离。京师：国都，指长安。《公羊传·桓公九年》："京师者何？天子之居也。京者何？大也；师者何？众也。天子之居，必以众大之辞言也。"　　〔3〕东陆：东边陆邻。真腊：汉称扶南，唐称真腊，明时其国自称甘孛智，后讹为甘破蔗，明万历后改为柬埔寨。历代疆域大小常有改变。东天竺（zhú）：印度古称。堕和罗：也译作独和罗、投合。古南海国名。故地可能在今湄南河下游。属：连接。南诏：唐初洱海地区有六诏，蒙舍诏最南，称为南诏。蒙舍诏皮逻阁统一六诏，建立地方政权，南诏遂为六诏的总称。　　〔4〕袤（mào）长：横长。羊苴咩（jūmiē）城：羊，一作"阳"，亦称羊羔城。在今大理古城西北。唐大历十四年（779），南诏异牟寻以其中心地筑此城，由太和城迁都于此。　　〔5〕凡：所有的。属国：附属国。即"各依本国之俗而属于"骠国。偈：音jié。　　〔6〕旻：音mǐn。　　〔7〕部落：聚居的部族。伽：音qié。陕：音shǎn。　　〔8〕弥臣：陈序经、沈曾植均认为弥臣应在缅甸西境阿腊干一带。小昆仑部：岑仲勉认为，"小昆仑部应南去怒江口不远"，"其国似应在伊拉瓦底下流也"。赵吕甫据费瑯拟定和伯希和考证，认为昆仑国当在缅甸的伊洛瓦底区即丹那沙林区与莫塔马湾之间。（以上均见《云南志校释》）　　〔9〕川原：河山。　　〔10〕毗（pí）：用于地名。芮（ruì）：用于地名。　　〔11〕异香：泛指檀香木。　　〔12〕估舶：商船。估，通"贾"，经商。舶，大船，海船。湊：聚合。　　〔13〕社羝（dī）：山名。　　〔14〕衢路：四通八达的道路。椰子：即椰子树，椰树。热带常绿乔木，高25～30米，无枝条，叶如棕榈，果实叫椰子，肉白色，可食，也可榨油，果汁可作饮料。树液、果壳、叶片、木材均可利用。槟榔：热带常绿乔木。果实长椭圆，橙红色，也叫槟榔，医学上有助消化、杀虫等功能。甓（pì）：砖。爨（cuàn）香木：泛指云南的檀香木。爨，我国西南地区少数民族名，此指云南境内。舟楫（jí）：船和桨。　　〔15〕舆：车或轿子，当动词用。嫔（pín）史：泛指王宫中的女官。《周礼》女史掌内治之贰，为内宰的副贰。又为掌管法典和记事的官。　　〔16〕浮图：亦作浮屠、佛图，塔的别名。《世说新语·言语》："庾公（亮）尝入佛图，见卧佛。"又指佛寺。荔支：今作荔枝，常绿乔木，高可达20米，木质坚实，可作家具。果实外壳有疙瘩，果心心脏形或圆形，色黄黑，果肉色白，甘美多汁。　〔17〕俗恶（wù）杀：民俗厌恶斗杀。　〔18〕稽颡（qǐsǎng）：行跪拜礼。有二说：一行跪拜礼时，头至地，即稽首。颡，额头。二行跪拜礼时，两手拱至地，头至手，不触及地。　〔19〕琉璃：以粘土、长石、石青等为原料而烧成的瓦，所谓"销治石汁加以众药灌而为之"，为宫殿楼阁所用的琉璃瓦。错：涂饰。《史记·赵世家》："夫剪发文身，错臂左衽，瓯越之民也。"索隐："错臂亦文身，谓以丹青错画其臂。"锦罽（jì）：彩色毛织品，地毯之类。罽，毛织品。　〔20〕祝发：断发，后指削发为僧。止寺：居寺，栖息于寺。"至二十"句：到二十岁有的不能领悟佛教教义。　〔21〕白氎（dié）：也作白叠，用棉纱织成。《史记·货殖传》正义："白叠，木棉所织，非中国有也。"棉花在唐时始传入中国。后来用野蚕丝或毛制成的织物，也沿用白氎之称。伤生：伤害生命、生灵。不敢衣（yì）：不敢穿。衣，动词，穿。　〔22〕翠冒：翠钿之类，绿玉制的妇女头饰。冒，也作瑁，玉。《周礼·考工记·玉人》："天子执冒四寸以朝诸侯。"络：缠绕。　〔23〕占：视兆以知吉凶，即占卜。　〔24〕讼者：诉讼的人，争辩是非的人。跽（jì）：长跪，挺着上身，两腿跪着。　〔25〕灾疫：瘟疫灾害。自咎（jiù）：自责过失。　〔26〕桎梏（zhìgù）：刑具。脚镣手铐。在足为桎，在手为梏。　〔27〕胫：小腿。〔28〕炷（zhù）：泛指灯。炷原为灯心。　〔29〕江猪：即江豚。哺乳纲，鲸目，鼠海豚科。体形似鱼，长一般 1.2～1.6 米。栖息温带和热带的港湾淡水中。郭璞《江赋》："鱼则江豚海狶。"注："《南越志》曰：'江豚似猪'。"罂缶（yīngfǒu）：同义复词，均为大腹小口的容器，常用以贮水，贮酒。〔30〕高髻（jì）：梳在头顶上的高发结。珠琲（bèi）：贯珠，珠串。左思《吴都赋》："金镒磊砢，珠琲阑干。"注："琲，贯也，珠十贯为一琲。"罗段：丝织品的一截。段，布帛等的一截。　〔31〕"地亦"句：《云南志校释》卷六有"又南有婆罗门、波斯"，卷一〇记骠国"与波斯及婆罗门邻接"。波斯，在缅甸南部伊洛瓦底江下游支流勃生河之勃生城。古代重要贸易港。婆罗门，在天竺国，今印度。〔32〕西舍利：赵吕甫疑"舍利城乃指迦摩波国，……即玄奘《西域记》之迦摩缕波国"，即"今印度阿萨姆邦西部，其首府即高哈蒂也"（《云南志校释》）。　〔33〕羁制：牵制，制约。　〔34〕贞元：唐德宗年号（785～805）。内附：归附。异牟寻（759～808）：姓蒙氏，阁罗凤孙，幼受教于郑回，"颇知书，有才智，善抚其众"（《旧唐书》）。唐代宗大历十四年（779）嗣立，居史城（今大理喜洲）。连吐蕃攻蜀。兴元元年（784）迁都太和（今大理），改名大礼国。吐蕃改封为"日东王"（从兄弟之国降为臣属之邦），更立官制。其疆域东至今贵州，南接越南、缅甸，西接西藏，北至金沙江。因吐蕃征求无厌，悉夺险立营，岁索兵助防，听清平官郑回建议，愿永为唐藩属。贞元九年（793），分三道遣使经成都至京师，第二年与唐使崔佐时会盟于点苍山神祠，诏封为云南王。后屡击吐蕃，攻铁桥而取城，俘王而献唐。唐遣袁滋册立为南诏王，赐金印。十四年，请以大臣子弟入质于唐，唐令就学于成都，十馀年更替不绝。在位 30 年，谥孝桓王。诣：到。剑南：包括今四川剑阁县以南，长江以北，甘肃嶓冢山以南和云南东北境地区。西川：四川西部。唐贞观元年（627）设剑南道。元和后分设西川节度使、东川节度使。西川领益、彭、蜀、汉、眉、嘉、邛等二十六州。其后分合不一。节度使：初唐，节度使封郡王，掌总兵旅，专诛杀。天宝初，设十节度使，以后遍设于国内。总管一道或数州，军事民政，用人理财，皆得自主。安史之乱后，地方武将，亦多署节度使名号，自置官署；大者连州数十，小者犹兼三四，父死子继，号为留后，世称藩镇。韦皋（745～805）：字城武，唐京兆万年（今陕西西安）人。初任监察御史，知陇州行营留后事，因参加平定朱泚叛乱有功，升陇川刺史、奉义军节度使。德宗时，官至检校司徒兼中书令。贞元初，转任西川节度使，在蜀 21 年，经略滇中，实行联络南诏、专御吐蕃的策略，封南康郡王。顺宗时，王叔文当权，他请兼领剑南三川，不成，上表请皇太子（宪宗李纯）监国。不久暴卒。乐人：善歌舞或能演奏的艺人。　〔35〕黄钟：古乐十二律有黄钟、大吕、太簇、夹钟、姑洗、中吕、蕤宾、林钟、夷则、南吕、无射、应钟。其中黄钟声调最洪大响亮。均：古乐器的调律器。《国语·周语》："王将铸无射，问律于伶州鸠。对曰：'律所以立均出度也。'"注："均者，均钟，木长七尺，有弦系之，以均钟者，度钟大小清浊也。" 〔36〕宫徵（zhǐ）：古乐五音（也叫五声）有宫、商、角、徵、羽，即五声音阶的五个阶名。变：此指变宫、变徵。变宫，七音之一，宫的变音则较宫稍高。变徵，七音之一，徵的变声，较徵稍下。变宫变徵也叫变声。五声（五音）后来再加上变宫、变徵，称为七音，相当于现代音乐简谱上的七个音阶。五声宫与商，商与角，徵与羽，相去各一律；至角与徵，羽与宫，相去为二律。相去一律，则音节和；相去二律，则音节远。故角徵之间，近徵收一声，比徵稍下，谓之变徵；羽宫之间，近宫收一声，少高于宫，谓之变宫。 〔37〕终变：最后之变。戎夷：泛指边疆少数民族。革心：洗心改过。此指南诏背吐蕃归唐朝。 〔38〕成：乐曲一终为一成。《书·益稷》："箫韶九成，凤凰来仪。"工：乐工，善歌舞或能演奏的艺人。赞引：引导。赞，导。叠：乐曲的叠奏。 〔39〕羽翟（dí）：以雉尾、雉羽为舞具。 〔40〕散序：疑均为曲名。沈括《梦溪笔谈》："散自是曲名。如操、弄、掺、淡、序、引之类。" 〔41〕金声：金属乐器（如铜钲等）之声。朝觐（jìn）：臣子朝见君主。《周礼·春官·大宗伯》："以宾礼亲邦国。春见曰朝，秋见曰觐。"注："觐，谓使之相亲。" 〔42〕钲（zhēng）鼓：古军中乐器。鸣钲以为鼓节。钲，铙也，似铃，柄中上下通。 〔43〕挹（yī）羽：持雉尾行拱手礼。抃（biàn）挹：鼓掌作揖，表示欢欣。 〔44〕丝竹：指管弦乐器。歌已：歌停，歌止。 〔45〕磬折：同"罄折"。曲躬如磬，表示谦恭。曹植《箜篌引》："谦谦君子德，磬折何所求。" 〔46〕遽（jù）舞：急舞。三才：天、地、人。《易·说卦》："是以立天之道，曰阴曰阳；立地之道，曰柔曰刚；立人之道，曰仁曰义。兼三才而两之，故《易》六画而成卦。"三统：指夏商周三代的正朔。夏正建寅，以正月为岁首，称为人统；商正建丑，以十二月为岁首，称为地统；周正建子，以十一月为岁首，称为天统。《汉书·成帝纪》："盖闻王者必存二王之后，所以通三统也。" 〔47〕逡（qūn）巡：迟疑徘徊，欲行又止。《公羊传·宣公六年》："赵盾逡巡北面再拜稽首。" 〔48〕成数：整数。孔颖达《周易正义·序》："至若'复'卦云'七日来复'……举其成数而言之，而云'七日来复'。"又南方在五行中属火，故下文有"南面"之语。 〔49〕坤数：西南叫坤。《易·坤卦》为西南之卦，故指西南方。向化：归化，归顺。 〔50〕龟（qiū）兹：龟兹乐曲的省称。原为隋九部曲之一。 〔51〕羯（jié）鼓：古羯族乐器。唐代诸乐龟兹部、高昌部、疏勒部、天竺部皆用羯鼓。形如漆桶，下以小牙床承之。击用二杖，音声急促高烈。腰鼓：古腰鼓大者多用瓦制鼓身框，小者用木制。两面蒙皮，用两手掌拍击。觱篥（bìlì）：古乐器，又名悲篥、笳管。以竹为管，以芦为首，状似胡笳。本出龟兹，后传入中原。 〔52〕方响：隋唐燕乐中常用的打击乐器。磬类，铜铁制。以16枚铁片组成，上圆下方，大小相同，厚薄不一，分两排，悬于一架。以小铜锤击之，其声清浊不等。白居易《偶饮》："千声方响敲相续，一曲云和戛未终。"方响始制于南朝梁，南宋时犹盛行，其制已久失传。铜钹：也作"铜拔"，乐器。《旧唐书·音乐志》："铜拔，亦谓之铜盘，出西戎及南蛮。其圆数寸，隐起若浮沤贯之以韦皮，相击以和乐也。南蛮国大者圆数尺。"贝：乐器。马端临认为梵乐用贝，以和铜拔，即法螺。 〔53〕筝：拨弦乐器，音箱为木制长方形，面上张弦，弦下设柱，柱可左右移动以调节音高，按五声音阶定弦。唐宋时教坊用筝均13弦，唯清乐用12弦，以寸馀长的鹿骨爪拨奏。箜篌（kōnghóu）：《旧唐书·音乐志》谓依琴制作，似瑟而小，七弦，用拨弹之，如琵琶。笙：管乐器。由簧竹、斗子和笙管三部分组成。笙管大者19簧，小者13簧。 〔54〕金铙（náo）：打击乐器。也称铜铙、铜钹、铜盘、铜钵、铙钹。比钹大，其围数寸，隐起如浮沤，贯之以韦，相击以和乐。隋炀帝所定九部乐中的龟兹等六部乐，皆用铜拔乐器。金铎：即铜铎，古乐器，形如大铃，金铃铁舌。宣教政令时，用以警众。武事用金铎。 〔55〕掆（gāng）鼓：也作"枫鼓"。即小鼓，上有盖，长三尺，奏乐时常先敲击以引大鼓。金钲（zhēng）：金属乐器，军中用代号令。镯铙之属。此疑指铜锣。镕铜形如盘，边穿孔，缀于木框，框左右施铜环，系绳悬项以击之。《旧唐书·音乐志》："《大定乐》加金钲。"即此。 〔56〕流苏：以五彩羽毛或丝线制成的缨子。常用作车马、帷帐等的垂饰。此用作乐器垂饰。 〔57〕节拜：按节奏，据节拍行拜。 〔58〕画：皱纹。半臂：短袖衣。张泌《妆楼记·家法》："房太尉家法，不著半臂。" 〔59〕金佉（qū）苴：金饰的皮带。佉苴，也作咕嗟、咕嵯，即皮带。白居易《蛮子朝》："清平官持赤藤杖，大军将系金咕嗟。"袜（mò）额：犹饰额。花鬘（mán）：古印度人用花连贯成串加于身首之上的饰物。后来也指花环。白居易《骠国乐》："珠缨炫转星宿摇，花鬘斗薮龙蛇动。" 〔60〕朝拜：官员上朝向帝王跪拜。 〔61〕杂华：即杂花纹。庶物：众物，万物。咸遂：皆顺。遂，顺，犹如意。 〔62〕羽葆：仪仗名，以鸟羽为饰者。即以鸟羽注于柄头，如盖。葆，盖也。南朝隋唐时，诸王大臣有功者，加羽葆。 〔63〕四气：四时（四季）阴阳变化，温热冷寒之气。 〔64〕五行：指金、木、水、火、土。文德：常对"武功"而言，指以礼乐教化进行统治。 〔65〕节鼓：古乐器。状如博局，中开圆孔，恰容其鼓，击之以节乐。此名词当动词用。振以铎：宣布政教法令时，振铎以警众。文事用木铎，武事用金铎。铎，有舌的大铃。采诗：搜集民歌。《汉书·艺文志》："故古有采诗之官，王者所以观风俗，知得失，自考正也。"此为采诗之义。 〔66〕振旅：整顿部队。《左传·隐公五年》："三年而治兵，入而振旅。" 〔67〕君声：因黄钟声调最洪大响亮，故称君声。配运：五行中分派的气数。 〔68〕乾：《易》的卦名。为八卦的首卦，象天、象君、象阳。《释文》引郑玄："乾当为干，阳在外，能干正也。"林钟：古乐十二律之一。《礼·月令》季夏之月："其音徵，律中林钟。"正声：纯正的乐声。大君：天子。《易·师》："大君有命，开国承家。"天统：王统，正统。乾道：天道。《易·乾》："乾道变化，各正性命。" 〔69〕坤：《易》卦名。八卦之一。象地。《易·系辞》："天尊地卑，乾坤定矣。"其位西南：《易·坤卦》为西南之卦，故指西南方。坤体：大地。 〔70〕太蔟：也作"泰簇"，大蔟。十二音律之一。《史记·律书·律数》："泰簇者，言万物簇生也，故曰泰簇。"人统：三统之一。夏正建寅，以正月为岁首，称人统。 〔71〕南吕：十二音律之一。 〔72〕"南吕"两句：古人把四季、五声、五方、五行相配。酉、西方属金，羽、北方属水。 〔73〕姑洗：十二音律之一。 〔74〕皋：即韦皋，见本文注释〔34〕。五宫：泛指五音五调。宫，宫音，宫调。金石：钟磬类乐器，此泛指乐器。 〔75〕拜抃（biàn）：拜揖鼓掌。抃，鼓掌，表示欢欣。倡（chàng）词：唱词。倡，通"唱"。《荀子·礼论》："清庙之歌，一唱而三叹也。"青褾（biǎo）：青袖。褾，袖端。排衿（jīn）：排襟，排领，犹对襟披肩。 〔76〕曳（yè）云花履：拖云花鞋。 〔77〕巽（xùn）卦：八卦之一，六十四卦之一。《易·说卦》："巽为木，为风。" 〔78〕花趺（fū）：花形的垫座。《旧唐书·音乐志》："鼓，承以花趺，覆以华盖，上集翔鹭。"锦绮：有色彩、图案的丝织品。 〔79〕筝：管乐器。应劭《风俗通·声音·筝》："管三十六簧也，长四尺二寸，今二十三管。"1972年长沙马王堆汉墓出土的竽，有二十二管，分前后两排。埙（xūn）：古代一种用陶土烧制的吹奏乐器。大如鸡蛋，形如秤锤，上尖下平中空。顶上一吹孔口，前面四孔，后面二孔。篪（chí）：古代管乐器。竹制，长尺四寸，围三寸，一孔上出一寸三分，名翘，横吹之。小者尺二寸。不数其上出者，有七空。挡（chōu）筝：古筝的一种，用手指拨弄筝弦以发音。今已失传。轧筝：古筝的一种。唐时用竹片轧其弦发音。 〔80〕"其音八"句：古代称金、石、丝、竹、匏、土、革、木为八音。金为钟，石为磬，琴瑟为丝，箫管为竹，笙竽为匏，埙为土，鼓为革，柷敔为木。此处无石、土、木，却有贝、牙、角。贝为钲铙，牙为牙拍板，角为胡笳。 〔81〕贯以韦：以柔皮条贯穿。击磕（kē）应节：敲击配合节声。节，乐器，长五尺六寸。其中有椎，击以应乐。 〔82〕博：广。氎（dié）缕：细棉布（木棉纺织）丝条。 〔83〕螺：法螺，用螺壳穿空制成的乐器。 〔84〕虺（huǐ）皮：泛指蛇皮。虺，毒蛇。项：颈的后部。轸（zhěn）：筌篌腹下转动弦的木柱。《魏书·乐志》："中弦须施轸如琴，以轸调声。" 〔85〕鼍（tuó）：一名鼍龙，或称扬子鳄。体长六尺至丈馀，四足，背尾鳞甲。皮可冒鼓。 〔86〕施关：安置机捩。《后汉书·张衡传》："施关发机。" 〔87〕师子：即狮子。狮，古作"师"。《汉书·西域传》："乌弋山地暑热，莽平，……而有挑拔、师子、犀牛。" 〔88〕捍拨：护弦的饰物。拨，拨动琵琶筝瑟弦索的器具。李贺《春怀引》："蟾蜍碾玉挂明弓，捍拨装金打仙凤。"昆（hún）仑：此指广大无垠貌。　　〔89〕匏（páo）琴：唐代我国西北地区的一种弹拨乐器。　　〔90〕荀勖（xù）：字公曾。仕魏累官待中，入晋封济北郡公，拜中书监，进光禄大夫。掌乐事，修律吕，正雅乐。后领秘书监，与中书令张华整理记籍。守尚书令卒。　　〔91〕蕤（ruí）宾、夷则：均为古十二律之一。　　〔92〕匏笙：古乐器。应劭《风俗通·声音》："音者，土曰埙，匏曰笙。"　　〔93〕冒：覆盖，蒙包。〔94〕牙钉：象牙制的钉子。　　〔95〕牙笙：象牙制的管乐器。　　〔96〕觜（zuǐ）：同"嘴"。〔97〕骠云：骠国称为。　　〔98〕遂情：顺心，如意。　　〔99〕一德：同心同德。《书·泰誓》"乃一德一心，立定厥功。"　　〔100〕徒侣：众侣，同伴。　　〔101〕烦暋（mǐn）：烦闷。暋，郁闷。〔102〕伊：疑为伊州。曲调名，商调大曲。唐天宝以后，乐曲常以地方为名。越调：音调名。商声七调之一。以其出于越，故曰越调。《新唐书·礼乐志》："越调、大食调、高大食调、双调、小食调、歇指调、林钟商为七商。"沈括《梦溪笔谈·乐律》："黄钟商，今为越调，用六字。"小植调：本作"小食"，因有大食（石）调，故称小（食）调。商声乐调名。《唐会要·诸乐》："天宝十三载七月十日，太乐署供奉曲名，及改诸乐名，……林钟商，时号小食调。"　　〔103〕昆仑：此指小昆仑部的乐工。见本文注释〔8〕。蔽膝：护膝的围裙，跪拜时用。《汉书·王莽传》："母病，公卿诸侯遣夫人问疾，莽妻迎之，衣不曳地，布蔽膝。见之者以为僮使，问知其夫人，皆惊。"裓裲（géliǎng）：半臂长衣背心，前幅当胸，后幅当背。裓，长衣的前襟。裲，疑为"裲"。　　〔104〕络腋：缠绕腋下。　　〔105〕珥珰（ěrdāng）：又称明珰，冠上的垂珠。珥，耳饰。《史记·外戚世家》："（武）帝遣责钩弋夫人，夫人脱簪珥叩头。"珰，耳珠。毳（cuì）：鸟兽的细毛。　　〔106〕珠冒：以珠饰为帽。冒，覆盖，蒙盖。〔107〕德宗（742~805）：唐德宗，李适（kuò），公元779~805年在位。废租庸调制，颁"两税法"。欲抑藩镇割据，但措置失宜，朱泚、李怀光先后叛乱。后用李泌为相，北和回纥，南连南诏，西结大食，以对付吐蕃。时局稍定。但他用宦官，行宫市，收间架、茶叶税，使社会矛盾日益加重。舒难陀：人名。白居易《骠国乐》："雍羌之子舒难陀。"参与率歌舞队到长安献艺。太仆卿：官名。太仆寺有卿、少卿各一人。掌管舆马及牧畜之事。　　〔108〕开州：今重庆市奉节县一带。刺史：州（郡）的行政长官，后为太守的别称。唐次：字文编。建中进士。历侍御史，出为开州刺史。十年不迁，韦皋镇蜀，表为副使。改夔州刺史，累官知制诰，中书舍人。　　〔109〕太和六年：公元832年。太和，唐文宗年号（827~835）。其民：指骠国人民。徙：迁移。拓东：故址在今昆明市。唐广德元年（763）南诏凤伽异筑拓东城，取开拓东境之义。

（蔡川右）

范成大（一篇）

范成大（1126～1193），字致能，号石湖居士，吴县（今江苏苏州）人。南宋高宗绍兴进士，历任著作佐郎，吏部郎官，知处州（今浙江丽水），以起居郎假资政殿大学士出使金国，"词气慷慨"，"全节而归"。除中书舍人，知静江府（今广西桂林）兼广南西道安抚使，任四川制置使，拜参知政事。后被劾出知明州（今浙江宁波），进资政殿学士，加大学士。晚年退居苏州石湖。与陆游、杨万里、尤袤被称为"中兴四大诗人"。诗歌题材广泛，其爱国诗、田园诗成就较高。诗风清新、婉峭、浅切。著有《石湖居士诗集》、《石湖词》、《桂海虞衡志》等。

范成大自宋孝宗乾道九年（1173）三月至淳熙二年（1175）正月，在桂林近两年。《桂海虞衡志》是他调任，由桂经湘入蜀途中追忆在广西任地方长官的见闻。"虞衡者，盖合山虞、泽虞、林衡、川衡以为名，土训之书也。……而以海名者，矜其陆海耳"（清代檀萃《滇海虞衡志》序）。全书分志岩洞、志金石、志香、志酒、志器、志禽、志兽、志虫鱼、志花、志果、志草木、杂志、志蛮等十三门。"叙述简雅，无夸饰土风，附会古事之习"，多为此前方志所不载，是研究宋代广西地区风土、物产、民族的重要著作。其中有关南诏事，大理国与宋朝的关系，宋代滇桂边境民族社会与文化状况，均为重要材料。原书三卷，今存一卷。今本胡起望等《桂海虞衡志辑佚校注》据元代马端临《文献通考》录入。

《大理》一文选自《桂海虞衡志》，题目为选注者所拟。宋代大理国自称大礼国，至南宋后期，仍很繁荣，所谓"地广人庶"，物产丰盛。文中还记叙其风俗民情、贸易互市、地方文化与中原的密切关系等。言简意赅，涉及面广，所载虽有传闻，然材料详明、具体，所谓"记其胜，而详其实也"（日本洼木俊语），几乎是《宋史·大理国》所不载，实为范成大多年见闻与思考的"经意"之作。至于"言音未会意相和，远隔江山万里多"则为大理国时代今仅存的两句诗，尤为珍贵。

大 理

大理，南诏国也[1]。本唐小夷，蒙舍诏在诸部最南，故号南诏[2]。自皮逻阁并五诏为一，受册封云南王，至异牟寻，封南诏王，至酋龙而称骠信，改元自称大礼国，今其与中国接，乃称大理国[3]。与唐史礼、理字异，未详所始。大理地广人庶，器械精良，前志载之详矣[4]。

邕州，右江水与大理大盘水通，大盘在大理之威楚府[5]。而特磨道又与其善阐府者相接[6]。自邕州道诸蛮僚至大理，不过四五十程[7]。产良马，可与横山通，北梗自杞，南梗特磨，久不得至，语在大理马条下[8]。

乾道癸巳冬，忽有大理人李观音得、董六斤黑、张般若师等率以三字为名，凡二十三人至横山议市马，出一文书，字画略有法[9]。大略所须《文选五臣注》、《五经广注》、《春秋后语》、《三史加注》、《都大本草广注》、《五藏论》、《大般若十六会序》及《初学记》，张孟《押韵》、《切韵》、《玉篇》、《集圣历》、《百家书》之类，及须浮量钢器并碗、琉璃碗壶及紫檀、沉香木、甘草、石决明、井泉石、蜜陀僧、香蛤、海蛤等药，称利正二年十二月[10]。

其后云："古文有云[11]：'察实者不留声，观行者不识词，知己之人，幸逢相谒，言音未同，情虑相契[12]。'吾闻夫子云：'君子和而不同，小人同而不和'[13]。今两国之人不期而会者，岂不习夫子之言哉[14]。续继短章，伏乞斧伐[15]。"短章有"言音未会意相和，远隔江山万里多"之语。其人皆有礼仪，擎诵佛书，碧纸字金银字相间。邕人得其《大悲经》，称为"坦绰赵般若宗祈禳目疾而书"[16]。坦绰、酋望、清平官皆其官名也。邕守犒来者，厚以遣归[17]。然南诏地极西南，当为西戎，尤迩蜀都，非桂帅所当镇抚[18]。

选自《文献通考》卷三二九

【简注】〔1〕大理：大理国，五代至宋时云南地方政权。始于五代后晋天福二年（937），南诏通海节度使段思平灭杨干真的大义宁政权，据南诏地，号大理国。辖境相当于今云南全境及四川西南部，历14世，共158年。至宋绍圣元年（1094），国主段正明禅位于高升泰，改称大中国。绍圣三年，高升泰卒，遗命子高泰明还位于段氏，泰明立段正淳为帝，复号大理国，俗称后理国。历8世，共157年。南宋宝祐元年即元宪宗三年（1253），为蒙古忽必烈所灭，置云南行中书省。前后共历22世，315年。南诏国：唐初洱海地区部落原有六诏，蒙舍诏最南，称为南诏。唐贞观二十三年（649），蒙舍诏细奴逻建号大蒙国。永徽四年（653），受唐封，称大封民国。唐玄宗时，后蒙舍诏皮逻阁统一六诏，建立地方政权，南诏遂为六诏的总称。开元二十六年（738），唐朝封皮逻阁为归义云南王。天宝九年（750），阁罗凤占有云南地，与唐绝，复号大蒙国，治太和城（今大理古城南太和村），唐贞元十年（794），异牟寻复归唐，唐封为南诏王。咸通六年（860）南诏改国号大礼。乾符五年（878），隆舜复号大封民国。天复二年（902），郑买嗣篡位，称大长和国。自细奴逻至郑氏篡国，历13世250馀年。此后大长和国、大天兴国、大义宁国、大理国、大中国、后理国诸政权，至南宋宝祐元年即元宪宗二年（1253），为蒙古忽必烈所灭。古籍中亦每冠以南诏称号。　〔2〕小夷：少数民族。蒙舍诏：唐初洱海地区六诏之一，居蒙舍川（今巍山彝族回族自治县境），以蒙为姓。在诸诏之南，称南诏。传至皮逻阁，灭五诏，遂称南诏。　〔3〕皮逻阁（？～748）：南诏碑刻作魁罗觉。唐开元十六年（728）嗣立。十八年，灭五诏，自称南诏王。二十六年，破吐蕃及洱蛮，玄宗封特进、云南王、越国公、开府仪同三司，赐名归义，并赐锦袍金钿七事。归国，以兵逐西洱河蛮。二十九年自蒙舍（今巍山）迁居太和城。建龙首、龙尾二关（今上关、下关）。天宝二载（743），筑羊苴咩城于太和北（今大理古城西北）。五载，遣孙凤伽异入朝，唐授伽异为鸿胪少卿，赐龟兹乐一部。皮逻阁在位20年。五诏：诏，义为王或首领。当时除蒙舍诏（在今巍山北）外还有五诏，即蒙嶲诏（在今巍山北）、越析诏（在今宾川）、浪穹诏（在今洱源）、邆赕诏（在今邓川）、施浪诏（在今洱源东），合称六诏，是唐时六个部落的总称。册封：皇帝以封爵授给属国君长、少数民族首领、异姓王、宗族、妃嫔等，要经过仪式，即在受封者面前宣读授给封爵位号的册文，连同印玺一齐授给被封人，称为册封。云南王：唐开元二十六年（738），皮逻阁破吐蕃及洱蛮入朝，唐加封为特进、云南王。天宝七载（748）唐遣中使黎敬义持节册封阁罗凤袭云南王。异牟寻（759~808）：唐大历十四年（779）嗣位，居史城（今大理喜洲）。兴元元年（784）迁都太和（今大理古城南），改名大礼国，称日东王。其疆域东至今贵州，南接越南、缅甸，西接西藏，北至金沙江。因吐蕃征求无厌，听清平官郑回建议，愿永为唐藩属。贞元九年（793），分三道遣使至京师，第二年与唐使崔佐时会盟于点苍山神祠，诏封为云南王。后屡破吐蕃，俘王献唐。唐遣袁滋册立为南诏王，赐金印。十四年，请以大臣子弟入质于唐，唐令就学于成都，十余年更替不绝。在位30年，谥孝桓王。酋龙（？~877）：也名世隆。唐大中十三年（859）嗣立。唐廷以南诏数扰边，世隆名犯玄宗（李隆基）讳，不予封，世隆自称王。咸通二年（861）以后，先后（或反复）打安南，陷交趾，破邕州，袭雟州，攻西川、成都、黔南等。咸通十三年，铸天尊铁柱于白崖（在今弥渡县境）。在位18年，谥号景庄皇帝。骠（piào）信：指国君。《新唐书·南诏传》："寻阁劝立……自称'骠信'，夷语君也。"改元：汉武帝即位，以建元为年号。以后新君即位，按例于次年改用新年号纪年。历代相承。也有一帝多次更改年号，也称改元。大礼国：《新唐书·南蛮传》记载，酋龙"僭称皇帝，建元建极，自号大礼国"。古籍中也泛指南诏政权。中国：上古华夏族建国于黄河流域一带，以为居天下之中，故称。此指唐王朝。　　〔4〕礼、理字异：《易·系辞》说，"易简而天下之理得矣。"《礼·仲尼燕居》说，"礼也者，理也。"疏："理，谓道理，言礼者使万物合于道理也。"大理：此文大理或指大理国政权，或指大理国辖区范围。此指后者。庶：众多。器械：各种用具（包括武器）的总称。　　〔5〕邕（yōng）州：在今广西。唐贞观六年（632）改南晋州为邕州，因邕江得名，治宣化（今南宁市南）。辖境相当于今南宁市及邕宁、武鸣、隆安、大新、崇左、上思、扶绥等县地。"右江"句：方国瑜《桂海虞衡志·大理事概说》认为，"所说大盘水即南盘江，此水不与右江通。又此水不流经威楚府。所说实误。"右江，在广西郁江北源。上源西洋江及驮娘江均出云南广南县，东南流至邕宁西部和左江汇合为郁江。大盘水，今广西黔江的上游，有南盘江和北盘江二源，皆在云南境乌蒙山脉。二江在广西凌云县西北相合后总称红水河。威楚府：大理国后期置，治所在今楚雄市。辖境相当于今东至禄丰县，西至南涧县，南至景谷县，北至牟定县。　　〔6〕特磨道：宋置。在今广南东北部及富宁县地。善阐府：唐太和三年（829），南诏于善（鄯）阐城置府，号东京，并为鄯阐节度所治，在今昆明市南。大理国时为八府之一。辖境相当今昆明及易门、宜良、禄丰、嵩明、富民、呈贡、晋宁、安宁等县市地。　　〔7〕道：行政区划名，小于今之省。蛮僚：泛指少数民族官吏。程：指日程。　　〔8〕横山：即邕州横山寨。在今广西田东县。"北梗"两句：即北阻于自杞（今贵州兴义），南阻于特磨（今云南广南）。梗，阻塞。大理马条：参见宋代周去非《岭外代答》等记载。《桂海虞衡志·志兽》载："蛮马出西南诸蕃，多自毗那、自杞等国来，自杞取马于大理，古南诏也。地连西戎，马生尤蕃。大理马为西南蕃之最。"　　〔9〕乾道：宋孝宗（赵昚）年号（1165~1173）。癸巳：1173年。大理国习俗好以"观音"、"般若"等佛号插入姓与名之间。袁嘉谷《滇绎》卷三《三字之名》："非译音也……意者一时之风尚乎？"《南诏野史》记大理段智兴"遣李观音得等至广西横山砦市马。李观音得夺寿昌位，与侄寿明"。市马：贩马。　　〔10〕大略：大概，大要。《文选五臣注》：《文选》，即《昭明文选》，是南朝梁武帝太子萧统（谥号昭明）招集刘孝威等文士多人所编撰。选录先秦至梁各体诗文，分30卷，是我国现存最早的诗文总集。以文学作品为主。唐显庆中，李善作注，分为60卷。唐开元六年（718），吕延祚召集吕延济、刘良、张铣、吕向、李周翰五人共为之注，称"五臣注"。其注偏重于解释字句，与李善注时有出入。《五经广注》：五经，指儒家的五部经典，即《易》、《尚书》、《诗》、《礼》、《春秋》。《礼》西汉时指《仪礼》；《春秋》后与《左传》合并。五经之称，始于汉初陆贾《新语·道基》："后圣乃定《五经》，明六艺。"后圣，指孔子。汉武帝置五经博士，五经从此成为官方公认的经典。唐宋何定五经为科举考试的依据。《易》上下经用王弼注，《系辞》以下用韩康伯注，《书》用孔安国传，《诗》用毛公传、郑玄笺，《礼》用郑玄注，《左传》用杜预注。《春秋后语》、《三史加注》、《都大本草广注》、《五藏论》、张孟《押韵》、《集圣历》、《百家书》:《四库全书总目》未收,其中或已佚。《春秋后语》:《春秋》为编年体史书,相传孔子据鲁史修订而成,所记起鲁隐公元年,迄鲁哀公十四年西狩获麟,凡12公242年。叙事多极简,以用字为褒贬,今传已有阙文。传《春秋》者有《左氏》、《公羊》、《谷梁》三家。《左氏》详事实,《公羊》、《谷梁》释义例。《三史加注》:唐以后,以《史记》、《汉书》、《后汉书》为三史,加注本不详。《大般若十六会序》:未详。《大般若》当为《大般若波罗密多心经》。《初学记》:类书。唐开元中徐坚等人奉敕编撰,30卷。全书摘录六经诸子百家之言,以类相从,分23部,313子目。其体例先为叙事,次为事对,末为诗文。此书旨在为玄宗诸皇子作文时查检事类,故名《初学记》。《切韵》:韵书名。按反切的发声分音,收声分韵,故称切韵。隋陆法言撰,5卷,分平上去入声韵,共206韵。它是研究中古汉语语音的重要资料。唐长孙讷言作注。《玉篇》:字书。南朝梁顾野王撰。今本30卷,542部。《说文》用篆文,《玉篇》用南北朝通行的楷书,释字以音义为主,于《说文》多有增补。原书经南朝梁萧恺、唐孙强、赵宋陈彭年屡加增改,已非顾氏之旧。今通行之《大广益会玉篇》即陈彭年增字之本。浮量:原注,"疑即饶州浮梁瓷器,书'梁'作'量'。"浮梁,今江西景德镇市。琉璃:此指矿石有色半透明的材料,如玉石等。也有人工制造的,即玻璃。紫檀:檀香的一种,色赤,也叫旃檀。沉香木:木材与树脂可供细工用材及薰香料。黑色芳香,脂膏凝结为块,入水能沉。石决明:鲍鱼的贝壳,可供药用。蜜陀僧:矿物名,即今氧化铅,可作外用药。利正:大理国天定贤王段兴智年号,共一年,时当南宋理宗淳祐十一年(1251)。

〔11〕其后云:以下指李观音得等人市马所"出一文书"的内容。　　〔12〕留声、识词:互文见义,指言谈。相谒(yè):交谈,交往。情恁:感情。相契:相投,相合。　　〔13〕"君子"句:语出《论语·子路》,意为君子纠正他人之错却不肯盲从,小人只是附和,却不表示意见。　　〔14〕不期:事前未约定,引申为意料之外。　　〔15〕续继短章:写小诗。伏乞:谦词,恳求。斧伐:修改指正。

〔16〕其人:指李观音得等23人。《大悲经》:佛经名,5卷。高齐那连提耶舍译,有十三品。记佛灭后弘法之人,示供养舍利之功德及灭后结集之法。坦绰:《新唐书·南诏传》说,南诏官"曰坦绰、曰布燮、曰久赞,谓之清平官,所以决国事轻重,犹唐宰相也。"樊绰《云南志》:"清平官六人,每日与南诏参议境内大事。"祈禳:祈求福祥,祛除灾变。　　〔17〕犒来者:奖赏慰劳前往贸易的商人。

〔18〕西戎:此指大理国。尤迩:尤其靠近。桂帅:指范成大本人。范时任静江(今桂林)知府兼广南西道安抚使。镇抚:镇定抚辑。

(蔡川右)

周去非（一篇）

周去非，字直夫，永嘉（今浙江温州）人。宋隆兴元年（1163）进士，宋孝宗淳熙中任桂林通判，曾参襄好友范成大经略安抚使的工作。归来有人问岭外情况，周便叙说范成大《桂海虞衡志》及耳闻目见，随事笔录，以答客问形式，撰《岭外代答》10卷。内容包括地理、边帅、外国、风土、法制、财计、器用、服用、食用、香、乐器、宝货、金石、花木、禽兽、虫鱼、古迹、蛮俗、志异等19门，另有12条记军制籍户之事，当为门而佚其标目。总计20门，294条，记载两广山川、古迹、物产及少数民族生活习俗，社会经济等情况，兼及南洋及大秦、木兰皮诸国情况。《四库全书总目提要》称此书"所纪西南诸夷多据当时译者之词，音字未免舛讹"。其中边帅、法制、财计等内容，可补正史的缺漏。《四库全书》列为地理类。

书中记载当时招马、市马通道，除自杞（今贵州兴义）外，涉及今云南者，有石城郡（今曲靖）、善阐府（今昆明）、大理、特磨道（今广南）、最宁府（今开远）。南诏时期与邕州（今广西南宁）往来密切，"惟未见记路程者"，而其"贸易往来，未见亲历者之记录。周去非得之传闻，亦未确切也"（方国瑜语）。

本书从《岭外代答》中选收《马政及其他》一文，题目为选注者所拟。选文12则，以马政为中心，并记载滇桂通道，市马过程，官员护马奖罚分明以及俗贵名马等内容。当时大理国养马、驯马甚闻名，与周边互市很活跃，可见其经济与文化发展状况。

马政及其他

通道外夷[1]

中国通道南蛮，必由邕州横山寨，自横山一程至古天县，一程至归乐州，一程至唐兴州，一程至眭殿州，一程至七源州，一程至泗城州，一程至古那洞，一程至龙安州，一程至凤村山獠，渡江一程至上展，一程至博文岭，一程至罗扶，一程至自杞之境，名曰磨巨，又三程至自杞国自杞，四程至古（石）城郡，三程至大理国之境，名曰善阐府，六程至大理国矣[2]。自大理国五程至蒲甘国，去西天竺不远，限以淤泥河不通，亦或可通，但绝险耳，凡三十二程[3]。若欲至罗殿国亦自横山寨，如初行程至七源州而分道，一程至马乐县，一程至恩化县，一程至罗夺州，一程至围慕州，一程到阿姝蛮，一程至硃砂蛮，一程至顺唐府，二程至罗殿国矣，凡十九程[4]。若欲至特磨道，亦自横山一程至上安县，一程至安德州，一程至罗博州，一程至阳县，一程至隘岸，一程至那郎，一程至西宁州，一程至富州，一程至罗拱县，一程至历水铺，一程至特磨道矣[5]。自特磨一程至结也蛮，一程至大理界虚，一程至最宁府，六程而至大理国矣，凡二十程[6]。所以谓大理欲以马至中国，而北阻自杞，南阻特磨者，其道里固相若也[7]。闻自杞、特磨之间有新路直指横山，不涉二国，今马既岁至，亦不必由他道也。（卷三·外国下）

邕州兼广西路安抚都监[8]

自唐分天下为十道，二广不分东西。天宝中始置邕州经略使，懿宗始升邕、管为西道节度使[9]。本朝皇祐中，侬智高平，诏狄青分广邕、宜、融为三路守臣，兼本路兵马都监，而置经略安抚使于桂州以统之[10]。今邕守兼本路安抚都监州，为建武军节度。有左右两江：左江在其南，外抵安南国[11]；右江在西南，外抵六诏诸蛮[12]。两江之间管羁縻州峒六十余，用为内地藩，而内宿全将五千人以镇之；凡安南国及六诏诸蛮，有疆埸之事，必由邕以达而经略安抚之，咨询边事，亦唯邕是赖[13]。朝廷南方马政专在邕，边方珍异多聚邕矣[14]。（卷一·边帅）

俗　字

广西俗字甚多，……大理国间有文书至，南边犹用此"囻"字。"囻"，武后所作"国"字也[15]。（卷四·风土）

经略司买马

自元丰间，广西帅司已置干办公事一员于邕州，专切提举左右江峒丁，同措置买马[16]。绍兴三年，置提举买马司于邕[17]。六年，令帅臣兼领。今邕州守臣提点买马经干一员，置廨于邕者不废也。实掌买马之财，其下则左右江二提举：东提举掌等量蛮马，兼收买马印[18]；西提举掌入蛮界招马。有同巡检一员，亦驻扎横山寨，候安抚上边，则率甲兵先往境上警护[19]。诸蕃入界，有知寨、主簿、都监三员同主管买马钱物[20]。产马之国曰大理、自杞、特磨、罗殿、毗那、罗孔、谢蕃、滕蕃等。每冬以马叩边，买马司先遣招马官赍锦缯赐之[21]。马将入境，西提举出境招之，同巡检率甲士往境上护之。既入境，自泗城州行六日至横山寨。邕守与经干盛备以往，与之互市，蛮幕谯门而坐，不与蛮接也[22]。东提举乃与蛮首坐于庭上，群蛮与吾六校博易等量于庭下[23]。朝廷岁拨本路上供钱、经制钱、盐钞钱及廉州、石康盐，成都府锦，付经略司为市马之费[24]。经司以诸色钱买银及回易他州金锦彩帛尽往博易，以马之高下，视银之重轻[25]。盐、锦、彩缯以银定价。岁额一千五百匹，分为三十纲，赴行在所[26]。绍兴二十七年，令马纲分往江上诸军[27]。后乞添纲，令元额之外，凡添买三十一纲，盖买三千五百匹矣。此外又择其权奇以入内厩，不下十纲，马政之要，大略见此[28]。（卷五·财计）

宜州买马

马产于大理国。大理国去宜州十五程尔，中有险阻，不得而通[29]。故自杞、罗殿皆贩马于大理，而转卖于我者也。罗殿甚迩于邕，自杞实隔远焉[30]。自杞之人强悍，岁常以马假道罗殿而来[31]。罗殿难之，故数至争。然自杞虽远于邕而迩于宜，特隔南丹州而已[32]。绍兴三十一年，自杞与罗殿有争，乃由南丹径驱马直抵宜州城下[33]。宜人峻拒不去，帅司为之量买三纲[34]。与之约曰：后不许此来。自是有献言于朝，宜州买马良便，下广西帅臣议，前后帅臣皆以宜州近内地，不便本朝提防，外夷之意可为密矣[35]。高丽一水可至登莱，必令自明州入贡者，非故迁之也，政不欲近耳[36]。今邕州横山买马，诸蛮远来，入吾境内，见吾边面阔远，羁縻州数十为国藩蔽，峒丁之强，足以御侮，而横山复然，远在邕城七程之外，置寨立关，傍引左右江诸寨丁兵会合弹压，买马官亲带甲士以临之，然后与之为市，其形势固如此[37]。今宜州之境，虎头关也。距宜城不三百里，一过虎关，险阻九十里不可以放牧。过此即是天河县，平易之地，已逼宜城矣，此其可哉[38]！（卷五·财计）

马　纲

蛮马入境，自泗城州至横山寨而止。马之来也，涉地数千里，瘠甚。蛮缚其四足拽扑之，啖盐二斤许，纵之，旬日自肥矣[39]。官既买马，分定纲数，经略司先下昭贺、藤、容、高、雷、化、钦、廉、宜、柳、融、贵、浔、郁、林州差见任使臣三十三人前来横山押马，不足听募，寄居待阙官常[40]。纲马一纲五十匹，进马三十匹。每纲押纲官一员，将校五人，医兽一人，牵马兵士二十五人；进马纲则十五人，盖一人牵二马也。诸州差官兵既定，押马官借请赡家钱二百馀缗，将校军兵各有借，请前往横山寨提点[41]。买马司公参既领纲，则自横山七程至邕州，又十八程至经略司[42]。公参呈验纲马。经略司覆量尺寸，加以火印养之[43]。马务以观马之羸壮，体察押马使臣之能否而进退之，遂再分纲责领，发往行在，或江上诸军交纳[44]。沿路州县皆有马务，为之宿程，有口食券草料，为人马之须费[45]。既至朝庭，又有赏罚以劝惩之。凡全纲不死损者，押纲官转一官，减三年磨勘[46]；死损三分者，有降官之罚。其馀赏罚有差：将校军兵各以所牵马为赏罚；赏则补以阶级，不愿则请钱[47]；罚则加杖而遣之[48]。然而押马亦有法焉。其法买盐留以自随，每晚以盐数两啖之，自然水草调而无疾，此求全纲之法也。大抵押马乃武臣军校速化之途，而副尉累以赏转至正使者不可胜数[49]。（卷五·财计）

邕州横山寨博易场

蛮马之来，他货亦至。蛮之所赍麝香、胡羊、长鸣鸡、披毡、云南刀及诸药物[50]。吾商所赍锦缯、豹皮、文书及诸奇巧之物[51]。于是译者平价交市，招马官乃私置场于家，尽揽蛮市而轻其征，其入官场者，十才一二耳[52]。隆兴甲申胜庑子昭为邕守，有智数，多遣逻卒于私路口，邀截商人[53]。越州轻其税而留其货，为之品定诸货之价，列贾区于官场[54]。至开场之日，群商请货于官，依官所定价与蛮为市，不许减价先售，悉驱译者导蛮恣买[55]。遇夜则次日再市。其有不售，许执覆监官减价博易[56]。诸商之事既毕，官乃抽解并收税钱[57]。赏信罚必，官吏不敢乞取，商亦无他縻费，且无冒禁之险[58]。时邕州宽裕而人皆便之。（卷五·财计）

蛮 刀

瑶人刀及黎刀略相类，皆短刃而长靶[59]。黎刀之刃尤短，以斑藤织花缠束其靶，以白角片尺许如鹞尾饰靶之首[60]。瑶刀虽无文饰然亦铦甚[61]。左右江峒与界外诸蛮刀相类，刃长四尺而靶二尺，一鞘而中藏二刀，盖一大一小焉[62]。靶之端为双圆而相并。峒刀以黑皮为鞘，黑漆饰靶，黑皮为带[63]。蛮刀以褐皮为鞘，金银丝饰靶，朱皮为带。峒刀以冻州所作为佳[64]。蛮刀以大理所出为佳。瑶刀、黎刀带之于腰，峒刀、蛮刀佩之于肩。峒人、蛮人宁以大刀赠人，其小刀必不与人[65]。盖其日用须臾不可阙[66]。忽遇药箭，急以刀剜去其肉乃不死，以故不以与人。今世所谓吹毛透风，乃大理刀之类[67]。盖大理国有丽水，故能制良刀云[68]。（卷六·器用）

蛮 甲 胄

诸蛮甲胄皆以皮为之，瑶人以熊皮为甲胄，其土有木叶似漆，以之涂饰，亦复坚善[69]。瑶人之剽掠，介胄者止数人以为前行，其馀悉袒裼，亦足见其易与矣[70]。而静江乡民，未尝有甲，所以望风而遁，其间一二团聚有皮甲者，瑶人亦且避之[71]。自瑶人而西南，如南丹州、邕州、左右江峒溪，至于外夷，则甲胄盛矣。诸蛮唯大理甲胄以象皮为之，黑漆坚厚，复间以朱缕，如中州之犀毗器皿，又以小白贝缀其缝，此岂《诗》所谓"贝胄朱绶"者耶[72]。大理国之制，前后掩心以大片象皮如龟壳，其披膊以中片皮相次为之，其护项以全片皮卷圈成之，其他则小片如中国之马甲叶，皆坚与铁等，而厚几半寸[73]。苟试之以弓矢，将不可彻，铁甲殆不及也。（卷六·器用）

毡

西南蛮地产绵羊，固宜多毡毳，自蛮王而下至小蛮，无一不披毡者[74]。但蛮王中锦衫披毡，小蛮袒裼披毡尔[75]。北毡厚而坚，南毡之长至三丈馀，其阔亦一丈六七尺，折其阔而夹缝之，犹阔八九尺许，以一长毡带贯其折处，乃披毡而系带于腰，婆娑然也[76]。昼则披，夜则卧，雨晴寒暑，未始离身。其上有核桃纹，长大而轻者为妙。大理国所产也，佳者缘以皂[77]。（卷六·器用）

大 贝

海南有大贝，圆背而紫斑，平面深缝，缝之两旁有横细缕陷生缝中[78]。《本草》谓之紫贝，亦有小者大如指面，其背微青[79]。大理国以为甲胄之饰，且古以贝子为通货，又以为宝器，陈之庙朝[80]。今南方视之与蚌蛤等，古今所尚固不同耶。（卷七·宝货）

蛮 马

南方诸蛮马皆出大理国。罗殿、自杞、特磨岁以马来，皆贩之大理者也。龙、罗、张、石、方五部蕃族谓之浅蕃，亦产马[81]。马乃大口，项软、趾高，真驽骀尔[82]。惟地愈西北，则马愈良。南马狂逸奔突难于驾驭，军中谓之拼命台[83]。一再驰逐则流汗被体，不如北马之耐然。忽得一良者，则北马虽壮不可及也。此岂西域之遗种也耶。是马也，一匹直黄金数十两。苟有，必为峒官所买，官不可得矣。蛮人所自乘，谓之座马，往返万里，跬步必骑，驮负且重，未尝困乏[84]。蛮人宁死不以此马予人。盖一无此马则不可返国，所谓"真堪托死生"者[85]。闻南诏越睒之西产善马，日驰数百里，世称越睒骏者，蛮人座马之类也[86]。闻今溪峒有一黄淡色马，高止四尺余，其耳如人指之小，其目如垂铃之大。鞍辔将来，体起拳筋，一动其缰，倏忽若飞，跳墙越堑在乎一喝[87]。此马本蛮王骑来，偶病，黄峒官以黄金百两买而医之。后蛮王再来，见之叹息，欲以金二百两买去，勿予之矣。尝有一势力者欲强取之，峒官凿裂其蹄，然不害于行也。此马希世之遇，何止来十一于千万哉，谓可必得，害事多矣。（卷九·禽兽）

选自《岭外代答》

【简注】〔1〕通道：通行的常道。外夷：外族。南宋时指不能直接辖于中央政权之下的西南少数民族，属于羁縻州。　〔2〕南蛮：此指南诏地区少数民族。邕州：今广西南宁一带。横山寨：今广西田东县。"自横山"以下数句：自杞（今贵州兴义）贩大理马，卖给横山寨，其路线从横山寨出发，经今广西百色附近到凌云县西北上渡南盘江，入贵州册亨、安龙县境，再到兴义县，经云南罗平、师宗一带，经曲靖、昆明到大理。归乐州，属邕州都督府，右江道领十七州之一，地当在今百色附近。唐兴州，在今广西凌云县南。眭（wàng），视也。这里用于地名。七源州，左江道领二十七州之一。地在今广西崇左、宁明、龙州一带。此处记载当有误，既已到唐兴州，怎么会二日程又从西北折向西南呢？泗城州，今广西凌云县西南。山獠，当时广西的少数民族。《桂海虞衡志·志蛮·僚》："在右江溪洞之外，俗谓之山獠。……一村中惟有事力者曰郎火，馀但称火。"山獠，即山僚，对今仡佬族的蔑称。自杞国，地辖自杞、磨巨，即今贵州兴义与云南罗平、师宗一带。石城郡，今曲靖。大理国，后晋高祖天福二年（937），南诏通海节度使段思平讨灭大义宁国杨干贞而建立，历14世，共158年。宋哲宗绍圣元年（1094），国主段正明禅位于高升泰，改称大中国。绍兴三年，大中国主高升泰卒，遗命子高泰明还位于段氏，泰明立段正淳为帝，复号大理国，俗称后理国。历8世，共157年。南宋理宗宝祐元年即元宪宗三年（1253），忽必烈攻入大理，大理国亡，前后共历22世，315年。善阐府，今昆明。　〔3〕蒲甘国：在缅甸中部。天竺：印度。　〔4〕罗殿国：也作罗甸、罗国，在今贵州贞丰县东南。　〔5〕特磨道：今云南广南县。　〔6〕最宁府：今云南开远市。　〔7〕道里：路途，路程。　〔8〕广西路：宋置，辖今广东电白、信宜以西，广西兴安以南，那地土州（今宜山）至向都县（今天等县）以东全境。治所在今广西桂林，宋熙宁以后改广南西路。安抚：宋代为掌管一方军事和民政长官，称安抚使，或称经略安抚使，常由知州、知府兼任。都监：宋代于诸路、州、府皆置兵马都监，各路都监掌本路禁军、屯戍、边防、训练之事。州府以下都监，掌本地屯驻、兵甲、训练、差使等事务。　〔9〕十道：十个行政区域。唐贞观元年（627），并省州县，分关内、河南、河东、河北、山南、淮南、江南、陇右、剑南、岭南十道。开元初，增设京畿、都畿、黔中三道，分山南为山南东、山南西二道；开元二十一年（733），又分江南为江南东、江南西二道，共十五道。天宝：唐玄宗年号（742～756）。邕州：治宣化（今南宁市），辖境相当于今广西南宁市及邕宁、武鸣、隆安、大新、崇左、上思、扶绥等县地。经略使：唐初边州别置经略使，其后多以节度使兼任。宋置经略安抚司，掌一路兵民之事。宝元、皇祐后，西南两边大将皆带经略。懿宗：唐懿宗，名漼。奉佛，怠于政事。南诏寇边，庞勋率桂州戍卒作乱，虽旋即殄平，而河南几空。在位14年，年号咸通。管：桂管，唐时桂林地区的代称。唐武德四年（621），置桂州总管府，管桂、象等九州，后改为都督府。贞观后裁并，置岭南西道，于桂州置桂管经略观察使，管桂、蒙等十五州。　〔10〕本朝：指宋朝。皇祐：宋仁宗年号（1049～1054）。侬智高（？～1055）：宋广源州（在今越南广渊）壮族首领。宋庆历间与其母出兵攻占傥犹州（今广西靖西东部），建立"大历国"政权。徙安德州（今靖西县境），称"南天国"，年号景瑞。上表要求北宋授予邕桂节度使，不从；皇祐四年（1052），攻陷邕州，称"大南国"，自称"仁惠皇帝"，改年号为启历，又自邕州沿江而下，攻占横（今横县）、浔（今桂平）等九州，围广州。北上欲攻荆湖，受挫回邕州。次年，宋将狄青率兵镇压。败走大理，被杀。狄青（1008～1057）：字汉臣，宋汾州（今山西汾阳）人。宝元初，为延州指使，对夏作战，屡立战功。经略尹洙、韩琦待之甚厚，范仲淹教以兵法，遂折节读书，以功擢升枢密副使。平生25战，以皇祐四年（1052）上元夜袭昆仑关破侬智高之战最著名，官至枢密使。狄青以士兵而为大将，著威名，不为文臣所喜，置为同中书门下平章事，后出判陈州而死，卒谥武襄。桂州：今广西桂林。　　〔11〕安南：唐设安南都护府，宋先后封其王为安南郡王、交趾郡王、安南国王。地在今越南北部。　　〔12〕六诏：唐初洱海地区六个部落的总称。即蒙嶲诏、越析诏、浪穹诏、邆赕诏、施浪诏、蒙舍诏。唐开元间，蒙舍诏皮逻阁并五诏，总称南诏。　　〔13〕羁縻州：在少数民族地区设置的地方行政单位。唐在边远地区设置羁縻府、州、县856个，大的为都督府，其次为州。由中央任命各族首领为长官，世袭，受都护府、边州都督或节镇统辖。各府州贡赋不入户部。宋代只在部分地区因袭这种措施，按少数民族聚居地设有羁縻州、县、峒。峒比县小（由各都督、安抚州府指派当地土著首领代管，属于间接控驭）。羁縻州多松散荒忽，但已纳入版图，登于册籍，有的也供税役。羁縻之外称"化外"，与中央政权仅具朝贡封赏关系，图籍未备，名号繁杂。羁縻，笼络使不生异心。用为：以为。内地藩：内地的藩镇、属国。疆埸（yì）之事：指边境矛盾。《左传·桓公十七年》："公曰：'疆埸之事，慎守其一，而备其不虞。'"疆埸，国界，边界。唯邕是赖：只依靠邕。　　〔14〕马政：泛指养马、教马、采办马匹之事。珍异：指珍贵奇异之物。　　〔15〕圀：唐武后时，有言国中"或"者，惑也，请以"武"镇之。又有言"武"在口中，与"困"何异？复改为"圀"。《通志·六书略》："武后更造十八字，史臣儒生皆谓其草创无意。""圀"是其中之一。武后（624～705）：即武则天，姓武，名曌，唐并州（山西文水东）人。十四岁选为太宗才人。太宗死，出为尼。高宗复召入宫，永徽六年（655）立为皇后，参预朝政，与高宗并称"二圣"。高宗死，她先后废黜中宗、睿宗，于天授元年（690）自称神圣皇帝，改国号为周，史称"武周"。前后执政达四十余年。富权略，能用人。但任用酷吏，屡兴大狱，又好佛教，晚年弊政甚多。神龙元年（705），宫廷政变，中宗复位。同年崩死宫中。谥大圣则天皇帝。　　〔16〕元丰：宋神宗年号（1078～1085）。广西帅司：地方军事行政最高机关，其辖下州、寨亦主管少数民族地区的财、政、军等机构。专切：专门配合。提举：官名，掌管专门事务的官员。宋于邕州设专管峒丁的提举，以汉官充任，驻诸寨，兼管买马等事。后提举有名无实。《岭外代答》说："官名提举，实不得管一丁。而生杀夺夺，尽出其酋。"峒丁：或作"洞丁"，即田子甲，为羁縻州土官管辖的武装，战时为兵，平时耕种。措置：处理。　　〔17〕绍兴三年：公元1133年。绍兴，宋高宗年号（1131～1162）。　　〔18〕等量：衡量，计量。蛮马：出自西南诸蕃，而"大理马为西南蕃之最"（《桂海虞衡志辑佚校注》），人乘之，"往返万里，跬步必险，驼负且重，未尝困乏"（《岭外代答》）。买马印：买马钱。印，印子钱，钱币。　　〔19〕同巡检：宋于沿边、沿江、沿海置都巡检及巡检，掌训练甲兵，巡逻州邑，职权颇重。后以设置增多，职权渐小，受所在县守令节制。同时又于京师府界东西两路各置都同检二人，这里称为同巡检。　　〔20〕知寨：管理城寨城堡守卫、赋税、诉讼的官。主簿：宋时城寨置主簿，掌簿籍及通治民事。都监：兵马都监，专管甲兵训练。　　〔21〕叩边：入界求见。赍（jī）：带着。锦缯（zēng）：彩色丝绸。　　〔22〕盛备：充分装备，准备。蛮幕：指蛮首随从。谯（qiáo）门：有望楼的城门。　　〔23〕六校：反复审视、计数、核算。博易：贸易、交易。《宋书·索虏传》载《拓跋焘与刘裕书》："若厌其区宇者，可来平城居；我往扬州住，且可博与土地。"注："伧人谓换易为博。"　　〔24〕廉州、石康：在今广西合浦县及其东北。　　〔25〕经司：上文经略司的省称，当为经略安抚司。　　〔26〕纲：成批运送货物的组织，如茶纲、盐纲、马纲。行在所：也作"行在"。本指帝王出行所居之地。此指临安。宋高宗南渡，建都临安（今杭州），称临安为行在，示不忘旧都汴梁，而以临安为行都之意。　　〔27〕绍兴二十七年：即公元1157年。江上：江边，指江南近前线处。上，边畔。　　〔28〕权奇：高超，非常。李白《天马歌》："嘶青云，振绿发，兰筋权奇走灭没。"内厩：皇宫马厩。　　〔29〕宜州：今广西宜山。尔：语气助词，用于句末。〔30〕迩（ěr）：近。　　〔31〕假道：借道。　　〔32〕南丹州：今广西南丹县。　　〔33〕绍兴三十一年：即公元1161年。　　〔34〕峻拒：严拒，坚拒。帅司：宋时称经略安抚司。掌一路的军事和民政，与漕宪仓储司并称监司。量买：商量、酌情购买。　　〔35〕帅臣：指经略安抚使。密：严密，周到。　　〔36〕高丽：疑为丽江，即今广西郁江上源的左江。登莱：疑为登明墟，即今广西平南县南。明州：今贵州思南县南。迂：绕道。　　〔37〕藩蔽：屏障，护卫。御侮：抵抗入侵。敻（xiòng）然：遥远的样子。　　〔38〕天河县：在今广西罗城县。　　〔39〕拽（zhuài）扑：拉倒，放倒。啖（dàn）：吃。二斤许：二斤左右。许，表示约略估计。　　〔40〕纲数：指成批运马组织的数量。下昭：下示，下令。听募：受募，被募。待阙：候命，备用。官常：居官的职责。　　〔41〕缗（mín）：穿铜钱用的绳，指成串成贯的钱。　　〔42〕公参：下级官吏。　　〔43〕火印：烙印。　　〔44〕羸（léi）壮：弱壮。羸，瘦弱。体察：考察。进退：指增减。　　〔45〕宿程：住所。　　〔46〕转一官：犹升一级。转，迁转。磨勘：唐宋时定期勘验官员政绩，以定升迁。范仲淹《奏重定臣僚转官及差遣体例》："旧制京朝官三周年磨勘，私罪并曾降差遣者四周年，赃罪者五周年。今后内外差遣京朝官无赃私罪者，依旧三周年。"　　〔47〕阶级：指官阶等级。　　〔48〕遣：撤职，或放逐。　　〔49〕速化：快速提升，速得。副尉：唐代设散官，在六品以下。宋沿用此制，但官阶最低。　　〔50〕麝香：一种哺乳纲鹿科动物雄麝腹部香腺的分泌物，干燥后呈颗粒状或块状，香味强烈，为贵重香料，亦入药。樊绰《云南志》："麝香出永昌及南诏诸山，土人皆以贸易。"胡羊：当为"大羊，多从西羌、铁桥接吐蕃界三千二百口将来博易"（《云南志校释》）。而《桂海虞衡志辑佚校注》说是广西绵羊，"与朔方胡羊不异"。可见胡羊原产北方。长鸣鸡：鸣声悠长之鸡。旧题刘歆《西京杂记》："成帝时，交趾、越巂献长鸣鸡伺晨鸡，即下漏验之，晷刻无差。鸡长鸣则一食顷不绝，长距善斗。"《桂海虞衡志辑佚校注》："长鸣鸡高大过常鸡，鸣声甚长，终日啼号不绝。生融州溪峒中。"《岭外代答》："长鸣鸡自南诏诸蛮来，一鸡值银一两。形矮而大，羽毛甚泽，音声圆长，一鸣半刻。"可见长鸣鸡品类甚多，此当指南诏长鸣鸡。披毡：毛制品。将羊毛或其他动物毛经发湿、热、挤压等作用，缩成块片状，即为毡。可作御寒垫衬之物。也作"蛮毡，出西南诸蕃，以大理者为最。蛮人昼披夜卧，无贵贱，人有一番"（《桂海虞衡志辑佚校注》）。云南刀：南诏时所铸造刀剑最著名的有铎鞘、郁刀、南诏剑等。云南刀即南诏剑。《桂海虞衡志》："云南刀即大理所作，铁青黑，沉沉不锴，南人最贵之，以象皮为鞘，柄之上亦画犀毗花文。一鞘两室，各函一把。靶以皮条缠束，贵人以金银丝"《岭外代答》称为蛮刀、大理刀。　　〔51〕文书：泛指诗书古籍。《桂海虞衡志》："忽有大理人……凡二十三人至横山议市马，出一文书，字画略有法。"〔52〕轻其征：不重视收税。这里指偷税漏税。　　〔53〕隆兴甲申：公元1164年。隆兴，宋孝宗年号（1163～1164）。胜庌（qiāo）子昭：人名。智数：指谋略，心计。逻卒：巡逻士兵。　　〔54〕越州：跨越州界。　　〔55〕导蛮恣买：引导蛮人尽情买卖。　　〔56〕执覆：持复，往报。　　〔57〕抽解：分别提取。　　〔58〕乞取：求取，索取。縻费：耗费。　　〔59〕瑶人：瑶族。主要由古代"长沙武陵蛮"的一部分发展而成。隋唐时有"莫徭"之称。宋以后一般称"徭"，现通用"瑶"。今分布在广西、湖南、云南、广东、贵州五省（区），居住在广西的人口占70%强。黎：黎族。由古越人的一支发展而成。今分布在海南岛。黎刀："海南黎人所作，刀长不过一二尺，靶乃三四寸，织细藤缠束之。靶端插白角片尺许，如鸦鹀尾以为饰。"（《桂海虞衡志辑佚校注》）与本文记载相同。　　〔60〕鹞（yào）：猛禽，样子似鹰，比鹰小，背灰褐色，肚白色带赤色，捕食小鸟。　　〔61〕文饰：装饰。铦（xiān）：锐利。　　〔62〕左右江：指今邕宁西郁江上游左、右江，会合于今南宁市西边。　　〔63〕峒（dòng）刀："峒刀，两江州峒及诸外蛮，无不带刀者。一鞘二刀与云南同，但以黑漆杂皮为鞘。"（《桂海虞衡志辑佚校注》）与本文记载相同。　　〔64〕冻州：宋置羁縻冻州，古地名冻江，后为广西上下冻州治，在广西北部。　　〔65〕峒人：我国西南地区居于山地的少数民族。　　〔66〕须臾

(yú)：片刻。阙（quē）：同"缺"。　〔67〕吹毛透风：形容刀剑极锋利。　〔68〕丽水：即丽江，云南的金沙江流经今丽江县及大理地区。　〔69〕甲胄（zhòu）：也作"介胄"。铠甲和头盔。〔70〕剽（piāo）掠：击杀，抢劫。袒裼（tǎnxī）：裸体或露上身。　〔71〕静江：在今广西桂林一带。　〔72〕朱缕：红色华丽的缕纹。犀毗（pí）：暗色的漆器，即"犀皮"。宋代俞琰《席上腐谈》："漆器有所谓犀皮者，出西毗国，讹而为犀皮。"明代黄成《髹饰录》："犀毗，文有片云、圆花、松鳞诸般，近有红面者，以光滑为美。"《诗》：指《诗经》。贝胄朱綅（qīn）：《诗经·閟宫》有"公徒三万，贝胄朱綅，烝徒增增"句。疏："以贝饰胄，其甲以朱绳缀之。"綅，线。　〔73〕马甲：战马所披的甲片。　〔74〕毡毳（cuì）：用细兽毛碾成的片状物，可作防寒用品。毳，兽的细毛。　〔75〕毡尔：犹毡儿，小毡毳。尔，词尾，无义。　〔76〕婆娑然：舒展的样子。　〔77〕缘以皂：在边沿镶黑色。缘，衣边。皂，黑色。　〔78〕大贝：贝类。古代以为宝器。相传西伯（周文王）被商纣王囚于羑里，因四友献宝得免。大贝即其献宝中之一。见《尚书大传》。　〔79〕紫贝：蚌蛤类名。产海中，白质如玉，壳有紫点纹。亦称砑螺、文贝。　〔80〕通货：通用的货币。　〔81〕浅蕃：疑指略受汉化的少数民族。　〔82〕驽骀（tái）：同义复词，均为劣马。　〔83〕狂逸：放纵，急躁。〔84〕跬（kuǐ）步：半步。此形容极短的路。　〔85〕"所谓"句：杜甫《房兵曹胡马》诗有"所向无空阔，真堪托死生"句。　〔86〕越睒（shǎn）：即越赕，在今腾冲县。　〔87〕鞍辔（pèi）：此指驾驭。辔，驾驭马的嚼子和缰绳。倏（shū）忽：突然，立刻。

（蔡川右）

李 京（一篇）

李京（1251～?），字景山，自号鸠巢，河间（今河北省河间市）人。元成宗大德五年（1301）来云南，由枢密宣慰乌蛮，升任乌撒乌蒙道宣慰副使，佩虎符，兼管军万户，措办军需粮储。在云南三年。虞集称其"于书无不读"。撰有《云南志略》、《鸠巢漫稿》。

李京在《云南志略·自序》中说："前人记载之失，盖道听途说，非身所经历也，因以所见，参考众说，编集为《云南志略》四卷。"可见此书是他"周履云南，悉其见闻"而作。王叔武认为"本书的初稿应成于大德七年（1303）"，而此书"在元代应有两个本子，一是大德七年'因报政上之'的初稿本，一是经过补充修改的至顺年间定本"。今原书均已佚。明陶宗仪《说郛》收录此书的《云南总叙》和《诸夷风俗》二篇，以后各家引录均据此。《云南备征志》收录此书。

此书主要记载人物、风俗、山川、物产及纪行诸诗等。这里从其《诸夷风俗》中选收的四则，主要记载云南白族、彝族、傣族和纳西族先民的风俗习惯。虽有"道听途说"之处和贬损词语，而且700年来，特别是近50年中，这些少数民族的生活习俗也已有很大变化，但这些记载仍是研究云南少数民族历史的重要资料。《云南志略》辑校本"根据族别加了小标题"。

诸夷风俗

白 人

白人，有姓氏[1]。汉武帝开僰道，通西南夷道，今叙州属县是也[2]。故中庆、威楚、大理、永昌皆僰人，今转为白人矣[3]。唐太和中，蒙氏取邛、戎、巂三州，遂入成都，掠子女工技数万人南归，云南有纂组文绣自此始[4]。白人语：着衣曰衣衣，吃饭曰咽羹茹，樵采曰拆薪，帛曰幂，酒曰尊，鞍鞯曰悼泥，墙曰砖垣，如此之类甚多[5]。则白人之为僰人，明矣。

男女首戴次工，制如中原渔人之蒲笠，差大，编竹为之，覆以黑毡[6]。亲旧虽久别，无拜跪，唯取次工以为礼。男子披毡，椎髻[7]。妇人不施脂粉，酥泽其发，以青纱分编绕首盘系，裹以攒顶黑巾[8]；耳金环，象牙缠臂；衣绣方幅，以半身细毡为上服[9]。处子孀妇出入无禁[10]。少年子弟号曰妙子，暮夜游行，或吹芦笙，或作歌曲，声韵之中皆寄情意，情通私耦，然后成婚[11]。居屋多为回檐，如殿制。食贵生，如猪、牛、鸡、鱼皆生醢之，和以蒜泥而食[12]。每岁以腊月二十四日祀祖，如中州上冢之礼[13]。六月二十四日，通夕以高竿缚火炬照天，小儿各持松明火相烧为戏，谓之驱傩[14]。

佛教甚盛。戒律精严者名得道，俗甚重之[15]。有家室者名师僧，教童子，多读佛书，少知六经者[16]；段氏而上，选官置吏皆出此[17]。民俗，家无贫富皆有佛堂，旦夕击鼓参礼，少长手不释念珠，一岁之中斋戒几半[18]。诸种蛮夷刚愎嗜杀，骨肉之间一言不合，则白刃相刲[19]；不知事神佛，若枭獍然[20]。惟白人事佛甚谨，故杀心差少[21]。由是言之，佛法之设，其于异俗亦自有益。

其俊秀者颇能书，有晋人笔意[22]。蛮文云："保和中，遣张志成学书于唐[23]。"故云南尊王羲之，不知尊孔、孟[24]。我朝收附后，分置省府，诏所在立文庙，蛮目为汉佛[25]。

市井谓之街子，午前聚集，抵暮而罢[26]。交易用贝子，俗呼为䝹，以一为庄，四庄为手，四手为苗，五苗为索[27]。

人死，浴尸，束缚令坐，棺如方柜。击铜鼓送丧，以剪发为孝，哭声如歌而不哀。既焚，盛骨而葬。

冬夏无寒暑，四时花木不绝。多水田，谓五亩为一双。山水明秀，亚于江南。麻、麦、蔬、果颇同中国[28]。

其称呼国王曰缥信，太子曰坦绰，诸王曰信苴，相国曰布燮，知文字之职曰清平官[29]。其贵人被服，近年虽略从汉制，其他亦自如也[30]。

罗 罗

罗罗，即乌蛮也[31]。

男子椎髻，摘去须髯，或髡其发[32]。左右配双刀，喜斗好杀，父子昆弟之间，一言不相下，则兵刃相接，以轻死为勇[33]。马贵折尾，鞍无鞯，剜木为镫，状如鱼口，微容足指。妇女披发，衣布衣，贵者锦缘，贱者披羊皮[34]。乘马则并足横坐。室女耳穿大环，剪发齐眉，裙不过膝[35]。男女无贵贱皆披毡，跣足，手面经年不洗。

夫妇之礼，昼不相见，夜同寝。子生十岁，不得见其父。妻妾不相妒忌。虽贵，床无褥，松毛铺地，惟一毡一席而已[36]。嫁娶尚舅家，无可匹者，方许别娶[37]。有疾不识医药，惟用男巫，号曰大奚婆，以鸡骨占吉凶，酋长左右斯须不可阙，事无巨细皆决之[38]。凡娶妇必先与大奚婆通，次则诸房昆弟皆舞之，谓之和睦[39]；后方与其夫成婚。昆弟有一人不如此者，则为不义，反相为恶。正妻曰耐德，非耐德所生，不得继父之位。若耐德无子，或有子未及娶而死者，则为娶妻，诸人皆得乱，有所生，则为已死之男女[40]。酋长无继嗣，则立妻女为酋长，妇女无女侍，惟男子十数奉左右，皆私之[41]。

酋长死，以豹皮裹尸而焚，葬其骨于山，非骨肉莫知其处。葬毕，用七宝偶人藏之高楼，盗取邻近贵人之首以祭[42]。如不得，则不能祭。祭祀时，亲戚毕至，宰杀牛羊动以千数，少者不下数百。每岁以腊月春节，竖长竿横设一木，左右各坐一人，以互相起落为戏。

多养义士，名苴可，厚赡之。遇战斗，视死如归。善造坚甲利刃，有价值数十马者。标枪劲弩，置毒矢末，沾血立死。

自顺元、曲靖、乌蒙、乌撒、越嶲，皆此类也[43]。

按：今陆凉州有"爨府君碑"，载爨氏出楚令尹子文之后，受姓班氏，西汉末食河南邑[44]。因以为氏，为镇蛮校尉、宁州刺史[45]。晋成帝以爨深为兴古太守，自后爨瓒、爨震相继不绝[46]。唐开元初，以爨归王为南宁州都督，理石城郡，即今曲靖也[47]。爨人之名原此。然今目白人为白爨，罗罗为黑爨，字复讹为寸矣[48]。

大德六年冬，京从脱脱平章平越嶲之叛，亲见射死一人，有尾长三寸许[49]。询之土人，谓此等间或有之，年老往往化为虎云。

金齿百夷

金齿百夷，记识无文字，刻木为约[50]。酋长死，非其子孙自立者，众共击之。

男子文身，去髭须鬓眉睫，以赤白土傅面，彩缯束发，衣赤黑衣，蹑绣履，带镜，呼痛之声曰"阿也韦"，绝类中国优人[51]。不事稼穑，唯护小儿[52]。天宝中，随爨归王入朝于唐，今之爨弄实原于此[53]。妇女去眉睫，不施脂粉，发分两髻，衣文锦衣，联缀珂贝为饰[54]。尽力农事，勤苦不辍。及产，方得少暇。既产，即抱子浴于江，归付其父，动作如故。至于鸡亦雌卵则雄伏也[55]。

风土下湿上热，多起竹楼。居滨江，一日十浴，父母昆弟惭耻不拘[56]。有疾不服药，惟以姜盐注鼻中。槟榔、蛤灰、茯苬叶奉宾客[57]。少马多羊。

杂霸无统纪，略有雠隙，互相戕贼[58]。遇破敌，斩首置于楼下，军校毕集，结束甚武，髻插雉尾，手执兵戈，绕俘馘而舞，仍杀鸡祭之，使巫祝之曰[59]："尔酋长、人民速来归我！"祭毕，论功名，明赏罚，饮酒作乐而罢。攻城破栅，不杀其主，全家逐去[60]。不然，囚之至死。

嫁娶不分宗族，不重处女，淫乱同狗彘[61]。女子红帕首，馀发下垂。未嫁而死，所通之男人持一幡相送，幡至百者为绝美[62]。父母哭曰："女爱者众，何期夭耶！"

交易五日一集，旦则妇人为市，日中男子为市，以毡、布、茶、盐互相贸易。地多桑柘，四时皆蚕[63]。

金裹两齿，谓之金齿蛮；漆其齿者，谓之漆齿蛮；文其面者，谓之绣面蛮；绣其足者，谓之花脚蛮；彩缯分撮其发者，谓之花角蛮。西南之蛮，百夷最盛[64]。北接吐蕃，南抵交趾，风俗大概相同[65]。

末些蛮

末些蛮，在大理北，与吐蕃接界，临金沙江[66]。地凉，多羊、马及麝香、名铁[67]。依江附险，酋寨星列，不相统摄[68]。

男子善战喜猎，挟短刀，以砗磲为饰[69]。少不如意，鸣钲相雠杀，两家妇人中间和解之，乃罢。妇人披毡，皂衣，跣足，风鬟高髻[70]。女子剪发齐眉，以毛绳为裙，裸霜不以为耻[71]。既嫁，易之。淫乱无禁忌。不事神佛，惟正月十五日登山祭天，极严洁。男女动百数，各执其手，团旋歌舞以为乐。

俗甚俭约，饮食疏薄，一岁之粮，圆根已半实粮也[72]。贫家盐外不知别味。有力者尊敬官长，每岁冬月宰杀牛羊，竞相邀客，请无虚日；一客不至，则为深耻。

人死，则用竹簟舁至山下，无棺椁，贵贱皆焚一所，不收其骨[73]；非命死者，则别焚之。其馀颇与乌蛮同。

选自《云南志略辑校》

【简注】〔1〕白人：今白族的先民。自称白子、白伙、白尼。与唐宋史籍所称河蛮、白蛮有渊源关系，元明称为白人、僰、僰人、昆明、下方夷，明清以后称为民家（汉语）、那马（纳西语）、勒墨（傈僳语）。今白族主要聚居在云南省大理白族自治州，并散居于元江、南华、昆明、丽江、保山、怒江、昭通、镇雄及贵州毕节、湖南桑植等地。自有白语，属汉藏语系藏缅语族白语支，与彝语支接近。多数人通晓汉语。有白文，亦作僰文，用汉字标记白语，俗称"汉字白读"。 〔2〕汉武帝（前156～前87）：刘彻，在位54年，为帝王有年号之始，为西汉一代极盛时期。对内改革，削弱割据势力，加强统治西域；兴修水利，移民屯田，打击富商大贾。独尊儒术，罢黜百家，倡导仁义，建太学，置五经博士。但迷信神仙，大兴土木，急征敛，重刑诛，连年用兵，使国内虚耗，农民流亡。僰（bó）道：汉武帝置为犍为郡治所，因僰人所居，故名，治今四川宜宾县境。犍为郡共辖12县，大体包括今四川南部及滇东北地区。汉武帝开发"西南夷"，共设置牂牁、越嶲、益州、犍为四郡。西南夷道：西汉王朝除建立犍为郡外，还在秦"五尺道"的基础上修筑宜宾通往牂牁江的道路，称"南夷道"。同时命司马相如去招抚号称"西夷"的邛、筰等部落归附，并设牂牁、越嶲、益州等郡。叙州：宋元改犍为郡为叙州，故治为今宜宾县。 〔3〕中庆：中庆路，辖今昆明、富民、宜良三县，嵩明、晋宁、昆阳、安宁四州及州辖杨林、邵甸、呈贡、归化、三泊、易门、禄丰、罗次等八县。路治今昆明市。威楚：威楚路，辖今楚雄市、牟定、南华、双柏、禄丰（广通镇）、南涧、景东县东、景谷等县。路治今楚雄市。大理：大理路，辖境相当于今大理、保山、腾冲、永平、洱源、云龙、姚安、大姚、祥云、巍山等地。路治今大理市。永昌：永昌州，辖境相当于今保山地区及永平县部分、临沧地区部分。州治今保山市隆阳区。
〔4〕“唐太和中”数句：唐文宗太和三年（829），“嵯巅乃悉众掩邛、戎、嶲三州，陷之。入成都，……将还，乃掠子女工技数万引而南，……南诏自是工文织，与中国埒”（《新唐书·南诏传》）。蒙氏，指南诏。蒙舍诏居蒙舍川（今巍山县境），以蒙为姓。在诸诏之南，亦称南诏。邛，邛州，今四川邛崃县。戎，戎州，今四川宜宾县。嶲（xī），嶲州，今四川西昌市。纂（zuǎn）组文绣，此指织绣五彩花纹的技艺。纂组，五色绦带。纂，织花纹。组，编织。文绣，绣有彩色花纹的衣服。 〔5〕樵采：打柴。拆薪：《蜀中广记》引作“析薪”。今白语读作“拆薪”。《诗经·齐风·南山》：“析薪如之何？匪斧不克。”幂：音 mì。鞊（tiè）：鞍具。 〔6〕次工：笠帽。中原：泛指内地，别于边境地区而言。《孙子·作战》：“力屈财殚，中原内虚。”蒲笠：以蒲草叶编织的笠帽。差大：比较大，稍微大。毡：以兽毛碾合成的片状物，可作防寒用品。 〔7〕椎（chuī）髻：一撮之髻，形状如椎。 〔8〕酥泽：犹油润。 〔9〕方幅：四方端正，长宽相等。 〔10〕处子：处女。 〔11〕芦笙：我国西南地区许多少数民族常用的簧管乐器，在今苗族地区更流行。由笙管、笙斗和簧片三部分构成，多用于伴奏。私耦：与情人私通。耦，配偶，通“偶”。 〔12〕生醢（hǎi）：将生肉剁碎。醢，肉酱。
〔13〕腊月：农历十二月。中州：泛指中原地区，以别于边疆。上冢：指清明节扫墓。 〔14〕松明：劈成细条，燃以照明的老松木，多油脂，耐燃。此处指火把。驱禳（ráng）：祈祷以去邪除恶消灾。
〔15〕戒律：此指佛教所遵守的法规。佛教有五戒、十戒、二百五十戒等类。得道：佛教指信教而成佛。
〔16〕六经：《诗》、《书》、《礼》、《乐》、《易》、《春秋》。 〔17〕段氏而上：自段氏以上。段氏，指大理国（937～1094）和后理国（1097～1253）政权，相当于五代至南宋末。 〔18〕参礼：敬佛行礼。念珠：又称佛珠或数珠。佛教徒念佛时计诵经次数的串珠。一般由 108 颗珠子组成一串，故又称百八丸。斋戒：在祭祀前沐浴更衣，不饮酒、不吃荤，不与妻妾同寝，整洁心身，以示虔敬。
〔19〕刚愎（bì）：傲慢而固执。相刳（tuán）：相杀。刳，割。 〔20〕枭獍（xiāojìng）：喻不孝与忘恩负义之人。传说枭为恶鸟，生而食母；獍乃恶兽，生而食父。 〔21〕差少：较少，微少。
〔22〕晋人：指晋朝人。 〔23〕保和：南诏昭成王劝丰祐年号，共 17 年，时当唐穆宗长庆四年至文宗开成五年（824～840）。张志成：又作“张志诚”，善阐（今昆明）人。游成都，学王羲之书法，归教乡人。 〔24〕王羲之（303～361，一作 321～379，又作 307～365）：字逸少，习称王右军，世称“书圣”。晋琅琊临沂（今山东临沂）人，居会稽山阴。历任宁远将军、江州刺史、右军将军、会稽内史。后辞官。少从叔父廙学书，继学卫夫人，后学张芝、钟繇，得见诸名家书法。备精诸体，草、隶、正、行，皆能博采众长，尤擅正行，字体雄强多变化，独创圆转流利风格，自成一家。其书自六朝以来即为朝野所重，为后世所崇，与其子献之被称为“二王”。唐太宗酷爱“二王”书法，自是流行愈广。
〔25〕省府：行政区域名。元代中央置中书省，于各路设行中书省，称为行省。省级以下，大抵以路领府，府领州，州领县。文庙：孔庙的别称。唐玄宗封孔子为文宣王，因称孔庙为文宣王庙。明后，为与“武庙”（关、岳庙）相对应，称孔庙为文庙。目为：视为，看成。 〔26〕市井：群众进行买卖的地方。《史记正义》：“古者相聚汲水，有物便卖，因成市，故云市井。”也作为市街的通称。 〔27〕贝子：贝壳。《桂海虞衡志》：“海傍皆有之，大者如拳，上有紫斑；小者指面大，白如玉。”𧴩（bā）：海贝，产于我国南部沿海和印度洋沿岸海域，以商品交换，流入云南成为货币。1972 年江川李家山古墓群中出土的海贝，经碳素测定为春秋晚期。《新唐书·南诏传》：“以缯帛及贝市易。”南诏、大理国民间交易多用贝币，元明两代朝廷特准云南以贝折纳赋税，“定云南税赋用金为则，以贝子折纳，每金一钱，直贝子二十索”（《元史·世祖本纪》），明末清初停止使用。章太炎《国故论衡·二十三部音准》：“云南呼贝为海𧴩，或作海肥，则贝之古音也。”“以一为庄”几句：一庄即一贝，庄、手、苗（亦称缗）、索、袋均为计量单位。20 索为一袋，一袋有 1 600 贝，值银 6 厘。 〔28〕中国：泛指中原地区，汉族地区。 〔29〕缥信：《蛮书》、新旧《唐书》均作“骠信”，南诏称王为骠信。《新唐书·南蛮传》：

"骠信，夷语君也。"坦绰：南诏官名。《新唐书·南诏传》说：南诏"官曰坦绰、曰布燮、曰久赞，谓之清平官，所以决国事轻重，犹唐宰相也。"清平官：南诏官名。樊绰《云南志》："清平官六人，每日与南诏参议境内大事。其中推量一人为内算官，凡有文书，便代南诏判押处置。"　　〔30〕自如：自若，像原来的样子。　　〔31〕罗罗：也作罗罗斯、卢鹿、倮倮、罗落、落落，均译音，无定字。乌蛮：云南彝族旧称爨蛮，有"东爨乌蛮，西爨白蛮"之说。樊绰《云南志》："乌蛮丈夫妇人以黑缯为衣，其长曳地。"　　〔32〕须髯（rán）：同义复词，泛指胡子。髡（kūn）：剃去头发。　　〔33〕昆弟：兄弟。不相下：分不出高低，即不相让。　　〔34〕锦缘：疑指边缘有装饰的锦缘。缘同"褖"（tuàn）。褖衣，边缘有装饰的衣服。　　〔35〕室女：未出嫁的女子。　　〔36〕松毛：也称松针，松树叶。　　〔37〕尚：匹配。《汉书·卫青传》："平阳侯曹寿尚武帝姊阳信长公主。"　　〔38〕占：占卜，视兆以判吉凶。酋长：部落首领。斯须：片刻。阙：同"缺"。　　〔39〕通：通奸。舞：玩弄，戏弄。〔40〕乱：淫乱，奸淫。　　〔41〕私：私通，不正当的男女关系。　　〔42〕七宝：用多种宝物装饰。偶人：土木等制成的人像。《史记·殷本纪》："帝武乙无道，为偶人，谓之天神。"《正义》："偶，对也。以土木为人，对象于人形也。"汪中认为偶、寓古字通，偶人即寓人，像人的意思。　　〔43〕顺元：今贵州贵阳一带。曲靖：今曲靖市到寻甸县一带。乌蒙：今昭通市一带。乌撒：今云南镇雄到贵州威宁县一带。越嶲（xī）：今四川省西昌到云南永仁、丽江一带。　　〔44〕按：当为李京的按语。陆凉州：即今云南陆良县。爨（cuàn）府君碑：即爨龙颜碑。立于南朝宋大明二年（458）。该碑额题为"宋故龙骧将军护镇蛮校尉宁州刺史邛都县侯爨使君之碑"，高3.88米，宽1.46米，除碑阴题名外，碑阳即存九百馀字，故称"大爨"。碑文追述爨氏家族的历史，记述此碑的事迹。康有为在《碑品》中把此碑列为"神品第一"，赞其"下画如昆刀刻玉，但见浑美；布势如精工画人，各有意度，当为隶楷极"。碑今存陆良县贞元堡小学。令尹：春秋时楚国最高的官职。子文：姓斗，名谷于（wū）菟，字子文。楚人谓乳为谷，谓虎于菟，故命之谷于菟。事楚成王为令尹，自毁其家，以纾国难。未明立朝，日晡归食，朝不谋夕，家无盈积。西汉：王叔武认为"西"字当衍，因《爨龙颜碑》作"汉末"。食邑：即采邑。收其赋税而食，故称。河南：汉为河南县，属河南郡，在今河南省洛阳市一带。〔45〕镇蛮校尉：官名。爨龙颜（385~446），字士德。建宁同乐（今陆良）人，东晋举秀才，时28岁。试守建宁太守，除散骑侍郎。入刘宋后，累官龙骧将军、镇蛮校尉、宁州刺史，封邛都县侯。校尉，武职官名，为掌管少数民族地区的长官。宁州，属益州郡，治所在滇池县（今云南晋宁）。刺史：汉灵帝时为州牧，居郡守之上，掌一州的军政大权。　　〔46〕晋成帝：姓司马，名衍，字世根。年幼时，庾太后临朝称制，朝政决于庾亮。陶侃、温峤讨伐苏峻、苏逸兄弟的叛乱，曹据抱成帝奔温峤船，时宫室灰烬。在位17年卒。爨深：兴古郡人。晋武帝时为该郡太守。永嘉中与将军姚岳同破李雄兵，后李雄遣其弟李寿攻朱提郡，太守董炳、宁州刺史尹奉檄、建宁太守霍彪及爨深援之。李寿怒，攻宁州破之，尹、霍、董皆降，惟爨深与谢恕始终不拔。官终交州刺史。兴古：晋、南朝时郡名，故治在今贵州普安县西。太守：州郡行政的最高长官。爨瓒（zàn）：南朝宋宁州（故治在今曲靖）人。后梁侯景之乱时，据有兴古、云南、朱提、建宁四郡，自王南中。北周遥授为南宁州刺史，有政声。震为瓒之子。　　〔47〕开元：唐玄宗年号（713~741）。爨归王：唐朝人，本南宁州西爨白蛮，有才略，贞观中为南宁都督，忠于唐。南宁州：故治在今云南曲靖市。辖境相当于今弥勒县以北、抚仙湖东岸、南盘江上游流域及寻甸县等地。都督：地方军政长官。唐都督在各州分三等，上都督由亲王任之，常亦为赠官。魏晋以后，都督诸州军事，往往兼任该州刺史。边防重地之都督，则加旌节，谓之节度使。中叶以后，节度使益增，都督之名遂废。石城郡：故治在今曲靖市，辖境相当于今曲靖市大部及弥勒、石林、贵州普安、盘县等县。

〔48〕"字复"句：指"爨"字因音近而讹变为"寸"字。　　〔49〕大德：元成宗（铁穆耳）年号（1297~1307），大德六年即公元1302年。"京从"句：李京跟从脱脱木儿（继赛典赤·瞻思丁之后领云南中书省事）。平章，平章政事的简称。中书省平章政事位次于宰相，是宰相的副职。此为行中书省平章

政事，即为地方高级长官。越嶲之叛，元大德六年，云南土官宋隆济反叛，攻贵州，元遣也速觯儿会同刘国杰讨平之。又《续资治通鉴》卷一九四记载：同年，"乌撒乌蒙、东川、芒都及武定、威远、普安诸蛮因蛇节之乱，……乘衅起兵，攻掠州县……伊苏岱尔等率师分道并进，次第平之"。疑此均为"平越嶲之叛"。有尾长三寸许：王叔武认为，"惟在原始社会图腾传说中，人与动物往往神灵相通，互为转化，此说或出于彼。" 〔50〕金齿百夷：因"以金缕片裹其齿"而得名，主要是傣族的先民。今自称傣，不同地区又有傣仂、傣哪、傣雅、傣绷等自称。汉晋时史籍称其先民为滇越、掸。唐以后称金齿、黑齿、银齿、白衣、棘夷、金齿白夷。明代又写作百夷、白夷。清代以来称摆夷。语言属汉藏语系壮侗语族壮傣语支。文字由印度巴利文演变而成。自唐初始，大都信奉上座部佛教。自秦汉以来即居于云南西部和南部。 〔51〕文身：即纹身。在身体上刺画有色的图案或花纹。《礼·王制》："东方曰夷，被发文身，有不火食者矣。"疏："越俗断发文身，以辟蛟龙之害，故刻其肌，以丹青涅之。"彩缯（znēg）：彩色的丝织物。躧诱履：足踩（穿）绣花鞋。绝类：极像。中国：当指中原。优人：扮演杂戏的人。优，俳优。 〔52〕不事稼穑：不参加农业劳动。 〔53〕天宝：唐玄宗年号（742~756）。 〔54〕珂贝：如玉的美石和贝壳。 〔55〕雌卵：母鸡下蛋。雄伏：公鸡退藏。 〔56〕惭耻不拘：不计（不遮蔽）羞耻。拘，遮蔽。《礼·曲礼》："必加帚于箕上。以袂拘而退，其尘不及长者。" 〔57〕槟榔：常绿乔木。果子名"槟榔子"，椭圆，橙红色，供食用，也可入药。我国云南、广东、福建、台湾等地有栽培。蛤灰：烧蛤壳为灰，其用与石灰同。茯蔺（liú）：亦称扶留、浮留、蒌叶、蒌子、蒟酱。藤本近木质。我国南部栽培较广。藤叶可入药。叶含芳香油，有辛辣味，裹以槟榔咀嚼，据说有护齿作用。《桂海虞衡志》："南人既喜食槟榔，其法用石灰或蚬灰并扶留藤同咀，则不涩。" 〔58〕杂霸：用王道掺杂霸道进行统治。《汉书·元帝纪》："尝侍燕从容言，'陛下持刑太深，本以霸王道杂之，奈何纯任德教，用周政乎！'"陈亮《又甲辰秋答（与朱元晦）书》："谓之杂霸者，其道固本于王也。"统纪：系统，纲领。雠（chóu）隙：仇恨。雠，仇敌。戕贼：伤害，残害。 〔59〕俘馘（guó）：指被歼之敌。俘，被活捉的敌人。馘，从敌尸上割下来的左耳，用以计杀敌数。 〔60〕破栅（zhà）：泛指攻破敌人营寨。栅，栅栏和营墙，多作军事防御。 〔61〕狗彘（zhì）：狗和猪。 〔62〕幡：旗帜。 〔63〕柘（zhè）：柘树，叶子卵形，可以喂蚕，即柘蚕。 〔64〕百夷：此指金齿、傣族先民。 〔65〕吐蕃（bō）：我国古代藏族所建立的地方政权。在今西藏地，系出西羌。唐初兼并诸羌，以拉萨为建牙之所。元中统（1260~1264）年间，称为乌斯藏。交趾：指五岭以南一带的地方。 〔66〕末些蛮：纳西族的先民。自称纳、纳西、纳日、纳汝、纳恒、玛丽玛沙、阮可、邦西等。他称么些、拿喜、摩梭、吕西、若喀、邦西等。晋唐称摩沙夷、么些蛮、摩沙、磨些。语言属汉藏语系藏缅语族彝语支，以金沙江为界分东西二方言区。原有东巴文和哥巴文，通行汉语文。1957年以拉丁字母拼音创制纳西文，已试行推广。普遍信东巴教，崇奉多神，部分信仰佛教、道教。婚姻基本为一夫一妻制，部分地区有阿注婚、转房和母系家庭等残馀。金沙江：指长江上游从青海玉树县至四川宜宾岷江口一段，全长2 308公里。自德钦的德拉村进入云南省境，流经德钦到水富19个县市，于云富镇中嘴出境入四川省。省境内江长1 560公里，流域面积10.91万平方公里。 〔67〕麝香：雄麝腹香腺的分泌物。干燥后呈颗粒状或块状，香味强烈，为贵重香料，亦入药。 〔68〕酋寨：有首领而聚居的村寨。 〔69〕砗磲（chēqú）：次玉的美石。也作"车渠"。曹丕《车渠椀赋序》："车渠，玉属也。多纤理缛文。生于西国，其俗宝之。"又指蚌类贝壳，甚厚，略呈三角形，表面有渠垄如车轮之渠，故名。壳内白如玉，可切磨为饰物。 〔70〕风鬟（huán）：蓬松的发髻。 〔71〕裸霜：指裸露身体雪白的隐蔽部位。霜，喻白色。 〔72〕圆根：即蔓菁，也叫芜菁，块根多呈近圆形，根与叶均可作蔬菜。半实：充作一半食粮。 〔73〕竹簀（zé）：竹席。舁（yú）：共同扛抬。棺椁（guǒ）：泛指棺材。椁，棺材外面套的大棺材。古代棺材有两重，外称椁，内为棺。

（蔡川右）

宋　濂等（一篇）

宋濂（1310～1381），字景濂，号潜溪，金华（在今浙江）人，后迁浦江（今浙江义乌市）。元代以荐征求为翰林院编修，不就，入山为道士。朱元璋起兵，宋与刘基等同被征，累官至学士承旨知制诰。参与制订明开国的典章制度。为明初一代文宗。主修《元史》，任总裁官。明太祖杀丞相胡惟庸，宋濂长孙慎被牵涉，全家贬谪茂州（在今四川），中途病死于夔州（在今四川）。正德中追谥文宪，著有《宋学士全集》。

宗泐（lè，1318～1391），姓周，临海（在今浙江）人。明代僧人。洪武中，诏致天下高僧有学行者，首应诏至，奏对称旨，诏笺释《心经》、《金刚》、《楞伽》三经。奉使西域，还朝授右街善世，后示寂于江浦石佛寺。著有《全室集》。

来复（1319～1391），字见心，丰城（在今江西）人。少出家，明内典，为临济宗传人。通儒术，善为诗文。元时与虞集、欧阳原功游。明初以高僧召至京，与宗泐齐名。著有《蒲庵集》。

曾英，字彦侯，莆田（在今福建）人。明时，应募击尤溪、平和山寇，又以征瑶黄功，授都司，守涪州（今重庆涪陵市），屡破张献忠，会军中自乱，中流矢死。

乾隆，爱新觉罗·弘历（1711～1797），清朝皇帝。年号乾隆，庙号高宗。初封和硕亲王。在位60年。先后平定准噶尔部、天山南路和大小和卓木等地方割据势力，打击西方殖民主义者，维护国家的统一和主权。进一步加强皇权。倡导汉学，开博学宏词等科，开馆纂修《四库全书》，并命撰《会典》、《一统志》、各省通志等。同时大兴文字狱，颁布禁书令，加强思想控制。自称"十全老人"，后期重用和珅20年，政治更加腐败。后禅位给皇太子，自称太上皇。

本书选收妙光、宋濂、宗泐、来复、曾英、敦素斋和乾隆七人为《张胜温画卷》写的题跋。《张胜温画卷》也称《梵像卷》、《佛菩萨众像》。大理国时期绘画大师张胜温创作于大理盛德五年，即宋孝宗淳熙七年（1180）。画卷长1 636厘米，宽30厘米，分为134开，共画神像佛像人物637个，动物不计其数，还有苍山洱海等衬景。其中观世音菩萨形象最多，达十多种。画卷分三段，前段绘大理王段智兴及其妃子、随从等；中段绘佛、菩萨、梵天、应真八部等众；后段绘天竺十六国王。

画卷彩色施金，笔法精致，人物生动，是宋代绘画的杰作，被称为"神品"、"天南瑰宝"。方国瑜认为，"滇中古迹纸本流传至今者，……亦当莫精于此也。"此稀世珍品既有中原艺术的投影，也具有云南民族艺术的特色。

在明代洪武、永乐、正统和天顺朝近百年间，画卷先后为僧人德泰、明上人、月峰、镜空等所珍藏。清代从乾隆始，一直收藏于清宫。现存台北故宫博物院。

妙光等七人的题跋先后作于大理盛德五年（1180）到乾隆癸未（1763）五百八十多年间。它们分别指出画卷的作者、创作年代，概述画卷的内容、特色和艺术成就，宣示佛法的作用，并述及画卷装裱的变化，收藏的过程。这是研究此古代名画的重要材料，说明古代大理国民族绘画艺术的巨大成就及其与中原文化的密切关系。

题目为选注者所拟。

张胜温画卷跋

大理国描工张胜温描诸圣容，以利苍生，求我记之[1]。夫至虚至极，有极则有虚，虚极之中，自生明相矣[2]。明相生一气，一气成大千，有众生焉，有佛出矣[3]。众生无量，佛海无边，一一乘形，苦苦济拔，知则皆影相济也，实如神慕张吴之遗风，恰武氏之美迹者耳[4]。当愿众生心中佛，佛心中众生，唯佛与众生，无一圣凡异[5]。妙出一手，灵显于心，家用国兴，身安富有[6]。盛德五年庚子岁正月十一日，释妙光谨记[7]。

右《梵像》一卷，大理国画师张胜温之所貌[8]。其左题云：为利贞皇帝骠信画，后有释妙光记文，称盛德五年庚子正月十一日，凡其施色涂金，皆极精致，而所书之字亦不恶[9]。云大理本汉楪榆，唐南诏之地，诸蛮据而有之，初号大蒙，次更大礼，而后改以今名者，则石晋时之段思平也[10]。至宋季微弱，委政高祥、高和兄弟，元宪宗帅师灭其国而郡县之[11]。其所谓庚子，盖宋理宗嘉熙四年，而利贞者，即段氏之诸孙也[12]。夫以蛮夷窃弹丸之地，黄屋左纛，僭拟位号，固置之不必言，然即是而观，世人乐善之诚，胥皆本乎天性，初无有华夷中外之殊也[13]。东山禅师德泰以重金购获此卷，持以相示，遂题其后而归之。翰林学士金华宋濂题。

钤印二：太史氏、宋景濂氏[14]

右大理国人张胜温所画佛菩萨众像一卷，绘事工致，诚佳画也。然既画佛菩萨应真八部等众，而始于其国主，终之以天竺十六国王者，盖国王为外护佛法之人故也[15]。大理即今之云南，唐封南诏王，至懿宗时，其酋龙始僭号改元而称骠信[16]。其国人有礼仪，擎诵佛书，碧纸金银字间书，若坦绰赵般若宗之《大悲经》是已[17]。坦绰盖官名，亦酋望也[18]。德泰藏主请题，故及之。洪武戊午秋，天界善世禅寺住持释宗泐识[19]。

钤印二：季潭、全室

天界藏主泰东山所藏大理国工张胜温所画佛菩萨阿罗汉及诸祖等像一帙，设色精致，金碧烂然，瞻对如存，世称稀有[20]。东山征予题其后，于是焚香稽首而作赞曰[21]：

诸佛法身，遍虚空界[22]。含摄一切，无杂无坏[23]。示有应化，应化非真[24]。世出世间，夐超色尘[25]。随感而通，无刹不现[26]。利物应机，或隐或显[27]。百亿日月，百亿须弥[28]。龙宫魔窟，蛮貊羌夷[29]。睹相问名，悉皆敬礼。顶戴皈依，踊跃欢喜[30]。或施宝聚，珂贝珠珍[31]。或作台殿，黄金白银。乃至五采，绘形图像。惟心所求，功德无量。滇池之南，有国大蒙[32]。作藩中夏，惟佛是宗[33]。王妃宰臣，以善为宝。胶彩糜金，成此相好[34]。菩萨罗汉，慈威俨然。亦有龙鬼，拥护后先。幡盖旌幢，树林池沼，莲花交敷，旃檀围绕[35]。集兹众妙，间错庄严，回向菩提，十方普瞻[36]。内根外尘，互相涉入，根尘俱消，真妄不立[37]。转境为智，妙观在心，非空非有，亘古亘今[38]。我及众生，与佛同体，赞之仰之，永垂来裔[39]。洪武十二年己未秋季月，前灵隐住山沙门释豫章来复拜赞[40]。

钤印四：沙门来复、见心、碧草黄华、西山南浦

右大理国张胜温所画佛菩萨圣像一帙，金碧焜煌，耀人耳目，虽顾虎头、李伯时辈，亦可与颉颃者矣[41]。或谓佛者觉也，非声色可求[42]。殊不究世人溺于昏浊，自昧灵台，故假之形像，俾其睹相生善，岂徒然哉[43]。东山泰藏主，乃全室禅师之弟子也。自游方时获此卷，珍藏什袭亦有年矣[44]。自东山迁化，此卷流落他所，今明上人重购而归，盖不忘其先师手泽也[45]。夫物之离合亦有其时，与合浦之珠、延平之剑，岂相远乎[46]。一日命余跋其后，故不揣题其卷尾而归之，且以示其后人云[47]。永乐十一年岁在癸巳嘉平月，西昌晚生曾英书[48]。

天顺己卯岁，秋九月望后一日，慧澄寺住持镜空，出示所藏其师祖东山泰上人曩居天界时，得大理国工张胜温所绘佛像阿罗汉及诸等像一帙；殆谓不幸师祖圆寂之后，斯图流落他所，幸其师月峰复购归于本寺[49]。至于正统己巳，洪水骤涨，遽漫斯帙[50]。镜空旋拯于水，得完其图，奈被水渐渍，卷为脱落，弗遂披阅[51]。请里之士尹希怡装潢成帙，干予言以识三世珍袭之志[52]。予展玩之，前翰林学士金华宋濂、天界善世禅宗泐、同门僧来复述之详悉，奚容予言，辞弗再致，遂概述绪馀以复[53]。予维大理国工善绘，斯图笔力精致，金碧辉煌，前列诸佛，俨现空界，超出尘凡，随感应化，隐显百意，无端无量，形象百千，咸在敬仰，以故知夫东山泰上人得慕斯图于天界，天界归而藏诸慧灯，其嗜之志（下缺）[54]。

首钤印二：敦素斋、□□精微

大理国画世不经见，历代画谱亦罕有称者，内府藏其国人张胜温梵像长卷，释妙光识盛德五年庚子月日，宋濂跋谓在宋理宗嘉熙四年[55]。曩阅《张照文集》，有《跋五代无名氏图卷》，疑与是图相表里[56]。其考大理始末甚详，以篇首文经元年为段思英伪号，计其时则后晋开运三年[57]。今此卷乃南宋间物，相距几三百载，彼所纪有阿嵯耶观音遗迹，而此遍绘诸佛菩萨梵天应真八部等众，不及阿嵯耶观音号，则非张照所见明甚。顾卷中诸像相好庄严，傅色涂金，并极精彩，楮质复淳古坚致，与金粟笺相埒，旧画流传若此，信可宝贵，不得以蛮徼描工所为而忽之[58]。第前后位置躇舛杂出，因复谛玩诸跋，知此图在明洪武间初本长卷，僧德泰藏之天界寺中；至正统时，经水渐渍，乃装成册，不知何时复还卷轴旧观[59]。既已装池屡易，其错简固宜[60]。且卷端列旌幢仪从，貌其国主执铲瞻礼状以冠香严法相，颇为不伦；卷末复绘天竺十六国王，释宗泐谓是外护佛法之人，亦应以类附[61]。爰命丁观鹏仿其法为《蛮王礼佛图》，而以四天王像以下诸佛祖菩萨至二宝幢另摹一卷，为《法界源流图》两存之，使无淆棼，此原卷则仍其旧[62]。在昔道子楞伽辈，以绘事演众教，华严变现[63]。摹拟无边，不闻于狮台鹿苑中，参以尘俗轨躅[64]。虽佛无人我相，即合即离，岂复存分别想，而欲于色界画禅，探寻须弥香海，则法流一滴，自判净凡，遂识缘起如右[65]。乾隆癸未孟冬望御笔[66]。

　　钤宝二：乾隆、得大自在

选自《张胜温画卷》

【简注】〔1〕大理国：五代至宋时云南地方政权。始于五代后晋天福二年（937），南诏通海节度使段思平灭杨干真的大义宁政权，据南诏地，号大理国。辖境相当于今云南全境及四川西南部。历14世，共158年。至宋绍圣元年（1094），国主段正明禅位于高升泰，改称大中国。绍圣三年，高升泰卒，遗命子高泰明还位于段氏。泰明立段正淳为帝，复号大理国，俗称后理国，历8世，共157年。南宋宝祐元年即元宪宗三年（1253），为蒙古忽必烈所灭，置云南行中书省。前后共历22世，315年。此指后理国。描工：画家。圣容：指神像、佛像。　　〔2〕至虚至极：极虚极空。明相：指事物外部呈现的形象状态，犹有相。佛教主张万有皆空，心体本寂。称造作之相或虚假之相为有相。《大日经疏》："可见可现之法，即为有相。"　　〔3〕一气：构成天地万物的基本物质。王充《论衡·齐世》："一天一地，并生万物。万物之生，俱得一气。"大千：佛教语，大千世界的省称。指广大无边的世界。　　〔4〕无量：无法计算，谓数量极多。无边：没有边际。乘形：运载形象状态。济拔：救助。知：智。影：图像。神慕：神往，极其向往。张吴：张僧繇和吴道子。张僧繇，吴（今江苏苏州）人，一作吴兴（今浙江湖州）人。南朝梁时任武陵王国侍郎。直秘阁、知画事，历右军将军、吴兴太守。善画山水、人物肖像。南朝梁佛寺，多命其画壁。有"张家样"之称。兼善画龙，有"画龙点睛，破壁飞去"的传说。后人把他和吴道子并称为"疏体"画法，以区别顾恺之、陆探微劲紧连绵的"密体"画法。吴道子，名道玄，阳翟（今河南禹县）人。有"画圣"之称。唐开元中召入供奉，为内教博士。其画尤擅长道释人物及山水，着色微染，自然突出，人称"吴装"，而其表现衣褶的笔法，有飘举之势，人称"吴带当风"。武氏：当指初唐武则天时期。　　〔5〕当愿：则愿。中：附和。　　〔6〕用：以，因此。　　〔7〕盛德:后理宣宗(段智兴)年号(1176~1180)。盛德五年庚子,即公元1180年,为南宋孝宗赵昚淳熙七年。释妙光:妙光和尚,生平未详。僧曰释,佛教亦称释教。慧皎《高僧传·释道安》:"初魏晋沙行,依师为姓,故姓名不同。安以为六师之本,莫尊释迦,乃以释命氏。后获增一、阿含,果称四河八海,无复河名;四姓为沙门,皆称释种;既县与经符,遂为永式。"谨记:恭敬记叙。 〔8〕右:指跋右边的内容,因竖行书写,由右到左。如果横行书写,由左到右,则应为"以上"内容。《梵像》:即《张胜温画卷》。貌:描绘。 〔9〕利贞:段智兴年号(1172~1175)。骠(piǎo)信:即骠信,南诏称王为骠信。《新唐书·南蛮传》:"骠信,夷语君也。" 〔10〕大理:指大理国。棪(yè)榆:也作叶榆,在今云南大理市东北,此泛指大理一带。"唐南诏"几句:唐代洱海地区部落原有六诏,蒙舍诏最南,称为南诏。唐贞观二十三年(649),蒙舍诏细奴逻建号大蒙国。永徽四年(653),受唐封,称大封民国。唐玄宗时,蒙舍诏皮逻阁统一六诏,建立地方政权,南诏遂为六诏的总称。开元二十六年(738),唐朝封皮逻阁为归义云南王。天宝九年(750),阁罗凤占有云南地,与唐绝,复号大蒙国,治太和城(今大理古城南),唐贞元十年(794),异牟寻复归唐,唐封为南诏王。咸通六年(860),改国号大礼,乾符五年(878),复号大封民国,天复二年(902),称大长和国。此后称大天兴国、大义宁国、大理国、大中国、后理国,至南宋宝祐元年即元宪宗二年(1253),为蒙古忽必烈所灭。古籍中亦每冠以南诏称号。石晋:后晋(936~946),五代之一。清泰三年(936)石敬瑭引契丹兵灭后唐,自称帝,建号晋,都汴(开封),史称后晋。段思平(893~945):南诏清平官段忠国六世孙,布燮段保隆子,官幕览,积战功仕至通海节度使。杨干贞夺赵善政位,忌之,思平逃匿于野。后晋天福元年(936),结东方三十七部起兵逐杨氏自立,号大理国,改元文德,都苴咩城(今大理古城西北)。在位八年卒,谥太祖圣神文武皇帝。 〔11〕宋季:宋末。"委政"句:高氏世为相国,执政柄,出号令。高祥为大理相时,坚决抗元,杀死招降的使者。大理城破,高祥被杀。蒙哥命俘获的大理王段兴智以摩诃罗嵯(大王)的梵名称号和管理大理各部的权力。兀良合台在大理建立万户、千户、百户。忽必烈又把云南东部分为南、北、中三路。直到至元十一年(1274),赛典赤·瞻思丁拜云南行中书省平章政事,奏改万户,千户为令长,置路、府、州、县。至此,郡县制已完备。元宪宗:蒙哥(1208~1259),成吉思汗孙,拖雷长子。即位前曾以拔都西征到俄罗斯等地。1251年即大汗位(在位九年),第二年命弟忽必烈带兵从甘肃经四川攻占大理,招降吐蕃,攻占鄂城(今湖北武昌),命兀良合台自云南出广西、湖南向鄂州。同时,命旭烈兀西征,灭波斯(今伊朗)、报达(今伊拉克)等国。又亲自率主力攻宋,入进合州(今四川合川),死于军中。元朝建立后追尊为宪宗。 〔12〕宋理宗嘉熙四年:即公元1240年。嘉熙,宋理宗(赵昀)年号(1237~1240)。此与"盛德五年"记载不合。见本文注〔7〕。
〔13〕弹丸:比喻狭小。黄屋:帝王车盖,以黄缯为盖裹,故名。汉制,唯皇帝得用黄屋。左纛(dào):帝王乘舆的装饰物,用牦牛尾或雉尾制成,设在车衡的左边,故称。纛,旗。僭(jiàn)拟:超越本分。自比于居上位者。此指建国称帝。胥皆:全都。同义复词。 〔14〕钤(qián)印:盖印章。太史:明清史馆事多以翰林任之,故也称翰林为太史。宋濂任修撰《元史》的总裁官,故称。 〔15〕应真:佛家罗汉的别称。以其能上应乎真道,故名。八部:即天龙八部。佛教分诸天龙及鬼神为八部。《翻译名义集·八部》:"一天、二龙、三夜叉、四乾闼婆、五阿修罗、六迦楼罗、七紧那罗、八摩睺罗伽。"因八部中以天、龙二部居首,故曰天龙八部。天竺:印度的古称。佛法:佛教的教义。 〔16〕南诏王:唐先后封皮逻阁为云南王,阁罗凤袭封云南王。异牟寻封云南王,又封南诏王。寻阁劝、劝龙晟、劝利均袭封南诏王,丰祐封滇王。懿宗:唐懿宗,名漼。奉佛,怠于政事,于禁中设讲席、自唱经,又数幸诸寺,施与无度。年号咸通(860~874),在位14年,庙号懿宗。酋龙(?~877):名世隆,南诏王丰祐子,唐大中十三年(859)嗣立。唐廷以南诏数扰边,世隆名犯玄宗(隆基)讳,不予封,世隆遂自称皇帝。在咸通年间,或先后或数度,或攻或陷安南、交趾、邕州、巂州、西川、黔南、雅州等地。后建鄯阐王宫,铸天尊铁柱于白崖。在位18年,谥景庄皇帝。 〔17〕坦绰:南诏官名。《新唐书·

南诏传》："南诏官曰坦绰、曰布燮、曰久赞，谓之清平官，所以决国事轻重，犹唐宰相也。"樊绰《云南志》："清平官六人，每日与南诏参议境内大事。"是已：此矣，这种（佛书）了。〔18〕酋望：南诏官名。胡蔚《南诏野史》："其设官则有把国事八人：曰坦绰、曰布燮、曰久赞，谓之清平官；曰酋望、曰正酋望、曰员外酋望、曰大军将、曰员外。"〔19〕洪武：明太祖（朱元璋）年号（1368～1398）。戊午：即公元1378年。住持：僧寺之主。意谓居住寺中，总持事务。也称长老、主僧。〔20〕一帙（zhì）：一函，一卷册。帙，书套，卷册。瞻对：朝觐。如存：与存。〔21〕东山：即此文所叙的东山禅师德泰。稽（qǐ）首：行跪拜礼。有二说：一、行跪拜礼时，头至地；二、行跪拜礼时，两手拱至地，头至手，不触及地。〔22〕法身：佛教称佛的真身。《大乘义章》："言法身者，解有两义：一、显法本性以成其身，名为法身；二、以一切诸功德法而成身，故名为法身。"空界：佛教指超乎色相现实的境界。〔23〕含摄：包含。〔24〕应化：应从生的机缘而化现的佛身。〔25〕敻（xiòng）超：远远超越。色尘：佛教语。六尘（色、声、香、味、触、法）之一。《圆觉经》："根清净，故色尘清净。"佛教认为六尘与六根（罪孽根源：眼为视根，耳为听根，鼻为嗅根，舌为味根，身为触根，意为念虑根）相接，则产生种种嗜欲，导致种种烦恼，故又叫六贼。〔26〕无刹：无时。〔27〕应机：适应时机。〔28〕须弥：佛教传说的山名。也译苏迷卢、须弥楼，意译为妙高、妙光。〔29〕貊（mò）：对少数民族的蔑称。〔30〕顶戴：敬礼。皈（guī）依：佛家称身心归向佛、法、僧。皈，同"归"。〔31〕珂贝：泛指贝壳玉石。〔32〕大蒙：大蒙国，南诏国号。《南诏野史》："细奴逻因居蒙舍，以蒙为姓。"〔33〕作藩：为藩，为藩镇，属地。中夏：中国，中央王朝。〔34〕縻金：耗金。縻，通"靡"。相（xiàng）好：佛身塑像。佛书称释迦牟尼有三十二种相，八十二种好。因敬称佛身塑像为相好。〔35〕幡盖：幢幡华盖之类。幡，旗帜。旌幢（chuáng）：泛指旗帜仪仗。旌，用牦牛尾和彩色鸟羽作装饰的旗。幢，以羽毛为饰以作仪仗用。交敷：交错、互映。旃（zhān）檀：即檀香。梵语为旃檀那。〔36〕回向：佛教徒把他们所修的一切功德，都总结为回归，投向他们所期望的众生普遍成佛的目的，故名。菩提：梵语。意译正觉，即明辨善恶，觉悟真理之意。〔37〕内根外尘：参见本文注〔24〕。真妄：真与妄。《成唯识论》："真，谓真实，显非虚。"妄，虚妄，不实。〔38〕非空非有：佛教以一切法实有或谓一切法虚无，皆为偏执，必空有两空，始为真谛。《后汉书·西域传·论》："详其清心释累之训，空有兼遣之宗，道书之流也。"注："不执著为空，执著为有。兼遣谓不空不有，虚实两忘也。"非空非有即不空不有。〔39〕来裔：后世。〔40〕洪武十二年：己未年，即公元1379年。灵隐：杭州有灵隐山，山有灵隐寺。住山：犹住持，山寺之主。沙门：僧徒。梵语义译为勤息，勤修善法，止息恶行之义。豫章：今江西南昌市。〔41〕顾虎头（约346～407）：顾恺之，字长康，小名虎头，东晋晋陵无锡（今江苏无锡）人。曾任桓温、殷仲堪参军，转任散骑常侍。工诗赋、书法，尤精绘画。他画人物，或数年不点睛，曰："传神写照，正在阿堵（这个，指眼珠）中。"至有"点精（睛）便语"之说。他作画笔迹周密，紧劲连绵，和陆探微并称"顾陆"，号为"密体"，以区别于张僧繇、吴道子的"疏体"。当世称其三绝：才绝、画绝、痴绝。著有《文集》，现存古画珍品《女史箴图》，相传为其手迹。李伯时（1049～1106）：李公麟，字伯时，舒州舒城（今安徽舒城）人。宋进士，历官县尉、录事参军，朝奉郎。晚年退居龙眠山，因号龙眠居士。擅长书画，尤工山水佛像。山水似李思训，人物如韩滉，鞍马胜韩干。多用白描，注重写生，称为宋画第一。后人论其作画"以立意为先，布置缘饰为次"。传世之作有《五马图》、《临韦偃放牧图》等。颉颃（xiéháng）：不相上下。〔42〕觉：觉悟。佛教指领悟佛教的真谛。〔43〕灵台：心。《庄子·庚桑楚》："不可内于灵台。"《释文》："郭（象）云：心也。案谓心有灵智能任持也。"俾（bǐ）：使。徒然：仅此，只是如此。〔44〕游方：僧人修行问道，周游四方。什袭：也作十袭，把物品重重叠叠地包裹起来，引申为郑重珍藏。《艺文类聚·阚子》："宋之愚人得燕石于梧台之东，归而藏之以为宝。周客闻而观焉。主人斋七日，端冕玄服以发宝。革匮十重，缇巾十袭。客见之，掩口而笑曰：'此特燕石也，其与瓦甓不殊。'" 〔45〕迁化：指人死亡。手泽：犹言手汗。后通称先人或前辈的遗墨、遗物。《礼·玉藻》："父没而不能读父之书，手泽存焉尔。" 〔46〕合浦之珠：即合浦珠还，比喻物失而复得。传说汉合浦郡（郡治在今广西合浦县东北）不产谷实，而海出珠宝，先时郡守并多贪秽，极力搜刮，致使珍珠移往别处。后孟尝为合浦太守，制止搜刮，革易前弊，珍珠复还。见《后汉书·孟尝传》。延平之剑：此喻物得而复失。晋初，牛、斗间常有紫气照射。张华命雷焕寻觅，结果在丰城（今江西丰城县）牢狱的地下发掘到宝剑一双，一名龙泉，一名太阿。雷焕死后，其子持剑过延平（今福建南平市），剑忽跃入水中，但见化为双龙。参见《晋书·张华传》。 〔47〕不揣：不估量。 〔48〕永乐十一年：即癸巳岁，公元1413年。永乐，明成祖（朱棣）年号（1403～1424）。嘉平：腊月的别称。西昌：在今四川。 〔49〕天顺己卯：公元1459年。天顺，明英宗（朱祁镇）年号。望：指夏历每月十五日，月圆之时。《释名·释天》："望，月满之名也。月大十六日，月小十五日，日在东，月在西，遥相望也。"曩（nǎng）：过去，从前。殆谓：大概说。圆寂：指僧尼之死。佛教修行，以涅槃为最终目的，即圆寂，为诸德圆满俱足，诸恶寂灭净尽之义。 〔50〕正统己巳：公元1449年。正统，明英宗（朱祁镇）年号（1436～1449）。 〔51〕弗遂：不能如意。披阅：展阅。披，开卷。 〔52〕干予：求我。干，求取。珍袭：珍藏。参见本文注〔44〕。 〔53〕同门：同师学者，指同流派。奚容：何容许。绪馀：残馀，泛指主体以外的零散部分。 〔54〕维：通"惟"，思考。无端：无因、无缘无故。或无起点，无尽头。 〔55〕内府：皇室的仓库，也通称皇宫内。识（zhì）：通"志"，记载。 〔56〕张照：字得天，号泾南，江苏华亭（今属上海）人。康熙进士，雍正官至刑部尚书。通法律，精音乐，尤工书法。卒谥文敏。 〔57〕段思英：五代大理国君，段思平之子。后晋开运二年立，改元文经，在位一年。其叔思良争立，废英为僧，法名弘修大师（据《南诏野史》）。开运三年：即公元946年。开运，后晋出帝（石重贵）年号（944～946）。 〔58〕楮（chǔ）质：纸质。楮，即构树，也叫谷树。叶似桑，皮可制纸，因作纸的代称。淳古：朴实而有古风。坚致：坚固精密。金粟笺：即金粟山（今陕西蒲城县）藏（zàng）经纸。此纸有黄白两种。仿制为书笺，黄色斑驳者，名为藏经笺，亦称金粟笺。相埒（liè）：相同，相等。蛮徼（jiào）：泛称边远少数民族地区。 〔59〕第：但，且。《史记·淮阴侯列传》："阴使人至（陈）豨所，曰：'第举兵，吾从此助公。'"蹖舛（chǔnchuǎn）：倒错。蹖，违背、乘谬。舛，错误、错乱。谛玩：仔细欣赏，品味。 〔60〕装池：装裱古籍或书画。黄丕烈《士礼居读书记·读近事会元》："是册装池尚出良工钱半岩手，近日已作古人，惜哉！"错简：古人以竹简写书，按序编列；凡次第错乱，谓之错简。亦指古书中文字颠倒错乱。 〔61〕仪从：仪仗随从。瞻礼：瞻仰礼拜。香严：佛家语。香洁之意。法相：佛教指宇宙一切事物的形象。《大乘义章·四空义》："一切世谛，有为无为，通名法相。"护佛法之人：上自梵天帝释八部鬼神，下至人世保护佛法之人，均称护持佛法之人。 〔62〕爰（yuán）：乃，于是。四天王：佛经称帝释的外将，住须弥山四边，各护一方，因此也叫护世四天王。即东方天王多罗咤（治国主），南方天王毗瑠璃（增长主），西方天王毗留博叉（杂语主），北方天王毗沙门（多闻主）。佛祖：佛教称修炼成道的人为佛，称开创宗派的人为祖师，合称佛祖。也专指佛教的创始人，即释迦牟尼。此指前者。菩萨：梵语。菩提萨埵的简称。菩提的意思为正，萨埵的意思为众生；言既能自觉本性，又能普度众生。罗汉修行精进，便成菩萨，位次于佛。幢：佛教的经幢。在长筒圆形绸缎上写经的叫经幢。法界：佛教指整个宇宙现象界。"界"是分界、种类的意思。有时又指现象界的本质，义同真如、法性。淆紊：搅乱，混乱。 〔63〕道子：吴道子。见本文注〔4〕。楞（léng）伽：佛经名。全称《楞伽阿跋多罗宝经》，或译《大乘八楞伽经》。有南朝宋、北魏、唐三种译本。楞伽，为师子国（今斯里兰卡）山名。佛在此山所说，故名。主旨在于提出五法（名、相、妄想、正智、如如）、三性（遍计、依他、圆成）、八识（眼、耳、鼻、舌、身、意、末那、阿赖耶）等，述说宇宙一切事物皆自心所见，虚假不实。第八识（即"心"）是认识世界一切的根本。否认客观世界的真实性，归结到建立一个虚幻的不生不灭的涅槃境界。这是佛教中禅宗、法相宗、法性宗的理论依据。华严：中国佛教宗派名，又名法界宗、贤首宗。此宗以《华严经》为法典，出现在南朝陈、隋之际，与三论、天台、净土、法相等宗对峙。以唐杜顺为始祖，云华智俨法师为二祖，法藏、贤首法师为三祖，清凉、澄观法师为四祖，圭峰、宗密禅师为五祖。贤首著《华严经略疏》确立教旨，故又称贤首宗。至唐武宗会昌禁佛以后，渐次衰落。

〔64〕狮台：疑指狮子座，佛所坐之处。《大智度论》："佛为人中狮子，佛所坐处若床若地，皆名狮子座。"省作"狮座"。鹿苑：即鹿野苑，也作鹿野园。释伽牟尼始说法之所。在中天竺波罗奈国。佛教神话，说佛之前身为波罗疤斯国王，有林地养鹿，每日以一鹿供王充膳。有孕鹿垂产，鹿王菩萨白王愿以身代。王感菩萨仁慈，悉放群鹿，因名施鹿林，因有鹿野之称。尘俗：世俗，人间。轨躅（zhú）：车行之迹，喻法则，规范。　　〔65〕无人：犹无我。佛教否定世界存在物质性的实在自体，我非实有，以诸法无我为根本义。我相：佛教语。四相之一。指把轮回六道的自体当作真实存在的观点。《金刚经》："若菩萨有我相、人相、众生相、寿者相，即非菩萨。"即合即离：犹不即不离。佛教语。犹言不一不异。不一样，无差别；既相同，又有差别。《圆觉经》："不即不离，无缚无脱。"存分别想：思分另想。色界：佛教的三界（把生死流转的人世间分为欲界、色界、无色界）之一，在欲界之上。此界诸天，但有色相（佛教主万物皆空，以无相为归。人或物之一时呈现于外的形式，称为色相），无男女诸欲，故名。画禅：书名。旧本题明僧莲儒撰，一卷。莲儒自称白石山衲子，当为世宗（嘉靖）、穆宗（隆庆）以后人。此书所记自惠觉以下，至雪窗等善画僧众64家，品评画作，兼论其人。所录人物，皆采自元夏文彦《画绘宝鉴》，明王世贞《画苑》二书，挂漏甚多。须弥：见本文注〔27〕。唐慧琳《一切经音义·大般若波罗密多心经·苏迷罗山》："梵语宝山名。……《大论》云：四宝所成曰妙，出过众山曰高。或名妙光山，以四色宝光明各异照世，故名妙光也。"香海：犹法海，泛指佛法深广真谛。佛法许多概念与"香"有关，如佛殿称香室，寺院称香界，佛塔称香殿，菩萨有名香气，佛家还有香火因缘，香花供养，香象渡河等说法，均与"香"有关。法流：从法海、法水中引申。法，佛教泛指宇宙的本原、道理、法术。《大乘义章》："法义不同，泛释有二：一，自体名法，如成实说，所谓一切善恶无记三聚法等；二，轨则名法，辨彰行义，能为心轨，故名为法。"一滴：一滴禅。佛教禅宗主张见心明性，不立文字，从生活琐事中触机悟道。宋释本觉《释氏通鉴·韶国师》："又有问如何是曹溪一滴水？（法）眼曰：'是曹溪一滴水。'韶闻乃大悟，平生疑滞，涣若冰释。"净凡：情欲的净尽与世俗的烦恼。　　〔66〕乾隆癸未：即公元1763年。御笔：皇帝亲笔题写。

（蔡川右）

段 宝（二篇）

段宝，元代大理路第九代总管段功之子。元顺帝至正二十三年（1363），段功被梁王设伏杀害，段宝遂袭任为大理第十代总管。明洪武十四年（1381）卒。

本书选收其《答梁王书》及《上明太祖表》。

《答梁王书》是写给蒙古贵族、云南的最高统治者梁王的复信。史载，元末农民起义军红巾军首领明玉珍在攻取四川，于重庆建立"天统"政权后，随即进军云南。梁王逃往关滩（楚雄西）。后因孤军深入，处境不利，义军只得回师离滇。义军领袖舍兴约于1377年又率兵进云南，"攻入善阐（今昆明）"。梁王命叔赟敕到大理向段宝借兵，遭到段宝因父仇宿怨而拒绝。据倪蜕《滇云历年传》载："蜀寇明玉珍复侵云南。梁王借兵大理，不许。"《南诏野史》记述更详："红巾寇云南，梁王遣叔铁木的罕借兵大理。段宝不许，贻书丑诋之。"这就是本篇书信写作的缘起。书信简短，以史作喻，借言婉拒，答意明晰。

《上明太祖表》亦见于倪蜕《滇云历年传》，但文字略有出入。

公元1368年，朱元璋从大都撵走元统治者，建立了明王朝，改元洪武。《滇云历年传》记载：四年（1371），"大理总管段宝遣段贞奉表归款"。《滇考》亦云："段宝闻明祖登极，遣其叔段贞自会川（今四川会理）奉表于朝。"上表志在归附，故语意温顺，对元极力指斥，对明多献谀辞，态度鲜明，对比突出；主旨集中，行文流畅、紧凑，首尾照应，归顺之情一以贯之。

答梁王书[1]

杀虎母还喂虎子，分狙栗自诈狙公，假途灭虢，献璧合虞[2]。金印玉书，设钓之香饵[3]；绣阁艳女，备掩雉之网罗[4]。况平章已死，只遗奴一媭，奴可配阿禣妃，媭可配华黎氏[5]。二事许诺，当借大兵。不然，金马山换作点苍山，昆明海改作西洱海，兵来矣[6]。

选自《滇文丛录》卷首

【简注】[1] 梁王：蒙古贵族"诸王"中的一等王。1275年，云南行省建立。忽必烈为限制行省权力的扩大，又于1290年首封皇太子的长子甘麻剌为梁王，以皇帝代理人的身份在云南进行贵族宗王统治，监督和干预行省的一切事务，而不受行省的任何约束。这里的梁王，指把匝剌瓦尔密（一说指帖木耳不花，注从正史）。后明军平云南，梁王率妻属及亲信赴滇池溺死。 [2] 杀虎母还喂虎子：喻指梁王杀害段功，阿禣绝食而死，留下子女羌奴、段宝事。喂，喂养，饲养。虎子，乳虎。狙（jū）：猕猴，猴子。栗：栎树的果实，即栗子。狙公：养猴子的老翁。此句的故实出自《庄子·齐物论》"狙公赋（给）芧（xù，栗子）"，《列子·黄帝篇》亦有记载。现今流行的成语"朝三暮四"脱胎于此。故事说：有一个养猴的老人在分栗子给猴子时说："早上发三个，晚上发四个。"众猴听后皆大怒。于是老人说："那么早晨发四个，晚上发三个。"所有猴子都非常高兴。句中引此，以狙公的"自诈"（独施骗术）隐喻梁王对段功的欺骗。假途灭虢（guó），献璧合虞：史事见《左传·僖公五年》，"合"字为"吞"字之误。公元前655年，晋献公派荀息用名马、美玉（屈地之马和垂棘的玉璧）向虞国借路，以攻打虢国。虞公不听大臣宫之奇的劝阻，竟贪财借道助晋军。晋灭虢后，于回军途中便把虞国也灭掉了。文中借此指斥梁王向大理借兵是不怀好意、包藏祸心！晋国，在今山西翼城县东。虞国，在今山西平陆县东北。虢，在今河南陕县东南。地理形势上，虞居晋、虢二国之间。〔3〕金印：古代用黄金铸造的官印。秦汉时，丞相、太尉、大司空、太傅、列侯等皆金印、紫绶（见《汉书·百官公卿表》）。玉书：皇帝的诏命。这两句指下诏封官，皆王者的诱饵。〔4〕绣阁：犹绣房，妇女的华丽居室。艳女：美女。掩：取，博取。雉（zhì）：野鸡、山鸡。网罗：捕鸟的网。〔5〕平章已死：段功助梁王败红巾军后，梁王便"奏授段功为云南行省平章，以女阿禚妻之"（见《滇云历年传》卷五）。后因疑其有"吞金马、咽碧鸡"的野心，便设计"命番将格杀之"。平章，官名，起设于唐代，元代行中书省设平章政事，为地方高级长官。明初废。段功被杀时，其官职全名为"云南行中书省平章政事、大理路总管军民宣慰使、世袭都元帅"，人称段平章。只遗奴一獒（áo）："奴"前漏"一"字，指段功在大理的前妻高夫人所生的一男一女。女名羌奴，男名段宝。一奴一獒，即指羌奴和段宝。獒，一种凶猛的犬。阿禚妃：梁王之女，段功之妻。华黎氏：段功遭杀害五年后，其女羌奴嫁给建昌（今西昌）阿黎氏。疑华黎氏即阿黎氏。此两句文字史载不一，另一传为"奴再赘华黎氏，獒又可配阿禚妃"。二句文字上提及的人物关系费解，但精神一致，即是段宝向梁王提出的难以实现的条件，为不允借兵的借口。〔6〕金马山：在昆明市东郊，西对碧鸡山，中隔滇池，绵亘数十里。点苍山：在大理市西部，属滇西北横断山脉云岭馀脉。古称灵鹫山、玷苍山，俗称苍山，连绵50多公里，由19座山峰组成。最高峰马龙峰海拔4 122米，峰顶终年积雪。苍山自然景观优美，风景名胜荟萃，已开辟为旅游区。昆明海：一作昆明池，即今滇池。古名滇南泽。在昆明市区西南，为高原断层陷落构造湖，形似弯月，面积330平方公里。湖畔西山三清阁，为元代梁王避暑宫。西洱海：一作西洱河，即今洱海。发源于洱源县的茈碧湖，径流面积2 565平方公里，属断陷湖泊，是云南仅次于滇池的第二大淡水湖。书中最后所说的山水互变，指自然界根本不能出现的事，说明大理决不会出兵相助。

（张德鸿）

上明太祖表[1]

臣闻：有天下者，为天下之主；有列土者，为列土之君[2]。卑臣虽隔万里之遥，丹心每向中原之主[3]。大理自二帝三王之后，两汉二晋之终，大蒙国受封于前唐，郑赵杨继守于五季[4]。自臣祖思平有国，贡礼屡行于宋室，身心每到于阙廷[5]。迨至胡元，不尚仁义，专事暴残[6]。元主已遁北方，梁王犹祸鄯阐[7]。迩闻明主奉天承运，御极金陵[8]。中原太平，边徼宁乂[9]。意者，中国有圣人，履尧舜之正统，小汉唐之浅图，天时人事然也[10]。或命臣依汉唐故例，岁贡天朝[11]；或效前元职名，俾守旧土[12]；庶寒谷回阳，幽扃照日[13]。八方浴德，六合同春，垂怜边境，救恤一方[14]。欲修岁贡，恐触明威，合待事体之定，专候圣旨之颁[15]。谨此专差段贞、王伯鹘驰奏以闻[16]。

选自《滇文丛录》卷首

【简注】[1] 明太祖（1328～1398）：即朱元璋，字国瑞，元末农民起义军领袖，明代的建立者，共在位30年。他推翻元代统治，逐步统一全国。1368年定国号为明，建元洪武。表：古代文体奏章的一种。《释名·释书契》："下言于上曰表。"汉制：凡群臣之书，通于天子者四品，即章、奏、表、驳议四种。表用于较重大的事件，多以表述衷情；且写作上起始"不需头"，只说"臣某言"。　　[2] 列土：分封土地，得到封赏之地。　　[3] 丹心：赤心，红心，赤诚之心。中原之主：中原的君主（主宰、主人）。中原、中土、中州，以别于边疆地区。狭义的中原，指今河南省一带。广义的中原，指黄河中、下游地区或整个黄河流域而言。　　[4] 二帝三王：一说为"五帝三王"，应是。五帝，上古五帝，其说不一。一指伏羲、神农、黄帝、尧、舜，一指黄帝、颛顼、帝喾、尧、舜，一指少昊、颛顼、高辛、尧、舜，等。三王：指夏禹、商汤、周文王。两汉：前汉（西汉）、后汉（东汉）。二晋：西晋、东晋。大蒙国：南诏国号。胡蔚《南诏野史》载："奇嘉王细奴逻于唐太宗己酉贞观二十三年（649）即位，年32岁，建号大蒙国。"至开元间，唐封皮逻阁为云南王，废大蒙国号。天宝九载（750），阁罗凤与唐绝，复号大蒙国。郑赵杨：郑，指南诏权臣郑买嗣（郑回的七世孙）。公元902年杀南诏王舜化真及其幼子，并杀蒙氏亲族八百人，灭南诏，改国号为"大长和"。赵杨，指赵善政和杨干贞。公元927年，东川节度使杨干贞杀郑隆亶（郑买嗣之孙），拥立清平官赵善政，国号"大天兴"。929年，杨干贞又废赵善政自立，改国号为"大义宁"。五季：五代，即后梁、后唐、后晋、后汉、后周。　　[5] 思平：指通海节度使段思平，于公元937年联络滇东乌蛮37部落，攻杨干贞，灭大义宁国，建大理国。阙廷：宫廷，朝廷。　　[6] 迨（dài）：等到。胡元：指蒙古人建立的元朝。　　[7] "元主"句：指1368年，朱元璋赶走元朝统治者，建立明王朝后，以顺帝为首的元朝廷仓皇退出大都，逃往塞外，妥欢帖睦尔（元顺帝）及其子仍在开平（内蒙古多伦东南）、应昌（内蒙古克什克腾旗达尔泊附近）等地的史实。梁王：指把匝剌瓦尔密，1367年自立为梁王。后明朝派征南将军傅友德及副将军蓝玉、沐英征云南。1381年"师次板桥"，梁王投滇池死。"梁王"句：明朝建立后，元梁王仍继续统治云南十馀年。鄯阐，一作"善阐"，唐时置府，治所在今昆明市。元梁王居此，实指其统治（祸害）云南行省。　　[8] 迩：近，近来。御极：谓皇帝登位。金陵：南京。明太祖登基、建都南京。　　[9] 边徼（jiào）：边境，边疆。徼，边界。宁乂（yì）：安宁，安定。乂，乂宁、乂安、安定。张衡《东京赋》："区宇乂宁，思和求中。"　　[10] 小：看轻、轻视。汉唐：汉代、唐代。浅图：浅陋的图谋、短浅的谋划。　　[11] 故例：过去的惯例。岁贡天朝：年年进贡天朝。"天朝"前省介词"于"。　　[12] 效：仿效。前元职名：先前元朝给予的职官名称。俾：使。守旧土：管理、治理先前的领地。守，管理。旧土，指大理这片旧有之地。　　[13] 庶：希冀，希望。寒谷：深山溪谷，为日光所不及，故称。回阳：回返日光，日光重照。幽扃（jiōng）：昏暗的家门。幽，昏暗、深暗、幽闭。扃，门户。　　[14] 八方：指东、南、西、北、东南、东北、西南、西北，即为各地。六合：天地四方、上下四方谓六合，泛指天下、宇内。　　[15] 明威：圣明之主的声威。　　[16] 段贞：段宝之叔。王伯鹘（gǔ 或 hú）：大理使官。

（张德鸿）

王景常（二篇）

王奎，字景常，一作"景彰"，浙江松阳（今遂昌县）人，一说括苍（今浙江丽水市）人。明洪武（1368～1398）初，任怀远县（在安徽省北部）教谕，累擢山西右参政。以事谪戍临安府（今云南建水县）。景常博洽多才，诗文高古，滇人士多从之游。临安人初不知学，自景常、韩伯时来相与讲论赓唱，文教始兴。后召还，预修《高庙实录》，为翰林侍读。永乐年间（1403～1424）升学士。有《南诏玉堂稿》。本书选收他的《云津桥记》及《董庄愍死节威楚序》。

《云津桥记》先写云津桥的位置、环境及其被毁的原因，强调"桥梁王政攸关"、"行道用棘"。于是，乃有西平侯重修云津桥之"大举"。接着写云津桥的施工："牵巨石，杀川流，捷石蕾"，"锢石趾，疏三门"；写石桥的外部特征："琳琅簇蕾，横截天堑"、"屹若金堤，亘若垂虹"，寥寥几笔，写出了施工的雷厉风行，云津桥的宏伟壮观。然后，写云津桥的落成，"夷人得践大中至正之途"，从而摆脱了牵绳、涉水"之习"、"之艰"、"之难"，使他们情不自禁地"喁焉以哗，群焉以趋，蠕焉以履"。文章渲染夷人欢欣鼓舞之状，具体形象，有声有色。值得注意的是，文中还提出了"通使节与通舆辇孰重？济甲士与济国人孰亟"的问题。很显然，作者认为，"济国人"比"济甲士"迫切，这体现了作者的民本思想；而认为"通舆辇"比"通使节"重要，则反映了作者浓厚的皇权意识。

《董庄愍死节威楚序》是《一如集》的序言，意在表彰董文彦义不从叛、死节威楚的忠贞。董文彦死难事，《元史》不载。《云南通志》卷十"官师"、楚雄府"名宦"、临安府卷十一"人物"中有概略介绍，现录以佐证、助解："元董文彦，临安通海县人，任威楚路知事。天历间，中庆路守将败狐叛，引兵攻威楚。官吏皆亡匿，文彦独不去。贼欲降之，文彦怒曰：汝食君之禄，不思报恩，逆天殄民，灭弃纲常。恨不能杀汝，乃从汝反耶！贼怒拘系之。文彦骂不绝口。贼截其耳使啖焉。文彦嚼血喷贼，骂不绝声。贼怒，裂而殉之。明年，败狐伏诛。省宪事闻于朝，赐谥庄愍。官其子时中为禄丰主簿。"《通志》于后还简摘了学士王景常本序的基本观点，并突出文彦"白人"，"乃能仗节死义"，"特表而出之，以为人臣者劝"，阐明了该文的主旨。

云津桥记[1]

云南城东陬，有池曰昆明；池之大，不知其几百里也[2]。昆明之上游，有江曰盘龙；江之源，亦不知其几百里也[3]。汪洋湍激，深广莫测，而大逵是通[4]。昔有桥曰大德，毁于兵有年矣[5]。

天朝下云南，内讧外攘，庶事草创，随葺随罅，行道用棘[6]。今西平侯沐公，以为桥梁王政攸关，不大举无以示悠久[7]。乃命立表识，牵巨石，杀川流,揵石菑,度丈尺,计工庸[8]。锢石趾以厮暴湍,疏三门以通舳舻[9]。穹窿块轧,夹以石槛;琳琅簇篓,横截天堑[10]。方轨长驱,肩摩毂击[11]。屹若金堤,亘若垂虹,行者若履平地焉[12]。是役也,经始于癸酉之冬十月,观成于甲戌之春三月;凡鸠军工,以日计之几万千[13]。以其当云南之要津,故名[14]。

夫十月成舆梁,古之制也,然未有梁以石者[15]。至汉以石梁灞,李得昭以石累洛,其来尚矣[16]。矧云南迢邈万里,新建岷府,辇毂之驰道,三军之扈卫,控扼大藩,慑伏百蛮之地,苟无舆梁以观之,何以为名城内地哉[17]?西平奉扬天子休德,凡所以镇绥经理,光利殄灾,以与前人确,类如此[18]。然夷人得践大中至正之途,捐绳牵索引之习,绝摄衣褰裳之艰,释龟足皲瘃之难,而喁焉以哗,群焉以趋,蠕焉以履,欢欣鼓舞,以自蹈于夷途,繄谁之力欤[19]?昔司马相如桥孙水以通筰都——通使节也,史万岁锢铁桥以渡金沙——利行师也,史犹书之[20]。然通使节与通舆辇孰重?济甲士与济国人孰亟[21]?由是曳之,云津光臻前古矣[22]。

于戏[23]!天子休德,西平布之[24]。天子有民,西平济之。巍巍石梁,万世赖之。

选自天启《滇志》卷一八

【简注】[1]云津桥:在昆明盘龙江上,今称德胜桥,是连接金碧路与拓东路的通道。 [2]东陬(zōu):东边角落。按:昆明池不在城东,而在其西南。"东陬"之说实误。有池曰昆明:即滇池。水似倒流,故名为颠,因称滇池。一说,先秦时代为"滇"部落聚居处,因有滇池之名。为云南第一大湖,有高原明珠美誉。 [3]有江曰盘龙:盘龙江,注入滇池的最大河流。发源于嵩明县西北梁王山南麓黄龙潭,与甸尾河(小河)汇合后称盘龙江。全长107.5公里,流域面积847平方公里。 [4]湍(tuān):水势急速。逵(kuí):四通八达的大路。 [5]兵:指战争。有年:多年。 [6]天朝:旧称皇帝的朝廷为天朝,对分封的诸王或藩国而言。《晋书·郑默传》:"宫臣皆受命天朝,不得同之藩国。"内讧(hōng):内部的倾轧斗争。攘:侵犯,侵扰。庶事:众事,诸事。草创:开始创办或创立。《汉书·郊祀志赞》:"汉兴之初,庶事草创。"葺(qì):用茅草覆盖房屋。后泛指修理、修缮。罅(xià):瓦器的裂缝。引申为裂开、损坏。亟:通"亟"。急切,急迫。 [7]沐公:即沐春(1362~1398),沐英子,字景春。以军功授骠骑将军后军都督佥事。明洪武二十五年(1392)袭爵西平侯,镇云南。在滇七年,修屯政,开田三十余万亩,凿铁池河,灌溉宜良涠田数万亩,人民复业者五千馀户。卒,赐祭葬,谥惠襄。王政攸关:是王政所关的事。正德《云南志》作"王道攸关"。攸,嵌在动词的前面,组成"所"字短语。举:举措,行动。示:显示。 [8]表识:标记,标帜。辇(fàn):车篷。此指以车运石。杀:断绝。揵(qián):堵塞。《汉书·沟渠志》注:"树竹塞水决之口,……谓之揵。"菑(zī):树立,插入。《汉书·沟洫志》汉武帝《瓠子歌》:"隤竹林兮揵石菑,宣防塞兮万福来。"注:"石菑者,谓插石立之。"度:度量,计算。庸:通"佣",雇工。 [9]锢(gù):用金属熔液填塞空隙。也泛指加牢、加固。厮:分开,减弱。暴湍:凶暴猛烈的急流。舳舻(zhúlú):指首尾衔接的船只。舳,船尾。舻,船头。 [10]穹窿(qiónglóng):像天空那样中间高而四周下垂的形状。块(yǎng)轧:高低不平之貌。槛(jiàn):栏杆。琳琅(línláng):美玉,比喻精美珍贵的物品。簇簉（cùzào）：聚集。天堑（qiàn）：隔断交通的天然壕沟，多指长江。　　〔11〕方轨：两车并行。《战国策·齐策》："车不得方轨，马不得并行。"长驱：本指军队长距离地快速挺进，此处用以形容道路通行无阻。《战国策·燕策》："轻率锐兵，长驱至国。"肩摩毂（gǔ）击：亦作"毂击肩摩"。形容行人车马来往拥挤。肩摩，肩膀挨着肩膀。毂击，车轮碰着车轮。语出《战国策·齐策一》："临淄之途，车毂击，人肩摩。"　　〔12〕屹（yì）：高耸直立貌。亘（gèn）：横贯。履：踩踏。　　〔13〕是：代词，与"此"相同。役：需要出劳力的事。癸酉：明洪武二十六年（1393）。成：落成，完工。甲戌：明洪武二十七年（1394）。鸠：聚集，纠集。几（jī）：几乎，近乎。　　〔14〕要津：比喻显要的地位。《古诗十九首》："何不策高足，先据要路津。"津，渡口。　　〔15〕舆（yú）梁：《孟子·离娄下》："十二月，舆梁成。"孙奭疏："舆梁者，盖桥上横架之板，若车舆者，故谓之舆梁。"一说，指可通车舆的桥。　　〔16〕以石梁灞：用石建桥于灞水之上。按：灞桥是我国历史上最古老、久负盛名而又相当宏伟的一座桥。位于西安城东二十里，因跨灞水而得名。初为木桥，始建于汉代，东汉时改为石桥，嗣后屡建累修。以石累洛：用石堆叠而成洛阳桥。按：洛阳桥又名万安桥，据《泉州府志》载："旧为万安渡，宋庆历（1041～1048）初郡人李宠始甃石作浮桥。"本文所说的"李得昭"，不知与"李宠"是否一人。后来，著名书法家蔡襄（1012～1067）为泉州太守，将浮桥改建成石桥，他在《万安桥记》中写道："泉州万安渡石桥，始建于皇祐五年（1053）四月庚寅，以嘉祐四年（1059）十二月辛未讫工。累址于渊，酾水四十七道，梁空以行，其长三千六百尺，广丈有五尺，翼以扶栏。"洛阳桥位于福建泉州的洛阳江入海处，由于建桥工程相当艰巨，当时采取了一些新技术，有"天下第一桥"的美誉。尚：久远。　　〔17〕矧（shěn）：何况，表示更进一层。遐（tì）：遥远。岷府：岷王府。明太祖第十八子朱楩，封岷王，国岷州（治所在今甘肃岷县）。洪武二十六年（1393），徙岷王于云南。洪熙（1425）初，移于武冈州（今湖南武冈县）。辇（niǎn）：天子的车舆，也代指天子。驰道：我国秦代专供皇帝行驶马车的道路，也泛指能够驰马通行的大道。三军：周制天子六军，诸侯大国三军。这里泛指军队。扈卫：侍从，警卫。控扼：控制，掐住，捉住。藩：藩国，藩镇。封建王朝的属国或属地。慑（shè）伏：亦作"慑服"，因畏惧而屈服。百蛮：泛指各种少数民族。蛮，我国古代对南方各族的泛称，旧时也用以泛称四方的少数民族。　　〔18〕奉扬：信奉发扬。休德：美德。镇绥：安定，安抚。殄（tiǎn）：灭绝，消灭。确：通"角"。角逐，较量。这里有"比较"之意。类：大抵，大概。〔19〕夷：中国古代对东方各族的泛称，亦称"东夷"。有时也用以泛称四方的少数民族，如汉时总称西南少数民族为"西南夷"。捐：除去，舍弃。绳牵索引：牵引绳索为桥，即"索桥"。而滇更有异者，以藤为之，曰"藤桥"。习：习俗。褰（qiān）裳：提起衣裳。《诗·郑风·褰裳》："子惠思我，褰裳涉溱。"意思是：你若思念我，就提起下裙淌过溱河。释：消除。龟（jūn）：通"皲"。皮肤受冻开裂。瘃（zhú）：冻疮。喁（yú）：相应和的声音。趋：（向桥）疾行。蠕（rú）：虫爬行貌。蹈：踩上，投入。夷途：平坦的道路。繄（yī）：同"伊"。语气词，表示语气的加强。　　〔20〕司马相如（前179～前117）：字长卿，蜀郡成都人。西汉著名辞赋家。孙水：水名。即今之安宁河，出台登县（今四川冕宁县），南入金沙江。司马相如为中郎将，通使西南，曾于孙水建桥。笮（zuó）都：汉武帝元鼎六年（前111）以笮都地置沈黎郡，治所在今四川省汉源县东北。使节：古代卿大夫聘于诸侯所持的符信。后用以指一个国家的外交代表。史万岁：隋朝杜陵（今陕西西安市东南）人。善骑射，好读兵书，屡有战功，后为杨素潜死。铁桥之建，或云吐蕃，或云史万岁及苏荣，或云南诏阁罗凤与吐蕃结好时所置。铁桥：地名。在今云南丽江市塔城乡。城北有铁桥跨金沙江上，为南诏、吐蕃间交通要道。唐贞元十年（794）地入南诏，于此置铁桥节度。行师：行军。军队从这一地点向另一地点转移的行动。书：记载。　　〔21〕济：救助，接济。　　〔22〕曳（yè）：逾越，超过。作者认为，"通舆辇"比"通使节"重要，"济国人"比"济甲士"迫切，而云津桥之建，正是为了"通舆辇"与"济国人"。因此，修建云津桥，其重要性和迫切性，都超过了司马相如的孙水桥和史万岁的铁桥。臻：至，达到。　　〔23〕于戏：同

"呜呼"，感叹词。　　〔24〕布：宣布，传播。

（吴培德）

董庄愍死节威楚序[1]

　　龙亡虎逝，而群狐噪；风披云靡，而震霆作，此可以观天人之变，明治化之迹，而进彝于中国也[2]。夫彝俗无礼义、君臣、上下者也，彼见吾中国纲常之正，安得不欣然而慕，然能及之者寡矣[3]。其或挺然能自附于忠义之科，君子可不与之进乎[4]？按《元史》、《龙溪集》记：天历初，云南中庆路镇将败狐叛，遣兵攻威楚[5]。官吏或逃或屈，独知事董文彦义不从贼，锐声诟骂[6]。贼不忍闻，截其耳以塞其口，文彦嚼血唾贼，骂不绝声。贼怒，裂而殉之。明年，败狐伏诛，司宪以事闻[7]。朝廷嘉之，谥曰"庄愍"，旌其门，官其子时中[8]。予斥临安，时中为文学，橡《一如集》中言泣请曰："先父不幸死贼手，虽褒嘉于朝，时中惧其事之荒湮也[9]。先生以文章显，幸为我序之。"呜呼！忠臣烈士，何代无之，求之彝服，恒不多见[10]。昔安禄山以范阳反，颜杲卿死河北，张巡、许远死睢阳，虽武夫小卒，皆知尽节，阖城皆然，华夏忠义之习，无怪也[11]。唐史列之于传，植大义于后世者，至矣。败狐之叛，中庆大藩也，威楚大都也，省府大臣不死之，风纪执法不死之，刺史不死之[12]。知事一梗人耳，食九品秩，乃凛凛乎仗大义，树大节，宁死而不顾，见理明而临事不眩也[13]。使天下之人皆若文彦，则叛乱何由而生哉？余生也后，事不先人，不获与太史著作之列，而《元史》不载庄愍死节事，岂史阙欤[14]？抑在夷略欤？抑述史时，云南未附，不得闻欤？以未附阙闻，君子固不能无憾；以在彝而略，则失之远矣，殊非进彝于中国之义也。因为述之于简，以补史氏之阙。

选自康熙《楚雄府志》卷八

【简注】〔1〕董庄愍：元董文彦的谥号。死节：为守节义而死。威楚：路、府名。南诏立国前爨族酋长威楚筑城居此，名威楚城。大理时置威楚郡，元改为路，治所在今楚雄市。辖楚雄、牟定、南华、双柏、广通、南涧、景东、景谷等县地。明洪武十五年（1382）改为楚雄府。　　〔2〕进彝：使彝人上进。彝，《云南通志》作"夷"，泛指少数民族。中国：国之中央、中原地带。　　〔3〕纲常：三纲五常。封建时代，以君为臣纲、父为子纲、夫为妻纲（三纲）；仁、义、礼、智、信为五常。　　〔4〕科：品类，等级。　　〔5〕天历初：即1328年。中庆路：元至元十三年（1276）设云南行中书省，改部阐路为中庆路。辖昆明、富民、宜良三县，嵩明、晋宁、昆阳、安宁四州及州辖八县。明改为云南府。镇将：镇守将领。败狐：蒙古人名，又译作伯忽。元文宗天历二年（1329）败狐叛。次年被平定。遣兵：《云南通志》卷十五"艺文"作"遣兵"，应是。《楚雄府志》因形近而误刻。　　〔6〕知事：官名。

明清时，于府、卫、司均设知事，直属于本署长官。文中称文彦为"九品"，显系属官。　　〔7〕司宪：官署名，即御史台。秦汉有御史之职，所居之署称御史府。汉以后历代都设御史台，长官为御史大夫，是封建国家的监察机关。明清改为都察院，最高长官为左、右都御史，下设副都御史、佥都御史。又分十三道，设置监察御史，巡按州县，考察官吏。　　〔8〕官其子时中：省、府等地方志均载"官其子时中为禄丰主簿"。主簿，官名。汉代始设，为中央和地方官署主管文书簿籍的官吏，为县令（或知县）的助理。　　〔9〕文学：官名。三国魏置太子文学，北周及唐因之，唐诸王府也设文学。唐初，州县置经学博士，德宗时又改称文学。后代沿袭。椽（chuán）：椽笔，称颂重要文章或写作才能，曰"大笔如椽"。此指撰写、写作。荒：废弃，弃置。湮（yān）：同"堙"。埋没。　　〔10〕求之彝服："之"后省略介词"于"。意为从少数民族那里寻求这类事情。服，古代王畿以外的地方称服，此指边地。恒：久，经常。　　〔11〕安禄山（？~757）：唐营州柳城奚族人，本姓康。母嫁突厥人安延偃，改姓。唐玄宗时，官平卢、范阳、河东三镇节度使。天宝十四年（755）冬在范阳（幽州，北京西南）起兵叛乱，先后攻下洛阳、长安，称帝建燕，后为其子所杀。颜杲卿（692~756）：唐玄宗时为常山太守。天宝十四年起兵讨安禄山，被执，詈贼不屈，被肢解断舌而死，宗子近属皆被害。张巡、许远死睢阳：张巡（709~757），邓州南阳（今属河南）人，唐玄宗开元末进士。安禄山叛乱时，他以真源县令起兵抗拒，后移守睢（suī）阳（今河南商丘市南），和太守许远共同作战。睢阳失守后，殉难。许远（707~758），杭州盐官（今浙江海宁）人，官拜睢阳太守，与张巡协力守城抵抗安禄山叛军。后城破被俘，送洛阳"不屈死"。华夏：初指我国中原地区，后指全国领土。　　〔12〕刺史：从秦始置。明清时的刺史，相当于知府和直隶州知州。　　〔13〕僰（bó）人：白族的先民，秦汉时称"滇僰人"（即楚庄跻士兵来滇后与当地僰人结婚生的后代）。康熙《通海县志》作"彝人"，在《人物志·忠孝》中列其传。不眩（xuàn）：不迷惑（迷乱）。　　〔14〕太史：太史公，指司马谈及子司马迁。太史著作，指《史记》等史书。阙：同"缺"，空缺。

（张德鸿）

平 显（一篇）

　　平显，字仲微，别号松雨轩，浙江杭州人。明洪武（1368~1398）初，应孝弟力田，为广西藤县令，降主簿，寻谪戍云南。晚授校官。博学多闻，为永乐（1403~1424）年间云南诗坛"四子"之一。其诗怪变豪放，著有《松雨轩集》，藏于家。西平侯请于朝，除伍籍，为塾宾。洪武二十九年（1396），西平侯沐春命王景常、程本立纂修《云南志》，未成，二人征调离滇。平显续修，书成于建文二年（1400），次冬刻行，未见传本。本书选收他的《汤池渠记》。

　　汤池渠的疏浚，原是为了云南师旅"饷馈"之需，但从其客观效益来看，灌溉宜良涠田数万亩，"复民户五千七百五，口五万二千四百二十有四"（见天启《滇志》），不仅解决了"师旅"的"饷馈"问题，广大人民亦从中获益。沐春在任七年，其突出政绩，便是兴修水利，广开屯田，对于发展农业生产，提高人民生活，确实有所贡献，功不可没。文中说，"岁获其饶，军民赖之"，汤池渠的效益，正是如此。本文首记汤池渠的疏通经过，次记汤池渠的灌溉功能，末以铭文形式，"追慕"沐公之盛德。铭文虽是歌功颂德，但写得简明确切，并无虚美不实之词。关于铭文的写作，刘勰在《文心雕龙·铭箴》中指出："铭兼褒赞，故体贵弘润：其取事也必核以辨，其摛（chī）文也必简而深，此其大要也。"又说："义典则弘，文约为美。"以此来衡量，本篇铭文的不足之处，是很显然的。

汤池渠记

　　汤池渠，肇始于洪武之丙子[1]。时西平惠襄侯沐公在镇，以云南师旅之众，仰给饷馈，固备攻守，用广开屯田为悠久计[2]。宜良在滇东南，当陆凉、路南喉襟，既置兵守，必谋其食[3]。公相度原野，旧有沟塍，广不盈尺，注流弗远，汤水在旁，人不知用，底平肭肭，弃为荒隙，不尽地产[4]。是年冬，发卒万五千，荷畚锸，董以云南都指挥同知王俊，因山障堤，凿石刊木，别疏大渠，道泄于铁池之嶴而沭，其袤三十六里，阔丈有二尺，深称之[5]。逾月工竣，引流分灌，得腴田若干顷，春种秋获，实颖实栗，岁获其饶，军民赖之[6]。

　　越二年，公薨。壬午夏，既芒种，雨不时降，人方为忧，独宜良水利不竭，首毕农事[7]。将校黎老益追慕公德，咸愿镌石纪颂，丐铭于平显。铭曰[8]：

　　　　汤池之渠，宜良之利；人食以生，维公所施[9]。我公伊谁，黔宁冢嗣；善继厥志，奚啻一事[10]。渠流沄沄，浸彼田稚；勿罹勿勚，冬有敛秭[11]。公虽云逝，我思无替；穹石斯砺，宪于万世[12]。

选自天启《滇志》卷一九

【简注】〔1〕汤池渠：在宜良县西南三十五里。渠，沟渠、壕沟。肇（zhào）：创建，初始。丙子：明洪武二十九年（1396）。　〔2〕沐公（1362～1398）：沐春，沐英长子。袭西平侯，继镇云南。春状貌不逾中人，平居暇日，大衣缓带如儒生，行师，号令严明，士卒用命，屡建战功。洪武三十一年卒，谥惠襄。师旅：古代军队的编制，五百人为旅，五旅为师，因以"师旅"为军队的通称。仰给：依赖。饷馈（xiǎngkuì）：军粮。固备：坚持不懈，充分准备。用：需要。屯田：汉以后历代政府利用军士在驻扎的地区开荒种地，或者招募农民种地，以所作为军队给养或税粮，这种措施叫做屯田。　〔3〕宜良：县名。元至元十三年（1276）置宜良州，二十一年改县。位于滇中。路南：州名。元至元十三年以落蒙万户府改置。明沿袭，属澄江府。1913年改州为县，1956年成立路南彝族自治县。现改名石林县，属昆明市。陆凉：元初以大理国时落温部地置落温千户所，至元十三年改置陆凉州。明洪武二十二年（1389）曾更名六凉，后仍复原名。1913年废州为县，改名陆良。位于滇东。喉襟：比喻扼要之地。襟，衣领。谋：图谋，营求。　〔4〕相（xiàng）度：勘察测量。《诗经·大雅·公刘》："相其阴阳"、"度其隰原"。塍（chéng）：田间的土埂。底平：底定，平定。《书·禹贡》："大野既猪，东原底平。"蔡沈注："底平者，水患已去而底于平也。"意思是：水已平服，可以耕种。肸肸（hūhū）：膏腴，肥沃。《诗·大雅·绵》："周原肸肸，堇荼如饴。"荒隙：荒地空地。隙，空。《左传·哀公十二年》："宋郑之间有隙地焉。"注："隙地，闲田。"不尽地产：土地没有充分利用，产量没有达到应有水平。　〔5〕荷（hè）：背或扛。畚锸（běnchā）：挖运泥土的工具。畚，畚箕。锸，铁锹。董：监督管理。都指挥同知：官名。明置都指挥使司，设都指挥使，掌一方之军政。有都指挥同知、都指挥佥使等官。王俊：字大用，安徽合肥人。明洪武五年（1372）任云南前卫指挥使。永乐（1403～1424）初，授都指挥使。在滇二十馀年，颇多建树。障：堤防。这里用作动词，筑堤。刊：砍，削。道泄：引导排泄。铁池：铁池河有二。其一去路南州西50里，阔十丈馀，深不可测，南流入临安（今建水县）；其一在邑市县（路南州领县一，曰邑市，距州北80里，1490年废县）北，阔二十馀丈，东流入陆良。窾（kuǎn）：中空，空处。洑（fú）：水伏流地下或水流回旋处。袤（mào）：纵长。称（chèn）：相当，相称。意思是：汤池渠的长度、宽度和深度，比例相称，符合设计要求。　〔6〕竣（jùn）：退立。引申为完毕。腴（yú）：肥美，肥沃。顷：一顷等于一百亩。实颖实栗：稻穗沉甸下垂，谷粒饱满坚实。实，是。《诗·大雅·生民》："实坚实好，实颖实栗。"饶：丰足。　〔7〕越：越过，超出。薨（hōng）：周代天子死曰崩，诸侯死曰薨。沐春袭西平侯，相当于诸侯，故曰"薨"。壬午：明惠帝四年（1402）。芒种：二十四节气之一，在六月五、六或七日。南朝梁崔灵恩在《三礼义宗》一书中指出："言时可以种有芒之谷，故以芒种为名。"不时：不及时，不按时。竭：干涸。农事：耕种的活动。　〔8〕将（jiàng）校：西汉有大将军、骠骑将军、卫将军、前后左右将军等；又有校尉，每校人数少者七百人，多者千二百人。合称将校。后世也作高级武官的通称。黎老：老人。黎，一作"犁"，也通"梨"。《书·泰誓》："播弃犁老，昵比罪人。"孔疏："老人背皮似鲐，面色似梨，故鲐背之耆称黎老。"镌（juān）：凿，刻。纪：通"记"，记录。丐：乞求。铭：铭文，一种文体。铭是刻在器物上的文字，它的内容可分为三：一是题记，二是记功德，三是表警戒。就铭文的形式说，先秦铭文不限于韵语，两汉铭文有用《楚辞》体的，有用四言、五言韵语的，也有不用韵的。后来，铭文由没有一定形式逐渐趋向四言韵语，要求整齐凝练。不过，唐宋古文家，也有用散行韵语或不用韵的。有人认为，用韵的铭实际是诗，无韵的铭是杂文。　〔9〕维：通"唯"，只有。施：施与，给予。　〔10〕伊：通"繄"。语气词，表示语气的加强。黔宁：沐春之父沐英（1345～1392），卒后追封黔宁王。冢嗣：嫡长子。厥（jué）：他（她、它）的。其（qí）：他（她、它）们的。代词，表示领属关系。奚啻（chì）：何止。副词，表示不限于某一范围。

〔11〕沄沄（yún）：水流浩荡貌。稚：《说文·禾部》："稚，幼禾也。"也泛指禾。勿罹（lí）勿勚（yì）：不要遭受忧患，不要受到损害。勚，器物磨损。引申为损伤、损害。敛秭（jì）：已割而未收的农作物。敛，收拢，聚集。秭，禾把。　　〔12〕无替：不止，不绝。穹：泛指高大。《汉书·司马相如传》："触穹石。"颜师古注引张揖曰："穹石，大石也。"斯：通"是"，表示结构关系，用在倒置的动宾短语之间，作为宾语提前的标志。砺：磨砺，磨治。宪：公布，宣告。

（吴培德）

钱古训　李思聪（一篇）

钱古训，号坚斋，浙江余姚人；李思聪，湖广桂阳人。二人同为洪武进士，官行人司行人。洪武二十九年（1396）奉命出使缅国及百夷，回朝上《百夷传》。钱、李分别升任湖广、江西参政。

《百夷传》是记述西南边疆的重要文献，记载了五百多年前居住在以今天德宏为中心的广大地区的傣族、景颇族及其他少数民族的历史、地理、政治制度和生活习俗等各方面的情况，史料价值极高。钱、李根据进呈本各自写成一种《百夷传》，结构、内容基本一致，只文字略有差异。二人在麓川停留时间较长，为他们的实地考察提供了便利条件，因而本书可视为调查实录。长期以来，成为地方史志及私家著述广为引述的第一手材料。书中所记山川、人物、风俗、制度，都是其他著作中所未曾见，特别是对麓川百夷的政治、军事制度的记述，弥足珍贵。本传有力地证明，居住在云南西部的傣族及各族人民，早就是祖国大家庭中不可分割的一部分，同时表明自古以来中缅两国就是休戚与共的友好邻邦。

百　夷　传[1]

百夷在云南西南数千里，其地方万里。景东在其东，西天古剌在其西，八百媳妇在其南，吐番在其北[2]；东南则车里，西南则缅甸，东北则哀牢，西北则西番、回纥[3]。俗有大百夷、小百夷、漂人、古剌、哈剌、缅人、结些、吟杜、弩人、蒲蛮、阿昌等名，故曰百夷[4]。

汉以前未尝通中国，诸葛亮征蛮，亦抵怒江而止。唐天宝中，夷人始随爨归王入朝[5]。其众各有部领，不相统属。元宪宗三年，世祖由吐番入丽江，自叶榆平，至云南。明年，命将兀良哈台征降夷地[6]。遂分为路二十，府四，甸四十有四，部二十有六，各设土官，置金齿都元帅府领之[7]。有所督，委官入其地，交春即还，避瘴气也[8]。至正戊子，麓川土官思可发数侵扰各路，元帅搭失把都讨之，不克[9]。思可发益吞并诸路，而遣其子满散入朝，以输情款[10]。虽奉正朔，纳职贡，而服用制度，拟于王者。思可发死，子昭并发立。八年，传其子台扁，逾年，台扁从父昭肖发杀之而自立，期年，盗杀昭肖发，众立其弟思瓦发[11]。

国朝洪武辛酉，平云南[12]。明年，思瓦发寇金齿[13]。是冬，思瓦发略于者阑、南甸[14]。其属达鲁方等辄立满散之子思仑发，而杀思瓦发于外。即遣使贡白象、犀、马、方物于朝。廷议不忍绝以化外，乃命福建左参政王纯率云南部校郭均美等，谕以向背利害，约以每岁贡献之率，而遂内附[15]。于是授思仑发为麓川平缅军民宣慰。丙寅，复寇景东[16]。明年，部属刀思朗犯定边，天子命西平侯沐英总兵败之，获刀思朗，夷人惧服[17]。上以远人，不加约束，故官称制度，皆从其俗[18]。

其下称思仑发曰"昭"，犹中国称君主也；所居麓川之地曰者阑，犹中国称京师也[19]。其属则置"叨孟"以总统政事，兼领军民[20]。"昭录"领万馀人，"昭纲"领千馀人，"昭伯"领百人；领一五者为"昭给斯"，领一什者为"昭准"，皆属于"叨孟"[21]。又有"昭录令"，遇有征调，亦与"叨孟"统军以行[22]。其近侍呼为"立者"，阍寺呼为"割断"[23]。大小各有分地，任其徭赋。

上下僭奢，虽微职亦系钑花金银带[24]。贵贱皆戴笋箨帽，而饰金宝于顶，如浮图状，悬以金玉，插以珠翠花，被以毛缨，缀以毛羽[25]。贵者衣绮丽，每出入，象马仆从满途[26]。象以银镜数十联缀于羁靮，缘以银钉，鞍上有栏如交椅状，藉以裀褥[27]。上设锦障盖，下悬铜响铃，坐壹奴鞍后，执长钩驱止之。遇贵于己者，必让途而往。凡相见必合掌而拜，习胡人之跪。长于己者必拜跪之，言则叩头受之。叨孟以下见其主，则膝行以前，二步一拜，退亦如之。执事于贵人之侧，虽跪终日无倦状[28]。贵人之前过，必磬折鞠躬[29]。

宴会则贵人上坐，其次列坐于下，以逮至贱。先以沽茶及蒌叶、槟榔啖之[30]。次具饭，次进酒馔，俱用冷而无热。每客必一仆持水瓶侧跪，俟嗽口盥手而后食。食毕亦如之，而后起。客十则十人各行一客。酒或以杯，或用筒[31]。酒与食物必祭而后食。食不用箸[32]。酒初行，一人大噪，众皆合之，如此者三，乃举乐。

乐有三等：琵琶、胡琴、箫笛、响盏之类，效中原音，大百夷乐也[33]。笙阮、排箫、箜篌、琵琶之类，人各拍手歌舞，作缅国之曲，缅乐也[34]。铜铙、铜鼓、响板、大小长皮鼓，以手拊之，与僧道乐颇等者，车里乐也[35]。村甸间击大鼓，吹芦笙，舞干为宴[36]。长者授卑贱酒食，必叩头受之，易以他器而食。食毕，仍叩头而退。

凡贸易必用银，杂以铜，铸若半卵状，流通商贾间。官无仓庾，民无税粮[37]。每年秋季，其主遣亲信部属往各甸，计房屋征金银，谓之取差发[38]。无中国文字，小事刻竹木，大事作缅书，皆旁行为记[39]。刑名无律，不知鞭挞，轻罪则罚，重罪则死。男妇不敢为奸盗，犯则杀之。所居无城池濠隍，惟编木立寨，贵贱悉构以草楼，无窗壁门户，时以花布障围四壁，以蔽风雨而已。邮传一里设一小楼，数人守之，公事虽千里远，报在顷刻。

无军民之分，聚则为军，散则为民。遇有战斗，每三人或五人出军一名，择其壮者为正军，呼为"锡刺"，持兵御敌，馀人荷所供。故军行五六万，战者不满二万。兵行不整，先后不一。多以象为雄势，战则缚身象上[40]。裹革兜，被铜铁甲，用长镖干弩，不习弓矢。征战及造作用事，遇日月食则罢之，毁之。

所用多陶器，惟宣慰用金银玻璃，部酋间用金银酒器[41]。凡部酋出，其器用、仆妾、财宝之类皆随之，从者千馀，昼夜随所适，必作宴笑乐。男子衣服多效胡服，或衣宽袖长衫，不识裙裤。其首皆髡，胫皆黥[42]。不髡者杀之，不黥者众叱笑，比之妇人。妇人髻绾于后，不谙脂粉，衣窄袖衫，皂桶裙，白裹头，白行缠，跣足。

其俗贱妇人，贵男子，耕织徭役担负之类，虽老妇亦不得少休。嫁娶不分宗族，不重处女。年未笄，听与男子私，从至其家，男母为之濯足，留五六昼夜，遣归母家，方通媒妁，置财礼娶之[43]。凡生子，贵者浴于家，贱者浴于河，逾数日，授子于夫，仍服劳无倦。酋长妻数十，婢百馀，不分妻妾，亦无妒忌。男女浴于河，虽翁妇叔嫂，相向无耻。子弟有职名，则受父兄跪拜。

父母亡，用妇祝尸，亲邻咸馈酒肉，聚年少环尸歌舞宴乐，妇人击碓杵，自旦达宵，数日而后葬[44]。其棺若马槽，无盖，置尸于中，抬往葬所，一人执刀持火前导，及瘗，其平生所用器物，坏之于侧而去[45]。其俗，不祀先，不奉佛，亦无僧道。

小百夷居其境之东北边，或学阿昌，或学蒲蛮，或仿大百夷，其习俗不一。车里亦谓小百夷，其俗刺额、黑齿、剪发，状如头陀[46]。

哈刺，男女鬓黑[47]。男子以花布为套衣，亦有效百夷制者；妇人髻在后，项系杂色珠，以娑罗布被身上为衣，横系于腰为裙，仍环黑藤数百围于腰上，行缠用青花布，赤脚[48]。

蒲蛮、阿昌，事见《云南志》[49]。

古刺，男女色甚黑。男子衣服装饰类哈刺，或用白布为套衣。妇人如罗罗状。

漂人，男女衣服皆类百夷。妇人以白布缠头，衣露腹，以红藤缠之，娑罗布为裙，两接，上短下长，男女同耕。

缅人，色黑类哈刺，男女头上以白布缠高三四尺，衣大袖白布衫，腰下以一布通前后便缠之，贵者布长二丈馀，贱者不逾一丈。甚善水，嗜酒。其地有树，状若棕，树之杪有如笋者八九茎，人以刀去其尖，缚瓢于上，过一宵则有酒一瓢，香而且甘，饮之辄醉[50]。其酒经宿必酸，炼为烧酒，能饮者可一盏。有为僧者，以黄布为袈裟，袒右手，戒行极精，午后不饮食。妇人貌陋甚淫，夫少不在，则与他人私，遂为夫妇。以白布裹头而披花为衣。

哈杜，巢居山林，无衣服，不识农业，惟食草木禽兽，善骑射。冷则抱巨石，山坡间往复奔走，以汗出为度。

弩人，目稍深，貌尤黑，额颅及口边刺十字十馀。

有结些者，从耳尖连颊皮劵破，以象牙为大圈，横贯之，以花布裹头，而垂馀布于后，衣半身衫而袒其肩[51]。妇人未详。其人居戛璃者多。

诸夷言语习俗虽异，然由大百夷为君长，故各或效其所为。夷人有名不讳，无姓[52]。无医卜等书。不知时节，惟望月之盈亏为候。有事惟鸡卜是决[53]。疾病不知服药，以姜汁注鼻中。病甚，命巫祭鬼路侧。病疟者多愈，病热者多死。地多平川沃土，民一甸率有数百千户，众置贸易所，谓之街子。妇人用镢锄地，事稼穑，地利不能尽，然多产牛、羊、鱼、果。其气候春夏雨，秋冬晴，腊月亦如春，昼暄夜冷，晓多烟雾，无霜，夏秋烟瘴甚盛[54]。其饮食之异者：鳅、鳝、蛇、鼠、蜻蜓、䗖、蛟、蝉、蝗、蚁、蛙、土蜂之类以为食，鱼肉等汁暨米汤信宿而生蛆者以为饮[55]。其草木禽兽之异：草则秋间数十百株结为一聚，地产此草，烟瘴尤甚。树木多有三四株结为连理。有大如斗之柑，有鲇头鲤身之鱼，水牛头黄牛身之牛，绵羊头山羊身之羊。雄鸡多伏卵，亦有生卵者。者阑有一池，沸如汤，人多投肉熟之[56]。境内所产珍物：雅青、琥珀、犀、象、鹦鹉、孔雀、鳞蛇、脑、麝、阿魏、金、银、玻璃之类[57]。

其山水险隘。北有高良弓山，横亘二千馀里，高五十馀里，与怒江相倚；西有马安山，山有一关，若一人守关，万夫难入[58]。东为麓川江，可通舟楫[59]。南与金沙江合而入于南海[60]。南下交趾界[61]。金沙江之南，有东胡、得冷、缅人三国[62]。缅之西即西天也。

缅国与夷连岁横兵，洪武乙亥冬，缅人诉于朝[63]。丙子春，皇帝遣臣古训及桂阳李思聪至两国，谕以睦邻之义[64]。

百夷，由金齿、蒲缥过怒江即其境。沿江东数十里，上有高良弓颇险。其岭有一寨。过一寨下四十里，地名养列，自此抵麓川无险隘之虞。由麓川经蛮牛、葬港等路，渡谨卯，从蒙夏等甸至麻林界，登金沙江之舟，下流二十日至缅国[65]。国王众呼为卜刺浪，王之妻呼为米泼剌。

选自《永昌府文征·纪载》

【简注】〔1〕《百夷传》：钱古训、李思聪于明洪武二十九年（1396）奉命出使缅甸，归来写成此传，献给明太祖朱元璋，藏之内府。事后二人根据这个进呈本的底稿，写成两种《百夷传》。两书章节结构完全一致，主要内容大体相同，仅字句有差异，详略不同。钱书多了谕麓川及缅国诏，钱古训、李思聪与思伦发书。谕旨和书函多为告诫、劝说一类内容，故不录。后人所见《百夷传》，或署李思聪撰，或称钱古训撰，因所见版本不同而各执一端。现兼署二人之名，以存其实。"白夷"这一名称最初见于元李京《云南志略》中所记金齿百夷，即今天德宏地区的傣族。《百夷风俗记》说："西南之蛮，白夷最盛。北抵吐番，南抵交趾，风俗大概相同。"　　〔2〕景东：今景东县。西天古刺：西天，即为印度。古刺，《明史·地理志》"大古刺军民宣慰使司，在孟养西南，亦曰摆古（今勃固）。"八百媳妇：今泰国清迈一带。吐番：今西藏。　　〔3〕车里：今西双版纳。缅甸：洪武二十九年（1396）年立缅甸军民宣慰使司，北起太公城，南到蒲甘，驻地阿瓦。哀牢：明之金齿卫，今保山市治所。据《保山风物志》称：距今约2 400年前，保山地区曾崛起过一庞杂的族群——哀牢夷。史载东汉永平十二年（69）春，哀牢王柳貌率种人77邑王，5万馀户内附，汉明帝颁赐"哀牢王章"，从此"东西三千里，南北四千六百里"的哀牢地，设永昌郡受辖。西番：亦作"西蕃"，对普米族的旧称。康熙《云南通志》卷二七载："西番，永宁、北胜、蒗蕖，凡在金沙江者皆是。"回纥：其先称匈奴，唐德宗时自求改名为"回鹘"，即今维吾尔族，主要分布在新疆，多信伊斯兰教。　　〔4〕漂人：光绪《云南通志稿》引《皇朝职贡图》："缥人，即骠人，在永昌府西南徼外。"今保山市境有蒲缥寨，因蒲人、缥人流入得名。古刺：明人《西南夷风土记》载，"男带红皮盔，女蓬头大眼，见之可畏。"清代称"戞刺"，今佤族。腾冲方言中常有"戞刺、罗罗"，孩童中有"戞刺婆……"的口头禅。哈刺：一写"戞喇"、"卡喇"、"哈瓦"等，"哈"、"戞""卡"系傣语音译，含贬义；"刺"、"柱"、"瓦"系佤族自称音译。刀耕火种，辅以狩猎，男女肤色黝鬓黑。缅人：属蒙古人种，起源于中国西北，是羌族的支系，约于公元前渐向南迁，七世纪中叶达缅甸中部。结些：《西南夷风土记》说，"安都鲁、遮些子，皆迤西遗种，男子藤盔藤甲，上围以花毼，手束红藤为饰。""遮些"、"羯些"等，是景颇支的称谓。吟杜：类"哈喇"，居山，言语不通，为佤族先民的一支。弩人：景泰《云南图经志书》中的"怒人"。余庆远《维西见闻录》："怒子……居怒江界内……男女披发，面刺青纹，首勒红藤，麻布短衣。"蒲蛮：亦作"蒲满"、"朴子蛮"，在澜沧江以西，是布朗族和德昂族先民。阿昌：古称峨昌，系近代阿昌族和一部分景颇族的先民，多分布于陇川等地。　　〔5〕"夷人"句：入朝者非爨归王而是其妻乌蛮女阿姹。　　〔6〕"命将"句：李京《云南志略》载，"甲寅（1254），大将兀良吉歹（即兀良哈台）专行征伐，金齿内附。"叶榆（今大理市）等地平定后，保山、德宏一带才又内附。　　〔7〕路二十：可考者有柔运路（今潞江）、茫施路（今芒市）、镇康路（今镇康）、镇西路（今盈江）、平缅路（今梁河等地）、麓川路（陇川、遮放、瑞丽、南坎等地），见于《地理志》者有蒙怜路、蒙莱路（两路在缅甸腊戌以北），蒙光路（今缅甸猛硔）、木邦路（腊戌）、孟定路、谋粘路（孟定东南）。又有六难路、陋麻和路、蒙兀路等，未详所在地。府四：南甸军民府、骠甸军民府、孟爱甸军民府、迤西军民总管府（明代之孟养宣慰司）。"置金齿"句：《元史·本纪》载，至元二十八年（1291）二月己卯，立金齿等处宣慰司都元帅府。　　〔8〕瘴气：指南方山林间湿热蒸郁之气，俗称"摆子"，即疟疾。患者忽冷忽热，经月不愈，重者数日致命。　　〔9〕至正戊子：1348年。诸路：元时设六路，即茫施路（今潞西）、麓川路（今瑞丽、陇川等地）、镇西路（今盈江）、平缅路（今梁河、陇川等地）、柔远路（今潞江）、镇康路（今镇康）。元朝在1342年至1347年曾两次出兵讨思可法，都事久无功，直至1355年思可法才降服。　　〔10〕思可发：名刺远，麓川土长，神话传说中的"擒白虎之王"。他的名号思可发就是傣文"擒白虎之王"的汉译。麓川思氏之强大自思可发始，金齿区域土长之称"法"（王）者，亦自思可法始。后麓川土长沿称"法"者，亦写作"发"。　　〔11〕期（jī）年：明年，第二年。1382年明廷任命思瓦发为麓川平缅宣慰使司。　　〔12〕洪武辛酉：明太祖洪武十四年（1381）。　　〔13〕金齿：金齿宣慰司，今以保山市隆阳区为中心的广大区域。　　〔14〕者阑：在今缅甸南坎附近，位于南宛河汇入瑞丽江（龙川江）口对岸之东南。　　〔15〕化外：旧时统治者，称政令教化所达不到的地方为化外。　　〔16〕景东：今景东县，1385年思伦发结兵十馀万攻占景东。　　〔17〕定边：今南涧县。麓川兵十五万，象百馀，攻打定边。沐英选精骑一万五，大破其象阵。　　〔18〕远人：远方的人，指外族人。　　〔19〕昭：傣语称王或头目为"昭"。德宏土司中的首领是世袭的"正印"土司，对政治、经济、军事有绝对独裁权。者阑：今缅甸南坎一带。明时陈用宾二十二屯甸之地。　　〔20〕叨孟：土司中的"代办"，遇正印土司出缺或应承袭的土司年幼不能理事时，一般由其嫡亲叔父一人出来总揽政权。　　〔21〕"昭录"等数句：以上属官在土司族官（又称族目）中，视其资望年龄与亲疏关系分孟、准、印等若干等级，直接受正印土司封赠。　　〔22〕昭录令：疑为土司的"护印"或"护理"。"护印"由正印土司同胞兄弟中年纪最大者担任，协助处理公务，"护理"由代办的同胞兄弟中年长者担任，职权与护印同。芒市等司的护印别有官署，称为二衙门。　　〔23〕立者：即"二爷"，土司衙门的高级随从，如随身侍卫、听差、传达、杂役诸人，亦领人户数百。割断：守门人，警卫员。　　〔24〕僭奢：超过自己本分的奢华。钑（sà）：钑镂，细镂金银为文曰钑镂，这里指身上所系带子都是镶着金银的。　　〔25〕笋箨（tuò）：俗称笋壳、笋叶。浮图：佛塔。　　〔26〕象：过去德宏一带多象，陇川的章凤，傣语名"障晃"意为"大象吼叫的地方"。　　〔27〕羁靮（dí）：马笼头及缰绳。这里指象的笼头和缰绳。藉以裀褥：垫着褥子。　　〔28〕执事：充当某种职务的人员。　　〔29〕磬折：身体屈折，形状像磬背一般。　　〔30〕沽茶：傣、缅族喜用茶叶拌以佐料，类似凉拌菜肴，涩、香、酸、辣俱全。缅语叫"勒柏斗"，汉人叫"生茶"或"湿茶"。蒌（lóu）叶：多年生草本植物蒌蒿的叶。含芳香油，有辛辣味，裹以槟榔咀嚼，据云有护牙作用。又蒌子可拌嚼槟榔。槟榔：槟榔树果实，切片后为招待宾客和馈赠亲友佳品。傣族有馈赠槟榔盒或喂槟榔定情的习俗。　　〔31〕酒或以杯，或用筒：原注，"筒以蕨楷，或用鹅翎管连贯，各长丈馀，漆之而饰以金，假若一酿酒，则渍以水一满瓮，插筒于中，立标以验其盏数，人各以次举筒咂之……味甚佳，咂至淡，水方止，俗呼为'咂酒'。"　　〔32〕食不用箸：不用筷，而以左手抓饭而食。　　〔33〕中原音：中原之乐，中国歌曲，传入云南已有悠久历史。《爨古通纪浅述·蒙氏世家谱》："唐遣使赐以锦袍玉带七事……（玄宗）赐鼓乐一部，自此云南始有中华之乐。"　　〔34〕缅乐：在百夷地流行的缅族音乐。　　〔35〕车里乐：即在今西双版纳景洪一带流行的民族音乐，具有佛教音乐风格。　　〔36〕"村甸"三句：描写乡村民族歌舞情景。　　〔37〕仓庾（yǔ）：储存谷米的地方。仓，储藏米谷的仓库。庾，露天的积谷处。　　〔38〕计房屋征金银：据景泰《云南图经志书》称，房屋按大小征银一两或二三两。　　〔39〕无中国文字：指不用汉字。傣族有用傣仂、傣纳、傣绷几种文字书写在贝叶上的丰富文献。今保存在瑞丽、盈江、潞西、景洪等地民间，分历史、文学等13大类。历史类德宏称"哩勐"，版纳称"囊丝本勐"（西双版纳历代编年史）。　　〔40〕"多以象"二句：象为缅、傣军中ådå旅，初逢者望而生畏。《马可·波罗行纪》："缅王……得大象二千头，各系上宽木楼，极坚固，楼中载战士十人或十二人以战。"　　〔41〕玻璃：有本作"玻瓈"。　　〔42〕髡（kūn）：古时剃去头发的刑法。这里指一个个都是光头。黥（qíng）：古代的墨刑。这里指用墨刺纹于腿上。　　〔43〕笄（jī）：古代盘头发用的簪子。女子15岁开始盘头发，称为及笄之年。　　〔44〕祝尸：景泰《云南图经志书》载，"不用僧道，祭则妇人祝于尸前。"击碓杵：景泰《云南图经志书》载，"妇人群集，击碓杵为戏。"　　〔45〕瘗（yì）：埋葬。　　〔46〕头陀：佛教名词，僧侣的"头陀行"，亦用以称呼脚乞食的僧人。这里指状如僧人。　　〔47〕鬒（zhěn）黑：头发稠密而黑。　　〔48〕娑罗布：木棉或苎麻布。　　〔49〕蒲蛮：明《云南志略》载，"蒲蛮，一名扑子蛮，在澜沧江迤西，性勇健，专为盗贼，骑马不用鞍，跣足，衣短衣，膝顶皆露，善用枪弩。首饰雉尾，驰突如飞。"阿昌：明《滇略》载，"阿昌，一名峨昌，耐寒畏暑，喜燥恶湿，好居高山，刀耕火种，形貌紫黑，妇女以红藤为腰饰，性好犬，祭必用之。占用竹33根，略为筮法，喝酒。背负不担，弗择污秽，觅禽兽虫豸，皆生啖之。采野葛成衣，无酋长管束，杂处山谷夷、罗之间，听土司役属。"　　〔50〕"其地有树"数句：这种树形状像棕，缅语名"坦冰"，茎尖流出的酒还可制糖，这种糖缅人叫"特年"。　　〔51〕劙（lí）破：原文"劙破"，疑为"劙破"之误。劙，劙面，以刀划面。　　〔52〕"夷人"两句：傣族和缅族一样，有名无姓，傣族的名分乳名、父母名，佛教传入后还有佛名、还俗名。上层贵族还要加上头人名、官名。德宏地区喜用金、银、珠、宝或鲜花取名。　　〔53〕鸡卜：以鸡骨或鸡蛋占卜，以求吉凶。佤族、彝族和独龙族中亦有此习俗。　　〔54〕晓多烟雾：瑞丽江沿岸坝子早晨多雾。
〔55〕蝜（fù）：蝜蝂，善负重的小虫，柳宗元有《蝜蝂传》。蛟：古以蛟为龙类，谓能发大水。实则随洪水而下的是山腹中穿山甲之属。蚁、蛙、土蜂：白蚂蚁卵、蛙类、蜂蛹等为味美且营养丰富的食品。信宿：过两夜。　　〔56〕者阑有一池：南坎有不少温泉，最著名的是距南坎三公里的曼温温泉。
〔57〕雅青：未详。阿魏：多年生多汁草本，汁流出干后，称"阿魏"，为杀虫解毒良药，主治痞块、久疟等。　　〔58〕高良弓：又称"高良公（工）"，景颇语称谓，即高黎贡的同音异写。高黎今译作"高日"为景颇族的一个姓，高黎贡山意即景颇族高日家支居住的地方。高黎贡山是怒江和依洛瓦底江的分水岭，位于云南西部和西南部。自贡山县进入云南后，改称高黎贡山，逐渐变为南北走向，从保山和德宏交界处通过，进入缅甸。主峰嘎娃嘎普峰，海拔5 128米，山顶终年积雪，冰川地形发育。马安山：《滇志·陇川宣抚司》载，"有马鞍山……俱极高峻，夷人恃以为险。"　　〔59〕麓川江：即龙川江，下段名瑞丽江。源于腾冲东北部高黎贡山西麓，经龙陵、梁河、陇川、潞西、瑞丽与畹町河汇合后，沿中缅边境注入依洛瓦底江。　　〔60〕金沙江：又名大金沙江，源出西藏，流经缅甸密支那、八莫，南入印度洋。　　〔61〕交趾：今越南。　　〔62〕得冷：《中国大百科全书·民族》"孟人"条称"得楞人"、"勃固人"，曾以直通、勃固、莫塔马为中心，建立过三个王朝，前后历96代国君，至1757年臣服于雍笈牙王。包见捷《缅甸始末》载，"巡抚陈用宾修文告，遣闽人黄袭使暹罗，使与得楞内外夹击缅。""得楞"当是得冷的不同译音。"东胡"、"得冷"同为缅南的不同部落。明初在下缅甸还设有底兀剌宣慰司（东吁）、大古剌军民宣慰使司（勃固）、底马撒军民宣慰使司（马都八）。　　〔63〕缅人诉于朝：《明史·土司传》载，"洪武二十八年（1395），缅国王使来言，百夷屡以兵侵夺其境。明年，缅使往来诉。帝遣行人李思聪等使缅国及百夷。"　　〔64〕谕以睦邻之义：《谕思伦发敕》说，"岁以兵寇车里，不时掠八百，恃强犯缅，扰邻国小民孤寡，而已平之。"《明史·土司传》载，"思伦发闻诏，俯伏谢罪，愿罢兵。"　　〔65〕"由麓川"数句：师范《滇系·旅途》记入缅路程说，"一自腾南一程至南甸，四程至陇川西南，又十程至猛密，转达缅甸。"黄楙材《西辖日记》作者于光绪五年（1879）自腾冲至缅甸阿瓦途程说，自腾经南甸、干崖、盏达至蛮允四天，自蛮允走火焰山路至蛮莫四天，蛮莫经水陆两天至新街（八莫），八莫乘英轮三天至阿瓦。缅国：这里指缅甸都城阿瓦（今曼德勒）。

（杨发恩）

杨一清（二篇）

杨一清（1454～1530），字应宁，号邃庵，别号石淙。明代云南安宁石淙渡人。幼从父宦游，过黄河，河清一线，遂以为名。晚年自谓"祖籍滇南，长于湖南，老于江南"，故又号"三南居士"。天顺间以奇童荐入翰林院学习。成化七年（1471），一清14岁时中顺天举人，次年连捷进士，授中书舍人，迁山西按察佥事，督学陕西。后召入，晋右副都御史，巡抚陕西，熟悉边事，卓有政绩。历官吏部、户部、兵部尚书，武英殿大学士、华盖殿大学士，累升太子太师，特进左柱国。世宗八年（1529），被诬陷去职，次年病卒。赠太保，谥文襄。杨一清一生历官中央、外地56年，勋业卓著，政声显赫，故杨升庵称他是"一代伟人"，李梦阳誉之为"功著边徼，名显社稷"。一生著述较多，重要的有《关中奏议》、《阁谕录》、《密谕录》、《西征日录》、《石淙类稿》、《石淙诗抄》等。其生平事迹、著作详情，《明史》本传及"艺文志"、清《四库总目》和地方志乘均有记载，可以参阅。本书选收其文《论弭灾急务奏对》等二篇。

《论弭灾急务奏对》写于明嘉靖八年（1529）正月，是上呈世宗皇帝的一份奏章。文中借长庚星出现的异状，就灾变谈人事，借题发挥，提出了四条"所当急图之事"，反映了他熟悉民情、关切国事、忠于职守、不避嫌隙的刚直性情。

奏文从董仲舒天人感应学说出发来谈时政，纠时弊，救灾伤，宣扬了唯心主义的神学目的论，显露了奏议者落后的世界观，且对于"急务"的解决也是无力的。不过应当看到，提出问题的本身就有其深刻的现实意义，而问题的不同程度的解决则对于人民、对于社会生产力的发展也是有益的，值得充分肯定。文章论述清楚，有理有据，情实结合，条分缕析，不尚空谈，充分反映了杨阁老行文的务实风格。

《论云南夷情奏疏》同为上明最高统治者的奏章。文章就云南武定土官凤氏反叛一事生发议论、提出对策。文中不谈民族问题，也未剖析夷民状况；而是着眼于对民族上层的安抚、袭任问题，落脚点是企望朝廷选用合适的重臣平乱定边，巩固明王朝的统治。局限性是很明显的。当然，边疆安定对人民生产、生活还是有好处的。从反对分裂、维护统一的角度看仍值得肯定。文章由实到虚，脉络清楚，避免了某些庸碌臣僚谈问题时表现出的不着边际的泛论习气。

论弭灾急务奏对[1]

臣某谨题[2]。

切见嘉靖七年十二月十七日，长庚妖星出见，白气亘天，形如匹帛，半月馀方灭[3]。嘉靖八年正月初一日午后，风霾大作，天色阴晦[4]。夫十二月十七日乃立春之辰，正月初一日为一岁之首，有此星变之妖，霾晦之惨，诚为灾异[5]。皇上下询臣等，欲闻可急图之事[6]。臣等备员辅导，燮调无状，以召兹灾，又不能先事论列，至厘纶音下询，若复有所隐而不尽其言，则蒙蔽欺罔之罪何可自赎[7]。

臣等闻之，克谨天戒，夏禹谟训[8]；迪畏天显，商宗盛德[9]。皇上嗣极以来，凡四方奏上灾异，必惕然警励，引咎自归[10]。或宫中露告，或遣官祀祷，侧身修行，惟恐不及[11]。且降敕群臣，同加修省[12]。一念诚敬，宜可格于皇天，感召和气[13]。然而灾变怪异在在有之，旱干水溢几遍宇内，汉董仲舒所谓天心仁爱人君而欲止有乱者是也[14]。

臣等伏闻，洪武年间，我太祖高皇帝因灾异谕群臣曰[15]："天垂象所以警乎下，人君能体天之道，谨而无失，亦有变灾为祥者。灾祥之来，虽曰在天，实由人致也[16]。"又尝谕四辅等曰[17]："天之于君犹父之于子，不善而父警之，安敢不惧。"盖谨惧无违，犹虑有非常之灾，若恣肆不戒，岂能免祸[18]？又尝伏睹我宪宗皇帝因星变，诏曰[19]："天道与人事相为流通，必人事乖违，斯天道不顺[20]。尔文武百官能与朕共天职者，而五府、六部、都察院、大理寺、通政司堂上官，六科、十三道付托尤重[21]。凡百一应弊政，有利于国家生民之事，各具实陈奏，无或顾忌，朕将采而行之[22]。"於戏[23]！圣谟洋洋，嘉言孔彰[24]。所以开圣子神孙之大业，而延长我国家无疆之祚者，端在于此[25]。皇上之心即祖宗之心，而其言即祖宗之言，先后一揆无间然矣[26]。

臣等切详，灾变之来，虽有不一，大抵皆阴盛阳衰，生民愁苦之状，夷狄猾夏之征，盗贼窃发之兆[27]。消弭之道，存乎人耳！古者撤乐变服，亦是弥文；修省祀祷，或应故事[28]。圣谕云："只可务实而不可循事虚文。"诚得威天之道矣[29]。

臣等伏而思之，皇上正心克己之功，无间隐显；讲学勤政之益，日有光明[30]。率而行之，持久不变，百世臻盛治[31]。然而政事之阙失，或未尽协于人心；用舍之愆违，或未尽符于公议[32]。公卿无执奏之公，台谏无敢言之气，民隐未达，天心未顺，岂无其由[33]。

伏愿天语丁宁，戒饬百官益加修省[34]。大臣敦和衷之化，无怀忮害之私；庶官厉廉耻之风，毋徇阿比之习[35]。官守修职，言责尽忠[36]。遵祖宗之法，勿持异说以扬己；以才难为念，勿尚苛刻以病人[37]。皇上尤宜严忠良邪佞之辨，操威福与夺之权[38]。任贤必望其格心，听言勿罪其逆耳[39]。上下一德，专以爱养民力，护持元气为主，共成惇大之俗，以迓熙平之治[40]。如是，灾变不弭，天意不回，未之有也[41]。臣等不胜诚悃激切之至[42]。至于所当急图之事，略疏数条于后，伏乞圣明省览，采而行之[43]。谨题请旨[44]。

一、恤民穷[45]。《书》曰："民惟邦本。"本固邦宁[46]。故君道莫大于恤民，未有不得民心而可以治天下者[47]。

仰惟皇上，勤恤民隐，怀保小民，凡一诏令之颁，未尝不以民穷为念。救灾恤患，惟日拳拳；蠲放赈贷，无所吝惜[48]。文王之视民如伤；武王之如保赤子，诚不过是[49]。去年，北直隶、山东、山西、陕西、四川、湖广等处节报灾伤；南直隶、山东、淮、扬、苏、松等处亦多灾少熟[50]。渊衷恻然靡宁，大需仁恩，出乎常格，发太仓官银不知若干万两[51]。往时止免存留，故小举大遗，所济者寡，而今起运钱粮一并放免矣[52]。往时蠲放，仍令巡抚处补，故拆东补西，民无实惠，而今许给发官银补之矣[53]。但恐有司之奉行非人，上司之督察未至，令出于上而格于下，恩施于近而遗于远[54]。又闻各处多有官吏夤缘为奸，弊端百出[55]。有免令既下而复征，有征令已出而以例获免，所谓黄放白催，诚有如昔人所言者[56]。况开仓征粮之时，良民惧法者，即罄所有输纳，身受饥寒而利归胥吏[57]。至于赈济之弊尤多：有力者冒名多给，及为贸易之赉；寡弱者枵腹守候，横尸仓廪之下[58]。官不得人，往往至此。宜令户部备奉钦依明文，马上差人分投赍送有灾地方巡抚、巡按，转行布、按二司分巡、分守官，严督有司，蠲免必明白出给告示，开写或全免，或几分的数，使细民尽知，勿为奸人所欺[59]。若有先曾输纳者，准作下年之数。赈济务委的当人员管理，或验口给粮，或随宜设粥，务使贫民人人沾惠，毋坠豪猾之手[60]。若有司奉行未至，致起弊端，即便拿问罢黜。巡守官不行用心督察者，抚、按劾奏治罪[61]。

夫民心与天心相与贯通，民心悦于下则天道顺于上，化灾为祥不难矣。

一、修武备。臣闻孔子曰："有文事者必有武备。"传曰："天下虽安，忘战必危。"昔周成、康之时，何时也[62]。周公之告成王曰："其克诘尔戎兵，以陟禹之迹，方行天下，至于海表，罔有不服。"[63]召公之告康王曰："张皇六师，无坏我高祖寡命。"[64]夫周、召岂导其君以勤兵好战者哉？但恐盗贼奸宄乘时窃发，不得不预为之处耳[65]！

昔唐之中叶，宰相以天下无事议，兵甲武备既弛，藩镇叛臣，相继拒命，莫之能御，而唐遂以亡[66]。元之末年，臣惟主招安之说而不修武备，其后群凶竞起，荼毒中原，生民鱼烂，我太祖始克起而戡定之[67]。正德初年，刘瑾窃柄，尽革各处巡抚、兵备之官，不复讲武[68]。未几，盗贼横起山东、河南、山西、江西、四川诸处，攻城屠邑，杀人盈城，流血蔽野，五六年间，不知縻费若干钱粮，用兵不得休息[69]。正德六年，各流贼攻扰近畿霸州、固安等处，辇毂之下，白日戒严[70]。不得已，至于调遣宣大、延绥、辽东边将，统领边兵，协力诛剿，两逾岁而后除之[71]。幸而其时各边无达贼之警，故因边兵可掣，不然外有强虏，内有剧贼，事势之危，何可胜言[72]。圣明在上，固非正德年间之比，但今灾异叠见，皆阴盛阳微之象[73]。夷狄盗贼皆阴类也。况西北之虏寇方殷，川、广之蛮夷未靖[74]。各该地方大荒之后，寇贼啸聚之患难保必无[75]。

比者，皇上锐意修举团营军务，诚得圣王制治保邦之意，而各该臣下建白亦皆以选将练兵为言，但议论虽多而实效则鲜[76]。伏愿申敕内外文武提督团营官员，务要照依原题奉钦依事理，每营各挑选精锐官军，另项操练[77]。仍于边将中量推谋勇惯战官员充坐营官，有警就令充参将、游击，统领所操官军防御截剿，则兵将相知，威令易行，而成功可必[78]。彼中原不逞之徒闻之，自然悚惧，不敢萌非望之心。所谓"上兵伐谋，先人有夺人之心"者是也[79]。

近年，屡有旨推举将才。各该官员避嫌畏谤，无有举者。仍乞勅下六部、科、道等官广询博访，武臣中孰有折冲御侮之略，文臣中孰有济险应变之才，从公推举，以俟圣明简用，储之京师[80]。一遇有警，则精兵统兵之任随取随足，不患乏人[81]。如是，自足以壮朝廷尊严之势而慴服奸雄之胆；不然，临事而求人，譬之凿井以救渴，不及于用矣[82]。

一、惜人才。昨者，吏部、都察院钦奉圣旨："人才难得，舍短取长，皆有可用[83]。帝王赦小过，重绝人，故天下无弃物[84]。近年，在朝大小诸臣，因论议阿比，多获罪戾，黜罚既久，岂无能自省改之人[85]。吏部通查，但系进言获罪，公事讹误官员，有才识可用，能自改悔的，开具事由，奏请定夺[86]。朕又见天下司、府、州、县官员比年考察频烦，进退太数，以致人无固志，政多苟简[87]。兹当考察之期，吏部、都察院务秉公明，毋偏私求备，毁誉乱真。如果贪淫酷暴，实迹显著，老疾罢软，鞭策不前的，照例黜退，不可姑息[88]。其或因一事之失，一人之言，事出传闻，贤否未定的，宁姑存留，以称朕爱惜人才之意[89]。钦此。"明命一下，中外臣工翕然称颂[90]。自古帝王用人图治之道，莫切于此。

窃惟近年进言得罪，公事讹误被黜者颇多[91]。其才识可用，能自改悔者岂无其人。吏部以求贤用人为事，待其从容访察，斟酌议拟，以俟圣裁[92]。伏愿皇上圣度包容，随才器使，于政化必有补益。但朝觐官员，吏部已照常例会同都察院考察，黜调大小四千馀人，未奉明旨定夺。臣等闻尚书桂萼等访察周详，去取严密，盖亦尽心力，欲不使有遗憾矣[93]。天下之大，设官何止数万，吏部安能一一周知。其所黜革，非稽诸抚、按官节年之考语，则采士大夫之言论[94]。夫抚、按身临其地，亲见其为人，亲得其行事，开报宜真，而亦未免有失当者，则在逢迎催科能否之间，然不过十之二三耳。至于旁人之论，多出传闻。彼循理守正者，是惟不言，言则必当，其中人以下之徒，任耳承讹，或始起眦睚，而卒至于萋斐[95]。部、院一时未察而遽信之，一遭黜革，终身不齿，含冤抱愤，亦足致灾[96]。

圣谕云："一事之失，一人之言，事出传闻，贤否未定，宁姑存留。"[97]此天地好生之仁也。但命下稍迟，考察之去留已定，至仁大德，郁而未宣，臣子之心，窃有未安[98]。且如先年黜退，如徐盈、彭占祺、施儒、杨必进，大臣节奏以为屈抑，拘于禁例，不当施行[99]。夫与其论奏于数年之后，盍若伸理于被黜之初乎[100]？

查得嘉靖六年十一月内，该都察院左都御史胡世宁等论奏佥事彭占祺事情[101]。节该奉钦依："朝觐黜退官员，已有累朝禁例，难以轻改。今后果有执法被诬夺职的，许大臣言官即与他论辨[102]。吏部仍查可否，具奏定夺[103]。钦此。"合无遵照前旨，许大臣、科、道官待考察本出之后，果有执法被诬夺职者，从公为之论辨，毋得顾忌[104]。吏部查访可否，具奏定夺，此后不许援例[105]。有言如此，则屈抑者既有可伸之望，而考察禁例亦不至于有所妨碍矣。其被黜官员若有妄自陈乞，攀援撼拾以图侥幸者，查照见行事例，问罪发遣施行[106]。

一、饬言官[107]。臣等切惟，言路之在天下，犹人身之有血气[108]。血气一日不流则听视壅闭，心胸痞塞而其身危矣[109]。言路不通则政事之阙失何由而知，民情之利害何由而达，官邪无从而纠，奸宄无从而发，国何以为国乎[110]？

仰惟皇上，嗣极以来，取人为善，惟日不足；听言纳谏，虽小不遗[111]。奈何言事之臣，昧于大体，悉于所闻，不究是非，率易妄奏者比比有之，坐是间有黜谪[112]。其言之当理者，盖未尝不嘉纳而采行之也。一二年来，科、道缄口结舌，不肯尽言。圣明尝导之使言，多无应者，纵或有言，亦非急务，若是则安用科、道为哉[113]！

切见先朝每有灾变，科、道官必相率进言，或论劾大臣，或指陈阙失。虽不能尽行而国体固存，元气攸赖[114]。今变异若此，茫无建白。皇上之求言虽切，而科、道之直言未闻，有君如是而忍负之乎？

伏乞敕下各官，务须明目张胆，謇謇谔谔论天下事[115]。凡利弊之当兴革，缺失之当修补，一切弭灾救荒，可以感召和气致祥，尽心言之，无或顾忌[116]。皇上虚怀听纳，言之善者即赐施行，或有未当，亦乞涵贷[117]。夫如是则伏奸廋慝，无地自容，隐忧积滞，渐以消释，而民生不患其不阜，天意不患其不回矣[118]。

选自《阁谕录》卷三

【简注】〔1〕弭灾：消除灾祸。弭，停止、消除。急务：紧急事情。务，事务。奏对：君有所问而臣进对。奏，奏章、奏书。　〔2〕谨题：恭敬题奏。谨，谨慎。题，题本，奏章的一种。这里活用为动词，指上奏、奏闻。　　　〔3〕嘉靖（1522～1566）：明世宗朱厚熜年号，共在位45年。嘉靖七年即公元1528年。长庚：即金星。亦名太白、启明。我国古代根据金星运行轨道所处方位的不同，把早晨出现于东方天空的称做启明，把黄昏出现于西方天空的叫做长庚。实际上是同一颗星。《诗·小雅·大东》："东有启明，西有长庚。"旦见者为启明，昏见者为长庚。作者称之为妖星，反映出对天文知识的欠缺。出见（xiàn）：即出现。见，"现"的本字，出现、显露。　　　〔4〕嘉靖八年：即1529年。霾（mái）：大风杂尘土而下。阴晦（huì）：阴暗。晦，昏暗。　　　〔5〕立春之辰（chén）：立春的日子。立春，节候名，为二十四节气之一，在农历二月初四、初五日。惨：惨祸。灾异：灾变、灾害。　　　〔6〕下询：对下询问。可：宜，当。急图：紧急谋划。　　　〔7〕燮调（xiètiáo）：协调。召（zhào）：召祸，引来灾祸。廑（qín）：殷勤。纶音：《礼·缁衣》载，"王言如丝，其出如纶；王言如纶，其出如綍。"谓王言出而弥大。后因以纶音指称皇帝的诏书、制令。　　　〔8〕克谨天戒：能谨慎地对待上天的惩戒。天戒，上天的警戒。夏禹：中国古代领导人民治水的领袖，夏代的建立者。姓姒，名文命，原为夏后氏的部落领袖，奉舜命治洪水，后成为舜的继承人。谟：谋划。训：训示，遗训。　　　〔9〕迪：启迪，引导，遵循。畏天显：敬畏上天的显示（通过灾变示警、告诫）。商宗：指商汤（成汤），商代的建立者，第一个国君。他的始祖名契，是居住在黄河下游的一个部落的首领，曾作过舜的司徒，负责教化。由契至汤凡十四代。汤灭夏，建立了商朝。讲商的盛德，俱推崇汤。宗，指祖先。　　　〔10〕嗣极：继承帝位。嗣，继，续。极，顶点，最高地位。旧指君位。引咎：承认过错。自归：归罪于自身。
〔11〕露：露布，不缄封的文书。侧身：戒慎恐惧，不敢安身。修行：修身实践。　　　〔12〕敕（chì）：告诫，诫饬。皇帝的诏令。汉时，凡官长告谕僚属，尊长告谕子孙，都称敕。南北朝以后，专称君主的诏命。修省：修身反省。《易·震卦》："君子以恐惧修省。"　　　〔13〕格：感通。《书·说命》下："格于皇天。"古代统治者自称受命于天，凡所作为，均可感通于天，故又叫格天。一说，格者，升也，升配于天，可以和天相比。和气：和平之气。《汉书·刘向传》云："和气致祥（福祥）、乖气致异。"
〔14〕在在：处处。旱干水溢：天旱，洪水四溢。董仲舒（前179～前104）：西汉哲学家，广川（今河北枣强东）人。专治《春秋公羊传》。其学以儒家宗法思想为中心，杂以阴阳五行说，把神权、君权、父权、夫权贯串在一起，形成封建神学体系。体系的中心是"天人感应"说，认为上天对地上的统治者经常用符瑞、灾异表示希望和谴责，用以指导他们的行动，为君权神授制造理论根据。将天道和人事牵强比附，假借天意把封建统治秩序神圣化、绝对化。这一思想为杨一清所接受，是本篇奏对的立论依据。
〔15〕洪武年间：洪武是明太祖朱元璋的年号，朱在位31年，即1368～1398年。太祖高皇帝：指明太祖朱元璋。谕：告晓，告示。　　　〔16〕垂象：显示征兆。《易·系辞》上："天垂象，见吉凶，圣人象之。"警：告诫。祥：福，吉。人致：人所招致。　　　〔17〕四辅等：指众辅佐大臣。四辅，明太祖置春、夏、秋、冬官，谓之四辅。一说指辅佐天子的四辅臣，即前疑、后丞、左辅、右弼。　　　〔18〕恣肆：放肆无忌。不戒：不警惧。　　　〔19〕宪宗皇帝：明宪宗朱见深，年号成化，在位23年（1465～1487）。星变：列星变异。　　　〔20〕乖违：失误。斯：这样。天道：天理。《书·汤诰》："天道福善祸淫。"　　　〔21〕天职：人所应尽的职责。五府：从后汉起称太傅、太尉、司徒、司空、大将军为五府。六部：古代中央行政机构吏、户、礼、兵、刑、工各部的总称。隋唐后六部为尚书省的组成部分。明代，六部直接向皇帝负责，地位更高。都察院：官署名。汉以后历代有都御史台，明初改设都察院，最高长官为左、右都御史，下设副都御史、佥都御史。大理寺：官署名。我国从南北朝到清代的中央审判机关，初设于北齐，寺指官署，职掌审核刑狱案件。主官称卿，下设少卿、丞等。除元代外，各代均沿用。通政司：官署名。别称银台，宋代首先专设的接受奏疏的机关，称银台司。明始设通政使司，简称通政司。其长官为通政使。堂上官：旧时官员判事都在堂上（官府治事之处曰堂），因此亦称官长为"堂上"。六科：即六科给事中，官名。明初沿前代设。洪武六年（1408）开始分为六科，即吏、户、礼、兵、刑、工。六科各设给事中，辅助皇帝处理政务，并监察六部，纠弹官吏。清代雍正时并入都察院，光绪时撤

销六科。十三道：都察院下分十三道，设置监察御史，巡按州、县，考察官吏。　　〔22〕凡百：所有。概括之词。《诗·小雅·雨无正》："凡百君子，各敬尔身。"一应：一切。　　〔23〕于戏：感叹词，同"呜呼"。　　〔24〕"圣谟"句：见《书·伊训》："圣谟洋洋，嘉言孔彰。"圣谟，圣人谋划。洋洋，美盛貌。嘉言，善言。孔，甚、很。彰，显明。　　〔25〕无疆无祚（zuò）：皇位无尽；或无穷的幸福。祚，皇位。或作"福"讲。端：副词，正、正好。　　〔26〕先后一揆（kuí）：指先圣后王都是按一个标准行事的。揆，尺度，准则。《孟子·离娄下》："先圣后王，其揆一矣。"无间（jiàn）然矣：没有差异呀！间，距离、差别。　　〔27〕夷狄猾夏：见《尚书·舜典》："蛮夷猾夏，寇贼奸宄。"夷狄，泛指少数民族。猾，《广雅·释诂》："猾，乱也。"扰乱。夏，《说文》："夏，中国之人也。"此句指夷狄部落侵扰内地。征：征兆，先兆，迹象。　　〔28〕弥：弥补，补救。应故事：适应先时的典制。指符合先主的制度。故事，旧事，旧日的典章制度。　　〔29〕威天：畏天。　　〔30〕间（jiàn）：隔，隔开。　　〔31〕臻（zhēn）：达到。　　〔32〕阙（quē）：同"缺"，过失。公议：众人之议。　　〔33〕公卿：三公、九卿。三公，古代官名，周代为太师、太傅、太保。东汉以后为太尉、司徒、司空。这里指朝廷内掌管政务的执政大臣。九卿，官名，各代所设名目不一。明代以六部尚书，都察院都御史、通政司使、大理寺卿为九卿。文中泛指朝中处理政务的高级官员。台谏：封建社会中央门下省的谏院（掌管规谏朝政缺失，对大臣和百官任用、政府部门的措施提出建议）和主管弹劾官吏的御史台的并称。这里泛指谏官。民隐：老百姓的痛苦。由：原因。　　〔34〕丁宁：再三告诫。　　〔35〕忮（zhì）：嫉恨，猜忌。庶官：众官。厉：踊起，兴起。阿比：亲附，攀亲。　　〔36〕官守：居官守职。《孟子·公孙丑》下："有官守者，不得其职则去。"言责：讲责任。　　〔37〕异说：怪诞的言论。扬己：称颂（显露、抬高）自己。　　〔38〕操：持，把握。　　〔39〕格心：正心。《礼·缁衣》："夫民教之以德，齐之以礼，则民有正心。"罪：怪罪，责怪。　　〔40〕惇（dūn）大：敦厚宽大。《书·洛诰》："明作有功，惇大成俗。"迓（yà）：迎接。熙平：兴盛和平。　　〔41〕未之有也：即"未有之也"。古代汉语的否定句，如果代词作宾语，要前置（放在动词前面）。本句的代词"之"即提到"有"的前面。　　〔42〕诚悃（kǔn）：又作"悃诚"。诚恳，诚实。汉刘向《九叹·愍命》："亲忠正之悃诚兮，招贞良与明智。"　　〔43〕疏：陈列，条陈。省（xǐng）览：考虑，鉴察。　　〔44〕旨：皇帝的旨意、命令。　　〔45〕恤（xù）：救济。穷：困厄，贫苦。　　〔46〕邦宁：国家太平。　　〔47〕君道：为君之道。大于恤民：比救民更大。"于恤民"，介词作补语，译成现代汉语时要提到形容词"大"之前作状语。于，比。　　〔48〕拳拳：恳切、忠谨的样子。蠲（juān）：通"捐"，除去，减免。　　〔49〕文王：周文王，姓姬，名昌。殷诸侯，封于岐山之下。当纣之时，为诸侯所归。其子起兵杀纣，建立周王朝。视民如伤：见老百姓受害犹如自己受害一样。伤，损害，伤害。武王：周文王之子，名发。起兵伐纣，建立周朝。赤子：婴儿。《书·康诰》："若保赤子，惟民其康乂。"句意是武王保护自己的子民百姓如同父母保护婴孩一样。　　〔50〕北直隶：旧省名。明代称直属于京师的辖区为直隶。自永乐（明成祖朱棣年号）初建都北京后，就称直隶北京的地区为北直隶。其地相当于今北京、天津两市，河北省大部和河南、山东的小部分地区。节报：持节上报。节，符节，古代执以示信之物，即用来证明身份的凭证。南直隶：旧省名。明代把直属南京的地区称为南直隶，其地相当于今安徽、江苏两省。清初改南直隶为江南省。淮、扬、苏、松：淮河、扬州、苏州、松江（吴淞江）。少熟：少有收成，指歉收。熟，成熟、有收成。　　〔51〕渊衷：内心深处。测然：同"恻然"，忧伤、悲痛的样子。靡：无，没有。霈（pèi）：大雨。比喻"仁恩"泽及百姓。太仓：京师储钱粮的官仓。　　〔52〕所济者：所救济的人。一并：表示合在一起。放免：发放免除。　　〔53〕巡抚：官名。明初派京官巡抚地方，事毕即罢。宣德年间（1426~1435）始专设巡抚，与总督成为地方的最高长官。　　〔54〕有司：官吏。古代设官分职，事各有专司，故称有司。遗：遗漏，亡失。　　〔55〕夤（yín）缘：攀附上升，喻拉关系、勾结。　　〔56〕以例：按常例。黄放白催：发放粮食（黄谷之类），催交白银。或指黄昏发放，白天催征。　　〔57〕罄：尽。胥吏：官府中的小吏。　　〔58〕枵（xiāo）腹：饿着肚子。枵，空虚。〔59〕户部：官署名。为古代中央行政机构六部之一，掌管全国土地、户籍、赋税、财政收支等事务。长官是户部尚书。赍（jī）：送与，送给。巡按：官名。明永乐元年（1403）二月遣御史至各地巡察，称巡按御史，三年一换，职权与汉代刺史同。简称巡按。布、按二司：布政使司和按察使司。布，布政使，官名。明洪武九年（1376）撤销行中书省，分全国为十三承宣布政使司，每司设左、右布政使各一人，与按察使同为一省的行政长官。按，按察使，官名。唐初仿汉刺史制设立，名称各代有异。明初复用原名，为各省提刑按察使司的长官，主管一省的司法。中叶后各地多设巡抚，按察使成为巡抚的属官。分巡：分巡道。按察司的佐官副使、佥事分理各道刑名。分守官：分守道。明初布政、按察二司以辖区大，由布政司的佐官左右参政、参议分理各道钱谷。细民：小民百姓。　　〔60〕务委：务必委任。的当：恰当。验口：核实人口。豪猾：豪强不守法度。　　〔61〕抚、按：巡抚、巡按。　　〔62〕成、康：周成王、周康王。周成王，西周国王，周武王姬发之子，名诵。周康王，成王之子，名钊。相传成康之际，天下安宁，国力强盛，刑错四十馀年不用，史称"成康之治"。　　〔63〕周公：姓姬，名旦，周文王子，辅武王伐纣，封于鲁。武王死，成王年幼，由周公摄政。辅政七年，击败外敌，平定内乱，继续分封诸侯，营建东都洛邑，作为统治中原的政治中心。制礼作乐，建立了王朝的典章制度，"明德慎罚"，巩固了西周封建统治，出现了"成康之治"。"周公告成王"一段话出自《书·立政》。据《史记》记载，《立政》为周公作，是周公对成王的诰词。克：能。诰：周时，最高统治者对臣僚的训语叫诰。一本作"诘"（责问）。戎兵：军队，士兵。陟（zhì）禹之迹：跟上大禹的步伐。陟，登上、上升、升。方行：遍行。海表：海外。罔有：无有。　　〔64〕召（shào）公：姓姬，名奭（shì），因采邑在召（今陕西凤翔西南），故称召公。成王时，任太保，治理西方，和周公同为重要大臣。后来封于燕，成为燕国始祖。其言论见于《尚书·召诰》。张皇：扩大。六师：即六军。周制，天子六军，诸侯大国三军。《周礼·夏官司马》："凡制军万有二千五百人为军。王六军，大国三军，次国二军，小国一军。"后作为军队的统称。寡命：国君的命令。寡，寡君，对自己国君的谦称。　　〔65〕奸宄（guǐ）：坏人。预：预先，事先。处：处理，处置。　　〔66〕藩镇：唐代指总领一方的军府。唐初于诸州置都督府，后置节度使，形成地方割据势力，通称藩镇。莫之能御：没有能抵御它的。否定句中代词宾语前置，同"莫能御之"。　　〔67〕惟：只。荼（tú）毒：毒害。荼：一种苦菜。太祖：明太祖朱元璋。戢（jí）：止息，制止。　　〔68〕正德：明武宗朱厚照年号（1506～1521）。刘瑾（？～1510）：明代宦官。兴平（今陕西兴平）人。掌司礼监。把持侦讯机关，镇压异己；斥逐大臣，引进私党。增设皇庄，侵夺民地。后被处死。窃柄：窃取权力。柄，权柄。革：降级，革职。　　〔69〕屠邑：屠杀全城的人。邑，城市。用兵：使用兵力。或"使得兵士们"。　　〔70〕正德六年：1511年。辇毂（niǎngǔ）之下：天子的车驾近旁，指京师。　　〔71〕宣大：总督名。全衔为"总督宣大山西等处军务兼理粮饷"。明景泰年间置总理宣大军务，嘉靖初总督兼辖偏保。隆庆四年（1570）移驻阳和（今山西阳高），辖宣府、大同、山西三抚三镇。延绥：军镇名。明"九边"之一。初治绥德州（今陕西绥德），成化七年（1471）移治榆林卫（今陕西榆林）。此后通称榆林。防地东至黄河，西至定边营。清初废。辽东：军镇名。明"九边"之一，相当辽东都司的辖境。镇守总兵官驻广宁（今辽宁北镇），隆庆元年（1567）后冬季则移驻辽阳。明末废。逾：越过，超过。　　〔72〕达贼：即鞑贼，指元蒙残馀势力。明前期，逃往塞外据守开平（内蒙古多伦东南）的蒙元统治势力还相当强大，常南下侵扰，对明帝国威胁很大。明成祖时，蒙元贵族内部分裂、互相残杀，鬼力赤部称可汗，改叫鞑靼。元统始绝。明成祖永乐二十二年（1424），鞑靼扰边；成祖亲征，鞑靼远遁，边患缓解。可掣（chè）：能牵制。剧贼：大盗。胜：尽，完全。〔73〕阳微：阳衰。微，衰微。　　〔74〕方殷：正盛。未靖：未安，没有安定。　　〔75〕患：祸乱。难保必无：难以保证必定没有。　　〔76〕建白：陈述意见。建，建议。白，说明。鲜：少。〔77〕申敕：告诫。提督：官名。明代驻防京师的军营设有提督，中叶后巡抚多兼提督军务。亦间有总兵称提督的。万历（明神宗年号）时始有专设的提督。团营：明京军名。明成祖时京军分为五军、三千、神机三大营，前期用兵都以此为主力。正统十四年（1449）土木之变（明英宗为瓦剌军俘虏事）后，三大营丧失殆尽，于谦（明兵部尚书）乃在各营中选精兵十万，分十营集中团练，称为团营。奉钦：承接钦命。钦，旧时对皇帝所行之事的敬称。　　〔78〕参将：官名。明代镇守边区的统兵官，无定员，位次于总兵、副总兵。分守各路。游走：官名。明代边区守军设游击将军，无品级，无一定员额。分掌驻在地的防守和应援，职掌与宋代前不同，职权较轻。相知：相互了解。成功可必：必定成功。
〔79〕上兵伐谋：见《孙子·谋攻篇》。意为：用兵的上策，应在敌方开始计谋之时，及早查明敌之作战动向，以巧妙的计谋制敌，使之不能得逞。先人有夺人之心：先发制人可以摧毁敌人的心理防线。《左传·文公七年》："先人有夺人之心，军之善谋也。"《左传·昭公二十一年》："《军志》有之，先人有夺人之心，后人有待其衰。"先人，行事在人之先。夺人之心，挫伤敌人的气势。　　〔80〕六部：指古代中央行政机构中的吏、户、礼、兵、刑、工六部。其职务在秦汉时由九卿分掌；魏晋以后，尚书分曹治事，由曹渐变为部；隋唐时始确定六部，并成为尚书省的组成部分；宋因之，元代统于中书省；明代废中书省，各部相继独立，直接对皇帝负责，地位更加提高。清末逐渐增设新的部，六部之名始废。科、道：明清时，六科给事中与都察院各道监察御史的合称。明代俗称两衙门。孰有：谁有、哪个有。俟（sì）：等待。简用：选择任用。储之京师：储备人才在京师。"京师"前省掉介词"于"。储，储备之，代词，代人才，将才。　　〔81〕任：任用、委用。不患：不担心。　　〔82〕求人：寻求人才。凿井以救渴：化用成语"临渴掘井"。比喻平时没有准备，临时才想办法，已经来不及了。　　〔83〕吏部：官署名，为六部之一。掌管全国官吏的任免、考课、升降、调动等事务。长官为吏部尚书。都察院：见本文注〔21〕。　　〔84〕绝人：独特的人才、非凡的人物。　　〔85〕岂无：难道没有。自省改：自我反省改正。　　〔86〕诖（guà）误：贻误，连累。诖，牵累。　　〔87〕司：行政组织名，如布政使司、按察使司之类。比年：每年，连年。数（sù）：通"速"，快速。　　〔88〕罢（pí）软：懦弱，涣散。罢，通"疲"。　　〔89〕贤否（pǐ）：好坏，善恶。否，恶。称（chèn）：符合。　　〔90〕翕（xī）然：一致。　　〔91〕公事：公家的事务。黜（chù）：贬，废免。　　〔92〕圣裁：圣明君主的裁决。圣，对君主的尊称。凡与君主有关的事均冠以圣，如圣主、圣君、圣旨之类。　　〔93〕政化：政治教化。朝觐（cháojìn）：朝见君主或朝拜圣地。常例：正常的法度。桂萼：字子实，安仁（今江西波阳县）人。明正德进士，嘉靖时任刑部主事，后擢礼部尚书，兼武英殿大学士。引疾归，卒谥文襄。有《桂文襄奏议》、《舆图记叙》、《经世民事录》。周祥：为"周详"之误。　　〔94〕周知：全知，全面了解。抚、按：巡抚、按察使。节年：时期（指考核之定时）。　　〔95〕中人：平常的人。贾谊《过秦论上》说，陈涉"才能不及中人"。眦睚（zìyá）：怒目而视。借指小怨小忿。又作"睚眦"。萋斐：谗毁，毁谤。　　〔96〕部、院：指吏部、都察院。遽（jù）：急忙，仓促。
〔97〕圣谕（yù）：同"上谕"，即皇帝谕示（晓谕）。　　〔98〕命下：命令颁布。　　〔99〕徐盈：明贵溪人，字子谦。正德末官淮安守。后移守嘉兴。居六载，以逸免。郡人遮道号泣，伐石记绩，题曰"徐侯堕泪碑"。彭占祺：见下文。杨必进：不详。施儒：明归安人，字聘之。正德进士。初授御史，出按南畿。以直谏为中官诬谮，逮系落职。嘉靖初起广东兵备副使，疏立惠来、大埔二县，屡平黠寇。
〔100〕盍（hé）若：何不如。盍，何不。被黜：被降职或罢免。　　〔101〕嘉靖六年：即1527年。
〔102〕许：许可，容许。言官：谏议之官。　　〔103〕具奏：如实上奏。具，详尽地，一五一十地。
〔104〕合：合并，综合。科、道官：见本文注〔74〕。本：指奏本。　　〔105〕援例：援引前例。
〔106〕陈乞：上言乞求，述说请求。　　〔107〕饬（chì）：整治，整顿。　　〔108〕言路：向朝廷进言的途径。　　〔109〕壅（yōng）闭：闭塞不通。壅，淤，塞。痞（pǐ）塞：同"否塞"，阻滞不通。
〔110〕阙（quē）失：缺失，过失。阙，同"缺"。何由：从什么（地方）。　　〔111〕嗣极：继君位。嗣，继承。极，最高地位。　　〔112〕昧于：暗于，模糊于。比比：处处。坐是：因此。间（jiàn）：

间或,偶然。 〔113〕若是:如果是这样。是,此。 〔114〕国体:国家的典章制度。元气:人之精神。攸:所。 〔115〕謇謇(jiǎn):忠贞、正直之言。谔谔(è):直言的样子。《韩诗外传》七:"愿为谔谔之臣。" 〔116〕和气致祥:和平之气,可致福祥。《汉书·刘向传》:"和气致祥,乖气致异。" 〔117〕涵贷:宽恕,宽大。涵,包容、宽免。贷,宽贷。 〔118〕廋慝(sōutè):隐藏邪恶。阜:富足康乐。不患其回:不担忧天意不回,指上天又会重来福佑。回,回复。

(张德鸿)

论云南夷情奏疏[1]

臣某谨奏。

臣今早入朝,遇见云南赍本承差称说,武定军民府土舍凤朝文谋反[2]。将本府袁同知、张照磨等并所属禄劝州秦知州、刘吏目等连家口俱各杀死[3]。又将三堂差去土官千户黄鉴亦行杀死,和曲州知州绑拿前去[4]。府、州印信俱彼夺收,库藏尽行劫夺。聚集夷兵,声势凶恶,声言将欲围困云南省城。

为照今年正月间,寻甸府土舍安铨等谋叛,敌杀官军[5]。嵩明一州,杨林、易隆等千户所俱被攻破,焚烧杀戮甚惨。镇、巡官已调取武定等夷兵征剿[6]。臣即同对事及兵部官说:"安铨叛于寻甸一处,不足深虑,若果各处土官听调用命,殄灭不难。但恐凤家与之合谋,则事大矣。"今乃果然,不独武定一府,近年,各处土官怀怨者多,恐安、凤二贼不早扑灭,则别处尚有闻风而应之者矣。臣请推原其故。

我祖宗设立土官衙门,各有知府、知州、同知、指挥、吏目、巡检等官,各统所部。夷人有犯,即行诛杀,人皆畏灭,不敢犯肆。而云南总兵官黔国公世守勋臣,实总领之[7]。一处盗贼生发,黔国公遣钧牌调邻近土官擒拿,无敢不用命者。此夷制夷之法,汉兵不过壮我声势,以固根本焉耳[8]!

数十年来,凡土官病故,弟男子侄皆承袭者,官司不肯保绩,上官往复驳勘,事久变生,族属互争[9]。其布、按二司军卫有司等官,贪者因而厚索以肥家,廉静不贪者则有畏避嫌疑,恐人非议[10]。以此,各处土官衙门有十馀年、有二三十年不得袭职者,止令土舍管事。下人不畏,强者凌弱,众者暴寡,流劫乡村,杀人放火,无所不为。黔国公虽有总兵之名,不得自专,凡事必与镇守太监、巡抚、巡按等官会议,然后得行。抚、按、分巡、分守遇有贼情,不过行文抚捕,互相推靠,全无实效[11]。待其积恶已甚,未免奏渎朝廷,动兵征剿,糜费钱粮,滥升官职。而军日困,地方日坏,皆贪官嗜利,法官舞文之罪也[12]。臣十馀年前在吏部时,曾以为言,其后因循,无人再虑及此。

且如武定凤氏,在太祖时首先归附,命为知府,统辖二州并元谋县。赐以金带，上刻"诚心报国"四字。相传数世，至于凤英，每听调遣杀贼[13]。弘治十四年间，贵州普安土官米鲁、福佑等作乱，孝庙命南京户部尚书王轼为提督军务，云南、四川、湖广三镇之兵征之[14]。黔国公沐崑檄调凤英领兵，卒成克捷。论功升布政司参政，掌府事。正德年间，凤英病故，其子凤朝明保勘袭职间，镇、巡、三司不知何人主意，奏称凤英包藏祸心已久，幸而死亡，凤朝明虽未袭职，已著恶声[15]。要革其知府职事，罢黜为民，或量与佐贰一员，改设流官知府管事[16]。凤朝明随有奏诉。臣在吏部参称："此国初所设土官，凤英虽称包藏祸心，在坐不曾事发[17]。凤朝明说有过恶，又无实迹，虽以言语模拟之间，欲革土官世职，恐有后患[18]。"两次奏请驳勘，要行镇、巡、三司集彼府夷民审问的确[19]。如果凤朝明罪恶深重，不该袭职，土民愿设流官，保无后艰，明白具奏定夺。若夷情不服，止宜照旧。今十五年矣，凤朝明竟不得袭而死。今止保凤诏为土舍，其知府祖职竟无下落，怀怨积愤，已非一日。今反凤朝文乃凤朝明之弟也。闻前日调征安铨，镇、巡、三司官方才传谕，待其拿贼成功，即与保勘袭职，然已晚矣[20]。向使凤氏早得其职，有功则赏，有罪则罚，岂至积恶如此哉？去年，黔国公沐绍勋具本，亦以土官不得保勘袭职为忧。该衙门若论其揽权多事者，已有旨催行。

又云南巡抚久不得人。前用吴祺乃一病懦之人，二三年间，一筹莫展，病故[21]。用今傅习，亦一庸人，被劾改调。吏部不即差官更代，致令徒拥虚位半年有馀。今推用欧阳重，奏事人来时尚无消息，此时想已到云南矣。但今事势已迫，贼情紧急，非欧阳重之才所能整理，亦非云南巡抚之官所能了办[22]。

伏乞皇上，轸念西南重地，照依弘治年间征贵州事例，特选素有威望重臣一员前去总制或提督军务，量调贵州、湖广、四川官军与云南土、汉官军会合征剿[23]。兵势强盛，既可以慑服云南土官、土人之心，又可阻遏贼人奔突他省之势[24]。皇上德威远被，一方小寇，不日殄平矣[25]。一面行云南镇、巡、三司，通查一省土官，曾经保勘明白，不得袭职者，勉令在彼听调杀贼，但有功，即令具奏，就彼袭职，不必来京[26]。今日所处不过如此。臣先具密疏上请，待镇、巡本到，即将差官调兵等重事批下兵部行之。其馀事情，待臣与同事诸臣具疏开奏及听该部议拟，奏请定夺[27]。若止批兵部看了来说，待其覆奏，未免耽延数日，又未见其所见所处如何，恐无以救燎眉之急也[28]。臣谨具奏闻。

选自《密谕录》卷七

【简注】[1] 夷：古时对四方边境少数民族的称谓，东曰夷、南曰蛮、西曰戎、北曰狄，泛称夷狄。后用以指东方各族。再进而演变成为对中原以外各族的蔑称。《左传·成公十六年》，孔颖达疏："夷为四方之总号。"本篇所说"夷情"，非泛论民族情况，而是实指民族上层（凤氏）发动的军事变乱，以及作者就解决此类矛盾提出的对策。　　〔2〕赍（jī）本：拿着奏本（奏折）。赍，怀着，抱着。承差：公差。土舍：指土酋，当地民族头人。系民族上层，但未具体袭土官之职。舍，官僚子弟为舍，犹言少爷、公子。凤朝文谋反：事发嘉靖六年（1527）。据《南诏野史》称："时土司凤朝文叛，人民死者不可胜计。"　　〔3〕同知：官名。辽设同知府事、同知州事。明清时，同知为知府、知州的佐官，分掌督粮、捕盗、海防、江防、水利等，分驻指定地点。照磨：官名。以照对磨勘为职，是主管文书卷宗的官吏。元代已设有。明时，都察院及布政按察二司各府皆置照磨。知州：官名。宋代开始派朝臣为州一级的地方行政长官，带"权知某军州事"衔，兼掌军事，简称知州。明代正式称知州。相当于知府的称为直隶州知州（五品官），相当于县的就称知州（从五品），为一州（县）的行政长官。清代相沿不变。吏目：官名。掌出纳文书或分领州事。唐宋时，设有都孔目、孔目之官，金元因之，明代所置尤多。朝内翰林院、太常寺、太医院各衙，外臣中留守、安抚、检讨、市舶、盐课诸司，及都指挥司，各长官司，各千户所，各州皆置吏目。明王守仁（阳明）在贵州修文时，就掩埋过客死的吏目主仆三人，其《瘗旅文》开始就写有"维正德四年（明武宗正德四年，1509年）秋月三日，有吏目云自京来者，不知其名氏"。　　〔4〕三堂：指都堂（都御史）、部堂（尚书）、正堂（府州县正印官），泛指上司。或指府、州、县三堂（府、州、县正印官称正堂）。堂，旧时官吏办事的处所，也指署事的官吏。土官：明代在少数民族地区实行土司制度，由中央任命当地的土酋或有威信的人（包括少数汉人）为官吏，可以世袭。称"土官"，与中央派去的"流官"相对。千户：官名。金初设置，为世袭军职。明代卫所兵制设千户所，驻重要府州，统兵1 120人，分为10个百户所，统隶于卫。千户为一所的长官。　　〔5〕安铨等谋叛：事发明嘉靖六年，即公元1527年。《滇云历年传》载，是年"冬十一月，寻甸府土舍安铨作乱，执知府马性鲁"。又引史料说："知府马性鲁因征粮课，挞安铨妻妾，仍系于狱。铨遂谋叛，自称知府，伪署官属，劫掠嵩明、马龙、木密等处。攻寻甸，陷之。杀指挥、千百户王升、赵倖、马聪等，执知府马性鲁。"另载："七年（1528）春正月，武定府土舍凤朝文与安铨等连兵反，陷武定，犯会城，云南大震。""三月，云南布政使徐瓒赞理调度平定武、寻二贼，镇巡露布以闻。"　　〔6〕镇：指镇守。明代驻守边区的统兵官中，驻守一方的称为镇守。其驻防地称镇。巡：巡官，具体指巡道官。明代分一省为数道，由分巡道、兵巡道、兵备道等分别巡察。或指巡抚，负巡视、安抚一省之责。明洪武时非专任之官，洪熙（明仁宗年号）后，设巡抚专职，为省级地方政府的长官。　　〔7〕总兵：官名。明代镇守边区的统兵官，有总兵和副总兵，无定员。遇有战事，总兵佩将印出兵，事毕缴还。黔国公：沐氏的世袭爵位。明洪武十四年（1381），朱元璋命沐英与傅友德征云南，既定，沐英留滇镇守。卒后追封黔宁王。其子沐晟袭兄沐春爵，继镇云南，进封黔国公。沐氏世守云南，子孙均袭黔国公爵。此黔国公，指正德十六年（1521）袭父爵镇守云南，于嘉靖七年（1528）平定寻甸土舍安铨与武定土舍凤朝文连兵叛乱的沐绍勋，因讨安、凤之功，加封太子太傅。嘉靖十六年（1537）卒。世守勋臣：世代镇守云南的功臣。　　〔8〕焉耳：语气词连用，表禁止语气，意同"耳"，相当于现代汉语的"罢了"。　　〔9〕驳勘：驳回复查。　　〔10〕布、按二司：指布政使司和按察使司。明洪武九年（1376）撤销行中书省，分全国为十三承宣布政使司，每司设左、右布政使各一人，与按察使（按察使司的长官）同为一省的行政长官。俗称"藩台（藩司）"和"臬台（臬司）"。军卫：指武职官署，如明代专设于西南少数民族地区的招讨使司、都指挥使司等。长官均为武职官员。招讨使司的长官为招讨使，掌管镇压人民起义和招降伐叛事务。都指挥使司的长官为都指挥使，洪武八年（1375）改都卫指挥使司为都指挥使司，简称都司，设都指挥使一人，为各地卫所的统兵官，是地方最高军事长官。有司：官吏。古代设官分职，事各有专司，故称有司。　　〔11〕分巡、分守：即分守道、分巡道。明初布政、按察二司以辖区广大，由布政司的佐官左右参政、参议分理各道钱谷，称为分守道；按察司的佐官副使、佥事分理各道刑名，称为分巡道。推靠：即推诿、依靠。　　〔12〕法官：执法之官，具体指分理各道刑名的分巡道员。舞文：玩弄文字把戏。　　〔13〕"且如……杀贼"一段：所涉武定凤氏有关史实，正史、野史均有一些零星记载，主要是："武定土酋本阿姓。洪武（1368～1398）中，阿弄积妻商胜内附，授土官知府"。胜死后，历几代均世袭其职。"至成化丁未（1487），弄积三世孙阿英袭知府，奏改凤姓"。正德（1506～1521）初，升云南参政；英遂拥众入省，欲于布政司堂上任，不许，乃愤而去。自是潜蓄异谋，日益横暴。英不久死去，子朝明应袭。巡抚御史唐龙认为凤氏及朝明有恶不当袭职，执奏于朝。旨下，"朝明仍降土舍"。嘉靖时，其弟凤朝文于武定联合寻甸土舍安铨叛乱。七年（1528）三月，云南左布政使徐瓒调兵镇压。朝文败退，追获被斩。安铨亦被朝文妻兄阿志赚获，槛送省城。武定、寻甸之乱俱平。〔14〕弘治十四年：公元1501年。弘治，明孝宗朱祐樘年号，在位18年（1488～1505）。孝庙：指孝宗，孝庙是其庙号。米鲁、福佑等作乱：《滇云历年传》载，孝宗十五年（1502），"黔国公沐崑，巡抚都御史陈金统领云南兵会讨贵州贼米鲁、福祐等，诛之"。史料载："米鲁者，贵州夷妇，普安土官州判隆畅之妾。畅疑其与子礼通，密杀礼，出米鲁，遂通于营长阿保。而礼妻适固亦为营长福佑所烝（以下淫上），因相与致死。隆畅纠集夷众，劫掠诸山，白昼支解人，以为常。有二人告于御史张淳。米鲁等于御史前径割二人首去，因议剿之。""米鲁亡入沾益，匿其佥土官安民家。假兵袭杀隆畅妾适鸟以下十馀人，执其子隆珀、隆塔以去。福佑迎米鲁归故营，攻劫杀掠。"官军往捕，死者甚众，后兵部调云南、四川、湖广、广西汉、土官军10万往征之，以南京户部尚书王轼兼副都御史，总制戎务。轼抵贵州，分八道以进，仍约沐崑、陈金统云南兵夹攻之。米鲁、福祐等为土官凤英所格杀，贵州平。（见李埏校点的《滇云历年传》第349页；所记与杨一清奏疏所说一致而稍详）。〔15〕正德：明武宗朱厚照年号。（1506～1521）。三司：都指挥使司、布政使司、按察使司。"奏称凤英……已著恶声"数句：据《滇云历年传》载，奏凤朝明不法，应下巡抚御史勘问者，乃署元谋县事典史谈章。上奏于朝廷称凤氏不应当袭职的人，为巡抚御史唐龙。〔16〕佐贰：明清时，凡知府、知州、知县的辅佐官，即称佐贰。如通制、州同、县丞等，其品级略低于正官，但非纯粹属员性质。流官：明清时，在川、滇、黔等少数民族地区设置，意为受政府任命可以随时调动的官员。因其有任期，不同于可以世袭的土官，故称。
〔17〕参：参奏。在坐：在位、居官任职期中。　〔18〕过恶：过错和罪恶。　〔19〕驳勘：驳回复查。　〔20〕保勘：保举勘定（核定）。　〔21〕一筹莫展：指遇事束手无策。筹，数码，计数用具。古代以筹计算，每得一数，即下一筹，故称谋略曰运筹（筹策）。　〔22〕了办：了结，处理。〔23〕轸（zhěn）念：深切怀念。　〔24〕奔突：奔走驰突。势：形势，态势。　〔25〕远被：远及，达到远方。殄（tiǎn）平：消灭平定。　〔26〕就彼：就在当地。　〔27〕议拟：商议拟定。
〔28〕燎眉之急：今惯用"燃眉之急"，意为火烧眉毛的急迫情况。燎眉，指事态紧迫。

（张德鸿）

陈 文（一篇）

陈文（1405～1468），字安简，江西庐陵（今吉安）人。明正统元年（1436）进士及第，授编修。正统十二年（1447）进学东阁，秩满，迁侍讲。景泰二年（1451），擢云南右布政使。景泰四年（1453），朝廷遣进士王谷至云南，会儒臣修舆地志书，陈文总其事。四月书成付梓，称"景泰《云南图经志书》"。全书共10卷，为现存云南最早的省志。成化元年（1465），陈文进礼部尚书兼文渊阁大学士。卒谥庄靖。

本书选收陈文《南坝闸记》一文。

本文先叙昆明的地理环境、山势走向，然后依次叙及滇池、南坝、松花坝，引出"二堰"灌溉之利。"然前此为堰，不过兴一时之利，而于经久之计，则未闻也。"这一转语为南坝之修，作了有力的铺垫。不过，修南坝并非一帆风顺。由于"边境多事"，定边伯"思宏前绪"、"谋造石闸"，"未就其志"，这使文章有了波澜，有了曲折。记南坝闸的修建过程，强调其灌溉之利。云南兵民为了报答"二公之赐"，"乃以记丐于余"，从而很自然引出下面一段文字，赞扬了沐、郑二人的德才，尤其推重二人"相济同道"。并以沐璘之孝、郑颙之德，比拟羊祜之仁、杜预之功，又由欧阳修对羊、杜二人之称赞联想到自己作为欧阳修的"乡人"，却"不足以咏二公之孝之德"。文章的比拟、联想都很自然，毫不牵强。

南 坝 闸 记

云南，古滇国，其城濒于滇池[1]。乘高而望之，则商山在其北，左金马，右碧鸡，支垅蜿蜒相属，环抱方数百里；其间远村近落，良畴沃壤，弥望无极，惟宎其南而池浸焉[2]。南坝据池之上流，距城五里许，其源出东北之屈偿、昧样、邵甸诸山，凡九十九泉，或瀵而流，或潾而潴，或激而波，或浍注而溪焉，或山夹而涧焉，攸焉汨焉，会于盘龙江[3]。至松华坝，则岐为二河，一由金马之麓过春登里，一由商山之麓过云津桥，皆趋于滇池[4]。蒙段氏时，过春登者堤上多种黄花，名绕道金棱河；过云津者堤上多种白花，名萦城银棱河[5]。尝筑土石为二堰于河之要处，障其流以灌田，凡数十万亩[6]。元时，云南平章政事赛典赤复增修之，民甚赖焉[7]。今所谓南坝，即萦城银棱河之所流也。然前此为堰，不过兴一时之利，而于经久之计，则未闻也。惟我皇明混一区宇，云南恃远弗庭[8]。洪武壬戌，黔宁王时为西平侯，奉命率师平之，留镇其地，定以经制，昭以威信，厚以惠利，俾兵民并力于田亩，耕获不违其时，而南坝之修，岁有恒役[9]。后定边伯继领镇事，思弘前绪，谋造石闸以蓄泄其水，为经久利；方储材命工，值边境多事，未就其志[10]。

景泰癸酉，今总戎继轩沐公乃图成于参赞思庵郑公，议定而后会焉，时布政司左使贾公、按察司按察使李公暨二三同志皆力相之[11]。既而上其事于朝，亦不易其初议。乃计旧储之材增以十倍，而凡富人之乐助者亦不拒之。仍择将校之有智计者田凯、李振、郭进董其役[12]。其条画之出、用度之宜，则沐、郑二公自主之[13]。于是，甃石为闸而扃以木，视水之大小而时其闭纵[14]。又因其馀材，相闸之西为庙，以祠神之主此闸者[15]。其东为亭，与庙相直，而春秋劝省耕获，则休于其中[16]。于景泰甲戌八月十有三日始役，而以明年三月一日卒事[17]。其所用之工力，合之凡八万二千九百有奇[18]。既成，云南之兵民无少长皆悦曰："自今以始，田不病于旱潦，而吾农得以足食者，诚二公之赐也[19]。愿纪其事于石，置诸亭以传悠久[20]。"二公皆不能止也[21]。乃以记丐于余[22]。

余谓沐公为定边之孙，黔宁之曾孙也，学兼文武，崇德象贤，拜右军都督同知，握征南将军印，以总戎事[23]；郑公以经纶之才，弘达之识，廉方公正之操，参赞其事，累升至佥都御史兼巡抚之寄：相济同道，以绥靖此方，又能兴历代之遗利，以成累世欲为之志，使兵民蒙惠于无穷，实君子之事也，乌可以不记[24]？然余于是而知二公之所为，当于古人中求之：昔晋羊叔子、杜元凯二子相继镇襄阳，皆能修政立事以成晋业，宋欧阳文忠公称其功名盖当世，而流风馀韵蔼然被于江汉之间，至今人犹思之[25]。盖思元凯以其功，叔子以其仁，二子所为虽不同，然皆足以垂于不朽，此乃异时同道，同得人心者也[26]。今二公以道相济，而同时出治，余窃以谓沐公以孝，郑公以德欤[27]！盖善继人之志者，孝之大；善成人之美者，德之推[28]。行仁始于孝，立功本于德，视古人奚远哉[29]？余虽欧阳公之乡人，而言不足以永二公之孝之德，若羊、杜二子之功与仁者，盖云南兵民少长之心，实欲纪以传也，余岂得已哉[30]！

选自天启《滇志》卷一九

【简注】〔1〕滇国：古国名。胡蔚《南诏野史》："战国时，楚顷襄王（前298～前263在位）命将庄蹻将兵循江上，略巴蜀、黔中以西。蹻至，以兵威略定滇池属楚，欲归报，会秦司马错攻楚黔中，道塞，蹻遂以其众王滇，号滇国。"汉武帝元封二年（前109），发兵临滇，滇王降汉，以其地置益州郡。"赐滇王王印，复长其民。"（《史记》）濒（bīn）：同"滨"，靠近。滇池：在昆明市西南，面积330平方公里。为我国第六大淡水湖。　〔2〕乘：升，登。商山：在昆明北郊。"商山樵唱"为昆明八景之一。金马：金马山，在昆明市东郊。相传此山昔有金马隐现，故名。山势逶迤，林壑幽异，西对碧鸡山，中隔滇池，绵亘数十里。碧鸡：碧鸡山，位于昆明西郊。相传有碧凤翔骞此山，讹为碧鸡，因以名山。《一统志》云："苍岩百仞，绿陂千顷。月映澄波，云横绝顶。"云南一佳景也。支：分支，旁出。垅（lǒng）：田埂。亦指高地。蜿蜒（wānyán）：弯弯曲曲地延伸。属（zhǔ）：连接。方：周围，范围。落：人聚居的地方。杜甫《兵车行》："君不闻汉家山东二百州，千村万落生荆杞。"畴（chóu）：已耕作的田地。弥望：满眼，视野所及之处。窊（wā）：同"洼"，地势低洼、下陷。浸：泡在水里，被水渗入。　　〔3〕南坝：在昆明南郊。元代赛典赤·瞻思丁曾筑土闸调节盘龙江水位，明代改为石坝。据：占有，占据。邵甸山：位于邵甸县境。邵甸县，元至元十二年（1275）由邵甸千户所改置。先后属长州、嵩明府、嵩明州。治所在今嵩明县白邑乡。明初废。溃（fèi）：水溢出。滢（yíng）：水流回旋。潴（zhū）：水积聚的地方。激：水流急疾、猛烈。浍（kuài）：田间水沟。注：流入，灌入。涧：两山间的流水。攸：水流貌。汩（gǔ）：水急流貌。盘龙江：注入滇池的最大河流。发源于嵩明县西北梁王山南麓黄龙潭，上游名牧羊河，与甸尾河汇合后称盘龙江。全长107.5公里，流域面积847平方公里。〔4〕松华坝：在昆明东北郊盘龙江中游松华山谷。元赛典赤·瞻思丁增修为坝，分水以灌昆明东郊耕地万顷。明、清以来，多次改建维修。岐（qí）：分开。麓（lù）：山脚。云津桥：在昆明盘龙江上。旧名大德，毁于兵燹。洪武二十六年（1393）西平侯沐春重修。今称德胜桥。趋（qū）：奔赴；流向。〔5〕蒙段氏：蒙氏、段氏。唐太宗贞观二十三年（649），蒙氏细奴逻即位，建号大蒙国。开元（713~741）间，唐封皮逻阁为云南王，废大蒙国号。天宝九载（750），阁罗凤与唐交恶，复号大蒙国。后晋高祖天福二年（937），南诏通海节度使段思平建立大理国。元宪宗三年（1253），忽必烈攻入大理，大理灭亡。金棱河：在昆明东郊。分盘龙江水，由金马山麓流经春登里东乡。堤上旧植黄花，黄花入河如金，故称金汁河。银棱河：由昆明东北引黑龙潭水，至商山附近注入盘龙江。堤上多种白花，白花入水如银，故称银棱河。相传金棱、银棱辟自蒙、段时。〔6〕堰（yàn）：或称"拦河堰"。系较低的挡水建筑物，横截河中，用以提高上游水位，便利灌溉或航运。要处：重要的地点。障：阻塞。〔7〕平章政事：官名。金、元有平章政事，位次于丞相。元代的行中书省置平章政事，则为地方高级长官，简称平章。赛典赤：赛典赤·瞻思丁（1210~1279），一名乌马儿，回族。元世祖至元十一年（1274）任云南行省平章政事。在滇六年，善政甚多。建孔子庙，购经史，立学田，教民礼义。兴农事，修昆明六河，发展生产。立驿站，设州县，加强了云南地区和内地的联系。至卒，百姓巷哭。有诏敕云南省臣，尽守其成规，不得辄改。〔8〕皇明：大明。指明朝。混一：统一。区宇：疆土区域。区，疆域。宇，上下四方。弗庭：不朝；不来朝觐，不归附朝廷。〔9〕洪武壬戌：明太祖十五年（1382）。黔宁王：沐英（1345~1392），字文英，安徽定远人。朱元璋的义子。洪武十四年（1381）从傅友德取云南，留滇镇守。他兴屯田，劝课农桑，礼贤兴学，筑诚设卫，安定边地。卒后追封黔宁王。沐氏从此世守云南，与明代相始终。经制：治国的制度。《汉书·贾谊传》："若夫经制不定，是犹渡江河亡维楫，中流而遇风波，船必覆矣。"昭：彰明，显示。惠利：恩惠利益。俾（bǐ）：使。并力：合力。《战国策·魏策一》："专心并力。"时：农时。农民适应气候变化的规律从事耕种、收获的季节，如清明下种、谷雨栽秧等。恒役：固定的劳役。〔10〕定边伯：沐昂（1378~1445），沐英子，字景颙（yóng）。永乐（1403~1424）初使云南，遂留辅镇40年。凡有边务机密，其兄西平侯沐晟（镇守云南）辄遣之往报京师。正统四年（1439）以都指挥同知继镇云南。卒赠定边伯。著有《继轩集》、《沧海遗珠》等。弘：扩大。《论语·卫灵公》："人能弘道，非道弘人。"绪：遗业，功绩。储：储存，积聚。值：遇到，碰上。就：成就。〔11〕景泰癸酉：明代宗四年（1453）。总戎：主管军事的长官。沐公：沐璘（1429~1457），沐昂孙，字廷璋，号东楼居士。景泰元年（1450）任右军都督同知，充总兵官，继沐斌镇守云南，著有《继轩集》12卷。参赞：参与协助。郑公：郑颙，浙江钱塘（今杭州）人。正统（1436~1449）间，任云南按察司副使，景泰（1450~1456）间，升右佥都御史巡抚。熟悉民情，政肃令行，尤善属文，多所著述。会：开会商议。布政司左使：明洪武九年（1376），改各行中书省为承宣布政使司，改原行中书省参知政事为布政使。十四年（1381），增设为左右布政使各一人。宣宗宣德三年（1428），除南北两京外，全国定为十三承宣布政使司，以布政使为一省最高行政长官。总督、巡抚之制建立后，布政使权位渐轻。贾公：贾铨，直隶邯郸县（今河北邯郸市）人。进士。正统间任云南左布政使。按察使：明各省置提刑按察使，为一省司法长官，与布政使、都指挥使分掌一省民政、司法、军事，合称三司，并置按察分司，分道巡察。李公：李玺，湖南省耒阳县人。进士。景泰二年（1451），任云南按察使。清廉自守，法令明肃。后以疾辞归。力相（xiàng）：尽力辅助。〔12〕将（jiàng）校：高级武官的通称。智计：才智计谋。董：监督。〔13〕条画：分条规划。用度：费用，开支。〔14〕甃（zhòu）：《易·井卦》："井甃，无咎。"孔颖达疏引《子夏传》曰："甃，亦治也。以砖垒井，修井之坏，谓之为甃。"这里是"垒"的意思。闸（zhá）：一种用门控制水流的水工建筑物。扃（jiōng）：关闭。木：用木做的闸门。装置在过水口上用以控制水流的设备，关闭时挡水，开启时过水，从而可以控制水位及调节流量。纵：开闸放水。〔15〕相（xiàng）：选择。祠：祭祀。主：主管，主持。〔16〕直：通"值"，相当。劝：劝农，勉励农耕。唐宋都设有劝农使。省（xǐng）耕获：巡视春耕和收获。《孟子·梁惠王下》："春省耕而补不足，秋省敛而助不给。"〔17〕景泰甲戌：明代宗五年（1454）。始役：始事，开工。明年：景泰六年（1455）。卒事：完工，竣工。〔18〕有奇（jī）：有馀。〔19〕无：不论。潦（lào）：同"涝"。雨水过多，淹没庄稼。赐：给予。旧指上对下的给予。〔20〕置：安放。〔21〕止：制止。〔22〕丐：乞求，请求。〔23〕定边定边伯沐昂。黔宁：黔宁王沐英。象贤：效法先人的遗德。拜：授与官职。都督同知：明五军都督府分中、左、右、前、后五军府，各设左右都督、都督同知、都督金事，统辖全国各卫、所。左右都督正一品，同知从一品，金事正二品，位高责重。总：总管，统管。戎事：军务，军事。〔24〕经纶之才：卓越的治国才能。经纶，理出丝绪叫经，编丝成绳叫纶，统称经纶。引申为治理国家大事。弘达：弘大而通达。廉方：清廉而端方。金都御史：明都察院置，分左右，正四品，位次于正三品之左右副都御史。巡抚：明置巡抚始于洪武二十四年（1391）。宣德（1426～1435）时乃于关中、江南等处专设巡抚，以后遂与总督同为地方最高行政长官。寄：付托，委托。以某一项重要政事相委托。相济：互相支援，互相帮助。同道：志同道合的人。《论语·卫灵公》："子曰：道不同，不相为谋。"绥靖（jìng）：安抚平定。遗：遗留。利：即上文所说"谋造石闸以蓄其水，为经久利"。累世：数世，接连几个世代。蒙：蒙受，受到。乌：哪里，怎么。〔25〕羊叔子：羊祜（221～278），字叔子，西晋大臣。泰山南城（今山东费县西南）人。晋武帝（司马炎）代魏后，与他筹划灭吴。泰始五年（269）以尚书左仆射都督荆州诸军事，出镇襄阳。在镇10年，开屯田，储军粮，筹划一举灭吴。屡请出兵灭吴，未能实现。临终，举杜预自代。杜元凯：杜预（222～284），字元凯，京兆杜陵（今陕西西安东南）人。曾任镇南大将军，都督荆州诸军事，以灭吴功，封当阳县侯。多谋略，当时号称"杜武库"。撰有《春秋左氏经传集解》、《春秋释例》、《春秋长历》等。欧阳文忠公：欧阳修（1007～1072），北宋文学家、史学家。字永叔，庐陵（今江西吉安市）人。是北宋古文运动的领袖，"唐宋八大家"之一。曾与宋祁合修《新唐书》，并独撰《新五代史》。有《欧阳文忠公集》153卷。"文忠"是欧阳修的谥号。流风：遗风。指前代流传下来的良好风尚。馀韵：遗留下来的韵致。蔼（ǎi）：和气，和善。被：覆盖。江汉：长江、汉水。汉水，一称汉江，为长江最大支流。〔26〕其功：杜预于太康元年（280）率兵伐吴，以功封当阳县侯。其仁：羊祜镇守襄阳，长达10年。平日轻裘缓带，身不披甲，与吴将陆抗互通使节，绥怀远近，以收江汉及吴人之心。死后，南州人为之罢市巷哭。其部属于砚山祜生平游息之地建碑立庙。杜预命名为"堕泪碑"。〔27〕以孝：沐璘增修南坝闸，是继承乃祖定边伯"思宏前绪"的遗志，这是"孝"的表现。《礼记·中庸》说："夫孝者，善继人之志，善述人之事者也。"沐璘善于继承前人的遗志，善于发展前人的事业，这是"孝之大"。以德：南坝之修，郑颙"参赞其事"，"善成人之美"，这是"德"的表现。〔28〕推：推广，扩大。〔29〕本：根源，根据。视：比照。《后汉书·张纯传》："帝乃东巡岱宗，以纯视御大夫从。"注："视，比也。"奚（xī）：代词，通"何"，表示疑问。〔30〕乡人：本文作者陈文为江西庐陵县人，与欧阳修为同乡。永：通"咏"。歌咏，抒发。盖：发语词。纪：通"记"，记录。岂得：怎么可以，哪里能够。已：停止。

（吴培德）

陈　宣（一篇）

陈宣，字文德，浙江平阳县人。明成化（1465～1487）进士。授工部主事，升刑部郎中。以同列章霆事株累，谪知彝陵州。升河南知府。署后掘得藏金，即禀按察使以充边饷。晋云南左参政。翰林学士王景常、副都御史韩宣可以事谪戍临安，临安文学倡于两公，郡人为立"景贤祠"，春秋祭祀。陈宣撰写祠记，详书其事，彰其盛德。致仕归。有《潜斋集》。这里选注他的《石屏水利记》一文。

本文与本书所选平显的《汤池渠记》都是写水利工程，但写法不尽相同。《汤池渠记》的特点是开门见山，一起笔就写疏浚汤池渠的目的和经过，直截了当，使人一目了然。本文则以议论开端，旨在说明水能"润万物"，但必须"假之人力"；水之为害为利，全在人能否"理之"。这样写，就为石屏湖的"人力开浚"作了铺垫，使下文写疏浚工程显得顺理成章。文中对石屏湖的疏浚工程，从策划、施工到竣工，作了具体而简明的记述，突出了其"水通物润"的灌溉效益。此节是文章的主体、重点所在。最后说明，刻石是应监察御史王公之请，其目的不是为自己树碑立传，而是使石屏湖之利"垂远而传不朽"，这正是文章题目用意之所在。

石屏水利记[1]

　　水生于天，成于地穴，非得人以理之，则纵其泛滥泺漫，以鱼鳖吾生民，此禹所以忧之，必三过其门不入而后已[2]。周公营洛时，又尝凿石渠引伊洛水以灌周土，号周阳渠[3]。至汉，张纯又能复其故迹，以至于今而不废[4]。水岂终能为害而不为利耶？《易》曰："润万物者莫润乎水。"[5]然或止于坎，流于窨，蓄于池、于湖、于泽，性虽润，终莫能以自行，不幸而生在馀烬之地，又不幸而遭时大旱，其不为枯槁而凋丧者，几希矣[6]。虽然欲润，终莫能以自致，此所以不能不假之人力焉[7]。人也者，所以补天地之不及，而所谓参赞焉者，于斯亦或一验欤[8]？犹之有一物之仁，有一事之仁，谓之非仁，不可也。

　　滇南属郡临安，予与宪副包公好问，实守巡其地，皆有责焉[9]。时弘治癸亥，自春徂夏五月望，尚旱不雨，《春秋》所必书者，人心惊惶，走告无虚日[10]。间有言公："城之西不五里有石屏湖，俗称之曰海，若假人力开浚，水可上行，岂惟润及枯槁，湖落地出，尽膏腴也。"[11]宪副王公行之，邀我二人望三日偕至湖，作谋治式[12]。如金如玉，干之百千丈有奇[13]。合郡卫知府王君资良、指挥庞君松，各出兵民共役，令之称畚锸，具糇粮，程土物，明日即事[14]。每丈平处一人至二人，有沙土处倍之，有石处又倍之，凡一千有五百人；每五十丈督一百户，每五百丈督一千户[15]。每五日督一指挥、通判等官，察其勤惰，以上下其食事[16]。三旬而成，水通物润，且以乡计者四，以亩计者数百万，以程计者抵城下四十里，过此则润及阿迷州，若犹未也[17]。天之生水与地成之，而人之所以赞之者，至是皆无遗憾矣。不然，则水潴于坎、窞、湖、泽，与土石相汩没，卒归之无用之所而已矣[18]。畏天命，悲人穷，周公当先为之矣。周公岂欺我哉！

南京监察御史王公明仲，读书于家，感而有请，且曰："吾徒生长于斯，闻有湖在石屏，未闻有利如此。不刻之石，何以垂远而传不朽？"[19]包公偕予方走书以白当道，当道然之[20]。以为民事所当急者，又重王子之请，敬从之[21]。

选自天启《滇志》卷一九

【简注】〔1〕石屏：古州名。宋时名石坪邑，元至元七年（1270）改邑为州。明洪武十五年（1382）改名石平，后改石屏州，属临安府。1913年改石屏县。位于滇南，现属红河哈尼族彝族自治州。〔2〕理：治理。纵：放纵，听任。泛滥：水涨溢横流。浕漫：水盈满。"鱼鳖"句：使生民变成鱼鳖。意思是使生民遭受洪水之灾。鳖，甲鱼，团鱼。禹：传说中古代部落联盟领袖。亦称大禹、夏禹、戎禹。奉舜命治理洪水。在治水十三年中，三过家门不入。后以治水有功，被舜选为继承人。其子启建立了中国历史上第一个奴隶制国家，即夏代。〔3〕周公：西周初年政治家。姬姓，周文王之子，周武王之弟，名旦，亦称叔旦。因采邑在周（今陕西岐山北），称为周公。曾助武王灭商。在河南洛阳修筑城垣，作为东都。洛：即洛阳，在河南省西部，因洛水之北得名。洛水：即今河南洛河。在河南省西部。源出陕西省华山南麓，东南流经河南省卢氏县折向东北，在偃师县杨村附近纳伊河后称伊洛河，长420公里。〔4〕张纯：东汉人，安世六世孙。字伯仁，少袭爵。光武时封武始侯。纯明习旧日的典章制度，对朝廷各项礼仪，多所正定。选擢掾史，皆知名大儒。卒谥节。故迹：旧迹，旧貌。〔5〕"润万物"句：引自《易经·说卦传》。意为滋润万物者没有比水更湿润的。〔6〕坎：地面低陷的地方。窞（dàn）：深坑。泽：聚水的洼地。自行：自行其是。这里指自动地去滋润万物。馀烬（jìn）：燃烧后剩下的灰烬。比喻经历灾难后幸存下来的人或物。枯槁：草木失去水分而枯萎。下文"润及枯槁"中的"枯槁"指干涸之地。凋丧：凋谢死亡。几（jī）希：很少，很微小。〔7〕致：达到，求得。假：凭借，依靠。〔8〕参赞：参谋赞助。《南史·王俭传》："先是齐高帝为相，欲引时贤参赞。"验：应验，证实。〔9〕属郡：隶属的郡邑。秦统一六国后，置三十六郡，以郡统县，至明而郡废。临安：府名。明洪武十五年（1382）以元临安路改置。治所在今建水县。领建水、石屏、阿迷、宁州、新化、宁远六州及通海、河西、嶍峨、新平、蒙自五县。辖境相当于今红河哈尼族彝族自治州（除弥勒）及通海、华宁、新平、峨山等县地。清沿设府，1913年废。宪副：宪台的副职。宪台，御史官职的通称。后亦用为地方官吏对知府以上长官的尊称。〔10〕弘治癸亥：明孝宗六年（1493）。徂（cú）：至，到。望：夏历每月十五日为"望日"。《春秋》：儒家经典之一，为编年体史书。相传孔子依鲁国史官所编《春秋》加以整理修订而成。起于鲁隐公元年（前722），终于鲁哀公十四年（前481），计242年。《春秋》于水旱灾害多有记载。如《春秋·僖公二十一年》书："夏，大旱。"《春秋·昭公二十四年》："昭子曰：旱也。日过分而阳犹不克，克必甚，能无旱乎？"虚：空日，闲日。〔11〕间（jiàn）：间或，偶尔。言公：言于公，对公说。上行：《石屏州志》所载本文作"下行"。膏腴（yú）：肥沃。〔12〕望三日：望日之后的第三日，即十八日。偕：同，一起。作：开始。《广雅·

释诂》:"作,始也。"谋:计议,谋划。治式:治理的方式、方法。《诗·大雅·下武》:"成王之孚,下土之式。"毛传:"式,法也。" 〔13〕如金如玉:湖波闪光,其色如金如玉。干:涯岸,水边。《诗·魏风·伐檀》:"置之河之干兮。"干,《石屏州志》作"凡"。奇(jī):零数。 〔14〕合:全,满。卫:明建国后实行卫、所兵制,几个府为一个防区,设卫。卫以下设千户所、百户所。卫的主官为指挥使,所的主官为千户、百户。指挥:明代的卫设指挥使司,有指挥使、指挥同知、指挥佥事等官。各卫的指挥使可以简称为指挥。共役:一起服役。称:举起。《书·牧誓》:"称尔戈。"畚锸(běnchā):畚箕、铁锹。具:备办。餱(hóu)粮:干粮。《诗·大雅·公刘》:"乃裹餱粮。"程:计算,计量。即事:就事,去工作。 〔15〕倍:用作动词,加倍,加一倍。督:督察,监督。 〔16〕通判:官名。宋为加强控制地方而置于各州、府,辅佐知州或知府处理政务,凡州府公事,须通判连署方能生效,并有监察官吏之权,号称"监州"。明、清各府置通判,分掌粮运、水利、屯田、牧马、江海防务等事。上下:增减。食:俸禄。此句意思是:勤者,增其俸禄;惰者,减其俸禄。 〔17〕旬:10天。程:路程,途程。阿迷州:明洪武十五年(1382)以阿迷万户府改置。属临安府。永乐二年(1648)改为开远州,清复名阿迷州。1912年废州为县,1931年改名开远县。现为开远市,属红河哈尼族彝族自治州。 〔18〕潴(zhū):水停聚的地方。汩(gǔ)没:埋没,淹没。 〔19〕监察御史:官名。隋开皇二年(582)由检校御史改置。唐属御史台察院。明改御史台为都察院,以都御史、副都御史为主官,所属监察御史分道负责,各冠以地方名称。 〔20〕当道:当权的人。 〔21〕重(zhòng):尊重。

(吴培德)

赵 熙（一篇）

赵熙，浙江临海进士。明宪宗成化七年（1471）任云南楚雄府知府。其余不详。本书选收他的《思政楼记》。

《思政楼记》用"思政"名楼，借以表明作者从政、施政的态度，集中体现其进步的政治观和做人的价值观。文中突出"为国为民之思"，强力谴责只为"而身、而家、而妻子思"，囿于一己私利的奸佞之徒。立论鲜明，思想高尚，操守清纯，继承和发扬了范仲淹"先天下之忧而忧"的传统美德；见贤思齐，不同流俗，不计小我，对今人的行止亦不乏启迪意义。

思 政 楼 记

楚雄郡治厅事之后，有楼数楹，高旷而敞豁，乃前守尹公所建，历年殆久，而未有名之者[1]。成化七年冬，熙奉命来守是邦，每以公暇，偕一二同寅，燕休其地，凭阑四顾，景物满目，固足以涤尘襟也[2]。因窃相谓曰："郡，古侯国也，民生休戚，疆界安危，咸悬我身，厥任匪轻矣[3]。《易》曰：'思不出位。'[4]则素其位者，其奈何弗思也[5]。天子弗思，则危天下；诸侯大夫弗思，则危其国家；士庶人弗思，则危其身。思之思之，鬼神通之，幸而得之，坐以待旦。古之忧勤惕励，与其精诚之积如此[6]。然当临事之际，大小丛委于前，或未暇思，思之或未能究也。是故燕休之所，静虚专一，固退思地也，请名之曰思政[7]。登斯楼也，触之于目，感之于心，随事而思，靡他其适，学校其何以兴[8]？田野其何以辟？讼狱其何以平？赋役其何以均？与凡民之一欲一恶，而我之所以聚之勿施之[9]。古之宜于今与否？吾力足以胜，而人言不能间之者，无不致其思[10]；思而无不当，然后次第举措之，大不遗纲，小不漏目，则庶几其可也。矧楚雄为西南夷服之地，元时始多置汉人，然而志称汉僰同风[11]。入我圣朝，声教所被，礼义文物之趋，殆与中华齿[12]。而夷习间未尽脱，则所赖于吾徒，用以变之者，事半功倍。上以副帝简，下以慰民望，食天之禄，庶乎无愧[13]。乃若移为国为民之思于而身、而家、而妻子思，则岂余所知哉[14]？"诸君曰："言是也。"遂记之。

选自康熙《楚雄府志》卷九

【简注】〔1〕楚雄郡治：楚雄郡，指楚雄府，明洪武十五年（1382）以威楚路改置。治所在今楚雄市。管二州五县。清沿置府，领三州四县。1913年废。厅事：官府办公的地方。古作"听事"。后世把私宅的堂屋也称厅事。前守尹公：指前任楚雄府知府尹昭（吉水监生，成化年任）。尹离职后接任知府的即本文作者赵熙。　　〔2〕成化七年冬：即公元1471年冬天。成化，明宪宗年号。来守是邦：来作此地的郡守（知府）。同寅：同官，同僚，同一官署的官吏。尘襟：世俗的怀抱。　　〔3〕休戚：喜与忧。　　〔4〕《易》：《周易》，儒家经典五经之一。　　〔5〕素其位：空有其位，指在位不履职者。素，空、挂名的。　　〔6〕惕励：即居安思危，激励自己。惕，敬畏，戒惧。《易·乾》"君子终日乾乾，夕惕若厉，无咎。"《后汉书·马皇后记》："日夜惕厉，思自降损，居不求安，食不求饱。"　　〔7〕是故：因此。燕休：休息。　　〔8〕何以：以何，用什么（办法）。　　〔9〕与凡：举凡，所有。　　〔10〕间（jiàn）：参与。　　〔11〕矧（shěn）：况且，何况。志称：《楚雄府志》说。僰（bó）：古代西南少数民族名。此乃泛指。　　〔12〕中华：指内地、中原地带。齿：次列，并列。　　〔13〕副：相称，符合。帝：君王。简：简册，泛指书籍、旨意。庶乎：几乎。　　〔14〕而身、而家、而妻子：其中的"而"，即尔、你、你们。

（张德鸿）

王　臣（一篇）

　　王臣，字世赏，江西庐陵县（今泰和县）人。明代进士。弘治年间（1488～1505）任按察副使。
　　《咸阳王庙铭》是一篇旌表性文章，前记后铭，高度颂扬了赛典赤·瞻思丁在行省任职六年治滇的德政。对其流惠南疆、举贤用能、兴利除害、利国便民的显业丰功给予了充分肯定和高度的历史评价；对其安定云南、抚慰各族、恢复和发展生产造成的兴旺局面流露了思慕之情；并对其一心为政、终老任上的敬业精神表示无限的崇敬。
　　铭文赞誉满纸，颂歌飞扬，丽辞闪亮，格调高昂，实为一篇优秀的政论散文。

咸阳王庙铭[1]

　　世之庙食垂万世而不绝者，不于功，必于德[2]。德难知而功易见，其宜祀之，均也。昔羊祜、杜预之守襄阳也，祜以德，预以功[3]；李冰、文翁之治蜀，冰以功，翁以德[4]。见诸事业之大，感于人心之深，皆卓乎莫之尚已[5]。然其所优劣轩轾，亦自较然矣乎[6]！惟存于内者真，行于外者义，巍然炳然，合二者而有之，是其所以奋百代而超千祀，盖有不随死而磨灭者矣[7]。若有元行中书省平章事赛公咸阳王，其殆庶几乎[8]！
　　王本讳赡思丁，为乌孙国师之后[9]。其国言"赛典赤"，犹华言"贵族"也。至元甲戌，王奉诏镇诸夷藩，遂来滇南，举贤用能，分职理务[10]。下车之初，以兴学育才为先，建文学，岁祀于二丁，收置载籍，以示学者[11]。抵大理，询父老诸生利国便民之要，博采而力行之，政声大著，南荒之人翕然向化[12]。由是，省徭役，收散亡，恤鳏寡，备水旱，优礼贤士，汰去冗员，置屯田以便攻守，薄税赋以广行旅，饥寒者衣食之，流散者抚字之[13]。凡兴利除害之事，靡所不究[14]。又建省堂，治驿馆，修桥梁，兴市井，百为之备而民不知其劳。十二年冬，会罗槃甸叛，王往征之[15]。诸将请攻，王不许，务以德降。卒有乘城进攻者，王命缚之。罗槃王闻之，遂举国降。诸酋长各献金币，奔走若不暇。王遣郎中杨琏谕迤西和泥诸部，皆望风而靡[16]。比卒，安南王遣使齐经，为文致祭，百姓号泣震野[17]。已，乃请诸朝，赠守仁佐运安远济美功臣太师、开府仪同三司、上柱国、咸阳王，谥忠惠[18]。大明有天下，云南入职方，王仍庙食焉[19]。因记而铭之。铭曰：
　　　　王昔奉命治西秦，陶民以义嘘以仁[20]。甘棠馀爱千家春，遗黎口碑同琰珉[21]。帝遣南滇化边氓，《诗》《书》《礼》《乐》浇漓醇[22]。邦人戴之父母亲，蛮夷信之蓍龟神[23]。挺乎庙谟必臣邻，森乎功烈罗星辰[24]。犬羊缩伏敢狺狺，春阳发育皆旼旼[25]。酋王胆落拜望尘，愿为赤子贡国珍[26]。表德旌勋优诏频，公摺躬圭俨冠绅[27]。钟喧鼓考笾豆陈，诸侯佩玉来精禋[28]。王执玉鞭骑苍麟，龙旗兽盾千百人[29]。旱施澍泽无边垠，疾应祷事无呻吟[30]。王之博惠侔化钧，王之英爽如星辰[31]。我歌乐章荐溪蘋，愿王世世庇滇人[32]。

选自天启《滇志》卷二五

【简注】〔1〕《咸阳王庙铭》：正德《云南志》收此文，题为《重修咸阳王庙碑》，天启《滇志》收录时有删节。咸阳王，元世祖忽必烈对赛典赤·瞻思丁的追赠。至元十一年（1274），忽必烈认为云南"因委任失宜"，致"使远人不安"，便拜赛典赤为云南行中书省平章政事，尽心治滇。至元十六年（1279），赛典赤卒于任上，"葬鄯阐北门"。赛典赤在滇六年，政绩突出。他正确处理中央和地方（宗王）的关系及民族关系，稳定了云南行省的局势。继而设置郡县，减轻赋税，实行民屯，修建水利灌溉系统，恢复和发展生产；并兴儒学，创明伦堂，培育人才，传播先进的中原文化，改善民族关系，巩固了元王朝在云南的统治。赛典赤不愧为元代有作为的回族政治家。死后百姓巷哭，"号泣震野"。他组织创修的松花坝水利灌溉系统至今仍造福人民。1961年，昆明市人民政府将赛典赤墓列为重点文物保护单位。咸阳王庙：据《云南通志》卷十二"祠祀"载，咸阳王庙"旧为启圣祠，在府（云南府）右"，后来"即祠建庙，祀元封咸阳王赡思丁焉"。明"万历元年（1573）巡抚侍郎邹应龙莅滇，谓王（指咸阳王）虽有功，兹土夷族也，庙不宜与先师（指孔子）峙"。于是，"迁王庙于城南"，并有"迁庙告文"遗世，阐述迁移之理。认为将庙"改迁于滇城（昆明）之阳（南面），俾华夷有辨，而王亦永无坠祀，王心亦可安也。咸阳王庙今在何处已不可考。铭：文体的一种。清金农《冬心斋铭·自序》："文章之体不一，而铭为最古。"古代常刻铭于碑版或器物，或以称功德，或以申鉴戒，后成为一种文体。商代铭文皆简短，西周以后渐有长篇。其特点，曹丕《典论·论文》说"铭诔尚实"，晋陆机《文赋》云："铭博约而温润。"南朝梁刘勰《文心雕龙》还有《铭箴》篇，对"铭"论述较深。　〔2〕庙食：死后得立庙，享受祭祀。《后汉书·梁统传》附梁竦曰："大丈夫居世，生当封侯，死当庙食。"　〔3〕羊祜（221~278）：西晋泰山南城（今山东费县西南）人，字叔子。晋武帝（司马炎）代魏后，与祜筹划灭吴，于公元269年出镇襄阳。他开屯田，储军粮，作一举灭吴的准备。平日，轻裘缓带，身不披甲，还与吴将陆抗互通使节，从不发兵袭击，绥怀远近，以收江东及吴人之心。死后，南州人为之罢市巷哭，其部属于岘山祜平生游息之所建碑立庙。碑命名为堕泪碑。《晋书》有传。杜预（222~284）：字元凯，京兆杜陵（今陕西西安东南）人。西晋大将，著名学者。公元278年羊祜卒，他以镇西大将军代镇襄阳。征发民工，兴修水利，灌田万馀顷，被称为杜父。太康元年，率兵灭吴，以功封当阳县侯。《晋书》有传。　〔4〕李冰：战国时水利家。大约公元前256年至前251年被秦昭王任为蜀郡守。他征发民工在岷江流域兴办了许多水利工程，以都江堰为最著名，二千二百多年来在川西平原效益显著。他还主持凿平了青衣江的溷崖（今四川夹江县境），治导什邡等县的洛水和邛崃等县的汶井江，又穿广都（今双流县境）盐井诸陂池等工程，造福蜀地人民。事见《华阳国志·蜀志》。文翁：西汉庐江舒县（今安徽庐江西）人。景帝末，任蜀郡守。曾派小吏至长安，就学于博士。又在成都市中设官学，招属县子弟入学。入学者免除徭役，成绩优良者可补郡县吏。这些措施对当地文化的发展有所促进。武帝时，令天下郡国立学校官，自文翁为之始。文翁后用为称颂循吏的典故。事见《汉书》。　〔5〕诸：相当于"之于"。

卓：高超，高明。莫之尚已：即莫尚之也。否定句中代词作宾语前置，意为"没有谁超过他"。尚，超越、超过。已，语气词，和"矣"相当。　〔6〕轩轾：车舆前高后低（前轻后重）称轩，前低后高（前重后轻）称轾。引申为轻重、高低。《诗经·小雅·六月》："戎车既安，如轾如轩。"较然：显明的样子。见《史记·平津侯主父传》："轻财重义，较然著明，未有若故丞相平津侯公孙弘者也。"　〔7〕巍然：高大貌。炳：显著、显赫。百代：犹言百世，历时长久之意。千祀：千年。殷代称年曰祀。《书·伊训》注："祀，年也。夏曰岁，商曰祀，周曰年，唐虞曰载。"　〔8〕殆：大概。庶几（jī）：相近，差不多。后用"殆庶"，指近似之意。　〔9〕乌孙：汉代西域国名，在今新疆伊犁河流域。汉武帝时，张骞曾出使乌孙，修结和好；汉武帝还两次以公主嫁乌孙王。属西域都护。国师：官名。　〔10〕至元甲戌：元至元十一年，即公元1274年。分职理务：按职位管理要务。　〔11〕下车：官吏初到任之称。二丁：二老（父母），泛指祖先。　〔12〕南荒：南方边地。荒，边远、远方。禽（xī）：聚合，趋附。向：接近，转向。化：教化，移风易俗。　〔13〕鳏（guān）寡：老年无偶的男女。鳏，老而无妻曰鳏。寡，老而无夫曰寡。抚：抚育，抚养。字：哺乳，抚养。　〔14〕靡（mǐ）所不究：没有什么不予谋划。靡，无。所，特指代词，指……的方面、……的地方、……的问题。究，谋划、寻求。　〔15〕罗槃：亦作罗匐、罗必、椤槃，大理国置罗槃部。地在今元江哈尼族彝族傣族自治县。元至元二十五年（1288）置元江路，所属十二部中有罗槃部，为路治所。甸，盆地、坝子。古代云南某些县和县以下的地方常称甸，有的至今尚存，如中甸、寻甸、七甸、沙甸等。　〔16〕迤西：道名，行政区划名。清雍正八年（1730）置迤西道，辖今大理、保山、临沧、楚雄、丽江等地区。1913年置滇西道。又旧时习惯称昆明以西为迤西，昆明以南为迤南，昆明以东为迤东，合称"三迤"，用以代指云南。和泥部：元代至元十三年（1276）平定和泥族各部，于十五年置和泥路。和泥，又作"和尼"、"罗缅"，即"哈尼"。靡（mǐ）：披靡，草木随风倒伏，喻归顺、降服。　〔17〕比：及、等到，介词。安南：本唐安南都护府地。五代晋时独立，建国号为瞿越、大越等。北宋开宝八年（975）封其王为交趾郡王；南宋隆兴二年（1164）改封安南国王。此后称其国为安南。明永乐时以其地置交趾省，宣德二年（1427）复独立建国，仍称安南。15世纪以后，其南部国土不断扩展，于清嘉庆七年（1802）改国号为越南，清政府对其亦改称越南。1884年沦为法国保护国。第二次世界大战后，宣布独立。遣使齐绖（dié）：派遣使臣齐着丧服。绖，古代丧期结在头上或腰间的麻带。《云南通志》卷九"官师"载：赛典赤·瞻思丁死后，"交趾王（即安南王）遣使者十二人赍经为文致祭，其辞有生我育我、慈父慈母之语，使者号泣震野"。　〔18〕赠：追封。历代朝廷赐给诰敕，生前曰封，身后曰赠。"赠"字后面的文字为追赠赛典赤的官爵名号。谥（shì）：谥号。帝王、贵族、大臣、士大夫死后，依其生前事迹给予的称号。明清时定谥号属于礼部，之前系由太常博士作谥议，给事中对名实不符者再议定。　〔19〕大明有天下：指明代拥有天下，明王朝建立。入职方：指云南归入明代的管辖范围，进入了明朝的版图。职方，官名。《周礼·夏官》有职方氏，掌天下地图，主四方职贡。明清时在兵部下设有职方清吏司，其职责为掌舆图、军制、征讨之事。　〔20〕西秦：战国时地处西方的秦国；或指晋时十六国之一，有今甘肃西南部之地。这里指咸阳王昔日曾治理过西秦之地。陶民：陶冶、化育老百姓。〔21〕甘棠：《诗经·召南》篇名。本怀念好官召伯（召虎或召奭）的诗，思其德，颂其功。此用作称颂咸阳王的政绩和功德。馀爱：遗爱，留存的爱。遗黎：即遗民、前朝之民、元代生活过的人。口碑：喻大众口头之称颂，如刻文字于碑上，指口头传述。琰珉（yǎnmín）：发光的美玉。琰，有光泽。珉，似玉的美石、珉玉。字亦作"玟"、"璠"、"磻"。　〔22〕边氓（méng）：边地之民。氓，草野之民。《诗》、《书》、《礼》、《乐》：古代经书，指《诗经》、《尚书》、《礼记》、《乐经》。此泛指五经，儒家文化。浇漓（lí）醇：浇灌美酒。漓，本作"醨"，薄也。醇，醇醪，味厚的美酒。　〔23〕邦人：国人。戴之：爱戴他。戴，尊奉、推崇。蓍（shī）龟神：像神前占卜般神异。蓍，多年生草本植物。古代用来占卜。龟，龟甲，古时卜筮工具。筮用蓍草，卜用龟甲。　〔24〕挺：特出，突出，杰出。庙谟：

犹"庙谋",谋划,朝廷对国事的计谋。森乎:犹"森森",高耸、盛大。功烈:功绩。烈,业也。罗:排列。星辰:众星的总称。句指赛典赤的巨大功绩就像天上排列整齐的星星闪亮,人人目睹。　〔25〕敢狺狺(yín):怎敢狂叫。狺狺,犬吠声,借指攻击的言论。宋玉《九辩》:"猛犬狺狺而迎吠兮,关梁闭而不通。"旼旼(mín):又作"旻旻",旻天、上天。　〔26〕胆落:即"落胆",喻惊惧至极。宋文同《积雨诗》:"职事有出入,常抱落胆惊。"拜望尘:远远望见即行叩拜,望尘而拜。赤子:赤胆忠心的子民。　〔27〕优诏:嘉奖的诏书。优,优奖。　〔28〕钟喧鼓考:敲钟击鼓声中。喧,声大而繁闹。考,击也。笾(biān)豆:祭祀的礼器。竹制曰笾,木制曰豆。陈:陈列、陈设。精禋(yīn):诚心祭祀。精,精诚、纯一。禋,禋祀、祭祀。　〔29〕苍麟:苍龙和麒麟。兽盾:绘有兽形图案(花纹)的盾牌。　〔30〕澍泽:时雨。　〔31〕侔:相等。化钧:上天造化。化,化育、教化、造化。钧,钧天,国政。　〔32〕荐溪蘋:喻进献祭品。荐,献、进。蘋,植物名。生浅水中,叶有长柄,柄端四片小叶成田字形,也叫田字草。夏秋开小白花。古人常取供祭祀之用。《诗经·召南·采蘋》:"于以采蘋,南涧之滨。"庇:庇护。

（张德鸿）

陈　金（一篇）

陈金（1446～1528），字汝砺，号西轩。湖北应城县人。明成化八年（1472）进士。授婺源（江西省东北部）知县，擢南京御史。弘治初，出按浙江。既而任云南左布政使、右副都御史。《滇志》称其"裕有经纶，雅胜负荷"。正德（1506～1521）间，以右都御史总督两广军务，以军功进左都御史。正德六年（1511），又受命总制江西军务，用兵贪残嗜杀，大肆剽掠，遂为言官交章弹劾，被召还。十年再起，督两广军务。后掌都察院事。嘉靖元年（1522），请老归。

陈金的《海口记》，先写滇池的形势："下流地势颇高，加以两山沙石雨水冲入"，以致众流会溢，泛滥成灾，滨海之"膏腴沃壤浸没十之八九，民甚苦之"。突出了解决这一问题的必要性与迫切性。在此背景下，作者"受巡抚寄"，会同众官积极主持了海口的疏浚工程。文章写施工的始末及规模，写工程的成功及其显著效益，具体详实，令读者如身历其境。文章的结尾，先设问答，说明"浚水出田"，只是一方、一时之利，远不能与功在"九州"、"百世"的夏禹、赛典赤相比，虽是谦词，亦是实情。次则勉励"后之继其事者"，"见河流壅塞即督工浚之，见旱坝毁损即督工修之"，使滇池永不为患，为滇人造"亿万载无穷之利"。表达了作者"忧民之忧，利民之利"的可贵思想。

海 口 记

滇池在云南会城之南，周迴三百馀里，诸山之水皆归焉[1]。其水自南流而西折，历安宁、富民，入金沙江。源广末狭，若倒流然，滇之名所由始也[2]。滨池之田无虑数百万顷，皆膏腴沃壤，亩入可六七石[3]。顾下流地势颇高，加以两山沙石雨水冲入，众流之会日溢焉[4]。故泛滥弥漫，而膏腴沃壤浸没十之八九，民甚苦之[5]。弘治己未，巡抚李公若虚慨然有志疏浚，予时为左布政司使，承命偕按察使陈君敬、都指挥佥事孙君辅往视之，得其所以泛滥弥漫之故[6]。归白于公，而东作方兴，其事已后时，无能为矣[7]。

庚申冬，予受巡抚寄，水患滋甚，军民恳乞疏浚者日急[8]。辛酉夏，乃会镇守刘公明远、总戎沐公镇之，及藩臬诸君，相告曰："滇水为害久且大矣，御灾捍患，非吾辈分外事[9]。"金曰："公忧思及此，地方之福，军民之幸也，其共图之[10]。"遂伐木于山，采竹于林，取海箪于水，成铁具于冶，攻器物于肆，俱命官董之；按察副使曹君玉实督率而经理之[11]。未几，曹又为抚彝之务所夺，爰会刘、沐二公起借六卫军馀，安宁、晋宁、昆阳三州，昆明、呈贡、归化、易门四县民夫二万有奇，各委官分领，而提督其事，则按察司佥事范君平也[12]。壬戌正月望，予偕刘、沐二公诣海口神祠，竭诚告祭[13]。翌日诣下流滩厂筑坝障水，自坝而下至青鱼滩，凡若干里，以卫、州、县官夫画地分工、照界疏浚，以一丈五尺为则，不及数者，因地势也[14]。青鱼滩上至石梁河，皆横石，乃相度地势，于青鱼滩之左，石梁之右，各新开一渠，广三尺许，水从此泄，而横石不能为河流之碍[15]。至黄泥滩、黄十嘴、平定铺、白塔村等处，以及官庄上下，栏水乱石凡阻塞河流者，悉平治而尽去之[16]。未几，范归视司篆，以副司毛公科代之[17]。又于河之两崖，环筑旱坝十有五座，以栏两山水冲流壅塞河道之患[18]。各设坝长一、坝夫十守之。军民夫匠，各给以粮，粮皆取诸屯仓，及赎罪之数，无滥费也[19]。

　　三月十有六日，毛因工匠告完，且军民布种者急于得水，移文于余，而障水之坝拆焉[20]。水得就下，其声如雷，不数月而池之水十已去其六七，不复昔之泛滥弥漫矣；地土尽出而所谓膏腴沃壤者，不复昔之浸没矣。乃命云南知府张凤，指挥魏闰，查勘退出田地，前后约百万有奇；将有主而入赋者给之，主与赋俱无者，查给附近军民与主有而赋无者，验数升科焉[21]。通计赋之增者若干石，查滨海州、县、卫、所，递年虚赔之数而尽补之，苏军民之困也[22]。患之消，利之兴，惠之及于人者，盖亦大且溥矣[23]。藩臬长贰李君诏、王君弁金，以事之首末皆予所究心者，爰恪恭请予记之[24]。

　　或者问予曰："夏禹决汝汉，排淮泗，而注之江，万世永赖[25]。公浚滇池而注之金沙江，与禹功不相类乎[26]？"予曰："不然，禹之功在九州，予特为一方之利耳[27]。"又曰："元赛典赤凿金汁渠，引松华水以溉滇城东西之田，至今滇人仰其利而庙祠之[28]。公浚滇池之水而由之出者，动以数百万计，较之赛典赤之功大乎？"予曰："不然，赛典赤凿渠引水，滇人以享百世之利[29]。予浚水出田，特今日事，但恐将来下复淤塞，水复泛滥，而田复浸没，则又不逮赛典赤者多矣[30]。今予将有去志，后之继其事者，忧民之忧，利民之利，而加之意焉[31]。见河流壅塞即督工浚之，见旱坝毁损即督工修之。俾两山沙石终不入河[32]。下流滔滔，终无阻碍[33]。使泛滥弥漫者，不复再见，而膏腴沃壤，不复淹没。黄云蔼于陇亩，嘉谷如茨如梁，则将为滇人子孙亿万载无穷之利，而予生平至愿足矣，夫复何言[34]！"问者唯唯而退，遂并书而记之焉[35]。

选自康熙《云南府志》

【简注】〔1〕滇池：一称昆明湖，古名滇南泽。《史记·正义》引《括地志》云："滇池泽……水源深广而更（经过）浅狭，有似倒流，故谓滇（颠）池。"又说因古代这里聚居有滇部落，故名。后说近是。位于昆明市区西南。面积330平方公里，为云南第一大湖。由西南岸海口向北流出，经螳螂川入金沙江。会城：省城昆明。迥（jiǒng）：远。归：归附，归入。　〔2〕历：经过。安宁：安宁州（今安宁市），明、清均属云南府。位于滇中，现属昆明市。有螳螂川，为滇池出口。富民：富民县，位于滇中，现属昆明市。螳螂川过境，注入金沙江。金沙江：指长江上游从青海玉树县巴塘河口至四川宜宾岷江口一段。自德钦的德拉村进入云南省境，流经丽江、东川、昭通等20县、区、市入四川省。云南省境内河长1 560公里，流域面积达100 100平方公里。流域内有滇池、泸沽湖等湖泊。　〔3〕滨（bīn）池：靠近滇池。滨，靠近（水边）。无虑：大约，大概。副词，表示不十分精确或不十分详尽。顷：一顷等于100亩。膏腴：土地肥沃。石（dàn）：容量单位。十斗为石。　〔4〕顾：只是，不过。连词，表示轻微的转折。两山：指金马山、碧鸡山。两山相峙，中隔滇池。溢：水满外流。　〔5〕弥漫：水盈满。浸没：淹没。　〔6〕弘治：明孝宗年号（1488~1505）。己未：弘治十二年（1499）。巡抚：地方最高长官。每省一员，地位次于兼辖二三省的总督。李公若虚：李士实，字若虚，江西丰城县人。明成化二年（1466）进士。弘治间任云南巡抚兼右副都御史。慨然：慷慨地。疏浚：疏通开浚。予：我。布政使：明洪武九年（1376），改各行中书省为承宣布政使司，改原行中书省参知政事为布政使。十四年（1381），增设为左右布政使各一人。布政使为一省行政长官，从二品。总督、巡抚之制建立后，布政使权位渐轻。按察使：明各省置提刑按察使，为一省司法长官，兼具监察职能。按察使正三品，副使正四品，下设佥事，正五品，员数无定。副使、佥事分道巡察。陈君敬：陈敬，生平未详。都指挥：明置卫、所于各地，以都指挥使司为常设统率机构，长官都指挥使为地方最高军事长官。佥（qiān）事：明都督、都指挥、按察、宣抚等，都置佥事。其职务为协助各官，总管文牍。孙辅：字良佐，浙江丽水县人。故：原因。　〔7〕白：禀告，陈述。东作：春耕生产。《书·尧典》："寅宾出日，平秩东作。"孔传："岁起于东，而始就耕，谓之东作。"事：疏浚之事。后时：过时，时间较晚。无能为：不能有所作为。　〔8〕庚申：弘治十三年（1500）。寄：付托，委托。滋甚：更加严重。《左传·昭公元年》："其虐滋甚。"急：迫切。　〔9〕辛酉：弘治十四年（1501）。镇守：明代镇守边防的将官分五等，全镇一方的叫镇守，协同主将的叫协守，独镇一路的叫分守，各守一城一堡的叫守备，其次叫备倭。刘公明远：刘明远，生平未详。总戎：犹"主将"、"统帅"。沐公：沐崐，参将诚长子。以武僖公（沐琮）无嗣，袭黔国公。弘治九年（1496）继镇云南，加太子太傅。卒，赠太师，谥庄襄。子绍勋，于正德十六年（1521）继镇。藩：藩台。明清布政使的别称。主管全省民政、田赋与户籍等事。臬（niè）：臬台。明清时按察使的别称。捍：保卫，防御。《晋书·孝怀帝纪论》："捍其大患，御其大灾。"分（fèn）：亦作"份"，职分，职责的限度。　〔10〕佥：全，都。其：当，应当。图：计议，谋划。　〔11〕遂：就，于是。连词，表示后一事紧接着前一事。箄（pái）：筏子。一种水上交通工具，用竹子或木头平排地连在一起做成。冶：冶炼，熔炼（金属）。攻：制造，加工。器物：各种用具的统称。肆：手工业作坊，市集贸易之处。董：监督，督察。曹君玉实：曹玉实，生平未详。督率：监督指挥。经理：经手管理。　〔12〕未几：不久，没多时。抚：安抚，抚慰。彝：我国少数民族之一，主要分布在四川、云南、贵州和广西。夺：（工作）改变、变动。爰：乃，于是。连词，用在句子的开头，表示后一事紧接着前一事。起：拟定。卫：明代实行卫、所兵制，大抵以5 600人为卫，1 120人为千户所，112人为百户所。云南24府，共设20卫。其中左卫、右卫、中卫、前卫、后卫，治所均在云南府。晋宁州：元置。领呈贡、归化二县。明清沿旧制，属云南府。位于滇中。1913年废州为县，现属昆明市。昆阳州：元置。以在滇池之南，故名。领三泊、易门、河西三县。治所即今晋宁县昆阳镇。明、清沿旧制，属云南府。昆明县：元置。明清均属云南府，为云南省会治所。1953年撤销并入昆明市。呈贡县：位于滇中。现属昆明市。归化县：元置。治所在今呈贡县归化。清康熙七年（1668）并入呈贡县。易门县：元置。位于滇中。夫：旧指从事体力劳动或被役使的人。奇（jī）：零数，单数。委：委派。领：率领，管领。提督：领导监督。范君平：范平，生平未详。　〔13〕壬戌：弘治十五年（1502）。望：夏历每月十五日为"望日"。望日太阳西下时，月球正好从东南升起，呈现"望月"的月相。诣：前往，去到。竭诚：竭尽忠诚，全心全意。告祭：祭祀祷告。　〔14〕翌（yì）日：明日，次日。滩：湖、河、海边泥沙淤积而露出水面的地方。障：阻隔，遮挡。官夫：官吏与民夫。界：界限，一定的范围。则：准则。　〔15〕相（xiàng）：考察勘测。《诗·大雅·公刘》："相其阴阳。"度：丈量，测量。《诗·大雅·公刘》："度其隰原。"渠：人工开凿的水道、沟渠。许：约计的数量。　〔16〕栏：通"拦"。阻挡，遮住。平治：治理，整治。《淮南子·人间训》："禹凿龙门，……平治水土。"　〔17〕归：返回（按察司）。视：视事，治事。司篆：掌管官印，处理政务。篆，印章多用篆文，故用作官印的代称。接印为"接篆"，代理叫"摄篆"，政务为"篆务"。毛君科：毛科，字应奎，浙江余姚县人。进士。弘治间任云南布政使司左参政、按察使副使。　〔18〕旱坝：不蓄水的拦河坝。壅（yōng）塞：堵塞不通。　〔19〕坝长（zhǎng）：看守堤坝的负责人。屯（tún）：聚集，储存。赎罪：用财物抵销所犯的罪过。滥费：胡乱地、过度地花费。　〔20〕告完：完成，完工。布种：播种。　〔21〕知府：宋以朝臣充各府长官，称以某官知（主管）某府事，简称知府。明以知府为正式官名，为府的行政长官，管辖所属州县。张凤：字应时，江西宜春人。弘治间任云南知府，天启《滇志》称他"刚断截然，令行禁止，而无留事"。指挥：明置卫、所于各地，各卫设指挥使司，有指挥使等官。指挥使可简称为指挥。魏国：生平未详。将（jiāng）：拿，取。主：物主，田地的所有人。入赋：缴纳赋税。验：检验，察验。数：数目，土地的亩数。升科：旧时凡新垦荒地满一定年限后，政府照一般田地收税条例开始征收钱粮，称"升科"。　〔22〕通：全，遍。海：指"滇池"。递年：连年，累年。赔：亏损，损失。补：补偿，弥补。苏：苏醒，死而复生。引申为困顿后得到休息。　〔23〕溥（pǔ）：广泛，普遍。　〔24〕长（zhǎng）：上级，长官。贰：辅佐，担任副职的官员。李君诏、王君弁金：李诏、王弁金，生平未详。究心：专心研究。明宋濂《白云稿序》："古今诸文章大家亦多究心。"恪（kè）恭：谨慎而恭敬。　〔25〕夏禹：夏朝的开国之君。传说他原为舜的臣子，采用疏导法治理水患，奠定了高山大川，造福人民。后来舜把天下禅让给了他。决汝汉：开通汝水和汉水。汝水，在今河南省，东流入淮河。汉水，长江最长支流。排淮泗（sì）：排除淮河和泗水的淤积。淮河发源河南，经安徽入江苏。泗水发源山东，流经江苏省北部注入淮河。注之江：使汝、汉、淮、泗四条水流注入长江。按：以上四条水流只有汉水流入长江，汝水、泗水流入淮河，淮河入海，所以孟子所说不很确切。邹汉勋、萧穆等人为此有详细考证。　〔26〕类：相似。　〔27〕九州：传说中我国的上古行政区划。《书·禹贡》作冀州、兖州、青州、徐州、扬州、荆州、豫州、梁州、雍州。　〔28〕赛典赤：赛典赤·瞻思丁（1210～1279），回族。元至元十一年（1274）拜云南行中书省平章政事。在滇六年，善政甚多。卒，百姓巷哭。金汁渠：又称金棱河。在昆明市东郊。宋宝元三年（1040）大理国段素兴创建。由松华坝分盘龙江水，南流入滇池。长约30公里。松华：松华坝水库，在昆明东北郊，黑龙潭北面。依松华山谷筑坝，故名。始建于元代，明清以来，多次改建维修。仰：依靠。庙祠：建庙祭祀。　〔29〕世：古称三十年为一世。　〔30〕特：只，仅仅。副词，表示限于某个范围。不逮：不及，比不上。　〔31〕加之意：加以留心、注意。　〔32〕俾（bǐ）：使。　〔33〕滔滔：水势盛大貌。　〔34〕黄云：金黄的稻谷，堆积如云。蔼：油润貌。《管子·侈靡》："蔼然若夏之静云。"陇亩：田亩。陇，通"垄"，田埂。如茨如梁：《诗·小雅·甫田》："曾孙之稼，如茨如梁。"曾孙庄稼堆满场，高如屋顶如桥梁。茨（cí）：用芦苇、茅草盖的屋顶。至愿：最大的心愿。足：满足。夫复：又，还。夫，发语词，用在句首，加强语气。何言：说什么呢，有什么可说的。　〔35〕唯唯：应答、应诺声。

（吴培德）

杨士云（二篇）

杨士云（1477~1554），字从龙，号弘山（一作宏山），别号九龙真逸。大理喜洲人，白族。明弘治辛酉（1501）科解元，正德丁丑（1517）进士，选翰林院庶吉士。历官工科、兵科、户科给事中，为言官40年。一生清介。辞官归里后，乡居"甘贫自乐，绝迹城市"，与杨升庵、李元阳、张含等人游，被誉为云南"杨门六学士"之一。日枕经籍，著述甚丰。著有《皇极》、《天文》、《律吕》、《咏史》、《黑水集征》、《郡大记》、《弘山诗文集》等，并主纂《大理府志》，为民族文化的发展作出了积极贡献。现存民国初年刻本《杨弘山先生存稿》12卷，是其著述结晶。

杨士云在文学和学术上均有较大成就，人品也为人称道。他不随俗浮沉，挂冠归隐，居乡20年，仍保持清贫廉洁、孜孜以求的生活作风；即使面临绝粮，濒于以菜果腹的窘境，也不受人馈赠；即使屋不蔽风，也不愿官员照顾修葺；即使生活紧缺，也拒绝土官送金购文。杨慎写了《寄杨弘山都谏》一诗，表达了他对杨士云的崇敬心情："螭头早挂进贤冠，迹远东埋玉笋班。倦意已还飞鸟外，归心元在急流间。仙郎高议留青琐，学士新诗满碧山。十九峰前同醉处，梦中琼树几回攀。"

杨士云的《苍洱图说》，体现了他清新、简练的散文风格。全文不到六百字，就描绘了苍山洱海千姿万态的瑰丽景色，令人神往。

金沙江是云南省内流程最长、流域面积最广、水能开发潜力最大的河流。在云南境内有支流约182条，永胜、宾川至绥江、盐津之一段，地势较和缓，可资航运，而江底暗礁横生，水流汹涌，操舟非易。元、明以来多有开通河道之议，如明正统（1436~1449）间靖远伯王骥，嘉靖（1522~1566）初巡抚黄衷、巡按毛凤韶（撰有《疏通边方河道议》），清乾隆（1736~1795）间张凤孙（撰有《金江志》）、师范（撰《云南水道纪略》）等，都对金沙江河道的疏通有所倡议，限于历史条件，议竟不行。近人有关开通金沙江的议论亦很多，如荷兰水利工程师曾撰《金沙江查勘试航报告》（见方国瑜主编《云南史料丛刊》第四卷）。杨士云《议开金沙江书》一文，对金沙江的流向、流程及其支流记之颇详，言之颇切。文中着重指出：金沙河道的开通，对于防止"边患"、维护多民族国家的统一具有重要作用。云南地处边陲，又是多民族聚居，强调"大一统"，确是很有见地。

苍洱图说

苍洱之景，嶂峦万叠，戴雪腰云，如列屏十九曲峙于后者，点苍山也[1]；波涛万顷，横练蓄黛，如月生五日潴于前者，叶榆水也[2]。按郦道元《水经注》："叶榆水，一名洱水，西汉于此置益州郡叶榆县。"[3]夏秋之交，山腰白云，宛如玉带，昔人题云："天将玉带封山公"[4]。五月积雪未消，和蜜饷人，颇称殊绝。峰峡皆有悬瀑，注为十八溪[5]。溪流所经，沃壤百里，灌溉之利，不俟锄疏，舂碓用泉，不劳人力。石家金谷园，最夸水碓，此地独多[6]。剖山取石，白质黑章，以蜡沃之，则有山林云物之状，唐相李德裕平泉庄命曰"醒酒石"，香山白侍郎命曰"天竺石"，好事者往往取为窗几之玩[7]。

郡之方位，延庚挹辛，宾夕阳而导初月，盖与海临之西湖、洪永之西山、嘉定之峨眉、齐安之临皋、滁之琅琊同一快丽[8]。若夫四时之气，常如初春，寒止于凉，暑止于温，曾无褦襶冻栗之苦，此则诸方皆不能及也[9]。且花卉蔬果，迥异凡常；岛屿湖陂，偏宜临泛；一泉一石，无不可坐；风帆沙鸟，晴雨咸宜；浮图钜丽，玉柱标穹[10]；杰阁飞楼，连幢萃影；翠微烟景，荫蔚葳蕤[11]。千态万貌，不可为喻。至其地者，使人名利之心消尽。崇圣鸿钟，声闻百里[12]。诸峰钟韵，递为连属。沧波渔火，满地星辰。峡壁涧峰，植圭攒剑[13]。时有隐君子诛茅其中[14]。唐人诗云："灯悬千嶂夕，幔卷五湖秋。"此语殆为斯地设也。又山水环抱如两弛弓，弓弰交处，是名两关[15]。天设之险，兵燹不及[16]。水东摩崖题云："此水可当兵十万，昔人空有客三千。"[17]

是为奥区奇甸，世称乐土，顾僻在西陲，非宦游莫至[18]。今标二十四景，庶游者按谱而往，得以遍观[19]。乃此外别有胜处，非二十四所能限也。

选自天启《滇志》卷二五

【简注】〔1〕列屏十九：指苍山十九峰似排列的屏风。点苍山：即苍山，史籍记载中又称"玷苍山"、"熊苍山"，也有附会为佛经中的"灵鹫山"。白语称为"极造山"。属横断山脉，发脉于剑川县老君山，南北长约42公里，东西宽约24公里。崛起于洱源县沙坪，止于下关西洱河。 〔2〕潴（zhū）：水停聚的地方，亦指水停聚。叶榆水：即洱海。在古代文献中又称"昆弥川"、"西洱河"、"西二河"、"叶榆泽"、"昆明池"、"西洱海"等。北起洱源江尾，南至下关团山，长约40公里，面积约250平方公里，系断层陷落湖。 〔3〕《水经注》：北魏郦道元著。我国古代地理名著。40卷。记载了大小水道一千余条，穷源竟委，并较详细地记述了所经地区山陵、原隰、城邑、关津的地理情况，建置沿革和有关历史人物、事件，甚至神话传说，无不繁征博引。引书多至437种，成为6世纪前我国最全面而系统的综合性地理著作，且文笔绚丽，具有较高的文学价值。益州郡：西汉元封二年（前109）置。治所在滇池（今云南晋宁东）。三国蜀汉建兴三年（225）改建宁郡。辖境广阔，相当于今中缅边境高黎贡山以东，云南洱海以西及姚安、元谋、东川市以南，曲靖、宜良、华宁、蒙自以西，哀牢山以北地。 〔4〕玉带：苍山玉带云。夏末秋初的雨后初晴时，苍山常会出现一条乳白色的带状云，缠绕在半山腰，将百里苍山分为两截。云彩绚丽多姿，形似玉带，故称。"云横玉带"是大理"十奇"之一。明代诗人高可观《夏山云带》赞曰："秋夏之交雨乍晴，白云如带岭腰横；山公已受天封敕，吹老刚风裂不成。"大理白族群众相传，苍山"系玉带"（出现玉带云），大理坝子就会风调雨顺，五谷丰登。山公：指苍山之神。 〔5〕十八溪：苍山十九峰，峰间各成一溪，就叫十八溪。嘉靖《大理府志》载："凡十九峰……峰各夹涧，自山椒悬瀑，注为十八溪。"十八溪从北至南依次为：霞移、万花、阳溪、茫涌、锦溪、灵泉、白石、双鸳、隐仙、梅溪、桃溪、中溪、绿玉、龙溪、青碧、莫残、葶溟（一作葶蓂）、阳南。 〔6〕石家金谷园：指石崇所建金谷园。石崇（249~300），晋南皮（县名，在今河北东南部）人，字季伦，曾作荆州刺史。于河阳（县名，属河内郡，故地在今河南孟县西）置金谷园，奢靡成风，后被孙秀所谮，被杀。石崇和另一世族王恺斗富，骇人听闻。《世说新语·汰侈》记有其事。　　〔7〕劐（huà）山：指裂山，开山。劐，通《砉》（huò），拟声词，指破裂声。李德裕（787～849）：唐赵郡人，字文饶。父李吉甫为宰相，以荫补校书郎，历仕宪、穆、敬、文、武诸朝，为"李党"首领，与牛僧孺斗争激烈，史称"牛李党争"。武宗时，自淮南节度使入相。宣宗时，遭牛党打击贬官，卒于贬所。平泉庄：传说李德裕有平泉别墅，采奇花异竹、珍木怪石，为园地之玩。有醒酒石，醉则踞之。醒酒石：指大理石。相传云南大理石生产始于唐代。《云南风物志》说："唐李德裕平泉庄醒酒石即产此也。"《大理风情录》说："唐代的西川节度使李德裕又把它命名为'醒酒石'。"香山白侍郎：即白居易。白居易（772～846），字乐天。唐代诗人。贞元十六年（800）进士，授秘书省校书郎。晚年居洛阳香山，号香山居士。天竺石：白居易对大理石的称谓。天竺，山峰名，在浙江省杭州市灵隐山飞来峰之南，有天竺寺。白居易曾贬杭州刺史，对天竺熟悉，因之把大理石称为天竺山之奇石。　　〔8〕延庚挹辛：庚、辛，指位于西方。挹，牵引。宾夕阳而导初月：指夕阳斜射于此时，月亮就要升起了。宾，濒，迫近。海临之西湖：指杭州西湖。海临（宁），县名，在浙江北部，南临杭州湾。元改海宁州，1912年改县。著名的钱塘潮即在此，又叫海宁潮。洪永之西山：洪永，疑即"洪都"（江西南昌）。唐王勃《滕王阁序》有"南昌故郡，洪都新府"句。西山，一名南昌山，在江西新建县西三十里，道家以为第十二洞天。王勃《滕王阁序》有"珠帘暮卷西山雨"句。嘉定之峨眉：指四川的峨眉山。嘉定，宋代改嘉州为嘉定府，即今四川乐山市。峨眉山，在四川省峨眉山市西南。有山峰相对如蛾眉，故名。主峰万佛顶，海拔3 099米。峰峦挺秀，山势雄伟，誉称"峨眉天下秀"，为旅游胜地。齐安之临皋：齐安，齐安郡，今湖北黄冈县西北。杜甫有《忆齐安诗》。临泉，临皋亭，又叫临皋馆，在今湖北黄冈市南大江滨，甚清旷。苏轼《后赤壁赋》有"将归于临皋"。轼在黄州（隋改黄州，治所在黄冈）时曾寓居于临皋，因之有名。滁之琅琊（lángyé）：滁，滁州，在今安徽，治所为滁县。琅琊，又作琅邪（邪），山名。在滁州市西南。东晋时元帝为琅邪王，曾居此山，故名。宋欧阳修《醉翁亭记》一开始就说："环滁皆山也。其西南诸峰，林壑尤美。望之蔚然而深秀者，琅琊也。"　　〔9〕褦襶（nàidài）：本暑日谒客，喻炎热。冻栗：寒冷。栗，栗烈（凛冽），严寒发抖。　　〔10〕浮图：或云佛图，塔也。玉柱：玉雕之柱，形容华美的宫室、壮丽的古塔。亦可指雪峰。　　〔11〕翠微：轻淡青翠的山色。葳蕤（wēiruí）：纷披貌，或鲜丽貌。　　〔12〕崇圣鸿钟：崇圣寺的大钟。崇圣寺，又名观音寺，位于大理城西北约三公里处，现已毁坏无存，仅留下鼎峙的三塔（在苍山应乐峰下）。明徐霞客《滇游日记》载："是寺在第十峰之下，唐开元中建，名崇圣寺，前三塔鼎立，而中塔最高"，"巨丽与山埒（相等）。"王崧《南诏野史》载："开成元年（836）嵯巅建大理崇圣寺，基方七里，圣僧李贤者定立三塔，高三十馀丈。"鸿钟：崇圣寺大钟，悬于楼顶层，为建极十二年（871）造，"径可丈馀，而厚及尺"，"其声闻可八十里"。"万古云霄三塔影，诸天风雨一楼钟"。据载，巨钟已毁于清代。1994年10月，崇圣寺三塔文管所成立之后，已完成了南诏建极大钟的重铸和钟楼的重建。　　〔13〕植圭：挺立的玉圭。圭，玉之上尖下方者。攒（cuán）剑：攒立的利剑。攒，聚集，簇拥。　　〔14〕隐君子：指隐居的人。《史记·老子传》："老子，隐君子也。"诛茅：剪茅为屋。　　〔15〕弛弓：放松的弓。弰（shāo）：弓的末端。两关：上关和下关。上关，又叫龙首城、龙口城、南诏置。因在大厘城北，位在苍山北面云弄峰下，为南诏都城的北大门。旧时筑有坚固的城池，自山峰高处，直达洱海岸边，故称龙首关（上关）。地在今大理市喜洲镇上关村。下关，亦称龙尾关、龙尾城、石桥城。南诏阁罗凤筑，在大厘城南。南诏统一后，建都太和城，龙尾关是太和城的外城、南大门。今为大理州、市治所。　　〔16〕兵燹（xiǎn）：因战争所遭受的焚烧破坏，指战乱、战祸。燹，火，焚烧。　　〔17〕水东摩崖：洱海东边的摩崖。题：题句，题刻。　　〔18〕奥区：内地，腹地。甸：甸子，作地名。云南的县和县以下的地方常称甸。如中甸、寻甸、鲁甸、沙甸、妥甸等，大理亦有著名的花甸。宦游：外出做官。　　〔19〕二十四景：旧地方志载，大理有二十四景，各志书所说不一。《新编大理风物志》说，全州景点有一百三十多处。如果仅叙苍山，可将古人所云概括为八景，即晓色画屏、苍山春雪、云横玉带、凤眼生辉、碧水叠潭、玉局浮云、溪瀑丸石、金霞夕照。其他志书所载亦大同小异。现大家认同的景观，是风、花、雪、月四景，即下关风、上关花、苍山雪、洱海月。还编有一首谜语诗，世代传诵。诗曰："虫入凤窝飞去鸟（风）、七人头上长青草（花）、细雨下在横山上（雪）、半个朋友不见了（月）。"前人还将洱海风光概括为八景，即山海大观、金梭烟云、海镜开天、岚霭普陀、沧波渔舟、海阁风涛、海水秋色、洱海映月。上为苍洱风光十六景。正如文中所说，"此外别有胜处"，无法用数字表达共识。

（张德鸿）

议开金沙江书

按志：金沙江古名丽水，源出吐蕃界共龙川犁牛石下，名犁水，讹犁为"丽"[1]。东经巨津、宝山二州，三面环丽江府[2]。东经鹤庆，受漾共江诸水[3]。又东经姚安府，受青岭、大姚、龙蛟诸水[4]。又东经武定府，受元谋西溪诸水[5]。又受滇池螳螂诸水[6]。又东经东川府，西入滴滤部，受寻甸牛栏、壁谷、唱齿化诸水[7]。又东经乌蒙南[8]。又东经盐井、建昌、会川、越嶲诸卫，合泸水，受怀远、宜远、越淇、双桥、长河、泸湘、大洞、鱼洞、罗罗、打冲、东河、热池诸水[9]。又东至马湖府，受泥淇大小汶诸水[10]。又东至叙州府，受大江[11]。此南中西北之险，蒙氏僭称北渎者也[12]。

按史：汉武帝遣驰义侯开越嶲郡，寻遣郭昌等开益州郡[13]；诸葛武侯渡泸南征，斩雍闿，擒孟获，遂平四郡，定滇池，皆先夺此险也，始通西南诸夷[14]。历晋迄隋，通壅靡常[15]。至唐，蒙氏世为边患，至酋龙极矣，屡寇黎、雅，一破黔中，四盗西川，皆由据此险也，遂基南诏亡唐之祸[16]。宋太祖鉴此，以玉斧画大渡河，曰："此外非吾有。"弃此险也，遂成郑、赵、杨、段氏三百馀年之僭[17]。元世祖乘革囊及筏渡江，进薄大理，掳段兴智，破此险也，遂平西南之夷[18]。至国初，梁王拒命，我太祖高皇帝命将征讨，神机庙算，悉出之圣裁，谕颖川侯等曰："关索岭路本非正道，正道又在西北。"盖谓此也[19]。班固谓："皆恃其险，乍臣乍骄。"[20]范晔谓："冯深阻峭，纡徐岐道。"[21]宋祁谓："丧牛于易，患生无备。"[22]诚确论也。

夫云南四大水，惟金沙江合江汉朝宗于海，为南国纪，天设地造，本为天下用也[23]。历代乃弃诸夷酋，资其桀骜，虽建立城戍，仅仅自守，时或陷没[24]；岂知天有宿度、地有经水、人有脉胳[25]？《禹贡》于每州末，必曰浮某水，达某水，入某水，逾某水[26]。盖纪贡道达帝都，著天下大势，以水为经纪也[27]。孰谓滔滔大川，可浮可达，反舍而陆，乃北至永宁，东至镇远，不亦劳乎[28]？禹外薄四海，各迪有功[29]。

夫一劳久逸，暂费永宁，执事之议详矣，为国家虑深且远矣[30]。所谓计费吝赏，责效诿言，斯固古今之恒态，不可成天下之事者也[31]。然英杰见同，必有绎之者，缵神禹疏凿之绩，恢四海会同之风，息东西两路之肩，拊滇云百蛮之背[32]。昔为绝险奥区，今为掌中腹里[33]。我皇明大一统无外之治，亿万年无疆之休，实在于此[34]。凡有识者，咸日望之，庶几见之[35]。惟执事留意，幸甚[36]。

选自天启《滇志》卷二五

【简注】〔1〕志：志书。记述地方疆域沿革、古迹险要及人物、物产风俗的书。金沙江：指长江上游从青海玉树县巴塘河口至四川宜宾岷江口一段，全长2 308公里，流域面积48.54万平方公里。自德钦的德拉村进入云南省境，流经德钦、中甸、维西、丽江、宁蒗、永胜、鹤庆、宾川、华坪、永仁、元谋、武定、禄劝、东川、巧家、昭通、永善、绥江、水富等县市，于云富镇中嘴出境入四川省。省境内河长1 560公里，流域面积10.91万平方公里。吐蕃（bō）：我国古代藏族所建立的地方政权。在今西藏地。犁水：又名犁牛河。以其江内产金沙，故名金沙江。　　〔2〕巨津：元至元十四年（1277）以大理国九赕改置巨津州，治所在今丽江市巨甸镇。辖临西县（今维西）。清顺治十六年（1659）废。宝山：元至元十六年（1279）改宝山县为州，治所在今丽江市宝山乡。清顺治十六年（1659）废。丽江府：明洪武十五年（1382）以元丽江路宣抚司改置。治所在通安州（今丽江市古城区），领通安、宝山、巨津（均在今丽江市）、兰州（今兰坪县）等四州。1913年废府留县。　　〔3〕鹤庆：府名。明洪武十五年（1382）以元鹤庆路军民府改置。领剑川、顺州、兰州、北胜、蒗蕖、永宁六州（后兰州改隶丽江府，北胜、蒗蕖、永宁三州改隶澜沧卫）。三十年改为军民府，辖顺州、剑川二州。漾共江：在鹤庆府东五里，一名鹤川，阔十丈馀。源出丽江界，经府治东南象眠山麓，群峰环合，潴而为湖。　　〔4〕姚安府：明洪武十五年（1382）以元姚安路改置。二十七年改军民府，治所在今姚安县。领姚州及大姚县。清乾隆三十五年（1770）废。青蛉（líng）：姚安府南四十里曰蜻蛉河，流至府南，潴为大石泗，分为东泅溪、西泅溪，绕府而北，合趋大姚河，转入金沙江。大姚：大姚河。源出书案山，西流与铁索箐水合，经姚州，复绕大姚县东北入蜻蛉河。龙蛟：姚安北120里曰龙蛟江，源出铁索箐，合姚州之连场、香水二河，入金沙江。　　〔5〕武定府：明洪武十五年（1382）以元武定路改置，十七年升为军民府。万历三十五年（1607）去"军民"二字，改为武定府，领和曲、禄劝二州及元谋县。府治在今武定县南。武定县位于滇北。元谋：县名。位于滇北，原作元马，傣语音译，元意为飞跃，马意为骏马。现属楚雄彝族自治州。金沙江流经县境北部，通航45公里。西溪：西溪河。经楚雄府至元谋县，西入金沙江。〔6〕滇池：在昆明市区西南。面积330平方公里，为云南第一大湖。由西南岸海口向北流出，经螳螂川入金沙江。螳螂川：即普渡河上游。富民县永定桥以上称螳螂川，以下称普渡河。全河长399公里。从海口流出，入金沙江。　　〔7〕东川府：明洪武十五年（1382）以元东川路改置。属云南布政司。辖境相当于今东川区及会泽、巧家二县。滴滤部：又作"济虑部"、"滴泸部"。张机《北金沙江源流考》："自武定下流入济虑部，夷人凿桐槽船以通往来行旅，遂又名金沙渡。"寻甸：明成化十二年（1476）改寻甸军民府为寻甸府，治所即今寻甸县。位于滇东北。牛栏江：为金沙江右岸一级支流。源于嵩明县的杨林海，系一湖源河流。流经嵩明、寻甸、曲靖、宣威、会泽、巧家、昭通等县市，于昭通市田坝乡麻毫一带汇入金沙江。江长461公里。　　〔8〕乌蒙：府名。明洪武十五年（1382）以乌蒙路改置。治所即今昭通市。位于滇东北。河流属金沙江水系，主要有金沙江、昭鲁河等。　　〔9〕盐井：明置盐井卫，清改盐源县。在今四川省凉山彝族自治州西南部、雅砻江下游，西部有泸沽湖。建昌：公元9世纪南诏置建昌府，元初改置建昌路。明洪武十五年（1382）改府，并置建昌卫。治所在建安州（今四川西昌)。会川：南诏置会川都督府，治所在今四川会理西，辖境东与南至今金沙江，西至雅砻江，北抵大渡河及云南部分乡县。明初改为千户所，洪武二十五年（1392）升为卫。越嶲（xī）：郡名。西汉元鼎六年（前111）置。治所在邛都县（今四川西昌东南）。辖境相当于今云南丽江至绥江之间金沙江两岸的祥云、大姚以北和四川木里、石棉、甘洛、雷波以南地区。蜀汉改属云南郡。南朝齐废。泸水：古水名。一名泸江水。指今雅砻江下游和金沙江会合雅砻江以后一段。诸葛亮《出师表》："五月渡泸，深入不毛"，即此。"怀远……诸水"：张机《北金沙江源流考》载，"怀远河，南合泸水，入金沙江。盐井卫越溪河，东合打冲河，入金沙江。双桥河，流经打冲河，入金沙江。打冲河千户所打冲河，蛮名黑惠江，又名纳夷江，源出吐蕃，下流入金沙江。冕桥千户所东河（按：在马龙州治东)，源出小相公岭，会泸古河，入金沙江。" 〔10〕马湖府：元初置路，明改为府。治所在今云南绥江县西北金沙江南岸；大德九年（1305）移今四川屏山县治。辖境约当今雷波以下屏山以上金沙江两岸地。汶水：汶读与"岷"同。"汶水"一作"汶江"，即"岷江"。 〔11〕叙州府：元时为路，明洪武（1368~1398）中改为府。治所在今四川宜宾市东北。1913年废。大江：古代专指长江。后也泛指较大的江河。大江，一作"岷江"。长江上游支流，在四川省中部。按：金沙江经马湖府蛮夷长官司，与马湖江相合，下流至叙州，入岷江。 〔12〕蒙氏：唐初洱海地区部落，原有六诏，蒙舍诏最南，故称南诏。贞观二十三年（649），蒙舍诏细奴逻建号大蒙国。咸通元年（860），南诏改国号大礼。自细奴逻至郑买嗣篡位，蒙氏历13世250年。僭（jiàn）：超越身份。旧指与中央王朝对立而自己称王称帝。北渎：北，疑当作"岳"。古天子祭天下名山大川，即指五岳与四渎。五岳，指东岳泰山，南岳衡山，西岳华山，北岳恒山，中岳嵩山。四渎，指东渎大淮，南渎大江，西渎大河，北渎大济。唐兴元元年（784），南诏异牟寻封五岳四渎，并立祠三皇庙，春秋致祭。他以属地内点苍山为中岳，东川界绛云山为东岳，银生部界蒙乐山为南岳，永昌腾越界高黎贡山为西岳，丽江界玉龙山为北岳。以黑惠江、澜沧江、潞江、丽江为四渎。 〔13〕"汉武帝……开益州郡"：汉元鼎六年（前111），汉王朝击破南粤，随即派郭昌、卫广发兵平定"南夷"地区，设置了牂牁（zāngkē）郡（今贵州西部和云南东部)；在"西夷"地区，则杀了反抗汉王朝的邛君、筰侯，设置了越嶲郡（今四川西昌地区、云南楚雄彝族自治州北部）和沈黎郡（今四川西部汉源一带）。益州郡：汉元封二年（前109）将军郭昌、中郎将卫广击灭居于滇池东北的劳浸、靡莫部族（地在今曲靖)，"以兵临滇"，滇王降汉，赐"滇王"印，令其仍为"长帅"。置益州郡（郡治今晋宁）。云南自此实行全国统一的郡县。 〔14〕"诸葛武侯……遂平四郡"：蜀汉建兴元年（223）益州郡耆帅雍闿、牂牁太守朱褒、越嶲夷王高定反蜀。建兴三年，诸葛亮南征，自越嶲向永北（今永胜）入。用离间计使高定部族杀雍闿，并斩高定，七擒七纵孟获，会师滇池。是年十二月，还成都。四郡，益州郡、永昌郡、牂牁郡、越嶲郡。 〔15〕历：经历，经过。迄：至，到。壅：阻塞。靡常：无常，无定。《诗·大雅·文王》："侯服于周，天命靡常。" 〔16〕酋龙：一作"世隆"，唐宣宗大中十三年（859）嗣立。因犯唐玄宗名"隆"之讳，朝廷不行册封，酋龙因号大礼国。懿宗咸通十年（869），大举进攻西川，陷犍为（四川南部）及黎（今四川汉源北）、雅（今四川雅安）、嘉（今四川乐山一带）三州。以后，又多次进攻成都、黎州、邛崃、雅州等地。自酋龙嗣立以来，为边患殆20年，中国为之虚耗，而其国亦弊。黔中：战国时楚置黔中郡，后入秦。唐开元二十一年（733）置黔中道，为开元十五道之一。辖境包括今湖南沅水、澧水上游、四川黔江流域和贵州东北一部分。治所在黔州（今四川彭水县）。贵州省别称"黔中"，因省境在唐属黔中道得名。西川：路名。宋至道（995~997）十五路之一。治所在益州（今成都市）。辖境相当于今盐亭、大竹、邻水、永川、合江以西，邛崃山、大雪山、大凉山以东和江油、北川以南地区。基：开始。《国语·晋语九》："基于其身。"韦昭注："基，始也。" 〔17〕宋太祖：赵匡胤（927~976），涿州（今河北涿县）人。公元960年发动陈桥兵变，即帝位，国号宋。乾德三年（965），王全斌平蜀，以云南地图进，请移兵取之。太祖鉴于唐之祸基于南诏，以玉斧画大渡河曰："此外非吾有也。"从此，云南300年间，虽与宋有使者及经济文化交流，但不属宋直接管辖。大渡河：古称沫水。岷江最大支流。在四川省西部。长909公里，流域面积82 700平方公里。郑：唐昭宗天复二年（902），南诏大臣郑买嗣夺南诏蒙氏位，称大长和国。历3世，共26年。赵：后唐明宗天成三年（928），大长和国东川节度使杨干贞杀国主郑隆亶而立侍中赵善政，称大天兴国，在位10月。杨：后唐明宗天成三年（928），杨干贞废国主赵善政自立，称大义宁国，在位8年，为南诏通海节度使段思平讨灭，建立大理国。南宋理宗宝祐元年（1253），忽必烈攻入大理，大理国亡，前后共历22世，315年。〔18〕元世祖：名忽必烈（1215～1294），元代皇帝（1260～1294年在位）。宋宝祐元年（1253）九月，忽必烈分三道攻云南，十月，降摩些，十一月，降白蛮，十二月，入大理。革囊：皮革所做的袋子，用以渡水。筏：筏子，渡水的工具。用竹木编排而成。薄：迫近，侵入。掳：俘获。段兴智（？～1260）：大理国王段兴祥之子。宋淳祐十一年（1251）嗣立。次年，元兵至大理，大理国亡。宋宝祐二年（1254）七月，蒙军攻滇东，俘段兴智。元宪宗命赦之，赐金牌，管领八方，仍守其地，世袭总管。〔19〕梁王：把匝剌瓦尔密，元至正（1341～1368）年间称梁王，镇云南。明太祖先后遣王祎、吴云来滇劝降，皆被杀。明洪武十五年（1382），傅友德、蓝玉、沐英率军攻云南，梁王遣司徒平章达里麻御之，被明军大败于曲靖白石江，达里麻被擒。梁王走晋宁，投滇池死。神机：心思机灵，达到神奇的地步。庙算：庙堂的策划，指朝廷的重大决策。《孙子·计》："夫未战而庙算胜者，得算多也；未战而庙算不胜者，得算少也。"圣裁：皇上的裁夺、裁决。谕：旧时上告下的通称，特指皇帝的诏令。颍川侯：傅友德（？～1394），字惟学，宿州（今安徽宿县）人。元末，先后从明玉珍、陈友谅。至正二十一年（1361），明太祖攻江州，率众降，所向有功，封颍川侯。洪武十四年（1381）命为征南将军，统兵征云南，云南悉平。关索岭：在贵州镇宁西南，势极高峻，周围百馀里。为黔滇之间的交通要道。又，云南澄江县西北、寻甸县东北，也有关索岭。〔20〕班固（32～92）：扶风安陵（今陕西咸阳市东北）人。东汉前期杰出的史学家和辞赋家。主要著作是《汉书》。恃：依靠，凭借。乍：或，有时。臣：臣服，降服称臣。骄：傲慢，不服从。〔21〕范晔（398～455）：字蔚宗，顺阳（今河南淅川东）人。南朝宋史学家。现在流传的作品除《后汉书》中的"纪传"（80篇）外，只有《宋书·范晔传》所载《狱中与诸甥侄书》及《昭明文选》中所载《乐游应诏》等诗。冯（píng）：通"凭"。凭借，仗恃。深：隐藏，阻隔。阻：倚仗，凭借。《左传·隐公四年》："夫州吁阻兵而安忍。"杨伯峻《春秋左传注》："阻，仗恃也。"峭：峭拔，陡直。纡（yū）徐：步履曲折而缓慢。岐道：从大路上分出来的小路，即"岔路"。岐同"歧"。〔22〕宋祁（998～1061）：北宋文学家、史学家。字子京，安陆（今属湖北）人。天圣（1023～1032）进士，曾官翰林学士、史馆修撰。与欧阳修等合修《新唐书》。原有集，已散失，清人辑有《宋景文集》，近人辑有《宋景文公长短句》。丧牛于易：《易·旅卦·上九》："丧牛于易，凶。"高亨《周易古经今注》："此亦王亥故事，……'丧牛于易'者，失其牛于有易（古国名）也。此诚凶事。"无备：没有防备。《左传·襄公十一年》："居安思危，思则有备，有备无患。"相反，无备则有患。患：灾祸，祸患。〔23〕四大水：指金沙江、澜沧江、怒江、元江（入越南境后称红河）。合：会合，汇聚。江汉：长江、汉水。汉水为长江最大支流。朝宗：诸侯朝见天子，春天朝见叫"朝"，夏天朝见叫"宗"。这里比喻江汉二水合流以后像诸侯朝见天子一样同归于大海。南国：古时称南方诸侯之国。《诗·小雅·四月》："滔滔江汉，南国之纪。"林义光《诗经通解》："谓江汉之水纲纪南国之众流，使之归海。"〔24〕诸：代词兼介词，是"之于（wū）"的合音。夷酋：少数民族首领。资：资助，助长。桀骜（ào）：凶暴而倔强。城戍（shù）：边防区域的城堡、营垒。时：时常，常常。陷没：沦陷，攻破。〔25〕宿（xiù）度：天上星宿运行的位置、度数。宿，我国古代天文学家把天上某些星的集合体叫做宿，如二十八宿。脉胳：疑为"脉络"（人身的动脉和静脉）之误。经水：水的本流。《管子·度地》："水之出于山而流入于海者，命曰经水。"
〔26〕禹贡：《尚书》中的一篇。用自然分区的方法，记述夏禹治水以后的地理情况，是我国最早一部科学价值很高的地理著作。浮达：《尚书·禹贡》孔传说，"顺流曰浮，因水入水曰达。"逾：由水登岸陆

行曰逾。〔27〕贡道：进贡的路线。帝都：指冀州。今山西与河北西部。禹所划分的九州之一，为尧时的政治中心。蔡沈《书经集传》："帝都冀州，三面距河，达河则达帝都矣。"著：著录，记载。经纪：通行。《淮南子·原道》："经纪山川，蹈腾昆仑。"注："经，行；纪，通。"〔28〕孰：谁。陆：行走陆地。永宁：明永乐四年（1406）以永宁州改置永宁府。治所在今宁蒗县永宁乡。位于滇西北，现属丽江市。镇远：县名。在贵州省黔东南苗族侗族自治州北部，邻接湖南省。云南并无"镇远"其地，疑为"镇雄"之误。明嘉靖五年（1526）置镇雄军民府。万历三十七年（1609）改称镇雄府。治所在今镇雄县。位于滇东北，东邻四川叙永，南邻贵州毕节、赫章。〔29〕薄：迫近，靠近。迪：引导，领导。功：工作，事情。《尚书·益稷》："外薄四海，咸建五长，各迪有功。"意思是：从九州到四海边境，每五个诸侯设立一个"长"，各诸侯长领导治水工作。〔30〕费：耗费物力财力。执事：古时侍从左右供使令的人。在书信中常用作对方的敬称，表示不敢直陈，故向执事者陈述。〔31〕计费吝赏：计较费用，吝惜赏赐。意思是，吝惜小费而不怀远大之图。责效：责求成效，取得成效。逸言：说别人的坏话。此句的意思是，采用不正当的手段，依靠诽谤别人来求取成效。恒态：常态。〔32〕绎：继承，继续。缵（zuǎn）：继承。《诗·鲁颂·閟宫》："奄有下土，缵禹之绪。"严粲《诗缉》："钱氏曰：至武王遂能奄有天下，继禹之业。"禹：亦称大禹、夏禹。姓姒，鲧之子。他奉舜命治理洪水，领导人民疏通江河，兴修沟渠，发展农业。在治水十三年中，三过家门不入。后以治水有功，被舜选为继承人，舜死后担任部落联盟领袖。疏凿：开凿阻塞，使之通畅。郭璞《江赋》："巴东之峡，夏后疏凿。"四海会同：《书·禹贡》说，"九泽既陂，四海会同。"《尔雅·释地》："九夷八狄七戎六蛮，谓之四海。"会同，会同京师，指各地进贡的道路都畅通无阻。东西两路：明置布政司治于昆明城，括二十郡。左右分划，左曰迤东，右曰迤西。息肩：肩头得到休息，比喻卸除责任。《左传·襄公二年》："子驷请息肩于晋。"拊（fǔ）背：轻拍肩背，表示抚慰、安慰。滇云：云南省简称"滇"，又简称"云"。百蛮：泛指各地的少数民族。《诗·大雅·韩奕》："以先祖受命，因时百蛮。"〔33〕绝：极，最。险：险恶，凶险。奥区：腹地，深处。掌中：在手掌中，比喻在所控制的范围之内。腹里：犹"内地"。《元史·地理志一》："中书省统山东、西，河北之地，谓之腹里。"〔34〕皇明：大明。指明朝。无外：指极大的范围。《管子·版法解》："凡人君者，……天覆而无外也，其德无所不在。"休：吉庆，福祉。〔35〕咸：都，皆。庶几：希望，愿意。〔36〕惟：希望；但愿。幸甚：非常荣幸。

（吴培德）

林 俊（一篇）

林俊（1450~1526），字待用，号见素，福建莆田人。明成化十四年（1478）进士。除刑部主事，进员外郎。因进言激怒权贵获罪，贬云南姚州（治所在今姚安县城）判官。弘治元年（1488）任云南按察副使。时鹤庆玄化寺以活佛惑众，庶民岁时争以金泥其面，俊命焚之，得金数百镒，代民抵偿欠赋。又毁边地淫祠三百六十馀所，撤其材以修学官。创修赵州（今弥渡）城，以廉正率官，卫官虐军者，皆置之法，一时贪墨者望风自动辞退。官至刑部尚书。朝有大政，必侃侃陈论。请劾中官，坚争"大礼"，抗辞敢谏。著有《见素文集》、《西征集》等。《明史》有传。

林俊的《永昌名宦乡贤祠记》，开端对永昌名宦、乡贤祠的筹建作了交代和说明。文中所说的"言者"，实指周洪谟等议礼诸臣。《明史·礼志四》载，弘治元年（1488），尚书周洪谟等言："夫梓潼显灵于蜀，庙食其地为宜。文昌六星与之无涉，宜敕罢免。其祠在天下学校者，俱令拆毁。"本文所说"撤文昌而正之"，其依据在此。接着，对入祠的名宦、乡贤，各以三字评其功绩，说明他们入祠受祀合乎祀典，当之无愧。最后强调，名宦、乡贤祠的人选，关乎世道人心，应当慎重其事。全文321字，有叙述，有议论，文字简明朴质，毫无冗词赘语。不过，对于入选人物，论者并非完全赞同。如胡渊，张志淳（保山人，著有《南园漫录》等）认为，"其绩亦不可泯。但攘（掠夺）观（李观）之功，而无文记，又革府为司，废学为仓，以贻镇守之祸，其恶亦不可掩。而林公俊创名宦祠于学官，渊首与焉，其亦误矣。废学之人而祀于学，何居？"

永昌名宦乡贤祠记

弘治初，上用言者，崇重圣学，撤文昌祠而正之，移檄边庠，咸悉意指[1]。今年春，监察御史侯官林君塘来按滇，更令正之[2]。又虑久而后复，谋所以处之者维乡贤，天下学校皆有祠而滇学独缺，遂即其祠为之，及名宦，以义起也[3]。

永昌既异祠，师生以考证请，乃偕参将定远沐君详、参政予同邑方君守、同官泰和萧君苍，采郡志泊所闻诸士夫者，于乡贤得一人焉：汉署太守吕凯有执忠功[4]；名宦得八人焉：汉太守郑纯有服夷功，明靖远伯束鹿王骥有平蛮功，刑部侍郎钱塘杨宁有兴学功，指挥佥事寿州李观有归义功，都指挥使定远胡渊有开屯功，渊之孙胡志有靖边功，监察御史高邮朱晞有障海功，教授临川余谷有师范功[5]。其他勤己惠人，咸可表著，于学校与有力焉，故取而祠祀之[6]。其位首凯，次纯，次骥，次宁，次观，次渊，次志，次晞，次谷，馀容以俟知者[7]。

呜呼！褒异前哲，为世道关系不细[8]。嗣是所增入，宜加意矣，亦盍敬慎之哉[9]！

选自天启《滇志》卷二〇

【简注】〔1〕弘治：明孝宗年号（1488~1505）。言者：指尚书周洪谟等议礼诸臣。圣学：儒家称尧、舜、禹、汤、文、武、周公、孔子为圣人。自儒家定于一尊以后，特指孔子为圣人，儒学为圣学。文昌祠：奉祀文昌帝君的神祠。文昌本天上六星，在北斗魁前，合称为文昌宫。道家谓：文昌星明，文运将兴，上帝命张氏子掌文昌府事及人间禄籍，故元仁宗延祐三年（1316）将梓潼帝君加封为"辅文开化文昌司禄宏仁帝君"。相传张亚子仕晋战死，后人立庙纪念，因其为梓潼（属四川绵州）人，故又称梓潼君。从此文昌神与梓潼神合而为一。宋元以来，士人仕进，以科举为主要途径，所以各地祈祷神灵、询问功名利禄之风颇甚，对于梓潼神奉祀尤虔，而文昌之祠，遂遍郡县。撤：拆毁。正：动词，纠正，改正。移檄（xí）：传檄。檄，文体名。檄文有两种，一种是对敌人，用檄文申讨；一种是对人民，用檄文劝告。这里的"檄"，用于晓谕，是行于内部的，不是对敌的。边庠（xiáng）：边远的学校。庠，古代学校名。《汉书·儒林传序》："乡里有教，夏曰校，殷曰庠，周曰序。"咸：都，皆。悉：知道，了解。意指（旨）：意图，用意。　〔2〕监察御史：官名。隋开皇二年（582）由检校御史改置。唐属御史台察院。职为"分察百僚，巡按郡县，纠视刑狱，肃整朝仪"（《唐六典》）。明改御史台为都察院，通掌弹劾及进言，以都御史、副都御史为主官，所属监察御史分道负责，冠以地方名称，均为正七品官。因内外官吏均受其监察，品秩低而权限广，颇为百官忌惮。侯官：旧县名。侯，本作"候"，清以后通作"侯"。治所在今福建福州市。按滇：作云南的巡按。监察御史又称"巡按"、"巡按御史"。〔3〕复：恢复，复旧。此指恢复文昌祠的旧貌。谋：商量，计议。处（chǔ）：安排，处置。维：只，只有。副词，表示对事物或动作范围的限定。乡贤：东汉孔融为北海相，以甄士然祀于社。此称乡贤之始。明清时凡有品学为地方所推重者，死后由大吏题请祀于其乡，入乡贤祠，春秋致祭。即：就在。其祠：文昌祠旧址。为之：改建为乡贤祠。名宦（huàn）：以贤能著称的官吏。及：及于，涉及。义："仪"的古字。古书"仁义"之"义"本作"谊"，"礼仪"之"仪"本作"义"。"以义起"，因礼仪而起。意思是，祭祀名宦，是符合礼仪的。　〔4〕永昌：东汉永平十二年（69）设永昌郡。唐及五代时称府，元明因之。府治在今云南保山市。异祠：即上文所说"天下学校皆有（乡贤）祠而滇学独缺"。考证：考核说明。参将：武官名。位次于副总兵，明初多以功臣及外戚充任，为镇守边区的统兵官，分守各路。明清漕运官所辖武职有参将，掌管调遣河工、防守巡逻等事。定远：县名。明清均属安徽凤阳府。参政：官名。宋以后历代皆置，地位高下不一。明在各省布政使下设左右参政，分领各道，为地方长官的副贰。同邑：同乡，同一籍贯。邑，古代区域单位。《周礼·地官·小司徒》："九夫为井，四井为邑，四邑为丘，四丘为甸，四甸为县，四县为都。"同官：同在一起做官。泰和：县名。在江西省中部偏南。采：采取，搜集。郡：春秋末年以后，各国开始在边地设郡，面积较县为大。战国时在边郡分设县，逐渐形成县统于郡的两级制。秦统一中国，分全国为三十六郡，后增加到四十六郡，下设县。至明而郡废。清沿明制，郡或为府之别名，如杭州府称杭郡，绍兴府称越郡。志：志书。地方志书，记载一郡的疆域、沿革、人物、山川、物产、风俗等。洎（jì）：及，以及。士夫：即"士大夫"。古代指官僚阶层，也指有地位有声望的读书人。太守：官名。本为战国时郡守的尊称。汉景帝中元二年（前148），改郡守为太守，为一郡行政的最高长官。历代沿置不改。明清知府均以太守为别称。吕凯：字季平，永昌不韦（今保山市）人。蜀汉初，为永昌郡五官掾功曹。建兴元年（223），雍闿等反蜀附吴，吴遥署闿为永昌太守。凯与府丞王伉帅吏民闭境拒闿。闿数移檄永昌，终不附。凯威恩内著，为郡中所信。诸葛亮既定南中，上表说:"永昌郡吏吕凯、府丞王伉等，执忠绝诚，十有馀年，雍闿、高定逼其东北，而凯等守义不与交通。臣不意永昌风俗敦直乃尔。"以凯为云南太守，封阳迁亭侯。后为叛民所害。执：固执，坚持。

[5] 郑纯：字长伯，郪（qī，今四川广汉）人。东汉明帝（58~75）时为益州西部属国都尉。该地出金银、琥珀、犀象、翠羽，作此官者皆富及十世。纯独清廉，毫毛不犯，部落酋长多颂其美德。永平十二年（69），改西部为永昌郡，任太守，约邑豪岁输布贯头衣二领、盐一斛以为常赋，夷民安之。夷：中国古代对东方各族的泛称，有时也用以泛指四方的少数民族，如汉时总称西南少数民族为"西南夷"。伯：古爵位名。为五等爵的第三等。《礼记·王制》："王者之制爵禄，公、侯、伯、子、男，凡五等。"束鹿：县名。在河北省中部偏南。王骥（1378~1460）：字尚德，河北束鹿人，永乐四年（1406）进士。授兵科给事中，进山西按察副使；宣德二年（1427）任兵部右侍郎。麓川（路名，治所在今云南瑞丽市）宣慰使思任发反，遣将累讨不利。正统六年（1441）二月，明遣定西伯蒋贵、兵部尚书王骥征麓川，思任发兵败逃缅甸。正统八年，明军临缅甸，缅甸杀思任发，送任发首级及妻于明军。正统十三年（1448），王骥帅师三征麓川，十四年，麓川乱平。史称王骥刚毅有胆，晓畅戎略，屡立功边徼。卒，赠靖远侯，谥忠毅。刑部：官署名。隋初设都官尚书，开皇三年（583）改都官尚书为刑部尚书，刑部遂为六部之一。掌管国家的法律、刑狱事务，主官为尚书；次官，炀帝定为侍郎。钱塘：古县名。秦置钱塘县，治所在今杭州市西灵隐山麓，隋移今杭州市。杨宁：字彦谧，浙江钱塘县人。明宣德（1426~1435）进士。机警多才能，负时誉。正统四年（1439）随征麓川，升郎中。复从王骥至腾冲，有功，升任刑部右侍郎。九年，参赞云南军务，驻师金齿（今保山），见学府卑陋，徙于司治西，宏其规模。金齿学校之盛，宁之力居多。指挥：官名。明清沿元制于京城设五城兵马司，置指挥、副指挥，掌坊巷有关治安之事。又，明各卫的指挥使亦可简称为指挥。佥事：官名。宋代按察司设有佥事，元代有都督佥事，明代沿袭，在按察使下设佥事，分道巡察。又，明代有都指挥佥事。寿州：州名。隋开皇九年（589）置寿州，以寿春（今安徽寿县）为治所。李观：寿州人，元云南行省左丞。洪武十四年（1381），明兵下云南，举城归附。观，初名观音保，上嘉之，赐姓名，命镇金齿，署永昌府事。开拓城池，招抚边夷，申明律令，边境肃然，人颂其美。归义：归服于义，趋向于义。都指挥使：官名。五代始用作统军将领之称。元置都指挥使司，设都指挥使、副都指挥使等官。明置卫、所各地，以都指挥使司为常设统率机构，简称都司，长官都指挥使为地方最高军事长官。定远：县名。在安徽省中部偏东。胡渊：定远人。初，李观建郡城于太保山下。及卒，渊代之，复改筑城于太保山上，开屯田，练士卒，修廨宇，抚流移，数年之间，军政悉举，烽燧晏然。胡志：胡渊之孙。仪度闲雅，有祖父风。袭父职。时征麓川，志提锐卒为前锋，论功升云南都指挥佥事，寻升都督佥事。还金齿，专镇三十馀年，外绠内宁，人民安堵。高邮：县名，今属江苏省。朱皑（kǎi）：高邮人。字景文，贡士。任监察御史。成化（1465~1487）间巡按云南，兴学校，导水利。又在金齿修筑诸葛旧堰，军民利之。障：堤防，堤坝。海：云南人称湖沼为海子。教授：学官名。宋代除宗学、律学、医学、武学等置教授传授学业外，各路的州、县均置教授，掌管学校课试等事，位居提督学事司之下。明清的府学亦置教授。临川：古县名。属江西省。余谷：临川人。任金齿司儒学教授，教学有方，士多成就，而文风大开。金齿称师范自谷首。师范：学习的模范。扬雄《法言·学行》："师者，人之模范也。" [6] 惠人：给人以好处。表著：表彰，表扬。于：对，对于。与：通"举"。全，都。力：功劳。《国语·晋语五》："子之力也夫。"韦昭注："力，功也。"祠：旧时祭祀祖先或先贤的庙堂。 [7] 容：容许，允许。俟（sì）：等待。 [8] 前哲：前代贤明的人。《左传·成公八年》："赖前哲以免也。" [9] 嗣是：继此。是，代词，指上文所说的名宦、乡贤。加意：注意，特别注意。盍（hé）：何不，为什么不。盍，常与"不"连用，由于二字古代发音相近，急读时"不"便被"盍"所吞没，所以在古书上常有"盍"等于"盍不"的情形。

（吴培德）

李梦阳（一篇）

李梦阳（1472~1529），字天赐，又字献吉，自号空同子，庆阳（今属甘肃）人，后徙居河南扶沟。明弘治七年（1494）进士，官户部郎中。为人刚毅，不畏权势。曾因弹劾"势如翼虎"的张鹤龄，与尚书韩文密谋尽除宦官刘瑾等八虎，先后两次下狱。瑾诛，复官江西提学副使。工诗文，尤长七古，主张说实话，记实事，抒真情。反对明初"台阁体"浮薄华靡的文风。《明史·文苑传》说："梦阳才思雄鸷，卓然以复古自命。弘治（1488~1504）时，宰相李东阳主文柄，天下翕然宗之，梦阳独讥其萎弱，倡言文必秦汉，诗必盛唐，非是者弗道。"与何景明等号称"前七子"。但盲目尊古，徒尚形式，末流至以模拟剽窃为能，形成不良风气。著有《空同集》66卷。

《石淙精舍记》先记周敦颐的"濂溪之堂"，次记杨一清的"石淙精舍"，以"濂溪之堂"引出"石淙精舍"，并作为"石淙精舍"的陪衬。这种"借宾陪起"（方东树语）的写法，即借古人作"宾"，陪着作者进入艺术境界。文章指出，苏氏"特文章士"，其徙阳羡"不足法"；及观周子"徙庐山"，才感悟到这是"有道者"之所为。石淙兼有虎丘、曹溪、螳螂川之胜，其地"崩湍激石"，流水作"金石之音"，故曰"石淙"。作者认为丁卯桥的自然景观，可以与庐山、阳羡媲美，但周子徙庐山，终于"幽抑不见（现）于世"，则周子"其志奚为者耶？"对此，作者不免发生疑问。作者认为，杨公是在"功著边陲，显名四方"之后，啸傲林泉的，他在朝廷、边防上的功劳，是不会因退隐而淹没的。进而指出："夫庐山岂周濂溪意耶！"最后，以"何敢言记"，点明作记之意。《四库提要》说梦阳为文"故作聱牙，以艰深文其浅易"，但本文却写得平易自然，并无"聱牙"、"艰深"之弊。

石淙精舍记[1]

昔周子起濂溪之上，倡明正学，天下宗焉；其后自濂溪徙庐山，名庐山之溪曰"濂溪"，名其堂曰"濂溪之堂"[2]。今天下之学宗我师杨公，而公亦自安宁石淙渡徙镇江，于是筑精舍丁卯桥，名曰"石淙精舍"[3]。嗟乎，事固有偶同者，非谓是哉[4]？

阳往观眉山苏氏爱阳羡山，故徙之，盖卒不返眉山，今其墓在郏鄏之间，曰"小峨眉"者是也[5]。阳谓其特文章士，不足法[6]。及观周子自濂溪徙庐山，则又讶曰："兹非有道者为耶？"[7]盖天壤间物无常主，自吾之所出，言濂溪也，眉山也，石淙也，固吾土也[8]。自天壤间物言，吾安往而不得主耶[9]？嗟乎，古今人用心岂异哉[10]？阳不佞，少幸从公游，以此得窃闻石淙焉[11]。

石淙有虎丘之丘，曹溪之溪，螳螂之川，自昆明来者奔流千里，其地崩湍激石，两岩菰苇交合，水汩汩循其间，泠然金石之音，故曰石淙[12]。石淙视二子故土，皆不知其孰愈[13]？乃若丁卯桥，负山带江，据东南之会、上游之地，其泉石岩壑之美，要不在庐山、阳羡下也[14]。阳羡姑置无论，且徒庐山，其志奚为者耶[15]？顾卒幽抑不见于世[16]。

今公际明天子拔茹向用，功著边陲，显名四方，利泽在社稷天下，其还也，登桥踞水，匡坐石矶，不一再吟啸去矣[17]。故金、焦大江之云，不能夺京洛之尘，而甘露、鹤林之情，不能已龙沙雁塞之行也[18]。虽然，君子岂以彼易此哉[19]？故孔子曰："乐则行之，忧则违之。"[20]夫庐山岂周濂溪意耶？愚不佞，徒及公之门，力不足浚流扬波，南瞻石淙，特望洋尔，是何敢言记[21]！

选自《滇系》艺文八之二

【简注】〔1〕石淙：杨一清的别号。杨著有《石淙诗抄》15卷。早年在安宁温泉环云岩附近建"石淙精舍"，精舍前的河水冲激巨石而淙淙作响，因有"石淙"之名。晚年定居镇江，因怀念安宁故居，所筑精舍亦称"石淙"。精舍：旧时书斋、学舍，集生徒讲学之所，此指杨一清寓所。《后汉书·包咸传》："因住东海，立精舍讲授。"　〔2〕周子：周敦颐（1017～1073），字茂叔，北宋哲学家、理学创始人。道州营道（今湖南道县）人。晚年在庐山莲花峰下小溪旁，仿营道故居筑濂溪书堂，后人遂称为濂溪先生。著有《太极图说》、《通书》等，后人辑为《周子全书》。倡明：倡导发扬。正学：汉武帝罢黜百家，独尊儒术，以儒家学说为正学。《史记·辕固生传》："固曰：'公孙子务正学以言，无曲学以阿世！'"宋吕祖谦有《正学篇》，明方孝孺书室名为"正学"，均取此义。宗：尊崇，宗仰。　〔3〕杨公：杨一清（1454～1530），字应宁，号邃庵，云南安宁州（今安宁市）人。早年从父徙居巴陵（今湖南岳阳），晚年致仕定居丹徒（今江苏镇江）。成化进士。弘治末巡抚陕西，武宗立，受命总制三镇（延绥、宁夏、甘肃）军务，寇不敢犯。以不附宦官刘瑾，得罪去官。后以计诛刘瑾，旋任吏部尚书，兼武英殿大学士，参预机务。以江彬等擅权，辞官而去。嘉靖初，再起总制陕西诸地军务，又召还京师，加华盖殿大学士，为首辅。世宗八年（1529），被人构陷去官，次年病卒。赠太保，谥文襄。著有《关中奏议》等。镇江：府名。治所在丹徒（今江苏省镇江市），辖境相当于今镇江市及丹阳、金坛两市地。名胜以金山、焦山、北固山等著名。　〔4〕嗟（jiē，又读juē）乎：感叹声，叹息声。偶同：偶然相同。是：代词，与"此"相同。这里代指"偶同"这件事。　〔5〕眉山：县名。在四川省中部、岷江中游。南朝梁置齐通县，宋改眉山县。苏氏：苏轼（1037～1101），北宋文学家、书画家。眉山人。与父洵、弟辙合称"三苏"。阳羡：古县名。秦置。治所在今江苏省宜兴市南。六朝时移治今宜兴。苏轼卒于常州，明时，宜兴属常州府。郏鄏（jiárǔ）：古地名。即周王城所在。在今河南洛阳市西。按：苏轼墓不在郏鄏而在郏县。郏县在河南省中部、北汝河上游。明时，郏县属汝州。苏轼墓在郏县钓台乡上瑞里嵩阳峨眉山（郏县有"三苏坟"）。　〔6〕特：只，仅仅。副词，表示限于某个范围。文章士：擅长文章的人。法：效法。　〔7〕讶：惊奇，诧异。兹：此。有道：指有才艺或有道德的人。为：行为，作为。　〔8〕盖：语气词，用在句首，表示要发议论，带有"总的说来"、"一般来讲"的意味。天壤：犹言天地。主：主人，主宰。　〔9〕安往：何往，无论去到哪里。　〔10〕用心：居心，存心。　〔11〕不佞：不才，没有才能。从：跟随，追随。游：游学，求学。窃：私。　〔12〕虎丘：在江苏省苏州市西北。相传吴王阖闾葬此。有虎丘塔、云岩寺、剑池、千人石等名胜古迹。曹溪：

在云南安宁市西北。溪旁葱山麓建有曹溪寺,寺内存有明杨慎《重修曹溪寺记》、《宝华阁记》碑及优昙花树等。螳螂之川:即普渡河。富民县永定桥以上称螳螂川,以下称普渡河。普渡河为金沙江右岸一级支流,全长399公里,流域面积11 751平方公里。湍(tuān):水势急速,急流的水。激:阻碍水势使之腾涌或飞溅。岩:高峻的山边或岸边。菰(gū):俗称"茭白",生于河边,可作蔬菜。其实如米,称雕胡米,可煮食。古人以为六谷之一。苇:即芦苇。汩汩(gǔ):流水声,波浪声。循:顺着,沿着。泠(líng)然:形容声音清越。陆机《文赋》:"音泠泠而盈耳。"金石:指钟磬之类的乐器。《礼记·乐器》:"金石丝竹,乐之器也。" 〔13〕视:比照。二子:指周敦颐、苏轼。故土:故乡,家乡。孰:谁,哪个。代词,表示疑问,其中往往带有选择的意义,可以代替或指示人或事物。愈:优胜,优越。〔14〕乃若:至于。连词,表示提出另一话题,用在后一部分(句或段)的开头。负山带江:背后靠着山,前面江如带。《战国策·魏策一》:"殷纣之国,左孟门而右漳釜,前带河,后被山。"负,背倚。带,江水环绕如带。据:占有,占据。会:会合之处。上游:河流接近发源地的部分。岩壑(hè):山崖与山谷。要:总,皆。 〔15〕姑置无论:暂且搁置不谈。奚为:为了什么。"奚"用在动词"为"的前面,作宾语。奚,代词,通"何",表示疑问。 〔16〕顾:反而,竟然。副词,表示跟上文意思相反或出乎预料和常情之外。卒:终,终于。幽抑:幽闭,隐秘。见(xiàn):同"现"。显现,显露。〔17〕际:当,适逢其时。明天子:圣明天子。拔茹:"拔茅连茹"之略语。《易·泰》:"拔茅茹以其汇。"王弼注:"茅之为物,拔其根而相牵引者也;茹,相牵引之貌。"后因以"拔茅连茹"比喻互相引荐,擢用一人就连带引进许多人。向用:谓专意任用而不疑。向,意之所向。著:显著,昭著。边陲:边境,靠近边界的地方。显名:声名昭著。泽:恩泽,德泽。社稷:旧时用作国家的代称。踞:蹲或坐。匡坐:端正而坐。《庄子·让王》:"匡坐而弦歌。"矶:水边突出的岩石。一再:一次又一次。吟啸:吟咏,歌唱。《晋书·谢安传》:"尝与孙绰等泛海,风起浪涌,诸人并惧,安吟啸自若。" 〔18〕金焦:金山与焦山。金山在江苏镇江市西北。旧在江中,后沙涨成陆,与南岸相连。焦山在镇江市东北,屹立水中,与金山对峙,并称金焦。京洛:洛阳的别称。因东周、东汉均建都于此,故名。甘露:甘露寺,在今镇江北固山上。相传三国吴甘露(265~266)年间建,唐李德裕扩建。乾符(874~879)年间寺毁。宋祥符(1008~1016)年间始移建于北固山上。鹤林:鹤林寺,在江苏丹徒县(唐以前丹徒县故城在今镇江市东南)黄鹤山下,晋元帝大兴四年(321)建,原名竹林寺,刘宋时改名鹤林寺。龙沙:古时指我国西部、西北部边远山地和沙漠地区。庾信《对烛赋》:"龙沙雁塞甲应寒,天山月没客衣单。"后因以泛指边塞地区。本文所以提及"龙沙雁塞",是因为杨一清三为陕西三边总制,为边防作出了贡献。 〔19〕易:交换。 〔20〕乐则行之,忧则违之:认为对的,就付诸实施;认为不对,决不实行。语出《周易·文言》。《正义》:"心以为乐,己则行之;心以为忧,己则违之。" 〔21〕徒:只,仅仅。及公之门:登杨一清之门受业。浚(jùn):疏浚,疏通河道。扬波:掀起波涛。望洋:"望洋兴叹"之略语。《庄子·秋水》说,河伯(黄河神)因为秋水上涨自以为大得了不得,后来到了海边,看到了无边无际的海洋,才感到了自己的渺小,于是仰望着海洋,发出叹息。比喻做事力量不够或无从着手而感到无可奈何。望洋,仰望的样子。尔:语气词,通"耳",表示限止,相当于"而已"、"罢了"。

(吴培德)

陆 深（一篇）

陆深（1477～1544），上海人。初名荣，字子渊，号俨山，明弘治进士。授编修，历官国子监祭酒、四川左布政使。嘉靖十六年（1537）召为太常卿兼侍读学士。世宗南巡，掌行在翰林院印，晋詹事府詹事。出入馆阁40年，练达朝章，淹通今古，赏鉴博雅，为词臣冠。工书，仿颜真卿、李邕、赵孟頫。著述皆据典籍，切近事理，有《南巡日录》、《科场条贯》、《史通会要》、《玉堂漫笔》、《俨山集》等。卒谥文裕。

《月坞记》首先点题，交代"将即月坞之胜而益修焉"。记述了张愈光"告于陆子"的一番话。愈光不乐仕进，认为"进士业，非古也"，筑坞读书，尽情享受山水田园之胜，感受"有月为最胜"、"得月为最先"之乐趣。在他看来，沐浴于月光之下的泉、树、亭、馆，"参差隐映"，"若有若无"，"使人心迹俱泯，世累尽失"。这坚定了他的志向："终老"于"兹山兹月之境"，"履静以强志"、"缘痴以崇道"。进而记述了作者"告之"张愈光的一段话。明确指出，愈光"修古学而未有合于今"，有点"食古不化"。作者认为，事物、制度是随着时代而不断变化的，科举考试是时代的产物，"所以华国而经世者，非俗学之所用也"。并以月为例，说明由于时间、季节的不同，月或明或暗，或圆或缺，不断发生变化，这正是月之所以为月。从而指出，愈光沉迷山水，鄙薄科举，是"滞静而未宏"、"骛远而未约"、"过动而违时"。结尾以陆子的一席话使愈光翻然有悟，感到其"痴"可"瘳"。

月 坞 记[1]

金齿张愈光修古学而未有合于今也，自蒙以痴人之号，将即月坞之胜而益修焉[2]。以告于陆子曰：舍居山中筑坞读书，尽山之胜，有泉有涧，有树有卉，有园有亭，有台榭，有梵宫琳馆，可游可憩，可骑射，独于有月为最胜[3]。山西峙，凡西之山咸拱揖可俯，故于得月为最先[4]。月时，泉声涧影，树樾卉荫，园亭台榭，梵宫琳馆，参差隐映，含辉互彩，浮蓝荡白，若有若无，顾而乐之，使人心迹俱泯，世累尽失，期以终老焉[5]。又曰：家君督舍以进士业，非古也，弗敢废命，则兹山兹月之境荒哉[6]！又曰：履静以强志，志强则学就；缘痴以崇道，道崇则用光，舍之志也[7]。

深览而异焉，语之坐，告之曰：吾子用志良勤矣[8]。夫君子之学古也，道贵宏，守贵约，动贵时；不宏不足以周务，不约不足以致道，不时不足以利用[9]。吾子疑于适越而废冠屦矣[10]！冠屦者首足之所用也，越人废冠屦非能废首足也，故科目者豪杰之所出也，非由科目而豪杰也[11]。吾子求道于六籍，修辞于两都，诚古矣[12]。今天子置馆阁，设论思，所以华国而经世者，非俗学之所用也[13]。请与子论月可乎？月之时用大矣，悬象于天，敌体于日，代明于夜，积成于岁，虽然风雨之夕，虽望无月，晦朔之际，虽月无明，上弦之于下弦，魄同而进退殊也；晨见之于夕见，形同而消长殊也[14]。春之溶溶也，秋之皎皎也，夏之助暑也，冬之竞寒也，是故月之变屡矣，安往而不得月哉[15]？三代时，士以选举，汉以经行，魏晋以中正，隋唐始以进士，是故仕之变亦屡矣，安往而不得士哉[16]？吾子耽月坞之山水，几于滞静而未宏矣；薄科举之委琐，几于骛远而未约矣；任气质以疾疢，几于过动而违时矣[17]。

愈光爽然曰：含痴庶其有瘳乎[18]！愿书为记[19]。

选自《滇系》艺文八之二

【简注】〔1〕月坞（wū）：张含自称"月坞痴人"。其山中居室，亦名"月坞"。坞，四面高中间低的谷地。　〔2〕金齿：地名。明代指永昌城（今云南保山市区）。张愈光：张含，字愈光，永昌郡人。正德中举于乡，不乐仕进，以诗名游梁、宋间，为李梦阳所知，极加称赞。里居，与杨慎为文字交。善为诗。有《张愈光诗文选》八卷行世。蒙：自称之谦词，犹言愚。痴人：愚妄不通事理的人。即：就着（当前环境）。胜：优越、佳妙之处。益：增益、扩充。修：修缮，装修。　〔3〕卉（huì）：草的总称。台榭：积土高起者为台，台上所盖之屋为榭。后也泛指高地所建供游观的建筑物。梵宫：即佛寺。本指梵天的宫殿，后泛指佛寺。琳馆：犹言琳宫、琳宇。指神仙所居之所，后作道观的美称。憩（qì）：休息。　〔4〕峙（zhì）：耸立。咸：都，皆。拱揖：拱手为礼，两手合抱致敬。　〔5〕樾（yuè）：两木交聚而成的树荫。亦指道旁成荫的树。参差（cēncī）：长短、大小、高低不齐，不一致。隐映：彼此隐蔽而互相衬托。互彩：互相焕发光彩。浮：浮动。荡：荡漾。顾：顾盼，观看。心迹：心志与行事。谢灵运《斋中读书》诗："矧乃归山川，心迹双寂寞。"后来仅称存心为心迹，变成偏义词。泯（mǐn）：泯灭，消失。世累：人世之累。累，累赘、拖累。期：希望。终老：终身，到老。　〔6〕进士业：指参加进士科的考试。唐代众科中以进士科为最重要，历代相沿，以进士为入仕资格的首选。明清均以举人经会试中者为贡士，由贡士经殿试赐出身者为进士。废命：违命，抗命。兹：代词，与"此"、"斯"同。荒：荒废，弃置。　〔7〕履：实行，履行。强（qiǎng）志：同"强记"。记忆力强，记得的东西多。《汉书·刘歆传》："父子俱好古，博见强志，过绝于人。"志，记，记在心里或用文字、符号标记。缘：遵循，沿着。崇：尊崇，崇信。道：本义指道路，引申为人生观、世界观、思想体系以及深刻的哲理。用：用处，功能。光：光大，广大。　〔8〕览：通"揽"。接受，采取。《战国策·齐策一》："大王览其说，而不察其至实。"高诱注："览，受。"异：惊异，诧异。语之坐：请愈光坐下。语，用以示意的动作。之，代词，表示第三人称。良：确实，非常。勤：勤奋，勤勉。　〔9〕贵：以某种情况为可贵。宏：宏大，广博。守：操持，操守。约：简约，简要。《荀子·不苟》："故操弥约，而事弥大。"时：时机，时宜。周：周到，周全。务：事务。致：达到，求得。利用：使事务或人发挥效能。　〔10〕适越：去到越国。按：越，又称"百越"、"百粤"，五岭以南少数民族的泛称。《庄子·逍遥游》："越人断发文身。"废冠屦（jù）：不戴帽子，不穿鞋子。废，废弃，废除。屦，麻葛等制成的单底鞋。韩非《说林上》记载：鲁人善织屦，其妻善织缟以为冠，他们迁居到越国去，越人都是光脚不穿鞋，披发不戴帽的。这位鲁人无营生可干，只好受穷。这个故事告诫人们，凡事要从实际出发，要适合时宜，否则非碰钉子不可。　〔11〕科目：指隋唐以来分科选拔官吏的名目。顾炎武《日知录·科目》："唐制取士之科，有秀才，有明经，有进士，有俊士，有明法，有明字，有明算，有一史，有三史，有开元礼，有道举，有童子；而明经之别有五经，有三经，有学究一经，有三礼，有三传；有史科；此岁举之常选也。其天子自诏曰制举，……见于史者凡五十馀科，故谓之科目。"豪杰：才能出众的人。　　〔12〕六籍：六部儒家典籍。即：《诗》、《书》、《易》、《礼》、《春秋》、《乐》。今《乐经》早佚。修辞：运用各种表现方法，修饰文字词句，使语言表达得准确、鲜明而生动有力。两都：东汉都洛阳，称为东都，因称西汉旧都长安为西都，合称两都。班固有《两都赋》。　　〔13〕馆阁：宋时有昭文馆、史馆、集贤院三馆，分掌图书、经籍、修史等事。又有秘阁、龙图阁、天章阁，主要是藏经籍、图书及历代御制典籍。统称馆阁。明清两代将其职掌移归翰林院，故翰林院亦称馆阁。论思：议论思考。班固《两都赋序》："朝夕论思，日月献纳。"后来多以喻谋划国事。华国：光耀国家。经世：治理世事，治理国家。俗学：世俗流行的学问。《庄子·缮性》："缮性于俗学，以求复其初。"

〔14〕悬象：天象。《易·系辞上》："悬象著明，莫大乎日月。"意思是：高悬表象显示光明，没有比太阳、月亮更大的。敌体：彼此地位相等，不分上下。积成于岁：犹言"积月而成岁"。望：月圆之时。常指农历每月十五日。晦：农历月终。朔：农历每月的初一日。上弦：农历每月初七或初八，太阳跟地球的连线和地球跟月亮的连线成直角时，在地球上看到月亮呈D形，这种月相称上弦。下弦：农历每月二十二日或二十三日，太阳跟地球的连线和地球跟月亮的连线成直角时，在地球上看到月亮呈D形，这种月相叫下弦。魄：古文作"霸"。月初出或将没时的微光。殊：不同。消长（zhǎng）：减少和增长。

〔15〕溶溶：水流动貌。也用来形容月光荡漾。许浑《冬日宣城开元寺赠元孚上人》："林疏霜摵摵，波静月溶溶。"皎皎：光明貌。嵇康《杂诗》："皎皎亮月，丽于高隅。"助：助长。竞：互相争胜。屡：多次，一次又一次。安往：何往，无论走到哪儿。　　〔16〕三代：泛指夏、商、周三个朝代。选举：选择举用贤人。古代选举，兼指举士举官而言。汉：朝代名。西汉（前206~8）和东汉（25~220）。经行：汉武帝罢黜百家，独尊儒术以后，经学成为中国封建社会文化的正统。经学，研究儒家经典《五经》，为诸经作训释或发挥经中义理之学。魏：朝代名。三国之一（220~265）。晋：朝代名。分西晋（265~316）和东晋（317~420）。中正：魏、晋、南北朝保证世族特权的官吏选拔制度。延康元年（220），曹丕采纳吏部尚书陈群的建议，推选各郡有声望的人，出任"中正"，将当地士人按才能分为"九品"（九等），政府按等选用，谓之"九品官人法"。选取原则以"家世"为重，因此形成了"上品无寒门，下品无世族"的门阀制度。隋：朝代名。公元581年，杨坚（隋文帝）代北周称帝，国号隋。共历2帝、38年（581~618）。唐（618~907）：公元618年，李渊在关中称帝，国号唐。共历20帝、290年。始以进士：开科取士，始于隋炀帝。炀帝"置明经、进士二科"（刘肃《大唐新语》），以"试策"取士（《旧唐书·杨绾传》），在中国的科举史上揭开了新的一页。唐王朝建立以后，继续实行科举取士，这一制度逐步得到完善。仕：旧称做官。士：士子。旧时读书人的通称。　　〔17〕耽（dān）：沉溺，入迷。几：将近于，接近于。滞：停滞，不流通。静：静止不动。薄：轻视，鄙薄。委琐：琐碎，拘泥于小节。骛（wù）远：追求过高的目标。气质：指人的生理、心理等素质。疢疾（chèn）：疾病。亦作"疢疾"。违时：不合时宜。　　〔18〕爽然：开朗舒畅貌。庶：副词，表示推测的语气，相当于"大概"、"或许"。瘳（chōu）：病愈。　　〔19〕书：书写，记载。

（吴培德）

蒋宗鲁（一篇）

蒋宗鲁，字道父，贵州普安人。明嘉靖戊戌（1538）进士。曾任临安（今建水县）兵备。嘉靖三十九年（1560）九月，由河南右布政使调任云南右佥都御史、巡抚。天启《滇志》称其"精明严毅，弭盗爱民"。嘉靖四十一年二月，蒋宗鲁调离云南。

《奏罢屏石疏》写于嘉靖四十年十二月。谈迁《国榷》一书记载："十二月丙辰朔，辛巳，征点苍石屏五十于大理，巡抚右佥都御史蒋宗鲁奏罢之。"奏疏先言奉命采石，正在督办。次言大理石采获不易，运输尤难，既"难以措手"，又"徒劳无功"。其中种种艰难，借耆民段嘉琏、石匠杨景时之口说出，既反映了人民的呼声，又为自己的进言提供了证据。文中所说"难行崖险，压伤人众"之事，有关文献中也累有记载。如嘉靖八年（1529）十一月，云南巡抚、右佥都御史欧阳重奏："大理府太和苍山故产奇石，可作石屏、石床，黔国公沐绍勋……擅发民匠攻山取石，土崩，压死不可胜计。"这说明，屏石之贡，为害甚巨，实为当时一大弊政。为此，作者恳求朝廷"量减尺寸"，理由是：云南"僻在万里，舟楫不通"，"况值上年兵荒，民遭饥窘"。作者形容屏石"骚扰"，用了"军民啼泣"、"实不堪命"等语，为民请命，痛切陈词。《滇志》称其"爱民"，洵非虚语。作者既不能违抗钦命，又不能置"民瘼艰难"于不顾，于是，斟酌情况，提出了一个折中的解决办法：一方面"议将采获三尺四尺者先行进用"；另方面，"六七尺者或准停免，以苏民艰"。作为一个封建官吏，作者能够如此想，并有所作为，自是难能可贵。

奏罢屏石疏[1]

臣准工部咨照："依御用监题奉钦依事理，依式照数采取大理石五十块，见方七尺五块，六尺五块，五尺十块，四尺十五块，三尺十五块"等因[2]。案行金沧道，分委大理卫、太和县督匠采取[3]。

据耆民段嘉琏等告称："嘉靖十八九年，曾奉勘合取大屏石，难行崖险，压伤人众[4]。及至大路，行未百里，大半损缺。重复采补，沿途丢弃。所解石块，二年外方得到京。至三十七年，取石六块，见方三尺五寸，自本年六月至十一月，始运至普洱小孤山，因重丢弃在彼[5]。且自大理至小孤山，止有三百馀里。自六月，以半年行三百里，未免有违钦限，徒劳无功，乞转达奏请，量减数目尺寸"等因[6]。又据石匠杨景时等告称："原降尺寸高大，石料难寻，且产于万丈悬崖，难以措手；纵使采获，势难扛运"等因[7]。俱批行布政司会议[8]。

为照云南地方，僻在万里，舟楫不通，与中州平坦不相同[9]。先年采取三尺石，自苍山至沙桥驿，陆运只五程，劳费逾四月，供给不前，所过骚扰，军民啼泣[10]。今复取六七尺者，其难十倍，况值上年兵荒，民遭饥窘，流离困苦，实不堪命，应请量减尺寸[11]。通详巡抚蒋宗鲁、巡按孙用会题[12]。

议照锡贡方物，为臣子者均当效忠；民瘼艰难，凡守土者尤宜审度[13]。前项屏石，臣等奉命以来，催督该道有司，亲宿山场，遵式取进[14]。匠作耆民人等，俱称产石处所，山洞坍塞，崖壁悬陡，三四尺者设法可获，其五六尺者体质高厚，势难采运[15]。且道路距京万有馀里，峻岭陡箐，石磴穿云，盘旋崎岖，百步九折；竖抬则石高而人低，横抬则路窄而石大[16]。虽有良策，委无所施[17]。今大理抵省仅十三程，尚不能运至，何由得达于京师？是以官民忧慌，计无所出。议将采获三尺四尺者先行进用，五尺者一面设法采取，六七尺者或准停免，以苏民艰[18]。实出于军民迫切之至情，万非得已，冒罪上闻[19]。

选自天启《滇志》卷二二

【简注】〔1〕罢：减免，解除。屏石：指云南著名特产大理石。大理石多用作镶嵌屏风，故名。天启《滇志·进贡》："屏石，奉勘合尺寸，于大理苍山采进。"疏：奏章，向皇帝陈述政见的文书。〔2〕准：依据，按照。工部：封建时代中央行政机构六部之一，掌管各项工程、工匠、屯田、水利、交通等政令，长官为工部尚书。自隋至清，历代沿袭。清末改为农工商部。咨：旧时文书的一种，用于同级机关。照：通知，通告。依：依据，按照。御用监：明宦官官署名。十二监之一，有掌印太监，下设里外监把总、典簿、掌司、写字、监工等员。掌造办宫廷所用围屏、床榻诸木器，以及紫檀、象牙、乌木、螺甸等玩器。题：明制，奏章有题本、奏本之分。凡政务、军事、钱粮等公事皆用题本，由官员用印具题，送通政司转交内阁入奏。私事则用奏本，不准用印。奉：敬受，奉命。钦：对皇帝所作事的敬称。如：钦命、钦定。式：式样，格式。数（shù）：数目。大理石：因盛产于云南大理而得名。其色或白，或青白相间，或具彩色，有山水纹，磨光后非常美观，可作建筑材料，也可供艺术雕刻和做装饰品。见方：用在表长度的数量词后，表示以该长度为边的正方形。等因：旧公文用语，用来结束所引来文，然后陈说己意。〔3〕案：案牍。官府处理公事的文书、文件。金沧道：明于云南置提刑按察使，分安普、临元、金沧、洱海四道，副使、佥事等俱分理各道，兼察诸府、州、县、司、卫、所。于大理、巍山、凤庆、丽江、鹤庆、永胜、保山、腾冲、永平等地设金沧道公署。委：委派，托付。大理卫：云南都指挥使司于云南各地设二十卫，大理卫是其中之一。大理卫于洪武十五年（1382）建置，有指挥使、指挥同知、指挥佥事、经历、镇抚等官。下设千户所和百户所。大抵以5 600人为一卫，1 120人为一千户所，112人为一百户所。兵士称"军"，有军籍，世袭当兵。太和县：即今大理市。督：监督。匠：工匠。此指石匠。〔4〕耆（qí）：老。古称六十岁曰耆。《孟子·梁惠王下》："乃属其耆老而告之。"嘉靖：明世宗年号（1522～1566）。勘合：亦称"勘契"。旧时文书加盖印信，分为两半，当事双方各执一半，查验骑缝半印，作为凭证。〔5〕普淜（píng）：明设普淜驿，今为普淜彝族乡。位于祥云县（现属大理白族自治州）东南，因处普昌河上游得名。〔6〕钦限：钦定的期限。徒劳无功：白费力气而没有成效。又作"徒劳无益"。《庄子·天运》："夫水行莫如用舟，而陆行莫如用车……推舟于陆也，劳而无功。"量：酌量，酌情。〔7〕降（jiàng）：朝廷下达的贡石指标。措手：下手，着手处理。扛：两人或两人以上共抬一物。〔8〕批行：批示执行。批，公文的一种，即批示。布政司：明宣宗宣德三年（1428），除南北两京外，全国定为十三承宣布政使司，以布政使为一省最高行政长官。　〔9〕照：照察，鉴于。僻：偏僻。舟楫：泛指船只。楫，船桨。中州：古地区名。即中土、中原。狭义的中州指今河南省一带，因地在古九州之中得名。广义的中州或指黄河流域，或指全中国。〔10〕苍山：又称"点苍山"，在大理市西部。由十九座山峰组成，十八山溪东注洱海。主峰海拔4 122米，其馀均在3 000米以上。阴岩积雪，经夏不消，故亦名"雪山"。沙桥驿：今为沙桥镇。明清时设驿站，以村侧有古沙河石桥得名。位于南华县（现属楚雄彝族自治州）北。程：一日的行程。供给：供应给予。所过：所过之处，所经过的地方。　〔11〕流离：流落，流转离散。不堪：承受不了。命：使命，差使。《左传·桓公二年》："宋殇公立，十年十一战，民不堪命。"杨伯峻《春秋左传注》："不堪，犹今言不能忍受。"　〔12〕通：整个，全部。巡抚：明置巡抚，为地方最高长官，地位仅次于兼辖二三省的总督。巡按：明永乐元年（1403）后，以一省为一道，派监察御史分赴各地巡视，考察吏治，每年以八月出巡，称巡按御史。孙用：字行可，福建连江县人。嘉靖癸丑（1553）进士。嘉靖年间，任云南巡按。会题：联合上疏。　〔13〕议照：评议，察看。锡：赐与，引申为与。贡：献。古常指把物品进献给天子。方物：土产。《汉书·五行志》："使各以方物来贡。"民瘼（mò）：人民的疾苦。守土：《书·尧典》孔传："诸侯为天下守土，故称守。"后称地方官之责为守土，谓其有镇守一方、维持安宁之责。审度（duó）：审慎考虑、衡量。　〔14〕有司：古代设官分职，各有专司，因称官吏为"有司"。　〔15〕作：犹"作人"、"作夫"。古指从事生产劳动的人。体质：物体的形态本质。势：情势，趋势。　〔16〕箐（qìng）：山间的大竹林，泛指树木丛生的山谷。磴（dèng）：山路的石级。崎岖：地面高低不平之貌。折：转折，转变方向。　〔17〕良策：好主意，好办法。委：确实，实在是。施：施行，实施。　〔18〕停免：停止，减免。苏：苏息，困顿后得到休息。　〔19〕冒罪：冒着犯罪的危险。上闻：上疏朝廷，让皇上知闻。

（吴培德）

李元阳（一篇）

　　李元阳（1497～1580），字仁甫，号中谿，云南大理人。白族。明嘉靖进士。授翰林院庶吉士，历官江西分宜、江苏江阴知县、户部主事、监察御史、荆州知府，有政绩。遇事敢言，巡按福建，墨吏望风解绶去。40岁时看到国是日非，愤然弃职回乡，不复出。万历四年（1576）纂修《云南通志》（17卷）成。《明史·艺文志》著录，有印本传世。又纂修《大理府志》（10卷），万历五年（1577）成书刻行（今存残本1至2卷）。著有《中谿家传汇稿》。家居热心乡里文物古迹的维修保护，文章德行，为世推重。

　　《三塔崇圣寺重器可宝记》略言崇圣寺历史悠久，远在阿育王时期已建伽蓝。其实，这只是传闻如此，真实情况则"不可溯诘"。作者对崇圣寺的三塔、鸿钟、雨铜观音像、证道歌碑、三圣金像等五种重器，分别详记其形状、特点、铸造时间以及有关的神话传说，认为"此五物在寺多历年所，累经变故而独得无恙"，是有"鬼神呵护之力"。这显然是一种迷信思想。文章着重指出，此土山水甲于天下，亭台、花木"可息可游者不可枚数，而独以五为计者"，是因为"寺之重器有五"。如果有此山水、伽蓝"而无此重器"，则崇圣寺"不名全胜"，势必大为减色。文章集中笔墨写五器，不蔓不枝，突出了"重器可宝"的主旨。

三塔崇圣寺重器可宝记[1]

　　崇圣为寺其来久远，不可溯诘，盖自周阿育王封其第三子于苍洱之国，是时已建伽蓝，崇圣是已[2]。以《史记》考之，叶榆为东天竺，苍洱其地也[3]。然则时未入汉，而先有伽蓝，不足怪也。

　　寺之重器有五：一曰三塔，二曰鸿钟，三曰雨铜观音像，四曰证道歌、佛都扁，五曰三圣金像[4]。中塔高入云表，寰中无匹，旁二塔如翼内向，顶有铁铸记云："大唐贞观尉迟敬德造。"[5]皇明正德乙亥五月六日，地大震，城郭人庐尽圮，中塔折裂如破竹，旬日复合，宛然无罅，微神力曷克臻此[6]？寺楼鸿钟，其状如幢，制作精好，声闻百里，自禁钟而下，此为第一；南诏建极十三年铸，盖唐懿宗咸通元年也[7]。雨铜观音像高二丈六尺，唐初有僧拟募铜铸像，是夜天雨铜，像成铜尽，无欠无馀[8]。证道歌二碑，"佛都"二大字，为寺僧圆护手书，其用笔与赵孟頫同一三昧，为世所珍[9]。世传护右手自肘至腕，洞彻如水晶然，则笔之精妙殆非偶然[10]。三圣金像在极乐殿，并高丈一尺，嘉靖间铸。时盛夏赤日，冶人无措，忽阴云如盖独覆，铸所像成而云散，众咸异之[11]。夫此五物在寺多历年所，累经变故而独得无恙，非鬼神呵护之力乎[12]？

窃见此土，山则九叠翠屏，水则万顷碧练，其融结环抱，即天下奇胜之地无与为比[13]。寺居山水中央，延庚挹辛，导夕阳而引秋月，殿榭台池、松筠卉木可息可游者不可枚数，而独以五为计者，以五者虽出于人为而非人之智巧所能到，亦非人力所能存者[14]。夫有此山水而无此伽蓝，有此伽蓝而无此重器，不名全胜，乃今俱得而观之，自谓深幸[15]。故镌之贞珉，冀后来具正赏者共宝惜焉[16]。

选自《滇文丛录》卷七九

【简注】〔1〕三塔：在大理城西北点苍山应乐峰下崇圣寺前，寺已不存。主塔称千寻塔，建于南诏劝丰祐保和、天启年间，为典型的唐代晚期四方形密檐式砖塔。通高69.3米，16层。南北两塔建于大理国前期，为八角形密檐式空心砖塔，各高42.17米。三塔鼎立，素称滇中名胜。为国家重点文物保护单位。重器：国家的宝器，珍贵的器物。〔2〕溯（sù）：追求根源，追本溯源。诘（jié）：查究，查证。盖：大概。周：朝代名。公元前11世纪周武王灭商后建立。建都于镐（今陕西西安南沣水东岸）。前770年周平王东迁到洛邑（今河南洛阳）。历史上称平王东迁以前为西周，以后为东周。阿育王（？～前232？）：古印度摩揭陀国孔雀王朝国王。或译作阿输迦、阿输柯。义译为无忧王。初信奉婆罗门教，即王位后，改奉佛教，为大护法。在印度境内广建寺塔，又亲自巡礼佛迹，到处立柱纪念。即位第十七年在华氏城（即今印度比哈尔邦的巴特那）举行过第三次佛典结集，并派传道僧到国外远及波斯、希腊诸国布教，对以后佛教的发展很有影响。苍洱：苍山、洱海。苍山，一名灵鹫山、点苍山、大理山。在云南大理白族自治州中部。有十九峰十八溪，又有瀑布诸泉。巍峨秀丽，为南中名胜。洱海，古称叶渝泽。在云南省大理市与洱源县之间。以湖形如耳得名。长约40公里，东西平均宽约4至6公里，面积250多平方公里。西岸与苍山雪峰相映，有银苍玉洱之誉。有"三岛"、"四洲"、"九曲"之胜，为著名风景区。伽（qié）蓝：梵文译音。"僧伽蓝摩"的略称，意译为"众园"或"僧院"。后用来通称佛教寺院。已：语气词，通"也"，表示断定，用在句末。〔3〕史记：原名《太史公书》。西汉司马迁著，130篇。为我国第一部纪传体通史。《史记·西南夷列传》说："西南夷君长以什数，夜郎最大；其西靡莫之属以什数，滇最大；……其外西自同师（按：邑名。《汉书》作"桐师"）以东，北至叶榆，名为嶲、昆明……"叶榆：西汉元封二年（前109）置叶榆县。治所为今大理市喜洲镇。属益州郡。两晋属云南郡。包括今大理、洱源、剑川、鹤庆等市县地。南朝梁大宝（550～551）后废。天竺：古印度别称。〔4〕鸿钟：大钟。鸿，通"洪"，大也。据记载，铜钟二，各重十万斤。雨铜观音像：观音大士像传说是天雨铜汁所铸，故名。证道歌：全称《永嘉证道歌》。唐永嘉大师玄觉著。宋知讷、元永盛各有《证道歌注》一卷。扁：即匾，匾额。匾上有"佛都"二大字。三圣金像：三尊佛像，叫"三佛同殿"，有多种安排方式。明代以后，中为释迦牟尼佛，左为药师佛，右为阿弥陀佛。〔5〕表：外，外面。寰中：犹言宇内，天下。谢朓《酬德赋》："悟寰中之迫胁，欲轻举而舍游。"翼：鸟类和昆虫的翅膀。铸：铸造。把金属加热熔化后倒入砂型或模子里，冷却后凝固成为器物。贞观：唐太宗年号（627～649）。尉迟敬德：唐初大将尉迟恭（585～658），字敬德，朔州善阳（今山西朔县）人。武德九年（626）玄武门之变，助李世民夺取帝位。晚年笃信方术，杜门不出。〔6〕皇明：大明王朝。正德：明武宗朱厚照年号（1506～1521）。乙亥：正德十年（1515）。是年，赵州（今大理凤仪）地震，地裂水涌，死数千人。永胜、邓川、武定、丽江、鹤庆、姚安亦发生地震。郭：外城。古代在城的外围加筑的一道城墙。《孟子·公孙丑下》："三里之城，十里之郭。"庐：房屋。圮（pǐ）：毁坏，倒塌。旬：10天。

宛然：仿佛；逼真地。璺（wèn）：裂痕，裂纹。微：要不是，要没有。连词，表示否定性的假设，略等于"若非"。曷克：何能，怎么能够。臻（zhēn）：至，达到。　　〔7〕幢（chuáng）：经幢。在长筒圆形绸伞上写经的叫经幢，刻经于石柱上的叫石幢。柱上有盘盖，大于柱经，刻有垂缦、飘带等图案。禁钟：皇宫中的大钟。南诏：古国名。是唐代以乌蛮为主体，包括白蛮等族建立的地方政权。唐时有六诏，蒙诏舍在最南，称为南诏。唐玄宗时，其王皮逻阁在唐朝的支持下统一六诏，迁治太和城（今云南大理古城南太和村）。贞元十年（794），改号为南诏。全盛时辖有今云南全部、四川南部、贵州西部等地。历传十三王，十王受唐册封。唐昭宗天复二年（902）为贵族郑买嗣所灭。建极十三年，当为唐咸通十二年（871）。本文推断为"咸通元年"，显然有误。建极，唐大中十三年（859），南诏丰祐卒，子世隆立，号大礼国，改元建极。咸通：唐懿宗李漼年号（860～874）。　　〔8〕拟：打算，想要。募：募化。（和尚、道士等）求人施舍财物。　　〔9〕赵孟頫（1254～1322）：元代书画家。字子昂，号松雪道人。累官至翰林承旨，封魏国公，谥文敏。工书法，尤精正、行书和小楷，圆转遒丽，人称"赵体"。存世书迹有《洛神赋》、《道德经》、《四体千字文》等。著有《松雪斋集》。三昧：佛教名词。梵文意译为"定"、"正受"或"等持"。借指事物的诀要或精义。如称在某方面造诣深湛为"得其三昧"。〔10〕洞彻：亦作"洞澈"。清澈透明。水晶：无色透明的结晶石英，是一种贵重的矿石，可用来制造光学仪器和装饰品等。殆：大概，恐怕。副词，表示推测或不肯定。　　〔11〕嘉靖：明世宗年号（1522～1566）。冶人：铸造金属器的工人。措：处置，安排。盖：古时把伞叫做盖。覆：覆盖，遮住。咸异之：大家都因此事而感到惊奇、诧异。之：代词，代替比较近的事物，用在动词的后面，作宾语，相当于"这……"。　　〔12〕年所：年次，年数。亦作"年世"，犹言年代。朱浮《与彭宠书》："六国之时，其势各盛，……故能据国相持，多历年所。"无恙：本意为无忧、无病，此指没有受到损害。呵护：呵止守护；保佑。　　〔13〕窃：私，私自。常用作表示个人意见的谦词。屏：形如屏风，屏障。碧练：绿色绸子。清澈的江水如同绿色绸子。谢朓《晚登三山还望京邑》："余霞散成绮，澄江静如练。"融结：溶化、凝结。孙绰《游天台山赋》："融而为川渎，结而为山阜。"无与为比：没有谁能够和它相比。
〔14〕延庚挹辛：时值秋天，面对秋色。延，延揽、招致。挹，承受。庚辛，秋天。《史记·天官书》："秋，日庚辛。"《汉书·天文志》："其日庚辛；四时，秋也。"榭：建在土台上的敞屋、高屋。松筠：松与竹。卉：草的总称。枚数：枚举，一一列举。　　〔15〕不名全胜：不能叫做极胜、绝胜。胜，胜地、名胜之地。深幸：甚幸，大幸。　　〔16〕镌：凿，刻。贞珉（mín）：石刻碑铭的美称。立碑刻文，志在传之久远，因称碑石为"贞（坚贞）石"。珉，似玉的美石。李商隐《太尉卫公昌一品集序》："追琢贞珉，彰灼来叶。"冀（jì）：希望。

（吴培德）

杨 慎（一篇）

杨慎（1488～1559），字用修，号升庵，晚年自号博南山人。明代著名学者、文学家。四川新都县人，24岁中状元，授翰林院编修。嘉靖三年（1524），因"议大礼"触怒皇帝，"廷杖"几至死，被充军云南永昌卫（今保山市）。在滇37年，足迹遍三迤，在保山、大理、昆明寓居的时间较长。对云南文化多有推进。其著述多达180种以上，为有明一代之最。所撰云南地方史志有《云南山川志》、《滇程记》、《滇载记》、《南中集》等，是研究古代云南史地的重要著述。杨慎去世后，他在昆明高峣的住所"碧峣精舍"被辟为杨升庵祠堂，今为杨升庵纪念馆。

杨慎居滇时，寄情山水，足迹遍历名山大川。所到之处，信笔志胜，凡26篇，名之曰《云南山川志》。这里依次选录其中玉案山、金马山、碧鸡山、点苍山、雪山、九隆山、蒙乐山、高黎贡山八篇。选文中有极富神话色彩的"金马""碧鸡""九隆"故事，曾被蒙氏封为五岳的南岳蒙乐山、西岳高黎贡山、北岳玉龙雪山、中岳点苍山，北临金沙江的东岳乌龙山。高原湖泊滇池、洱海，作者自然不会放过，俱见诸笔端。作者在记述这些山川名胜时，对其地理位置、名称由来、面积、形状、历史典故、民间传说等均有考究。如高黎贡山"在司城东一百二十里"，"介腾冲怒江之间"。玉龙雪山则是"条冈百里，肖巍十三峰，上插云汉"，"山颠积雪，经春不消"。写碧鸡山"苍崖万丈，绿水千寻，月印澄波，云横绝顶"。如诗如画的"碧鸡秋色"，活灵活现。《云南山川志》每篇着墨不多，内容却极丰富，滇中地理，足备考征。

云南山川志（节选）

玉　案　山

玉案山在云南府城西二十五里，一名列和蒙山[1]。秀丽多泉石，石有棋盘，山北平坡，中有三泉，如盆池[2]。郡人春日游赏于此[3]。山中有玉案兰若[4]。

金　马　山

金马山在东二十五里[5]。西到碧鸡山，中隔滇池。山不甚高，而绵亘西南数十里。上有长亭，下有金马关[6]。

碧 鸡 山

碧鸡山在西南三十里[7]。东瞰滇泽，苍崖万丈，绿水千寻，月印澄波，云横绝顶，云南一佳景也[8]。汉宣帝时，方士言益州有金马、碧鸡，可祭祀而致，遣王褒往祀，至蜀而卒[9]。颜师古谓金形如马，碧形如鸡，未知果否[10]。

点 苍 山[11]

点苍山在大理府城西，高千馀仞，有峰十九，苍翠如玉，盘亘三百馀里[12]。山顶有高河，泉深不可测[13]。又有瀑布。诸泉流注为锦、浪等十八川[14]。蒙氏封为中岳[15]。

雪 山[16]

雪山在丽江府西北二十馀里，一名玉龙山。条冈百里，峭巍十峰，上插云汉，下临丽水[17]。山颠积雪，经春不消。岩崖涧谷，清泉飞流。蒙氏异牟寻封为北岳[18]。

九 隆 山[19]

九隆山在司城南七里，山有九岭，又名九坡岭，沙河源出于此[20]。相传昔有一妇名沙壶，浣絮水中，见沉木有感，因孕，产九男。后沉木化为龙，众子惊走，惟季子背龙而坐。龙因舐其背，蛮语谓背为九，谓坐为隆，故名九隆。长而黠，遂以为酋长[21]。山下又有一夫妇，生九女，九隆兄弟娶之，种类遂蕃[22]。皆刻画其身象龙文，于衣皆着尾，世居此山之下[23]。诸葛亮南征时，凿断山脉，以泄其气，有迹存焉。

蒙 乐 山

蒙乐山在景东府北九十里，一名无量山[24]。高不可跻，连亘三百馀里[25]。中有石洞，深不可测。一峰特出，状若崆峒[26]。蒙氏封为南岳[27]。其南有泉为通华河，其北有泉为清水河，俱东入于大河[28]。

高黎贡山[29]

高黎贡山在司城东北一百二十里,一名昆仑冈,夷语讹为高良公[30]。山极高峻,介腾冲、潞江之间[31]。冬月,潞江无霜,其山顶霜雪极为严沍[32]。蒙氏封为西岳。其顶有分水泉,极清冽,行者咸掬饮之[33]。

选自《云南山川志》

【简注】〔1〕云南府:明洪武时以元中庆路改置,治所在今昆明市。领四州九县。列和蒙山:别名棋盘山。顾炎武《肇域志》:"有石棋枰,又曰棋盘山。"山顶有棋盘寺,徐霞客游玉案山时在寺里住宿过。　　〔2〕石有棋盘:《徐霞客游记》写到观棋盘石:"石一方横卧岭头,中界棋盘纹,纵横各十九道。"三泉:《徐霞客游记》称,东南即三家之流。是顶亦三面分水之处,第一入滇池,两入螳川。〔3〕郡人:昆明人。春日游赏:昆明素有春游之风,如三月三登西山、正月初九游鸣凤山等。　　〔4〕玉案兰若:玉案山顶有棋盘寺,山中有筇竹寺,筇竹寺又名玉案寺。兰若,寺庙。　　〔5〕金马山:樊绰《云南志》载,"金马山,在拓东城螺山南二十余里,高百余丈,与碧鸡山东南西北相对。"昆明北枕群山,南临滇池,金马、碧鸡二山左右夹峙,气象巍峨。　　〔6〕金马关:在昆明旧城东十里,与城西碧鸡山之碧鸡关相对,为昆明东西两座门户。　　〔7〕碧鸡山:即濒临滇池西岸的西山。远眺林木苍翠,峰峦起伏,似一个仰卧滇池畔、青丝散垂的少女,故又有"睡美人"之称。　　〔8〕瞰:看。滇泽:滇池。苍崖:滇池边西山的悬岩。千寻:这里形容滇池水域辽阔。寻,古代八尺为寻。　　〔9〕汉宣帝时:即公元前73年至前50年间。方士:讲求神仙方术的人。益州:西汉元封二年(前109)所置郡。治所在滇池晋城,辖境相当高黎贡山以东,哀牢山以北,即今大理、楚雄、昆明、曲靖、玉溪、红河等地区。致:招引。王褒:字子渊,蜀人,汉宣帝时为谏议大夫。至蜀:到了蜀之建宁(今四川西昌)。《汉书·王褒传》载:"方士言益州有金马、碧鸡之宝,可祭祀致也,宣帝使褒往祀焉,褒于道病死。"未言至蜀。　　〔10〕颜师古(581~645):名籀,唐代训诂学家,有《汉书注》等多种考证著作。金形如马、碧形如鸡:见颜师古《汉书音义》。左思《蜀都赋》有"金马骋光而绝影,碧鸡倏忽而耀仪"。　　〔11〕点苍山:即苍山。因山色苍黑而得名。　　〔12〕仞:古时七尺或八尺叫"仞"。盘亘(gèn):山脉起伏连绵不断。苍山海拔最高达4 000多米。属横断山脉,发源于剑川老君山,南北长约42公里,东西宽约24公里,崛起于洱源县沙坪,止于下关西洱河。　　〔13〕高河:高山冰碛湖泊,是第四纪冰期遗留下来的痕迹。著名的有黄龙潭、黑龙潭、洗马潭等。　　〔14〕锦:锦溪,苍山十八溪之一。浪:十八溪中无带"浪"字的溪水。　　〔15〕蒙氏:南诏王姓氏。这里指第九代王异牟寻。中岳:公元8世纪,南诏王异牟寻仿效中原,把南诏境内名山大川敕封为五岳四渎,点苍山被封为中岳。〔16〕雪山:在丽江古城北15公里,属云岭山脉东支,东西宽约20公里,南北长约43公里,以山形似龙而得名玉龙雪山,又名寒波雪山。　　〔17〕条冈:层次分明的山峰。岿(kuī)巍:高峻独立的样子。十三峰:玉龙雪山有十三座山峰,峰峰终年积雪不化,海拔均在5 000米以上,似一排玉柱立地擎天,并肩耸立在金沙江(文中称丽水)东岸。主峰扇子陡海拔5 596米。　　〔18〕蒙氏异牟寻:见本文注〔15〕。　　〔19〕九隆山:位于保山市隆阳区城东大官庙村后。《永昌府文征·九隆山记》:"九隆山东郡治,南界沙河出口,北至仁寿河……包括九峰,第一峰宝盖山及其下部之太保山……可知九隆山渊源所自,为全滇哀牢人种发祥之山。"九隆山以哀牢国王九隆得名。昔人称永昌城为隆阳郡,谓其在九隆之阳。今正式改名为隆阳区(原保山县)。　　〔20〕司城:永昌军民指挥使司驻地,即今保山市隆阳区。明初置永昌府,立金齿卫。洪武二十三年(1390)省府改卫,为军民指挥使司。　　〔21〕黠

(xiá)：聪明、狡猾。遂以为酋长：以，陆烜《奇晋斋丛书》作"推"。"推"即公推，是军事民主制的"公推"制度的反映。　　〔22〕种类遂蕃：人类便繁衍下来。此后哀牢分设数十个小王，代代相传，到东汉永平十二年（69）柳貌率种人77邑王、5万余户、55万多众举国内附，汉明帝颁赐"哀牢王章"。从此"东西三千里，南北四千六百里"的整个哀牢地，设立永昌郡统一管辖。　　〔23〕龙文：像龙的花纹。哀牢夷有文身、穿鼻、儋耳习俗，并以龙为图腾。着尾：有尾饰。《太平御览》引《永昌郡传》有"徼外有尾濮"，说的就是有这种服饰的哀牢濮。　　〔24〕无量山：古称蒙乐山，以"高耸入云不可跻，面大不可丈量"之意得名，属云岭山脉西支。1958年划为国家自然保护区。　　〔25〕跻(jī)：上升，攀登。连亘三百馀里：无量山北起巍山县和南涧县南部，南抵西双版纳傣族自治州南部，绵延500馀公里，海拔2 500米以上，山峰110座。　　〔26〕崆峒（kōngtóng）：山名，在甘肃省平凉市西，即六盘山。南北走向。长100公里，平均宽15公里。海拔1 800～2 100米。　　〔27〕蒙氏：见本文注〔15〕　　〔28〕通华河：现名威远江，在无量山南，东入澜沧江。清水河：今漾濞江，自北而来在南涧县注入澜沧江。大河：指今澜沧江。　　〔29〕高黎贡山：在今保山市隆阳区东北60公里处，是南方丝路要冲，兵家必争之地，现有烽火台、哨楼等遗址。　　〔30〕高良公：景颇语地名。即高黎贡的同音异写。高黎今译作"高日"为景颇族的一个姓，是地方的意思。高黎贡山即景颇族高日家支居住的地方。　　〔31〕介腾冲、潞江之间：高黎贡山在腾冲与潞江（怒江）之间，是腾冲县与保山市隆阳区的分界。　　〔32〕严沍（hù）：寒冷凝结。沍，冻结。　　〔33〕分水泉：又名分水岭。《徐霞客游记》说："此即关之分水者，关东水下潞江，关西水下龙川江。"掬饮：双手捧饮。

（杨发恩）

陈　善（一篇）

陈善，字思敬，浙江钱塘县（今杭州）人，明进士。嘉靖年间以云南按察副使提督学校，教规严密，士类勃兴。隆庆初复起参藩，万历年间历任左、右布政使，凿水洞以通灌溉，平徭役以苏困惫，祛夙弊以清仓储，多所建树。后恳乞致政归民。著有《滇南类编》。

《土官袭职议》的主旨是揭露朝臣下僚的行事弊端，斥责在土官告袭过程中布政司衙门官吏借机敛财的罪恶行径，并提出惩治此类腐败邪风的具体规定。文笔犀利，大义凛然。摆问题，发议论，讲危害，定措施，有理有据。宣朝廷之德泽，斥人役之为祸，义正词严，对腐败之风充满了激愤和厌恶之情。

土官袭职议[1]

布政司六房，惟吏房一科最为美缺，土官袭职，所得不赀[2]。闻旧时元江、丽江等府告袭，各衙门人役诓其使用，有至千两以上；其馀府州，有至六七百两者[3]。虽各项人役多寡瓜分，而吏房承行，其所得可知矣[4]。至于两院批允之后，咨批付目把亲赍，其本册则另付承差顺赍；二本盘缠，亦有多至五六百两者矣[5]。夫在省费用如此其多，则目把科骗土官，当有数倍[6]。致使朝廷旷荡之泽不遍于遐方，本司严肃之风终隔于异壤，而土官相沿，遂以布政司衙门如此其浊滥也[7]。深为可恨。

隆庆四年，丽江府土舍告袭，闻其携金甚多，消息甚大[8]。邬布政风知，严行告示，不准留住省城，然奸人之诈骗者已入手矣[9]。今年，兰州土舍告袭，本司知有前弊，将歇家张云鹏拘拿到司，颁发告示一道贴伊门首，不许棍徒诓骗夷财，其本册即给付目把亲赍讫[10]。夫本司防检虽严，而衙门人役贪心不改，土夷只知旧套，而目把惟欲骗财，即如威远州系偏小土夷，而诓骗使用尚有五六百两者[11]。若非扫除弊源，衙门受累不小。

除已往姑免深究、近犯尽法究详外，为照土官承袭，本司惟凭各守巡兵备该道勘处明白，结报前来，即行按察司、都司比册收购例银，通呈两院详允，照例具奏，仍给文，通把亲赍赴部，别无留难[12]。各土司若使知本司法度严明，原不必用费财物，但地方隔远，上下之情难通，奸弊丛生，诈骗之计难绝。若不伸明严禁，第恐后来告袭之人复被积年棍徒仍前诓骗，深为不便[13]。乃照土司杂职等官，名分固存，贫难者众，若欲使之赍本赴京，恐其不便，又非顺夷情酌时宜之至意也，亦应议处[14]。

合候详允，本司备行所属土官衙门晓谕，今后如遇各土官告袭，候守巡兵备该道驳查明白，结报到司[15]。次日，一面移行二司比册，一面马上行文后开府分查收，纳谷例银取具库收，同赍本通把姓名各回报[16]。至次日，具稿。又次日，呈详两院批允。限三日内，具本册咨批，发驿马传递。系金沧道属者，发大理、永昌二府；洱海道属者，发楚雄府；临元道属者，发临安府；安普道属者，发该管府分行[17]。令各通把亲赍赴部。第四日，将发过缘由呈报两院查考，如守巡兵备道结报到司，而移行此册呈详两院及具本册咨批日期过违一日者，承行吏问罪呈详；两日者，招解[18]。其本册咨批到府，即日给发，仍将发过日期申报稽考。如该府过违一日，承行吏招解；两日者，坐赃革役[19]。其有积年通把诓骗土官财物指称赴省打点，及有衙门内外人役通同骗财者，许诸色知情人等，将各犯及财物把连赴司，当堂验明，人犯照例问遣，财物尽行给赏[20]。若土司府首领、县佐、驿巡、杂职等官有愿赍文赴部者，听之[21]；如有亲赍不便者，准解赍本盘缠银一十二两赴司，候有顺差人役赴京，交付赍投，仍呈两院知会[22]。如此，庶夷情可顺而弊端可厘，衙门亦可以肃清矣[23]。

选自天启《滇志》卷二五

【简注】〔1〕袭职：承袭土司职务。袭，因袭、继承。议：古代文体的一种，用以论事说理，陈述自己的意见，如奏议、驳议。 〔2〕布政司：即布政使司。明代将行中书省改为承宣布政使司，直辖府、州，废除了路一级。布政意谓代表中央宣布执行政令。布政司属省级单位，当时全国有15个省级行政单位，即13个布政司和南、北直隶（北京地区是京师所在地，称北直隶；南京地区是明初旧都，是朱元璋家乡和首先执政地区，划为南直隶）。布政司的长官为左、右布政使各一人，主管全区民政。六房：布政司下属单位名，分别处理具体政事。按唐制，列有吏房、枢机房、兵房、户房、刑房、礼房等。房下设科，数额不等。不赀（zī）：亦作"不訾"，不可计量。 〔3〕告袭：请求继承官职。诓（kuāng）：骗。 〔4〕多寡瓜分：瓜分银两多少不一样。承行：承办土司袭职之事。承，担负。行，行事。 〔5〕两院：应指左、右布政使；或指总督、巡抚。批允：批准。咨批：此批文。咨，同"兹"。付目：交给主管人。目，头目。把亲赍（jī）：将批文亲自带往。赍，带着。承差：公差。顺赍：顺便捎带。盘缠：犹"盘川"，旅费。 〔6〕目把科：吏目把持审批房科。 〔7〕旷荡：空阔无边。泽：恩泽。遐方：边远地方。遐，远。浊滥：污浊恶滥，浑浊不堪。 〔8〕隆庆四年，即1570年。隆庆，穆宗朱载垕年号，共六年。丽江府土舍：指丽江土知府木东或其把事。 〔9〕邬布政：邬布政使，名琏，江西新昌县人，进士。风知：风闻，传闻。 〔10〕兰州：即今兰坪县。明属丽江府。告袭土官为"知州"。歇家：居停之家。伊：指张云鹏家。夷财：夷人财物。讫：完结。 〔11〕目把：把持袭职的吏目。惟欲：只是想要，只想。威远州：元至元十二年（1275）以大理国威远赕改置，属威楚路。治所在今景谷县。明代为威远御夷州，属楚雄府。洪武十七年（1384）改为府，后废。建文四年（1402）复置州，隶布政司。清雍正三年（1725）改为厅。文中袭职的土官为"知州"。 〔12〕本司：指政司。按察司：全名为提刑按察使司，长官为提刑按察使，管全行政区的监察和刑狱。都司：明代都指挥使司，简称都司。行政区的驻军长官为都指挥使。布政司、按察司、都司，通称"三司"。三司的长官，是行政区的三巨头，三权分立，共治全区，大事须三司会商。明中叶后，鉴于三司鼎立，指挥不灵，于是在各区设固定的巡抚，统管三司，总揽军、政、财大权。明末，在边区又设督抚（总督）。　　〔13〕第恐：只怕。第，只、但。棍徒：指无赖、坏人。　　〔14〕贫难者：困难的人。众：多。议处：商议处理。　　〔15〕合候详允：应等候上司审核允许。合，应该。详，审察。守巡兵备：指分守道、分巡道、兵备道。明时，布政、按察二司，因辖区广大，便由其佐官分理各道事务，称分守道、分巡道。道员带兵备衔者，称兵备道。驳查：驳回复查。结报：具结上报。　　〔16〕比册：检验名册。比，考校、检验。开府：本指开建府署，辟置僚属，汉代惟三公可开府。魏晋以后开府者益多。后世称督抚为开府。　　〔17〕驿马：驿站的马，供载人或传邮（传递官家文书）之用。永昌府：公元8世纪时南诏置，治所在今云南保山市。临安府：元至元十三年（1276）改南路置临安路，明洪武中改为府。治所在建水州，即今建水县。辖境相当于今云南红河哈尼族彝族自治州（弥勒县除外）及通海、华宁、新平、峨山等县地。1913年废。　　〔18〕过违：超过违背，指延误。招解：免除官职。招，招致。解，解除、解职、解官。　　〔19〕坐赃：以贪污财物坐罪。革役：革除差役，免去差事。〔20〕诸色：各种。把连：一并，一同。问遣：遣送问罪。问，审讯罪人。尽行给赏：全部拿来进行赏赐。给赏，给予（有功人员）奖赏。　　〔21〕土司府首领：指土知府、同知、知县等土官。县佐：土知县佐官（辅佐之官）。驿巡：驿站的巡吏。驿站的低职官吏。杂职：未入流的、其名不一的小官。部：指吏部。　　〔22〕顺差人役：顺路差遣人员。知会：知照，知晓。　　〔23〕庶：庶几（jī），可能，差不多。连词，表示在上述情况之下才能避免某种后果或实现某种希望。可厘：能够整治。厘，整理、治理。

（张德鸿）

唐尧官（一篇）

唐尧官，字廷俊，晋宁人。明嘉靖辛酉年（1561）解元。后退隐，以著述自娱。他是明末清初著名诗人、书画家担当和尚的祖父。著有《五龙山人集》。

《晋宁州风土记》先概述晋宁州的历史沿革，以及山川地理形势。再重点叙述莲峰禅师创建云南名刹晋宁盘龙寺及禅师圆寂后肉身坐化寺内，俨乎若生的情况和晋宁的神灵传说。最后记叙晋宁州的民族、社会风气、物产以及亟待解决的植树造林、蓄水灌溉等有利于百世居民大利的问题。行文中流露了对徭役日重的不满，表现了可贵的忧患意识。

全文层次清楚，语言简洁流畅。作者不停留在山川景物的描绘上，而是把笔触伸向当时晋宁社会的有关方面，使文章具有丰富的社会内容，不仅有文学价值，也具有一定的史料价值。

晋宁州风土记

按晋宁，古滇池地[1]。今为云南支郡，在晋名宁州，在唐名昆州，蒙氏名阳城堡，元称晋宁[2]。我明兴，仍之不易云[3]。

山川融结，秀甲西南[4]。左盘龙，右望鹤，玉案前拱，滇池互萦，平原莽罝，田畴相接[5]。说者谓风景大类江南，即苍洱非俪也[6]。大堡、大坝、龙江三水合于西城外二里许，逶迤入海，若匹练然[7]。因桥其上，曰"四通"[8]。倚柱望之，蜃气隐见，黄云万顷，纵观寥廓，岂直民无病涉已哉[9]。

盘龙山故有梵刹，乃元僧崇照至正时所创建者[10]。草树葱蒨，泉谷窅邃，蔚然祇林之一胜[11]。僧持戒苦行规，成妙觉，今遗躯趺坐塔中，俨乎若生，缁流称之为莲峰禅师[12]。并盘龙而寺者，若万松，若罗汉，瞰滇池而寺者，若海宝，若金砂，或以岸崿取胜，或以波涛壮观[13]。而海溪山麓，金精神马蹄迹与异人牧牛滇池，牛饮而化为石者，又其特异尔[14]。

盖晋宁编户，汉夷相杂，自国朝修治学宫，而奋迹制科，通籍朝著者，代不乏人[15]。然亦有雅操铅椠，抗志肥遁以博名高者[16]。余太史《学蘷记》云，文行特起之士，间见迭出，信矣[17]。迩缘徭役日重，弃儒习而充椽吏者，一倡群和，欲其阛阓诗书难矣[18]。即旧所称俗淳讼简，务本力穑者，奈何不因刀笔舞文之徒，而染之一稍变邪[19]。梁山石门之间，曩多乌合之众[20]。而由石鱼以逮大堡三营，獠贼往往出没其间，迄今二十馀年，烽候不警，而民获安枕者，二哨防御之力也[21]。

郡去馀城仅百里，商贾陆行者少，暮挂帆而朝达云津，可省负担之劳[22]。滇故饶象贝、文犀、金宝诸珍奇之物，然亦非郡产[23]。若蔬果、鱼蝦之利，远迩咸仰给之[24]。而每值春明景熙，花卉殷繁，绕郭而游者，粲若霞锦眩目[25]。杨太史慎诗云："云连呈贡雨，花发晋宁春"，盖亟赏之也[26]。所深虑者，濒海而田，非不衍沃[27]。其灌溉率取给于堡、坝二河[28]。然源远而流细，若天旱少雨即瘝淤，野亡生稼矣[29]。以冀涓滴能哉[30]。郡自成城后，数十里一望山赭，萌蘖不生[31]。亡论工师艰于取材，即寸薪若炊桂耳[32]。然则豫浚凿以潴水，广种植以蓄材，诚百世居民之大利，今日之所当亟讲矣[33]。

选自《滇系》艺文八之九

【简注】〔1〕按：考察，考核。晋宁：位于滇中。唐武德四年（621）以汉滇池县地置晋宁县及望水县。元至元二年（1265）改置晋宁州及昆阳州。1913年废州为县。1958年昆阳县并入，现属昆明市。有恐龙足化石、石寨山遗址、汉墓群、汉滇池县故址、北方天王石刻像、盘龙寺、郑和公园、观音山洞穴壁画等名胜古迹。古滇池地：指汉代滇池县。晋宁原属滇池县地。〔2〕宁州：晋隆安（397~401）初置宁州。昆州：唐武德四年（621）改晋宁郡为晋宁县，属昆州。蒙氏：指南诏。南诏唐初时是洱海地区部落，本名蒙舍诏。唐贞观二十三年（649）蒙舍诏细奴逻建号大蒙国，后蒙舍诏皮逻阁并五诏，故以蒙氏指代南诏。阳城堡：晋宁在南诏和大理国时期都称阳城堡。〔3〕明：明代。仍之不易：仍旧不变。〔4〕融结：融合凝聚。语出晋代孙绰《游天台上赋》："融而为川渎，结而为山阜。"〔5〕盘龙：即盘龙山。在滇池东岸，距离现在的晋城大约5公里。由于山势如龙盘迂曲，中窝起突，俨如盘龙，故称。鹤：指白鹤山，在晋宁西五里处。玉案：山名。在昆明市西山区黑林铺西。唐代道南和尚诗曰："松鸣天籁玉珊珊，万象常应护此山。"由此得名玉案山。山中筇竹寺为昆明附近重要风景名胜。拱：拱手。两手相合以示敬意，即抱拳、作揖之态。滇池：在昆明市区西南。古名滇南泽，亦称昆明湖。为高原断层陷落构造湖。形似弯月，面积330平方公里，为云南第一大湖。北岸有观音、卧佛、碧鸡、玉案诸山巍峙，周围有大观公园、西山森林公园、海埂公园、民族村、白鱼口疗养区、郑和公园等风景名胜区，有高原明珠之美誉。莽罩（làng）：广大无际的样子。〔6〕大类：十分类似，很像。苍洱：即大理的苍山洱海，以横列如屏的苍山和碧波万顷的洱海组成雄奇秀美的自然景观而闻名全国。俪：相比。《淮南子·精神训》："凤凰不能与之俪，而况斥鷃乎？"〔7〕逶迤：曲折绵延的样子。海：指滇池。云南多把湖泊称为海，如阳宗海、洱海，均为高原湖泊。匹练：一匹白绸。练，绢、绸之类的丝织品。南朝谢朓《晚登三山还望京邑》："馀霞散成绮，澄江静如练。"〔8〕因：于是。桥：用作动词，即架桥。〔9〕蜃气：即"海市蜃楼"，是一种光学现象。光线经过不同密度的空气层后发生显著折射，使远处景物显现于半空中或地面上的奇异幻象。常发生在海上或沙漠地区。古人误以为蜃吐气而成，故称。蜃，传说中的蛟类，能吐气成海市蜃楼。黄云：比喻成熟的庄稼。寥廓：空旷，广远。无病涉己：没有病痛、灾害涉及自己。说明这里是一片美丽、富足的乐土。〔10〕梵刹：泛指佛寺。此指盘龙寺。盘龙寺建于元代至正七年（1347），在昆明享有盛名，香火很旺。崇照：即莲峰禅师，名崇照。剑川人，俗姓段。元代至正年间游晋宁，观东山龙湫似曹溪，因卓锡建寺，名盘龙。寺成后即任该寺的住持，人们尊他为这座寺的开山祖师。〔11〕葱蒨（qiàn）：草木青翠茂盛的样子。窅（yǎo）邃：幽深的样子。蔚然：草木茂盛的样子。《水经注·河水四》："山南有古冢，陵柏蔚然。"祇（zhī）林：即祇园，印度佛教圣地之一。后用为佛寺的代称。〔12〕持戒：遵行戒律。苦行规：指佛教徒受冻、挨饿、拔发、裸形、炙肤等行为规定。佛教徒认为使自己身心忍受痛苦的行为，可以获得解脱。妙觉：佛教语。谓佛果的无上正觉。《三藏法数》："自觉觉他，觉行圆满，不可思议，故名妙觉性。""今遗躯"句：莲峰禅师圆寂后，以"肉身坐化"在寺里，永受人供奉。跌坐：盘腿端坐。佛教徒打坐修行的姿势。俨乎：宛然，仿佛。韩愈《答李翊书》："俨乎其若思，茫乎其若迷。"缁（zī）流：僧侣们。缁，黑色僧服。亦代指僧侣。　　〔13〕万松：万松寺。在盘龙山上。据《晋州志》记载："唐时建，今已废。"经查考，实际建于元代中叶。当时"万松月夜"被列为"晋宁八景"之一。罗汉：即罗汉寺。在昆明西南碧鸡山右，正名妙定禅寺。瞰：俯视。海宝：即海宝寺。在晋宁州北七里。金砂：即金砂寺。在晋宁金砂山，元时建。崒崿（zuòè）：山势高峻。三国嵇康《琴赋》："互岭崝岩，岞崿岖金。"崒，一作"岞"。　　〔14〕神马蹄迹：《华阳国志·南中志·滇池县》载，"长老传言，（滇）池中有神马，或交焉，即生骏驹，俗称之曰'滇池驹'，日行五百里。"这是汉代即已传进宫廷的"金马碧鸡"神话的一种。云南各地留有"神马踪迹"的传说。　　〔15〕编户：编入户籍的普通人家。《汉书·梅福传》："孔氏子孙不免编户。"夷：泛指古代中原以外各族。犹今称之少数民族。国朝：指明朝。学宫：学校。《列女传·邹孟轲母》："复徙舍学宫之旁。"奋迹：发奋努力的事迹。制科：科举考试。通籍：记名于门籍，可以进出宫门，即在朝中做官。《汉书·元帝纪》："令从官给事司马中者，得为大父母、父母、兄弟通籍。"朝著：在朝中从事撰写著述的工作。　　〔16〕铅椠（qiàn）：古人书写文字的工具。借指写作、校勘。铅，铅粉笔；椠，木板片。韩愈《送无本师归范阳》诗："久不事铅椠。"抗志：高尚的志向。《晋书·夏统传》："其人循循，有大禹之遗风、太伯之义让，严遵之抗志，黄公之高节。"肥遁：退隐。《易·遁》："上九，肥遁，无不利。"孔颖达疏："子夏传曰：'肥，饶裕也'……上九最在外极，无应于内，心无疑顾，是遁之最优，故曰肥遁。"后来以退隐称"肥遁"。《抱朴子·畅玄》："知足者则能肥遁勿用，颐光山林。"　　〔17〕余太史：不详。太史，官名。西周、春秋时掌起草文书、策命臣下、记载史事、编写史书，兼管国家典籍、天文历法、祭祀等工作的官员，为朝中重臣。明清时修史的官归翰林，故翰林亦称太史。文行：文章与德行。《论语·述而》："子以四教，文行忠信。"特起：独立，挺立。间见迭出：先后不断出现。宋俞文豹《吹剑录》："古今诗人，间见迭出，极有佳句。"信矣：确实这样。　　〔18〕迩：近。缘：因为。杜甫《客至》："花径不曾缘客扫。"儒习：儒家的风尚，读书人的风习。充掾（yuàn）吏：充当官吏，去做官。掾吏，官府中佐助官吏的通称。这里泛指官吏。《东观汉记·吴良传》："岁旦，与掾吏入贺。"一倡群和：一人倡导，众人响应。阛阓（huánhuì）：街市，街道。借指民间。《敦煌变文集·捉季布传文》："公曾泗水为亭长，久于阛阓受饥贫。"　　〔19〕俗淳讼简：民风淳朴，打官司的很少。务本力穑（sè）：务农，努力从事农业生产。中国古代以农业为本，务本即务农。穑，收获农作物，代指农业。奈何：为什么，怎么，为何。刀笔舞文之徒：玩弄笔墨，写文章的人。刀笔，古代书写工具。亦代指文章。《文心雕龙·论说》："不专缓颊，亦在刀笔。"染之一：受到一点感染。稍变：指风气稍变。　　〔20〕曩：从前，过去。乌合之众：形容一时聚集，没有组织而临时凑合，如群乌暂时聚合。　　〔21〕石鱼、大堡：均当时小地名，具体方位不详。逮：及，及至。獠贼：凶恶的强盗，凶恶的贼人。獠，凶恶的样子。如獠牙、獠面。烽候不警：指没有警报，和平安宁。烽候，亦作"烽堠"。烽火台，也指战事。安枕：安眠。亦比喻无忧无虑。《后汉纪·光武帝纪二》："恐国家之守转在函谷，虽卧洛阳，得安枕邪？"　　〔22〕郡：指晋宁州。去：距离，离开。会城：省会，省城。贾（gǔ）：古指开设店铺做买卖的商人。后泛指商人。《周礼·地官·大宰》："商贾阜通货贿。"挂帆：张帆行船。南朝谢灵运《过始宁墅》："剖竹守沧海，挂帆过旧山。"云津：渡口名、码头名。在昆明城南。盘龙江流经此地入滇池，元王昇《滇池赋》有"千艘蚁聚于云津，万舶蜂屯于城垠"之句。元、明时期舟楫往来，商旅云集，堤上、河上灯火终宵不断，蔚为大观，被称为"云津夜市"，为昆明八景之一。　　〔23〕饶：丰足，富足。象贝：疑指象牙、贝壳。文犀：有文彩之犀牛角，是一种极珍贵之物。　　〔24〕远迩：远近。咸：全，都。仰：仰仗，依靠，依赖。　　〔25〕景熙：景象和乐，风景明丽。熙，和乐。亦指明亮、光明。郭：外城。古代在城的外围加筑一道城墙。此泛指城墙。 〔26〕杨太史慎：明代著名学者、文学家杨慎，字用修。四川新都人。明正德六年殿试第一，授翰林修撰，人称杨状元。明代修史归翰林院，故翰林亦称"太史"。呈贡：县名。位于滇中，属昆明市。有龙潭山古人类遗址、天子庙战国古墓群、骠骑将军沐祥神道碑、罗彩烈士墓、魁星阁等古迹。亟（qì）：屡次，一再。《左传·郑伯克段于鄢》："亟请之，公弗许。" 〔27〕濒海：临近滇池。濒，靠近、临近。海，指滇池。衍沃：平坦肥美的土地。亦泛指平原。 〔28〕率：全，都。 〔29〕廞（xīn）：淤塞。《周礼·考工记·匠人》："善防者水淫之。"郑玄注引汉郑司隆曰："廞读为钦，谓水淤泥土。"亡（wú）：通"无"。没有，不。 〔30〕冀：希望，盼望。涓滴：一点一点地流淌。南朝鲍照《遇铜山掘黄精》诗："乳窦夜涓滴。"亦指水点、极少的水。 〔31〕赭（zhě）：赤地，寸草不生的土地。唐柳宗元《段太尉逸事状》："泾州野如赭，人且饥死。"萌蘖（niè）：植物萌芽，借指植物。《孟子·告子上》："雨露之所润，非无萌蘖之生焉。" 〔32〕亡论：不论。亡，通"无"。工师：工匠。寸薪若炊桂：形容柴火昂贵。薪，柴火。桂，一种珍贵的香木。 〔33〕豫：预备，先事准备。《淮南子·说山训》："巧者善度，知者善豫。"浚凿：开凿、疏浚河流。浚，疏浚、深挖。潴水：蓄水。潴，使变为水停聚处。《汉纪·平帝纪》："臣闻叛逆之国，既以诛讨，则潴其宫以为污池。"诚：确实，真正。亟（jí）讲：赶紧讨论、商议。亟，赶紧、急速。讲，谋划。

（刘平都）

方良曙（一篇）

方良曙，字子宾，安徽歙县人。进士。明万历初任云南左布政使。天启《滇志》云："《志草》（《滇志草》，包见捷著）称其仁明慈恕，应务如流。滇新挠寇，困于军食，调给无乏。浚滇池，所溉皆上田。"初至，库藏空虚，数岁遂以富实埒诸省。明兴，以理学鸣，践履笃实，滇士师之。

《重浚海口记》先述滇池之胜：群山环绕，众水汇集；次言海口为"滇池宣泄咽喉"，如不疏浚，"患非渺小"。这样写，下文重浚海口，就显得文势自然，顺理成章。接着，概述邹、郭二公都很关注海口的疏浚，但由于一坝之费高达"五千有奇"，又值朝廷用兵，军民艰食，二公未敢轻率行事。这时，作者至滇，他"亲至其地"考察，并广泛征求官民的意见，在得到同年罗公的支持并"两台俞允"后，采用了不同于"循旧三年开挖"的新办法，结果是"逾月而工竣"，"工费官帑仅四百金"。史称方良曙明于吏治，"应务如流"，洵非虚誉。对于重浚海口，作者盛赞"两台"有"肇始"之功，不愧为"仁者"；罗、孙有"赞决"、"综理"之功，不愧为"智者"；独不言己功，表现了作者谦逊的气度。最后，点明邹、郭、罗诸公及自己的名字，结穴点睛，馀韵悠然。

重浚海口记[1]

粤稽滇池之胜，自战国时属楚，名始载于史册[2]。盖金马、碧鸡东西两山夹护，商山北来而环卫于前，中列一大都会，其下并受邵甸、牧羊山诸泉及黑龙潭、菜海、海源、洛洛河诸水，汇为巨浸，延袤三百馀里，军民田庐环列其旁，而泄于其南稍西一小河，又折而北，不见其去，故又名滇海云[3]。是海口小河，实滇池宣泄咽喉也；疏浚不加，每岁夏秋，雨集水溢，田庐且没，患非渺小[4]。先年，当事诸公率多裁成，海夫有编，开挖有期，为民之意，亦既殷矣[5]。

万历改元，癸酉，关中少司马兰谷邹公来抚兹土，偶值霪雨连旬，水泛病民[6]。公用恻恻，檄下阃司，行经历陈子、指挥王子勘议，爰请如前三年大挖例，筑坝闸水，分段兴工开挖，凡念馀里，调集指挥、千百户若干员，夫役万五千有奇[7]。竹木、麻铁、器具、工饩约费帑金五千有奇，而一坝之费遽至千金[8]。惟时，邹公复行藩司议[9]。明年，河中养斋郭公按滇，亦谓事关劳费，须详议[10]。其秋，余以承乏左辖至，适东西用兵之馀，斗米三钱，军民艰食，汹汹惟棘，且两台节财恤民至意，不可不仰体也[11]。冬暇，亲至其地，谋及郡吏、士庶、父老而广询之，乃知滇水从出之口，牛舌洲横于前，龙王庙洲塞于中，此全省水口风气攸关，盖奇胜也[12]。土人咸指故道："水由洲左豹山下行十之六七，由海门村旁行十之三四，今左流才一二耳。况下有螺壳、黄泥二滩之淤，冬水落而背露，春水涸而龟昂，故工所可加，而豹山之下尤宜深浚[13]。坝旧筑螺滩上，可勿循[14]。"越明年乙亥正月，适同年盱江近溪罗公以屯田宪副巡昆阳，余亟往迎而咨议之，且见二滩经流欲绝，罗公因力赞曰："螺滩之坝不必筑，豹山之下必宜开。"[15]议遂决。复两台，俞允[16]。疏浚一仿捞浅之法，且并龙王庙而新之。爰命右卫指挥孙子承恩董其役，云南府判劳子日积督之，调各卫所州县夫什之二[17]。乃孙子，则固分丈布工，论方验日，工无少旷焉[18]。逾月而工竣，实三月哉生明也[19]。水复半由豹山下行，而螺壳、而黄泥无复少阻。工费官饩仅四百金，视陈子、王子循旧三年开挖，不啻省什九矣[20]。

孙子请勒石如故事，余曰："嘻！是奚足哉！"[21]他日，请之再三，辞弗获[22]。已因忆是役，非两台之悯恤，孰与肇始[23]？非罗公之明智，孰与赞决[24]？抑非得孙子之勤算而董之，又孰与之综理之甚密而迄工之甚速耶[25]？传曰："仁者讲功[26]。"两台与之[27]。又曰："智者处物[28]。"罗公及孙子之谓也。众思集而忠益广，用力少而成功多。即此小役，可以概大矣[29]。后人观此，其于兴事考成，当必有划然默会于中焉者，遂书以遗之[30]。

邹公名应龙，郭公名庭梧，罗公名汝芳，皆起家进士。余为新安方良曙也[31]。

选自天启《滇志》卷一九

【简注】〔1〕海口：在昆明西南郊，滇池西岸。为滇池唯一出水口，亦是螳螂川的源头。有元朝初建的水闸三座。　〔2〕粤：语气词，与"曰"、"越"互通，用在句首或句中，没有实在意义。稽：稽考，查考。属楚：周赧王三十六年，楚顷襄王二十年（前279），楚将军庄蹻循江上略巴、蜀、黔中以西，至滇池，"以兵威定属楚"（《史记·西南夷列传》）。　〔3〕金马：金马山，在昆明市东郊。山势逶迤，西对碧鸡山，中隔滇池，绵亘数十里。碧鸡：碧鸡山。位于昆明西南郊、滇池西北岸。商山：在昆明北郊陡山麓。旧皆桃林，草木密茂。"商山樵唱"为昆明八景之一。邵甸：邵甸山在邵甸县境。元至元十二年（1275）由邵甸千户所改置邵甸县。先后属长州、嵩明府、嵩明州。治所在今嵩明县白邑乡。明初废。牧羊河：在嵩明县西部。发源于梁王山脉西麓，汇集白沙坡、老木山泉水，因流经牧羊山、牧羊坝子，故名。黑龙潭：在昆明北郊龙泉山五老峰麓。内有黑龙潭，传为龙神所居，水深数丈，色黝黑，以此得名。菜海：昆明城内有九龙池，清泂秀澈，菜圃居其半，故又曰菜海，即今翠湖。其平者为稻田，下者为莲池，又半之。贯城西南陬，汇盘龙江，达滇池。海源寺：在昆明西北7公里，玉案山麓。发源于筇竹寺花红洞，海拔2 172米。向东南流入滇池。全长12公里，含沙量小，为滇池水源之一。巨浸：大的湖泽。黄景仁《望泗洲旧城》诗："泗淮合处流汤汤，作此巨浸如天长。"延袤：绵延，连续不断。庐：本指乡村一户人家所占的房地，引申为村房或小屋的通称。滇海：即滇池。滇池水由西南岸海口向北流出，经螳螂川入金沙江。古代这里聚居有滇部落，故名为"滇"。又，云南人称大的湖泊为"海"、"海子"。　〔4〕咽喉：比喻水流必经的通道。溢：水满外流。没：淹没。　〔5〕率：一般,大都。裁成:亦作"财成"。筹谋而作出决定。海夫:治理河道的民工。天启《滇志》:"岁一浚之,在田赋之正供,曰海夫。"编:编制。数量有定额,职务有分工。殷:恳切,深厚。　　〔6〕万历(1573~1620):明神宗年号。改元:汉武帝即位,以建元为年号。以后新君即位,例于次年改用新年号纪年,称改元。其间一帝在位,往往多次更改年号,亦称改元。癸酉:万历元年(1573)。关中:古地区名。秦都咸阳,汉都长安,因称函谷关以西为关中。少司马:汉武帝时罢太尉置大司马,后世用作兵部尚书的别称;侍郎则称少司马。邹公:邹应龙,字云卿,号兰谷,长安(今陕西西安)人。明嘉靖三十五年(1556)进士。授行人,升御史,以劾严嵩父子闻名。隆庆(1567~1572)间,以兵部侍郎巡抚云南,揭发黔国公沐朝弼罪,平澜沧铁索箐及番人乱。为忌者所排,削籍归。霪雨:同"淫雨"。久雨。旬:10天。病:害。　　〔7〕用:因为,由于。悯恻:怜悯,哀怜。檄:古代官方文书用木简,长尺二寸,多作征召、晓喻、申讨等用。后泛称这类官方文书为檄。阃(kǔn)司:明代地方军事机构都指挥使司的别称,简称"都司"。长官都指挥使为地方最高军事长官。阃,古代地方上将帅的官衙。经历:官名。明清之布政使司、按察使司均设经历,职掌出纳文书。指挥:官名。明各卫均置指挥使等官,指挥使可简称为"指挥"。勘议:勘查议定。爰:乃,于是。连词,表示后一事紧接着前一事。念:二十。"廿"的大写体。千百户:明兵制实行卫所制度,每卫5 600人;下设千户所,有兵1 120人,以千户为长官;下设百户所,统兵112人,以百户为长官。夫役:民工。夫,旧指从事体力劳动或被役使的人。奇(jī):零数,馀。　　〔8〕工饩(xì):工资,做工的报酬。帑(tǎng):国库,国库里的钱财。遽(jù):突然。　　〔9〕惟:语气词,引出时间,有加强语气的作用。藩司:明清布政使的别称。布政使掌管全省民政、田赋与户籍等事。　　〔10〕河中:府名。唐开元八年(720)升蒲州置。治所在今山西永济县蒲州镇。郭公:郭庭梧,字子材,河南新乡人。嘉靖四十四年(1565)进士。万历间任云南巡按。据此,"河中"当为"河内"之误。河内,古地区名。春秋战国时以今河南省黄河以北地区为河内。《史记·正义》云:"黄河从龙门南至华阴,东至卫州,折东北入海。"按滇:担任云南巡按御史。劳费:劳力费用。　　〔11〕承乏:所任职务一时无适当人选,暂由自己来充数。旧时在任官吏常用的谦词。左辖:方良曙时任左布政使,为一省最高行政长官。三钱:三钱重的银子。钱,重量单位名称。十钱为两。汹汹(xiōng):喧哗纷扰之貌。《三国志·魏志·曹爽传》:"天下汹汹,人怀危惧。"棘:通"急"。《诗·小雅·采薇》:"严狁孔棘。"郑玄笺:"棘,急也。"两台:抚台、按台。抚台,巡抚的别称;按台,巡按御史的别称。仰体:体察上情。　　〔12〕郡吏:地方官吏。士庶:古指士大夫阶层与庶民。风气:风土气候。奇:特殊的;罕见的。胜:胜地。形势有利的地方。　　〔13〕故道:从前的河道。淤(yū):因泥沙沉积而不能畅通。龟昂:形容河道干涸、泥沙淤积之状。浚:疏通。　　〔14〕勿循:不要循旧筑坝。循,遵循,沿袭。　　〔15〕乙亥:万历三年(1575)。盱(xū)江:即"抚河",又称"汝水"。罗汝芳为江西南城人,南城在江西省东部、抚河上游。近溪:罗汝芳(1515~1588),字惟德,号近溪,江西南城人。嘉靖进士。万历间任云南屯田副使,晋左参政。开永昌沙河,灌田四千馀亩。署金腾道,值缅甸入扰边境,汝芳檄谕土司兵,阻缅粮道,断归路,缅军大困,死者众多。讲学不倦,为泰州学派代表人物之一。著有《近溪子明道录》、《近溪子文集》等。屯田:唐宋工部有屯田郎中、员外郎。掌屯田、职田、学田、湖塘堤堰修葺等事。明清屯田郎中、员外郎兼司王公、百官坟茔等事。宪:宪台、宪府的简称。御史称"宪台"或"宪府"。后用为地方官吏对知府以上长官的尊称。昆阳:州名。元初立巨桥万户府,至元十三年(1276)改置昆阳州,以在滇池之南,故名。治所即今晋宁县昆阳镇。明清沿旧制,属云南府。1913年改昆阳州为县。1958年并入晋宁县。亟:急,迫切。咨议:咨询商议。力赞:大力赞助。力,尽力、竭力。　　〔16〕俞允:应允,允诺。本指帝王的允可。《书·尧典》:"帝曰:俞!"司马迁《史记》"俞"作"然"。相当于现代汉语的"是"、"对"。　　〔17〕卫:明代军队编制名。洪武二十六年(1393),定全国内外卫329,成祖后增至493。大抵5 600人称卫,其军官称指挥使。董:监督管理。府判:明代府、州有通判辅助处理事务。判官为僚佐,非正官。

府，唐至清代行政区划名称。明清隶属于省。府领州，州领县。积：聚集，累积。什之二：十分之二。十人中抽调二人。 〔18〕固：坚决，坚持。分丈布工：以丈为单位分配工作，计算工作量。论方验日：按照土方、石方的大小来验证工作的日期。方，计量面积或体积的一种单位。面积一方即一丈见方。体积一方，砂土一般以方一丈、厚一尺为一方；石头则以长、阔、厚各一尺为一方。 〔19〕逾：超过。竣（jùn）：完毕。哉：通"才"，开始。《书·武成》："厥四月，哉生明。"四月，月亮开始放出光辉之时。古代常用"哉生明"作阴历每月二日或三日的代称。 〔20〕金：古代计算货币单位。或以一斤为一金，或以一镒（二十两或二十四两）为一金，因时而异。后亦谓银一两为一金。不啻（chì）：不止，不仅仅。什九：十分之九。 〔21〕勒：刻。故事：旧例，成例。奚足：哪里值得（勒石）。奚，通"何"，表示疑问。足，值得，够格。 〔22〕弗获：不得，没有接受。 〔23〕孰：谁，哪个。肇始：创建，开端。 〔24〕赞决：赞助决断。 〔25〕综理：全面掌握，综合治理。迄工：完工，竣工。 〔26〕仁者：具有仁爱的人。讲功：讲求功德。 〔27〕与（yù）：参预，在其中。意思是，"两台"就是这样的人。 〔28〕智者：聪明的人。处物：办事，处置事情。物，物事，犹事情。按：《国语·鲁语上》云："夫仁者讲功而智者处物"《鲁语下》云："朝夕处事。"本文引《国语》，称"传"，因《国语》旧有《春秋外传》之称。 〔29〕概：概括。 〔30〕考成：考核官吏的工作成绩。《周礼·地官·小司徒》："岁终，则考其属官之治成而诛赏。"划然：界限分明貌。划，划分、区别。默会：心里领会。遗（wèi）：给予，交付。 〔31〕新安：歙州、徽州所辖地的别称。属安徽省。

（吴培德）

陈用宾（二篇）

陈用宾，字道亨，福建晋江人。明隆庆辛未（1571）进士。万历二十一年（1593）由湖广布政使出任云南巡抚、右佥都御史。初至，察形势，设八关二堡于三宣要害，以巩固边防，安定边疆。遍兴学校，劝农桑，修水利，以功晋右都御史兼兵部右侍郎。万历三十五年，金沙夷阿克、郑举陷武定。郑举攻省城，焚掠民舍，索武定府印。用宾仓卒征兵，不至，权予印，暂立阿克为土知府。由于武定失事，用宾于万历三十六年被捕，下狱死。谢肇淛（《滇略》作者）云："用宾在滇十六年，其防西事最急，至于建开堡，营屯田，檄暹罗以分缅势，俾腾永之间帖席者二十余年，功亦懋矣。而变起肘腋，仓皇失措，遂至身败名陨，悲夫！"

《罢采宝井疏》的主旨是：罢采宝井，以保"南服"。疏分四个层次：一、言缅甸之患，宜内外兼治，积极防御，使"缅欲乘无隙"。二、缅酋进犯边境，其"奸谋"是"假献井而思启疆，藉追思正而垂涎蛮莫"。蛮莫为"三宣之藩篱"，"蛮莫失"，必无三宣、腾永。而蛮莫与宝井，二者不可得兼，"欲复蛮莫"，必须罢采宝井。三、巡抚之责是专一"整饬兵戎"，"惟边疆是计"，不能因"督税者"的"惟宝石是向"而毁"祖宗金瓯之业"。四、言宝井"不过一土屑"，怎能以此"坏万里之封疆"？文章从不同角度、不同层次，分析形势，说明道理，言词恳切，颇有说服力。

《陈言开采疏》写于万历二十七年（1599）。首先，对"开采新命"，"撼悃陈言"，认为"其裨国用也甚微，其误国用也甚大"。其次，言滇"环向皆夷"，地瘠民贫，"不堪重赋"。财政上"入不毂出"，仅官兵月饷每年就差四万六千两。于是，千户张国臣奏请开矿，增加税收，而事实上，"山泽靡有遗利"，已经无矿可开，无课可增。在此情况下，朝廷又派内监杨荣赴滇，监督开矿。因此，作者着重指出，云南并无"金矿"，"即贡金，亦买自他省"。而出产宝石的宝井，其地于"三十年前已折入缅"，若往开采，势必引起边境争端，不可不慎。作者建议：贡金、兵饷，可以由云南地方自行解决，希望"差遣官员，悉免入滇"，或者让"原奏张国臣等撤回，免其开采"。

通篇从"国用边计"着眼，剖析利害关系，让事实说话，不由人不信。末段文字多用对偶句式，读起来感觉气势磅礴，淋漓酣畅。

陈用宾阻止杨荣入滇，是很有预见性的。《神宗实录》记载：杨荣入滇七年，"恣行威福，府第僭拟，人称之曰'千岁'，杖毙数千人，滇人侧目。……于是指挥贺世勋等及军民数千人，拥集荣第纵火，执荣杀之，投尸烈焰中"。总之，税监虐害，敲骨吸髓，无恶不作，为当日实情。人民反抗斗争极强烈，而激起群众义愤者不仅此一事。赵翼《二十二史札记》卷三五有"万历中矿税之害"专条，历举太监陈增（在山东）、马堂（在天津）、陈奉（在荆州）、高淮（在辽东）、梁永（在陕西）、杨荣（在云南）横征暴敛，遭到当地人民严厉惩罚的事实，为其最著者。他如潘相、李道、孙朝、张忠、邱乘云等皆为民害，又其次也。

罢采宝井疏[1]

臣惟云南之有缅,犹西北之有虏,东南之有倭,其为中国患,旧矣[2]。彼其挟封豕长蛇之势敢与我抗,小则蚕食诸夷,大则寇边[3]。即先年麓川之役,王师百万,三劳而下,卒莫能大创[4]。迩年以来,缅军不敢饮马金沙,窥我蛮莫,此岂臣之力能制其死命者[5]?良由我皇上以封疆之事一以委臣,臣因得以展布四体,内则绸缪牖户之修治以不治,外则联络远交之计以夷攻夷,又严禁中行之辈不使播弄于中外,彼缅欲乘无隙,自救不遑,故狼烟弛儆,三宣无恙耳[6]。

乃本年二月内,缅甸阿瓦,其酋雍罕,结连木邦等夷,拥众十馀万,直犯蛮莫,蹂三宣而抵腾越之墟[7]。其执词曰:"开采汉使令我杀思正以通蛮莫道路,吾为天朝除害焉耳。"[8]彼时,边疆将吏奉臣令声正酋致寇败北之罪,歼之殉众[9]。使瓦酋而果无他,则当如臣檄,卷甲尽回阿瓦,乃留兵据守蛮莫,何为哉[10]?缅之假献井而思启疆,藉追思正而垂涎蛮莫,奸谋盖毕露矣[11]。

夫蛮莫,何地也?三宣之藩篱也[12]。三宣,腾永之垣墉也[13]。腾永,全滇之门户也。蛮莫失,必无三宣。三宣失,必无腾永。全滇之祸,当自开宝井启之[14]。欲开宝井,则蛮莫不可复,欲复蛮莫,则宝井之役不可开,此不两立之势也[15]。欲觊宝井,则藩篱必撤,欲保藩篱,则采买当报罢,此不两全之理也[16]。

夫天下之事,一则精神专而事成,二则群柱开而事败[17]。今为陛下之巡抚者,任一将以整饬兵戎;为陛下之督税者,又任一将以总理采买[18]。司兵戎者,当惟边疆是计,有警必报,贼入必击;司采买者,当惟宝石是问[19]。警不欲报,贼不欲击,其势必至掣肘[20]。掣肘不已,必至壅蔽;壅蔽不已,必至弛备[21]。一至弛备,则缅骑可以长驱,由蛮莫径抵三宣,如入无人之境,腾永一带,恐非陛下有矣[22]。陛下肯使数年怀柔之邦、祖宗金瓯之业,一旦以采井坏之耶[23]?臣知非陛下意也。

夫宝井何足宝哉?不过一土屑耳[24]。石为重乎?土地为重乎?以无用之土屑坏万里之封疆,以采买之虚名贾边疆之实祸,臣又知陛下不为也[25]。

臣受陛下之恩渥矣,封疆安危,在此一举,若坐视不言,是臣误封疆而负陛下也[26]。望我皇上锐发乾断,将宝井、采买之役亟赐罢免,旧将吴显忠令速回籍,无再启衅,使边疆将吏得一意讲求战守计,图所以复蛮莫之策,缅去不追,缅入必拒,庶几边事无掣肘之虞,而南服犹可保全乎[27]!

选自天启《滇志》卷二二

【简注】〔1〕罢：停止。宝井：生产宝石的矿井。明成化二十年（1484）置孟密安抚司，万历十三年（1585）改为宣抚司。治所即今缅甸曼德勒省抹谷县，以产宝石著名。万历十八年该地入于缅甸。
〔2〕缅：缅甸，与云南为邻，公元9世纪便同中国发生友好关系。虏：对敌方的蔑称。此指西戎、北狄。倭：古代称日本。14至16世纪劫掠我国和朝鲜沿海地区的日本海盗被称"倭寇"。患：祸患。旧：久。《诗·大雅·抑》："于（wū）乎小子，告尔旧止。"郑玄笺："旧，久也。" 〔3〕封豕（shǐ）长蛇：大猪和长蛇。比喻贪暴者、侵略者。《左传·定公四年》："吴为封豕长蛇，以荐食上国。"杜预注："荐，数也。言吴贪害如蛇、豕。"蚕食：比喻逐渐侵占。寇边：侵犯边境。 〔4〕麓川之役：明正统六年（1441），明遣定西伯蒋贵、兵部尚书王骥率兵征麓川，麓川宣慰使思任发兵败逃缅甸。正统八年，思任发子思机发据孟养（今缅甸克钦邦），王骥、蒋贵再征麓川，破思机发军，明军临缅甸。正统十年，缅甸杀思任发，送任发首级及妻于明军。正统十三年，王骥帅师三征麓川，败思机发军。十四年，王骥率军至孟养，思机发弟思禄降，麓川乱平，于伊洛瓦底江西岸孟养地界立碑而还。元至元十三年（1276）置麓川路，治所在今云南瑞丽市。辖境相当于今瑞丽市及畹町等地。明洪武十七年（1384）置军民宣慰使司，正统六年废。创（chuāng）：创伤，损伤。 〔5〕迩（ěr）：近。"缅军不敢"句：指缅人不敢侵犯、渡过金沙江。窥（kuī）：暗中察看。蛮莫：莫亦作"漠"。明万历十三年（1585）分孟密北部地置安抚司。蛮莫城在大盈江北，距边关（缅境）一日程，以红蚌河分界，距伊洛瓦底江口45公里，称新店，今译名曼冒。万历三十二年（1604）地入缅甸。制：控制，掌握。 〔6〕良：的确，实在。封疆：指封疆之内统治一方的将帅。明清时各省长官如总督、巡抚等称"封疆大吏"，也简称"封疆"。封，疆界，范围。委：付托。展布：伸展，展开。四体：四肢。绸缪（móu）：缠绕，引申为修补。牖（yǒu）户：门窗。《诗经·豳风·鸱鸮》："迨天之未阴雨，……绸缪牖户。"意思是趁着天没下雨，就把门窗修好。比喻事先作好防备。联络：联合，彼此交接。远交：交好远邦。《战国策·秦策三》："王不如远交而近攻。"结交远处的国家，进攻近的国家。以夷攻夷：比喻利用这一敌人去对付另一敌人。亦作"以夷制夷"。这是封建统治阶级对待其他民族的一种民族分化政策。中行（háng）：中军。《左传·僖公二十八年》："晋侯作三行以御狄。荀林父将中行，屠击将右行，先蔑将左行。"注："晋置上中下三军，今复增置三行，以辟（避）天子六军之名。"此句是说，严格约束军队，避免引起边境纠纷。播弄：挑拨，摆布玩弄。中外：中国与外国。亦指中央与地方或朝廷内外。欲乘无隙：想钻空子而找不到机会。隙，裂缝。不遑：来不及，忙不过来。狼烟：烽火。古代边疆烧狼粪以报警，故名。弛：松懈，解除。儆（jǐng）：警戒，警报。三宣：干崖宣抚司、南甸宣抚司、陇川宣抚司，合称"三宣"。明正统九年（1444），以干崖长官司置干崖宣抚司，治所在今盈江县旧城镇。万历十一年（1583）移今盈江县新城乡。正统九年，以南甸州置南甸宣抚司，治所在今梁河县九保乡。正统十一年，以麓川平缅宣慰司地改置陇川宣抚司，治所在今陇川县弄巴镇。无恙：没有疾病、灾祸等可忧之事。恙，忧。
〔7〕本年：指万历三十年（1602）。"缅甸可瓦……腾越之墟"数句：说的是雍罕"直犯蛮莫"一事。陈用宾于本年七月的奏章中言之甚详，奏章说："平缅叛酋阿瓦纠木邦等夷十馀万犯蛮莫，宣抚司同知思化子思正，素勇悍，陇川勾木邦、阿瓦，连诸夷来攻，不能支，走腾越，乞我援。阿瓦、木邦兵尾之，历二思，越诸关，直抵黄连关而阵，距腾越三十里，城内大震。兵备副使漆文昌、参将孔宪卿虑州城不保，绐思正杀之，我兵取其首，令阿瓦取一膊。"包见捷《缅甸始末》记载："猛密思化死，其子思正悍而寡谋，屡树怨于三宣。阿瓦乘采井之隙，拥众十万，修怨于思正，罕拔次子谧以木邦兵从之。正入腾越，阿瓦直逼内地，兵备漆文昌杀正以说（悦）于缅。其后用宾所遣使人黄袭至暹罗，暹罗与袭要约，因发兵攻摆古，虚其地。自后屡为暹罗、得楞所攻，疲于奔命，不复内犯矣。"阿瓦：地名。明初，缅甸宣慰司有阿瓦驿。正统间，其地入缅甸。木邦：明洪武十五年（1382）以元木邦军民府改置木邦府。后

废，三十五年复置。治所在今缅甸腊戍新维。永乐二年（1404），改为军民宣慰司。蹂：践踏。腾越：腾，一作"藤"。明嘉靖三年（1524）复置腾越州，治所在腾越县（今腾冲）。属永昌军民府。墟：墟里，村落。〔8〕执词：搪塞之词。《左传·僖公二十八年》："愿以间执谗慝之口。"《中华大字典》："执，塞也。"天朝：旧称皇帝的朝廷为天朝，对分封诸侯国或藩国而言。〔9〕声：声讨。正酋：指蛮莫土官思正。致：招致，引来。败北：战败，败走。歼：歼灭，消灭。殉：殉葬，以人从葬。众：指在此次战乱中被杀害的军民。〔10〕瓦酋：阿瓦地区的部族首领。檄：檄文。古代官府用于声讨、征伐和晓喻的文书。卷甲：收起铠甲，撤回军队。何为：干什么。〔11〕井：矿井。启疆：开拓疆土、疆域。藉：假借。垂涎：流口水，形容嘴馋想吃。比喻羡慕、渴望之极。奸谋：奸诈的计谋。〔12〕藩篱：用竹木编成的篱笆或围栅。比喻防卫的屏障。〔13〕腾永：腾越州，属永昌军民府。永昌府治所在今保山市，辖境相当于今保山市及永平县（胜乡郡）、临沧市（枯柯甸、庆甸、佑甸）。垣堵：城墙。〔14〕启：开始，引起。〔15〕复：收复。役：需要出劳力的事。立：存在，生存。势：情势。《战国策·楚策一》："两国敌侔交争，其势不两立。"指敌对的双方不能同时并存，比喻矛盾不可调和。〔16〕觊（jì）：希望得到（不应得到的东西）。采买：采购（宝石）。报罢：宣令停止。两全：做一件事圆满地照顾到两方面。全，顾全。〔17〕一：专一，专心一志。二：三心二意，意志不专一。群枉：犹群邪。《汉书·刘向传》："持不断之意者，开群枉之门。"枉，弯曲，不正。引申为行为不合正道。〔18〕陛（bì）下：对帝王的尊称。蔡邕《独断》卷上："谓之陛下者，群臣与天子言，不敢直斥天子，故呼在陛下者而告之，因卑达尊之意也。"陛，帝王宫殿的台阶。巡抚：一般每省一员，为地方最高长官。任：责任，职责。将以：将要用〔它〕。"以"后省略了宾语。整饬：整治，整顿。兵戎：军事，军队。督税：监督税收。明代于矿、税、盐等设监官，清赵翼《二十二史札记》指出，明万历二十四年（1596）以后，"矿、税两监遍天下。两淮又有盐监，广东又有珠监。或专或兼，大珰小监，纵横绎骚，吸髓饮血。天下咸被害矣。"总理：全面、统一办理。〔19〕司：掌管，主管。惟：只，只有。计：谋划，筹划。惟宝石是问：只过问宝石。"惟……是……"，是特别强调宾语的固定格式，通过助词"是"把宾语提前以后，再冠以副词"惟"，更突出了宾语的单一性，从而达到强调的目的。问，过问，干预。〔20〕掣（chè）肘：《吕氏春秋·具备》记载，宓子贱叫吏记录，却从旁边拉摇他们的肘臂，使他们无法书写。后遂用"掣肘"指牵制人或被人牵制。掣，牵引。〔21〕壅蔽：亦作"雍蔽"、"拥蔽"。意为隔绝，蒙蔽。弛备：防备松懈。〔22〕骑：骑兵。长驱：军队不受阻挡地长距离快速挺进，形容进军顺利。驱，快跑。径：直，直截了当。〔23〕怀柔：用温和的政治手段笼络其他的民族和国家，使归附自己。邦：泛指国家。金瓯（ōu）：铜制盛酒器。比喻疆土完固。《南史·朱异传》："我国家犹若金瓯，无一伤缺。"〔24〕土屑：碎土。〔25〕贾（gǔ）：招引，招致。《左传·定公六年》："以杨楯贾祸，弗可为也已。"〔26〕渥（wò）：浓郁，浓厚。一举：一次举动，一个行动。负：背弃，违背。〔27〕锐：通"骁"，迅速。乾：指君。《易·说卦》："乾为天，为圜，为君，为父。"意思是，乾为天象，为圆圜象，为君主象，为父象。断：裁断，决断。亟：急，迫切。赐：旧指上对下的给予。将（jiàng）：将领。吴显忠时为参将。籍：籍贯。祖居或个人出生的地方。启衅（xìn）：挑起事端。战守：作战和防守。计：谋略，计谋。庶几：或许，也许。副词，表示推测的语气。南服：南方。《晋书·刘弘传》："弘专督江汉，威行南服。"

（吴培德）

陈言开采疏

臣用宾荷国厚恩，见陛下数年来为国用不足，劳心焦思，恨不能为陛下分忧[1]。共念取金则解，取石则解，取象则解，大工兴则济工，东师兴则济饷，无一事敢拂圣意，即百姓输将千愁万苦之声，臣等程督千难万难之状，亦不敢以闻[2]。盖惭无回天之力，而一意于终事之义也[3]。但滇南民力竭矣，尚冀陛下垂慈，庶几民有息肩之日[4]。乃今开采新命，其裨国用也甚微，其误国用也甚大[5]。不但大误国用，而且大妨边计，臣等不得不撼悃陈言[6]。臣等之言非敢方命，实欲请命，求国用边计两者俱得，以便督行[7]。惟陛下少垂察焉。

盖滇环向皆夷，非腹里比，汉土错绣，赤子、蛇龙杂居，不堪重赋[8]。通省税粮，不及中州一大县之半[9]。先臣奏开矿场，益以盐课，并奏留各部事例银两充兵食之需，行之数十年矣，然其所入有限，所给无穷，一遇兵兴，辄请四川、南京协济[10]。万历二十二年，蜀中当事奏讨原借饷银，奉旨："云南以后兵饷自处，不得再借。"[11]臣等长虑却顾，急为自完，于山泽矿盐未尽之利，督令各官尽行开挖煎验，于旧额五万二千七百二十二两之外增出三万八百八十三两，共计八万三千六百馀两，而官兵月饷岁该一十二万九千六百有零，入不彀出[12]。臣等复于各处税银清之，又于兵之可缓者销之[13]。二十三年四月内，臣等具疏奏闻，其开挖矿场与旧额新增之数，一一见于《限兵处饷疏》中，经户兵二部议复，奉有明旨允行矣[14]。迩来矿脉渐衰，在在请闭，又新旧贡金给发、帮贴二价，大约岁该六万，与助工东饷、一切采石买象不急之需，俱难措处[15]。臣等只得于兵食汰省，将各项通融，于矿盐额课内支用[16]。盖至是山泽靡有遗利，而各场无有不开之矿，亦无有无课之矿矣[17]。今千户张国臣奏内所称朝阳洞、灰窑厂、沙木河、梁望山、中嘴洞、白松坡、陆凉州澜泥坑、表罗场、慕莱厂等处，胥系臣等督官开挖数内[18]。即有一二未开，如灰窑厂，则见今议开以补各场消乏之数；如慕莱厂，则在夷地不可开矣[19]。不则，前日之所已闭者[20]。若土民李拱极、江应秋等，乃平素革逐搅扰矿场之棍徒也[21]。

顷接邸报，奉有圣旨，允差尚膳监太监杨荣督率原奏官民，前来会同臣等抚、按，照例开采解进[22]。纶绋一颁，臣等敢不遵奉[23]？第前项厂洞先已开采，定课入额，取与张国臣等再开进交，则云南额课应否报罢[24]？十三万兵饷安出？贡金价值数万安出？济工济饷及朝廷不急之需安出[25]？此其烦圣虑者一[26]。金矿，臣等未之前闻，即贡金亦买自他省。若宝井出产宝石，则猛密、猛告地也，三十年前已折入缅，见为思仁盘据，臣等议复，尚未有便[27]。其地乃不毛烟瘴之区，汉人入者，十有九死[28]。张国臣奏往开采，不知自己能率土民李拱极等往采乎？抑欲臣等聚数千之兵与之偕往乎[29]？国臣等无班超三十六人之雄，臣等未敢保其径入[30]。若欲臣等集兵以威胁取，必开边衅[31]。此其烦圣虑者二。

展转思维，俱无一可[32]。臣等请为陛下计，莫若将张国臣原奏岁解银万馀两，就责任臣等抚、按督行各该府、县，毕智竭力，截长补短，于官四民六之例稍为酌议，岁输内帑一万之入[33]。宝石，俟臣等恢复猛密之日，令彼夷酋，任土作贡[34]。虽未敢必，实为至愿[35]。至于差遣官员，悉免入滇。如此，可仰副主上开采之意，而云南贡金、兵饷等项亦可取给，内夷外夷之衅永可坐消，策不尤得乎[36]？倘陛下以成命难收，开采之使业已出京，乞敕令内臣杨荣前来与臣等商议每岁解进程限，而原奏张国臣等撤回，免其开采[37]。此于边计，犹未甚失。

若以臣等谬言为不足信，则此举输于陛下者能有几何[38]？其耗蠹滇省之矿利者不可胜计，必至上误贡金，下酿边患[39]。兵困于无处之饷则兵变，夷争于垂涎之利则夷变[40]。亡命之徒聚于中，狂逞之夷发于外，滇云不免多事，黔、蜀必至骚然[41]。此时且必请内帑以济边疆，而何有于一万之入哉？臣等职司封疆安危，愿陛下以国用边计两者权衡，使归于当也[42]。

选自天启《滇志》卷二二

【简注】〔1〕荷：承受。陛（bì）下：对君主的敬称。陛，帝王宫殿的台阶。　　〔2〕金：贡金。解：消除（国用不足之忧）。石：宝石。象：大象。济工：资助工程费用。东师：辽东之师。明置九边重镇，辽东为九镇之一。辖区东至鸭绿江，西至山海关，南至旅顺口，北至开元城。原额兵99 875人，万历（1573~1620）除逃故（死去）为81 994人（见孙承泽《春明梦馀录·辽镇》）。饷：军饷，军粮。拂：违反，违背。圣：称颂帝王之词。输将：输送，运送。引申为发出，传送。程督：观察到，觉察到。程，衡量，考察。督，观察，察看。以闻：将它让皇帝知道。　　〔3〕回天之力：能把天旋转过来的力量。封建统治阶级以皇帝为天，凡能谏止皇帝某种行为者称回天。如唐贞观四年（630）给事中张玄素谏止太宗修洛阳乾元殿，魏徵叹曰："张公遂有回天之力。"　　〔4〕竭：完，尽。冀（jì）：希望。垂：向下，俯。敬词，表示对方居高以临下。旧时多用于别人（上级或长辈）对自己的行动。慈：慈爱。庶几：表示在上述情况下才能避免某种后果或实现某种愿望。息肩：卸去负担。　　〔5〕裨（bì）：增加，补助。　　〔6〕边计：在边境所采取的计谋、策略。摅悃（shūkǔn）：抒发诚悫之心。摅，发抒，发表。悃，悃诚，诚实。陈言：陈述言词。　　〔7〕方命：亦作"放命"，违背命令。《书·尧典》："方命圮族。"请命：犹言"请示"。督：督察，督率。　　〔8〕环：周围，周边。腹里：泛指内地。错绣：错杂，交错缤纷。赤子：古代指百姓。胡铨《上高宗封事》："祖宗数百年之赤子，尽为左衽。"蛇龙：泛指野兽、蛇虫。不堪：承受不了。重赋：沉重的赋税。　　〔9〕中州：即中土、中原。狭义的中州指今河南省一带，因其地在古九州之中得名。广义的中州则指黄河中下游地区。　　〔10〕课：赋税。国家规定数额征收赋税。《旧唐书·职官志二》："凡赋役之制有四：一曰租，二曰调，三曰役,四曰课。"部:衙署。旧制中央政府分吏、户、礼、兵、刑、工六部。事例:以前事为例,事情的成例、旧例。兵兴:发生战争。辄:就,总是。协济:协助,帮助。　　〔11〕万历:明神宗年号。当事:当权的人。讨:索取。自处:自己解决。处,处理,办理。　　〔12〕却顾:回顾,反顾。形容思考之状。完:完粮纳税。煎:煎熬盐汁。从盐井中汲取盐汁,经过煎熬、烹制即得粗盐结晶。云南的禄丰、大姚等县,盐井甚多。验:验收。按照一定标准进行检验,而后收下。彀(gòu):同"够"。　　〔13〕清:清理。销:通"消"。消除,取消。　　〔14〕具:备办。户部:为六部之一。掌管全国土地、户籍、赋税、财政收支等事务,长官为户部尚书。兵部:为六部之一。掌管全国武官选用和军籍、军械、军令之政,长官为兵部尚书。议复:议定后作出答复。明旨:明确的诏谕。旨,帝王的诏谕。宋以后始专称皇帝的意见、命令为旨。　　〔15〕迩:近。矿脉:沿着各种岩石裂隙充填(或交代)而成的,形态成板状或近似于板状的矿体。此处指矿物的藏量。闭:封闭。贡金:进贡朝廷的黄金、白银。东饷:供给东师的军饷。措处:措办,置办。　　〔16〕汰省:减省,节省。额:规定的数目。　　〔17〕靡:无。　　〔18〕千户:官名。金初设置,为世袭军职,即女真语猛安之汉泽,统领谋克,隶属于万户。明代卫所兵制亦设千户所,驻重要府、州,统领1 120人,分为10个百户所,隶属于卫。千户为一所的长官。陆凉州:"凉",亦作"良"。元至元十三年(1276)置陆良州,治所在今陆良县板桥镇旧州村。明洪武二十二年(1389)曾更名六凉,后仍复原名。胥(xū):皆。系:是。　　〔19〕即:即使,假如,纵然。连词,表示假设或让步。见今:当前,目前。见,同"现"。消乏:消耗,减省。　　〔20〕不则:不然。　　〔21〕革逐:开除,驱逐。革,革除,除去。搅扰:打扰,扰乱。棍徒:无赖,坏人。　　〔22〕顷:不久,方才。邸报:亦称"邸钞(抄)"。中国古代用以传知朝政的文书抄本和政治情报。差(chāi):差遣,派遣。尚膳监:明宦官官署名。十二监之一,掌皇帝及宫廷膳食及筵席等事。杨荣:万历时为尚膳监。神宗命采矿云南,并使监税。恃宠,恣行威虐,杖杀数千人,且言将尽捕六卫官。于是,指挥贺世勋等率冤民万人集荣宅杀之,并其党二百馀人。抚:巡抚。地方最高长官。按:巡按。分道出巡,考核吏治。解(jiè)进:押解进贡。　　〔23〕纶绋(fú):皇帝的召令。《礼记·缁衣》:"王言如纶,其出如绋。"颁:颁布,公布。　　〔24〕第:但,但是。厂洞:即矿井、矿穴。定课入额:矿税有定限、定额。　　〔25〕不急之需:急,当为"时"。苏轼《后赤壁赋》:"我有斗酒,藏之久矣,以待子不时之须。""须",同"需"。不时,临时,随时。　　〔26〕烦:烦扰,搅扰。虑:思考。　　〔27〕猛密:猛,亦作"孟"。明成化二十年(1484)以孟并长官司与木邦部分地置孟密安抚司。万历十三年(1585)改为宣抚司。治所即今缅甸曼德勒省抹谷县,以产宝石著名。十八年地入于缅甸。清初内属,旋又入于缅甸。折:转折,转变方向。见:现在,当今。盘据:把持据守,非法占据。有便:有机会。　　〔28〕不毛:原指沙漠不生长草木、五谷,后泛指荒瘠或未开辟的地方。诸葛亮《后出师表》:"故五月渡泸,深入不毛。"烟瘴:即"瘴气"。热带亚热带森林中的湿热空气,过去认为是恶性疟疾传染病之源。　　〔29〕抑:还是。连词,表示选择,用在问句里,多置于后一选择项目的前面。　　〔30〕班超:字仲升(33~103),扶风安陵(今陕西咸阳市东北)人。东汉明帝永平十六年(73)率三十六人出使西域,使西域五十馀城国获得安宁。超在西域三十一年,官至西域都护,封定远侯。径:一直,直向。　　〔31〕边衅(xìn):边境争端。　　〔32〕展转:亦作"辗转"。翻来覆去,形容反复不定,又形容卧不安席。可:适可,适宜。　　〔33〕计:计虑,谋划。毕智:尽其智慧。酌议:斟酌,商议。输:缴纳,献纳。内帑(tǎng):犹"内库",皇宫的府库。　　〔34〕俟(sì):等待。任土:根据土地具体情况,制定贡赋。　　〔35〕必:坚决做到。　　〔36〕仰:旧时公文用语,上行文表示恭敬。副:符合。坐消:自然消失。坐,犹"自",自然而然。鲍照《芜城赋》:"孤蓬自振,惊沙坐飞。""自"与"坐"对文,"自"犹"坐"也。策:计谋,策划。尤:尤为,更加。得:得当,适合。　　〔37〕成命:已发布的命令、指示或决定。敕(chì):自上命下之词。特指皇帝的诏书。顾炎武《金石文字记》:"汉时人,官长行之掾属,祖父行之子孙,皆曰'敕'。……至南北朝以下,则此字惟朝廷专之。"程限：进度，期限。程，日程，里程。《贞观政要·择官》："去无程限，来不责迟。"〔38〕谬（miù）：错误，差错。　　〔39〕耗：减省，消耗。蠹：损害。《韩非子·初秦》"蠹魏"，高诱注："蠹，害也。"胜（shēng）：尽。酿：酝酿，逐渐形成。　　〔40〕无处：无定，无常。垂涎：因想吃而流口水。比喻看到别人的好东西想得到。　　〔41〕亡命之徒：指不顾性命、犯法作恶的人。狂逞：狂暴逞强。滇：云南省的简称。因省境东北部在战国至汉武帝以前为滇国地而得名。云：云南省的简称。旧以在云岭以南得名。多事：多故，多难。黔：贵州省的简称。因省境东北部在战国、秦代属黔中郡，在唐代属黔中道，故名。蜀：四川省的简称。因古为蜀国，秦置蜀郡，三国又为蜀汉地而得名。骚：骚扰，动乱。　　〔42〕司：掌管。权衡：秤锤和秤杆，比喻衡量、考虑。当（dàng）：恰当，适宜。

（吴培德）

刘庭蕙（一篇）

刘庭（一作"廷"）蕙，福建漳浦县人。进士。明万历年间，曾任云南布政使司左参议及按察使司佥事。在滇期间，撰有《重修永平县儒学记》等文。这里选收他的《霁虹桥记》。

文章开端，叙述了澜沧江的源流，概述了忠武侯南征"支木渡军"的传闻，由"临江石壁，峭立万仞"而联想到武侯的"魁垒气节，凛然若在"，由"悬涧怒涛咆吼，如雷声隐隐"，而联想到武侯"有灭汉贼、匡复王家忠愤"，表示了对武侯的景仰之情。接下来，补叙霁虹桥被烧的原因，是由于顺宁酋长猛廷瑞"素蓄不轨"，为了抗拒明军的征讨，"遂取二桥，一日而畀炎火"。这说明霁虹桥的被焚和重建，都直接与当时的军事、政治有关，而不仅仅是一座桥梁的兴废问题。

作者由猛廷瑞事件引发出"顺逆"一番议论，其结论是："从逆则灰，助顺则济，无庸以数论也。"不过，作者说武侯"志于石，托于人，感通于中丞陈公之梦寐，纪猛酋焚桥事如目睹"，则事涉迷信，而且"志于石"的具体内容是什么？又是怎样"示之梦"？文中没有任何交代，使人很难理解。又据倪蜕《滇云历年传》，纵火烧桥乃猛廷瑞之妻弟所为，而嫁祸于猛廷瑞。事实是：猛廷瑞初娶湾甸土司景宗正女，继以反目乖离，其妻弟欲为其姐报仇，"夜烧霁虹桥"，然后嫁祸于猛廷瑞。"廷瑞死，人咸冤之。而巡抚亦稍稍知其无反情，乃听民立祠祀之"。本书刘靖《顺宁杂记》一文可参。

霁 虹 桥 记

今澜沧，盖汉博南兰津渡云[1]。源出吐蕃嵯和甸，西南入丽江，度云龙，已而折罗岷，东流顺宁，历车里，下交趾，汇于南海[2]。岸峻千丈，延袤四千馀里；倘所称天堑，非耶[3]？世传忠武侯南征，支木渡军，而桥始鼎建，澜沧其遗迹也[4]。余不佞，典校西迤，登睇其上，则见临江石壁，峭立万仞[5]。想侯出隆中，魁垒气节，凛然若在[6]。悬涧怒涛咆吼，如雷声隐隐，有灭汉贼、匡复王家忠愤，低回寓之不能去[7]。亡何，于役归，不数日许，而桥以火闻[8]。其以彼丑之焰，不扑将自焚[9]。抑物力成亏有数，与情形之顺逆适相乘耶[10]？吁！可镜已[11]！

粤惟我高皇帝平定滇南，方内外畏威怀德，二百馀年，武功震耀，文教伦浃，西南诸夷，辐凑归顺，埒为郡县[12]。乃重修津梁，冶铁柱以为舟楫，更澜沧曰霁虹，而云龙并峙，严夷夏之防，彰声教之讫，古今称烈焉[13]。承平日久，诸土酋环江而治，屈首袭符，障靡有二也[14]。

万历丁酉春,大侯州奉学夺印谋官,借资顺宁酋长猛廷瑞[15]。廷瑞者,素蓄不轨,惴惴虞其及也,遂取二桥,一日而畀炎火,若曰:"示我军无西意。"[16]此不亦叛逆魁渠哉[17]?且足觇顺逆成亏一大较也[18]。大中丞毓台陈公暨侍御宾廷张公赫然会疏,得朝请曰:"而其悔祸,献所叛,不践军师、犹生之也[19]。不尔者,执而俘之,伏斧锧[20]。"亡悔[21]。猛辞檄使再三,不奉诏,抗于颜行[22]。师竟大举,俘廷瑞与从逆者[23]。露布以闻,上嘉悦,赍予有差[24]。顾二桥斩然烬馀,犹病涉,非可以委土寅射例者[25]。因命所部备兵邵大夫某,优治办檄茸之[26]。而大夫刻期结构,征工之梓,若石者,若所需利用物者,约金钱八十万,类不动公帑,出自大夫以下郡邑、卫、伍、所捐俸及诸部民乐施,亦可若干[27]。工得之丘甸之众,不行筑者,而亦弗勉[28]。经始于秋仲,讫工于嘉平月之十日,凡五阅月而二桥告成,规崎犹廓焉[29]。两台且从大夫请,易霁虹为永济,云龙为永定,以示不朽,而属余纪其事[30]。

余惟天下物力无有成而不亏,边夷情形无有顺而不逆,数也。亏与逆值,成与顺值,亦数也,此不系人事者也[31]。惟知逆而顺之不使复逆,知亏而成之不使复亏,此以人事而回气数,不尽委之数也[32]。释氏称世界为劫灰,而舍利子能以慈航离人苦海之外[33]。夫人一心尔,从逆则灰,助顺则济,无庸以数论也[34]。武侯一腔精诚,盖不待梁沧江而此心已利涉矣,其计及千百年之后,志于石,托于人,感通于中丞陈公之梦寐,纪猛酋焚桥事如目睹[35]。侯岂尽谶纬哉[36]?其忠顺心所相照也,故能预计夫逆贼之不免为劫灰,而又预计陈公之以顺讨逆,其必克有济也,而示之梦,若石意乎[37]!予固曰:不尽委之数也[38]。

是役也,中丞壮猷为宪,侍御雅志澄清,藩、臬、都、阃诸司飚策共念,而邵兵宾尤始终其事,备加劳勋,皆以顺济顺,永销逆萌者也[39]。由今观之,桥其果有成亏乎哉?其果无成亏乎哉?余乐观其成,用志修攘大者,以风来兹,匪徒记二桥颠末云[40]。

选自天启《滇志》卷一九

【简注】〔1〕澜沧:澜沧江,发源于青海省唐古拉山东北麓,至昌都与昂曲汇合,经西藏由德钦县布依进入云南,流经维西、兰坪、云龙、永平、昌宁、凤庆、云县、临沧、景谷、双江、思茅、景洪等县,于南腊河汇合后出省境,入老挝后称为湄公河,经缅甸、泰国、柬埔寨、越南,在西贡附近注入南海。云南境内干长1170公里,流域面积88700平方公里。博南:博南山,在永平县西南20公里,一名金浪颠山,俗讹为丁当丁山。东汉永平十二年(69)置博南县。属永昌郡。治所在今永平县曲硐乡花桥村。南朝梁(502~556)废。兰津渡:在永昌府城北40公里,罗岷山麓,即"澜沧江渡口"。澜沧,一名"鹿沧",俗谓之"浪沧",即《后汉书》所云:"博南"、"兰津"。明人方沆诗:"万里哀牢地,双旌度博南。""兰津看渐近,访古一停骖。"〔2〕吐蕃(bō):我国古代藏族所建立的地方政权。在今西藏地,系出西羌。天启《滇志》:"吐蕃,在云南铁桥之北,一名古宗,一名西番,一名细腰番。……

高皇帝既平云南，遂裂吐蕃为二十三支，分属郡邑，以丽江控制古宗，永宁、北胜控制诸蕃。"甸：古时郭外称郊，郊外称甸。元代云南某些县和县以下的一些地方常称甸。我国东北和云南有一些地名至今尚称为甸。丽江：元至元十三年（1276）置丽江路，明洪武十五年（1382）置丽江府。治所在通安州（今丽江古城），领通安、宝山、巨津（均在今丽江）、兰州（今兰坪县）等四州。度：通"渡"，越过。云龙：县名。位于滇西。明置云龙州，属大理府。1913年改置云龙县，现属大理白族自治州。已：旋即，随后。罗岷：罗岷山，在保山东北40公里，澜沧江西岸。顺宁：明洪武十七年（1384）置顺宁府，领云州。清乾隆三十五年（1720）置顺宁县为府治，即今凤庆县。车里：在滇南，初名景迈。明洪武十五年（1382）置车里军民宣慰司，辖境大部分相当于今西双版纳傣族自治州。1927年设车里县。1958年改为景洪县，今为景洪市。交趾：古地名。明永乐五年（1407）置。治所在交州府（今越南河内）。辖境相当于今越南北部、中部地区。宣德二年（1427）地入安南（越南）。〔3〕岸：河岸。峻（jùn）：高。延袤（mào）：绵亘，绵延连续。《史记·蒙恬传》："筑长城，……延袤万馀里。"倘：也许，或者。天堑（qiàn）：隔断交通的天然壕沟。非耶：不是吗？〔4〕忠武侯：诸葛亮卒后，谥为忠武侯。支木架木为桥。鼎建：兴建。澜沧：此指"澜沧桥"。霁（jì）虹桥，又称澜沧桥。〔5〕不佞：不才，没有才能。典：主管，执掌。校：视察，检查。西迤（yǐ）：犹言"西部"。迤，地势斜延。睇（dì）：斜视。峭（qiào）：高而陡。仞（rèn）：古代长度单位。一仞，周制为八尺，汉制为七尺，东汉末则为五尺六寸。〔6〕隆中：山名。今湖北襄阳县西。东汉末年诸葛亮曾隐居于此。魁垒：犹言"块垒"。比喻心中郁结不平，亦谓正直磊落。凛（lǐn）然：严厉貌。形容令人敬畏的神态。〔7〕汉贼：指曹操。匡复：挽救将亡之国，使转危为安。孔融《论盛孝章书》："匡复汉室。"忠愤：忠诚奋发。低回：流连、盘桓。含有依依不舍的意思。寓：寓目，观赏。〔8〕亡（wú）何：不久。亡通"无"。于：动词词头。役：事。这里用作动词，办事、办完事。《诗·王风·君子于役》："君子于役，不知其期。"许：表示约略估计之词。桥以火闻：闻桥被火焚毁。〔9〕彼丑：指焚毁澜沧桥的猛廷瑞。丑，丑类。犹言恶人、坏人。《左传·文公十八年》："丑类恶物。"扑：扑灭。〔10〕抑：副词，表示推测，不很肯定，可译为"或许"、"也许"。成：成全，圆满无缺。亏：亏损，毁坏。数：气数，定数。顺：顺从，顺服。逆：叛逆，反叛。相乘：相因，相应。此句意为：顺之则成，逆之则亏。成与顺相因，亏与逆相应。〔11〕吁：感叹词。镜：镜戒，鉴戒。已：通"矣"，表示确定语气。〔12〕粤（yuè）：语气词，与"曰"、"越"互通，用在句首或句中，没有实在意义。惟：思，想。高皇帝：指明太祖朱元璋。洪武十四年（1381）十二月，明征南将军傅友德及副将军蓝玉、沐英率军30万攻云南。入昆明，梁王把匝剌瓦尔密投滇池死。方内：四境之内，国内。外：境外，国外。震耀：震动照耀。伦浃："沦肌浃髓"之省，意为深入肌肉骨髓，比喻感受极深或深入人心。伦，当作"沦"。浃（jiā），湿透，通彻。夷：汉时总称西南少数民族为"西南夷"，后世泛指各地的少数民族为"夷"。辐（fú）凑：车辐集中于轴心，比喻人或物集聚一处。辐，车轮中连接轴心和轮圈的直木。凑，亦作"辏（còu）"。车轮之辐集于毂上。埒（liè）为郡县：即分属于郡县。埒，界埒，界限。这里用作动词，意为"分界"。〔13〕津梁：桥梁。冶铁柱：铸二铁柱于岸以维（系，连结）舟。楫（jí）船桨。更（gēng）：更名，改名。云龙：云龙桥，在云龙州，嘉靖七年（1528）建。严：严厉，严格。夷夏：夷狄和华夏。春秋以后，"夷"多用于对中原以外各族的贬称。如"四夷"、"九夷"。古代汉族自称为"夏"，也称"华夏"、"诸夏"。防：防备，防范。彰：彰明，显扬。声教：《书·禹贡》："声教讫于四海。"蔡沈《集传》："声，谓风声；教，谓教化。"讫：止于，到达。烈：功绩，功业。〔14〕承平：太平。土酋：少数民族部落首领。袭符：世袭官位。符，符节、官印。障：障防，保障。靡有二：有一无二，独一无二。〔15〕万历丁酉：明神宗二十五年（1597）。大侯州：明宣德三年（1428），改大侯长官司为御夷州，直隶布政司。治所在今云县。奉学：云州土官奉氏，其先从靖远伯建功，世为大侯州知州。沿至万历（1573～1620）中，有奉敕（兄）、奉学（弟）分两署，自号上下二衙。学居下衙，不受制于敕，惟恃女夫廷瑞据云州，频年构兵。万历二十五年（1597）讨平之。借资：借助，依靠。酋长：部族的首领。猛廷瑞：谈迁《国榷》记载，万历二十六年五月，"逮云南监军参政李先著下狱。初，大侯州叛酋猛廷瑞与妇翁奉学攻从兄思贤，所过州县，杀掠亡（无）算。巡抚陈用宾议剿，遣参将吴显忠直抵顺宁，败贼，围之且下。先著闻有旨，令廷瑞擒奉学自赎，遂班师。廷瑞走观音山，势复振。显忠再剿，诛奉学，掳廷瑞；而用宾以先著受贿纵贼，下诏狱论死。"此记载有偏差，可参见本书刘靖《顺宁杂著》注〔8〕、〔9〕、〔10〕、〔11〕。　〔16〕素：平时。蓄：存心，蓄意。不轨：越出常轨，不遵守法度。《左传·隐公五年》："不轨不物，谓之乱政。"惴惴（zhuì）：恐惧，戒惧貌。虞：忧虑，担心。及：至，到达（指朝廷的军队）。畀（bì）：给予，付与。若：副词，表示大体如此，不很肯定，可译为"好像"、"似乎"、"仿佛"等。示：显示，表示。西：西征，西进。　〔17〕魁渠：当作"渠魁"。旧时统治者称武装反抗者或敌对方面的首领为"渠魁"。渠，通"巨"，大。　〔18〕觇（chān）：看，窥见。大较：大概，大体。　〔19〕中丞：汉御史大夫下设两丞，一称御史丞，一称中丞。因负责察举非法，故又称御史中执法。明初设都察院，其中副都御史职位相当于前代的御史中丞。侍御：侍御史，受命御史中丞，接受公卿奏事，举劾非法。明初侍御史只设一二人，作为御史大夫、御史中丞的佐贰。赫然：勃然震怒。《诗·大雅·皇矣》："王赫斯怒。"会疏：联合上疏。朝（cháo）请：古代诸侯春季朝见天子曰"朝"，秋季朝见曰"请"。后世泛指朝见君主。而：通"尔"，表示第二人称。这里指猛廷瑞。悔祸：对所造成的灾祸表示悔恨。践：到，临。军师：军队。犹：仍，还。生之：让你生存。　〔20〕尔：犹"然"。斧锧：古代杀人的刑具。亦作"斧质"、"铁锧"。《汉书·项籍传》："孰与身伏斧质、妻子为戮乎？"颜师古注："质，谓锧（砧）也。古者斩人，加于锧上而斫之也。"汉代死刑有腰斩，犯者裸身伏锧上，称为"伏质"。　〔21〕亡悔：不悔悟，不悔过。"亡"通"无"。　〔22〕辞退，遣去。檄（xí）使：传送檄文的使者。檄，古代官府用以征召、声讨或晓喻的文书。奉：接受。抗于颜行（háng）：犹言"带头反抗"，站在对抗的前列。颜行，《汉书·严助传》："如使越人蒙死徼幸，以逆执事之颜行。"颜师古注引文颖曰："颜行，犹雁行，在前行，故曰颜也。"　〔23〕竟：终于。举：举动，行动。　〔24〕露布：文书不加检封，公开宣布。亦称"露板"、"露版"。以：连词，连接动词及其状语，表示偏正关系，与"而"的用法相同。闻：传报，传布。上：皇上。嘉：嘉奖，褒奖。赉（lài）：赏赐。差：差别，不同。　〔25〕斩然：断然，截然。烬馀：火烧物体的剩馀。病：苦，困。涉（shè）：步行渡水。委：委任，听任。寅：疑为"官"之误。土官，即土司。射例：例，《永昌府文征》卷八作"利"。射利，谋取私利。　〔26〕备兵：当作"兵备"。明制于各省重要地区设整饬兵备之道员，称为兵备道。邵大夫：指兵备副使邵以仁。大夫，古代国君之下有卿、大夫、士三级，因此，大夫为一般任官职者之称。优治：协调治理。葺（qì）：修理，修建。　〔27〕刻期：限定日期。结构：构造。征：征用。梓：古代多以梓木制器，故用梓泛指木材。类：大抵，都。公帑（tǎng）：公款，国库里的钱财。郡邑：泛指一般城市。卫：明军队编制名。明于要害地区设卫，几个府为一个防区。卫以下设千户所、百户所。兵数大抵以5 600人为卫，1 120人为千户所，112人为百户所。各卫、所分属于省的都指挥使司（简称都司）。伍：古代军队以五人为伍，户籍以五户为伍。捐俸：捐献的俸禄。乐施：乐意捐献。　〔28〕丘：众人聚居之处。弗勉：不勉强。　〔29〕经始：开始测量营造。秋仲：仲秋，农历八月。讫（qì）：终了，完毕。嘉平月：腊月，农历十二月。《史记·秦始皇本纪》："三十一年（前216）十二月，更名腊曰嘉平。"阅：经历。规：圆弧形。峙：耸立，屹立。廓：轮廓，外部，外周。　〔30〕两台：指大中丞陈毓台、侍御张宾廷。属（zhǔ）：通"嘱"。嘱咐，嘱托。纪：通"记"。记叙，记载。　〔31〕值：相遇，遭逢。系：关涉，关系。　〔32〕惟：只。人事：人情世理，人世间的事情。委：付托，委托。　〔33〕释氏：释迦牟尼的简称。又用来泛指佛教。劫灰：劫火的馀灰。《高僧传·竺法兰》："昔汉武穿昆明池底，得黑灰……兰云：世界终尽，劫火洞烧，此灰是也。"后指被兵火毁坏后的残迹。舍利子：梵文 Sarira 的音译，一译"设利罗"、"室利罗"。通常指释迦牟尼的遗骨为佛骨或佛舍利。相传释迦牟尼遗体火化之后，"灵骨分碎，大小如粒，击之不坏，焚亦不焦，或有光明神验，胡言谓之舍利"（《魏书·释老志》）。慈航：佛教认为，佛、菩萨以慈悲之心救渡众生脱离苦海，有如航船之济众。苦海：佛教谓人间烦恼，苦深如海。《楞严经》："引诸沉冥，出于苦海。" 〔34〕济：成就，成功。《书·君陈》："必有忍，其乃有济。"孔传："为人君长必有所含忍，其乃有所成。"庸：用。论：评论，衡量。 〔35〕精诚：至诚，真心诚意。《庄子·渔父》："真者，精诚之至也，不精不诚，不能动人。"梁沧江：架桥于澜沧江上。利涉：有利于渡水。计：计谋，计划。志（zhì）：记载。感通：交感相通。梦寐（mèi）：睡梦，梦中。 〔36〕谶（chèn）纬：预言，预兆。"谶"是巫师或方士制作的一种隐语或预言，作为吉凶的符验或征兆。"纬"对"经"而言，是方士化的儒生编集起来附会儒家经典的各种著作。谶书和纬书合称"谶纬"。〔37〕克：战胜，攻下。示：显示。石意：石刻文字的含义。 〔38〕固：本来，原来。 〔39〕是：代词，与"此"相同。役：劳役。壮：宏大，宏伟。猷（yóu）：谋划。宪：效法。雅志：高雅的志趣。澄清：水静而清，比喻清新的心思。藩：藩司，明清布政使的别称。明清布政使主管全省民政、田赋与户籍等事，亦称藩台。臬（niè）：臬司，明清各省提刑按察使司的简称，又称臬台，为一省司法长官。都：都司，都指挥使司的简称。明置卫、所于各地，以都指挥使司为常设统帅机构，属朝廷五军都督府。阃（kǔn）：门槛。《史记·冯唐传》："阃以内者，寡人制之；阃以外者，将军制之。"后因称军事职务为"阃外"、"阃职"。阃司为都指挥使司的别称。勰（xié）策：同谋，合谋。勰，思想上协调。《说文·劦部》："勰，同思之和也。"共念：同心。兵宾：宾，当作"宪"。"兵宪"即"兵备"。勚（yì）：疲劳，劳苦。萌：萌生，发生。 〔40〕修攘：犹言"治乱"。修，修明，昌明，清明。攘，扰攘，纷乱。风：风化，感化，教化。来兹：来年。《吕氏春秋·任地》："今兹美禾，来兹美麦。"亦泛指今后、将来。《古诗十九首》之十五："为乐当及时，何能待来兹。"颠末：犹言本末、始末。

（吴培德）

涂时相（一篇）

涂时相，字揆宇（一作葵宇），云南石屏人。明万历癸酉（1573）举人，庚辰科（1580）进士。先任户部主事，有廉声；升大名（府）守（知府），多惠政。署常平仓，给耕牛、种，遍布所辖十一郡。任五年，仓粟牛种计数十万。时朝议拔其异政，推为海内清能第一。神宗赐宴赐锃（钱），擢北京光禄寺少卿，迁南京太仆寺少卿。阁臣张位疏荐时相"端方敏练，宜备顾问"，寻告病归里。万历初年，云南巡抚陈用宾远征，顺天乡襄皆贺，相独以书箴（规谏）之；而陈议加税充军饷，相复致书力争，语甚激切。人咸称其鲠直焉！至天启元年，山东道监察御史陈九畴疏奏相常平仓政绩，与刑部尚书陆光祖同请为直隶省（今北京）郡县式（榜样），诏令颁行天下。相所著有《仕学肤言》、《养蒙图说》，已行于世。康熙《石屏州志》载有《太仆寺少卿涂公小传》，并收载《建尊经阁记》、《石屏宝秀屯仓政记》、《水月寺记略》、《石屏州旧志序》等四文，《滇南文略》亦收录其文五篇。其中《养蒙图说》为涂时相所著的启蒙教材，图文并茂，时为滇人及国内推重。

《仕学肤言》是议论文字，着眼于吏治未兴之病。作者结合实际，从五个方面揭示了当时吏治之弊，并认为"吏弊多端，大弊有此五者"。要言不烦，旨在除弊匡正，为民请命，冀致太平，让明朝的统治长治久安。但结尾处把吏治之兴的希望完全寄托在庙堂之上，表露了极大的局限性。

仕 学 肤 言[1]

今天下承平既久，民不聊生，说者每病于吏治之未兴，此诚知言也[2]。顾监司守令，相临相与，夙称一路福星[3]。故一举措兴除，动系生民休戚，而人心世道之正邪隆替，往往因之，固不可置而不讲[4]。然其中有：虚文卒不可挽，习俗牢不可破，积弊顿不可除，机关深不可测，古道竟不可行者，夫惟有此五者[5]。曰：拘挛掣肘于上下之间，所以时官俗吏，未免随世以就功名，乘机以肆渔猎[6]；而志士仁人，鲜有能自振者矣！请更仆言之：盖上官为百司，纲纪惟所令，如其所好，斯可以立标准而一遵从[7]。夫何章程禁谕，三令五申，外若示人以简约、森严、凛不可犯者[8]。稽其实，殊大谬不然。心之所爱憎，一视馈遗之丰啬，奔走之勤惰，以为青白眼[9]。彼善宦者，窃窥其微思，所以得欢心而保名誉，孰不阴为阿奉也[10]。其挂之纸上，仅空言耳。滔滔皆是，谁为中流之砥柱耶[11]！弊一张官置吏，本以为民，民之所重，在养与教[12]。今则簿书丛集，讼狱繁兴，岁一考成，季一比较[13]。上之所以课殿最，下之所以程功能者，惟此足矣[14]。外此而田里、桑麻、社仓、学校，皆司牧之所有事[15]。然地值冲繁者，目不暇及；甘心怠弃者，视为虚文[16]。一任其荒芜倾颓，付之罔觉，求其悯念民生，先正务者谁与[17]？故一遇凶年，公私告匮，人才风俗，不逮先民远矣[18]。弊二宦于斯土，一切公费，岂能不取之！民顾常禄，而外有中正之则在也[19]。年来里甲条编，横征有禁，长民者若羁骅骝而缚之足[20]。乃巧取羡金，滥科纳赎，藉以润囊橐而充馈遗[21]。凡此，无非为自己富贵功名计耳！夫宿弊不除，是以衙门积蠹，因缘为奸，百姓膏脂暗抽尽也[22]。弊三中丞部使，日计群吏治状，达之铨司，以凭黜陟，盖知人安民意也[23]。然自监司守令，下至委吏，抱关其间，贤、不肖常居半矣[24]！故大吏即巨愿，优容置之，不问所为，掇拾仅幺麽之数耳[25]！中亦岂无质朴少文，筮仕未谙者乎[26]？必预为提撕引救，俟其不悛，而后去之未晚也[27]。乃日惟伺察隐过，而暗地中伤，恐非罔则刻矣[28]。甚至假私意以作雌黄，听谗言而为好丑，以至实心爱民者，反怀谗畏讥[29]。而曾不一展逢迎贪酷者，竟违道干誉，而冒列清华，机关叵测极矣[30]。弊四古之为吏者，约己裕民，诚心直道，所以昭俭德而示和衷[31]。晚近颓风日趋浮靡。一交际也，而取盈数千百金，犹复元黄充满；一宴会也，而动费中家之产，更作水陆奇珍[32]。至于语言询及间阎，则见以为迂阔；僚友少规过失，则疑以为排挤[33]。盖繁缛日炽，而实意寖微[34]。令人一入其中，有混同而不敢为异，谀佞而不敢忠告[35]。习尚如此，人奈之何[36]！不穷且盗，而人心魑魅，将何底止耶[37]！弊五夫吏弊多端，大弊有此五者。若夫表正倡率，著力挽回，惟在廉能[38]。抚按监司倡率，郡守长吏仰思朝廷付托之重，俯察斯民艰苦之情，美意相承，流通贯彻[39]。如好尚直从简质，逢迎者必惩；政事首先为民，乖张者不录；弊窦果能痛洗，贪婪者不容[40]。以辨贤否，则嘉善而矜不能；以处同官，则省弥文而倾肺腑[41]。信能行此五者，将风行草偃，人人莫不向道回心矣[42]。苟其心不实，其身不正，而徒欲以法令绳下，苛责于位卑禄薄之夫，无惑乎[43]！文移申饬如山，竟无裨于民瘼丝粟也[44]。噫！古人有言：本原之地在朝廷，所望庙堂之上，持廉秉正，部司台谏，公论不私[45]。且又重素丝之风，表清白之吏，庶几由内及外，速于置邮，而太平可弗替矣[46]。

自古吏治，以六计、四善、二十七最为良法[47]。然承平日久，一事偶弛，其流弊遂不可既极[48]。撲宇太仆，是以痛切言之，敢为先生进一解曰[49]："欲救弊，首当作养人才，朱子学校贡举私议可法也[50]。"

选自《滇南文略》卷一四

【简注】〔1〕本文原题为《明太仆寺卿石屏涂时相仕学肤言》。太仆卿，官名。周官有太仆，掌正王之服位，出入王之大命。北齐始，九卿各机构均改名为"寺"，长官称"寺卿"，正式成为官署的称谓。

明清时保留了五寺。其中的太仆寺，掌皇帝车马、马政，长官为卿、少卿各一人。少卿为正卿的副职，从四品官。涂时相本太仆寺少卿，文中称之为"卿"，乃习惯性的叫法。　　〔2〕承平：太平。每：常常。病：诟病，指责。吏治：官吏之治行，官吏治事的成绩。　　〔3〕监司：监察州县的地方长官。汉以后常用以称刺史。明代按察使因掌管监察，亦称监司，主管一省的司法，为省提刑按察使司的长官。守（shòu）令：指刺史、太守、县令等地方官。《新唐书·张九龄传》："臣愚谓欲治之本，莫若守令，守令既重，则能者可行。"守，为一郡的长官。令，为一县的长官。相临：相互亲附、举助。相与：彼此靠近（接近）。夙（sù）：素常，平素。一路福星：清翟灏《通俗编》十："宋鲜于侁，人谓之一路福星。"带给一方人的幸福之星。路：宋代地方行政区域之名，明代亦沿用。福星，即岁星，旧时术士谓岁星所临之地会降福，故名。后来，以路为道路之路，此语遂用为祝人旅途平安。　　〔4〕兴除：兴起和废除。动：往往，每每。系：关涉，关系。休戚：喜乐和忧虑、福和祸。休，吉庆、美善、福禄。隆替：兴废、盛衰。《晋书·王羲之传》："足观政之隆替。"　　〔5〕虚文：空文，空话。虚，空、虚假。机关：周密而巧妙的计谋（权谋）或计策（机诈）。　　〔6〕拘挛：拘束、束缚。掣肘（chèzhǒu）：捉住其肘，喻在别人做事情的时候，从旁牵制。掣，牵引、拽。肘：手肘。渔猎：侵占、掠夺，猎取。〔7〕百司：朝廷大臣、王公以下百官的总称。《北史·齐文襄（高澄）纪》武定五年："在朝百司，怠惰不勤，有所旷废者，免所居官。"纲纪：法度，法纪。一：全部，一概。　　〔8〕三令五申：谓再三告诫。森严：整饬而严肃。此指法度森严。　　〔9〕馈（kuì）：赠送，馈赠。遗（wèi）：给以，交付。丰啬：丰富（厚）和吝啬。指送礼的多寡。青白眼：青眼，眼睛正视，眼珠在中间，表示对人尊重或喜爱；白眼，眼睛向上或向旁边看，现出眼白，表示轻视或憎恶。《晋书·阮籍传》："籍又能为青白眼。见礼俗之士，以白眼对之。及嵇喜来吊，籍作白眼，喜不怿而退；喜弟康闻之，乃赍酒挟琴造焉，籍大悦，乃见青眼。"　　〔10〕微思：隐微的心思。内心深处的想法。微，幽兴、隐蔽、隐匿。阿奉：阿谀奉承。　　〔11〕滔滔皆是：大水奔流的样子，比喻社会的纷乱。或指盛多、普遍。中流砥柱：砥柱，亦作底柱。底柱山屹立于黄河中流，后人因称独立不挠者曰中流砥柱。　　〔12〕张官置吏：设置官吏。张，陈设。　　〔13〕簿书：官署文书。讼：诉讼。繁：多。考成：考核官吏的成绩。《周礼·地官·小司徒》："岁终，则考其属官之治成而诛赏。"比较：官府对差役限期完成差事，到期检查，如逾期未能完成，即加处分，称为比较。　　〔14〕课：考核。殿最：古代考核军功或政绩时，以上等为最，下等为殿。也指考试录取的首名与末名。程：考核，衡量。功能：功绩，能力。　　〔15〕田里：田地与住宅，田舍。社仓：积谷备荒的义仓。始于隋代，为乡社所设，并自行经营管理，故名。后也有设于州县而由官府直接主持的，各代不尽同。司牧：官吏。《左传·襄公十四年》："天生民而立之君，使司牧之。"以羊喻民，后因称官吏为司牧。　　〔16〕值：遇，逢。冲：纵横相交的大道，即冲要，指在军事、交通上有重要作用的地方。繁：繁华、繁荣之地。清代曾把全国州县分为冲、繁、疲、难四类，以便据实情选用官吏。怠弃：怠惰（懒惰）荒废。《书·甘誓》："有扈氏威侮五行，怠弃三正。"〔17〕罔：毋，不。与（yú）：语气词。用于句末，表疑问、感叹、反诘。同"欤"。　　〔18〕凶年：荒年。匮（kuì）：乏，竭。不逮（dài）：不及。　　〔19〕常禄：经常性的食物。禄，食也。《韩非子·解老》："禄也者，人之所以持生也。"中：中道，不偏不倚、无过无不及之道。《孟子·尽心下》赵岐注："中道，中正之大道也。"则：法则，准则。　　〔20〕里甲：明州县统治的基层单位；后转为为明代三大徭役（里甲、杂泛、均徭）名称之一。条编：同"条鞭"，即一条鞭税法的简称。一条鞭，系明代田赋制，简称"条编法"。特点是并赋与役为一（将役并入赋内）；赋役普遍用银折纳；征收起解从人民自理改为官府办理；原来十年一轮的里甲改为每年编派一次。赋役外的"土贡"、杂税也合并征收。长（zhǎng）民者：指上级官吏。长，育、抚育。羁：捆缚，牵拘。骍骝：亦名枣骝，赤色骏马。《荀子·性恶》：骍骝，"古之良马也。"文以马喻人，缚之就可任意宰割。　　〔21〕羡金：馀财。羡，丰饶、富裕、盈馀。滥：过度，越轨，失实。科：法令，条律。囊橐（tuó）：储钱物的口袋。橐，盛物的袋子。

馈遗（kuìwèi）：馈，通遗，赠送。遗，给以、交付。　〔22〕宿弊：长时期的弊病（弊端）。蠹（dù）：蛀虫。因缘为奸：相互依靠（勾结）干坏事。因缘，依靠、凭借。　〔23〕中丞：官名。汉御史大夫有两丞，一曰御史丞，一曰中丞。明置都察院，设左、右都御史、副都御史和佥都御史，职与御史中丞略同。明清时，还以副都御史、佥都御史出任巡抚事，故习称巡抚为中丞。部使：指吏部下设的吏部司和地方行政长官布政使、按察使，均掌吏治之事。铨（quán）司：指吏部，专司铨选官吏，故称。又叫铨部、铨廷。黜陟（chùzhì）：进退人材，升降官吏。降官曰黜，升官曰陟。　〔24〕委吏：管理仓库的小吏。抱关：门卒，守门的小吏。贤、不肖：贤与不贤。不肖，不贤。　〔25〕巨慝（tè）：邪恶，灾害。优容：宽假，宽容。掇拾：拾取，采摘。喻被抓住的、被收拾的。么麽（yāomó）：同"么"，微小。多指微不足道的人。《汉书·班彪〈王命论〉》："又况么麽，尚不及数子。"注：么、麽，皆微小之称也。《鹖冠子·道端》："无道之君，任用么么，动即烦浊。"注：么，细人。　〔26〕少文：缺乏才华，缺少文采。筮（shì）仕：古人将出仕，先占吉凶，谓之筮仕。后称入官为筮仕。筮，以蓍草占吉凶。未谙（ān）：不熟悉，不知道。　〔27〕提撕：扯拉，提引。俟（sì）：等待。不悛（quān）：成语"怙恶不悛"的简用，坚持作恶，不肯悔改。悛，悔改、停止。　〔28〕隐过：隐微的过失。罔：迷惘无所得。这里指不能发现过失。刻：苛刻，严酷。　〔29〕雌黄：颜料。古人以黄纸书字，有误，则以雌黄涂之，因称改易文字为雌黄。可引申为随意改动，混淆黑白。　〔30〕干誉：追求（猎取）名誉。清华：清美华丽，清正华美。机关：权谋，机诈。叵（pǒ）测极矣：不可测知到极点了。　〔31〕约己：约束自己。和衷：同心。　〔32〕元：元宝，钱币。黄：黄金。中家：中等人家。　〔33〕间阎：泛指民间。间，里门。阎，里中门。僚友：指在同一官署任事的官吏。少（shǎo）规：略微规劝。少，稍、略微、略为。　〔34〕繁缛：富丽。寖（qìn）微：逐渐衰微。〔35〕谀佞（yúnìng）：奉承，谄媚。用不实之词奉承人，用花言巧语谄媚人。　〔36〕习尚：习气，风尚，风气。　〔37〕魑魅（chīmèi）：惑乱。底止：同"底滞"，停滞，停止。　〔38〕著力：着力，用力，尽力。　〔39〕抚按监司：指巡抚和按察使。郡守：秦行郡县制，郡守为一郡之长。后指太守、刺史。长吏：泛指上级官长。斯民：这些老百姓。斯，此。　〔40〕好（hào）尚：爱好与崇尚。直从：追随直道。从，跟随、追随。简质：即简直，简明质直。逢迎者：奉承的人。乖张：执拗，性情背戾。不录：不录用。弊窦：发生弊害的漏洞。《明史·选举志》二："科场弊窦既多，议论频数。"不容：不宽容。　〔41〕贤否：贤与不贤。否，不然。矜（jīn）：怜惜。肺腑：比喻内心。　〔42〕风行草偃：风吹在草上，草就倒伏。比喻统治者以德化民的效果。语出《论语·颜渊》："君子之德风，小人之德草。草上之风，必偃。"行，犹吹。偃，伏倒。　〔43〕绳：约束，纠正。《书·同命》孔颖达疏："木不正者，以绳正之。"位卑：职位卑下。　〔44〕文移：公文。移，笺、表之类。无裨（bì）：无益。裨，助益。民瘼（mò）：民间疾苦。瘼，病。引申为疾苦。　〔45〕庙堂：宗庙明堂。古代帝王遇大事，告于宗庙，议于明堂。故也以庙堂指朝廷。部司台谏：指监察、谏议之官。明代洪武六年（1408）分六科，即吏、户、礼、兵、刑、工，专设六科给事中，辅助皇帝处理政务，稽察六部百司之事，监察六部，纠弹官吏。　〔46〕素丝之风：喻清白、纯朴之风。素丝，白色或单纯颜色之丝。庶几（jī）：也许可以，表示希望或推测之词。置邮：亦作"邮置"、"置传"，用车马传递文书讯息，即驿递。《孟子·公孙丑上》："德之流行，速于置邮而传命。"弗替：不被改弃。替，止歇、废弃。〔47〕末段为《滇系》编者师范对本文的评语。六计：考察官吏的六项标准。《周礼·天官·小宰》："以听官府之六计，弊（断）群吏之治。一曰廉善，二曰廉能，三曰廉敬，四曰廉正，五曰廉法，六曰廉辨。"廉，考察。郑玄注："平治官府之计有六事。"贾公彦疏："六者不同，即以廉为本，又计其功过多少而听断之，故云六计。"意为从六个方面考察官吏。四善：对流内官员（从隋代始，自九品至一品官，称为流内）的普遍要求。考课"四善"的内容为"德义有闻、清慎明著、公平可称、恪勤匪懈。"二十七最：是对各部门专课的具体要求。要求二十七个部门达到最佳。据此要求，又将每个被考核官员的结果按上上、上中、上下、中上、中中、中下、下上、下中、下下九等评定，并按九等来定奖惩。〔48〕既极：全部消除。既，尽也。极，穷尽、终了。　　〔49〕揆宇：涂时相的字。太仆：涂时相的官职，即太仆寺少卿。是以：因此。　　〔50〕朱子：即朱熹（1130～1200），南宋哲学家、教育家，字元晦。徽州婺源（今属江西省）人。晚年徙居建阳考亭，又主讲紫阳书院；曾任秘阁修撰，历仕四朝，而在朝不满40天。自元以来，历代王朝科举考试，均采用朱熹《四书集注》。贡举：古有乡举里选之制。汉代始有贡举之名。古代官吏向君主推荐人员，泛称贡举。后世即指科举制度而言。私议：私自评议。可法：应当效法。可，宜也。法，效法、遵守。

（张德鸿）

邓原岳（一篇）

邓原岳，字汝高，福建闽县人。明万历（1573～1620）进士。授户部主事。累迁湖广按察司副使。万历年间，曾任云南按察使佥事。喜欢抄录异书，又喜临摹名人真迹。所携有李善注《文选》，躬自校订而刻之，与滇士共。工诗，有《西楼集》。在滇期间，撰有《路南州新建儒学记》，诗作有五律《夕佳阁》，五排《叮当山》，七绝《石门》、《涌泉寺》，七律《环翠宫谒吕祖》，七古《游云津洞》等。这里选收他的《重修霁虹桥记》。

文章先概述澜沧江的地理环境："两岸飞嶂插天，不啻千尺，岸陡水悍，不可方舟。"霁虹桥就架在澜沧江上。由于猛酋、蒲夷一再烧桥，使霁虹桥"递修递毁"。这样，霁虹桥的兴废，就直接关系到朝廷的安危。因此，修桥与平叛，就成为朝廷、地方官吏的当务之急。接着写重修霁虹桥及作此记的经过。为了"利涉之功"，也为了不让乱酋"扼其吭"，陈公果断地把修桥与平乱结合起来，同步进行，"贼平而桥亦告竣"。最后，作为福建人，作者很自然地由眼前的霁虹桥联想到了福建的万安桥，进而指出：万安桥因"蔡君谟之记"而"不朽"，霁虹桥却因自己的拙劣文字而声名不彰，这虽然不是真正的原因，但以谦词作结，也很得体。通篇糅合古今，用笔委婉，耐人寻味。

重修霁虹桥记[1]

由永昌北出九十里而近，有山曰罗岷[2]。其下为澜沧江，考之汉志，有《兰津之歌》，杨太史用修曰："即澜沧也。"[3]源出吐蕃嵯和甸，深广莫测，两岸飞嶂插天，不啻千尺，岸陡水悍，不可方舟[4]。其上架飞梁为桥，旧矣，递修递毁，其详不得而闻[5]。猛酋作难，一烈而焚之；主者竭力修建，盖募众缘而成[6]。无何，蒲夷再叛，大中丞陈公命率总、偏师剿之，兵宪杜公监其军，授以方略，军威大振[7]。贼飞走，路绝，计无所出，夜潜出烧桥，欲以断饷道而因永昌，一夜尽为煨烬[8]。

惟兹澜沧，在郡治为咽喉，此北走滇云道也，譬如人身然，一扼其吭，则手足痹矣[9]。公曰："贼敢凭陵，罪在不赦，当灭此而后朝食[10]。"于是，亟檄郡守，期不日而成功[11]。而前募建时颇有赢镪，度不足，则捐俸为大役先，巡宪张公割廪馀佐之，二三守相及缙绅三老亦各乐助其成[12]。经始于春二月，而毕役于夏六月[13]。矫若长虹，翩若半月；力将岸争，势与空斗[14]。利涉之功，于是为大矣。守华君勒石于江上，用示永永，则以杜公之命，命不佞纪之[15]。方春之暮也，不佞以校士往来兹江，春水始涨，舟楫戒心[16]。今幸睹兹役，安敢以不文辞也[17]？

夫徒杠舆梁，则王政所有事，又司险知山川之阻而达其道路，古之行师者亦率用此[18]。汉赵营平奏治湟狭以西，道桥七十所，令可至鲜水左右，以制西域，威行千里，如从枕席上过师，前史以为美谈[19]。而魏崔亮治渭水，获巨木数千章，取而桥之，百姓以为便，至目之曰"崔公桥"[20]。盖济人利物，知为政者矣，况在御侮[21]！是为要害之区，困兽犹斗，何所不至[22]？跋胡疐尾，将狼顾之不遑；前茅虑无，若臂指之相使，则兹桥胡可缓也[23]？初，贼烧桥，势犹猖獗，幕府以为忧，公谓："贼且困。螳臂何足以当车辙！"[24]乃悬重赏而购之，督战益急[25]。贼穷，竟缚其魁，奸刘殆尽[26]。盖贼平而桥亦告峻[27]。

是举也，不烦管库之士，民毋告劳，财无过费，垂永利而豫军兴[28]。此之为功，即赵营平、崔雍州无能为役矣[29]。今天下津梁称巨丽者，宜莫如吾闽之万安，顾所由不朽，则以蔡君谟之记在[30]。君谟不嫌于自叙其绩，而公乃藉手于刍荛之言，将毋令兹桥以公重也，而以不佞之文轻乎哉[31]！

选自天启《滇志》卷一九

【简注】〔1〕霁（jì）虹桥：在永昌（今保山）城北40公里，跨澜沧江，上覆以屋，下承以巨索而系之岩上。明洪武（1368～1398）间，镇抚华岳铸二铁柱于岸以维舟。后架木桥，寻毁。弘治十四年（1501）兵备王槐重修。万历二十五年（1597）有人假顺宁土酋猛廷瑞之名而焚，兵备副使邵以仁重建。二十八年复毁，兵备副使杜华先、分巡按察使张尧臣等捐俸修，知府华存礼请于两岸设弓兵守之。〔2〕永昌：府名。大理国后期以永昌节度地改置，治所在今保山市隆阳区，辖境相当于今保山及永平县（胜乡郡）、临沧（枯柯甸、庆甸、佑甸）。元至元十一年（1274）降为永昌州。明洪武十五年（1382）复升为府，二十三年废。嘉靖元年（1522）复置，1913年废。罗岷：罗岷山，在保山城东北40公里，澜沧江西岸。　〔3〕澜沧江：在保山城东北罗岷山下，其深莫测，东奔流顺宁，达车里，入于南海。汉志：指《后汉书·西南夷列传》。兰津之歌：东汉永平十二年（69），置博南县（今永平县），明帝派使臣率兵开拓博南道，从博南山西下澜沧江，有兰津古渡，行者愁怨，作歌曰："汉德广，开不宾；度博南，越兰津；度兰沧，为他人。"杨太史用修：杨慎（1488～1559），字用修，号升庵，四川新都人。明正德（1506～1521）间试进士第一，授翰林修撰。明清修史归翰林院，故翰林亦称"太史"。世宗（1522～1566）时，杨慎谪戍云南永昌。著作达一百馀种，后人辑其重要者为《升庵集》。　〔4〕吐蕃（bō）：我国古代少数民族，在今青藏高原。唐时曾在我国境内建立政权。嶂（zhàng）：直立像屏障的山峰。不啻（chì）：不止，不仅仅。悍：勇猛。方舟：两船相并。这里指行船。《后汉书·班固传》："方舟并骛，俯仰极乐。"　〔5〕飞梁：架在河床上如屋梁的长木。递修递毁：修一次，就毁一次。递，顺次，一个接一个。　〔6〕猛酋：酋长猛廷瑞。作难（nàn）：制造灾难。烈：烧。《说文·火部》："烈，猛火也。"这里用作动词，以烈火烧之。募：募化，向人募捐财物。缘：佛教徒称能布施的人与佛教有缘分，所以称募化为化缘。　〔7〕无何：不久。蒲夷：即古族"百濮"（"蒲"为"濮"之讹）。澜沧江古称濮水，云南濮人多居澜沧江沿岸。再叛：万历二十八年（1600），矣堵十三寨猛亢等复叛。中丞陈公：陈用宾，字道亨，福建晋江县人。隆庆辛未（1571）进士。万历初巡抚云南。历任右副都御史、右都御史。明初置都察院，其中副都御史职与御史中丞略同。因副都御史常出任巡抚，明清巡抚例兼右都御史官衔，故明清巡抚亦称中丞。总：总军，军队中的主力。偏师：全军的一部分，以别于主力。剿：征讨，讨伐。兵宪杜公：指兵备副使杜华先。宪，旧指朝廷委驻各行省的高级官吏。监军：明代在作战时，军中往往设监军，以御史等官担任，专管稽核功罪赏罚。授：传授。方略：计谋，谋略。〔8〕计无所出：犹言"无计可出"。潜：暗中，偷偷地。饷道：运送军粮的道路。因永昌：因，当作"困"，使永昌受困。煨烬：犹"灰烬"。燃烧后的残馀。　〔9〕咽喉：比喻形势险要之地。《战国策·秦策四》："韩，天下之咽喉；魏，天下之胸腹。"滇云：云南省简称滇或云。旧以在云岭之南得名。扼（è）：掐住，捏住。吭（háng）：喉咙，颈项。痹：麻痹，麻木。　〔10〕凭陵：侵犯，侵扰。灭此：消灭此贼。朝食：早餐。　〔11〕亟：急迫，紧急。檄：传檄，传送文书。郡守：地方长官。期：期盼，希望。不日：不久，不多天。　〔12〕赢：盈馀，剩馀。镪（qiǎng）：成串的钱。后多指银子或银锭。度（duó）：推测，估计。先：率先。巡宪：明永乐元年（1403）后，以一省为一道派督察御史分赴各道巡视，考察吏治，每年以八月出巡，称巡按御史。御史，又称"宪臣"。廪馀：俸禄之馀。廪，储积，积蓄。佐：佐助，辅助。守相（xiàng）：犹"守丞"，辅助守令的官吏。守，守令，地方长官。相，辅助，辅佐。缙绅：插笏于绅。缙，同"搢"，插。绅，束腰的大带。古之仕者，垂绅插笏，故称士大夫为"缙绅"。三老：汉于郡、县、乡各置三老，帮助郡守、县令、丞、尉等推行政令。　〔13〕经始：开始兴建。毕役：完工，竣工。　〔14〕矫：通"挢"，高举，昂起。翩：鸟疾飞的样子。这里是飘忽、飘逸的意思。曹植《洛神赋》："翩若惊鸿。"将：与，共。争：争先，争胜。势：气势。"力将"二句：（霁虹桥）与河岸比试力量，与天空较量气势。　〔15〕勒石：刻石。将文字刻于石上。永永：永久。后一"永"字，疑当作"久"。不佞：不才，没有才能。这里是自己谦称。纪：通"记"；记录，记载。　〔16〕校（jiào）：考核。士：犹"学子"，古时读书人的通称。兹：此。舟楫：泛指船只。楫，船桨。戒心：警惕、戒备之心。　〔17〕安：怎么，哪里。不文：不善于文辞。辞：推辞。辞谢。　〔18〕徒杠（gàng）舆梁：人走的桥和车过的桥，泛指桥梁。《孟子·离娄下》："岁十一月，徒杠成；十二月，舆梁成。"段玉裁《说文解字注》："凡独木者曰杠，骈木者曰桥。""梁之字用木跨水，则今之桥也。……见于经传者言梁不言桥也。"所有事：所应有、应做的事。司险：官名。《周礼》夏官之属。平时掌管开路架桥；国有事，负责设立路障，派所属守卫。达：通达，通畅。行师：行军。军队从这一地点向另一地点转移的行动。率（shuài）：一般，通常。　〔19〕赵营平：赵充国（前137～前52），西汉陇西上邽（今甘肃天水西南）人。武帝（前140～前87在位）时，以破匈奴功，拜为中郎将。宣帝（前73～前49在位）时，以定册功封营平侯。他在西北屯田，对当地农业生产的发展起了一定作用。湟：青海省东北部，湟水（西宁河）流经其中。汉代为羌、汉、月氏胡等各族杂居地。狭：通"峡"，峡谷。《汉书·赵充国传》："遣骑候四望狭中，亡虏。"注："山峭而夹水曰狭（峡）。"道桥：这里用作动词，筑路架桥。鲜水：青海的古称。左右：左右两方或旁侧。制：控制。西域：汉以后对于玉门关（今甘肃敦煌西北）以西地区的总称，始见于《汉书·西域传》。自19世纪末年以来，西域一名渐废弃不用。枕席：枕头和席子。比喻道路平坦。　〔20〕崔亮（458～521）：北魏东武城（今山东武城西北）人，字敬儒。魏献文帝克青、徐，他内徙为齐平民。以佣书为业，李冲以为馆客。以冲荐，为中书博士。位至尚书仆射。议修汴、蔡二渠以通航运，公私赖焉。渭水：黄河最大支流，在陕西省中部。章：大木材。这里用作树木的量词，即株。《史记·货殖传》："山居千章之材。"桥：动词，建桥，架桥。　〔21〕济人：助人。为政：处理政务。御侮：抵御外侮。《诗·大雅·绵》："予曰有御侮。"　〔22〕困兽犹斗：被困的野兽还要搏斗。《左传·宣公十二年》："困兽犹斗，况国相乎！"比喻陷于绝境的失败者不甘心于死亡而竭力挣扎。何所不至：还有什么不能做到。意思是任何事情都干得出。　〔23〕跋胡疐（zhì）尾：喻进退两难。《诗·豳风·狼跋》："狼跋其胡，载疐其尾。"意思是：老狼前行踩着下巴，后退又踏着尾巴。陈启源《毛诗稽古篇》："诗以狼为兴，但取其跋胡疐尾，为进退两难之喻。"跋，踩，践踏。胡，朱熹《诗集传》："胡，颔下垂肉也。"疐，通"踬"，绊倒。老狼后退时因踩着自己的尾巴而绊倒。将：以，因。顾：回视，瞻望。遑：暇，空闲。前茅：先头部队。古代行军时前哨斥候以茅为旌，如遇敌人或敌情有变化，举以警告后方。《左传·宣公十二年》："前茅虑无。"一说，"茅"当读为"旄"。古之军制，前军探道，以旄旌为标帜告后军。虑无：戒备意外。杨伯峻《春秋左传注》："虑无者，思虑所未必有之事，盖备豫不虞之意。"臂指：形容运用自如，如臂之使指。《汉书·贾谊传·陈政事疏》："今海内之事，如身之使臂，臂之使指，莫不制从。"胡：何，怎么。　〔24〕幕府：将帅在外的营帐。军旅无固定住所，以帐幕为府署，故称幕府。螂臂：螂，当作"螳"。螳螂，也作"螳蜋"。"螳臂当车"，喻自不量力。《庄子·人间世》："汝不知夫螳蜋乎？怒其臂以当车辙，不知其不胜任也。"　〔25〕购：悬赏征求。《史记·项羽本纪》："吾闻汉购我头千金。"督战：主帅亲临阵前督率士兵作战。《旧唐书·裴度传》："臣请身自督战。"　〔26〕穷：穷途末路。缚：用绳缠束，特指捆绑。魁：首领，头目。歼：歼灭，消灭。解除敌人的武装，剥夺敌人的抵抗力，包括击毙、击伤和俘虏，不是完全消灭其肉体。刈（yì）：割，引申为杀。殆（dài）：几乎。〔27〕峻：当为"竣"之误。竣：退伏。《国语·齐语》："有司已于事而竣。"后因以已事、事毕为竣。〔28〕"不烦"句：意思是：没有动用府库的财物。库，储藏财物的屋舍。告劳：宣告劳苦。费：花费，耗费。垂：流传。豫：通"预"。事先有所准备。军兴：军事行动开始或战争开始。　〔29〕崔雍州：指崔亮。雍州，州名。古九州之一。今陕西、甘肃及青海额济纳之地即古雍州。崔亮是山东人，照《书·禹贡》的说法，应属青州。雍，疑当作"青"。无能为役：不能作出此事。役，事。　〔30〕巨丽：巨大而壮丽。闽（mǐn）：福建省的简称。因秦设闽中郡而得名。万安：洛阳桥，一称"万安桥"。在福建省泉州市东北与惠安县交界的洛阳江上。我国著名的梁架式古石桥。建于宋皇祐五年到嘉祐四年（1053~1059）。原有扶栏500个，石狮28只，石亭7所，石塔9座。现仅存石塔3座、亭1所（济亨亭）。蔡君谟：蔡襄（1012~1067），北宋书法家。字君谟，兴化仙游（今属福建）人。万安桥原为浮桥，蔡襄为泉州太守时，将浮桥改建成石桥。记：万安桥建成后，蔡襄曾撰《万安桥记》，为我国著名的传世碑刻。　〔31〕不嫌：不避嫌疑。藉：凭借，借助。刍荛（ráo）之言：草野之人的言论。常用为自己言论的谦词。刍荛，割草打柴的人。后多用以指草野鄙陋的人。公：指大中丞陈用宾。轻：轻视，不被看重。

（吴培德）

黄 琮（一篇）

黄琮，字玉田，广东海阳县（今潮安）人。进士。明万历间任云南提学副使，天启（1621~1627）间任云南布政使右参政。万历三十七年（1609）之夏，黄琮入滇，是年十二月，他拓地改建提学道署，建楼五楹，题曰"钟秀"。万历三十八年秋，主持修建五华书院，于四十年春竣工。四十年八月，又主持修建文庙、长春观、安普道，三役并兴，以县学文庙为启圣祠，以县学明伦堂为府学，更建县学明伦堂于启圣祠后。在提学道前，建射圃、观德亭。越十四月而竣工。关于提学道署、五华书院、学官的修建情况，见黄琮所撰《增建云南提学道署记》、《修建五华书院记》、《改迁云南府儒学记》。

《修建五华书院记》简述了修建五华书院的经过。作者为五华书院"颓梁落栋"而"徘徊叹息"，又为修复后的书院"宫墙翼翼"、焕然一新而欣喜。接着，就书院有关的"学田"、"课督"、"科举"等问题发表了看法：如果怀有"民饥己饥，民事己事"之心，则"学士之田"可以起到"催耕促织"的作用。滇"至皇明而始建诸学校"，因此，"滇之于学"应当"倍力"、"倍笃"。进而指出："书院课督"对于维护世道人心，有极其重要的作用。认为"六德六行"当"从六艺中寻求服习"，并引孔子之言强调"博学于文"的重要性。最后，补书"有功兴作者"的姓名，作为文章的结束。本文虽题为"记"，实以议论为主，所谓"文斯辨辨"，正是本文鲜明的特点。

修建五华书院记[1]

黄子以己酉之夏督学于滇，至则闻所谓五华书院者，以试事方棘，日仆遴两迤间，不及一诣，比冬始往观焉[2]。遥岑面拱，翠泽胞罗，真不减白鹿、衡麓之胜，而颓梁落栋，鞠为茂草，令人徘徊叹息久之[3]。会时有道署之役，弗克并举[4]。越明年庚戌秋，乃檄云南府委官鸠度，因其旧修之，制弗协者更之[5]。已，以丙舍不足，辛亥，复相左右町疃及城隍之馀地益之，迄壬子春莫告成[6]。为屋百七十有二，修者半，创者半[7]。于是，五华之上，宫墙翼翼，而山川之胜亦若为改观矣[8]。

黄子言："昔读橐驼氏言，深以促耕督织为病[9]。然古者田畯、田正职主劝相，而循良之吏多循行阡陌、止舍乡亭，至榆薤、葱韭、鸡豘之细各为课籍，何也[10]？倘亦民饥己饥、民事己事，有不忍坐视至此欤！"夫学士之田也，有庠序以联之，有科举以劝之，而又为书院以课督之，与催耕促织何异[11]？顾海内自白鹿、衡麓等四书院外，在在有之，宁独不以为病，实以为利；至于滇，则余又以为亟焉[12]。

滇，故百濮之馀也，自汉元和中有神马、白乌之瑞，始开文学之风，其后乱于唐，弃于宋，夷于胜国，存者能几[13]？至皇明而始建诸学校，至今上而始增科举之额[14]。滇之于学，其亦地之瓯脱、田之菑亩也，其耕当倍力，故所谓劳来而辅翼之者，当倍笃[15]。且也，车书内向，皇风远翔，二百馀年于兹矣，而蟊贼溃讧，寇攘窃据，无时无之，兴师问罪、扑而旋起者何以故[16]？岂非教道衰而彝伦斁，爱人易使者少而犯上作乱之萌无自销欤[17]？则庠序之外，复于书院课督之，夫亦世道人心之虑，有不得不然者[18]。

或曰："科举兴而士为词章之学[19]。今将以词章课之，则亦利达之媒已耳，于世道何裨焉[20]？"噫！结绳远而文契繁，图书呈而爻象著，宾兴起而为今日之科举[21]。风会之流，有自来矣，且安见今日之科举而不为昔之宾兴耶[22]？夫口诵格言，力探秘义，得于心而笔之词，此孰非古三物中六艺之学[23]？而古人兼习其事，今人直抉其精，其于入道之门，似尤简径[24]。若乃六德六行，虽先王教人本旨，要令从六艺中寻求服习、涵濡而自得之，实非课程可及[25]。何也？教之可得而指，学之可得而循者，皆文也[26]。子曰："博学于文，约之以礼[27]。"圣人之望于人者"约礼"，顾所日与从事者，何尝脱然离文[28]？故文之于学，宇宙之日月灯光也。文斯辨辨而后不可欺；不可欺而后可责以不自欺；不自欺则诚[29]。诚之至，圣之至也，学之事尽矣[30]。余安见夫今之科举不为昔之宾兴也者？顾诚与欺云何如耳，惟诸生审处焉[31]。

是役也，经始协谋，藉云南太守彭君宪范之力，盖有文翁遗意；而料材课工，则广南卫知事李枝阳、镇沅府经历徐可迪；分理书院事，云南府学训导贺继芳[32]。皆有功兴作者，例宜并书[33]。

选自天启《滇志》卷二〇

【简注】〔1〕五华书院：明嘉靖三年（1524）云南巡抚王启创设。地址在昆明市五华山南麓。清雍正九年（1731），经云贵总督鄂尔泰扩建，成为一所遐迩闻名的大书院，培育出了钱沣、唐文灼、吴桐、方玉润等众多著名学者。　〔2〕己酉：明万历三十七年（1609）。督学：亦称"提学"。宋徽宗崇宁二年（1103），各路置提举学事司，简称"提学"，掌一路州县教育行政，宣和三年（1121）废。明初置儒学提举司，英宗正统元年（1436）置提督学校官，两京以御史，十三布政司以按察使、副使、佥事充任，称"提督学道"。试事：考试之事。棘：通"急"。仆遫（sù）：同"朴樕"，本指小木，后用来比喻才能平庸。两迤（yǐ）：迤东、迤西。孙承泽《春明梦馀录·兵部一·云南》："明制，云南布政司治于昆明城，曰云南府。凡二十郡，左右分画，左曰迤东，右曰迤西。界以大江，东北曰金沙，西南曰澜沧。"诣（yì）：前往，去到。比：介词。及，等到。　〔3〕遥岑：楼名。即北城楼。杨升庵《春兴》诗有"遥岑楼上俯晴川"句。拱：拱立，耸立。胞罗：犹"包罗"，包围，四面环绕。胞，通"包"。罗，分布，罗列。白鹿：白鹿洞，在江西庐山五老峰东南。宋咸平五年（1002）于此置书院，后废。南宋朱熹知南康军，重建修复，为讲学之所。与石鼓（一说为嵩阳）、应天、岳麓并称宋四大书院。衡麓：亦称"麓山"、"岳麓山"。在湖南省长沙市湘江西岸。旧志称当衡山（南岳）之足，故以麓名。宋开宝九年（976），潭州太守朱洞于此创建岳麓书院，为当时四大书院之一。南宋朱熹、张栻曾讲学于此，学生达千人。胜：名胜之地。颓：倒塌，落下。鞠：高貌。　　〔4〕道署：提督学道的官署、衙门。据记载，黄琮修建提学道署，肇工于己酉（1609）十二月二十八日，于辛亥（1611）十二月二十日竣工，历时二年。并举：同时进行。　　〔5〕庚戌：明万历三十八年（1610）。檄：官府的文书。这里作动词用，下达文书。委：委任，委派。鸠度：聚集民工和物资。《左传·襄公二十五年》："度山林，鸠薮泽。"鸠，聚集。度，度量，丈量。协：协和，符合。更：更改，修改。　　〔6〕丙舍：后汉宫中正室两旁的房屋，由于次于甲乙，所以叫做"丙舍"。后泛指正室旁的别室。辛亥：万历三十九年（1611）。相（xiàng）：观察，选择。町畽（tǐngtuǎn）：田舍旁空地，禽兽践踏的地方。《诗·豳风·东山》："町畽鹿场。"城隍：城壕，没有水的护城壕。《易·泰》："城复于隍。"益：增加，补充。壬子：万历四十年（1612）。莫："暮"的本字。　　〔7〕修：修补，修复。创：首创，新建。　　〔8〕翼翼：有次序貌，整饬貌。　　〔9〕橐（tuó）驼氏言：指郭橐驼的如下一段话："然吾居乡，见长人者好烦其令，若甚怜焉，而卒以祸。旦暮吏来而呼曰：'官命促尔耕，勖尔植，督尔获，蚤缫而绪，蚤织而缕。'"橐驼，骆驼。这里指驼背的人。唐柳宗元在《种树郭橐驼传》中，以老庄学派的无为而治、顺乎自然的思想为出发点，借种树能手郭橐驼之口，由种树的经验说到为官治民的道理，表明了作者在永贞革新中的重要政治观点：与民休息，不可生事扰民。作者针对中唐时期政苛令烦、民不聊生的现实，提出这一观点，自有其进步意义。　　〔10〕田畯（jùn）：周代掌劝农之官。《诗·豳风·七月》："馌彼南亩，田畯至喜。"毛传："田畯，田大夫也。"田正：春秋时鲁国掌管田土和生产的官。劝相（xiàng）：劝勉百姓互相助。《易·井》："君子以劳民劝相。"循良：旧谓官吏守法而有治绩者。循行：巡行。循，通"巡"。阡陌：田间的小路。南北曰"阡"，东西曰"陌"。止舍：歇息，留宿。乡亭：乡村里行人停留宿食的处所。秦汉制度，"十里一亭，十亭为乡"。榆：植物名。榆科。落叶乔木，高可达25米。嫩叶、嫩果可食。木质坚固，可制器物或供建筑用。薤（xiè）：草本植物。俗称藠（jiào）头。百合科。鳞茎名薤白，可食，并入药。彘（zhì）：猪。《方言》第八："猪，关东西或谓之彘。"课籍：考核登记。

〔11〕学士：在学之士。田：学田。南唐时"庐山国学"已有学田数十亩，以后各代均置学田。明清分府学、州学、县学为三等，各置学田，以地租的收入补助廪生、贫士及学中经费。庠（xiáng）序：古代地方所设的学校，与帝王的辟雍、诸侯的泮宫等大学相对而言。后泛称学校。联：联系，联结。科举：分科选拔官吏。隋炀帝首置进士等科。唐代取士，科目多至五十馀，故曰科举。其后宋用帖括，明清用八股文试士，亦沿科举之称。劝：勉励，奖励。书院：书院之名，始于唐代。宋代书院为官府或私人所立讲学、肄业之所。明清书院遍及各府、州、县，但多为习举业而设。清末废科举，书院改为学校。课督：考核督责。亦称"督课"。《汉书·隽不疑传》："逐捕盗贼，督课郡国。"催耕：使耕种加快速度。促织：催促纺织。　　〔12〕在在：处处，到处。宁独：岂独，何止。病：害。亟（jí）：急迫，迫切。

〔13〕百濮：古族名。殷周时分布于"江汉之南"。曾参与周武王"伐纣"的会盟。濮人当时处于分散的部落状态，无统一君长，故有百濮之称。以后在西南地区，也有濮人的记载。馀：遗留，遗存。元和：汉章帝年号（84~87）。神马、白乌：范晔《后汉书·西南夷列传》："肃宗元和中，蜀郡王追为太守，政化尤异，有神马四匹出滇池河中，甘露降，白乌见，始兴起学校，渐迁其俗。"文学：文化学习。《后汉书·西南夷列传》所说"始兴起学校"，正是指"文化学习"。乱于唐：唐大中十三年（858），南诏丰祐卒，子世隆立，其名犯玄宗讳，不遣使册立。唐与南诏交恶。为边患殆二十年，中国为之虚耗，而南诏亦弊。弃于宋：宋乾德三年（965），王全斌平蜀，以云南地图进，请移兵取之。宋太祖（赵匡胤）鉴唐之乱基于南诏，以玉斧画大渡河曰："此外非吾有也。"从此，云南三百年间与宋王朝只有民间经济文化交流，而无政权上的隶属关系。夷：夷灭，消灭。胜国：已亡之国。亡国为今国所胜，故称"胜国"。后亦称前朝为"胜国"。　　〔14〕皇明：大明王朝。额：名额。　　〔15〕瓯脱：亦作"区脱"。汉代匈奴，称边境屯戍或守望之处为"瓯脱"。后用以泛指边境地区。菑（zī）：初耕的田地。亩：田中高处。劳来：劝勉，慰劳。辅翼：辅佐协助。笃：诚笃，专一。　　〔16〕车书：《礼记·中庸》："今天

下，车同轨，书同文。"车乘的轨辙相同，书牍的文字相同，表示文物制度的划一，天下一统。内向：趋向朝廷，归服中央政权。《隋书·薛道衡传·上高祖文皇帝颂》："稽颡归诚，称臣内向。"内，皇宫称"内"或"大内"，这里用以指朝廷。皇风：皇朝的风俗教化。远翔：犹言"远扬"。翔，飞翔，回旋而飞。蟊（máo）贼：吃禾苗的害虫。后常用比喻对国家或人民有危害的人或事物。溃讧（hòng）：争吵，溃败。寇攘：掠夺侵犯。《书·费誓》："无敢寇攘。"窃据：偷取占有。扑：通"仆"，跌倒，倒下。旋：顷刻，不久。　〔17〕教道：亦作"教导"。教诲开导。《礼·月令》孟春之月："以教道民，必躬亲之。"注："道，音导。"《后汉书·任延传》："教导民夷，渐以礼义化。"衰：衰减，减弱。彝伦：犹言"伦常"。古指人与人之间的道德关系。《书·洪范》："彝伦攸敦。"蔡沈《集传》："彝，常；伦，理也；敦，败。"敦（dù）：败坏。使：使令，使唤。萌：萌发，发生。自销：自行消除。　〔18〕世道：社会风气。然：如此，这样。代词，代替上文所说的情况。　〔19〕词章：同"辞章"。诗文的总称。〔20〕课：按照规定的内容和分量教授和学习。利达：利禄显达。媒：媒介。裨（bì）：裨益，好处。〔21〕结绳：用绳子打结以记事，是文字产生以前帮助记忆的一种方法。远：远古时代，时代遥远。文契：契刻文字。"契"就是"刻"，古用竹简，文字须用刀刻，故名"文契"，亦称"书契"。《易·系辞下》："上古结绳而治，后世圣人易之以书契。"繁：繁杂。图书：指《易》图。宋以前的《易》注，未尝有图。自周敦颐传陈抟"太极图"并为之说，渐开《易》图之例。朱熹撰《周易本义》，取邵雍"河图"、"洛书"、"先天八卦"、"后天八卦"、"伏羲六十四卦"诸图与其考订之"卦变图"等弁于卷首，历代宗之，图说之风于是盛行不衰。爻（yáo）：构成《易》卦的基本符号。"—"是阳爻，"--"是阴爻；每三爻合成一卦，可得八卦。两卦（六爻）相重可得六十四卦。卦的变化取决于爻的变化，故爻表示交错和变动的意义。象：象征。《周易》用卦爻等符号象征自然变化和人事休咎。《易·系辞下》："是故《易》者象也；象也者像也。"意为：所以《周易》一书，就是象征；象征就是模像外物（以喻意）。著：显明，显著。宾兴：见《周礼·地官·大司徒》。意为对于贤能之士，要按宾客之礼敬待他，并荐举给周王。兴，推举，荐举。郑玄注："乡大夫举其贤者能者，以饮酒之礼宾客之，既则献其书于王矣。"后代地方官设宴招待应举之士，谓之"宾兴"，即沿古制。　〔22〕风会：风气，时尚。流：流传，流行。自来：从来，由来。　〔23〕秘义：隐微难明的旨义。得：获得。笔：书写，记载。词：文字，文词。孰非：哪一件不是？孰，代词，表示疑问。三物：《周礼·地官·大司徒》："以乡三物教万民而宾兴之。一曰六德：知、仁、圣、义、忠、和；二曰六行：孝、友、睦、姻、任、恤；三曰六艺：礼、乐、射、御、书、数。""以乡三物教万民"，即以乡学的三种教法来教化万民。　〔24〕抉（jué）：抉择，选择。精：精华，精粹。道：学问之道。此指"六艺"。简径：简单直捷。　〔25〕令：使。服习：熟悉，反复练习。《管子·七法》："为兵之数，……在乎服习，而服习无敌。"涵：涵泳，沉浸。濡：沾染，濡染。及：至，到，达到。　〔26〕循：因循，遵循。　〔27〕"博学"二句：见《论语·雍也》。原文是："子曰：君子博学于文，约之以礼，亦可以弗畔矣夫！"意思是：君子广泛地学习文献、典籍，再用礼制来加以约束，这样也就可以不违背道理了。　〔28〕从事：参加、投身做某种事情。　〔29〕斯：皆，尽。辨辨：形容善于词令，言论明晰而畅达。辨，通"辩"。《史记·孔子世家》："其于宗庙朝廷，辩辩言，唯谨尔。"《论语·乡党》作"便便"。自欺：自己欺骗自己。《礼记·大学》："所谓诚其意者，毋自欺也。"　〔30〕诚：诚信，指言谈、处事真实无妄或诚实无欺。至：极限，顶点。圣：圣明，无所不通。《书·洪范》："睿作圣。"孔传："于事无不通谓之圣。"尽：穷尽，达到极限。　〔31〕顾：只是。连词，表示上下文的转折。云：语气词，用在句首或句中，没有实在意义。何如：怎样，怎么样。代词，表示疑问，询问状况、性质，或商量可否。审处：慎重作出决断。《史记·鲁仲连传》："此两计者，显名厚实也，愿公详计而审处一焉。"审，审慎、慎重。处，处置、决断。　〔32〕经始：开始测量营造。协谋：合谋，同谋。彭宪范：福建莆田县人。举人。万历间任云南知府。文翁：西汉庐江舒县（今属江西省）人。景帝末，为蜀郡守。曾在成都设学校，入学得免除徭役，并以成绩优良者为郡县吏。这些措施对当地的文化发展有所促进。料：计算，安排。材：建筑材料。课：考核，督责。工：建筑工人。广南：府名。明洪武十五年（1382）以元广南西路宣抚司改置。治所在今广南县。辖境相当于今云南广南、富宁县。知事：宋时命朝臣出任列郡，称为权知某府或某军、某州、某县事，知事之称来源于此。明清之通政司，各府、各卫及按察司、盐运司俱置知事，直属于本署长官。镇沅府：明建文四年（1402）以元远干府改置镇沅州，属景东府。永乐四年（1406）改府，领禄谷寨长官司。治所在今镇沅县。在云南省南部。经历：官名。元以后主要设于御史台及都察院，外省则如元之肃政廉访司，明清之布政使司、按察使司均设经历，职掌为出纳文书。训导：学官名。明清府、州、县皆置训导，掌协助同级学官教育所属生员。　〔33〕兴作：犹"兴建"。汉刘向《说苑·至公》："兴作骊山宫室，至雍相继不绝。"书：书写，记载。

（吴培德）

沈儆炌（一篇）

沈儆炌（jǐngkài，？～1631），字叔永，号泰垣，归安（今浙江吴兴）人。明万历十七年（1589）进士。历任河南左布政使，入为光禄寺少卿。万历四十七年（1619），以治行卓异迁右副都御史，巡抚云南，兼建昌、毕节、川东赞理军务，兼督川、贵兵饷。万历四十八年（1620）八月，上疏请准免云南增贡黄金。从之。后拜南京工部尚书，为魏忠贤党羽石三畏所劾，落职。崇祯（1628～1644）初，复官。崇祯四年七月卒，谥襄敏，赠太子少保，予祭葬。谈迁·《国榷》称儆炌"正直忠厚，他无嗜好"。《明史》有传。这里选收他的《请蠲贡金疏》。

《请蠲贡金疏》首先强调"弭盗安民"为当务之急。当时的云南，"大盗纵横"、"天灾流行"。而统治者为了筹措"辽饷"，竟然"有每亩九厘之加派"，以致滇民"焚林竭泽，困不能支"。自然地引出："今欲少留涓滴以活滇人之命，则惟有请蠲黄金一节而已。"接着着重说明筹办贡金之不易。为了"搜括"贡金，官府不惜"吮血摧肤"，庶民惟有"呼天抢地"。为此，作者大声疾呼："停止续添三千（黄金）"，"以救多凶多惧之危疆"。作者坚决表示："金价决无所出"、"贡金决不能办"。他决心抗君之命，"席稿以待斧钺"。作为一个封建官吏，能够为民请命，不惧斧钺，确实难能可贵。本文指摘时弊，剀切直陈，摆事实，引比喻，主题突出，辞意畅达，很有说服力。疏上，会光宗立（1620），如其请，滇民得以稍舒其困。

请蠲贡金疏[1]

臣奉命抚滇数月以来，日孳孳焉，惟弭盗安民是急[2]。顾四郊多垒，大盗纵横，征剿之文与招抚之檄交发互驰，笔几为秃，而犬羊之类，反侧难驯[3]。期以弭盗，而盗未必弭也[4]。戒谕有司，厘剔弊蠹，荡涤烦苛，念念思与民更始；而天灾流行，淫雨为虐，登城一望，四野沮洳[5]。期以安民，而民未必安也。盗未弭则添兵添饷，势不能免；民未安则焚林竭泽，困不能支[6]。况可以辽饷故，有每亩九厘之加派耶[7]？滇土府、土州、土县，壤地千里，小者数百里，所输仅差发银二三十两，多者五十两或百两而止；其流官州县得数百金，遂了一州一县之额，若岁入有一二千金者，便以名城巨邑称矣[8]。譬之一贫家，析薪数米，常惧不能糊其口；一羸夫，朝饔夕飧，常惧不能必其命[9]。今欲少留涓滴以活滇人之命，则惟有请蠲黄金一节而已[10]。

夫皇上取金于滇，岂以金为滇之所产耶？不知商民裹粮重茧，远觅之秦陇，近觅之巴蜀，甚有至京而反用高价易之以进者[11]。至于金价之所从来，尤有不忍言者，或取之汰军，或取之搜括，或取之闾阎，或取之商民之赔累，吮血摧肤，呼天抢地，皇上不得而知也[12]。如以为必不可缺，则隆庆以前原额止二千两，隆庆四年始增三千，时以抚臣曹三旸、按臣许大亨之奏，穆宗皇帝慨然停止；万历十年增金一千，时以抚臣刘世曾、按臣曹裕之奏，我皇上亦慨然停止——则知金可有可无之物也[13]。以可有可无之物，尚为停止，而况又加之辽饷之急耶[14]？惟尽行免解，或止解原额二千，停止续添三千，少留滇民馀力以供九厘之加派，少留滇饷万一以救多凶多惧之危疆[15]。

臣度眼前光景，金价决无所出，来岁贡金决不能办[16]。臣惟有与地方诸臣，席稿以待斧钺尔已[17]。

附天启《滇志》按语：
自贡金后增，首尾三十馀年，两台为百姓请命，连篇累牍，一切不报[18]。最后得此疏，乃奉德音，裁旧额之溢，与民更始[19]。公回天之力，虽会时之可为，而滇人并受其福，良非偶然[20]。今录于志，以识盛事[21]。

选自天启《滇志》卷二三

【简注】〔1〕蠲（juān）：免除，减免。贡金：古代臣民或属国向皇帝进贡的金银。疏：奏疏，是封建时代臣下向国君陈述政见的一种文体。　〔2〕抚滇：担任云南的巡抚。抚，巡抚的省称。巡抚之名始见于明洪武二十四年（1391）命懿文太子巡抚陕西，系临时差遣。直至宣德五年（1430），各省才专设巡抚。一般每省一员，地位仅次于兼辖二三省的总督。孳孳（zī）：同"孜孜"，勤勉不懈之貌。《孟子·尽心上》："鸡鸣而起，孳孳为善者。"弭（mǐ）：消除，平息。是：结构助词，表示强调。　〔3〕顾：观看，瞻望。李白《行路难》："拔剑四顾心茫然。"垒：军营四周的防御建筑。特指边疆地区为防敌人入侵所筑的堡垒。《礼记·曲礼上》："四郊多垒，此卿大夫之辱也。"郑玄注："垒，军壁也。数见侵伐，故多垒。"纵横：强横，横行。招抚：犹"招安"，劝说归顺投降。檄（xí）：古代官府用以征召、晓喻或声讨的文书。交发互驰：犹言"交互发驰"。这里指征剿之文和招抚之檄交相迅速发布、传播。笔几为秃（tū）：笔因久写而脱去锋毛。犬羊：借指"大盗"。反侧：反复无常。《楚辞·天问》："天命反侧，何罚何佑？"驯（xún）：驯服，顺从。　〔4〕期：期望，希望。　〔5〕戒谕：告诫，晓谕。有司：古代设官分职，各有专司，因称官吏为"有司"。厘：治理，改正。剔（tī）：剔出，排除。弊：弊病，弊端。蠹（dù）：蛀虫。比喻侵夺或损害人民利益的弊政。烦苛：烦琐苛细的政令刑法。更（gēng）始：除旧布新。《汉书·武帝纪》："朕嘉唐虞而乐殷周，据旧以鉴新。其赦天下，与民更始。"淫雨：久雨，过量的雨。虐：灾害。沮洳（jùrù）：低湿之地。　〔6〕饷：军粮。竭泽：《吕氏春秋·义赏》："竭泽而渔，岂不获得，而明年无鱼。"排干了池水捉鱼，比喻取之不留馀地，只顾眼前利益，不管长远利益。也形容统治者对人民的残酷剥削，不留馀地。渔，捉鱼。　〔7〕辽饷：明末辽东驻军的粮饷。神宗万历四十六年（1618），以对辽东用兵为名，加征田赋银三百万两，谓之"辽饷"。此后年有增加，至崇祯年间，岁达九百万两，搜括遍及民间，为明末一大弊政。每亩九厘：从万历四十六年至四十八年，每亩田赋加派九厘，共增赋银五百二十万两。厘，银的重量单位。市制十厘为一分，十分为一钱，十钱为一两。　〔8〕土府、土州、土县：元明清时期在各民族聚居的府、州、县设立土知府、土知州、土知县等官吏隶属吏部，皆世袭其职。壤：地区，地域。输：缴纳，献纳。特指贡输、纳税。差（chāi）发：征调，赋敛。宋彭大雅《黑鞑事略》："其赋敛差发，数马而乳，宰羊而食，皆视民户畜牧之多寡而征之，犹汉法之上供也。"流官：明清时在四川、云南、广西、贵州等少数民族地区所置地方官，因其有一定任期，不同于世袭的土官，故有此称。邑（yì）：城市。大曰"都"，小曰"邑"。
〔9〕析薪：劈柴。数（shǔ）：点数，计算。羸（léi）：瘦，弱。饔（yōng）：早餐。飧（sūn）：晚饭。《孟子·滕文公上》："饔飧而治。"赵岐注："饔飧，熟食也。朝曰饔，夕曰飧。"必其命：保他的命。
〔10〕涓滴：小水点。多用以比喻极小或极少量的事物。　〔11〕裹：包裹，包扎。《诗经·大雅·公刘》："乃裹糇粮。"重（chóng）茧：老茧。手足上因劳动或走路而磨生的硬皮。《聊斋志异》："手足重茧，不堪其苦。"觅（mì）：寻觅，寻找。秦：陕西省的简称。因战国时为秦国地而得名。陇：甘肃省的简称。因古为陇西郡地而得名。巴：古族名、国名。位于今重庆地域。蜀：古族名、国名。在今四川中部偏西。战国时秦置巴郡、蜀郡，包括今四川省、重庆市全境。　〔12〕汰军：裁减军队。搜括：搜索和掠夺民间财物。王夫之《读通鉴论·唐懿宗》："于是搜括无余，州郡皆如悬罄。"闾（lú）阎：里巷的门。借指里巷和平民。赔：赔钱，赔本。累：多次，连续。吮（shǔn）：用口含吸。摧：损害，残害。肤：肌肤，身体。呼天抢（qiāng）地：大声呼天，用头撞地。形容极端悲痛。　〔13〕隆庆四年：1570年。隆庆，明穆宗年号（1567~1572）。抚臣：巡抚的别称。按臣：巡按的别称。唐天宝五年（746），派官巡按天下风俗黜陟官吏，巡按之名始此。明永乐元年（1403）后，以一省为一道，派监察御史分赴各道巡视，考察吏治，每年以八月出巡，称巡按御史。万历十年：1582年。万历，明神宗年号（1573~1620）。　〔14〕蚤：通"早"。《论衡·问孔》："颜渊蚤死。"　〔15〕免：免除，免征。解：废除；停止。止：只，仅。《庄子·天运》："止可以一宿，而不可以久处。"解（jiè）：押送，押解。万一：万分之一，极少的部分。危疆：危急的边疆。　〔16〕度（duó）：估计，推测。《诗经·小雅·巧言》："他人有心，予忖度之。"　〔17〕稿：用禾秆编成的席子。坐卧稿上自等于罪人，是古人请罪的一种方式。《史记·范雎传》："应侯席稿请罪。"斧钺（yuè）：本为两种兵器，也泛指刑罚、杀戮。《国语·鲁语上》："大刑用甲兵，其次用斧钺。"注："斧钺，军戮。"军戮即斩刑。尔已：而已，罢了。　〔18〕两台：指"抚台"和"按台"。抚台，巡抚的别称；按台，巡按的别称。连篇累牍（dú）：写过多篇奏疏。不报：皇帝对臣下奏疏置不回答。　〔19〕德音：善言。此指皇帝的恩诏。裁：裁减，削减。溢：超出。此指超出旧额（二千两）的增金（三千两）。　〔20〕会时：遇到时机。据《明史》，神宗末，诏增岁贡黄金二千，徽炌上疏力争。会光宗立（1620），如其请。良：确实。
〔21〕志：指刘文征编撰的《滇志》。刘文征（？~1626），字懋学，昆明人。明万历进士。《滇志》33卷，书成于天启五年（1618），俗称"天启滇志"。识（zhì）：记。记在心里或用文字、符号标记。

（吴培德）

陶 珽（一篇）

　　陶珽（1573～？），字紫阃，号稚圭，自称天台居士，姚安人，明万历庚戌（1610）进士，历任大名府知府，陇右道副使，辽东、武昌兵备道，所至皆有政声。工诗文、书法，从学者众。继陶宗仪《说郛》，编纂并刊印了《续说郛》，收明代书籍572种。与名僧紫柏刊印《径山藏》，现珍藏于云南省图书馆，为传世孤本。

　　《李卓吾先生祠堂记》，记述姚安修建李卓吾祠堂的原因及经过。李贽（号卓吾）是明代卓越思想家，在姚四年，有政声，姚安人难以忘怀。祠记并不着重去表现这些，而是反复述说该不该建祠，建的是不是"私祠"。最后以"姚人""无负先生"，"亦先生之无负姚人矣"作结。高屋建瓴，画龙点睛，李贽在学术思想上的贡献，李贽的为人尽在不言中。祠记清新自然，散发着浓厚的生活气息。

李卓吾先生祠堂记[1]

　　先生去姚，距今四十年；其卒于长安，又距今十六年[2]。余纵观守是邦者，凡有德于一士一民皆有祠[3]。或迁去，或致归，又皆有祠。即先祠而后诖史议者，终亦不废祠，先生何独无祠[4]？岂姚人至是忍忘先生哉？吁！此正所以为先生欤？先生真人也。其在姚也，当其时，尽其心，如是则已；其去姚也，无系恋，无要结，如是则已[5]。如江河行地，如日月经天，有时见，有时不见。而俗眼见其见者，不见其不见者，以为先生如是则已。然则姚人岂知祠先生哉？余既晚从先生游，比金吾决绝，先生所谓死于不知己之手者，余盖亲尝焉[6]。然则，姚之知先生者，莫余若也[7]。于是，读礼山中，谋与蔡生学清私祠先生。夫祠公典也，先生何私若父老子弟，而受私祠也[8]。蔡生也晚，抑何私于先生？即曰：其父兄伯仲，尝倾身事先生，而世人于祖父，生则事，殁则怠焉，皆是也。抑何私于先生？吁！此正所谓先生欤？余又纵观宇内诸公无不读先生书，每就予问先生治姚状，思一当北面者，岂非以先生有终不可忘者耶[9]？予既获一日侍先生，蔡生辈又以其伯仲皈依先生[10]。先生尝曰：有一知己，死且不恨。安知今日之私祠先生，先生不往来于醉陶生白之间耶？是役也，不以迁秩显，不以当时从游结纳二三子所致[11]。先生必鞿然喜[12]。经始于夏，落成于秋，凡三阅月[13]。嗟乎！姚人于此，无负先生也，亦先生之无负姚人矣[14]。

选自民国《姚安县志·金石志》

【简注】〔1〕李卓吾：李贽（1527~1602），字宏甫，号卓吾，明代卓越思想家。万历五年（1577）以南京刑部尚书郎之衔，被谪入滇，出任姚安知府。　　〔2〕去姚：离开姚安。距今四十年：万历八年（1580）三月，李贽辞官离开姚安。卒于长安：李贽于万历三十年（1602）被都察院御史温纯伙同都察院礼科给事中张问达奏劾下狱致死。　　〔3〕守是邦：在这个地方做官。是邦，姚安府。　　〔4〕诖（guà）史议：因历史不真实而受到审查。诖，欺骗、贻误，这里指不真实。议，审查、审理。〔5〕尽其心：李贽在姚安做官是为百姓尽了心的。要结：邀人结帮。　　〔6〕晚从先生游：陶珽中举后，寻师李贽于湖北麻城，在龙湖读书，时誉"龙湖高足弟子"。比：到，到了。金吾决绝：（李贽）与金吾决裂而自杀。金吾，官名，掌管京城的戒备防务。决绝，指李贽被捕入狱后自杀。　　〔7〕莫余若："莫若余"的倒装，即"不如我"之意。　　〔8〕祠：这里指祭祀。公典：公众的典礼。〔9〕宇内：国内。北面：古代学生敬师之礼称"北面"。　　〔10〕皈（guī）依：一作"归依"，信仰佛教者的入教仪式，对佛、法、僧三宝表示归顺依附。这里指投靠、依附（李贽），以他为师。〔11〕迁秩：升职，升官。结纳：认识、接受。　　〔12〕冁然：应为"冁（chǎn）然"，笑貌。《庄子·达生》："桓公冁然而笑。"　　〔13〕经始：开始。　　〔14〕无负：不辜负。

（杨发恩）

杨栋朝（一篇）

杨栋朝（约1590～1640），字梦苍，白族，云南剑川人。明万历四十一年（1613）进士。入仕至礼部给事中。天启（1621～1627）年间，宦官魏忠贤专断国政，政治日益腐败。杨栋朝上奏《会劾魏珰疏》说：魏忠贤只不过"一刑馀小人"，"目不识丁，腹饶有剑，寝假而结客氏以固宠，寝假而布爪牙以恣焰"，以致朝廷内外，阉党为患。奏疏被魏截扣，欲置栋朝于死地，后经何可及（剑川人）等竭力周旋，方免死罪。栋朝削职为民，返归故里。回乡后，潜心学问，为乡亲排难解忧，深受乡亲父老敬重。崇祯皇帝即位（1628）后，重新起用栋朝，升迁光禄寺卿，补吏科给事。栋朝忠于职守，廉洁自重，《康熙志·滇南之略·杨栋朝传》赞扬他："义胆忠肝，秋霜比烈，削籍归里，甘之如饴。与杨（琏）左（光斗）并传千里，谁曰不宜！"

《筹边开路疏》大约写于崇祯元年（1628），当时栋朝刚刚重新被起用。奏疏首言黔、蜀告难，情况危急；次言滇处边陲，地硗收薄，连年荒旱，流亡载道，"加派之征，惨于剜肉"。作者认为，征调土司之兵"以救滇"，比征调各省客兵"以助滇"更为有利。他强调"目下最急者无如开路一事"，并论证，粤西路线"纡回险远"，又有土司"抢夺出没"，不如"自蜀之成都渡泸，历建昌、会川一带地方直抵滇中最近最捷"；且"修辟甚易"，安全可靠。文中分析形势，权衡利弊，针对性很强，富有说服力。而且表意直率，言词恳切，文字省净，颇得奏疏之体。

筹滇开路疏

为滇势危若累卵，民望急于倒悬，乞严敕抚、按星夜赴任，协力保御，速通滇路以救危疆事[1]。臣滇籍也，先作楚令，蒙拔充南垣[2]。臣受命之后，束装以驰，凡经历之地耳闻目击闾阎萧条之状，思绘图以献，然诸臣之先臣而入告者，谅皇上已恻然于衷矣[3]。于是臣至留都，闻黔、蜀告难，曲靖、寻甸一带，风鹤奔命，滇盖岌岌乎有旦夕莫支之势矣[4]。请为皇上陈之。

夫滇，固西南极边之地也，俗朴民醇，地硗收薄，百姓赡生之计，惟勤农望岁耳，非若中州，贸易资生，有馀利可收入者[5]。近以连年荒旱，流亡载道，额内之赋已苦难供，又有加派之征，惨于剜肉，然以民心勇于奉公，惟曰庶几歼此丑类，而始得有息肩乎[6]！乃未几，而奢酋内向，安贼猖獗，以蕞尔之滇，内逼凶荒，外连二竖，臣恐滇危殆而黔、蜀之事更不可问矣[7]。今之奢、安二酋，踌躇四顾，所不即横戈以逞者，虑滇之蹑其后耳[8]。使滇可无援也，舍滇之外，又谁为扼其肘臂，为牵制二贼之计哉[9]？然欲借外省之力以助滇，不若纠滇之土司以救滇[10]。盖滇自开国以来，汉夷杂居，土流错设，其星棋布列者，谁非土司之兵也[11]。征调非远，控制有要，比之各省客兵索求既多，所在剽掠，民未受兵之利而先罹兵之害者，其得失更有分矣[12]。

至于抚、按、监司，一省之纲领，百官所禀仰震慑者也，今竣事者去矣，升任者朝夕候代而已弛任事之心矣[13]。所幸新抚臣闵洪学、新按臣罗汝元与监司诸臣，皆老成谋国、矢志急公者，惟促以刻期到任与诸臣尽心料理[14]。镇臣沐启元年力方壮，猷略兼优，又一省之土司所俯首听令者，惟加以应授职衔，使与抚、按协力捍御，人心自奋，军威自壮，而奢、安二酋决不敢越我藩篱，求釜外之生计矣[15]。然师行粮从，枵腹难战，一切军饷委难措处，恐当事者又不能为无米之炊也[16]。臣闻皇上发过帑银五万，垂念边疆甚殷殷矣[17]。然军兴所需费难于遥度，万一不给，此时再为祈请，则万里长途，缓急难应，恳请再加内帑一十五万，庶几展布有馀，胆力不怯，而于滇之危难尚可挽救于万一乎[18]？

然目下最急者无如开路一事，前此议者有自粤西之说矣，而近日计开路者，遂循此以请；然此边徼烟瘴之地，露居野宿，纡回险远[19]。又其地土司骄悍，抢夺出没，不可究诘，如再饵以仕宦之来往，商旅之贩载，其狂逞剥噬之态，更难控制[20]。于此时再议更改，又多一番虚费，此万万难调停者[21]。惟如臣同乡御史傅宗龙前疏所请，云自蜀之成都渡泸，历建昌、会川一带地方直抵滇中最近最捷，又来往之行径见在可循，险窄之处除修辟甚易[22]。且庐舍不断，旅寓有所，比之粤西一路劳逸既殊，远近尤判[23]。如此路一开，则舆马相望便成坦途，而东路西路且将渐与俱开，有事则专由此路为救滇之咽喉，无事则并由各路为黔、蜀之脉络，蠢兹小丑恐求一鼠窜之所且不可得已[24]。惟望敕滇、蜀抚按协同计议，其驿递、公馆、哨堡、钱粮作何区处，遣廉能官员佐费料理，如此则缓急更无梗塞，而成功可计矣[25]。此臣区区一念愚衷，而臣之同乡已有先臣而言者[26]。然恐当事者等于筑舍之谋，视若乡邻之斗，故臣不惮补牍再请，伏乞敕下该部作速议复施行[27]。

选自《滇文丛录》卷四七

【简注】〔1〕危若累卵：像堆起来的蛋，随时都可能倒下来打碎。比喻形势非常危险。累，堆积。语出《战国策·秦策五》："君危于累卵。"倒（dào）悬：像人被倒挂着，比喻处境的痛苦和危急。《汉书·贾谊传》："天下之势方倒县（悬）。"敕：自上命下之词。特指皇帝的诏令。抚：巡抚，为省级地方政府最高长官。按：巡按，明永乐元年（1403）后，以一省为一道，派监察御史分赴各道巡视，考察吏治，称巡按御史。巡按号称代天子巡狩，各省及府、州、县行政长官皆其考察对象，大事奏请皇帝裁决，小事及时处理，可与省区行政长官分庭抗礼，事权颇重。星夜：夜间。多用于连夜赶路。危疆：危急的疆土。疆，疆土，国家的领土。　〔2〕楚今：今，当作"吟"，形近而误。谢灵运《登池上楼》："祁祁伤豳歌，萋萋感楚吟。"意为在春天里想起《诗经·豳风·七月》和《楚辞·招隐士》里的诗句，不禁发生悲伤和感慨。楚吟，借指《楚辞》。《楚辞·招隐士》："王孙游兮不归，春草生兮萋萋。"李贺《伤心行》："咽咽学楚吟，病骨伤幽素。"王琦注："学楚吟，学《楚辞》哀怨之吟。"杨栋朝因参劾魏忠贤，被削职为民，所谓"作楚吟"，即指此。南垣：即南省。特指隶属于尚书省的礼部。清厉荃《事物异名录·宫室·官廨》引《事文类聚》："礼部称'南省'……"杨栋朝在崇祯帝即位（1628）后，升迁礼部给事中，隶属于南省。垣，官署的代称。　　〔3〕受命：接受任务和命令。束装：整理行装。间阎：里巷的门。借指里巷、民间。恻然：悲痛貌。　　〔4〕留都：明成祖迁都北京后，称旧都南京为"留都"。黔：贵州省的简称。蜀：四川省的简称。告难：报告战事危急，请求援助。曲靖：曲靖府，位于滇东，明洪武十五年（1382）以元曲靖路置，二十七年升为军民府。领沾益、陆凉、马龙、罗平四州及南宁（今曲靖）、亦佐（今富源）二县，治所在南宁（今曲靖市麒麟区）。寻甸：寻甸府，位于滇东北，元为仁德府，明成化十二年（1476）改为寻甸府。治所在今寻甸县。风鹤："风声鹤唳"的简称。前秦苻坚带兵攻打东晋，大败，逃走时听到风声和鹤叫都以为是追兵。后用"风声鹤唳"形容惊慌失措或自相惊扰。盖：大概，大约。岌岌：危险之貌。《孟子·万章上》："天下殆哉岌岌乎！"旦夕：指很短的时间。　　〔5〕醇：淳厚，淳朴。硗（qiāo）：同"墝"。土地坚硬而瘠薄。薄：少。赡：供给，供养。望岁：盼望年终丰收。《左传·哀公十六年》："国人望君，如望岁焉。"中州：即中土、中原。广义的中州，或泛指全中国，或指黄河中游地区；狭义的中州指今河南省一带，因地在古九州之中而得名。资：财物。　　〔6〕载道：充满了道路。剜肉：语出唐聂夷中《咏田家》："二月卖新丝，五月粜新谷；医得眼前疮，剜却心头肉。"剜，用刀挖。奉公：即奉公守法。庶几：大概，几许。丑类：恶人，坏人。《左传·文公八年》："丑类恶物。"丑与恶、物与类，其义同。息肩：肩头得到休息，比喻卸除负担。〔7〕未几：不久，没多时。奢酋内向，安贼猖獗：明熹宗天启元年（1621）九月，四川永宁（治所在今叙永西南）土酋奢崇明、奢寅起事，据重庆，破泸州、遵义，十月，建号大梁，设丞相以下官。次年二月，贵州土目安邦彦起应奢崇明，号罗甸大王，陷毕节，围贵阳。奢、安纵横黔、蜀，历时八年，崇祯二年（1629）八月，朱燮元攻水西，安邦彦、奢崇明败死，馀众降。蕞（zuì）尔：小貌。《三国志·魏志·陈留王奂传》："蜀蕞尔小国，土狭民寡。"二竖：指危害国家的奢崇明、安邦彦二人。危殆：危险，凶险。　　〔8〕踌躇（chóuchú）：从容自得的样子。横戈：横拿着戈，即要出战的样子。逞：施展。蹑（niè）：追蹑，追踪。　　〔9〕扼其肘臂：比喻控制敌人的要害。牵制：拖住使不能自由行动（多用于军事）。　　〔10〕纠：结集，连合。土司：元、明、清各朝，在少数民族地区授予少数民族首领世袭官职，按等级分为宣慰、宣抚、安抚等使武职和土知府、土知州、土知县等文职，俗称"土司"。〔11〕汉夷：汉族和少数民族。夷，中国古代用以泛指四方的少数民族，如汉时总称西南少数民族为"西南夷"。土流：土官和流官。元、明、清各朝在部分少数民族地区分封各族首领世袭官职，称"土官"。少数民族地区所设之地方行政长官，称"流官"，因其有任期，不同于世袭的土官，故名。星棋布列：即星罗棋布。形容多而密集。　　〔12〕征调：征集和调用人员、物资。要（yāo）：约，约束。《广雅·释言》："要，约也。"《资治通鉴·周赧王四十二年》："要约天下。"胡三省注："要约，犹约束也。"所在：到处，处处。剽（piāo）掠：抢劫掠夺。罹（lí）：遭遇（不幸的事）。分：区分，不同。〔13〕监司：有监察官吏之权的地方长官的简称。元廉访使与明布政使、按察使因有监察州县之权通称监司。纲领：总纲，要领。这里指起领导作用。禀：禀命，受命。仰：仰赖，依靠。震慑：震动畏惧。慑，通"慑"，使人畏惧。竣事：指任期已满。候代：等候替代自己的继任官员。弛：松懈，松弛。任事：办事，处理事务。　　〔14〕闵洪学：字周先，浙江乌程县人。明万历二十六年（1598）进士。任兵部右侍郎，兼右佥都御史。天启二年（1622）十月，调任云南巡抚。重视道路建设，对滇、蜀、粤道路修建提出了具体建议。罗汝元：字懋先，江西南昌县人。万历四十一年（1613）进士。天启间任云南巡按。老成：经历多，做事稳重。谋国：为国家出谋献策。矢志：发誓立志。矢，通"誓"。急公：热心于公益之事。促：催促，推动。刻期：限定日期。　　〔15〕镇臣：镇守地方的官吏。沐启元：沐睿之子，袭黔国公。天启五年（1625）继镇云南。猷（yóu）略：谋划方略。俯首：低下头。形容非常驯服恭顺。听令：听从命令。职衔：职位和官衔。藩篱：用竹木编成的篱笆，作为房舍的屏蔽。引申为屏障。釜外：与"釜中"相对。指外面的，别人的。　〔16〕枵（xiāo）腹：空腹。饷（xiǎng）：军粮。委：委实，确实。措处：措办，筹办。　〔17〕帑（tǎng）银：库银。国库里的钱财。垂念：俯念，关怀。多用于上对下。殷殷：恳切貌。　〔18〕遥度（duó）：在远处规划或推测。明张居正《答两广殷石汀书》："万里之外，事难遥度；用兵之机，忌从中制。"不给：不能供给，供养不足。缓急：危急、困难之事。偏义复词，"缓"字无实义。应：应付，供应。内帑：内库里的钱财。"内库"，皇宫的府库。庶几：连词，大概，可能。展布：施展，施行。怯：害怕，畏缩不前。　〔19〕粤西：广西的别称。循此：依此。此，指"粤西之说"。边徼（jiào）：边界，边塞。烟瘴之地：旧时指我国西南边远的地方。烟瘴，即"瘴气"。纡回：回旋，曲折。　〔20〕骄悍：骄傲自满，凶暴蛮横。究诘：追问究竟。饵：引鱼上钩的食物。引申为利诱。仕宦：旧称担任官职。商旅：商贩，流动的商人。载：装载，引申为装载之物。狂逞：狂妄任性。剥噬（shì）：剥夺吞噬。噬，咬，吞。　〔21〕虚费：白白浪费时间和精力。调停：调解，消除纠纷。　〔22〕御史：为监察之官，约自秦始。明清以监察御史分道纠察，员额甚多。此外尚有分任各种任务之御史，如巡按御史、巡漕御史等。傅宗龙（？～1641）：字仲纶，号括苍，昆明人。明万历进士。由四川巴县知县入为户部主事，授御史。天启四年（1624）任贵州巡抚，击破土酋安邦彦。成都：府、路名。唐至德二年（757）改蜀郡置成都府，治所在今成都市。元初改为成都路，明初复为府。1913年废。泸：泸水，一名泸江水。指今雅砻江下游和金沙江会合雅砻江以后一段。诸葛亮《出师表》："五月渡泸，深入不毛，"即指此。建昌：明洪武十五年（1382）改建昌路为建昌府，治所在建安州（今四川西昌）。后废府，升建昌卫为军民指挥使司，为四川行都指挥使司治所。会川：南诏置会川都督府，治所在今四川会理西。明初改为千户所，洪武二十五年（1392）升为卫。见（xiàn）：同"现"。现成的。可循：可以顺着旧路行走。险窄之芟（shān）除：意为把险窄的道路改建拓宽，使它成为平坦大道。芟除，除去。"芟"，原作"殳"，形近而误。　〔23〕庐舍：古代沿途迎候宾客的房舍。《周礼·地官·遗人》："十里有庐，庐有饮食。"旅寓：旅途中寄住的地方。所：住所，住的地方。殊：不同。判：有区别。　〔24〕咽喉：比喻形势险要的交通孔道。脉络：中医对动脉和静脉的统称。这里比喻道路纵横，四通八达。兹：代词，与"此"、"斯"相同。　〔25〕驿递：犹"驿站"。古时供传递公文的人或来往官员暂住、换马的处所。明代各地都设驿站，有水驿、马驿和递运所，又置急递铺递送公文。哨堡：警戒分队或哨兵所在的防御建筑物。堡，土筑的小城。区处：分别处置，处理。佐：辅助。费：费时，费心。梗塞：阻塞，阻碍。　〔26〕区区：犹"拳拳"，忠爱专一之貌。　〔27〕筑舍之谋：犹"筑室道谋"。《诗经·小雅·小旻》："如彼筑室于道谋，是用不溃于成。"意思是说，盖房子向不了解情况的过路人请教，人多口杂，房子肯定盖不起来。后以此比喻缺乏主见，盲目地征询意见，办不成事情。不惮：不怕麻烦。惮，惮烦，怕麻烦。牍：古代写字用的木片。后世称公文为文牍，书札为尺牍。伏乞：伏地乞求。下对上的敬词。议复：议定作出回复。

（吴培德）

罕　氏（一篇）

　　孟完土长罕氏，明正统年间得任命土职世守。家传傣文本《勐卯者阑思诏》（汉译《麓川思氏谱牒》）已历数百年，知麓川政权失败后，始修此书。因系追述历史，故纪元多误。其中记有"擒白虎之王"思可法史事，今选入本书，题名为《麓川思可法事迹》。

　　此文记述了思可法建立政权的历程。他远交近攻，兼并了今德宏傣族景颇族自治州内外的诸多部落，成为云南西部傣族地区的强大部族。影响所及，远达泰、缅、老诸境。而"擒百虎之王"、"四马跪其前"的神秘色彩，抑或是他称"王"称"法"的一把保护伞。

麓川思可法事迹[1]

　　当摆夷历五百十八年顷，芳罕为麓川土司，传子罕好，好传子罕静法[2]。静法卒，无子，文武四人管理地方，因不可一日无主也，祷告天地，将放四马出城，视马所往且为下拜者，奉为主。祷毕，纵马。马绕城三匝而去，过湖畔，有为人牧牛者，名曰刹远，四马跪其前，大头目趋候告以天命，迎归，招为婿，奉之为主[3]。刹远欣然受之，建城于蛮海。时摆夷历六百零二年也[4]。刹远在职，称思可法，思之言白虎，可之言获，法之言王[5]。刹远在湖畔牧牛，曾擒获白虎，故以为号焉。思可法在土司位四年，迁居者阑，又四年，名声大震，中国、缅甸两面进兵来攻，不能克，中、缅兵各退去[6]。是时，思可法年四十五，因中、缅攻者阑不克，邻近闻之，相率纳贡[7]。有曼谷〔即暹罗〕、景线〔即八百媳妇〕、景老、整卖、整东〔即孟艮〕、车里、仰光诸土司至[8]。思可法年六十六岁，是年生肖属鼠，又从者阑迁居达本城[9]。摆夷历六百四十四年，思可法卒，年八十五岁，子思炳法嗣位[10]。

选自《永昌府文征·纪载》

【简注】〔1〕麓川：路名，元至元十三年（1276）置，治所在今云南瑞丽市境。明洪武十七年（1384）置平缅军民宣慰司，正统元年（1441）废。思可法：麓川土司，思可法是他的名号。　　〔2〕摆夷历：即傣历。傣族地区使用的一种历法，属阴阳历的一种，采用干支纪日纪年、十二生肖法与夏历相同。泼水节是傣历的新年。芳罕：麓川土司。据方国瑜《麓川思氏谱牒笺证》，应在傣历六一八年任职，为宋理宗宝祐四年，即元宪宗元年（1256），亦元兵取云南后三年。本文开头所说傣历五一八年，正好早算了100年（一说为102年）。芳罕初立，当为元统治者所任命。罕好：袭职后迁于元南乙城（猛卯西北隅），在职21年卒。罕静法：在职12年卒，无子。　　〔3〕"文武"句：罕静法卒后，由文武大官达琐吕、达勒、达开、达铎四人联合执政。官称"达"者，当即四区域的大头目。而琐吕、勒、开、铎，则分别是他们的领地。　　〔4〕摆夷历六百零二年：为"七百零二年"之误。思可法为麓川土司，见于记录者始自元至正初年（1341）。　　〔5〕思之言白虎，可之言获，法之言王：另有译文："取其意：思者白虎也，可者获也，法者王也"，意即"擒白虎之王"。　　〔6〕者阑：亦称者蓝，在今缅甸南坎附近。钱古训《百夷传》："所居麓川之地曰者阑，犹中国称京师也。"傣语"者"为城，"阑"为百万，统帅百万人马的重地，故曰"者阑"。又四年：即思可法在职的第八年，当傣历七〇九年，即元顺帝至正七年（1347）。　　〔7〕年四十五：应为"年五十四"。　　〔8〕景线：小八百媳妇国，在今泰国北部。景老：在今老挝境内。整卖：即景迈，亦即八百媳妇国，在今泰国清迈一带。整东：在车里南，今缅甸景栋。车里：称整洪，今景洪。　　〔9〕达本城：在猛卯西北，疑在平缅境，或即今之陇川弄巴。　　〔10〕年八十五岁：方国瑜考证，"洪武二年为七十五岁而误为八十五岁也。"摆夷历六百四十四年：应为摆夷历（傣历）七三一年（1369）。思炳法：在职19年卒。

（杨发恩）

张学懋（一篇）

张学懋，梓州（今四川三台）人。明天启年间任鹤庆府知府。

《丽江府芝山福国禅林纪胜记》一文，先叙自己"莅鹤"而遥望雪山，"因思丽而不可到"，乃盼"绘图"以卧游。寥寥数句，环环相扣，写得极有层次。接着，由"绘图"而引出"隐公以书并图来贶"。于是悬图于衙斋，卧游芝山，依入山的路线，对芝山的峰、峦、岩、窟、溪、泉、湖、潭以及梵刹、飞观、萝月、松风，一一绘其景、状其貌，由于状物生动，摹景真切，给人以亲历其境之感。作者并未"躬蹑"芝山，仅凭"披图"想象，却写得如此逼真传神，实在难能可贵。最后写芝山朝暮、四时的不同景色，以及隐公（及作者）徜徉山水、厌弃尘俗的心情。这一段骈散相杂，错落有致。骈文部分，灵活流转，气势动荡，风格俊爽优美。如："至若樵歌近听，牧笛遥闻，幽禽狎座，野鹿亲人，松风甫静，萝月继升，芝山之朝暮也。"不仅对仗工稳，而且音调铿锵，悦耳动听，颇具艺术魅力。文末说："兹山其隐者欤？"与篇首"滇云盖多隐山焉"遥相呼应，"是隐而受禅"，也与篇首"历代封禅，未之及也"遥相呼应，文章结构之缜密，于此可见。不过，本文亦微有不足之处。其一，喜用生僻的字，如宧、叅二字。其二，关于"芝山之四时"，用四句话来描写，首三句写春、夏、秋，都很确切，第四句"点枫林于青女"，"枫林"与"青女"，都是有关秋天的典故，用来描写冬天，显然不够确切。

丽江府芝山福国禅林纪胜记[1]

域中五岳，其显者也[2]。滇云盖多隐山焉，历代禅封，未之及也[3]。余来莅鹤，曾以省敛遵北甸头，触目芦花红蓼，沿水周遭，酷似江南秋景[4]。遥望雪山，如琼玉堆，直摩霄汉[5]。而甸之直北，长松巨石，掩映晴岚，已接丽江郡界矣[6]。因思丽不可到，顾安得如宗炳，绘图四壁，拂吾焦尾而鼓之，使众山皆响耶[7]？

亡何，而隐公以书并图来贶，适惬余怀[8]。因悬诸衙斋，邀阮君学博，指点其胜[9]。阮君曰："雪山望在目中，然距此尚不知几百里而遥，计非有缩地术不易至[10]。乃雪山自西绵亘，层峦叠巘而秀异特钟者，芝山也[11]。山北有峰，形如偃盖，曰紫盖峰[12]。迤逦而南，翠岫圆顶者，则曰郁华台[13]。再折而北，层岩嵌空，仰睇之，若磔毛叅吻，狰狞可畏者，曰狮子岩[14]。岩之南曰斡捞罗峰[15]。峰下有怪石，形如密迹杵者，曰降魔石，石下有窦，可容数十人[16]。转逗而西，一石崔嵬崎崛，下窅窈其穴者，曰金刚窟[17]。窟之南山，駪駪而起，上绝浮云，若撑南穹之缺陷者，曰天柱峰[18]。下有瀑布，飞湍直泻，如玉虹然。泉之东曰帝释台，曰朝阳冈，曰文殊顶，曰太子台，沓障相承，若偃锜釜而列罘罳，当山之腹，孕为胜地[19]。延袤数里，松桧万章，盘桓夹庑，是为解脱林[20]。林中之梵刹、危楼、飞观，绘椽薄栌，金碧辉映者，为福国寺[21]。寺旧名'安乐'，因隐公为太淑人遣使诣阙，以请龙藏，天子嘉其孝也，御赐金额[22]。寺右庑南折而上，约半里，曰丹霞坞，坞负龙珠岭，山面当阳，朝霞荟蔚，构屋数楹，木不雕镂，土无缔绵，杉楣荆扉，盖隐公习静处也[23]。坞右一山陡绝，溪谷崚岩，翼以飞栈，跨以危梁[24]。度赤松坡，蹑石级而登者，曰拱寿台。台诛茆盖庑，秦僧憩焉[25]。台后有玉印峰，峰左出泉，曰老龙潭，自乳窦中渗漓入潭，淙淙成佩玉声，亦曹溪别派也[26]。自寺左庑折而北，一里许，有白鹿泉。再折而北上，曰普陀峰。峰前潴水，曰涵月湖，水清沙白，浅濑平澜，每纤阿东上，恍疑琼田玉界[27]。湖之东有峰，曰北斗崖、曰丹凤峦、曰小金马。寺左右，两山对峙如合璧者，曰小鹫岭、曰轮王宝珠顶[28]。南距里馀，曰洗心水，甘冽异常，一饮沁人肺腑，觉尘襟顿消也[29]。委经钵盂山，山宛其中而隆其外，酷类仰盂[30]。复折而东下，峰曰金翅，当寺之前，曰翠屏。山麓沃壤一区，蓑草丰茸，曰菩提场[31]。场址为瀑布，老龙、涵月、白鹿诸泉所汇，淙淙下溉平畴者，曰环翠溪[32]。此则芝山之大概也[33]。"余得阮君指点，披图若躬蹠焉[34]。

至若樵歌近听，牧笛遥闻；幽禽狎座，野鹿亲人；松风甫静，萝月继升；芝山之朝暮也[35]。插繁华于苍颢，荫葱蒨于朱明，缀菊英于白藏，点枫林于青女，芝山之四时也[36]。居是山者，峰可寻，壑可赴也；石可枕，流可漱也[37]。可以啸俦命侣，可以葆性和神，心不惊宠辱之途，则轩冕可尘土也；指不染名利之鼎，则污浊可蝉蜕也[38]。隐公具大解脱心，故宜居是大解脱地也[39]。兹山其隐者欤？乃今而敕福国之号，是隐而受禅，自今日始也[40]。虽并岳为六可也[41]。隐公为谁？累晋中大夫、致仕参政、木侯讳增，号生白者也[42]。

中宪大夫、鹤庆府知府、前南京户部湖广清吏司郎中、蜀梓州通家侍生张学懋顿首拜撰，天启丁卯仲秋吉旦立。

选自乾隆《丽江府志略·艺文略》

【简注】〔1〕丽江府：明洪武十五年（1382）以元丽江路宣抚司改置。治所在通安州（今丽江古城区），领通安、宝山、巨津（均在今丽江市）、兰州（今兰坪县）等四州。1913年废府留县。芝山：在丽江县城西北11公里。福国禅林：福国寺，在芝山山腹，寺内藏有明熹宗所赐《藏经》一部。禅林，指寺院。纪：义同"记"。胜：胜地，风景优美的地方。　〔2〕域中：宇内，国内。五岳：中国五大名山的总称。即东岳泰山、南岳衡山、西岳华山、北岳恒山、中岳嵩山。　〔3〕滇云：云南省简称"滇"，又简称"云"。隐：隐藏不露，默默无闻。禅封：当作"封禅"。帝王祭天地的典礼。在泰山上筑土为坛祭天，报天之功，称"封"；在泰山下梁父山上辟基祭地，报地之功，称"禅"。自秦汉以后，历代封建王朝都把封禅作为国家大典。司马迁《史记》对封禅列有专篇，即《封禅书》。　　〔4〕莅：到，临。鹤：元置鹤庆路，建城时传有白鹤飞来庆贺，故名。明洪武十五年（1382）改置鹤庆府。治所在今鹤庆县，现属大理白族自治州。省敛：减免刑罚，减轻赋税。语出《孟子·梁惠王上》："省刑罚，薄税敛。"遵：疑为"适"字之误。去，往。蓼（liǎo）：也叫水蓼。一年生草本植物，叶子披针形，花淡绿色或淡红色，果实卵形，扁平。茎叶有辣味。全草入中药，有解毒、消肿、止痛、止痒等作用。酷：极，非常。　　〔5〕雪山：全名玉龙雪山。在丽江大研镇北15公里，以山形似龙得名。由13座山峰组成，海拔均在5 000米以上，山顶终年积雪。主峰扇子陡，海拔5 596米，是世界处于北纬南部最高的一座山峰。玉龙雪山已被列为国家重点风景名胜区和省级自然保护区之一。霄汉：云霄与天河。指高空。　　〔6〕掩映：彼此遮掩而互相衬托。岚（lán）：山林的雾气。　　〔7〕顾：但，只是。连词，表示轻微的转折，多用在复合句的下一句句首。宗炳（375～443）：南朝宋画家。字少文，南阳涅阳（今河南镇平）人。喜漫游山川，西涉荆巫，南登衡岳。将所见景物画于壁上，自称："澄怀观道，卧以游之"；并说："抚琴动操，欲令众山皆响。"著有《画山水序》，为我国早期绘画理论之一。拂：弹拨。焦尾：琴名。《后汉书·蔡邕传》："吴人有烧桐以爨（cuàn）者，邕闻火烈之声，知其良木，因请而裁为琴，果有美音，而其尾犹焦，故时人名曰焦尾琴焉。"后因称琴为焦桐、焦尾。鼓：弹奏（琴瑟等乐器）。　　〔8〕亡（wú）何：同"无何"，不久。隐公：即木增。见本书《止止园记》作者简介。贶（kuàng）：赐与。惬余怀：正合我的心意。适，正，恰好。惬（qiè），惬意，满足。怀，心意。　　〔9〕诸：代词兼介词，是"之于（wū）"的合音，用在句中。之，这里代指"图"。衙斋：旧时官署之称。　　〔10〕计：计算。缩地术：旧指术士化远为近的法术。葛洪《神仙传·壶公》："（费长）房有神术，能缩地脉，千里存在，目前宛然，放之复舒如旧也。"　　〔11〕绵亘：连绵不断，延伸。巘（yǎn）：山峰，山顶。秀异：秀美而奇异。钟：荟萃，聚集。　　〔12〕偃：偃蹇，高耸貌。盖：古时称伞为盖。如华盖（古代车上像伞的篷子）。　　〔13〕迤逦（yǐlǐ）：曲折而连绵不断。岫（xiù）：峰峦。　　〔14〕嵌（qiàn）空：玲珑貌。杜甫《铁堂峡》："嵌空太始雪。"睇（dì）：斜视，流盼。磔（zhé）毛：羽毛四张。奓（zhā）：张开。吻：动物的嘴。狰狞（zhēngníng）：（面目）凶恶。　　〔15〕拶（zā，又读zǎn）：逼迫，压紧。　　〔16〕密迹杵者：密迹，又名密迹力士、密迹金刚、金刚密迹。"金刚"系密教术语，即硬度最大的金刚石。以金刚所造之杵，名为金刚杵，是古代印度兵器，后演变为密宗法器。《行宗记》说："金刚者，即侍从力士，手持金刚杵，因以为名。"　　〔17〕逗而西：即投身向西。逗，通"投"。崔嵬：高峻貌。崎崛（jué）：陡峭貌。亦作"崛崎"。司马相如《上林赋》："摧萎崛崎。"孛（xiāo）：蒸气上升貌。按：孛当作"㢴（xiāo）"。马融《长笛赋》："㢴窈（jiào）巧老，港洞坑谷。"注："㢴窈巧老，深空之貌。"　　〔18〕岋岋（pǒě）：形容高大。《文选·扬雄〈甘泉赋〉》："崇丘陵之岋岋兮。"李善注："岋岋，高大貌也。"绝：穿过，越过。南穹：犹言"南天"。穹，穹隆。天空的形状，仿佛中央隆起而四方下垂，故名。《太玄·玄告》："天穹隆而用乎下。"　　〔19〕沓：重重叠叠。障：似屏障的山峰。承：承接，接续。偃：仰卧，放倒。锜（qí）：三脚的锅。釜（fǔ）：没脚的锅。这里指山石嵌空，状如仰卧之锜釜。罘罳（fúsī）：门外之屏。孕：孕育。比喻从既存事物中培养出新生事物。　　〔20〕延袤（mào）：绵亘，绵延连续。桧（guì）：亦称"桧柏"，柏科。常绿乔木，高可达30米。木材细致、坚实，有芳香，耐腐，供建筑及制家具、工艺品、铅笔杆等用。章：大木材。《史记·货殖传》："水居千石鱼陂，山居千章之材。"盘桓：徘徊，逗留。夹：通"狭"，狭窄。厓（qiè）：山边，山崖。　　〔21〕梵刹：梵文意译为"清净的地方"。佛教用作佛寺的别名。危：高耸貌。飞观：高耸的道观。绘：绘画，绘图。椽（chuán）：椽子。安在梁上支架屋面和瓦片的木条。薄栌（lú）：即斗拱，柱顶上承托栋梁的方木。　　〔22〕太淑人：明、清三品官之妻封为"淑人"；封给母亲及祖母，则称"太淑人"。太，对上辈的尊称。诣阙：前往皇帝的殿廷。龙藏（zàng）：佛经。相传大乘经典藏在龙宫，故称。按：汉传佛教经典总称《大藏经》，据唐《天元释教录》所载，共1 076部、5 048卷，以后各代又续有新译经论和著述入藏。金额：金字匾额。　　〔23〕庑（wǔ）：堂下周围的走廊、廊屋。会蔚：聚合，聚集。构屋：架屋，建屋。楹（yíng）：计算房屋的单位，一间为一楹。锼（sōu）：刻镂。缔绵："缔"当作"绨"（tí）。绨绵，指文饰。左思《魏都赋》："木无雕锼，土无绨绵。"土，指土工，如墙壁等。绨，粗厚而有光泽的丝织品。杉楯（shǔn）：以杉木作阑干。楯，阑干的横木，借指阑干。荆扉：以荆条作门。盖：原来是。连词，表示对原因的推断，用在句首以承接上文。　　〔24〕陡绝：陡峭到了极点。崭（zhǎn）：山高峻之貌。司马相如《上林赋》："崭岩参嵯。"栈：栈道。在山岩上架木为路。梁：桥。　　〔25〕蹑（niè）：踩，踏。诛：诛锄，剪除。茆（máo）：通"茅"。茅草。秦僧：秦，疑当作"奉"，供也。秦僧，或指中国西北云游到丽江的僧人。憩（qì）：休息。　　〔26〕乳窦：石钟乳洞。亦作"乳窟"。鲍照《过铜山掘黄精》诗："铜溪昼沉森，乳窦夜涓滴。"渗漓：液体向下滴流。扬雄《河东赋》："泽渗漓而下降。"曹溪：水名。在广东曲江县东南双峰山下。唐仪凤（677~679）年间，邑人曹叔良舍宅建宝林寺，故名曹溪。佛教禅宗第六祖慧能（638~713）曾在曹溪宝林寺演法，因而曹溪又成为禅宗别号。唐柳宗元《曹溪第六祖赐谥大鉴禅师碑》："凡言禅，皆本曹溪。"别派：另一派系。　　〔27〕潴（zhū）：水停聚的地方。亦指水停聚。濑（lài）：从沙石上流过的急水。澜：大波浪。纤阿：古代神话中御月运行的女神。后用以代指月亮。琼田玉界：张孝祥《念奴娇·过洞庭》："玉界琼田三万顷，着我扁舟一叶。"界，一作"鉴"。这里形容月光下的涵月湖面就像"玉鉴"（镜）、"琼田"一样洁白而澄澈。　　〔28〕合璧：圆形有孔的玉叫璧，半圆形的叫半璧，两个半璧合成一个圆形叫"合璧"。鹫岭：相传为佛说法之地。在中印度。山顶似鹫，山上鹫鸟多，故名。我国福建福清县北有鹫峰，浙江杭州的飞来峰，亦名灵鹫。　　〔29〕冽（liè）：寒冷。沁（qìn）人肺腑：形容吸入芳香或凉爽之气，令人有舒适的感觉。沁，渗入，一般指香气。尘襟：尘虑，俗念。　　〔30〕委经：曲折前进、经过。宎（wū）：低下。隆：隆起，高。类：像，相似。盂：钵盂。僧人的食器。梵语"钵多罗"的略称。　　〔31〕山麓：山脚。沃壤：犹言"沃土"，肥美的土地。区：地区，有一定界限的地方。葽（yāo）：草盛貌。《汉书·礼乐志》："丰草葽。"颜师古注引孟康曰："葽……盛貌也。"丰：茂盛，茂密。茸：初生的草。菩提场：佛家语，又称菩提道场。即佛在摩竭陀国尼连禅河边菩提树下的金刚座。相传释迦牟尼在菩提树下成道，故谓之菩提道场。　　〔32〕淙淙：水流声。溉：灌溉。畴：田亩，已耕作的土地。　　〔33〕则：副词，通"即"，表示确认某一事实，用在谓语（多为判断句）的前面，相当于"就（是）"、"便（是）"。　　〔34〕披：翻阅。躬蹑：亲身登临。　　〔35〕樵歌：打柴人的歌唱。牧笛：牧童吹的笛声。幽禽：幽居之禽。狎座：幽禽飞来座边，与人相亲。狎，亲近，亲昵。甫：才，方。萝月：萝藤间的月色。　　〔36〕繁华：繁盛的花。华，同"花"。《诗·周南·桃夭》："桃之夭夭，灼灼其华。"苍颢（hào）：苍天，指春天。《尔雅·释天》："春为苍天。"颢，通"昊"，苍昊。荫：树阴。《荀子·劝学》："树成荫而众鸟息焉。"葱倩（qiàn）：草木青翠而茂盛。朱明：指夏季。《尔雅·释天》："夏为朱明。"缀：连结。菊英：菊花。白藏：即秋天。《尔雅·释天》："秋为白藏。"郭璞注："气白而收藏。"点：点染。枫林：枫树林。枫叶至秋而叶变红，诗文中常以枫林形容秋色。青女：神话传说中的霜雪之神。《淮南子·天文训》："至秋三月，青女乃出，以降霜雪。"　　〔37〕壑（hè）：山沟，深谷。枕：将头靠在物体上。漱：漱口。《世说新语·排调》："孙子荆年少时，欲隐，语王武子'当枕石漱流'，误曰：'漱石枕流'。王曰：'流可枕，石可漱乎？'孙曰：'所以枕流，欲洗其耳；所以漱石，欲砺其齿。'"后以"漱石枕流"或"枕流漱石"指士大夫的隐居生活。　　〔38〕啸俦（chóu）命侣：呼朋唤侣。曹植《洛神赋》："众灵杂遝，命俦啸侣。"命、啸，呼叫的意思。葆性和神：保持性情神态的平和。葆，通"保"。保持，保全。不惊宠辱：语出《世说新语·栖逸》。即"宠辱不惊"。受宠受辱都不在乎。即置个人得失于度外。宠，荣耀。辱，羞辱。轩冕：古时士大夫的车服。轩，前顶较高而有帷幕的车，供大夫以上乘坐。冕，古代帝王、诸侯及卿大夫的礼帽。鼎：古代的一种烹饪器，常见者为三足两耳。相传夏禹收九州之金铸成九鼎，遂以鼎为传国的重器。鼎为三足，因以喻三公、宰辅之位。蝉蜕：亦称"蝉衣"。蝉幼虫脱下的壳。比喻解脱。《史记·屈原贾生列传》："蝉蜕于污秽，以浮游尘埃之外。"　〔39〕解脱：佛教名词。佛教徒认为，修道到了最后阶段，可以解除尘俗烦恼，超脱生死轮回，获得安宁自在。　〔40〕敕：自上命下之词。特指皇帝的诏书。受禅：古代指承受禅让的帝位。这里是指皇帝"敕福国之号"、"御赐金额"，等于芝山受到了封禅大典。　〔41〕虽并岳为六：指芝山可以成为五岳之外的第六岳。　〔42〕中大夫：汉为光禄大夫，掌议论。宋为从四品，明为从三品。参政：宋以后历代皆置，地位高下不一。宋为参知政事的简称，为宰相之副。明在各省布政使下设左、右参政，分领各道，为地方长官的副贰。讳：指已故尊长者之名。后也用于敬称生者的名。

（吴培德）

木 增（二篇）

木增（1587～1646），字长卿，号生白，云南丽江人。纳西族。明万历二十六年（1598），袭父职为丽江军民府知府。晋云南布政使司参政，后授广西布政使司右布政、四川布政使司左布政等荣衔。在丽江土知府任内，安定地方，引进人才，发展经济，使丽江有较大的发展。又值辽左军兴，输饷二万于大司农。殿宫鼎建，亦输金于朝廷。陈言十事，部下议可。天启二年（1622），致仕隐居。工诗赋散文，著有《云迤集》、《竹林野韵》、《山中逸趣》等。其中经徐霞客编定的读书笔记《云迤淡墨》，被提要收入《四库全书》。

木增有《隐居十记》，即《玉山洞记》、《止止园记》、《白云居记》、《万松深处记》、《江上渔舟记》、《相羊翠壑记》、《散发芝林记》、《竹林径记》、《一醉市廛记》、《南岩观瀑记》。这里选收两篇。《止止园记》写隐居生活和田园景色。作者隐居山林，凿池开径，植果种药，既"充药囊"，又供观赏。园中竹影摇空，金鳞耀日，"有延年之菊"，"有解语之花"，景色令人陶醉。作者或邀契友小饮，或聚稚子兴歌，或寻绎"漆园之奥旨"，或领悟禅家之"止机"，蕴含了作者崇尚自然、"任真自得"的人生情趣。文章纯用白描手法，随意点染，语言朴素自然，毫无雕饰之痕。

《江上渔舟记》反映了木增隐居生活的一个侧面。作者着重指出，"湖海之险人知避之"，而追逐名利之险恶甚于湖海，"一旦风涛汹涌"，回头已晚。与其"逐蜗角，竞蝇头"，不若远离尘嚣，与家人泛舟江上，垂钓江边，或吹笛，或长歌，"同鸥鸟以忘机，与渔人而共话"。作者认为，纵情于山水之中，就会"疑虑不生"、"讴吟自若"，波澜不惊，优游卒岁。木增崇奉佛道，中年辞官隐居，本文反映了他淡泊无欲、与世无争的胸怀。

止 止 园 记

宁山之麓有地一区，余架屋三楹，周以缭垣[1]。何以命名？名曰"止园"。土肥既宜于种莳，泉甘亦优于灌溉，欲取天地自然之利，安辍人事树艺之功[2]。

相彼时宜，乃命臧获，爰分畛畷，俶载犁锄，或种春初早韭，或播秋末晚菘，参、蓍、枸杞广布之以充药囊，栌、橘、梨、梅遍植之以供笾实[3]。圃馀空旷，何废游观，乃凿习家之池，更开蒋诩之径[4]。三竿四竿之竹，翠影摇空；一寸二寸之鱼，金鳞耀日[5]。绕篱则有延年之菊，出水则有解语之花[6]。斯时也，或邀契友，或拉头陀，剪园葵以供馔，聚稚子以兴歌[7]。绎《德充符》之至言，会漆园之奥旨，思澄水之可鉴，觉驰神之自止[8]。因象达意，即境会心，则鸟啼花落，无非止机；日升月沉，要皆止象[9]。如是而涉世无粘壁之枯，处心无逾坎之燥矣〔10〕。

选自《丽郡文征》卷一

【简注】〔1〕麓（lù）：山脚。区：一定的地域范围。楹（yíng）：计算房屋的单位，一间为一楹。周：周围。缭（liáo）垣：围墙。环绕房屋、园林、场院的墙。　〔2〕莳（shì）：移植，栽种。泉甘：泉水甘美。优：适宜。安辍（chuò）：怎么能够停止。辍，中止，停止。树艺：种植。　〔3〕相（xiàng）：视，观察。彼：代词，与"此"相对，相当于"那"。时宜：因时制宜。时，农时，节令。臧获：古代对奴婢的贱称。爰：乃，于是。畛畷（zhěnzhuó）：田间界限、道路。俶（chù）载：开始。《诗·周颂·载芟》："俶载南亩。"犁锄：用作动词，犁地锄土。菘（sōng）：蔬菜名。叶阔大，色白的叫白菜，淡黄的叫黄芽菜。参（shēn）：人参。多年生草本植物，贵重中药。根如人形，故名。蓍（shī）：菊科，多年生直立草本。全草供药用，民间用治风湿疼痛，外用治毒蛇咬伤。庭园内有栽培供观赏的。枸杞（gǒuqǐ）：茄科。落叶小灌木。浆果卵圆形，红色。中医学上以果实（枸杞子）、根皮（地骨皮）入药。枸杞子性平、味甘，功能补肾益精、养肝明目，主治目眩昏暗、肾虚腰疼等症。广布：广泛种植。充：充实。药囊：装药的口袋。栌（lú）：栌木，即黄栌。漆树科落叶灌木。木材可制器具，兼作黄色染料。笾（biān）：古代祭祀和宴会时盛果脯的竹器。供：供给，供应。实：笾豆所盛果脯等物。〔4〕圃：种植蔬菜、花果或苗木的园地。馀：园圃以外的空馀之地。空旷：广大旷远。何废游观：不妨碍、影响游观。裴学海《古书虚字集释·卷四》："'何'犹'不'也。"乃：就，便。凿：挖掘。习家之池：习家池，古迹名。在今湖北襄阳县。晋山简在襄阳优游卒岁，唯酒是耽。诸习氏，荆土豪族，有佳园池。简每出嬉游，多去池上，置酒辄醉。杜甫《从驿次草堂复至东屯茅屋》之一："非寻戴安道，似向习家池。"蒋诩（xǔ）之径：西汉末，王莽专权，兖州刺史蒋诩告病辞官，隐居乡里，于院中开三径，唯与求仲、羊仲往来。后常用三径指家园。陶渊明《归去来兮辞》："三径就荒，松菊犹存。"〔5〕三竿四竿之竹：言园有竹林。一寸二寸之鱼：言池有小鱼。庾信《小园赋》："一寸二寸之鱼，三竿两竿之竹。"金鳞：金鱼。鲫鱼变种，亦称"金鲫鱼"。这里泛指池中的鱼。　〔6〕绕篱：环绕篱笆。延年之菊：古人认为，常饮菊花酒，可以延年益寿。解语花：五代后周王仁裕《开元天宝遗事下·解语花》："明皇秋八月，太液池有千叶白莲数枝盛开，帝与贵戚宴赏焉。左右皆叹羡久之，帝指贵妃示于左右曰：'争（怎）如我解语花？'"后因以比喻美人。　〔7〕斯：代词，与"此"相同。契友：情意相投的朋友。头陀：佛教名词。梵文的意译为"抖擞"（去掉尘垢烦恼）。共有十二种修行规定，称为"头陀行"。后世常用以称呼行脚乞食的僧人。葵：冬葵。我国古代重要蔬菜的一种。馔（zhuàn）：食用。稚子：幼儿，儿童。兴歌：作歌。兴，兴起，发动。　〔8〕绎（yì）：寻绎，探究。《德充符》：《庄子·内篇》第五篇的篇名。意为：道德完美的标志。文中以寓言的形式，写了五个肢体残缺、奇形怪状的人，他们都是道德完美的形象。说明只要道德完美，则可以化丑为美，化缺为全。庄子重视人的内在性，以体悟天地之大美。至言：深切中肯的言论。会：领悟，领会。漆园：古地名。战国时庄周为吏之处。在曹州冤句县（今山东曹县地）北。今安徽定远县、河南商丘县都有漆园，也有庄周为吏的传说。奥旨：深奥微妙的意旨。澄水：清澈不流动的水。鉴：照。驰神：心神向往。止：静止。心不外骛。〔9〕因象达意：通过形象表达情意。即境会心：为眼前的情境所触动，而产生的某种领会、领悟。止：佛教名词。梵文意译为"止寂"。"禅定"的另一称谓。《大乘义章》卷十三："摄心住缘，目之止。"机：时机，机会。要：总，总要。象：现象，表现。　〔10〕涉世：经历世事。粘壁：韩愈《祭河南张员外文》："洞庭漫汗，粘天无壁。"比喻洞庭湖水势浩大，漫无边际。枯：枯窘，枯寂。逾坎：跳过地坑，越过坑洞。坎，低洼的地方。燥：急躁，躁动。

（吴培德）

江上渔舟记

平地风波，甚于湖海，湖海之险，人知避之[1]。至若逐蜗角、竞蝇头于平地，一旦风涛汹涌，几至沉覆，方求彼岸之登，噫！以晚矣[2]。孰若平澜浅濑，破笠轻蓑，驾一叶之扁舟，垂半菽之芳饵，朝出新妇之矶，暮入女儿之浦[3]。得鱼沽酒，近追妻子之欢；泛宅浮家，远隔尘廛之闹[4]。悠扬短笛，欸乃长歌，同鸥鸟以忘机，与渔人而共话[5]。洪涛拍岸，胸中之疑虑不生；巨浪滔天，蓬底之讴吟自若[6]。鱼虾可侣，则随在皆朋；鹬蚌相持，则无往非利[7]。任濯足而濯缨，余益乐此不疲矣[8]。

选自《丽郡文征》卷一

【简注】[1]平地风波：比喻突然发生的事故或变化。 [2]蜗角：蜗牛的角。比喻极小的境地。《庄子·则阳》："有国于蜗之左角者，曰触氏；有国于蜗之右角者，曰蛮氏。时相与争地而战，伏尸数万。"后称因细事而相争为"蜗角之争"或"蛮触之争"。蝇头：苍蝇的头。比喻极微小的事物。苏轼《满庭芳》词："蜗角虚名，蝇头微利，算来着甚干忙。"一旦：有一天。假设之词。《战国策·越四》："一旦山陵崩，长安君何以托于赵？"风涛：犹言"风波"，比喻纠纷或患难。汹涌：水奔腾上涌之貌。几（jī）：将近，差一点。副词，表示接近某一数量或某种程度，用在谓语的前面。沉覆：沉没倾覆。彼岸：佛教用语。梵语"波罗"的意译。佛教以有生有死的境界为此岸；以烦恼苦难为中流；以超脱生死，即涅槃的境界为彼岸。又有"苦海无边，回头是岸"之说。意思是：只要觉悟悔过，即能登上彼岸，获得超度。以：同"已"（已经），副词。表示事情完成或时间过去，用在谓语的前面。 [3]孰若：哪里比得上。平澜：波平浪静。濑（lài）：从沙石上流过的急水。《楚辞·九歌·湘君》："石濑兮浅浅。"笠：笠帽，斗笠。用竹或棕皮等编成，可以遮雨、遮阳光。蓑（suō）：蓑衣。用草或棕制成的、披在身上的防雨用具。一叶之扁（piān）舟：一叶，形容船小，像一片树叶。扁舟，小船。苏轼《赤壁赋》："驾一叶之扁舟，举匏樽以相属。"菽：本指大豆，引申为豆类的总称。这里是说以豆类食物做钓饵。芳饵：芳香的钓饵。杜甫《春水》诗："接缕垂芳饵，连筒灌小园。"新妇之矶（jī），女儿之浦：即新妇矶、女儿浦。地名，在重庆市万州区东南，因崖上有石如妇人状，故名。宋黄山谷词《浣溪沙》有句云："新妇矶头眉黛愁，女儿浦口眼波秋。"矶，水边突出的岩石。浦，水滨、水边。 [4]沽（gū）：通"酤"，买。泛宅浮家：泛泛江上，以船为家。《新唐书·张志和传》："颜真卿为湖州刺史，志和来谒，真卿以舟敝漏，请更之。志和曰：'愿为浮家泛宅，往来苕、雪间。'"尘廛（chán）：城市中百姓的住宅。廛，古代指一户平民所住的房屋。 [5]悠扬：形容声音时高时低而和谐。欸乃（ǎinǎi）：拟声词。摇橹声或划船时唱歌的声音。柳宗元《渔翁》诗："烟销日出不见人，欸乃一声山水绿。"同鸥鸟以忘机：率真而无机心的人，鸥鸟亦乐与相伴相亲。多用于描写田园隐逸生活。李商隐《赠田叟》诗："鸥鸟忘机翻浃洽，交亲得路昧平生。"忘机，忘却计较或忘却巧诈之心。渔人：捕鱼的人。 [6]疑虑：因怀疑而顾虑。滔天：犹言漫天、弥天。形容水势盛大。蓬底：蓬庐之内，茅舍之中。底，里面。讴吟：歌唱吟咏。自若：不变常态，照原来的样子。 [7]侣：同伴，伴侣。随在：不拘什么地方，到处。鹬（yù）蚌相持：蚌张开壳晒太阳，鹬鸟去啄它，被蚌壳钳住了嘴，两方面都不肯相让。渔翁来了,把两个都捉住了(见于《战国策·燕策》)。比喻双方相争持,让第三者得了利。鹬,鸟的一类,体色暗淡,嘴细长,腿长,趾间没有蹼。常在浅水边或水田中吃小鱼、贝类、昆虫等,是一种候鸟。　　〔8〕濯(zhuó):洗涤。缨:系冠的带子。《楚辞·渔父》:"沧浪之水清兮,可以濯吾缨;沧浪之水浊兮,可以濯吾足。"后用"濯缨"表示避世隐居或清高自守的意思。益:更加,越发。乐此不疲:乐于此事,不觉疲倦。语出《后汉书·光武帝纪下》:"我自乐此,不知疲也。"

(吴培德)

大　错（二篇）

大错（1602~1673），俗姓钱，名邦芑（qǐ），字少开，江苏镇江人。南明隆武（1645~1646）年间任监察御史、四川巡按兼提学使。清康熙初入滇，入鸡足山为僧。著作有《鸡足山志》、《大错和尚遗集》等。大错在《祝发记》中说："自庚寅（1650）八月孙可望入黔逼勒王号，迫授余官，余坚拒不受，退随黔之蒲村，躬耕自给。历辛卯（1651）迄癸巳（1653），可望遣官逼召一十三次，余多方峻拒，甚至封刃行诛，余亦义争自安，不为动也。"又说："先后随余出家者，盖十有一人，因改故居为大错庵，俾诸弟子居之，共焚修焉。"本书选收他的散文两篇。

《鸡足山指掌图记》，首段说明作"指掌图"的原因。分三个层次：第一层，强调"图像之学"的重学性，因为"山川形势，有语言所不能状者，非图而绘之，其何以使披览者一见会心哉？"第二层，着重指出："五岳十大洞天"，地近通都大邑，交通方便，"其林壑丘泉之美，著于见闻，盖地势使然"。鸡足山邈处滇云，远离中原，虽然"天下向闻之"，而"身至其地幽探迟讨者鲜矣"。第三层，言鸡足山范围极广，未易遍览，为了"使山无遁奇"，因而有"指掌图"之作。第二段，是"指掌图"的文字说明。对鸡足山的行经路线、沿途寺庙、岩壁、溪泉、洞穴一一详记，使人有亲历其境之感。第三段，记叙作者及其同道为了"纂修山志"，不惜"攀危涉险"，终于使"鸡山胜迹，几无遁隐"。最后，作者确信："自指掌图一出，海内名贤卧游是赖，鸡山始能与名山大川争胜。"

《剑川石宝山图记》，首言山水不能自传，必待人而传，首阳、桐江因夷齐、严子陵而闻名于世，而更多的山水，虽然"险怪万状，灵奇绝世"，由于不遇名人奇士、忠臣孝子"身历而品题"，以致淹没无闻。作者由此发出感慨："岂非山水之遭亦有幸不幸哉？"接着讲石宝山风景如画，经段公于"天工绝处补以人巧"，使"岩壑改观，峰岭换形"。继而叙段恭节"骂贼而死"的事迹，并因此而引发出贞夫烈士之"精魄"化为雷、霜、虹、云等而"与罡风灏气流行于天地之间"的议论。最后言石宝山由于恭节之祠宇而传于史志，可以"上与首阳诸山并不朽"，与文章开头遥相呼应。

鸡足山指掌图记[1]

自河图洛书并出，而垂文字之训，古之圣贤必左图右书，盖观玩之学，书之讲论者浅，图之悟入者深也[2]。余读刘向之书，乃知古人著述，图居其半，自汉之后，文字渐盛，而图像之学，杳然无闻[3]。至若山川之形势，有言语所不能状者，非图以绘之，其何以使披览者一见会心哉[4]？况名山大川，散布人寰，若五岳、十大洞天，俱在衣冠都会之地，舟车奔凑之区，其林泉丘壑之美著于见闻，盖地势使然[5]。至于鸡足邈处滇云，虽为佛祖示化之地，而去中原绝远，又附版图最后，天下向闻之而恨不睹其胜；虽逸世高蹈之士，希灵慕道之人，亦远阻河山，惮于跋涉，而身至其地幽探遐讨者鲜矣[6]。山之高，自麓至巅，九千四百丈。周围四百里，前列三峰，后拖一岭，宛然鸡足之形。其中分见之山，四十有奇，峰十有三，岩壁三十有四，洞四十有五，溪泉一百馀股，至于岗岭壑涧，林谷峡石，有不可胜数者；虽山中深隐积修之士，未易遍览，而况士大夫来游者，暂至倏还，旬日而罢，又安能周知其胜，使山无遁奇哉[7]？此指掌图所以作也。

　　游山者自苍波山麓拈花寺，过辞佛台三里，循山径西北转至白石岩，顺岗南下二里为金母山，山下即雪阴桥。桥之西为河子孔，过桥西北行一里，至接待寺，寺后上坡为九莲寺。过石钟涧、华津桥到报恩寺，后有云溪庵，由葫芦涧过石梁桥，至大士阁，循解脱坡北上至观瀑亭，西对玉龙瀑，飞流千尺，为一山胜观[8]。自此直上为牟尼庵，东转稍下为石钟寺，寺前钵盂山，下为钵盂庵，庵左折过溪为龙泉庵，庵左又有五华、无我二庵。自此下坡为悉檀寺，寺前即大龙潭，南下过伏龙桥[9]。东行三里至文笔山，为塔院，内有尊圣塔，后为振衣冈，俯视灵山一会坊及土主庙，不啻千仞[10]。由文笔山西折北上至集贤山，下有古雪斋，左为片云居，即余与诸道友修志处[11]。由片云居西过满月山至天池山，下为白云居，右为毗沙精舍，西即钵龙室，前为缘净山房。由南下坡，东转为断际处，从后西折为圆净、法界二庵，过倚仗溪、逍遥桥，为大乘、大士、大智、净觉、极乐、宝莲诸庵。此后有幻住庵，兰陀寺，稍前为圆通寺，右即西竺寺，北转为龙华寺、卿云庵，西有万寿庵，西北上为大觉寺。寺正对息阴轩，右转过溪为千佛寺、观音寺、法华、灵源二庵。上坡过响雪桥为寂光寺，西转为水月庵、积行庵，更西为首传寺。过九溪桥为燃灯寺，转西北上即明歌坪、胜峰寺。寺左隔涧有白云寺、补处庵，稍上过慧灯庵，左为弥勒院，再上三里即迦叶殿，殿左为罗汉壁，有杨黼洞，即杨真人修真处[12]。东有西来、碧云二寺及静室四十九处。由罗、李二先生坊上为仰高亭，再上为真武祠，旁有真武阁，又上为兜率庵，二里至铜瓦殿，左有袈裟石，殿后上猢狲梯为大悲阁，过三天门，即四观峰顶矣[13]。顶有罗城，城内有金殿，后有佛殿，最后为天一阁[14]。峰顶望丽江雪山，莹白如银；西望点苍，近若咫尺；俯瞰洱海，一衣带水耳[15]。峰西北二里为大观阁，下至文殊岩，文殊阁旧址存焉。西为舍身岩，更西为束身峡，有仙弈石、虎跳涧，过北为礼佛台，更西为玄关洞、妙高台。又东转一里，至曹溪水，又二里八功德水，从此东南二里，即华首门，门前有双塔，旁有金鸡泉，至此乃由铜瓦殿下至迦叶殿、胜峰寺[16]。由胜峰寺正南直下为隆祥寺、妙觉、慧灵、天竺、无住、凌霄诸庵，法明、祝国二寺，至云海庵、毗庐阁达华严寺、万松庵，直至传衣寺。寺左有菩提场、雷音寺、般若、净云、圆通、弥陀、昙花等庵。稍左箐中，又有慈云、开化二庵；由胜峰东转为栴檀林、狮子林[17]。栴檀林静室十四所，狮子林静室四十二所，是为栖玄最胜之处；更东为九重岩，静室亦一十五所。由胜峰西折七里为放光寺，更西过昙花箐五里为金华庵，又五里为大圣寺，又一里为龙翔、广恩二寺，又西十五里为怀恩寺。山后又有华藏洞、小石洞、上下石潭及慈圣寺。大约山踞三州之胜，峰秀数郡之间，大寺八，小寺三十有四，庵院六十有五，静室一百七十余所，其间幽洞危岩，奇峰怪石，曲涧清泉，不可名数[18]。使此山在通邑大都、三吴两浙、一丘一壑，其入名人韵士之品题者不知何限，而乃僻处滇南，介在蛮夷，文人墨客过者甚稀，遂泯泯无闻[19]。

余以纂修山志，侨寓半载，与眼藏、仙陀、把茅、中也、德音诸道友攀危涉险，伐山窥穴，虽樵牧绝迹之巅，猿猱却步之处，莫不穷讨冥搜，把笔纪胜，从此鸡山胜迹，几无遁隐[20]。虽四山五岳假封号以称雄，福地洞天藉撰述以自显，鸡山独以荒远见屏，岂山之罪哉[21]？自指掌图一出，海内名贤卧游是赖，鸡山始能与名山大川争胜[22]。千古山水遇合，固亦自有因缘哉[23]！缘合则方壶、员峤、岱舆远隔弱水三十万里，可以跻车飞空而到，缘未合则蓬莱、瀛洲、方丈近对会稽，虽驱石填海终弗可逢也[24]。为是图成复系以记，后之君子以览观焉[25]。

选自《滇文丛录》卷八三

【简注】〔1〕鸡足山：在云南省宾川县西北、洱海东北。山形前分三支、后为一支，状如鸡足，故名。主峰天柱峰，海拔3 248米，方圆百里。山顶有迦叶石门洞天，俗附会为佛弟子迦叶守佛衣以俟弥勒处。原有寺庙百馀座，为旅游胜地。指掌：指其手掌。比喻事理浅近易明。这里的"指掌"即"简明"之意。图：地图，导游图。　〔2〕河图洛书：古代儒家关于《周易》和《洪范》两书来源的传说。《易·系辞上》说："河出图，洛出书，圣人则之。"传说伏羲氏时，有龙马从黄河出现，背负"河图"；有神龟从洛水出现，背负"洛书"。伏羲根据这种"图"、"书"画成八卦，就是后来《周易》的来源。一说禹治洪水时，上帝赐给他《洪范九畴》（《尚书·洪范》）。刘歆认为《洪范》即《洛书》。按："图"、"书"之义，旧说至歧，或以为书名，或以为图形，或以为是有文之玉器，或以为"图"为版舆图，"书"为户籍册。垂：流传下去。训：教诲，训诫。圣：旧时指品格最高尚、智慧最高超的人物，如孔子从汉朝以后被历代帝王推崇为圣人。贤：贤人，德才并美之人。观玩：观赏玩味。悟：了解，领会。　〔3〕刘向（前79~前8）：西汉目录学家、经学家、文学家。本名更生，后改名向，字子政。成帝河平三年（前26）奉诏领校中秘图书，他领校经传、诸子、诗赋。每校完一书，"向辄条其篇目，撮其旨意"，写成书录奏上，后被辑为《别录》20卷，这是我国最早的书目提要（今尚残存数篇）。除《别录》外，还编撰有《新序》、《说苑》、《列女传》、《洪范五行传论》等。图：图册，图谱。如《汉书·艺文志·兵书略》，载《图》57卷。盛：兴盛，应用广泛。杳：远得不见踪影。　〔4〕状：陈述或描摹。披览：翻看（书籍）。会心：心中领会，心领神会。　〔5〕名山：著名的大山。大川：

大的河流。人寰：人世，人间。五岳：东岳泰山、南岳衡山、西岳华山、北岳恒山和中岳嵩山，是我国历史上的五大名山。十大洞天：道教所称神仙居住的十处名山胜地：王屋山洞、委羽山洞、西城山洞、西玄山洞、青城山洞、赤城山洞、罗浮山洞、句曲山洞、林屋山洞、括苍山洞。见《云笈七籤·洞天福地记》。衣冠：古代士以上戴冠，衣冠连称，是古代士大夫的服装。都会：大城市。奔凑：亦作"奔辏"。从各方奔来，聚合在一起。丘壑（hè）：山水幽深之处，亦指隐者所居之处。著：著称，著名。

〔6〕邈（miǎo）：远。滇云：云南省简称"滇"，又简称"云"。示化：显示化身。"化身"即"变化身"。《大乘义章》卷十九："众生机感，义如呼唤，如来示化，事同响应，故名为应。"鸡足山传为迦叶尊者入定处，即迦叶尊者化身于此。中原：即中土、中州，以别于边疆地区而言。绝远：遥远，极远。版图：泛指国家的疆域。版，户籍。图，地图。向闻：向往，闻名。胜：胜景，美丽的景色。逸世：离开尘世。高蹈：远避，隐居。希灵：企望、仰慕仙人。道：道术，方术。惮（dàn）：怕，畏惧。跋涉：犹言登山涉水。形容走路的辛苦。幽探邃讨：访寻山水，穷极幽隐。探，探索。访，寻求。幽，深。邃，远。鲜（xiǎn）：少。　〔7〕奇（jī）：零数。深隐积修：隐居深山，积年修炼。倐（shū）：原意为犬疾行，引申为疾速、快速。旬日：十天。罢：停止（游览）。山无遁奇：山中奇景展露无遗，没有一点隐蔽之处。　〔8〕玉龙瀑：在牟尼庵西。其源自仰高峡来，会华严诸水下奔，而峡中有巨岩，水自岩上飞流，如崩涛舞雪，真有玉龙走潭之势。　〔9〕悉檀寺：丽江土知府木增延僧释禅建，天启四年（1624），敕颁藏经，赐额祝国悉檀禅寺。崇祯辛巳（1641），僧道源又请嘉兴府藏经一部归贮大殿中。　〔10〕土主庙：上土主庙，在四观峰藏经阁之后，祀信昔景帝土主，乃蒙氏所封金马碧鸡之神。中土主庙，在迦叶殿内，祀沙漠土主，相传此神自西域随迦叶尊者至此，又称为迦叶土主。下土主庙，在灵山会坊之右，其神即迦叶殿土主。不啻（chì）：不止。仞（rèn）：古长度单位。周制为八尺，汉制为七尺，东汉末为五尺六寸。　〔11〕修志：撰写《鸡足山志》。　〔12〕迦叶殿：原名袈裟殿，在插屏山麓，登绝顶悬岩之半。古碑碣有云，周昭王五年丙辰，牟尼佛出世，其脱衣正在此处，故名袈裟殿。内有土主殿，相传为沙（音"灼"）漠土主，盖其神自西域随迦叶尊者至此山云。杨黼（fǔ）洞：杨黼，永乐（1403～1424）年间大理人，号存诚。入鸡足山栖罗汉壁岩穴中二十馀年。所著有《桂楼集》、《篆隶宗源》。卒后，有人于安宁道中遇之，疑为仙去。　〔13〕罗、李二先生坊：在迦叶殿左峡，仰高亭之下，宾守李世申建。《鸡足山志》说："考罗、李二先生，当是罗近溪、李中谿……后人误以为罗念庵，实非也。"按：罗汝芳（1515～1588），字惟德，号近溪，江西南城人。嘉靖进士。万历间任云南屯田副使，晋左参政。开永昌沙河，灌田四千馀亩。署金腾道，值缅甸入扰边境，汝芳檄诸土司兵，阻缅粮道，断归路，缅军大困，死者众多。讲学不倦，是泰州学派代表人物之一。著作有《近溪子文集》。李中谿（1497～1580），李元阳，字仁甫，号中谿，大理人。嘉靖进士。著有《中谿家传汇稿》、《大理府志》、《云南通志》等。　〔14〕金殿：在四观峰顶，铜铸为殿，外以金装梁柱、窗壁，备极精巧。此殿原在云南省城鹦鹉庵太和宫，崇祯辛巳（1641）黔国公沐天波移建峰顶，因名此寺为金顶寺。　〔15〕莹（yíng）：光亮透明。点苍：在大理市西部，古称灵鹫山，玷苍山，俗称苍山，以山色苍黑得名。由19座山峰组成，主峰马龙峰海拔4 122米，其馀均在3 000米以上。山顶常年积雪，"苍山春雪"为苍山八景之一。下临洱海，山水交映，为滇西旅游胜地。咫（zhǐ）：古代长度名。周制八寸，合今制市尺六寸二分二厘。瞰（kàn）：俯视。一衣带水：比喻洱海狭窄如一条衣带。　〔16〕更（gèng）：再，又。华首门：在四观峰南侧，岩如斧劈，高数百仞。岩壁有痕，状如门，其门左右各三丈三寸，高倍之，相传迦叶奉佛金缕衣入定于此。　〔17〕箐（jīng）：滇、黔一带多称大山谷为箐。〔18〕蹯：凭借，依靠。三州：宾川州、邓川州和北胜州（治所即今永胜县）。三州总属大理府。不可名数：极言其多，既不知名，亦不知有多少。　〔19〕通邑大都：亦作"通都大邑"。通邑，大都会，大城市。三吴：古地区名，即吴郡、吴兴、会稽。一说为吴郡、吴兴、丹阳。两浙：地区名。浙东、浙西的合称。韵士：风雅、高雅之士。品题：品评人物、事物，定其优劣高下。不知何限：极言其多，没

有限定数量。介：处于二者之间。蛮夷：我国古代对南方各族的贬称。旧时也用以泛指四方的少数民族。墨客：旧指文人。因文人要用笔墨写诗文，故称。泯泯：泯灭，消失。　〔20〕纂修：编纂，撰写。山志：指《鸡足山志》。侨寓：寄居，客居。攀危涉险：攀登危岩，涉过险水。伐山：砍伐山上树木，开辟道路。窥（kuī）：从小孔、缝隙或隐蔽处察看。樵牧：指打柴、放牧的人。猱（náo）：猿类，身体轻捷，善攀援。却：退避，退却。穷讨冥搜：窥探幽深，穷究隐秘。胜迹：名胜古迹。几无遁隐：几乎没有隐藏不露的。　〔21〕封号：五岳，传说为群神所居，历代帝王多往祭祀。唐玄宗、宋真宗封五岳为王、为帝。明太祖尊五岳为神。称雄：旧指凭借武力或特种势力统治一方。这里比喻"四山五岳"声名远扬，压倒群山。福地洞天：亦作"洞天福地"。道教传说神仙所居的洞府中别有天地，有"十大洞天"、"三十六小洞天"和"七十二福地"。撰述："洞天福地"之说，见唐杜光庭《洞天福地岳渎名山记》（《道藏》）。显：显扬，著名。屏（bǐng）：亦作"摒"。排除，除去。罪：罪过，过失。〔22〕卧游：指看生动的游记、图片或山水画等代替游览。倪瓒《顾仲贽见访》诗："一畦杞菊为供具，满壁江水作卧游。"　〔23〕遇合：遇到知音，遇到赏识自己的人。因缘：机缘，缘分。　〔24〕方壶、员峤、岱舆：《列子·汤问》谓"渤海之东有壑，其中有五山：一名岱舆，二名员峤，三名方壶，四名瀛洲，五名蓬莱。"弱水：《山海经·大荒西经》：昆仑之丘"其下有弱水之渊"。据传说，弱水"近西王母所居处"。东方朔《十洲记》："凤麟州在西海之中央，地方一千五百里，洲四面有弱水绕之。鸿毛不浮，不可越也。"跻（qiāo）车：高速之车。《说文·足部》："跻，举足行高也。"曹植《七启》："跻捷若飞，蹈虚远蹑。"方丈：传说仙山名。《史记·秦始皇纪》："齐人徐市（fú）等上书，言海中有三神山，名曰蓬莱、方丈、瀛洲，仙人居之。"《十洲记》："方丈在东海中央，东、西、南、北岸相去正等方丈，面各五千里……"会（kuài）稽：郡名。秦始皇二十五年（前222）于原吴、越地置。治所在今吴县（今江苏苏州市）。辖境相当今江苏东南部及浙江西部。驱：驱使，驱遣。　〔25〕复：再，又。系：附载，附录。

（吴培德）

剑川石宝山图记[1]

　　山水之在天地间，其奇险幽异，岂但人耳目所不能逮，即山经水志以及古今名人游览、搜考、记论、题赞亦有所不能穷也[2]。大约山水不能自传，必待人而传，如首阳以夷齐，九折以王尊、王阳，桐江以严子陵，辋川以摩诘，眉山以苏氏，无不然者[3]。夫四海内外之山水，宁不亿万倍于斯乎[4]？而不遇名人奇士、忠臣孝子一身历而品题焉，纵险怪万状，灵奇绝世，亦徒与日精月光、凄风怒雷相摩厉于幽邃荒昧之途，即或有山樵野老一过其间惊骇其灵异，亦不能传以歌咏、勒以碑碣，以故终不得登于文籍记传之间，以流述于无穷，岂非山水之遭亦有幸不幸哉[5]？

　　余恒闻滇西剑川州有石宝山，纡回绵亘盖数十里，其间峰峦奇变，洞壑幽邃，以及泉石之灵秀，深林古木之葱郁茂美，盖不可以言语穷也[6]。见愚段公爱其胜，游览吟赏，辟其荒芜，疏其滞湮，奥者启之，旷者位之，深奇而险绝者梯摄而构造之，天工绝处补以人巧，于是有庵、有寺、有阁、有院、有亭、有桥、有台、有榭，而溪泉竹树、洞壑峰岫之胜无不收揽而标著，不但山水无遗美，而布置点缀亦且令岩壑改观，峰岭换势[7]。公又于山之最佳处，为先恭节构一祠，岁时俎豆，必亲致焉[8]。恭节先生于熹宗初年令蜀之巴县时，蔺酋反渝州，执先生胁之降，先生骂贼而死[9]。天子闻其烈，嗟叹动色，赐谥恭节[10]。威宗朝，见愚公赴阙任金吾，细陈先生节烈，乃敕建昭忠祠于剑川城内，士民春秋享祭，仰止无穷矣[11]。而公复祠于石宝山者，岂不以节烈之气，当与佳山胜水并传于天地之间也哉[12]！余往日巡方川东，考蔺酋之事，盖当天启辛酉，酋奉援辽之调，拥兵至渝州待发，一日犒师武场，变起仓猝，自抚军以下官吏无不被执，而先生独奋激怒骂，遂齿锋刃，一时刚烈之气，早褫叛夷之魂，而壮忠义之色矣[13]。从来忠臣孝子、贞夫烈士，皆禀山水刚毅之气而生，即其死也仍复骑箕尾感星日，而与罡风灏气流行于天地之间[14]。然则先生之精魄其或怒而为雷，凛而为霜耶[15]？又或舒而为虹，散而为雹耶[16]？不可知也；其或升而为日，恒而为月，嘘而为云，降而为雨，不可知也；又或峙而为山，流而为川，结而为石，涌而为泉，变现而为珠玉珍异、光怪陆离耶[17]？总不可知也。又安知宇宙间，贞夫烈女之气节，壮士义民之刚决，非先生之兴起耶[18]？又安知古今来文章史传之衮钺，途歌里咏之风刺，非先生之感发激扬耶[19]？又安知人心之所以不死，世界之所以常存，非先生之提醒而维持耶[20]？然则先生之英气，正如水之在地无往非是，不必掘地得泉而曰水专在是也，又何有于石宝一山也哉[21]！

余读国史得先生事，而仰其高风，以为恨不及见其人也[22]。及奉命巡方至先生死节之地，又徘徊凭吊，唏嘘感叹，摹想其节概以自为磨砺，私淑诸人而惟恐其或失也，则先生忠烈之风其兴起余小子已如是，正不必披石宝山图指点其祠宇而始神往矣[23]。而况今日者，尚及先生之令嗣，详悉其生产不啻亲炙有道之光，而并阅历其衣冠神游之地，纵观山水之图，评题缔构之美，将见山川之灵异莫非忠烈之气所凝结，而磅礴万世而下，石宝一山流传于史书、志传之间，且上与首阳诸山并不朽[24]。然则山水传人乎？人传山水乎？石宝其何幸焉！余因而又有感矣。从来忠臣义士，其身固能自传于不朽，不必有待于后嗣而考，读古今史传，忠孝之后克绍先美而不陨厥声者，盖亦寥寥焉[25]！见愚公修石宝以祠先生，而又体母夫人之意，建慈云寺于山巅，以广锡类之仁，不诚忠孝一门、先后济美也哉[26]！《易》曰："致命遂志"，先生是也[27]。诗曰："永言孝思，孝思维则[28]。"见愚公之谓欤[29]！

选自《滇文丛录》卷八三

【简注】〔1〕剑川：明洪武十七年（1384）以剑川县置剑川州。治所在今剑川县南。二十三年移治今剑川县城。位于滇西北，现属大理白族自治州。石宝山：在剑川县南25公里，景区占地面积25平方公里，主峰宝顶峰海拔3 038.9米。风景区主要由石钟寺、宝相寺、金顶寺、灵泉庵、海云居组成，石窟寺摩岩造像尤为著名，是我国最南的石窟群，雕刻精致，体现了汉藏文化的融合，被誉为我国八大石窟之一。山中峰峦重叠，杜鹃遍野，素有"大理有名三塔寺，剑川有名石宝山"之说。1982年11月8日，石宝山被国务院列为全国第一批重点风景名胜区。　　〔2〕逮：到，及。山经水志：记载山川形势的地理著作。搜考：搜寻考证。记论：记载论述。题赞：品题赞美。穷：尽。　　〔3〕传（chuán）：传布，流传。待：等待，依靠。首阳：首阳山，在山西省永济县南。传为伯夷、叔齐采薇隐居处。夷齐：伯夷、叔齐。墨胎氏。初，孤竹君以次子叔齐为继承人，孤竹君死后，叔齐让位于兄伯夷，伯夷不受，后二人都同奔到周。到周后反对周武王出兵讨伐商王朝。武王灭商后，他们又逃避到首阳山，不食周粟而死。九折：九折阪，在今四川荥经县西邛崃山。山路险阻回曲，须九折乃得上，故名。相传汉朝王阳为益州刺史，路过此地，怕出意外，托病辞官。后王尊为刺史，过此，问人知是王阳停留的地方，满不在乎地要快马加鞭前进。后人在此建"叱驭桥"。王尊：汉涿郡（今属河北）人，字子赣。为益州刺史。先是王阳来守是州，行至九折阪，叹曰："奉先人遗体，奈何乘此险！"遂返途。尊至此，乃叱驭者曰："驱之！王阳为孝子，王尊为忠臣！"任安定太守时，捕诛豪强张辅等，威振郡中。及为东郡太守，河水泛侵瓠子金堤，堤坏，众奔走，尊立堤上不动，吏民欲救，卒转危为安。桐江：水名。在今浙江桐庐县北，合桐溪叫桐江，即钱塘江中游自严州至桐庐一段的别称。严子陵：严光，东汉初会稽馀姚（今属浙江）人。字子陵，曾与刘秀同学。刘秀即位后，他改名隐居。后被召到京师洛阳，任为谏议大夫，他不肯接受，归隐于桐庐富春山，垂钓于富春江上。辋川：水名，即辋谷水。诸水会合如车辋环凑，故名。在陕西蓝田南。唐诗人王维曾筑别业于此。摩诘：王维（701～761），字摩诘，祖籍山西祁县。盛唐山水田园派的代表作家。眉山：眉山县，在四川省中部、岷江中游。苏氏：苏轼（1037～1101），北宋文学家、书画家。字子瞻，号东坡居士，眉山人。词开豪放一派，散文为"唐宋八大家"之一。父洵，弟辙，亦为著名散文家。然：代词，代替上文所述的情况，等于"如此"。　　〔4〕宁：难道。副词，表示反问，常与疑问语气词"乎"、"耶"等相呼应。斯：此。代词。这里的"斯"指上文所说的首阳、九折、桐江、辋川、眉山等地。　　〔5〕奇士：才能出众的人。身历：亲身经历。品题：题字评论高下。纵：即使。灵奇：神奇。绝世：冠绝当世。徒：只，仅仅。日精：太阳的光华。摩厉：摩擦，磨炼。幽邃：幽深，邃远。荒昧：荒凉，荒僻。野老：田野老人。惊骇：惊慌害怕。这里有"惊讶诧异"之意。歌咏：歌唱吟咏。勒：铭，刻。碑碣（jié）：古人把长方形的刻石叫"碑"，把圆首形的或形在方圆之间、上小下大的刻石叫"碣"。石上镌刻文字，作为纪念物或标记。文籍：文章与书籍。流述：流传。遭：遭遇，际遇。　　〔6〕恒：常，久。纡回：曲折回旋。绵亘：连绵不断。盖：大概。副词，表示对数量的估计或情况的推测。峦：小而尖的山。壑（hè）：坑谷，深沟。邃（suì）：深远。灵秀：灵巧而秀丽。葱郁：青翠而茂盛。　　〔7〕胜（shèng）：风景佳妙。辟：开辟。疏：疏通，清除。滞湮：阻塞不通。奥：幽深之地。启：开，开拓。旷：空阔之处。位：安排，布置。险绝：艰险阻塞之地。梯摄：架设梯子。构造：造成，做成。天工：自然形成的工巧（对人工而言）。人巧：人工的精巧。榭（xiè）：在台上盖的敞屋、高屋。岫（xiù）：峰峦，山谷。收揽：收取，接纳。标著：标志，用文字或其他事物表明。遗美：有美景而未被发现。点缀：加以衬托或装饰，使原有景物更加美好。换势：改换原来的态势。　　〔8〕恭节：明天启元年（1621），蔺酉反渝州，剑川人段高选及家人在四川巴县任内死节。崇祯（1628～1644）年间，高选子段旵赴京叩阍，一门赐谕祭葬，高选谥"恭节"，敕建"昭忠祠"，享春秋二祭。构：构建，修建。祠：祠堂，祖庙。俎豆：俎和豆都是古代祭祀用的礼器，这里借指祭祀。亲致：亲自祭祀。致，致敬、致意。　　〔9〕熹宗（1621～1627在位）：即朱由校。明代皇帝，年号天启。令：秦汉时，县的行政长官称"令"，历代相沿。明清时改称"知县"。巴县：在重庆市郊，原属四川省。周时为巴子国都城。秦汉为巴郡地。三国蜀改为巴县。渝州：州名。治所在巴县（今重庆市）。执：捉住，逮捕。胁：威胁，逼迫。　〔10〕烈：烈性，性格刚烈。嗟（jiē）叹：赞叹，叹息。动色：内心有所感动而表现于容貌颜色。谥（shì）：封建时代官员死后按其生平事迹评定褒贬而赐给的封号。　〔11〕威宗：当作"毅宗"。毅宗朱由检，即崇祯皇帝。阙（què）：宫阙。帝王所居之处。金吾：官名，掌皇帝外出时清道、徼巡街市、排列队伍、奉引仪仗。敕（chì）：自上命下之词。特指皇帝的诏书。享：祭献，上供。仰止：仰望，向往。　〔12〕节烈：坚贞的节操。　〔13〕巡方：巡察一方。大错曾为四川巡按，到四川各地巡察。天启辛酉：明熹宗天启元年（1621）。辽：军镇名。明代"九边"之一。辖境相当于今辽宁省大部。拥：聚集。发：出发。犒（kào）师：犒劳、犒赏军队。武场：演武、练兵的场地。变：祸变，兵变。仓猝：匆忙，仓促。抚军：巡抚的别称。奋激：慷慨激昂。齿锋刃：触及刀剑的锋刃，指被杀害。齿，当，触。褫（chǐ）叛夷之魂：夺去叛变夷人的魂魄。夷，蔺氏为少数民族，故以"夷"称之。壮：弘扬，发扬。色：色彩。比喻人的某种思想倾向。　〔14〕贞夫：坚贞之士。夫，成年男子的通称。烈士：古时泛指有志功业或重义轻生的人。禀：领受，承受。刚毅：刚直坚毅。骑箕尾：《庄子·大宗师》："傅说（yuè）得之以相武丁，奄有天下，乘东维，骑箕尾，而比于列星。"意思是：傅说得到"道"，做了武丁的宰相，治理天下，死后成为天上的星宿，乘驾着东维星和箕尾星，而和众星并列。后因称大臣死为"骑箕尾"或"骑箕"。罡（gāng）风：亦作"刚风"，道家语。高空的风。灏（hào）气：弥漫于天地之间的大气。　〔15〕精魄：精气魂魄。凛（lǐn）：本意为寒冷，引申为严厉可畏之貌。　〔16〕舒：伸展，舒散。雹：冰雹。　〔17〕恒：月上弦之貌。《诗·小雅·天保》："如月之恒，如日之升。"郑玄笺："月上弦而就盈，日始出而就明。"嘘：慢慢地吐气。峙：耸立。结：凝结，凝固。变现：变化而出现新的状况。光怪陆离：色彩斑斓，形状奇异。　〔18〕宇宙：天地万物的总称。烈女：古称重义轻生或拼命保全贞节的女子为"烈女"。壮士：意气壮盛之士，犹言"勇士"。义民：信守节义的人。刚决：刚毅而果断。兴起：开始出现并兴盛起来。　〔19〕史传：历史传记。衮钺（gǔnyuè）：孔子作《春秋》，常用一个字来表示褒扬或贬斥，后人称为"一字之褒荣于华衮，一字之贬严于斧钺。"华衮，古代帝王贵族的衣服。斧钺：古代军法用以杀人的斧子。里咏：里巷歌谣。风刺：同"讽刺"。《诗·周南·关雎序》："上以风化下，下以风刺上。"感发：感动奋发。激扬：激励，激之使奋起。　〔20〕提醒：从旁指点，促使注意。维持：维系保持，使继续存在下去。　〔21〕英气：威武的气概。　〔22〕国史：本朝的历史。仰：仰慕，敬慕。高风：高尚的品格、操守。不及见：没有机会见到。　〔23〕死节：为保全志节而牺牲。凭吊：对着遗迹、坟墓等悼念古人或感慨往事。唏嘘（xīxū）：哀叹，抽泣。摹想：摹拟想象，悬想。节概：志节气概。磨砺：磨刀使锐利。引申为磨炼、锻炼。私淑：《孟子·离娄下》："予未得为孔子徒也，予私淑诸人也。"赵岐注："淑，善也。我私善之于贤人耳。"后来对所敬仰而不得从学的前辈，常自称为"私淑弟子"。诸人：指节恭先生。诸，代词，相当于"其"。或：或许，也许。副词，表示推测或不肯定。失：遗失，丧失。神往：一心向往。　〔24〕令嗣：犹言令郎，称对方儿子的敬词。悉：知道，了解。不啻（bùchì）：不止，不仅仅。副词，表示不限于某个范围。亲炙：亲身受到教益。有道：指有才艺或有道德的人。并：副词，表示不同的事情同时进行。阅历：经历。衣冠：古代士以上戴冠，衣冠连称，是古代士以上的服装。神游：精神或梦魂往游。纵观：放开眼任意观看。缔构：营造，建筑。磅礴（pángbó）：盛大而充满。志：记事的书或文章。如地方志、人物志等。并：并列，一起。　〔25〕后嗣：子孙，后代。考：寿考，长寿。引申为时间长久，这里指名垂后世，即上文所说"自传于不朽"之意。克绍先美：能够继承先人的美德。克，能够、胜任。绍，继承。陨（yǔn）：毁坏，败坏。厥：他们的。代词，表示第三人称，用在名词或名词性词组的前面作定语。寥寥：稀少。　〔26〕祠：祭祀。体：体会，体贴。广：扩大，扩充。锡类：赐给美德。《诗·大雅·既醉》："孝子不匮，永锡尔类。"锡，通"赐"，给予。类，善。意思是：孝子的孝心诚而不竭，永赐汝等以美德。济美：继承祖先或前人的业绩。《左传·文公十八年》:"世济其美,不陨其名。"孔疏:"世济其美,后世承前世之美;不陨其名,不坠前世之美名。言其世有贤人,积善而至其身也。" 〔27〕致命遂志:语见《周易·困象》:"泽无水,困;君子以致命遂志。"意思是:泽上无水,象征"困穷";君子当此困穷之时宁可舍弃生命也要实现崇高的志向。致命,舍弃生命。遂,成、实现。 〔28〕永言孝思,孝思维则:语见《诗·大雅·下武》。意思是:永遵祖训尽孝道,孝道是臣民的准则。 〔29〕见愚公之谓欤:《诗经》中所说的"永言孝思,孝思维则",就是说的见愚公这样的人吧!

(吴培德)

王弘祚（一篇）

王弘祚（？～1674），清官书改作"宏祚"，字懋自，号思斋，又号玉铭。永昌（今云南保山）人。明崇祯庚午（1630）举人，官户部郎中，督饷大同。入清，历官刑部、兵部、户部尚书。加太子少保。厘正宿弊，屡次为清出谋献策。户部特疏委修《赋役全书》，顺治十五年（1658）完成，颁行天下。后上筹滇条议十馀事。乞休，居金陵。著有《赋役全书》、《颐庵诗文集》等。这里选收他的《筹画滇疆五条疏》。

清初，云南刚平定，百废待兴。时为平西王的吴三桂凭借特权，残酷统治，加重剥削，在三年之内，仅盐课就高于明万历时的四倍以上。他拥兵自重而索饷，使清王朝拨给的费用已占朝廷全年财政总支出的三分之一。他还自行选用文武官员，甚至向各省推荐，一时有"西选之官遍天下"的说法。

王弘祚是云南籍官员，似已感到"山雨欲来风满楼"之势，在《筹画滇疆五条疏》中为朝廷"筹画滇疆"，提出司道宜久任、州县宜部选、投诚宜解散、荒残宜轸恤、炉座宜多设等五条奏疏。前三条为官员选任，有的放矢；后两条是为民呼吁和财政收入问题，也有针对性。值得注意的是其中有四条均肯定平西王的作为，似乃皮里阳秋，唯有第三条没提到平西王，也非偶然，当有深意。至于几处提到宪臣、抚臣、督臣三人的名字及其有关奏疏，则说明此疏奏在一定范围内已有共识，能增强疏奏的分量和力度。

筹画滇疆五条疏[1]

奏为滇疆渐已底定，筹画不厌周详，谨陈末议以裕采择事[2]。窃滇省僻处遐荒，山多，田少，土瘠，民贫[3]。自十数年寇氛蹂躏，人人朝不保夕[4]。幸赖天威伐暴，水火孑遗复睹天日[5]。

臣桑梓关切，曾经条奏，奉旨允行在案[6]。自入版图来，如凑办军需，安抚土汉，清理田丁，甄别将吏，兴利除害，招徕投诚等事，平西王精忠体国，殚力绸缪，督抚二臣同心共济，俱经次第举行[7]。惟时滇省军民如久病尪羸之人，仅存奄奄一息，必藉良医时时调护方可渐复生机[8]。今日凡可为地方安全计者，自不厌其周详也。臣旦晚陛辞，将有万里之行[9]。上为封疆，下为梓里，再效刍议，约略五款，敬为皇上陈之[10]。

一、司、道之宜久任也[11]。书曰："三载考绩、黜陟幽明"[12]。盖言官必久任而后可以责成功也。昨宪臣魏裔介曾言及之，但滇省距京师万里，跋涉艰难，若与他省一体论俸，恐各官席未暖而又以升迁去矣，屈指必得年馀方可履任[13]。臣愚以为滇省监司，即于该省各官较历俸之浅深以定升迁之先后[14]。

如果正己率属，由佥事而参议、副使、参政、臬藩，循序而转[15]。不但各官免于仆仆长途，且衙无废事之虞，而地方收得人之效[16]。其有治行尤异，实迹著闻者，听平西王及该督抚特疏奏闻，破格超迁，以开劳臣功名之路[17]。在荒残地方之官，必思早离苦海[18]。然臣从封疆起，见不暇为各官之甘苦计也[19]。

一、州县之宜部选也[20]。州县称曰父母，为其职在新民、兴利、除害，任綦重也[21]。今滇省监司俱经平西王题升、部覆，奉旨在案，即司理一官亦经部选，而守令尚系委署在[22]。平西王注意民瘼，自是其难、其慎[23]。但恐若辈或以委署自甘，未必人人实心任事，爱惜残黎[24]。上呼而下不应，何以成指臂之助乎[25]？臣愚以为四川、广西、贵州三省附近滇云，吏部查三省举人考过职衔，应选州县者，挨序咨送平西王[26]。查缺补授在各官，人地相近，既可刻期到任，无旷日废时之忧[27]。且科目出身，谁不自爱功名，必思振奋精神，实图料理，加意抚绥，再得监司严加责成于上，庶上下同心，呼应必灵，而地方可收大法小廉之效矣[28]。

一、投诚之宜解散也。自王师入滇，声教广被，而伪公侯、伪将军相率慕义投诚，咸与优叙[29]。本朝宽仁大度，深山穷谷靡不知之，若辈自是感恩图报[30]。但伪公侯、伪将军之下，如伪将领、伪兵丁，或有以千数计者，或有以百数计者，陷贼二十馀年，困苦已极[31]。今幸得睹天日，谁不思还故土[32]。若必尽数安置，滇省恐为数渐多，月费钱粮亦不少，且阻人愿还乡井之思。其中有愿归农者，查其故绝田地，拨给开垦[33]。抚臣袁懋功曾经题明[34]。臣愚以为其中有愿还原籍者，给与印票，沿途资以口粮，再行文原籍地方官，仰体皇仁，加意安插，务令得所[35]。庶耕田凿井之民益多，而若辈共颂天恩之浩荡矣[36]。

一、荒残之宜轸恤也[37]。任土作贡，国有常经，况大兵云集，需粮浩繁，何敢轻议蠲免[38]。但该省久罹寇患，偏僻之民尚可勉强聊生，若大路迤东如杨林、嵩明，迤西如永昌、洱海，凋残景象，惨不可言[39]。督臣赵廷臣前疏甚悉，户部议覆杨林、永昌等处田地，如系新荒，准令次年办赋[40]；如系久荒，准令三年后起科[41]。茕茕孑遗，已沾膏泽，尚未言及熟地耕种之难也[42]。盖未荒田地虽稍收获，而室家流离之后，凑办牛、种、人工，拮据甚苦[43]。语云，一夫向隅，满座皆为不乐[44]。谅浩荡皇恩，断不忍置数处之民于覆露之外也[45]。且约计应蠲钱粮为数无多，而于以收荒残之人心，则所惠甚大，请敕平西王、督抚查明凋残最甚地方，合词题请，将见在熟地钱粮酌量蠲免[46]。庶水火残黎，咸获更生矣[47]。

一、炉座之宜多设也[48]。官山府海，天地自然之利[49]。从古善理财者，不外屯田、鼓铸、盐法三事[50]。今滇省虽较稍减，而岁需协饷尚该六百馀万[51]。如使分毫皆取给于外解，不但小民之输纳甚难，而万里转运尤非易[52]。近据该抚臣袁懋功题报，省城设炉二十座，一年获息银一万二千八百九十六两零[53]。大理府下关设炉十座，一年获息银一万九千四百九十一两零。是鼓铸之裨益军需，已有成效矣[54]。况铜产于滇，自当招商开采，广设炉座。如每年获息二十万两，即可省外解协饷二十万两，以本地自有之利，养见在驻防之兵，为力不劳，而收效甚捷。上有裨于国用，下无病于民生。此今日生财之要道。请敕平西王该督抚臣，速为讲求，用助军兴之急著也[55]。

以上五款卑卑无甚高论，但皆关切臣乡事体，谊难漠视，伏乞皇上敕部议覆施行[56]。

选自《滇文丛录》卷四七

【简注】[1]筹画：谋划。疏：条陈。泛指向皇帝书面陈述政见的奏章。《汉书·贾谊传》："谊数上疏陈政事。" [2]底（zhǐ）定：达到平定。《南史·齐高帝纪》："信宿之间，宣阳底定，此又公之功也。"底，致、达到。谨陈：恭谨陈述。末议：谦称自己的议论。苏洵《上韩枢密书》："昨因请见，求进末议。"裕：丰富。采择：选择。 [3]窃：谦指自己，私下。遐荒：边远广大的地方。 [4]寇氛：战争。寇，兵。 [5]天威：帝王的威严。水火孑（jié）遗：水深火热之中残存。孑遗，同义复词。 [6]桑梓：比喻故乡。桑树和梓树常栽于住宅旁边。 [7]版图：指户口册和疆域图、户籍。版，户籍。图，地图。也指户口疆域。凑办：合办，将就办。土汉：指土著（少数民族）和汉民族。田丁：田地人口。甄别：鉴别、分别。招徕（lái）：招之使来。《汉书·公孙弘传》："招徕四方之士。"平西王：吴三桂（1612～1678），字长白，高邮（今江苏高邮市）人，辽东（今辽宁辽阳）籍。明武举出身，以父荫袭军官。崇祯时为辽东总兵，封平西伯，镇守山海关。李自成克北京，吴致书多尔衮请降，引清兵入关，受封为平西王。镇压陕西、四川等地农民起义军。会同多尼等进攻南明云贵地区，攻李定国，绞杀明永历帝（桂王）。奉命镇守云南，拥兵割据。清圣祖下令撤藩，康熙十二年（1673），他联合耿精忠、尚之信起兵反清，自称"天下都招讨兵马大元帅"，数月之间，据岭南六省。十七年在衡州（今湖南衡阳）自称周帝，建元昭武。后病死长沙。其孙世璠为清所灭。体国：为国着想。体，体察、体念。殚力绸缪（móu）：比喻尽力防患于未然。绸缪，紧缠密绕，即未雨绸缪。《诗经·鸱鸮》："迨天之未阴雨，彻彼桑土，绸缪牖户。"郑玄疏："郑以为鸱鸮及天之未阴雨之时，剥彼桑根，以缠绵其牖户，乃得有此室巢。"督抚：各省的总督和巡抚。总督，地方最高长官，综管一省或二、三省的军事和政治，例兼兵部尚书衔。别称制府、制军、制台。巡抚，省级地方政府的长官，总揽一省的军事、吏治、刑狱、民政等。因兼兵部侍郎衔，也称抚军。又因明清两代巡抚兼都御史或副都御史衔，故也称抚院。次第举行：依次筹办。 [8]尪羸（wāngléi）：瘦弱、瘠病。苏轼《上皇帝书》："世有尪羸而寿考，亦有壮盛而暴亡。"调护：调理保护。生机：生命力，活力。 [9]陛辞：辞皇帝。《宋史·选举志》："内诸司使、副授边任官者，陛辞时许奏子（入仕）。" [10]封疆：封疆大吏，指总督、巡抚等大臣。梓里：故乡。见本文注[6]。刍议：犹刍言，草野之人的言论。陈述意见的谦辞。 [11]司、道：清在省与州、府之间设道。司即藩司和臬司。承宣布政使司布政使（督抚的僚属，专管一省的人事、财政和民政），别称方伯，也称藩司；清提刑按察司（主管一省刑名按劾的司法长官），也称臬司，俗称臬台、廉访。 [12]"书曰"句：引自《书·舜典》。黜陟（zhì）：进退人才。降官为黜，升官为陟。幽明：善恶、贤愚。指善与贤者升官，恶与愚者降职或撤职。 [13]宪臣：指御史，明清为监察御史，分道行使纠察之官。魏裔介（1616～1686）：字石生，号贞庵，一号尾林。清直隶柏乡（今属河北）人。顺治三年进士，历左都御史、吏部尚书等职，累官至保和殿大学士，太子太保。前后所奏二百馀疏，多关国家大体。清圣祖亲政后，他因主持会试招权纳贿，并有党附鳌拜之嫌，被解职。治程朱理学，与魏象枢时称二魏。著有《兼济堂文集》等多种。论俸：犹述职，任职。　〔14〕愚：自称的谦词。监司：指监察地方属吏之官。清代司道（见本文注〔11〕）以监督府县为专责，通称监司。历俸：犹资历。　〔15〕率属：统领部属。佥（qiān）事：清沿明制，在按察使等官职下设佥事，以分领各道。协理政事，总管文牍。乾隆时废。而，到。参议：清初沿明制，在布政使下设左、右参议，以分领各道，乾隆时废。又明清于通政使司亦设参议一职，为通政使之佐。副使：历代派遣到外国去的使臣，多设副使为正使的助手。参政：清初在布政使下设左、右参政，乾隆时废。清初各部也置参政，后改侍郎。臬（niè）藩：臬司和藩司，即布政使和按察使。见本文注〔11〕。　〔16〕仆仆：烦扰，劳顿。后用以形容旅途劳累的样子。废事之虞：堆积政事，无人办理的忧虑。废，放置，停止。虞，忧虑。得人：用得其人，能发现和使用人才。　〔17〕治行：治理政务的成绩。《汉书·赵广汉传》："以治行尤异，迁京辅都尉，守京兆尹。"实迹：指真实政绩。超迁：超格升擢。劳臣：有功绩的官员。功名：指官爵。张华《答何劭》："自予有识，志不在功名。"　〔18〕荒残：指边远穷困。〔19〕不暇：没有空闲。　〔20〕州县：清代的州分直隶州和散州两类。官均设知州，县设知县。部选：由吏部选派。　〔21〕新民：使民更新进步。綦（qí）重：极重，甚重。　〔22〕题升：犹奏升，签署上奏而晋升。部覆：吏部覆核、审定。司理：明代的推官，清初沿置。清即布政司理问、都事、按察司知事等专管一府狱讼的官员。守令：清为知府、知州、县令等地方官的通称。系委署在：依附委任官署的审察。在，审察。　〔23〕民瘼：民间疾苦。自是：固然是，应当是。其：助词。放在单音节形容词难、慎之前，起加强语气的作用。　〔24〕若辈：汝辈，你们。实心：真心，诚心。残黎：穷困的百姓。　〔25〕指臂：手指和臂膀。比喻助手。杜牧《裴休除礼部尚书谥除兵部侍郎筹制》："夫宰相佐天子，公卿助宰相，股肱指臂，任同一身。"　〔26〕举人：专称乡试（每三年，各省的士子集于省城，朝廷派正副主考官考试）登第者。职衔：职务官衔。挨序：挨次，依次。咨送：询送备案。咨，征询、商量。　〔27〕刻期：限定日期。旷日：空费时日，耽误时间。　〔28〕科目：分科取士的项目。唐制取士之科，有秀才、明经、进士、俊士、明法、明字、明算等，见于史者五十馀科，又有大经小经之目，故称科目。明清虽仅有一科，仍沿称科目。功名：此指科第，即科举登第。料理：安排，照顾。抚绥：安抚，安定。庶：将近，差不多。大法小廉：大臣尽忠，小臣尽职。《礼·礼运》："大臣法，小臣廉，官职相序，君臣相正，国之肥也。"　〔29〕王师入滇：清顺治十五年（永历十二年，1658）十二月，清军三路入滇，会集于曲靖，第二年正月进入昆明。声教广被：声威和教化广泛实施、遍布。伪公侯：泛指明代有高爵位的官员。伪将军：泛指明代的军事长官。慕义：仰慕，向往正道。咸与优叙：都给予待按级录用。　〔30〕靡不知之：没有不知道的。靡，无，没有。　〔31〕"陷贼"句：当指张献忠于明崇祯三年（1630）起义，李自成于崇祯四年（1631）起义到清军于清顺治十五年（1658）进入云南，历二十多年。　〔32〕得睹天日：得见太阳。指得到清朝统治。　〔33〕故绝：过去散失。　〔34〕抚臣：指巡抚。见本文注〔7〕。袁懋功：字九叙，香河（在今河北省中部）人。顺治进士。授礼科给事中，累擢云南巡抚。时云南新定，令降兵归农，随所在入籍，并请减粮额以输民困。官至山东巡抚。卒谥清献。　〔35〕印票：纸币，银票。资：供给。仰体：恭敬体察。体，体察，领悟。务令得所：一定要使之得到合适的处所。　〔36〕耕田凿井：即凿饮耕食。指盛世太平。晋代皇甫谧《帝王世纪》："（帝尧时）天下大和，百姓无事，有八十老人，击壤于道。观者叹曰：'大哉，帝之德！'老人曰：'吾日出而作，日入而息，凿井而饮，耕田而食，帝何力于我哉？'"天恩之浩荡：皇恩的广阔壮大。　〔37〕轸（zhěn）恤：犹轸念，深切顾念和怜悯。《宋史·张鉴传》："顾此瘦羸，尤堪轸恤。"　〔38〕任土作贡：根据土地的具体情况，制定田赋。《周礼·地官载师》："掌任土之地……"注："任土者，任其力势所能生育，且以制贡赋也。"作贡，制定贡赋，定赋税。蠲(juān)免：免除租税徭役。　　〔39〕迤东、迤西：清初设永昌道，驻永昌府城（今保山市隆阳区）。雍正时改称分巡迤西道，驻大理府城（今大理）。并添设分巡迤东道，驻寻甸州城（今寻甸），乾隆时因迤东道所辖13府境界辽阔，故此文称"大路"。遂析临安等四府添设分巡迤南道，驻普洱府城（今宁洱），又析云南、武定二府隶盐法道（后隶储粮道）。迤东道仅辖七府。东、南、西三道合称为三迤。　　〔40〕督臣：总督。赵廷臣（？~1669）：字君邻，辽宁铁岭人，隶汉军镶黄旗。清贡生，知山阴县。顺治十三年（1656）调任云南督粮道，随师入黔，授贵州巡抚。十八年，升云贵总督。时兵乱荒歉，奏请以顺治十七年秋粮贷给农民，作为春耕费用，并招徕民众，督垦荒芜；又疏请停止边地贡献，以省解送之劳。以剿平土司龙吉兆功加兵部尚书。康熙元年（1662），调任闽浙总督，加太子少保。率兵擒海岛上的张煌言，定浙东。在浙八年，多惠政。卒赐祭葬，谥清献。户部：六部之一。长官为户部尚书。朝廷掌管户口、赋税、财政收支等事务的官署。议覆：答复，批复。　　〔41〕起科：开始征收新垦荒地或未税熟田（常年耕种的田）的钱粮。　　〔42〕茕茕（qióng）：孤零貌。孑（jié）遗：同义复词。残存，剩余。膏泽：比喻恩惠。《孟子·离娄下》："谏行言听，膏泽下于民。"熟地：常年耕种的田地。　　〔43〕室家：每家每户。《书·仲虺之诰》："攸徂之民，室家相庆。"也指家中人。《汉书·武五子传》："父子不和则室家丧亡。"拮据：本指鸟筑巢，口足劳苦。后比喻艰难困顿，或境况窘迫。《诗经·鸱鸮》："予手拮据。"《笺》引《韩诗》曰："口足为事曰拮据。"　　〔44〕向隅：汉代刘向《说苑·贵德》说，"今有满堂饮酒者，有一人独索然向隅而泣，则一堂之人皆不乐矣"。后称惠不及众或孤独失望为向隅。隅，墙角。　　〔45〕断不忍：一定不忍，决不忍心。覆露：比喻普遍的恩泽。　　〔46〕敕：皇帝命令。合词题请：签署咨询。见（xiàn）在：现在。见，同"现"。　　〔47〕咸获更生：都得到新生。　　〔48〕炉座：指冶炼炉。　　〔49〕官山府海：即官山海，管山海。官府收管山海（如盐、铁等类）之利，增加财政收入。《管子·海王》："（齐）桓公曰：'然则吾何以为国？'管子对曰：'唯官山海为可耳。'"郭沫若等《管子集校》认为"官"读为"管"，字亦作"斡"。　　〔50〕屯田：官府用士兵、农民或商人垦种土地，征取收成以为军饷。有军屯、民屯、商屯之别。鼓铸：鼓风煽火，冶炼铜铁以铸钱。　　〔51〕协饷：别省协助的军饷。　　〔52〕外解：指外省的协解银。清代各省的地丁银不够支用，可以奏请邻省协助拨解，统一在地丁案内报销，叫协解，协拨的款项叫协解银。　　〔53〕该：旧公文中，指上文说过的人或事等。"抚臣"前面已提过，故此处用"该抚臣"。题报：题本告知。清初，令科道及在京满汉各官奏折，皆直接到宫门陈奏；设立军机处后，内外官员，凡紧要事务概具奏折，即送军机处。而送通政司内阁的题本，不过例行公事而已。　　〔54〕裨益：同义复词。增益。讲求：谋划寻求。　　〔55〕用助：以助，因此助。军兴：朝廷征集财物以供军用。　　〔56〕卑卑：卑微，平庸。事体：事实，情况。谊难漠视：义难冷漠不关心。伏乞：俯伏乞求。谦词，深含敬意。

（蔡川右）

范承勋（一篇）

范承勋（1640~1714），字苏公，号眉山，清康熙间辽东沈阳人。隶汉军镶黄旗，官兵部右侍郎，兼都察院右副都御史，升任都察院左都御史加四级。历官吏部郎中、内阁学士、广西巡抚。康熙二十五年（1685）任云贵总督，整饬营伍，捐俸建学宫，聘名士修通志，招抚鲁魁山倮夷，宽待吴三桂旧部，军民安定。康熙二十七年（1687）又平鲁魁山骚乱。在滇九年，剔除蠹弊甚多。曾总督江南、江西等处地方军务，兼理粮饷，授兵部尚书兼都察院右都御史，加太子太保。卒，赐祭葬。

《小碧玉泉说》就安宁温泉"天下第一汤"命名为"小碧玉泉"，可称为"域外华清"立说，论其"可浴"、"可咏"，暖气温润，"挠之不浊，掬之殊香"的佳美水质，并对照王褒《温泉铭》所述"白矾上彻，丹砂下沉"的奇泉性态，突出安宁温泉"疑更有摩尼珠照其中"的神奇之处。至于结尾述其"洁清自好"，则以泉喻人性人品，使文章更寓深意。全文议论风生，精悍可喜。

小碧玉泉说[1]

泉以玉名，取其温且润也。旧泉称"天下第一汤"，人争沐之[2]。予亦品以"域外华清"，夫诚可风、可浴、可咏也，亦又何他羡乎[3]？但其暖气太盛，每一坐沐，则汗溃而神为之困[4]。见其左有水自石罅迸出，渠之，得一泓焉[5]。温润故不少减，抑且挠之不浊，掬之殊香[6]。王褒《温泉铭》云："白矾上彻，丹砂下沉"，将此泉，疑更有摩尼珠照其中也[7]。随于庚午冬月，嵌石为栏，勒以"小碧玉"[8]。其温润在我适宜。倘亦有洁清自好者，过而问耶？或不以为赘也。

选自《滇系》艺文八之五

【简注】[1]碧玉泉：安宁温泉的别称，在云南安宁市城西北螳螂川畔，距安宁市区7.5公里，海拔1830米。北倚笔架山，西望龙山，与曹溪寺隔河相望。《元混一方舆览胜》"安宁"条载："云南诸郡，汤池一十七所，惟安宁州最着。石色如碧玉，水清可鉴毛发，虽骊山玉莲池远不及"，为称"碧玉"较早者。此处林木葱郁，山峦秀丽，为驰名中外的疗养胜地。温泉相传发现于东汉初年，明永乐年间开发。水源充足，泉水清澈碧透，并不时滚出一串串水珠，水温达42℃~45℃。泉水含重碳酸钙、镁、钠和微量放射性元素。常饮浴此泉，对慢性肠胃病、风湿性关节炎、皮肤病和足疾等症具医疗作用。明地理学家徐霞客和学者杨慎都认为云南温泉之多冠于全国，此泉则冠于云南。　[2]"天下第一汤"：明代学者杨慎为安宁温泉正面一个水绿如碧玉的小池（即碧玉泉）的题字，原为"天下第一泉"，后王景荓以魏碑中张猛龙碑体书为"天下第一汤"，由苏州一石工镌刻为镏金大字于泉石。杨慎《温泉诗序》总结此泉七大特点，并认为"虽仙家三危之露，佛地八功之水，可以驾称之"。　[3]华清：即陕西省西安市临潼区南骊山西北麓的华清池,为陕西省著名温泉之一。唐贞观十八年(644)在此建汤泉宫,天宝六载(747)再行扩建,改名华清宫。唐玄宗每年携杨贵妃到此过冬,常浴此泉。白居易《长恨歌》中"春寒赐浴华清池,温泉水滑洗凝脂"即指此。华清池水温为43℃,含多种化学元素,适宜疗养。华清池背枕骊山,园林幽美。　〔4〕汗溃:流汗过多而伤神。　〔5〕石罅(xià):石缝。渠之:开渠引流。"渠"作动词。泓:潭。也泛指湖、塘。明陆容《椒园杂记》卷十四:"望泓面有烟云之气,飞走不定。"　〔6〕挠(náo):搅动。《淮南子》:"使水浊者,鱼挠之。"掬(jū):两手捧东西。《小尔雅·广量》:"一手之盛谓之溢,两手谓之掬。"殊:特别。　〔7〕王褒(bāo):西汉文学家,蜀人,字子渊。通音律,善歌诗,官谏议大夫。有《甘泉颂》、《洞箫赋》、《九怀》、《圣主得贤臣颂》、《碧鸡颂》(残)等作。白矾上彻:小碧玉泉水上部清澈明洁,有如白矾般明彻,贯通深透。丹砂下沉:下部如丹砂般深红、沉着。将:持,取。摩尼珠:梵语,又作末尼,译为珠、宝、如意等。珠的总称。《涅槃经》九:"如摩尼珠,投之浊水,水即为清。"　〔8〕勒:刻石。作动词。

(萧学禹)

阚祯兆（一篇）

阚祯兆，宁诚斋，号芝岩、东白，别号大渔，云南通海人。清康熙癸卯（1663）举人，性豪迈，倜傥不群。早年在湖南任职，后归滇，为巡抚王继文幕僚，深受王器重。善书法，工诗文。书法潇洒劲健，著称于滇中。著有《大渔集》、《北游草》、《通海县志》。《滇南文略》存其文九篇，《滇文丛录》亦悉数选录。

《彩云楼记》是一篇叙事散文，叙述了康熙年间建楼和作记的过程，歌颂帝王和滇抚施政的功德，突出了吏治安不忘危之虑以及食不甘味、谋始成终之劳。对楼的描述和登楼俯眺的景物勾勒尚清新活泼，富有生气。

彩云楼记

康熙三十四年，岁次乙亥，夏五月端阳之后五日，制标中军副将某，以三义庙后楼成，请记于余[1]。楼在演武台之东，江深而地旷，遥枕陃山，南崎双塔[2]。适抚军石公秩秩张筵，集藩臬粮盐学诸师坐[3]。余楼俯眺，四邻新苗翻绿，盘龙江汇诸水萦绕如带，城郭巩固，烟火宁谧，昆池之鱼鸟，飞者跃者，各若其性狝与[4]。圣天子德被遐方，恩洽万物，始得此太平无事之日也[5]。因忆辛酉年，大师云集[6]。余由左辖抚云南军，卧甲枕戈，飞刍挽粟，食不敢甘味，寝不得帖席[7]。中泽鸿声，哀鸣满耳，招来绥定之不暇[8]。早夜焦思，惟恐上负朝廷，下负苍生，咎将谁诿[9]。越五年，余以内艰去，复择滇抚，命余底绩[10]。有不便军民者，罔不悉心厘剔，求其无弊而后已[11]。尝深自誓曰：滇之忧乐切此身，敢置膜外[12]。彼苍昭鉴，以勤补拙，以爱抒忠，余之志也。甲戌冬，上特颁恩纶畀余，总滇黔师[13]。余滋惧矣！从来为治之务，不难于谋始，而难于成终[14]。始时之道，不难于定乱，而难于保泰[15]。一美未集，一物未安，未敢云成，亦未敢云泰。余是以惧其难也。登斯楼也，旧为武乡侯祠址，撤其敝而重新之，累基若干丈，作三层大观[16]。檐依日月，栋扶云霄。四窗豁然，匝以飞轩[17]。薰风南来，七星北指，东则奎光聚，西则河汉流，可谓踞势之高，寓月之远矣[18]。向使资费缺略，榱桷疏漏，众思不广，群力不克[19]。虽有经始之规模，其能美垂成之轮奂乎[20]？抚军石公曰："善！昔范文正公登岳阳楼，谓先天下之忧而忧，后天下之乐而乐[21]。微斯人，吾谁与归[22]！我辈承天子休命，俯临亿万军民，当时时有安不忘危之虑[23]。于是藩臬诸君子，莫不鼓舞，心从以正己，率属为兢兢[24]。"余起酌卮酒，乃徐为言曰："汉武之世，彩云见南方，因使司马相如持节通西南道[25]。王褒来招金马碧鸡之神，其盛未有如我朝之车书一统者[26]。今事简民和，干戈息而年岁丰，圣天子赐也。颜其楼曰：'彩云'，亦以见滇之盛绩，千年弥显[27]。滇之人才，颉颃中州[28]。滇之风土民物，翕然振变于前古后今[29]。斯楼也，犹楚之有黄鹤，豫章之有滕王阁，拔平地而雄川岳[30]。"余于斯楼观厥成焉，遂为之记[31]。

选自《滇文丛录》卷八四

【简注】〔1〕康熙三十四年乙亥：公元1695年。端阳：节名，旧历五月初五日。后五日：即五月初十日。制标中军：清代总督（制军）管辖的绿营兵称为督标（或制标），标的统领官叫中军。督标（制标）中军由副将担任。总督，又叫制军，俗称制台，故所管绿营兵又称制标。副将：官名。清代设置，隶于总兵，统领一协（清军制，两标为一协）军务，又称为协镇，为从二品武官。三义庙后楼：建成后即题名为彩云楼。　〔2〕岐（hóng）山：俗称蛇山（长虫山），《昆明县志·山川志》："岐山，在县北二十里。"《府志》："丹崖翠巘，蜿蜒而来，势若鸾停鹄立，为会城主山。"历史上原作岐、商山，也单用作岐。《集韵·乐韵》："岐，从岐，山名，在益州。"方成珪考证说："云南省，汉益州郡，或作岊。"《嘉庆一统志·云南省云南府一》："商山，在昆明县北二十里，一作岐山。"（按：商山非岐山，史籍有误。《昆明县志》说："商山，在县北三里。"岐山东南为商山。）孙髯大观楼长联说的"北走蜿蜒"，即指此。双塔：大德寺双塔，在昆明五华山东侧。寺建于元大德年间（13世纪末至14世纪初），寺内有双塔矗立，故又名双塔寺。双塔今犹存，是昆明著名古迹之一。塔上风铃，常随风叮当作响。
〔3〕抚军：明清时俗称巡抚为抚军。石公：石文晟（1646～1720），字绠庵，辽东（辽宁沈阳）人，隶汉军正白旗。清康熙三十三年（1694）任云南巡抚，多有惠政，后官至湖广总督。秩秩：顺序貌。《诗·小雅·宾之初筵》："左右秩秩。"张筵：摆开筵席。张，陈设，展开。集：聚集，邀请。藩：明清时布政使的别称，或称藩台、方伯。主管一省的人事与财务。清代，已成为总督、巡抚的属官，从二品。臬：又叫臬台、臬司，明清时按察使的俗称。清时，主管司法，为督、抚属官，正三品。粮：粮道，官名。清代为有漕粮的省份设置督粮道，分管漕运。盐：盐政，官名。清乾隆时，改盐差为盐政，云南由巡抚兼任。学：学官。清代府学官称教授，州称学正，县称教谕，负责教育所属生员。诸师：众官长。
〔4〕盘龙江：注入昆明滇池的最大河流。发源于嵩明县西北梁王山南麓黄龙潭，经松花坝水库后纵贯昆明城区，于官渡区洪家村注入滇池。全长107.5千米。烟火宁谧（mì）：指战事平息，没有战乱。宁谧，安宁平静。昆池：滇池。猗与（yīyú）：语气词，表示赞叹。与，通"欤"，表美叹之词。　〔5〕遐方：远方。洽（qià）：沾润。　〔6〕辛酉：康熙二十年，公元1681年。大师云集：指清军入滇，平息吴三桂叛乱。　〔7〕左辖：指管一省局部之事。抚云南军：任云南抚军。抚军，巡抚的别称，地位次于总督，总揽一省的军事、刑狱、吏治、盐漕等等，从二品官。卧甲枕戈：指勤于王事，高度警惕，以致睡卧仍穿铠甲，头枕戈而眠。飞刍挽粟：谓用车船疾运粮草。《汉书·主父偃传》："又使天下飞刍挽粟"。飞刍，疾速运送。帖（tiē）：贴近。　〔8〕中泽：即泽中，大泽之中。绥（suí）定：安定。《书·毕命》："惟周公左右先王，绥定厥家。"　〔9〕早夜：早晨晚上，指从早到晚、整天。负：辜负，对不起。咎：罪过。谁诿：诿谁，推给哪一个。　〔10〕越：过了。内艰：旧称母丧为内艰。去：去职，离职。滇抚：云南巡抚。底绩：定绩。考核吏绩。　〔11〕罔不：无不。悉心：用尽所用的心思。悉，全、尽。厘剔：改正剔除。已：止，停止。　〔12〕切：关切，关系。敢：岂敢。膜外：犹度外，心意计意之外。　〔13〕甲戌：康熙三十三年，即1694年。上特颁恩纶赉（bì）余：皇上特意颁发恩诏给我。恩纶，犹恩诏。纶，纶音、纶言，皇帝的诏书。宋苏轼《被命南迁途中寄定武同僚》

诗："适见恩纶临定武，忽遭分职赴英州。"畀余：给我。总：总揽。师：军队。　　〔14〕为治之务：做治国之事，处理国家事务。谋始：计划开好头。成终：得到好的结局。　　〔15〕定乱：平定祸乱。保泰：确保平安。泰：安泰。　　〔16〕斯楼：此楼。武乡侯：诸葛亮。亮辅刘备，备死，亮辅后主刘禅，封武乡侯。大观：指景物之盛大。出自范仲淹《岳阳楼记》："余观夫巴陵胜状，在洞庭一湖。……此则岳阳楼之大观也。"　　〔17〕匝(zā)：周围，环绕。　　〔18〕熏风：和暖的南风。七星：北斗七星，大熊星座的七颗明亮的星，分布成勺形；排列形式，又如旧式熨斗，故称北斗。用直线把勺形边上两颗星连接起来向勺口方向延长约五倍的距离，就遇到北极星。奎光：奎星之光。奎，奎宿，星名。二十八宿之一，为白虎七宿之第一宿。俗又作"魁"。河汉：银河。《文选·古诗十九首》："迢迢牵牛星，皎皎河汉女。"　　〔19〕向使：假使。《史记·秦始皇本纪》："向使婴有庸主之才，仅得中佐，山东虽乱，秦之地可全而有。"榱(cuī)：椽子，放在檩上架屋瓦的木条。疏漏：稀疏漏水。疏，稀、阔。　　〔20〕经始：开始营建。《诗经·大雅·灵台》："经始灵台，经之营之。"美垂成之轮奂：即成语"美轮美奂"。形容高大美观。多用于赞美新屋。见《礼记·檀弓下》："晋献文子成室，晋大夫发焉。张老曰：'美哉轮焉，美哉奂焉。'"注："心讥其奢也。轮，轮囷，言高大。奂，言众多。"　　〔21〕范文正：范仲淹（989~1052），字希文，江苏吴县（今苏州）人。宋真宗祥符八年（1015）中进士。仁宗时，曾率兵镇守延安，抵御西夏。死后谥文正。著作有《范文正公集》存世。其著名的散文《岳阳楼记》，中有"先天下之忧而忧，后天下之乐而乐"等名句。　　〔22〕微斯人：不是这种人。微，非。斯人，指"古仁人"。吾谁与归：即吾与谁归。原句为宾语前置，意为我归向谁呢？　　〔23〕休命：美善的命令。休，美善、美好。《书·说命》下："敢对扬天子之休命。"　　〔24〕鼓舞：激励。《易·系辞上》："变而通之以尽利，鼓之舞之以尽神。"率属：率领下属。兢兢：小心戒慎的样子。《诗·小雅·小旻》："战战兢兢，如临深渊，如履薄冰。"　　〔25〕汉武：汉武帝刘彻，前140~前87年在位。据传其时彩云南现。司马相如（前179~前117）：字长卿，蜀郡成都人。辞赋家。赋作深受汉帝王赏识，武帝用为郎。奉命出使西南，对西南开发有贡献。持节：古代使臣出使，必持节以作凭证。节，符节。　　〔26〕王褒：西汉蜀资中人，字子渊。宣帝时征入都，擢为谏议大夫。善诗赋。奉命前往益州祀金马碧鸡之神，写了一篇《移金马碧鸡颂》，未走到滇池地区，卒于道。车书一统：指国家高度统一，书同文，车同轨。　　〔27〕颜：本指堂上和门上的匾额。这里活用作动词，题写匾额，即为楼题名。彩云：点名彩云楼取名之由，歌颂圣绩。盛绩：盛大功绩。弥显：更加显著。弥，越是、更为。据戴䌹孙道光《昆明县志·祠祀志》上载，昆明南城门名曰"丽正门"，"丽正门之外校场左曰三义庙，祀汉昭烈帝（刘备）、关壮缪侯（关羽）、张桓侯（张飞）。庙有楼曰'彩云'。"　　〔28〕颉颃(xiéháng)：不相上下，相抗衡。中州：中原，国的中部。《汉书·司马相如传·大人赋》："世有大人兮，在乎中州。"　　〔29〕翕(xī)然：聚合、趋附貌。振变：振奋变革。　　〔30〕楚之有黄鹤：楚地（湖北）有黄鹤楼。豫章之有滕王阁：南昌建有滕王阁。豫章，汉代置郡，属扬州。隋改为县，属洪州。故治在今江西南昌市。雄川岳：雄踞于平地的山岳。川岳，平地的山岳。川，平川、平地。　　〔31〕楼观(guàn)：观，宫门前两边的望楼。楼观二词连用，泛指楼。厥成：其成，它之建成。遂为之记：就替它作记。

（张德鸿）

高奣映（二篇）

高奣（wěng）映（1647～1707），字元廓，一字雪君，别号问米居士。云南姚安人。高耀（tài）之子，袭姚安府同知。生性警悟，自幼嗜读，博极群书，玄释医术，莫不知晓；诗词歌赋，都有较深造诣。康熙十二年（1673），奉檄出川巡视，寻吴三桂叛变，威逼他分巡川东。未几，托疾挂冠。辛酉（1681）清军复滇，授参政。次年（1684）托疾告归，隐居结璘山，因号结璘山叟。培养弟子，成材者甚众。著有《妙香国草》、《金刚慧解》、《太极明辨》、《增订来氏易注》、《鸡足山志》等八十馀种。著述之富为一州之冠。生平好公益，喜济施。今选其文两篇。

《教民树艺议》一文，依据姚安的地理环境和"寄住游民半于土著"的情况，提出了分田给游民、教以树艺的办法。强调因地制宜，不同的地带，种植不同的农作物。作者认为，这样做，"只俟五年而收利则可继百世"。最后，作者又以"宾居果园之利"，证明自己的想法并非"迂阔"，而是切实可行的。全文122字，内容单一，直言其事，无意为文，重在实用。

《禁邪巫惑众议》一文，首言邪巫之害，在于扰乱民心，民心邪，则正道不彰。次言邪巫骗人财物，常常是"病未瘳而家已破"。而且，一个活人怎么能够"日与鬼为交"、"邀鬼与之处乎"？最后指出，巫之邪说"破人家"、"荡人意"，使人"转趋于邪，虽死而不变"，妨碍了仁义学说的传播；而对付邪巫的最好办法，便是孔子所说的"攻乎异端"。

教民树艺议[1]

姚安荒田甚多，不特人少，又苦活水无多[2]。今寄住游民半于土著，闪避差徭，习为固然[3]。宜将游民清查，给以田亩。近平原无水者，教以树桑；如近山箐稍阴处，教以栽植花椒；山箐之向阳而有水者，教以种植桃、梨、枣、栗、海松、胡桃、橘，相取效[4]。只俟五年而收利则可继百世也[5]。不尝见宾居果园之利乎[6]？不得以此为迂阔事[7]。

选自《滇文丛录》卷二

【简注】〔1〕树艺：种植。《孟子·滕文公上》："树艺五谷。"焦循《孟子正义》："树、艺、种、植四字义通，故树可训种，亦可训植，艺可训植，亦可训种也。"议：旧时文体的一种，用以论事说理或陈述意见。　〔2〕姚安：府名。明洪武十五年（1382）以元姚安路改置。领姚州及大姚县。二十七年改军民府，治所在今姚安县（位于滇西，今属楚雄彝族自治州）。不特：不但，不仅。活水：流动的水。〔3〕寄住：客居，借住。半于：一半以上。于，犹"过"，表示比较。土著：原居住本地的人，与"客籍"相对。闪避：闪开，躲避。差（chāi）徭：差役与徭役。古代国家强迫平民（主要是农民）从事的无偿劳役。一般有力役、军役及其他杂役。习为固然：犹言"习以为常"。固然，必然、理所当然。
〔4〕箐（qìng）：指树木丛生的山谷。海松：常绿乔木，是常见的建筑材料，也叫红松或果松。种籽粒

大,可以吃,可提制松节油。胡桃:亦称"核桃"。相(xiāng):递相,先后。取效:取得效益。 〔5〕俟(sì):等待。继:延续。世:古称三十年为一世。 〔6〕不尝:不曾(céng)。副词,表示"曾经"的否定。尝,与"曾"相同,副词,表示以前有过某种事实。宾居:今为宾居乡。位于云南省宾川县南部、西大河南岸。因南诏灭越析诏后,部落北徙,外籍客商迁此安居,故名。这里盛产柑橘、核桃、板栗等。因宾居距姚安不远,故以那里的果园为例。 〔7〕此:这。指教民种植这件事。迂阔:迂远而不切实际。

(吴培德)

禁邪巫惑众议[1]

书有三风,巫居其一,厉王弭谤用巫以丧其国,巫之害甚于盗贼鸩毒矣[2]。何者,民之效者,用民之心也,民心邪矣,而正道民可听乎哉[3]?

一家之贫仅存鸡豚,巫曰是祀可以鸡,则无故而害其鸡[4]。曰且宜豚,则无故而害其豚[5]。犹不止也,曰可羊,则害其羊;可牛,则害其牛[6]。病未瘳而家已破[7]。固不论其妖异也,即其术之果真乎,而人也宜日与鬼为交,可乎[8]?固不论其伪诞也,即其术之果真乎,而病者方思活也,而宜邀鬼与之处乎[9]?

其事诞甚,其术愈邪,信之而破人家,信之而荡人意,转趋于邪,虽死而不变,居仁由义之说夫能行于民乎[10]?曰:攻乎异端斯害也已[11]!

选自《滇文丛录》卷二

【简注】〔1〕邪:妖异怪诞。巫:装神弄鬼,以替人祈祷为职业的人。古代称女巫为巫,男巫为觋(xí)。惑:欺骗,蒙蔽。 〔2〕三风:巫风、淫风、乱风。厉王弭(mǐ)谤:《国语·周语上》:"厉王虐(暴虐),国人谤(批评)王。邵公告曰:'民不堪命(忍受不了暴虐的政令)矣!'王怒,得卫巫(卫国的巫者),使监(监视)谤者。以告(把批评朝政的人向周厉王告发),则杀之。国人莫敢言,道路以目(人们在路上相遇,不敢交谈,只能以目示意)。王喜,告邵公曰:'吾能弭谤(禁止谤言)矣,乃不敢言(老百姓终于不敢讲话)!'"周厉王,公元前878年至前841年在位,因暴虐弭谤,被放逐于彘(zhì)。彘,在今山西省霍县。鸩(zhèn)毒:毒酒,毒药。鸩,传说中的一种毒鸟,羽毛泡的酒能毒杀人。 〔3〕何者:为什么呢?效:效力,效劳。邪:奸邪,不正当。正道:正确的道理、准则。 〔4〕存:保存,存有。豚(tún):小猪;也泛指猪。是祀:这次祭祀。是,此。代词,代替较近的人或事物。 〔5〕且:姑且,暂且。宜豚:适合用豚(祭祀)。 〔6〕犹:还,尚。副词,表示某种情况继续不变。不止:表示超出某个数目或范围。此言邪巫之害不仅仅是"害其鸡"、"害其豚",还"害其羊"、"害其牛"。 〔7〕瘳(chōu):病愈。 〔8〕固:通"姑"。姑且。妖异:古代称物类反常的怪诞现象。术:技术,技能。为交:相交,互相接触。 〔9〕伪诞:虚假荒诞。邀:邀请。处(chǔ):居住,一起生活。 〔10〕诞甚:荒诞到极点。荡:摇动,震动。趋:趋向。居仁:以仁道为依据;依靠于仁。居,通"据"。《论语·述而》:"志于道,据于德,依于仁,游于义。"由:行,遵循。 〔12〕攻乎异端:《论语·为政》:"子曰:攻乎异端,斯害也已。"意思是:攻击异端邪说,它的祸害就可以消失了。斯:通"其"。已:停止,完毕。

(吴培德)

王思训（一篇）

王思训，字畴五，号永斋，昆明人。清康熙丙戌（1706）进士。累官翰林院侍读，曾督学江西。后辞归故里，康熙赐书奖励，又选购四部万卷，归建"赐书堂"，供众阅览。工诗文。著有《滇乘》，搜集研究滇中掌故，对以后师范、袁文典、袁文揆、张登瀛、王崧之作有首倡之功。还著有《见山楼诗文集》，岭南温汝骧谓其诗出入杜韩，渊源汉魏，并将他与同时代的南施（闰章）北宋（琬）相并论。

《滇南通考》描绘云南地理形势的险要，指出云南四周防守的要害地区，考证境内和周围地脉山川的走向流程，以及一些古今地名的变易。论及"滇"名的缘起，沿袭"倒流说"。据前人研究，辨析"以潞江（怒江）为黑水"之说。在三百年前，尚未有比例准确的地图，如此清晰表述地理沿革，已属难能可贵。这是清初云南重要的地理文献。

文中采用对仗、排比、铺叙等骈体写法，整散结合，富于气势。行文明晰流畅。

滇 南 通 考[1]

滇南形势，左绕金沙，右界澜潞，重关复领，鸟道羊肠[2]。而云南一府，山盘水曲，较诸郡稍平衍，实足以控驭两迤[3]：东以曲靖为门户，西以楚雄为屏翰，澄江卫其南，武定障其北，大理居迤西之中，与云南相策应[4]。至元临、开化，接壤交趾；永顺，外临缅甸[5]；鹤永，近连吐蕃[6]。此数郡者，实资锁钥[7]。而云南、大理、永昌尤号沃野，此形势之大略也[8]。昔人谓云南有三要害：东南界交趾、老挝诸夷，以元临为锁钥；西南缅甸诸夷，以永顺、腾越为咽喉[9]；西北吐蕃，以丽江、永宁、北胜为扼塞，此三要也[10]。门户有四：一曰古路，自邛雅、建昌渡金沙入姚安、白崖，即古路也[11]；又有东路、西路、间路，此四路也[12]。西以永昌为关，以麓川为蔽[13]；北以鹤庆为关，以丽江为蔽；南以元江为关，以车里为蔽，东以曲靖为关，以沾益为蔽；此四关之说也[14]。观此可以知云南矣[15]。

至于地脉山川，尤可殚述焉[16]。山原始于西藏枯尔坤，两江夹持，至于老君山，穹窿郁律，为通省众山之祖[17]。又为定西岭，为碧藏山[18]。又东北为虮蚋山，及至沾、曲、遂，由黔入粤、入楚、入闽，以及浙江诸省[19]。

其水则以金沙江为北界。此水原出吐蕃达赖喇嘛东北牛吼山下，东南流入喀木地，经丽、鹤、永北、武定、东川，入四川界，合于岷江[20]。其入之者，则有打冲河，即诸葛所渡之泸水也[21]。又有龙川江、普渡，发源于滇池，周三百馀里，源广流狭，有似倒流，滇之名始此[22]。或又谓其回环倒流，故曰滇。水之南汇者，则有澜沧江，有二源，俱出吐蕃喀木地，会于叉木多之南，经丽江、旧兰州，过云龙，经永顺、黑惠江入焉，历镇沅、普洱，为九龙江，入于车里[23]。正西之大水，则有潞江，源出吐蕃哈拉脑儿，入怒夷，为怒江[24]。入云南，山大唐隘，经云龙，过永昌，入缅甸，即《禹贡》之黑水也[25]。按黑水有三，而诸说纷纷[26]。《水经注》谓出张掖鸡山，此雍州之水，与梁州绝不相涉[27]；《汉书·地理志》，唐樊绰皆以丽江为黑水[28]。薛季宣又以泸水为黑水，引郦道元之说以证之，但与入于南海之说俱未合[29]。宋程大昌以澜沧为黑水，明季李元阳因之[30]。《山海经注》亦然，但皆未身经其地，不过约指其为某水、某水耳[31]。惟我圣祖仁皇帝山川考论释三危之义，以潞江为黑水，而后，"黑水西河惟雍州"，"华阳黑水惟梁州"，有合于《禹贡》焉[32]。

正东之大水，惟八达河，经粤西入于右江[33]。而礼社一江，发源赵州，至蒙化，历楚雄、元江，入于交趾斜界[34]。滇中此东西两迤之所由名也。如大理之叶榆水，即古西洱河也[35]。又滇之极西，有龙川江、槟榔江，俱入于缅[36]。明王骥征麓川，兵抵金沙，诸酋震恐，曰：自古汉人无至此者，即此也[37]。

此地脉山川之大略也。

选自《滇文丛录》卷二

【简注】〔1〕滇南：指云南省。通考：常指汇考古今典章制度或地理沿革等而依次叙述的著作。〔2〕澜潞：澜沧江和潞江（怒江）。领：通"岭"，山岭。《汉书·严助传》淮南王安谏："舆轿而隃领，拕舟而入水。"鸟道羊肠：形容崎岖险绝的小径，仅通飞鸟。〔3〕云南一府：府治在今昆明市。领昆明、富民、宜良、罗次四县，嵩明、晋宁、安宁、昆阳四州及州属呈贡、归化、三泊、禄丰、易门五县。清撤归化、三泊二县，实领四州七县。云南，以原云南县之彩云南现得名；另一说，以在云岭之南得名。平衍：平坦广阔。控驭：控御，控制。两迤（yǐ）：清代设迤西道（先驻今保山，后驻大理），迤东道（驻今寻甸），迤南道（驻今宁洱）合称三迤。此二迤指东西二道。〔4〕屏翰：犹言屏藩。屏，屏障，护卫。翰，主干。障：屏障。云南：云南府。策应：互相配合。〔5〕元临：元江府和临安府。元江府治所在今元江县，辖奉先（今元江县境）、恭顺（今墨江县）二州；临安府治所在今建水县，领石屏、阿迷（开远）、宁州（华宁）三州，建水、河西、通海、嶍峨、蒙自五县。开化：府治在今文山县，辖安平厅（今马关）及文山县。又省罢广西府维摩州（今丘北县），以其地来属。交趾：今越南北部、中部。永顺：永昌府和顺宁府。永昌府治在今保山市隆阳区，辖境相当于今保山市及永平县（胜乡郡）、临沧市（枯柯甸、庆甸、佑甸）；顺宁府治在今凤庆县，领庆甸县（今凤庆）、宝通州（今云县）。〔6〕鹤永：鹤庆府和永宁土府。鹤庆府治在今鹤庆县，辖维西、中甸二厅；永宁土府，府治在今宁蒗县永宁乡，永，或指永北府，治所在今永胜县，康熙三十七年（1698）改北胜州置。吐蕃（bō）：指西藏。〔7〕资：凭借，依托。锁钥（yuè）：比喻边防重镇。〔8〕尤号：尤其号称。沃野：肥沃的田野，土地。〔9〕腾越：今腾冲。明嘉靖三年（1524），复置腾越州，属永昌军民府。〔10〕永宁：在今宁蒗县永宁乡。北胜：今永胜县。扼（è）塞：扼制要塞。〔11〕邛雅：当在四川今雅安、荥经一带。建昌：在四川今西昌、德昌一带。金沙：金沙江，指长江上游从青海玉树县至四川宜宾岷江口一段，全长2 308公里，自云南德钦进入云南省境，流经19个县市，出境入四川省。省境内江长1 560公里。白崖：在今云南弥渡县红岩乡。　　〔12〕间（jiàn）路：偏僻的小道。
〔13〕陇川：今德宏傣族景颇族自治州的陇川县。蔽：遮挡，防地。　　〔14〕车里：今西双版纳傣族自治州的景洪市。　　〔15〕云南：此指今云南省。　　〔16〕殚（dān）述：详尽叙述。　　〔17〕枯尔坤：即昆仑山。西起帕米尔高原东部，横贯新疆、西藏间，东延入青海境内。长约2 500公里，呈西北—东南走向。两江：怒江和澜沧江。老君山：在丽江市西部，与兰坪、剑川、洱源等县连绵盘亘，属云岭山脉中支，为丽江与兰坪、维西两县界山，漾濞江支流弥沙河和墨江分水岭。主峰海拔4247.2米。穹窿（lóng）：同"穹隆"，形容山形中高而四周下垂。郁嵂（lǜ）：也作"郁律"，高峻貌。
〔18〕定西岭：在云南凤仪（今属大理）南。本名昆弥山，明初西平侯沐英过此，更今名。碧藏山：疑为怒山山脉。北段在西藏境内，走向西北—东南，由西藏东南进入云南德钦县后，改称怒山或碧罗雪山，南北走向，北高南低。最北一段由梅里雪山和太子雪山组成，为滇藏界山。　　〔19〕屼（wù）岇山：疑为乌蒙山脉。在云南东北部，绵延数百里，跨越滇黔省边缘地带，走向东北—西南。为金沙江和南、北盘江分水岭。岇，音义未详。霭曲：沾益、曲靖。楚：此指湖南。　　〔20〕金沙江：见本文注〔11〕。达赖喇嘛：我国西藏黄衣派喇嘛教主，谓禅定菩萨化身。这里指代今西藏（前藏）。明永乐时，西藏黄教领袖宗喀巴有达赖喇嘛为大弟子、班禅额尔德尼为二弟子。宗喀巴遗嘱二大弟子世世以呼毕勒罕（化身）转生演大乘教。从达赖三世开始（前二世是追认的），历世达赖喇嘛转世，必经中央政府册封，成为定制。达赖，蒙语意为大海。喇嘛，藏语音译，意为"上师"。藏传佛教对高僧的尊称。喀木：原西藏四部中最东一部。相当于今四川康定、理塘、巴塘和西藏昌都地区。1924年曾建西康省，亦简称康。金沙江及其支流雅砻江流经此地。丽鹤：丽江、鹤庆。永北：今永胜县。岷江：长江上游支流。在四川省中部。源出岷山南麓，东源出弓扛岭，西源出郎架岭，南流经松潘、汶川等县至灌县出峡，自此以上称都江、汶江。灌县以下分内外两江，到江口复合，经乐山纳大渡河，到宜宾入长江。长735公里。
〔21〕打冲河：在四川盐源县东北，入雅砻江，故雅砻江下游亦称打冲河，又名黑惠江、纳夷江。此为金沙江支流。诸葛：诸葛亮（181~234），字孔明，琅邪阳都（今山东沂南南）人。东汉末，隐居邓县隆中（今湖北襄阳西），自比管仲、乐毅，人称"卧龙"。刘备三顾始见之，为备划据荆、益、联孙权、拒曹操之策，佐备取荆州，定益州，遂与魏、吴成鼎足之势。曹丕代汉，备称帝于成都，以亮为丞相。备死，亮辅后主刘禅，以丞相封武乡侯，兼领益州牧。整官制，修法度，志复中原。曾五次出兵攻魏，卒于军中。谥为忠武侯。泸水：一名泸江水，金沙江也古称泸水。此指今雅砻江下游和金沙江会合雅砻江以后一段的江流。诸葛亮《出师表》："五月渡泸，深入不毛"，即此。　　〔22〕龙川江：为金沙江右岸一级支流，发源于南华县天子庙鲁都拉山脚，经南华、楚雄、禄丰、元谋等县市，于江边乡（龙街）江头村附近汇入金沙江。河长254公里。普渡：普渡河，为金沙江右岸一级支流。有两源，正源牧羊河，又名小河，发源于嵩明县大哨乡梁王山脉西麓上喳啦箐。另一源为冷水江，又名甸尾河，发源于嵩明县白邑猫耳箐冷水洞。两源在官渡区小河乡汇合后，经松华坝流入滇池。又从海口流出，经西山区、安宁市、富民县、禄劝县，流入金沙江。富民县永定桥以上称螳螂川，以下称普渡河。全长399公里。滇池：在昆明市区西南。古名滇南泽，亦称昆明湖。为高原断层陷落构造湖。形似弯月，属金沙江系，有盘龙江、宝象河、马料河、梁王河、柴河、落龙河等二十多条河流注入。由西南岸海口向北流出，经螳螂川入金沙江。水似倒流，故名为颠，因称滇池。一说，先秦时为滇部落聚居区。　　〔23〕澜沧江：发源于青海唐古拉山东北麓，至西藏昌都与昂曲汇合，经西藏由云南德钦县布依进入云南，流经13个县市，于南腊河汇合口出省境，入老挝后称为湄公河，经缅甸、泰国、柬埔寨、越南，在西贡附近注入南海。干流全长4 180千米，云南境内干流长1 170千米。在云南境内有支流143条。洱海是流域内最大的湖泊。叉（chā）木多：也称察木多，其地有昌水、都水，故又名昌都。属西藏自治区。旧兰州：地为今兰坪县大部及剑川县上兰乡。明属丽江府，清顺治十六年（1659）废，故称"旧兰州"。黑惠江：

又叫漾濞江。为澜沧江左岸最大的一级支流。源于丽江市罗凤山，流经剑川等八个县市，在南涧县新民乡岔江西部注入澜沧江。江长330公里。九龙江：在今宁洱县南，为澜沧江支流，自北流绕，山势九岭相向，矫若游龙，故名。　　〔24〕潞江：即怒江，发源于西藏唐古拉山麓古热格嘴，上游叫黑河，藏名那曲，经西藏，由贡山县的茶畦陇进入云南，夹峙在高黎贡山与怒山之间，流经福贡等八个县市，于潞西市南部纳南信河后入缅甸，称萨尔温江，于毛淡棉附近注入印度洋的安达曼海。干流全长2 816公里，云南境内624公里。哈拉脑儿：当在西藏，汉译何名未知。入怒夷：指怒江流经怒族地区，故名。一说怒江谷深流急，波涛汹涌，故称。　　〔25〕唐：通"塘"，堤岸。《禹贡》：《尚书·夏书》中的一篇。作者不详，大约成书于战国时。篇中把当时中国划分为九州，假托为夏禹治水以后的政区制度，记叙各区域的山川分布、交通、土壤、物产状况以及贡赋等级等。记叙黄河流域较详细，而长江、淮河等流域较粗略。它保存我国古代很有科学价值的地理资料。后来的地志之书，自《汉书·地理志》以后各代的地理专著，无不以《禹贡》为依据。历代解释《禹贡》的著作甚多，成为专门之学。清胡渭所撰《禹贡锥指》是一部总结性的专门著作。黑水：怒江水色深黑，藏语呼为哈喇乌苏。哈喇，黑；乌苏，水。即黑河、黑水之意。见清代陈澧《东塾读书记·书》。　　〔26〕纷纷：多而杂乱的样子。〔27〕《水经注》：《水经》旧题汉代桑钦撰，但可能是三国时人所作。记我国河流水道，共137条。北魏郦道元作注，补充记述河流水道达1 252条，注文较原书多出20倍。注释以水道为纲，描述范围自山陵、原隰、城邑、关津等地理情况至历史事件、民间传说、神话故事，内容丰富，自成巨著。文笔生动，绚丽多彩，引用书籍多至437种，所引书和碑刻今多不传。这是公元6世纪前我国最全面而系统的综合性地理著作。赵宋时已佚百卷。王先谦《合校水经注》，集前人研究大成。杨守敬、熊会贞《水经注疏》一书，40卷，对水名、地名、故实以及征引典籍，都详作考释，并绘《水经注图》。这是北魏以前我国古代地理总结性的名著。张掖：在今甘肃省张掖市。鸡山：岘山，在甘肃山丹县西南。雍州：古代九州之一。即今陕西、甘肃及青海额济纳之地。但陕西的旧汉中、兴安、商州，甘肃的旧阶州为古梁州城。周合梁州于雍州。梁州：古九州之一。东界华山，南至长江，北为雍州，西无可考。相涉：相关联。〔28〕《汉书》：东汉班固撰。我国第一部纪传体断代史。班彪以《史记》只写到汉武帝太初年间，于是作后传65篇。班固以其父彪所续未详，又缀集所闻，整理补充，撰成本书。后因窦宪事被捕，死于狱中，全书未竟。汉和帝诏班固妹班昭和马续，续成其中八表和《天文志》。全书分十二纪、八表、十志、七十列传共100篇，后人分为120卷，记自刘邦（高祖）元年至王莽地皇四年230年间主要事迹。通行注本有唐颜师古注本，清王先谦《汉书补注》采辑尤详，近人杨树达著《汉书窥管》对王氏补注有所补正。《地理志》是其中十志之一。樊绰：唐懿宗咸通三年（公元862）时，为安南经略使蔡袭幕僚，据所见闻，并参照前人著作，撰《蛮书》，亦名《云南志》、《南夷志》等，是舆志中最古之本。它系统记述当时云南的山川、交通、城市、物产、风俗、六诏历史、各族概况及经济政治制度等。　　〔29〕薛季宣：字士龙，号艮斋，学者称艮斋先生。宋永嘉（在今浙江）人。为大理寺主簿，除大理正，出知湖州，改常州，未上任卒。著有《书古文训》、《诗性情说》等多种。郦（lì）道元：（466或472？～527），字善长，北魏范阳涿县（今河北涿州市）人。为御史中尉，后任关右大使。雍州刺史萧宝寅反，把他杀害。曾在各地"访渎搜渠"，著有《水经注》。　　〔30〕程大昌（1123～1195）：字泰之，休宁（在今安徽）人。宋绍兴进士，累官至吏部尚书，出知泉、汀等州，以龙图阁学士致仕，卒谥文简。著有《禹贡论》等多种。明季：明末。李元阳（1497～1580）：字仁甫，号中谿，另号逸民，白族，大理人。明嘉靖丙戌（1526）进士，授翰林院庶吉士，历官江西分宜、江苏江阴知县、户部主事，监察御史，荆州知府。以父丧归里，不复出。博学工诗文。著有《中谿家传稿》、《云南通志》等多种。因之：沿袭此说。〔31〕《山海经》：18篇，大约成书于战国，经秦汉又有所增删。当不出一时一人之手。最早见于《史记·大宛传论》。作者不详。书中记叙各地山川、道里、部族、物产、祭祀、药物、医巫、原始风俗，往往掺杂怪异，较多保存远古的神话传说和史地文献材料。晋有郭璞注和图赞。清毕沅考证注释本《山海经新校正》称为善本。　　〔32〕"惟我"句：圣祖（1654~1722），爱新觉罗·玄烨，8岁即位，年号康熙，在位61年，庙号圣祖。先后平三藩，定台湾，统一漠北、西藏地区，打击分裂势力。订立《中俄尼布楚条约》，确定中俄间东段边界。停圈地，奖垦屯，治黄河，兴水利。举博学弘词科，开馆修书，纂辑《康熙字典》、《全唐诗》、《古今图书集成》等，以牢笼遗民文士。号为"治平"，但提倡理学，严禁结社，兴文字狱，对清代学术影响极大。大臣结党营私，地方官吏多贪酷。三危：山名。康熙时虽完成《皇舆全图》的绘制，但认为"三危"在云南的却是宋郑樵《通志·地理略》，而此《地理略》"则全抄（唐）杜佑《通典》，州郡序一篇，前虽先列水道数行，仅杂取《汉书·地理志》及《水经注》数十则，即《禹贡》山川亦未能一一详载"（《四库全书总目》）。而明确提出黑水即今怒江（潞江）上游的是清道光举人，广东番禺人陈澧的《东塾读书记·书》。这两句引文均出自《书·禹贡》。　　〔33〕八达河：即南盘江，发源于曲靖市马雄山东麓，流经八县市，汇入黄泥河后出省境，成为广西、贵州的界河，在蔗香街与北盘江汇合后称为红水河，为珠江上游。在省境内长677公里。右江：即黔江，在广西中部。黔江及其上游红水河与柳江称右江。东南流至桂平县与郁江（左江）汇合。以下称浔江。　　〔34〕礼社江：即云南元江上游。元江为红河正源，发源于巍山县北部茅草哨。流经12个县市，于河口镇出境入越南。上段又名礼社江。红河县境以下称红河。云南境内元江长692公里。赵州：即今大理凤仪一带。清代赵州兼领弥渡红岩乡，及今祥云县。蒙化：即今巍山县。　　〔35〕叶榆水：即西洱河，由洱海出口到漾濞江交汇口，全长22公里。　　〔36〕槟榔江：发源于云南腾冲县西北古涌（今古永乡）南，南流至干崖（今盈江县），入大盈江。　　〔37〕王骥：字尚德，束鹿（今河北辛集市）人。明永乐进士，累官兵部尚书。三征麓川，均总督军务。后请老归。卒谥忠毅。征麓川：明代三征麓川。麓川在云南瑞丽一带。明代麓川子孙世袭的思氏集团从洪武时反复叛乱。明英宗正统六年（1441）派定西伯蒋贵为总兵官率十五万人三路讨伐思任发；第二次是正统八年，以原有五万人，再"发卒转饷五十万人"突击思任发之子思机发；第三次是正统十三年以宫聚为统帅，率十五万大军征讨，激战。王骥等决定与思任发幼子思禄发缔结和约，命其为土目，在伊洛瓦底江畔立石为界："石烂江枯，尔乃得渡。"金沙：此指伊洛瓦底江。诸酋：各部族首领。

（蔡川右）

李发甲（一篇）

李发甲，字瀛仙，号云溪，河阳（云南澄江）人。清康熙甲子（1684）举人。历官大理府教授、灵寿县（今属河北）知县，擢御史，出为口北道（在今河北）、山东按察使、福建布政使，两任湖南巡抚等。所到之处，剔蠹厘奸，澄清吏治，有政声。卒于官。著有《居易草堂诗文集》。

他的《请澄清吏治疏》主旨是"澄清吏治"。首先颂扬"皇上圣明"，御宇勤民，求贤若渴，把问题放在下面的"大小臣工"；指出要安民生，固邦本，"奖廉抑贪"，关键在于省级的总督和巡抚，其他各级官府会迎刃而解。接着，肯定督抚清廉，激浊扬清。同时推广垦荒就业治安的经验；但还要抓住教育，培养人才。最后，就教育与应试问题，提出先习官话，磨励文行的具体措施。清制，不会官话，不准送试。

值得注意的是文中提到要仿照鄂尔泰任云南总督时在昆明书院"教士之法"，加以总结推广。特别是提出书院经费与士子"膏火之资"从垦荒官租中解决的重大财政问题，这与垦荒就业治安"事属两益"，两全其美。

作者论"吏治"，并非就事论事，而是有的放矢，针对粤东现状，从实际出发，思路开阔，眼光锐利。抓教育，重人才，这在当时虽非治本之举，而主张澄清吏治，至今仍足以令人深思。

请澄清吏治疏[1]

为澄清吏治，严禁科派以安民生，以固邦本事[2]。钦惟皇上圣明，御宇道接唐虞，德迈商周而孜孜图治，日昃不遑[3]。四十年来，蠲租频下，赈荒屡施，且不惜帑金数百万，专责河臣修筑河道，凡此忧勤惕厉之衷，即古帝王饥溺由己之心，不是过矣[4]。总期大小臣工精白乃心，嘉惠元元，共图乂安，无负我皇上敬天勤民之实，意起疮痍而登衽席也[5]。

臣维国家之根本在民生，民生之休戚在吏治，而外之承流宣化，代我皇上分治天下，兼总吏治，以遂我民生者，惟此督抚诸大吏[6]。督抚清则司、道、府、厅、州、县莫敢不清，而民生遂矣[7]；督抚贪则司、道、府、厅、州、县莫不效尤而为贪，而民生蹙矣[8]。以一二省之督抚而论，即关系一二省之民命安危；合十五省之督抚而论，即上关我国家理乱治忽之原[9]。是督抚之任綦重，诚宜慎择其人以固邦本者也[10]。我皇上辟门明目，求贤若渴，得一贤良方正之士，特畀以不次之擢，所以奖廉抑贪，风示天下，其励世磨钝之大权至深且微矣[11]。

今之直省各督抚品行端方，清廉素著，激浊扬清，厘奸徒多于矿山私挖，甚至丛聚为匪[12]。近因稽查严密，虽已涣散，但必俾有恒业，庶得永无滋事[13]。兹因大官田新设县治委员丈荒给垦，惠、潮无业之民，纷纷投至[14]。悉令垦户招为佃民，又垦户分垦之外馀剩二十顷，率同司、道公捐资本分给前项无业之民垦种[15]。谕令各安耕作，勿再甘蹈法网，将来似可不致窃挖滋事矣[16]。其前项田亩将来成熟，每岁可收官租千馀石；查省城向有粤秀书院，现为义学，教习生童，请归入作为膏火之资，事属两益[17]。

至粤东士子，文艺庸陋，虽前经钦奉谕旨著地方官训导，又雍正六年定例，谕令有力之家先于邻省延请官音读书之师，教其子弟，转相授受[18]。以八年为限，如不能官话者，生、童、举、监暂停送试[19]。俟官话习会之时，再各准其应试。奉旨依议，钦遵在案。但粤人皆狃于积习，历今四年，仍未能渐移[20]。臣拟将粤秀书院捐资修葺，仿照大学士鄂尔泰前任云贵总督时在昆明书院教士之法，将学臣岁科两试所取优等生员品行端方者，每学拨二三名赴书院肄业，在于邻省延请老成笃行之士为之教习，砥行课文[21]。每月臣与督臣各课试一次，加以训勉，俾知立身行己，尊君亲上之义[22]。每人月给膏火之资于前项官租内取给。科举之后，散归本籍，另将新学臣岁科所取者，照前拨入肄业[23]。如此合一省之优生，训诲造就，三年之间，文行既得，以交修官音，亦易于学习[24]。及至散归本籍，复可转相授受，陋劣者亦可知所勤勉矣[25]！

选自《滇文丛录》卷四七

【简注】[1] 疏：条陈，泛指向皇帝书面陈述政见的奏章。《汉书·贾谊传》："谊数上疏陈政事。" [2] 科派：犹摊派。多指赋税正项外的加派。邦本：国家的根基。 [3] 钦惟：敬思。御宇：指帝王统治国土。道接：承接，继承。唐虞：古史中说的陶唐氏（尧）与有虞氏（舜），皆以揖让有天下，以唐虞时为太平盛世。商、周：两个朝代。商，公元前16世纪商汤灭夏后建立的奴隶制国家，建都亳（今山东曹县南），曾多次迁移。后盘庚迁都殷（在今河南安阳小屯村），故也称为殷。传至纣，被周武王攻灭。周，公元前11世纪周武王灭商后建立的王朝。建都于镐（在今陕西长安沣河以东）。周公东征后，不断分封诸侯。前772年，周平王东迁洛邑（在今河南洛阳），此后为东周。东周又可分为春秋和战国两个时期。前256年为秦所灭。共历三十四王，八百多年。孜孜：勤谨，不懈怠。日昃（zè）不遑：直到下午也没闲暇。指极勤政。日昃，也作"日仄"、"日侧"，太阳偏西，约未时，即下午三时前后。不遑：不暇，没闲暇。 [4] 蠲（juān）租：免租，减免租。帑（tǎng）金：库藏的钱财。河臣：泛指水利官员。忧勤：忧愁而劳苦。惕厉：心存危惧。《后汉书·明德马皇后纪》："今虽已老，而后戒之在得，故日夜惕厉，思自降损，居不求安，食不念饱。"衷：衷心，内心。饥溺：比喻临危困境。由己之心：犹设身处地。由己，从自己。不是过矣：否定式宾语提前，即不过是矣，不过如此，不会超过这样。 [5] 总期：明堂举礼之室。诸礼皆于此举行，也称总章。《吕氏春秋·孟秋》："天子居总章左个。"注："总章，西向堂也，西方总成万物而章明之也，故曰总章。左个，南头室也。"这里泛指朝廷。臣工：君臣百官。《诗经·臣工》："嗟嗟臣工，敬尔在公。"精白：洁白，纯洁。《汉书·贾山传·至言》:"天下之士莫不精白以承休德。"注:"厉精而为洁白也。"乃心:即乃心王室,忠于朝廷。乃心,汝心,你们的心。嘉惠:对他人所给予恩惠的敬称。元元:平民。乂(yì)安:太平无事。乂,治理,安定。"意起"句:欲让平民从痛苦走向安宁。疮痍,创伤。比喻人民疾苦。衽(rèn)席,卧席,引申为寝处休息之所。 〔6〕休戚:喜乐与忧虑。承流宣化:承担着边远地区宣德化的重任。流,边远地区。宣化,宣扬德化。《汉书·宣帝纪》黄龙元年:"今吏或以不禁奸邪为宽大,……奉诏宣化,如此岂不谬哉!"遂:顺,如意。督抚:清代各省设置总督和巡抚,合称督抚。总督,清代因明制,为地方最高长官,综管一省或二三省军事和政治,例兼兵部尚书衔。别称制府、制军、制台。巡抚,清代为省级地方政府的长官,总揽一省的军事、吏治、刑狱、民政等。因兼兵部侍郎,也称抚军。又因明清两代巡抚例兼都御史或副都御史衔,故也称抚院。 〔7〕司、道、府、厅、州、县:为地方官府各级行政机构。司,布政使司和按察司。即藩司和臬司。布政使司设布政使,为督抚的僚属,专管一省的财赋和民政。康熙六年后,每省仅设布政使一员,不分左右,为从二品官。俗称藩司、藩台。按察使司,清因明制,设提刑按察使,为一省司法长官。又名臬司。俗名臬台、廉访。道:行政区域名。清代在省与州、府之间设道。府,清代省以下,以府领州,州领县。厅,清制在府下设州、县,有的又设厅,由知府的佐贰官同知、通判管理。其所管地区,也叫厅。有直隶厅和散厅之别。州,元、明、清皆有州,分直隶州与散州两类。县,宋、元、明、清均以府州统县。 〔8〕效尤:明知有错误而仿效之。尤,错误。《国语·晋语》:"夫邮而效之,邮又甚焉。"韦昭注:"邮,过也。"蹙(cù):紧迫。指生活艰难,穷困。 〔9〕治忽:治理与忽怠。指国家安定与荒乱。 〔10〕綦(qí)重:极重,甚重。〔11〕辟门明目:比喻圣明智、广求贤。贤良方正:泛指品行端正。汉代选拔官吏的科目有贤良方正科,后代往往视作非常设的制科。清代科举制度中有孝廉方正之名。特畀(bì):特别给与。不次之擢:超常提拔。不次,不按通常的次序。风示:告诫,训示。励世磨钝:犹劝世治邪。 〔12〕直省:当省,指任职于省。端方:正直。素著:平素闻名。激浊扬清:斥恶奖善。厘奸徒:治理不法之徒。〔13〕俾:使。恒业:长期的工作,固定的工作。庶得:希望能够。 〔14〕丈荒给垦:丈量荒地,交给开垦。惠、潮:惠州和潮州。 〔15〕率同:连同,一般同。司、道:见本文注〔7〕。前项,指文中提到的奸徒、滋事者、曾为匪而涣散者。 〔16〕谕令:官府告示。甘蹈法网:甘愿投法网,情愿犯法。窃挖:指文中所谓"矿山私挖"者。 〔17〕粤秀书院:当在今广东广州市。义学:免费的私塾学校,也称义塾。经费主要来源为地租。膏火:指供给学习的津贴。清吴荣光《吾学录》初编《学校门》:"诸生中贫乏无力者,酌给薪水,各省由府、州、县董理酌给膏火。" 〔18〕粤东士子:广东学子、文人。文艺:指写作方面的学问。唐刘肃《大唐新语·知微》:"士之致远,先器识而后文艺也。"庸陋:平庸,浅薄,粗劣。钦奉:奉皇帝之命。谕旨:皇帝对臣下的命令、文告。清制,凡晓谕中外及京官自侍郎以上,外官自知府、总兵以上之升降调补称谕,亦曰上谕,由军机处撰拟以进。批答内外臣工题本常事,谓之旨,由内阁撰拟以进。通称谕旨。著:使,派。训导:教诲开导。雍正六年:即公元1728年。雍正,清世宗(胤禛)年号(1723~1735)。官音:即官语,此指通行较广的北方话,特别是北京话。因在官场中通用,故称。清制,举人、生员、贡、监、童生不会官话的,不准送试。转相授受:学会又教他人。授受,给予和接受,犹教学。 〔19〕生、童、举、监:生员、童生、举人、监生。生员,明清时,凡经过本省各级考试取入府、州、县学者,也俗称秀才。童生,明清科举,凡应考生员(秀才)之试者,无论年龄大小,皆称儒童,或童生。入学后称生员。举人,乡试(三年一次,士子集于省城)登第者。监生,入国子监就读者。 〔20〕狃(niǔ)于:因袭于,拘泥于。积习:积久而成的习惯。 〔21〕修葺(qì):修理,修补房屋。大学士:清因明制,设殿(保和、文华、武英)阁(体仁、文渊、东阁)大学士四人,协办大学士二人,秩皆正一品;赞理机务,表率百僚,遂为宰相之职。鄂尔泰(1677~1745):姓西林觉罗氏,字毅庵,清满洲镶蓝旗人。康熙举人。授三等侍卫。为雍亲王(即世宗)的心腹。雍正时,历任江苏布政使,迁广西巡抚又署云贵总督,兼辖广西,以铁和血的手段在西南各少数民族地区实行改土归流，设置州县，废土司，置流官，驻军队。多次镇压云贵苗民起义。雍正十年（1732）任保和殿大学士兼兵部尚书，督巡陕甘军务，大兴屯田，支持讨伐准噶尔叛乱。世宗死，受遗命与张廷玉等辅政。乾隆初，又任军机大臣，总理事务，加至太保。封襄勤伯。谥文端。著有《西林遗稿》。总督：见本文注〔6〕。昆明书院：即育材书院。在昆明城南慧光寺，初名昆明书院，康熙二十四年（1685），总督蔡毓荣、巡抚王继文建置。以康熙题赐"育材"匾额改名。置有学田、官房，收入为书院经费，供给膏火。咸丰七年（1851）毁于兵乱，同治间重建。肄业：修习学业。老成：年高有德。也泛指有声望。笃（dǔ）行：行为惇厚。教习：学官名。清沿明制，翰林院设庶常馆教习，以满汉大臣各一人充当。选侍讲、侍读以下官，分司训课，名小教习。各官学也设教习。这里的教习指后者。砥行（dǐxìng）：磨炼德行。课文：考查、考核文章。 〔22〕课试：考试，考核。训勉：教诲鼓励。立身行己：近义复词。犹为人处世。立身，树立己身。行己，犹处世，待人接物。尊敬君亲上：同义复词。尊君主。君、上，均为君主。《礼·王制》："尊君亲上，然后兴学。" 〔23〕科举：明清两朝科举考经义，以《四书》、《五经》的文句为题，规定文章格式为八股文，解释须依朱熹《四书集注》等书。光绪三十一年（1905）废除科举。 〔24〕训诲：教诲，训导。文行：文章德行。《论语·述而》："子以四教，文行忠信。" 〔25〕陋劣：指道德文章低下、浅薄。劝勉：劝告勉励。

（蔡川右）

刘 彪（一篇）

刘彪，字玉庵，号焕山，建水人。清初，以功授四川分巡遵义道，后裁缺家居。会吴逆（吴三桂）弄兵，不受伪职。当权者表彰他"清节名臣"。《滇南文略》存其序记三篇，《滇文丛录》选二篇，并附作者小传。这里选收一篇。

《重修临安府庙学碑记》一文，记叙建水学宫的修葺情况，颂扬了钟山王公"来守是邦"的业绩。可贵的是，文章不局限于对修缮的准备和增扩、美饰的描述，而是借学宫竣工作记之机，突现王朝崇文之治，宣传为政风化之本，这对于后世崇尚教化、倡导教育、重视学教功能有所启迪。文章简要、质朴，记议结合，安排有序，避免了平庸之弊。

重修临安府庙学碑记[1]

临安学宫规制，视他郡为宏敞[2]。创之者无美弗增，修之者盛则难继[3]。我国家定鼎以来，崇文之治，无间于远贤大夫之莅兹土者，时能修葺之[4]。但工繁弗绌，阅时复敝，求当年所谓美富宫墙难矣[5]。今上御极之三十有一年，钟山王公来守是邦，甫下车斋谒，顾赡兴叹，即慨然以修葺为己任[6]。于是鸠工庀材，不资于众，不役于民，易材如其市，饩工如其私[7]。费以锱计者一千有奇，悉输之囊橐中，去费缺而就奢固[8]。化黜黝为绚丽，圮者筑之，废者增之，卑者崇之，隘者扩之[9]。自殿而庑、而门坊池亭、而魁阁，由中及外，罔弗饬也[10]。自启圣宫而尊经阁，而景贤祠，由前及后，罔弗缮也[11]。始工于癸酉之秋七月，讫于是年之冬十二月[12]。比之当年，创者亦无美弗增也。郡人士瞻仰其中，咸颂公不置，欲勒石以志不朽，属余为文以记之[13]。余维：为政莫先于风化，而学宫实风化所自出之地，岂特春秋祀事讲学请肄已哉[14]。以肃群僚，以抚四彝，以励民俗，以消回遹，先其大纲，徐详规画，政刑不先于德礼[15]。是故庙中者，境内之象也。人第见公莅任来，大法小廉，以为公之能正己也[16]。梯山负岩，雕题凿齿之伦，骎骎慕义，以为公之能招徕也[17]。秀者敦诗书，朴者安耕凿，城狐社鼠，悉化良善，以为公之能鼓舞而振刷之也[18]。而不知公固有得乎风化之本者。以故三年于兹，学成而教亦成，郡人士颂公之功，尤当体公之意[19]。家敦诗书，人尚实学，出备朝廷公辅之选，处为斯道先后之寄；不徒逡巡胶庠，为取科名博文誉之径，是诚公意之所厚期也[20]。公名永羲，字维庵。钟山人。至于司出纳，则临安府学教授杨君邠俊，董工作则建水州学正陈君万言，府学训导单君国瑾也[21]。

选自《滇文丛录》卷八四

【简注】〔1〕临安府：明洪武十五年（1382），以元临安路改置，治所在今建水县，领六州六县九长官司，辖境相当于今红河哈尼族彝族自治州（除弥勒外）及通海、华宁、新平、峨山等县地。清代沿袭仍设府，领三州五县，1913 年废。庙学：以孔庙为中心的办学模式。起于元代，赛典赤在云南首建孔庙，创庙学，"购经史，授学田"，在中庆（昆明）、大理设儒学提举，进一步传播汉族文化，培养和吸收云南少数民族知识分子参加省政权机构，巩固元朝统治，为以后封建王朝在云南推行科举制度开了先声。〔2〕学宫：犹言学舍，即学校。《三国志·魏杜畿传》："于是冬月修成戎讲武，又开学宫，亲自执经教授。"旧时也称孔庙为学宫。规制：规模。〔3〕无美弗增：没有美的不增加。用双重否定表示肯定，意为凡是好的都增加。盛则难继：（前人）好的太多，难以继续保持。〔4〕定鼎：定都，建立王朝。传说夏禹铸九鼎以象九州，历商至周，都作为传国重器，置于国都。后因称定都或建立王朝为定鼎。《左传·宣公三年》，"成王定鼎于郏鄏。"崇文：崇尚儒家文化，以礼乐治国。无间（jiàn）：不间断，不隔绝。远：远方的。莅：莅临，来到。兹土：此土，这一块土地。修葺（qì）：修缮。葺，用茅草覆盖屋顶，泛指修理房屋。〔5〕弗绌（chù）：不足（指人力、物力、财力等方面）。阅时：经历一段时间。阅，经历、经过。复敝：又破旧了。敝，坏、破旧。美富宫墙：华丽宫墙。〔6〕今上：当今皇上。当指康熙皇帝。御极：谓帝王登位。钟山：地名。江西分宜县、云南邓川县、广西、南京等地均有钟山，这里的钟山所指不清。王公：名永羲，字维庵。钟山（今江苏南京）人。生平未详。守：管理。或指官职名：太守，知府亦称太守。是邦：此邦，指临安府。甫：才、刚。下车：官吏上任。斋谒（yè）：虔敬拜见。斋，沐浴，整洁身心，引申为虔敬。谒，晋见。顾瞻：疑为"顾瞻"之误。顾瞻，回视，环视。即四处观看。〔7〕鸠工：召集工匠。鸠，集合。庀（pǐ）材：备料。庀，具备、准备。如其市：到市场上去购买。如，动词，往、去。饩（xì）工：给工匠食物。饩，谷物、粮食；或当赠送讲。如其私：好像个人私事，如同自己的事一样。〔8〕镪（qiǎng）：成串的钱。囊橐（tuó）：盛物工具，这里指钱袋。《诗·大雅·公刘》："乃裹糇粮，于橐于囊。"费缺：经费欠缺。就：走向。砻（lóng）固：磨物，后专用为磨谷去谷之具。此指磨谷物以筹措经费。〔9〕黪黝（dǎnyǒu）：黑貌，昏暗不明（指建筑物上色彩暗淡）。圮（pǐ）者：坏了的。圮，毁坏。《说文》："圮，毁也。从土，己声。"卑者崇之：低矮的就加高它。隘者：狭窄的。〔10〕庑（wǔ）：正房对面和两侧的小屋子。魁阁：魁阁。魁星，奎星的俗称。为古神话中的神，主宰文章兴衰。科举时以之为文运之神，后世便修建奎星阁、魁星楼以崇祀之。罔弗：无不，没有不。饬（chì）：整饬、整治。〔11〕启圣宫：又叫启圣祠、崇圣祠，是祭祀孔子父母的宫室。春秋时鲁哀公十七年（478）始改孔子旧宅建孔祠。自汉起，历代王朝皆尊孔子为圣人，设庙祭祀，并及孔子先人。山东曲阜孔庙后旧有启圣祠，祀孔子父亲叔梁纥。清雍正元年又追封孔子祖先五代为王爵，改启圣祠为崇圣祠，合庙祭祀。尊经阁：旧时学宫藏书的地方。旧学以经为重，故称尊经。景贤祠：为纪念明洪武年间被贬谪至此讲学十馀年，对边地文教有功的文人学士王奎、韩宜可而建的祠堂。为学宫中景仰贤才、培育贤才设祭的地方。〔12〕癸酉：康熙三十二年（1693）。王公来临安府时为清帝御极三十一年；次年，王公就开始动工重修建水学宫。当年腊月完工。〔13〕不置：不止，不停。勒石：刻石。志：记载。属（zhǔ）：通"嘱"，托付。〔14〕余维：我想，我认为。维，思维，想法。岂特：副词，哪里只是。请肄（yì）：请授业，指开学。肄，学习、修业。〔15〕群僚：众官吏。抚：安抚。四彝：即四夷，四方的少数民族。消：消除。回遹（yù）：邪僻，后用以指奸邪之人。政刑不先于德礼：政令、刑法不用在道德礼义之前。意思是治理社会，应施以道德礼义的教化，再行使政令、刑法。〔16〕第见：只见。第，但、且。莅任：上任。莅，莅临。〔17〕梯山负岩：指居处在深山中。梯山，缘梯攀登险山，登高山。负岩，背倚山岩。雕题凿齿：泛指古代山野民族。雕题，用颜料在额上雕刻花纹，为古代民族的一种习俗。雕，刻。题，额。《礼·王制》："南方曰蛮，雕题、交趾，有不火食者矣。"凿齿，古传说中之野人。《山海经》说它"齿如凿，长五六尺"。之伦：之类。駸駸（qīn）：疾速，急迫。慕义：仰慕仁义。招徕：召之使来。　　〔18〕敦：敦勉，勤勉。城狐社鼠：比喻依仗权势为奸作恶的人。这类为恶者，难于除掉，因为欲除狐鼠，恐坏城社。悉化：全都变化、转化。振刷：振作、奋起而更新。唐刘禹锡《上杜司徒启》："况承庆宥，期以振刷。"　　〔19〕体：体察，体会。　　〔20〕出：出仕，出去做官。公辅：三公与辅相。《汉书·孔光传》称他"历三世居公辅位，前后十七年"。此泛指朝廷中的高级官员。选：选择。处：野处，隐退，隐居。寄：寄放，寄托。逡（qūn）巡：迟疑徘徊，欲行又止。《公羊传》宣六年："赵盾逡巡北面再拜稽首。"胶庠：周学校名，此泛指学校。古学校夏曰校，殷曰序，周曰庠。胶，周之大学，在国中王宫之东。庠，小学，在国之西部。《礼·王制》："周人养国老于东胶，养庶老于虞庠。"科名：科举的名目。科举考试制度中经乡试、会试录取之称。唐杜牧《樊川集·朱载言除循州刺史……制》："或以吏理进官，或以科名入仕。"厚期：深望。　　〔20〕司：主持，掌管。出纳：财物之付出与收入。《论语·尧曰》："出纳之吝，谓之有司。"董：督察。训导：学官名。明清于府设教授，州设学正，县设教谕，掌管教育所属生员，其副职皆称训导。清末废。

（张德鸿）

杨永斌（一篇）

杨永斌（1670～1740），字寿廷，云南府昆明县（今昆明市）人。清康熙三十八年（1699）中解元。历任广西临桂等县知县，皆有惠政。累迁署贵州按察使、湖南布政使，曾奏停两省军屯加税。雍正十年（1732），任广东巡抚，鼓励开荒，垦田百馀万亩。乾隆元年（1736），兼署两广总督，受命除落地税（各地对农民、小贩上市售卖的农副产品所征的捐税），因请并免渔课、埠税，革粤海关赢馀陋例未尽汰者。后调任江苏巡抚，曾巡视、整修上海等海塘。永斌器量宏伟，讲求经济，奖掖先进，善于识人，拔庄有恭（广东番禺人，累官福建巡抚，所至有善政）于诸生后，于读卷日置之前十本，遂得廷试第一。寻授礼部侍郎。以病乞致仕，卒。今选其奏折一篇。

《奏采买米谷以平市价折》一文，以简短的文字阐述了作者体察民情，预防灾害，采买米谷平抑粮价的情况及思想活动，为奏折上品。作者"访诸近城农民"，根据"粤东正二三月晴少雨多"的特点，采取了预防西潦的具体措施；又"随谕南、番两县，各将巢三仓谷减价发卖，以平市价"。为防止"青黄不接之时"米价腾贵，"又再四体访"，动支关税羡银，从茂名、电白、阳江等偏僻地区贱价购进米谷，"以平本省之市价"，从而解决了"民食维艰"的问题。字里行间流露出作者对"民生"的关怀，一个勤政爱民的官吏形象，清晰地浮现在面前。史称永斌"所至皆有政绩"，看来并非虚誉。"先事预防"，"上副圣心，下利民生"二语，表明永斌既有浓厚的忠君思想，也有真诚的为民尽力的愿望。

奏采买米谷以平市价折[1]

奏为奏闻事[2]。窃粤东正二三月，晴少雨多，臣恐有碍东作，不时留心体察[3]。据各属回报，并访诸近城农民，佥谓："粤东山海之区，每遇春来虽多雨水，然易于消退，非西潦泛涨可比[4]。各属围基安稳，间有高处所种之麦，亦已收割[5]。目下春夏之交，天气晴明，正在栽插，不足为虑"等语。臣即饬经管水利各员，多备桩木、土方，督率圩长业户预防西潦外，查现今米价较之上冬略为增长，每石六七钱至一两零不等[6]。臣以省会人烟稠密，需食甚繁，随谕南、番两县，各将巢三仓谷减价发卖，以平市价[7]。臣又虑四五月内，正值青黄不接之时，兼因奉准福建督臣及南澳镇臣，咨移各差员弁、商贩赴粤采买，必致价益腾贵，臣即商之抚臣，动支关税羡银一万两，委员赴粤西采买米谷，旋据委员报称，粤西米谷价值亦与粤东相等[8]。臣又再四体访，闻本省茂名、电白、阳江各县出产米谷，缘地方偏僻，少有客商搬运，以故价值颇贱，于前项关税羡内动支五千两分发各地方官，据报已照时价买全，但系经由海运，必须风信顺便，四月中旬可以运到[9]。臣思有此米谷，既可以听闽、澳之采买，亦可以平本省之市价，不虞民食维艰也[10]。

本年二月内，钦奉谕旨："因京师自上冬以及今春未得雨雪，令大学士、九卿等恪慎斋戒，至诚祈祷，殚职奉公[11]。至于该省督抚等，各自敬谨修省，先事图维，倘二麦歉收，必有思患预防之策，不使黎民有乏食之虑，等因钦此[12]。"臣查粤东地势低洼，种麦无几，已经收竣；其早晚二稻，依时莳插，目前雨旸时若，将来定获丰登[13]。粤东通省常平仓贮一百九十二万石之多，社仓谷一十五万石有零，臣自当先事预防，殚力策画，上副圣心，下利民生也[14]。诚恐有廑圣怀，理合恭折奏闻[15]。谨奏。

选自《滇文丛录》卷四七

【简注】〔1〕平市价：指平抑上涨的粮价。折：奏折。明清官员向皇帝奏事的文书，因用折本缮写，故名。也称"折子"。 〔2〕奏：臣子向君主上书、进言。为（wèi）：为了。奏闻：臣子将事情向帝王报告。清代奏折的开头，常用如下的格式：一、为奏闻事；二、臣××谨奏，为奏闻事；三、奏为××仰祈圣鉴事。 〔3〕窃：私下。常用作表示个人意见的谦词。粤：广东省的简称。东作：春耕生产。体察：体验和观察。 〔4〕属：下属官吏。诸：介词，等于"于"。佥（qiān）：都，皆。西潦：秋涝。潦，同"涝"。雨水过多，淹没庄稼。 〔5〕围：围田。在洼地筑堤挡水护田。基：地基，基址。间（jiàn）：间或，偶尔。 〔6〕饬：命令，告诫。桩：桩子，打入地中以固基础的木桩。土方：挖土、填土、运土的工作量通常都用立方米计算，一立方米称为一个土方。圩长（wéizhǎng）：掌管圩田堤防事务的人。圩，低洼地区防水护田的土堤。业户：业主，产业的所有人。石（dàn）：容量单位。十斗为一石。钱：重量单位。此指银子的重量。两：十钱为一两。 〔7〕省会：省政府所在地。谕：旧时上告下的通称。南：南海县，在广东省珠江三角洲北部。番（pān）：番禺县，在广东省广州市南部。粜（tiào）：卖粮食。三仓：古代储粮的太仓、石头仓、常平仓的总称。一说指常平仓、义仓和社仓。 〔8〕督臣：总督。因上对朝廷，故称"督臣"。清代以总督为地方最高长官，辖一省或二三省，统理军民要政，为正二品官，加尚书衔者为从一品。南澳：厅名。在广东省东部。由南澳岛及其附近许多小岛组成。1912年改为南澳县。镇臣：镇守地方的官员。咨移：移送公文。咨，旧时用于同级官署的一种公文。后亦指移送公文。《资治通鉴·后晋高祖天福元年》："咨于契丹主"，即移送公文于契丹主。差（chāi）：派遣。员：官员。弁（biàn）：低级武官。腾贵：物价上涨。抚臣：即巡抚。亦称抚台、抚院、抚宪、抚军。主管一省的军事、吏治、刑狱等，地位略次于总督，仍属平行。动支：动用支出。羡银：多余的钱。常指赋税的盈馀。羡，有馀，剩馀。委员：委派人员。旋：随后，不久。 〔9〕体访：考查访问。茂名：茂名县，在广东省西南部、鉴江中游。电白：电白县，在广东省西部沿海。阳江：阳江县，在广东省西南部沿海、漠阳江下游。缘：由于，因为。风信：随着季节变化应时吹来的风。陆游《游前山诗》："屐声惊雉起，风信报梅开。" 〔10〕听：听从，听凭。闽（mǐn）：福建省的简称。虞：担心，担忧。维艰：艰难。维，语气词。 〔11〕钦：对皇帝所作事的敬称。谕旨：皇帝对臣下的命令、文告。京师：首都的旧称。明永乐十九年（1421）迁都顺天府（今北京市），京师地区相当今北京、天津两市及河北省的大部分。大学士：官名。唐、宋、明、清皆设，职权不一。明中叶以大学士为内阁长官，起草诏令，批答奏章，官仅五品，而实握宰相之权。雍正中设军机处，大学士的职权就为军机大臣所代替。大学士专以三殿（保和、文华、武英）、三阁（文渊、体仁、东阁）入衔，满、汉各二人，协办大学士满、汉各一人，秩皆正一品。除少数例外，汉人非翰林出身不授此官。九卿：古时中央政府的九个高级官职。明以六部尚书、都察院都御史、通政使司、大理寺卿为九卿。清以都察院、大理寺、太常寺、光禄寺、鸿胪寺、太仆寺、通政司、宗人府、銮仪卫为九卿。恪（kè）慎：恭敬而谨慎。斋戒：古人于祭祀之前，沐浴更衣，不饮酒，不吃荤，以示诚敬，称为"斋戒"。殚（dān）：尽。奉公：奉行公事。　〔12〕修省（xǐng）：修身反省。先事：事先，预先。图维：考虑，谋划。维，亦作"惟"，思维，思考。二麦：大麦、小麦。黎民：众民，老百姓。乏：缺乏，缺少。等因钦此：旧时皇帝所行公文的用语。等因，等等事由。钦此，钦命（皇帝的命令）在此。　〔13〕洼（wā）：低凹，深陷。无几：很少，不多。收竣：收割完毕。莳（shì）：移栽。旸（yáng）：出太阳，天晴。《书·洪范》："曰雨曰旸。"时若：当作"若时"。《书·尧典》："帝曰：畴咨若时登庸。"若时，顺应天时。《尔雅·释言》："若、惠，顺也。"丰登：丰收。　〔14〕常平仓：汉以后历代政府为"调节粮价，备荒赈灾"而设置的粮仓。汉宣帝五凤四年（前54），采纳耿寿昌建议，始在边郡设常平仓，谷贱时买进，谷贵时卖出。社仓：隋文帝开皇五年（583）始设义仓，在收获时向民户征粮积储，以备荒年放赈。因设在里社，由当地人管理，亦名"社仓"。清代规定，州县设常平仓，市镇设义仓，乡村设社仓。策画："画"亦作"划"。计划，打算。副：符合。　〔15〕廑（qín）：亦作"廑"。勤劳，殷勤。《汉书·扬雄传·长杨赋》："三旬有馀，其廑至矣。"注："廑，古勤字。"

（吴培德）

杨 书（一篇）

杨书，清代江苏武进县（常州府治）监生。先后在大理、安宁、师宗、邓川等县任学官；清康熙四十七年（1708）任定边（今云南南涧县）知县。至写此文时，已经在此任职六年。

康熙《楚雄府志·艺文志》选录杨书散文两篇，这里所选《一叶亭记》是其中之一。作者围绕其所建"一叶亭"的题名，通过主客问答，阐述"一叶之义"，抒发想象中与二三知己聚处亭中的自得，流露了小亭朝暮远尘脱俗的无限意趣；与郡署"迎送往来，日无宁晷"的官场生活形成鲜明对比，表现了对仕宦俗务的些许厌倦情怀。最后，作者对将来此亭的命运表示忧虑，希望"后之君子"能"时加补葺"，使之不至倾圮，好成为"泮宫一柱"，有益于教育事业的发展。

文章简短，洁美多姿，生动诱人。展望闲暇生活，冥想山林逸致，心灵净爽，梦魂幽清。描述未来生活情景，令人有耳目一新之感。

一 叶 亭 记

有随遇便安之致，为势迫也。余性不喜孤居，客来杯酒接谈，每至终日不倦。兹署独无容膝之所，虽日食鼎烹，非其夙愿[1]。矧首蓓磐餐，其可无燕寝之地，以遂居处乎[2]。乃于斋房之右，择隙地数武，构书舍三间，旁凿小池，引渠灌溉其中；又制松木栏干，以资凭望[3]。室成，题曰"一叶亭"。客有过而问之者曰："昔人以仕途多险，谓之宦海风波，君除迪训外，无所事事，一叶之义何居[4]？"余曰："余虽无民社之责，然既同舟矣，则安危与共，讵以冷署谓无相关乎[5]？且余既值兹冲郡，迎送往来，日无宁晷[6]。脱一暇时，得与二三知己，聚处其中，是亦清冷中之乐趣也。况亭虽小，有可观者：四周轩窗清朗，满壁图书布列；晓起看花凝清露，听鸟噪寒枝，耳目中有山林逸致[7]；昼则焚香独坐，间玩名画法帖，心地颇觉开爽；夜来醉月鸣琴，远尘俗气，时闻流水声来枕上，魂梦为之一清[8]。此则亭中之朝暮，惟余自得之耳。若夫良朋列坐，杯酒论文，吟诗则韵致铿锵，围棋则子声奏响，此亭亦助幽怀。尚有高轩贵客，不鄙寒毡，时步玉趾，流连终日，尽欢而去，去则几案上隐隐留金石声[9]。此亭中自得之趣，亦可与贤士大夫共得之也。噫！余自丙寅司迪叶榆，不半载，而读礼还家[10]。庚午补任连然，构寻乐斋，以资坐卧[11]。辛巳调师宗边缺，仍以忧去[12]。再补邓赕，兴修衙署，颇费心力，闻已荒废[13]。可惜今又复建此亭，六载于兹，未审将来作何究竟？后之君子，若有同心，时加补葺，俾不至倾圮，则一叶亭又可以当泮宫之一柱矣[14]。"客闻言而唯唯，余因为之记。

选自康熙《楚雄府志》卷九

【简注】〔1〕容膝：只能容下双膝，形容住房极狭窄（住处简陋）。陶渊明《明去来兮辞》："倚南窗以寄傲，审容膝之易安。"审，明白。　〔2〕矧（shěn）：况且。苜蓿磐餐：即以苜蓿作盘中餐。唐薛令之自悼诗："盘中何所有？苜蓿长阑干。"后用以形容小官清苦冷落的生活。苜蓿，原产西域的植物，汉武帝时自大宛传入中土，用作饲料；亦可入药，其嫩茎叶可当蔬菜。磐餐，应为"盘餐"，即盘中饭菜。燕寝：周制，王有六寝，一曰寝，馀五寝在后，通名燕寝。这里泛指歇息安卧。　〔3〕斋房：官府的房屋。隙地：空地。数武：指面积不宽的地方。武，古以六尺为步，半步为武。　〔4〕迪训：引导教育。何居：何在。　〔5〕讵（jù）以：岂以。冷署：冷落的官署。　〔6〕冲：要冲，交通要道。日无宁晷（guǐ）：整天没有宁静的时间。晷，光阴、时间。　〔7〕轩窗：高大宽敞的窗户。　〔8〕间玩：间或赏玩。法帖：名家书法的拓本或印本。　〔9〕高轩：高敞之轩，高大宽敞之车。古为卿大夫车。轩，车的通称。不鄙寒毡（zhān）：不以寒舍为鄙陋。鄙，意动用法，以……为鄙。寒毡，谦词，犹言寒舍。毡，用兽毛制成的片状物，可用来御寒或作床垫。步玉趾：踱步，走动。步，动词，移、移动。玉趾，敬词，犹言贵步、贵足（脚）。几（jī）案：泛指桌子茶几。几，古人设于座侧，倦则凭（靠）之。后谓大者曰案，小者曰几。如系辈者称玉几，置茶具者曰茶几。金石声：指钟磬类乐器的声音。　〔10〕丙寅：康熙二十五年，即公元1686年。司迪：掌管教育方面的事。司，主持、掌管。叶榆：县名。西汉元封二年（前109）置，县治在今大理白族自治州喜洲镇。后世以叶榆代大理。读礼：古居丧则辍业在家，惟礼节之关于丧祭者则读之。故称居丧为读礼。《礼·曲礼》："居丧未葬读丧礼，既葬读祭礼。"　〔11〕庚午：康熙二十九年，公元1690年。连然：县名。汉元封二年（前109）置。故治所在今安宁市连然镇。南朝齐初改名安宁县。1984年设连然镇，为安宁市人民政府驻地。构寻乐斋：建造寻乐斋。　〔12〕辛巳：康熙四十年，公元1701年。师宗：州县名。元、明置师宗州，清乾隆三十五年（1770）改州为县，设师宗县。位于滇东南，现属曲靖市。县治丹凤镇。因忧离：以丁忧离职。丁忧，遭父母之丧谓之丁大忧。后专指父母之丧。丁，当、正当。

〔13〕补：填补空缺的官位，即任官职。邓赕（tǎn）：一作"邆赕"，大理国以南诏邆川赕改置。地在今洱源县邓川镇。元、明、清为邓川州，1913年废州，改为邓川县。1987年改置邓川镇，属洱源县。

〔14〕补葺（qì）：修补，修理。俾（bǐ）：使。倾圮（pǐ）：倒塌，毁坏。当：当作，作为。泮宫：古代学宫。泮，春秋鲁国之水名，作宫其上，故称泮宫。汉文帝命博士撰《王制》，遂谓天子之学有辟雍，诸侯之学有泮宫。自此之后，说经者皆以泮宫为学宫。科举时代称生员入学为入泮，本此。一柱：一根直立的高柱，相当于称今之标志性建筑。

（张德鸿）

倪 蜕（一篇）

倪蜕（1668~1748），本名羽，字振九，江苏松江人。晚慕唐代刘蜕之为人，易名蜕，自号蜕翁。清康熙五十四年（1715）以甘国璧为云南巡抚，倪蜕随之来滇，至五十九年九月，甘因事革职，自备口粮，进西藏效力，蜕仍在滇抚幕中。其家居昆明西郊石鼻山，名蜕翁草堂，村人咸知倪三怪故宅。乾隆二年（1737）撰成《滇云历年传》，编年纪事始自洪荒而止于乾隆元年，所载史事多注出处，前后事迹之安置颇具匠心，中多考证，有精到之处，亦有以意为说。书中强烈而鲜明地贬抑分裂，褒扬统一。数处言民夷之变，多以其因归于官吏之贪酷，于此中可见其史观。云南省图书馆有道光刻本。今有李埏点校本。

本书选收倪蜕的《复当事论厂务书》。

文章写当事者向作者"垂问"厂务之事，作者"不暇缕陈"，单就银厂的情况作了回答。全文谈了五个问题：一、根据《周礼·司徒·矿人》的一段话，对"古冶场之所自始，而今矿厂之所由名"作了解释。二、对云南银厂的历史、课额、开采、盈利分配等情况作了概述。三、说明"上课之法"。四、简述"云南银厂始末"。五、指出"云南之厂，云南之害也"，观点十分明确，语气斩钉截铁。分别从"不耕而食"、"鸡犬不宁"、"削损田苗"、"例伐邻山"、"藏亡纳叛"、"走厂为非"、"奸匪日滋"等方面，用具体事实，说明银厂"资于课者无多，而害于民者实甚"。这是全文主旨所在，论据有力，揭露性很强。

复当事论厂务书[1]

凡采取五金之处，古俱曰冶场，今音讹曰厂[2]。按《周礼·司徒》职："矿人，掌金玉锡石之地，而为之厉禁以守之；若以时取之，则物其地图而授之，巡其禁令。"[3]此古冶场之所自始，而今矿厂之所由名[4]。然今天下之厂，于云南为最多，五金而外，尚有白铜、朱砂、水银、乌铅、底母、硝磺等厂，大小不止百馀处也[5]。今承垂问，不暇缕陈，请言银厂[6]。

历考载籍，云南之厂，肇自明时[7]。管理者为镇守太监，其贴差小阉，皆分行知厂，今迤西、南、北衙厂，尚其遗也[8]。初亦不立课额，以渐增至三万有馀[9]。逮硐老山空，矿脉全断，凶阉以此课款，迫令摊于民田，厂俱封闭[10]。以后或开或闭，听民为之[11]。至康熙二十一年，滇省荡平，厂遂旺盛[12]。嗜利之徒，游手之辈，俱呈地方官，查明无碍，即准开采[13]。由布政司给与委牌，谓之厂官[14]。繁缨垫坐，先马执役，居然官矣[15]。于是择日出示，开炉试煎，每用矿砂，不计多寡[16]。煎罩之际，厂官、课长、峒领各私投块银于内，以取厚汁之名[17]。因即宰牛祀山，申交报旺，此名一传，挟赀与分者，远近纷来，是为米分[18]。厂客或独一人，或合数人，认定峒口，日需峒丁若干进采[19]。每日应用油、米、盐、菜若干，按数供支。得获银两，除上课外，分作十分，镶头、峒领共得一分，峒丁无定数，共得三分，厂客则得六分也[20]。若遇大矿，则厂客之获利甚丰。然亦有矿薄而仅足抵油米者，亦有全无矿砂竟至家破人亡者。此关乎时命，亦不可必得之数也[21]。

至上课之法，则品定矿斤，入炉煎罩成汁，较定三拍，以铁为之，如戬盘而有柄[22]。上拍可两许，此为解上官课；中拍可五钱，是厂官养廉；下拍可二钱，系课长及诸役分支[23]。商民所开之厂，大概如此。

至于踹获大厂，非常人之所能开者，则院、司、道、提、镇衙门差委亲信人拥赀前去，招集峒丁，屏辞米分，独建其功，并不旁贷[24]。虽获万两，亦于商民无与也[25]。然有本有利，诸无怨辞。当其时厂未升课，又极兴隆，是以丝丝入扣，官民皆优裕有馀资矣[26]。及康熙四十七八年，贝制军始报课二万七八千两，至今二十馀年，陆续增至七万两；先以年多缺额之故，裁去厂官，分属府、厅、州、县管理，以便参处[27]。嗣有存库公银一项，年年拨出补额，已数载于兹矣[28]。云南银厂始末，颇尽于此。

然云南之厂，云南之害也。厂分既多，不耕而食者约有十万馀人，日縻谷二千馀石，年销八十馀万石[29]。又系舟车不通之地，小薄其收，每忧饥殍，金生粟死，可胜浩叹[30]！故唐宪宗诏曰："铜可资于鼓铸，银无益于民生，天下见采银坑，并宜禁断。"[31] 盖亦见及乎此已。且近厂之地，食物必贵，盗贼必多，鸡犬不宁，斋盐告匮，此则民之害也[32]。煎炼之炉烟，萎黄菽豆；洗矿之溪水，削损田苗，此又民之害也[33]。有矿之山，概无草木，开厂之处，例伐邻山，此又民之害也[34]。藏亡纳叛，不问来踪，大憝巨凶，因之匿迹，此又民之害也[35]。舍其本业，走厂为非，剪绺赌钱，诈骗无忌，此又民之害也[36]。流亡日集，奸匪日滋，劫杀勾连，附彝索保，此又民之害也[37]。至若邮递厂文，供亿厂役，种种尚多，亦无一而非为民害者[38]。是资于课者无多，而害于民者实甚，而谓百姓乐于地方有厂者，岂其然乎[39]？今承清问，谨将悉知之利害具陈，惟鉴照而加之意焉[40]。

附《滇南文略》编者按语：

洞悉利病，言之凿凿，当与重农贵粟书并读[41]。银厂为云南害非一日矣！今生齿日繁，逐末者益众，虽欲禁而封闭之，恶得而禁之[42]？愚谓莫若尽采旧厂，峒老山空，则概行封闭，不准再开新厂，矿尽人散，其庶几乎[43]。再抽课之法，陈存庵有言，据其盛旺之日立为定额，则后不能继，必至贻累无穷，惟随多少而收课，则上无遗利，下无苦赔，善夫[44]！

选自《滇南文略》卷一二

【简注】〔1〕当事：当权的人。唐韩愈《赠太傅董公行状》："凡将大朝会，当事者既受命，皆先日习仪。"书：书信，信函。　〔2〕五金：金、银、铜、铁、锡；泛指金属。冶场：熔炼金属的工场。场，平坦的空地。讹（é）：错误，差错。厂：制造器物的工场。场（cháng，又读 chǎng）的后一种读音与"厂"相同。以"场"为"厂"，是同音借用，并非"音讹"。　〔3〕周礼：亦称《周官》或《周官经》。儒家经典之一。近代学者多以为成书于战国时期。全书共有《天官冢宰》、《地官司徒》、《春官宗伯》、《夏官司马》、《秋官司寇》、《冬官司空》等六篇。《冬官司空》早佚，汉时补以《考工记》。本文所引一段文字，为《周礼·地官司徒第二》原文。其大意是：矿人，掌理出产金、玉、锡、石的地方，设立藩界与禁令，使当地民众予以守护。按时采取金、玉、锡、石，考查产地的情况，画成地图，授给那些采取的人。巡视产地的情况并执行禁令。　〔4〕所由名：名称由此而来。　〔5〕白铜：含镍量低于百分之五十的铜镍合金，因具有银白色的光泽，故名。白铜可用来制造日常用具。朱砂：即"辰砂"。湖南辰州所产最佳，故名。朱红色，为炼汞最主要原料，也可制颜料。中医学上用作安神、定惊药。水银：汞的通称。银白色的液体，有毒，能溶解许多金属而成液体或固体的合金。可用来制造药品、温度计、血压计等。乌铅：金属元素，青灰色，质软而重，主要用途是制造合金、蓄电池、铅字等。底母：清人吴其濬《滇南矿厂图略》说，"炼银曰罩"（《罩·第七》），"罩之渣曰底母"（《矿·第四》）。又说："铺炭于底，置鏾（当作"鏈"，铅矿石）其中，炭在沙条上，炼约对时许，银浮于罩口内，用铁器水浸盖之，即凝成片，渣沉灰底，即底母也，出银后即拆毁另打。"硝磺：硝石和硫磺。硝石用来制造炸药或做肥料；硫磺用来制造硫酸、火药、火柴等，也用来治疗皮肤病。　〔6〕垂：犹言"下"、"俯"，用为敬词。缕陈：详细陈述。　〔7〕历考：普遍考查。载籍：书籍。《史记·伯夷列传》："夫学者载籍极博，犹考信于六艺。"肇（zhào）：创建，开始。　〔8〕镇守太监：明洪熙元年（1425），以王安为甘肃镇守太监，以宦官镇守一方始此。正统间（1436~1449），各省各镇皆有镇守太监。其掌本限于军事，后推及地方行政，权益重。贴差（chāi）：贴身当差。差，差使，职务。阉（yān）：太监的通称。行（háng）：行业。工商业中的类别。知：主持，掌管。迤（yǐ）西、南、北：迤同"迆"。北，当作"东"。迤东、迤西、迤南皆道名。迤东道，清雍正八年（1730）置，驻寻甸州城（今寻甸县），后徙曲靖府城（今曲靖市麒麟区）。初辖云南、临安、广南、曲靖、普洱、昭通等十三府，清末实辖曲靖、东川、澄江、昭通、广西、镇雄六府、州。迤西道，雍正八年改永昌道置。驻大理府城（今大理市）。辖大理、楚雄、永昌、丽江等八府、厅。迤南道，清乾隆三十一年（1766）自迤东道析置。驻普洱府城（今宁洱县）。辖临安、普洱、元江、镇沅四府、州。衙：旧时官署之称。开矿者称"厂官"，故其办事的地方称"衙"。尚：还，犹。遗：遗留。　〔9〕课额：国家规定数额征收赋税。以渐增：随后逐渐增加。以，通"已"，随后，旋即。　〔10〕逮：及，到。硐：通"洞"、"峒"。用于矿洞、窑洞。矿脉：填充在岩石裂缝中成脉状的矿床，常跟地层成一个角度。金、银、铜、锑等常产于矿脉中。款：款项，钱财。迫令：强迫命令。摊：分摊，摊派。　〔11〕听：听从，顺从。
〔12〕康熙二十一年：1682年。滇省荡平：康熙二十年十月，清军攻入昆明，吴世璠（三桂之孙）自杀，云南平息。　〔13〕游手：闲着手不做事。形容人游荡懒散，不事生产。《后汉书·章帝纪》："务尽地力，勿令游手。"　〔14〕布政司：一省最高行政长官布政使的官署。掌全省民政、田赋与户籍等事。委牌：用作委任凭证的小木板或金属板，相当于后世的委任书。　〔15〕繁缨：亦作"樊缨"。古时诸侯辂马的带饰。繁，通"鞶"，马腹带。缨，马颈革。《礼记·礼器》："大路，繁缨一就；次路，繁缨七就。"路，通"辂"。意思是：驾祭车的马，马腹只有一圈带饰。副车的马腹却有五（原文误为七）圈带饰。先马执殳：《诗·卫风·伯兮》："伯也执殳，为王前驱。"意思是：他呀手拿丈二矛，保家卫国做先锋。先马，先驱，前驱。殳（shū），古代的兵器，长一丈二尺而无锋刃。居然：竟然。表示出于意外，不当如此。　〔16〕出示：拿出委牌给大家看，表示受到正式任命。煎：熔炼。矿砂：从矿床中挖出的或由贫矿经过选矿加工制成的砂状矿物。　〔17〕罩：罩子，熔炼的器具。依其形状，有

虾蟆罩、七星罩（万年罩）等。清人吴其浚《滇南矿厂图略·矿·第四》："银以坯子称，矿一斤得银一分为一分坯子，即可入罩，曰炸矿。先入炉，成镰（链）条而后下罩曰大火церemony。"课：旧时机关、学校、工厂等所设的行政单位。相当于"科"。《滇南矿厂图略·役·第十》："曰课长，天平与秤，库柜锁钥，均其掌管。"峒领：一洞领班的人。《滇南矿厂图略·丁·第九》："曰领班，专督众丁（矿工）峒中活计，每尖（槽峒内分路攻采，谓之尖子）每班一人。兼帮镶头支设镶木。"厚汁：稠汁，液体中含某种固体成分很多（与"稀"相对）。　　〔18〕祀山：祭祀矿脉龙神。申文：用书面向上级报告。旧时下级对上级行文称"申文"。旺：旺盛，兴隆。挟赀：携带钱财。与分（fèn）：参与股份，入股。纷来：纷纷到来。米分（fèn）：小股（小的股份）。米，比喻极少或极小的量。　　〔19〕厂客：亦称"管事"。王崧《云南志钞·矿厂志·采炼》："矿犹玉之璞，珠之蚌也。主之者名曰管事，出资本、募工力治之。"峒丁：又名"砂丁"。采矿工人。丁，从事某种劳动的人。王崧《云南志钞·矿厂志·采炼》："用锤者曰锤手，用錾者曰錾手，负土石曰背荒，统名砂丁。"　　〔20〕镶头：掌架镶的人。王崧《云南志钞·矿厂志·采炼》："槽峒口不甚宽广，必伛偻（弯腰曲背）而入。虑其崩摧（崩裂），搘柱以木，名曰架镶。间（间隔）二尺馀，支木四，曰一厢，峒之远近以厢记。"《滇南矿厂图略·丁·第九》："曰镶头，每峒一人。辨察闪引（矿苗），视验塃（huāng，开采出来的矿石）色，调拨槌手，指示所向。"　　〔21〕时命：当时的命运。数（shù）：气数，天数。　　〔22〕矿斤：矿的重量。三拍：三种等级。　　〔23〕戥（děng）：戥子，一种称量金银、药品等的小秤。养廉：清代制度，官吏于正俸之外按职务等级另给银钱，号为养廉银。诸役：指镶头、峒领、炉头等。　　〔24〕踹（chuài）：踩，踏。此指踏勘，实地勘察。获：获得，得到。院：官署名。如唐代御史台所属的台院、殿院、察院，清代的都察院、理藩院。司：唐宋以后，尚书省各部所属有司。独立之官署亦有称司者，如明清之按察使司（掌刑狱）、布政使司（掌钱谷）。布政使司、按察使司又称藩司、臬司。道：清乾隆十八年（1735）专置分守道主管一省内若干府、县事务，分巡道主管全省提学、屯田等专门事务。守、巡诸道长官皆称道员，俗称道台。提：旧时凡属提调、领官的文武职官，常以"提"称，如提学（掌一省学政）、提刑（掌一省司法）、提督（一省的高级武官）。镇：明清军队的编制单位。提督所属有镇、协、营、汛各级。拥：携带。屏（bǐng）：亦作"摒"。排除，除去。不旁贷：不让旁人分享其利。　　〔25〕无与：无关，不相干。　　〔26〕升课：增加赋税。丝丝入扣：织布时，每条经线都要从"扣"齿间穿过，比喻有条不紊，一一合拍。　　〔27〕康熙四十七八年：1708年、1709年。制军：清总督的别称。明正德十四年（1519），改称总督为制军，俗称制台，下属则尊称为制帅、制宪。府：唐至清代行政区划的名称。明清以省领府，以府领州，以州领县。厅：清代在新开发地区的一种政区建置。其长官为同知或通判。有直隶厅与散厅之别：直隶厅与府、直隶州平行，隶属于省；散厅与散州、县平行，隶属于府。参处：参酌处理。　　〔28〕嗣：嗣后，以后。补额：补充差额。于兹：如此，这样。　　〔29〕厂分：矿厂的股份。縻（mí）：通"糜"。糜费，浪费。　　〔30〕系：犹"是"。殍（piǎo）：饿死。粟死：禾稼枯死。古以粟为黍、稷、粱、秫的总称。今称粟为谷子，去壳后称小米。这里泛指禾稼。胜（shēng）：胜任，经得起。浩叹：大声叹息。　　〔31〕唐宪宗：即李纯（778~820）。在位期间整顿江淮财赋，先后平定了刘辟、李锜、吴元济等藩镇的叛乱，形式上获得全国统一。元和十五年（820）被宦官杀死。资：资助，供给。鼓铸：熔金属以铸器械或钱币。民生：人民的生计。《左传·宣公十二年》："民生在勤，勤则不匮。"见（xiàn）：同"现"。现今，目前。　　〔32〕齑（jī）：调味用的姜、蒜或切碎的酱菜。匮：匮乏，缺乏。　　〔33〕菽：本谓大豆，引申为豆类的总称。　　〔34〕例：援例，从前有过，后来可以仿效或依据的事情。伐：砍伐树木。　　〔35〕藏亡：窝藏逃亡的人。纳叛：接纳敌方叛变过来的人。此指收罗坏人。来踪：来历。多指人的历史或背景。大慝（tè）：大奸大恶之人。慝，奸诈，邪恶。巨凶：穷凶极恶之人。　　〔36〕走厂：王崧《云南志钞·矿厂志·采炼》："四方之民，入厂谋生，谓之走厂。"为非：为非作歹，做各种坏事。剪绺：在人丛中剪开人家衣袋窃取财物。绺（liǔ），身上佩带的东西。　　〔37〕滋：增益，加多。勾连：暗中串通，互相勾结。附彝索保：归附彝人，寻求保护。　　〔38〕邮递：古代传送文书，步递曰邮，马递曰置、曰驿。供亿：按需要而供应。亿，估量。役：需要出劳力的事。　　〔39〕然：代词，代替上文所述的情况，等于"如此"、"这样"。〔40〕清问：虚心而问。《书·吕刑》："皇帝清问下民，鳏寡有辞于苗。"蔡沈《书经集传》："清问，虚心而问也。"悉：详尽，全部。具：通"俱"。全，完备。陈：陈述。鉴照：省鉴，省察。加意：留意，注意。　　〔41〕洞悉：透彻了解。凿凿：确实可信，有根有据。贵粟书：西汉晁错（前200～前154）有《论贵粟疏》、《守边劝农疏》等文传世。《论贵粟疏》从正反两面论说了重农贵粟对于国家的富强和人民的安定生活所具有的决定性意义，并提出了当时可行的具体措施。　　〔42〕生齿：《周礼·秋官·司民》："司民，掌登万民之数，自生齿以上皆书于版（户籍）。"郑玄注："男八月、女七月而生齿。"后以"生齿"借指人口、家口。逐末：舍本逐末，原指弃农桑而事工商，后泛指放弃根本的、主要的，而去追求枝节、次要的。《汉书·食货志下》："铸钱采铜……弃本逐末。"比喻举措失当，轻重倒置。恶（wū）：怎，哪。副词，表示反问。　　〔43〕其庶庶几乎：其，代词，指"尽采旧厂……矿尽人散"等措施。庶几，副词，表示推测的语气，表示一种可能性。此句意为：或许这是可能的吧？〔44〕贻累：留下麻烦、累赘。遗利：馀利。赔：赔本，亏蚀。善：妥当，妥善。夫（fú）：语气词，用在句末，表示感叹。

（吴培德）

赵 淳（一篇）

赵淳，字粹标，号龙溪，云南赵州（治所在今大理市凤仪镇）人。博学多才，品德端方。高州牧重其行，推举乡试，清雍正癸卯（1723）中举，丁未（雍正五年，1727）中三甲四十八名进士。历任东川府、顺宁府、鹤庆府教授，育人甚多。乡俗多佞佛，三教供为一堂，上疏大宪（即省长）请撤，后总制尹文端（尹继善，任云、贵、广西总督）饬三迤通行。致仕归里后，提议设义仓，又奉制军鄂尔泰（任云、贵总督）檄文修通志及赵州志、白琅二井志。著有《龙溪诗文集》等。年八十馀，书卷未尝一日去手，学者称龙溪先生。

赵淳《戒淫祀说》指出，人的疾病是"六郁七情之所致，惟医药得而痊之"，祭祀鬼神不能消除疾病。作者认为，滇人"惑于巫觋，祭非其鬼"，"幸而疾愈"，不过是"适逢其会"；"不幸而倾囊罄资，命亦随之"。可见，"死生之道出于天命"，"不祀无伤"，祭祀"无益"。同时指出，风俗之日趋于邪，是由于"主持风化之人而亦为诏渎鬼神之事"。而诏渎鬼神是有悖于"王章"和"圣道"的。与其"折节"事奉"冥顽不灵之土木"，不若"执此礼以礼名医"、"持此费以贷（货）要药"，这样，"医必尽心"、"药必效灵"。文中强调"天命"、"俟命"，没有否认鬼神的存在，但反对"祭非其鬼"，主张"无所事祷"，对于破除"师巫邪说"，仍有一定的积极意义。

戒淫祀说[1]

礼，疾病行，祷五祀，谓门、户、灶、行、中霤也[2]。盖臣子迫切至情，以为此精神魂魄所在，故从而祷之，非淫祀也[3]。其他载在祀典者，则惟守土者得祭之，不以疾病而然也[4]。疾病者六郁七情之所致，惟医药得而痊之，其不可得而痊者，虽祖宗不能庇其子孙，况外神乎[5]？

滇之人染于污俗，言家有家神，因杂取释、道、异教所崇奉者，像而祀之，不伦不次，非僭则乱耳[6]。而至于惧疾，则往往舍其素所崇奉者，而惑于巫觋，祭非其鬼，甚至谋于野，祀于家[7]。幸而疾愈，适逢其会，则矜为神力；不幸而倾囊罄资，命亦随之，则悔所祀之左，抑或简而未备[8]。而曾不知死生之道出于天命而由于自取，苟不应死，虽不祀无伤也[9]。如其鸡而入梦，鹏而止隅，虽以富贵之极，不难倾国为牺牲，取人以自代，而不闻古今有不死之人享长生之乐者，亦可知其无益矣[10]。然小民至愚，主持教化专藉士夫，是以狄仁杰奏毁淫祀，千古共仰；至以主持风化之人而亦为诏渎鬼神之事，风俗奈何而不日趋于邪也[11]！又况师巫邪说，律有明禁，无以禁之而适以滋之，亦徒见其悖王章而戾圣道矣[12]。

且夫事神之道同于事人，今使非我所当事之人而我从而呼吁，乌其能为我听之乎[13]？就使即我所当事之人而我从而私托，乌其不为我吐之乎[14]？况惟神正直，福善祸淫，苟非然者，其鬼不灵，抑又取于冥顽不灵之土木，而饮之食之折节事之乎[15]？诚执此礼以礼名医，医必尽心也，持此费以贷要药，药必效灵也[16]。又况既有神祟，亦药力之所能除乎[17]？万一臣子情不自已，祀五祀焉可也；然此特为为臣子者言之耳[18]。若士君子有疾，但当慎以俟命，虽不能如圣人之无所事祷，必不可萌侥幸之心[19]。不然，臧文仲之祀爰居，夫子犹讥其不知，固不得以晋侯之祀黄熊为辞也[20]。

选自《滇文丛录》卷二

【简注】〔1〕淫祀：不合礼制规定的祭祀。《礼记·曲礼下》："非其所祭而祭之，名曰淫祀。淫祀无福。"陈澔《礼记集说》引吕氏曰："祭所不当祭也。淫，过也。以过事神，神弗享也，故无福。"说：文体的一种，亦称杂说。如韩愈的《师说》、周敦颐的《爱莲说》。　〔2〕祷（dǎo）：向神祝告祈福。五祀：古代祭礼名。《礼记·曲礼下》："〔天子〕祭五祀。"陈澔《礼记集说》引吕氏曰："五祀，则春祭户，夏祭灶，季夏祭中霤（liù，土神），秋祭门，冬祭行。"汉班固《白虎通·五祀》以门、户、井、灶、中霤为五祀。　〔3〕至情：最真挚的情感。精神：古谓天地万物之精气。《礼记·聘义》："精神见于山川，地也。"注："精神亦为精气也。"魂魄：人的灵魂。古代谓精神能离形体而存在者为魂，依形体而存在者为魄。　〔4〕祀典：祭祀的礼仪和制度。如《礼记》中的《祭法》、《祭义》、《祭统》。守土者：地方官有镇守一方、维持安宁之责，故称地方官为守土者。　〔5〕六郁：中医学名词。气郁、湿郁、热郁、痰郁、血郁、食郁的总称。郁，郁结，闭结。七情：中医学名词。喜、怒、忧、思、悲、恐、惊七种情志的总称。中医认为，情志激动过度，则可导致内脏功能失常、气血不调而发生疾病。庇（bì）：庇护，保佑。　〔6〕污俗：污秽习俗。《书·胤征》："旧染污俗，咸与维新。"异教：不符合正统的宗教。崇奉：崇拜信奉。像：画像，塑像。伦次：条理，秩序。僭（jiàn）：差失，超越本分。　〔7〕素：平素，往常，旧时。惑：迷惑，迷乱。巫觋（xí）：女巫称巫，男巫称觋。祭非其鬼：指淫祀。《论语·为政》："子曰：非其鬼而祭之，谄也。"祭有当祭不当祭，崇德报恩，皆所当祭。求福避祸，皆所不当祭。祭所不当祭，这是存心谄媚。野：野祭，祭于郊外。　〔8〕适逢其会：恰好碰到那个机会，即碰巧。矜（jīn）：矜夸，夸耀。倾囊：把口袋里的东西全部倒出来，形容竭尽所有。罄（qìng）资：钱财用尽。命亦随之：性命也搭上。左：失误，差错。抑或：或许，也许。副词，表示推测，不很肯定。简：祭品简陋。未备：不齐全，不完备。　〔9〕曾（céng）：竟，竟然。副词，表示出乎意料，用在谓语的前面。天命：迷信的人认为，人的命运是由上天安排的。苟：如果，假若。连词，表示假设或条件。伤：妨碍。　〔10〕鸡而入梦：迷信者说，梦见白鸡为死兆。《晋书·谢安传》："……（安）怅然谓所亲曰：'昔桓温在时，吾常惧不全，忽梦乘温舆行十六里，见一白鸡而止。乘温舆者，代其位也；十六里止，今十六年矣。白鸡主酉，今太岁在酉，吾殆病不起乎？'乃上疏逊位，寻薨，时年六十六岁。"白鸡，作祭品用的白色鸡。杨万里《虞丞相挽词三首》之一云："已矣归黄壤，伤哉梦白鸡"，用谢安梦白鸡而死事。鵩而止隅：西汉贾谊被贬为长沙王太傅的第三年，有鵩（fú）鸟（猫头鹰）飞入舍内，止于坐隅（座位的一角）。长沙古俗，认为鵩鸟是不祥之鸟，至人家，主人死。贾谊伤悼，作《鵩鸟赋》抒发自己怀才不遇的抑郁不平情绪。牺牲：供祭祀用的纯色全体牲畜。色纯为"牺"，体全为"牲"。　〔11〕教化：政教风化，也指教育感化。藉：凭借，依靠。士夫：士大夫。

古代指居官有职位的人,也指有地位有声望的读书人。狄仁杰(607~700):唐并州太原(今山西省太原市西南)人,字怀英。历任宁州、豫州刺史等职。入为内史,劝止武则天造大佛像。《新唐书·狄仁杰传》:"吴、楚多淫词,仁杰一禁止,凡毁千七百房,止留夏禹、吴太伯、季札、伍员四祠而已。"谄渎(chǎndú):谄媚亵渎。用祭祀来求福避祸,既是对鬼神的谄媚,又是对鬼神的亵渎。风俗:历代相沿积久而成的风尚、习俗。 〔12〕师巫:巫师。邪说:妖异怪诞之说。律:律令,法令。明禁:明文禁止。无以:不以此,不因此。适:正好,恰好。滋:扩大,滋长蔓延。徒:只,仅仅,不过。通"特",表示限于某个范围。悖:违背,违反。王章:国家的规章制度。戾:违反。圣道:圣人之道。 〔13〕呼吁:大声呼喊,请求援助或主持公道。乌:哪里,怎么。代词,表示反问。为(wèi):因为,为了。 〔14〕就使:即使,纵然。连词。即:便(是),就(是)。吐:吐出,唾弃。 〔15〕惟:因为,由于。通"以",表示因果关系。福善祸淫:老天的法则是降福给好人,降祸给恶人。《书·汤诰》:"天道福善祸淫。"苟非者:如果不是这样。冥顽不灵:形容愚昧无知,糊涂顽固。冥顽,愚蠢而顽固。灵,聪明。折节:屈己下人,降低身份。 〔16〕诚:果真,如果。贷:贷款。当为"货"字,形近而误。货,买进,购买。要:重要,切要。 〔17〕祟(suì):鬼神给人的灾祸。 〔18〕情不自已:感情不能由自己控制或抑止。自已,犹自止。抑制或约束自己。清姚鼐《方正学祠重修建记》:"后人每读其传,尤为慷慨悲泣而不能自已。"特:只,仅仅,不过。为为(wèiwéi):上"为",为了;下"为",充当,作为。 〔19〕士君子:古称有志节和学问的读书人。俟命:等待天命的安排。无所事祷:《论语·述而》:"子疾病,子路请祷。子曰:'有诸?'子路对曰:'有之;诔曰:祷尔于上下神祇。'子曰:'丘之祷久矣。'"朱熹《论语集注》:"天曰神,地曰祇。……孔子之于子路,不直拒之,而但告以无所事祷之意。"孔子言"天"言"命"而不言"祷",不去刻意请求上帝鬼神的特殊保护和帮助,这真正保持了人的尊严。萌:萌发,发生。徼(jiǎo)幸:企图以偶然的机会获得成功,或意外地免除不幸。 〔20〕臧文仲(?~前617):姓臧孙,名辰,字文仲。春秋时鲁国执政。历仕鲁庄公、闵公、僖公、文公四君。曾废除关卡,以利经商。祀爰居:孔子说臧文仲有三不知(智)。一不知是"作虚器"。虚器指臧文仲私蓄大蔡之龟,作室以居之之事(见《论语·公冶长》)。二不知是"纵逆祀"。即纵容夏父弗忌,变更享祀之位,升僖公(闵公之弟)于闵公之上。三不知是"祀爰居"。爰居,海鸟之名,《释文》引樊光云:"似凤凰。"《国语·鲁语上》:"海鸟曰爰居,止于鲁东门之外三日,臧文仲使国人祭之。展禽曰:'今海鸟至,己不知而祀之,以为国典,难以为仁且知矣。'"祀黄熊:《左传·昭公七年》载,"郑子产聘于晋。晋侯(平公)有疾,韩宣子逆客(迎接客人),私焉(私下)曰:'寡君寝疾(卧病),于今三月矣,并走群望(该祭祀的山川都去祈祷过了),有加而无瘳(病情只有增加而没有减轻)。今梦黄熊入于寝门(现在梦见黄熊进入寝门),其何厉鬼也?'(这是什么恶鬼?)对曰:'以君之明(英明,子(您)为大政(正卿),其何厉之有?(哪里会有恶鬼?)昔尧殛鲧于羽山(从前尧在羽山杀死了鲧),其神化为黄熊(他的精灵变成黄熊),以入于羽渊(潜入羽渊里),实为夏郊(为夏朝所郊祀),三代祀之(三代都祭祀他)。晋为盟主,其或者未之祀也乎!'(晋国做盟主,或者没有祭祀他吧!)韩子祀夏郊(韩宣子祭祀鲧)。"辞:托辞,辩护之辞。

(吴培德)

谷际歧（一篇）

谷际歧（1740～1815），字凤来，号西阿，又号龙华山樵。白族，赵州（今云南弥渡）人。清乾隆乙未（1775）进士。授翰林院检讨，改御史，转给事中。在京都预校《四库全书》。回滇，任昆明五华书院山长。嘉庆初，复起为福建道监察御史，官至礼科给事中，有直声。后以事贬为刑部郎中。嘉庆十五年（1810）引疾归。途经扬州，被留为主讲梅花书院五年。工诗文，能书画。著有《西阿诗草》、《学易秘旨》等。

他的《历陈官逼民反情形疏》涉及川楚白莲教大起义的问题。

嘉庆元年（1796），湖北枝江、襄阳的白莲教首先发难，不久四川几处响应。次年襄阳起义军由豫经陕入川，与当地起义军会师，按颜色命名编号，组成八大支队，分路出击，在四川多处获胜。后清政府组织地主武装，坚壁清野；起义军因缺乏统一指挥，力量流动分散，陆续被击败。这次白莲教起义声势浩大，参加的农民有数十万，坚持斗争达九年之久，遍及川、鄂、陕、甘、豫五省，沉重打击了清王朝的统治。

文中尖锐指出这是"官逼民反"的结果。作者虽然站在清王朝的立场认为白莲教"自应尽党枭磔"，咬牙切齿，但能面对严酷的现实，分析动乱根源，集中批判武昌府同知常丹葵，深刻分析白莲教因常"苛虐逼迫而起"，因其趁机酷刑残害，敲榨勒索"搜剥难民"，无所不用其极，犹如火上加油，推波助澜，使白莲教"闻风并起"。因此，常丹葵是"残害生灵之罪首"，是"首祸之人"，"罪岂容诛"。应"惩一儆众"，以绝贪官污吏"效尤"。

作者的出发点在于维护封建统治，但目光远大，重视治国根本，其中包括善后措施，安置"受抚来归者"，缩小打击面。在当时，敢在奏疏中公开流露同情难民，直接揭露问题实质，批判官吏贪赃枉法，立意高远，分析深刻，语言尖锐，说明作者富有正义感，富有勇气和胆识。

历陈官逼民反情形疏[1]

臣伏读谕旨，教匪聚众滋事，皆以"官逼民反"为词，殊为怜恻[2]。仰见我皇上烛照矜全，臣民闻之无不感泣[3]。查教匪滋扰，始于湖北宜都县之聂结仁[4]。而聂结仁之变实自武昌府同知常丹葵苛虐逼迫而起，缘自教首齐麟等正法于襄阳府[5]。后匪徒各皆欽辑，虽节经奉查刘之协与馀党类，亦不许张皇牵累，节外生端[6]。

而常丹葵素以虐民喜事为能，于乾隆六十年十二月，内委查宜都县境，一意苛求，凡衙署、寺庙关锁全满[7]。内除富家吓索无算，及赤贫者按名取结，各令纳钱若干释放[8]；其有少得供据者，立与惨刑，至以大铁钉生钉人手掌于壁上，号恸盈廷，或铁锤排击，多人足骨立断[9]。若情节尚介疑似，则解送省城[10]。每一大船载至一二百人，堆如积薪，前后相望[11]。未至而饥寒挤压，就毙大半，浮尸于江；馀全殁狱中，亦无棺瘗，居人无不惨目寒心[12]。聂结仁系首富，屡索不厌，村党始为结连拒捕，尚未敢逞犯[13]。

而常丹葵不知急自收敛抚慰，转益告急，以致宜昌镇带兵突入遇害[14]。由是宜都、枝江两县全变，而襄阳府之齐王氏、姚之富，长阳县之秦加耀、张正谟等，闻风并起，遂延及河南、川、陕，日甚一日[15]。聂结仁平后，官兵剿秦加耀于长阳县之黄柏山，常丹葵随行。贼人首欲得彼，甘心追击将毙，得乡勇救脱，遂托病不敢复随[16]。至今人皆呼为常鬼头，此名各路传知，谓其为残害生灵之罪首也[17]。他如兵破当阳县城时，于锋刃流亡中，犹忍心搜剥难民怀挟及居人存活财物，借解往军营为名，全归入己，尚其馀事[18]。此臣所闻官逼民反之最先、最甚者也。

臣思教匪之在今日，自应尽党枭磔，而其始亦犹是百数十年安居乐业，人民究何所求、何所憾而甘心弃身家，捐性命，挺走险峻耶[19]？臣闻贼人当流离奔窜时，犹哭念皇帝天恩不置，纵复连骈槛戮，亦为鬼知罪，殊无一言一字怨及朝廷[20]。向使地方官知体布皇仁，察教于平日，抚弭于临时，抑或早防事端，少知利害，则何至如此[21]。彼荒裔如缅甸、安南，犹归命输心恐不速，而谓此腹地中沦肌浃髓之辈，忽尔变生，畴其忍信[22]。臣所以为此奏，固为此等官吏指事声罪，亦欲使万祀子孙知我朝无叛民，而后见恩德，入人天，道人心，协应长久之昭昭不爽也[23]。

今常丹葵逞虐一时，上厪圣仁，下殃良善，颁师发饷，盼捷三年，罪岂容诛[24]。犹幸此情今得上闻，自难使首祸之人终归脱漏，应请饬经略勒保，严察奏办；又现奉恩旨，凡受抚来归者，令勒保传唤同知刘清，问及川省素有清名之州县，将绥辑安插之处，悉心妥议奏闻[25]。是不但开万人生活之路，且启亿载安定之基，则楚地中曾经滋扰者，亦应需员安集[26]。臣闻被扰州县，其中逃故各户之田庐、妇女，竟多归官吏压卖分肥[27]。是始既不顾其反，终更不愿其归。不知民何负于官，而效尤觍忍至于此极[28]。若得惩一儆众，自可群知洗濯，宣奉德意，所关于国家苞桑之计匪细也[29]。

选自《滇文丛录》卷四八

【简注】〔1〕疏：条陈。泛指向皇帝书面陈述政见的奏章。　〔2〕伏读：俯伏而读，敬读。谕旨：皇帝告示臣下的文书。清制，凡晓谕中外及京官自侍郎以上、外官自知府、总兵以上之升降调补称谕，亦曰上谕，由军机处撰拟以进。批答内外臣工题本常事，谓之旨，由内阁撰拟以进。通称谕旨。教匪：诬称白莲教起义的民众。怜恻：怜惜，担忧。　〔3〕烛照：洞察，明察。矜全：爱惜而保全之。

《后汉书·马融传论》："夫事苦，则矜全之情薄，生厚，故安存之虑深。" 〔4〕滋扰：骚扰生事。宜都县：1987年改设枝城市。在湖北省南部偏西，长江南岸。聂结仁：也作聂杰人，于清嘉庆元年（1796）正月在荆襄以白莲教组织群众起义。当年二月被捕牺牲。 〔5〕武昌府：即今武汉市。同知：清代府、州以及盐运使设同知。府同知即以同知为官称，州同知称州同，盐同知称运同。同知为知府、知州的佐官，分掌督粮、缉捕、海防、江防、水利等，分驻指定地点。常丹葵：姓常，名丹葵。苛虐：残暴邪恶。教首：指白莲教首领，教主。齐麟：也作齐林。原为襄阳县总差役，后为襄阳白莲教首，与其徒众约于嘉庆元年正月十五日破城。谋泄伏诛。正法：依法处决犯人。 〔6〕钦辑：同义复词。收钦，节制。节经：姓节名经。刘之协：安徽人。白莲教首。传教授徒，遍川陕湖北。嘉庆初，奉河南王氏子发生称明裔，煽动流俗，事发多被捕。穷缉刘之协，株连罗织，湖北最甚，破产亡命者不可胜计。荆宜之民遂反。四川失业之民响应，分道攻陕西。为首者有姚之富及齐林之妻王氏等。皆勇悍善战，经七年被讨平。刘之协在湖北宝丰县被擒，伏诛。张皇：张狂，扩大。节外生端：即节外生枝，比喻问题旁出，事外复生事端。 〔7〕乾隆六十年：公元1795年。乾隆，清高宗（弘历）年号（1736～1795）。内：皇宫总称为大内，大内也是尊称。此指代皇帝。 〔8〕吓索：恐吓勒索。取结：指取供结案。 〔9〕供据：口供证据。生钉（dìng）：活生生的钉着。 〔10〕尚介疑似：还处于怀疑与相似之间。 〔11〕积薪：堆积烧柴。 〔12〕棺瘗（yì）：棺殓埋葬。 〔13〕屡索不厌：指贪官常丹葵等审办聂结仁而屡次敲榨勒索却不满足。村党：村里亲族。逞犯：肆行闹事，放肆违法。 〔14〕转益：反而更加。 〔15〕枝江：在湖北省，近宜都（今枝城）。齐王氏：亦称齐二寡妇。清襄阳人。茶役王某女，年十六，襄阳县总差役齐林（本文作"齐麟"）娶为第四妾。白莲教首宋之清、刘之协在楚、豫、陇、蜀间传教。襄阳以齐林为首，谋起义事泄，被杀害。其徒众刘启荣、姚之富等谋为齐林复仇，推齐王氏为主。齐王氏时年二十，以白莲教聚众举事于豫、楚、川、陕之间，声势浩大。齐王氏因与姚之富有私，教使渐引去。后被官军围攻，齐、姚投崖自尽，年二十二。姚之富：襄阳人。白莲教首，嘉庆年间与齐林妻王氏聚众起义，勇悍善战，后为官军围逼，投崖死。长阳：在湖北，近宜昌。 〔16〕彼：指常丹葵。甘心：称心，快意。 〔17〕各路：犹各地，各处。 〔18〕怀挟：携带，包藏。 〔19〕枭磔（zhé）：车裂酷刑后悬头示众。铤走险峻：即铤而走险，指无路可走而被迫冒险。铤亦作"铤"，疾走貌。 〔20〕不置：不止，不已。纵复：纵然又。连骈：犹言"连翩"，连续不断。槛戮：坐牢和被杀。 〔21〕向使：假使。体布：领悟扬播。察教：指明察白莲教。抚弭：体恤安定。少：稍微，略微。 〔22〕荒裔：边远地区。安南：唐调露元年（679）置安南都护府，省称安南府。北宋先后封其王为安南郡王、安南都护、交趾郡王。南宋淳熙元年（1174）改封安南国王。此后即称其国为安南。清嘉庆八年（1803）改国号为越南，但民间仍沿旧称为安南。归命输心：诚心归顺。沦肌浃髓：渗透肌肉骨髓。比喻感恩深重。楼钥《乞致仕札子·第七札》："倘得毕志丘壑，则君父生死肉骨之赐，沦肌浃髓，虽九殒不足以论报矣。"畴其忍信：酬报其受抑制的诚信。 〔23〕指事：就事。声罪：宣布其罪。万祀：犹后代无数。人天：人心与天意。《晋书·陆云传》："是以帝尧昭焕，而道协人天。"协应：合作协调。昭昭：明白。不爽：没有差错。 〔24〕逞虐：快意肆虐。上廑（qín）圣仁：对上劳累皇帝。廑，又作"廑"，勤劳，殷勤。圣仁：指代皇帝。颁师：分赏军队。发饷：发放军队的奉给。罪岂容诛：罪岂止容诛，即罪大恶极，处死刑还不够。 〔25〕首祸：最早引发灾祸，倡乱之人，罪魁。请饬：请告诫。经略：清初曾置此官职，权任极重，在总督之上。勒保：费莫氏（1740～1819），字宣轩。清满洲镶红旗人。监生，乾隆中以笔帖式充军机章京，历任山西巡抚，陕甘总督。乾隆五十九年（1794）杀害白莲教首领刘松。次年调任云贵总督，助福康安等镇压苗民起义。久驻达州，无功夺职。嘉庆初以四川总督任经略大臣节制川、鄂、陕、甘、豫五省军务，以坚壁清野之策镇压川楚白莲教起义。积功封威勒伯，在川10年，回京后任武英殿大学士兼军机大臣。谥文襄。著有《平定教匪纪事》。恩旨：皇帝降恩圣旨。刘清：字天一，号朗渠，又号私斋。清广顺（今贵州长顺县）人。

由拔贡官蜀。平定川东白莲教,大小百十战。累擢山东盐运使,授云南布政使。请改武职,授登州镇总兵,调曹州镇。清名:清廉之名。绥辑:安抚。悉心:尽心,全心。 〔26〕安集:通"安辑",安抚,安定。集,通"辑",和顺。 〔27〕逃故:逃难中死亡。压卖分肥:强卖分赃。 〔28〕效尤:明知有错而仿效。尤,错误。觍(tiǎn)忍:羞惭忍心。 〔29〕惩一儆(jǐng)众:惩罚一人以警戒众人。儆,同"警"。洗洁:除弊更新。宣奉德意:恭敬宣扬皇帝恩惠。苞桑:桑树的本干。也作"包桑"。《易·否》:"其亡其亡,系于苞桑。"孔颖达疏:"苞,本也,凡物系于桑之苞本,则牢固也。"一说丛生的桑树,以喻根深柢固。程颐《易传》:"桑之为物,其根深固,苞谓丛生者,其固尤甚。"后以比喻根基稳固。王夫之《读通鉴论·唐高祖》:"故能折棰以御枭尤,而系于苞桑之固。"匪细:不是小事。匪,通"非"。

(蔡川右)

陈履和（一篇）

　　陈履和，字介存，号海楼，云南石屏人。乾隆庚子（1780）与其父陈万里同中举人，选授山西太谷县知县，后为兵马司指挥，浙江东阳县令。师事崔述，授经学；随段玉裁，授小学。精训诂、小学、金石。后寄居学舍，课徒自给。著有《海楼诗文集》等。

　　这里所选《誓禁鸦片烟碑文》，实为祭文。是向县城城隍祭告誓禁鸦片烟的买卖与吸食的重大举措，这又更像布告。而刻于石，可令人时时观瞻，处处警惕自戒。这是清嘉庆二十二年，即公元1817年的事。当时鸦片已肆虐中国各地，有识之士深知其害，大声疾呼，发誓严禁。此时离鸦片战争还有二十多年，但鸦片为害已积重难返，其愈演愈烈之势已经失控。

　　此文以富有气势的排比句控诉鸦片烟的危害性，涉及治安、社会、家庭、经济、道德、健康等诸多问题，特别是"害在人心"一针见血。同时，指出鸦片烟横行的"本源"在于贩卖环节；对受害者的严禁，关键不在于"遽行掩捕"，而要揭露其危害性，以吏治法办和神助相结合，从人心和精神方面达到严禁的社会效果。在一百八十多年前，利用宗教信仰，革除社会弊端，这是有社会意义的见解。王伊同撰《陈履和传》录此碑文，个别字词与此略有出入。

誓禁鸦片烟碑文[1]

　　维嘉庆二十有二年，岁次丁丑孟春月乙巳朔，越祭日戊辰，太谷县知县陈履和率本县商民谨以刚鬣柔毛，清酌庶馐之仪，致祭于本县城隍神位前曰[2]：维朝廷设官治民，府、厅、州、县，各有攸司，而又秩祀百神，令有司岁时致祭，朔望拜谒[3]。盖以神聪明正直而壹，冥冥之中赏善惩恶，有以助官吏刑罚之所不及也[4]。然则一州一县之人作奸犯科，贻害地方者，必为神明之所纠察无疑矣[5]。

　　鸦片烟产自外洋，流毒中土[6]。买食之人，破身家，伤性命，犯法律。奸淫盗贼之事，可以由此而生[7]；少壮老弱之人，可以由此而死[8]；富厚豪华之家，可以由此而穷[9]；聪明英俊之子弟，可以由此而愚、不肖[10]；家居美食安坐之人，可以由此而枷杖，可以由此而绞候、徒流[11]。至于伤风败俗、致坏伦常，害在人心，更有不可言者[12]。

　　履和来此为吏，地方利害，志存兴除。去年未到任时，即风闻此邦愚民喜食鸦片，隐忧耿耿[13]。两月于兹，但无事实据，尚须访察[14]。且身为民牧，未经示禁而遽行掩捕，亦履和之所不忍为也[15]。凡除大弊必清其源。县中无贩卖者，吾民何自而买；境外无贩卖者，吾县何自而买。是故，禁止兴贩尤除革鸦片烟之本源先务也[16]。

已往难追，将来宜戒。用是洁躬斋宿，率众祀神[17]。自今以往，凡吾县中商民往闽、广、苏、杭买货之人，誓不兴贩鸦片烟一丝一毫入我太谷，害我百姓。倘能恪遵誓戒，神必福之；倘复私行贩卖，官必罪之；倘官法有所未及，神必助之；倘官吏昏贪纵容，神必与贩卖、买食之人同罚而共祸之[18]。

呜乎！人不可害，神不可欺。吾商民游闽、广、苏、杭者，在水愿无风波，在陆愿无险阻。此身平安，何利不可图，而必为此犯国法、干神怒之事乎[19]！若谓神道设教，渺茫无凭，商犯法而不知，官枉法而不问，聪明正直之灵，必不出此[20]。众众敬听，共来昭格，尚飨[21]！

选自《滇文丛录》卷六一

【简注】[1] 碑文：刻于石碑上的文章。以作纪念物或标志，也用以刻文告。此碑文实为禁烟文告。[2] 维：句首助词。嘉庆二十又二年：公元1817年。嘉庆，清仁宗（颙琰）年号（1796～1820）。岁次：每年岁星所值的星次与其干支。古以岁星纪年，也叫年次。孟春：春季第一个月，即农历正月。朔：当月初一。乙巳为记日。戊辰：正月二十四日。太谷县：在山西中部。知县：县级的行政长官。宋初以后均不置县令而为知县。到1912年后改为知事，今为县长。谨：恭敬。刚鬣（liè）：祭祀用的肥猪。《礼·曲礼》："凡祭宗庙之礼，……豕曰刚鬣。"疏："豕肥则毛鬣刚大也。"柔毛：供祭祀用的肥羊。《礼·曲礼》："凡祭宗庙之礼，……羊曰柔毛。"疏："若羊肥，则毛细而柔弱。"清酌：祭祀用的酒。《礼·曲礼》："凡祭宗庙之礼，……酒曰清酌。"疏："酌，斟酌也。言此酒甚清澈，可斟酌。"清酒为好酒。庶馐（xiū）：也作庶羞。（羞，同"馐"），多种佳肴。《仪礼·公食大夫礼》："士羞庶羞皆有大。"注："羞，进也。庶，众也。进众珍味可进者也。"《仪礼正义》认为肴美曰羞，品多曰庶。仪：礼物。致祭：表达祭意。城隍：神名。《礼·郊特牲》："天子大蜡八。"此蜡祭八神，其七为水庸，相传就是后来的城隍。历代封建王朝皆将祀城隍列入祀典，多为求雨、祈晴、禳灾之事。[3] 府、厅、州、县：清地方各级官府。省以下，以府领州，州领县。有的又设厅，由知府的佐贰官同知、通判管理。其所管地区，也叫厅。有直隶厅和散厅之别。元明清皆有州，分直隶州与散州两种。攸司：所司。秩祀：常祀。朔望：每月初一和十五。拜谒：祷告。[4] 壹：指专一。《陈履和传》录文为"灵"。冥冥：昏暗。惩：《陈履和传》录文作"罚"。[5] 作奸犯科：为非作歹，违法乱纪。诸葛亮《出师表》："若有作奸犯科及为忠善者，宜付有司，论其刑赏。"贻害：留下祸害。神明：神的总称。[6] 中土：中国。[7] 而生：而产生，出现。[8] 死：指吸食鸦片而死。[9] 富厚：同义复词。富裕。穷：困厄，处于困境。[10] 愚：无知，愚蠢卑劣。不肖：不贤。此句指因吸食鸦片而变得愚蠢卑劣。[11] 枷杖：带枷受杖之刑。《隋书·刑法志》："凡死罪枷而拱，流罪枷而梏。"也泛指上枷锁，受鞭笞。绞候：等待绞刑。徒流：徒刑和流刑。即拘禁做苦工或放逐到边远之地服劳役。[12] 敳（yì）坏：败坏。伦常：封建社会的伦理道德。即所谓父子有亲，君臣有义，夫妇有别，长幼有序，朋友有信。[13] 风闻：传闻。隐忧：深忧。耿耿：烦躁不安貌。[14] 于兹：至今。无事实据：《滇文丛录》作"事无实际"，此据《陈履和传》录文校改。[15] 民牧：治理人民的人，本为帝王自称，后多指州县等地方长官。示禁：指告示禁鸦片。遽（jù）行：急切，仓猝进行。掩捕：尽捕，乘其不备而突然逮捕。[16] 除革：清除，禁止。先务：应该最先做的事情。[17] 用是：以此，因此。洁躬：洁身，沐身。躬：身体。斋宿：指隔夜就斋戒，表示虔敬。《史记·秦本纪》：

"缪公虏晋君以归，令于国斋宿，'吾将以晋君祠上帝'。"　　〔18〕恪遵：谨慎而恭敬的遵守。〔19〕干神怒：触犯神怒。　　〔20〕神道设教：顺应自然之势以教化万物。《易·观》："观天之神道，而四时不忒，圣人以神道设教，而天下服矣。"后指假托鬼神之道以治人。《后汉书·隗嚣传》："（方）望至，说嚣曰：'足下欲承天顺民，辅汉而起，宜急立高庙，称臣奉祠，所谓神道设教，求助人神者也。'"枉法：违法，以私意歪曲法律。问：过问。　　〔21〕昭格：显扬行政法规，彰明处事的规则。尚飨（xiǎng）：希望城隍神灵来享用祭品之意。《仪礼·士虞礼》："卒辞曰：哀子某，来日某，隮祔尔于尔皇祖某甫，尚飨。"注："尚，庶几也。"庶几，副词，表示期望的语气，通常用在动词的前面。后世祭文结语多用此两字。

（蔡川右）

刘　埥（一篇）

　　刘埥（qīng），字畅亭，号原圃，河南新郑（今新郑市）人。清康熙五十九年（1720）副贡。乾隆二十四年（1759）四月由遵化直隶州知州升任云南顺宁府知府，任期六年。著有《片刻馀闲集》，自述："三十年来，薄宦天涯，随处所经，世路崎岖，宦海风波，奇情幻态，种种不一。闲至片刻，偶暇回首，追溯忻愉悲戚往往有动于中。恐百端千绪之易忘，假寸管片楮以记"，"筹集数年，装潢两帙。"（《〈片刻馀闲集〉发存府学札》）是否刊刻，未明。又纂修乾隆《顺宁府志》，这里所选《顺宁杂著》即载其中。

　　《顺宁杂著》为刘埥任顺宁知府时的作品。所述各事，多为调查或亲历所得，记述较确，尤其是对地方土司的兴衰、风土物产的记述，留下了珍贵的史料，文笔简练传神，可称古代顺宁风物第一文。此文曾收入《小方壶斋舆地丛钞》，个别文字有异。相较之下，以乾隆《顺宁府志》所载较佳。文中小标题为选注者所加。

顺宁杂著[1]

育贤馆

　　顺宁为滇省僻处之地，在万山中，他省人鲜知之者[2]。余擢守此郡，路过家乡钧阳，张蒲海宿源以世谊姻亲，为少年诗文至交[3]。时方补授新野学博，尚未赴任，来送余行，赠以《顺宁府育贤馆志》一部，言系家藏旧书，乃顺治年间顺宁守米公璁建立之馆，其志为馆师陈虹也璠所撰[4]。余携之以往。抵任后，见志载署中楼名、斋名俱仍其旧；一二老树，亭亭植立，皆前人题咏之刊于志中者；所载馆租、坐落、里分，今田赋册与各里乡村，俱有此名。及亲历其馆，虽倾圮殆尽，而规模犹存[5]。危楼五间，尚有庠士训童蒙，数十人读书其上[6]。两旧碑立门庭间，碑文亦志载所有。以其志付绅士共阅，询其当日志内肄业之士子与董事衿耆，皆历三四世矣[7]。遍索郡人之家藏此志者，仅得一部，纸板一色，装潢亦出自一手。余与文学诸子相对感慨，念此书原成于此地，乃行万里外，经百年之久，而忽复至此，亦奇缘奇遇也。纸墨有灵，当为悲喜交集矣。

勐廷瑞祠

　　明土府勐公廷瑞，才勇素著，惠泽在人[8]。因妻父土州奉氏兄弟构难，起兵相助，为会勘之邵监司所诬，抚军不察，以逆命参奏受诛，郡中诸夷怜其屈[9]。未几，抚军亦稍稍觉之，乃听民间立祠以祀，且为请封，得赠中宪大夫、资治少尹[10]。勐公死后，流魂不泯，频著灵异，其事载志中乡贤、轶事各册颇详，顺宁夷民至今崇奉弥谨[11]。府城隍庙右侧有祠，祠中供四像，土人谓其兄弟四人皆为神，盖当时同歼灭者[12]。府署楼上右间亦供有神牌，历任祀之，牌书"勐府四位太爷神位"[13]。余嫌其称谓不雅，且四神无考，据查照志载改书为"明顺宁土府、赠中宪大夫、资治少尹勐公神位"。署后凤山岩畔，有方壤一区，相传为勐氏园亭。樵牧童子常于月夜遥见花木缤纷，人影惝恍，即而视之，杳无一物[14]。其旧居在郡城之南，相距二里馀，人烟倍于郡城，市廛在焉，有新城、旧城之称[15]。又传闻府署大堂正中系其墓，以故暖阁后为实砌平壁，无门可开，出入皆由壁后旁门，以示不敢践踏之意云。

太平寺

郁密山在郡城西南三十里外，幽深高旷，松柏阴翳[16]。元明时土酋驰骋其间，俗呼驭马场[17]。顺治己亥，郡守米公始改今名[18]。楚僧洪鉴来此，坐枯树空身中，苦行二十馀年，渐立禅院，名太平寺[19]。迄今百馀年来，善果叠成，规模清整，花木繁秀，为顺郡禅林第一[20]。寺旁多别院，亦皆静雅。其岩谷间偶产有茶，即名太平茶，味淡而微香，较普洱茶质稍细，色亦清，邻郡多购觅者，每岁所产只数十斤，不可多得。僧房左下，清泉石上流，潺湲可听，凿池贮水，汲烹新茗，尤助清香[21]。三楚陈君鸣凤以篆书题寺楼一联曰："门开红叶林间寺，泉煮青山石上池。"[22]景真而句佳，余每于公务之暇，轻骑往游，可得浮生半日闲也。

顺宁三土司

顺宁属向有三土司，一为大侯州土知州，一为勐缅宣慰司长官，一为勐麻司土巡检，皆奉姓也[23]。大侯州自元末传至明万历年土州奉赦，兄弟阋墙，为其弟婿顺宁土府勐廷瑞所制，愤激赴省缴印[24]。抚军檄两监司往讨，廷瑞以罪诛，改设顺宁府知府，大侯州改云州设知州。抚军于题请改土设流疏内，以奉赦愤兵缴印，罪非叛逆者比，准一子袭土州判。国朝顺治十六年，大兵定滇，前明承袭州判奉昌不行缴印，请换号照，遂停世袭，而大侯奉氏土司缺除[25]。

勐缅宣慰司与大侯土州同远祖，其先有奉布者于明洪武初开辟勐缅土地，授为土舍，传至其曾孙历，明隆、万年间，永、顺一带诸夷仇杀，抚军遣历从征，斩获有功，题请得授长官司[26]。至国初投诚，得赐蟒缎、银牌，奏请颁给印信号照，传弟国祥，祥又传国珍之子圣，圣传子廷征，贪忍淫虐，夷众不服，称病乞休，子钦敕承袭。廷征乘其子夫妇不睦，乃乱其子妇罕氏，欲杀其子，以千金贿求顺宁守张珠，使檄查其子之恶，将因以请废，而袭次子廷诏。其子夜奔，欲诉张守，罕氏夜告其翁廷征，遂遣人要于路强之归，闭诸阴室，以铁条从谷道搅其肠胃杀之，报称病故。复以千金并金银盘盂壶樽贿张守转详，一面檄委廷诏暂理夷政[27]。旋为制军访闻题参，饬审廷征，仝遣南昌，奏请改土归流，移顺宁分防右甸通判驻扎其地，为缅宁抚夷通判，勐缅奉氏土司自此遂绝[28]。

今奉氏存者惟勐麻土巡检，驻云州境内，其先世亦洪武初所授土舍，大侯土州之分派也，于大侯改云州后授为土巡检[29]。本朝平滇，土巡检奉新命投诚，仍授世职。余抵任顺宁后，其现袭职者为奉天和，执属礼来谒，年已七十矣，言动颇似官场中人，询其世业，旧有田二百馀顷，今已耗其大半，家口百馀，支持渐难，然忠厚流传，或不致失其故物云。

温　泉

滇南多温泉，顺宁境内亦十馀处[30]。大半皆涓涓细流，或山岩下漾洄一区，上下流潜伏地中。澜沧江东岸半里许有名热水塘者，近在路旁，热气高丈馀，斜喷道中，臭不可当，行人至其地，皆掩鼻疾趋而过。夏秋阴雨乍晴，炎蒸之际，多有中其毒者，与瘴疠无异[31]。

香　橼[32]

香橼之产于顺宁、云州者，多奇形，大者长五六寸，四面宽各四五寸，高低斜整不一，巉岩如怪石；间有光面者，亦不能如他处之圆净；色有浅黄、深黄、红黄及黄中带青、带黑点者；香颇浓，至将朽腐时则香更浓矣。云州所产，多而佳，至岁底新正，署内庭斋，处处可供清玩也[33]。

橄　榄[34]

顺宁各山乡最热处，产有橄榄，形质与闽广间迥别，圆如小柿，大者如龙眼，小者如羊枣，细文六瓣，核亦六棱、三棱，坚硬微高，三棱平浅稍伏。树身无甚高大者，一株每两三杈，亦有矮株丛生，离披纷杂，一枝上旁出数十细梗，梗皆比密碎点，类细圆丝瓣，两面排列对偶。果贴梗而结在叶之上层，食之酸涩回转，有清润之味。饭后食二三枚，啜茗随之，更觉甘美，且能通胃气。其以橄榄名者，或即因其有回转之味也。

鸡 血 藤[35]

鸡血藤，枝干年久老者，周围阔四五寸，嫩小亦二三寸。光身与有刺者二种，叶类桂叶，而大逾其半，或盘屈地上，或缠附树间。伐其枝，津液滴出，入水煮一二次，色微红，老枝红尤甚，配以红花、当归、糯米熬成膏。以白蜜少许和烧酒十馀斤，泡其膏三四两，浸月馀饮之，可去风邪潮湿，治下部虚冷与妇女血虚诸症。滇南惟顺宁一郡山中有之，而阿度吾里各山尤佳。缅宁、云州亦有，但工于熬者甚乏其人，火候不到或稍过，则味与力俱减矣[36]。

孔 雀[37]

顺宁深山中颇产孔雀，城守都阃每年供上宪之用[38]。取两翼下一层黄翎，至千馀把、数百把。盖晋以为御用箭翎者，营中鸟枪卒猎于虎豹穴而得之。当其群聚饮啄时，以鸟枪击毙其雄者一二只，则雄雌皆环绕扶救，可连击之，所获甚多，若一击不中或中其雌，则众鸟高飞尽矣。有金孔雀一种，光彩明艳，羽毛皮肉毒甚，只取其翎。别种皆可食肉，细而香，宜煎炒，然亦不可多食。其有眼之翎，集数十枝为一把，以铜锡制为座，长短不一，短者尤秀丽可爱。取其蛋以鸡抱之即生，生岁馀始长翎尾，平日束而不伸，与寻常长尾禽无异；偶一展放，从后竖立而上，名曰放屏，灿烂可观也[39]。

脆 蛇[40]

脆蛇，生山径草石间。长至五六寸、七八寸，见人则自断，人去仍续。遇之者于其断时拾取，贮筐中掩盖携归挂当风处，晾干收藏，可治跌打损伤。研成细末，以黄酒调服。如伤重昏迷，则合药服之。每蛇一两，加人参五钱、然铜五钱、三七八钱、血蝎一两、归尾一两、儿茶五钱、虎骨一两，共为末，用米面、酒调匀为丸，每丸重一钱，热酒送下，立愈。又治疮毒，用阴阳瓦焙干，研成末，酒调服。如毒生在首即用其首，生在上身用其上段，生在中身用其中段，在下身用其下段。此蛇产于顺宁地方，以牛街附近各处为最。云州亦有，不甚佳，别郡皆无。来顺购求者甚多，不易得也。

选自乾隆《顺宁府志》卷一〇

【简注】〔1〕顺宁：元泰定四年（1327）置顺宁府，领庆甸县（今凤庆县）、宝通州（今云县）。明洪武十五年（1382）改为州；十七年复改府，领云州，治今凤庆县。清因之，乾隆三十五年（1770）置顺宁县为府治，并领缅宁厅、云州、耿马宣抚司。1913年废。今为凤庆县，属临沧市。位于云南省西南部，受澜沧江及其支流的强烈切割，境内群山连绵，其间有营盘坝子及凤庆河、勐佑河等较开阔的河谷。古代，交通不便，外地人少到。　〔2〕鲜（xiǎn）知之者：很少有人知道它。　〔3〕余擢（zhuó）守此郡：我被提拔来任顺宁府知府。擢，选拔、提升。钧阳：地名，故治在今河南省禹县。张蒲海宿源：张为姓，蒲海为字，名宿源。世谊姻亲：世代的交谊与亲戚关系。诗文至交：学习写诗作文最好的朋友。　〔4〕新野学博：当时张蒲海刚被外授新野县学的教授（或教师）。学博，原为大学中的五经博士，汉置，以教授生徒为业。明清已泛指府、州、县学中的教师。米公璁建立之馆：育贤馆是清顺治年间（1644～1661）顺宁府知府米璁建立的。米璁，陕西庆阳人，为培养本地人才，于顺治十七年（1660）建育贤馆，开垦荒地若干，悉充学费；访名儒，召众徒，精心教之（米璁《育贤馆碑记》）。陈虹也璠：陈璠，字虹也，号霞元，四川内江人，米璁延为育贤馆教师，《育贤馆志》即为其所编（见康熙《顺宁府志·人物志》）。　〔5〕倾圮（pǐ）殆（dài）尽：几乎要倒塌完。圮，毁坏、倒塌。殆，几乎。规模犹存：当年的格局（或轮廓）仍然可见。　〔6〕庠士：进过府、州、县学读书的人。古代学校叫庠，称在校生为庠生。训：教。童蒙：尚未启蒙的儿童。　〔7〕询：问。志内肄业之士子：育贤馆志内所列的在校读书的学生。董事衿耆：当年监督管理育贤馆的旧友。衿，衿契，情投意合的好友。耆，年高而有声望的老人。皆历三四世：都经过三四代了。　〔8〕明土府勐公廷瑞：明朝顺宁土知府猛廷瑞。史书记载，勐，又作猛、孟。元泰定二年（1325）顺宁彝长勐氏请内附，文宗天历元年（1328）设顺宁府，以猛氏为土知府，左氏为土同知。明洪武十五年（1382）顺宁归附，以土酋阿悦贡署府事，洪武十九年故，男猛哀承袭，历猛吾、猛丘、猛朋、猛瑛、猛盖、猛男、猛斌、猛雍、猛卿至猛廷瑞（《土官底簿》）。才勇素著：猛廷瑞才智勇敢一向都很突出，远近知名。惠泽在人：他的恩惠，百姓得到。　〔9〕妻父：岳父。土州：土知州。奉氏兄弟构难：奉氏为大侯州（今云县）土知州，与猛氏世代联姻。万历中，奉氏有二子奉赦、奉学，都想继承父位，分上下二署，自号上下二衙，互不服管。奉学居下衙，不愿受制于赦，倚妻父（一说为女婿）顺宁土知府猛廷瑞，与兄赦构兵。云南巡抚陈用宾命参将澜沧兵备道李先著、金腾副使邵以仁勘处。先著念廷瑞无反情，力主抚议。适湾甸土州官与猛氏有隙，使部落冒充猛氏部下，焚永昌霁虹桥。万历二十五年（1597）引官兵袭执廷瑞。于是陈用宾奏先著受赂系狱死。因请改土归流，设知府。以大侯州为云州（雍正《顺宁府志·沿革》）。但廷瑞实无反谋，以参将吴显忠觇其富，诬以助恶，索金不应，遂诉于巡按张应扬，转告巡抚陈用宾。廷瑞大恐，不得已斩奉学以献，显忠益诬其阴事，傅以反状，抚按会奏，得旨大剿。廷瑞出，献印献子以候命，不从。显忠率兵入其寨，尽取猛氏十八代蓄资数百万，诱廷瑞至会城，执之献于朝。于是所部十三寨尽愤，始聚兵反，官兵悉剿除之，并杀其子（《明史·云南土司传》）。其中还有一细节：李先著、邵以仁会勘，廷瑞惧，使其子持千金赏印听命，李公（先著）欲不受，恐彝人反侧不信，因以金充饷，许令自新，而金腾道后至，谓通彝纳赂，事不由公，引兵执廷瑞，诉诸抚军。抚军上其事，猛酋以逆命受诛，李道死于狱。明年，题请改土归流。　〔10〕抚军：巡抚。听民间主祠以祀：听任民间建立祠堂祭祀（猛廷瑞）。祠，祭祀祖先和先贤的庙堂。且为请封：至万历四十二年（1614）巡按御史毛堪题请昭雪，并请封赠获准，明朝廷赠猛廷瑞为中宪大夫、资治少尹。中宪大夫：文职散官，正四品。资治少尹：明代文官勋级，从三品。　〔11〕"事载"句：康熙《顺宁府志·忠烈》载：明官勐廷瑞，忠顺无异，原无叛志，负屈族诛。其后庐陵郭子章抚黔，一日中夜，其夫人蹴子章问曰："勐廷瑞何人？"子章大咤曰："尔妇人安知勐廷瑞,且中夜间,何为?"夫人曰:"适梦有人装束如庙中神来谒云:'我勐廷瑞也,过引欲见中丞,不得近,故来谒夫人尔。'"章曰:"汝盖问其所由来?"夫人曰:"吾固问之,渠云:'吾为陈巡抚冤死,祈帝得请,今归耳。'"章心异之,不敢以语人。逾月,陈用宾被逮之报至,岂非忠烈者哉。雍正《顺宁府志·轶事》所载略同。崇奉弥谨:尊崇信奉更加郑重恭敬。　　〔12〕城隍:神名,旧俗腊祭八神,其七为水庸,相传就是城隍。过去城壕有水为池,无水为隍,故祭城隍多为祈雨、求晴、免灾之事。祠中供四像:除猛廷瑞外,尚有猛效忠、效志,其叔父辈猛廷佐、廷魁。见雍正《顺宁府志·乡贤》。　　〔13〕府署:顺宁府知府办公的地方。神牌:象征某人灵魂的牌位。历任祀之:历任顺宁府的官员都祭祀。　　〔14〕惝怳:迷迷糊糊,不清楚。怳,即恍。　　〔15〕市廛(chán):街道及市民住房。新城、旧城:据雍正《顺宁府志·城池》载:顺宁府城自明永乐十六年(1418)建土城于凤山东南,今之旧城也。至明万历二十六年(1598)改土设流。二十八年(1600)在凤山筑新城。　　〔16〕郁密山:顺宁景区之一。幽深高旷,古代,这里生态环境好,古木苍藤,雾锁云封,千岩万壑,故幽深;群峰高耸,草场宽广,故高旷。　　〔17〕土酋:当地民族的首领,指猛氏土知府为代表的民族上层人物。驭(sà)马场:即跑马场。驭,疾驰而追。　　〔18〕顺治己亥:公元1659年。顺治,清代第一位皇帝爱新觉罗福临的年号。郡守米公,指顺宁太守米瑮。　　〔19〕洪鉴:雍正《顺宁府志·仙释》载,洪鉴(1605~1684),号希有,俗姓杜,巴蜀人,顺治二年(1645)"荷一铛(chēng 铁锅)入郁密山,把茅盖顶,刳木为居"者十五年,从者渐众,创修太平寺。有前后二殿及危楼静室。洪鉴初来时曾凿枯树空洞为居,名"狮子窝"。后建法藏庵,花木清幽,云水都闲,顺郡禅林以此为最。　　〔20〕善果叠成:行善的成果一个接一个出现。　　〔21〕新茗:新鲜的芽茶。茗,茶芽,或为茶的通称。　　〔22〕三楚:地名。战国楚地,即今黄淮至湖南一带。有西楚、东楚、南楚之分。详见《史记·货殖传》。陈鸣凤:事迹不详。雍正《顺宁府志》录有其《游蜢璞山遇雨》、《牛街道中》二诗。又雍正《顺宁府志·官师》"云州"条下有州同陈一鸣,江南天长县人,由恩贡,顺治十六年(1659)八月任。疑即陈鸣凤。时为米瑮改郁密山名,洪鉴创太平寺,故题联亦有可能。
〔23〕顺宁属向有三土司:意为顺宁府所属过去有三家土司,一为大侯州土知州,原为大侯州长官司,明正统三年(1438)大侯州土知州,从五品。万历二十六年(1598)改土归流,改名云州,今名云县。一为勐缅宣慰司长官,"宣慰"二字误,应为"宣抚司",治所在今临沧市。宣抚司为从四品。一为勐麻司土巡检,全称为勐麻巡检司土巡检,治所在今云县东南勐麻,明初置,巡检为从九品。　　〔24〕"大侯州"句:勐缅土酋奉布元末效命从军,得授大侯寨长官司。洪武十五年(1382)降明,准仍以长官司统其部落。宣德三年(1428)提升大侯州土知州(雍正《顺宁府志》)。明代刁奉罕,父刁奉偶,伯夷人,明初任大侯长官司长官。被孟养招刚射死,男刁奉汉(即刁奉罕)袭。宣德三年(1428)奏,要照湾甸、镇康二州例,升做州。本年五月奉圣旨升本州知州。正统四年(1439)二月被麓川刁怕缚等杀死,嫡长男奉外法告袭,五年(1440)六月袭。六年七月被麓川贼掳去,弟刁奉送法告袭,七年五月袭。奉外法七年十二月回还,与弟奉送法同管地方。奉外法病故,长男奉吉利法袭职,与奉送法同管州事。奉送法终年,子孙不袭。奉吉利法患病,长男奉安法告袭,弘治七年(1494)二月袭。故,男奉勘故,奉勘亲男俸禄袭(《土官底簿·大侯州知州》)。其后,沿至万历中,有奉赦、奉学分两署,自号上下二衙,学居上衙,不受制于赦,惟恃女夫廷瑞据云梦,频年构兵。万历二十五年(1597)讨平之,议以云梦置新州。而赦守大侯如故,赦之子奉光不欲设流,与其族猛麻奉恭构兵。二十六年再征之。朝命改州为今名,犹官奉光子国恩(道光《云南志钞》作国佐)为土州判(天启《滇志·土司官氏》)。再后,清初平滇,国恩以不换号纸,停袭(道光《云南志钞·土司志》)。按此记录从明初刁奉罕下传奉外法、刁奉送、奉吉利法、奉安法、俸禄、奉赦与奉学、奉国恩,仅8代,却经历了260余年,中间似有缺失。雍正《顺宁府志》载:奉布之后为奉维,维之子为奉诵(当与奉送为同音异写)。前两代的名与《土官底簿》所载相异,不知为何,录以备考。兄弟阋(xì)墙:兄弟内部斗争。　　〔25〕国朝:指

清朝。顺治十六年：公元 1659 年。大兵定滇：指清兵平定云南。遂停世袭：改朝换代时，应把明朝颁发的印信上缴，向清朝申报领取有编号的正式委任状及印信。奉昌未办此手续，故停止世袭。　　〔26〕勐缅宣慰司：从史实看应为猛缅宣抚司。宣慰司为元明清时在少数民族地区设置的土官署名，宣慰司的宣慰使为从三品，宣抚司长官为从四品。据雍正《顺宁府志》记载：勐缅长官司的祖先奉布，与大侯州土知州奉氏同远祖，自洪武初开辟勐缅土地，招集民彝，世为土舍。布传子堪、堪传扁、扁传历。万历十六年（1588），因勐腊俸共仇杀，奉军门遣历从剿有功，得授直隶长官司，颁给印信，许立忠顺牌坊一座。历故，子升袭。升故，弟鼎承理。鼎故，传姪奉宝。丁亥（1647）土酋沙定洲叛，赴援有功，得加宣抚司衔。入清，奉国珍继宝立，缴印投诚，顺治十八年（1661）颁勐缅宣抚司印，换给号纸。珍卒，传子圣，才一岁，珍妻刀氏理事，遇吴三桂叛变，局势转危，交国珍弟国祥理事。详故仍由奉圣管事，圣卒，传子廷珍。道光《云南志钞》又载：廷珍溺爱次子钦诏，欲使承袭，乃杀其应袭之子钦敕，乾隆十一年（1746）廷征被革职，安置江西，设流官通判分管其地，改为缅宁厅。廷征杀其子之事，以刘靖本文所记为详。　　〔27〕贿张守转详：贿赂顺宁府知府张珠，请他向省里详细报告。张珠，陕西人，乾隆六年至八年（1741～1743）任顺宁知府。檄委：下文书委任。　　〔28〕旋为制军访闻题参：随即被总督张允随了解到张珠受贿偏袒猛廷征的作恶事实，于乾隆十年（1745）六月二十八具文奏请朝廷处理。制军，清代对总督的别称。饬审：令有关部门的官员进行审讯。金遣南昌：金署命令，遣送原猛缅土司猛廷征到南昌安置。　　〔29〕大勐麻土巡检：光绪《续修顺宁府志·秩官志》载，世姓俸，又作奉，始祖俸健，与大侯分派。洪武间，开辟大勐麻，招抚百姓，完纳钱粮。俸健死，二世俸旦、三世俸日、四世俸恭相继管理，未授职。万历二十五年（1597）大侯州俸与谋杀印官，俸恭从征，擒获俸学，以功授土巡检，管理勐麻地方。俸恭死，子俸诏袭；诏死，子俸朝宣袭，崇祯末告老，子新命顺治十六年（1659）缴前明印投诚，仍授世职。新命死，子召宝袭；召宝死，子天和袭；天和死，子晋玫袭；晋玫死，无子，弟晋琦袭；晋琦死，子维繁袭，维繁死，子世勋袭。世勋有二子，长国安早故，无子；次国永，生子恩锡。世勋死，孙恩锡袭。恩锡于咸丰八年（1858）从征回乱殉难，无子，以嫡堂弟恩麟袭。光绪十二年（1886）恩麟死，子家珍庸懦，夷众不服，以家珍之弟家齐袭。传 18 代。本文作者刘靖乾隆二十四年至二十九年（1759～1764）间所见的奉天和为第十代土官。云州：万历二十五年（1597）由大侯州改置，属顺宁府。今为云县，属临沧市。土巡检，官名。由当地酋长、头人担任，多设于沿边或关隘要地。武职，受州县指挥，受理当地的治安等事。一般为九品或从九品。　　〔30〕滇南：云南南部，又指云南。这里指后者。十馀处：雍正《顺宁府志·地理》载，"顺郡温泉有九，一在右甸鸡飞，一在锡铅，一在大江外路旁，一在漫多林河边，一在东木龙，一在锡腊南糯河，一在锣锅寨大江边，一在小桥塘，一在大兴寺前。"其中以鸡飞温泉称著。又顺宁府属大侯州温泉有四：一在勐郎，一在勐氏寨，一在困蚌，一在困业"（光绪《续修顺宁府志》地理志二）。　　〔31〕多有中其毒者：民国《顺宁县志初稿·舆地》载有礼诗、白腊村纸栏、西密村阿去路、鲁丕村江边、酒房、燕子岩等毒泉六处，其中"鲁丕村江边毒泉，在鲁丕黑惠江边，水淡色白，有恶臭，人畜饮之，则皮生疮癞"。刘靖所指澜沧江东岸热水塘，疑为周家村温泉，含硫磺味，故臭，但可浴。　　〔32〕香橼：又称枸橼。可作水果，亦可入药。《本草纲目·果部》：枸橼，又名香橼、佛手柑。煮酒饮，治痰气咳嗽，煎汤，治心下气痛。其植物分类属芸香科。常绿小乔木或大灌木。有短而坚硬的刺。叶长圆形边缘有锯齿。花内面白色。果球形，果皮厚而有芳香，熟时呈黄色。果皮表面粗糙，油腺凹入。初冬果熟。我国南方各省有栽种，果皮入药。果实民间常用以腌制蜜饯，或切片食用。云南各地出产者多光圆，色橙黄，刘靖所见奇形怪状者甚少，故以怪异而记录。　　〔33〕清玩：清淡雅致，可供观赏的物品。　　〔34〕橄榄，又名青果、白榄，常绿乔木，有芳香胶黏性树脂，奇数羽状复叶，小叶长椭圆形，揉碎后有香气。春、夏开花，呈白色，核果呈椭圆、卵圆、纺锤形等。这里所写的并非又名"青果"的橄榄，而是果实为圆球形的滇橄榄。初食，味略酸涩，渐转甘甜。俗语云："橄榄好吃回味甜。"　　〔35〕鸡血藤：豆科，常绿木质藤本植物，奇数羽状复叶，小叶7~9片，卵状长椭圆形，全缘，网脉细密明显。夏季开花，蝶形花冠，暗红紫色，圆锥花序。夹果无毛，裂开后扭曲。产于我国西南部、中部和东南部。茎可采纤维搓绳索，茎和种子还可杀蛆、孑孓以及农业害虫。中医学上以茎入药，性温，微苦，功能补血行血，通经活络，主治血虚、月经不调、风湿痹痛、筋骨麻木等症。云南先民对鸡血藤利用甚早，唐代即用此制赤藤杖，驰誉中原，韩愈、白居易等有诗盛赞。滇人又以鸡血藤熬制成膏，"乃血分之圣药"（雍正《顺宁府志》）。直到当代仍为凤庆名产品。刘靖记载的泡酒饮用的方法，民间亦颇风行。　　〔36〕缅宁：清为缅宁厅，1913年改县，1954年改为临沧县。今为临沧市临翔区。　　〔37〕孔雀：鸟纲，雉科。我国产的多为绿孔雀。雄体长约2.2米（包括长约1.5米的尾屏在内）。羽色绚烂，以翠绿、亮绿、青蓝、紫褐等色为主，多有金属光泽。尾上覆羽延长成尾屏，羽色亦较逊。多栖于山脚溪河沿岸，或农田附近。以种子、浆果为食。春夏间一雄配数雌，连同幼鸟成群活动，秋冬时集群更大。我国云南西南部和南部均产。羽毛作装饰品、工艺品。孔雀亦养于园中供观赏。因其美丽，故古代地方官作礼品上贡。　　〔38〕城守都阃（kǔn）：代指府、州、县地方官员。城守，指文官。都阃，指武官。上宪：旧指朝廷委驻各省的高级官吏，如清代称抚（巡抚，俗称抚台）、藩（布政使，俗称藩司）、臬（按察使，俗称臬台）为三大宪。　　〔39〕放屏：今通称孔雀开屏。　　〔40〕脆蛇：光绪《续修顺宁府志·食货志·鳞虫之属》引陈仁锡《潜确类书》说，"一名片蛇，出云南大侯御夷州，长二尺许，遇人辄自断为三、四，人去而复续之。治恶疽，腰以上用其身，以下用其尾。"今顺宁有小蛇，见人则自断数节，人去复成完体，俗谓之脆蛇，主疗骨伤。从今日科学分类看，脆蛇属脊椎动物爬行类中的蜥蜴类，其中的脆蛇蜥（o，harti）头部类似蜥蜴，四肢退化，仅在体内存留肢带痕迹，体侧有纵走细沟。分布于我国云南、台湾等地。蜥蜴类中的多种动物如壁虎、蛤蚧等尾易断，能再生，脆蛇较突出。

（余嘉华）

程含章（一篇）

程含章（1762~1832），云南景东人。清乾隆五十七年（1792）举人。嘉庆初，大挑知县，分广东，署封川。因投效海疆，屡歼获剧盗，擢知州，署雷州府（属广东）同知。率乡勇破海盗乌石大，迁南雄（在广东省北部）直隶州。以勘丈南雄州属田亩，总督蒋攸铦（xiān）疏荐，擢知府，补惠州。历任山东兖（yǎn）沂漕道、按察使、河南布政使。道光二年（1822）上书说："欲治河南，必以治河为先务。正本清源之道，在河员大法小廉，实心修筑，加意堤防，自能久安长治。"宣宗（道光帝）采纳了他的建议。道光五年（1825）授浙江巡抚，六年，调山东。八年，授福建布政使，以病乞归。十二年，卒。著有《岭南集》、《中州集》等。民国年间辑为《程月川先生遗集》15卷。

这里选收他的《择要疏河以纾急患疏》。文中强调治水之大要在一"导"字："欲治上游，先治下游"，"欲治旁脉，先治中流"。对直隶水道的疏浚，提出了具体方案，即：挑贾家口以泄北运、大清、永定、子牙四河之水，挑西堤头引河以泄塌河淀之水，挑邢家坨以泄七里海之水。另开北岸一河以分罾口之势，修复减河以宣白、榆之源；挑浚三河头水道，添建草坝，为东淀之扼要；挑浚马道河、赵北口水道，为西淀之扼要。十二连桥横亘淀中，应及时兴修以利往来。修复庐僧河，分白沟上游之势；修复窑河，分白沟下游之势。如此，则得就下之势，支派旁流，皆可次第导引。疏上，得旨允行。

择要疏河以纾急患疏[1]

窃维《禹贡》之言治水，其大要在导之一言；孟子以疏、瀹、决、排释之[2]。凡以顺其就下之性而行，所无事也[3]。是以欲治上游，先治下游，必尾闾畅而后肠胃之气势乃顺；欲治旁脉先治中流，必胸腹利而后四肢之血脉乃通[4]。臣等前因秋汛后积水未消，已奏明先筑千里长堤，声明应疏各河俟明春水落办理在案[5]。今千里长堤已筑成十分之七，止馀水深之处，天寒冰冻人夫难以立足，请俟明春接筑完竣[6]。惟疏河虽在明春，必须早为估勘，派定工员俾得预行讲求，庶明春不致办理仓猝[7]。

查天津为众水会归之处，全省之尾闾也[8]。现止有海河一道消水入海，每至盛涨消泄不及，辄汪洋一片，淹没数百里，为害甚巨[9]。应请多其途以泄之，使众水分道入海[10]。分泄之法其要有三：一为塌河淀上承六减河之水，下达七里海，旧有罾口、宁车沽二引河[11]。今查宁车沽一河久已壅塞，该处逼近海口，浊潮易淤，挑浚无益[12]。惟罾口河流入蓟运河，虽海口百数十里，不虑潮泥涌入[13]。应自天津西沽之贾家口挑起，展宽足十六丈以泄北运、大清、永定、子牙四河之水，使入塌河淀；再挑西堤头引河并添建草坝以泄塌河淀之水，使入七里海；再挑邢家坨一带展宽二十丈以泄七里海之水，使入蓟运河以达北塘入海[14]。惟自罾口以下潮汐往来，若就旧河展宽，潮水一日再至，淹深四五尺，人力难施[15]。应于北岸陆地另开一河宽十四丈，使与罾口河并行而下，则工费较省，共估计银十三万二千八百五十馀两。一为北运河受潮白、温榆之水，来源本大，加以大清、子牙、永定诸河之水，其势更形浩瀚[16]。旧有减河六道，现查王家务石坝年久坏滥，急应折造，共估计料银九万九千四百七十馀两[17]。其下减河，本年夏间因限于钱粮，略加挑浚，仅至八道估而止，不足以资宣泄，应再加挑挖，直达塌河淀，共估计银一万五千五百八十两[18]。其下为筐儿港口，门宽六十丈，消水甚畅，为引河下游高又无堤埝，工程浩大，碍难办理，臣等另折议奏[19]。再下则为南仓、霍家嘴、辛庄及堤，现在展宽之贾家口四河，尽足以减泄盛涨。一为南运河上承漳、卫、洹、汶之水，浑浊而悍，每遇大雨，动辄拍岸盈堤[20]。旧有减河四道，在山东者为四女南、哨马营二河，下游流入直隶，仍归山东之海丰县入海[21]。臣等接准山东抚臣来咨，四女南减河业经修浚，哨马营减河亦已勘估，应将直隶下游先行挑挖等因，臣等当委熟谙工员往勘，吴桥县境之钩盘河为哨马营支河下游，现已淤浅；又四女南、哨马营二河至吴桥县会流入老黄河，历宁津、南皮、盐山三县，与（山）东省之乐陵县交错，河身狭窄不足以容纳两河之水，均应挑挖，自庆云以下河道深通，勿庸估计等语，并据造送估册前来[22]。臣等伏查吴桥等县之钩盘河、老黄河与山东之德州、乐陵县上下相承，犬牙相错，必须两省同时并办，一气呵成，庶不致旋挑旋淤[23]。现在天寒冰冻，不能办理，明春（山）东省粮船过境，亦未便拆卸石坝，致碍纤路[24]。臣等现拟俟兴办时委大员前往复估，咨会山东抚臣于明秋同时办理，在直隶境内者为捷地、兴济二减河，捷地河本年春夏间虽已估挑，因限于钱粮，丈尺不足，应再加展宽，连修石坝雁翅，共估计银三万三千三百五十四两零[25]。再下则为兴济河久已淤平北岸，坝口雁翅坏烂，急应挑修，共估计银六万四千七百七十七两零。又沿河堤身除今年择要估修外，尚有卑薄，应间段加培，现饬天津道逐一估计，另行核办[26]。

凡此习疏瀹之事，多其途以泄之，使全省之水不致毕注于天津，而尾闾始畅也[27]。尾闾之水既畅，则胸腹之气乃通。至东淀、西淀，全省之胸腹也，东淀之扼要在三河头、杨家河与南北中三股河合[28]。查三河头、杨家河本年入秋以来业已冲刷深通，毋须挑挖，惟三股河及范家口一带间段淤浅，应加挑浚，并添建草坝，共估计银一万七百两零[29]。西淀以清河口、马道河、赵北口为扼要。今马道河甚为淤浅，赵北口连桥上下被居民堆砌围土，河窄如沟，淀水为之不流，挑河截淤，共估计银二万六千三百七两零[30]。又十二连桥横亘淀中，乃南北往来大路，检查各桥木石均已坍塌朽坏，道路被水冲刷，行旅艰难，亟应兴修，修桥筑道共估计银二万二千七百七十二两[31]。又清河口乃西淀出水门户，被白沟河横冲而出，每遇大雨即挟沙带泥，不但独占清河口，且倒灌而西，致淀水全无去路。臣等前经查照旧案，议奏请开白沟河故道，使清浑各行一路，业蒙允准在案[32]。今臣程含章督同永定河道张泰、运清河道陶梁覆加查勘，河水之势甚大，前议开河宽二十丈，盛涨时不足容纳，若两岸筑堤则工程浩大，后难为守，倘若不筑堤，则四散漫溢，河身必淤，不特雄县、保定、霸州三处地被淹，即营田五十余顷亦被冲刷，且下游稍泄不及，实多窒碍，从前乾隆年间屡奏未办，皆缘于此[33]。惟白沟之盛涨不减，则新城、雄县之民将被其害，而清河仍无出路，应请自新城十九堡村修复庐僧河，以分白沟上游之势，明春赶办不及，亦应俟秋间兴工时估办，再由雄县之大湾开复窑河，以分白沟下游之势，估计银二万五千八百六十两[34]。如此虽不能使清浊分流，而白沟河经此两河减泄之后，则水之至清河口者已去其半，清河之水可以相敌，直出玉带河矣[35]。再开复十望、中亭河以泄玉带河之水，直达台山，估计银五千六百六十两。凡此数端，皆决挑之事，使胸腹宽舒不至胀满为患也。尾闾之势既畅，胸腹之气渐舒，则得其就下之性而支派旁流，乃可次第导引，不致动辄为患矣[36]。

以上各工，庐僧河及钩盘、老黄河缓至明秋办理，南运河间段培堤尚须确估外，其余总共银四十七万三千余两[37]。再，各工皆滨临河淀，举锄见水，必须水中捞土，且有运远之处，此次所估土方应请统照通永道成规分别办理，免致工员藉口赔累，致有草率[38]。

选自《滇文丛录》卷四九

【简注】[1] 要：要道，重要的河道。纾（shū）：解除，消除。　[2] 窃维：私下考虑。窃，私意，自谦之词。维，通"惟"。思考，考虑。《禹贡》：《尚书·夏书》中的一篇。大约成书于战国时期。篇中把中国划分为九州，记述各区域的山川分布、交通、物产状况以及贡赋等级等，是我国最早一部价值很高的地理著作。大要：要领，关键。导：疏导。《禹贡》第二段，自"导岍（qiān）及岐"至"导洛自熊耳"，共用11个"导"字。疏、瀹（yuè）、决、排：《孟子·滕文公上》说，"禹疏九河，瀹济、漯（luò）而注诸海，决汝、汉，排淮、泗而注之江。"意思是：大禹疏浚九河，治理济水和漯水，引流入海；挖掘汝水和汉水，疏通淮水、泗水，引导流入长江。按：除汉水外，汝与淮、泗都不入江。这里所记，不过申述大禹治水之功，未必字字实在，不必过于拘泥。　[3] 就下：向下，趋下。　[4] 尾闾（lǘ）：古代传说中海水所归之处。《庄子·秋水》："天下之水莫大于海，万川归之，不知何时止而不盈；尾闾泄之，不知何时已而不虚。"成玄英疏："尾闾者，泄海水之所也。"这里用来指江河的下游。肠胃：比喻江河的中游、上游。旁脉：犹言旁流。脉，血管。这里指像血管一样连贯而成系统的河流。中流：河流的中心位置。　[5] 秋汛：从立秋到霜降的一段时间内发生的河水暴涨。消：消退，消减。俟：等待。落：下落，回落。在案：记录在官府的案卷中。　[6] 人夫：民伕。旧指被征募服劳役的人民。接：继续，连续。完竣：完毕，完成（多指工程）。〔7〕估勘：估测勘察。俾：使。讲求：谋划，研究。庶：与"庶几"、"庶乎"相同。连词，表示在上述情况下才能避免某种后果或实现某种希望。仓猝：匆忙，仓促。〔8〕天津：州、府名。清顺治九年（1652）裁天津左卫、右卫并天津卫，雍正三年（1725）改天津卫为直隶州，九年（1731）升为府。治所在今天津市。辖境相当于今天津市及所辖静海县，河北青县、沧州、南皮以东诸县及山东宁津、庆云二县。1913年废。〔9〕海河：一称沽河。我国华北地区最大水系。由潮白河、永定河、大清河、子牙河、卫河五大河在天津市区及其附近汇合而成，东流到大沽口入渤海。五大河汛期同时涨水，下游宣泄不畅，常常泛滥成灾。辄（zhé）：就，总是。〔10〕途：途径，路径。〔11〕淀（diàn）：浅水的湖泊。如白洋淀、荷花淀。减河：亦称"减水河"。为分泄河流洪水，用人工开凿的河道。目的在减弱水势，防止洪水漫溢或缺口。七里海：一称"七里淀"。在今天津市东所辖宁河县西南。罾（zēng）口：引河名。罾，一种用竹竿或木棍作支架的方形渔网。引河：人工开挖的引水道。在堵塞缺口时，开挖引河引导水流归入正槽，借以挽险缓冲。〔12〕壅塞：淤塞，不流通。挑浚：挖掘疏浚。挑，《一切经音义》引《声类》："挑，抉也。"抉，挖出、挑出。〔13〕蓟（jì）运河：在天津东北部。上源州河出河北省遵化县北境芦儿岭，南流到天津市蓟县九王庄以下始称蓟运河，下游在北塘入渤海。长301公里。虽：疑为"离"之误。不虞：不担心。涌：液体奔流。〔14〕展宽：拓宽，加宽。北运：河名，大运河的一段。自今北京市至天津市，长186公里。13世纪（元）时，利用白河下游河道修浚而成。大清：河名，一称上西河。海河水系五大河流之一。在今天津市汇子牙河后入海河，长448公里。下游宣泄不畅，过去水灾频繁。永定：河名，即桑乾河下游自河北官厅水库起至天津止一段，下接海河。以河流无定，古称无定河。康熙三十七年（1698）更名为永定河。长650公里。上游流经黄土高原，含沙量仅次于黄河，故有"浑河"、"小黄河"之称。子牙：河名，在今河北静海县东，因流经河北大城县子牙村，故名。东北流至天津，会南北二运河及大清河，入海河。〔15〕潮汐（xī）：由于月亮和太阳的吸引力的作用，海洋水面发生的定时涨落现象。潮，早潮，汐，晚潮。〔16〕潮白：海河水系五大河之一。在北京市和河北省东北部。由源出冀北山地的潮河和白河在密云县汇合而成，故名。下游经天津市入海河。通州至天津段即北运河。温榆：温榆河，在今北京市中部。上游沙河等支流，在昌平县汇合后称温榆河，东南流入北运河。长59公里。浩瀚：广大，盛大。〔17〕折造：拆除重建。折，疑为"拆"之误。〔18〕八道估：估当作"沽"，形近而误。天津别称"沽"，市区内的地区多以"沽"命名，如上文的"西沽"。资：凭借，依靠。〔19〕为（wèi）：因为，为了。堤埝（niàn）：挡水的建筑物。在河工上，埝与堤的意义相同。章晋墀、王乔年《河工要义》："堤、埝二字，名异实同，皆积土而成，障水不使旁溢之谓也，故通用之。"碍难：难于（旧时公文套话）。折：折子，奏折。奏：臣子向君主进言、上疏。〔20〕南运河：大运河的一段。自天津市经河北省南部至山东省临清。利用原有卫河加以疏浚而成。清以来对天津以北的北运河（白河）而言，称为南运河。漳：漳河，卫河支流。在河北、河南两省边境。长412公里，为南运河洪水主要来源。卫：卫河，海河水系五大河之一。在河北省南部和河南省北部。上源出山西省太行山，流经河南、山东、河北，到天津市入海河。长九百馀公里。洹（huán）：洹水，在今河南省北境，又名"安阳河"。源出林县隆虑山，东流经安阳市到内黄县北入卫河。汶：汶水，今名大汶水或大汶河。源出山东莱芜县北，今主流西注东平湖，北入黄河。悍：强劲，急暴。《史记·河渠书》："水湍悍。"动辄：动不动就……。拍岸：冲击江岸。盈：充满。〔21〕直隶：明称直属京师的地区为直隶。自永乐初迁都北京（今北京市）后，以南京地区为南直隶，相当于今江苏、安徽两省；以北京地区为北直隶，相当于今北京、天津两市，河北省大部和河南、山东的小部分地区。清初，以南直隶为江南省，北直隶为直隶省，辖境依旧。海丰县：本汉代信阳县，隋开皇六年（586）置无棣县。明洪武八年（1375）以避（成祖）朱棣讳改为海丰县。1914年仍改为无棣县。在山东省北部，东北滨渤海。〔22〕抚臣：巡抚的别称。对君主而言，故称"臣"。咨：旧时公文的一种，用于平行机关。等因：旧时上行公文的套语。在引文后面用"等因"或"等因奉此"，然后陈述己意。委：委派，派遣。熟谙（ān）：熟悉，了解得清楚。吴桥县：在河北省东南部、南运河东岸，邻接山东省。宁津：县名，在山东省西北部，邻接河北省。明清间皆隶属直隶河间府。南皮：县名，在河北省东南部、南运河东岸，邻接山东省。盐山：县名，在河北省东南部，宣惠河流贯，邻接山东省。乐陵：县名，在山东省西北部，邻接河北省。庆云：县名，在山东省西北部、马颊河下游，邻接河北省。原属河北省，1965年划归山东省。估册：估计工程造价的册子。　　〔23〕伏：旧时常用为下对上有所陈述时的表敬之词。如伏闻、伏惟。德州：原为县，今为市，在山东省西北部，邻接河北省。相承：互相连接。犬牙相错：指交界线很曲折，像犬牙那样参差不齐，相互交错。一气呵成：比喻做一件事安排紧凑，迅速完成。　　〔24〕东省：当为"山东省"。纤（qiàn）路：纤夫经过的道路。纤，拉船前进的绳子。　　〔25〕复：再，重。咨会：移文会商。捷地减河：在河北东南部。雁翅：孙承泽《春明梦馀录·治漕》说，"闸有三：曰石闸，丛石为之，有龙门，有雁翅，有龙骨，有燕尾。"　　〔26〕卑：堤身低矮。间（jiàn）段：间隔的地段。间，隔开，不连接。培：培土使堤身增高增厚。饬：通"敕"。命令，指示。道：行政区划名。明清时在省、府之间所置的监察区。有分巡道、分守道之别，长官称为道员。分守道主管一省内若干府、县政务，分巡道主管全省提学、屯田等专门事务。核办：审核后办理。核，审计查对。　　〔27〕毕：尽，全。　　〔28〕扼要：扼据要冲，抓住要点。　　〔29〕冲刷：水流冲击，使土壤流失或剥蚀。　　〔30〕截：整治。　　〔31〕亘（gèn）：横贯。坍（tān）塌：倒塌，崩坏。行旅：出行，旅行。亟：急，迫切。　　〔32〕查照：查核对照。旧案：旧的议案。案，关于建议、计划等的文件。故道：旧的途径。业：既，已。　　〔33〕督：监督，督率。河道：清初设河道总督，掌管黄、运两河和永定河的堤防疏浚等事。所属有河库道、河道、管河同知、通判等官。漫溢：水涨外流。雄县：在河北省中部、大清河中流、白洋淀以北。保定：元置保定路，治所在清苑（今保定市），明初改为府。1948年由清苑县析出设市。霸州：州名。治所在永清（今霸县）。辖境相当今河北霸县及其东南至子牙河一带。营田：屯田。利用兵士和农民垦种的荒废田地。顷：一顷等于一百亩。窒（zhì）碍：有障碍，行不通。乾隆：清高宗弘历年号（1736～1795）。缘：缘由，事情的起因。　　〔34〕新城：县名。在河北省中部、巨马河流域。白沟：河名。巨马河自河北涞水县流入，南到定兴县西。至县南为白沟河。因宋、辽分界于此，故也名界河。清河：古河名。源出北京昌平县，东南流，入大运河。　　〔35〕玉带河：旧称陈玉带河。清河流经河北，自雄县猫儿湾东至新镇西南30里一段更名玉带河，下为会通河，后会子牙河、南运河入渤海。　　〔36〕数端：各项，各个方面。决挑：开通水道，导引水流。胀满：充塞，充满。这里比喻水满为患。舒：舒展，舒畅。支派：支流，分流。支，从总体分出来的。派，水的分流。次第：次序，一个挨一个地。　　〔37〕确估：准确估计。　　〔38〕滨：近水的地方。土方：挖土、填土、运土的工作量通常都用立方米计算，一立方米称为一个土方。通永道：大通河、永定河河道。大通河又名"通惠河"，元代都水监郭守敬主持开凿。起自昌平县附近，东南流入大都城（今北京市区），穿城东出至今通州高丽庄入白河。全长八十余公里。明初淤废。其后成化、正德、嘉靖及清康熙、乾隆间曾屡予修复。赔累：做买卖损失了本钱还欠下债。草率：粗枝大叶，敷衍了事。

（吴培德）

高上桂（一篇）

　　高上桂，字松泉，号月峰，云南邓川人。清乾隆二十七年（1762）举人，二十八年进士。历官四川新繁，河南辉县、太康等知县，擢湖南茶陵知州。廉干慈惠，所至有循良声。《滇文丛录》录其文五篇。这里选其一篇。

　　《星回节考》是一篇辨析文章，同题还有清许印芳文（见许印芳《五塘杂俎》）。二者同名立论，但角度有异。许文从民俗火把节出发来谈问题，对节日活动描述较多，并由此而及星回节来由三说之谬。高上桂此文则径辨星回节来由传闻之诬，并进而广引典籍，阐述自己的见解。文章论析集中，层次感强。文笔练要，有可读性。

星回节考[1]

　　滇俗，每岁六月二十五日，村落夜然松炬，醵饮占岁[2]。土人祭祖，谓之星回节。节名未详其由，故事亦传闻互异。或曰：邓赕诏妻慈善为夫死节，国人哀之[3]。说见冯甦《滇考》及所撰《慈善妃庙记》[4]。按《南诏野史》，蒙氏欲灭五诏，豫建松明楼，祭祖于上[5]。诏曰：六月二十四日，星回节，当祭祖，不赴者罪。各诏于二十四日皆至，登楼被焚死。是当时先有此节，特因节以焚楼，非因焚楼以传节[6]。且焚楼事在六月二十四日，而妃死节，闭城三月，食尽之馀，国人何为于是日吊之？其说近诬。或云：以武侯是日擒孟获，侵夜入城，父老设燎以迎[7]。说见"通志"，以《南中志》考之[8]。武侯五月渡泸，至秋而四郡平[9]。其擒孟获，当在夏秋。以是日为擒孟获日，似不甚远[10]！然孟获煽诱诸蛮，必待七擒纵而后服，则擒渠时，众方抗命，岂有设燎以待者乎[11]？即有之，而擒非一次，擒之地非一所，擒之时非一日，何皆以二十四五日为此会，且加以星回节名哉[12]！郡志载：汉元封间，楪榆妇人阿南，为酋长曼阿娜妻，娜为汉将郭世忠所杀，欲妻南[13]。南绐以聚国人，使备知礼嫁，张松幕焚故夫衣，乃抽刀自断，仆火而死[14]。时六月二十五日，故国人岁于是日然炬以吊。是其事又在蜀汉前。说既互异，而星回节之名总不可解。考《月令》，星回于天，数将终而岁更始也[15]。六月非数终，二十五日非岁始，何为以星回节名？《玉谿编事》曰：南诏以十二月十六日为星回节，其游避风台，有"不觉岁云暮，感极星回节"诗，似此节又当在十二月十六日，而何以习俗相沿之左耶[16]！偶阅南汇吴省钦《宁远怀古诗》，有"却笑荷花生日里，几村蛮女踏芳菲"句[17]。注云：番俗以六月二十四日为元旦，吴人以是日为荷花生日。吴公博雅，语必有据。则是野史所称，六月二十四日乃星回节之说，正合《月令》星回于天，岁且更始之义。而节名之昉，信非无因[18]。《荆楚岁时记》云：正月一日，爆竹于庭，以惊山臊[19]。魏议郎董勋云：元旦，门外烟火等事以逐疫，礼也[20]。星回之列炬，殆其遗意乎！盖惟蛮俗之先，以是日为元旦，故相率而举火占岁，而醵饮祭祖，不约而同[21]。迨通中国奉正朔，岁首改而节名不改[22]。其沿为二十五日，而仍其称者，无亦阿南事。适当是日景随事迁，事相因而名相蒙[23]。亦如寒食禁火，而因以悲介子[24]；五日系缕本旧俗，而因以吊屈平，连类而及之者也[25]。

选自《滇文丛录》卷四

【简注】〔1〕星回节：云南许多民族的传统节日火把节，在古代称"星回节"。星回，意谓一年已终，星宿回复原位。《礼记·月令》："（季冬之月）是月也，日穷于次，月穷于纪，星回于天，数将几尽，岁且更始。"孔颖达疏："星回于天者，谓二十八宿随天而行，每日虽周天一匝，早晚不同。至于此月，复其故处，与去年季冬早晚相似，故云星回于天。"唐时，南诏以十二月十六日为星回节。是日，游于避风台，命清平官赋诗。今节期不一，一般为农历六月二十四日至二十六日，一至三天不等。节日晚上要燃火把，逐疫祈年。　　〔2〕松炬：松柴火把。醵（jù）饮：合钱饮酒。占岁：预测年成。占，估计、预想。岁，一年的收成、年景。　　〔3〕邓赕（tǎn）诏：唐代"六诏"之一。邓赕，一作"邆赕"，地名，在今洱源县邓川镇。诏，南诏称王曰诏。慈善为夫死节：即"火烧松明楼"的故事，在省内传播甚广，有关地方志上多有记载。慈善又称柏洁夫人。《昆明县志》记述："南诏皮逻阁会五诏于松明楼，将诱而焚杀之，遂并其地。邓赕诏妻慈善谏夫勿往，夫不从，乃以铁钏约夫臂。既往，果被焚，慈善迹钏得夫尸以归。皮逻阁闻其贤，欲委禽焉。慈善闭城死，滇人以是日燃炬吊之。"委禽，下聘礼。〔4〕冯甦《滇考》：2卷。《云南辞典》载："康熙元年（1662），苏（甦）为永昌府推官，作是书。《四库全书》著录，《提要》云：'自庄跻入滇，至明末国初，撮其沿革之旧迹，治乱之大端，……每事首尾完具，端绪分明，非采缀琐闻，条理不相统贯者比。其名似乎舆记，其实则纪事本末之体也。'《云南备征志》收录。"　　〔5〕《南诏野史》：旧本题倪辂集，1卷。辂，昆明人，明嘉靖举人。书为《明史·艺文志》著录。抄本流传广。明清以来，屡有改订编刻之本，诸家著录亦不一。袁嘉谷《滇绎·南诏野史书后》云："南诏野史凡五本。"即倪（辂）本、杨（慎）本、阮（元声）本、胡（蔚）本、王（崧）本，并认为"王本最足征信"。云南省图书馆有诸种抄本，或复制印本。蒙氏：指南诏。南诏以乌蛮蒙姓为王。唐南诏王，初名皮逻阁，开元中因破河蛮有功封云南王。唐玄宗并于公元738年，赐皮逻阁名蒙归义。五诏：洱海地区有"六诏"，除南诏外的五诏为：蒙嶲诏、越析诏、浪穹诏、邆赕诏、施浪诏。豫：先事为备。松明楼：以松明建搭的楼。松明，老松多油脂，耐久燃，劈成细条，用以照明，叫松明（云南方言又称"明子"）。此指用含脂量很高的老松树建盖阁楼，便于引火燃烧。　　〔6〕特：只，只是。传节：流传为节日。　　〔7〕武侯：诸葛亮。三国时，为蜀相，死后谥忠武侯。孟获：三国蜀汉时云南部族的首领之一。建宁（今云南曲靖）人。刘备死后，他和益州豪强雍闿起兵反蜀。公元225年诸葛亮南征，他被七擒七纵，最后心悦诚服，誓不复反。侵：渐进。燎：古祭名，焚柴祭天。此指燃火。　　〔8〕通志：指《云南通志》，明代纂修的五种（可见者），清代纂修的亦有五种。《南中志》：晋常璩撰，1卷。常璩著《华阳国志》12卷，《南中志》为其第4卷单行本。记载晋代以前云南各民族历史兴废、郡邑建制、风俗土宜、人文掌故。《滇系》、《云南备征志》均收入此书。　　〔9〕泸：泸水，一名泸江水，古水名。指今雅砻江下游和金沙江会合雅砻江以后一段。诸葛亮《出师表》说"五月渡泸"，即此。四郡：指益州郡、牂柯郡、越嶲郡、犍为郡。　　〔10〕是日：此日。　　〔11〕七擒纵：七擒七纵。渠：他。抗命：拒不执行命令。抗，违抗。设燎：陈设篝火。　　〔12〕何：为何。会：节会，会期。　　〔13〕郡志：泛指省州县地方志。元封：汉武帝刘彻年号（前110～前105）。楪（yè）榆：地名。在今云南大理市东北。妻南：以阿南为妻。妻，名词活用作动词。　　〔14〕绐（dài）：骗，欺哄。张松幕：设置松枝青棚。张，陈设、张开。幕，帐幕。仆火：倒入火中。仆，向前跌倒。"阿南故事"见于《大理府志》和胡蔚订正的《南诏野史》："汉元封间，叶榆妇阿南者酋长曼阿娜之妻，娜为汉将郭世忠所杀，欲妻南。南曰：'能从三事当许汝。一作幕以祭故夫；一焚故夫衣，易新衣；一令国人皆知我以礼嫁。'忠如其言。明日，聚国人，张松木（棚）祭其夫，下置火。南藏刀出，俟炽，焚夫衣，即引刀自断其颈，仆火中，时六月二十五也。国人哀之，每岁以是日燃炬吊之，名为星回节。"　　〔15〕月令：《礼记》篇名。传为周公所作，实乃秦汉间人抄合《吕氏春秋》十二月纪之首章，收入《礼记》，题曰"月令"。记述每年农历十二个月的时令、行政及相关事物，较《夏小正》为丰富。星回于天：谓一年已终，星辰复回于原位。数：指序数（1～12月）。更：更换。或作副词，作"再"、"又"讲。　　〔16〕《玉溪编事》：书名。为五代蜀人编，作者不详，记载"缺名"。左：不当，不妥。或"差错"。　　〔17〕南汇：地名。在上海市东南部，滨临东海。明设南汇守御所，清改南汇县。吴省钦：清南汇人，字充之，号白华。乾隆进士，官由编修累迁左都御史。工诗文。嘉靖间川楚教匪乱，秀水王昙能作掌心雷，省钦荐之，以诞妄夺职。有《白华初稿》。《宁远怀古诗》：吴省钦作。宁远，县名。清乾隆三十七年（1772）筑宁远城于固勒札（今新疆伊宁市），1888年改县，1913年改名伊宁。宁远，府名，清时指四川西昌。本文指后者。芳菲：花草，也指花草的芳香。南朝齐谢朓《休沐重还道中》诗有"赖此盈罇酌，含景望芳菲。"　　〔18〕昉（fǎng）：天方明，引申为开始。　　〔19〕《荆楚岁时记》：南朝（一说为北周，一说为晋）梁宗懔撰，《文献通考》作四卷，今存一卷。是现今保存最为完整的一部记录楚地岁时节令、风物故事的专书（笔记体散文），为研究荆楚地区的历史和民俗提供了大量的珍贵资料。本段原文是："正月一日是三元之日也。《春秋》谓之端月。鸡鸣而起，先于庭前爆竹，以辟山臊恶鬼。"爆竹：古时烧竹筒子叫"爆竹"，唐代叫做"爆竿"，宋代以后才出现卷纸裹火药的爆竹，称为"爆仗"。于庭：应为"于庭前"，即在堂阶前。山臊（sāo）：旧时传说中的山怪。形似猴，体长三尺馀，身被黑褐色长毛，头长大，尾极短，眼黑而深陷，鼻部深红，两颊蓝紫有皱纹。因其状貌丑恶，被称之为"山鬼"，又作"山魈（xiāo）"、"山獐"、"山獡"、"山箫"，还叫"独脚鬼"。　　〔20〕魏议郎：魏时的议郎。议郎，官名。西汉置，掌顾问应对，隶光禄勋。东汉为重要官职，得参预朝政。董勋：后汉人。对民俗甚为了解。据记载，有人问董勋，元日饮屠苏酒从少者起，何故？勋答曰："俗以少者得岁，故贺之。"本文引语，说他认为门外放烟花爆竹，是为了逐疫，符合于"礼"。　　〔21〕相率：彼此跟随、相互沿袭。举火：举火炬。　　〔22〕迨（dài）：等到。中国：国之中央，指中原地带，有别于边境而言。奉：奉行，遵照实行。正朔：一年的第一天。通指帝王新颁之历法。正，一年的开始；朔，一月的开始。古时改朝换代，新王朝表示"应天承运"，往往定正朔。　　〔23〕相因：相因袭、沿袭。蒙：萌生。《易·序卦》："物生必蒙，故受之以蒙。蒙者蒙也，物之稚也。"　　〔24〕寒食：寒食节，在农历清明前一或二日。南朝梁宗懔《荆楚岁时记》："去冬节一百五日，即有疾风甚雨，谓之寒食。禁火三日，造饧大麦粥。"相传寒食节起于晋文公悼念介子推，禁火寒食三天。宗懔引《琴操》的记载，说春秋时晋国介子推（一作之推）辅佐晋文公（重耳），出亡；文公复国后，子推没有封赏，遂隐于山中，重耳求之，不出，就烧山逼他出来，之推抱树而死。文公哀之，禁止人在之推死日生火煮食，只吃冷食。以后相沿成俗，叫做寒食禁火。按《周书·司烜氏》"仲春以木铎循火禁于国中"的说法，禁火为周的旧制，与介之推死情无关。《后汉书·周举传》、晋陆翙《邺中记》等始附会为之推事。介子：介之推，春秋晋人。从公子重耳（晋文公）出亡，历经各国，凡十九年。文公还国为君，赏从亡者，介之推不言禄，禄亦不及。与母隐于绵山而终。见《左传·僖公二十四年》、《史记·晋世家》。　　〔25〕"五日"二句：五日，指五月五日，"俗为屈原投汨罗日"（《荆楚岁时记》）。《续齐谐记》载："屈原以五月五日投汨罗而死"，楚人哀之，每于该日用祭物投水祭之。怕祭物被蛟龙所窃，就"以五色丝缚之"。"世人五月五日作粽，并五色丝线及楝叶，皆汨罗之遗风"。按《荆楚岁时记》所记："以五彩丝系臂，名曰辟兵（消除兵灾），令人不病瘟。"这本是"旧俗"，与屈平之死无关。哀悼屈平之死，投五色丝线缠绕的粽子于江中，以惊走蛟龙，乃后人附会。系缕，拴上丝线。吊屈平，吊唁屈平。屈平，即屈原（屈子名平，字原），战国楚人，是我国伟大的爱国主义诗人。约生于公元前340年，卒于前278年。初辅楚怀王，主张联齐抗秦，后遭谗去职。顷襄王时，被放逐，长期流浪沅湘流域。楚郢都为秦兵攻破，他愤激之馀，投汨罗江而死。著有《离骚》、《九章》、《九歌》、《天问》等作品，影响深远。

（张德鸿）

韩锡章（一篇）

韩锡章，字国华，号龙谷，赵州（今大理市）人。清乾隆三十年（1765）举人。著有《尚书正义》、《龙谷诗文稿》。《滇文丛录》附有简短小传，并录其文二篇。其中，《铁柱辨》肯定赵邑（弥渡）铁柱为诸葛武侯所立，与实际不符，结论有误，不为学术界所认同，故本书不予选注。《万人冢记》一文，署名韩锡忠，而作者小传说明收韩锡章文为一辨一记，可见，署名韩锡忠实为误刻。

《万人冢记》是一篇记事性散文，背景是唐天宝时征南诏惨败的一段史实。天宝数万将士陈尸洱海之滨，最后瘗于边坑，"万人冢"长留后世，引人退思。此文名为《万人冢记》，但非单一叙事，而是融叙事、抒情、议论为一体，突出"为贪兵者鉴"的主旨。细味之，犹如唐人李华《吊古战场文》。

万 人 冢 记[1]

古人义气忠魂，天地亦鉴怜之[2]。若不获鉴，往往以不平之鸣，自见于寒烟衰草而莫之能禁[3]。吾州万人冢有二：一在城之西北旧铺，为垒尚小；一在龙尾关外，累累京观，历今千有馀年[4]。按唐天宝中，鲜于仲通及李宓伐南诏不胜，宓上书请救兵[5]。时杨国忠易其书，反以捷闻[6]。士卒为南诏所击，大溃洱滨，殁万馀[7]。阁罗凤收瘗之，题曰"天宝战士冢"[8]。每阴雨沉霾，时闻鬼哭，如古战场[9]。故事迄于有明，永昌参将邓子龙经其地，题绝句于碑云："唐将南征以捷闻，孰怜战骨卧黄昏[10]。惟有苍山公道雪，年年披白照征魂[11]。"自此，哭声遂绝。非邓公之灵，有以制沉冤，实其诗之足以慰忠魂也。然则，古战场不有文以吊之，哭声不且至今乎[12]！是用书之，以为贪兵者鉴[13]。

选自《滇文丛录》卷九○

【简注】〔1〕万人冢：为大理市天宝街西段南侧一圆形围石土冢，墓碑题作"大唐天宝战士冢"，俗称"万人冢"。唐天宝十年（751）、十三年（754），唐玄宗两次派剑南节度使鲜于仲通和御史剑南留侯李宓共率16万大军征讨南诏，战于西洱河畔，均全军覆没。鲜于仲通脱逃，李宓"沉江而死"。战后，南诏王阁罗凤派人收拾唐军阵亡将士遗骸，"祭而葬之"。著名诗人白居易在其谴责天宝战争的诗篇《新丰折臂翁》中，亦称此为"万人冢"。《新唐书》亦有明确记载，说"阁罗凤敛战骴筑京观（积尸封土如高丘状）"。明洪武年间，驻永昌参将邓子龙曾镌题诗碑立墓前，凭吊阵亡将士。清咸丰年间，诗碑毁于兵燹。清代又几次加修、重刻。1993年列为云南省级重点文物保护单位。　〔2〕义气：忠义之气，正义之气。忠魂：忠诚之心。鉴怜：鉴赏怜惜。　〔3〕不获鉴：得不到鉴怜。自见：自现。寒烟：

寒气、冷雾。衰草：枯草。莫之能禁：即莫能禁之。否定句中代词作宾语前置。〔4〕万人冢有二：据记载，一在今大理市天宝街南侧，封土较高，称"万人冢"；一在今大理市金星区天井乡旧铺东约一华里，封土较小，后人叫"千人堆"。京观：古代战争，胜者积尸封土如高丘状，以示战功，称为京观。《左传·宣公十二年》："君盍筑武军，而收晋尸以为京观。"〔5〕"鲜于仲通"句：唐玄宗时，任用奸相李林甫、宠幸后戚杨国忠，朝政混乱。云南太守张虔陀又对南诏苛待，敲诈勒索，并调戏南诏王妻女。南诏王忍无可忍，起兵杀死张虔陀，攻占三十馀城。唐王朝派鲜于仲通统率大军征讨，直逼西洱河。结果大败江口，损兵6万人；其子鲜于昊、大将王天运等亦战死。白居易《蛮子朝歌》说："鲜于仲通六万卒，征蛮一阵全军殁，至今西洱河岸边，箭孔刀痕满枯骨。"公元753年，杨国忠自兼剑南节度使，又遣李宓统兵10万伐南诏。次年六月也在南诏、土蕃联军攻击下，全军覆没，连李宓也"沉江而死"。〔6〕"杨国忠"二句：杨国忠，唐蒲州永乐人，因从妹杨贵妃得宠，为唐玄宗所信任，被重用为右相。鲜于仲通征南诏兵败后逃脱，派人回朝禀报。杨国忠就哄上瞒下，把战败报成战胜，并张灯结彩，庆祝南征胜利。昏庸的帝王满心喜悦，还颁旨嘉奖。〔7〕洱滨：西洱河边。〔8〕阁罗凤：南诏云南王皮逻阁之子。天宝七载（748），皮逻阁卒，八载嗣立，唐遣使册袭为云南王。后因败鲜于仲通军于西洱河，与唐绝，归命土蕃，被册为赞普钟南国大诏、日东王，建元为赞普钟，号大蒙国。公元753年打败李宓军后，改羊苴咩城为大理城，又名紫城；公元765年，又命子凤伽异筑云南城，称拓东城（今昆明）。公元778年卒，谥神武王。瘗（yì）：埋，埋葬。〔9〕"阴雨沉霾（mái）"二句：民间传说，每当风雨阴霾，树啸草伏，冢畔常有冤鬼哭声。自邓子龙悼诗祭后，哭声才止。唐李华《吊古战场文》有："此古战场也。常覆三军，往往鬼哭，天阴则闻。"情景相似。〔10〕有明：明代。"有"为词头，无义。常置于朝代名前，如有虞、有夏、有唐。永昌：指永昌府，治所在今保山市。东汉置永昌郡；唐宋时，南诏及大理国前期置永昌节度，大理国后期改置永昌府；元代降为永昌州；明洪武十五年（1382）复升为府，旋废，嘉靖元年复置。辖境各时期亦不尽相同。参将：官名。明代镇守边区的统兵官，无定员，位次于总兵、副总兵。分守各路。邓子龙（？~1548）：江西丰城人。明嘉靖初，因军功官至都指挥佥事、浙江都司。十一年（1532），陇川宣抚岳凤勾结边地土司及缅人犯滇。时子龙奉命赴援，在今施甸县姚关大败叛军，安抚流民数千人，升副总兵。后因腾姚兵乱被撤职。十八年，起平十寨普应春等乱，复副总兵职，署金山参将。二十年，缅入侵孟养、八莫，子龙击败之。二十七年，朝鲜用兵，诏领水军击倭寇于釜山南海，战死。庙祀朝鲜。善诗，著有《横戈集》。〔11〕苍山：又名点苍山、灵鹫山，南诏时封为中岳。山脉西北东南向，属横断山脉云岭山系。北起洱源，南至下关，东达洱海，西至漾濞江，南北长42公里，东西宽24公里，由19座海拔3 074~4 122米的山峰组成，19峰间夹18溪。公道雪：苍山顶终年积雪，邓子龙以象征手法，说它是为悼征魂而着白，称之为"公道雪"。〔12〕且：将，将会。〔13〕是用：因此。鉴：鉴戒。

（张德鸿）

马培元（一篇）

马培元，云南宜良人，清乾隆时廪生。生平不详。

《宜良县骆家营双塘灵泉记》着笔宜良双塘泉，写其灵异奇卓的性状景观，并探之以理，盼其扬名。文章精悍，叙议结合自然。先写双泉之异："左呼右吸，滃然出泉如涌珠"，"沙水团结，矗起数尺……有痕如晕"，"吞吐出纳，浮精耀景"。接着从水质水性之"阴阳阖辟"特性扩以"湖海之观"，发"喷珠漱玉之灵境，付之闲旷之区"的慨叹，似有怀利器者常寂寂，千里马不得识者而名不彰，老死槽枥之间，与世相乖违的抑郁情怀寄托。最后寄希望于县志重修时采泉入志以扬名，以见拳拳之心。

宜良县骆家营双塘灵泉记[1]

县治骆家营东里许，有双泉焉，俗名日月塘[2]。塘阔半亩，有窍二，左呼右吸，滃然出泉如涌珠[3]。或沙水团结，矗起数尺，逾时始平，有痕如晕[4]。随竿投之，一吸以入，一涌以出，吞吐出纳，浮精耀景，莫能名状[5]。

窃以水，阴象也，从太阴之盈虚，以为潮汐，阴阳阖辟，气机鼓荡，湖海之大，应尔兹塘也[6]。水不过一勺，而一阖一辟，若有湖海之观，奇矣[7]。名以日月，固宜，乃省志弗采，邑乘不传，而喷珠漱玉之灵境，付之闲旷之区[8]。士大夫鲜有知者，樵夫牧竖虽知而不能言此，其所以寂寂欤；抑山水之知遇，亦有待欤[9]！

今逢李邑侯重修县志，一丘一壑俱入采择，以备披览，则日月塘亦如兰亭之遭右军矣[10]。余故幸泉之遭而不计文之陋，以为之记。

选自《滇系》艺文八之一四

【简注】〔1〕双塘灵泉：位于宜良县城南约30公里的竹山区，因有两个天然小水塘，上泉下塘，古称双塘子。泉又称呼吸龙潭，呼则出水，吸则水退，十分灵异，故以双塘灵泉称之。于此洗浴者均在下面的双塘子。　〔2〕县治：这里指宜良县所管辖的。日月塘：双塘别名。　〔3〕窍（qiào）：孔洞。滃（wěng）然：泉水涌出的样子。滃，云气涌起。《说文》："滃，云气起也。"　〔4〕或：有时。沙水团结：沙和水聚合。团，糅合，聚集。矗（chù）起数尺：向上耸起数尺之高。逾时始平：过一段时间才平落下去。有痕如晕：留下如日月周围的白色光圈的痕迹。　〔5〕随竿投之：用竿缚物投入双塘。吞吐出纳：一泉眼吸物，而另一孔泉眼吐出。浮精耀景：（双塘）浮动闪耀着光亮和景物的倒影。莫能名状：没法形容它的形状。　〔6〕窃以水，阴象也：我以为水是属于阴的物象。窃，私下。"我"的谦称。从太阴之盈虚，以为潮汐（xī）：受月亮圆缺的影响，形成了潮汐现象。太阴，月亮。古以日月对举，日称太阳，故月称太阴。《说文》："月，阙也，太阴之精。"潮，早上的潮水。汐，晚上的潮水。阖（hé）辟：开合。阖，闭合。辟，开启。气机鼓荡：气候和时序的激发动荡。应尔兹塘：应验在此塘。　　〔7〕一勺：形容水很少。若有湖海之观：却好像有江湖海洋的景象。　　〔8〕固宜：固然适宜，固然恰当。省志弗采：（云南）省志里却不采录（双塘）。邑乘（shèng）：县的有关史书。春秋时晋国史书称"乘"。后因称史书为"史乘"。《孟子·离娄下》："晋之《乘》，楚之《梼杌》，鲁之《春秋》，一也。"喷珠漱玉：形容泉水喷吐着如珍珠美玉般的水珠。灵境：神奇秀美之境。闲旷之区：荒闲空旷的地区。　　〔9〕鲜（xiǎn）有知者：很少有知道（它）的人。樵夫牧竖：砍柴的樵夫和放牧的童仆。竖，童仆、小孩。寂寂欤：寂静如此呀。抑（yì）：或许。连词，表示选择。知遇：被赏识宠爱。有待：有所依赖和凭借。语见《庄子·逍遥游》。　　〔10〕李邑侯：姓李的地方官，名及生平不详。一丘一壑（hè）：一个山丘，一个山谷。俱入采择：都进入选择采用的范围。以备披览：用以作人们披阅浏览的备用品。如兰亭之遭右军：犹如会稽的兰亭碰到了晋代的右军将军王羲之一样。兰亭，在浙江绍兴市（古称会稽）西南12.5公里的兰渚山下。东晋大书法家王羲之（曾任右军将军、会稽内史）撰书的《兰亭集序》记叙永和九年（353）三月三日他与友好在此修禊的盛况，兰亭因此序而名扬海内外。此序为中国书法极为重要的代表性作品，历代书家无不推崇。幸：庆幸。

（萧学禹）

檀 萃（六篇）

檀萃（1724～1801），字岂田，一字墨斋，晚号废翁，安徽望江人。清乾隆二十六年（1761）进士，选贵州青溪知县。乾隆四十三年（1778）调云南，任禄劝、元谋知县，兴学劝农，均有政声。先后主讲昆明育才书院及黑盐井万春书院。博览群书，以渊雅著称。在滇20年，弟子不下数百人。诗文俱工，自成一家。著有《滇海虞衡志》、《楚庭稗珠录》、《滇南草堂诗话》、《大戴礼注疏》、《穆天子传注》、《逸周诗注》、《法书》、《俪藻外集》、《滇南文集》以及《禄劝县志》（一名《农部锁录》）、《元谋县志》（一名《华竹新编》）、《蒙自县志》、《浪穹县志》、《顺宁县志》、《广南县志》、《腾越县志》等。

这里选收檀萃的六篇文章，前五篇是记述禄劝山水的。檀萃曾任禄劝县令，著有《禄劝县志》，对禄劝山水风物所知既博，又寄予深厚的感情，故读来信实沉博，雅丽可喜。

《蒙岳记》写乌蒙山峰峦湖池、山洞泉河之景。文章详考地域山川，旁及史乘佛典传说，写景生动欲活，叙事简洁而感情深沉，文气拂拂。

《翠峰山记》以平实朗练之笔写山景，以欣然礼赞之情述林泉，将拱王山系的翠峰山写得风光绮丽。

《清宁山记》的特色在情景相生，文辞凝练，且带有一种人世沧桑感。首段写清宁山胜景得天地合一之气和河流灵秀之胜，二段写胜地兴废，文末记胜景重修，带有世道一变，物理人情由枯趋荣的欣然称颂之情。

《香海山记》多为述笔，先总括，后移步换景作分述。写景叙事比喻印证兼采，笔法平实而具表现力。文末记黔国公题额，于山川景致之外增添了一些人文色彩，使文章更有史事沧桑感。

《普渡河记》既着笔河道水系之源流归注，又兼记崖岸峻奇风光，特别记述了溜索之设置及作用，将云南地方风物特色之一端如实展现出来。文中详记溜索常为"私枭奸匪"所利用之弊，反映了匪患难防的社会实情。

《普茶》是较早而完整地记录普洱茶产地、规模及历史的笔记体散文，有较高的史料价值。作者还采取点面结合的方式，提及顺宁、大理、昆明的茶，增加了短文的内涵。

蒙 岳 记[1]

蒙岳在禄劝东北二百里，一名乌蒙山，一名绛云露山，一名乌龙山，一名云龙山（《大理府志》），一名云弄山（《东川府志》），一名雪山。昔蒙氏王滇，国于大理，以国内点苍山为中岳，银生部界蒙乐山为南岳，永昌腾越界高黎共山为西岳，丽江界玉龙山为北岳，惟兹山僭主东岳焉[2]。而邑内金沙江亦与兰沧、黑惠、潞江为四渎，故禄劝界内兼擅岳渎之封，何瑰玮也[3]！其山北临金江，阴为会泽，阳为禄劝[4]。上有十二峰，绵亘盘旋几数百里[5]。中天积翠，为滇东诸山之冠[6]。遥望之，诚有岳气[7]。《益州记》云："盘羊乌龙，气与天通"，其尊严固不同矣[8]。常有云气蒙蒙，乌暗不辨，故曰"乌蒙"，曰"云弄"。时而彤云裴亹，甘露凝丹，故曰"绛云露"[9]。神物所潜，不敢狎至，故曰"乌龙"，曰"云龙"[10]。四时积雪，素练悬空，故曰"雪山"[11]。斯亦帝之下都也，与昆仑、悬圃相配焉[12]。十二峰以配十二辰，峰顶各有天池[13]。惟惠袅深浸，内涵日月，倒景其旁，有帝浆之台[14]。帝会众神，觞于其上，沐浴此池，水波香发，如旃檀逆风，其色澄清，太虚不淬[15]。

湖之四岸，皆天生青碧，自然甃成[16]。池中莲花，大如车轮，有伽陵频伽、共命之鸟集于其上，风清月皎，出和雅音[17]。远岫孤僧，钟磬深更，往往闻半天仙梵，盖此鸟之音声闻数百里[18]。《宝藏经》云："雪山有鸟，一身二头，神识各异，同共报命"，即此鸟也[19]。

池侧有鸟万数，辣环向池[20]。秋空飞叶，卷落欲下，尚未及水，飞鸟迎衔，置于别坞，达柝挂莽，几成岊垤[21]。独角神鹿，其身洁白，行于雪岩，如不见物[22]。厓嵰斗绝，非仁羿莫登[23]。自古及今，未有能蜡屐者，果其一冒垂堂，永存长生矣[24]。琪花瑶草，琅玕玉树，璀璨眩晃，烁人目精，不可极视[25]。层城绝壁，迥隔人世[26]。纵有跻胜之具，鼓勇扳陟，如画累人，未及翠微，飞冰走雹，有似拒击，寒气凛冽，噤齿僵足，几欲堕裂[27]。虽炎伏歊暑，挟纩犹栗[28]。四时云封，难寻路径，灵物傀形，鬐角捍卫，有类开明，诚山岳之神秀，未有宿缘不可犯干矣[29]。

山半有仙人洞，昔那姑仙修炼于此[30]。洞外嘉蔬叶似书带，其味甘香[31]。土人采取，毋敢咳唾相呼[32]；略有声语，冰雹立至[33]。居民慑惧，老死山趾，不敢问津[34]。尝有若士为汗漫游，曾一涉之，殆契诚幽昧，履险逾平者乎[35]？因题绝壁，皆云篆书，殊不可辨[36]。南诏曾建岳庙于山趾，今废[37]。下有乌龙泉，流为乌龙河，因山名乌龙，水亦从之也。取泉水者，必屏息凝思，万籁俱寂，然后掬水，盈盈饮之，甘冽浣之[38]。清明澡溉胸中，洒练五藏，澹濯手足，颒濯发齿，虽揄弃恬怠，输写澳浊，分决狐疑，发皇耳目，犹未足以喻也[39]。稍有声响，水即不能入器[40]。纵竭力舀挹，如施瓢勺于铺练之上，杳无所获也[41]。

选自《滇系》艺文八之六

【简注】〔1〕蒙岳：即乌蒙山，在云南省东北部，跨越滇黔两省边缘地带，东北—西南走向。为金沙江和南、北盘江分水岭。由三列山地组成：西列山地海拔高于2 100米，主峰大牯牛寨山，海拔4 016米；中列山地海拔2 000米以上；东列山地低于2 000米。山地由古生界石灰岩等组成，喀斯特地貌发育。矿产、动植物资源丰富。　〔2〕蒙氏：唐代云南洱海地区六诏之一南诏姓蒙，称蒙舍诏。蒙舍诏因获唐朝廷的锡封和支持，先后吞并了其馀五诏，建立了南诏政权，统治了整个云南地区。国于大理：建（南诏）国于大理。点苍山：在大理市西部，古称灵鹫山、玷苍山，俗称苍山，以山色苍黑得名。南诏异牟寻封为中岳。属横断山脉云岭馀脉。由19座山峰组成，18山溪东注洱海。北起上关云弄峰，南抵下关斜阳峰，长43.6公里，宽约20公里。主峰马龙峰海拔4 122米，其馀均在3 000米以上。峰顶白雪与洱海绿波构成壮美之景，素有"银苍玉洱"之誉。中岳：南诏王蒙氏仿国内"五岳"命名，将云南名山亦命名为五岳，以点苍山为中岳。银生部界：银生部境内。银生，即银生节度，一称"银生部"，又称"开南节度"。唐贞元十年（794）后南诏置。先以银生城（今景东文井街）为治所，后移开南城（巍山）。大理国前期仍称银生（开南）节度，后期分设威楚府及蒙舍镇。蒙乐山：今称无量山，为云岭山脉馀脉西支，西北—东南走向，是把边江与澜沧江的分水岭，北起巍山县和南涧县南部，南抵西双版纳傣族自治州南部，绵延五百多公里。永昌腾越境：永昌和腾越界内。永昌，东汉永平十二年（69）置永昌郡，治所不韦县（今保山市金鸡村），辖博南、哀牢、不韦，嶲唐、比苏、叶榆、邪龙、云南八县。大理国后期以永昌节度地改置永昌府，治所在今保山市隆阳区。元为永昌州。明复为府。1913年废。腾越：大理国置腾冲府。元至元十一年（1274）改置腾越州，并置藤越县（今腾冲）。明永乐元年（1403）改置腾冲守御千户所。正统十年（1445）改为腾冲指挥使司。嘉靖三年（1524）复置腾越州，属永昌军民府。清嘉庆二十五年（1820）改置腾越直隶厅。高黎共山：即高黎贡山。位于云南西部和西南部，为横断山系西部山脉。从贡山县西北部进入云南后，改称高黎贡山。山体北高南低，主峰嘎娃嘎普峰海拔5 128米，山顶终年积雪，冰川地形发育。是怒江和伊洛瓦底江的分水岭，南段西坡上有著名的第四纪腾冲火山群和一些断陷河谷坝分布。玉龙山：即玉龙雪山，在丽江市古城区北15公里，属云岭山脉东支，呈南北走向，东西宽约20公里，南北长约43公里，以山形似龙得名，由13座山峰组成，海拔均在5 000米以上，山顶终年积雪。主峰扇子陡峰海拔5 596米，与山脚的丽江坝子相对高差3 200米。主峰附近长年悬挂着现代冰川。兹山：此山。指乌蒙山。僭（jiàn）主东岳：超越名分称为东岳。僭，超越名分。这里说蒙氏以乌蒙山为东岳，相对东岳泰山来说，名分上是一种僭越，超越。　〔3〕邑（yì）内：指禄劝县内。古时，国、京城、一般城市、县都可称"邑"。金沙江：长江上游从青海玉树县巴塘河口至四川宜宾岷江口一段，全长2 308公里，流域面积48.54万平方公里。流经云南德钦、丽江、鹤庆、元谋、禄劝、昭通、水富等县市，于水富镇中嘴出境入四川省。省境内河长1 560公里，流域面积10.91万平方公里。部分河段可通航。在云南境内有支流约182条。流域内有滇池、清水海、程海、泸沽湖等湖泊。兰沧：即澜沧江。发源于青海省唐古拉山东北麓，至昌都与昂曲汇合，经西藏由德钦县布依进入云南，流经维西、云龙、永平、凤庆、云县、临沧、双江、普洱、景洪等市县，于南腊河汇合口出省境。入老挝后称湄公河，经缅甸、泰国、柬埔寨、越南等国，在西贡附近注入南海。干流全长4 180公里，流域面积81.1万平方公里。云南境内干流长1 170公里，流域面积8.87万平方公里。黑惠：黑惠江，又名漾濞江，为澜沧江左岸最大的支流。源于丽江市罗凤山，流经剑川、洱源、大理、漾濞、巍山、南涧、昌宁、凤庆等县市，在南涧县新民乡岔江西部注入澜沧江。河长330公里，流域面积12 190平方公里。潞江：即怒江。发源于西藏唐古拉山南麓古热格嘴，上游叫黑河，藏名那曲，经西藏由贡山县的茶畦陇进入云南，夹峙在高黎贡山与怒山之间，流经福贡、泸水、保山、施甸、龙陵、永德、镇康等县，于潞西市南部纳南信河后入缅甸，称萨尔温江，于毛淡棉附近注入印度洋的安达曼海。干流全长2 816公里，流域面积32.4万平方公里。云南境内干流长624公里，流域面积3.35万平方公里。四渎（dú）：四条河川。渎，指入海之流，后泛指河川。《尔雅·释水》："江淮河济为四渎。四渎者，发源注海者也。"南诏也仿内地命名金沙江、澜沧江、黑惠江（漾濞江）、潞江（怒江）为四渎。兼擅岳渎之封：兼具"岳"和"渎"的封号。禄劝县地既有乌蒙山，又有金沙江，故兼具"岳"、"渎"之封。擅，具有。何瑰玮也：是何等珍奇、美好啊！瑰玮，珍奇、美好。　〔4〕金江：金沙江的简称。阴为会泽，阳为禄劝：乌蒙山的北面是会泽，南面是禄劝。古以山南水北为阳，山北水南为阴。　〔5〕绵亘

(gèn）盘旋：连接延伸、回旋周转。绵亘，相连不断延伸貌。盘旋，回旋周转。几：几乎，大约。〔6〕中天：形容乌蒙山高入半空中。积翠：充盈着苍翠之色。中天，半空中。〔7〕岳气：高山的气象。〔8〕《益州记》：任豫撰。益州，当为益州郡，西汉元封元年（前109）置。治所在滇池县（今晋宁县晋城镇），辖双析、连然、俞元、谷昌、昆泽、叶榆、不韦、云南、贲古、来唯等23县，相当于今高黎贡山以东、鹤庆、剑川、姚安、元谋、东川以南，曲靖、宜良、华宁、蒙自以西，哀牢山以北地区。东汉永平中以其一部分置永昌郡，辖境缩小。蜀汉建兴三年（225）改为建宁郡。晋太安二年（303），分建宁以西滇池、谷昌、连然、冷丘、俞元、秦臧、双柏等七县别立益州郡。永嘉二年（308）改为晋宁郡。盘羊：禄劝山名。乌龙：即乌蒙山。〔9〕彤（tóng）云：红云。裴亹（péiwěi）：徘徊行进貌。裴，通"绯"。亹，行进貌。《文选》左思《吴都赋》："清流亹亹。"李善注："《韩诗》曰：'亹，水流进貌。'"甘露凝丹：就像甘美的雨露凝结成的红露块。〔10〕神物所潜：（山上）潜藏着神奇灵异之物。不敢狎至：不敢轻慢地上去。狎，亲近而态度不庄重。〔11〕素练悬空：白色丝带悬挂在空中。素，洁白的生绢。练，白绢。〔12〕斯：此，这。帝之下都：天帝在下界的都城。昆仑：昆仑山。西起帕米尔高原东部，横贯新疆、西藏间，东延入青海境内。悬圃：山名，传说为昆仑山顶，也泛指仙境。《楚辞》汉严忌《哀时命》："愿至昆仑之悬圃兮，采钟山之玉英。"也作"玄圃"。相配焉：相匹配。焉，语助词，无义。此句谓以神仙配上帝，将乌蒙山与昆仑山相比。〔13〕十二辰：即十二个时辰子、丑、寅、卯、辰、巳、午、未、申、酉、戌、亥。古时以此十二地支作计时符号，每个时辰等于今天两小时。天池：寓言中所说的海。〔14〕惟惠袅（niǎo）深浸：只因上天恩惠摇曳，深深浸润。惠，恩惠。袅，摇动、摇曳。涵：包容，包含。倒景（yǐng）：倒影。景，通"影"。帝浆之台：神话传说中天帝饮琼浆美酒之处。〔15〕水波香发：水波中香气四溢。如旃（zhān）檀逆风：犹如檀香逆风而飘。旃檀，即檀香。太虚不滓（zǐ）：天空中不留下沉淀物。太虚，天空。〔16〕自然甃（zhòu）成：自然装饰而成。甃，用砖砌。这里指装饰。〔17〕伽（qié）陵频伽：前一个"伽"，应作"迦"。"迦陵、频伽"，省称"频伽"，梵语，义为妙音鸟。佛经谓此鸟常在极乐净土。《大智度论》二八："又如迦罗频伽鸟，在壳中未出，发声微妙，胜于馀鸟。"共命之鸟：梵语"耆婆"有"命"或"生"之义，故又译作命命鸟，生生鸟。唐杜甫《岳麓山道林二寺行》诗："莲花交响共命鸟，金膀双回三足乌。"出和雅音：出来应和优雅的声音。〔18〕远岫（xiù）孤僧：远处山洞里的孤独僧人。岫，山洞、山穴。磬（qìng）：一种铜制似钵，拜佛时以敲打的法器。仙梵（fàn）：仙佛之音。梵，出自西域译文，即清静、正言、寂静之意。后用指有关佛教的一切。〔19〕《宝藏经》：佛经之一。神识各异：神色标识各不相同。报命：奉命出使，去曰奉命，回来曰报命，也叫复命。〔20〕竦（sǒng）环向池：引颈举踵而立，环绕着天池。〔21〕别坞（wù）：其他的坞。坞，四方高而中间洼的建筑物。达枿（niè）挂莽：（将落叶）衔到枝条上，挂在草木深处。枿，草木砍伐后树桩重生的枝条。莽，草木深邃之处。岊垤（jiédié）：像山峰状的小土堆。岊，高山貌。《龙龛手鉴·土部》："岊，音节，高山貌。又音截，亦山峰也。"垤，蚂蚁做窝时，堆在穴口的小土堆。也叫蚁封、蚁冢。〔22〕如不见物：有如看不见的东西。〔23〕厓巘（yáyǎn）：山边层叠的崖石。厓，通"崖"，山边。巘，层叠的山崖。斗绝：陡峭到极点。斗，通"陡"。非仁羿（yǐ）莫登：除了善良宽厚的后羿，没有谁能登上。羿，古代传说人名。唐尧时十日并出，草木枯焦，羿射落九日，为天下解除灾害，故以"仁羿"称之。〔24〕蜡屐（jù）：在木屐上涂蜡。《世说新语·雅量》："或有诣阮（阮孚），见自吹火蜡屐，因叹曰：'未知一生当箸（著）几量屐。'"几量屐，几双鞋，后用为典故，借指游历。果其一冒垂堂，永存长生矣：若真能一冒而出，能有后羿那样的游历，其行迹垂于堂上，那就能长生不老了。〔25〕琪花瑶草，琅玕（lánggān）玉树：均指天池边的奇花仙草，美石异树。琅玕，似玉的美石。玉树，似碧玉般的异树。烁人目睛：光亮闪烁，晃人眼睛。烁，光闪动貌。不可极视：不能看尽。〔26〕迥（jiǒng）隔人世：远隔人间。〔27〕跻（jī）胜之具：攀登胜境的器具。跻，登，走近。鼓勇扳陟（pānzhì）：鼓起勇气攀拉而上。扳，通"攀"，攀登。陟，上升，登。如画累人：有如画中身悬危境的人。累，危难。《庄子·至乐》："诸子所有，皆生人之大累也。"翠微：轻淡青葱的山色。北周庾信《和宇文内史春日游山》诗："游客值春辉，金鞍上翠微。"凛冽（lǐnliè）：寒冷。噤（jìn）齿僵足：口齿紧闭，双脚硬挺不能活动。　〔28〕虽炎伏歊（xiāo）暑：虽然是赤日炎炎的伏夏，热气蒸腾的暑月。歊，热气。挟纩（kuàng）犹栗：穿着丝棉衣，还冷得发抖。纩，絮衣服的丝棉。　〔29〕云封：云雾充塞。封，堵塞孔穴或通道。傀（guī）形：怪异的形状。傀，怪异。《广韵·灰韵》："傀，怪异也。"齯（yí）角捍卫：头角锐利地防卫着。齯，角锐利貌。《集韵·之韵》："齯，角利貌。"有类开明：有如开明的人类。诚：实在，真是。宿缘：前生的因缘。不可犯干：不可接近。宿缘，佛教谓前生的因缘。　〔30〕昔那仙姑：传说中的仙姑。　〔31〕嘉蔬叶似书带：好的蔬菜其叶状如缚书的带子。　〔32〕毋（wú）敢咳唾相呼：不敢咳吐和互相呼唤。毋，禁止之词，不可、不要、莫。〔33〕略有声语，冰雹立至：稍有说话声，冰雹立刻就降下。此谓雪山上气候独特，人的说话声振动空气会引来冰雹。　〔34〕慑惧：十分害怕。问津：问路。这里指到这个地方去。　〔35〕尝有若士为汗漫游：《淮南子·道应》载，"卢敖游乎北海，经乎太阴，入乎玄阙，至于蒙谷之上，见一士焉。……卢敖与之语曰：'……子殆可与敖为友乎？'若士者卷（quán，笑而露齿貌）然而笑曰：'……然子处矣，吾与汗漫期于九垓之外，吾不可以久驻。'若士举臂而竦身，遂入云中。"若士，犹言"其人"，后来用为有道之士的通称。汗漫，不着边际。后人以《淮南子·道应》语转作仙人的别名。曾一涉之：曾经到过一次。殆：恐怕。契諴（xián）幽昧：投合和协于幽深暗昧（的神灵）。履险逾平：走险路还超过了走平地。契，投合。諴，和、和协。《尚书·召诰》："其丕能諴于小民今休。"逾，超。〔36〕因：于是。云篆书：道家符箓之字，形体如云，故称云篆书。殊不可辨：实在无法辨认。〔37〕南诏：唐代云南有六诏，蒙舍诏在最南，称为南诏。唐玄宗时，南诏皮逻阁统一六诏，建立地方政权，也称南诏。诏，古代西南少数民族首领的称号，意为王。山趾：山麓，山脚。　〔38〕掬（jū）：两手捧东西。盈盈：美好貌。多指人之风姿、仪态。《古诗十九首》之二："盈盈楼上女，皎皎当窗牖。"甘洌浣（lièhuàn）之：甘爽清冷如洗肺腑。　〔39〕清明澡溉（gài）胸中：清澈明洁地洗涤胸怀。澡溉，洗涤浇灌。洒练五藏（zàng）：洗涤冲涮五脏。洒，通"洗"。练，洗涤、冲涮。藏，内脏。澹瀚（dànhàn）手足，颒（huì）濯发齿：洗涤手足和头发、牙齿。澹瀚，洗涤。《书·顾命》："甲子，王乃洮颒水。"孔颖达疏："颒是洗面，知洮为盥手。"揄（yú）弃恬息：抛弃安静和疲倦。揄，引，拉。恬，安、静。息，疲倦。输写腆（tiǎn）浊：倾尽污浊。输，倾泻。《广雅·释言》："输，写也。"《玉篇·车部》："输，泻也。"清段玉裁《说文解字注·车部》："输，凡倾写皆曰输。"写，通"泻"，舒泄、倾尽。分决狐疑：分解决断心中的疑虑。发皇耳目：开扩耳目（之闻见）。发皇，启发、开扩。汉枚乘《七发》："分决狐疑，发皇耳目。"唐张铣注："皇，明也。"未足以喻：不足以比喻。〔40〕水即不能入器：水就不能注入器皿。此句谓乌蒙山泉之异。　〔41〕舀挹（yǎoyì）：用瓢取水。舀、挹同义。连用为联合式合成词。如施瓢勺于铺练之上：就像用瓢勺在铺开的白绢上（舀）一样。练，白色熟绢。又泛指丝绸。杳（yǎo）：无影无声。

（萧学禹）

翠峰山记[1]

　　翠峰山在缉麻屯，与仙台对畤[2]。三峰竞秀，二水交流，环合如带，叠嶂层峦,茂林修竹,为幽居静土[3]。明洪武初,云南右卫中千户所殷元领军士开缉麻屯于此,建龙泉庵[4]。后因坠石,颓其正殿[5]。嘉靖四十一年,僧普明修复,元七世孙殷棠为记[6]。万历初,有兴指者曲靖之僧也来此创西林寺[7]。天启时,州守刘君元瀚尝以三月修禊于此,为之记云[8]。

经忏稍暇,辄令僧雏前导,穿云蹑磴,选胜寻幽[9]。广长之舌嘤嘤,枝上响应,岩谷依然迦陵仙音[10]。清流碧湍,映带左右,淙淙有声,又恍然虎溪光景[11]。松涛响梵,嫩草跏趺,万木丛云,香阁复出,真欲界之仙都,尘寰之净土也[12]！缅想佛国精舍所称灵鹫、竹林,庶几近之[13]。故自有西林,而龙泉之迹几隐[14]。

夫西林之义碑称佛家以西天为净土,欲入净土,先去秽土,以息三毒为门路[15]。贞一心为堂屋,可以空色相,见如来[16]。碑末列当时守牧姓名,中列掌所正千户滁州王应爵管操事,千户扬州孙思孝即殷堂碑记,自称致仕,百户六十翁且云自元祖及棠与子勋历官八世,而刘侍御游俊泉亭画像云百户来应宣公然[17]。列像参错于宪使、牧守诸公间,是知当日千户、百户为当日冠带乡官,今则居保正、乡正间,贱而多责,人不乐为矣[18]。

选自民国《禄劝县志》卷一三

【简注】〔1〕翠峰山:禄劝县山名。　〔2〕缉麻屯:村庄名。仙台山:禄劝县山名。翠峰山、仙台山均属拱王山系。对畤(zhì):相对而立。畤,应作"峙"。　〔3〕三峰竞秀,二水交流:三座山峰竞争秀丽,二条江水交汇合流。二水,普渡河、掌鸠河。环合如带:环绕会合,曲折似带。叠嶂(zhàng)层峦:重叠直立如屏障的山峰,一层又一层的冈峦。嶂,直立如屏之山。峦,小而尖的山。茂林修竹:茂盛的林木,高高的竹林。晋王羲之《兰亭集序》:"此地有崇山峻岭,茂林修竹……"为幽居静土:是幽静的居处。　〔4〕洪武:明太祖朱元璋年号(1368～1398)。右卫中千户所:军事机构名。明代云南驻军指挥机构称"都指挥使司",下属二十卫。其中省城昆明驻军分左卫、右卫、中卫、前卫、后卫、广南卫。明天启《滇志》载:右卫,在府治西南,辖千户所六。本文所说的中千户所为其中之一。千户,金元明武官名,掌兵千人左右。明代卫所兵制设千户所,千户为长,统兵1120人,分驻重要府州,上属于卫,下辖10个百户所。殷元:千户所长官。龙泉庵:庵名。庵为供佛的小庙,一般为尼姑所居。　〔5〕后因坠石,颓其正殿:后来因为山上坠落大石,毁了它的正殿。颓,崩坏倒塌。　〔6〕嘉靖四十一年:公元1562年。嘉靖,明世宗朱厚熜年号(1522～1566)。元:即上文所说千户所殷元。为记:写记。　〔7〕万历:明神宗朱翊钧年号(1573～1619)。兴指:即兴致,情趣。　〔8〕天启:明熹宗朱由校年号(1621～1627)。州守:即知州。修禊(xì):古代民俗于阴历三月上旬的巳日(魏以后固定为三月初三),到水边嬉游采兰,以驱除不祥,称为修禊。为之记:写下了记。　〔9〕经忏稍暇:诵经礼忏稍有空闲。忏,佛教礼拜的一种仪式。又指拜忏时所念的经。僧雏:小僧,小和尚。前导:在前边引路。蹑磴(nièdèng):踩踏山路的石级。蹑,踩,踏。磴,山路的石级。选胜寻幽:选择胜景,寻找幽静的地方。　〔10〕广长之舌嘤嘤,枝上响应:谓众多的鸟叫着在枝上响应。嘤嘤,鸟鸣声。岩谷依然,迦陵仙音:岩谷里依然充满迦陵频伽鸟的仙音。迦陵,鸟名,迦陵频伽的略称。详见本书上文《蒙乐记》注〔17〕。　〔11〕清流碧湍,映带左右:清澈的流水,碧色的漩涡急流,左右互相映衬,彼此关联。晋王羲之《兰亭集序》:"此地有崇山峻岭,茂林修竹,又有清流激湍,映带左右。"淙淙（cóng）：流水声。恍然：恍惚。虎溪：福建厦门东北隅玉屏山北岩下有溪，相传古时有虎栖于溪边石穴，故名。山亦因称虎溪山。山间岩石秀峭嶙峋，古榕盘屈，万壑云根，一派天然佳景。明万历间，林懋时在岩间辟洞，建棱层石室，亦名棱层洞，名士题咏甚多。虎溪岩寺宇名玉屏寺。

〔12〕松涛响梵（fàn）：松涛声中夹着佛徒诵经梵呗之声。跏趺（jiāfū）：僧人盘腿打坐法，"结跏趺坐"的省称。这里以跏趺比喻嫩草，说嫩草团团似盘腿打坐状。万木丛云：万木丛中似乎聚集着白云。此谓树云相衬状。香阁复（xiòng）出：香阁远远从树林现出。复，远。《谷梁传·文公十四年》："复入千乘之国。"注："复，犹远也。"欲界：佛教所称"三界"之一。佛教把生死流转的人世间分为三界，即欲界、色界、无色界。欲界，指人间。尘寰（huán）：人世间。净土：佛教指庄严洁净、没有五浊（劫浊、见浊、烦恼浊、众生浊、命浊）的极乐世界。《魏书·释老志》："梵境幽玄，义归清旷，伽蓝净土埂绝嚣尘。"　　〔13〕缅想：遥想。佛国：佛的出生地，指天竺，即古印度。精舍：道士、僧人修炼居住之所。灵鹫：即灵鹫山，在古印度摩揭陀国王舍城之东北，梵名耆阇崛。山中多鹫，故名。相传释迦讲《法华经》、《无量寿经》于此。竹林：即紫竹林，在浙江东部普陀县普陀山东南。五代后梁建"不肯去观音院"于紫竹林中。后以"紫竹林"代称供奉观世音菩萨处。庶几近之：（在西林寺）遥想佛教灵鹫、竹林之传说，与佛国精舍差不多。庶几，近似，差不多。近之，接近。　　〔14〕龙泉之迹几隐：龙泉庵几乎绝迹（几乎不再有人的踪迹）。　　〔15〕义碑：记载行善捐助建寺事迹之碑。三毒：佛教以贪欲、嗔恚、愚痴为三毒。《大智度论》三一："我所心生故，有利益我者生贪欲，违逆我者而生嗔恚。此经使不从智生，从狂惑生故，是名为痴。三毒为一切烦恼之根本，悉由吾故。"　　〔16〕贞一心：坚定一心。为堂屋：便可登堂入室，见到佛祖如来。空色相：万物皆空，以无相为归。色相，佛教将人或物之一时呈现于外的形式称为色相。　　〔17〕守牧：守、牧均为古代州一级长官。管操事：管理操持之事。殷堂：人名，即上文所说作碑记者。致仕：辞官归家。《公羊传》宣元年："古之道不及人心，退而致仕。"注："致仕，还禄位于君。"百户：下级军官。明代卫所制度设百户所，长官为百户，统兵120人，分为两总旗、十小旗，隶属于千户所。六十翁：六十岁老头。历官八世：世代为官已经八世。世，古称三十年为一世。《说文·卉部》："世，三十年为一世。"父子相继亦可称一世，即一代。《广韵·祭韵》："世，代也。"侍御：古代贵族的侍从。清代也称御史为侍御。来应宣公然：来回应宣公的样子。

〔18〕宪使：管理刑狱案件并弹劾所属官员的官员。冠带乡官：着一定规制的帽子及腰带的乡官。相当于缙绅，即吏人。保正：即保长，地方基层组织之首。乡正：一乡之长。人不乐为：人们都不大愿意任这等职卑事冗之职。

（萧学禹）

清宁山记[1]

　　邑北十里鲁虚境，有山曰清宁，说者谓得天地至一之气[2]。此山自龙三藏、二龙蜿蜒而来，奇峰耸翠，峭壁嶙峋，盘萃于斯，久称胜概[3]。昔者，善士刘清精庐独创，绀宇馥郁，兰若清幽，其前楼尤甚[4]。歌凝云遏，籁发风生，叠叠云山，千重苍翠，茫茫烟雨，万顷波涛，真掌鸠之灵胜也[5]！

　　旋因戈腾燹集，雁阶鹅殿，遂成蜗壁鹿场[6]。刹圮僧亡，香消灯灭[7]。时有州守王如春、府厅刘郁重加修饰，勒以贞珉[8]。其撰文则奉直大夫知建水州事,前翰林院侍书昆明吴履占也[9]。其书丹则吏部文选司郎中俞元张其彩也[10]。篆额则禄劝知州王如春也[11]。其年时则癸巳大火月二日甲子也[12]。山中老桂长发古香,治内官僚时因游晏,为近郭故耳[13]。

选自民国《禄劝县志》卷一三

【简注】〔1〕清宁山:禄劝县山名。 〔2〕邑(yì)北:县城北面。邑,县的别称。鲁虚:地名。天地至一之气:天地合一之气,天地归一之气。即天地精华。 〔3〕龙三藏、二龙:均山名。蜿蜒:曲折延伸貌。嶙峋(lín xún):山峰重叠高耸貌。盘萃于斯:盘绕、萃集于此。胜概:美丽的景色、佳境。宋王禹偁《黄冈新建小竹楼记》:"待其酒力醒,茶烟歇,送夕阳,迎素月,亦谪居之胜概也。" 〔4〕善士:佛教称皈依佛门,遵守五戒而不出家的信徒。精庐独创:独创建构了佛寺。绀(gàn)宇馥(fù)郁:佛寺散发出浓烈的香气。绀宇,佛寺。也称绀园。馥郁,香气浓烈蒙密貌。兰若(rě):梵文称寺院为兰若。为"阿兰若"之省称。意为寂静、无苦恼烦乱之处。 〔5〕歌凝云遏,籁发风生:歌声似在空中凝结,白云为之止而不行;箫管吹奏起来,清风因袭之而生。语出自唐王勃《秋日登洪府滕王阁饯别序》:"爽籁发而清风生,纤歌凝而白云遏。"籁,古代箫管等乐器的中虚部分。中虚故能发声。司马相如《子虚赋》:"摐金鼓,吹鸣籁。"《集解》引《汉书音义》:"籁,箫也。"掌鸠:掌鸠河,发源于禄劝县戴家山麓,由北至南纵贯禄劝县全境,全长一百五十余公里,汇入普渡河后向北流归金沙江。掌鸠河常年水流清澈,两岸树木苍翠葱郁。灵胜:灵秀的胜地。 〔6〕旋:不久。戈腾燹(xiǎn)集:兵戈腾跃,兵火丛集。指战乱兵祸频繁。雁阶鹅殿:大雁、天鹅栖息之地。借指景物美好的地方。遂成蜗壁鹿场:竟成爬满蜗牛的墙壁和野鹿出没的荒地。指战火对美景的破坏。 〔7〕刹圮(pǐ)僧亡:佛寺倒塌,寺僧死去或逃亡。刹,佛寺。圮,倒塌、崩颓。 〔8〕州守:知州。府厅:知府和直隶厅长官。知府管辖州、县。厅在清代为直隶厅长官。勒以贞珉(mín):制石刻碑铭。勒,镌刻、刊刻。《玉篇·力部》:"勒,刻也。"贞珉,石刻碑铭的美称。犹贞石,也作"贞岷"。 〔9〕奉直大夫:宋文阶官名。徽宗大观二年(1108)以右朝议大夫改置。金为从六品上,元明清皆为文职从五品阶官。知:主持、执掌某官、某事之称。《字汇·矢部》:"知,《增韵》:主也。今之知府、知县,义取主宰也。"翰林院侍书:翰林院唐前期为内供奉待诏之地,后期为翰林学士院的省称。宋为内侍省所属机构。明改唐宋翰林学士院为翰林院,掌秘书、著作等事。清因之,有掌院学士、侍讲、侍读、修撰、编修、检讨等官。为文官贮才之地。侍书,在唐代掌以书法供奉皇帝,与翰林学士专掌内命的性质不同,地位也较低。宋沿置,称翰林侍书,柳公权曾为之。后不加学士之名。占:口述。指吴履口述碑文。 〔10〕书丹:古代刻碑之前用红色把要刻的字写在碑石上,以便照着雕刻,称为书丹。吏部:古代中央政府六部之一,掌官员选举、品阶、封爵、考课之事。文选司:吏部下属四司中主铨选的司,执掌官吏班秩迁升、改调之事。郎中:吏部下属各司的主官,其次官称吏部员外郎。俞元:古地名,包括今澄江、江川、玉溪一带。张其彩:人名。 〔11〕篆额:用篆书书写碑额(碑名)。 〔12〕大火月:阴历七月。大火为星名。心宿中央的红色大星,即营惑星。《诗·豳风》:"七月流火"的火即指此星。 〔13〕游晏:游览以求安逸。晏,平静、安逸。郭:古以内城为城,外城为郭。郭,即在城的外围加筑的一道城墙。

(萧学禹)

香海山记[1]

香海山距城十五里，其上为支云塔山，即五凤山也[2]。山顶与本州分界，塔西属武定，塔东属禄劝[3]。山高切云，望塔于蒙蒙岚气中，似人立其上，俨争界之督邮矣[4]。郡志亦名白塔山[5]。前州志称其"玉笋凌霄，明霞射目，与瑹模秀峰相晖映，若苍精金虎之外拱矣"[6]。

麓有干海[7]。海宝禅师诛茅立刹，以香海名之[8]。师有智力，常役二虎，使守山门[9]。师去后，虎化为石，至今尚列寺门左右。令李将军见之，当为饮羽[10]。春初，碧桃花发，香满一山。杂卉奇葩，多难名状[11]。庵居隈隩，谷窈而深，平地视之，山高岸阻，梵园祇树，略露林表，不知内隐花宫[12]。

及上翠微，采入深际，扳跻飞阁，俯眺尘寰，远近纤毫，悉归洞照[13]。时而群峰拱凑，岳献陇腾，烟云霏霏，各作供养，疑身坐华严海中[14]。地虽僻处，而游履颇多[15]。胜国之际，黔国公沐天波曾为标胜，有题额云[16]。

选自民国《禄劝县志》卷一三

【简注】〔1〕香海山：禄劝县山名。　〔2〕城：禄劝县城。支云塔山、五凤山：禄劝山名。〔3〕本州：即禄劝州。元至元二十六年（1289）年以大理国碌券部改置。辖易笼、石旧二县，属武定路。明及清初属武定府。所辖二县于明代废。治所即今禄劝县。清乾隆三十五年（1770）改州为县。武定：即今武定县，位于滇北，现属楚雄彝族自治州。明洪武十五年（1382）以元武定路改置武定府。原辖和曲、禄劝两州及元谋、南甸、易笼、石旧四县，同年省罢易笼县，正德元年（1506）省罢南甸县，天启元年（1261）又省罢石旧县。府治原在今武定县南。隆庆三年（1569）移治武定县近城镇。清乾隆三十五年（1770）降为直隶州。1913年以武定州改置武定县。　〔4〕山高切云：山高得贴近云。切，贴近。《广韵·屑韵》："切，近也，迫也。"蒙蒙岚（lán）气：迷蒙的山间雾气。俨争界之督邮：好像争夺地界的督邮官。督邮，官名。汉置。为郡守佐吏，掌督察纠举所领县违法之事。每郡分二部至五部，每部置督邮一人。　〔5〕白塔山：即香海山。　〔6〕前州志：过去的州志。玉笋凌霄：像翠玉色的竹笋高耸入云。明霞射目：明朗的霞光眩人眼目。瑹（tū）模秀峰：像玉石状的秀丽山峰。瑹，玉名。《广韵·模韵》："瑹，瑹玗，玉名。"若苍精金虎之外拱：有如苍翠坚固的金虎向外顶钻。　〔7〕麓有干海：山脚下有干涸的池子。　〔8〕海宝禅师：相传建香海寺的禅师。诛茅立刹：芟除茅草，建立佛寺。以香海名之：用"香海"来作为寺名。　〔9〕常役二虎：常常役使两只老虎。使守山门：让（虎）守护山门。　〔10〕李将军：李广（前？～前119），汉陇西成纪人。善骑射，文帝时击匈奴有功，为武骑常侍。武帝时为右北平太守，匈奴不敢犯境，号曰"飞将军"。广为将，与士卒共饮食，家无馀财，众乐为用。与匈奴前后七十馀战，然未得封侯。元狩四年随大将军卫青击匈奴，迷失道路受处分，自以耻对刀笔吏，因自杀。饮羽：箭深入，尾部羽毛隐没不见。《史记·李将军列传》记："广出猎，见草中石，以为虎而射之，中石，没镞，视之，石也。"　〔11〕杂卉奇葩（pā），多难名状：各种草木及奇异之花，多半难以叫出名字来，也难于叙述其形状。　〔12〕隈隩（wēiyù）：曲折幽深。王维《桃源行》："山口潜行始隈隩。"窈（yǎo）：幽深，深远。《说文·穴部》："窈，深远也。"梵园祇

(qí)树：佛院神树。祇，神。林表：林外，林端。南齐谢朓《休沐重还道中》诗："云端楚山见，林表吴岫微。"内隐花宫：里边隐藏着佛寺。相传佛祖说法，感动天神，诸天雨各色香花，于虚空中缤纷乱坠，故诗文中以佛寺为花宫。唐李白《秋夜宿龙门香山寺》诗："玉斗横网户，银河隔花宫。"〔13〕翠微：轻淡青葱的山色。采（mí）入深际：进入深处。采，深入、冒进。《广韵·脂韵》："采，深入也，冒也。"扳跻（pānjī）飞阁，俯眺尘寰：攀登上其形如飞的楼阁，俯视人世间。扳，通"攀"，攀登。跻，登、走进。尘寰，人世间。远近纤毫，悉归洞照：远近极细微之物，全都明白透彻地显现出来。纤毫，极其细微。洞，透彻、明晰。〔14〕拱凑：环绕聚集。岳献陇腾：山岳呈现其风貌，一眼望去，田垄似乎在腾跃。霏霏（fēi）：纷飞貌。《诗·小雅·采薇》："今我来思，雨雪霏霏。"供养：供奉神灵的物品。华严海：华严宗佛海。华严，中国佛教宗派名。又名法界宗、贤首宗。佛海，佛教认为佛法像海一样广阔。〔15〕地虽僻处：此地虽处偏僻之境。游履颇多：游历之人很多。游履，游历。《宋书·宗炳传》："凡所游履，皆图之于室，谓人曰：'抚琴动操，欲令众山皆响。'"〔16〕胜国：亡国。《周礼·地官·媒氏》："凡男女之阴讼，听之于胜国之社。"注："胜国，亡国也。"按：亡国，谓已亡之国，亡国为今国所胜，故称胜国。后也称前国为胜国。黔国公沐天波：沐天波（1618～1661），字玉液。明崇祯三年（1630）袭爵黔国公，镇守云南。标胜：表明胜迹。标，显出、表明。有题额：有题写的匾额。额，匾额。云：语尾助词，无义。

（萧学禹）

普渡河记[1]

禄劝经流，大则金沙，次惟普渡，发源于安宁州螳螂川，受滇池之水，越罗次，经富民县[2]。南门外为大河，至县属为普渡河。然普渡乃禄劝之专名也，渡在撒马邑之东[3]。两崖悬峭，中流一线，清澈无底，为通东川孔道，行李日无已时[4]。而自黔来滇，不趋昆明，走此捷径，直往迤西，故名普渡耳[5]。自入县界，绕河外四马，经乌蒙雪岳，至三江口入金沙江焉[6]。按金沙为大江之源，滇南之水入江者，惟普渡、牛栏为大，故据此水道，定为越巂[7]。□履河，经县之达矶村，有温泉一泓，洁清见底，可以疗病[8]。松声鸟语，笙簧两崖[9]。又河岸与金沙江多藤索渡，盖岩峻壑险，水势湍激，难施舟楫[10]。距官渡处，往往迂远[11]。隔岸相望，一舍之地，而由官渡诣之，辄经数日[12]。乃以藤绞为巨絙，缚两岸大树上，谓之藤索[13]。索上缚小木筒，谓之橦，欲渡者自缚于橦，缘索而渡，谓之溜橦[14]。其溜速捷而滑，虽所赍货装，亦可先溜而过，其侣接收而后自渡[15]。故私枭奸匪，荒忽往来，不可捕执，则溜橦滋其奸也[16]。

选自《禄劝县志》卷一三

【简注】〔1〕普渡河：金沙江右岸一级支流。有两源：正源牧羊河，又名小河，发源于嵩明县大哨乡梁王山脉西麓上喳啦箐；另一源为冷水江，又名甸尾河，发源于嵩明县白邑猫耳箐冷水洞。两源在昆明市官渡区小河乡汇合后，经松花坝流入滇池。又从海口流出，经昆明市西山区、安宁市、富民县、禄劝县入金沙江。富民县永定桥以上称螳螂川，以下称普渡河。全河长 399 公里，流域面积 1 175 平方公里。有掌鸠河、洗马河、木板河、鸣矣河等支流。　〔2〕经流：又称经水，水的本流。《管子·度地》："水之出于山而流入海者，命曰经水。"安宁州：元宪宗二年（1252）以大理国安宁城改置安宁千户所，属阳城堡万户府。至元十二年（1275）改置安宁州，隶中庆路，领禄丰、罗次二县。明清均属云南府。1913 年改称安宁县。罗次：县名。元至元十二年（1275）合原乌蛮罗部、次部地置。二十四年改州为县，属安宁州。1960 年并入禄丰县。富民县：位于滇中，元初以大理国黎瀼甸设置黎瀼千户所，至元十二年（1275）改置富民县。以境内物产丰富得名。现属昆明市。　〔3〕撒马邑：禄劝地名。
〔4〕行李日无已时：过路往来的人每日不断。　〔5〕迤（yǐ）西：即迤西道。清雍正八年（1730）改永昌道置，驻大理府城（今大理）。辖大理、永昌、楚雄、姚安（后并入楚雄府）、顺宁、丽江、鹤庆（后并入丽江府）、蒙化（后改直隶厅）、北胜（后改直隶厅）、景东（后改直隶厅）等府厅。1913 年改置滇西道。这里泛指滇西。　〔6〕绕河外四马：绕过河外的四个土堆。马，量词，相当于"堆"。乌蒙雪岳：乌蒙雪山。在云南东北部，跨越滇黔二省边缘地带，走向东北—西南。为金沙江和南北盘江分水岭。见本书檀萃《蒙岳记》注〔1〕。三江口：地名，在禄劝彝族苗族自治县北，普渡河、金沙江汇流处。　〔7〕大江：长江。滇南：云南之别称。云南简称滇，又因位于国土南部，故名。牛栏：牛栏江。为金沙江右岸一级支流。越巂（xī）：古郡名，西汉元鼎六年（前 111）置。治所在邛都县（今四川西昌东南），晋移治会无县（今四川会理县西）。蜀汉改属云南郡。南朝齐废。　〔8〕囗履河：因字迹漫漶，不详何河。一泓：一潭。泓，泛指湖、塘。　〔9〕笙簧两崖：形容两岸松声鸟语如同笙簧管乐吹奏之声。笙，管乐器名。簧，乐器中有弹性的薄片，用以振动发声。　〔10〕湍（tuān）激：急流冲激。湍，急流的水。难施舟楫：难于行驶舟船。施，设置。　〔11〕官渡：官府设立的渡口。迂（yū）远：迂回遥远。迂，迂回、曲折。　〔12〕一舍之地：三十里之地。舍，古代行军三十里为一舍。《左传·僖公二十三年》："若以君之灵，得反晋国，晋、楚治兵，遇于中原，其辟君三舍。"贾逵注："三舍，九十里也。"诣：到。辄：即、就。　〔13〕絙（gēng）：粗绳索。《说文·系部》："絙，大索也。"　〔14〕橦（chuáng）：穿在渡河缆绳上用以渡人的木筒。明杨慎《升庵外集》卷三："《西域传》有度索寻橦之国……按：今蜀松茂之地皆有此桥。其河水险恶，既不可舟楫，乃施置两柱于两岸，以绳絙其中，绳上有一木筒，所谓橦也。"缘：顺着。　〔15〕所赍（jī）货装：旅行时所带货物行装。　〔16〕私枭（xiāo）：旧时指私贩食盐的人。《清会典事例》二二二《户部·盐法》："东省鹾务，官引滞销，总由私枭充斥。"荒忽：犹恍惚，隐约不分明貌。屈原《九歌·湘夫人》："荒忽兮远望，观流水兮潺湲。"滋其奸：增加其奸猾险诈。滋，增加、增长。《说文·水部》："滋，益也。"

（萧学禹）

普　茶[1]

　　普茶名重于天下，此滇之所以为产而资利赖者也[2]。出普洱所属六茶山，一曰攸乐，二曰革登，三曰倚邦，四曰莽枝，五曰蛮耑，六曰慢撒[3]。周八百里，入山作茶者数十万人[4]。茶客收买，运于各处，每盈路，可谓大钱粮矣[5]。

　　尝疑普茶不知显自何时。宋自南渡后，于桂林之静江军，以茶易西蕃之马，是谓滇南无茶也[6]。故范公志桂林，自以司马政，而不言西蕃之有茶[7]。顷检李石《续博物志》云："茶出银生诸山，采无时，杂椒、姜烹而饮之。"[8] 普洱古属银生府，则西蕃之用普茶，已自唐时[9]。宋人不知，犹于桂林以茶易马，宜滇马之不出也[10]。李石于当时无所见闻，而其为志，记及曾慥端伯诸人[11]。端伯当宋绍兴间，犹为吾远祖檀倬墓志，则尚存也[12]。其志记滇中事颇多，足补史缺云[13]。

茶山有茶王树，较五茶山独大，本武侯遗种，至今夷民祀之[14]。倚邦、蛮耑茶味较盛[15]。又顺宁有太平茶，细润似碧螺春，能经三瀹犹有味也[16]。大理有感通寺茶，省城有太华寺茶，然出不多，不能如普洱之盛[17]。

选自《滇海虞衡志》卷一一

【简注】〔1〕普茶：即普洱茶。普洱，雍正七年（1729）置普洱府，治今宁洱镇；辖今普洱市思茅区、景谷县、墨江县及勐海、勐腊、江城等。普洱一时成为滇南的政治、经济、文化重镇。因其属地盛产茶叶，品质优良，上至宫廷，下至百姓均有好评。普洱成了滇南茶叶的加工集散地，普洱茶也因此驰誉四方。　〔2〕普茶名重于天下：普洱茶唐代就见于记载，元代当地市场"以毡、布、茶、盐互相贸易"（李京《云南志略》），明代"士庶所用，皆普茶也，蒸而成团"（谢肇淛《滇略》卷三）。普茶之名，此时已显。清初作贡品入宫，深得上层人士的喜爱。《红楼梦》第六十三回就有贾宝玉饮普洱茶、女儿茶消食的描写。乾隆皇帝八十大寿时回赠英国使团的礼物中就有普洱茶、女儿茶、茶膏，且数量较多，计普洱茶124团，女儿茶34个，普洱茶膏26匣，砖茶28块。普洱茶之名渐传国外。资利赖者：凭借依赖茶叶获利。　〔3〕普洱所属六茶山：雍正七年普洱设府，"六茶山"属普洱府管辖。这六茶山今属西双版纳傣族自治州。其中除攸乐山属今景洪市外，其余五处均属勐腊县。攸乐：今基诺乡所在地。清代曾设攸乐同知，攸乐（基诺）山为六大茶山之一。革登、倚邦：在今勐腊县象明乡。莽枝：在今勐腊县勐芝大寨。蛮耑：蛮砖，在今勐腊县曼庄、曼林。慢撒：即曼洒，在今勐腊县易武的曼洒、曼黑、曼乃一带。古属易武土司管辖，又称易武茶山。　〔4〕作茶：种植、加工、采购、运输茶叶。　〔5〕大钱粮：一笔很大的收入。以政府而言，是一笔很大的税收；就百姓来说，可以解决数十万人的衣食费用。　〔6〕宋自南渡后：公元1127年金兵南下，北宋亡；宋徽宗第九子赵构逃往长江以南，称为南渡。后以临安（今杭州）为都，长期偏安江南，史称南宋。静江军：南宋置广西靖江军节度，治桂州，即今广西桂林市。以茶易西蕃之马：以茶叶交换西蕃的马匹。西蕃，指静江之西的大理国所属各部族。《续文献通考·征榷考》载，"宋孝宗（1163～1189年在位）时，始置茶马司，掌榷茶之利。凡市马四夷，率以茶易之。"茶马交易，只是就一般而言，实际上交换物品名目繁多。范成大《桂海虞衡志·大理》一文载：乾道癸巳（1173）大理国李观音得等至广西横山卖马，拟买回的货物单中列有《文选五臣注》等典籍12种，"浮量钢器碗、琉璃碗壶，及紫檀、沉香、甘草、石决明、井泉石、蜜陀僧、香蛤、海蛤等药"，并未提及茶叶。而周去非《岭外代答·经略司买马》云："经司以诸色钱买银及回易他州金锦彩帛尽往博易，以马之高下，视银之轻重，盐、锦、彩缯以银定价。"由此可知交易之物以银钱为主，以丝织品为大宗。　〔7〕范公志桂林：范成大写《桂海虞衡志》记述有关桂林的事。司马政：主持马政。不言西蕃之有茶：而不讲当时的大理国属地出产茶叶。　〔8〕"顷检"句：最近查阅宋代李石所著《续博物志》。银生：云南古地名。南诏立银生府，又置银生节度，治所在今景东彝族自治县。明天启《滇志》载：景东府"至唐，蒙氏立银生府"。南诏银生节度所辖甚广，包括银生城（景东）、威远城（景谷）、奉逸城（普洱）、利润城（勐腊）、茫乃道（景洪）等。杂椒、姜而饮之：以椒、姜、桂与茶和烹,是南诏、大理时云南人烹茶的习惯之一。椒,即胡椒,味辣;花椒,味麻;姜,即生姜。混合烹制的茶有温胃、解湿热等多种功效。　〔9〕"则西蕃"二句:(从上述记载看)南诏时生活在云南的各部族饮用普洱茶,在唐代就已开始了。　〔10〕"宋人"三句:宋代的史官不了解情况,记为"桂林以茶易马",若真如此,滇马也不会到南宋了。　〔11〕"李石"句:李石这个人在他生活的年代未见有什么记录。其为志:他撰著的《续博物志》。曾慥:宋人,字端伯,号至游居士。著有《百家类说》、《高斋漫录》等稿。　〔12〕绍兴:南宋高宗年号(1131~1162)。"犹为"句:(曾慥)还为我(檀萃)远祖檀倬撰写墓志。　〔13〕其志:指李石《续博物志》。　〔14〕茶山有茶王树:上述的茶山中有"茶王树"。清阮福《普洱茶记》引《思茅志稿》说,"其治革登山有茶王树,较众茶树高大,土人当采茶时,先具酒礼祭于此。"此树今虽不存,但在勐海、普洱先后发现古茶树。如勐海南糯山有树龄八百馀年的栽培型茶树,高9.8米,主干直径1.58米。澜沧邦崴过渡形大茶树,高11.8米,干茎1.14米,树龄在千年以上。勐海巴达大黑山野生茶树,树高原为32米,后因风吹折,尚存15.3米,基部干茎约1米,树龄约1700年以上。本武侯遗种:武侯,指三国时蜀国丞相诸葛亮(181~234),著名政治家、军事家。公元223年被封为武乡侯,225年带兵南征云南,采取"攻心为上"的策略,使云南各部族首领心悦诚服。又让部属劝导百姓以牛耕、务农桑,离山林、居平地,遵民俗、习礼仪。其和缓的民族政策,赢得好评。西双版纳有这样的传说:"基诺族的祖先是跟随孔明南征的将士,因偶然掉队而被丢落,他们赶上孔明后,孔明却赠以茶籽,命其种茶为生,同时还命照其帽子式样搭屋而居。"(《基诺族简史》)"本武侯遗种"一句疑即由此而来。至今夷民祀之:道光《普洱府志·食品·茶》记载,六大茶山"有茶王树,大数围,土人岁以牲醴祭之"。或以诸葛亮为茶祖,每年祭祀。夷民,当地少数民族。　〔15〕盛:优越,佳妙。　〔16〕顺宁:府名,元天历二年(1329)置,在今云南凤庆县。太平茶:顺宁名茶,清刘靖任顺宁知府,著有《顺宁杂著》,其中"太平寺茶"条云:"寺为顺郡禅林第一,寺旁岩谷间,偶产有茶,即名太平茶。味淡而微香,较普洱茶质稍细,色亦清,邻郡多觅购者,每岁所产,只数十斤,不可多得。"碧螺春:中国名茶之一,以形美、色艳、香浓、味醇"四绝"驰名中外,产于江苏太湖洞庭山一带。因其形状卷曲如螺,色泽碧绿,采于早春而得名,明清即为贡茶。经三瀹(yuè):即泡或煮三道。瀹,以水煮物。　〔17〕感通寺茶:感通寺在大理市观音塘村后,苍山圣应峰麓,又名荡山寺。创于唐,扩于元,盛于明。明末徐霞客所见"有僧庐三十六房","中庭院外,乔松修竹,间以茶树。树皆高三四丈,绝与桂相似,时方采摘,无不架梯升树者。茶叶颇佳"(《徐霞客游记》卷八)。现于寺前坡上辟园植茶。太华寺茶:太华寺位于昆明太华山(俗称西山)腹,初建于元。雍正《云南通志·物产》:"太华茶,出太华山,色味俱似松萝而性较寒。"

(余嘉华)

窦　晟（一篇）

窦晟（shèng），窦垿的祖父，窦欲峻的父亲，罗平州西路淑基村（今属云南省师宗县）人。乾隆戊子（1768）第一名举人，官教谕，擢山西洪洞县知县。曾"崇祀本州乡贤"。这里选收他的《缠足论》。

缠足在五代和宋后逐渐流行。相传五代南唐国主李煜的宫嫔窅娘轻丽善舞，令以帛绕脚，使纤小弯曲如新月状，着素袜在六尺高金制的莲花上跳舞，有水仙乘波之态。由是人皆效之。一说始于南齐东昏侯时。

缠足摧残妇女身心健康，违反人道。清康熙三年（1664），有诏禁裹足，七年又罢此禁。太平天国曾禁止，直到辛亥革命后，此恶俗在流行一千多年后始逐渐废绝。

《缠足论》从儒家的《易》、《书》、《诗》等经典著作中有关女子之制的记载，发现"均无与于足"。接着从后人教之、戏之、虐之中加以剖析，并对使之不混于男、不蹈其母辙、特别是所谓"美观"等奇谈怪论痛加驳斥，认为缠足是戕贼妇女，荡坏人心，是"剥其肤，而毁伤其支体"，使之成为"残疾人"。感情激愤，语言尖刻。作者大声疾呼，开国已百馀年，仍未"更其陋恶"习俗，强调应尽快使妇女摆脱"桎梏"！

《滇文丛录》编者秦光玉在此文之后写道："近世论缠足之害者夥矣，而曙斋先生此文乃作于清乾隆时，正缠足盛行之日也。先见卓识，所以可贵。"

缠　足　论[1]

古者男女皆有教，人生八岁，悉受之书，衣冠巾栉咸有一制[2]。予独不解于妇女缠足为何义，起于何人，猾惑于何世[3]？而沿袭竞尚以至于今也[4]。夫女阴教，《易》曰："无攸遂，在中馈。"[5]《书》曰："牝鸡之晨，惟家之索。"[6]《诗》曰："无非无仪，惟酒食是议。"[7]夫如是，是亦足矣。"副笄六珈"、"象服是宜"[8]。身体之制亦已该矣；他如奠盎蚕缫，以至采桑行馌，其职亦已尽矣，而均无与于足[9]。

缠足者，教之乎？虐之乎？戏之乎？吾以为教，则足弗及也；以为虐或戏，则忍于其母，复忍于其女[10]。桎梏之而剥其肤，而毁伤其支体，此岂仁人孝子之为哉[11]！或曰裹其足，使之不能妄动而远行，且不使其混于男也。噫，益惑矣[12]！夫充耳之饰，钻其耳而系之以坠，男子类是乎？至动而行远也，吾不知始为缠足者，或见其母远遁匪为，而因缠其女，使不得蹈其辙耶[13]？或曰彼之为是者，亦以美观耳，何子过之深也[14]？余曰滋益惑矣[15]。夫人欲其足之美观，则在乎举趾。今其趾犹在乎？犹可见乎？直残疾人矣。甚矣，其惑也！

吾不知其起于何世、何人，作为淫巧，以荡人心[16]。夫作为淫巧而至于雕镂戕贼其女子，亦忍矣哉，亦怪矣哉[17]。何后之人恬不为怪，而亦忘其忍也[18]。我圣朝宫闱之制不缠足，重熙累洽百馀年矣[19]。而于女制未有更其陋恶，亦以为修其教，不易其俗云耳[20]。吾乃谓女子不得被圣世之福，而用脱桎梏也，哀哉[21]！

予自韶龄即有怪于是，今且耄而老矣，为是论勿乃其细已，甚乎[22]！亦各怪其所怪，而论其所论也；论其所论而志夫怪其所怪也[23]。

选自《滇文丛录》卷四

【简注】〔1〕缠足：封建社会的陋习。女子以布帛紧束双足，压缩肌骨，使足变形，成为弓状，脚形尖小，以为美观。 〔2〕衣冠巾栉（zhì）：泛指穿戴梳洗。巾栉，洗沐用具。巾用以拭手，栉用以梳发。咸有一制：都有统一定制。 〔3〕猖惑：迷乱横行。 〔4〕竞尚：争相崇尚、效法。 〔5〕阴教：女子的教化。《易》：即《周易》，亦称《易经》。我国古代有哲学思想（含有朴素辩证法）的占卜书，儒家的重要经典之一。内容包括经、传两部分：64卦，384爻，卦、爻各有说明（卦辞、爻辞为"经"）；上象、下象、上象、下象、上系、下系、文言、说卦、序卦、杂卦称十翼为"传"。是对"经"最早的解说。旧传孔子传，可能是战国或秦汉之际的儒家作品，并非出自一人之手。主要通过象征天地风雷水火山泽八种自然现象的八卦形式推测自然和人事的变化；以阴阳二气的交感作用为产生万物的本源。无攸遂，在中馈：见《易·家人》："无攸遂，在中馈，贞吉。"意为妇女不到他处，要在家料理饮食家务，能守此道，则家道吉利。无攸，不到他处。攸，住所。遂，亡、往。中馈，内馈，家中饮食之事，指代妇女主持家务。贞吉：占卜吉利。 〔6〕"书曰"句：《书》：《书经》，亦称《尚书》，尚通"上"。是现存最早的关于上古历史和典章文献的汇编，也保存商及西周初期的一些重要史料，故名。儒家经典之一。相传曾经由孔子编选。事实上有些篇如《尧典》等是后来儒家补充进去的。西汉初存28篇，即《今文尚书》。另有相传汉武帝时在孔子住宅壁中发现的《古文尚书》和东晋梅颐所献的伪《古文尚书》两种。《十三经注疏》本的《尚书》即两者的合编。有孔颖达《尚书正义》，孙星衍《尚书今古文注疏》等注本。"牝鸡"两句：见《书·牧誓》。牝鸡，母鸡。索，孔《传》："索，尽也。喻妇人知外事；雌代雄鸣则家尽，妇夺夫政则国亡。"两"之"均训为其。 〔7〕《诗》：我国最早的诗歌总集。先秦称为《诗》，儒家列为经典之一，始称《诗经》。共收西周初年至春秋中叶的民歌和朝庙乐章311篇。内《小雅》有笙诗六篇，有目无诗，实存数为305篇。主要产生于黄河流域。全书分为风（十五国风）、雅（大小雅）、颂（周颂、鲁颂、商颂）三体。汉代传诗者有齐、鲁、韩（今文）、毛（古文）四家。齐诗、鲁诗先后亡于魏和西晋，韩诗仅存外传。毛诗晚出，独传至今，今称《诗经》皆指《毛诗》。注本有王先谦《诗三家义集疏》、朱熹《诗集传》等。"无非"两句：见《诗经·小雅·斯干》。指女子婚后，不违背公婆和丈夫。无非，无违（用马瑞辰说）。无仪（é），无邪。（见林义光《诗经通解》）。"唯酒"句，言女子主内，只负责办理酒食之事，即所谓"主中馈"。 〔8〕"副笄"两句：见《诗经·鄘风·君子偕老》。副笄六珈，指居尊位，穿盛服。编发作假髻叫副，插在发髻上的簪叫笄，笄上有玉饰，叫珈。六珈，有六玉之饰。此妇女头饰犹步摇（即上有几垂珠，步行则摇动）。象服，贵族妇女以绘画图纹为饰的衣服。马瑞辰《毛诗传笺通释》认为是祎衣，即王后的祭服。 〔9〕身体之制：身体（服饰）的法式、式样。该：同"赅"，尽备，包括一切。奠盎：犹主持饮食。奠，献。盎，大腹敛口的盆。蚕缫（sāo）：养蚕缫丝，泛指纺织。行馌（yè）：给耕作者送饭。均无与于足：

都和（缠）足无关。　　〔10〕则足弗及：施教达不到脚。忍：忍害，狠心加害。　　〔11〕桎梏（gù）：脚镣手铐之类的刑具。在足为桎，在手曰梏。支体：即肢体。　　〔12〕益惑：更令人困惑。〔13〕匪为：不正当的行为。匪，通"非"。　　〔14〕"何子"句：为何你的责备这么严厉呢？〔15〕滋益惑：此更令人困惑。　　〔16〕淫巧：过度奇巧而无益于物。《礼记·月令》："陈祭器，按度程，毋或作为淫巧，以荡上心。"荡：动摇，败坏。　　〔17〕戕（qiāng）贼：伤害，残害。〔18〕恬：淡然，安然。　　〔19〕我圣朝：指清朝。宫闱：后妃所居之处。闱，宫中的旁门。重熙：犹重光，日光重明。比喻帝王继前帝王的功德。此指清乾隆继后金皇太极的功德，其间一百多年。〔20〕修其教：遵循，整治其政教风化。　　〔21〕被：逢及，遇到。用：以。　　〔22〕髫（tiáo）龄：童年。髫，牙童换牙。或为"髫"的俗字，童子下垂之发。耄（mào）：此泛指年老。《礼·曲礼》："八十、九十曰耄。"为是论：写这篇《缠足论》。勿乃：同"无乃"，恐怕，只怕是。细己：儿童之见，意为贬低自己。　　〔23〕志：记载。

（蔡川右）

师 范（六篇）

师范（1751～1811），字端人，号荔扉，云南赵州（今大理）人。白族。清乾隆三十九年（1774）中举人第二名。以军功保授安徽望江县知县。性果毅，任事指陈古今，洞中机要，尤关心水利边防。以爱士恤民为己任，兴利除弊，不畏强暴，严惩贪官污吏。事上不受贬屈，总督委员过境索需，当面呵之，又杖藩司厮役之不法者。喜奖掖后进，兴办学校，亲为诸生讲说，培养了一批有造诣的人才。在任八年，多有善政。卒于官，家无馀财，惟书籍千卷。著有《金华山樵前后集》、《二馀堂诗文稿》、《抱瓮轩诗文汇稿》、《小停云馆芝言》等。嘉庆十三年（1808），纂成巨著《滇系》40 卷，记录了云南少数民族的许多史料，持论确而取义精，被文学家刘开誉为"西南不可无之书"。

《云南水道纪略》是关于金沙江的重要历史资料。上海著易堂《小方壶斋舆地丛钞》及秦光玉主编的《滇文丛录》均收录，题为《开金沙江议》，内容与《纪略》基本一致，惟开头部分省略了一些地名。本文有两点值得注意：一是记叙金沙江流域经过颇详，可供开发金沙江参考。一是明清二百馀年间，议开金沙江者甚众，始终是议而不行，行而不果，这说明，在封建社会，开通金沙江是很难做到的。

《开金沙江议》着重指出：开通金沙江"有二大利焉"：一是使川、滇连成一气，"使诸夷盘错之险尽失"，这对于巩固边防至关重要。一是使滇省名章巨材得通长江，各种物资络绎于雅、黎、嘉、眉之间，从而收"转输之大利"。

《论滇省利弊》一文，重在议论去弊趋利。指出云南之弊是"烂于盐，疲于役，陷于仓"，加煎盐使民困难苏，徭税重使民处于水深火烈之中，而以仓储防荒年也有利弊。同时指出"禁革"的可能与措施，特别是乡镇积谷，按市价贵贱买卖，以解农民"无依者"的困境，不失为一策。这在当时不可能解决根本问题，也非"助桑梓温饱"之计，但有助于救急解困，缓和尖锐的社会矛盾。至于作者同情人民，扶危济困的愿望以及憎恶巧取豪夺的"恻怛慈祥"之心也溢于言表。

《论滇南经费》以赋税等各种收入的详细数字和各种应支出的具体项目，有力说明云南当时财经"收入不敷所出"的困境，并探讨其原因。其中强调云南地处边疆和"汉夷杂处"的特殊性，而官冗兵多又与形势有关。同时，提出官吏有"四难"：一是家眷幕僚与异地调动的费用甚多，二是"委运京铜"的艰难险境，三是兵饷少而食物贵，四是迁升盘费"积累盈身"。最后提出当权者应"调剂"，还要有明智的措施。这些虽是治标不治本之举，但分析注重实际，视角客观，能真实反映当时云南财经窘境和官吏的处境及其思想状况。

《论钱法》从历代使用金、货、泉、布、刀和龟贝等货币到铸钱的演变过程，考察古代铸钱的轻重，含质的不同，等值的变化，选择的利弊，肯定五铢钱历史悠久，最为适宜。根据云南情况，应重钱法，重货币。指出若执政者品行洁，意志坚，则"于钱法可无变更焉"。文章从释"钱"字入手，说明铸钱有险象，结尾指出云南"私铸充斥"，其罪犯至被"搜擒正法"，使首尾照应。文章从时间上的改朝换代，空间上则由中州而滇中，反复举例论证，强调社会需求，市场便利，钱为"民用"，肯定钱法的重要性，钱应由官府监铸，否则"钱愈杂而数愈溎"。论证高屋建瓴，简明而有力。

《论滇马》记载滇中养马、驯马和贩马的问题。其中有三点值得注意。一是提出当时滇俗"重牧而不重耕，以牧之利息大也"，且滇马用途广泛；二是因地制宜，据此驯马，故滇马宜滇用；三是南宋偏安，虽远到桂地贩滇马，但未闻以"济军政"，实为"烦费"，值得深思。这些观点既从云南实际出发，又古今贯通，颇有见地。

古代有关滇马的记载，当首推晋常璩《华阳国志》："长老传言（滇）池中有神马，或交焉，即生骏驹，俗称之曰'滇池驹'，日行五百里。"此后唐代樊绰《云南志》、北宋宋祁等《新唐书·南诏传》、南宋范成大《桂海虞衡志》都有记载。师范的《论滇马》可谓此类记载的集大成。内容丰富，记叙详细。

云南水道纪略

明正统间，靖远伯王骥南征，曾议开金沙江，未果[1]。嘉靖初，巡抚黄衷仍踵此议，工役垂兴，为土官凤朝明所梗，会黄衷去，事遂寝[2]。后巡抚汪文盛委官查看，朝明妻瞿氏阻之，亦不行[3]。

巡按毛凤韶知其事，锐意开导，而人多附和其说：谓迤东道自云南海口至安宁、罗次、富民、只旧、你革、达吉、普渡河、安革、法干、土色、江边、阿纳、木姑十三程，惟土色有叠水[4]；迤西道自云南陆路至富民、武定、虚仁、环洲至金沙江巡检司，凡五程，由水路下船至骂剌母、白马口、灿剌则、五曲草、直勒、则卓、剌除、鲁圭宁、钞答甸、沙吉、撒麻村、土色、大阿纳、木姑十四程，惟则卓、沙吉有叠水者，武定府丞某也[5]。谓金沙江上自丽江、永北、姚安、武定，下至东川、乌蒙、芒部，弘治、正德间，马湖安监生于上江放杉板，嘉靖十七年，王万安亦放杉板，俱系拖稍大船[6]；建昌行都司奉钦取大木，宁番、越嶲、盐井、建昌等五卫，俱在上江，打冲河、三江口并德昌千户所，或扎筜，或散放[7]；会川卫在下江科州采斫，开江船行鲁开、虎跳滩、天生桥十分不为险阻者，金沙巡检李朝宣也[8]。谓自巡检司西过江五十里，界会川卫，每见客人贩木，扎木筜筏，江流六昼夜，即抵马湖，随筜下船，或一二十只，载粮食、养牲畜，跳筜掷船如履平地；江下五十六里，有大小虎跳滩，冬夏水落，可施开凿者，姜驿驿丞梁松也[9]。谓德昌所洗迷村伐木下江头，一程至白水站，一程至会川卫甸沙关，一程至梅易所，三程至和曲州金沙江，马湖、建昌客采大小板枋，俱自德昌下河，从金沙江巡检司经过，直至马湖、叙州，因画图以进者，建昌木客何松也[10]。凤韶既得诸人之恿惠，以为迤东极径便，但闻江内有蛮尖石，两边岩石生合成桥，水从石缝流，未委虚的，若迆西水面洪阔，四时横流，客商通贩，前后不绝，中间虽有虎跳二滩，然皆沙石易凿，此断然可通无疑[11]。因请行总司会布、都二司计议，开通不独利于一时一方，实国家久安长治之计[12]。会地方多事，议竟不行[13]。然所论迆东、迆西道分难易，其说亦疏缪，盖迆西江行，亦经阴沟洞、天生桥，未有他道可以轶出也[14]。

隆庆初，凤酋诛灭，巡抚陈用宾复为题请，而议者多甲乙之词，大抵谓江道一通，则商贾竞舟惮陆，算缗之利告竭于程番之八府，而九驿之途鞠为茂草矣[15]。至天启中，安酋倡乱，贵阳道阻，颇议开之[16]。按察使庄祖诰谓：自巡检司开由白马口，历禄劝之普隆、红岩石、刺鲊至广翅塘，其下有三滩，水溢没石，乃可放舟，涸则跻岸缆空舟者以行，历会理州之直勒村、骂剌、土色，下有鸡心石，如堆三叠江中，舟者相水势缓急可行[17]；又历东川之踏照、乱得、头峡、刺鲊至粉壁滩，甚驶[18]；又历巧家之驿马河、新滩至虎跳、阴沟洞，虎跳湍洿陡石，不可容舟，阴沟二山頵集，水行山腹，从陆路过滩，易舟而下，历蛮夷司之大小流滩、乌蒙之黄郎铺、贵溪寨、业滩，至南江口，始安流[19]。自广翅塘至南江，木商行可十日，乃经马湖之文溪、铁索江边数滩，历麻柳湾、教化岩，又历泄滩、莲花三滩、会溪、石角滩，直抵叙州城下。说甚明晰，然此时明运将终，救败不暇，所议竟托空言[20]。

康熙间，楚雄守冯甦亦综此议[21]。迄乾隆五年，宪府决计开之，禄劝而上万难施工，即东川境内，自蜈蚣岭、飞云渡、藤桥、滥田坝、小溜筒五滩阻绝，乃越东川于昭通界内开辟厄塞，费金不赀，复阻于异石、象鼻、柯郎、虎口诸滩之险，旋复弃去[22]。乃从永善之黄草坪施工，自是顺流达叙府，然中经锅圈洞，旋圈似锅，瀑流千尺，溯舟者必挽箱而上[23]。尝思《益州记》云："泸江自朱提至棘道，有黑水、羊官三津之阻[24]。行者苦之，乃谣曰：'楢溪赪木，盘蛇七曲；盘羊乌龙，气与天通。'"[25]乌龙即今乌蒙雪山，则三津、七曲诸名，即今诸滩险耳[26]。兹特绘图于前，并集诸说于后，使从事者知所据焉[27]。

选自《滇系》艺文一一之二

【简注】〔1〕正统：明英宗朱祁镇年号（1436～1449）。王骥（1378～1460）：字尚德，河北束鹿人，永乐四年进士。历任兵科给事中、山西按察副使、兵部右侍郎、兵部尚书等职。正统十三年（1448）帅师三征麓川（路名，治所在今瑞丽市），十四年，叛军首领思机发之弟思禄投降，麓川乱平。史称王骥刚毅有胆，晓畅戎略。以兵部尚书请老归，卒谥忠毅。未果：没能实现。　〔2〕嘉靖：明世宗朱厚熜年号（1522～1566）。巡抚：一省最高行政长官。黄衷：字子和，广东南海人。弱冠举弘治九年（1496）进士。督粮广西，严法绳奸，境内肃然。后抚云南、镇湖广（湖北、湖南），皆有政绩。官终兵部右侍郎。所著《海语》，述海中荒忽奇诡之状，极为详备。工诗，有《矩洲集》。踵（zhǒng）：追随，继续。垂兴：将要开工。土官：明、清时期，于西北、西南地区设置的由少数民族首领担任并世袭的官职。凤朝明：武定土官。其弟凤朝文，于嘉靖七年（1528）勾结寻甸土酋安铨，拥兵攻陷禄劝、武定，杀同知袁奉、知州秦健等，并围攻昆明，巡抚欧阳重、黔国公沐绍勋平之。梗：阻止，妨碍。会：恰巧，适逢。寝：停止，中止。　　〔3〕汪文盛：字希周，湖北崇阳人。明正德六年（1511）进士。嘉靖十五年（1536）任云南巡抚。时安南遣使告莫登庸篡位，朝议讨伐，文盛纳副使魏象贤言，以抚为主，登庸奉表请降。知福州时，有惠政，民为立节爱祠。有《节爱汪府君诗集》。　　〔4〕巡按：明永乐元年（1403）后，以一省为一道，派监察御史分赴各道巡视，考察吏治，每年以八月出巡，称巡按御史。毛凤韶：字瑞成，湖北麻城人。正德十六年（1521）进士。嘉靖年间以监察御史巡按云南。时云南镇守宦官为害地方，乃上疏斥罢，军民称快。巡按陕西、云南，墨吏皆望风解绶去。后以事谪嘉州州判，复以云南按察司佥事分巡金沧，多惠政。著有《聚峰文集》、《浦江志略》等。迤东道：孙承泽《春明梦馀录·兵部一·云南》载，"明制，云南布政司治于昆明城，曰云南府。凡二十郡，左右分画，左曰迤东，右曰迤西。界以大江，东北曰金沙，西南曰澜沧。"正式设"迤东道"，始于清雍正八年（1730）。初驻寻甸州城（今寻甸县），后徙曲靖府城（今曲靖市麒麟区）。初辖云南、临安等13府，以后屡有变动。海口：海口镇，在昆明市西南郊，螳螂川上游，为滇池唯一出水口，故名。安宁：位于滇中，明清为州，领禄丰、罗次二县，属云南府。1913年废州为县。现为安宁市。罗次：元至元十二年（1275）合原乌蛮罗部、次部地置罗次州。二十四年改州为县，属安宁州。1960年撤并入禄丰县，为碧城镇。属楚雄彝族自治州。富民：县名，位于滇中，以境内物产丰富得名。现属昆明市。只旧：今作"赤鹫"，在今富民县境螳螂川畔。你革：今作"宜格"，在今富民县境螳螂川东岸。达吉：今作"达基"，在禄劝县东南隅普渡河西岸。普渡河：此指普渡河村，在今禄劝县翠华乡境普渡河畔，有铁索桥。江边：金沙江边。即普渡河与金沙江交汇处。叠水：瀑布的俗称。　　〔5〕迤西道：清雍正八年（1730）改永昌道置。驻大理府城（今大理市）。辖大理、永昌、楚雄等七府三厅。武定：明洪武十五年（1382）以元武定路改置武定府，十七年升为军民府。原辖和曲、禄劝两州及元谋、南甸、易笼、石旧四县。府治原在今武定县南。位于滇北，今为武定县。环洲：大理国置华竹部。三十七部之一。又名环州。地在今元谋、武定南部环州乡境。元至元十六年（1279）改置元谋县。巡检司：宋于关隘要地及荒远地区置巡检官，辽于南面边防官有巡检使。元明清皆沿置巡检官。明洪武二十六年（1393）诏令：凡天下要冲去处，设立巡检司，专一盘诘往来奸细及贩卖私盐犯人、逃军、无引面生可疑之人，须要常加提督。大阿纳：毛凤韶《疏通边方河道议》引"武定府揭帖"作"大江、阿纳"。府丞：知府的佐官（助理、助手）。　　〔6〕丽江：明洪武十五年（1382）以元丽江路宣慰司改置丽江府。治所在通安州（今丽江古城）。位于滇西北，东和东北与四川接界。永北：明洪武十五年（1382）改北胜府为北胜州，正统七年（1442）改为直隶州。清康熙三十七年（1698）改北胜州为永北府，治所在今永胜县。位于滇西北，今属丽江市。姚安：县名，位于滇西，现属楚雄彝族自治州。东川：明洪武十五年（1382）以元东川路改置东川府，属云南布政司。后置军民府，改隶四川。雍正四年（1726）改归云南。以其在会川府（治所在今四川会理）之东，故名东川。府治会泽县（现属曲靖市）。乌蒙：明洪武十五年（1382）以乌蒙路改置乌蒙府。治所即今昭通市昭阳区。清雍正九年（1731）改名昭通府。位于滇东北，与四川省接界。芒部：明洪武十五年（1382）以元茫（"芒"一作"茫"）部路改置芒部府，隶云南布政司。十六年改隶四川，十七年改为军民府。嘉靖五年（1526）改名镇雄军民府。弘治：明孝宗朱祐樘年号（1488~1521）。正德：明武宗朱厚照年号（1506~1521）。马湖：路、府名。元初置路，治所在今云南绥江县西北金沙江南岸；大德九年（1305）移治今四川屏山县治。明改为府。辖境约当今雷波以下屏山以上金沙江两岸地。又，金沙江下游自四川雷波至宜宾市一段，名马湖江，因流经古马湖县境得名。杉：亦称"沙木"。常绿乔木，高可达30米以上。供建筑桥梁、造船、造纸等用。嘉靖十七年：即1538年。系：系于，附于。艄：通"艄"。船尾，也泛指船。　　〔7〕建昌：大理国后期以会川都督北部地改置建昌府，以建昌城（今四川西昌）为治所。元初改置建昌路。明洪武十五年（1382）改建昌府，又置建昌卫。行都司：都指挥使司简称。掌一方之军政，各率其卫、所隶于五府，而听命于兵部。洪武十五年（1382）置云、贵二都司。又于建昌置四川行都司，于郧阳（治所在今郧县）置湖广行都司。行都司设官与都司同。当时，全国共有十六都司、五行都司。奉钦：毛凤韶《疏通边方河道议》引"李朝宣禀帖"作"奉文钦"。宁番卫：明洪武二十七年（1394）以苏州卫改名，治所即今四川冕宁县。清雍正六年（1723）改置冕宁县。越嶲（xī）卫：明洪武二十五年（1392）置，治所即今四川越西县。清雍正六年（1728）改为越嶲厅。打冲河：张机《北金沙江源流考》载，"盐井卫越溪河，东合打冲河，入金沙江。""打冲河千户所打冲河，蛮名黑惠江，又名纳夷江，源出吐蕃，下流入金沙江。"三江口：在禄劝县东北、普渡河东岸，距县城46公里。是洗马河、普渡河、九龙河的汇合处，故名。禄劝县，位于滇中，今属昆明市，北邻四川会理县。德昌：明洪武中改德昌路为德昌府，治所即今四川德昌县。洪武二十五年（1392）改置千户所。千户所：明兵制实行卫所制度，每卫5 600人；下设千户所，有兵1 120人，以千户为官长。扎：缠缚，捆扎。箄（pái）：大筏。渡水工具，用竹木编排而成，也有用牛羊皮做的。　〔8〕会川：府、路、所、卫名。南诏置会川都督府，大理国时改为府，元至元中改为路，明初改为千户所，洪武二十五年（1392）升为卫。治所在今四川会理西。辖境东与南至金沙江，西至雅砻江，北抵大渡河。斫（zhuó）：本义为大锄。引申为砍伐。"开江船行……险阻者"：毛凤韶《疏通边方河道议》引"李朝宣禀帖"原文是："开江船行，若问滩水险阻，鲁开、虎跳滩、天生桥十分不为险阻。"　〔9〕界：接界。筏（fá）：水上行驶的竹排或木排，也有用牛羊皮、橡胶等制造的。跳掷：跳跃，腾跃。形容船筏行驶如飞之状。冬夏水落："夏"，当作"春"。姜驿驿丞梁松禀称："至冬春水落之际，可以施工开凿。"（转引自毛凤韶《疏通边方河道议》）姜驿：元谋县姜驿乡。自古为川、滇大道上的驿站。元设姜站，明改为驿，名姜驿，意即一姜姓驿丞管理的站铺。驿丞：明清时在各省个别州县设驿丞，掌管驿站车马迎送。〔10〕梅易所：即梅易千户所。按："梅易"应为迷易，即今四川米易县。和曲州金沙江：此指金沙江巡检司，即今元谋县龙街附近金沙江渡口。和曲州，元置，辖南甸、元谋二县。板：片状的木材。枋（fāng）：方柱形的木材。叙州：宋置州，元升为路，明洪武中改为府。治所在今四川宜宾市东北。〔11〕怂恿：鼓动别人去做（某事）。径便：直捷方便。蛮尖：很尖，挺尖。生合成桥：俗称"天生桥"。合成，合到一起。未委虚的：不知它的虚实（指内部情况）。苏轼《与朱康叔书》："传闻筠州大水，城内丈馀，不知虚的也。"委，确知。的，确实、实在。贩：商人买进货物再卖出去以获取利润。这里指"贩运"。断然：绝对，一定。　〔12〕行总司：巡抚的别称。行台，中央政府在地方的派出机构。元有分设各地区的行中书省（行省，相当于古之行台）、行御史台（行台）、行枢密院（行院）。总司，总管一方的事务。明代中叶以后，巡抚实掌一省之军政大权，各行省之"三司"亦复受其控制。疑此处之"行总司"即指上文巡抚汪文盛。布司：布政使司。明洪武九年（1376）改各行中书省为承宣布政使司，以布政使为一省最高行政长官。总督、巡抚之制建立后，布政使权位渐轻。　〔13〕会：恰巧，适逢。多事：多故，多难。竟：终于。　〔14〕疏缪：粗疏错误。缪，通"谬"，差错。轶出：超越，越过。　〔15〕隆庆：明穆宗朱载垕（hòu）年号（1567~1572）。凤酋：指武定土府领府事瞿氏之继子凤继祖。凤继祖于嘉靖四十二年（1563）叛乱，攻富民、罗次、曲靖、寻甸等处。嘉靖四十四年，兵部尚书、云南巡抚吕光洵、黔国公沐朝弼讨之，杀凤继祖。陈用宾："用宾"当为"大宾"之误。陈用宾是隆庆五年（1571）进士，怎么可能于"隆庆初"巡抚云南呢？事实是，用宾是在万历二十一年（1593），也就是隆庆之后21年，由湖广布政使出任云南巡抚的。陈大宾，字敬夫，号见吾，湖北江陵人。嘉靖二十三年（1544）进士。由知县选御史，隆庆元年（1567）二月，由福建左布政使巡抚云南（见谈迁《国榷》。《云南史料丛刊》卷五录《国榷》文，改"大宾"为"用宾"，实误）。大宾为人清介豁达，以贞节自负。力行保甲法，建抚署不劳民力，人咸颂之。题：题本。明制，奏章有题、奏本之分。凡政务、军事、钱粮等公事皆用题本，由官员用印具题，送通政司转交内阁入奏。私事则用奏本，不准用印。甲乙之词：说好说歹，各执一词。据明章潢《议开金沙江》所记，当时"说之异者其端有四","为贵阳计者则曰：金沙之路既通，则行商竞便于舟而惮劳于陆，其转输之货，当必充斥于北路，九驿之道，工商阒寂（寂静无声）矣，故滇南之所利，而贵阳之所不利也，此又一说也。"竞舟：争着走水路。惮陆：害怕走陆路。算缗（mín）：汉时对商人、手工业者、高利贷者和车船所有者所征的税，叫"算缗钱"。缗，计算单位，一缗即一贯（一千钱）。竭：尽，完。程番：府名。明成化十二年（1476）置，治所在程番长官司（今贵州惠水县）。隆庆二年（1568）移治今贵州贵阳市，三年改为贵阳府。八府：在今贵州惠水一带，原有程番、韦番、方番、洪番、龙番、金石番、罗番、卢番等八番，元代于其地置八番罗甸等处军民宣慰使司都元帅府，明代置程番府，因称"程番之八府"。八番为由黔入滇之交通要道。九驿：明初，水西酋长霭翠之妻奢香被太祖封为顺德夫人，香归，立龙场等九驿，世办马匹廪饩等以报德，后因以九驿概指贵州的陆路交通。鞠（jū，又读 jú）：高貌。　　〔16〕天启：明熹宗朱由校年号（1621~1627）。安酋：指贵州水西土舍安邦彦。天启元年（1621），四川永宁土酋奢崇明起事，据重庆，破泸州、遵义，十月，建号大梁。天启二年二月，安邦彦起应奢崇明，号罗甸大王，陷毕节，围贵阳。奢、安之乱，历时八年，直到崇祯二年（1629）八月，安、奢才兵败被杀。颇：很，甚。〔17〕按察使：明置提刑按察使司，有按察使（正三品）、副使（正四品），掌一省刑名按劾之事，兼具司法和监察职能。又设按察分司，分道巡察。中叶后各地多设巡抚，按察使成为巡抚的属官。云南按察使司，始置于洪武三十年（1397）。庄祖诰：字汝钦，四川成都人。进士。天启年间任云南按察使。白马口：在禄劝县境。溢：充满而流出来。没：淹没。涸：干涸。跻（jī）：登，上升。缆：以索系船牵引。会理州：元至元十五年（1278）置，治所即今四川会东县。在凉山彝族自治州南部、金沙江北岸，邻接云南省。相（xiàng）：视，观察。　　〔18〕甚驶：极其迅捷、快速。　　〔19〕湍（tuān）：水势迅急。泻：急流直下。陡（dǒu）：坡度很大，近于垂直。不可容舟：顾炎武《天下郡国利病书·金沙江考》："虎跳湍泻陡石，不可行客舟。"颓：秃貌。山上光秃，没有树木。山腹：山的中心地区。易：改变，变换。蛮夷司：即"蛮夷长官司"。元始置于西南少数民族居住区，处理军民事务，有达鲁花赤、长官、副长官等官，参用当地土司。明、清沿置。马湖府领长官司四，曰泥溪，曰平夷，曰蛮夷，曰沐川。蛮夷司，今雷波新市镇。　　〔20〕明运：明朝的国运。运，命运，运气。也特指世运、国运。救败：拯救国家的危亡、失败。托：寄托。空言：单是嘴说，并无实际行动。　　〔21〕康熙：清圣祖玄烨的年号（1662~1722）。楚雄：明洪武十五年（1382）以威楚路改置楚雄府。治所在今楚雄市。守：秦代一郡的长官，后世用为刺史的简称。明清知府，均以太守为别称。冯甦：浙江临海（今临海县）人。明末诸生，随清军入滇。由永昌推官升守澄江、楚雄。吴三桂反清，甦附之。吴三桂失败，甦又降清，官于粤，仕至刑部侍郎。康熙元年（1662）任永昌推官时，撰《滇考》二卷，内有开通金沙江专题；又康熙《武定府志》载冯甦《开金沙江议》。综：同"宗"。尊崇，推重。　　〔22〕迨（dài）：同"逮"，等到。乾隆：清高宗弘历年号（1736~1795）。宪府：御史官职的代称。后亦用为地方官吏对知府以上长官的尊称。阻绝：阻塞隔绝。越：越过，超过。昭通：元置乌蒙路，明改置乌蒙军民府，初属云南布政司，旋改属四川布政司。清雍正五年（1727）复改隶云南。九年改名昭通府，领恩安、永善两县，大关、鲁甸两厅及镇雄州。厄（ài）塞：险要之地。费金：费用资金。不赀（zī）：不可计量，没有限量。旋：随后，不久。　　〔23〕永善：县名。位于滇东北，西北隔金沙江与四川金阳、雷波两县相邻。现属昭通市。旋圈：螺旋形水涡。溯：逆流而上。挽：拉，牵引。箱：像箱子的物体。此指船身。〔24〕《益州记》：东汉李膺撰。其书已佚，《太平御览》中辑录了部分内容。泸江：一名泸江水。指今雅砻江下游及金沙江会合雅砻江以后一段江流。诸葛亮《出师表》："五月渡泸，深入不毛"，即此。朱提（shūshí）：古县名。西汉置。治所在今云南昭通。境内有朱提山，产银多而质美，县以此得名。僰（bó）道：古县名。汉置。治所在今四川宜宾县西南安边镇。唐贞观（627~649）中移治今宜宾市。宋政和四年（1114）改名宜宾。黑水：所在众说不一。计有：雅砻江、金沙江、澜沧江、漾濞河、怒江、伊洛瓦底江、盘江至西江等说。　　〔25〕谣：民间流行的歌谣。楢（yóu）溪、棦（chēng）木、盘蛇、七曲、盘羊、乌龙：均为地名。赪木，《水经注》作"赤水"。乌龙，《水经注》作"乌桡"。《水经注疏》："（熊）会贞按，《元和志》：'七曲水在曲州西北三十里，州治朱提县。'" 〔26〕乌蒙雪山：在云南省东北部和贵州省西部，东北—西南走向。为金沙江和南、北盘江分水岭。主峰海拔4 016米，平均海拔2 300左右。 〔27〕绘图于前：本文之前，载有作者所绘《金沙江图》一幅。诸说：《滇系·旅途系》载有多篇关于金沙江的文章，如顾炎武《金沙江考》、杨士云《议开金沙江书》、毛凤韶《疏通边方河道议》、张机《南金沙江源流考》、徐宏祖《溯江纪源》等。从事：办事，治事。据：依据，根据。

（吴培德）

开金沙江议

金沙江之不可不开者，有二大利焉。考之记载，汉武先击劳浸、靡莫，以兵临滇池而滇王俯首[1]。《华阳国志》云："自僰道至朱提，有水、步道，水道有黑水及羊官水，至险难行，步道，渡三津亦艰阻，而行人为之谣曰：'楢溪赤木，盘蛇七曲；盘羊乌龙，势与天通。'"[2]今乌龙在东川，即绛云弄，其山多雪，四时不消，金沙江出其下，羊官、黑水非指兹江乎[3]？元至元十四年，诏开乌蒙道，爱鲁帅师击玉莲州，所过城砦尽下之，水陆皆置驿传[4]。今乌蒙有罗佐关，其下有罗佐桥，为入滇要路，则水陆皆在东川、乌蒙间，即所称劳浸、靡莫非乎[5]？核形势，商利钝，未有不先辟此险，而能控荒服、破訾窳者[6]。

兹江苟通，则滇池之轻舫可挽而之普渡，建越之艨艟可泛而下泸沽，通滇蜀筋脉之会，续长江衣带之势，是使诸夷盘错之险尽失，而十五郡可裘领而挈也，此其为边防之大计一矣[7]。古者竹木之利至大，江陵千树荻，渭川千亩竹，皆与万户侯等，为其水道通而布其利于四方也[8]。滇省则名章巨材，周数百里，皆积于无用之地，且占谷地使不得艺，故刀耕火种之徒，视倒一树以为幸[9]。盖金江道塞，既不得下水以东西浮，而夷俗用木无多，不过破杉以为房，聊庇风雨，虽擢木垂荫，万亩千寻，无有匠石过而问之，千万年来，朽老于空山，木之不幸，实地方之不幸也[10]。哀牢之山长千里，中通一径，走深林中垂一日，若使此山之木得通长江，其为大捆大放，不百倍于湖南哉[11]？而且金、银、丹、漆、僰僮、笮马之属，络绎于雅、黎、嘉、眉之间，非但滇利而蜀亦利，此其为转输之大利二矣[12]！

或曰：金江断难开者，天道使然，不容以人力争也[13]。运值其通，安知不大风大雷率群龙而导之，推其迭水，散之使平，破其洞穿，彻之无雍，使一劳永利乎[14]？盖有非常之功，必待非常之人，谅哉[15]！

选自《滇文丛录》卷四

【简注】〔1〕汉武：汉武帝（前140～前87），即刘彻。西汉皇帝。建元六年（前135），派唐蒙至夜郎，在西南先后建立了七个郡。劳浸：云南古族名，亦作劳深。秦汉间分布在今曲靖一带，与滇王同姓相扶。靡莫：云南古族名。分布于今滇池至滇东北曲靖一带。兵临滇池：《史记·西南夷列传》载，"劳浸、靡莫数侵犯使者吏卒。元封二年（前109），天子发巴蜀兵击劳浸、靡莫，以兵临滇。……滇王离难西南夷，举国降，请置吏入朝。于是以为益州郡（郡治今晋宁县晋城镇），赐滇王王印，复长其民。"俯首：低头，这里指投降。　　〔2〕华阳国志：书名。东晋常璩撰。12卷。附录1卷。记远古到东晋穆帝永和三年（347）期间巴蜀史事。是研究中国西南少数民族的重要资料。僰（bó）道：古县名。汉置。治所在今四川宜宾县西南安边镇。唐贞观中移治今宜宾市。北宋政和四年（1114）改名宜宾。朱提（shūshí）：古县名。西汉置。治所在今云南省昭通市昭阳区。步道：陆路。与"船道"、"水道"相对。势与天通：形容地势高峻而艰验。　　〔3〕乌龙：即乌蒙山。东川：见本卷所选师范《云南水道纪略》注〔6〕。兹江：此江（金沙江）。　　〔4〕至元：元世祖忽必烈年号（1271～1294）。十四年：应为十三年（1276）。诏开乌蒙道：据《永乐大典·站赤》引《经世大典·站赤》载，元代多次修筑云南通往外地的交通驿道。至元十三年"诏开乌蒙道"，爱鲁督修，"陆由乌蒙，水由马湖"，水陆皆置驿传，直达叙州（今宜宾）。爱鲁（1225～1288）：唐兀（泛指青藏地区及当地藏族）人，昔里钤部之后。元至元五年（1268）随云南王忽哥赤入滇，平定金齿诸部。十年，赛典赤行省云南，使爱鲁疆理永昌，增田数倍。十三年，改入蜀通道，水陆两路直达叙州。又开两江道达邕州（治所在今广西南宁市南）。十六年，迁云南诸路宣慰使副都元帅。次年，任云南行省参知政事。屡官至尚书右丞。卒谥毅敏。玉莲州："莲"，《元史·爱鲁传》作"连"。按："玉连州"于史无征。《元史》有筠连州（今四川筠连县）立站置驿的记载，疑"玉"为"筠"之误。砦："寨"的异体字。驿传：驿站。元驿传称"站赤"，为传递公文、转运官物及供来往官员休息的机构。　　〔5〕乌蒙：土司、路、府名。治所在今云南昭通市昭阳区。清雍正九年（1731）改名昭通府。罗佐关：《明史》卷四三："西南有金沙江，下流合于马湖江。南有索桥，金沙江渡处。北有罗佐关。"非乎：不是吗？　　〔6〕核：审核，考察。商：商讨，斟酌。利钝：犹言"利弊"、"利害"。钝，跟"利"（利益）相对。辟：开辟，开拓。险：险要之地。控：控制，驾驭。荒服：边陲，边疆。《书·禹贡》："五百里甸服，……五百里荒服。"荒服，指离王畿二千五百里的地区，或指四千五百里以外的地方。呰窳（zǐyǔ）：委靡不振，生活贫困。　　〔7〕苟：假使，如果。舫（fǎng）：船。一般指小船。挽：牵引，拉。普渡：河名，金沙江支流。在云南省中部。上游螳螂川源出滇池，北流到富民县以下称普渡河，北流到禄劝县入金沙江。全长399公里，流域面积11 751平方公里。建越：建昌和越嶲。见本书《云南水道纪略》注〔7〕。艨艟（méngchōng）：同"蒙冲"，古代战船名。《释名·释船》："狭而长曰艨冲，以冲突敌船也。"泛：漂浮，浮行。泸沽：湖名。在宁蒗县城北75公里处的永宁乡，与四川盐源县共有。当地摩梭人称湖水为"泸沽"，因此得名。湖面51.8平方公里，湖深平均40.3米，最深处93.5米，总容量20.7亿立方米。筋脉：血管。道路分布有如脉络。筋，静脉的俗称。脉，动脉和静脉的统称。会：会合，连接。此句意为：滇、蜀之间的道路连接畅通，如脉络之贯通而成系统。衣带：水面像一条衣带那样窄，比喻双方离得很近，往来方便。盘错："盘根错节"之省。树根盘绕，枝节交错，比喻事情错综复杂。也比喻旧势力根深蒂固，不易消除。十五郡：清代前期云南有十五府，俗称十五郡以概括云南全省。挈领而挈：荀子《劝学》说，"若挈（提起）裘领（裘皮衣服的领口），诎（屈起）五指而顿（上下抖动）之。"其结果是，整件皮衣上的毛就都理顺了。比喻抓住要点，做事得法。　　〔8〕江陵：县、府、路名。汉置江陵县，在湖北省中部偏南、长江沿岸。唐上元元年（760）升荆州为江陵府，治所在今江陵县。元至元中改为路，天历二年（1329）改为中庆路。荻（dí）：禾本科。生长在路旁和水边。秆可作造纸原料，也可编织席箔等。渭川：渭河，黄河最大支流。在陕西省中部。长787公里，流域面积13.43万平方公里。川，一本作"浜"（水边）。万户侯：食邑万户的侯。汉代制度，列侯食邑，大者万户，小者五六百户。等：等同，价值相同。布：展开，铺开。　　〔9〕名章：名贵的大木材。周：周围，周边。积：积蓄，聚集。艺：种植。刀耕火种：一种原始的耕种方法，把地上的草木烧成灰做肥料，就地挖坑下种。　　〔10〕聊：姑且，勉强。庇：遮蔽。擢（zhuó）：耸起。垂荫（yīn）：也作"垂阴"。树木枝叶覆盖的阴影。寻：古长度单位。八尺为寻。　　〔11〕哀牢山：北起大理白族自治州南部，南抵红河哈尼族彝族自治州南部，绵延数百里。走向西北—东南。主峰海拔3165.9米。顶部有平坦高原面，海拔两千米以上。垂一日：将近一日。〔12〕丹：丹砂，即"辰砂"，俗称"朱砂"。为炼汞最主要原料，也可制颜料。中医学上用为安神、镇静药。漆：漆树。树的液汁与空气接触后呈暗褐色，叫做生漆，可用做涂料，液汁干后可入药。僰（bó）僮：主要指汉代被掠卖为奴的僰人。古僰人，春秋前后居住在以僰道为中心的川南以及滇东一带。筰（zuó）马：筰，通"笮"。古族筰都夷主要分布在今四川汉源一带，从事农牧，输出名马，史称"筰马"。《史记·西南夷列传》："取其筰马、僰僮。"络绎：亦作"络绎"、"骆驿"。往来不绝，前后相接。雅：雅州。隋仁寿四年（604）置州，因境内雅安山得名。治所在严道（今雅安）。清雍正七年（1729）升为府，治所在雅安。黎：黎州。北周天和三年（568）置州。治所在汉源（今四川汉源北，明废入本州）。明洪武时改为黎州长官司，又升安抚司，万历时降为千户所。嘉：嘉州。北周大成元年（579）置。治所在平羌（隋改名峨眉，今乐山市）。南宋庆元二年（1196）升为嘉定府。眉：眉州。西魏废帝三年（554）改青州置。治所在齐通（今四川眉山县）。元废眉山县入州。清为直隶州。转输：运输。今多称由甲地经过乙地再运往丙地为转运。　　〔13〕或：犹言"有人"。代词，表示虚指。断：绝对，一定（多用于否定式）。天道：中国古代哲学术语。唯物主义认为天道是自然界及其发展变化的客观规律。唯心主义认为天道是上帝意志的表现，是吉凶祸福的征兆。这里的"天道"，显然是指后者。〔14〕运：时运，运气。值：遇到，碰上。"大风大雷"数句：意思是：如果运气好，怎见得就不能以一种神奇的力量，使河道疏通，河流通畅。彻：贯通，贯穿。雍：通"壅"。壅塞，阻塞。　　〔15〕非常：异乎寻常的，特殊的。《史记·司马相如列传》："盖世必有非常之人，然后有非常之事；有非常之事，然后有非常之功。非常者，固常之所异也。"谅：确实，委实。

（吴培德）

论滇省利弊

　　滇之累，盐为重，徭次之[1]。盐之害始于省城设立总商之举，而甚于加煎馀盐以补亏空之议[2]。夫井之出卤有盈缩，欲求多盐，不得不插和泥土以敷加煎之额盐[3]。既加煎，则行销必致壅滞，不得不压散烟户，罔顾民困，加以商役大戥小秤，土贩高抬市价，而民困不可苏矣[4]。

　　徭之设原有堡夫、民夫，牌开名数乃违例，应付动至数百，因而索折夫价，勒取供应[5]。铺司本递公文而令负行李，哨兵久已裁革而仍派押护，甚至男夫用尽，派及妇女[6]。土棍承揽，复立包当，兼之宪役[7]。过往泛兵调换亦索路夫，需供酒食，而民苦无从诉矣[8]。杨文定公莅滇之初，即严行禁革，一扫积弊，民如出汤火，登衽席，帖然者四十馀年[9]。

乙酉军兴，山僻愚氓皆踊跃趋赴，其状若可悯，而其心则甚安[10]。盖休养既裕，亦无不知奉上之道宜尔也[11]。缅已请抚，犹谓驻防未撤，例无所减，民稍稍不支，而无良之徒复进以加煎压销之说[12]。诛求搜剔，盐之患遂甚于寇[13]。丁巳春，酿成大变，于是官民交困矣[14]。

己未十月初，颐园抚军至，始定民运民销之局，而于一切夫马，亦以职之崇卑，事之缓急，勒有定额[15]。盖杨公则缨冠止斗，变在将发之时，而初公则拔釜抽薪，变当已发之后[16]。呜呼！滇之人亦王人耳[17]。土地瘠薄，轮转艰难，而征税之纷繁，供应之冗杂，胥役之苛扰，将弁之揽越有求，如他省之十一，而不可得者[18]。夫饮冰茹蘖固难遍责之当道，然于水深火烈之中，略寓恻怛慈祥之意，吾不能不于后之君子有深望焉[19]。

仓储之设为救荒计者十五，以备非常之用者亦十五[20]。滇处西南陬，壤块瘠薄，岁出仅支口食，而山荒小民，尤多餐荞稗杂粮者[21]。鄂西林尹、望山两总制，陈临桂藩使经营筹画所贮至五十余万石，未及四十年，尽化乌有[22]。间存者徒为猾胥之垄断，兼充市狯之侵渔筹采买，而富民独受其殃，议平粜而贫民不受其惠[23]。

夫滇之地素饶水泉，滇之俗颇急周恤，虽凶年饥岁，道殣无闻[24]。惟烂于盐，疲于役，乃又陷于仓[25]。一社长之累必至数百金，而其所储，终鲜实际，倘有不虞，未审当事者复创何策也[26]。前之人以之便民，今之人即以之厉民，常平义仓无论矣[27]。吾辈之有世道者，尚仿其意以行之乡，先积谷二百石，谷贵照市价卖出，谷贱照市价买入，不须博贵入贱出之名，而其泽自溥[28]。每遇岁除，确查农民之无依者，大口五斗，小口三斗[29]。秋成时，收本去利。上以广朝廷子惠之恩，下以助桑梓温饱之计，切无谓迂阔之谈，不关痛痒，予其拭目俟之矣[30]。

选自《滇文丛录》卷四

【简注】〔1〕累：忧患，拖累。《庄子·至乐》："视子所言，皆生人之累也。"徭：劳役。〔2〕举：举动，措施。甚：厉害，严重。〔3〕卤：卤盐，浓汁。敷：足够。〔4〕壅（yōng）滞：阻塞，不流畅。烟户：人烟户口。户籍的总称。《清会典·户部》："正天下之户籍，凡各省诸色人户，有司察其数而岁报于部，曰烟户。"罔顾：无顾，不顾。戥（děng）：用来称微量的金银药物等的小型秤。苏：困顿后获休息，困穷后得恢复。〔5〕堡夫：县邑筑城的夫役。堡，土筑的小城。牌：牌文。清代一种下行文的名称。开名数：开列堡夫、民夫的人数。如乾隆五十三年（1788），剑川一次就"派夫二百名"，"每夫折银二十两"。〔6〕铺司：也称递铺，即邮递驿站。州县凡十里一铺，大事遣使驰驿，小事文书由铺吏传送。清黄六鸿《庶政部申饬铺递》："夫铺递之设，盖以供送各衙门之公文者也。……每昼夜须行三百里。凡所到地方，铺司于公文套上填明某日某时到，即为前送，如有稽迟擦损，定行追究，自定例也。"到嘉庆五年（1800），清廷禁各省督抚滥用驿道。〔7〕土棍：地方上的恶棍。包当：承包担当。宪役：法定的官役。〔8〕泛兵：一般的士兵。路夫：民夫，给士兵挑重担的。　　〔9〕杨文定：杨名时（？～1736），字宾实，一字凝斋，江阴（在今江苏）人。清康熙进士。康熙五十九年（1720）任云南巡抚。时用兵西藏，奏准折银征解，免滇粮远运。又奏数井盐规，改输捐谷行社仓法，废子孙丁粮，改行摊丁入粮。整顿银矿，以道员总理诸厂，按实征课。升云贵总督，兼管巡抚事，转吏部尚书。雍正时受诬以徇私罪革职。乾隆初召入教皇子，侍直南书房，赐礼部尚书衔兼国子监祭酒。卒谥文定，赠太子太傅，其门人辑有《杨氏全书》。积弊：久积的弊端。汤火：热汤与烈火，比喻能致人死伤者。衽（rèn）席：卧席，引申为寝处休息之所。帖然：安定，顺从貌。《隋书·河间王弘传》："州境帖然。"　　〔10〕乙酉：清乾隆三十年（1765）。军兴：军事行动开始。愚泯：愚蠢的人。泯，通"民"。趋赴：急赴，奔赴。　　〔11〕休养：指恢复和发展经济，保养民力。奉上：犹奉命，接受官府之命。宜尔：应该如此。　　〔12〕缅已请抚：清乾隆三十一年（1766），缅甸入寇九龙，清先后命杨应璩、明瑞、傅恒抵抗。1769年，缅军战败，请和。请抚，请求给以安抚，即请准予投降。不支：支持不了，受不了。无良：无善德，不善。压销：强迫销售。　　〔13〕诛求：责求，需索。搜剔：搜刮，剥削。　　〔14〕丁巳：清嘉庆二年（1797）。酿成大变：指滇东罗平、师宗一带各族人民在湘西苗民起义的影响下也揭竿而起。大理、楚雄以"盐案"为导火线也爆发起义。几天内，滇西十多府、州、县相继响应反清。酿成，酝酿而成，造成。　　〔15〕己未：清嘉庆四年（1799）。颐园：原名初彭龄，字颐园，山东莱阳人，乾隆四十五（1780）进士。嘉庆四年己未（1799）五月授云南巡抚。前任总督富纲"请罢官盐改归民运"，初彭龄进一步完善落实，"民困以纾"。抚军：巡抚。夫马：夫役和车马等。清代官员供差者，在官俸之外，另给夫马费，专供雇夫役和车马之用。崇卑：高低。勒：强制。　　〔16〕杨公：即杨文定。见本文注〔9〕。缨冠：冠和缨并加于头。形容急迫之极。《孟子·离娄》："今有同室之人斗者，救之，虽披发缨冠而救之可也。"初公：即初彭龄。拔釜抽薪：即"抽薪止沸，剪草除根"之意，喻从根本上解决，比釜底抽薪更彻底。拔釜，端起锅。薪，烧柴。　　〔17〕王人：帝王的使臣。　　〔18〕瘠薄：指土地贫瘠。输转：同"转输"，指交通运输。胥役：小吏。苛扰：严酷的烦扰，骚扰。将弁（biàn）：武职的通称。清代称参将、游击以上武官为将，都司、守备以下为弁。搀（chān）越：抢先，不照顺序；干预非分之事。十一：十分之一。　　〔19〕饮冰茹蘗（bò）：喝冷水，吃黄柏，喻心情抑郁，生活艰苦。蘗，即黄柏，落叶乔木，树皮厚，软木质，深纵裂，可入药。当道：当权者。恻怛（dá）：忧伤。《礼·问丧》："恻怛之心，痛疾之意。"　　〔20〕十五：十分之五。　　〔21〕陬（zōu）：隅，角落。壤块：土地。岁出：每年收成。口食：口粮。荞稗：荞麦和稗子。两者均为一年生的草本植物。　　〔22〕林尹：生平不详。望山：尹继善（1695～1771），姓章佳氏，字元长，晚号望山。满洲镶黄旗人。雍正进士，累官文华殿大学士。尝于一月兼摄将军、提督、巡抚、河漕、盐政，上下两江学政等官九印。任两江总督时间较长。雍正时任云贵广西总督，乾隆时专任云南总督。奏免云南军丁银，创建五华书院，兴修水利。后回京任刑部尚书兼管兵部事，历任川陕总督。卒赐祭葬，谥文端。总制：指总督，地方最高长官，综管一省或二三省的军事和政治，例兼兵部尚书衔。别称制府、制军、制台。陈临桂：陈宏谋（1696～1771），字汝咨，号榕门，临桂（今广西桂林）人。清进士。雍正时，任云南布政使，改用短运递运军粮，许农民自卖矿铜，添建各府州县义学舍，刻儒书多种，许苗民入学受教。后历任江西、湖北、江苏等省巡抚，累官至东阁大学士兼工部尚书。卒赐祭葬，谥文恭。　　〔23〕猾胥：狡猾的小吏。猾，同"滑"。市侩：犹市侩，狡滑而唯利是图的商人。侵渔：侵夺吞没，比喻掠夺他人的财物，像渔人捕鱼。平粜（tiào）：官府在荒年将存粮平价出售。粜，卖粮食。　　〔24〕周恤：同义复词，救济。周，通"赒"。凶年：荒年，灾年。道殣（jìn）：路边饿死的人。　　〔25〕烂于盐：过度煎盐。即此文所说"插和泥土以敷加煎之额盐"。烂，当为"滥"，过度，越轨。　　〔26〕社长：古乡官，即里正。实际：指真实情况。不虞：事先没料到，意外。未审：不知。　　〔27〕常平义仓：地方公共储粮备荒的两种粮仓。设立于乡镇的称社仓。　　〔28〕有世道：指有好的社会风气。博：换取，取得。泽自溥：恩泽自会普遍。　　〔29〕岁除：年终。

〔30〕子惠：指统治百姓，像家长爱抚子弟。桑梓：喻家乡。古常于住宅旁栽种桑树、梓树。迂阔：不切实情。

（蔡川右）

论滇南经费

经，常也。费而曰常，则其非常者，亦有矣。滇之所入，惟条丁银二十万九千有奇，公件银六万有奇，盐课银三十二万有奇，厂课银十万有奇，税课银十万有奇，钱局馀息二万一千有奇，秋粮二十万石，兵米所馀尚存，米七万馀石，该折银八万四千有奇，年约进银八十七万三千有奇[1]。出则文职廉俸、祀典、廪饩、工食、驿站、堡夫该银二十八万有奇[2]；武职养廉、兵饷该银八十二万两有奇，不足者部拨邻省协济岁二十万或三十万不等[3]。

夫以十四府、三厅、四直隶州、二十七散州、三十九县之地，而所入不敷所出者，其故何哉[4]？盖由于官冗，且由于兵多[5]。然一郡所辖几他省之半，深山密箐犹虑鞭长莫及，则官之不得不冗者，势也[6]；三面邻边，而各州县中往往汉夷错处，则兵之不得不多者，亦势也[7]。而为官者，眷属不能无，幕友不能无，随从不能无[8]。或由永昌调昭通，抑由丽江调开化，远者二千馀里，近亦二千里，夫马之费极省亦须数百金，其难一[9]。履任及三载，必委运京铜；收兑之苛，滩河之险，船脚之刁诈，窃盗之窥伺，至撤批回滇，已若重生，其难二[10]。而兵亦有二难焉，所关月饷，除扣克外，食物渐贵，一身尚欠温饱，遑计室家[11]。即少负才技者，拔至千总、守备，三年送省，六年送部，往来盘费，积累盈身[12]。

呜呼！去此四难，是在总理者之善于撙节，而熟为调剂矣[13]。此特其略耳，若穷毫厘，察抄撮，一会计吏，即可毕之[14]。否则，有须知册在，又何俟予之饶舌哉[15]。

选自《滇文丛录》卷四

【简注】〔1〕条丁：当为规定的人口税。奇（jī）：馀数。盐课：盐税。厂课：厂矿、店铺税。税课：指其他税收。钱局：犹钱庄，银号。馀息：利息。 〔2〕廉俸：清文武官员正俸之外，另给养廉银，合称为廉俸或俸廉。祀典：祭祀的礼仪和制度。《国语·鲁》："凡禘、郊、祖、宗、报，此五者国之典祀也。加之以社稷山川之神，皆有功烈于民者也，及前哲令德之人，所以为明质也。及天之三辰，民所以瞻仰也；及地之五行，所以生殖也，及九州名山川泽，所以出财用也。非是，不在祀典。"廪饩（xì）：同"廪食"，指官府供给的粮食。《汉书·苏武传》："武既至海上，廪食不至，掘野鼠去草实而食之。"工食：供工役者伙食。驿站：掌投递公文，转运官物及供来往官员休息的机构。各省腹地为驿，军报所设为站。清末设邮传部，驿站之制遂废。堡夫：县邑筑城的夫役。堡，土筑的小城。 〔3〕养廉：

保持和养成廉洁的操节。清代于官吏正俸之外按职务等级另给银钱，称养廉银。文职始于雍正五年（1727），武职始于乾隆四十七年（1782）。《清会典·户部·饭银处》："户部堂官养廉银一万七千二百馀两，司员养廉银一万四千九百八十馀两。"兵饷：军粮，也泛指军队的俸给。部：旧制中央政府分吏、户、礼、兵、刑、工六部。协济：亦称"协拨"。旧地方政府所征税款照中央命令拨交其他地方政府的部分。大都在省级政府间实行。有定时、定额的经常性拨款和紧急的临时性拨款两种。　　〔4〕厅：清制在府下设州、县，有的又设厅，由知府的佐贰官同知、通判管理。其所管地区，也叫厅。有直隶厅和散厅之别。直隶州：清行政区域的名称。省之下有府、州，州又有散州、直隶州之别。散州属于府，直隶州不属于府而直属于布政司。直隶州皆有属县。散州：以府所统属的州。　　〔5〕官冗（rǒng）：官员多馀而闲散无用。　　〔6〕郡：清沿明制（废郡），郡或为府的别名。密箐：密林，也泛指树木丛生的山谷。鞭长莫及：谓马腹非鞭击之处。后用以比喻力所不及。势：形势，局势。　　〔7〕夷：泛指少数民族。　　〔8〕眷属：家眷，家属。幕友：原指将帅幕府中的参谋、书记等，后用为地方军政官延聘办理文书、刑名、钱谷等佐理人员的通称。清汪辉祖《佐治药言·检点书吏》："幕友之为道，所以佐官而检吏也。……唯幕友则各有专司，可以察吏之弊。"　　〔9〕永昌：永昌府，治所在今保山市。开化：今文山。夫马：夫役和车马等。清代官员供差者，在官俸之外，另给夫马费，专供雇夫役和车马之用。《清会典·兵部·邮政》："奉差官夫马舟车廪给及仆从口粮，均以品秩定差等。"　　〔10〕京铜：上缴朝廷铸钱用的铜。收兑：收取兑换。船脚：驾船者，船夫。刁诈：狡诈。窥伺：窥探、寻找机会而有所图谋。撤批：退批，犹批复之后。重生：再生。　　〔11〕遑（huáng）计：没闲暇、来不及考虑。室家：家庭，家中的人。　　〔12〕少负才技：年轻而倚仗才智和本领。千总：清为绿营军制武职中的下级，位次于守备。漕运总督辖下各卫和守御所，京师内九门、外七门把守等，均设千总。云南土司官有土千总。守备：清代绿营统兵官，位在都司之下，为五品武官，称营守备。漕运总督辖下各卫，统率运军领军漕粮，均设守备。云南土司中也设土守备。　　〔13〕总理：此指最高当权者。撙（zǔn）节：约束，节制。　　〔14〕穷毫厘：深究细微数量。穷，寻根究源。毫厘，十丝为毫，十毫为厘。比喻细微数量。察抄撮：调查微细之事。抄撮，微细。计吏：掌计簿的官吏。　　〔15〕知册：通"智策"，犹明智的措施，政策。饶舌：多言、多嘴。

（蔡川右）

论　钱　法

　　钱，前也。所以前，民用也；又全也，非是则缺而不全也[1]。然置金于两戈之旁，其势亦险矣[2]。太昊氏、高阳氏谓之金，有熊氏、高辛氏谓之货，陶唐氏谓之泉，商人、齐人谓之布，齐人、莒人谓之刀[3]。金之品有三，而其用也，或以钱，或以布，或以刀，或以龟贝[4]。太公立九府圜法，轻重以铢，黄金方寸，重一斤，布广二尺二寸为幅、长四丈为匹[5]。

　　故货宝于钱之用最利，而贡禹、桓元乃以为不便于民而欲废之[6]。五铢之行，马援、孔觊、任城、王澄皆善其通易无滞，而陈高谏之乃以为不利于国，而欲以三铢易之，岂人之意见有不可强同者耶[7]？

　　夫钱之置监，著于隋，盛于唐，最众者莫如宋，总计诸路所置共二十六监[8]。而铜居十七,铁居其九,夹锡之钱则附于铁监焉。宋铸钱之剂八十两可得一千。三分其剂:六为铜,而三为铅锡,皆有奇赢[9]。凡钱输官之数其号为百者,或八十,或八十五。而天下私用,则有以七十为百,以四十八为百,且有以三十五为百者。钱愈杂而数愈淆。是故,论钱之重以千钱计之,则齐十一斤以上。隋文帝之四斤二两,唐六斤四两,宋五斤,齐与隋乃同以五铢,而分量不一[10]。夫太公立钱法以利后世[11]。由周以至两汉,由六朝以至唐宋,沿革之制,变通之用,马端临考之甚详[12]。而谓晋用魏五铢钱,不闻有所更创,则其叙晋事也,稍失之疏。按前凉太府参军索辅言于张轨曰:晋太始中,河西荒废遂不用钱,裂匹以为段数,缣布既坏,市易又难,弊之甚也[13]。今中州虽乱,此方安全,宜复五铢以济通变之会[14]。

由此言推之,则晋太始时,中州皆用帛而不用钱,马氏于魏文之改用绢帛,则特为书之而此不详,何也[15]?我国家承明之后,设局户工二部,而滇为产铜之区,云南、临安、大理、沾益四处皆有铸局,其后罢举不一[16]。近惟云南、东川二府委官监铸,省局统于藩臬两司,东川统于知府[17]。每千钱铜六铅四,约重七斤半,立法之善实迈往古[18]。乾隆五十五六年间,私铸充斥,每银一两,易钱十千文,纯庙命福公康安来滇经理,立将匪徒搜擒正法,并设局收买小钱,积弊始清[19]。大抵私铸之弊必先清局,私铜之弊必先清厂。尤在奉行者,有矍然之操,确然之志,庶于钱法可无变更焉[20]。

选自《滇文丛录》卷四

【简注】〔1〕"非是"句:此所谓音训或声训,以音同、音近释义。 〔2〕"然置"句:钱的繁体字为"錢"。 〔3〕太昊(hào):也作太皓,或太皞。传说古帝名。即伏羲氏,风姓,继燧人氏为帝。又为神名。《礼·月令》孟春之月:"其帝大皞,其神句芒。"注:"大皞,宓戏氏也。"宓戏,即伏羲。高阳氏:颛顼,相传为黄帝之孙,昌意之子。五帝之一。生十年而佐少皞,十二年而冠,二十年而登帝位,在位七十八年而崩。号高阳氏。有熊:古国名。相传黄帝轩辕氏本是有熊国君少典之子,故号有熊。故地在今河南新郑县。高辛:上古帝喾之号,即部落首领。黄帝之曾孙,尧之父。居亳(今河南偃师县),号高辛氏。陶唐:帝尧。尧初居于陶,后封于唐,为唐侯,故称陶唐。《史记·五帝纪》:"帝尧为陶唐,帝舜为有虞。"商人:商朝人。商,商朝(前1562? ~前1066?)。成汤灭夏,建号为商,都亳。中经几次迁都,盘庚时迁殷(今河南安阳县小屯),故也称为殷。传至纣,为周武王所灭。齐人:春秋时齐国人。周武王封太公望于齐,至桓公为五霸之一;田氏伐齐,为战国七雄之一。秦始皇二十六年(前221)灭齐。这里指战国时齐国人。战国时齐国货币称齐刀,状如刀形。按币面文字可分三字刀、四字刀和六字刀,但首字均为"齐"字。莒(jǔ)人:西周诸侯国莒人,嬴姓,周武王封少昊之兹舆于莒。春秋时为楚所灭。故地在今山东莒县一带。古代齐国钱币,其形如刀,莒邑所造,故名莒刀。
〔4〕金之品有三:《书·禹贡》:"厥贡,惟金三品。"疏:"金银铜也。"龟贝:古代的货币。《史记·平准书》:"虞夏之币,金为三品,或黄、或白、或赤;或钱、或布、或刀、或龟贝。"至秦而废,后王莽建新政权复作龟贝之品,有元龟、公龟、子龟,大贝、壮贝、小贝等。见《汉书·食货志》。 〔5〕太公:姜姓,吕氏,名望,字尚父。一说字子牙。俗称姜太公。周初人。相传钓于渭滨,周文王出猎相

遇，与语大悦，同载而归，说："吾太公望子久矣！"因号为太公望，立为师，官太师。武王即位，尊为师尚父。辅佐武王灭殷，周朝既建，封于齐，为齐国始祖。因东方夷族曾从武庚和三监叛乱，成王授他以征讨周围地区之权。九府圜（huán）法：周代财帛流通之法。《汉书·食货志》："太公为周立九府圜法：黄金方寸，而重一斤；钱圜函方（外形圆而内孔方），轻重以铢；布帛广二尺二寸为幅，长四丈为匹。"注："圜谓均而通也。"九府，周代掌管财物的九种官。即大府、王府、内府、外府、泉府、天府、职内、职金、职币。铢（zhū）：古衡制单位。一两的二十四分之一为一铢。其说法不一。　　〔6〕贡禹（前123～前44）：字少翁。西汉琅琊（今山东诸城县）人。征为博士，历官凉州刺史、河南令、谏议大夫、光禄大夫，累官至御史大夫。屡次上书言朝事得失，主张选贤能，诛奸臣，罢倡乐，修节俭。桓元：人名，生平未详。　　〔7〕五铢：五铢钱，古代铜币名，钱重五铢，上有"五铢"二篆字。汉武帝元狩五年（118），罢半两钱，始铸五铢钱。后来魏、晋、六朝都曾铸五铢。形制大小不一，是中国历史上数量最多，流通最久的钱币。唐武德四年（621）废止，但民间仍流通。《史记·平准书》："有司言三铢钱轻，易奸诈，乃更请诸郡国铸五铢钱，周郭其下，令不可磨取镕焉。"马援（前14～49）：字文渊。东汉扶风茂陵（今陕西兴平县东北）人。初为新成大尹，后依附隗嚣，继归刘秀（汉光武帝）。指画形势，助帝破叛据陇西的隗嚣。历任陇西太守，伏波将军。南征，立铜柱以表功，封新息侯。尝谓宾客曰："丈夫为志，穷当益坚，老当益壮。"又言："男儿要当死于边野，以马革裹尸还。"在进击武陵五溪蛮时，病卒军中。孔觊（jì）：字思远，南朝宋山阴（今浙江绍兴市）人。为散骑常侍，嗜酒，醉日常多。而明晓政事。后加辅国将军，行会稽郡事。召为太子詹事，令庾业为代。发兵反叛，事败被诛。任（rén）城：人名，事迹不详。王澄：字平子。晋琅琊临沂（在今山东）人。少历显位，迁成都王颖从事中郎。历任荆州刺史，军谘祭酒。后被王敦使力士搤杀。谥宪。善：爱好，赞扬。通易：流通便易。陈高：字可中。仙游（在今福建）人。宋进士，召试除太学录，祭酒龚原，迁博士，除太医学司业，累上封事，以切直忤蔡京休致。三铢：三铢钱，古代铜币名。秦钱半两。汉武帝建元元年（前140）铸荚钱，重三铢，上有"三铢"二篆字。建元五年停铸。汉文帝时铸四铢钱，汉武帝时后又行五铢钱。　　〔8〕置监：设立官署。路：宋、金、元行政区名。宋初全国分21路，其后分合不一。宋太宗时定为15路，真宗时增为18路，神宗时又增为23路。路置监司、军帅诸职，而以转运使司、提点刑狱司、安抚使司三者为一代常制。其所掌虽转运以财赋，提刑以刑狱，安抚以兵马为主，但往往兼总地务，权任随时而变。北宋分路，以转运司为主；南宋分路，则以安抚司为主。　　〔9〕奇（jī）赢：积财以蓄货。指商人所获盈利。晁错《论贵粟疏》："而商贾大者积贮倍息，小者坐列贩卖，操其奇赢，日游都市，乘上之急，所卖必倍。"奇、赢，都是盈馀的意思。　　〔10〕隋文帝：杨坚（541～604），弘农华阴（在今陕西）人。初仕北周，袭封隋国公。任丞相，总揽朝政，封隋王。大定元年（581）废北周静帝，自称帝，建立隋王朝，改元开皇。七年（587）灭后梁，九年灭陈，结束二百多年的南北分裂局面，统一全国。在位24年。继行均田制，削弱豪强势力，加强中央集权。后被太子杨广（炀帝）杀死。　　〔11〕太公：姜太公。见本文注〔5〕。　　〔12〕六朝：指吴、东晋、宋、齐、梁、陈，相继建都于建康（今南京市），为南朝六朝。马端临（约1254～1323）：字贵与，宋饶州乐平（在今江西）人。咸淳九年（1273）漕试第一。其父马庭鸾为宰相，因忤贾似道归里，端临侍父家居，博览群书，以荫补承事郎。宋亡不仕，以授徒著书为事。元初任慈湖、柯山两书院山长。积二十多年，撰成《文献通考》，记述历代典章制度，所载宋制尤详，多为宋史各志所未备。　　〔13〕前凉：晋时十六国之一。存在于公元301～376年间。张轨据凉州，其子茂称凉王，史称前凉，为前秦所灭。据有今甘肃省西部与北部，及新疆东部地区。太府参军：太府卿的重要幕僚，参谋。太府是掌管库藏财物的机构。张轨：字士彦，晋乌氏（zhī，今甘肃泾川县）人。累迁征西军司，出为凉州刺史，威著西州，化行河右。拜太尉凉州牧西平公，在州13年。寝疾，遗令将佐尽忠报国安民。卒谥武。为前凉开国之祖。晋太始：东晋列国前凉张玄靓（敬悼公）年号（355～363）。河西：也称河右，泛指黄河以西地区。北朝时指今山西省吕梁山以西的黄河东西两岸。缣（jiān）：本为双丝细绢。汉以后也用作货币。弊：弊病，祸患。　　〔14〕中州：指中原一带。通变之会：贯通变革之机。　　〔15〕马氏：即马端临，见本文注〔12〕。魏文：魏文帝，曹丕（187～226），三国魏沛国谯（今安徽亳州市）人。曹操次子。操死，袭位为魏王。行九品中正制。代汉称帝，国号魏，都洛阳。著有《魏文帝集》，后人有辑本。　　〔16〕承明：北魏孝文帝（元宏）年号。仅一年，即公元476年。云南：指云南县。在今祥云县。临安：在今建水县。　　〔17〕云南府：治所在今昆明市。清代领昆明、富民、宜良、罗次四县，嵩明、晋宁、安宁、昆阳四州及州属呈贡、禄丰、易门三县。实领四州七县。东川府：清康熙三十八年（1699）置东川府，属四川。雍正四年（1726）改归云南。府治会泽。辖会泽县及巧家厅。藩：俗称藩司、藩台，别称方伯，即布政使（全称承宣布政使司布政使）。康熙六年（1667）后每省仅设一人，为从二品官，实为督抚的僚属，主管一省人事与财务。臬（niè）：臬司，清俗称臬台，又称廉访，即提刑按察司，主管一省刑名按劾之事。知府：明代始正式称知府。管辖数州县，为府一级行政长官，清代沿袭之。　　〔18〕迈：超过。　　〔19〕乾隆：清高宗（爱新觉罗弘历）年号（1736～1795）。乾隆五十五年即公元1790年。私：私自。纯庙：大庙，当指乾隆皇帝。福公康安：福康安（？～1796），姓富察，字瑶林。清满洲镶黄旗人。大学士傅恒之子。以勋戚由三等侍卫授户部尚书，擢任军机大臣。乾隆年间从阿桂先后镇压甘肃回民起义，台湾林爽文起义和湘黔苗民起义，均任主帅。历任云贵、四川、闽浙、两广总督。官至武英殿大学士，封贝子（在亲王、郡王、贝勒之下）图形紫光阁。奢侈无度，糜费极多。卒谥文襄。公，封爵，指贝子。经理：治理。　　〔20〕奉行：执行，遵照实行。皭（jiào）然：洁净貌。操：品行，节操。确然：坚固貌。庶于：将近在，差不多在。

（蔡川右）

论 滇 马

南中民俗以牲畜为富，故马独多[1]。春夏则牧之于悬崖绝谷，秋冬则放之于水田有草处，故水田多废不耕，为秋冬养牲畜之地[2]。重牧而不重耕，以牧之利息大也[3]。马牛羊不计其数，以群为名。或百为群，或数百及千为群。论所有，辄曰某有马几何群，牛与羊几何群，其巨室几于以谷量牛马[4]。凡夷属无处不然[5]。马产几遍滇，而志载某郡与某某郡出马，何其褊也[6]。夷多牲畜而用之亦甚费，疾病不用医药，辄祷神，椎牛屠羊，辄千百计[7]。巨室丧事来吊，但驱牛羊成群，设帐幕于各山，牵牛诣灵位三匝而割之以成礼，仍归所割于各寨，计费牛羊亦不可胜计[8]。故禄劝县虽僻处，而鼠街所出之皮革几半滇，由用之多也。

范志：“蛮马，出西南诸藩[9]。多自毗那、自杞等国来[10]。自杞取马于大理，古南诏也[11]。地连西戎，马生尤蕃[12]。大理马为西南蕃之最[13]。”彼时所谓大理国者，盖统全滇而言之，非大理一郡也。桂林，故静江也[14]。宋时于静江府设马政以茶易西蕃之马。故范志自谓余治马政[15]。今滇马虽多，未有鞭缰，估客驱而成群，贩以出境者，但供脚人驮运，驿号收买而已[16]。

至缅甸军兴，反驱天下之马牛以入滇，死者不可胜计，道路臭秽，几不可行，无济于军兴，徒为糜费，岂非不考之故哉[17]？传云，古者大事必乘其产，安其水土而知其人心，随所向无不如志[18]。夫以郑驷尚败晋戎，况驱天下之马万里入滇，道死已过其半，迨抵军前，马已尽矣[19]。不得已，潜买滇马以充之，滇马值遂高。

夫内地之马，撒蹄而驰于平原广地便[20]；滇马敛蹄于历险登危便[21]。古称"越赕之西多莎草，产善马，世谓越赕骏[22]。始生若羔，岁中，纽莎縻之，饮以米渖[23]。七年可御，日驰数百里。"又夷人攻驹，縻驹崖下，置母岩颠，久之驹恋其母，纵驹冲崖，奔上就母；其教之下崖亦然[24]。胆力既坚，则陡峻、奔泉如履平地[25]。此滇马之可用于滇，而入内地技亦穷矣[26]。南渡偏安，于静江易马，终不闻赖西蕃之马以济军政，想亦徒为烦费矣[27]！

选自《滇文丛录》卷四

【简注】[1] 南中：泛指国土南部，此指云南。　[2] 绝谷：险峻山谷。　[3] 利息：指养马繁殖的利润。　[4] 巨室：富有之家。　[5] 夷属：泛指少数民族。　[6] 志载：史书、志书记载。郡：古代行政区域名。历代沿革不同。秦汉以郡统县。隋唐后，州郡互称。宋元设州府，至明而郡废。清沿明制，郡或为府的别名。褊（biǎn）：狭隘，片面。　[7] 辄祷神：总是求神。椎（chuí）牛：杀牛。《史记·冯唐传》："五日一椎牛，飨宾客、军吏、舍人。"　[8] 诣：到。灵位：为死者设的祭祀牌位。用素绫或纸作成，上面写某姓某名灵位。也有先写官爵及主祭者对死者的称谓。　[9] 范志：即范成大《桂海虞衡志》。宋孝宗乾道九年（1173）三月至淳熙二年（1175）正月，范成大在桂林任职两年，此后调任。由桂经湘入蜀途中追忆在广西任地方长官的见闻，撰成此书。记叙岭南地区的山川风物，全书分13门。"叙述简雅，无夸饰土风，附会古事之习"，多为此前方志所不载。西南诸蕃：泛指云南诸少数民族。　[10] 毗（pí）那：或言与唐代的"北楼"（比楼）有关。自杞：自杞国，古代乌蛮部建立的地方政权。其地当在今曲靖地区南部，红河哈尼族彝族自治州东北部。《舆地纪胜》："自杞国又一程至大理国。"自杞，至今仍有"子君"（子精）或"撒摩都"的称谓，为今昆明郊区的彝族支系。　[11] "自杞"句：《宋史》记载："自杞诸蕃本自无马，盖转市之南诏。"周去非《岭外代答·蛮马》："南方诸蛮马，皆出大理国。"又"自杞之人强悍，岁常以马假道于罗殿而来。"大理：大理国，五代至宋时云南地方政权。始于五代后晋天福二年（937），南诏通海节度使段思平灭杨干真的大义宁政权，据南诏地，号大理国。辖境相当于今云南全境及四川西南部，历14世，共158年。至宋绍圣元年（1094），国主段正明禅位于高升泰，改称大中国。绍圣三年，高升泰卒，遗命子高泰明还位于段氏，泰明立段正淳为帝，复号大理国，俗称后理国。历8世，共157年。南宋宝祐元年即元宪宗三年（1253），为蒙古忽必烈所灭，置云南行中书省。前后共历22世，315年。南诏：唐初洱海地区部落原有六诏，蒙舍诏最南，称为南诏。唐贞观二十三年（649），蒙舍诏细奴逻建号大蒙国。永徽四年（653），受唐封，称大封民国。唐玄宗时，蒙舍诏皮逻阁统一六诏，建立地方政权，南诏遂为六诏的总称。开元二十六年（738），唐朝封皮逻阁为归义云南王。天宝九年（750），阁罗凤占有云南地，与唐绝，复号大蒙国，治太和城（今大理古城）。唐贞元十年（794），异牟寻归唐，唐封为南诏王。咸通六年（860），南诏改国号大礼。乾符五年（878），隆舜复号大封民国。天复二年（902），郑买嗣纂位，称大长和国。自细奴逻至郑氏纂国，历13世250多年。此后大长和国、大天兴国、大义宁国、大理国、大中国、后理国诸政权，至南宋宝祐元年即元宪宗二年（1253），为蒙古所灭。古籍中亦每冠以南诏称号。　　〔12〕西戎：我国古代西北部少数民族的总称。尤蕃：特别能繁殖。　　〔13〕"大理马"句：《岭外代答》记载，乘此马"往返万里，跬步必骑，驼负且重，未尝困乏"。《新唐书·南诏传》记其养"七年可御，日驰数百里"。　　〔14〕静江：唐置静江军，宋为静江府，元改静江路，明清为桂林府，即今广西桂林市。　　〔15〕治马政：周必大《贤政殿大学士赠银青光禄大夫范公成大神道碑》说，范成大"论奏再三，仍条马政草弊事，皆报可"。　　〔16〕未有鞭缰：指马未套缰绳。估客：商人，指马贩。脚人：脚夫，挑夫。驿：驿站。　　〔17〕缅甸军兴：疑指乾隆三十一年（1766），缅甸入寇九龙（疑指今普洱县南的澜沧江支流）。乾隆三十四年，缅军战败请和。糜费：浪费。糜，通"靡"，奢侈，浪费。不考：不考察，不了解。　　〔18〕传云：《左传·僖公十五年》载，"古者大事必乘其产，生其水土，而知其心，安其教训，而服习其道。"乘其产：利用其物产资源。水土：泛指地区的自然条件。"随所"句：犹到处能如愿。　　〔19〕"夫以"句：疑指《史记·赵世家》记子驷相郑，简公"四年，晋怒郑与楚盟，伐郑，郑与盟，楚共王救郑，败晋兵"。迨（dài）：等到，达到。　　〔20〕撒蹄：奔跑。　　〔21〕敛蹄：犹轻步，漫步。　　〔22〕"古称"句：这段话出自《新唐书·南诏传》。而樊绰《云南志》卷七《云南管内物产》有详细描述："马出越赕川东面一带，岗西向，地势渐下，乍起伏如畦畛者，有泉地美草，宜马。初生如羊羔，一年后，纽莎拢头縻系之。三年内饲以米清粥汁，四五年稍大，六七年方成就。尾高，尤善驰骤，日行数百里。本种多骢，故世称越赕骢。近年以白为良。藤（腾）充及申赕亦出马，次赕，滇池尤佳。"越赕（tǎn）：南诏属永昌节度，大理国属腾冲府。故治在今腾冲县。"越赕之西"，王忠《笺证》认为"当作'越赕之东'"。莎（suō）草：即香附子。多年生草本，"草茎三角形，高尺许，叶细长而硬"。地下有纺锤形的块茎，块茎可入药。莎草，《南诏传》作"荐草"。　　〔23〕纽莎縻之：搓莎草为绳以系马。纽，交互纽结，犹搓纽。縻，系、拴。莎草可"揉叶有为笠及蓑衣者"（见《续修昆明县志》）。米渖（shěn）：米汁。　　〔24〕攻驹：阉割幼马。《周礼·夏官·廋人》："教以阜马佚特，教駣、攻驹。"注："攻驹，制蹄啮者。"阮元谓"制"当作"骘"。骘，骘马，阉割善蹄啮的马。一说，指教幼马拉车。《大戴礼·夏小正》："攻驹也者，教之服车数舍之也。"岩巅：高峻的山顶上。　　〔25〕陟（zhì）峻：登险峻的山。　　〔26〕技亦穷：本领已尽。〔27〕南渡偏安：公元1127年，北宋灭亡。宋高宗（赵构）自北渡过长江，建都临安（今杭州），年号建炎，史称南宋。不能统治全国，偏据一方以自安。军政：军中政事。此指军事力量。烦费：耗费。

（蔡川右）

桂 馥（一篇）

桂馥（1736～1805），字冬卉，一字未谷，山东曲阜人。乾隆五十五年（1790）进士。嘉庆元年（1796）任云南永平知县，后升邓川知州。嘉庆七年前后又至顺宁县（今凤庆县），嘉庆十年卒于滇。清代著名学者。所著《说文义证》列入清代《说文解字》研究四大著作，与段玉裁、朱骏声、王筠齐名。另有《缪篆分韵》、《晚学集》、《札朴》等著作，杂剧《后四声猿》。这里选注的《滇游续笔》是《札朴》一书的第一〇卷，嘉庆七年完稿于凤庆。

《滇游续笔》收入《云南备征志》。名为"续笔"，实即考察小记，一事一记。这里选注的14则，是其中较富云南特色者。如《罗平山》，是作者从邓川镇出发，向西南走数十里山路前往永平时，亲身考察何为"鸟吊"的记录。《踏歌》是他在实地观察后的形象描绘，其情景与乾隆年间壁画（今仍存）一般无二。当代文献学家张舜徽说："馥之为学于乾嘉诸儒中最为笃实不欺。"《滇游续笔》也体现了这种求实作风。

选文中记载的名胜、文物、方言词、节庆和歌舞、用具、特产，都有云南特色，有助于了解古代云南的名物和风习，颇为珍贵。当然，作者究非滇人，记录、考证偶有失误也在所难免。如说崇圣寺三塔造于开元初、鸡㙡即北方之鸡腿蘑菇，都不确。但从全文看，这类误差只在少数。

滇游续笔（节选）

建 极

《南诏传》："坦绰酋龙僭称皇帝，建元建极，自号大礼国[1]。"案：事在宣宗既崩之后，懿宗即位之初，当是咸通元年[2]。今太和崇圣寺大钟有建极年号。

铁 柱

铁柱在弥渡之西[3]。高七尺五寸，径二尺八寸，有文曰："维建极十三年岁次壬辰四月庚子朔十四日癸丑建立"[4]。土人建庙，塑男女二像，号称"驰灵景帝大黑天神"。案：南诏佑世隆伪谥景庄，故称景帝[5]。世以此柱为诸葛武侯造，滇人傅会多类此[6]。

罗 平 山

浪穹县有罗平山[7]。余自邓川往云龙，越山而过，自麓至颠，屈曲回转二十五里[8]。案：即《水经注》所称吊鸟山也[9]。李彤《四部》云："吊鸟山，俗传凤死于上[10]。每岁七月至九月，群鸟常来集其处"是也[11]。今山下有村，名凤羽，俗传凤堕羽于此[12]。

杉 木 和

保山县有巡检驻防之地，曰杉木和，此六诏旧名也[13]。《南诏传》云："夷语山坡陀为和[14]。"案：开元末，南诏逐河蛮，取太和城[15]。贞元十年，韦皋败吐蕃，克峨和城[16]。施浪诏居茛和城，施各皮据石和城，西爨有龙和城，《南诏碑》石和子、丘迁和，皆羌夷称和之证[17]。

点苍山有草，类芹，紫茎，辛香可食，呼为髙和菜，亦南诏旧名[18]。

崇 圣 寺

太和城北崇圣寺，开元元年南诏盛罗皮所造，外起三塔[19]。长庆二年，晟丰佑更修之，工倍于初[20]。咸通十二年，佑世隆铸大士像，高丈馀[21]。又铸大钟，上有诸佛像，并建极纪年，今俱存[22]。

感 通 寺

太和城南感通寺，本名荡山寺，南诏隆舜重修，因改名[23]。寺有杨升庵画像，其《转注古音略》成于寺中[24]。官路旁有明人书"灵鹫"两大字刻石。

橧

永平山中人筑室不用砖瓦土墼[25]。但横木柴，累为四壁，上覆木片，谓之苦片，与豕所居无异[26]。馥谓即古之橧也[27]。《家语·问礼篇》："夏则居橧巢"，注云："有柴谓橧，在树曰巢。"[28]

火 把 节

六月二十五日夕，家家树火于门外，谓之火把节，盖祀邓赕诏夫妇也[29]。五诏于是日同为南诏焚死，邓赕诏妻慈善夫人又畏逼死，土人哀之，故岁祀至今不绝[30]。邓川州城东有渠潭，潭上有故城遗址，即邓赕所居，今名德嫒城。

农 人 耕 田

大理耕者以水牛负犁，一人牵牛，一人骑犁辕，一人推犁[31]。案《南诏传》："犁田以一牛三夫，前挽、中压、后驱[32]。"然则今之耕者，犹是蛮法也[33]。

蹋 歌[34]

夷俗男女相会，一人吹笛，一人吹芦笙，数十人环绕蹋地而歌，谓之蹋歌。案：《子虚赋》"文成颠歌"，注云："益州颠池县，其人能西南夷歌[35]。颠与滇同。"馥谓蹋歌，真西南夷歌也。刘昫谓今之竽笙，并以木代匏，无复八音；芦笙用匏，古音未亡也[36]。

镴 锅

行者腰系铜器，就水采薪煮饭，谓之镴锅[37]。案《通典》：僚俗"铸铜为器，大口宽腹，名曰铜爨[38]。既薄且轻，易于熟食"是也。

耳 块

大理人作稻饼若蝶翅，呼为"耳块"[39]。询其名义，云形似兽之两耳。馥告之曰，当为"饵馈"。《方言》：饵，"或谓之餈"[40]。餈即稻饼，北人谓之餈檗（普八切），其圆者谓之餈团，重阳所食谓之餈糕[41]。《集韵》："馎馈，饵名，屑米和蜜蒸之"[42]。

菌

滇南多菌，今据俗名记之。青者曰青头。黄者曰蜡栗，又曰荞面，又曰鸡油；大径尺者曰老虎[43]。赤者曰胭脂。白者曰白参，又曰茅草。黑者曰牛肝，大而香者曰鸡㙡，小而丛生者曰一窝鸡[44]。生于冬者曰冬菌。生于松根者曰松菌。生于柳根者曰柳菌。生于木上者曰树窝。丛生无盖者曰扫帚。绉盖者曰羊肚[45]。生于粪者曰猪矢[46]。有毒者曰撑脚伞。《庄子》："朝菌不知晦朔"，蔡氏《毛诗名物解》引作"鸡菌"，北方谓之鸡腿磨菇，即鸡㙡也[47]。

兰

余访兰于滇，不可遍知也。得卅馀种，就土俗名目，次而记之。

其开于春者十二：曰春建，叶长不折，花香远布，出通海[48]。曰春绿，极娟秀，出大理、蒙化[49]。曰苋兰，色浅碧，叶如箭，出宜良[50]。曰独占春，花最大。曰铜紫兰，花小而繁，色如紫铜，出蒙化、顺宁[51]。曰幽谷，花红叶细，香最久，杨升庵为赋《采兰引》，出广通[52]。曰双飞燕，每茎两包，似雪兰而大，紫表白里。亦有一花者，谓之孤飞。曰石兰，花大无香。曰棕叶，一茎中抽花最小，叶大如掌。曰赤舌，花色如碧玉，大似虎头兰。曰紫线，叶长二三尺，花色澹白，瓣有纽纹，出永昌[53]。

夏开者有六：曰夏蕙，花繁叶厚，处处有之。曰箭干，花紫，迤西多有[54]。曰朵朵香，出昆明。曰白莲瓣，花稀叶疏。曰绿莲瓣，叶长，出迤西。曰绛兰，叶短花赤，普洱、沅江热地所生也[55]。

秋开者有七：曰秋苣，花碧，处处有。曰麻莲瓣，出蒙化。曰露兰，茎短，出广南[56]。曰大朱兰，叶广二寸，干修三尺，一干数十花，色紫，生顺宁深箐中。曰菊伴，花紫瓣长，出云南、曲靖二府[57]。曰崖兰，生山谷中，花藏叶底，采花阴干，主妇人难产[58]。

冬开者有十：曰寒友，花小叶密，出富民[59]。曰朱沙，绿瓣赤舌，香最烈，出蒙化、景东深山石壁上[60]。曰雪兰，色正白，舌赤，出大理、顺宁。出宁州者不甚白而香清舌碧，又一种也[61]。曰绿干绿。曰紫干绿。曰马尾，色黄，瓣不分张。曰火烧兰，叶长茎短，并出顺宁；又一种出云州，茎长而花香[62]。曰虎头，花最大，品亦最下；顺宁又一种，花黄，生深箐枯木上，五月开。曰净瓶，似瓜，生石上，两叶，一大一小，广寸许；花如雪兰而小[63]。

其四时开者：曰素心，花小叶纤，出昆明。又有风兰，根不著土，或凭木石，或悬户牖皆生，出普洱、开化[64]。又有鹭丝蝴蝶，叶有节，花形如鹭如蝶，兰之别子也[65]。

山川之气，不能无所钟，既不钟于人，必钟于草木，故滇南四时之花多可爱玩[66]。然既无人矣，虽有名花草，谁为采撷？谁为品目？终衰谢于荒山穷谷间耳[67]。此兰被崖缀涧，自乐其天，若无望世人之知者，是则兰也已矣。

选自《札朴》卷一〇

【简注】〔1〕坦绰酋龙：南诏国首领。酋龙，应作"酉龙"，是劝丰祐的儿子世隆，继位后自称皇帝。僭称：超越身份而自称。建元建极：建立年号为建极。建极，南诏十一代主世隆（景庄帝）年号（860～?）。　　〔2〕宣宗：唐宣宗李忱，公元847～860年在位。懿宗：唐懿宗李漼。咸通：唐懿宗年号（860～873）。咸通元年，即公元860年。　　〔3〕铁柱在弥渡之西：在今县城西北约六公里的铁柱庙村。庙在团山脚下，坐西朝东。背负青山，门迎原野。　　〔4〕径：直径。实际柱直径32.7厘米。建极十三年：公元872年，也就是细奴逻取得南诏政权后的223年。　　〔5〕伪谥：假的谥号。这是桂馥站在封建王朝所谓"正统"的立场上，不承认世隆的谥号。　　〔6〕傅会：即附会。让不相联属的两件事，相会为一。《史记·袁盎传》："袁盎虽不好学，亦善附会……"　　〔7〕浪穹县：今洱源县。罗平山：今称罗坪山，在洱源县城西南约20公里的地方。有16峰，苍松翠柏，幽林深壑，是洱源至云龙的必经之地。　　〔8〕自邓川往云龙：邓川镇在洱源县城南，云龙县在邓川西，两地隔大山。〔9〕《水经注》：北魏郦道元注《水经》，注文多出原《水经》20倍，世传为《水经注》。　　〔10〕李彤《四部》：李彤的"四部书"，古代图书分四类，晋代李充在荀勖分类的基础上，将图书分为经、史、子、诗赋四类。古代图书分为经、史、子、集四类始于此。李彤，应为李充。　　〔11〕每岁七月……集其处：传说古时有金凤凰，因在风雪中救众鸟而殁于此，故每年农历八九月各种鸟类成群结队，盘旋于凤翔、灵鹫诸峰，多至数万只。百鸟每岁来吊，山亦因此得名。据科学考察，鸟吊山的百鸟会主要与候鸟迁徙有关。罗坪山两峰之间有个百馀米的大丫口，由西北往东南过冬的鸟多经此地。　　〔12〕堕羽：脱落羽毛。《南诏野史》："（唐）高宗显庆二年，凤鸣于浪穹罗浮山，乃改名凤羽山。"可参考。
〔13〕杉木和：又称沙木和，是澜沧江东的沙木和巡检司地，民国初划归永平县。　　〔14〕夷语山坡陀为和：（古代）大理一带少数民族称山坡为"和"。坡陀，也作陂陀，倾斜貌。《史记》引司马相如《哀二世赋》："登陂陀之长阪兮……"　　〔15〕河蛮：亦称西洱蛮。云南白族先民的一支，以居西洱河得名。唐开元二十五年（737）南诏蒙归义攻拔大厘城，河蛮北走剑川等地。　　〔16〕贞元十年：公元794年。贞元，唐德宗李适年号之一。韦皋败吐蕃：《旧唐书·吐蕃传》记载，贞元九年，"西川韦皋献获吐蕃首房、器械、旗帜、牛马于阙下。初，将城盐州，上命皋出师以分吐蕃之兵，皋遣大将董勔、张芬出西山及南道，破峨和城，通鹤军。吐蕃南道元帅莽热率众来援，又破之。"贞元十年无唐与吐蕃战事，但却是南诏脱离唐42年重新归附唐王朝的日子，这一年唐遣袁滋到云南册封异牟寻为南诏。
〔17〕施浪诏：六诏之一，在今洱源三营及鹤庆地区。石河城：唐初置。在今大理市凤仪镇西飞来寺附近。开元中地入南诏。西爨：唐代白蛮等部族驻地。在今曲靖、建水以西及西南地区。龙和城：今禄丰县。南诏时筑，旧称龙和馆。属拓东节度。羌夷：指彝、白等少数民族先民。　　〔18〕类芹：类似芹菜。芹，菜名。又名楚葵。《诗经·小雅·采菽》："觱沸槛泉，言采其芹。"　　〔19〕开元元年：即公元713年。南诏盛逻皮所造，外起三塔：此说有误。其一，开元元年时，南诏尚未建立统一其他五诏的政权。至开元末，盛逻皮的儿子皮逻阁夺取太和城，又击败"三浪"，统一了洱海地区，才成立以洱海为基地的南诏政权。公元738年，唐王朝册封皮逻阁为"云南王"，开元二十七年（739）皮逻阁迁都太和城，南诏进入了新的历史时期。其二，据考，崇圣寺三塔始建于南诏劝丰祐时期（824～859）。见《云南文物古迹大全》）。劝丰祐因其"慕中国，不肯连父名"，又称丰祐，是盛逻皮的六世孙。
〔20〕长庆二年：公元822年。长庆，唐穆宗李恒年号。晟丰祐更修之：晟丰祐（即劝丰祐）又重修。更，另，另外。引申为再。（按，此说不确，因为这时劝丰祐尚未继承王位。）工倍于初：工程比原来的大一倍。　　〔21〕咸通十二年：公元871年。咸通为唐懿宗（李漼）年号。佑世隆：丰祐的儿子。大士像：观音像。大士，菩萨的通称。崇圣寺中最著名的是观音像。徐霞客《滇游日记八》："（正殿后为）

雨珠观音殿，乃立像，铸铜而成，高三丈。" 〔22〕建极纪年：寺中鸿钟，为"建极十二年"（871）造，直径一丈有馀，厚将近一尺，"其声可闻八十里"。建极，南诏佑世隆年号。其元年即唐咸通元年（860）。 〔23〕隆舜重修：南诏王隆舜重修。隆舜，佑世隆子。 〔24〕其《转注古音略》成于寺中：明嘉靖庚寅（1530）二月，杨升庵与李元阳游点苍山，夜宿感通寺，灯前对坐，听寺僧诵经字音多讹误，李元阳说："六书中转注实非考老，而宋人妄拟，后世学者遂沿而不改，此不可无述，愿公任之。"杨升庵"遂操笔书转注之例约千馀字，汇为一编"；同游者白族学者董难也辑转注，收奇字，做了大量工作，最后辑成《转注古音略》一书。 〔25〕土墼（jī）：不烧的泥砖。《急就篇》注："墼者，抑泥土为之，令其坚激也。" 〔26〕苫（shān）片：覆盖的木片。苫，用茅草编成的覆盖物。 〔27〕橧（sēng）：上古时聚柴薪造的住处。 〔28〕《家语·问礼篇》：即《孔子家语·问礼篇》。《孔子家语》，《汉书·艺文志》著录有27卷，至唐已亡佚。今本10卷，44篇，为三国魏王肃所传。"夏则居橧巢"：《礼记·礼运》："昔者先王未有宫室，冬则居营窟，夏则居橧槽。"注："暑则聚薪柴居其上。" 〔29〕树火：树立火把。邓赕诏：六诏之一，居住在今邓川地区，又作遵赕诏，与洱源地区的浪穹诏、鹤庆地区的施浪诏合称"三浪"。 〔30〕为南诏焚死：公元734～737年间，南诏击败"三浪"，迫其退至今剑川，又破剑川，平"三浪"。《昆明县志》等记载："南诏皮逻阁会五诏于松明楼，特诱而焚杀之，遂并其地，……慈善闭城死，滇人以是日燃炬吊之。" 〔31〕骑犁辕：骑压在犁铧与牛轭的连接杆上。 〔32〕三夫：三个男子。 〔33〕蛮法：少数民族的较原始的方法。 〔34〕躐歌：即踏歌。连手而歌，踏地为节（歌舞时以足踏地为节拍）。彝族当时每年要举行两次盛会，一是正月十五开始的三天祭祖，一是九月十四日祭祀南诏先祖细奴逻的生日。晚上都举行踏歌，欢舞通宵。今巍宝山龙潭殿文龙亭亭墩上，还保留着一幅清乾隆年间绘制的彝乡踏歌壁画，画面情景如桂馥所描述。 〔35〕《子虚赋》：汉司马相如所作。假托子虚、乌有先生、亡是公三人对话而成。益州颠池县：应为益州滇池县。《汉书·地理志》："益州郡有县曰滇池。" 〔36〕刘昫（xù）：后晋归义人，字耀远。神采秀拔，文学优瞻。后唐庄宗以为翰林学士，末帝时监修国史，著有《旧唐书》。以木代匏（páo）：用木头制品代替了葫芦。匏：葫芦。可作匏器，属管乐器。无复八音：不再是古代的八音中的"匏"了。八音，古称金、石、丝、竹、匏、土、革、木为八音。金为钟，石为磬，琴瑟为丝，箫管为竹，笙竽为匏，埙为土，鼓为革，柷圄为木。古音未亡：即古音未失。 〔37〕行者：这里指出门远行的人。镙（luó）锅：今云南人所说的铜锣锅。镙，温器，小釜。《玉海类编·珍宝类·金部》："镙，铧镙小釜。一曰温器。" 〔38〕《通典》：书名。唐杜佑撰。200卷。分食货、选举、职官、礼、乐、兵刑、州郡、边防八门。僚俗：即西南夷的风俗。僚，通"獠"。魏晋以后对西南一带部分少数民族的蔑称。铜爨：铜炊具。古时多训"爨"为"炊"。 〔39〕耳块：即饵块，大米蒸熟后舂成的饼，有圆、长、方各种形状，并用木模压印各类花纹。 〔40〕《方言》：书名。汉扬雄撰。全名《輶轩使者绝代语释别国方言》。汇集古今各地同义词语，分别注明通行范围。餈（cí）：稻饼。大（应为"糯"）米蒸熟后捣碎做成的饼。 〔41〕餈糪（cíbò）：半熟的稻饼。糪，半生半熟的饭。古书多处注释为此义。今之饵抉，冷后生硬，均需再蒸、炒、煮、烤方能食。圜者：圆形的。圜，通"圆"。 〔42〕《集韵》：书名。宋丁度等撰。10卷。注重文字形体与训诂，收字多，而注释稍略，与《广韵》互有得失，故二书并行。饄馈（tángkuì）：糖米饼。饄，米、麦、甘蔗、甜菜等提制的甜膏。同"糖"。馈，这里应作"块"的谐音字理解。 〔43〕大径尺：大的菌盖直径近一尺。 〔44〕鸡㙡（jīzōng）：云南野生菌中的上品，今写为鸡㙡。其盖以深棕色为佳，初生时如一毛笔帽，套在棕白色壮硕的菌杆上，破土而出，亭亭玉立。其菌肉质细丝白，味鲜甜脆嫩，清香可口。远在明代，云南鸡㙡已名声大著。张志淳、杨慎、李时珍、谢肇淛、张弘等在诗文中均有赞述。 〔45〕绉盖者曰羊肚：菌盖有皱折的叫羊肚菌。 〔46〕猪矢：猪屎。矢，通"屎"。《左传·文公十八年》："杀而埋之马矢之中。"
〔47〕朝菌不知晦朔：语出《庄子·逍遥游》。意思是朝生暮死的菌类，不知道每月的最后一天和初一。

北方谓之鸡腿蘑菇，即鸡㙡也：此语不确。鸡㙡一般只生于南方，如我国西南、东南及台湾省的一些地区，其中以云南鸡㙡多而佳闻名。　　〔48〕通海：县名，位于滇南。宋时置郡，元置县，现属玉溪市。　　〔49〕大理：市名、州名，位于滇西。明改元大理路为大理府。1950年改设大理专区，1956年改建为大理白族自治州。蒙化：元至元二十年（1283）建蒙化州，明改为府，清为蒙化直隶厅，1913年改县，1954年改名巍山县，1958年将巍山和永建两县合并为巍山彝族回族自治县，属大理白族自治州。〔50〕宜良：县名。元至元十三年（1276）置宜良州，二十一年改为县。明清时属云南府。1950年为宜良专署驻地，现属昆明市。　　〔51〕顺宁：今凤庆县，在滇西南。明初称顺宁州、后改府，清因之，乾隆三十五年（1770）置顺宁县为府治，1954年改名凤庆县。　　〔52〕广通：镇名。明代设县，1960年撤销广通县，并入禄丰县。现为广通镇。　　〔53〕永昌：元至元年间置永昌州，明初升为永昌府，1913年废，1914年改保山县。现为保山市。　　〔54〕迤西：道名。清雍正八年（1730）改永昌道置。驻大理府城（今大理）。1913年改置滇西道。　　〔55〕普洱：府名，清雍正七年（1729）置。府治在宁洱县。1913年废。1950年改称普洱县。今又改为宁洱县，属普洱市。沅江：应为"元江"，路、府、州名。元代置路，治所在今云南元江县。明洪武十五年（1382）改为府。清乾隆三十五年（1770）改为直隶州，1913年废，改州为县。今为县。　　〔56〕秋开者有七：下文具体列出者仅有六种，疑文字有脱落。秋茝（chǎi）：茝，原指白芷，此为兰花的一种。广南：府、县名。明洪武十五年（1382）置广南府。清乾隆元年（1736）设宝宁县为府治。1913年废，改广南县。现属文山壮族苗族自治州。〔57〕云南：旧府名。明洪武十五年（1382）改元代中庆路置，治所在昆明。明清为云南省会所在。1913年废。今为昆明市。曲靖：旧府名。明洪武十五年（1382）以元中庆路改置。清沿明制，治所在南宁（今曲靖市麒麟区）。1913年废府为县。今为曲靖市。　　〔58〕主：主治之意。　　〔59〕富民：县名。位于滇中，距昆明24公里。汉置秦臧县，元改富民县。后世因之。现属昆明市。　　〔60〕景东：府、州名。元代置景东府，明初改州，后又改府。清乾隆三十五年（1770）改为直隶厅，治所在今景东县。1915年废厅为县。　　〔61〕宁州：州名。元至元十三年（1276）置。治所在今云南华宁县，1913年降为县，改名黎县，1931年改名华宁县。今属玉溪市。　　〔62〕云州：州名。明万历二十五年（1597）改置。治所在今云县南（大侯城），后移治大栗树（今云县）。1913年改为云县。　　〔63〕广寸许：叶宽一寸左右。　　〔64〕开化：府名。清康熙六年（1667）改土归流，设府，治所在今文山县境。八年，改文山县，为府治。1913年废府，改名开化县。后又恢复文山县名。　　〔65〕别子：分支，支系。　　〔66〕钟：聚集，聚合。　　〔67〕采撷（xié）：采摘，摘取。衰谢：同"衰退"，衰落，枯萎。

（梁春域　张德鸿）

张　泓（一篇）

　　张泓，号西潭，汉军镶蓝旗籍。清乾隆六年（1741）来滇。乾隆八年（1743）任新兴州（今玉溪）知州，九年甲子摄路南篆，十年改牧剑川州，十一年摄鹤庆府篆，十五年（1750）简调黑盐井提举，次年复任剑川。著有《买桐轩集》，其卷六为《滇南新语》，《艺海珠尘》单刻之，亦收入《古今游记丛抄》、《小方壶斋舆地丛抄》。

　　《滇南新语》为闻见随笔。所记六十多条，事多琐碎，显系对所遇信手拈来，见诸笔端。但因某些记载于事（如盐务、采矿炼制、水利、地震等）"述之甚详"，"亦颇可取"，方国瑜先生称它"有裨掌故，足资考校也"。木芹先生除进一步肯定该书所涉事项（如盐政、盐务、采矿、炼铜、剑川地震等）的资料价值外，还指出，"诸如夜市，琵琶猪，挖河，迁学记等等，对于了解当时社会经济情况是有所裨益的"。其实，书中的杂记，反映了清代云南社会生活的方方面面，无论何条反映的内容都是已逝的或续存的社会现象的可贵留储，对今天无疑都具有很高的认识意义，是云南近古的宝贵历史文化遗产。

　　现从该书选录、注释数条，加以介绍，略起管中窥豹，以见一斑的作用。

滇南新语（节选）

口　琴

　　剖竹成篾，取近青，长三寸三分，宽五分，厚一分；中开如笙之管，中簧约阔二分；簧之前笋相错处，状三尖犬牙，刮尖极薄，近尖处厚如故；约后三分，渐凹薄，至离相连处三四分，复厚；两头各凿一孔，前孔穿麻线如缳，以左手无名指、小指挽之，大、食二指捏穿处，如执柄；横侧贴腮近唇，以气鼓簧牙[1]。其后孔用线长七八寸，尾作结，穿之，线过结阻，以右手之食、中二指挽线，徐徐牵顿之，鼓顿有度，其簧闪颤成声[2]。民家及夷妇女多习之，且和以歌。又一种宽仅半，两端瘦削，中作一牙簧，无孔线，三片并用，而音各异。以左手前三指平执而吹，以右手前三指参差摇其末，亦咿喔可听，似有宫商[3]。此惟二别逻及兰州之夷女盛吹之[4]。

溜　渡[5]

　　响水关旁飞峭壁，两岸悬绝，中临深渊千丈，水如沸汤，石崚崚攒排利刃，一失足则成齑粉，浮木触之立碎[6]。前贤作铁索桥，悬架板屋于其上，遂为通大理诸边之坦途[7]。澜沧江渡更觉险奇，两岸险逼，无隙可施铁索，土人乃作溜渡，俗名曰溜筒江[8]。江宽阻约二三十丈，用大竹缆围径尺者二，牢系两岸石桩，渡彼岸者东高，渡此岸者西高。以坚藤或绞竹作三圈，牢加罗织，以圈贯缆上，曰溜筒。欲渡者以绳缚圈中，与缚放豚而肩之无异。岸人力送即梭逝，至半渡，缆弓弯，筒亦摇荡如秋千；少停，必自以两手递援，始登彼岸，左往右来两无碍，至货物亦缚于圈内，另以细绳系圈上，溜至中恐或停阻，用力抽曳使动而易下，亦颇迅。昔运军糈出口，由二别逻渡浪沧，曾阅此[9]。

地　震

今上辛酉岁，余始入滇，牧新兴，闻其地常动，未之信也[10]。乙丑，调边，牧剑川[11]。越六年，闲日无风，地每作声，或微摇，笥环帘钩竟如鸣珮，然亦偶耳[12]。庚午，简调提举黑盐井，奉老母携眷属之新任，士民祖道，既深恋恋，而剑署之河房亭榭、碧水红桥，凡经余点缀者，亦觉依依不忍别[13]。辛未竹醉，遥传剑川五月朔午时地震，而黑井处万山中，莫究其实，以为此予昔见，事无足诧[14]。秋七月，忽接飞檄，调余复回剑任，办理灾后事宜[15]。檄开民人压毙千馀口，城垣、衙署、仓库、祠庙、民居悉为瓦砾。余即欲星驰就道，而署楚雄府者苛于交盘，强绊至十月下浣始离黑井，然为剑民切切抑郁废寝食者几三月矣[16]。

兼程趋剑，于仲冬望前甫至境[17]。父老绅士数百人迎马首痛哭，谓天幸馀生，复获睹余，予亦不禁相对潸然[18]。即住海虹桥梵刹，亟询地震始末及灾后各倒悬状[19]。众云："父母去后，自冬及春，州人已苦疫[20]。地若波载舟，撼甚。粤稽陈迹，每甲子后遇辰、戌、丑、未年必大震[21]。忆六十年前逢戌，已验，凋瘵过半[22]。今又周甲矣，且逢未，万姓预有忧色[23]。五月朔日卯时，地已摇，辰刻，日蚀复明，烦热而气昏惨，无风。至巳，动甚。届午，有声西北来，如惊潮决障，万马奔腾，烟尘蔽空，行者立者尽颠踬，屋宇如摧槁。始犹匍匐思避，继皆昏迷扑地，莫知所以。震既定将一时，万籁俱寂，静若长夜；更一时，哭声震天矣。万家乐土倏变蚕丛，街衢阜塞，忘城南北，既不知何处为吾庐，且不知吾之骨肉亲戚存亡安在也[24]。依稀检索，死态万伏，不忍备述，四乡皆然。鸟巢堕散，山石飞击，虎豹亦毙，惟西南稍轻。共计死者三千馀人，伤重继亡者二千馀人，破颅、断臂、毁面、跛足者，难更仆数，倾屋一万九千馀间。最异者，震后城内外井悉涸无点滴，而釜灶皿物全损，断火食者数朝[25]。东北太平等村悉为剑海所浸，海尾坟起，至今扼泄，沿湖一带町畦皆付波臣，民编芦以栖[26]。虽我父母来，亦无片厦以待，而地犹时摇摇也。"语竟，复大恸，余亦不觉失声。嗟余去剑一年耳，何吾民之罹灾遽至此极也？乃强收泪慰藉之，因斋宿，于十三日晨兴赴任[27]。

海虹距州治二十里，途中山树犹识，村落异旧，凄凉满目，城郭俱非。葺松架棚，拜阙上任[28]。所谓红桥碧水、台榭河房，均为乌有。乃急画民居，弛官山禁，令民伐木，开窑造砖瓦，且及农器什物。盖春秋两易，其间阎震倾之一万九千馀间，焕然鳞比者勘已一万六千馀间矣[29]。官署、仓库、祠庙、汛房亦奉檄承修。始于壬申九月朔，至季冬已报竣，惟城垣以部驳未及造[30]。而两载之中，又自有夙夜遑遑，更为吾民谋衣食者。

汤　池[31]

古汤池擅名者，陕之华清为天下最，而云南在在有之[32]。如宜良、浪穹等处，水俱如沸，有硫黄气，可以燖鸡豚，亦有浴池，土人咸浴之[33]。鹤庆牛街有山岩，岩高十馀丈，峙路边，嵌空玲珑，常雾幂之[34]。罅中水出热甚，人过其旁，蒸蒸然，虽极寒，类深春，俗谓火焰山，鄙俚可笑，不堪浴[35]。

惟云南府属之安宁州汤泉，可媲美于华清[36]。泉去州西十里，一水可通，其河曰螳川[37]。乾隆丙寅、丁卯间，余屡奉檄赴省，安宁为迤西咽喉，每至，必停车[38]。州刺史钟祥陈品，一豪迈人也，善绘事，精音律，辄留余驻辔[39]。同舟西下，清溪碧嶂款其目，吴歌楚竹娱其耳，留连未逾时，已抵云涛寺矣[40]。寺倚山临涧，水澄碧如玉，喧豗如雷，绝似冷泉。寺左峭壁耸拔，古翠可爱，别有洞十馀，入其中，屡幽折迷返，其径如杭之飞来，俗云"七窍通天处"[41]。近涧有醒石、醉石、牛卧石，题韵甚夥。寺右则汤池也，覆以阁，启仰窗以疏其气，四壁皆岩石，古致陆离[42]。池中亦甃以石，深可没腹，宽广丈馀，内凿石磴数级，可坐浴[43]。汤净如琉璃，其底鳞鳞铺细石，泉自石隙出，如鱼吐沫泛池面，乳花融融，灵珠颗颗，以钱投之，翩翻如蛱蝶，数刻乃沉[44]。濯体无硫黄气，诚胜地也。题咏亦多，磨崖镌额者更盛，惟杨廷栋提学颜以"不因人热"四字，可称佳绝[45]。刺史每谈必及秦中事，余因诘之曰："君据此胜，何必更忆华清？"答曰："吾忆华清，不在汤泉也。"宾客为之大噱[46]。

选自《买桐轩集》卷六

【简注】〔1〕近青：挨近青皮。缳（huán）：绞索，绳圈。厚如故：一作"厚如纸"，应是。
〔2〕"穿之"数句：方国瑜先生主编的《云南史料丛刊》第十一卷389页所载《口琴》一文，标点有异：该文作"穿之线，过结，阻以左手之食中二指，挽线徐徐牵顿之"。"左手"可能是"右手"之误，

因为上文已出现以"左手""挽之"的动作。"左手"同时做两种动作,不大可能。牵顿之:一作"牵动之",应是。　　〔3〕搔其末:《云南史料丛刊》本作"搔掩其末"。　　〔4〕二别逻:地名。《滇南新语·剑川运粮记》载:"剑川去二别逻四百馀里","抵二别逻,山高十馀里,侧下成坡坂,再下即怒江,水声汹汹"。由此可知其地在紧靠怒江边的高山上。兰州:元至元十二年(1275)以大理国兰溪部改置,地在今兰坪白族普米族自治县大部及剑川上兰乡,属丽江路。明代,属丽江府,治所在今兰坪县金顶镇。清顺治十六年(1659)废。1913年置兰坪县。1987年改为兰坪白族普米族自治县,属怒江傈僳族自治州。　　〔5〕溜渡:溜筒江渡。先在江上架设好竹篾编成的溜索,过江人靠一竹筒或木筒在溜索上滑动而过,故称溜渡。现距迪庆藏族自治州德钦县约40公里处有溜筒江村,是茶马古道的必经之地。自古以来,滇茶北运和藏货南销多半靠这条通道,而渡过汹涌的澜沧江又全凭溜渡这种惊险办法。现在,澜沧江和怒江上已经建起了多座钢筋混凝土桥,但溜筒江和溜索渡在某些偏僻江段也还没有完全被取代。　　〔6〕响水关:《中国古今地名大辞典》载,"响水关,在云南广通县(今广通镇,属禄丰县)东五十里,一名兰谷关,两山夹水,鸟道最为险隘。接禄丰县之六里箐。"明杨慎《滇程记》说:"响水关产兰,绿叶紫茎。"崚崚(léng):高峻重叠貌。攒(cuán):聚集。齑(jī)粉:细粉,碎屑。〔7〕铁索桥:两岸立铁桩,用粗大铁链横牵于两岸,固定在铁桩上,铁链上固定木板,以通行人。我国现存最古的铁索桥,是滇西澜沧江上的霁虹桥。　　〔8〕溜筒江,见本文注〔5〕。　　〔9〕军糈(xǔ):军粮。糈,粮食、粮饷。浪沧:即澜沧江。　　〔10〕今上:当今皇上。一本无此二字。辛酉岁:乾隆六年,即1741年。牧新兴:作新兴州(今玉溪)的州牧。牧,一州的长官。未之信:即"未信之",否定句中代词宾语前置。　　〔11〕乙丑:乾隆十年,即1745年。牧剑川:作剑川州牧。〔12〕笥(sì):盛衣物或饭食的方形盛器,以萑苇或竹编成。偶:偶尔,偶然。　　〔13〕庚午:乾隆十五年,即1750年。简调:选拔调任。提举:官名。原意是管理。宋代以后设立主管专门事务的职官,即以提举命名,如医学提举(元)、盐课提举(元明清)之类。其官署称司。黑盐井:今禄丰县黑井镇。之新任:到新的职位去上任。之,动词,至、赴。祖道:古人于出行前祭祀路神称祖道,后因称饯行为祖道。这里应为"阻道",即拦在路上挽留。依依:恋恋不舍。　　〔14〕辛未:乾隆十六年。1751年。竹醉:又叫竹迷、栽竹、种竹。朔:农历初一。这时月亮运行到地球与太阳之间,地面上看不见月光,这种现象叫朔。因其出现在农历每月初一,故称初一为朔日或朔。　　〔15〕飞檄(xí):飞送檄文,指急迫文书。檄,官方文书。　　〔16〕星驰:星夜奔驰。交盘:移交查点。下浣(huàn):每月二十一日至三十日称下浣。唐代定制,官吏十天一次休息沐浴,每月分为上浣、中浣、下浣,后借指为上旬、中旬、下旬。浣,洗。切切:促迫貌,指心情急迫。几(jī):几乎,近乎,接近于。　　〔17〕仲冬:冬季的第二个月,即冬月、旧历十一月。望:望日,指农历每月十五日。甫:始,方才。　　〔18〕潸(shān)然:涕下貌。涕泪不断流下的样子。　　〔19〕梵刹:佛寺。倒悬状:困苦状况。倒悬,头足倒挂,极言其困苦。　　〔20〕父母:指父母官,县以上的地方官。　　〔21〕奥:语气词,表示严肃谨慎的语气。稽:考核,查考。陈迹:旧的记载。　　〔22〕凋瘵(zhài):凋敝、疾苦。唐杜甫《壮游》:"大军载草草,凋瘵满膏肓。"指民生凋敝。　　〔23〕周甲:指满了一轮甲子(60年)。〔24〕倏变蚕丛:倏忽变成了艰险难行的蜀地。李白《送友人入蜀》:"且说蚕丛路,崎岖不易行。"蚕丛,相传为蜀王之先祖,教人蚕桑。此借指险阻的蜀地。阜塞:(被)土丘堵塞。　　〔25〕最异者:最奇怪的(是)。一本无"者",据《丛抄》本补。　　〔26〕剑海:即剑湖,在剑川县金华镇东南4公里。因位于剑川坝子中,故名。湖为淡水湖,有金龙江、美河、永丰河等汇入,从西南海门口村出湖入黑惠江,属澜沧江水系。湖岸线长12.5公里。海尾:海尾河,入黑惠江。坟起:高起。扼泄:扼住了泄水道。泄,漏泄。町畦(tīngqí):田塍,田间的界路。此泛指田地。付波臣:指被水淹没。波臣,水族。〔27〕晨兴:晨起。兴,起来。　　〔28〕葺(qì)松架棚:搭松树盖棚子。拜阙(què):遥拜宫阙。阙,皇帝所居,代皇帝。　　〔29〕闾阎:泛指民间。闾,里门。阎,里中门。泛称乡里。鳞比:即鳞次栉比之省用。指按顺序排列。如鱼鳞之相次，栉齿之排比，形容房屋等密集。鳞，鱼鳞。栉，梳子。　〔30〕季冬：冬季的第三个月，即腊月。驳：驳回，不采纳上报意见。造：修造。　〔31〕汤池：温泉。　〔32〕华清：华清池，在陕西临潼县骊山下，为唐代华清宫中的温泉。白居易《长恨歌》有"春寒赐浴华清池，温泉水滑洗凝脂。"说唐明皇宠幸杨贵妃事，华清池因之名盛。在在：处处。　〔33〕宜良：县名。位于滇中。元至元二十一年（1284）由州改县，明清属云南府。1913年属滇中道，1916年废道，直属省。1950年为宜良专区驻地，1954年属曲靖专区，1983年划归昆明市。温泉多，县辖镇汤池镇有温泉，"水沸如汤"，远近闻名。浪穹：县名。元至元十一年（1274）以浪穹千户所改置，属邓川州，治所在今玉湖镇。明清因之，属大理府。1913年改浪穹县为洱源县。因洱海发源于县境，故名。1956年属大理白族自治州。位于云南省西北部，多温泉，著名温泉有九气台、江干、宁湖、牛街、下山口等13处，年产温水309万立方米。县人民政府驻地为玉湖镇，城内温泉甚多，有"三步温泉四步汤，气蒸雾迷似仙乡"之誉，被称为热水城。燖（xún）鸡豚：脱鸡猪的毛。《水经注·若水》："又有温水，冬夏常热，其源可燖鸡豚。"　〔34〕鹤庆：县名。在云南省西北部，大理白族自治州北部。县政府驻云鹤镇。元宪宗三年（1253）置鹤州，至元二十三年（1286）升鹤庆路。鹤庆之名始见。明置鹤庆府，清降为鹤庆州，属丽江府。1913年改为鹤庆县，1950年属丽江专区，1956年改属大理白族自治州。牛街：地名。今为洱源县牛街乡。幂（mì）：覆盖，笼罩。　〔35〕罅（xià）：裂缝，空隙。蒸蒸然：热气上升的样子。极寒：指极寒冷的时节。　〔36〕云南府：明洪武十五年（1382）以元中庆路改置。治所在今昆明市。1913年废。安宁州：元宪宗二年（1252）以大理国安宁城改置安宁千户所，至元十二年（1275）改置安宁州，隶中庆路。明清均属云南府。现为安宁市，属昆明市。安宁州汤泉：安宁温泉，在安宁市连然镇北7.5公里，是我国名泉之一，著名疗养旅游胜地。相传发现于东汉初，明代杨升庵誉为"天下第一汤"。地理学家徐霞客称赞"余所见温泉，滇南最多，此水实为第一"。　〔37〕螳川：即螳螂川，系金沙江支流普渡河由海口到富民县龙源村河段名。为普渡河上游，流经安宁温泉。　〔38〕乾隆丙寅、丁卯：即乾隆二十五年至二十六年（1686～1687）。迤西：道名。清雍正八年（1730）改永昌道置，驻大理府城（今大理古城）。1913年改置滇西道。　〔39〕钟祥陈品：钟祥，字陈品，事迹不详。驻辔：车马停住，停留。　〔40〕款：敲，叩，引申为留存。吴歌：吴地之歌，即今江苏一带民歌。楚竹：楚地的丝竹，即指湖北一带的民间管弦乐器。上二者皆泛指民间乐歌。云涛寺：从记述看，寺应在安宁温泉旁，螳螂川之侧。今已不存。　〔41〕杭之飞来：杭州的飞来峰。在杭州市西湖西北灵隐寺前。相传东晋咸和中有天竺僧慧理登此山，叹曰："此是中天竺国灵鹫山之小岭，不知何年飞来。"因住锡，造灵隐寺，因号其峰曰"飞来"。亦名灵鹫峰。　〔42〕陆离：光怪陆离的省用，谓色彩斑斓，形状奇异。　〔43〕甃（zhòu）：装饰，砌。　〔44〕蛱蝶：蝴蝶。　〔45〕镌（juān）额：雕刻匾额。提学：官名。宋崇宁二年（1103）在各路设提举学事司，管理所属州县学校和教育行政，简称提学。以后，各代都相应设置了此类性质的机构和管理官员。明代以按察司佥事充任儒学管理，叫提学道。清初相沿，各省多设督学道。雍正四年（1726），改提督学院，长官称提督某省学政，简称"学政"。清末设提学使，辛亥革命后撤销。颜：匾额，此指题写匾额。　〔46〕刺史：州的长官，即上文的钟祥（字陈品）。秦中：今陕西为古秦国之地，故称秦中。也称关中。噱（jué）：大笑。《说文》："噱，大笑也。从口，豦声。"

（张德鸿）

刘 彬（一篇）

刘彬，字玉泉，云南永北（今永胜）人。好论古今兵事成败，吏治得失。工书法，善吟咏。著有《铁园呓语录》、《如东录》。本书选收他的《吏论》。

《吏论》的重点是论述长吏（主要指清代知县）的主要特点、重要地位和作用。长吏承上启下，处于"调畅"地位。把长吏与人民比之父母与赤子的关系，重在揭示其职责，即要察知民瘼，兴利厘弊。既已"积弊相沿"，其上级官府的监察、纠劾地位，岂能委置虚设。最后强调选任长吏直接关系人民的利害祸福，是"安民"的关键，不可不慎重其事。

历代重吏治，但吏治不能脱离法治。吏治不能根本解决封建社会的腐败问题，这是治标之道。此文能从人民的角度论吏治兼及法治，眼界较为宽阔。

吏 论

持衡秉宪，贞度肃寮，有以激浊扬清，使属吏承风思励，望影知儆者，大吏之事也[1]；操廉守介，布泽流恩，有以化行政治，使小民户登衽席，人乐雍熙者，长吏之事也[2]。

民所司命者，钧轴之权虽操于大吏，而呼吸相通，尤切尤迫者，惟长吏是赖[3]。长吏去民最近，与民最亲，民有疾苦，长吏知之[4]；民有呼吁，长吏闻之[5]；民所欲祛而不能祛者，长吏代祛之[6]；民所欲致而不能致者，长吏代致之[7]。凡民所欲达于上而不能即达与上所欲及于民而不能即及者，惟长吏有以达之、及之，俾上恩下逮，下情上通者，以有长吏调畅于其间也[8]。

夫慈母之于赤子，不待语言自然有以揣其情，顺其性，抚之，摩之，噢咻之，饱暖之，使获安于无事而后止，盖其心之迫且切也[9]。长吏之于民比于父母之称，亦惟其迫且切焉耳。苟于民也亦如慈母之于赤子，有以揣其情，顺其性，抚之，摩之，噢咻之，饱暖之，使获安于无事而后止。此良有司所为，真无愧于民之父母也[10]。

苟非然者，仳离不恤，敲扑是从，置民瘼于罔闻[11]；而惟货之黩，时而兴一利，则利归于官[12]；多一利，百姓反多一事之累，利虽兴而民不受也。时而厘一弊，则弊仍在民[13]；少一弊，长吏反少一事之赢，弊虽厘而民不知也[14]。诸下情所欲达于上者，至此而遏焉[15]；诸上恩所欲及于下者，至此而止焉。以有长吏扞格于其间也[16]。然则长吏者，上官之堤畔，百姓之屏障耳，所谓父母者如是哉！然无可如何也[17]。州牧、令长积弊相沿，牢不可破[18]。郡守、监司以上虽有纠劾之权，澄汰之典，而才力所能及者及之，才力所不能及者委之而已矣[19]。廉察所能至者至之，廉察所不能至者置之而已矣[20]。其积弊亦不可破也，岂不大可笑哉！

夫长吏者，民所倚以为父母，而最迫最切者也。得一牧，则一州蒙其泽；得一令，则一邑被其恩[21]。朝发一令，四境之内夕受其祸福矣；暮出一语，合属之中旦议其臧否矣[22]。故长吏之于民为利最便，为害亦最便，取效之捷若山鸣而谷应[23]。欲安民者，惟在长吏得人，民鲜有不安矣[24]。

选自《滇南文略》卷四六

【简注】〔1〕持衡：拿秤称物。衡，秤。比喻品评人才，平允而不偏畸。秉宪：执法，掌权。贞度：正直有节。肃寮：严肃官僚。寮，同"僚"。激浊扬清：斥恶奖善。属吏：下属官吏。承风思励：接受教化，考虑奋进。望影知儆：见有迹象就警醒。大吏：泛指朝廷大官，如宰相。 〔2〕操廉守介：品行廉洁耿直。操与守同义，指品行，节操。布泽流恩：布施恩泽。化行：教化推行，变通运用。政治：治理国家的措施。登衽（rèn）席：指有休息之处，生活安定。衽席，卧席。泛指休息之处。雍熙：和乐貌。长吏：此指县令、县长。县吏之尊者。 〔3〕司命：《风俗通义·祀典》称民间所祀小神有司命，后转称和生命有关的事物。此指生命攸关。《管子·国蓄》："五谷食米，民之司命也。"钧轴：比喻执掌国政，指宰相之职。钧以制陶，轴以转车。唐代封演《封氏闻见记·风宪》："唐兴，宰辅多自宪司登钧轴，故谓御史为宰相。"呼吸相通：犹息息相关，呼吸相关联，比喻关系密切。惟长吏是赖：只依靠长吏。 〔4〕去民：离人民。去，距离。 〔5〕呼吁：大声疾呼，请求援助或盼望主持公道。〔6〕欲祛（qū）：要除去。 〔7〕欲致：想要达到。 〔8〕俾（bǐ）：使。上恩下逮：皇帝恩惠施及百姓。调畅：协调而使它通达。 〔9〕噢咻（yǔxiū）：抚慰病痛的声音。此指抚慰。 〔10〕良：确实，有司：官吏。古代设官分职，事各有专司，故称。《孟子·梁惠王》："凶年饥岁，……有司莫以告，是慢而残下也。" 〔11〕苟非然者：如果不是这样。"仳（pǐ）离"句：别后弃民，不惜动用刑具。仳离，别离。古指妇女被遗弃而离去。不恤，不顾惜。敲扑：刑具。贾谊《过秦论》："履至尊而制六合，执敲扑鞭笞天下。"注："臣瓒以为：短曰敲，长曰扑。"民瘼（mò）：民间疾苦。罔闻：不管，没听见。 〔12〕货之：贿赂他们。黩：贪污。 〔13〕厘一弊：治一弊，除一弊端。〔14〕赢：指盈利，获利。 〔15〕遏：受阻，受遏制。 〔16〕扞（hàn）格：抵触，格格不入。〔17〕无可如何：没有办法，无能为力。 〔18〕州牧：古分九州，每州置牧，为一州之长官。后指朝廷委派的州郡长官。清代知州，也称州牧，官阶甚低，与知县并称牧令，仅为一种名义称谓而已。此指州长官。令长：县令、县长，泛指县最高长官。清代即知县。 〔19〕郡守：宋代以后，郡改为府，知府亦称郡守。监司：宋置转运使监察各路，始以监司为通称。清代司道以监督府县为专责，通称监司。纠劾：揭发弹劾官吏的过失。澄汰之典：清洗淘汰官员的制度。委之：任命、委派他们。〔20〕廉察：即廉访。清按察使为一省司法长官，巡察、考核官吏，又名臬司，俗名臬台、廉访。置之：即置之不理，放在一边不管。 〔21〕得一牧：得到一个好的州牧（州官）。蒙其泽：得到他的恩泽。邑：泛指地区。被其恩：得到他的恩惠。 〔22〕合属：聚集一起的部属。臧否（pǐ）：好坏，得失。〔23〕山鸣而谷应：比喻反应很快捷。 〔24〕得人：得其人，任命合适的人。鲜有：很少有。

（蔡川右）

杨　昌（一篇）

杨昌（1784~1847），字东阳，号竹塘。丽江人，纳西族。清嘉庆丁卯（1807）举人。会试屡不第，以大挑（按乾隆十七年〔1752〕定制，会试后在应考三次而不中的举人中选取部分人充任知县或教职，称为大挑），历任湖北黄梅、谷城、潜江、天门诸县知县。为官兴义学，置义冢，修水利，导潜流。工诗，尤长于文。著有《四不可斋文集》。本书选收他的《木氏世守丽江论》。

木氏家族在丽江渊源流长。元代已显，明朝最盛。明洪武初，赐姓木，木德被授为中顺大夫，丽江府知府。木德七传生木公，世袭知府，授中宪大夫。著有《雪山始音》、《隐园春兴》等多种。杨慎为之编《雪山诗选》。木公的曾孙木青"能诗善书，年二十九而没"。木公五世孙木增"博学通禅理，多所撰著"，木氏家族世守丽江，富有较深厚的文化传统。明嘉靖、万历年间，滇西北诸夷酋中"靡不户诵诗书，人怀铅椠，而丽江实为之前茅"。

《木氏世守丽江论》指出，木氏能世守丽江，千百年"不启边衅，民赖安堵"，主要有三个原因：一是"守土以保民"，二是"有功德于民"，三是"终不失臣节"。这是针对雍正初年改土归流以来某些官员"徒惑于传闻"，对木氏土司片面否定的言论而发表的意见，有其独到之处。

木氏世守丽江论

守土以保民为要。世守难为，边服之世守尤难[1]。丽江，西北遥接番夷，控之匪易；东南密迩郡邑，睦之匪易[2]。自来各省土司，居高侈怙，往往力有未足，德有未谐，或衅自内起，或侮自外至，蹂躏悉索，糜烂人民[3]。不能保家，以致不能保民，比比然矣[4]。

木氏世守丽江，历千百年卒能不罹愆咎，民亦并受其福，岂非无愧于守土者乎[5]？考之野史，丽地在唐为越析诏，蒙氏并五诏，而越析独免[6]。五代及宋，上下相安。元封兵马司大都督，见其家乘[7]。明史所载，太祖以木德为知府，旋予世袭，又改军民府[8]。万历中助军饷，赐木增三品服色，四十七年复助辽饷，录大功加授左参政，给诰命以旌其忠[9]。千百年来不启边衅，民赖安堵，非其明验耶[10]？

或曰夷民呈请改设，语及累民，岂有不实，又不尽然[11]。木氏世守丽江，非若流官之时有迁除也[12]。昏明仁暴，且不能概之于选授之守令，况其在世及者乎[13]。且夫世守之中，其卓著贤声者，类多施惠散财，今留遗迹[14]。倘政不宜民，早当亲离众畔，斩木揭竿矣，宁待改设哉[15]。计自元以来，越今五百年矣。簪缨弈叶，震耀青史，今即土地人民尽付有司[16]。然爵禄之颁，承继罔替，族姓繁衍，谱不胜书[17]。非有功德于民者，能享此绵绵之报乎[18]？

昔钱武肃于五代时，尽有浙东西之地，三世四王富甲天下，终不失臣节[19]。有宋受命，封府库，籍郡县，请吏于朝[20]。是以其民老死不识兵革[21]。木氏之世守丽江，仿佛似之，吾故以保民为守土之要也。至于文教显晦，固自有时[22]。滇中设学，在先者尚多。未开甲科，即所属之中甸、维西，附试者至今寥寥，又孰为靳之[23]。君子论世务，统其始终之局，熟思而审处之，毋徒惑于传闻之悠悠也[24]。

选自《滇文丛录》卷六

【简注】〔1〕边服：边疆。服，古代指王畿以外的地方。 〔2〕番夷：指藏族等少数民族。匪易：不容易。匪，通"非"。密迩（ěr）：贴近，靠近。 〔3〕侻怙（hù）：放纵。衅：争端，事端。悉索：即悉索敝赋，此指搜刮殆尽。悉，全部。糜烂：毁伤，摧残。《孟子·尽心》："糜烂其民而战之。" 〔4〕比比然：到处都是这样。 〔5〕不罹（lí）：不遭受。愆咎（qiānjiù）：因过失被怪罪、处分。 〔6〕野史：私家编撰的史书。也称稗史。越析诏：原为洱海地区六个部落称号之一，地在今宾川县，后泛指今丽江地区。李京《云南志略》："波冲据越析川，号磨些诏。"波冲为豪酋张寻求所杀，蒙舍诏乘间说王昱，诱杀寻求，以地归蒙舍。唐开元二十六年（738），蒙舍灭五诏，建立统一政权，称南诏。蒙氏：蒙舍诏为唐初洱海地区六诏之一。居蒙舍川（今巍山县境），以蒙为姓。越析独免：误。越析诏已为蒙氏所并。若以越析泛指丽江，则合乎实际。 〔7〕元封：元代所封。兵马司：主管京师治安的机构，始建于元。《木氏宦谱》记载为"提调诸路统军司"。大都督：元置大都督府，大都督则专领钦察亲军，这里指管诸路军事的武官。家乘：家谱。春秋时，晋国史书名"乘"。后因称史籍为史乘。后人撰作家谱，袭用家乘之名，意为家族史。 〔8〕太祖：明太祖朱元璋（1328～1398），濠州钟离（今安徽凤阳）人，十七岁入寺为僧。元至正十二年（1352）参加郭子兴部红巾军。屡立战功。1368年称帝，国号明，年号洪武，以应天（今南京）为京师。同年，攻克大都（今北京），推翻元朝统治。洪武十五年（1382），破云南，统一全国。死后庙号太祖。木德：明洪武十七年（1384）正月二十一日授中顺大夫，丽江府知府。知府：明代始正式称知府。管辖数州县，为府一级行政长官。旋：不久。世袭：世代继承爵位。军民府：即丽江军民府，领通安州（今丽江）、宝山州（在今丽江大具乡）、巨津州（在今丽江巨甸镇和维西县）、兰州（今兰坪及剑川上兰乡）。 〔9〕万历：明神宗（朱翊钧）年号（1573～1620）。木增（1587～1646）：字长卿，号生白，纳西族，木公五世孙。明代丽江土知府，历任云南布政使司参政，广西布政使司右布政，四川布政使司左布政。工诗赋散文。著有《云薖淡墨》、《山中逸趣》等多种。四十七年：即万历四十七年（1619）。辽饷：努尔哈赤于万历四十六年（1618）陷抚顺、清河等堡，辽东屏障皆失。明王朝于九月以对辽左用兵为名，加征田赋银三百万两，谓之"辽饷"。此后年有增加，至崇祯年间，岁达九百万两，搜刮遍及民间，为明末大弊政之一。左参政：明洪武九年（1376），改元代行中书省为全国十三承宣布政使司，每司设左、右布政使，为一省的行政长官。布政使下署左、右参政。诰命：帝王的封赠命令。明清五品以上授诰命，六品以下授敕命。旌：表彰。 〔10〕边衅：边疆事端。安堵：相安，安居。同"按堵"。《汉书·高帝纪》元年："吏民皆按堵如故。"注："应劭曰：'按，按次第；堵，墙堵也。'师古曰：'言不迁动也！'"明验：明证。　　〔11〕改设：指改土归流。明永乐后，逐步废除世袭土司，改行任命的流官统治。丽江至清雍正元年改土归流。　　〔12〕流官：明清时朝廷在川、滇、黔少数民族地区任命的官吏。因其有任期，不同于世袭的土官，故称。迁除：官吏的升迁除授。　　〔13〕昏明仁暴：昏庸与明智，仁慈与残暴。概之：大略在内。选授：选拔任命。守令：指知府与知县。在世者：在世已任职，即已经世袭。〔14〕惠施：赠与，施给。　　〔15〕众畔：众人叛离。畔，通"叛"，背叛。斩木揭竿：砍木为兵器，竖竿为旗帜，指起义造反。《史记·秦始皇纪》："斩木为兵，揭竿为旗。"　　〔16〕簪缨：官吏的冠饰，因以喻显贵。弈叶：犹言累世。弈，次第。有司：官吏。古代设官分职，事各有专司，故称。〔17〕爵禄：爵位和俸禄。罔替：不可替代，别无代替。繁衍：兴盛繁殖。　　〔18〕绵绵：连续不断貌。　　〔19〕钱武肃：钱镠（852～932），字具美（一作巨美）。临安（今浙江杭州）人。唐末率乡兵从董昌镇压黄巢起义军。昌反，镠执之。唐昭宗拜为镇海镇东军节度使，赐铁券，尽有苏南两浙十三州之地。后封为越王、吴王。唐亡，受后梁朱温（太祖）之封，称吴越国王，改元天宝，为十国之一。卒谥武肃王。传至其孙钱俶，于宋太宗太平兴国三年（978）举族归于京师，国除。五代：即赵宋以后的后梁、后唐、后晋、后汉、后周。三世：指钱镠、钱元瓘和钱俶。四王：即吴越王三代世袭外，还有第二代元懿封金华郡王，元璙封广陵郡王，钱俶后封邓王。或者专指第二代四王：除元懿、元璙外，还有元瓘封吴越王、元瓒卒追封宁明王。臣节：人臣的节操、操守。　　〔20〕有宋受命：在宋代接受任务和命令。宋平江南时，钱俶出兵策应。后入朝，仍为吴越国王。宋太平兴国三年，献所据两浙十三州之地归宋。后累受宋封为邓王。封府库：封存官府藏库。籍郡县：登记各州县户口。请吏于朝：向宋王朝求官职。　　〔21〕兵革：指战争。兵为兵器，革指甲胄。　　〔22〕显晦：犹兴衰，顺逆，穷达。固自有时：本来就有时代原因。　　〔23〕甲科：明清通称进士为甲科，举人为乙科。中甸、维西：在今迪庆藏族自治州。附试者：附带应试的考生。靳：吝惜。　　〔24〕审处：审慎处置。毋徒惑：不要徒然迷惑。悠悠：庸俗、荒谬。《晋书·王导传》："悠悠之谈，宜绝智者之口。"

（蔡川右）

阮 福（一篇）

阮福，江苏仪征人。号赐卿，字小芸。候补户部郎中。道光丙戌年（1826）跟随父亲来滇，著有《滇南古金石录》一卷。

《普洱茶记》，根据当时的文献，对普洱茶产地、种类、制作、种植等作了简略的介绍。特别是对贡茶的品种、数量、包装等据档册作了记录。这是一篇研究普洱茶史的可贵资料。

普 洱 茶 记[1]

普洱茶名遍天下，味最酽，京师尤重之[2]。福来滇，稽之《云南通志》亦未得其详，但云产攸乐、革登、倚邦、莽枝、蛮耑、慢撒六茶山，而邦倚、蛮耑者味最胜。福考普洱府，古为西南夷极边地，历代未经内附。檀萃《滇海虞衡志》云，尝疑普洱茶不知显自何时[3]。宋范成大言，南渡后于桂林之静江军以茶易西蕃之马，是谓滇南无茶也。李石《续博物志》称，茶出银生诸山，采无时，杂椒姜烹而饮之。普洱古属银生府，则西蕃之用普洱（茶）已自唐时，宋人不知，犹于桂林以茶易马，宜滇马之不出也。李石亦南宋人。本朝顺治十六年，平云南，那酋归附，旋叛伏诛，编隶元江通判，以所属普洱等处六大茶山、版纳地设普洱府，并设分防思茅同知，驻思茅[4]。思茅离府治一百二十里。所谓普洱茶者，非普洱府界内所产，盖产于府属之思茅厅界也；厅界有茶山六处，曰倚邦，曰架布，曰嶍崆，曰蛮砖，曰革登，曰易武，与通志所载之名互异[5]。福又检《贡茶案册》，知每年进贡之茶，例于布政司库铜息项下动支银一千两，由思茅厅领去转发采办，并置办收茶、锡瓶、缎匣、木箱等费[6]。其茶在思茅本地收取鲜茶时，须以三四斤鲜茶方能折成一斤干茶。每年备贡者五斤重团茶、三斤重团茶、一斤重团茶、四两重团茶、一两五钱重团茶，又瓶盛芽茶、蕊茶，匣盛茶膏共八色，思茅同知领银承办[7]。《思茅志稿》云：其治革登山有茶王树，较众茶独高大，土人当采茶时，先具酒醴礼祭于此[8]。又云：茶产六山，气味随土性而异，生于赤土或土中杂石者最佳，消食、散寒、解毒。于二月间采，蕊极细而白，谓之白毛尖，以作贡[9]。贡后方许民间贩卖。采而蒸之，揉而为团饼[10]。其叶之少放而犹嫩者，名芽茶。采于三四月者，名小满茶；采于六七月者，名谷花茶[11]。大而团者，名紧团茶；小而圆者，名女儿茶。女儿茶为妇女所采，于雨前得之，即四两重团茶也[12]。

其入商贩之手而外细内粗者，名改造茶[13]。将揉时，预择其内之劲黄而不卷者，名金月天；其固结而不解者，名疙瘩茶，味极厚，难得[14]。种茶之家，芟锄备至[15]。旁生草木，则味劣难售。或与他物同器，则染其气而不堪饮矣。

选自光绪《普洱府志稿》卷一九

【简注】〔1〕普洱茶：云南名茶。因普洱府属地思茅及车里宣慰司等地盛产优质茶叶，府治所在地普洱成为滇南茶叶的集散地，普洱茶之名传播四方。为此，"雍正七年（1729）鄂尔泰奏设总茶店于思茅，以通判司其事"。倪蜕《滇云历年传》卷一二说："六大茶山产茶，向系商民在彼地坐放收发，各贩于普洱，上纳税课转行，由来久矣。至是，以商民盘剥生事，议设总茶店以笼其利权。" 〔2〕酽（yàn）：液汁浓、味道浓。 〔3〕檀萃《滇海虞衡志》一段：见本书檀萃《普茶》一文。 〔4〕本朝：指阮福生活时的清王朝。顺治十六年：公元1659年。顺治，清世祖（爱新觉罗福临）年号（1644～1661）。那酋归附：倪蜕《滇云历年传》"雍正七年"条说，"总督鄂尔泰奏设普洱府，以攸乐同知，思茅设通判隶之。"其后说明："普洱于明洪武十四年（1381）土酋那直归附，末年那崑据之，本朝顺治十六年（1659）那酋叛，伏诛，编隶元江府。……又裁移通判于思茅，专管税课。"那酋，指那氏土司，世为元江府土知府，明代历任土知府次序为：那直、那荣、那邦、那中、那瑞、那祯、那璲、那靖、那端、那钦、那宪、那鉴、那从仁、那怒、那天福、那嵩，共16任。明末，吴三桂率清兵入滇，那嵩起兵抗清，元江被围三月，城将破，嵩"乃慷慨整衣冠，率子焘及家人登楼自焚死。其士兵多巷战死，全城皆屠"（刘达武《那烈愍公墓表》）。那氏"世掌他郎寨，继袭土司，遣弟嵞辟普洱居之"。故那氏亦与普洱有关。 〔5〕思茅厅：雍正十三年（1735）置。领思茅甸、普腾及车里、六顺、倚邦、易武、勐腊、勐阿、勐龙、勐海暨攸乐同知地。后诸地分别设治，仅领思茅、普腾。1913年废厅改县。茶山六处：此地称倚邦、架布、嶍崆、蛮砖、曰革登、易武，与本文开头引《云南通志》文有同有异，应以前者为确，因架布、嶍崆包括在倚邦茶山之内。 〔6〕《贡茶案册》：向朝廷进贡普洱茶的档案文书。布政司：官府名，全称为承宣布政使司，为一省最高民政机构，以布政使为主官，为从二品，仅次于巡抚一级。司库：布政使司属官。铜息：指有关铜政所得利息或利润。锡瓶：锡制品，色如银，亮如镜，饰有各种吉祥图案，盛茶不变味，运输不易碎。缎匣、木箱：包装进贡普洱茶的器物。 〔7〕思茅同知：协助普洱府管理思茅的官员，为府同知，多为正五品，常驻思茅。 〔8〕革登山有茶王树：据调查，在勐腊县象明乡的新发寨背面山上。"这棵茶王树在光绪初年，每年尚可产茶六至七担之多，每季约二担干茶，真是茶树中稀有之物，可惜已死。民国初年根部枯干尚存。"（曹仲益《倚邦茶山的历史传说回忆录》，载《西双版纳文史资料选辑》4）具酒醴：准备祭品。醴，甜酒。《荀子·礼论》："飨尚玄尊，而用酒、醴。"礼祭：按照礼仪祭祀。 〔9〕以作贡：用它来作贡品。 〔10〕团饼：圆形或半圆形的茶饼。 〔11〕小满：农历二十四节气之一，一般在四月中，此时麦类等夏熟作物籽粒已开始饱满，但还未成熟，所以称作小满。谷花：稻子扬花，谷类等秋熟作物正在孕穗的季节。 〔12〕雨前：谷雨节令前，谷雨一般在三月中旬。 〔13〕外细内粗：即外层为细嫩的好茶，内部则为叶片较大的粗茶。改造茶：经加工制作，将茶做成外细内粗的成品。 〔14〕疙瘩茶：即疙瘩茶，卷结成一团的茶叶。味厚：味道醇厚，耐泡。 〔15〕芟（shān）锄：铲除杂草。《诗经·周颂·载芟》："载芟载柞。"毛传："除草曰芟，除木曰柞。"备至：细微周到。

（余嘉华）

曹士桂（二篇）

曹士桂（1800~1848），一作"世桂"，字丹年，号馥堂，清嘉庆五年（1800）生于云南省蒙自县鸣鹫村（清代属开化府文山县）。幼承家学，勤奋攻读，道光壬午（1822）乡试中举。道光十五年（1835）以"大挑一等"，历任江西新安、会昌、信丰、龙南、万安、南昌等县知事，二十五年十月（1845年11月）升台湾鹿港同知，二十七年署淡水同知。同年腊月二十四日（1848年1月29日）卒于任，清政府"诰授奉政大夫，加封中宪大夫"。曹士桂在台任职期间多有惠政，深受当地人民爱戴，死后入德政祠享祀。后年馀，其灵柩由台湾运回云南故土安葬，乡人树立"馥堂公故里碑"，对之深表敬意。其墓至今尚存于蒙自县鸣鹫村。

曹士桂笔耕甚力，留有《宦海日记》。原记四本，现仅存其一，其后人题名为《馥堂公宦海日记》。日记生前未曾付梓，手稿保存在曹氏后人手中。1988年，云南人民出版社出版了云南省文物普查办公室编辑的《宦海日记校注》。本书从中选录《东渡》等二篇，"简注"中部分采用或参考了王櫄、邱充宣先生的注释。

《东渡》作于道光二十七年（1847），记述作者奉旨渡海入台，从福州出发，在泉州候船东行及航海所见异样情景和内心感受。《查勘水沙连六社番地番情日记》叙述作者于同年五月陪同刘韵珂至水沙连地区巡视的详细情况，以及自己抵台后初巡水沙连写给上司的书面报告，明确提出了关于开垦的意见。记事翔实，情真意切，语多中肯。

东 渡

道光二十有七年丁未，春正月辛巳朔[1]。越十四日甲午，捧檄之台湾鹿港，行五日抵泉州，遣奴子往来蚶江、獭窟间，选舟东渡[2]。二月辛亥朔，得曾万吉一舟于獭窟，大可载三千石许[3]。越三日癸丑，由泉以他舟趋獭窟，有望洋兴叹之思[4]。水程五十里许，午发申至，宿曾克晓小楼，坐卧于春潮波中[5]。越七日庚申，北风起，巳刻登舟，舟子安舵起锭，树三帆，风声泠泠，水声淙淙[6]。舟发入洋，时当午正，登舵楼望之，水天相连，茫无涯涘[7]。既绝飞鸟，更失远山[8]。惟巨浪大波，一起一伏，起如山立，伏如云平；起而伏如悬岩之泻瀑布，伏而起如谷壑之喷烟岚，洋洋乎大观也哉。奴子辈多呕吐，予亦觉头眩，伏枕差安[9]。至夜亥子间，北风紧急，舟甚簸（簸）扬，凝神闭目，恍如身凌太空，御风而行，盖至黑水洋也[10]。黑水洋海中央也，水深，弱而无力，且适当风路，舟至此倍形摇荡，亦易于沉溺，系渡海第一险地，人咸畏之。且云下多吸铁石，新舟不渡，需在海边多行数月，俟盐卤浸透，护弥钉眼木隙，然后可渡云云[11]。逾三时，卯初天明，登楼再望，更觉茫茫无垠，惟碧海苍烟，千里一色，红日初升，霞光四射而已。舟子进朝餐，殊不欲食，仍偃仰在床[12]。久之，闻舟中人声嘈杂沸腾，哓哓嗷嗷，不解何为，以言语不通，亦不之诘[13]。顷闻一奴云："到矣！"喜流声外，卧视时表，刚午正也。亟登楼一望，亦无岛屿村树可识，惟见数十里外，隐约一帆。以解官音习土语一奴诘之，遥指帆际，谓是鹿港新开之五条港也。港离署不十里，然路窄，舟能载二三千担者，需由南头番仔垾港口而进，尚隔五六十里间。未刻抵口，以潮退不能入，落中帆起半舵以俟，畏起南风也。逾时潮来水涨，以小舟牵缆循道进，目睹湄中连樯，岸上厨烟，日酉入矣。舟既泊，南风骤至，舟子啧啧称贺。进而询之，舟（子谓：渡海）如风正而和，涛柔而静，帆无欹影，天无阴霾；且自懒窟至番仔垾，洋面八更，盖八百里也，一日而至[14]。每时计行六七十里，开帆后更无回旋，直入港口达岸，似此顺利迅速者，或数十次而一遇之，实不数数觏[15]。舟子□□□□□之顺而速，而入口之早争一刻也。盖近岸十数里□□□，大舟不能达岸，故开港道以入之。口，港道也，如是舟亦海船之中下耳，然已入水八尺，非十有二尺水不行。且沿海岸皆铁线沙也，遇木深入，再触沙数次辄坏，似水中石堤然。舟人插标以识，惟知港道者，循道而行，乃无窒[16]。前二十一年间，唉咕唎一舟窥台湾，不知港道，乘潮入，及潮退而搁浅，我师乘而歼之，夷人自是不敢窥台，畏沙岸之港道也[17]。口内可以停泊，口外不能下碇，故必入口乃无他虞；而入口又需候潮，荡漾口外，虑起南风打回，故必落帆以俟[18]。前年叶副将之彰化任，自九月至次年三月，放舟入洋，或甫进海而反[19]；或中途而反；或将抵口而反；甚至舟已半入番垾口内，骤遇南风大暴，不及落帆，仍打回内地，凡放洋十四次乃能济[20]。其他三反五反及盘旋二三日而幸济者，比比皆是。公是行也，接上风正而和，即如本日入口下碇后，骤起南风，脱令风早发一二时，则此时此舟，正不知飘行于何地也[21]！以是为吉人天相，岂诬也耶[22]。余闻舟子言，且喜且惧，谓之曰：予与若亦会逢其适耳，何敢贪天[23]。惟予自筮仕，十年于兹，感戴天恩祖德，朝夕兢兢，思所以仰报于万一，平地大海，视如一致，岂独航海为受眷佑也哉，岂待航海而思仰报于万一哉，天佑善人，若当勉之[24]。如予则深虑欲仰报于万一，而未能仰报于万一也。因详记东渡之年月日时，而系以即事八章[25]。

选自《宦海日记校注》

【简注】〔1〕道光二十有七年丁未：即公元1847年。朔：朔日，农历每月初一日，月亮运行到地球和太阳之间，地球上看不见月光。这种现象称朔，故把初一叫朔或朔日。　〔2〕捧檄（xí）：指奉旨得官上任。檄，檄文，古代用于晓谕的文书。鹿港：位于台湾省中部西海岸，彰化西南，是早期与大陆联系的主要港口之一，后因港口淤浅而衰落。现为台湾省彰化县鹿港镇。泉州：在福建省东南沿海、晋江下游北岸。唐置晋江县为泉州治，明清为泉州府治。中国早期重要对外贸易港之一。1951年设市，为著名侨乡。奴子：仆人。梁武帝《洞中之水歌》："珊瑚挂镜生辉光，平头奴子擎履箱。"蚶（hān）江：福建省的晋江，经县界石笋山下称笋江，又东流经晋江县南门外称浯江，也称蚶江。獭（tǎ）窟：亦作獭沪、塔窟，在福建省惠安县南。又叫獭窟屿、獭窟山。　〔3〕曾万吉：据《宦海日记》载，曾为船东（东家），船亦名万吉。石三千（dàn）许：三千石左右。石，容量单位，十斗为石；或重量单位，百二十斤为石。文中指容量。许，表示约略估计之词，相当于"左右"。　〔4〕望洋兴叹：《庄子·秋水》："（河伯）顺流而东行，至于北海，东面而视，不见水端。于是焉河伯始旋其面目，望洋向若（海神）而叹曰：'野语有之，曰：闻道百，以为莫己若者，我之谓也。'"后多以望洋、望洋兴叹比喻因大开眼界而惊奇。或为举办某事而力量不足，感到无可奈何。文中用前义。　〔5〕午发申至：午时出发，申时到达。曾克晓：字汝白，船东。　〔6〕起碇：吊起系舟的石或锚，即开船。碇，应作碇，系舟的石墩或铁锚。泠泠（líng）：形容风声。拟声词。淙淙：流水声。　〔7〕涯溪：水边，边际。亦作"崖溪"。《庄子·秋水》："今尔出于崖溪，观于大海，乃知尔丑，尔将可与语大理矣。"　〔8〕失：看不到。　〔9〕差（chā）：略，略微。　〔10〕黑水洋：宋元以来我国航海者对今黄海水域按水色不同的分别称呼，有黄水洋、青水洋、黑水洋等。北纬32°～36°，东经123°以东一带海水较深，水呈蓝色，称为黑水洋。　〔11〕弥：覆盖。　〔12〕偃仰：仰卧。　〔13〕哓哓（xiāo）：本形容惧声，此泛指嘈杂声。嗷嗷：众声嘈杂。　〔14〕欹（qī）影：斜影。欹，通"敧"，斜、倾斜。阴霾（mái）：阴沉。霾，大风杂尘土而下。　〔15〕更：旧时计算航程的单位。每更约水程六十里；或曰约四十里。说法不一。数数（shuò）：屡次，多次。觏（gòu）：同"遘"、"逅"，遇见。　〔16〕循道：顺着航道。乃无室（zhì）：才不会遇到障碍。室，阻碍，障碍。　〔17〕嘆咭唎：即英吉利，现通称英国。　〔18〕他虞：其他不测之事。虞，预测（预料）。　〔19〕彰化：县名，在台湾省本岛西部。清雍正时置。甫（fǔ）：刚刚，才。反：返回。　〔20〕圪：音义不详。各种字典未收，可能是方言俗字。济：渡，渡过。　〔21〕是行：此行，这次航行。脱令：或使，若使。　〔22〕诬：诬罔，欺骗。　〔23〕会逢其适：即适逢其会，恰巧碰到那个时机。会逢，恰巧碰到。贪天：指贪天之功为己功。　〔24〕筮（shì）仕：古代外出做官，先要用蓍草占卜以示吉凶。故后称入官曰筮仕。兢兢：应为"兢兢"，小心谨慎貌。仰报：报答上面。仰，向上曰仰。眷佑：眷顾佑助。《书·微子之命》："皇天眷佑。"若当：你应当。若，代词，你。　〔25〕系以即事八章：后面连着"即事八章"诗，这里从略。

（王　樵　邱充宣　张德鸿）

查勘水沙连六社番地番情日记[1]

少时，读易象与帝纪诸篇，见上世混沌初开，浑噩成俗[2]。羲、农、黄、虞数圣人作，易穴居而宫室，易羽皮而冠裳，易鲜食而烹饪，井养学教，俾獉獉狉狉之众，咸进于郁郁彬彬[3]。把卷流连，概慕乎圣主贤臣之德厌万年，功在万世，低徊者久之[4]。兹何幸而亲见其事于台湾水沙连献地内附之番民也。

台湾自古为番夷地，其民雕题凿齿，披发文身；其俗处岩穴，衣鹿皮；亦知粒食、火食而拙于耕作[5]。半饱鹿獐，结绳纪事，风俗上古[6]。明末，海贼林道乾据而有之，琉球争之，荷兰夺之，至国初为郑氏所据[7]。仁皇帝二十二年，降郑氏，除妖氛，曜昭爽，设台、凤、诸罗三县，苵以镇道府；外山归化者为熟番，给以田；复挑屯丁，给以饷[8]。而仍畍生番以水沙连内山地，若曰："以尔世有此土，不忍尔殄灭，畍尔内山，俾相生相养，以长厥世，土牛厉禁，载在史册，似外之实保之也。"[9]六十年，诛逆贼朱一贵，地日以辟，增鹿港、淡水二厅，增彰化县，外山西面地已尽[10]。纯皇帝五十一年诛逆贼林爽文，改诸罗为嘉义[11]。睿皇帝十五年，辟山西北面地，设噶玛兰通判[12]。二百年来，外山延袤千数百里地，声名文物，竞比中华[13]。而水沙连内山地之近外山者，如北投、南投一带，又为汉人熟番私垦，清查后，输赋补屯，生番仅有内山[14]。嘉庆二十二年及道光五年，汉人、熟番复入内山私垦，守土者请大吏入告，重申前禁：南路于集集铺，北路于睰屯园，禁私入，竖丰碑[15]。所以体圣朝重熙累洽、保乂怀柔之深仁者，未尝不至以周[16]。而究之偷入私垦者，不免生番丁户日弱，生计日蹙，有非内附不能胥匡以生者[17]。

鹿港同知职司理番，每年例同北路协副将入山查阅一次[18]。道光二十六年正月，署丞史偕叶协戎往，有埔里、水里、眉里、田头、审鹿、猫兰六社生番老幼迎道左，且投诚献地，吁恳内附，求官经理[19]。史丞悯其穷困、察其献地情意真挚，乃遍历各社，具得其嗷嗷待哺状，据情申详于闽浙制军大司马刘公[20]。公以今皇上仁覆如天，不忍一夫不获；六合之外，咸登衽席[21]；又因台地滋事奸匪多以内山为逋逃薮，乃以宜筹虑者七事，垂询台阳属吏，而以收纳开垦六社，可兴五利、祛五弊入告[22]。今皇上以事关重大，公未亲历番地确查番情，仅据小臣言，未遽俞允[23]。命公于今春过台，周历履勘，悉心体察，再行请旨，时二十六年十有一月二十六日也[24]。而士桂适以江西知县蒙旨补放鹿港同知，奉檄至闽，禀见公于邵武行台[25]。公巡阅返省，谒见，公语士桂曰："鹿港所辖水沙连内山六社生番投诚献地，已入告，兹事重大，将来开垦与否，须熟手乃不隔阂。"命桂署淡水篆，而先委往六社查勘，检全卷相示[26]。

今春正月，士桂叩辞，二月东渡，抵鹿港，知向化续归者，复有八十八社[27]。即往六社查勘，具以续归八十八社开垦宜缓，已勘六社开垦宜速申禀请训，禀未及发，而公已抵番圪。公之来巡台阳也，以三月□日拜折入告，以三月二十四日癸卯自省起节至泉州决洋盗狱，四月十四日壬辰申刻泛舟，风伯效灵，海若拥护，翌日癸巳巳刻已抵番仔圪[28]。属吏群谒见于行台，公命叶副将、史丞与士桂再往六社体察生熟各番情形，面谕机宜。公南行往郡城阅兵，约期相见于斗六门。五月己卯朔，越二日辛巳，三人前往如谕体察；越八日己丑，迓公于斗六门，具以番情告[29]。

翌日庚寅，侍节来南投，过浊水溪，有献地生番田头社、适社，归化生番扣社、鸾社、毛注社、山顶社、巴辘头社、干打万社百二十人迎于溪东，公传入行署，诘其献地之情，奖其归化之诚，慈惠恺恻溢言表[30]。人各赏以上衣一、下衣一、蓝布二十尺、红布二十尺、哗叽一尺、珠串一、纸花一、盐斤三，谕各归社，番众欢呼彻山谷。

翌日辛卯，南投起节，南行二十五里至集集铺，为入内山之始，观二禁碑[31]。循浊溪东岸行，十里为风硿口，五里至水里坑[32]。一路披发跣足、着鹿皮、操竹弓小矢，俯伏道旁不能成稽拜之礼者约三百数十人，则归化之溪底社、架雾社、包例训社；献地之水社、审鹿社；附水社以存之福骨社、木噶兰社、社仔社也。公赏溪底三社如前，而水社等五社，谕明日于其社赉之[33]。阵雨微过，月星交辉，公率文武属吏步青郊，徘徊四望。

翌日壬辰，水里坑南行三里，望见社仔社旧基；社徙依水社，今之二十馀烟，则汉人私垦者也[34]。未至旧基里许，由南而西，上鸡胸岭，岭高数百丈，螺折蚕丛，盘旋曲折[35]。北路协叶副将前驱，嘉义营吕参将后殿。节钺旌旗，翩翻朝阳，各社番民，错出奔走前后间[36]。自下仰观，疑人在天际行。至半岭，下睏社仔社，厨烟缕缕与山云接。五里为芊蓁林，老树高插霄汉[37]。五里为竹林仔，幽篁徐弄清风[38]。五里入田头社，社居西隅，东南为适社，茅舍竹篱，烟火寥寥。公慨然曰："膏腴而草宅之，固宜遂生之无由也[39]。"由社北过蛮丹岭，二里许，望见群山中环一潭，潭周广十馀里，中峙小山。山南水圆如日；山北水弯如半月，询社人，潭名日月，山名珠仔。青嶂白波，水云飞动，饶有蓬瀛之观[40]。循潭北行三里许，入水社，社东则福骨社也。公进六社番民，抚绥而慰劳之，赏以衣布各物，人各如前[41]。番民进鸡只，且请公登蟒甲游潭[42]。公曰："此情不可拂也，此境不易得也！"徒步率文武属吏登蟒甲。蟒甲长三十馀尺，中广约八尺，深半之，只一大木而刳其中，毫无增益，古制也，舟之始也[43]。番民七八人荡小桨而行，复以二蟒甲随后，持网捕鱼，每得鱼辄欢呼以献。复操番歌以娱公，声呜呜不可辨，溯洄溯游[44]。逾时，舍舟登珠仔山，于古树下借草茵布席而坐，烹茗煮酒，取鲜鱼烹之炙之。无何，风驰雨来，有虹见于半山，尾蟠谷，首注潭，弯环对立如半镜，光彩射几席间[45]。倏而雨止虹消，山半吐白云如缕，缤纷四散，虹复见于山顶，笼山映水如圆镜，中列翠岫，然光彩较前有加[46]。须臾，虹收云歛，夕照西匿，明月出山上矣。公与属吏举觥互酌，商酌安抚番民事，谈时政，咏古诗，亹亹不倦[47]。月凉夜静，清露如珠，颗颗滴席上，聚而流，衣裳尽湿。公命以大坛酒给从人与群番畅饮，曰："以此御寒，且以同欢。"盖公之忧乐同民，随时随事无在不征其性天之自然也[48]。夜半徒步归，犹处分公事，手批属吏来函[49]。丑正就寝，寅正起治事，日以为常，则公之得天厚而保养于人者素也[50]。

翌日，由东北行，五里为猫兰社[51]。社西有今春私入汉民二十馀人，屋数椽，私垦地数十亩，种旱稻[52]。公曰："奸民也，新来未久，不可不逐。"命毁其屋，芟其稻，扑其人，逃矣[53]！公曰："舍之，无捕。"行五里，一望平原蔓草，中有村墟，墟则审鹿、木噶兰旧居也，已迁水社[54]。公怅然者久之。有山泉源于猫兰，绕审鹿，合山涧之水西流而东，萦行十馀里，入嵤口[55]。出浦里社，旧路由之，石壁对峙，尺径中通，逼窄峭屑，一丸可封，天险也[56]。一遇雨后不能过，今新辟一路，逾二小岭，约二十里许入埔社。公至狭路，住舆询之，得其详，领之[57]。前旌甫发，则献地之埔社、眉社；附近眉社献地之水眉里社；毗邻埔眉之凶番[58]；新来归化之致雾社、眉薐呐社；及远年私入垦田久居埔社之熟番，新来私垦埔眉两社之熟番，或数人为群、数十人为群、百数十人为群，跪迎于山林泉涧间者，绎络不绝，前后围随，拥公入社，日已晡[59]。则五月十五日癸巳也。

翌日甲午，出埔社，过史老溪，以羊一、豕一，望于山川[60]。礼成，越清溪，入眉社，望水眉里，憩社馆，见眉社、水眉社番民，循前路归。至虎仔山下之平原，相阴阳、观流泉、四顾踌躇[61]。公曰："城宜于兹。"命桂以指南定其方[62]。归埔社，进旧居熟番，诘其先居之原籍，询其私入之年月。谕之曰："私入偷垦，罪无可逭，姑念咎在乃祖父，宥汝以免，且念庐墓田园咸在于斯，暂予汝居[63]。俟吾入告，如蒙天恩俞允开垦，输赋纳贡，汝即于斯长子孙，否则法不可犯，其各外迁[64]。"熟番感激，各稽首出。进新来之熟番，诘其籍，询其□□□□□昭然，"汝敢故犯，本宜问罪，并立刻驱逐。姑念汝等□□□□□□老幼可悯，予汝以限，各还汝乡。"盖公知新来者已垦地种稻，吐华结实，不忍遽逐，故予限俟秋收也[65]。新来者震叠感激，稽首出。进归化之致雾社、眉薐呐社凶番，谕之曰："汝知向化，予实汝嘉，予入告大皇帝，必将赍汝。归语汝众，毋再即于凶顽，自外生成。"赏以衣布各物，人如前数。生番伏地效稽拜而出。进埔社、眉社、水眉里社生番，诘其献地之由，询其投诚之实，公恻恻然欲泪，语之曰："汝之穷困，大可悯也；内附，伊可嘉也。何忍汝拒！予将据尔情为请命于大皇帝，如得谕旨，则汝有田畴，官以理之；汝有子弟，师以教之，世世有干有年于兹土，予为汝庆[66]！"赏以布衣谷物有加焉。三社生番，各以番布、鹿皮、鸡只进，公各受其一物而加赏如前，生番效稽拜，舞蹈出。

公昨日入埔社也，有佾生李蔡荣迎于道，公审其貌非善类，叱退□□□□□□立，踞傲无状，公命从人呼而前，李蔡荣战栗如□□□□□者然；命带至馆，授以题，不能为文，命属吏研审其□□□□□，得其为戚姻徐懋棋前月劫生番改努坟墓事[67]。改努者，眉社番长也。晨间叩拜于馆，公察其形色举止，有满腹穷郁，欲告公又不敢告，危疑万难之状，诘之莫得其由，公颇以为疑[68]。至是而由李蔡荣得其情事。命捕徐懋棋，传改努，次第传中证，隔别研鞫[69]。具得徐懋棋叠次凌虐改努：窃牛只，拆篜屋、挖其胞侄坟墓、取墓中殉葬刀斧等物、垦屋基为田种种凶悍情状，闻者无不发指眦裂[70]。

翌日乙未，命属吏往勘篜屋坟墓，如所供，狱成[71]。公以诘桂，桂曰："开棺弃尸，残毁遗骸，窃殉葬器物，例斩决，馀轻罪不议。意者：新辟兹土，以宽仁养基脉，且番葬无棺，残毁系兽，姑从宽，予以绞决[72]。"公曰："仁人之用心也，然书生气太甚！自来惟除暴可以安良，欲辟兹土，而不扫清妖氛厉气可乎！"翌日丙申，恭请王命，枭首示西郊[73]。生熟番罔不以手加额，谓为地方去一大害；而一二作奸者，震叠凛栗[74]。是则公之以义正为仁育，而桂自愧煦□□之暗于仁，且服公发奸摘伏之神武不可及也[75]。斩犯后，公进改努抚慰之，给以酒食，改努感激涕零，请公归期；且请公明年来内山，于其社建屋为公馆，忠爱悱恻，肫恳缠绵，大有东人无□，公归使我心悲之意[76]。公以语桂，桂曰："仁义礼智赋于天，率于性，圣人制礼以节文之，性之理油然以达[77]。圣人全此性，常人以嗜欲汨此性[78]。若生番，无嗜欲，性之理浑于中，因无礼教，故无自而达于外，以其为无怀、葛天之民，不雕而不琢也[79]。"公颔之。

翌日丁酉，由社返节西行，历铁砧山，过水尾，行十里上松柏岺[80]；十里臭水溪，十里溪北岸，为外国姓荒埔，佳里兴内山一带之水会焉。佳里兴凶番曰：眉猫蜡社、吗伊郎社亦来归化，男妇十有七人来迎公，守候已五日，至是得见，伏道左。行十里，住鼋仔头，赏赉告谕，悉如在南投时。此外有平来万社十数人，以初八日至浦社，迎候三日，未至，怏怏而返[81]；有距埔社五日之丹社二十数人，牵生鹿六，以十六日至社仔社迎公，而公过社仔已三日，追不及，怏怏而返。噫！此二社之不如眉猫蜡、吗伊郎之得见公也，岂积诚之不至耶？抑有幸有不幸耶？我觐之子，衮衣绣裳，不因得见之难，焉知得见之喜；不因得见者之欣欣，焉知不得见者之怏怏也[82]。

翌日戊戌，循溪南岸西向行，十里望外国姓，十里至大平林，火焰山九十九峰蠢蠢峙于溪北，耸秀可爱[83]。五里为曌屯园，内山水流至此，名乌溪。溪岸园边禁碑一，嘉庆二十二年立也。五里为内木栅、内山番界于是尽。二里至北投，与南投相距仅十里。五里上同安岭，二十里至彰化县。公曰："历查各番，有不忍拒其内附之情；不能阻其开垦之势。惟南路鸡胸岭、北路松柏岺两处，山高路险，未增坦易，将来米谷出山难，且兵可百年而不用，不可一日而不备。设有警，两路进退难，必熟筹改路乃可[84]。"史丞以南路有八仙棋，平而易行，北路则沿溪建三、五桥，循溪左右转行，与山路□声势相依。公颔之。

公是行也，一路澄官方，诛凶恶，耳闻者历历，而桂窃以随侍左右亲见者，因天时，审人事，卜六社之开垦与否[85]？外山南投、彰化二日无雨，入内山水里坑，酉时，阵雨过，清尘也，随车之甘也[86]。水社，申酉雨，虹再见，著生番云霓之望也[87]。至埔社日无雨，次日、三日申酉，雷震大雨，占云雷之经纶也[88]。屯曰，雷雨之动满盈，天造草昧宜建侯[89]。四日酉时大雨，震电洗兵也[90]。丰曰：雷电皆至，君子欲以折狱致刑[91]。出山宿龟仔头，酉时雷雨，解曰：雷雨作，君子以赦□宥罪[92]。每雨止，月明如镜，露湛如珠。卯时，旭日升，朝霞见，自巳至午未，红日中天，四望清空无雾翳，天清地朗，日月光华，风和雨甘，星云灿烂，以是为今皇上天覆地载、雷动风散、雨润日暄之仁，而公实辅佐之；以是知六社可必，公之大有造于番夷也[93]。行见据情入告，得谕旨，建城郭，设官司，辟田野，乂人民，并养学教，举獉獉狉狉之众，咸进于郁郁彬彬[94]。而饮而食，忘帝之力；不识不知，顺帝之则。他日修台湾志，溯六社开辟之年，今皇上为羲农、为黄虞，而公与六相五臣争烈匹休也[95]。

桂梼昧不才，幸以年家子为属吏，沐公谆谆诲吏治[96]。水社舟中，命纪日行，窃又喜得以文字请训也，不揣谫陋，按日而录之，兼为改努拟望星歌；其各社荒埔，可垦田若干甲，别有清册，故不赘[97]。

日侍节入社者，北路协副将叶长春、嘉义营参将吕大升、署鹿港厅事淡水同知史伯年、密候补藩照磨唐均、候补盐太使刘本樾、候补县丞娄浩、署南投县丞冉正品、把总品大隆[98]。备书之，以志荣幸。

道光二十七年五月辛丑日署淡水厅事鹿港同知曹士桂谨稽首拜□[99]。

选自《宦海日记校注》

【简注】〔1〕《查勘水沙连六社番地番情日记》：全称为《闽浙制军大司马刘公查勘投诚献地，吁请开垦水沙连六社番地番情日记》，过长，取其意为题。闽浙制军：福建浙江总督。清代对总督称"制军"。意为具有节制文武各官的权力。又称"制宪"、"制台"。大司马：官名。汉武帝元狩四年（前119）始置大司马，但无印绶官属。汉成帝时才置印绶官属，与丞相、御史大夫并称三公。后汉因之，改名太尉。南北朝时与大将军并称二大，隋代废。宋徽宗时又复为最高武官，元以后废。后世称兵部尚书为大司马，是最高武官的官阶。但仅为加官，无实权。刘公：指刘韵珂，字玉坡，山东汶上人。嘉庆十八年（1813）拔贡，曾任知府、盐法使、按察使、布政使等职。道光二十年（1840）擢浙江巡抚，道光二十三年（1843）升闽浙总督。查勘投诚献地：清嘉庆以后，台湾中部山地的土著民族纷纷献地内附。道光二十六年，又有鹿港厅所辖水沙连六社请求内附，继而眉社等八十八社亦请内附。为此，道光二十七年，清政府命闽浙总督刘韵珂亲往视察。这是台湾开发史上的重要事件。刘公查勘即此。水沙连六社：

地名，位于今云林县、南投县境内，在林杞铺与斗六门之间的平原，郑成功收复台湾时即已开垦。水沙连六社番地指水沙连以东内山地区、浊水溪沿岸与埔里盆地一带，指埔里社、水里社、眉里社、田头社、审鹿社与猫兰社。台湾的社是当地少数民族的社会组织，可解释为"村社"或"部落"。番地番情日记：曹士桂根据闽浙总督刘韵珂的指示所作的巡视水沙连内山地区的调查记录，时间是道光二十七年（1847）五月，详细记录了台湾中部日月潭一带高山族的民族风情及社会、经济状况。　〔2〕易象与帝纪：《易经》与司马迁《史记》本纪部分。《易经》是中国儒家经典六经（《诗》、《书》、《礼》、《乐》、《易》、《春秋》）之一。象，即象数，是我国古代反映和推测宇宙变化的一种观念。《易经》言象颇详，故连称"易象"。我国的"八卦"，即为《易经》所主之象：以乾、坤、震、巽、坎、离、艮、兑八种图形，象征天、地、雷、风、水、火、山、泽八种自然现象。自北宋起，邵雍建立系统的象数之学，以为宇宙先有数，后有象，最后有物。　〔3〕羲、农、黄、虞：中国传说时代中原各族的共同祖先伏羲氏、神农氏、黄帝与虞舜。伏羲氏，相传与女娲氏兄妹成婚，为人类始祖。他始画八卦、造书契、发明网罟、教民佃渔畜牧，反映了中国原始社会开始佃渔畜牧的情况。神农氏，中国古代传说中农业和医药的发明者，他教民用木制耒耜，播种五谷；又说他尝百草，发明医药，定日中为市。黄帝，姬姓，号轩辕氏、有熊氏，少典之子，原先居姬水附近（今陕西），后迁涿鹿（今河北）。因炎帝侵凌各部落，他在坂泉（今山西）与炎帝大战三次，击败炎帝，又率各部落在涿鹿击杀蚩尤，被各部落领袖推举为部落联盟领袖。相传黄帝始制宫室，用玉制兵器，造舟、车、弓矢，染五色衣裳。并传唐、虞、夏、商、周都是他的后代。舜，姚姓，有虞氏，名重华，史称虞舜，传说中父系氏族社会后期部落联盟的领袖，耕于历山，渔于雷泽，陶于河滨，奉尧命摄政，以禹作为继承人。作：兴，起。易穴居而宫室：改变洞穴居住而为宫室居处。易，改变。宫室，指房屋。文中为名词活用作动词，下几句用法相同。井养：按井田之制耕养。俾（bǐ）：使。獉獉（zhēn）狉狉（pī）：杂草丛生、野兽出没的原始状态。这里是对台湾土著民族的蔑称。郁郁彬彬：文质彬彬，有文采、礼貌。　〔4〕德厌万年：德泽心服后代。厌，通"餍"，满足、心服。句中为使动用法，即"使……心服"。　〔5〕番夷地：少数民族聚居地。雕题：在额上雕刻花纹，是古代的一种习俗。题，额。凿齿：原指古代传说中的野人，牙齿像凿一样。这里是对台湾少数民族的蔑称。或指古代有的民族拔去两齿以为装饰的习俗。文身：在身上刺花纹的习俗。粒食：生吃谷粒。火食：熟食。　〔6〕半饱鹿獐：一半的食物是鹿及獐子肉。指人们的生活资料一半来自狩猎。结绳纪事：文字产生前的一种记事方法。用绳打结，以不同形状和数量的绳结标记不同事件。《易·系辞》下："上古结绳而治，后世圣人易之以书契。"　〔7〕林道乾：广东惠来人，县吏出身。海上武装集团首领，明嘉靖三十一年（1552）开始，多次攻掠福建、广东沿海一带。后为总兵俞大猷所败，遁入台湾北港。后因部众病损过半，始远航至马来半岛北境的北大年辟地耕种。琉球争之：指日本侵占琉球。琉球，明清两代皆臣属于中国。1867年，日本出兵将琉球据为属国。清光绪五年（1879），日本废琉球国王，改为冲绳县。荷兰夺之：明万历三十二年（1604），荷兰舰队司令韦麻郎侵入澎湖筑城，为明都司沈有容所败；天启二年（1622），荷远征舰队司令雷约兹领12舰再侵澎湖，并退据台湾，在大员湾外一小沙丘上建筑城堡，名热兰遮（安平）。崇祯十四年（1641）又逐走占据鸡笼、淡水的西班牙人，对台湾全岛实行殖民统治。国初为郑氏所据：郑成功是我国明末清初杰出的民族英雄，也是封建社会东南沿海新兴海上商业资本集团的代表人物。康熙元年（1662）他率师收复台湾，结束了荷兰殖民主义28年的统治。国初，清朝初年。　〔8〕仁皇帝二十二年：康熙二十二年，公元1683年。曶（hū）爽：这里是得到光明的意思。《汉书·司马相如传》："曶爽闇昧，得耀乎光明。"莅以镇道府：康熙二十二年（1683）施琅率军进驻台湾，上《陈台湾弃留利害疏》，康熙接受了施琅意见，于康熙二十三年设台湾府，隶福建省，下置台湾、诸罗、凤山三县。熟番：边地内附的少数民族。屯丁：驻守的士兵。饷：军粮。　〔9〕畀（bì）：给与。《左传·僖公二十八年》："分曹卫之田以畀宋人。"殄（tiǎn）灭：灭亡。殄，消灭。土牛厉禁：土牛即春牛。此处可能即以土牛代垦殖，即严禁随意开垦的意思。《后汉书·礼仪志》："立春之日，施土牛耕夫于门外，以示兆民。" 〔10〕朱一贵：原籍漳州长泰县，在台湾的罗汉内门饲鸭为生，平素与移民群众常有接触。康熙六十年（1721）春，台湾知府王珍摄理台湾知县，贪污暴虐，根据风传，将参加秘密结社的群众四十馀人和入山砍竹的群众二三百人拘捕治罪，群情愤激。朱一贵等削竹为枪，率众一千馀人起义。因一贵姓朱，谓为明室后裔，奉为大元帅，群众纷纷响应，起义军发展达数万人。除淡水外，占领全岛。奉朱为中兴王，建元永和，下令兵民蓄发，恢复明制。同年六月，清南澳总兵蓝廷珍、水师提督施世骠率精兵六千，自澎湖进攻鹿耳门，起义军因不敌清军炮火而败退，朱一贵逃往湾里溪，半夜遇伏被擒，械送北京。彰化县：清康熙五年（1667）始垦，雍正元年（1723）设县。 〔11〕纯皇帝五十一年：乾隆五十一年，公元1786年。林爽文：漳州平和县人，来台后居住彰化县大里杙庄，募众垦田致富。乾隆四十八年，林首先入天地会，很快扩展到淡水、诸罗、凤山诸地，众至万人。天地会是劳动人民的一种秘密互助自卫组织，为清政府所疑虑。乾隆五十一年（1786），台湾道永福、知府孙景燧密令缉捕会党，杖杀多人，会众避入大里杙酝酿起义。林爽文起兵反抗，完全控制台湾北部。林爽文被推为盟主，驻彰化，奉行明朝制度，建元顺天。乾隆五十二年正月，清闽浙总督常青率军数千人，分三路入台，未平。其时起义军扩大至十馀万人，清政府第三次出兵，由陕甘总督福康安、侍卫大臣海兰察率川、湖、黔、粤、浙、鄂诸省兵十万人入台，双方伤亡甚众，林爽文率馀众入内山，不久被捕。林爽文起义自乾隆五十一年起，历时一年零三个月，清军三次出兵十馀万，耗资一千馀万两，是台湾历史上历时最长、规模最大的一次反封建起义。嘉义：台湾县名。笨港县丞、佳里兴巡检司驻此。 〔12〕睿皇帝十五年：嘉庆十五年，公元1810年。噶玛兰：今台湾省宜兰县，位于台湾东北部。嘉庆元年（1796）始垦，十五年（1810）设通判，十七年设厅。光绪元年（1875）改县，属台北府。噶玛兰，平埔人的族名之一。 〔13〕延袤（mào）：连绵，绵延。《史记·蒙恬传》："筑长城，……起临洮，至辽东，延袤万馀里。"袤，长。一般指南北之长。 〔14〕私垦：暗地私下开垦。 〔15〕嘉庆二十三年：公元1817年。道光五年：公元1825年。大吏：同"大令"，秦汉以后县官一般称令，后来用作县官的尊称。禁私入，竖丰碑：清政府于集集铺、璞屯园两地竖立禁碑。 〔16〕重熙累洽：兴盛、和谐。何晏《景福殿赋》："重熙而累盛。"保乂（yì）：怀柔：治理安抚。 〔17〕生计日蹙（cù）：生活日益紧迫。胥匡：等待匡救、救助。胥，等待。 〔18〕协：清代在提督（地方高级军官）之下，设镇、协、营、汛四级。直接统辖的绿营兵（汉兵），在统领之下，分标、协、营、汛，清末裁废。清代总兵统领绿营兵称镇标，一标下为二协。协由副将统领，称协镇，管协的军务，为从二品武官。副将：清代设置，隶于总兵，统理一协军务，又称为协镇，为从二品武官。 〔19〕道光二十六年：公元1846年。署丞史偕叶协戎：指署鹿港同知、职司理番史伯年与台湾北路协副将叶长春。二人在曹士桂到任之前任职，闽浙总督刘韵珂巡察内山时偕往。经理：治理，管理。《史记·秦始皇纪》：二十九年"之罘"刻石有"皇帝明德，经理宇内。" 〔20〕史丞：又作"丞史"，秦汉以来佐贰之官。太守以下诸佐理官，均为丞史。嗷嗷（áo）待哺：饿得嗷嗷叫，等待哺育。哺，哺育、喂食。 〔21〕咸登衽（rèn）席：都登上了客席，成为上宾。 〔22〕逋（bū）逃薮（sǒu）：逃亡的渊薮。即逃亡者集中的地方。逋，逃亡、逃跑。晁错《贤良文学对策》："内外咸怨，离散逋逃。"薮，人或东西聚集的地方。台阳属吏：台湾所属官员。 〔23〕小臣：低级的臣子，或用作"臣子"的谦称。俞允：帝王允许臣下的请求。 〔24〕二十六年：道光二十六年（1846）。 〔25〕邵武行台：设在邵武的行台。行台，东汉以后，中央政务由三公改归内阁（尚书），习惯以中央政府为"台"，大行政区代表中央的机构即称"行台"，多由军事关系临时设置。 〔26〕命桂：任命曹士桂。署：代理。篆：官印。 〔27〕今春：指道光二十七年（1847）春天。向化续归：向内地风化（文明）继续归附。 〔28〕台阳：即台湾。古称山南水北为阳。拜折：上奏章。节：符节，古时使臣执之以示信物。风伯：风神。传说字飞廉，能兴疾风。汉王逸《楚辞·离骚》注："飞廉，风伯也。"海若：传说中北海之神，也单称"若"。《庄子·秋水》："于是焉河伯始旋其面目，望洋向若而叹。"后世泛指海神。番坨：港口名，又名番仔坨，即鹿港。　〔29〕己卯朔：初一日。辛巳：初三日。己丑：十一日。迓（yá）：迎接。斗六门：今台湾省云林县。　〔30〕庚寅：十二日。慈惠：仁慈。恺（kǎi）：和乐，平易近人。恻（cè）：悯恻，对人有怜悯、同情心，有恻隐之心。　〔31〕起节：起程。节，度，车行的节度。　〔32〕谹（hōng）：又作"谾"。　〔33〕赉（lài）：赐予。　〔34〕壬辰：十四日。　〔35〕螺折蚕丛：形容道路曲折，如同螺壳纹一样曲折弯转，和蚕茧一样细密繁复。　〔36〕节钺旌旗：出巡时所用仪仗。节为符节，钺为兵仗，旌旗指王命旗牌。　〔37〕芊蓁（qiānzhēng）林：形容草木茂盛、丛杂的森林。霄汉：天空极高处。　〔38〕幽篁（huáng）：指幽深的竹林。　〔39〕膏腴：土地肥沃、肥美，称膏腴之地。草宅：在长草的地方居住。　〔40〕蓬瀛之观：蓬莱、瀛洲的景观。蓬莱、瀛洲都是神话传说中仙人居住的地方。　〔41〕抚绥：安抚，安定。　〔42〕蟒甲：带松皮的独木舟名。台湾内山一带，当时造船工艺亦较粗放。　〔43〕刳（kū）：剖分而挖空。《易·系辞》下："刳木为舟。"　〔44〕溯洄：逆着河流向上走。溯游：顺着河流向下走。出自《诗经·蒹葭》："溯洄从之，道阻且长。溯游从之，宛在水中央。"　〔45〕见：即"现"，出现。下文"见于山顶，亦同。　〔46〕倏（shū）而：迅速，极快。岫（xiù）：峰峦，山谷。　〔47〕觥（gōng）：饮酒及盛酒器。古代用兽角制，后也用木或铜制。亹亹（wěi）：形容勤勉不倦。《诗·大雅·文王》："亹亹文王，令闻不已。"　〔48〕忧乐同民：即忧乐同于民，句中省略介词"于"。同于民，应释为"与民同"。无在不征：无处不表现。在，处处。征，表征、迹象。　〔49〕处分：处理，处置。　〔50〕丑正：丑时正。寅正：寅时正。得天厚：具有自然、资质等特殊条件。素：平素，往常，旧时。　〔51〕翌日：第二天，即十五日。　〔52〕椽（chuán）：放在檩子上架屋瓦的木条，圆曰椽，方曰桷。也可作计数单位，指房屋间数。　〔53〕芟（shān）：除草，割。　〔54〕墟：墟里，村落。　〔55〕谹（hóng）口：山谷口。谹，长大的山谷。　〔56〕屑：疑为"削"之误。　〔57〕住舆：停轿。舆，肩舆，俗称轿子。颔（hàn）：点头。　〔58〕甫发：刚刚出发。甫，始、才。毗（pí）：毗连，接连。凶：凶暴。　〔59〕绎络不绝：即络绎不绝，指往来不绝，接连不断。绝，断。日已晡（bū）：指天已晚。　〔60〕甲午：十六日。望于山川：指祭祀山川的礼仪。望，古代祭祀山川的专称。因遥望而祭，故称。《书·舜典》："望于山川，遍于群神。"　〔61〕相（xiàng）：视，观察。阴阳：表里，隐显。或山水位置，山南水北为阳，水南山北为阴。踌躇：从容自得貌。《庄子·养生主》："提刀而立，为之四顾，为之踌躇满志。"　〔62〕以指南定其方：用指南针判定方向。指南针，又叫罗盘，为我国古代四大发明之一。　〔63〕可逭（huàn）：可以逃避。逭，逃、避。《书》："自作孽，不可逭。"　〔64〕天恩俞允：皇上恩准，帝王施恩允许。　〔65〕吐华：开花。华，即花。遽（jù）逐：立刻驱逐。遽，急、急速。　〔66〕有干有年：年复一年，施展才干。干，才干、能力。年，经年、长时间经营。　〔67〕佾（yì）生：清代孔庙中担负祭礼、乐舞的人员，通常由学政在未录取入学的童生中选取。佾，古代乐舞的行列，一行八人称为一佾。授以题：把题目给他，题，题目。戚姻：由婚姻关系结成的亲戚。劫：劫掠，强取。　〔68〕改努：人名，眉社的酋长。穷郁：忧郁，伤痛。　〔69〕隔别研鞫：隔离分别审讯。鞫，通鞠，审讯、审问。　〔70〕眦（zì）裂：眼眶裂开，形容盛怒的样子。眦，眼角。上下眼睑的接合处，分内眦（靠近鼻子的）和外眦（靠近两鬓），均通称眼角。《史记·项羽本纪》："瞋目视项王……目眦尽裂。"　〔71〕乙未：十七日。　〔72〕绞决：处以绞刑。决，处决。　〔73〕丙申：十八日。　〔74〕凛（lǐn）栗：恐惧貌。因恐惧、寒冷而发抖。　〔75〕发奸摘伏：揭露奸邪给予制裁。发，揭发。摘，取也。伏，制伏。　〔76〕悱恻（fěicè）：形容内心悲苦。肫（zhūn）恳：诚恳的样子。肫，诚恳。　〔77〕"仁义礼智"句：意为仁义礼智由天所授，并符合自身固有的本性。赋，给予。率，遵循。　〔78〕以嗜泪此性：因贪图欲望而埋没了这种本性（天赋的仁义礼智）。泪，疑为"汩"之误。汩，埋没。　〔79〕无怀、葛天之民：见晋陶渊明《五柳先生传》："无怀氏之民欤？葛天氏之民欤?"意谓无怀氏、葛天氏淳朴时代的人民。无怀、葛天为无怀氏、葛天氏的省略,是传说中的远古帝号。无怀氏、葛天氏时代,是古人心中的淳厚、自然之世,是他们向往的质朴的理想社会。　　〔80〕丁酉:十九日。返节:回车。历:经过,越过。　　〔81〕怏怏(yàng):不服气,心中抑郁不乐。〔82〕我觏(gòu)之子,衮(gǔn)衣绣裳:语出《诗经·豳风·九罭》,意为我所见的那人儿,穿着漂亮的礼服。觏,见、遇见。衮衣,画着龙的上衣,为古代帝王及公侯的服饰。绣裳,绣有花纹的裙子(五彩的绣裙)。衮衣绣裳,都是古代贵族的礼服。文中用以泛指盛装。　　〔83〕戊戌:二十日。外国姓:地名,位于大甲溪上游,在今台湾省南投县。大甲溪中游有内国姓。从外国姓所在地理位置看,此地应属过去西班牙殖民者侵占过的地方,后为荷兰殖民者所统治。　　〔84〕设有警:如果(假设)出现紧急情况。警,危险紧急的情况和消息。　　〔85〕澄:澄清,使清明。官方:做官应守的常道。历历:分明可数。卜:估量,衡量。　　〔86〕随车之甘:指甘雨(及时雨)随公车而至,颂地方官的德政。汉代百里嵩为除州刺史,境旱,出巡,甘雨泽润。但有三县父老诉曰:"人等是公百姓,独不沾降?"回赴,雨随车而下。事见《太平御览》引《后汉书》。　　〔87〕著:土著,指常居不迁的人。云霓之望:大旱时盼望布云下雨。语出《孟子·梁惠王下》,原文为:"民望之,若大旱之望云霓也。"云霓,指云和虹。　　〔88〕占:占卦,占卜。经纶:整理丝缕,理出丝绪叫经,编丝成绳叫纶,统称经纶。引申为筹划治理国家大事。见《易·屯》:"云雷,屯,君子以经纶。"　　〔89〕屯(zhūn):卦名。六十四卦之一,坎上震下。卦辞:"勿用有攸往,利建侯。"说此卦不可有所往,建立诸侯则利。建侯:封援侯位。《易传·象》上说:"屯,雷雨之动满盈,天造草昧。宜建侯而不宁。"文中用此。〔90〕洗兵:洗净兵器,收藏起来。即停止战争,预示太平。　　〔91〕丰:卦名。有丰厚、光大之意。《易传·象》下说:"雷电皆至,丰。君子以折狱致刑。"文中引此寓意。　　〔92〕解:卦名。解原为一种兽,卦中有解除、缓解之义。卦为迷信解释,认为筮遇此卦,如有所往,则利西南。《易传·象下》:"天地解而雷雨作。雷雨作而百果草木皆甲坼。"《易传·象下》:"雷雨作,解。君子以赦过宥罪。"文中所引,出此。　　〔93〕雾翳(yì):遮蔽。日暄:阳光温暖。暄,温,暖和。　　〔94〕设官司:设置官府管理。司,主持、管理。辟:开辟。乂(yì):治,治理。井:古代的井田制。相传方里而井,井九百亩,其中为公田。八家皆私百亩,同养公田,公事毕才敢治私事。八家共一井,九百亩,公田居其一。这只是记载,古代实情如何,不得详知。这里指代农耕以养育民众,建学校进行教化。獉獉狉狉:见本文注〔3〕。郁郁彬彬:见本文注〔3〕。　　〔95〕羲农:传说中的人类始祖伏羲和神农氏。黄虞:黄帝和虞舜。六相:传为黄帝时六臣,即蚩尤、大常、奢龙、祝融、大封、后土,分掌天地四方。参阅《管子·五行》。五臣:人臣五人。此应指《论语·泰伯》所说"舜有五人而天下治"中的禹、稷、契、皋陶、伯益。争烈:竞争功业大小。烈,功业,功绩。匹休:比美。匹,比。休,美善。〔96〕梼(táo)昧:愚昧,谦辞。年家子:科举时代称有年谊的后辈。两家人以同年的资格为世交者称作年谊。沐:沐浴,置身。句意为置身在刘公对吏治的谆谆教诲中。　　〔97〕谫(jiǎn)陋:浅薄,浅陋。《望星歌》:附于此文之后的七言古诗,共26句。　　〔98〕同知:清代为知府的佐官,分掌督粮、缉捕、海防、江防、水利等,分驻指定地点。照磨:官名。以照对磨勘为职,为主管文书照刷卷宗的官吏,从九品。把总:官名。清代绿营兵编制,营以下为汛,设把总分领,职位次于千总,为正七品武官。　　〔99〕辛丑日:二十三日。

(王　樵　邱充宣　张德鸿)

艾 濂（一篇）

艾濂，原名琏，字齐周，号玉溪。云南邓川（今属洱源县）人。清嘉庆庚申（1800）举人，戊辰（1808）进士，官宁国（今安徽东南部宁国县）知县。著有《虫吟集诗抄》。《滇文丛录》录其文11篇。这里选收他的《蒲峡龙门说》。

《蒲峡龙门说》记叙蒲陀崆深溪邃谷间的蒲峡龙门的地理形胜，呈现了自然造化的鬼斧神工所造就的奇特景观。文章将客观叙述和艺术描写有机结合起来，并适时穿插恰切的引证，更增添了作品的色彩和魅力。全文精雕细刻，激情满纸，引人入胜，令人遐思，不失为一篇写景的美文。

蒲峡龙门说[1]

蒲陀崆者，邓川之上游，而与浪穹分界者也[2]。溪深谷邃，逦迤六七里许，内有盘石，蹄迹宛然，俗又称为龙马洞[3]。宁湖之水，由三江口而下，奔越其中，沿至龙神祠前，漾为弥苴佉江，直穿州境，以达洱河[4]。此诚两川咽喉，一邑险隘者也[5]。西山虽高，无甚奇异；东川之顷，巉岩削壁，倒扑飞悬，望之百有馀仞[6]。灵猱狡兔，莫蹑其巅[7]。而石径崎岖，环绕其麓，行道者每仰观而不敢亵玩[8]。俯临深谷，乱石纵横，湍急澜狂，声如雷吼[9]。而最称奇迹者，莫如蒲峡龙门。大石平分，东西对峙，俨若巨灵所劈[10]。飞泉陡泻，河鲤难登，溅玉喷珠，雪花散乱，为州中八景之一[11]。志称神禹所凿，其说似近于诬。然洱水之源，出自罢谷，载在《水经》，而斯水实由此峡而过[12]。且龙神祠后，剩有禹碑，故老传闻，要非无据[13]。况滇属梁州之界，若金沙、兰沧诸水，应在所治之中[14]。其他纵非禹迹所经，而过化存神，凡流之安；其流者罔非禹绩，则斯峡之凿也，何必禹，亦何必谓其非禹哉[15]！说者曰龙门，在今山西河津县[16]。兹特仿其形而名之。如丙穴在今四川达州，升庵先生所题于渔潭坡者，亦祇仿其形而称之，理或然也[17]。故为之说，以阙其疑[18]。

选自《滇文丛录》卷六

【简注】〔1〕蒲峡龙门：明代艾自修《重修邓川州志·风境志》载，"州之北界。蒲陀崆中，一石两剖不毵（sān），又两峙不乱。" 〔2〕蒲陀崆：地名。崆，山石高峻貌。邓川：古名邓川驿。民国二年改县，1961年并入洱源县，1985年改为邓川镇。浪穹：即今洱源县。唐置浪穹州，元置浪穹千户所，明清为浪穹县。1913年改为洱源县，1958年并入剑川县，1961年又恢复洱源县。 〔3〕逦迤：

曲折绵延。盘石：巨石，大石。宛（wǎn）然：仿佛。龙马洞：《邓川州志》卷二载，"州北龙马洞。弥苴河中湍流，石有蹄迹。人言，昔年龙马破石升天，故留迹于此，若镌石内，有马两足痕。" 〔4〕宁湖：即宁河。《邓川州志》说："宁河在浪穹县北，即《一统志》明河、宁湖也。"弥苴佉（jūqū）江：又称弥苴河，在洱源东、邓川北。《邓川州志》"弥苴佉江"条载："蒲陀腔涌下，受鹤（庆）、剑（川）、浪穹、凤羽诸水以入于洱。"洱河：指洱海。 〔5〕两川：指宁河和弥苴佉江。一邑：指邓川。 〔6〕西山：指象山；或即启始山，《邓川州志》说它是"州之西界"。东川：指邓川东面的龙岩水。顷：同"倾"这里指侧面。仞（rèn）：古时八尺或七尺为一仞。 〔7〕猱（náo）：猿类。蹑（niè）登也。 〔8〕麓（lù）：山脚。仰观：向上看。褰（xiè）：近，走近。 〔9〕湍急：水流迅急。澜：大浪。 〔10〕俨若：俨然，很像。巨灵：古神话中分开华山的河神。 〔11〕州中八景：据《重修邓川志·风境志·胜览》载，邓川州有十六景，"蒲峡龙门"为其中之一。即：雪峰背耸、玉案面环、庠临蛟海、险据龙关、罗坪凤羽、蒲峡龙门、象山仙弈、烟渚渔歌、弥江百里、佛顶千寻、碧潭星鲤、玄洞金龙、海月明楼、江烟笼寺、诸葛寨、一塔寺（普玉阁）。 〔12〕神禹：即夏禹。夏代的建立者，领导人民通江河，引导入海的治洪领袖。由于他领导治平洪水，兴修沟渠，发展农业，造福人民，因而深受各代景仰。罴（pí）谷：山名，在洱源县北。《水经注》载："罴谷之山，洱水（即洱海）出焉。"《水经》：我国第一部记述河道水系的专著。相传为汉桑钦著，郭璞注。 〔13〕故老：年老多阅历的人。 〔14〕梁州：古九州之一。《书·禹贡》："华阳（华山之南）黑水（一说为澜沧江）惟梁州。"金沙：江名。指长江上游自青海省玉树县直门达至四川省宜宾市的一段，长1 918公里，流域面积约50万平方公里。兰沧：澜沧江。我国西南地区大河之一，出青海唐古拉山，流贯云南西部，到西双版纳南部出国境，称湄公河，入南海。所治：夏禹所治理。 〔15〕禹迹：夏禹治水足迹。流之安：安流，平稳地流动。屈原《九歌·湘君》："令沅湘兮无波，使江水兮安流。"罔非：没有不是。禹绩：禹治水的功绩。三国魏阮瑀《纪征赋》："遂临河而就济，瞻禹绩之茫茫。" 〔16〕龙门：即禹门口，在山西河津县西北部。黄河至此，两岸峭壁对峙，形如阙门，故名。《书·禹贡》："导河积石，至于龙门。" 〔17〕丙穴：地名。此地名，许多省内均有，但以四川为多。《水经注》说："穴口向丙（水），故曰丙穴。在四川城口县南。"城口县，清初为达州太平县地，直隶川东道。地当四川东北通陕西紫阳之要道。达州：原称达县，在四川东北部，渠江支流通江流域。宋为达州，清改达县。升庵先生：杨升庵，名慎，字用修（1488～1559），明正德、嘉靖年间的著名学者和文学家。四川新都人。正德六年（1511），殿试第一，授翰林院修撰。嘉靖三年（1524）因议大礼之争，触怒皇帝，被充军云南永昌卫（今云南保山市）。嘉靖三十八年（1559）老死在云南戍所。 〔18〕为之说：写这篇（蒲峡龙门）说。阙其疑：对疑难未解者不妄加评说（评论）。表谦逊态度。《论语·为政》："多闻阙疑，慎言其馀，则寡尤。"《论语·子路》："君子于其所不知，盖阙如也。"

（张德鸿）

何桂珍（一篇）

何桂珍（1817～1855），字丹畦，云南师宗人。清道光十八年（1838）进士。二十六年（1848）提督贵州学政。二十九年，授孚郡王读。时文宗（咸丰皇帝）亦读书潜邸，桂珍以学问受上知。咸丰四年（1854）简授安徽徽宁池太广兵备道。五年十一月三日被捻军降将李兆受杀害。桂珍秉性刚直，敢于犯颜直谏，入直上书房期间，一月中上疏二十，所言惟以君德、人才为先务。他不怕触怒皇帝，恳请咸丰皇帝"停幸圆明园"，专心于国事（见《请停游幸疏》）。痛揭官吏的腐败无能，对于丧权辱国的琦善，桂珍更是深恶痛绝，屡次上疏弹劾，请求咸丰皇帝夺其兵权，明正其罪。由于屡次弹劾权臣琦善、向荣等，他一到安徽就受到巡抚福济（向荣的亲信）等人的刁难陷害。最后，他们终于借李兆受之手除掉何桂珍"以报隙"。同治三年（1864）冬，曾国藩奏请赐恤，诏谥"文贞"，建祠英山县。著有《何文贞公遗书》六卷，《续理学正宗》四卷，《训蒙千字文》一卷，《六松山房制义》四卷（缺一、二卷），《大学衍义刍言》（卷数不详）。以上著作，除《大学衍义刍言》外，已收入点校本《何桂珍文集》（云南人民出版社2001年版）。

道光三十年（1850），吴甄甫被任命为云贵总督，次年正月入京召对。桂珍写了《上吴甄甫师书》，针对滇省存在的主要问题，提出了七条切实可行的解决办法，颇有见地。作者对于乡梓的一片拳拳爱心，于此可见一斑。

上吴甄甫师书[1]

日前侍教，未罄欲言[2]。窃思滇省僻在边隅，距京窵远，官斯地者，率以易于掩饰，诸事因循浸至疲敝[3]。前林文忠公在任未久，所亟欲整顿者，尚未尽见诸施行[4]。今福曜亲临，幸叨庇荫，实心实政立见作新，允为滇人厚庆[5]。伏以图治之道，除弊斯可以兴利，激浊乃可以扬清[6]。吾夫子历任整饬纪纲，不避劳怨，帝心简在，民望系焉，滇、黔虽小，未始不可宏此远谟也[7]。某三载家居，未干外事，然曾经阅历及得诸传闻者，不敢不冒昧缕陈，用效涓埃于万一[8]。门墙之下无所避嫌，非有关于恩怨，可否施行之处，尚乞审择而查验之[9]。

抑某更有请者，起衰振靡，法在必行，然平日教化之功，似亦不容偏废[10]。前陆立夫制军，奏请崇正学以黜邪教，奉旨允行[11]。窃谓宣讲圣谕，责之州县，仍恐视为具文，而性理精义，滇中绝少，且非初学所能与[12]。知现刻有张清恪公《小学集解》，宣民善俗，至为切近，谨呈钧览以备刊行[13]。又前刻《理学正宗》并《训蒙千言》，板存滇省，特属昆明举人杨勋印呈，如蒙采取，于士习不无裨益[14]。僭妄之罪，谅邀鉴原[15]。

一、士子向来多不务经学，前贺制军新设背诵《五经》膏火，月课兼用经文[16]。查书院膏火，每年甄别一次，用一《四书》文、一诗，似可解作经文；或用一《四书》文、一经文免诗[17]。复试或作一史论，以励实学[18]。至举人，向无膏火，贺、林二公俱有志未逮，现在地方安静，似可捐办，约设三四十分，每人四两[19]。于会试后数月，甄别一次，参用经文、策论，月课似亦可照此办理[20]。

一、各地方科派徭役最为繁重，前林制军力为裁减，命昆明举人杨勋等董理其事，民沾实惠，而亦不误官差[21]。但县令、吏胥不快所欲，恐有更动[22]。查杨勋理学纯儒，有志匡济，以母老需养，屡不会试，实属一乡之望，允无愧孝廉方正之称[23]。

一、永昌汉、回之乱，经林制军剿抚平定，但恐仇衅未尽消融，尤需地方官办理得宜，方无后患[24]。思茅土司之变，亦不可不择人以善其后也[25]。

一、他郎厅金厂，向来游民聚集，争斗仇杀，官不能治[26]。经林制军奏请委员弹压督办，虽于国课无大益，而藉此安养游民，俾不滋事，似宜照旧办理[27]。

一、开化、广南、临安三府，及广西州属弥勒、师宗、丘北等县，土人习为盗劫，官不能办，民间私自结会，名曰"牛丛"，每获窃盗，则传集乡人，各出一柴焚之[28]。亦有藉此报仇讹诈，把持街市者，甚为可虑[29]。似宜官为之主，化作保甲团练之法，获盗则送官惩办[30]。如解司之费不敷，即就本道审明正法，仿照从前永昌民变奏归迤西道就近办理之案；或州县可靠，即听其尽法惩治，亦似便宜可行[31]。

一、川匪贩卖鸦片，千百成群，各持鸟枪器械，经过地方不胜滋扰，似须设法严禁，以杜奸萌[32]。

一、民间私种芙蓉，各处皆然，良田美地尽作烟产；每值开花取浆之时，地方官巡历各乡，收纳税钱，肆无顾忌，故鸦片之害愈广，五谷之产愈稀。似宜申明旧禁，有犯必惩，亦养民之一术也[33]。

选自《何桂珍文集》

【简注】[1] 吴甄甫（1792~1854）：名文镕，号云巢，一号竹孙，江苏仪征（今扬州）人。清嘉庆（1796~1820）进士。咸丰元年（1851）任云贵总督。遇事持正，累劾失职地方官吏。平文山、腾越、镇康、东川等地乱。三年，调湖广总督。四年，与太平军战于堵城（今湖北大冶），以众寡不敌，投水死。谥文节。 [2] 侍教：侍立于侧，听取教诲。未罄（qìng）欲言：想说的话没有全部说出来。罄，器中空。引申为尽、完。 [3] 窃：私下。第一人称"我"的谦词。僻：偏僻，地方荒远。边隅：边疆，边境。夐（diào）远：（距离）遥远。斯：此，这个。率（shuài）：大抵，通常。易于：容易。跟"难"相对。掩饰：遮掩粉饰。因循：沿袭，照旧不改。浸：渐渐。疲敝：困苦穷乏。《后汉书·袁绍传》："师出历年，百姓疲敝。" 〔4〕林文忠公：林则徐（1785~1851），字少穆，福建侯官（今闽侯）人。清嘉庆进士。道光二十七年（1847）任云贵总督。时云南汉、回构衅，当局者各有所袒，酿祸益深。既至，宣扬"只分良莠，不分汉回"原则，率兵平定迤西。咸丰元年（1851），以钦差大臣兼署广西巡抚，行至广东潮州，病卒。谥文忠。著有《滇轺纪程》、《云左山房诗集》、《林文忠公政书》等。亟（jí）：急，迫切。诸："之于（wū）"的合音。代词兼介词，用在句中。 〔5〕福曜：犹言"福星"。象征给大家带来幸福、希望的人或事物。叨（tāo）：谦词。受到（好处）。庇荫：庇护，保护。实政：政治务实，讲求实效。作新：《尚书·康诰》说，"亦惟助王宅天命，作新民。"本意谓教导殷民，服从周王的统治。后因以"作新"比喻教化百姓，移风易俗。允：真正，确实。厚庆：很大的幸福。《国语·周语》："有庆未尝不怡。"韦昭注："庆，福也。" 〔6〕伏：拜伏，俯伏。用作敬辞，如伏闻，伏惟。图治：图谋治理。道：方法，根本措施。除弊：废除对国家有害的事情。斯：就，便。连词，表示因果或情理上的联系。兴利：兴办对国家有利的事情。激浊乃可以扬清：即成语激浊扬清，意为斥恶奖善。乃：方，才。 〔7〕整饬：整顿，整治。纪纲：同"纲纪"。法度，伦常。简在：犹"存在"。《论语·尧曰》："帝臣不蔽，简在帝心。"意思是：上帝之臣（的善恶）我（汤）也不敢掩盖，上帝心里是明白的。民望：人民的希望。系：依附，归向。黔：贵州省的简称。因省境东北部在战国、秦代属黔中郡，在唐代属黔中道，故名。宏：广博，宏大。远谟：远大的设想、计划。 〔8〕三载家居：道光二十六年（1846）十二月二十一日，何桂珍父亲病故，二十七年夏桂珍返师宗，为父居丧守制，直至二十九年夏，期满离滇。干：干预，参与。外事：身外之事。缕陈：详细陈述。涓埃：细流与轻尘。比喻微小。万一：万分之一，极小的一部分。 〔9〕门墙：《论语·子张》："夫子之墙数仞，不得其门而入。"后因称师门为门墙。无所：不用，不必。避嫌：避免嫌疑。《公羊传·桓公十二年》："此其言伐何？辟（避）嫌也。"施行：执行，付之实施。尚：还。副词，用在谓语的前面，表示希望。乞：祈求，恳求。审择：慎重选择。审，慎重。《吕氏春秋·音律》："审民所终。"高诱注："审，慎；终，卒。"查验：检查是否真实。验，检验、证实。 〔10〕抑：不过，只是。连词，用在句子的开头，表示轻微的转折。某：自称之词，用来代替自己的名字。请：请求。起：振作，奋起。衰：衰落，衰败。振：通"整"。整顿，整治。靡：奢侈，浪费。教化：政教风化，也指教育感化。偏废：偏重某一方面，忽视或废弃另一方面。 〔11〕陆立夫：陆建瀛（1792~1853），字立夫，湖北沔（miǎn）阳人。道光二年（1822）进士。十二年（1832）五月充云南乡试正考官。道光二十六年（1846）正月升云南巡抚，八月兼署云贵总督。咸丰元年（1851）黄河缺口，奏请以工代赈。二年，任两江总督、钦差大臣，至江西九江堵截太平军，败逃，被革职。咸丰三年（1853）二月，江宁（今南京）城陷，陆被太平军所杀。制军：清称总督为制军。俗称制台，下属则尊称为制帅、制宪或督宪。崇：尊重，崇尚。正学：汉武帝时排斥百家，独尊儒术，以儒家学说为正学。黜（chù）：贬斥，废除。邪教：旧指儒家以外的非正统的宗教、教派。允行：允许施行。 〔12〕圣谕：儒家称禹、汤、文、武、周公、孔子等的教导为圣谕。责：责成，督责他人去完成任务。州：地方行政区划名。明清时属于府，长官为知州。直隶州知州的地位与知府平行，散州知州的地位相当于知县。具文：空文。谓徒具形式而无实际作用。性理：宋明理学重要范畴之一。程、朱派理学家认为："性即理也。""自理而言之谓之天，自禀受而言之谓之性。"人和物的性都是天理的体现。这就把仁、义、礼、智等封建道德说成是永恒的天理，为性所固有。由于理学家们喜谈"性理"问题，故理学亦称性理之学。精义：精微的义理。与：参与，参预。 〔13〕张清恪：张伯行（1651~1725），字孝先，号敬庵，河南仪封（今兰考）人。康熙二十四年（1685）进士。历任福建、江苏巡抚，官至礼部尚书。屡疏请免灾区田粮，弹劾违法地方官吏。康熙称其为天下第一清官。治程、朱理学，编辑整理理学著作多种，著有《困学录》及续录、《正谊堂文集》及续集等。雍正三年（1725）卒，谥清恪。切近：切合贴近。钧：旧时下级对上级的一种敬词，如钧座、钧谕。后之书札及口语中，对尊者多用钧安、钧启。备：预备，准备。刊行：刊印发行。　　　　〔14〕《理学正宗》：清人窦兰泉（即窦垿，何桂珍的姐夫，云南罗平人）辑，其书尊奉周敦颐、张载、二程、朱熹至明代的薛瑄为理学的"正宗"。《训蒙千言》：何桂珍撰，云南省图书馆有道光二十四年（1844）桂珍手书刻本及道光三十年（1850）刻本。原名《训蒙千字文》，刻本易名《何文贞公千字文》。另陈荣昌书，一卷，《云南丛书》初编收入。属：通"嘱"。托付，请托。举人：唐制为各地乡贡入京应试之通称，意即应举之人。明清则为乡试考中者之专称，作为一种出身资格。裨（bì）益：补益，助益。　〔15〕僭（jiàn）：超越本分。妄：狂妄；非分的，出了常规的。谅：料想。邀：求得，得到。鉴原：鉴察原谅。　　〔16〕务：从事，致力。经学：研究经书、为诸经作训诂，或发挥经中义理之学。贺制军：贺长龄（1785～1850），字耦耕，湖南善化（今长沙）人。嘉庆十三年（1808）进士。曾主持编纂《皇朝经世文编》。道光十六年（1836）升贵州巡抚。治黔九载，建书院义学，振兴文教，刊刻经籍，颁行州县。二十五年（1845），擢云贵总督，兼署云南巡抚。次年，大理、永昌回民起义，引用流戍军犯进行镇压。二十七年，因大理回民再次起义，被劾，褫职。五经：五部儒家经典。即《诗》、《书》、《易》、《礼》、《春秋》。膏火：旧时书院、学校中给学生的津贴费用。课：考查，考核。清代的学校，有月课，有季考，除《四书》文外，兼试策论。　　〔17〕甄别：考核鉴定。四书：《大学》、《中庸》、《论语》、《孟子》的合称。宋淳熙（1174～1189）年间，朱熹撰《四书章句集注》，《四书》之名始立。从此，长期成为封建社会科举取士的初级标准书。　　〔18〕史论：文体名。《文选》中列有"史论"一门，原指作史者在《本纪》、《列传》之后评述所记事件和人物的文字。后来，凡是关于历史事件和人物的论文，也都称为史论。励：劝勉，鼓励。实学：切实的学问。　　〔19〕有志未逮：有意给举人增设膏火，但没有做到。逮，及，到。捐办：捐款办理。两：旧时用银子为主要货币，以两为单位，因此，做货币用的银子称为银两。　　〔20〕会试：明清两代每三年一次在京举行的全国考试。各省的举人皆可应考。在乡试的第二年举行，考中者称贡士。策论：宋庆历（1041～1048）以后科举考试项目有经义、诗赋、策论。策为策问，试者按问逐条对答；论是议论时事。　　〔21〕科派：摊派。徭役：古代国家强迫平民（主要是农民）从事的无偿劳役。一般有力役、军役及其他杂役。林制军：即林则徐。清代总督称制军，俗称制台，下属则尊称为制帅、制宪或督宪。董理：监督管理。官差（chāi）：官府分派的差役。　　〔22〕县令：一县的行政长官。明清称知县。吏胥：地方官府中书办之类的小吏。不快所欲：不能满足其欲望。快，称心，快意。　　〔23〕理学：亦称"道学"。宋明儒家哲学思想。多以阐释义理，兼谈性命为主，故有此称。一派以程颢、程颐、朱熹为代表，建立了一个比较完备的客观唯心主义体系；一派以陆九渊、王阳明为代表，建立了主观唯心主义体系，与程朱对立。纯儒：纯粹的儒者。匡济："匡时济世"的略称。谓挽救艰困的局势，使转危为安。匡，纠正，改正。济，救助，接济。望：人所瞻仰。孝廉：汉代选拔官吏的科目之一。名义上以封建伦理"孝"与"廉"为标准。方正：即"贤良方正"。汉代选拔统治人才的科目之一。始于汉文帝二年（前178）。清代根据汉代原有的科目合并，特设孝廉方正科。雍正元年（1723），诏直省每府、州、县、卫各举孝廉方正，赐六品服备用。　〔24〕永昌：汉置永昌郡。唐及五代时称府，元明因之。府治在今云南保山市。汉、回之乱：道光十三年（1833），保山七哨汉民自设"牛丛会"，擅杀回民。汉、回互斗愈烈，回民丁灿廷、杜文秀等上京控诉。二十五年（1845），永昌回、汉械斗甚烈，云贵总督贺长龄命提督张必禄带兵防剿，多杀回民。二十六年，清任林则徐为云贵总督，查办迤西汉、回斗械案，剿处保山七哨首犯。二十八年，林则徐到迤西，会审丁灿廷、杜文秀京控案，提出"只分良莠，不分汉回"，事渐息。仇：仇恨。衅（xìn）：嫌隙，争端。消融：消除，消解。　　〔25〕思茅：地名，位于滇南。清雍正七年（1729）移普洱府通判驻此；十三年（1735）裁通判，置思茅厅。1913年改厅为县。土司：元明清时于湖（湖南、湖北）、广（广东、广西）、四川、云南、贵州等少数民族地区，委派该族头领为文武官员，统称土官，也叫土司，子孙世袭。善其后：妥善地料理和解决事件发生以后遗留的问题。　　〔26〕他郎厅：清代先后置他郎抚彝厅、抚彝府。1913年改为他郎县，1915年更名墨江县（以有阿墨江得名）。位于滇南。金厂：墨江矿藏有金、银、铜、铅、铁等，其中黄金储量最多，品位较高。　　〔27〕委员：委派担任特定任务的人员。弹（tán）压：旧时指用武力压制。督办：监督指挥。国课：国家征收的赋税。藉：同"借"。借助，凭借。游民：古指无田可耕、流离失所的人。后泛指游荡没有正当职业的人。俾（bǐ）：使。滋事：惹事，制造纠纷。　　〔28〕开化：康熙六年（1667）置开化府，治所在今文山县境。府辖安平厅（今马关县）及文山县。广南：明洪武十五年（1382）以元广南西路宣抚司改置广南府，广南即广南西路省称。治所在今广南县。临安：明洪武十五年（1382）以元临安路改置临安府。治所在今建水县。广西州：清乾隆三十五年（1770）改广西府为广西直隶州。治所在今泸西县。弥勒：弥勒县，位于滇南。现属红河哈尼族彝族自治州。师宗：师宗县，现属曲靖市。丘北：丘北县，现属文山壮族苗族自治州。土人：土著，本地人。习：习惯于。盗劫：偷窃和劫夺财物的行为。传（chuán）集：通知召集。　　〔29〕藉此：假托此事，利用此事。讹（é）诈：假借某种理由向人强迫索取财物。把持：独揽专断，不让他人参与（含贬义）。　　〔30〕化：改变。保甲：保甲制度，始于王安石。其法是若干家编为一甲，若干甲编为一保，甲设甲长，保设保长，对人民实行层层管制。它是一种通过户籍编制来统治人民的制度。团练：封建地主阶级编练的地方部队。　　〔31〕廨（jiè）司：官署。"解"，通"廨"。《玉篇》："廨，公廨也。"公廨即官吏办公的地方。不敷：不够，不足。本道：指滇南道。清雍正八年（1730）置迤东道、迤西道。乾隆三十一年（1766）自迤东道析置迤南道。开化、广南、临安、广西属迤东道。正法：明正典刑，执行死刑。尽法：一切都按照法律行事。便宜：方便合适，便利。　　〔32〕器械：有专门用途的器具。胜（shēng）：胜任，禁得起。滋扰：骚扰生事。杜：杜绝，防止。奸：奸诈，邪恶。萌：开始，发生。　　〔33〕芙蓉：即"阿芙蓉"，鸦片的别称。巡历：巡行（察看）。历，经过、经历。肆无顾忌：任意妄为，毫无顾忌。肆，放纵、任意。顾忌，恐怕对人或对事情不利而有顾虑。养：供给生活资料或生活费用。术：方法。

（吴培德）

窦垿（一篇）

窦垿（1799~1861），字子坫，号兰泉，云南罗平人。清道光九年（1829）进士，任吏部主事。在京期间，与曾国藩、何桂珍（窦垿内弟）同学于唐鉴，以宋儒为宗。咸丰初立，任江西道监察御史。上任第三天，即向咸丰帝上疏，条陈九事，主张广开言路，变法求贤，整顿盐课税课，减轻人民负担。针对"捐例"卖官鬻爵的积弊，主张"一停永停，豫筹远图"。又建议起用林则徐、唐鉴为议政大臣。同日又上疏参劾卖国求荣的权臣穆彰阿、琦善等，因此"直声著天下"。窦垿以名儒立朝，刚正严毅，为官二十馀年，寒素不异儒生，布衣蔬食，处之晏然。同治初，加知府衔遣贵州候调，主办城防局。至黔一月卒。著作有《待焚录》、《示儿录》、《铢寸录》及岳阳楼长联等。

这里所选《请严惩办理夷务错误诸大臣折》，先引道光皇帝的上谕，然后就上谕的内容陈述自己的意见。作者认为，"国家不能有赏而无罚，有是而无非"。既然徐广缙等因功获赏，则"从前办理错误之大臣"，亦应"严加谴责，交部治罪，以示中外"。进而指出，在外如耆英、琦善、刘韵珂等，在内如穆彰阿、潘世恩等，"皆始终办理夷务之人"，"伊等当日欺罔之状，罪不可逭矣"，因此，应严加惩处。这样，"纲纪立，赏罚信"，"其他庶事乃可次第以举也"。最后，向皇上表明：作为谏官，"为我皇上陈之"，正是自己的职责所在。奏上不久，穆彰阿等受到了惩处。

请严惩办理夷务错误诸大臣折

奏为英夷久已绥靖，从前办理错误之大臣，未蒙严加谴责以示中外，恐无以彰国是而正人心，谨恭折具奏，仰祈圣鉴事[1]。臣伏读道光二十九年四月十六日上谕："夷务之兴将十年矣[2]。沿海扰累，糜饷劳师[3]。近年虽略臻静谧，而驭之之法刚柔不得其平，流弊愈出愈奇，朕深恐沿海居民有蹂躏之虞，故一切隐忍待之，盖小屈必有大伸，理固然也[4]。昨因英夷复申粤东入城之请，督臣徐广缙等连次奏报办理，悉合机宜[5]。本日又由驿驰奏，该处商民深知大义，捐资御侮，绅士实力助饷，入城之议已寝[6]。该夷照旧通商，中外绥靖，不折一兵，不发一矢，该督抚安民抚夷，处处皆得根源，令该夷驯服，毫无勉强，可以历久相安[7]。朕嘉悦之忱，难以尽述[8]。允宜懋赏以奖殊勋[9]。徐广缙著加恩赏给子爵，准其世袭，并赏戴双眼花翎，叶名琛着加恩赏给男爵，准其世袭，并赏戴花翎，以昭优眷[10]。等因，钦此[11]。"仰见成皇帝知人善任、崇功懋赏之至意[12]。臣伏思国家不能有赏而无罚，有是而无非[13]。如圣谕所云"驭之之法刚柔不得其平"者，此必非我成皇帝一人独断之所致也，在外必有密折奏请之人，在内必有参决可否于御前之人[14]。圣谕云："一切隐忍待之，小屈必有大伸。"夫使我国家大伸者，徐广缙等也；使我国家隐忍小屈者，果何人乎[15]？臣以为在外如大学士耆英、协办大学士琦善、闽浙总督刘韵珂等；在内如大学士穆彰阿、潘世恩等，皆始终办理夷务之人，最不能辞其责者也[16]。臣虽不知当夷务孔亟之时，耆英等密折奏请者何事，穆彰阿等面陈于成皇帝之前者，是何等言语，然而圣明洞鉴所谓驭之之法，刚柔不得其平者，其与今日办理情形岂不大相刺谬乎[17]？则伊等当日欺罔之状，罪不可逭矣[18]。

今徐广缙等久邀懋赏，而该大臣等尚未蒙谴责，在成皇帝如天之仁，必以为伊等平日奉公，不无微劳可录，是以姑置弗问[19]。在皇上新政之初，必以为事阅数年，既往不咎，而现在办事需人，未遑计及顾此一事也[20]。上则贻成皇帝数载之忧勤，下则戕臣民数千百万之性命，中则耗国家数百千万之帑藏，诚如圣谕"夷务之兴，沿海扰累，糜饷劳师也"[21]。今国用不足，朝野匮乏，皆坐受此病[22]。而该大臣等犹安享富贵如故，薄海臣民皆为发指[23]。臣更仰窥成皇帝心存仁恕，或谓当日之事，该大臣既经奏明办理，亦不肯专咎臣下，第成皇帝误听，先由该大臣等欺蒙，其罪实在该大臣等[24]。我成皇帝当日不肯以驭之不得其平，直斥为臣下之咎者，固仁恕之深心；我皇上今日不能不以驭之不得其平，明辨为诸臣之罪者，乃显扬之大孝[25]。且安知伊等不以军务机密非外人所知，藉可透过君亲，谓当日皆宸衷独断而伊等并无成见乎[26]？天下万世但见诏旨，而不知伊等密奏密陈之语，又见今日朝廷并无谴责，或转信伊等无罪[27]。臣愚以为，既往机密，原不必尽行宣示[28]。即圣谕"驭之之法，刚柔不得其平"，已足见错误欺蒙之罪。该大臣等扪心自问，岂得尚谓无辜[29]？应请旨将大学士穆彰阿、潘世恩、耆英、协办大学士琦善、闽浙总督刘韵珂等严加谴责，交部治罪，以示中外[30]。臣亦知事后创惩，何裨于国[31]？但罚明而后赏足以劝，是非明而后人不敢售其欺，俾天下万世共晓[32]。然于英夷一事，其始办理错误者，实由于该大臣等欺蒙之罪，其后办理得宜者，乃我成皇帝特用徐广缙等知人之明，登之实录，庶不至使万世而下，谓此事错误尽出于宸断[33]。即外夷各国，闻办理错误诸臣业蒙谴责，知皇上圣断必不能再受欺蒙，亦不敢生心蠢动，求如前日英夷之所为，即内外臣工咸知功成一旦则赏，有不次事阅数年亦罚终必及，谁敢不竭忠尽诚以报知遇[34]？否则，将来参预机密之臣无所惩儆，事过既皆得无罪，事至必仍相欺蒙[35]。万一宸听偶不及防，补救良非易易[36]。国是不彰则人心不正，所关岂小也哉[37]！臣以为，今日之务莫急于此，此事明而后本源清，纲纪立，赏罚信，必中外肃然[38]。朝廷有坚定确实之意向，令必行而禁必止，其他庶事乃可次第以举也[39]。

臣久见此事当言,因无言责,莫罄愚忱[40]。兹蒙擢授谏官,职在纠劾,不敢不急为我皇上陈之[41]。是否有当,伏乞圣鉴训示,谨奏[42]。

道光三十年五月十七日奏

选自《晚闻斋稿·待焚录》

【简注】〔1〕英夷:英国。全称大不列颠及北爱尔兰联合王国。夷,古时对异族的贬称,也往往用以泛指外国或外国人。绥靖:安抚平定。蒙:受到。严:严厉,严正。谴责:责备,责罚。示:把事物摆出来或指出来让人知道。无以:不能够。彰:彰明,显扬。国是:国事,国家大计。正人心:使人心端正而无邪念。谨:慎重,恭敬。折:折子,奏折。明清两代官员向皇帝奏事,因用折本缮写,故名。具奏:陈奏。具,陈述。仰:旧时公文用语。上行文中用在"请、祈、恳"等字之前,表示恭敬;下行文中表示命令,如:仰即遵行。圣:封建时代对君主的尊称。鉴:鉴裁,审查。 〔2〕伏读:俯伏恭读。伏,旧时常用为下对上有所陈述时的表敬之辞。如伏闻、伏维。道光二十九年:即1849年。上谕:帝王的指示命令。清制,凡宣布官吏升降及对臣民有所通告,皆用上谕的形式。夷务:外交事务。 〔3〕扰:骚扰,侵掠。累(lěi):屡次,连续。糜(mí):通"靡"。耗费过度,浪费。饷:军用钱粮。劳:使用过度。《管子·小匡》:"牺牲不劳,则牛马育。"尹知章注:"过用谓之劳。"师:军队。 〔4〕臻(zhēn):达到。静谧(mì):平静安宁。驭:驾驭,控制。刚柔:强硬与柔和。《诗·大雅·烝民》:"柔则茹(食)之,刚则吐之。"平:平衡,适宜。流弊:滋生的或相沿而成的弊端。虞:忧虑。隐忍:事情藏在内心,勉强忍耐。屈、伸:委屈与伸展。亦作"屈申"。固然:本来如此,原本如此。 〔5〕申:表明,表达。督臣:总督。此是上谕,故称"臣"。徐广缙(1786~1858):字仲升,河南鹿邑人。嘉庆进士。道光二十八年(1848)任两广总督,兼通商大臣。英使文翰企图违约入广州城,广缙在人民强有力的支持下,拒绝了英使的无理要求,得封子爵。咸丰元年(1851)与赛尚阿在广西镇压农民起义。次年太平军攻入湖南,他被调任钦差大臣署湖广总督,率军援救长沙。因未能阻止太平军自长沙撤围后直趋汉阳、汉口的攻势,被革职。悉:全部。机宜:依据时机采取了适宜的决策。 〔6〕驿:驿使。古时传递公文的人。驰奏:纵马疾驰,传递奏疏。御侮:抵御外侮。《诗·小雅·常棣》:"兄弟阋于墙,外御其务(侮)。"绅士:旧时称地方上有势力的地主或退职的官僚。儴(ráng):同"勷"。"勷"(xiāng)同"襄",相助而成。《左传·定公十五年》:"不克襄事",杜预注:"襄,成也。"寝:停止,平息。 〔7〕督抚:清总督,总管两省或数省军政与民政,巡抚则为一省地方长官,合称督抚。抚:安抚,抚慰。驯服:顺从,使顺从。历:经过,超过。 〔8〕嘉悦:喜悦,欢快。忱:心情,情意。 〔9〕允宜:确实应当。懋(mào):通"茂",盛大。殊勋:特殊的功勋。 〔10〕著:"着"的本字。公文用语,表示命令的口气。如:着即施行。恩赏:帝王对臣下在规例以外的赏赐。子爵:古爵位名。爵分五等,即公、侯、伯、子、男。直至清代仍沿用。花翎:清代官场的冠饰。用孔雀翎饰于冠后,以翎眼多者为贵。一般是一个翎眼,多者双眼或三眼。大臣有特恩的始赏戴双眼花翎;宗臣如亲王、贝勒等始得戴三眼花翎。叶名琛(1807~1859):字昆臣。湖北汉阳人。道光进士。道光二十八年(1848)任广东巡抚,与总督徐广缙协力拒阻英人入广州城,封一等男爵。咸丰二年(1852)升两广总督。咸丰四年,受英、法、美侵略者的军火接济,残暴镇压广东天地会起义。咸丰七年(1857)擢体仁阁大学士,同年英法联军进攻广州时,不作战守,广州失陷后被俘,死于印度。昭:彰明,显扬。优眷:给以良好的关怀。 〔11〕等因:旧时公文用语,用来结束上文。钦此:皇帝诏令的用语。"钦"是对皇帝所作事的敬称。 〔12〕成皇帝:"成"是道光皇帝谥号的最后一字。知人善任:了解人的品行才能并很好地使用。任,任用、使用。崇功:高功,丰功。 〔13〕伏思:俯伏思惟,下对上的敬词。　　〔14〕致：招致，引来。密折：需要保密的奏折。参决：参加决定。御前：皇帝座位之前，因指帝王所在之处。清制有御前大臣。　　〔15〕果：究竟。副词，表示进一步追究，多用在谓语前面，也可用在主语前面。　　〔16〕耆英（1790～1858）：满洲正蓝旗人。爱新觉罗氏，字介春。道光二十二年（1842）三月奕经在浙江战败，他被任署杭州将军，旋任钦差大臣，赴浙江向英军求和。八月在南京与英国代表璞鼎查谈判，完全接受英国提出的条件，签订《南京条约》。并在璞鼎查要挟下，诬陷在台湾抗英的姚莹、达洪阿。次年再任钦差大臣，与英国在虎门签订《中英五口通商章程》。1844年任两广总督，与美国签订《望厦条约》，与法国签订《黄埔条约》。1850年革职。咸丰八年（1858），第二次鸦片战争期间，被派赴天津与英、法侵略军交涉，因擅自回京获罪赐自尽。琦善（约1790～1854）：满洲正黄旗人。博尔济吉特氏，字静安。袭侯爵，官至大学士。道光二十年（1840）鸦片战争爆发，英军北犯大沽，要挟谈判。时任直隶总督，允许英军在广州议和，并诬陷林则徐，力主求和。旋任钦差大臣赴广东，裁撤战备，擅自议订《穿鼻草约》，允许割地赔款，为广东巡抚怡良所揭发，被革职。咸丰二年底（1853年初），授钦差大臣，在扬州建立江北大营，堵击太平军，屡战屡败。次年病死。刘韵珂（？～1852）：字玉坡，山东汶上人。道光二十年（1840）擢浙江巡抚。二十三年擢闽浙总督。二十五年，英国领事企图霸占福州南郊及在城内乌石山建造洋楼，他表示赞成，为舆论所不容。道光二十七年考查台湾，本书曹士桂《查勘水沙连六社番地番情日记》曾提及。咸丰二年（1852），坐泉州经历何士邠犯赃逃逸，追论宽纵，革职回籍。《清史稿》称韵珂"机警多智"、"巧于趋避"、"以术驭人，阴主和议"。穆彰阿（1782～1856）：满族镶蓝旗人。姓郭佳氏，字鹤舫。嘉庆十年（1805）进士。受道光帝信任，任军机大臣二十馀年。包庇鸦片走私商和受贿的官吏，阻挠禁烟，鸦片战争中卖国投降，对力主禁止鸦片和抗击英国侵略军的林则徐、邓廷桢等进行诬害，支持琦善对英军求和，又支持耆英与英、美、法签订不平等条约。当权日久，门生故吏遍京内外，一时号称"穆党"。咸丰元年（1851）革职。诏书说：穆彰阿"保位贪荣，妨贤病国。小忠小信，阴柔以售其奸；伪学伪才，揣摩以逢主意。从前夷务之兴，倾排异己，深堪痛恨"。潘世恩（1770～1854）：字槐堂，号芝轩，江苏吴县人。乾隆五十八年（1793）癸丑科状元。历礼、兵、户、吏等部侍郎，督云南、浙江、江西学政。提督云南学政时，嘉庆皇帝曾亲写诏书勉励他："少年得晋崇阶，又系鼎甲，前程远大，勿贪小利。勉之！"鸦片战争期间，他对林则徐之论奏多表赞许；但对于投降派大臣妥协误国的行为，虽不苟同，却未敢力争，因此也为时人所讥。咸丰皇帝即位后下诏求荐贤才，他首举林则徐，称其"历任封疆，有体有用，所居民乐，所去民思"，请求将林则徐征召来京备用。并荐举前任台湾道台姚莹等人。卒于咸丰四年（1854），入祀贤良祠，谥文恭。辞其责：推卸其责任。　　〔17〕孔亟：非常紧急。圣明：封建时代称颂皇帝的套词，言英明无所不知。洞鉴：很明白，很了解。洞，深入，透彻。剌（là）谬：违背，完全相反。　　〔18〕欺罔：欺骗蒙蔽。逭（huàn）：逃，避。　　〔19〕邀：获得，求得。仁：仁恕，宽厚。奉公：奉行公事。录：记载，记录。姑置弗问：暂且搁置，不予追问。　　〔20〕皇上：文宗奕詝（nìng），即咸丰皇帝。新政：开始执政。道光三十年（1850）正月，宣宗死，皇四子奕詝立，为文宗显皇帝，旋命明年改元为咸丰。阅：经历，经过。既往不咎：对以前的错误、过失不再责备。未遑：没有时间。计及：考虑到。顾：注意到。　　〔21〕贻：遗留。忧勤：忧虑，愁苦。勤，愁苦、担心。《吕氏春秋·不广》："勤天子之难。"《中华大字典》："勤，忧也。"戕（qiāng）：残害。帑藏（tǎngzàng）：国库，国库里的钱财。　　〔22〕朝（cháo）野：朝廷和民间。匮（kuì）乏：缺乏，不足。坐：由于。病：弊害。〔23〕如故：跟原来一样。薄海：靠近四海。《尚书·益稷》："外薄四海。"蔡沈注："薄，迫也。九州之外，迫于四海。"后统称海内外为"薄海"。发指：头发直竖，形容愤怒到极点。　　〔24〕窥：暗中看出来或觉察到。恕：儒家的伦理范畴，谓以仁爱之心待人。第：但是。　　〔25〕斥：斥责。用严厉的言语指出别人的错误或罪行。固：本来，原本。明辨：（把是非）辨别清楚。显扬：显耀，声名昭著。《礼记·祭统》："显扬先祖，所以崇孝也。"　　〔26〕伊：彼，他。藉：假托，借故。诿过：把过失推给别人。诿，推委、推辞。君亲：君主，国君。偏义复词，偏于"君"。宸（chén）衷：君主的心意。宸，北极星所在为宸，后借用为帝王所居，又引申为王位、帝王的代称。独断：单独做出决定，不考虑别人的意见。成见：对人或事物有预定的主观看法。　〔27〕诏旨：皇帝颁发的命令、文告。转信：反而相信。　〔28〕愚：自称的谦词。如愚意，愚见。宣示：公开宣布。　〔29〕辜：罪过，罪责。　〔30〕大学士：清初置内三院大学士，顺治十五年（1658）改内三院为内阁，置中和、保和、文华、武英诸殿与东阁、文渊阁大学士。雍正九年（1731）置协办大学士。乾隆十三年（1748）定制，置大学士满、汉各二人，官衔以保和、文华、武英三殿及体仁、文渊、东阁三阁为称，其中保和殿大学士不常置，协办大学士满、汉各一人。大学士官阶一品，为文臣最高级，除少数例外，汉人非翰林出身不授此官。部：此指刑部。掌管国家的法律、刑狱事务。示：宣布，宣告。　〔31〕创惩：严厉地处罚。《书·益稷》："予创若时。"孔传："创，惩也。"惩，惩罚、惩戒。裨（bì）：补益，益处。　〔32〕劝：提倡，奖励。《左传·成公十四年》："惩恶而劝善。"售：施行，实现。俾：使。　〔33〕实录：编年史的一种体裁，专记某一皇帝统治时期的大事。唐以后，每一皇帝死后，继嗣之君必让史臣撰修实录，沿为定例。明清两朝设实录馆，专司其事。庶：才，方。副词，表示在上述情况之下才能避免某种后果或实现某种希望。　〔34〕业：业已，已经。蠢动：扰乱，骚动。臣工：群臣百官。咸：全，都。一旦：一天之间（形容时间短）。不次：不按寻常的次序。指行为越出了常轨。及：至，到。知遇：受到赏识、重用。　〔35〕参预：参与，参加（事务的计划、讨论、处理）。预，干预、预问。儆（jǐng）：同"警"。儆戒，警惕。欺蒙：隐瞒真相，骗人上当。　〔36〕补救："补偏救弊"的省语。弥补偏差，克服弊病。良：确，真。易易：极其容易，非常容易。《礼记·乡饮酒礼》："吾观于乡，而知王道之易易也。"　〔37〕关：关系，事物相互之间发生牵连和影响。　〔38〕务：事务，事情。本源：事物产生的根源。纲纪：社会的秩序和国家的法纪。赏罚信：赏罚严明。《韩非子·外储说右上》："信赏必罚，其足以战。"该奖赏的一定奖赏，该处罚的一定处罚。信，确实，真实可靠。肃然：形容十分恭敬的样子。　〔39〕确实：明确而真实。意向：意图，目的。令必行而禁必止：即成语令行禁止。《管子·立政》："令则行，禁而止。"命令做的一定执行，不准做的一定停止。形容法令严正。庶事：各种事务。次第：依次，一个挨一个地。举：举行，举办。　〔40〕言责：旧指臣下对君主进谏的责任。《孟子·公孙丑下》："有言责者，不得其言则去。"罄（qìng）：器中空。引申为尽、完。忱：忠诚，真诚的心意。　〔41〕兹：现在。蒙：蒙受，受到。擢（zhuó）：选拔，提升。谏官：宋天禧元年（1017）由门下省析置，以左右谏议大夫、左右司谏、左右正言为谏官。掌谏诤，凡朝政缺失，大臣及百官任用不当，朝廷各部门事有违失，皆可谏正。窦垿于道光三十年（1850）五月十五日，擢江西道监察御史。监察御史属都察院，掌弹劾及建言。职：职务，职责。纠劾：纠察弹劾。　〔42〕当（dàng）：适合，得当。乞：乞求。训示：上级对下级或长辈对晚辈的教诲和指示。谨：郑重和恭敬。

（吴培德）

陈奇猷（一篇）

陈奇猷，生平不详。这里选他的奏疏一篇。《丽郡文征》卷五列为明文。

《振肃滇吏疏》论述滇中吏治弊病的严重性和振肃的必要性。文中指出，巡抚、按察使、知府、知县等官员的懈怠、敷衍、腐败，已到了"硕鼠满室，哀鸿遍野"的地步；要消除弊端，应做到"法在必伸"，使"当道之豺狼"敛迹，并做好选拔赴任和正途补缺两件事。同时，认为土司有骄悍和醇谨之分，既要"藉其一臂之力"，又要缜密从事，对"蚌孽"之患防于未然。

全文很强调多年"相沿之弊端"，即冰冻三尺，非一日之寒，因此"兴治定乱，在杜渐防微"，不可养痈遗患。作者"生长于滇"，"在滇言滇"，反映了关心桑梓的思想感情和对整顿吏治的见解。

振肃滇吏疏[1]

为远方望治甚切，积弛夙弊贵厘，恳乞圣明垂念边省振肃官常，以成无外之荡平事[2]。窃惟帝王统一宇宙，遐迩一体[3]；国家整饬纪纲，内外一视[4]。臣生长于滇，夫滇固天末僻壤也[5]。然两迤幅帧皆朝廷启辟之疆域，百万生齿悉祖宗培植之遗黎，恭际尧舜，御极覆载，照临荒服士民，谅亦明主所南顾而轸恤者[6]。第不振久弛之功令，无以成再造之洪庥[7]。醒顽钝而起疮痍，必加一番洗刷[8]。试为皇上陈之。

前者安酋发难，路道阻梗，仕滇之守令往往裹足不前[9]。间有入境履任者，因缺多人少，累年兼摄，盖未至者视为畏途，已至者又居为奇货[10]。硕鼠满室，哀鸿遍野，此相沿之弊端也[11]。兹值道路稍通，凡受职之庶司，自宜依凭限而驱驰，望昆池而叱驭矣[12]。倘查有因循观望，过限延迟者，究处必不容[13]。轻贷而任事者责其往，则谢事者听其去[14]。无以既毁之甑，复佁借寇之名[15]；无开使过之门，终成养痈之患[16]。救时急著莫先于此[17]。

至于群品之淑慝，鉴别欲精，提衡欲确，不得以边地惜才，或曲示优容，而权宜委托[18]；不得为循套塞责，或苛绳散职，而薄责大僚[19]。本虚公为严明，使万里遐陬共守朝廷之法纪，是在抚按尤宜正己率属，刻刻加之意耳[20]。核吏正为安民，而凶暴肆虐百姓，何以有宁宇[21]？职司弹压者，一方赖以澄清，断不可瞻顾宽缓，以禁奸剔蠹[22]。为拯溺扶危，情无所牵，则窟穴之狐兔，无令纵横；法在必伸，则当道之豺狼，务使敛迹[23]。蟊贼去而闾阎赤子得游，耕凿之常亦禔福边圉之一端乎[24]。

凡天下代庖视篆之官，大率滋扰地方，而臣乡之受累尤甚，何也[25]？各直省之郡邑衙门，一时遇缺委署，尚选择正途[26]。滇中州县印务，其钻营管摄者，每多异途杂流[27]。以无所顾惜之廉隅，求满无止足之豀壑，元气剥削，风俗凌夷，此历来第一大患[28]。臣自列鵷班时，已痛心此弊，今滥叨耳目之寄，正欲叩阍仰控，以祈圣慈怜念者也[29]。

臣因是而更有说焉[30]。凡兴治定乱在杜渐防微。滇之疆宇，除文官分守泛地外，环绕皆土司[31]。时值戒严、捍卫、防守，不无藉其一臂之力。然土司中亦有骄悍、醇谨之不一，任节制之责，宜分别劝惩，抚慰有方，约束有法[32]。密先事之提防，以消未然之衅孽[33]。此原非杞忧过计，因论吏治而并及之[34]。臣在滇言滇，不敢掇拾馀唾，轻渎宸聪，而西南宁谧亦以释九重有旰之怀[35]。倘一得之菲可采，乞敕下该□酌议施行，于中兴大业，未必无稍补也[36]。

选自《滇文丛录》卷四七

【简注】〔1〕振肃：整顿引导。疏：条陈。泛指向皇上书面陈述政见的奏章。《汉书·贾谊传》："谊数上疏陈政事。"　〔2〕望治：盼望政治清明，社会安定。积弛夙弊：积久的懈怠，平素的弊端。贵厘：贵在治理。恳乞：恳求。圣明：英明无所不知。代称皇帝。垂念：谦词。俯念，表示对方居高以念下。官常：居官的职责。无外：指极大的范围。《管子·版法解》："凡人君者，覆载万民而兼有之，……天覆而无外也，其德无所不在。"　〔3〕窃：谦词。私下，暗中。宇宙：指天地，引申为天下。遐迩：远近。　〔4〕整饬（chì）：整顿。纪纲：法度，法制。　〔5〕天末：天边，指极远的地方。　〔6〕两迤（yí）：即迤西道、迤东道，泛指云南。清初设永昌道，驻永昌府城（今保山市隆阳区）。雍正时改称分巡迤西道，驻大理府城（今大理古城）。并添设分巡迤东道，驻寻甸州城（今寻甸）。乾隆时因迤东道所辖13府地区辽阔，又析临安等四府添设分巡迤南道，驻普洱府城（今宁洱），又析云南、武定二府隶盐法道（后隶储粮道），迤东道仅辖七府。东、西、南三道合称为三迤。幅帧：疑为"幅陨"，即幅员。陨，周围，通"员"。《诗经·长发》："幅陨既长。"郑玄笺："陨当作圆，圆谓周也。"生齿：指人民。古以人生男八月而生齿，女七月而生齿，官府俱登记其数，载入户籍。《周礼·小司寇》："及大比，登民数，自生齿以上，登于天府。"遗黎：指劫后残留的人民或改朝换代后的百姓。《晋书·地理志》："自中原乱离，遗黎南渡，并侨置牧司，在广陵、丹徒南城，非旧土也。"恭际：敬遇，恭奉。尧舜：指皇帝。唐尧和虞舜是远古部落联盟的首长，古史相传为圣明之君。《礼·中庸》说孔子"祖述尧舜，宪章文武"，后用以称颂帝王。御极：指帝王登位。刘勰《文心雕龙·时序》："逮（晋）明帝秉哲，雅好文会，升储御极，孳孳讲艺。"覆载：天覆地载。指庇养包容。荒服：指边远、边疆之地。古为五服最远之地。指离王畿四千五百里以外的地区。《国语·周》："戎狄荒服。"注："戎狄去王城四千五百里至五千里也。"谅：推想。明主：贤明的皇帝。轸（zhěn）恤：深切顾念和怜悯。《宋史·张鉴传》："顾此疲羸，尤堪轸恤。"　〔7〕第：但，且。功令：国家考核和选用学官的法令。《史记·儒林传序》："余读功令，至于广厉学官之路，未尝不废书而叹也。"索隐："案谓学者课功，著之于令，即今之学令是也。"洪庥（xiū）：犹洪福，指国运昌盛。庥，福禄、吉庆。　〔8〕顽钝：圆滑而没有骨气。《史记·陈丞相世家》："今大王慢而少礼，士廉节者不来；然大王能饶人以爵邑，士之顽钝嗜利无耻者亦多归汉。"起疮痍：使百姓创伤得到治疗。　〔9〕安酋发难：疑指安效良事件。明天启元年（1621），乌撒（在今贵州威宁县）土知府安效良与已故土知府安云龙妻陇氏争立，知府不为判断。安效良遂与永宁宣抚奢崇明、水西土舍安拜彦举兵反叛，陷乌撒卫，杀毕节都司，占沾益等六堡及平夷卫。继又侵入禄劝，合东川土酋等攻嵩明。不久，被迫阳献所劫卫所印，又阴攻沾益，为元谋土官、安南土官等击败。安效良走死，事始平。发难：首事，起事。此指先反叛。阻梗：阻隔，阻塞。守令：知府，县令。　〔10〕履任：就任，任职。兼摄：兼职代理，同时维持。　〔11〕硕鼠：大鼠，指贪污自肥的官吏。《诗经·硕鼠》："国人刺其君重敛、蚕食于民，不修其政，贪而畏人，若大鼠也。"哀鸿：比喻哀伤痛苦、流离失所的百姓。　〔12〕庶司：众多官员。凭限：按上任期限。叱驭：因公忘险，奋不顾身。《汉书·王尊传》记汉代王阳为益州刺史，行至邛崃九折阪，因道险而返。及王尊为刺史，行至其阪，叱其驭曰："驱之！王阳为孝子，王尊为忠臣。"　〔13〕究处：追查处理。　〔14〕轻贷：有较轻失误。任事：凭着个性行事。谢事：辞去官职。　〔15〕甑（zèng）：蒸饭的器具。侈：浪费，放纵。借寇：指地方民众挽留官员的典故。《后汉书·寇恂传》记载，东汉寇恂曾为颍川太守。后随光武帝至颍，百姓在路上拦住光武帝说："愿从陛下复借寇君一年。"　〔16〕使过：致使过失，放纵违法。古有这种说法，即所谓有功者多骄，而有过者自戒自勉，往往能将功赎罪。《后汉书·索卢放传》："太守受诛，诚不敢言；但恐天下惶惧，各生疑变。夫使功者不如使过，愿以身代太守之命。"此文反其意，指不能开放纵违法之门。养痈：患痈疽畏痛不割，终成大患。后比喻姑息误事。　〔17〕急著：紧急手段，应急措施。　〔18〕群品：指众官员的品性。淑慝（tè）：善良和邪恶。提衡：持物平衡，相等。《韩非子·有度》："贵贱不相逾，愚智提衡而立，治之至也。"曲示：委婉示意。优容：宽容。　〔19〕循套：因成规，守旧套，即因循守旧。苛绳：烦琐、苛刻的政令。散职：闲散的官职。《旧唐书·李适之传》，"适之惧不自安，求为散职。五载，罢知政事，守太子少保。"大僚：大官。　〔20〕本虚：根本徒然。公为：共为，共作。遐陬（zōu）：边疆。陬，角落、隅。抚按：巡抚和按察使。清巡抚为省级地方政府的长官，总揽一省的军事、政治、刑狱、民政等。因兼兵部侍郎衔，也称抚军。又因例兼都御史或副都御史衔，故也称抚院。提刑按察司的按察使为一省司法长官。又名臬司，俗名臬台、廉访。率属：率领下属。刻刻：时时。加：超越。　〔21〕核吏：查核之吏。宁宇：安定的四方。　〔22〕职司：职务。也指主管其事的官员。李商隐《韩碑》："古者世称大手笔，此事不系于职司。"弹压：制服，镇压。《旧唐书·柳公绰传·附柳仲郢》："辇毂之下，弹压为先；郡邑之治，惠养为本。"剔蠹（dù）：剔除蛀虫贪官，清除腐败。　〔23〕狐兔：指为非作歹的下级官员。《三国志·杜袭传》："方今豺狼当道，而狐狸是先，人将谓殿下避强攻弱。"当道之豺狼：指专权为恶的官僚。汉顺帝汉安元年（142）选遣八使，巡行郡邑，侍御史张纲年少，官次最微。七人皆受命出发，张纲独埋轮于洛阳都亭，曰："豺狼当道，安问狐狸！"豺狼指擅国政之大将军梁冀及其弟河南尹梁不疑。见《东观汉纪·张纲》。　〔24〕蟊（máo）贼：本为吃禾稼的害虫。食根为蟊，食节为贼。后以喻冒取民财的贪官污吏。闾阎：泛指民间。闾为里门，阎乃里中门。赤子：婴儿，引申为善良的百姓。耕凿：即耕食凿饮。指太平盛世。晋皇甫谧《帝王世纪》："（帝尧时）天下大和，百姓无事，有八十老人，击壤于道。观者叹曰：'大哉，帝之德也！'老人曰：'吾日出而作，日入而息，凿井而饮，耕田而食，帝何力于我哉？'"禔（tí）福：安福。《汉书·司马相如传》藉蜀父老为辞："遐迩一体，中外禔福，不亦康乎？"禔，安。边圉（yǔ）：边疆，边境。　〔25〕代庖（páo）：代厨人作饭。比喻替别人办事。庖，厨房。视篆：指官吏到任治事。因官印例用篆文。　〔26〕直省：指非边疆省份。郡邑：府邑，府州。委署：任命。　〔27〕印务：官印的事务，指任职。管摄：管理，从政。杂流：指补官之非由正常途径者。《宋史·选举志》："建炎兵兴，杂流补授者众，有曰上书献策，曰勤王，曰守御，曰捕盗，曰奉使，其名不一。皆阃帅假便宜承制之权以擅除擢。"　〔28〕廉隅：棱角。比喻人的行为、品性端方不苟。止足：即知止知足，不求名利。《老子》："知足不辱，知止不殆。"谿壑：本谓谿谷沟壑。后以比喻不能满足的私欲，犹欲壑。《国语·晋》："叔鱼生，其母视之，曰：'是虎目而豕喙，鸢肩而牛腹，谿壑可盈，是不可餍也，必以贿死。'"元气：指人的精神，生命力的本原。凌夷：也作陵夷，由盛到衰，衰落。　　〔29〕列黉（hóng）班：指就读学校。黉，古代学校名。"今滥叨"句：今过多说出耳闻目睹之事。叩阍（hūn）：向皇帝申诉冤屈。《明史·翟凤翀传》："大臣造膝无从，小臣叩阍无路。"仰控：敬赴，敬投。控，赴、投、走告。祈圣慈：请求皇上仁慈。　　〔30〕因是：因此。　　〔31〕泛地：一般地域。土司：元明清时，分封境内西南、西北地区少数民族首领的世袭官职。按等级分为宣慰、宣抚、安抚等使武职和土知府、土知州、土知县等文职。明清两代曾在部分地区进行"改土归流"。　　〔32〕骄悍：骄横凶暴。醇谨：恭谨淳厚。节制：指挥管辖。　　〔33〕密先事之：慎密从事。密，慎密。《韩非子·说难》："夫事以密成，语以泄败。"未然：尚未如此。衅孽：有朕兆的灾祸。　　〔34〕杞忧：杞人忧天。指无根据或不必要的忧虑。《列子·天瑞》："杞国有人，忧天地崩坠，身亡所寄，废寝食者。"过计：错误估计。《荀子·富国》："夫不足，非天下之公患也，特墨子私忧过计也。"　　〔35〕掇（duō）拾：拾取。馀唾：比喻他人已说过的意见或言论。渎（dú）：轻慢，亵渎。宸（chén）聪：指帝王的听察。宸，北极星所在处，后借用为帝王所居，又引申为帝王的代称。宁谧（mì）：安宁。九重：指天，传说天高有九层。此借指皇上。宥旰（yòugàn）：宽宏勤政。宥，赦免。旰，晚食，事忙而晚食，指勤于政事。或疑为"宵旰"之误。宵旰，成语"宵衣旰食"的略语。宵衣，天不亮就起床穿衣。旰食，天黑了才吃饭。多用来形容帝王勤于政事。　　〔36〕菲：植物名，也指微薄。敕下：皇上下令。该□，□处字迹漫漶不清，不知何义。

（蔡川右）

刘中鹤（一篇）

刘中鹤，字子翾（xuān），云南文山人。清同治癸酉（1873）举人，大挑一等（乾隆年间开始实行的选用人才的办法之一：会试后由礼部从应考三次而不中的举人中挑选出可用之人，分一、二等录用，称为举人大挑），分发直隶知县。著有《蔚兰堂诗文抄》。《滇文丛录》选存其文三篇，今选注其一。

《重建大观楼记》一文，叙述大观楼所处地势及重建的缘起、过程和作记之因，表明"喜为千秋之记"是为了"颂公（马如龙）之德，仰公之志"。其实，文章真正的价值在于记述了大观楼的历史沿革，有助于后人对这一人文景观的了解，从而成为重要的历史文化遗存。

重建大观楼记[1]

滇会之西，山势嵯峨，巉崖绝壁，如斧劈，如剑切，拔地而立者，名曰太华[2]。其下有水，汪洋浩瀚，倒流而西，曰滇池[3]。自城中视之，别开眼界，峰高而骨耸，海阔而天空，实西南之异境焉。

康熙二十九年，巡抚王公继文构涌月亭于池边，曰近华浦[4]。继此者，更增修三层楼阁。俯瞰山水，气象万千。浩浩荡荡，则巴陵之岳阳也；晴川历历，芳草萋萋，若有跨鹤吹笛遗踪，则武昌之黄鹤也；层峦耸翠，飞阁流丹，落霞秋水，则又南昌之滕阁也[5]。噫嘻！斯楼诚大观也哉。咸丰六年，不戒于兵，村落邱墟，楼亦无存[6]。奉职者时值多故，欲复古而志未逮，无斯楼十稔矣[7]！建水马公云峰，瑰奇卓荦，同治甲子，奉天子命，提督全滇军政，驻节会城[8]。驭安斯土，雨旸时若，民康物阜，慨然有复古之思[9]。盖志士也。一日临近华浦，喟然曰："此方山水，为滇之冠。此楼不复，何以壮山川而扩胸臆。"因捐廉俸，鸠工庀材，仍旧制起楼三层，烟云飞栋，日月当檐，巍乎焕乎[10]！始事乙丑之冬，阅六月而工竣[11]。

既落成，乃命为记[12]。余惟滇有是楼，而幽者显、奇者露，生面别开[13]。逸士高贤，迁客才人，登斯楼也，望玉案之晴岚，官渡之渔灯，凭吊故墟，感怀往事，当以慷慨者有之；酾酒临风，凌云作赋者有之[14]。或谓金马碧鸡，匪招可致；昆池故事，凿习徒劳[15]。于是陋王褒甚汉武者有之[16]。而马公则曰："吾亦为是，偿夙志而已[17]。有废必兴，有坠必举。危必持，颠必扶，道固然也[18]。"语曰："入其疆，而国事之治忽可知也；过其门，而家道之兴替可知也[19]。昔李太尉入朔方军，壁垒依然，精彩一变[20]。周文襄公抚江南，关津桥梁、馆舍庙宇，莫不整肃[21]。余肯因陋就简，致愧前贤耶[22]？"

呜乎！公之志如此以视[23]。夫以官为传舍，非特疆域之远且缓者[24]。因循不事，即堂阶之下，几案之前，亦多坠废[25]。其于为人，贤不肖何如耶[26]？则安得人尽马公举废坠，而咸修之馀也。颂公之德，仰公之志，而喜为千秋之记，于是乎书[27]。

选自《滇文丛录》卷九八

【简注】〔1〕大观楼：在昆明市区西郊。地名近华浦，中隔滇池与太华山相望，是昆明重要的风景区之一。清康熙二十一年（1682），湖北僧人乾印到此建观音寺讲经。二十九年，巡抚王继文命人鸠工备材，在此修建楼台亭阁。其中建了一座三层方楼，题名大观楼。乾隆年间，昆明寒士孙髯撰180字长联悬于楼前，遂驰名中外。咸丰六年（1856），毁于兵火。同治四年（1865）开始复修，同治五年春落成，"瓦砾之场，依然金碧之区"。1921年昆明设市，辟为公园。中华人民共和国成立后，政府对原有建筑重新整饰、添建，使之成为市区近郊游憩胜地。　〔2〕滇会：云南省会城市。太华：山名。在昆明西郊，山势蜿蜒数十里，唐时称碧鸡山，元明以来称太华山；又称西山。西山的最高峰，亦名太华，山腰有太华寺。　〔3〕滇池：在昆明市区西南。古名滇南泽，亦称昆明湖。晋人常璩《华阳国志·南中志》载："滇池县，郡治，故滇国也；有泽，水周围二百里，所出深广，下流浅狭，如倒流，故曰滇池。"《大观楼记》中说"倒流而西"，是从地理形势解释滇池名称的由来。或云先秦时期这一带居住着滇人部落（或族群），故称滇池。　〔4〕康熙二十九年：公元1690年。巡抚王继文（？~1703）：字在兹，汉军镶黄旗人。清康熙十三年（1674）任云南布政使，随军征吴三桂。二十年升云南巡抚，奏请整治盘龙江水利，修筑沿河堤坝。二十五年以母忧去官，二十八年复任。三十三年任云贵总督，三十七年以老病归里，死后赐祭葬。近华浦：大观楼所在地。此地原在水中，元明以后因疏浚海口，水位下降，此地才逐渐露出水面，成为小岛。世袭镇守云南的沐氏在滇池练水师，并在此辟花园，供休息。此地因与太华山隔水相对，故名近华浦。　〔5〕巴陵：巴陵郡，今湖南省岳阳市一带地方。岳阳楼：即今湖南省岳阳市西门城楼，高三层，下瞰洞庭湖。碧波万顷。遥望君山，气象万千。宋代范仲淹曾作《岳阳楼记》，"浩浩汤汤"、"气象万千"，均该文中名句。武昌：在湖北省东部、长江南岸，为武汉三镇之一。黄鹤：楼名。原在湖北省武汉市蛇山的黄鹄矶头。现因修长江大桥，已拆迁至附近的高观山。《南齐书·州郡志》称仙人子安乘黄鹤过此，故名。文中的"晴川历历"、"芳草萋萋"，见于唐诗人崔颢《黄鹤楼》："晴川历历汉阳树，芳草萋萋鹦鹉洲。"南昌：市名，在江西省北部、赣江下游。为汉时豫章郡治所，唐时江南道洪州中都督府治所，明清为南昌府治。1926年设市，是江西省省会。滕阁：滕王阁，在南昌市赣江边。唐高祖的儿子滕王元婴都督洪州时修建。唐王勃过此，即席写了《滕王阁序》，有"层峦耸翠，上出重霄；飞阁流丹，下临无地"句。落霞秋水：《滕王阁序》中的名句"落霞与孤鹜齐飞，秋水共长天一色"的缩用。此阁历经修建，后被焚毁。1983年重建，1987年建成。　〔6〕咸丰六年：公元1856年。不戒于兵：指楼毁于战火。不戒，没有防备。戒，戒备、警戒。据记载，咸丰六年，爆发了回民起义，清王朝镇压；大观楼不幸毁于兵燹。　〔7〕奉职者：奉命守职的人，做官的。志未逮：想法未能实现。十稔（rěn）：十年。稔，代谷物一年一熟，因称年为稔。　〔8〕建水马公云峰：指马如龙（？~1891），原名现，回族，云南建水人，武秀才出身。1856年参加回民起义，被推为云南东部首领。后受岑毓英招抚，于同治元年（1862）降清，授总兵，入住省城，升云南提督。卓荦（luò）：超绝特出，卓绝特出于众。同治甲子：即同治三年，公元1864年。驻节：车马停住。会城：省会昆明城。　　〔9〕驭（yù）：控制，统治。雨旸（yáng）时若：晴雨时都一样。旸，晴。若，如此、这样。民康物阜：人民富足康乐。阜，多。　　〔10〕庀（pǐ）材：准备材料。庀，具备、整治。仍旧制：仍按旧日规模。仍，沿袭。巍乎焕乎：高大啊光耀啊！焕，显赫貌。　　〔11〕始事：开始修建，动工。乙丑：同治四年，即1865年。阅六月工竣：乙丑冬开工，经六个月完工，推时应是丙寅，即同治五年，公元1866年。阅，经历、经过。　　〔12〕落成：建成。为记：作记。　　〔13〕生面别开：成语"别开生面"的倒置。清赵翼《瓯北诗话》五"苏东坡诗"："以文为诗，自昌黎（韩愈）始，至东坡益大放厥词，别开生面，成一代之大观。"后称开创新的风格面貌或凡能推陈出新另创新格局者为"别开生面"。　　〔14〕逸士：隐居之士。迁客：贬谪在外者。斯楼：此楼。玉案：山名。在昆明市西山区黑林铺西，曾名列和蒙山，海拔2 216米。山中筇竹寺，为昆明附近的重要风景名胜。官渡渔灯：旧昆明八景之一。官渡，官渡区辖镇，为历史文化古镇。宋大理时已称官渡，为士大夫游乐缆船的渡口；后湖水下降，渡口渐废，周围尽成田畴。聚落沿宝象河两岸呈长块状分布。酾（shī）酒：斟酒，饮酒。　　〔15〕金马碧鸡：古代传说滇池中有神马，若与凡马交配，便生雄壮的"滇池驹"，日行五百里。神马常在昆明东松林中隐现，出时金光四射，万木生色。西山上则有碧玉般的凤凰，歌闻数十里，称"碧鸡"。金碧神话，传播甚远，见于典籍的有常璩《华阳国志·南中志》："长老传言，（滇）池中有神马，或交焉，即生俊驹，俗称之曰'滇池驹'，日行五百里。"《南中志》"云南郡青蛉县"条说："山有碧鸡、金马，光影倏忽，民多见之，有山神。汉宣帝遣谏议大夫蜀郡王褒祭之，欲致鸡、马。"《汉书·郊祀志》："或言益州有金马碧鸡之神，可醮祭而致，于是遣谏议大夫王褒使持节而求之。"匪招可致：不是召唤可以获得。昆池故事，凿习徒劳：指汉武帝欲征服西南夷，在长安近郊凿昆明池习练水军事，作者认为那是白花劳力。据载，汉武帝欲通身毒（古印度音译），为越嶲昆明所阻。元狩三年（前120），于长安近郊穿地作昆明池，以习水战。池周围四十里，广三百三十二顷。池水东出为昆明渠。宋以后干涸成为田地。故址在西安市西南斗门镇东南一片洼地。　　〔16〕陋王褒甚汉武者：鄙薄王褒胜过汉武帝的人。　　〔17〕马公：指马如龙。偿夙志：实现早日（从前）的愿望（心志）。而已：罢了。　　〔18〕颠必扶：颠倒的必须扶正。道固然也：先贤之道本来就是这样的呀。道，道理、学说。　　〔19〕国事之治忽：国家事务的治理和荒忽（忽视）。兴替：兴旺与废弃。　　〔20〕李太尉：指汉李广（？～前119），陇西成纪人，文帝时击匈奴有功，为武骑常侍。治军有方，与士卒同甘苦，众乐为所用。朔方：北方。《书·尧典》："申命和叔，宅朔方，曰幽郁。"作为具体地名，一为《诗·小雅·出车》所说："天子命我，城彼朔方。"指今宁夏回族自治区灵武县一带；二是汉元朔二年以河南地为朔方郡，地在今内蒙古自治区境内。文中所指，应是匈奴所居的朔漠地带。精彩：神采。　　〔21〕周文襄公抚江南：周文襄即周忱（1381～1453），明代吉水（今江西吉水）人，字恂如。永乐进士。宣德初超迁工部右侍郎，景泰中以工部尚书致仕。他于1430年任江南巡抚，在任22年，革除积弊，免除重赋，减轻江南人民负担；并疏浚吴淞，设济防灾，巡行村落，问民疾苦，惠政大著。1451年去官，卒谥文襄。关津：指水陆要道关卡。关，关口、关门。津，渡口。　　〔22〕肯：岂肯，怎能。愧前贤：有愧前贤，愧对前贤。　　〔23〕如此以视：即视如此，看来像这样。"以视"，拿来看。　　〔24〕以官为传（zhuàn）舍：把居官看作是入住旅舍。传舍，古代为行人所设休止息宿之所，即客舍、旅舍。《史记·郦生传》："沛公（刘邦）至高阳传舍。"　　〔25〕因循不事：因循守旧不做实事。因循，守旧法而不加变更。　　〔26〕于为人：对于做人。贤不肖：贤与不贤。　　〔27〕千秋之记：流传千年万载的记载。千秋，一年有一秋，千秋犹千年，极言其长久。书：写作。

（张德鸿）

马恩溥（二篇）

马恩溥（1819～1874），字雨农，太和（今大理）人。清咸丰癸丑（1853）进士。入翰林，迁国史馆总纂，充会试同考官，出为安徽学政，曾国藩聘主敬敷书院。官至侍讲学士，日讲起居注，累迁文渊阁直阁学士，内阁学士兼礼部侍郎，督学江苏。咸、同间，曾上书言安边者数事，多被朝廷采用。著有《滇南事略》、《慎余堂书屋诗文集》等。

这里所选《大理形势说》和《云南形势说》，写于清咸丰、同治年间。当时，在太平天国革命形势的影响下，云南各族人民纷纷起义反清。其中，以杜文秀为首的回民起义军，活动在云南西部；以马德新、马如龙、马联升、马荣为首的回民起义军，活动在滇南和滇东一带；以李文学为首的彝汉各族人民起义军活动在滇西、滇西南。政治军事危机，财政吃紧，严重威胁着清王朝在云南的统治。

《大理形势说》据此详细描述大理周围地理形势，援古证今，提出军事攻守的战略战术。作者是当地人，对其山川险要处，了如指掌，叙述得心应手，头头是道。这是文人纸上谈兵的救急谋划。作者站在起义军的对立面，斥其为"匪"，可见当时特定历史时期危急的状态，侧面反映各族人民武装起义的壮观以及清王朝面对事变束手无策的困境。

《云南形势说》根据云南地理形势，提出军事攻守的策略；又从云南"贫瘠"，经济不振的实际出发，提出增加财政收入的途径，具体提到铜、盐、药材、烟、茶等的税收问题。

显然，作者是在起义军声势浩大的情况下，站在人民的对立面，为处境危急的当权者出谋献策，视起义者为"匪"、"贼"。但文章分析透辟，立论有据，能自圆其说，不失为一篇雄辩有力的文章。

大理形势说

大理，古南诏国也[1]。蒙段二姓迭据其地，始于汉，强于唐，流衍于宋，失于元，绝于明[2]。始郡县焉，岂前世所弗争，甘画以玉斧哉[3]。亦其形势胜也。

地属云南上游，而实居其中。西则永昌、腾越，达缅甸界[4]；南则顺宁、景东、普洱、临安，达安南界[5]；东则楚雄、省会、曲靖，入黔及粤西界；北则丽江、永北，达吐蕃西藏界[6]；东北则昭通、武定，入四川界。五金皆出，五谷皆熟，鱼、盐、蔬、果足于供，牛、羊、鸡、犬易于畜[7]。惟无布帛，而有麻毡。冬夏可以单衣，此中人怡怡如也[8]。

其镇苍山十九峰，屏列于西百二十里，兼如雁翅形，高千仞，从无陟其巅者[9]。陡绝不须戍守。惟有一径,名石门关,在其西南。明傅友德令王弼师卒猿登而上,绕出苍山后,遂破大理[10]。然芜没,久无行迹矣[11]。其泽洱水,实为昆明池[12]。汉武帝象以习战者也[13]。其源由苍山北来,行而东,汪洋渟滀,对岸有三十里许,乃东南行转西出于苍山之后,与漾濞川合[14]。山水环抱,非舟楫不得济[15]。陆路惟南北通,而北有龙首关,旧名金锁关,俗名上关[16];南有龙尾关,旧名玉龙关,俗名下关[17]。南诏筑有城,今尚在,跨山水之间,以山为壁,以水为濠,内高外下,仰攻甚难也[18]。自龙尾关东南行,为唐剑南留后李宓覆师处[19]。由是经赵州将百里有定西岭,为通省往来大路[20]。然奇峭险峻,下惟一径,逶迤缘转于山谷间,凡十五里始跻岭上,一夫当之,百万坐困[21]。今回匪业设守矣[22]。龙首关为达西藏路,元世祖下大理,由此进兵[23]。其稍东北行,为鹤庆、永北,达四川宁远府之盐源县界[24]。然径纡多险,难猝达也[25]。其西则远隔一面,无可越,攻且阻山,我不得入,彼不得出,无须议。

今幸府属洱水东之宾川州尚存,宜急保之以图[26]。大理何言之,宾川州与大理府隔一水,操舟皆汉人,拘所有船只于东岸,彼不能来,我可以往;两时许,可达彼岸。而由宾川西北可通龙首关,拒以千馀兵,彼不能出,且无外援,不必攻而自困。由宾川西南可达龙尾关,已在定西岭后。然其地四面受敌,必以一军挟攻其定西岭,戍匪以通大路,再以一军扼关南之秧草塘,拒其蒙化援贼[27];再以一军扼关西之塘子铺,拒其顺宁援贼,则大理之南面亦可以困。乃潜募壮勇,由石门关寻路至苍山后,多纵火而密具舟楫,以锐师直捣大理城,可立破也[28]。

或者曰兵不足奈何[29]?不知新遭残杀,大理之壮丁逃亡于宾川者甚多,其复仇之志亦甚切,抚而用之,自分外出力,不必饷而胜于兵也[30]。盖大理□匪戕官踞城,僭立伪号,法宜剿破大理,则□民有所畏,汉民亦不敢乱,其馀可迎刃而解[31]。若以省城为重,先清办,然后及大理,则稽延时日,顺宁、蒙化援贼大至,惊弓之下,壮丁四散,现兵无以御,宾川且齑粉矣[32]。彼因从容设守,尚何大理之足复哉[33]!

选自《滇文丛录》卷九

【简注】〔1〕南诏国:唐初洱海地区部落原有六诏,蒙舍诏最南,称为南诏。唐贞观二十三年(649),蒙舍诏细奴逻建号大蒙国。永徽四年(653),受唐封,称大封民国。唐玄宗时,蒙舍诏皮逻阁统一六诏,建立地方政权,南诏遂为六诏的总称。开元二十六年(738),唐朝封皮罗阁为归义云南王。天宝九年(750),阁罗凤占有云南地,与唐绝,复号大蒙国。唐贞元十年(794),异牟寻复归唐,唐封为南诏王。以后南诏先后改国号大礼、大封民国、大长和国。自细奴逻至郑氏篡国,历13世250馀年。此后大长和国、大天兴国、大义宁国、大理国、大中国、后理国诸政权,至南宋宝祐元年即元宪宗二年(1253),为蒙古所灭。古籍中亦每冠以南诏称号。 〔2〕蒙段:《南诏野史》说,"七姓据土数百年,惟蒙、段最久。"大蒙国，以蒙氏为国君，世代相传；大理国和后理国，以段氏为国君，世代相传。迭据：轮替统治。流衍：扩充，充溢。　　〔3〕郡县：郡县制，由春秋到秦代逐渐形成并推广的地方政权组织。秦统一中国，郡县长官均由中央政府任免，成为专制主义中央集权政权组织的一部分。元蒙兀良合台在大理建立万户、千户、百户。忽必烈又把云南东部分为南、北、中三路。直到赛典赤·瞻思丁拜云南行中书省平章政事，奏改万户、千户、百户为令长，置路、府、州、县。至此，郡县制已完备。玉斧：文房古玩之类，犹镇纸之物。《续资治通鉴·宋纪》记载，宋太祖（赵匡胤）"鉴唐天宝之祸起于南诏，以玉斧画大渡河以西曰：'此河外非吾有也！'"其实，这是四川黎州（今汉源）地方长官宇文常反对在大渡河修建城邑与少数民族做生意，编造的谎言（见《宋史·宇文常传》）。　　〔4〕永昌：今保山。腾越：今腾冲。　　〔5〕顺宁：今凤庆县。临安：今建水县。安南：此指今越南。清嘉庆八年（1803）改称越南，但民间仍俗称其为安南。　　〔6〕永北：今永胜县。吐蕃（bō）：我国古代藏族建立的地方政权。音转为土伯特。此指藏族地区。　　〔7〕五金：上古指金、银、铜、铅、锡五色金属，后泛指各种金属。皆熟：皆能生长成熟。　　〔8〕怡怡：和顺的样子。如：然，助词。　　〔9〕镇：一方的主山。《书·舜典》："封十有二山。"汉孔安国传："每川之名山殊大者，以为其州之镇。"苍山：在大理市西部，古称灵鹫山、点（玷）苍山，俗称苍山，以山色苍黑得名。由19座山峰组成，18条山溪东注洱海。长43.6公里，宽约20公里，以洱河为界与哀牢山脉南北对峙。十九峰：由南而北，即斜阳峰、马耳峰、佛顶峰、圣应峰、马龙峰、玉局峰、龙泉峰、中和峰、观音峰、应乐峰、雪人峰、兰峰、三阳峰、鹤云峰、白云峰、莲花峰、五台峰、苍琅峰、云弄峰。仞：古代七尺或八尺为一仞。陟（zhì）：登高。巅：山顶。　　〔10〕傅友德（？~1394）：砀山（在今安徽）人，祖籍宿州（在今安徽宿州市）。元末参加刘福通起义军，先后归陈友谅，降朱元璋，从偏将升到大将。从征陈友谅、张士诚，累建战功。任江淮行省参知政事。从大将军徐达北上屡破元军。与汤和分路取蜀，论功第一。以蓝玉、沐英为副，统兵取云南。至曲靖，俘获万计，悉纵归，兵声愈振。入省垣，梁王兵败自杀，略定昆明四周数县。偕沐英攻取大理，擒总管段世。分兵取滇西北、滇西南等处，云南悉平。友德因土俗，定租、屯田、兴教、重吏治。后云南不靖，奉命再征。封颖国公，加太子少师，寻遣还乡。朱元璋皇太子标死，以允炆为皇太孙（后为建文帝），年幼，恐不能制起事诸臣，乃屡兴大狱，友德赐死、赐葬。明嘉靖中，滇人请建祠祀，赐额曰"报功"。王弼：明临淮（今安徽凤阳）人。明太祖时累功授大都督府佥事，封定远侯。寻赐死。猿登：如猿攀登。　　〔11〕芜没：掩没于杂草之中。　　〔12〕昆明池：即今滇西洱海。原注："今昆明之水，实滇池。"在大理市区东北，古称叶榆泽、昆㳽川、昆明池。以形似人耳得名。北起洱源江尾，南止下关，长约40公里，宽4~6公里，面积250余平方公里。平均水深11.5米，最深处40米。为云南第二大湖。　　〔13〕汉武帝：刘彻（前156~前87），在位54年，为帝王有年号之始，为西汉一代极盛时期。对内改革，削弱割据势力，加强统治西域；兴修水利，移民屯田，打击富商大贾。独尊儒术，罢黜百家，倡导仁义，建太学，置五经博士。但迷信神仙，大兴土木，急征敛，重刑诛，连年用兵，使国内虚耗，农民流亡。　　〔14〕渟滀（tíngxù）：也作"渟蓄"，汇聚。滀，水聚。许：表示约略估计的词。漾濞川：漾濞江，澜沧江支流。在云南西北部。上游海尾河源出丽江县南境，南流到大理以西，纳入西洱河，再南流到凤庆县东北入澜沧江。　　〔15〕舟楫（jí）：泛指船只。楫，划船用具。济：渡，过河。　　〔16〕上关：即龙口城，故址位于洱海北端，又名河首关，在今大理古城北部。蒙古忽必烈由此取大理。　　〔17〕下关：位于洱河之尾，又名河尾关，在今大理市。明将蓝玉等由此取大理。　　〔18〕濠：城池，护城河。　　〔19〕剑南：唐方镇名。开元七年（719）升剑南支度营田处置兵马经略使置，为唐玄宗时十节度使之一。治益州（今成都市），领约当今四川中部地区。其后辖境屡有扩大。留后：唐中后期，节度使的子弟或亲信将吏代行职务者，称节度留后，也有称观察留后的，此文指前者。事后多由朝廷补行任命为正式的节度、观察使。李宓当时为"侍御史剑南留后"，杨国忠领剑南节度使，以李宓留后。李宓（mì）覆师：唐玄宗天宝战争时，宰相杨国忠掩盖败状,"耻云南无功",又于天宝十三年(754)"征天下兵十馀万",命李宓率领,再攻云南,遭到南诏与吐蕃合力夹击,结果李宓阵亡,全军覆没。 〔20〕赵州:今大理市凤仪镇。定西岭:在凤仪南。本名昆弥山,明初西平侯沐英过此,更今名。 〔21〕缘转:沿转,绕转。跻(jī):登上。 〔22〕业:已经。 〔23〕元世祖:忽必烈(1215~1294),成吉思汗之孙,尊称薛禅皇帝。1252年,奉命从甘肃经四川攻云南,次年灭大理,招降吐蕃。1260年继其兄蒙哥(宪宗)即大汗位,在位35年,庙号世祖。建号中统。其幼弟阿里不哥自立为大汗,被他出兵击败。至元元年(1264)定都燕京(后改称大都,即今北京),至元八年,定国号为元。至元十六年灭宋,统一全国。以后曾向邻国发动多次进攻,多遭失败。在位时,考求前代典章,建立一代行政、军事、赋税等制度,其中行省制度影响深远。加强控制边地,重农桑,兴水利,几次平定叛乱,巩固和发展我国统一的多民族国家。但民族压迫深重,人民起义不断。 〔24〕宁远府:清雍正时改为宁远府,故治在今四川西昌市。盐源县在其东南。 〔25〕径纡:道路曲折。猝(cù)达:突然到达,迅速到达。 〔26〕洱水:指洱海。 〔27〕蒙化:今巍山彝族回族自治县。 〔28〕潜募:暗中招集。石门关:在大理苍山西050漾濞彝族自治县。 〔29〕或者曰:有人说。奈何:如何,怎么办。 〔30〕甚切:很迫切。抚:安抚,抚慰。饷(xiǎng):泛指军队的俸给。 〔31〕戕(qiāng)官:杀官。僭(jiàn)立伪号:指杜文秀攻占大理,建政权,称总统兵马大元帅。僭立,超越本分建立。伪号,不合法的称号。 〔32〕清办:清剿整顿。稽延时日:拖延时间,耽搁日子。惊弓:即惊弓之鸟,比喻受过惊吓,遇到类似情况就害怕的人。《战国策·楚》:"有间,雁从东方来,更赢以虚发而下之。魏王:'然则射可至此乎?'……对曰:'其飞徐而鸣悲。飞徐者,故疮痛也;鸣悲者,久失群也。故疮未息而惊心未至也,闻弦音引而高飞,故疮陨也。'"齑(jī)粉:细碎,骨屑,比喻粉身碎骨。 〔33〕尚何:还有什么。足复:可以恢复。

(蔡川右)

云南形势说

丙辰岁,予为《大理形势说》时,惟大理之南蒙化一厅属、顺宁一府属、并为□匪踞,馀皆无恙也[1]。今则宾川失矣,通宾川之路若姚州、若楚雄并失矣[2]。其北丽江、永北,俱失[3];其西永昌类孤悬海外,此外失者甚多[4]。而省城亦危者数矣。梓里为墟,伤如之何[5]?虽然事势如此,形势尤难忽也[6]。复妄为说,幸采择焉[7]。

云南边徼耳,无足重轻[8]。然自汉唐以来,亦屡被其患,今则濡染日久,豪杰日多,肯作自守虏乎[9]?且王者无外,未可云非我有也[10]。其形势大约具于大理说中无异[11]。综其远近险要,次第言之[12]。

云南省城,稍偏东北,其东即曲靖府,与贵州、粤西通[13];其北为东川、昭通,与四川通。此外,各府州均在省城西南二面,不行经省城,路不能通。故省城虽危,必守以系全省之望[14]。然全省汉回现均难使令,无从筹兵,赋税不能征,捐括无所有,无从筹饷[15]。入其中必坐困,能令固守无失,足矣[16]。

曲靖为入滇咽喉，素称要地，有三路[17]：一由粤西南宁，经贵州、南盘江至白石江达曲靖[18]；一由湖南辰沅，经贵州之普安州，达曲靖[19]。国初平云南三路，进兵之二路也[20]。今粤苗各匪梗阻，均不可行[21]。一由四川泸州，经永宁，历贵州之毕节、威宁入曲靖界，甚纡远[22]。而曲靖瘠薄无生发，惟系冲要，幸未失，可守而不可用也[23]。方是时规平全滇，其可以进退在己，操纵惟心之地，惟省北之昭通、东川二府乎[24]！东川在省北，昭通又北，与四川叙州府南连界，尚安静，宜亟镇而定之[25]。惟东川属为□扰，然大兵至昭通，则东川易下也否[26]？亦亟攻之，以通滇省路；若东川定，则省城、曲靖亦定，壤相错也[27]。昭通西北紧连武定州，亦与四川之会理州连界，可通省城，亦可通大理[28]。今为贼扰，路梗[29]。俟东川定，当亟图之[30]。则云南东北二面畅通，大理、临安可次第举矣[31]。国初三路进兵，由川入滇之一路也。

现在七星关、大关、天生桥、大渡河诸险，幸尚不为贼踞，用力少而成功多[32]。此外，尚有由藏入滇，由粤泗城入滇二路，今可无庸议及[33]。

惟□民已逆命，汉民寖亦不用命，非外调节制之兵不可也[34]。其本省兵勇无可用，亦断不可用[35]。正须制使勿动，但任转输之役可耳[36]；顾外兵尽须外饷，则甚难，且现亦无从协济[37]。而云南贫瘠，通省赋额不当中土一大县[38]。然出五金，尤饶于铜[39]。往时足天下鼓铸，用旧额岁运三百馀万斤，加办岁二百万斤[40]。各省采办，岁约数百万斤，岁解铜本、银约百馀万金[41]。而东川、昭通铜厂甚多，此自然之大利也。今铜本停解，厂铜俱废。诚能设法修而复之，出铜即请铸钱，发饷数月后，可收其利。其次，云南盐井之旧征课银三十万馀，此亦一利也，而三井皆在楚雄地，俟楚雄克复乃可议[42]。然盐厘可收亦小有补[43]。其次，药材、烟、茶税课倍于盐[44]。往时商贩黔、蜀并行，今皆由蜀一路，而必经昭通界，量设关卡，此其利可渐收也。

就今日云南形势论之大要具于此[45]。虽然形势因事势为转移者也，因事就功，因势利导，时不可失[46]。若大患既成，逆匪阻险自守，纵不为外患，而攻取难矣[47]。又况大理逆匪已僭号，设伪官，近闻颇事诏徕，其志不小，可以边僻忽乎哉[48]！

选自《滇文丛录》卷九

【简注】〔1〕丙辰岁：清咸丰六年（1856）。蒙化一厅：即蒙化直隶厅。清制在府下设州、县，有的又设厅，由知府的佐贰官同知、通判管理。其所管地区，也叫厅。有直隶厅和散厅之别。蒙化，在今巍山彝族回族自治县。顺宁一府：清代，省以下，以府领州，州领县。乾隆三十五年（1770）置顺宁县为府治（今凤庆县），并领缅宁厅、云州、耿马宣抚司。无恙（yàng）：本问候用语。无疾无忧之意。此泛称安全、完整。　〔2〕姚州：今姚安县。清乾隆三十五年（1770）废府留州，姚州改属楚雄府。

〔3〕永北：今永胜县。　　〔4〕永昌：今保山市。类孤悬海外：好像孤独悬挂国外。　　〔5〕梓里：故乡。梓树（还有桑树）为古代宅旁常栽的树木。此指马恩溥故乡大理。墟：废墟。伤如之何：多么伤心啊！　　〔6〕事势：事情的趋势，事态。形势：地理形势。　　〔7〕妄：胡乱，越轨。　　〔8〕边徼（jiào）：边疆。　　〔9〕屡被其患：屡次遭其灾祸。濡（rú）染：沾染，感染，此指影响。守虏：等待成俘虏，成奴仆。　　〔10〕王者：帝王，君主。无外：指极大的范围。《公羊传·僖二四年》："天王出居于郑，王者无外。""未可"句：此针对谎言"宋挥玉斧"，即传说中赵匡胤以玉斧画大渡河以西说："此河外非吾有也！"　　〔11〕大理说：即《大理形势说》一文。　　〔12〕次第：依次。　　〔13〕曲靖府：清雍正五年（1727）置，领沾益、陆凉、罗平、马龙、寻甸、宣威六州及南宁（今曲靖）、平彝（今富源）二县。粤西：广西。　　〔14〕系全省之望：维系，联结全省（民众）的希望。犹给带来希望。　　〔15〕难使令：难驱使。筹兵：谋划征兵。征：征收。捐：赋税。括：搜求。筹饷：筹办军队的俸给。　　〔16〕坐困：守困，受困。　　〔17〕素称：向来号称。　　〔18〕南宁：即今广西壮族自治区南宁市。南盘江：珠江正源。发源于曲靖市马雄山东麓水洞处，流经曲靖等八个县市，汇入黄泥河后出省境，成为桂黔两省区的界河，在蔗香街与北盘江汇合后称为红水河，为珠江上游。南盘江在省境内长677公里。白石江：在曲靖市东北，源出马龙县界，经此东南合潇湘江。　　〔19〕辰沅：清代辰沅道辖沅州、辰州、永顺三府及靖州地。治今湘西芷江县。普安州：清为直隶厅，寻改为盘州厅，属贵州兴义府，故治在今贵州西部盘县。　　〔20〕国初：清朝初年。　　〔21〕梗阻：阻塞，当道。此指太平天国起义，湘西苗民起义，贵州白莲教起义等。　　〔22〕永宁：今四川叙永县。纡（yū）远：曲折遥远。　　〔23〕瘠薄无生发：犹不毛之地。瘠薄，指土地贫瘠。无生发，不长五谷。冲要：军事或交通上的重要地方。　　〔24〕方是时：正当这时候。规平：谋划平定，治理。昭通府：清雍正九年（1731）置昭通府，领恩安（今昭通市隆阳区）、永善两县，大关、鲁甸两厅及镇雄州。东川府：清雍正四年（1726）由四川改归云南，府治在今会泽。辖会泽县及巧家厅。　　〔25〕叙州府：府治在今四川宜宾县。亟（jí）：急切，尽快。　　〔26〕属为：接连被……　　〔27〕壤相错：土地相交叉，相交错。　　〔28〕武定州：即武定直隶州。清乾隆三十五年（1770）以武定府改置。裁府治和曲州，治今武定县城，并改禄劝州为县。州领元谋、禄劝二县。治所在今武定县近城镇。会理州：清置会理州于会通河西岸苦竹坝之地，移治会川，属四川宁远府。州治即今四川会理县治。　　〔29〕路梗：道路阻塞。　　〔30〕俟（sì）：等待。图之：谋取它，引申为平定它。　　〔31〕临安：今建水县。举：攻克，拔取。　　〔32〕七星关：在贵州毕节市西九十里七星山上，下临七星河，有城当湘黔滇蜀四省之驿程。悬崖壁立，据为重险。相传诸葛亮南征时祭旗于此。明傅友德自曲靖引兵捣乌撒，大破蛮兵，得七星关以通毕节，均在此。大关：县名，又为山名。在昭通北部。金沙江支流横江流贯，地势南北高，中间低，属乌蒙山脉及凉山五莲峰分支。太平军石达开率部经此，李永和、蓝朝鼎等在此起义。天生桥：疑指贵州安顺市东北龙潭洞前的天生桥。《安顺府志》记其石壁千仞，环绕如城，水经其下，惊涛急流，乃天设之险也。当时从贵州贵阳到云南曲靖，这是重要通道。大渡河：在四川省西部，岷江最大支流。主流大金川西源麻尔柯河出青、川两省边境果洛山、东源梭磨河出红原县，两源汇合后称大金川，在丹巴县纳小金川，始称大渡河。在石棉县折向东流，到乐山市草鞋渡纳青衣江后入岷江。长1 070公里，沿途多峡谷，水流湍急。　　〔33〕泗城：清乾隆初增设凌云县为府治。辖境扩大，相当于今广西壮族自治区西部柳河、澄碧水流域以西地区。　　〔34〕逆命：拒命，违抗命令。寖（qīn）：逐渐。不用命：不服从命令，不效命。节制之兵：军律严整之兵。节制，节度法制。　　〔35〕断：一定，绝对。　　〔36〕制：节制，控制。　　〔37〕顾：不过，只是。协济：亦称协拨。当时地方政府所征税款照中央命令拨交其他地方政府（多在省级）的部分。分两种：一种是定时、定额的经常性拨款，一种是紧急的临时性拨款。　　〔38〕不当：抵不上。中土：中原，内地（别于边疆）。　　〔39〕五金：上古指金、银、铜、铅、锡五色金属，后泛指各种金属。尤饶：更丰富。饶，丰富、富裕。　　〔40〕

鼓铸：鼓扇炽火，冶炼铜银以铸钱。《史记·货殖传》："即铁山鼓铸，运筹策，倾滇蜀之民，富至僮千人。"　　〔41〕岁解（jiè）：每年发送，解送。　　〔42〕征课：征税，收税。克复：收复失地。〔43〕盐厘（chán）：犹盐户、盐仓。厘，廛（chán）的异体字，公家所建商人存储货物的房舍。〔44〕税课：税收。　　〔45〕大要：概要，要旨。　　〔46〕因事就功：乘事而成，借事成功。〔47〕阻险：依仗险要之地。阻，恃、依仗。　　〔48〕僭（jiàn）号：超越本分的称号。指杜文秀称总统兵马大元帅，在大理建立政权，设机构，任官职。伪官：不合法的官职。诏徕（lái）：即招徕，指招揽人才。边僻：边疆，荒远。结尾遥应本文第二段开头"云南边徼耳，无足重轻"。以反诘句论定云南边疆不可忽视。

（蔡川右）

张 鼎（一篇）

张鼎，字幼逵，原名坤，字厚庵，云南昆明人。清光绪庚子、辛丑（1900、1901）并科举人，壬寅（1902）进士。官主事，外任广东知县。入民国后，任云南顺宁（今凤庆）知县，卒于官。他目睹时局艰危，主张变法图强，在《变法议》中指出："至若兵、刑、农、食、工艺、器用，西法有可采者，不妨变通参用，以因时而制宜，特其本在于得人，其用在于实事求是。"他认为，卫青"功在征伐"，霍光"功在社稷"，"功在征伐者，不若功在社稷之大"。但"若后世中国积弱，莫能自振，不惟不敢征夷狄，且受制于夷狄，为四方所观笑"。在这种情势下，"则如卫青之功者，又乌可少哉！"（《卫青霍光论》）他强调："惟边将得人斯足倚为万里长城，而夷之患可消，中国之威可振。"（《赵充国李牧论》）对于清末吏治腐败，"官不亲事，事不在官"，以及书吏"蠹国害民"的现象，他在《裁汰书吏议》中给予了尖锐的抨击。

这里所所选《筹办矿务议》一文，就矿务弊端展开议论，并提出具体建议。作者认为，中国矿产资源丰富，但由于"开采之法不精"，"而不获收矿产之利"。"中国患贫"，"非开办矿务诚难以救当今之急"。为此慎重建议：一方面筹集巨资，采购"最精之机器"，延聘"精于矿学"的西人"为矿师"，"暂为开采"；一方面，派遣留学生出洋学习，学成归国后培养足够的矿学人才，独立自主开矿，"不用西人矿师"。"天下事未有因人而可成大事者"，这是至理名言。同时，作者对"目前之计"和"将来之计"作了说明，"孰得孰失，孰迟孰速"，则让读者自己作出判断。

筹办矿务议[1]

中国为财赋奥区，矿产之富甲于五大洲，如云南出铜、锡，山西、贵州出煤、铁，湖广、江西出铜、铁、铅、锡、煤，齐鲁、荆襄出铅，川蜀出铜、铅、煤、铁以及川、滇边界夷地、番地之五金、煤炭皆最富饶[2]。所患者开采之法不精，产于地而仍弃于地，矿脉之横斜不分，矿层之厚薄不辨，体质之纯杂、工程之难易一概不知，故有办矿之人而不获收矿产之利，深为可惜[3]。夫地不爱宝，久而必宣，此自然之理也[4]。泰西诸国之所以富且强者，精于矿学耳，精于开采之法耳[5]。今中国患贫，国脉、民命交受其困，非开办矿务诚难以救当今之急，乃议者纷纷[6]。或因款项之难筹而顿形作辍，或甫开矿洞而遽责成效，此大惑也[7]。

孔子曰："无欲速，无见小利。欲速则不达；见小利则大事不成[8]。"今欲开办矿务，必先集巨款，或官办，或商办，或官商同办[9]。华商之富者亦复不少，兼集商资，则易为力[10]。然后购最精之机器，择西人之精于矿学者，延以为矿师，勘查矿苗，暂为开采[11]。一面于各省有矿之处，约同绅商公议，立一矿学会筹集资斧，遣数人出洋赴矿学堂学习矿务[12]。学成回华后，学之精者即以为该堂教习，来学者必多，学成者亦必日众，可以不用西人矿师，尤为尽善尽美[13]。盖天下事未有因人而可成大事者，亦未有不学而能之者[14]。学农然后可以言耕稼，学工然后可以言制造，学商贾然后可以言往来交易[15]。愚意以为开办矿务，仍当自学矿学始。

或曰：必待学矿学而后开矿，如时迫效远何[16]？曰：不然！所谓学矿学者，所以待将来之用，而延矿师、购机器者，即目前之计也[17]。目前之计虽速，不能处处延西人办，获利恐亦无多；将来之计虽迟，而以己之学成己之事，渐推渐广，获利必多[18]。此其孰得孰失，孰迟孰速，必有能辨之者矣[19]。

选自《滇文丛录》卷一三

【简注】〔1〕筹办：筹划举办。矿务：开采地下矿藏的事务。议：文体的一种，用以论事说理或陈述意见。如奏议、驳议等。 〔2〕财赋：财物赋税。奥区：内地，腹地。班固《西都赋》："防御之阻，则天下之奥区焉。"注："奥，深也。言秦地险固，为天下深奥之区域。"甲：天干的第一位，因以为第一的代称。五大洲：泛指全世界各处。湖广：地区名。宋有荆湖北路、荆湖南路，元时立湖广行中书省，兼包宋之荆湖南北、广南东西四路，相当于今两湖、两广。明分为湖广、广东、广西三布政使司，湖广始专指两湖之地。清将湖广分成湖南、湖北两省后，通常还是称这两省的总督为湖广总督。齐鲁：指山东省。今山东省泰山以北黄河流域及胶东半岛地区，为战国时齐地，汉以后仍沿称为齐。今山东省泰山以南的汶、泗、沂、沭水流域，是春秋时的鲁地，秦以后仍沿称这地区为鲁，近代又沿用为山东省的简称。荆襄：荆州府与襄阳府。由于两府均在湖北，因以"荆襄"代指湖北省。川：四川省的简称。蜀：四川省的简称。因古为蜀国，秦置蜀地，三国时又为蜀汉地而得名。夷：古代对东方各族的泛称，也泛指四方的少数民族，如汉时总称西南的少数民族为"西南夷"。番：旧时对西方边境各族的称呼，亦为外族的通称。五金：指金、银、铜、铅、锡五种金属。也泛指各种金属。 〔3〕精：精密，精确。矿脉：沿着各种岩石裂隙充填（或交代）而成的，形态呈板状或近似板状的矿体。金、银、铜、锑等常产于矿脉中。矿层：地层中作层状分布的矿物。体质：矿体的质地、质量。矿产：地壳中有开采价值的物质，如铜、铁、锡、石油、煤等。 〔4〕爱宝：爱护珍惜。宣：宣泄，泄漏。 〔5〕泰西：犹言极西，旧时用以称西方国家，一般指欧、美各国。精：精通，专精。 〔6〕患贫：患于贫，处于贫困的境地。国脉：国家的命脉。民命：人民的命运。交：共，俱。困：艰难困苦。诚：的确，确实。纷纷：（言论、事情等）众多而杂乱。 〔7〕款项：为某种用途而储存或支出的钱。这里指开矿的费用。筹：筹集，筹措聚集。顿：立刻，忽然。形：形成，出现某种情形或局面。辍（chuò）：停止，中止。甫：方，才。遽：急，匆忙。责：责求，要求。成效：成绩功效。惑：迷惑，困惑。 〔8〕"无欲速"四句：见《论语·子路篇》。原文的意思是：不要图快，不要顾小利。图快，反而达不到目的；顾小利，就办不成大事。 〔9〕集：集合，聚集。 〔10〕商资：商业资金。 〔11〕精：精良，精美。延：聘请，邀请。勘查：也作"勘察"。在采矿以前，对地形、地质构造、地下资源、蕴藏情况等进行实地调查。矿苗：即"露头"。岩石、矿脉和矿床露出地面的部分。露头是矿床存在的直接标记。　　〔12〕绅商：绅士和商人。绅，绅士、乡绅。旧时称地方上有势力的地主或退职的官僚。公议：共同商议。资斧：本义为利斧。《易·旅卦》："旅于处，得其资斧。"程颐《易传》解"资斧"为资财、器用，后人从程义，通称旅费、路费为资斧。　　〔13〕学之精者：学习成绩优异者。教习：本为学官，掌课试之事。清末兴办学堂，其教师也沿称为教习。尽善尽美：形容事物完美到没有一点儿缺点。尽，达到极点。善，完善。　　〔14〕盖：语气词，用在句首，表示要发议论，带有"总的说来"、"一般来讲"的意味。"盖天下"句：《史记·平原君虞卿列传》："公等录录（碌碌），所谓因人成事者也。"意思是：依赖别人的力量办成事情。这里对"因人成事"的做法表示了否定。因，依赖，依靠。　　〔15〕耕稼：耕地播种。稼，播种五谷。《诗·魏风·伐檀》："不稼不穑，胡取禾三百廛兮。"郑玄注："种之曰稼。"制造：用人工使原材料成为可供使用的物品。如制造机器。商贾（gǔ）：商人的统称。商指行商，贾指坐商。　　〔16〕如时迫效远何：对时间紧急而收效缓慢怎么办呢？"如……何"，这是一种表示处置的固定格式，中间插入宾语，与"奈……何"、"若……何"相同。效远，长时间才能收到效果，即收效缓慢。　　〔17〕即：即是，就是。计：计谋，策略。　　〔18〕渐推渐广：逐渐推广。　　〔19〕孰：哪一种做法。疑问代词，可以代人，也可代事、代物，其中往往带有比较选择的意义。辨：分辨，辨别。

（吴培德）

朱庭珍（一篇）

朱庭珍，字筱园，石屏人。清光绪戊子（1888）举人。长于诗、古文辞，著有《穆清堂诗抄》、《筱园诗话》。《滇文丛录》收录其文12篇。

《马白关铭》是为马白关之设而着意撰写的铭文。铭这种文体，古代多镕铸或刻于金属器物上（秦汉以后多刻于石上），用以记事和颂德，或有所戒示。就形式讲，先秦铭文不限于韵语，也有散行无韵的；两汉以后，有用"楚辞"体的，有用四言、五言韵语的，有散行不用韵的，但总的趋势是逐渐由没有固定的形式走向四言韵语。这里选注的《马白关铭》为整齐的四字有韵之文，可视作"诗经"体的延续。铭文前有小序，前序后铭，首尾相贯。文章具体介绍了马白关的地理形势和所蕴涵的重要意义。不仅客观地勾勒了它所处位置的险要雄奇，突出其"一夫守险，万夫莫开"的固若金汤之势；而且还着眼于巩固边防更要有卓越的守关者。"休凭地利，须择将才"，就是立一言而为全篇的"警策"，发人深省而具有启迪性的要旨。

马白关铭[1]

马白关在开化府，南邻交趾界，为滇极边[2]。山川雄奇，形势险峻，扼越南入郡要路。向仅设一汛[3]。自越法用兵，中西划界，前总制岑襄勤公奏移开化镇，驻节于关，遂为开广一方门户[4]。视八关藩篱金腾，有过之无不及也[5]。爰仿张载铭剑阁之例铭之[6]。铭曰：

铁壁天马，屏蔽金腾[7]。孰据形势，始陈中丞[8]。石虎碧鸡，东南遥对[9]。表里滇池，要害为最[10]。峨峨马白，远出其上[11]。空制越裳，开广保障。连山插戟，一线通幽。鸟飞不度，行若猿猱[12]。屯兵移帅，控制咽喉[13]。襟山带水，有夏无秋。险胜岨崟，雄逾剑阁[14]。苍崖云垂，翠壁铁削。一夫守险，万夫莫开。休凭地利，须择将才。我濡大笔，遥铭峰巅；请箴守将，待勒燕然[15]。

选自《滇文丛录》卷二

【简注】〔1〕马白关：现称马关，清雍正八年（1730），一说为雍正六年设。马关之名，由马白关演变而来。马白原是县城地名，古时此地壮族居民尽养白马，而壮族说汉语多为倒语，白马就说成马白，故成为地名。1914年改县名时，以旧地名马白关去"白"字留"马关"二字作县名至今。 〔2〕开化府：清康熙六年（1667）"改土归流"时置开化府，治所在今文山县境。雍正八年（1730）设文山县，1913年，改名开化县，次年恢复文山县名。交趾：又作交阯、交址。汉武帝所置十三刺史部之一。辖境相当于今广东、广西的大部和越南的北部、中部。东汉末改为交州。极边：极远的边地。〔3〕汛：明清兵制，凡千总、把总、外委所统率的绿营兵都称汛，所驻防的地方称汛地。清道光中，从永平里划河口设汛，隶开化府。光绪二十二年（1896）又从东安里划一部设立麻栗坡副督办署，管辖六汛，隶开化府。〔4〕岑襄勤公：即岑毓英（1829～1889），广西西林人，清附生。咸丰七年（1856）带兵入滇投效，先后署宜良、路南等县知县，升澄江知府。同治元年（1862）署云南布政使，七年署云南巡抚，十三年署云贵总督。光绪九年（1883），督师出越南，大败法军。十五年加太子太保衔。死后，谥襄勤。开化镇：清代置开化府的府治，位于文山县中部，盘龙河畔。现为文山壮族苗族自治州政府和县人民政府驻地。驻节：屯驻、停留。驻，车马停止。开广：指开化府与广南府。〔5〕八关：即腾越八关。明万历二十二年（1594）云南巡抚陈用宾、知州漆文昌、参军吴显忠率军民于今腾冲西南、西北边境筑。西四关自西北而东南，为神护、万仞、巨石、铜壁。东四关自西南而东南，名铁壁、虎踞、天马、汉龙。八关驻军屯田，缅不敢犯。清光绪时，中英勘定滇缅边界，将虎踞、汉龙、天马三关划入缅甸。藩篱：以竹木编成的篱笆或围栅，为房舍的外蔽。引申为屏障、守卫之义。金腾：金齿与腾越。金齿，元代设金齿宣抚司，治干崖（今盈江县旧城镇），后移就永昌。明置金齿卫，后改为永昌军民府。即今云南保山市隆阳区。腾越，即今腾冲。元置腾冲府，明改腾越州，清改腾越厅，1913年改腾冲县。〔6〕爰：于是。张载：西晋文学家，字孟阳，安平（今属河北）人。官至中书侍郎。后因世乱，称病告归。与弟协、亢俱以文学著名，时称"三张"。铭剑阁：指张载作《剑阁铭》。《晋书·张载传》说，太康初，张载至蜀省父，道经剑阁。以蜀人恃险好乱，因著铭以作诫。益州刺史表上其文，晋武帝遣使刻之于剑阁山。剑阁在四川大小剑山间，剑山属巴山山脉，为岷山山脉的东支。《剑阁铭》写剑阁形势，赞美其地势险要；又引史垂诫，说明仅凭险不可靠，如不修德政，也会遭受灭亡。此铭文的价值就在于意存警戒。〔7〕铁壁天马：二关名。分别为腾越八关之一。铁壁关在今陇川县南，天马关在今瑞丽市勐卯镇边外邦欠山。清光绪间，中英勘定滇缅边界，划入缅甸。〔8〕陈中丞：指陈用宾。中丞，官名。本汉御史大夫两丞之一。中丞居殿中，故以为名。明清以副都御史、或佥都御史出任巡抚，故习称巡抚为中丞。〔9〕石虎碧鸡：石虎关和碧鸡关。石虎，指马白关。因马白关所在之镇西南有白虎山，镇沿山南麓山谷分布，因指其关。碧鸡关在昆明西郊碧鸡山麓，此关自古以来即是通迤西（滇西）的门户。〔10〕表里：即内外。滇池：应指滇池地区。要害：关系全局的重要地点。〔11〕峨峨：高峻，高耸。〔12〕不度：不能飞过。〔13〕咽喉：指地势扼要之处，即咽喉地带。〔14〕崤函：又作函崤、函殽。古代对崤山和函谷关的合称。相当于今陕西潼关以东至河南新安县地。其地高峰绝谷，峻阪迂回，形势险要。贾谊《过秦论》上就有"秦孝公据殽、函之固"的说法。剑阁：在今四川剑阁县东北大、小剑山间，峰峦连绵，地势险要，为古代戍守要地。唐于此设立剑门关，有"一夫当关，万夫莫开"之势。蜀人谓四川有四绝，即"峨嵋天下秀，青城天下幽，剑阁天下雄，三峡天下险"。〔15〕濡（rú）大笔：以笔蘸墨，指写作。濡，浸渍、湿润。箴（zhēn）：规谏，告诫。勒：刻，雕刻。燕然：山名，即今蒙古人民共和国境内的杭爱山。东汉永元元年（89），窦宪出征匈奴，班固为中护军。大破北单于，登燕然山，刻石记功，命班固作《封燕然山铭》（事见《后汉书·窦宪传》，铭文见《昭明文选》）。

（张德鸿）

黄 华（一篇）

黄华，字香圃，昆明人。清光绪癸巳（1893）举人。著有《晚香室诗文稿》。《滇文丛录》收录其文五篇。

黄华的《马白关铭》，可与前一篇朱庭珍所撰同题文参照阅读。两文写作手法和艺术构思、谋篇布局均较一致，亦为前序后铭。二文都突出了马白关的地理形胜，并顺势导出了警戒义。两者思想认同，均强调了维护安全不能仅仅依靠雄关的险要。不同处在于中心思想：朱文着眼于守关将领才能的选择，黄文则明示要施行王道，"我泽如春，我恃匪关"。要用穆如春风的德泽，"来远人，作屏藩"，巩固边防。

马 白 关 铭

交阯之北，安平之南，里曰逢春，地邻新息[1]。有雄关焉，是名马白[2]。所以通贡道、来远人、作屏藩、资扼要者也。在昔白雉既献，花象时来，验海水以入朝，测天云而请吏[3]。箕坐椎髻之侣，雕题凿齿之邦[4]。作我外臣，实同内邑。虽据形胜之险，无资守备之严。兹则鲸鲵欲波，狼豕妄突；月氏已并，瓯脱交争[5]。是宜封以丸泥，屯以五校[6]。天生阻塞，用界华夷[7]。王公设险，宜于是地。敢刊壁石，奚勒斯铭。铭曰：

上际苍苍，下临杳杳[8]。虎踞岩悬，羊肠壁绕[9]。群翼假道，众猱愁颠[10]。人不得并，马不得旋。杉松合抱，筱荡成林，老荆隘道，恶木息阴[11]。暑雨蒸歊，瘴云肆毒[12]。罔两昼奔，蛊蚛夜伏[13]。万山叠绕，八夐重围[14]。作镇作固，锁钥南陲[15]。厥固可负，今然昔否[16]。一夫当冲，万人束手[17]。顺轨则夷，背道斯阻[18]。既入堂室，胡窥牖户[19]。我泽如春，我恃匪关[20]。用诡凭要，罔不覆身[21]。然兹奥宅，特限蛮貊[22]。穷山之危，极地之僻[23]。尘静来庭，道险称兵[24]。铜壁金胜，有此峥嵘[25]。

选自《滇文丛录》卷二〇

【简注】〔1〕交阯：见本书朱庭珍《马白关铭》注〔2〕。安平：厅名。清嘉庆二十五年（1820）以明安南长官司地改置，并析文山县之东安、逢春、永平三里地来属。治所在今蒙自县老寨乡。道光三年（1823）移治今马关县。1913年改安平厅为安平县，次年改名马关县。逢春：逢春里，原为安平厅辖地。民国时属马关县，1940年废区，逢春里划为一乡，1945年改为复兴乡。1958年改为公社，1984年改公社为区，直属县政府的城关镇改为马白镇。新息：邻近马关的地名。　〔2〕马白：地名。雍正八年（1730）设马白关，后去"白"字用作县名，"马白"今为马关县政府驻地镇名。　〔3〕白雉：古代以白雉为祥瑞，认为是王者"德流四表"的体现，因常用作贡品，进献上邦君主。花象：有花斑的大象。时来：按时入朝，指外臣进贡。验海水、测天云：指朝贡时出发前的准备工作，测水情、观天象，以定宜时。　　〔4〕箕坐：箕踞而坐，其形如箕。箕踞为傲慢不敬之容。椎髻：一撮之髻，形状如椎的发形。也作"椎结"。汉王充《论衡·率性》："背畔王制，椎髻箕坐。"此应指边远少数民族的形貌举止。雕题：用颜色在额上刺绘花纹。这是古代民族的一种习俗。《礼·王制》："南方曰蛮，雕题交趾，有不火食者矣。"雕，刻。题，额。凿齿：古代传说中的部落名。《山海经·海外南经》："羿与凿齿战于畴华之野。"注："凿齿亦人也。"一说指古代拔去两齿作为装饰的族群。　　〔5〕鲸鲵：鲸鱼。雄曰鲸，雌曰鲵。喻凶恶之人。波：名词用作动词，指兴风作浪。狼豕（shǐ）妄突：豺狼和惊豕乱撞。豕骇则奔突难制，用以喻人横冲直撞，流窜侵扰。豕，猪。月氏（zhī）：一作月支，古族名。秦汉之际，游牧于敦煌、祁连间。汉文帝前元三～四年（前177～前176），遭匈奴攻击，大部分人西迁塞种地区（今新疆西部伊犁河流域及其迤西一带）。西迁的月氏人称大月氏，少数没有西迁的人入南山（今祁连山）与羌人杂居，称小月氏。瓯脱：汉时匈奴语，指边界。后泛指边地。　　〔6〕封以丸泥：喻地势险要。以丸泥封塞，即可使敌兵不能突入。《后汉书·隗嚣传》："其将王元说嚣曰：'元请以一丸泥为大王东封函谷关，此万世一时也。'"屯以五校：以五校屯兵。校，本谓军营，后指军队之一部。　　〔7〕天生：天然生成。用界华夷：用作华夷的分界线。华夷，古代偏见，认为内华外夷。　　〔8〕苍苍：深青色，指天。《庄子·逍遥游》："天之苍苍，其正色邪？"杳杳（yǎo）：深远幽暗貌。　　〔9〕虎踞：谓形势雄伟如虎之蹲踞。唐王勃《游北山赋》："石当阶而虎踞，泉映牖而龙吟。"　　〔10〕群翼：群鸟。假道：借道。猱：猿猴。　　〔11〕筱簜（xiǎodàng）：小竹、大竹。《书·禹贡》："筱簜既敷。"恶木：坏树，劣木。息阴：停止遮阴。息，止息。阴，同"荫"，庇护、遮蔽。　　〔12〕蒸歊（xiāo）：热气蒸物，热气上升。歊，热气。蒸，气上升貌。瘴云：瘴气凝成的烟云。肆毒：恣意毒害。　　〔13〕罔两：又作魍魉，传说山中的精怪。蛊虺（gǔhuǐ）：蛊，相传为一种人工培养的毒虫。虺，毒蛇。　　〔14〕八嘎（jiá）：地名。砚山县八嘎乡人民政府驻地，在江那镇东南23.3公里，八嘎河西岸。壮语"八"为嘴，嘎，应为"嘎"，指江流。"八嘎"，意即小河交汇处。重围：层层包围。　　〔15〕锁钥：锁和钥匙，引申为军事防守的重镇。　　〔16〕厥固：雄关坚固。厥，其、它，代词，指"关"。可负：可以依仗（依凭）。　　〔17〕冲：要冲，在军事和交通方面有重要作用的地方。束手：束手无策的缩用。　　〔18〕夷：平坦，平易。　　〔19〕牖（yǒu）户：又作"户牖"，门窗。　　〔20〕恃：依凭。匪：非，不是。　　〔21〕诡：诡计，狡诈的计策。要：险要。罔不：无不，没有不。　　〔22〕奥宅：边远的地方。奥，深。蛮貊（mò）：泛指少数民族。蛮，古时对南方少数民族的泛称。貊，古时对居于东北地区的民族的蔑称。《书·武成》："华夏蛮貊，罔不率俾。"　　〔23〕危：高，高峻。　　〔24〕尘静：世间安静，指无战乱、祸灾。尘，人间、世上。来庭：犹言来朝。《诗·大雅·常武》："四方既平，徐方来庭。"称兵：举兵，兴兵。《左传·襄公八年》："女（汝）何故称兵于蔡？"　　〔25〕金胜：坚固的防地。金，喻坚固。胜，胜地，形势有利之地。峥嵘：高峻貌，深险貌。

（张德鸿）

寸 氏（一篇）

寸氏，世传为腾冲和顺乡大石巷一位姓寸的祖辈。据说他在瓦城（今缅甸曼德勒）作书用心过度，不久就咯血死了。

《阳温暾小引》是一本小册子，写作年代不详。成书后不胫而走，广为流传。清末以来，争相传抄，从国外到国内，从和顺到外乡，流传范围逐渐扩大。各抄本文字差异较大，语句次序不尽相同，诗曲有所损益，而内容始终未变。

《阳温暾小引》将华侨在家乡成长过程及出国谋生的种种体验，一一和盘托出，实是一篇珍贵的早期华侨生活实录。作者以村言俚语，汉夷夹杂，亦庄亦谐的说唱文学形式，写成充满血泪的华侨辛酸史，是旧时三迤人"穷走夷方急走厂"的必读书。书中涉及国内、国外，男人、女人，悲欢离合，缠绵悱恻；有夷有汉，有贫有富，社会生活，五光十色；人情世故，千姿百态，是一轴时空广阔无垠的真实生动的社会风俗画卷。至于作者反复劝人"早回故州"及对缅甸妇女的一些描述，则是那一时代乡土观念和民族观念的局限。正文以"三、三、四"句式的韵文写成，凡790句。占了大半篇幅的"九诫"，点明了"劝世"主旨，特别吹、赌、嫖、遥四诫，更为人们关注。书中极力铺陈吹烟人（吸食鸦片者）的种种丑态，描写细腻逼真，实为鸦片祸国殃民的历史写照。时至今日，仍可为鉴。《阳温暾小引》已被列入云南省非物质文化遗产名录。

阳温暾小引[1]

西 江 月

百岁光阴有几，何须苦苦营求，莫与儿孙作马牛，以免东驰西走。　世态更迁不古，出门不肯回头，几句俚言欢众传俦，但愿乡人莫诮。

（一）开宗明义

自从那，盘古王，分了宇宙。前三皇，后五帝，夏后商周[2]。周天下，八百载，果算长久。汉高祖，坐天下，四百春秋。享年高，享国长，上天垂佑。小比大，家比国，如同一俦。有德者，富与贵，子孙长久。无德者，贫与贱，衣食不周。舜皇帝，耕历山，苦辛尝透。汉文帝，亲有疾，尝药心忧。有仲由，负米粮，百里奔走。曾夫子，母咬齿，不敢停留。汉黄香，尽子职，年纪尚幼。闵子骞，衣芦花，不敢怨尤。有剡子，披鹿皮，猎人怜佑。崔家妇，孝事亲，乳姑不休。有董永，卖己身，殡葬父柩。有吴猛，姿蚊饱，以解亲忧。有陆绩，事亲孝，怀橘在袖。有王褒，闻雷鸣，到墓哀求。有江革，负母亲，避难逃走。晋王祥，卧寒冰，去把鱼求[3]。有蔡顺，采黑椹，赤眉怜佑。有姜诗，为母病，舍侧鱼游[4]。有孟宗，求冬笋，上天默佑。有寿昌，为寻母，愿把官丢。有郭巨，愿埋儿，供养亲口。有丁兰，亲亡故，刻木报酬。有杨香，打猛虎，曾把亲救。庾黔娄，为母病，尝粪心忧[5]。有莱子，舞彩衣，亲开笑口。黄庭坚，为太史，涤亲溺瓯[6]。二十四，孝顺歌，留传已久。劝今时，为人子，当思效求。父母恩，好一似，天高地厚。在一日，孝一日，岂可远游。不得已，为家贫，不得不走。游有方，急早回，以解亲忧。我中华，开缅甸，汉夷授受。冬月去，到春月，即早回头。办棉花，买珠宝，回家销售。此乃是，吾腾冲，衣食计谋。为甚么，到今日，不回故旧。出门去，把亲恩，付之东流。离家乡，十数年，还不算久。住瓦城，似登那，凤阁龙楼。舍家乡，如敝履，话不虚谬。住瓦城，纵不久，也在数秋[7]。你父母，虽有子，如同不有。无子的，还不消，日夜担忧。你的妻，望与你，百年相守。谁知道，似孤寡，独卧孤愁。

（二）在家成长

我把你，父母恩，讲个彻透。生育苦，劬劳恩，细说根由。十月内，怀着胎，形容枯瘦。茶不思，饭不想，时刻担忧。病恹恹，不思想，女工刺绣。昏沉沉，活懒做，懒把线抽。待等到，十月满，临盆之后。那时节，更加添，百般忧愁。怕的是，大限来，阴司路走。怕的是，阎君爷，来把簿钩。娘奔死，儿奔生，可不虚谬。此乃是，妇人的，生死关头。要等到，儿离了，娘身之后。那时节，无忧虑，才把心丢。做三朝，请月客，呼亲唤友。你的娘，在房中，好似罪囚。每日里，在房中，只把儿守。昼夜里，常换洗，几条裙绸。一把屎，一把尿，不嫌味臭。半夜哭，半夜哄，不敢闭眸。倘生在，富贵家，银钱广有。己身边，常不离，使用丫头。每日里，三餐饭，丫环奔走。到晚来，点明灯，梅香上油。抑或是，妯娌多，心怀古旧。家园事，有他们，去帮应酬。若生在，贫寒家，米无升斗。领着儿，睡床上，珠泪常流。任你哭，有谁人，管你好丑。任你气，有谁人，与你分忧。娃娃哭，急忙忙，将乳喂够。出房来，哪顾得，露面抛头。想吃饭，也还要，自己动手。无油盐，和柴米，自己应酬。贫寒家，养儿女，苦辛尝透。哪一时，不带着，几分忧愁。请先生，定四柱，子午卯酉。贵和贱，关与煞，细细搜求。倘若是，四柱好，关煞清秀。算了命，方才得，丢心一头。倘若是，关煞多，凶星恶宿。或拜佛，或许愿，常把神求。养子的，这苦楚，难以表透。再把那，抚育恩，细说根由。襁褓时，不过是，常抱在手。到会说，到会走，一喜一忧。喜的是，会说话，渐可引诱。喜的是，会走路，母得行游。忧的是，怕出门，独自行走。忧的是，无人领，闯遇马牛。忧的是，爬高处，跌破手头。忧的是，爬矮处，跌下阳沟。忧的是，怕着寒，伤风咳嗽。忧的是，遇歹人，拐往他州。更忧者，铁门坎，出花出痘。此乃是，小人的，生死关头。若遇着，年时好，出得清秀。儿轻减，父母心，可以无忧。倘若是，年时恶，出得密厚。父母心，好一似，打破孤舟。儿身旁，哪一时，敢离左右。父母心，哪一时，不费思筹。许供花，许换水，许朝北斗[8]。愿行善，愿补路，愿把桥修。早烧香，晚拜佛，不住叩首。供斋食，烧钱纸，常磕勤头。所忧者，怕的是，眼中出痘。更忧者，怕的是，出在咽喉。求名医，开丹方，无处不走。买药草，买果品，脚不停留。日不眠，夜不睡，通宵达昼。真果是，过一年，如过三秋。求天地，拜神灵，暗中保佑。痘全愈，买三牲，报答恩酬。要等到，脱了壳，净澡之后。出了花，又才得，丢心一头。此乃是，二三岁，年纪尚幼。待等到，八九岁，另有思筹。幼不学，老何为，如同禽兽。三代人，不读书，好似马牛。弹棉花，纺线子，苦把钱凑。强送儿，去读书，才把师投。聪明的，不数年，诗书读就。伶俐的，不数年，读到春秋。真乃是，聪明子，人人夸口。父和母，心里乐，喜上眉头。若是那，愚蠢的，体态丑陋。纵丑陋，父母心，岂肯罢休。读了书，三五年，真真不就。那时节，莫奈何，才把心丢。有一等，生得来，将将就就。贪玩耍，他不习，正经门头[9]。在学堂，不读书，与人争斗。惹得人，上门来，吵闹不休。又或是，邀约人，偷鸡摸狗。又或是，去荒郊，偷马盗牛。父和母，只教他，去把学就。那先生，只料他，有甚门头。自古道，一日三，三日成九。父母知，先生晓，岂肯罢休。先生打，不过是，学规责究。父母打，动真情，怒结咽喉。虽贪玩，不过是，年纪八九。父母心，虽忧气，还有叹头。待等到，十岁外，二十之后。怕的是，年纪大，自做自由。那时节，也会去，结交朋友。那时节，好歹事，也会应酬。倘若是，结交着，好朋好友。过相规，善相劝，声气相投。怕的是，不择人，不知好丑。近朱赤，近墨黑，会去效尤。又怕的，被歹人，前来引诱。好一似，深潭里，设下钓钩。与人交，甜似蜜，手挽着手。或打数，或掷骰，不顾害羞[10]。输钱人，他只为，赢钱起首。输钱人，心儿里，百计营谋。倘若是，家富足，不致出丑。怕的是，家贫寒，去把人偷。自古道，奸近杀，赌近盗寇。子不肖，连累着，父母含羞。又怕的，好贪淫，猜拳吃酒。每日里，在醉乡，正事不谋。又怕他，恋女色，男女授受。落在那，迷魂阵，不知回头。又怕他，结交着，吹烟朋友。年纪轻，上了瘾，干筋瘦猴。又怕他，血气刚，好争好斗。动不动，就逞能，雄气赳赳。又怕他，前世冤，窄路相逢。打死人，告到官，定做罪囚。受尽了，千般苦，披枷带扭。父和母，只气得，吊颈抹喉。又怕他，没天理，大称小斗。又怕他，忘根本，偷马盗牛。以上的，概都是，人生疾疚。父母心，无一时，不带忧愁。待成年，要为他，选亲择偶。自请媒，到了那，迎亲之后。不知道，费尽了，许多绸缪。请媒人，不住的，作揖拱手。买糖食，和乳膳，带礼要周[11]。或骑马，或坐轿，诸事备就。跟随的，常不离，使用丫头。媒人去，又怕的，女家变口。得来了，口八字，才把心丢。请先生，合八字，子午卯酉。红八字，得来了，方才不浮。合得婚，才备办，耳圈宝扣。光阴速，又到了，摽梅之后[12]。自古道，男大婚，女大难留。择定了，好日子，良辰吉宿。请媒人，到女家，去把亲求。说亲时，媒已曾，夸下大口。到迎亲，只得是，苦苦哀求。过财礼，莫奈何，告借亲友。钱不就，方动了，祖根遗留。典房屋，卖地基，或典园囿。抑或是，卖山地，或卖田丘。前几月，订碗盏，又订吹手。雇轿子，还要雇，抬轿班头。买柴米，买菜蔬，油盐茶酒。少一样，也不得，买办要周。到如今，风俗变，不同古旧。闹门面，爱的是，牌子虚浮。八大碗，平头席，还不合口[13]。还要加，二三盘，山珍海头[14]。说不尽，迎亲时，难以讲透。父母心，亦非是，可以无忧。殊不知，迎亲后，更难丢手。再把那，焦心处，细细搜求。焦媳妇，不会那，女工刺绣。焦媳妇，不会那，灶脑锅头[15]。焦的是，不和睦，妯娌结仇。焦的是，好偷闲，东走西游。焦的是，好懒惰，门外闲游。焦的是，不知道，留前积后。焦的是，不惜省，柴米盐油。焦的是，不和睦，婚后离休。更望者，子生孙，承先启后。领孙男，和孙女，以度春秋。焦的是，无子女，断宗绝后。不焦心，除非是，闭了眼口。不焦心，除非是，死后方休。父母恩，果真是，天高地厚。为人子，念及此，岂可远游。

（三）男走夷方女居孀

吾腾冲，出门人，十有八九。任你说，任他讲，难以深留。讲一讲，离别情，分别之后。古言道，分离事，万般凄愁。数日前，不住的，吩咐勉诱。叫一声，我的儿，细听根由。非容易，扶养你，十七八九。要常时，把父母，记在心头[16]。在程途，切不可，与人争斗。一路上，切不可，与人结仇。酸冷物，不可吃，十分忌口。以免得，生疾病，使我心忧。过夷山，要留心，凶恶野兽[17]。最要者，要留心，骑马乘舟。无伙伴，切不可，独自行走。怕的是，遇歹人，反被来谋。到瓦城，你去把，某人来就。唡咐他，找与你，一个门头[18]。年轻人，切不可，性高气抖。结交人，切不要，心高气浮。与人交，要交那，正经朋友。遇着那，不好的，切莫效尤。见长者，要恭敬，徐行在后[19]。凡说话，莫高声，气性温柔。学夷话，要留心，常念在口[20]。学写算，要时刻，记在心头。做生意，要公平，不欺老幼。切不可，使尽了，奸巧计谋。挂账簿，要留心，以免遗漏。放外账，要脚勤，时刻催收。买货物，要分清，贵贱好丑。有起跌，要打算，当卖当收。第一件，切不可，吹烟吃酒。第二件，切不可，懒惰闲游。有花街，和柳巷，不可乱走。切不可，效他人，赌钱抽头。切不可，忘天理，大称小斗。切不要，使奸巧，轻出重收。凡事务，要领教，先达老叟。切不可，自逞能，自作自由。做好人，自然有，上天庇佑。行好事，自然有，天地鸿庥。得了利，莫深贪，即当脱手。切不可，心不足，不知回头。一二载，即速转，不可住久。纵去远，亦只可，四年三秋。哪一件，不叮咛，吩咐嘱透。为人子，念及此，岂可远游。又讲到，枕边事，夫妻分手。提起来，出门事，气破咽喉。听说是，夫出门，暗地忧愁。枕边上，不时的，珠泪常流。是姻缘，奴与你，才得配偶。生同床，死同穴，一竿到头。奴只望，与夫君，百年聚首。谁知道，半路上，把奴来丢。从此去，有苦甜，与谁讲究。从此去，家务事，有谁应酬。最要者，不可贪，外国花柳。老缅婆，望夫君，视之如仇。吾腾冲，安家人，通明彻透。半达子，好一似，鹦哥猿猴[21]。奴望夫，早回归，甜苦共守。你丢奴，去一年，犹如三秋。堂上的，公婆老，年纪衰朽。膝下的，儿女幼，谁是管头。家中事，奴虽然，粗知好丑。纵能为，奴终是，一个女流。自古道，一夜恩，夫妻情厚。百夜恩，好一似，海样深由。说不尽，结发情，夫妻分手。念及此，亦当要，急早回头。起身时，在堂中，忙忙叩首。一家人，话难说，气哽咽喉。抛父母，别妻子，吞声独走。众亲友，同送到，官坡路头[22]。官坡头，好一似，阴山背后。过此地，把家乡，一概全丢。别县人，亦非是，不往他走。住的是，中华地，何等优游。吾腾冲，住瓦城，辛苦尝透。最凶险，过夷山，时刻担忧。在从前，不过是，要些烟酒。或讲事，或要稍，阻住路头。到今朝，才算是，抢人贼寇。动不动，就放枪，就使戈矛。让不开，扎起营，两下争斗。或打散，或赔事，才把兵收。也有那，围困到，数日之后。粮米尽，只饿得，口水长流。受饥饿，受风霜，面黄皮瘦。到八募，又焦着，遇水乘舟。怕的是，船只小，木头腐朽。又焦着，投江边，遇着飘流。又焦着，遇大坡，躲着贼寇。半夜里，不提防，来把人谋。世上的，凶险事，虽则广有。自古道，三分命，骑马乘舟。性命儿，交与天，无容自守。身子儿，好一似，水上萍浮。一路上，凶险事，明如窗牖。念及此，也不当，贪念远游。亦非是，一概的，不肯回头。亦非是，一概的，贪念他州。为的是，风俗变，无人急救。为的是，太奢华，心向虚浮。于中的，坏事处，约有八九。你学我，我学你，一概效尤。有钱的，贪心重，不知足够。有一千，想一万，不肯罢休。古言道，儿孙福，儿孙自有。为什么，常怀着，千岁之忧。自古道，富与贵，眼前花柳。再加之，不义者，一似云浮。想人生，气和运，有好有丑。财本是，公众物，有散有收。倘若是，天晴时，不肯去走。怕的是，直等到，雨水淋头。你有如，留下那，银钱田亩。何不如，积些德，世代不休。世间事，原不假，概不虚谬。只有是，行好事，万古千秋。劝列翁，找得钱，即早回首。当抱着，古人言，勇退急流。有父母，得孝顺，无过无咎。有子女，得教训，和顺刚柔。一家人，得团圆，时常聚首。这才是，天伦乐，无焦无愁。又把那，无钱的，细细讲究。于中的，坏事处，有个来由。古言道，货高低，人分好丑。百个人，有百心，三教九流。或为那，贫寒家，无人怜佑。或为那，受苦困，难返故州。有一等，把俗言，常常讲究。非是我，不回去，有个来由。出门时，门坎低，容易行走。进门时，门坎高，实在含羞。因此上，数十年，不肯回头。亲望子，岂计较，有与不有。妻望夫，更欢喜，岂肯相仇。古言道，茶不涨，通移左右。回家来，又另找，一个门头。有一等，会买卖，生意盛茂。偏偏的，遇歹人，来把他钩。坏事处，非一件，约有八九。第一件，最坏事，柳巷花楼。烟花巷，虽说是，中外皆有。比不得，阿瓦城，容易应酬。一钱银，就中了，状元魁首[23]。进十场，有九场，名扬九州。倘若是，染着那，杨梅疮疣。众亲朋，定将他，逐赶下楼。独一人，卧床上，好似停柩。送茶饭，用箸笠，远远送就。怕的是，闻着他，那点气臭。此才是，无人救，独坐罪囚。一见了，此等人，忙捂住口。远远的，就让他，好似有仇。在瓦城，中状元，真不如狗。请想想，此项事，差与不羞。倘若是，请着那，太医高手。不过是，受些苦，疾病皆瘳。倘若是，请着那，太医将就。把水银，用重了，钻进骨头。有一等，线坏了，耳鼻眼口。有一等，线坏了，脚手指头。有一等，线坏了，脚底通漏。人不成，鬼不似，好像活猴。成了那，无用人，如木之朽。一世人，从此去，概已罢休。着了手，不知悔，反把人诱。他说是，不消怕，有药易瘳。摆白话，背古今，翻足舞手。真果是，中状元，名扬九州。要等到，两脚伸，才肯罢休。劝列翁，未犯者，加上操守。曾行者，当猛省，急早回头。自古道，万恶事，淫为魁首。有心猿，和意马，紧紧快收。又惜钱，又惜福，又无过咎。不数年，定能得，回转故州。孝父母，教妻子，团圆聚首。一家人，无忧虑，何等悠游。第二件，为安家，重把婚媾。老缅婆，有的是，害人精猴。传烟筒，传芦叶，甜言哄透[24]。梳油头，搽粉面，把你来逗。落在那，迷魂阵，无人去救。好一似，鲤鱼儿，上了钓钩。有丈人，和丈母，要你承受。有舅子，姨老太，供养要周[25]。有钱时，喊慈鸦，幸字在口[26]。话又甜，口又软，卖尽风流。手艺人，又还要，勤脚快手。生意人，要会算，要会应酬。找得钱，只够养，缅婆家口。父和母，妻与子，付之东流。想回家，依然是，清风两袖。左一年，右一年，难返故州。无钱时，骂得来，实在丑陋。千奎谬，万奎谬，奎谬得由[27]。一家人，上前来，一齐动手。用怕拿，打嘴巴，跨上藕头[28]。今也骂，明也骂，打骂已够。去官家，用些钱，把你来丢。又有等，色痨鬼，不知良莠。纳着了，卜死鬼，难得干休。到晚来，他魂魄，变猫变狗。用特们，盖着了，汉子之头[29]。想回家，又怕她，做与脚手。纳着了，此种人，难返故州。想穿吃，她才与，汉人配偶。好女子，她岂肯，来嫁得由。劝列翁，第二件，莫安家口。惜省下，此项钱，早回故州。父母欢，妻子喜，团圆聚首。这才是，一家人，无虑无忧。

（四）出门在外切忌吹赌

第三件，吹鸦片，普遍宇宙。好一似，刀兵劫，来把你收。明明的，是火坑，偏要去就。上了瘾，才知悔，难以罢休。中国地，外国地，各处皆有。贫与贱，富与贵，贤愚皆周。有钱人，吹鸦片，算来不丑。众列翁，请听我，细说根由。买烟时，不问价，只问好丑。若烟好，不惜价，多多买留。熬烟时，头底火，将它烤透。煮一次，煮二次，即把它丢。平床上，铺得来，四五寸厚。好被盖，好垫扎，绣花枕头。满牙枪，银鞍子，玉石吃口[30]。玻璃灯，新式灯，各样搜求。铜沙斗，银门斗，墨石广斗[31]。伞骨签，喜欢它，有刚有柔。好烟盘，上画着，飞禽走兽。上镶着，金银宝，海螺骨头。金烟盒，银烟盒，配成对偶。坝子油，烟子大，要点茶油[32]。好糖食，好果品，常摆左右。好果子，喜欢它，浸润咽喉。好糕饼，好糖食，十全药酒。酒饮后，又更换，香茗一头。唤添油，唤泡茶，不住叫吼。他身边，常不离，使用丫头。过瘾时，约几个，知心朋友。摆的是，龙门阵，曲尽绸缪。你三口，我三口，他又三口。好一似，走马灯，刻不停留。不多时，又到了，宵夜时候。调口味，少不得，美味珍馐。炒子鸡，炒腰里，加上葱韭。合口菜，第一的，薄片猪头[33]。小二碗，常不离，六七八九。摆齐整，下床来，才把枪丢。才坐下，拿起筷，一齐动手。好一似，牢狱中，放出罪囚。吹烟人，吃饮食，好似豺狗。吹烟人，吃饮食，好似狼彪[34]。吹烟人，饭后瘾，十有八九。不吹烟，怕的是，饮食停留。因此上，多吹到，通宵达昼。不数年，改形象，好似活猴。嘴皮儿，好一似，黑漆染透。项子儿，好一似，铁打秤钩。头发儿，一并毡，好似扫帚。脊背儿，似驼子，常把头钩。脚上的，肮脏儿，一寸多厚。衣服上，挂招牌，烟屎常流。白日里，不起床，似有疾疚。到晚来，点起灯，雄气赳赳。任随你，家富豪，银钱广有。不数年，吹尽了，父母遗留。你一口，吹尽了，良田百亩。你一口，吹尽了，大厦高楼。你一口，吹尽了，房屋园囿。你一口，吹尽了，坟地山丘。你一口，吹尽了，妇人衫袖。你一口，吹尽了，父母狐裘。你一口，吹尽了，猪羊鸡狗。你一口，吹尽了，骑马耕牛。但是物，都能进，小小风口。这就是，吹烟人，好下场头。无钱人，吹鸦片，实在更丑。请听我，一一的，细说根由。每日里，要往那，烟堂走走。烂席子，烂铺盖，土基枕头。或明灯，或蛋壳，烟膏糊透。翻塘烟，七八次，还不甘休。一钱瘾，吹五分，本来不够。将烟子，闷下肚，紧闭咽喉。那烟子，丝厘毫，不容出口。忍着气，只挣得，眼泪常流。急忙忙，拿茶壶，呷口到肚。父母叫，不肯动，还要愤忧。进烟堂，尽人使，全不知羞。尽人喊，尽人唤，脚不停留。好一似，烟堂中，养的走狗。不过是，凑合得，烟吹几口。家中的，衣食事，不在心头。柴和米，也不管，有与不有。吃淡饭，不计较，肉菜盐油。穿衣服，不顾惜，捉襟见肘。只要他，将烟钱，整得到手。点起灯，缩起脚，万事皆休。又有等，向老婆，常伸着手。倘若是，要不得，暗中去偷。偷钗环，和手饰，衣服衫袖。偷鞋子，偷裹脚，去换烟油。或扭锁，或开柜，如同贼寇。为吹烟，不和睦，结下冤仇。又有等，小气儿，银钱广有。吹的是，下作烟，全不知羞。自己的，吹五分，尽可以够。他人的，吹几钱，还不甘休。埋着头，吹的是，太平烟口。吹一个，睡仙鹅，不肯抬头。吹到了，三五回，机关识破。脚步响，吹熄火，假闭双眸。到这家，不得吹，二家走走。他不管，路远近，天晴雨流。或人多，挤不上，伺前等后。他不得，吹几口，死不甘休。此鸦片，可以定，人之好丑。此鸦片，可以定，人之下流。此鸦片，害得人，疏亲慢友。此鸦片，害得人，礼义全丢。此鸦片，害得人，廉耻没有。此鸦片，害得人，干筋瘦猴。读书人，吹上瘾，不把学就。种田人，吹上瘾，误了耕收。手艺人，吹上瘾，气力不有。生意人，吹上瘾，误了营谋。不吹烟，尽可以，供养家口。惜省下，此项钱，急早回头。孝父母，敬哥嫂，团圆聚首。这才是，真快乐，无忧无愁。

一更鼓儿天，鼓儿一更天，是谁置造此鸦烟。不多年，中外传染遍。日难三餐夜难眠，骨瘦如柴病恹恹。此烟圈，害得人不浅。

二更鼓儿先，鼓儿二更先，吹烟子弟不值钱。瘾来时，若有不方便，眼中流泪口吐涎，无烟来吃叫黄天。有谁怜，只把当初怨。

三更鼓儿吒，鼓儿三更吒，枕上看花实可夸[35]。拼此命，也把瘾上罢，今想它来明想它，月宿烟堂不归家。唇似鸦片，把那招牌挂。

四更鼓儿敲，鼓儿四更敲，呼朋唤友引类到。祖遗留，田园吹尽了，父母怒拷妻子嘲，痨虫血食时不疗。这煎熬，越思越恸悼。

五更鼓儿终，鼓儿五更终，切磋琢磨要用功。忆当初，错把心事动。配合参茸歼烟虫，跳出苦海走蛟龙，此心血，原与人人共。

第四件，为赌钱，人人所有。自古道，十个赌，九不甘休。赢不上，几十文，拿起就走。到输时，急搬本，不肯回头。生意人，当空子，古言说透。或现钱，或点货，不能停留。做生意，折了本，有人怜佑。一回找，一回折，本利全收。想找本，没有钱，只得抱手。做生意，无人扯，怎样营谋[36]。又嫌那，做生意，长头将就。岂比得，赌钱人，本利两收。因此上，为赌钱，正路不走。为赌钱，将生意，一概全丢。在从前，虽说是，有赢时候。到如今，打字的，有出无收。输的少，赢的多，将人哄透。好一似，置窝弓，放下羊油。出帖子，明明的，是一个狗。开时候，偏偏的，会是泥鳅。此一时，更载得，通明彻透。为什么，解不开，其中原由。为打字，输钱的，十有八九。劝列翁，快猛省，急早回头。生意钱，血汗钱，才得长久。惜省下，此项钱，早回故州。一家人，笑哈哈，团圆聚首。也无忧，也无虑，也无焦愁。

（五）勤俭创业

第五件，为懒惰，东游西走。左一年，右一年，正事不谋。手艺人，做活路，怕动脚手。帮他人，做小伙，又说害羞。做生意，又不肯，时刻坐守。坐不上，半时辰，即把铺收。或闲游，或睡觉，午时到西。不数年，把本钱，付之东流。又有等，小生意，说他将就。大生意，又无本，难以营谋。这里耍，那里游，年深日久。舍家乡，如敝履，一笔消钩。古言道，男子汉，莫为盗寇。百样事，可以为，有甚害羞。富与贵，皆由那，勤苦而有。哪一个，懒惰人，造就狐裘。当号爷，多由那，伙头出首[37]。大丈夫，原要会，为刚为柔。运不来，当要思，守时耐久。想一想，我出门，为甚原由。为的是，家贫寒，才把外走。要把那，家中事，记在心头。存好心，自然有，上天默佑。不数年，一定得，回转故州。以免得，父和母，时刻焦忧。父母恩，劬劳德，须当报酬。第六件，为穿吃，本分不守。闹牌子，要门面，一概虚浮。结交的，尽都是，酒肉朋友。上汤铺，进酒店，曲划绸缪。或一亢，或八甲，倾刻消售[38]。你请我，我请你，彼此相酬。莫乱语，些小事，何须讲究。自古道，积狐腋，可以成裘。布衣服，不合俗，以为丑陋。也不分，有与无，概闹丝绸。在从前，掌事的，老贩魁首。哪一个，效今时，概闹丝绸。精细的，数十年，还穿不旧。父传子，子传孙，得以遗留。布衣服，只怕是，披襟挂肘。又何必，费尽心，爱闹丝绸。穿与吃，若能够，效得古旧。将此项，枉费钱，积攒存留。回家去，孝父母，喜动左右。回家去，教子女，快乐无忧。

(六) 乡居不易

第七件，回家去，不惜所有。起身时，买送礼，心里思筹。离家乡，别亲友，已经年久。多少要，买一点，才肯回头。礼物轻，还说是，拿不出手。接礼的，亦非是，白白而收。或买肉，或买蛋，两家授受。你请我，我请你，彼此相酬。这家请，那家请，吃饭吃酒。亦不是，白白的，即肯罢休。待等到，酬答人，更在棘手。怕的是，请漏人，被人怨尤。请亲戚，请家道，还请朋友。八大碗，不合口，还加海头。在从前，请朋友，吃饭吃酒。或嫁娶，或春客，有个来由。到如今，风俗变，不同古旧。也不分，有什么，春夏冬秋。也不想，出门时，苦辛尝透。第八件，变风俗，仍归古旧。或嫁女，或娶媳，莫要虚浮。或人情，或拜仪，亲戚助佑。自古道，园中菜，胜过珍馐。平头席，只要会，整得合口。无非是，换下功，彼此相酬。布衣服，若合身，只要清秀。胜过那，绫罗锦，各样丝绸。嫁女儿，无非是，择婚好丑。岂计较，礼物轻，周与不周。财礼轻，买妆奁，将将就就。女儿家，也不可，多要多求。嫁人家，望的是，长长久久。贫与贱，富与贵，前世所修。又讲到，竖房屋，或做生寿。空着手，去贺人，又说害羞。费了钱，去贺人，又不肯受。这风俗，不知道，何人为首。也不论，父母丧，有与不有。贫与贱，富与贵，一概效尤。吾乡中，奢华事，难以讲透。愿列翁，遵古礼，莫向虚浮。将这些，奢华费，供养家口。以免得，常在外，父母焦愁。第九件，妇女们，亦当积手。自古道，男人找，女人积留。别寨的，妇人家，纺织为首。吾乡人，爱的是，粉面油头。走东家，到西家，花麻料口[39]。巧梳妆，怪打扮，全不知羞。钱用完，又请人，修书问候。望夫君，早汇来，不可停留。汇不到，由家中，告借亲友。写汇票，到阿瓦，如数全收[40]。也不管，在瓦中，有与不有[41]。也不管，在外的，怎样应酬。嫁丈夫，原只望，百年聚首。当思想，出门时，苦楚忧愁。倘若是，勤纺织，供养家口。以免得，在外的，内顾之忧。今年攒，明年积，无有遗漏。不数年，一定得，趱转回头。父子亲，夫妇顺，团圆聚首。以免得，守孤灯，独坐绣楼。以上的，九件事，传染已久。望列翁，爱风光，少往外游。吾乡中，住瓦地，福一祸九。只消看，阿瓦城，土冢坟丘。想原由，吾腾冲，分别丁口[42]。吾乡中，谅不至，如此虚浮。别练人，一家中，传有八九。吾乡中，人与物，陆续折抽。此一事，自可知，出门好丑。此一事，自可知，祸福原由。又兼那，勤俭的，才能富有。并非是，现成的，走到即收。做生意，费心力，思前想后。或买货，或卖货，时刻营谋。或手艺，或帮人，不住跑走。天气热，只晒得，汗水长流。起五更，睡半夜，谁人怜佑。

在家中，谁人肯，如此应酬。在家中，谁如此，勤脚快手。一生的，穿与吃，又何焦愁。读书人，肯用心，将书读透。自古道，黄金贵，书中搜求。种田人，勤耕种，工夫用够。到秋来，自然得，加倍丰收。手艺人，用苦心，不停脚手。手技高，自然得，名传九州。生意人，能勤俭，赶街跑走。早晨去，晚间来，有何忧愁。在家中，能如此，勤脚快手。石头山，割茅草，也是门头[43]。在从前，割柴的，十有八九。或二十，或三十，各有同俦。石头山，是吾乡，田园万亩。勤快的，数口人，衣食可谋。从先年，去得远，才割得够。在左近，没有草，概是石头。到如今，不消远，柴草深厚。为的是，无人割，兼没马牛。最害人，鸦片烟，捆住脚手。劝列翁，急猛省，赶紧回头。再把那，出门的，重言讲究。一概是，住家的，也难应酬。吾腾冲，田地少，而且薄瘦[44]。有一个，好方法，献与同俦。两弟兄，分一人，往外游走。或者是，兄弟多，更难应酬。在家的，也不好，闲游背手。或士农，或工商，找个门头。第一是，年纪在，十七八九。年纪轻，学夷话，才会得周。住得了，三四年，即便回头。回家来，娶妻子，又再营谋。戒奢华，要节俭，承先启后。待等到，三十外，才往外游。那时节，家中事，可以脱手。有父母，与妻子，代为应酬。膝下的，儿和女，有人教诱。为人生，在世上，方才不浮。抑或是，常在家，团圆聚首。训儿孙，耕与读，世代传流。常言道，出门苦，在家福厚。又何必，常在外，百计营谋。我本是，道中人，苦辛尝透。才把这，俗言语，劝劝众俦。愿列翁，看此书，莫嫌浅陋。做一盏，暗室灯，启我述尤。想人生，存天理，忠孝为首。戒邪念，存正道，何等悠游。本分人，自然有，上天垂佑。家发达，子孙贤，快乐无忧。行善事，善相报，古言不谬。学一个，完全人，世代名流。无数的，好格言，圣贤说透。只有那，为善的，万古千秋。将这些，粗俗言，申明重究。造一本，迷津筏，渡上瀛洲。

诗一首

人生何必利名牵，客路风霜非等闲；急早省身归故里，一家和乐赛天仙。

选自寸氏校刊本

【简注】〔1〕阳温暾（tūn）小引：选自旅缅华侨寸氏据民国庚午（1930）许氏抄本，1990年校刊本。刊本标题为"《阳温暾村小引》（即和顺乡）"，今作《阳温墩小引》。段落标题为选注者所加。除明显错字和少数参校他本改动外，均保持原貌。各抄本书名不尽相同，有《温墩小引》、《吹烟书》、《十字句》、《西江月》、《劝季歌》等。阳温暾：腾冲县和顺乡旧名，清初始称和顺，是云南省著名侨乡。〔2〕原作"虞夏商周"，据光绪寸氏抄本改。　〔3〕"晋王祥"句：原刊本脱漏，据光绪张氏抄本补。　〔4〕姜诗：原作"江诗"，据"二十四孝"改。　〔5〕庚黔娄：原作"有庚黔"，据光绪寸氏抄本改。　〔6〕黄庭坚：原作"有坚廷"，据光绪寸氏抄本改。　〔7〕瓦城：即缅甸曼德勒，因著名古都阿瓦在其近郊，故华侨称为瓦城。　〔8〕"许供花"句：指旧时求神祀鬼的迷信活动。〔9〕门头：方言，指事情、活计、差事。　〔10〕打数：用铜钱等猜双单以决胜负。骰：骨制的赌具，六面立方形。〔11〕带礼：馈赠礼品。〔12〕摽（biào）梅：梅子成熟后落下，后用来比喻女子已到结婚的年龄。摽，落下。《诗·召南·摽有梅》："摽有梅，其实七兮，求我庶士，迨其吉兮。"〔13〕合口：指味美而符合口味的菜肴。〔14〕海头：海味。〔15〕灶脑锅头：指厨中烹调事宜。〔16〕常时：经常。〔17〕夷山：滇缅边境的"野人山"。在今盈江与八莫间，昔日过此往往要集结众多伙伴方敢行走。〔18〕嗝咐：方言，指请求、致谢。〔19〕徐行在后：《孟子·告子下》："徐行后长者，谓之弟。""弟"规定跟在后面慢慢走，是对长者的尊重和敬爱。〔20〕夷话：指在缅应用的缅、英及摆夷语。〔21〕半达：混血儿，指华人娶缅妇所生子女。〔22〕官坡：和顺后山通往印缅的官马大道，又叫隔娘坡，中有凉亭，实为送往迎来之"长亭"。〔23〕状元魁首：指染上性病杨梅大疮。比喻为中了"榜眼""探花"。〔24〕芦叶：又作"蒌叶"，拌嚼槟榔的配料。《百夷传》："宴会则……先以沽茶及蒌叶、槟榔啖之。"〔25〕舅子：妻之弟兄。姨老太：指妻之姐妹。〔26〕慈鸦：缅语"先生"、"老板"的译音。幸：缅语"您"、"先生"的尊称。〔27〕奎谬得由：缅语，奎谬，意为狗种；得由，意为华侨，华人。〔28〕怕拿：缅语"拖鞋"的译音。藕：缅语"头"的译音。"藕""头"同义，为了协韵。〔29〕特门：缅语，作裤用的桶裙、弄裙。〔30〕"满牙枪"句：指象牙、白银、玉石装饰的豪华烟具。〔31〕"铜沙斗"句：指烧烟的烟斗十分精制考究。〔32〕茶油：用茶子榨的食用油。〔33〕薄片猪头：腾冲风味食品，现名"大薄片"。〔34〕"吹烟人"句：光绪本无此句，似为冗句。〔35〕吒：通"咤"（zhà），吃时嘴里出声。〔36〕扯：方言，拉扯，指别人给本钱作经营资金。〔37〕号爷：商号的老板。〔38〕兀：缅甸货币单位，十元卢比为"兀"。甲：缅甸卢比八元为"甲"。〔39〕花麻料口：方言，犹言"油嘴滑舌"。〔40〕写汇票：时为腾冲的一种独特汇兑方式。汇票不是由汇方填写，而是收方填写，写好后当场兑现，迩后汇票到缅再由汇方如数补交。〔41〕在瓦中：光绪本作"在阿瓦"。〔42〕吾腾冲：光绪本作"吾腾越"。〔43〕石头山：和顺周边火山，徐霞客曾记为烈徐山，俗称石头山。〔44〕吾腾冲：光绪本作"吾乡中"。光绪本的"吾乡中"，刊本多处改作"吾腾冲"。此处一经改动与下句的"田地少"就不相符了。和顺乡是人多地少，就腾冲全县来说并非如此。

（杨发恩）

黄懋材（一篇）

黄懋材，字豪伯，江西人。熟于地理测量之术，著有《得一斋杂著》四种。光绪四年（1878）五月，奉四川总督丁宝桢札委，游历西藏、印度，记行程为《西輶日记》。輶（yóu）为轻车，引申为出使，出访。

这里节录《西輶日记》所记光绪五年（1879）正月自腾冲经"八关"之地入野人山至缅甸八莫而曼德勒的行程。作者旅行全缅，在英缅二次战事后二十七年，下缅甸白古、阿拉干、麻塌班等大片国土，久为英人占领。已自仰光筑铁路至卜罗姆，伊洛瓦底江轮船直达八莫，所至之处戍以重兵，广设教堂，安置电线，阴图并吞全缅。缅为我藩属，而无动于衷，一任英人宰割。作者亲历其境，记所见闻，体察入微。每有议论，甚为中肯，忧国忧民之情溢于言表。

西輶日记（节选）

初八日，西行上下斜坡，六十里至腾越。此地冈峦环绕，中开平原，广袤二三十里，田土膏腴[1]。附郭分为十八练，人户稠密，鸡犬相闻[2]。城周八里，依近西北山麓。所辖土司七员，地方辽阔，八关、九隘，俱为扼要[3]。自大理至腾越十三站，计八百七十里。

十六日，由腾越起程，九点钟出南门，迤西过平冈，三十里至小河底。沿大盈江而下，又三十里过曩宋关，有一水自西北会。又三十里至左营，有土城，都、守各一员驻防[4]。又五里至南甸土司衙门，一路平坦，田畴沃衍，人户稠密[5]。刀氏世袭宣抚司，为七司之领袖[6]。

十七日，南甸宣抚司派土练十名护送，南向上下斜坡，转西沿河而行，八十里抵干崖[7]。若由南甸过览转桥，行大盈江之西岸，较为便捷，然山径崎岖，兼有野人出没无常也。盈江之口，水势漫衍，弥望沙砾，茫无畔岸，析为无数小支，西流入于槟榔江[8]。旧城在大盈江之阴，设有税局厘卡，为商旅往来之大道；新城在槟榔之东，大盈江之阳，依于山麓[9]。宣抚司亦姓刀氏，自前明洪武三年立功赐姓，迄今承袭二十三世矣。槟榔江发源藏地，经流野番山箐，人迹不到，其里数无可考。西北入古永隘，经盏西练，漾溷浩瀚，沿江设七十二练卡。南流至干崖，与盈江相会，地势开旷，水流平缓，宽至数十百丈不等。土人呼为海珀江，或作洗珀江。

十八日，干崖宣抚司换派土练五十名护送，仍涉盈江而南，循行堤岸，三十里至蛮掌街,有茅店二十馀家[10]。又数里过渡,水浅而宽,刳木为舟,可容十许人。既济,转西北向行平坝,二十馀里至盏达宣抚司,姓苏氏,传袭十九世[11]。商旅往来,则由干崖旧城至弄章街,不必过江也[12]。

三土司之地,皆平畴腴壤,颇有富饶之象,非滇省内地州、县所及也。土民俱系摆夷,容貌与汉人无异,服饰多用青布,未有丝绸之类,然数百里间未尝见一鹑衣百结者[13]。夷妇青布包头,高至尺馀,耳穿银管,长三寸,径六七分。上衣短衫,下围布裙,赤趺壮健,勤力耕作。稻有二种,曰硬米,曰软米,每斤值十五文,炊饭晶莹,似吾乡观音籼。沿途店市,多系汉人。

十九日,盏达土司换派土练三十名护送,南行三十里至太平街[14]。有汉人开店,野人亦有负薪卖菜者。男女俱被发覆额,衣饰与摆夷无异。又二十里至江边,转西行平坝,二十馀里至蛮允,为南甸土司所辖[15]。借住于关神庙,有小市,三四十家。此地为中国之极边,既无汉官,亦无土司,番夷杂处,逋逃薮泽。过此即化外野人境,非大众结伴不敢行,因停十馀日以待之。

前明时,南甸、麓川、木邦三宣慰司,号为三宣之地[16]。土沃民强,往往跋扈,缅夷亦数犯边,吾乡邓子龙、刘綎二公皆久镇此地,其后木邦沦入于缅,仅馀二宣矣[17]。南路则析为陇川宣抚司及户撒、腊撒、猛卯三长官司,北路则析为南甸、干崖、盏达三宣抚司,西北以户宋河为界,西南以龙川江为界,是为腾越同知所辖七土司也[18]。

八关、九隘,各设抚夷千户,驻防土练,所以控驭缅夷,镇抚野番也[19]。西北曰铜壁关、巨石关、万仞关,为通孟拱、宝井之路[20];正北曰神护关、猛豹隘、止那隘、古永隘,为通茶山、里麻之路[21];东北曰滇滩隘、明光隘,为通怒夷、俅夷之路[22];西南曰铁壁关、虎踞关、天马关,为缅甸旧时贡象之大道[23];正南曰汉龙关、邦掌隘,为通木邦之路[24]。又蛮允之西十馀里曰坝竹隘,为河边之路,近二十年,因轮舶直抵新街,于是商旅往来皆取道于此。其馀二隘淹没不可考,即天马、汉龙两关,亦久沦入于缅。盖内地承平日久,缅已积弱,边备废弛,亟宜规复旧制,招抚野番,上足固我藩篱,下免扰害行旅,亦筹边者之所宜留意也。

野人山有三路:上为火焰山路,中为石梯路,下为河边路。中、下二路较为近捷,然不若上路柴草方便也。三路各有包头,每寨自为雄长,不相统属,父之所保,子或从而劫之[25]。所居皆系茅屋,大者可容数十家,惟前门可以出入,其后有一鬼门,不可犯也[26]。距寨里许,于路口植立木桩,谓之寨门,往来之人,至此必须下马。懋材等改装易服,与商贾为伍,兼之带有盘费银鞘,不得不加意谨慎,另募枪手二十名,杆手二十名,藉资保护,送过山寨。野番数十成群,拦路要索赏需,状貌狞恶,危险可畏,同伴俱有戒心,每用壮言慰藉，以坚其志。

二十九日，十点钟起身，大帮结伴三百馀人，骡千匹，向西北行，上斜坡，三十馀里野宿，既无帐幕，亦无树林，夜间寒风料峭，冷露凄楚。

三十日，辨色而起，三十里过户宋河，又三十里宿火焰山谷口。是日过三野寨。

三月初一日乙巳朔，早起过火焰山，上下陡陂约四十里，鸟道逼仄，单骑才通，林木阴森，猿猱啸聚。有野人寨踞于山脊。

初二日，下坡，历三野寨，三涉红奔河，三十里至平坝，折而向南行芦苇中，三十馀里抵蛮慕，如脱虎口，人人额手相庆矣[27]。蛮慕有一土酋世职，为缅甸所辖。居民数百家，编竹为楼房，离地三尺。土酋亦裸袒，但围布一幅而已。地势砥平，田畴沃衍，二月插秧，四月收获，米粒甚长，炊饭腴美，每斤米值银一分。交易用银钱，重三钱二分，上铸鹤形。零星小物，则以米易之。遍地薪柴，任人取用，皆系夏潦涨发之时从野山冲来者。河干有汉人街，二三十家，俱腾越人，为寄屯货物之所[28]。

初三日，有缅官来见，衣裙俱备，头扎白布，用贝叶作书通报[29]。新街大蕴几（一品大酋也）、滇商客长亦来照料[30]。

初六日，约行六十里之程，午后抵新街，寓于关庙[31]。腾越镇厅会衔字寄新街缅官公文，已于十日前递到，此次复自带陈司马致大蕴官一函，交许客长投之，晚间派来五人守夜[32]。

新街当槟榔江之口，水陆交通，商货云集，缅国设蕴几一员，为头等大官，有属官五人。英国设领事一员，曰亚叶板，有洋兵三十名驻防[33]。缅人所居皆板屋，或编竹为之，结构草草，不日可成。惟汉人街颇有瓦屋，滇人居此者四五十家，而往来商旅常有数百人，建关神庙为会馆，回廊戏台，规模宏敞[34]。

缅俗男子文身，至十岁以外，腰股之间，遍刺花草、鸟兽之形，染以蓝靛，或用红色。头挽髻，耳穿环，上体裸裎，下围花布一幅，男女骤难区别也。早晚必浴于河，用瓦缶汲水以归，承之于顶。入室必脱其履，见尊则蹲伏于地。食饭以手攫之，不用匕箸。渴饮冷水，不知煎茶。不宰生物，遇有血痕在地，必却步远行。父子异居，女勤而男懒，贸易经营俱妇人为之，故汉人居此者，多纳缅妇为室焉。

田地悉归王家，耕者输纳租税。民无私产，草庐竹屋，迁徙无常。入其室，空空如也，瓦缶之外，别无长物。俗最重佛，生平有所馀积，概以布施，无所吝惜。喜造浮图，金碧华丽，每一村一镇必有数十塔也。其寺曰冢，僧曰绷几，沿门托钵，人家子弟，必从僧学习经典。贝叶为书，以铁锥划之，其字体望之如连圈不断，有二十六字母。

十九日，向正南行，食时过格沙，龙川江自左来会[35]。停午过灭（末微切）硐，为缅国收纲（税也）之所。西岸见有山坡，绵亘数十里。

二十日，薄暮抵阿瓦都城[36]。江水折向西流，所泊轮船甚多。见有龙舟，两头二尾，中建层楼，云缅王所乘也。阿瓦本旧城，距河干五里，其东南数里曰孟得俐城，缅王所居，环以木栅[37]。又东数里曰安拉普那城，滇人居此者三千馀家。

二十一日，送腾越厅札文于汉人街客长，并具名帖，转致缅国扪几[38]。

二十二日，饭后雇马车一辆，行八里至沮涌，拜会英国公使，带一滇人翻译缅话。

初七日，随喜瑞德宫，缅人佛寺也[39]。有大窣堵坡，高十馀丈，周围二十由旬，嵌宝装金，璀璨夺目，其馀佛像、小塔甚夥[40]。每早必为浴佛，男妇顶礼膜拜者，络绎不绝。凡至寺门，必去履而后入。缅俗重佛，国家大事多取决于僧，故大僧之权，不亚于西藏之大喇嘛。

漾贡，一曰冷宫，或作郎昆，本昔之秘古国也[41]。广袤千馀里，平衍膏腴，物产殷富，居民多文莱之族，唐人所谓巫来由是已。俗奉回教，状貌较缅人稍黑，剪发，不挽髻，不文身，装束与缅无异。闽、粤两省商于此者不下万人，滇人仅有十馀家，然未见中土女人，皆纳缅妇为室也。

道光初年，缅人觊觎印度之富，遂倾国之师，以侵英之孟加拉。然缅军纪律不严，进锐退速，其陆战全恃坚锐木栅环绕重濠。英人与之鏖战两年，互有胜负，但水土不服，瘴疫多疾，本欲退师，反声言水陆并进，直捣阿瓦。缅王大惧，乃割地请和，并偿兵费九百万。自是以后，日侵月削，沿海精华繁盛之区，英人蚕食殆尽。

夫中国自元、明以来，屡次用兵于缅，俱不能得志，而英人取之，顾易如反掌，何也？中国由云南腾越出军，山路崎岖，转饷甚劳，兼之炎天暑雨，瘴恶可畏，蛮允、蛮慕一带，今时犹然。每至四月以后，则行旅绝迹，必待秋凉而后可行。英人印度之地与之毗连，轮舶航海，劳逸悬殊，缅之水师、火器亦非其敌。既蹯漾贡海口，不啻扼其喉吭，内河商舶直抵新街，操其利权；公使重臣驻扎阿瓦，与闻国政，动多掣肘。而且缅与暹罗世仇，孤立无援，英人降心结好于暹，故得逞[42]。其远交近攻之术，肆其席卷囊括之智，若阿拉干，若秘古，若麻塌班，若梯泥色领诸部，悉归英之版图[43]。西北直抵孟加拉，东南直达麻六甲，绵亘五六千里，镇以巨酋，戍以重兵，处处安置电线，传递文报，最为迅疾[44]。故华人但知英人占踞五印度，倚为外府财赋所出，而不知英之侵割缅地，尤为扼要，乃声息所由通也。

选自《永昌府文征·纪载》

【简注】〔1〕广袤（mào）：土地的宽度和长度。东西长度为"广"，南北长度为"袤"。 〔2〕十八练：今腾冲县和顺等18个乡。 〔3〕关：关址全在山上，据险而立，易守难攻。关口建有四五丈高的楼台和营房、水井等。隘：在近边境交通要道，"立木为栅"作为守地。 〔4〕左营：今梁河九保，原南甸土司驻地，又称南甸城。清乾隆时设南甸营，旋改为腾越镇左营，驻兵千名，节制七土司。〔5〕南甸土司衙门：在今梁河县城。建于清咸丰元年（1851），为宫殿式建筑，由一进、四堂、五院和南北厢房、胭脂楼、戏楼组成，共百馀间。曾为梁河县人民政府办公处。 〔6〕"刀氏"句：南甸宣抚刀樾春，辛亥革命后改姓龚名绥。先世本姓贡，元时赐姓刀。土司衙门里边亦有匾额称"十司领袖"。〔7〕干崖：今盈江旧城。 〔8〕槟榔江：自盏西流经新城西侧芒胆与大盈江相汇。 〔9〕新城：干崖土司衙门所在地。 〔10〕蛮掌街：今蛮璋街。 〔11〕盏达宣抚司：治所在今盈江且治小平原。 〔12〕弄章街：今名同。 〔13〕摆夷：今统称傣族。鹑衣百结：即成语"悬鹑百结"，形容衣服破烂不堪。因鹑鸟尾秃，像补缀连结一般，故称。 〔14〕太平街：汉族聚居区，街道宽敞。原国民党将领李弥家乡。 〔15〕蛮允：今属盈江。光绪二十年（1894）在此设立海关及英领事馆，后移腾冲。 〔16〕南甸：明正统九年（1444）升南甸州为南甸宣抚司。《天下郡国利病书》记南甸境域称："幅员之广，为三宣冠。"麓川：元至正十五年（1355）置麓川平缅宣慰使司。麓川初兴于猛卯，后建都者阑（今南坎附近），其境域最大时几包有西部傣族境。木邦：明永乐二年（1404）改为木邦军民宣慰使司，其地最广时西起伊洛瓦底江，东达湄公河，至领土分割后，东仅及怒江，西接孟密。宣慰司治在今缅甸腊戍以北新维。 〔17〕邓子龙（？～1548）：江西丰城人。明嘉靖十一年（1532），陇川宣抚岳凤结边地土司及缅人犯滇，子龙镇永昌，于姚关（今施甸姚关）大捷。二十年，缅人侵孟养、八莫，子龙击败之。刘綎（tīng,？～1619）：江西南昌人。明万历初，以军功加云南迤东守备，十一年（1583），署腾越（腾冲）守备，屡败寇兵，俘岳凤，升副总兵，署临元参将，移镇蛮莫（孟密土司属地）。万历三十四年（1606），缅以三十万众攻陷木邦。 〔18〕陇川宣抚：旧为麓川地，明正统三年（1438）土酋思任发叛，遂革其司，十一年置陇川宣抚司于弄巴。户撒：清乾隆五十一年（1786）置户撒长官司，管地即今陇川户撒。腊撒：乾隆三十年（1765）置腊撒长官司，其地即今陇川腊撒，与户撒同为阿昌族聚居区。猛卯：《腾越州志》载，"猛卯安抚司者，所治本麓川也，故平麓城也。明万历初分副使多恭居遮放，同知多俺居猛卯，皆多氏族，白夷也。"干崖：这里指干崖宣抚司。元之镇西路，明永乐元年（1403）设干崖长官司，以江南人郄忠国领之，后改姓刀。正统九年（1444）升干崖宣抚司，治今盈江县旧城。盏达：乃怕便之后，本与干崖为一族，其地亦干崖之一冈。明正统间，怕便为宣抚，朝京师赐名思忠。以思忠别子思效为副长官，居盏达，治今盈江县莲花山。 〔19〕八关：明嘉靖二十一年（1542），巡抚陈用宾请于三宣要害设关。上四关在今盈江县境，下四关在今陇川、瑞丽境外。九隘：设于边境交通要道，多在今腾冲、盈江县境。 〔20〕铜壁关：在盈江今铜壁关老官坡雪列寨旁，关址内尚存圆柱脚石、城砖及直幅式镌刻"天朝"石碣一方，字体完整。万历年间于铜壁关设蛮哈守备，驻兵五百，总领铜壁、巨石、万仞、神护四关。巨石关：在今盈江昔马侨乡城门洞山，山以关名，现残留镌刻"天朝巨石关"匾额两方。万仞关：在今盈江勐弄南1.5公里之山顶，残留镌刻"天朝万仞关"匾额一方。孟拱：缅甸克钦邦，今名同。为孟养宣慰司大邑。宝井：缅甸曼德勒省东部抹谷，宝石产地。 〔21〕神护关：在今盈江县苏典稍东北，猛戛稍西南的猛戛山的三岔路旁，当地称为"老官城"。古关门洞深七丈，宽一丈，高一丈三尺，左右有墙各高九尺。关址草木丛生，四周层林遮天蔽日，行人过此胆战心惊，猛戛驻军过此亦戒备森严。猛豹隘：地址不详。止那隘：在今盈江盏西止那境。古永隘：在今腾冲古永境，隘口在胆扎上。茶山：在腾冲西北高黎贡山北地。明设茶山长官司，辖今片马、拖角等内外地区，治所在恩梅开江中游。《永昌府文征》录尹梓鉴《茶山、里麻两司今地考》称:"自片马以南直抵允冒、戛鸠,西逾恩梅开江与所称江心坡,皆为茶山地。"里麻:《茶山、里麻两司今地考》说,"茶山在金沙江(伊洛瓦底江)之内,里麻与孟养同在江外;自马里开江外直抵玉厂,至大敦江上流,皆属里麻长官司。"　〔22〕滇滩隘:在今腾冲县北的边境口岸,距县城61公里,距缅北经济特区板瓦仅10公里。明光隘:在腾冲县北,其地两旁夹江,别有天地。怒夷:怒族。俅夷:独龙族的古称。　〔23〕铁壁关:在今陇川县西部境外洗帕河内的瓦兰岭下,控制蛮募水路。虎踞关:在今陇川县西部境外(光绪间划入缅)的那潞班附近,控制孟密等之要路。天马关:在今瑞丽市西南境外的勐卯三角地。贡象大道:李元阳《云南通志》载元代入贡道路,明清或亦相同。回程是:过腾冲至南甸、干崖、陇川。陇川之外皆是平地,一望数千里,绝无山溪。陇川十日至猛密,二日至宝井,又十日至缅甸,又十日至洞吾,又十日至摆古(今勃固)。　〔24〕汉龙关:在今瑞丽市南部境外南波河上游北岸。光绪《续云南通志稿·武备志》载:"于关址中掘得龙关二字各半残石额二块。"以上四关置陇巴守备驻守。　〔25〕包头:景颇族别称。　〔26〕鬼门:景颇族茅屋后门称鬼门,忌外人从此进入。　〔27〕蛮慕:即"蛮暮"又作"蛮莫"。　〔28〕腾越:今腾冲。　〔29〕贝叶作书:刻写于贝多罗树叶片的公文。　〔30〕新街大蕴几:华侨称八莫为新街,距中国边境五十馀公里,时为中缅贸易吞吐口。蕴几,缅语县长。客长:华侨会长。　〔31〕关庙:八莫汉人街头关帝庙,腾冲旅八莫同乡清咸丰十一年(1806)建盖,占地约五亩,分前后两进,前进正殿塑关云长像,两旁盖有厢楼,对面有回廊戏台;后进为观音阁。　〔32〕大蕴官:八莫行政首长。许客长:旅缅八莫华侨会长。　〔33〕亚叶板:英领事,亦呼"阿也半"。　〔34〕会馆:华侨聚会之所。每年农历五月十三日于关庙杀猪宰羊,召集旅居八莫华人大会,欢宴一天,敦睦乡谊,象征华侨"一心有汉"的爱国热情。　〔35〕格沙:今伊尼瓦。　〔36〕阿瓦:缅甸古都。尹梓鉴《禹贡黑水源流辨》:"伊拉瓦底江经曼德里,江行西流至阿瓦,有泌额江。"英人著作里有"缅甸故都阿摩罗补罗(阿瓦)的一个中国庙里,刻着五千个中国玉石商人的名字。"　〔37〕河:伊洛瓦底江,阿瓦在伊洛瓦底江南岸。孟得例:"曼德勒"的不同译音。　〔38〕汉人街:曼德勒通衢大街,光绪二年(1876)建腾越会馆(今云南会馆),首任会长为缅王国师腾冲和顺华侨尹蓉。扣几:官员。　〔39〕随喜:佛教用语。见人做善事而随着去做称随喜。瑞德宫:即仰光瑞达光大金塔,相传建于公元前五世纪,历代国王修葺扩建,四方各有一个大牌坊和一座佛殿。　〔40〕嵌宝装金:主塔和周围小塔的塔身全贴满金箔,仅主塔的金箔就达7吨多重。大金塔上下四周悬挂风铃1.5万枚,其中金铃100多枚,馀为银铃。塔顶镶嵌664颗红宝石,551颗翡翠,433颗金刚石。　〔41〕漾贡:今仰光。秘古:又作白古、摆古。　〔42〕暹罗:今泰国。　〔43〕阿拉干:下缅甸西部地区,沿海一带已为英属,居民多文莱族。麻塌班:缅南毛淡棉一带。割隶于英。若梯泥色领诸部:麻塌班以南巴掌河以北地区,时有英军驻防。　〔44〕麻六甲:今马六甲。

(杨发恩)

陶思曾（一篇）

陶思曾，湖南善化人。清光绪三十四年（1908）六月，被四川总督赵尔巽任命为调查藏务开埠事宜委员，赴藏察看。宣统元年（1909）四月，自加尔各答入缅，经滇回川，记其行程为《藏輶随记》。

这里节录《藏輶随记》所记自仰光至曼德勒行程及见闻。作者虽旅途匆匆，但所记多可征信。当时全缅沦为英属已二十馀年，铁路筑至缅北，依洛瓦底江水运畅通，滇缅交通更为便捷，中缅贸易长足发展，滇人入缅者与日剧增，缅华经济呈上升趋势，"规模阔大"的迤西会馆出现，绝非偶然。缅甸华侨，以腾冲籍为最，早在1773年，腾冲华侨修建的洞谬观音寺，已具会馆性质。随着缅王的迁都，新的会馆又在曼德勒出现，腾越会馆旋改迤西会馆，辛亥革命后改为云南会馆。会馆规模之大，在海外众多华人会馆中实属罕见。这是因为得天时、地利、人和之便。

藏輶随记（节选）

宣统元年四月初六日，晨抵漾贡，十时系于栈桥登岸，寓第二百一条街[1]。漾贡市建于漾贡河左岸之上，内通巨江，外傍大海，街衢繁盛，商货殷阗，实缅甸之门户也[2]。自咸丰间割归英领后，惨淡经营，形成重镇，掇取阿瓦，易如射隼，今为缅甸全国之第一大都会[3]。居人信佛，喜建金塔，以瑞德宫为最壮丽，系前缅王阿伦布拉所修者[4]。华侨在此者约十万，以闽、粤人居多数。

初七日午刻，乘火车赴阿瓦（Ava），原野夷旷，土脉沃衍，植物繁茂，绝不见山，即人所称伊拉瓦谛（Irawadi）大平原也[5]。

缅甸风俗，大概有与日本相近者，男女均著下裳，一也。家屋不用垣墙，间有以竹木为藩篱者。好楼居，屋中地板高者亦二三尺，二也。妇女饰高髻，三也。惟其形式制度，不能逼肖耳。

初八日，晨七时抵阿瓦，缅甸之旧京也。居伊拉瓦谛江左岸，城市宏阔，惟不及漾贡之殷阗耳。英人名曰曼达来（Mandalay），设巡抚驻此[6]。午刻，入阿瓦故城游览[7]。缅甸故王之宫殿，规模颇壮，栋宇楹柱，多饰以金，殊觉辉煌。后宫绮疏，雕镂精细，闻其上均嵌宝石、金刚钻等，今已为英人取去矣[8]。其外即为苑囿，池沼回环，树林翳蔚，莲花盛开，红白相间[9]。中有博物院一所，用蜡塑故王时王子、妃嫔、朝士之像，衣饰俨然。昔日之宫庭，今日成为公园，恣人游观，出入无禁，故宫禾黍，不知缅人感慨奚如也[10]。

初九日，往游迤西会馆，云南商人公建者也[11]。内祀孔子，规模阔大，建筑费十馀万，其地址乃前缅王所与者[12]。滇人经商于此及分往各地者，不下十馀万人，以腾越人居多[13]。

选自《永昌府文征·纪载》

【简注】〔1〕宣统元年：1909年。漾贡：今译为仰光。　〔2〕漾贡河：今仰光河。巨江：指依洛瓦底江，仰光河西流汇入依洛瓦底江。大海：这里指莫塔马湾，仰光现为全缅第二大港。殷阗（tián）：富裕，充实。　〔3〕"自咸丰"句：清咸丰二年（1852），英第二次侵缅战争后，宣布勃固地区为英国殖民领地，并与若开、德林达依地区合并为缅甸省，并入印度联合省。阿瓦：缅甸旧都城曼德勒。曼德勒的巴利语名称为"罗陀那崩尼卑都"，意为"多宝之城"，系敏同王于1856年迁都到此命名的。隼（sǔn）：一种凶猛的鸟，也叫"鹘"，可助打猎。　〔4〕瑞德宫：即"瑞达光"大金塔，主塔高100多米，塔顶装饰一顶金属宝伞，重达12.6吨，伞上珠宝闪烁，蔚为壮观。达摩悉堤王还用四倍于王妃体重的黄金为瑞达光大金塔镶顶。据传"瑞达光"大金塔，是释迦牟尼成道后不久建造的，塔里珍藏着释迦牟尼的八根头发。　〔5〕依拉瓦谛：即依洛瓦底的不同译音。　〔6〕曼达来："曼德勒"的不同译音。设巡抚驻此：时缅甸被命名为"自治省"，由英国驻印度副总督兼任省督。〔7〕阿瓦故城：曼德勒是缅甸故都，缅甸第二大城市，因背靠曼德勒山而得名。又因缅甸历史上著名古都阿瓦在其近郊，故华侨称它为"瓦城"。市区毗连的皇宫和皇城，系1857年由敏同王所建，皇城作正方形，每边长二公里。城墙四角各有主门四座，边门八座，城中心为皇宫所在地。皇宫内有精制的栅栏，金碧辉煌的金箔漆柱。　〔8〕"后宫"句：后宫为木构，雕镂绝精，饰以金彩。墙壁窗牖，多嵌珠玉宝石之类。　〔9〕"其外"句：城墙四角各有一座柚木结构的屋檐塔顶的城楼，每隔169米有烽堡一座，外有护城河。　〔10〕故宫禾黍：《诗经·王风》有《黍离》篇，感叹故宫荒废，长满禾黍，进而吊念西周王朝的倾覆。后来就以"黍离之悲"比喻家国残破之痛。奚如：如何。　〔11〕迤西会馆：今云南会馆。光绪二年（1876）由旅缅腾冲华侨公建，初为腾越会馆。建筑造型为中国飞檐斗拱大屋顶民族形式，兼用水泥钢筋。会馆前后三进，有孔圣殿、观音殿，并设有施棺会、华侨新坟办事处、养病房、学校、书报社及诸多社团办事处。　〔12〕建筑费：华侨乐捐卢比二十馀万（折合银元四十馀万）。时任缅王国师的旅缅腾冲和顺华侨尹蓉，请得缅王为会馆慷慨划地三十馀亩，并欣然说："你们喜欢哪里就划在哪里。"结果会馆就建于市中心的通衢大道，即今汉人街。　〔13〕腾越：今腾冲。

（杨发恩）

杨增新（二篇）

杨增新（1864～1928，一说1867生），字鼎臣，又字子周。蒙自人。清光绪进士。历任甘肃中卫、渭源、平远、河州等县知事，河州知府、陆军学堂总办等。新疆阿克苏道、镇迪道提法使、布政使。辛亥革命后，被举为新疆都督兼民政长。1912至1928年，任新疆巡按使。被袁世凯封为一等伯爵，任省主席、督军。后被部下刺死于任所。著有《补过斋文牍》、《读老子笔记》等多种。

辛亥革命后，作者在新疆任军政长官时写了《通令各属知事严禁贪赃文》。列举宋代初期二十六个贪官污吏均受极刑，强调立国之初宜用重典严刑，才能堵塞祸乱之源，恢复国家元气。民国建立后，社会处于半转型期，贪污受贿恶习屡惩不止，仍是政治痼疾。作者以史为鉴，"通令各属知事，严禁贪脏"枉法，甚为急切。作者的精辟见解还在于，认为我国官吏"以营利为目的"，"其宗旨在于发财"，这必然导致贪赃自肥。这个论断多少已触及当时社会的本质问题，对官吏面目的揭露也入木三分，惊世骇俗，令人深思。

《通令各属无得虐待上控人民文》是作者晚年在新疆任省长时所撰写。标题已揭示文章主旨。百姓蒙冤冒险，越级上访、上诉、上控，"实不能发生何等效力"，总反映一些政治问题。民国初期，仍"流弊所极"，"穷民无告"，与清朝相比，其官吏"暴横更有甚焉"，仇视上控之人，对其百般阻挠，追查和拘捕，"几欲置之死地"。作者同情上控人员，颇知百姓之苦，官吏之酷，故发此通令，内容已触及当时吏治的重大问题。

通令各属知事严禁贪赃文[1]

查官吏犯赃，其罪至重。中国刑律自古已然，今姑就《宋史》所载者言之。太祖建隆二年，商河县令李瑶坐赃，杖死[2]。供奉官李继昭坐盗卖官船，弃市[3]。大明府永济主簿郭颐坐赃，弃市[4]。乾德三年，职方员外郎李岳、殿直成德钧并坐赃，弃市[5]。太子中舍王治坐受赃、杀人，弃市[6]。乾德四年，光禄少卿郭玘坐赃，弃市[7]。乾德五年，仓部员外郎陈郾坐赃，弃市[8]。开宝三年，右领军卫将军石延祚坐监仓与吏为奸赃，弃市[9]。开宝四年，干牛卫大将军桑进兴、太子洗马王元吉并坐赃，弃市[10]。监察御史间邱舜卿坐前任盗用官钱，弃市[11]。开宝五年，殿中侍御史张穆，右拾遗张恂并坐赃，弃市[12]。开宝八年，宋州观察判官崔恂、录事参军马德休并坐赃，弃市[13]。开宝九年，太子中允郭思齐坐赃，弃市[14]。太宗太平兴国三年，录事参军徐壁坐监仓受贿，出虚券，弃市[15]；监海门戍殿直武裕坐奸，弃市[16]；侍御史赵承嗣坐监市征隐官钱，弃市[17]；中书令史李知古、詹事丞徐选并坐赃，杖杀之[18]。太平兴国六年，监察御史张知白坐知蔡州日假官钱籴粜，弃市[19]。雍熙元年，忠州录事参军卜元干坐受赃枉法，杖杀之[20]。雍熙三年，殿前承旨王著坐监资州兵为奸赃，弃市[21]。淳化二年，监察御史祖吉坐知晋州日为奸赃，弃市[22]。

宋《刑法志》谓："宋兴，承五季之乱，太祖、太宗颇用重典，以绳奸慝[23]。"又谓："时郡县吏承五季之习，渎货虐民，故尤严贪墨之罪[24]。"又《太祖本纪·赞》谓："建隆以来，释藩镇兵权，绳赃吏重法，以塞祸乱之源[25]。"盖当大乱之后，民生凋敝，若再经贪吏之剥削，元气何由而复[26]。若宋太祖、太宗之严惩贪墨，岂得已哉。

我国自清帝逊位以来，建立中华民国，亟亟于增加赋税之一事，各省陋规和盘托出，名为涓滴归公[27]。各知事虽定有公费，难保不于陋规之外增加陋规，以入一己之私囊[28]。是旧有之陋规则归公，而新加之陋规仍归私人。民痛苦甚于昔日，而审判专员得以按律罚金，遂至无案不罚，藉罚金之名行受贿之实者，往往而有[29]。

以上诸弊，新疆官吏未必如此。然亦当杜渐防微，以期造福于边民。夫天下惟民最苦耳。一县之官来去无常，或百馀年而不遇一好官焉，或数十年而不遇一好官焉，或十年，或七八年，或五六年而不遇一好官焉。其故何也？诚以我国之官皆含有营业性质，其宗旨在于发财，而不在于爱民故也。不知为官以营利为目的，其弊必至于贪赃，必至于害民，其终仍归于害己。民国成立，所定官吏犯赃条例，现虽废止，然十目所视，十手所指，断不容贪墨之吏肆其私欲，以为害于闾阎[30]。苟或不知自爱，虽不必受特别之裁判，而参革惩罚其罪，亦不可谓轻[31]。

今先将《宋史》所载官吏犯赃治罪之成法揭明于此，俾知民国所定官吏犯赃条例未为奇创，古人早已行之[32]。至于汉唐元明历代惩贪之律，容再详征博引，以资借鉴。总之，为今日之官极难，而为今日之民尤难。能时时念为民之难，则能时时念为官之难，而思所以称其职矣。第能一县得好官，则一县可保太平；各省皆得好官，则各省可以太平[33]。而欲为好官，必先自不贪赃始，勉之。

选自《滇文丛录》卷四五

【简注】〔1〕通令：上级机关发到各处的共同性命令。知事：地方长官，包括知府、知州、知县。辛亥革命后，废府、州，以知县为县知事，后改称县长。贪赃：官吏贪污受贿。赃，赃物。　〔2〕太祖：宋太祖，即赵匡胤（927~976），涿郡（今河北涿州市）人。后周时，任殿前都点检，领宋州归德军节度使，掌握兵权。于后周显德七年（960）发动陈桥兵变，取代后周即帝位，国号宋，公元960~976年在位。以各个击破的战略，先后平定荆南、南汉、后蜀、南唐等国。削夺禁军诸将和藩镇兵权，加强中央集权，削弱地方兵力，结束五代十国五十多年的混乱局面。又兴修水利，鼓励开垦，整治部分运河。建隆二年：即公元961年。建隆：宋太祖年号（960～963）。商河县：在今山东西北。杖死：棍棒打击而死。隋代起定杖为五刑（笞、杖、徒、流、死）之一。　〔3〕供奉：在皇帝左右供职的人。宋有东、西头供奉（武官），内东、西头供奉（宦官）。坐：获罪。弃市：在闹市执行死刑，陈尸街头示众。　〔4〕大明府：疑为大名府，在今河北南部大名县。永济：在河北南部，河南北部，山东临清西南部。主簿：此为杂主簿。宋时诸城砦、马监及岳渎神庙，皆置主簿，掌簿籍之事。郭颢（yǐ）：生平未详。坐赃：犯贪污受贿罪。　〔5〕乾德三年：公元965年。乾德，宋太祖年号（963～968）。职方员外郎：唐宋兵部下有职方郎中、职方员外郎，其职责为掌舆图、军制、城隍、镇戍、简练、征讨之事。殿直：皇帝的侍从官。　〔6〕太子中舍：太子宫属。南朝宋齐称中舍人，唐贞观改称中允，属詹事府。宋初，以朝官有出身的人为太子中允，没有出身的为太子中舍。元丰时改官制称通直郎。后来传讹称中书舍人为中舍。掌管侍从礼仪，审核太子给皇帝的奏章文书，并监管用药等事。坐受赃：犯受贿罪。　〔7〕光禄少卿：光禄寺置卿和少卿，唐以后成为专管皇室祭品、膳食及招待酒宴之官。　〔8〕仓部员外郎：仓部属户部，员外郎为仓部郎中的副职。掌管粮食收藏、发放之事。陈郾（yǎn）：生平未详。　〔9〕开宝三年：即公元970年。开宝，宋太祖年号（968～976）。右领军卫将军：唐置左右领军卫，宿卫宫禁，有上将军、大将军和将军等官。宋为环卫官，多由宗室充任。奸赃：犯贪污受贿罪。奸，犯。　〔10〕大将军：唐宋十六卫，并置大将军，仅为环卫官。在隋唐宋元多为三品以上的武官。太子洗马：太子官属，晋以后改为掌管图籍。隋称司经局洗马，历代因之。　〔11〕监察御史：唐制监察御史15人，隶御史台察院，掌分察百官，巡抚州县狱讼、祭祀及监诸军出使等。宋元明清皆因之。前任：指以前任职时。　〔12〕殿中侍御史：宋代为掌纠弹百官朝会时失仪者。监察官之一。唐改治书侍御史为御史中丞，而以侍御史、殿中侍御史、监察御史为御史台的成员。历代多因之。右拾遗：谏官。唐武则天时置左右拾遗，掌供奉讽谏。宋改为左右正官。后随设随罢。　〔13〕宋州：在今河南商丘市。观察判官：地方长官的僚属，佐理政事。观察，宋指缉捕使臣。宋观察使成为武将升迁时兼带的虚衔。宋时节度、观察、防御、团练、宣抚、安抚、制置、转运、常平等使，均有判官处理公事，职位略低于副使。录事参军：隋初以录事参军为郡官，相当于汉代州郡主簿（典领文书，办理事务）之职。唐宋因之，在京府则称司录参军。　〔14〕太子中允：太子属官。职同太子中舍。见本文注〔6〕。　〔15〕太宗：宋太宗赵光义（939～997），宋太祖弟，原名匡义，后改光义，即位后改名炅。太祖死，以晋王继位，在位22年。继承太祖对割据政权各个击破的策略，平定南唐、吴越、北汉，统一全国。但在对辽战争中则一再失利。遂采取守内虚外的政策，继续加强专制主义中央集权，加强对官吏的考查和选拔，大量增加进士科录取名额，加强"重文"风气。太平兴国三年：即公元978年。太平兴国宋太宗年号（976～984）。虚券：不能兑现的空白票据。　〔16〕海门：在今江苏省，近崇明岛。宋初，犯死罪获贷者，配隶于此，煮盐纳官。坐奸：犹作奸，为非作歹。　〔17〕侍御史：御史台官员，行举劾、督察等职。见本文注〔12〕。征隐官钱：征收法外税收。　〔18〕中书令史：中书省的低级事务员。隋唐以后，令史已没有品秩，变为三省、六部及御史台的低级事务员。唐宋时京师各有关主管部门都没有令史。詹事丞：辅佐詹事之官。詹事为太子官属之长。唐建詹事府，设太子詹事一人，少詹事一人，总东宫内外庶务。历朝因之。　〔19〕知：知州，总理州郡政事。知为主持、执掌之意。蔡州：今河南汝南县。假官钱：借官钱，犹挪用官钱。　〔20〕雍熙元年：公元984年。雍熙，宋太宗年号（984～987）。忠州：今四川忠县。枉法：执法者为私利或某种企图而歪曲和破坏法律。〔21〕殿前承旨：属枢密院。掌承受表奏，后参与掌军政。资州：今四川资中县。　〔22〕淳化二年：即公元991年。淳化，宋太宗年号（990～994）。晋州：今山西临汾。　〔23〕"宋兴"句：见《宋史·刑法志》。五季：唐宋之间的后梁、后唐、后晋、后汉、后周五代。重典：重法，严刑峻法。《周礼·大司寇》："大司寇之职，掌建邦之三典，以佐王刑邦国，诘四方。一曰刑新国用轻典，二曰刑平国用中典，三曰刑乱国用重典。"注："用重典者，以其化恶，伐灭之。"绳奸慝（tè）：纠正奸邪不正。　　〔24〕"时郡县吏"句：见《宋史·刑法志》。郡县：府县，州县。隋唐后，州郡互称。宋元设州府，至明而郡废。渎货厉民：贪污，虐害人民。渎，通"黩"，贪污。贪墨：贪财好贿。墨黑，不洁，故喻。　　〔25〕"建隆"句：见《宋史·太祖本纪·赞》。释藩镇兵权：指消除地方割据势力。藩镇，原指唐代总领一方的军府，此指割据势力。赵匡胤先各个击破尚未归顺的地方割据政权。建隆二年（961），与赵普定策，以高官厚禄为条件，解除禁军将领石守信、王审琦等将领的兵权。开宝二年（969），又用同样的"杯酒释兵权"手段，罢王彦超、武行德、郭从义等节度使。选精壮的地方厢兵为中央禁军，削弱地方兵力。立更戍法，使兵将不相知，以防将领拥兵自重，消除藩镇割据的隐患。赃吏：贪官污吏。祸乱：《宋史》作"浊乱"。　　〔26〕元气：此指国家的精神和生命力的本原。　　〔27〕清帝逊位：指溥仪退位。辛亥革命时，南京临时政府与清政府议和代表商定有关清帝退位条件。1912年2月12日公布。同时清帝爱新觉罗·溥仪宣布退位。条件共分三项：即《关于大清皇帝辞位之后优待之条件》计八款，《关于清皇族待遇之条件》计四条，《关于满蒙回藏各族待遇之条件》计八条。1924年，原直系将领冯玉祥发动北京政变，反对直系，进入北京。11月修改清室优待条件，共五条。15日，溥仪被驱逐出宫。亟亟（jí）：赶快，急速。和盘托出：全部端出来，毫无保留地说出来。涓滴：点滴的水，比喻极小或极少量的东西。　　〔28〕知事：地方长官。见本文注〔1〕。　　〔29〕藉：同"借"。　　〔30〕十目所视，十手所指：形容一举一动都不能逃脱众人的耳目监察。《礼·大学》："十目所视，十手所指，其严乎！"断：坚决。肆其私欲：不顾一切，满足私欲。闾阎：泛指民间。闾，里门。阎，里中门。　　〔31〕苟或：如果有人。参革：弹劾革职。　　〔32〕《宋史》：元代丞相脱脱（托克托）为都总裁等主持修撰。修于元顺帝至正三年至五年（1343～1345），首创《道学传》，以道学为判断是非的标准。全书496卷，卷帙浩繁，列传人物2 000人。俾（bǐ）知：使知。　　〔33〕第能：但能。

（蔡川右）

通令各属无得虐待上控人民文[1]

　　新省民情淳厚，敬官畏法，各县于农官乡约外，所谓刁衿劣绅亦不数数觏[2]。果地方官有一分爱民之心，无十分虐民之政，百姓将爱戴之不暇，何至发生上控情事？夫人情必万不得已而后兴讼迨至控官，是举生命财产以与官博胜负[3]。胜则雪覆盆之冤，负则占入窖之凶[4]。苟地方官稍有仁心，自当闭门思过，改良政治[5]。否则，静待查办控案，虚实亦不难水落石出[6]。

　　乃今之知事，竟有电请邻封于中途查拿上控之人者，亦有拣派差役赴省城拘捕上控之人者，又有将由省回县上控之人拿案收押，几欲置之死地者[7]。其他或串通邮局司事，将上控呈词扣留不发[8]。种种对待，务使穷民无告[9]。且欲使本省长于地方利弊、民情苦乐，毫无闻知。流弊所极，伊于胡底，查前清上诉机关有道府，有藩臬，有督抚，层层监督地方官，尚任意虐民[10]。今民国上诉机关，内省只有高等审判厅，新疆则只有司法筹备处，而监督机关仅一省长公署。

无论百姓如何冤抑，终不能出地方官掌握之中，即偶有上控之案，亦因各属距省辽远，仍批交地方官覆讯[11]。是案件虽经上控，实不能发生何等效力。而为地方官者，乃无不仇视上控之人。试令反躬自问，果能听断如神，而毫无错误否乎[12]？民国法律并无不许人民上控之条，而地方官仇视如此，较之前清专制时代，其暴横更有甚焉。

唐人诗云："不知羔羊缘底事，暗死屠门无一声[13]。"痛哉！民国之民；酷哉！民国之官也。嗣后新疆官吏对于以上所述各弊，有则改之[14]。如始终狃于积习，牢不可破，本省长惟有照章惩戒，不能过为姑息也[15]。

选自《滇文丛录》卷四五

【简注】〔1〕通令：上级机关发到各处的共同性的命令。上控：越级往上控诉，越级上访。〔2〕新省：新疆省。农官：劝农之官，指乡村小吏。乡约：明清时乡中小吏。由知县任命，负责传达政令，调解纠纷。刁衿（jīn）：泛指狡诈的文人。衿，青衿，旧时读书人穿的衣服，故称秀才为青衿，亦省称衿。出仕者为绅，学者为衿。数数（shuò）：屡次。觏（gòu）：遇见。〔3〕兴讼：导致诉讼。迨（dài）至：及至，达到。博胜负：赌胜负，争输赢。〔4〕覆盆：反扣的盆。比喻黑暗笼罩，沉冤莫白。张居正《答应天张按院》："辱示运官被劾事，顷苏、松按院已直将本官论劾，若不得大疏存此说，则覆盆之冤谁与雪之？"占：占卜。入窞（dàn）：进入深坑。《易·坎》："入于坎窞，勿用。"〔5〕苟：如果。〔6〕水落石出：比喻案情真相终于大白。〔7〕知事：地方长官。宋代命朝臣出任列郡，称为权知某府或某军、某州或某县事。知事之称，来源于此。后称知府、知州、知县。辛亥革命后，废府、州，以知县为县知事，后改称县长。邻封：邻县、邻地。拣派：选派。差（chāi）役：在官府做缉盗、拘禁罪犯及其他杂务的人员。〔8〕司事：管事。或管理账目杂务。〔9〕务使：一定使。无告：无处上告，无法上告。〔10〕伊于胡底：走到哪里去。不堪设想的意思。伊，助词，无义。《诗·小旻》："我视谋犹，伊于胡底。"笺："于，往；底，至也。"胡，何。道府：行政区划名。清代在省与州、府之间设道。省以下，以府领州，州领县。藩臬（niè）：藩司和臬司。明清时布政使（全称承宣布政使司布政使）的别称为藩司，或称藩台，主管一省人事与财务。别称方伯。明清时置提刑按察司，主管一省刑名按劾之事，亦称臬司。清代俗称臬台，又称廉访。督抚：清代各省置总督与巡抚，合称督抚。总督为地方最高长官，综管一省或二三省的军事和政治，例兼兵部尚书衔。别称制府、制军、制台。巡抚为省级地方政府的长官，总揽一省的军事、吏治、刑狱、民政等。因兼兵部侍郎衔，也称抚军。又因明清两代巡抚例兼都御史或副都御史衔，故也称抚院。〔11〕覆讯：再行审问。《史记·李斯传》："赵高使其客十馀辈诈为御史、谒者、侍中，更往覆讯斯。"〔12〕反躬自问：反过来问问自己怎么样。躬，自身。听断：指诉讼断案。〔13〕"不知"两句：出自白居易《禽虫十二章》第六章，上句原为"羔羊口在缘何事？"缘底事：因何事。屠门：肉铺，宰牲的地方。〔14〕嗣后：续后，此后。〔15〕狃（niǔ）于：习惯于。《诗经·大叔于田》："将叔无狃，戒其伤女。"《左传·十三年》："莫敖狃于蒲骚之役，将自用也。"积习：积久而成的习惯。本省长：指作者自己，当时任新疆省长。姑息：无原则的宽容。《礼·檀弓》："君子爱人也以德，细人之爱人也以姑息。"注："息犹安也，言苟容取安。"

（蔡川右）

李根源（一篇）

李根源（1879~1965），字印泉，又字养溪、雪生，别号高黎贡山人。腾冲人。清庠生，后毕业于日本陆军士官学校。1905年7月同盟会成立即为会员。留学日本期间，任云南留学生同乡会会长，云南杂志社经理。后回滇，任云南陆军讲武堂监督、总办。1911年，任陆军第19镇37协统领、督办处副参议官。参与领导昆明重九起义，成功后任都督府军政部总长兼参议院院长，不久又调任陆军第二师师长兼国民军总司令。1912年，同盟会改组为国民党，任云南支部长。1913年任众议院议员，参加"二次革命"，失败后流亡日本，与黄兴等组织欧事研究会。护国时期，任护国军驻粤港代表、军务院都参谋。1917年任陕西省省长，后又任广州卫戍司令。1922年任北京政府航空督办、农商部总长，兼代总理。1923年退隐广州。新中国成立后，历任西南军政委员会委员、西南行政委员会委员，第二、三届全国政协委员。著有《曲石文录》、《曲石诗录》、《雪生年录》等，纂辑《永昌府文征》。

李根源的《〈云南杂志〉发刊词》，1906年10月发表于旅日云南籍同盟会会员及留学生在东京创办的《云南杂志》创刊号。1905年底，中国同盟会机关报《民报》创刊。在《民报》的影响下，宣传革命的报刊不断涌现。1906年1月，孙中山、黄克强直接向李根源面授机宜，要他立即筹办《云南杂志》，并派人帮助。4月，云南杂志社在东京成立，李根源以同乡会会长身分被推为干事，负责全部工作。10月15日，《云南杂志》创刊号出版。该杂志旗帜鲜明，尽情揭露清政府的种种腐败行径，揭露帝国主义的侵略野心，深受云南人民的欢迎，同时招致清政府的嫉恨。杂志虽不断遭到打击，甚至一度停刊；但因同人努力奋斗，先后仍发行了23期，至辛亥革命后才结束。这篇发刊词，是一篇光耀史册的政治散文。文章以简洁、深情的笔触，指出当时列强入侵，清廷腐败，云南面临的危险境地，阐述了"开通风气，鼓舞国民精神"，唤起民众、改良社会、救亡图存的办刊宗旨。字里行间洋溢着爱滇、爱国的激情，读之令人心灵震颤，深受感染。

《云南杂志》发刊词

呜呼！《云南杂志》，《云南杂志》！是云南前此未有之创举而今日之救亡策也，是故乡父老引领翘足朝夕期待者也，是留东同人枯脑焦心日夜经营者也[1]。而今乃璀然璨然，如朝日之离苍海；涓涓汩汩，如长江之下岷山，以出现于我云南杂志界。凡为云南谋者，喜当何如。凡我父老，凡我同人，其愉快又当何如。虽然是编也，非仅商榷学术，启发智识之作，实为同人爱乡血泪之代表；非激越过情之谈，实不偏不颇，具有正当不易之宗旨；非草率无责任之文，实苦心孤诣，抱有绝大之希望者也。

据云岭之馀脉，控金沙之长流；昆明六诏之遗墟，黔蜀两粤之保障；形势突兀，虎踞龙骧者，夫非禹域神州西南一隅之所谓云南者耶[2]。夫非我祖我宗，筚路褴褛，斩除狉榛，以开辟经营之云南也耶[3]。言风景，则苍山昆海，天然之优美素著；语气候，则寒暑雨旸，小民之咨怨弗闻[4]。山林原野，半是丰饶之区；玉石药材，久负中原之誉。且矿脉蜿蜒，矿山崔巍，五金石炭，遍地皆是；而铜铁之富，尤为世所惊羡。天何独厚滇人而使得此大好江山，极乐世界，以生以长，以歌以游，以养其父母，以畜其妻子，以托祖宗之坟墓，以营个人之产业耶。而吾人与云南之关系，遂若地球之有太阳，肉体之有灵魂。有之则以存以生，失之则以灭以死，以永劫而无复。乃孰知乌拉山西、地中海北之碧眼黄发儿，携其友朋，率其丑类，挟其远洋殖民之政策，奋其膨胀势力之野心[5]；雷惊电掣，海沸山崩，竟随十九世纪之欧风美雨以东来。鹰瞵虎视，各争要区[6]。而此大好江山，极乐世界，遂不幸成福兰克、萨克孙两族相争之焦点；一试其虎狼毒威，而倒云南之屏藩；再逞其鬼蜮狡计，而食云南之边疆[7]。萨克孙得志长江流域，福兰克乃更肆意吞噬。强索铁路，云南之腹心溃；攘夺矿权，云南之命脉绝。教语言以收人心，屯重兵以胁官吏。势力范围之图，只见法国之云南，不见中国之云南也；环球万国之心，只知法国之云南，不知中国之云南也。于是我祖宗所开辟，我同胞所生聚，生死攸关若太阳、若灵魂之云南，遂气息奄微，颜色黯淡，仅残其名曰云南人之云南而已。今且有著书劝法政府并其名而速取之者。呜呼！莽莽大地，已化红羊劫灰[8]；哀哀同胞，行作白人奴隶。彼苍者天，谁实为之，而使我至于此极也。

抑吾闻之，物必先腐，而后虫生；人必自侮，而后人侮。云南之将为他人之云南，非他人能使为己有也。惟我不能自有其所有，斯他人得乘虚攻瑕，以有我所有，则谓之由我使之也可，则谓之由我赠之也可。胡为乎使之赠之。吾将兴师罪政府，视边疆如秦越，政府何能辞其责；吾将鸣鼓攻官吏，在其位而废其职，官吏尤难逃其罪。虽然，里有富人，托家于所亲。所亲弗事事，家以日落。富人方且悠焉忽焉，坐观成败。既不起而自理，且骄奢淫佚，从而为毁瓦画墁之举[9]；则家之败也，又岂尽其所亲者之罪哉！国家学曰："积人成国"；人民之能否，国之荣枯系焉。《书》曰：民为邦本，本固邦宁[10]。然则捧云南以与他人者，罪不在政府，不在官吏，实在我栖息于云南之云南人也，实在我栖息于云南之云南人也。云南人之罪，诚难辞矣。而其情则未始不可以曲恕。何则，物竞天择，优胜劣败，适者为优，不适为劣，天演之公例也[11]。以我与西人较，我主彼客，其位异；我守彼攻，其势殊。虽无必胜之方，却有不败之理。而竟不然者，则中西人种之性质、之行为判然若云泥[12]。彼以适于今日而占优胜，我以不适于今日而归劣败故耳。是使吾人负兹重戾者，又吾人之性质、之行为阶之厉也[13]。

居今日而曰救亡，而曰偿罪，其唯改良思想之一法而已。夫根于遗传，成于习惯。种种思想相组织、相集合，以为其内容者，是人之性质也；受中心之命令，以发现于外者，是人之行为也。而思想者，则发命令之本部，成性质之要素，握两者之枢要者也[14]。性质之于思想，若化合物之于元素，气流固体，因元素之种量而可变。行为之于思想，若影之于形，大小方圆，随形之所成而互异。然则吾人之以性质行为不适于今日而归劣败者，岂不可改良思想，求其适合今日，因以变其性质行为而获优胜乎！且吾常闻今之爱国之士，日奔走国中，陈其救亡之策，曰改良政治、改良法律、兴学校、兴工厂、兴农商、兴海陆军、造铁路、开矿山，皇皇切切，以为当务之急，莫急于是，国舍是且将陵夷而莫救[15]。是固然矣，虽然，吾以为思想者，万事之根本也。于此而不加之意，以剔垢去污，舍短从长，痛行改革焉。则政治也、法律也、学校等等也，改之弗能良，兴之弗可成也。何则，徒法不足自行，成功根于起信。使以旧思想行新事业，事与志违，心冷力怠。欲其不敷衍了事，是犹望贪者饮廉泉，责酷吏行宽法，吾知其必无济[16]。众擎易举，众志成城，合力协谋，成事要诀[17]。使于旧思想充满之社会中，而创一欧西惯见之举，是犹与夏虫语冰，告蟪蛄以春秋[18]。吾知一人倡之，百千万人阻之，且不从而破坏之不止。谓余不信，则今日之新政倡而弗行，行而弗效者，又何说之辞！故曰，居今日而策救亡，亦唯改良思想之一法而已。

心理学之言曰，思想者，知之极则。观念供其材料，经验促其发达；根本则出于知觉感觉。而所谓知觉感觉者，语其来源，则又不在内而在外，与外物相接触，受外物之刺激而始生者也。夫人生天地间，不能离群独处。自有生以至老死，耳之所闻，目之所见，身体之所接触，无非其群之人、之事、之习惯、之议论，以为其刺激物。刺激物若何，则知觉感觉随之，思想亦自不能超群而独异。盖群者，实有一种无形势力，冥冥中管领思想，不使越雷池一步也[19]。然则思想不可变乎？曰，乌有是。思想之为物，固随刺激物以为变者也。吾人不欲变则已，若其欲之，则现世优胜民族之思想，足为吾人刺激物者且万万[20]。有心人所当精心研究，撷其精华，抽其神髓，以输入传布之[21]。持以定力，竭其热诚。人非木石，孰能无动。苟得一二人焉，蒙其影响，受其感化，则由我及人，由此及彼，心心相印，脉脉咸通。若水之动波纹，若声之传大气；思想丕变，可期日待也[22]。输入思想，厥道有二：曰学校，曰新闻杂志[23]。学校，王道也，其功缓，且一时难普及，中年以上，又弗暇从事。若新闻，若杂志，则以文明高尚之思，环球治乱之故，日日噪聒其耳，刺激其心[24]。使阅者如亲承恳切之教,心领神会;如足履文明之土,耳目一新。薰习既久,潜移默化,其功之伟,真莫与京[25]。乃反观故里,学校既寥有限,新闻杂志且并萌芽而弗之见[26]。噫,以滇事之危急,改良思想之切要,而其设备乃若此。此同人所为忧心如焚,洒泪成血,不得不努其棉薄之力,效其款款之诚,以出此编也[27]。

本编宗旨,改良思想。思想之要,厥有数端。

一、国家思想

积人成国,国人一体。强弱存亡,责任在己。人果无国,人何以存。人竟忘国,国乃凋残。

二、团结思想

物竞酷烈,势强者胜[28]。乱石散沙,何以能竞。同心同德,群策群力。万死不懈,以抗强敌。

三、公益思想

与群栖息,相维相系。一举一动,宜为群计。群己之间,轻重有在。宁为己损,勿为群害。

四、进取思想

世界进步,一泻千里。不进则退,不奋不起。保守迟疑,沦亡难免。绝影而驰,庶几不远。

五、冒险思想

盖世事功,成败难臆。失败是忧,何事能济。吾志吾行,艰苦弗顾。为鲁滨孙,为哥仑布[29]。

六、尚武思想

执戈从戎,男子义务。为国为家,无海无陆。裹尸马革,葬身鱼腹[30]。光荣无限,愿望乃足。

七、实业思想

商工农矿,立国之基。腐心仕宦,弃此弗为。五金遍地,物产丰腴。善取利用,富甲四夷[31]。

八、地方自治思想

利害迫切,惟桑与梓[32]。躬亲部署,心诚政举。养我势力,振我精神。立自治制,比美强邻。

九、男女平等思想

茫茫造化,两仪同生[33]。道丧俗敝,女卑男尊。卑而不竞,乃愚乃弱。民废其半,国何以国。

上所胪陈,其大较而已[34]。然欧美文明之大启,国势之勃兴,绎厥根源,何能外此[35]。同人等抱此宗旨，誓竭诚效死，以输入之，传布之，提倡之，鼓吹之。或正论，或旁击，或演白话谋普及，或录事迹作实证。东鳞西爪，尽足钩稽，断简零篇，亦寓深意[36]。激来太平洋上之潮，洗净陈陈脑髓；树起昆仑山顶之旆，招归渺渺国魂[37]。他日者，民德日新，百业蔚起，内足以巩国基，外足以御强敌[38]。云南复为云南人之云南，斯即《云南杂志》收效成功之日，而今日所顶礼膜拜以祷祝以希望者也[39]。

选自《云南杂志选辑》

【简注】〔1〕留东：指留学日本。东，东瀛、东洋。同人：同道友人。又作"同仁"，指同事。经营：规划创业。　〔2〕云岭：一称大雪山，在云南省西北部，属横断山脉，南北走向。山势高峻，主峰玉龙山在丽江市玉龙纳西族自治县西北。六诏：唐代云南西部乌蛮六个部落的总称。开元中，六诏为南诏所统一。禹域：禹治水，别九州，故称中国为禹域。　〔3〕筚路褴褛：言驾柴车，穿破敝衣裳，以开辟土地。后用以指艰苦创业。筚路，用荆竹编的车，柴车。褴褛，敝衣。成语，典见《左传·宣公十二年》："筚路褴褛，以启山林。"狉（pī）：兽。榛（zhēn）：杂乱丛生的草木。　〔4〕苍山：点苍山，古称灵鹫山，以山色苍黑得名，在大理市西部。南诏异牟寻曾封之为中岳。属横断山脉云岭徐脉，由19座山峰组成。昆海：指洱海。古称昆淅川、昆明池，在大理市区东北，风景如画，景色宜人。西岸与苍山雪峰辉映，有银苍玉洱之誉。又指昆明濒临滇池。咨（zī）怨：咨嗟怨恨。咨，嗟也，叹息。　〔5〕乌拉山：即唐努乌拉山。东欧平原和西西伯利亚平原之间的山脉，其东麓为欧亚两洲的分界线。地中海：在亚、欧、非三大洲之间，东西长约4 000公里。碧眼黄发儿：指欧洲列强、殖民主义者。　〔6〕鹰瞵（lín）：苍鹰瞪眼觅食。瞵，瞪眼看。　〔7〕福兰克：即法兰克、法兰西。萨克孙：现译为撒克逊，原为日耳曼人的一个部落集团，居北欧日德兰半岛，后一部分渡海移居大不列颠岛，成为盎格鲁—撒克逊人。又经过长期战争，与其他民族融合，逐渐形成近代英吉利民族。盎格鲁—撒克逊人，近代常用以泛指英吉利人。这里指英国人。　〔8〕红羊劫：指国难。古代迷信，以丙午、丁未为国家发生灾祸的年份，丙、丁均属火，色赤（红）；未属羊，故称红羊劫难。灰：灰烬。　〔9〕毁瓦画墁（màn）：见《孟子·滕文公下》："有人于此，毁瓦画墁。"（现在有一个人在这里，打碎屋上的瓦，在新粉刷的墙壁上肆意刻画。）　〔10〕《书》：指《尚书》，是现存最早的关于上古典章文献的汇编。儒家列为经典之一，即"五经"之一。尚，通"上"；"尚书"，即上古之书。　〔11〕天演：《天演论》，书名。近代严复译自英国赫胥黎所著《进化论与伦理学》一书的前两章。译书名《天演论》，1898年出版。书中主要介绍了英国生物学家达尔文的生物进化学说，并用来解释人类社会的发展变化，宣传了"物竞天择"、"弱肉强食，适者生存"、"优胜劣汰"的进化规律。公例：共同的规律、法则。　〔12〕判然若云泥：区别就像天和地一样明显。判，区别、分辨。云泥，云在天，泥在地，喻差别很大。　〔13〕重戾（lì）：重罪。戾，罪。阶之厉：重戾行为等产生的原因。阶，缘由、途径；厉，灾疫、虐害（病害）。　〔14〕枢要：中心，关键。　〔15〕皇皇：通"惶惶"，心不安貌。切切：急迫、迫促貌。是：此。陵夷：衰落。　〔16〕廉泉：泉名。在江西赣州市内。相传南朝宋元嘉中，一夕暴雷雨，忽涌地成泉。当时郡守有廉名，因名之廉泉。与之相对的有贪泉，在广东南海县，相传饮之者则贪心无厌。　〔17〕众擎（qíng）易举：大家一齐用力，就容易把东西举起来。比喻大家同心合力，就易于把事情办成功。擎，往上托、举。众志成城：万众一心，就像坚固的城堡一样不可摧毁。此成语本作"众心成城"，见《国语·周语下》："故谚曰：众心成城，众口铄金。"　〔18〕夏虫语冰：出自《庄子·秋水》："夏虫不可以语于冰者，笃于时也（夏虫不能跟它谈论冬天冰凌的情况，是因为它受到时间的限制）。"夏虫，指夏生秋死的昆虫。夏虫只生活在夏天，冬天结冰时已死，故说"笃（限制）于时"、

"不可以（之）语"。告蟪蛄以春秋：见《庄子·逍遥游》："朝菌不知晦朔，蟪蛄不知春秋（朝菌不知道一天的时光，蟪蛄不知道一年的时光）。"蟪蛄（huìgū），寒蝉。旧说寒蝉春生夏死，夏生秋死，它只能经历一二个季节，而不可能知晓整年，所以不能跟它说春秋。　　〔19〕越雷池一步：《晋书·庾亮传》："吾忧西陲，过于历阳，足下无过雷池一步也。"后用此喻不可越出的一定范围。雷池，水名，即大雷水，今名杨溪河，在安徽望江县南。　　〔20〕万万：极言数量之多。《汉书·沟洫志》："今濒河十郡治堤岁费且万万。"且万万，将达万万。且，将，多。　　〔21〕撷（xié）：摘取，采摘，取。传布：传播。　　〔22〕丕（pī）变：巨大变化。丕，大也。　　〔23〕厥道：它的渠道（道路）。厥，代词，犹言"其"。　　〔24〕噪（zào）：喧闹。聒（guō）：喧扰，声音嘈杂。　　〔25〕与京：见《左传·庄公二二年》："莫之与京。"京，大也。　　〔26〕弗之见："之见"即"见之"，否定句中的宾语前置。　　〔27〕棉薄：谦辞，指自己薄弱的能力。棉，同"绵"，柔软。款款：忠实诚恳。编：串联竹简的皮筋或绳子，后代常用以指称一部书或书的一部分。此指杂志。　　〔28〕酷烈：原意是残暴。此可释为残酷激烈，指生存竞争状况。　　〔29〕鲁滨孙：英国作家笛福长篇小说《鲁滨孙漂流记》中的主人公。他行舟失事，流落荒岛独自生活了28年，后归国。小说歌颂冒险精神，强调了个人的聪明和毅力。哥仑布：现译为哥伦布，意大利航海家。1492年奉西班牙政府之命，带船队横渡大洋，发现了新大陆（中美、南美洲大陆沿岸地带）。　　〔30〕裹尸马革：谓战死沙场。事见《后汉书·马援传》："男儿要当死于边野，以马革裹尸还葬耳，何能卧床上在儿女子手中邪？"葬身鱼腹：投水自杀，以死殉国。典出自屈原《渔父》。屈原曰："宁赴湘流（宁可投入湘水），葬于江鱼之腹中，安能以皓皓之白，而蒙世俗之尘埃乎？"　　〔31〕甲：天干的第一位，引申为首位或居于首位。四夷：东夷、西戎、南蛮、北狄，谓之四夷（四方民族）。见《书·大禹谟》："无怠无荒，四夷来王。"　　〔32〕惟桑与梓（zǐ）：见《诗·小雅·小弁》："惟桑与梓，必恭敬止。"桑与梓为古代住宅旁常栽的树木，东汉以来遂用以喻故乡。　　〔33〕两仪：天地。《易·系辞》上："是故易有太极，是生两仪。"〔34〕胪陈：陈述，陈列。胪，陈也。　　〔35〕绎：寻求，推究。　　〔36〕钩稽：同"钩摭"，求取。断简零篇：指断续、零星的记载。　　〔37〕斾（pèi）：旗帜的通称，泛指旌旗。国魂：国人的崇高精神。魂，特指崇高的精神。　　〔38〕蔚起：兴起。蔚，盛貌。　　〔39〕顶礼膜拜：比喻特别崇敬，且多用于贬义。顶礼，跪地以头承尊者的脚，为佛教徒的最高、最虔诚的敬礼。后泛指敬礼、致敬的意思。膜拜，合掌加额，伏地跪拜。古代西北部少数民族对其最尊敬者或畏服者，多行此礼。

（张德鸿）

张文光(一篇)

张文光(1882~1913),字绍三,原名文鉴,入同盟会后改名文光。腾冲人。好义疏财,性格倔强,曾触怒迤西道尹石鸿韶,被捕入狱。寻韬晦于商,往来于腾、缅、干崖(今盈江)间,商讨革命事。约同志刘辅国各输家产,组织"自治会",专以联络军人为宗旨。与刘辅国、刀安仁策划起义。1911年10月27日(阴历九月六日),腾越起义成功。据《革命方略》,各省先起义者为都督,故任滇西都督府都督。"功高生忌,道高来毁",不幸遇害,时年仅30岁。1916年黎元洪录首义功,追赠陆军中将衔。

《致刘弼臣密函》是腾越起义时张文光的往来信函中最有代表性的一件。函中提到的刘弼臣、刀安仁是腾越起义中的重要人物。1911年10月10日武昌起义后不久,腾越发难,西南响应。腾越首义成功,组成都督府,起义军分兵三路,取永昌(保山),下顺宁(凤庆),占永平,震动全滇。腾冲地处极边,有干崖、缅甸的迂回,侨商的积极配合,主事者的机智果敢,终成千古绝调。函中多隐语,设密巧妙,无斧凿痕。

致刘弼臣密函[1]

弼臣如兄鉴:

弟回腾,清吉[2]。现下腾中生易(意)顺畅,请兄速速出腾,同商合本茂(贸)易之事,请到郗公处将《医宗方略》带回[3]。前他处应许之本金,如能实意,请兄亲自带腾,弟以便他方茂(贸)易[4]。

并请

道安!

批者:可二十五六七到腾无误[5]

弟文光上言
选自《腾冲华侨诗文选》

【简注】[1]密函:为宣纸笺谱一页,字八行,落款"弟文光上言",不署月日,但从"批者"及正文内容推算,应为起义十多天前所写。 [2]弼臣:姓刘名辅国,字弼臣,腾冲人,在干崖(今盈江县)经商。1905年经秦力山介绍入同盟会,为腾越起义首倡者之一。弟回腾:指阴历七月张到干崖与刘、刀商定起义方案事后回腾冲。 [3]生易(意)顺畅:即腾越起义准备工作进展顺利,可望如期举行;催促在盈江的刘弼臣办好所嘱事后速来腾。时刘还负有策动蛮允、昔马、户腊、撒等地巡防官兵,为腾越起义后援的使命。郗公:指刀安仁,又名郗安仁,字沛生,干崖宣抚司第21代土司,早期同盟会员,与张文光领导腾越起义,任第二都督。被诬入狱,经孙中山、黄兴营救出狱,国民政府追赠上将军衔。《医宗方略》:暗指孙中山的《革命方略》。1911年8月,同盟会仰光总机关同意滇西起义具体计划，并将《革命方略》等送达刀安仁处。　　〔4〕本金：暗指刀安仁负责在十土司中筹措的革命经费。　　〔5〕无误：《革命方略》是起义的行动纲领，故反复以"亲自带腾"、"无误"嘱之。《革命方略》因故迟迟未获，张文光不得已于10月22日（阴历九月初一）驰赴干崖，初五策马回腾，即与党人密会于五皇殿，部署第二天起义事项。

（杨发恩）

袁嘉谷（二篇）

袁嘉谷（1872～1937），字树五，别字澍圃，晚号屏山居士。云南石屏县人。清光绪二十年（1894）乡试中举；光绪二十九年（1903）应经济特科考试，获一等第一名，授翰林院编修。清政府派赴日本考察教育，兼任云南留日学生监督；光绪三十一年回国，任学部编译图书局局长、宪政馆咨议官、实录馆纂修官。宣统元年（1909），调任浙江提学使兼布政使，致力兴学，开办图书馆，对浙江的教育文化事业有较大的贡献。辛亥革命后回滇，被选为省参议院议员、国会议员。历任云南盐运使、省图书馆馆长、省务委员、东陆大学教授。1937年冬月卒，享年六十六岁。一生撰编著作四百多卷，涉及历史、文学、经学、教育等各个领域，且见解精辟。有《卧雪堂文集》、《卧雪堂诗集》、《卧雪堂诗话外集》、《云南大事记》、《滇绎》、《滇诗丛录》、《经说》、《飞春课经录》、《石屏县志》等编撰著作存世，为云南文化史上的一代名人。

《〈周礼〉农、工、商诸政各有专官论》一文，是袁嘉谷于1903年参加经济特科考试名列榜首的按题政论文。文章从《周礼》出发，稽考自西周以来农、工、商诸职的专管内容、职责范围，联系时政，循名责实，阐述了因时制宜，作育人才，变法自强，安内御外等具体政务主张。论点明确，论据充分，层次分明，逻辑严密，被誉为"杰出才子"的"一流文字"，"精博和厚"，"万言书如一笔书"。

《滇绎》4卷，收文267篇，是一部笔记体的史学著作，也是一部优秀的历史散文。它以时间为序，记载和评述从先秦至民国有关云南的史实、事件、人物、古迹、风物等。文笔简洁、精确，富有文采，具有很高的史料价值。这里选注其中四则。

《周礼》农、工、商诸政各有专官论[1]

天下事，败阙者敝，全备者精，泛骛者疏，专一者密[2]。始也，无人不范之于学，无事不精之于学；学全备而专一，遂以立官人之原[3]。继也，无官不选之于学，无学不用之于官。官全备而专一，遂以收至治之效[4]。

稽我中国，其惟成周之盛乎[5]？夫成周之盛，盛于周官。周官之隆，隆于学校。下自乡遂，上至成均[6]。学焉无弗专，专焉无弗成，成焉无弗行，行焉无弗效[7]。效之绰绰，裕而莘莘[8]。大者曰农，曰工，曰商。顾欲详农、工、商之效，先考农、工、商之职。欲考农、工、商之职，先别农、工、商之目。

请言农政：一曰辨土宜，二曰治稼器，三曰治粪肥，四曰选谷种[9]。四者备，而田亩之官定，田亩之政举，田亩之功成[10]。凡林囿树艺之博，山林之厚，畜牧之繁，水利之大，甚至矿产为地中之利，渔泽为水中之利，无一不与农相关[11]。周公其知之矣，设大司徒，辨十有二壤之物；设遂人掌邦之野，授之田野，教之稼穑；设遂师、遂大夫以巡移民，简稼器；设草人，掌土化之法以物地，相其宜而为之种；设司稼，掌巡邦野之稼，而辨穜稑之种；设稻人，掌稼下地，以潴蓄水，以防止水，以沟荡水，以遂均水，以列舍水，以浍泻水；以涉扬其芟，作田[12]。设匠人，为沟洫畖，遂沟洫浍；设廪人、仓人，九谷之物则积之；设雍氏，害稼之禁则严之[13]。训农者勤，巡农者殷，树艺之原，于是乎立。扩之于山林、于川泽、于丘陵、于坟衍、于原隰，则设林衡、设泽虞、设川衡、设山虞以掌之[14]。扩之于场圃，则设囿人、场人以树之[15]。扩之于水产，则设渔人、设鳖人、设掌蜃以司之[16]。扩之于道路，则设田仆，掌驭田路[17]。设野庐氏，达国道路[18]。设司险，掌区、沟，五涂以达之[19]。动物、植物之宜，陆产、水产之滋，罔弗备，罔弗治[20]。

请言工政：工也者，农之末而商之本也，农之委而商之原也[21]。假令一国之中，农业浡兴，而一国之商，仅仅贩兹农产，通有济无，非不足以供民用也，而往往罕适用；非不足以广市场也，而往往多弃材[22]。周公其知之矣。冬官考工，别为六官之一[23]。国有六职，百工与居一焉[24]。工以内无阙事，工以外无兼事，虽《冬官》篇亡，汉河间献王补以《考工记》，则冬官必工，工官必考，盖无疑矣[25]。《白虎通》云：司空主土；不言土而言空者，空尚主之，而况于实乎[26]。《大戴礼》：六百度不审，立事失理，财物失量，曰贫也[27]。贫则饬司空。攻木之工七，攻金之工六，攻皮之工五，设色之工五，刮摩之工五，搏埴之工二，举梓匠、轮舆、筑冶、鞼裘、缋画、雕玉、陶瓬诸工艺，无一艺之弗精，无一器之弗成[28]。取材于农产之外，则有矿人掌金、玉、锡、石之地而为之，厉禁以守之。若以时取之，则物其物图而授之，巡其禁令。夫金玉，尚已。石即煤，锡殆包中品、下品，各金而言。禁之者，待时也；图之者，实施也；巡之者，察微也。然犹恐矿产之误耗也。设槀氏为量，改煎金锡则不耗，抑何法之密耶[29]！梓人为饮器，凡试梓饮器，乡衡而实不尽，梓师罪之[30]。试之者，考之也；罪之者，罚之也。有罪者罚，则有功者赏，不待言矣。一工有考，有赏罚，则百工有考，有赏罚，不待言矣。抑何政之实耶！《记》曰：百工之事，皆圣人作也[31]。圣即工，工即圣，二而一，一而二也。今泰西各国，自培根开民智，政府奖工业，考工之政，孰非合于《周礼》之意耶[32]！

请言商政：自商鞅变法，谓商事末利，举以为收孥[33]。汉高令贾人不得乘车、衣丝[34]。商业遂为天下贱。夫其赝物欺市，垄断独登，商似在农、工之下[35]。秦汉抑商，抑之亦宜，然而激矣[36]。论农、工自食其力，农、工朴，商则靡矣[37]。论商之交万国，通万变，达人情，审器用，可以济农、工之穷，可以导农、工之识。农工旧，商则新矣；农工隘，商则宏矣。懋迁有无，通功易事，泽人足木，山人足鱼，商自有商才，商自有商用[38]。矧藏富于民，心计出众，天下有赖商以立国者，有藉商以拓疆者。周公其知之矣。设遂人，辨其野之土，分地受廛；设载师，以廛里任国中之地，而市镇之规模远；设合方氏，掌达天下之道路，通其财利，同其器数，壹其度量；设大行人，达瑞节，同度量，成牢礼，同器数，修法则，而市廛之准绳立[39]。设司市，掌市之治教、政刑、量度、禁令，以次叙分地而经市，以陈肆辨物而平市，以政令禁物靡而均市，以商贾阜货而行市，以量度成贾而征价，以质剂结信而止讼，以贾民禁伪而除诈，以刑罚禁虣而去盗，以泉府同货而敛赊[40]。设朝士，凡民同货财者，以国法行之，犯令者刑罚之，而贸易之法规定。设质人，稽市之书契，而契券之制度密[41]。尤密者，载师里布，小宰书契，泉府通滞货，揭物书[42]。大市日昃而市，百族为主；朝市朝时而市，商贾为主；夕市夕时而市，贩夫贩妇为主[43]。钜细有司，劝惩有道。今所传之商会、公司、印花、铸币，罔不设官以主之[44]。斯亦三千年上郁郁乎之文明也。

古者，四民之名，士居其首，贵也[45]。农也、工也、商也，贱也。顾尊士于农、工、商上，不如侪农、工、商于士中，使士为农、工、商之学，不如使农、工、商自为农士、工士、商士之学。周公之教士也，司徒教民，师儒得民，教严而材成，群方而类聚[46]。《韩诗外传》所谓典其职，忧其分；举其辨，明其隐，是也[47]。窃意农、工、商之官，本立于农、工、商之学。农、工、商之学，本立于农、工、商之教。顾考诸孟、荀、戴记诸书，言制度辄多牴牾，言郅隆徒深想象[48]。岂衰周之后，诸侯恶其害己，而皆去其籍耶[49]？抑周公制礼，先作政书，而尚未一一实行耶[50]？孟子曰："周公思兼三王以施四事，其有不合者，仰而思之，夜以继日，幸而得之，坐以待旦。"[51]墨子曰："朝读书百篇，莫见七十士。"[52]司马迁曰："一沐三握发，一饭三吐哺。"[53]刘向曰："贽而师见者十人，友见者十二人，穷巷白屋先见者四十九人，进善百人，教士千人。"[54]意者《周礼》之书，得之公之思者半，得之贤之助者半。虽非《吕览》、《淮南》之撰自宾客，亦如历代会典之广集众长[55]。观于各官之首，皆曰：惟王建国，辨方正位，体国经野，设官分职，以为民极[56]。知为营洛之政书[57]。当是时，封建之俗，相沿未改；官府之司，琐而近滥[58]。世卿、世禄，情私不公；宗臣、亲臣，尾大不掉，此惟周可行之，而不可行于后世者也[59]。

国家有无上之权，主权有生财之道。生众食寡，为疾用舒。量入为出，量出为入，当任一国之宏才而兴利，不当听碌碌之庸才而分肥；当握一国之要务而生财，不当收众民之脂膏而坐食[60]。如舟车、邮电、矿盐、印花之类，民力莫能举，民事莫能兼，而必需国家之经营整理者。综一岁之出入，制一统之国计，举古今坐食分肥之税制，一一除之。视当国之人才何如耳。周官收税则异是，太宰以九赋敛财贿，以九贡致邦国之用[61]。廛人掌敛布、絘布、总布、质布、罚布、廛布而入于泉府，委人掌敛野之赋敛；敿人掌政令，凡敿征入于玉府；掌葛征山农、泽农之材，掌染草，以春秋敛染草之物[62]。赋极于家，削币馀，贡极于嫔贡、服贡，政渔利而法牛毛[63]。盖因井田之世，先给民田，故重征民力，匪细匪苛[64]。今则民自置田，民自食力，古与今异其势。此亦惟周可行之，而不可行于后世者也。慨自王莽、苏绰、王安石、方孝孺之流，附会周官，食古不化，病国、病民，姑无深论[65]。周、隋、唐、宋，六部制兴，迄今不废[66]。然冢宰之上，相臣骈枝，相又尸名，亲臣握柄，即此一端，大惑谁解[67]？天下之事，不知来，视诸往。天下之理，穷则变，变则通[68]。周以地丁分税，故农官混于地官[69]。二百年来，地丁合一，财部之外，宜设农部。农有部，商亦宜部。内政有部，外交亦宜部。盖农、工、商同一重任，而大行人、小行人、象胥、掌客之附属工部者，不能不变而通之矣[70]。范仲淹曰："法敝自变则中兴矣，否则兴王之资矣。"[71]今自审而自变之，期其全备，务其专一，纲其举矣，目其张矣。夫财用不裕，非贫也；人才不足以备用，斯贫矣；威令不行于国外，非弱也；威不足以肃官方，令不足以消反侧，斯弱矣；自行变法，非乱也，姑息苟安，而待他人之挟制，后人之更新，斯乱矣[72]。一方之警，一位之争，非危也；举一国之人心、风俗、语言、文字而渐灭焉，消亡焉，斯危矣[73]。危使安，乱使治，弱使强，贫使富，亦在人耳。孔子曰："为政在人，取人以身，修身以道，修道以仁。"诚本斯意，以作育人才，变法自强，合学校、选举、官制而一贯，循名责实，安内御外，举《周礼》农政、工政、商政而一一法之，复举《周礼》农政、工政、商政之外，而一一备之，毋悖古，毋泥古，因时制宜，仍不失全备专一之旨[74]。吾国庶有豸乎[75]！

选自《卧雪堂文集》卷二

【简注】〔1〕《周礼》：书名，古名《周官》，亦称《周官经》。前汉末列为经而属于礼，故有《周礼》之名。它汇集了周王室的官制和战国时期各国的典章文物制度，并增添了儒家的政治思想，被列为儒家经典十三经之一。旧说为周公所作，近人研究认为是战国时代的作品。全书共六篇，即天官冢宰、地官司徒、春官宗伯、夏官司马、秋官司寇、冬官司空。但《冬官司空》早佚。汉河间献王（景帝刘启之子、武帝之弟，名德，封河间王，卒谥献）言得之于山崖石壁之中，于诸经中最为晚出。因阙《冬官司空》，以《考工记》补之。今本42卷，注本甚多，汉郑玄注最为有名。20世纪80年代，书目文献出版社印行的台北林尹先生的《周礼今注今译》，应予参考。政：官长，主事者。专官：专门管理。官，通"管"，掌管、管理。　　〔2〕败阙者：有害国家的事。败，毁坏、破坏、危害。阙，宫阙，皇帝所居，此指代国家。敝：弃，抛弃。泛骛（wù）者：随意行事的（指不专一）。泛，漫不经心、随意。

骛，乱跑，或从事、追求。疏：空虚、浅薄，或粗略、疏漏（不细密）。　〔3〕范之于学：通过就学来规范自己的行为。范，约束、规范。官人：任人以官职。　〔4〕至治：大治。至，极、大。《吕氏春秋·知度》："至治之世，其民不好空言虚辞。"或释作"最完美的政治"。《书·君陈》："我闻曰，至治馨香，感于神明。"　〔5〕稽：考，考察。成周：古地名，西周的东都洛邑，为周公所营建。周公摄政七年，天下太平，而此邑造成，故曰成周。故址在今河南洛阳市东郊白马寺之东。　〔6〕乡遂：指乡遂之学，各地所办的学校。乡，行政区划单位，城市以外地方。遂，远郊之地。成均：古之大学。后为官设学校的泛称。　〔7〕弗：不。效：效果，奏效。　〔8〕绰绰（chuò）：宽裕。荦荦（luò）：卓绝。　〔9〕稼器：种禾稼的工具。　〔10〕功成：事功（劳绩）完成。　〔11〕繁：盛，多。　〔12〕周公：姓姬名旦，周文王之子。周武王死，成王年幼，由其摄政。相传周代礼乐制度，皆出其手。大司徒：官名，地官，掌以礼教导民，为六卿之一。遂人：周代官名，地官之属。主六遂。《周礼·地官·遂人》："五鄙为县，五县为遂。"故遂人掌管三十县之地。遂师：周代官名，《周礼》地官之属。佐遂人掌管政令戒禁。遂大夫：周代官名，地官之属，为一遂之长，掌管政令。按"五县为遂"计，实辖五县之地。草人：周官名。掌施肥除草、改造土壤使之肥美者。《周礼·地官·草人》："草人，掌土化之法（化治土壤，使土质肥美之法）以物地，相其宜而为之种。"司稼：官名，又叫司啬。原指最初发明耕作者，上古以后稷为之。职掌观测研究农用土质及适合农作物生长的品种，用以教民，并调节民食。穜稑（tónglù）：禾名。穜指先种后熟的谷类，稑指晚种先熟的谷物。见《诗经·豳风·七月》："九月筑场圃，十月纳禾稼：黍、稷、重（穜）、穋（稑），禾、麻、菽、麦。"稻人：官名。周代地官之属，又称司草。职掌营种稻田，管水生作物的种植。以潴（zhū）蓄水：以水塘蓄水。潴，水停积处，指陂塘、水池之类。以防止水：以堤防阻水。防，堤防，筑堤埂。以沟荡水：以水沟排水。荡水，以沟行水也。荡，盈也、排荡。以遂均水：以田间小沟放水。遂，小沟，深广二尺。均，保持一定水量，使水均衡。以列舍水：用水沟排积水，使庄稼不致涝害。列，田地中小沟，因纵横交错，分布较多，故称之列。舍水，排地中积水。以浍（kuài）泻水：用沟渠排水。浍，田间排水之渠。泻，倾泻。以涉扬其芟（shān）：涉水到田里薅秧、除草。芟，除草。作田：在田间耕作。　〔13〕匠人：官名，冬官之属。《周礼·考工记》："匠人建国，匠人营国，匠人为沟洫。"沟洫（xù）：田间水道。畎：即甽（quǎn），田间小沟。《考工记》："广尺深尺谓之畎。"浍（kuài）：田间水沟。廪人：官名，地官之属，管粮食出入。仓人：官名，主粮食之官。《周礼·地官·仓人》："仓人，掌粟入之藏，辨九谷之物，以待邦用。"九谷：九种谷物。各家注释物类不一，一般指黍、稷、秫、稻、麻、大小豆、大小麦。雍氏：周官名，主管水利。《周礼·秋官·雍氏》："掌沟渎浍池之祭。"　〔14〕坟衍：肥沃平衍之地。原隰（xí）：广平低湿之地。林衡：官名，《周礼》地官之属，掌保护巡守林木。泽虞：官名，管理沼泽地区的禁令。《周礼·地官·泽虞》："泽虞，掌国泽之政令，为之厉禁，使其地之人守其财物，以时入之于玉府。颁其馀于万民。"川衡：官名，也叫水虞。《周礼》地官之属。掌巡视川泽，以川泽产品供祭祀、待宾客。殷制原称司水。山虞：官名，地官的属官，掌管山林政令，"物为之厉（藩篱界限）而为之守禁"。　〔15〕囿（yòu）人：主管苑囿之官。《周礼·地官·囿人》："囿人掌囿游之兽禁。牧百兽。祭祀、丧纪、宾客，共其生兽死兽之物（囿人掌管小苑群兽的藩蘺禁卫。牧养百兽。祭祀、丧事及招待宾客时，要供给活的或死的兽类）"。场人：官名。《周礼》地官之属，"掌国之场圃，而树之果蓏珍异之物，以时敛而藏之"。　〔16〕䱷（tiáo）人：官名，掌按季捕鱼，执掌有关捕鱼的政令。䱷，鱼名，又称白鲦。鳖人：官名，掌管捕取龟鳖蛤蚌等类动物，以供祭祀。见《周礼·天官·鳖人》。掌蜃：掌管收取蚌蛤之类的东西。《周礼·地官·掌蜃》："掌蜃，掌敛互物蜃物。"互物，指鱼鳖蛤蚌等物。蜃物，谓蛤类。　〔17〕田仆：周代掌管君王猎车的官。《周礼·夏官·田仆》："田仆掌驭田路，以田以鄙（田仆职掌驾驭田路，用以田猎与巡行野地）。"田路：猎车。田，田猎、打猎。路，即辂，大车。　〔18〕野庐氏：官名。《周礼》秋官之属，掌通达道路，以便往来。　〔19〕司险：官名。《周礼》夏官之属，掌守护山林川泽险阻之地。《夏官》说："司险，掌九州之图，以周知其山林川泽之阻，而达其道路。"区：地域，界域。五涂：指径、畛、涂、道、路。涂，即途。《周礼·夏官》说：司险要筑设五沟（遂、沟、洫、浍、川）五涂，种植树木，作为阻固，以防国有变故。　　〔20〕滋：增长，增多；或美味。罔弗：无不。　　〔21〕委：末尾。古代"四民"为士、农、工、商，"工"在"农"之后，故言"农之委"。　　〔22〕浡兴：即勃兴，突然兴起。　　〔23〕六官：指《周礼》中的天官"冢宰"、地官"司徒"、春官"宗伯"、夏官"司马"、秋官"司寇"、冬官"考工"。　　〔24〕六职：指王公、士大夫、百工、商旅、农夫、妇功。《周礼·冬官·考工记》："国有六职，百工与居一焉。"〔25〕阙事：空缺之事。阙，同"缺"，空。兼：加倍。《冬官》篇亡：指《周礼》一书第六篇，流传中亡佚。《考工记》：先秦古籍中的重要科技著作。考工，官名，掌作器械。盖：大概。　　〔26〕《白虎通》：即《白虎通义》，汉班固撰，4卷，44篇，记录汉章帝建初四年（79）召集学者在白虎观论议五经同异的结果。晋以后省称《白虎通》。司空：官名。《周礼》冬官之属。据《考工记》注：司空掌管营城郭，建都邑，立社稷宗庙，造宫室车服器械，监百工等。　　〔27〕《大戴礼》：汉刘向校宫中书，诸家所记礼书有204篇，信都王太傅戴德删其繁重为85篇，称《大戴礼》，现存39篇。称谓亦别于九江太守戴圣删定为49篇的《小戴礼》。六百度：指曲度（圆周的弧度）。　　〔28〕饬：通"敕"，告诫。攻木之工七：治木的工匠七类，即轮人、舆人、弓人、庐人、匠人、车人、梓人。攻金之工六：冶金的工匠六种，即筑氏、冶氏、凫氏、栗氏、段氏、桃氏。攻皮之工五：治皮的工匠五种，即函人、鲍人、韗人、韦人、裘人。设色之工五：施色的工匠五种，即画、缋、钟氏、筐人、㡛氏。刮摩之工五：琢磨的工匠五种，即玉人、楖人、雕人、矢人、磬人。刮摩，琢磨之使滑泽。摩，通"磨"。搏埴之工二：拊土制作陶器的工匠二种，即陶人、瓬人。搏，拍。埴，黏土。谓手拊黏土烧为陶器也。梓匠：攻木之工匠。是制作乐器和饮器的工匠。轮舆：木匠。其工作是"为轮"、"为车"。筑冶：为攻金之工。《周礼》记载，"筑氏为削"，制作刻削简札之刀，即书刀。冶氏制作"杀矢，镞锋长一寸"。韗（yùn）裘：为攻皮之工。韗人制造皮鼓。裘人，应是制皮衣的工匠。缋画，又作"画缋"，设色之工。《周礼》说："画缋之事杂五色"，即画缋的事情，要调配五色。雕玉：刮摩（琢磨）玉的工匠。制作圭、璧、璋、瓒、琮、玉案等物。陶瓬（fǎng）：古时制作簋、豆等以供祭祀用的工匠。《礼记·考工记》载，"陶人为甗（yǎn）"，制作炊器，以瓦（陶）为主。甗似甑，无底，用以蒸物。"瓬人为簋（guǐ）"，簋有木、瓦二种，此指瓦簋，用以祭天地外神。祭宗庙则用木制品。　　〔29〕栗（lì）氏：古金工的一种。《周礼·考工记》云："栗氏为量，改煎金锡则不耗，不耗然后权之（栗氏制造量器，更番煎炼金锡，直至精纯而没有杂质为止，然后称出制造规定重量的金锡）。"改煎：谓更番煎炼金锡。改，更。不耗：不复耗减。指冶金时炼去异质，使精纯，不再有杂质可减少。耗，耗减。　　〔30〕试：检验。《周礼·考工记》云："凡试梓饮器，乡衡而实不尽，梓师罪之（凡检验梓人所制的饮器，平爵向口，爵里还留有馀沥，那就不合标准。梓人的长官就要处罚制器的梓人）。"爵，酒器。乡（xiàng）：通"向"，朝向。衡：平也。实不尽：谓尚有馀沥。梓师：梓人的长官。　　〔31〕《记》曰：见《周礼·考工记第六》。原文是"百工之事，皆圣人之作也（百工制作器物，都是圣人创定的）。"圣人：指有特异才能的人，是对周公的尊称。　　〔32〕泰西：极西，泛指欧洲、美洲各国。明代意大利人熊三拔来华，著书介绍欧洲国家兴建的水利工程设施，就名为《泰西水法》。后来就称欧洲为"泰西"。培根（1561～1626）：英国哲学家，马克思说他是"英国唯物主义和整个现代实验科学的真正始祖。"他提出知识就是力量，主张打破"偶像"，铲除各种幻想和偏见等，大开民智。　　〔33〕商鞅变法：商鞅（？～前338），战国时政治家。卫国贵族，公孙氏，名鞅，也叫卫鞅。前356年被秦孝公任为左庶长，实行变法，即在秦国实行一场政治改革，如奖励耕织、奖励公战、军功，废除贵族世袭特权，统一度量衡，准许土地买卖等，奠定了秦国富强、统一中国的基础。秦孝公去世后，商鞅被贵族杀害。收孥（nú）：古有连坐之律，一人犯法即拘执本人妻子，没为官奴婢，称为收孥。《史记·商君列传》："事末利及怠而贫者，举以为收孥。"收，拘捕。孥，妻及子女。 〔34〕"汉高"句：事载《汉书·食货志》，"天下已平，高祖乃令贾人不得衣丝乘车，重税租以困辱之。"汉高，汉高祖刘邦。贾（gǔ）人，商人。细分之，坐商为贾，行商为商。衣丝，穿丝绸衣服。衣，动词，穿。 〔35〕赝（yàn）：假的，伪造的。 〔36〕抑：抑制。激：猛烈，过分。 〔37〕靡：奢侈，浪费。 〔38〕懋迁：犹贸易。懋，通"贸"。泽人：湖区的居民。山人：山居者。见《荀子·王制》："故泽人足乎木，山人足乎鱼，农夫不斲削不陶冶而足械用。"此指商业交换之功。 〔39〕廛：百姓之居。载师：官名。《周礼》地官之属，掌任土之法令。因其地以制为贡赋。廛里：住宅、居宅的通称。合方氏：官名。《周礼》夏官之属，掌达天下之道路，通其财力。大行人：官名。《周礼》秋官之属，掌四方朝聘宾客及使命往来。按《周礼》记载的编制，大行人为中大夫二人充任。瑞节：玉制的符信（琰、圭等）。《周礼·地官·调人》："弗辟，则与之瑞节，而以执之。（如杀人者不按规定躲避，那就以瑞节交给报信人，让他捕交官府）。"度量：测量长短、多少的器具。《周礼·合方氏》："同其数器，一其度量。"牢礼：用牛、羊、猪三牲宴饮宾客之礼。《周礼·天官·宰夫》："凡朝觐会同宾客，以牢礼之法，掌其牢礼。" 〔40〕司市：官名，《周礼》地官之属，为市官之长，掌市之治教政刑，量度禁令。禁虣（bào）：虣，"暴"本字，暴虐，暴乱。《周礼·地官·大司徒》："以刑教中，则民不虣（以刑法教民中正，那老百姓就不会暴乱）。"泉府：官名，《周礼》地官的属官，掌管国家税收，收购市上的滞销货物，卖给有急用而需求的人。赊：先取物，过后再付款。 〔41〕朝士：官名，《周礼》秋官的属官。掌管朝士官次及刑禁之类。质人：官名，《周礼》地官之属。主平定物价，保证货物的品质。 〔42〕师里：师，指贾师（市场管理官员，二十肆设一人）。里，宅院。小宰：官名，《周礼》天官的属官，助大宰管理政令。后世称少宰，或单称宰。 〔43〕日昃（zè）：太阳偏西。即午后。百族：百姓。贩夫贩妇：出售货物的小商人。《周礼·地官·司市》："夕市，夕时而市，贩夫贩妇为主（夕市，在下午交易，以贩夫贩妇为主）。" 〔44〕商会：早年欧洲封建社会中的商人行会，后指一般商人组织的社会团体。印花：指在纺织品上印出具有一定染色牢度的花纹图案的加工过程。实行税制，即为印花税。 〔45〕四民：指士、农、工、商。 〔46〕司徒：官名。《周礼》地官，职为帅其徒而掌邦教。大司徒掌以礼教导民，为六卿之一。汉以后去掉"大"字，称司徒。至明始废。师儒：乡里教以道艺者。师，学习、效法。儒，指儒学，或儒者、学者。 〔47〕《韩诗外传》：书名，汉韩婴撰。汉初传诗者有四家，即鲁、齐、韩、毛四家诗。《汉书·艺文志》："韩婴撰《内传》四卷、《外传》六卷。"南宋后仅存《外传》。 〔48〕孟、荀、戴记：指《孟子》、《荀子》、《大戴礼》（戴德编）和《小戴记》（戴圣编）。牴牾（dǐwǔ）：抵触，矛盾。郅（zhì）隆：昌盛。郅，大、盛。汉司马相如《封禅文》："文王改制，爰周郅隆，大行越成。" 〔49〕衰周：周代衰落、衰弱。指西周末，周幽王被杀，平王东迁以后。《史记·周本纪》："平王之时，周室衰微，诸侯强并弱。"恶（wù）：憎恨，讨厌。籍：经籍。 〔50〕周公制礼，先作政书：《史记·周本纪》载，周公辅成王时，"兴正礼乐"，"作《周官》"，改度制，而民和睦，颂声兴。文中说"周公制礼，先作政书"，即指此。周公作《周官》（即《周礼》），拟周室之官制，分天官、地官、春官、夏官、秋官、冬官，皆言政务之事，故曰政书。 〔51〕孟子：孟轲（约前372～前289），战国时思想家、政治家、教育家。邹（今山东邹县东南）人。"周公"数句：见《孟子·离娄下》："周公思兼三王，以施四事；其有不合者，仰而思之，夜以继日；幸而得之，坐以待旦。"（杨伯峻先生译文为：周公想要兼学夏、商、周三代的君王，来实践禹、汤、文王、武王所行的勋业；如果有不合于当日情况的，抬着头考虑，白天想不好，夜里接着想；侥幸地想通了，便坐着等待天亮〔马上付诸实行〕。）三王：指夏禹、商汤、周文王三位君主。四事：禹、汤、文、武四人所行的事。 〔52〕墨子：名翟，春秋末年的思想家、政治家，墨家学派的创始人。鲁国人，仕宋为大夫。现存《墨子》53篇，旧题墨翟撰，但其中汇集了他弟子和后学者的记录。七十士：指孔子的弟子。《史记·孔子世家》作七十二人。此举其整数而言。 〔53〕司马迁（前145～前86?）：汉夏阳（今陕西省韩城县）人，字子长。初入仕，做过郎中；后于汉武帝元封三年（前108），做了太史令。因李陵之祸受腐刑；但仍坚持著述，创作了我国第一部通史《史记》，在中国文化史上被誉为伟大的史学家和文学家。一沐三握发，一饭三吐哺：说的是周公的故事。《史记·鲁周公世家》记载，周公"一沐三握发，一饭三吐哺，起以待士，犹恐失天下之贤人"。握发，用手攥着头发。一次洗头，三次握着已散开的头发迎待贤才。吐哺，吐出口中所含食物。一餐饭中，要三次（多次）吐出饭食，以便恭敬待士，延揽人才。后用以比喻为国事勤劳，求贤殷切。　　〔54〕刘向（前77~前6）：西汉经学家、目录学家、文学家，字子政。汉宗室，楚元王（刘交）四世孙。官至中垒校尉。著有《别录》、《新序》、《说苑》及《九叹》等辞赋33篇。"贽而"数句：刘向这段话，出自《韩诗外传》卷三第三十一章。文字略有出入。原文是："周公践（一作摄）天子之位七年，布衣之士所执贽而师见者十人，所友见者十二人，穷巷白屋所先见者四十九人，时进善者百人，教士者千人，官朝者万人。"意思是说，周公摄政七年，平民带着礼物去拜师的十人，以友好身份去见的十二人，寒士去见的四十九人，不时去进善言的百人，教习之士千人，居官朝见的万人。穷巷，陋巷。白屋，古代平民住屋不施采，故称。又指以白茅覆屋。　　〔55〕《吕览》：《吕氏春秋》的别称。旧传吕不韦撰，但实为其门客的集体编著成书。《淮南》：《淮南子》的简称。汉淮南王刘安等撰。《汉书·艺文志》将其录入杂家。会典：记载一个朝代官署职掌制度的书。源出于《周官》（《周礼》）。唐人拟作《唐六典》，明清改称《会典》。　　〔56〕"惟王建国"等句：见于《周礼》天、地、春、夏、秋官各卷的起始，只冬官无。建国：建立国城。国城谓天子所居之城。正位：确定宫室的位置。体国经野，泛指治理国家。体，犹分也，谓分一体为众体之意。经，分画也。极，中正。数句译为："王者建立都城，辨别方向，确定宫室居所的位置，分划城中与郊野的疆域，分设官职，治理天下的人民，使他们都能成为善良高尚的人。"　　〔57〕政书：施政办事之书。　　〔58〕封建：古帝王把爵位、土地赐给诸侯，在封定的区域内建立邦国。旧史相传，黄帝建万国，为封建之始，至周制度始备。琐：琐细，微贱。　　〔59〕世卿：世代相继之卿相，即父死子继。世禄：世代有禄位者。宗臣：与君主同宗（同族同姓）之臣。尾大不掉：尾大至转动不灵，不能指挥控制。见《左传·昭公十一年》：楚灵王因封公子为蔡公，问于申无宇，宇曰："末大必折，尾大不掉，君所知也。"　　〔60〕坐食：不劳而食。　　〔61〕太宰：相传为殷置。周名冢宰，掌建邦之六典，以佐王治邦国，为天官之长。简称曰宰。六典，即治典、教典、礼典、政典、刑典、事典。本分属于六官，而冢宰则总御群职。九赋：古代赋税，有邦中、四郊、邦甸、家削、邦县、邦都、关市、山泽、币馀九种（《周礼·天官·大宰》）。贿：财物。九贡：《周礼·天官·大宰》载，"以九贡致邦国之用。一曰祀贡，二曰嫔贡，三曰器贡，四曰币贡，五曰材贡，六曰货贡，七曰服贡，八曰游贡，九曰物贡。"游贡，指献玩好之物，如珠玑琅玕之类。　　〔62〕廛人：周代掌管市场收税的官。《周礼·地官·廛人》："廛人，掌敛市絘布、总布、质布、罚布、廛布，而入于泉府。（廛人掌理征收市肆的屋税、货物税、印花税、规费、罚金、仓库租金等，以所收取的现金缴交泉府）。"絘（cì）布：按市场的次第收税。总布：肆长总敛在肆之布也。肆长随其所货之物，收其税，总而计之，其数非一，谓之总布。质布：质剂之税，颇似今之印花税或规费。罚布：有犯市之禁令者，罚其出钱以为税。犹今之罚金。廛布：货贿诸物邸舍（堆储货物之仓库）之税。因仓库为公有，故征取其钱以为税。即市内货仓税。泉府：掌管收取市场赋税的官府。布，古代钱币。泉，古代钱币、货币的名称。委人：官名。《周礼》地官之属。掌握征收野地园圃山泽的赋贡。《周礼·地官》说："委人，掌敛野之赋敛薪刍。"薮（yú）人：《周礼·天官》说，"薮人，掌以时薮为梁"，"凡薮者，掌其政令，凡薮征入于玉府"（"薮人的职务是按照捕鱼季节以鱼梁来捕取鱼类，薮人执掌有关捕鱼的一切政令，征收渔税，缴入玉府"）。薮，"渔"的假借字。掌葛：官名，《周礼》地官之属，职掌按时向山农征收粗、细的葛和蔓草之类的东西，向泽农征收草贡之材，并准许抵作赋税的政令。掌染草：官名，地官之属，"掌以春秋敛染草之物，以权量受之"（掌管春秋二季征收可供染色用的草物，以轻重容积作为计算的标准而收纳）。染草，可供染色用的草木（如茅蒐、橐芦、豕首、紫菀之属）。　　〔63〕币馀：九赋之一，指公用的馀财。贡：各属国献财物给王。嫔贡：九贡之一。嫔，"宾"的本字，指献给宾客之物，如皮帛之类。服贡：贡献祭服所用之材料，如缔纻之属。　〔64〕井田：相传为古代田制，以地方一里，画为九区，其中为公田，八家皆私田，同养公田。因形如井字，故名。　〔65〕王莽（前45～公元23）：汉元城人，字巨君。元帝皇后之侄。平帝立，莽为大司马。平帝死，立孺子婴为帝，自称摄皇帝，改国号曰新。实行复古改制，企图实行古代的井田制，法令苛细；加上连年征战，劳役频繁，民不聊生。多地农民纷纷起义，绿林军攻入长安，杀莽。苏绰（498～546）：字令绰，西魏武功人。宇文泰拜之为大行台左丞，参典机密；后迁度支尚书，兼司农卿。时泰方欲革易时政，弘强国富民之道。绰助成其事。性忠俭，常以丧乱未平勉己。晚年奉宇文泰命依《周礼》改官制，积劳成疾，事未成而卒。王安石（1021～1086）：北宋杰出政治家、文学家、思想家。抚州临川人，字介甫。仁宗时进士。仁宗嘉祐三年（1058）上万言书，主张变法，改革政治。神宗时拜相，实行新法，以期富国强兵。由于旧党反对，1076年罢相。晚年退居江宁，封荆国公，闭门不言政。著有《周官新义》等，附会《周官》。卒谥文。方孝孺（1357～1402）：明代浙江宁海人，字希直，人称正学先生。建文时任侍讲学士。燕王朱棣起兵，进入京师（今南京），令其起草即位诏书。孝孺不从，被杀，连坐被诛十族，死者八百七十多人。他撰《与友论井里书》，主张恢复井田制，故这里说他食古不化。　〔66〕六部制：指吏、户、礼、兵、刑、工六部。隋朝建立后，就在尚书省下设六部，但名称与后不同。唐朝确立六部作为中央行政机构。六部名称一直沿用到清末。　〔67〕冢宰：上古官名，为百官之长，即后代的宰相。骈枝：即骈拇枝指，见《庄子·骈拇》。骈拇，骈，合也。足大拇趾与第二趾相连合为一趾。枝指，手大拇指旁枝生一指成六指。故用骈枝喻多馀而无用之物。尸名：尸，本神像，为古祭祀时代替死者受祭，象征其神灵的人。一般由臣下或死者后辈充任。后"尸"用以喻居其位只享受祭祀（俸禄）而不做事的人。名，指虚有其名、空名。握柄：掌握大权。柄，权柄、权力。　〔68〕穷则变，变则通：指事物处于穷尽即须改变，改变后才能开通久长。见《易·系辞下》："易穷则变，变则通，通则久。"　〔69〕地丁：地赋、丁赋。旧制地赋有夏税、秋粮等。丁赋有市民、乡民、富民、佃民、客民等。清雍正时，以丁赋摊入地赋，称地丁。　〔70〕大行人：官名。见本文注〔39〕。小行人：官名，《周礼》秋官之属。掌管邦国宾客之礼节，招待四方使者等。象胥：官名，《周礼》秋官之属。通夷狄之言，掌理出使夷蛮之国与接待其来使等。《周礼·秋官》："象胥，掌蛮夷闽貉戎狄之国使，掌传王之言而谕说焉，以和亲。"掌客：官名，掌管接待四方宾客。　〔71〕范仲淹（989～1052）：字希文，吴县（江苏苏州）人。北宋著名政治家、文学家。宋真宗大中祥符进士，官至枢密副使，参知政事，为宋仁宗庆历间政治改良运动领袖，对巩固边防颇有贡献。卒谥文正。有《范文正公集》。　〔72〕反侧：反复无常，不安定，不顺从。　〔73〕澌灭：尽灭。澌，尽也。　〔74〕毋悖古：不违背古制。悖，违反、违背。泥古：拘泥于古代成规而不知变通。　〔75〕庶：庶几，也许可以，表希冀之词。豸（zhì）：解决。

（张德鸿）

滇 绎（节选）

滇南三僧

　　滇南三僧：一苍雪，以诗名[1]；一担当，以诗、书、画名[2]；苍公于盛唐之外，一无所染，梅村契之，阮亭称之[3]。担公师思白，友眉公，诗兼唐、宋，而抒写性灵，自成一家[4]。二公身当国变，其志其品，尤堪千古，仅曰方外诗人已哉[5]？其三则有介庵，介庵名湛福，楷逼钟、王，隶追汉、魏，精研《三礼》，身虽释而学则儒[6]。从其师溥畹入都，居禁城西传经院，足不出门者六十年，不下阶者四十年[7]。尤精篆印，京师人得其一，珍为世宝。家兄铭泉广文藏其印谱二百六十一方，合一巨册，称为四绝：一篆刻，二书法，三印色，四瓷青绢本[8]。册末称印赠文甫先生[9]。文甫盖李氏世倬之字，所谓"辽东三友"之一。李有序冠首，书法亦工，惜已佚其上页。其印章飞动老横，审之亦介公手迹也。浙西吴氏应枚长歌记之，揄扬倾倒，方之苍公、担公，洵称鼎足[10]。亟付石印，冀广流传，并补抄《云南通志》、《滇系》本传及方望溪赠介公序于册后[11]。抑闻之，介公卒年九十，遗言将其传经院捐为滇人公产，易名曰"云澄试馆"，馆中立"传经堂"额，今尚存。呜乎！传已。

三 迤[12]

迤字见《禹贡》、《考工记》，《广雅·释诂二》："迤，衺也。"[13]《诗·秦》"谱其封域，东至迤山。"[14]孔《疏》迤谓靡迤，境界广被之意，皆指地言[15]。而古今地鲜称迤者。滇独有迤东、迤西，是曰两迤。乾隆中复分迤南，是曰"三迤"。虽云、武直隶于粮道，临、开、广复别为道，旋废旋改，而三迤之名，至今如故[16]。三迤之风俗性质，相亲相化，亦遂无形迹之可分也。

陈海楼[17]

石屏陈海楼名履和，与父万里同举于乡，后官山西太谷县、浙江东阳县。师事崔东壁，东壁卒，刊其遗书，有初刻本，有重订本，可谓古道人矣[18]。海楼卒于东阳，子幼家贫，金华府萧元桂与同寅，欿助归葬[19]。顾南雅学使莼题墓云："卅载访经师，独传绝学；千秋说循吏，仅见斯人[20]。"日本高等师范以海楼所刊《三代考信录》、《洙泗考信录》、《孟子事实录》为教科书，钱小帆见而叹曰："海楼刊书之功，远被海外如此[21]。"

石屏人士喜闻《东壁遗书》，家叔谦甫明经益曰："《子见南子》诸章，东壁疑之，胡不删？"[22]朱越宣孝廉光曰：东壁一生渊源，石屏二人，朱丹木布政䰅刻制艺用东壁说，他可知也[23]。

大 观 楼[24]

　　楼在省城西十里近华浦。康熙中，僧乾印结茅讲经，王抚军继文建楼二层，名曰大观，有孙髯翁题联，脍炙人口。道光中，翟廉访觐光增为三层。阮文达督滇，改髯翁联，滇人嗤之[25]。文达寓书门人梁中丞章钜详释其故，中丞载之《楹联丛话》中[26]。平心而衡，楚则失矣，齐亦未为得也，可无论已。楼后有涌月亭，亭后为僧净乐所建华严阁，左右有溯洄轩、催耕馆、唤渡矶、怀古廊、浴兰渚、观稼堂、问津港、聚渔村诸榜[27]。咸丰中毁于火，同治中，马提军如龙重建，而恶诗俗联日夥[28]。近又增长廊曲馆，流憩亭云。起石由楼入城。沿河之北，筑沙堤河，旧名运粮，或传为吴藩所开[29]。

选自《滇绎》

【简注】〔1〕苍雪（1587~1656）：名读彻，字见晓，别号南来。俗家姓赵，云南呈贡古城人。晚明诗僧。童年时即随父祝发昆明妙堪寺，11岁至滇西鸡足山寂光寺为水月禅师侍者，19岁由滇至蜀，与崑芷僧偕行达金陵，先后师事古心、雪浪、松巢，与汰如同为一雨禅师上首弟子。一雨逝，受衣钵，41岁主持苏州附近的中峰禅院，建"南来堂"。一生弘扬佛法，成为一代名僧。他善画工诗。居吴中时，常与吴梅村、钱牧斋等唱和。有《南来堂诗集》，收诗657题，1 237首，1940年上海刊印。其诗深受钱谦益、吴梅村等人称颂；并选入沈德潜的《明诗别裁》中。王士禛《渔洋诗话》说："近日释子诗，以滇南读彻苍雪为第一。"　　〔2〕担当（1593~1673）：原名唐泰，字大来，释名普荷，晚年又叫通荷，号担当。云南晋宁人。明天启贡生。工诗文，善书画。1625年入京应试不第，游北京、吴楚等地，拜董其昌、陈眉公为师。在会稽，参湛然云门禅师，受戒于显通寺。39岁归滇，与徐霞客等交往甚密。53岁时，出家鸡足山；直至明亡，始终蛰居鸡足、苍洱佛寺，并与文人名士相酬唱，81岁逝世。担当精于诗、书、画，著有《翛园集》、《橛庵草》、《拈花颂百咏》、《冈措斋联语》等，诗存世千馀首，丹青墨宝后人辑为《担当书画集》。　　〔3〕盛唐：指盛唐诗歌。染：沾染，浸染，引申为喜好。梅村：即吴伟业（1609~1672），明太仓（今江苏）人，字骏公，号梅村。崇祯四年进士，曾参加复社。明亡家居。康熙时重入都出仕，累官国子祭酒。著书颇多，尤长于诗。著有《梅村集》，诗18卷、诗馀2卷，文20卷。契：意气相合。阮亭：即王士禛（1634~1711），清代著名诗人。字子真，一字贻上，号阮亭，又叫渔洋山人。山东新城（曲沃）人。顺治进士，官至刑部尚书，谥文简。论诗创神韵说，写诗多抒个人情怀。擅长各体，尤工七绝。在当时负有盛名，门生甚众，影响很大。有《带经堂全集》。称之：称道他。　　〔4〕思白：明代书画家董其昌（1555~1636），字玄宰，号思白、香光居士。华亭（今上海市松江区）人。万历进士，官南京礼部尚书，谥文敏。书法初学颜真卿，后改学虞世南。又觉唐书不如魏晋，便转学钟繇、王羲之。擅画山水，渊源董源、巨然，以黄公望、倪瓒为宗，将古代山水画分为南北宗，推崇南宗为文人画正脉。画风和画论对晚明以后的画坛影响深远。有《容台集》、《容台别集》、《画禅室随笔》、《画旨》、《画眼》等。眉公：即陈继儒（1558~1639），明代文学家、书画家。字仲醇，号眉公、麋公。华亭（今上海市松江区）人。隐居小昆山，从事著述，于诗文、戏曲、小说、书画等均有研究。有《陈眉公全集》。　　〔5〕其志其品：他们的思想、品格。志，心志、思想。品，人品。方外：世俗之外。《庄子·大宗师》："孔子曰：彼游方之外者也，而丘游方之内者也。"　　〔6〕介庵：即明代高僧湛福，字介庵，昆明人。自幼入报国寺从溥畹为僧。清雍正初，溥畹被诬遭拘，介庵只身入京随侍，居传经堂60年，不出户庭。与方苞、戴亨等友善，常相与讲论诗书文辞。工书法篆刻，有《介庵印谱》传世。师范《滇系》有传。楷逼钟、王：楷书接近三国魏书法家钟繇和晋王羲之。隶追汉、魏：隶书追随（仿效）汉、魏。《三礼》：指《周礼》、《仪礼》、《礼记》三种经书。各为儒家十三经之一。　　〔7〕溥畹：号兰谷，昆山顾氏子。康熙年间入滇，于红花园建法界寺居住。清雍正初，溥畹受诬陷，诏入京拘问。介庵只身从溥畹入都随侍，继溥畹住崇文门内传经院60年不出户。溥畹著有《易注》。见《云南史料丛刊》第十一卷。禁城：北京紫禁城。　　〔8〕印谱：指《介庵印谱》，一册。释湛福制。石屏袁嘉谟从京师获得，袁嘉谷为之题"跋"并交云南丛书处付印传世。谱中有方形、圆形、椭圆、畸形等大小印章261方。每页于印章后注释原文。　　〔9〕文甫：即湛福的方外交"辽东三友"中的李世倬（或李世禅）。　　〔10〕吴氏应枚：字颖庵，号小颖。归安（浙江省湖州市）人。雍正十一年（1733）任云南提学。后官至大理寺卿。工诗，善画山水。方：比，比拟。洵：诚然，实在。鼎足：三足鼎立，喻三方并峙的情况。　　〔11〕《云南通志》：云南地方志。明代纂修的八部，三种已不可考。现存五种，有原刊及传抄翻印本流传。清代纂修的云南通志共七部，保存完整的五部。《滇系》：清云南赵州（大理）人师范（荔扉）于清嘉庆丙寅（1806）季夏至丁卯（1807）季冬，在安徽望江任知县时辑录、刻印。为云南的史料集，按性质分为疆域、职官、事略、赋产、山川、人物、典故、艺文、土司、属夷、旅途、杂载等十二门，提供了关于云南的政治、经济、地理、文化、民族等方面的宝贵资料。方望溪：即方苞（1668～1749），清代散文家，桐城派创始人。字灵皋，号望溪，安徽桐城人，康熙进士。曾因戴名世《南山集》案牵连入狱，后得救，官礼部侍郎。有《方望溪先生全集》，散文多为经学及书序碑传之属。　　〔12〕三迤：清代云南迤东、迤南、迤西三道的合称。清初设永昌道，驻永昌府（今保山市隆阳区）。雍正时将其改称分巡迤西道，驻大理府；并添设分巡迤东道，驻寻甸州城。乾隆时，因觉迤东所辖十三府太辽阔，不便管理，遂析临安等四府为分巡迤南道，驻普洱县城。后概称云南为三迤地。　　〔13〕《禹贡》：为《尚书》中的一篇，是我国古代最早的地理著述。《考工记》：书名，一卷。即《周礼》的第六篇，述百工之事。《周礼》六官，缺《冬官·司空》一篇，汉人以《考工记》补之，故也名《冬官·考工记》。清人江永认为是战国时齐人所作，根据是书中用齐人语。《广雅》：为研究古汉语词汇和训诂的重要著作。三国魏张揖撰，三卷。依《尔雅》，释义多沿用同义相释的方法。隋代，因避炀帝杨广讳，更名《博雅》。至今二名并称。　　〔14〕《诗·秦》：指《诗经》十五国风中的"秦风"。　　〔15〕孔《疏》：指唐孔颖达（574～648）作《毛诗正义》，此书是结集唐以前《毛诗》各家学说的一部注疏，《四库全书总目提要》说它"融贯群言，包罗古义"，为集大成的注疏本。宋代以后被收入《十三经注疏》。　　〔16〕云、武直隶：指乾隆三十一年（1766）将迤东道的云南、武定二府改属盐法道（后又属储粮道）。临、开、广复别为道：指光绪十三年（1887）将临安、开化、广南三府改属临安开广道。　　〔17〕陈海楼：即陈履和，字海楼，又字介存，石屏人。乾隆时中举，出任山西太谷县令，后迁浙江东阳县令。卒于任所，著有《海楼文集》。　　〔18〕师事崔东壁：乾隆五十六年（1791），陈海楼进京会试不第，于逆旅中结识有名的考辨学者崔述，就拜其为师。崔东壁，即清代著名学者崔述（1740～1816），字武承，号东壁，直隶大名（今河北大名东）人。乾隆二十七年（1762）举人。曾任福建罗源县、上杭县知县，以老病乞休，著述终老。初研究宋元理学，后致力于考证古籍，敢于疑古，时出新解，辨伪成就大。著有《三代考信录》、《丰镐考信录》、《洙泗考信录》等34种，其中，以《考信录》为最著名。后人汇印为《崔东壁遗书》。　　〔19〕同寅：旧称同官为同寅。寅，敬也。佽（cì）助：帮助。佽，助也。《诗·唐风·杕（dì）杜》："人无兄弟，胡不佽焉？"　　〔20〕经师：讲授经书的教师。又指通经学而立身可为人师法的人。千秋：一年有一秋，千秋犹千年，极言其长久。循吏：奉职守法的官吏。司马迁《史记》有《循吏列传》，认为它是"不伐（夸）功矜能"的"奉法循理之吏"。　　〔21〕海楼刊书之功：陈海楼任浙江东阳县令，在任所刻印崔述著述，积劳成疾卒于东阳。先后刻崔述遗书19种，留传海内外，确系刊书有功。　　〔22〕《东壁遗书》：为崔述文集。今人顾颉刚先生辑崔氏文稿，编成《崔东壁遗书》，有1983年上海古籍出版社出版的铅印本。〔23〕"东壁一生"二句：意为崔东壁一生成名，源于石屏朱煐、陈履和二人。崔东壁少年家贫，凑得的考试费用，不慎"悉沉于水"，朱煐时任大名府知府，设法资助，并在应试者中拔崔东壁为第一，且亲自指导，使其学业大进。崔成名后，与石屏陈履和结师生谊，陈竭尽全力，为崔刻书36卷，以广流传。崔述的知名，与陈履和的奉献分不开。朱丹木：清朱䗴，字丹木，石屏人。道光进士。历官安徽绩溪、阜阳知县，无为州知州，贵州兴义府知府，江西督粮道，陕西按察使、布政使，均有政声。曾捐资修建石屏玉屏书院，讲学不息。为官干练，资兼文武，勤谨尽职，政绩突出。《新纂云南通志》本传称其"负经济略，天才卓越"。工于诗文，著有《积风阁近作》、《味无味斋诗集》、《关中皖南文献存雅》、《经史考误》等，为滇云著名诗人。　　〔24〕大观楼：在昆明市区西南隅大观公园内。清康熙三十五年（1696）建，咸丰七年（1857）毁于兵燹。同治五年（1866）重修。为三层木结构方楼。登楼四望，视野辽阔，碧波浩淼，故取名大观楼。临湖一面楹柱上挂有清乾隆时名士孙髯撰、赵藩所书的180字长联，上联写景，下联写史，誉为"古今第一长联"。　　〔25〕阮文达：即阮元（1764～1849），字伯元，号芸台，江苏仪征（镇江）人。清进士。道光六年（1826）调任云贵总督，对云南政务多所建树。曾改动过大观楼长联的文字，受人讥笑。后调京为体仁阁大学士，卒，谥文达。　　〔26〕梁中丞章钜：梁章钜（1775～1849），清代文学家，字闳中，一字茝林，晚号退庵。福建长乐人。嘉庆进士。官至江苏巡抚（明清时，习称巡抚为中丞），兼署两江总督。浏览群书，闻见广博。喜作笔记小说，于掌故多所增益。也能诗。著述七十余种，其中《楹联丛话》为评论清代中叶以前楹联，记述有关楹联故实遗闻的著作。阮元改联受责事载《丛话》卷七，及《续话》卷二。　　〔27〕涌月亭、催耕馆、观稼堂等：康熙二十九年（1690），巡抚王继文巡察过此，命人修建。诸多名目，为当时所取。但最重要的是将三层方楼，取名"大观楼"。榜：通牓，榜额，匾额。　　〔28〕马提军如龙重建：咸丰六年（1856），回民起义爆发；次年，大观楼毁于战火。同治五年（1866），云南提督马如龙重修大观楼。日夥：日益增多。夥，盛多、众多。　　〔29〕沙堤河：相传，清朝初年，吴三桂为了运粮入城而开凿河道。由篆塘沿水路至近华浦，河长约三公里，称"运粮河"。吴藩：指吴三桂，封平西王，镇云南，为清所封"三藩"之一。削藩后，变乱，被清王朝讨灭。

（张德鸿）

附 录

云南历代散文要目

按：古代散文是相对于韵文而言，包括了韵文以外的所有文体。《云南历代文选》将其中的辞赋、游记、碑刻、传记、文论独立成卷，而散文卷主要选收说理记事之文。本要目亦以此为重点。所列篇目主要选自《滇南文略》及《滇文丛录》两部总集。

总　集

滇南文略　47卷，首1卷，清袁文揆等辑，嘉庆六年（1801）肆雅堂刻本，24册。清光绪二十六年（1900）五华书院重刻本，24册。《云南丛书》重订清光绪刻本46册。

滇文丛录　100卷，首1卷，总目2卷，作者小传3卷，云南丛书处辑，秦光玉主编，1946年排印本，28册。

玉溪文征　5卷，王灿、李鸿祥辑，1948年排印本，5册。

晋宁诗文征　20卷，方树梅辑，1938年云南排印本。

丽郡诗文征　20卷，赵联元辑，云南丛书处刻本，10册。

滇骈体文抄　2卷，王灿辑，1947年排印本。

顺宁乡先正诗文丛录　2卷，李步云辑，1927年石印本。

滇六家文选　6卷，王灿辑，1946年排印本。

永昌府文征　136卷，李根源等辑，1941年印，26册。

滇系　40册，师范纂辑，云南丛书处重刻嘉庆十三年（1808）本。

主要篇目

篇　名	作　者	书　载
书　檄		
答益州渠帅雍闿檄	（三国）吕　凯	《滇南文略》
贻韦皋书	（唐）异牟寻	《滇南文略》
疏　论		
·明·		
请修边墙疏	杨一清	《滇南文略》

请立皇太子第一疏	薛继茂	《滇南文略》
直陈天下受病疏	王元翰	《滇南文略》
辅臣支吾求去援引乱真疏	王元翰	《滇南文略》
圣躬静摄日久天下伏机可虑疏	王元翰	《滇南文略》
陈滇患孔殷维桑虑切疏	王元翰	《滇南文略》
滇民不堪苛政疏	王元翰	《滇南文略》
陋抚生事疏	王元翰	《滇南文略》
天下望治甚殷铨宰得人最急疏	王元翰	《滇南文略》
县令为民被逮疏	王元翰	《滇南文略》
为云贵补吏部司官疏	王元翰	《滇南文略》
言路重地不宜自蠋廉耻疏	王元翰	《滇南文略》
辟便道以利万世疏	王元翰	《滇南文略》
会参魏珰疏	杨栋朝	《滇南文略》
请讨贼自效疏	龙在田	《滇南文略》
条处云南土夷疏	杨一清	《滇文丛录》
团营疏	杨一清	《滇文丛录》
修复茶马旧制以抚驭番夷安靖地方疏	杨一清	《滇文丛录》
豫处边储以备供饷疏	杨一清	《滇文丛录》
滇疆危迫请旨发帑拯救疏	傅宗龙	《滇文丛录》
筹滇开路疏	杨栋朝	《滇文丛录》
振肃滇吏疏	陈奇猷	《滇文丛录》
陈情恳乞赐典以彰孝治疏	雷跃龙	《滇文丛录》
陈情疏	段昰	《滇文丛录》
星野辨	杨士云	《滇南文略》
百濮考	董难	《滇南文略》
两爨考	史笔	《滇南文略》
举廉说	张含	《滇南文略》
虎衔鱼说	张含	《滇南文略》
苍洱图说	杨士云	《滇南文略》
述舟	唐尧官	《滇南文略》
仕学肤言	涂时相	《滇南文略》
当官	涂时相	《滇南文略》
捐筑说	陈鉴	《滇南文略》
诚恒敬讲义	文祖尧	《滇南文略》
赈济饥民议	杨士云	《滇南文略》
金沙江议	杨士云	《滇南文略》
大理郡名议	杨士云	《滇南文略》
补议	杨士云	《滇南文略》

上王相国第一至六书	薛继茂	《滇南文略》
读毛氏家书	张　含	《滇南文略》
腾越要害论	吴宗尧	《滇南文略》
法象论	何邦渐	《滇南文略》
天论	杨忠亮	《滇南文略》
泰律含少论	葛中选	《滇南文略》
读滇志略	曾化龙	《滇南文略》

·清·

滇南十议疏	王弘祚	《滇南文略》
台湾善后疏	赵士麟	《滇南文略》
赈济齐饥疏	李发甲	《滇南文略》
恳建南闱奏折	李发甲	《滇南文略》
请改土设流当选贤员疏	李发甲	《滇南文略》
请除四川省国匪疏	张　汉	《滇南文略》
陈州荒旱疏	张　汉	《滇南文略》
议修圣陵疏	张　汉	《滇南文略》
疏通水利疏	张　汉	《滇南文略》
请减金课疏	刘　慥	《滇南文略》
务农桑敦气节疏	邵其德	《滇南文略》
条陈征缅事宜疏	周于礼	《滇南文略》
普天同庆赐赉有差谢表	张　汉	《滇南文略》
输蠲直省条丁缓征逋欠谢表	孙　髯	《滇南文略》
滇南形势论	刘　彬	《滇南文略》
永昌土司论	刘　彬	《滇南文略》
兵论	刘　彬	《滇南文略》
佛教论	刘　彬	《滇南文略》
道教论	刘　彬	《滇南文略》
苏秦论	刘　彬	《滇南文略》
乐毅论	刘　彬	《滇南文略》
韩信论	刘　彬	《滇南文略》
周亚夫论	刘　彬	《滇南文略》
吏论	刘　彬	《滇南文略》
将论	刘　彬	《滇南文略》
救时议	刘　彬	《滇南文略》
救荒议	刘　彬	《滇南文略》
筹画滇疆五条疏	王弘祚	《滇文丛录》
病势危笃伏枕沥陈遗疏	王弘祚	《滇文丛录》

请澄清吏治疏	李发甲	《滇文丛录》
请加广西云南贵州三省会试中额疏	李发甲	《滇文丛录》
条陈常平仓谷存三借七以补春耕疏	李发甲	《滇文丛录》
立劝惩以广教化疏	段　曦	《滇文丛录》
请轻科勤垦疏	杨永斌	《滇文丛录》
劝民种植讲学疏	杨永斌	《滇文丛录》
奏采买米谷以平市价折	杨永斌	《滇文丛录》
奏请添改桩缆以利舟师折	杨永斌	《滇文丛录》
奏明动项安插贫民折	杨永斌	《滇文丛录》
奏请添设同知以便吏治民生折	杨永斌	《滇文丛录》
敬陈买马利弊疏	南天祥	《滇文丛录》
请分派各营官兵捕盗立赏以示鼓励疏	南天祥	《滇文丛录》
乾隆丙辰应鸿博试第一策	张　汉	《滇文丛录》
乾隆丙辰应鸿博试第二策	张　汉	《滇文丛录》
请复军机旧规疏	钱　沣	《滇文丛录》
劾陕抚疏	钱　沣	《滇文丛录》
据实参劾疏	谷际岐	《滇文丛录》
采访孝行以励学校疏	傅为𧦾	《滇文丛录》
设立书院以盛人才疏	傅为𧦾	《滇文丛录》
请旨定为章程俾各部职官遵守疏	傅为𧦾	《滇文丛录》
请正文体以移风教疏	李因培	《滇文丛录》
请严谴办理夷务错误诸大臣折	窦　垿	《滇文丛录》
变通捐输改收米石折	刘　崐	《滇文丛录》
请饬在籍大员帮办团防折	刘　崐	《滇文丛录》
请特用诸臣疏	何桂珍	《滇文丛录》
进呈大学衍义疏	何桂珍	《滇文丛录》
敬陈急务疏	何桂珍	《滇文丛录》
请停游幸疏	何桂珍	《滇文丛录》
请责成各省官绅专办团练疏	何桂珍	《滇文丛录》
进呈训蒙千字文疏	何桂珍	《滇文丛录》
陈厘金积弊疏	戈　靖	《滇文丛录》
电呈万国拒土会会勘烟苗请自新疆为始文	杨增新	《滇文丛录》
呈请拟奖收复阿山出力人员文	杨增新	《滇文丛录》
电呈新疆首倡裁兵文	杨增新	《滇文丛录》
呈请拟于迪化南关自辟商埠文	杨增新	《滇文丛录》
奏争滇缅界务折	赵鹤龄	《滇文丛录》
边防策	段之屏	《滇文丛录》
筹办普洱镇边土民学塾呈文	秦康龄	《滇文丛录》

筹办永北化夷学校详文	秦康龄	《滇文丛录》
废止娼妓呈	席聘臣	《滇文丛录》
请国务院实行禁酒呈	席聘臣	《滇文丛录》
振兴中国实业应采之方针	席聘臣	《滇文丛录》
滇省水利问题	席聘臣	《滇文丛录》
岳武穆论	赵元祚	《滇文丛录》
蒙氏论	赵士兰	《滇文丛录》
段氏论	赵士兰	《滇文丛录》
王褒论	孙 鹏	《滇文丛录》
滇中兵备要略论	孙 鹏	《滇文丛录》
拟理学真伪论	赵士麟	《滇文丛录》
黑水论	阚祯兆	《滇文丛录》
盐法议	王芝成	《滇文丛录》
乡约议	刘经传	《滇文丛录》
条陈南征时事策	黄 桂	《滇文丛录》
士先器识而后文艺论	罗元琦	《滇文丛录》
抚剿论	万友正	《滇文丛录》
光武论上	钱 沣	《滇文丛录》
光武论下	钱 沣	《滇文丛录》
王祥论	钱 沣	《滇文丛录》
马援不与云台论	杨履宽	《滇文丛录》
盐法议	徐昭受	《滇文丛录》
管仲子产优劣论	徐昭受	《滇文丛录》
黑水辨	王思训	《滇南文略》
黑水辨	倪 蜕	《滇南文略》
焚书坑儒辨	倪 蜕	《滇南文略》
郊祀考	赵士麟	《滇南文略》
乐律考	赵士麟	《滇南文略》
山水考	张锦蕴	《滇南文略》
魁星考	倪 蜕	《滇南文略》
钟旭考	倪 蜕	《滇南文略》
揖拜考	倪 蜕	《滇南文略》
选举说	赵士麟	《滇南文略》
墨池琐言	虞世缨	《滇南文略》
读瞿唐来夫子易注要说	高崙映	《滇南文略》
客舟说	李毓奇	《滇南文略》
我轩诗说	赵元祚	《滇南文略》
纬说	张 汉	《滇南文略》

蛰存说	张　汉	《滇南文略》
忧患说	张　汉	《滇南文略》
用物说	张　汉	《滇南文略》
补拙轩壁箴三则	王思周	《滇南文略》
治弥苴河议	王思周	《滇南文略》
奕说	李鹏举	《滇南文略》
宦海说	李鹏举	《滇南文略》
土官说	倪　蜕	《滇南文略》
声说	倪　蜕	《滇南文略》
雷说	倪　蜕	《滇南文略》
徐复园教子读书图赞	倪　蜕	《滇南文略》
襄陵张枚臣折柳图赞	倪　蜕	《滇南文略》
画兰竹赞	倪　蜕	《滇南文略》

引

·明·

民事录引	杨士云	《滇南文略》
进修日程引	文祖尧	《滇南文略》
儒学日程引	文祖尧	《滇南文略》

·清·

旌忠小引	傅为诒	《滇南文略》
藏书引	傅为诒	《滇南文略》
读庄子内篇通说引	倪　蜕	《滇南文略》
饾饤第四引	倪　蜕	《滇南文略》
重修青龙寺引	段　昕	《滇南文略》
募修圆觉寺引	罗元琦	《滇南文略》

书　铭

·明·

柬西涯先生	杨一清	《滇文丛录》
柬东山先生	杨一清	《滇文丛录》
与内阁吏兵诸先生第二书	杨一清	《滇文丛录》
与内阁吏兵诸先生第四书	杨一清	《滇文丛录》
与内阁吏兵诸先生第五书	杨一清	《滇文丛录》
与陆提督都宪书	杨一清	《滇文丛录》

与内阁诸先生	杨一清	《滇文丛录》
与胡永清亚卿	杨一清	《滇文丛录》
与湛原明司成	杨一清	《滇文丛录》
再柬东湖都宪	杨一清	《滇文丛录》
与李献吉	杨一清	《滇文丛录》
再柬内阁诸先生	杨一清	《滇文丛录》
柬西涯先生	杨一清	《滇南文略》
又柬西涯先生	杨一清	《滇南文略》
柬刘用齐侍郎	杨一清	《滇南文略》
柬乔希大少卿	杨一清	《滇南文略》
与刘郡守书	杨一清	《滇南文略》
四灵赞	杨一清	《滇南文略》
七峰赞有引	杨一清	《滇南文略》
靳充道瑞溪石砚铭	杨一清	《滇南文略》
自讼稿序	杨一清	《滇南文略》
怀麓堂稿序	杨一清	《滇南文略》
敕赐义民华腾霄墓志铭	杨一清	《滇南文略》
诰封一品太夫人麻氏墓志铭	杨一清	《滇南文略》
跋都御史蓝公生祠记乐祠去思碑卷	杨一清	《滇南文略》
祭张给事中文	杨一清	《滇南文略》
祭周君文	杨一清	《滇南文略》
祭王尧卿文	杨一清	《滇南文略》
宏山杨先生文集序	李 东	《滇南文略》
送宾川守萧省庵序	李元阳	《滇南文略》
赠宾川牧南江胡侯序	李元阳	《滇南文略》
秀峰书院记	李元阳	《滇南文略》
与我玄金太守书	许 镒	《滇南文略》
与陈周沐三公书	王元翰	《滇南文略》
报邓壶邱直指书	王元翰	《滇南文略》

· 清 ·

与王振羽庶常书	赵士麟	《滇南文略》
答季价藩广文书	赵士麟	《滇南文略》
与韩慕庐书	阚祯兆	《滇南文略》
与商友甥书	阚祯兆	《滇南文略》
答某翰林书	孙 鹏	《滇南文略》
致广西抚军陈乾斋前辈书	张 汉	《滇南文略》
致滇南抚军杨宾实前辈书	张 汉	《滇南文略》

报广西抚军李穆堂前辈书	张　汉	《滇南文略》
与杨寿亭书	张　汉	《滇南文略》
与万舒仲书	张　汉	《滇南文略》
与儿子中熊书	张　汉	《滇南文略》
与儿子中函书	张　汉	《滇南文略》
论行述书	陈　沆	《滇南文略》
寄黔学使孙莪山先生书	陈　沆	《滇南文略》
答苏抚陈可斋先生书	傅为詝	《滇南文略》
与菱湖族人书	傅为詝	《滇南文略》
答门人王编修猷书	傅为詝	《滇南文略》
答雷翠庭书	傅为詝	《滇南文略》
训儿子瑞文萃文手书	余应祥	《滇南文略》
与严海珊刺史书	罗元琦	《滇南文略》
谢当事慰留启	罗元琦	《滇南文略》
再恳归养启	罗元琦	《滇南文略》
与屠生书	周于礼	《滇南文略》
训子书	谢清问	《滇南文略》
与彭竹林书	杨履宽	《滇南文略》
辞中溪书院启	杨履宽	《滇南文略》
与许丹山书	龚锡瑞	《滇南文略》
致云南中丞甘公书	倪　蜕	《滇南文略》
答甘中丞塞外札	倪　蜕	《滇南文略》
高宫保书	倪　蜕	《滇南文略》
周总兵书	倪　蜕	《滇南文略》
周文若书	倪　蜕	《滇南文略》
朱雨亭书	倪　蜕	《滇南文略》
厂务书	倪　蜕	《滇南文略》
答张西潭书	傅为詝	《滇文丛录》
答陈肇洙书	傅为詝	《滇文丛录》
与刘兰谷书	傅为詝	《滇文丛录》
与祝人斋书	傅为詝	《滇文丛录》
答某中丞书	钱　沣	《滇文丛录》
上伯制军书	刘大绅	《滇文丛录》
与袁苏亭书	刘大绅	《滇文丛录》
与张溟洲太守书	谷际岐	《滇文丛录》
上姚梦谷先生书	师　范	《滇文丛录》
寄袁十三苏亭书	师　范	《滇文丛录》
与陈海楼书	王　崧	《滇文丛录》

与宋芷湾书	王崧	《滇文丛录》
与同学刘鉴书	窦欲峻	《滇文丛录》
上云南孙中丞书	程含章	《滇文丛录》
上百制军筹办海匪书	程含章	《滇文丛录》
复林若洲言时务书	程含章	《滇文丛录》
与所属牧令书	程含章	《滇文丛录》
复幕客某书	杨昌	《滇文丛录》
与汉南同官书	杨名飏	《滇文丛录》
再上宋芷湾师书	戴䌹孙	《滇文丛录》
答戴云帆	池生春	《滇文丛录》
答彭兰畹	池生春	《滇文丛录》
上蒋方伯论求录遗书	董灼文	《滇文丛录》
上宁州知州第一书	董灼文	《滇文丛录》
上宁州知州第二书	董灼文	《滇文丛录》
上相国敦甫太老夫子书	窦㙷	《滇文丛录》
上曾涤生节相书	窦㙷	《滇文丛录》
与戴筠帆书	戴淳	《滇文丛录》
上杜芝农相国书	何桂珍	《滇文丛录》
上祁淳甫相国书	何桂珍	《滇文丛录》
上吴甄甫师书	何桂珍	《滇文丛录》
复刘荩臣制军书	马恩溥	《滇文丛录》
复岑彦卿中丞书	马恩溥	《滇文丛录》
复马云峰军门书	马恩溥	《滇文丛录》
复刘制军第三书	马恩溥	《滇文丛录》
复刘制军第四书	马恩溥	《滇文丛录》
上曾涤生枢帅论学书	方玉润	《滇文丛录》
上曾涤生枢帅论用人书	方玉润	《滇文丛录》
上曾涤生枢帅论天下大局书	方玉润	《滇文丛录》
上杨提学书	甘雨	《滇文丛录》
上岑抚军书	甘雨	《滇文丛录》
上岑公第二书	段生玉	《滇文丛录》
代杨云阶镇军谕杜文秀书	段生玉	《滇文丛录》
致许苪山同年	杨高德	《滇文丛录》
致赵月村启	李玉湛	《滇文丛录》
武昌上两湖总制李宫保书	李开仁	《滇文丛录》
戎城再上两湖总制李宫保书	李开仁	《滇文丛录》
复卞午桥郡守书	苏宝生	《滇文丛录》
与贵州学政陈小圃论文书	施有奎	《滇文丛录》

答赵月村书	施有奎	《滇文丛录》
复李镜若书	施有奎	《滇文丛录》
复李采臣书	施有奎	《滇文丛录》
与树五书	张舜琴	《滇文丛录》
致周道尹论阿山宜注重垦荒开矿函	杨增新	《滇文丛录》
复马提督论国防外交函	杨增新	《滇文丛录》
复布尔津河鲁知事报告俄败军入境情形函	杨增新	《滇文丛录》
复裘委员大亨报告俄新党社会主义函	杨增新	《滇文丛录》
复喀什朱道尹禀报英阿作战情形函	杨增新	《滇文丛录》
征赐谥忠愍侍御赵公诗启	张　汉	《滇文丛录》
约五华同研酿金送谷西阿夫子灵舆归里启	张鹏升	《滇文丛录》
篆刻郡志征事实启	王佩玮	《滇文丛录》
大观楼落成征诗启	刘中鹤	《滇文丛录》

祭　文

·明·

祭张生之榘文	杨一清	《滇文丛录》
祭蔡桂月学博文	何邦渐	《滇文丛录》

·清·

江津祭先公名宦文	史旌贤	《滇文丛录》
祭霞师文	阚祯兆	《滇文丛录》
祭亘舆先生文	傅为诇	《滇文丛录》
祭重勿轩文	刘大绅	《滇文丛录》
祭李即园文	刘大绅	《滇文丛录》
誓禁鸦片烟碑文	陈履和	《滇文丛录》
祭神驱虎文	程含章	《滇文丛录》
祭刘寄庵夫子文	戴絅孙	《滇文丛录》
祭顾南雅夫子文	戴絅孙	《滇文丛录》
祭程月川方伯文	戴絅孙	《滇文丛录》
嘉应宋芷湾夫子诔并序	戴絅孙	《滇文丛录》
郝韵湖诔并序	戴絅孙	《滇文丛录》
祭仲妹文	李于阳	《滇文丛录》
自祭文	黄美中	《滇文丛录》

记

·明·

杨林关庙碑记	兰　茂	《滇文丛录》
通番事迹记	郑　和	《滇文丛录》
天妃灵应记	郑　和	《滇文丛录》
体国堂记	杨一清	《滇文丛录》
记演放火器	杨一清	《滇文丛录》
记演习营阵	杨一清	《滇文丛录》
重修清凉寺记	张西铭	《滇文丛录》
状元馆记	王颖斌	《滇文丛录》
靖阳书院记	唐时英	《滇文丛录》
重建普氏宗祠碑记	张　素	《滇文丛录》
重建龙川江桥记	徐　泰	《滇文丛录》
清流普济祠碑记	邹尧臣	《滇文丛录》
钟鼓楼碑记	叶　瑞	《滇文丛录》
苴却督捕营设官记	李元阳	《滇文丛录》
青龙桥记	李元阳	《滇文丛录》
重建四通桥记	黄明良	《滇文丛录》
越公去思祠记	陈　重	《滇文丛录》
重修诸葛武侯祠记	杨　钧	《滇文丛录》
南中书院记	董　金	《滇文丛录》
郡伯谭公鼎建文笔碑记	李　东	《滇文丛录》
石屏宝秀屯仓政记	涂时相	《滇文丛录》
修黄家桥记	王元翰	《滇文丛录》
新建文庙记	陶　珽	《滇文丛录》
李卓吾先生祠记	陶　珽	《滇文丛录》
赠光禄寺卿杨公赠恤纪实	杨绳武	《滇文丛录》
弥勒州免各寺粮差记	杨绳武	《滇文丛录》
剑川石宝山图记	大　错	《滇文丛录》
鸡足山指掌图记	大　错	《滇文丛录》

·清·

彩云楼记	阚祯兆	《滇文丛录》
宁远楼记	阚祯兆	《滇文丛录》
总兵赵得胜援屏事略记	何其伟	《滇文丛录》
石屏州西关铺社仓记	何其伟	《滇文丛录》

篇名	作者	出处
重修大理府文庙碑记	刘琨	《滇文丛录》
桂香楼记	赵淳	《滇文丛录》
新建文昌殿桂香楼记	赵淳	《滇文丛录》
赵州诗学源流述	赵淳	《滇文丛录》
奇树记	王城	《滇文丛录》
二乐亭记	尹壮图	《滇文丛录》
游龙洞记	王廷桂	《滇文丛录》
新开东川子河筑青石洞堤工记	高上桂	《滇文丛录》
万人冢记	韩锡章	《滇文丛录》
重修文峰塔记	黄中理	《滇文丛录》
种树记	窦晟	《滇文丛录》
城西堰塘记	钱沣	《滇文丛录》
重修石龙寺碑记	钱沣	《滇文丛录》
东南山中看桃花记	刘大绅	《滇文丛录》
东南山中看桃花后记	刘大绅	《滇文丛录》
南山中看桃花后记	刘大绅	《滇文丛录》
新建北楼记	师范	《滇文丛录》
重修草堂落成记	师范	《滇文丛录》
杨敬山孝廉画卷记	师范	《滇文丛录》
缅事述略	师范	《滇文丛录》
征安南记略	师范	《滇文丛录》
忠愍公遗像记	任澍南	《滇文丛录》
燕子洞记	傅巘	《滇文丛录》
纪宾川州事始末	袁文揆	《滇文丛录》
修景东孔雀溪广济石桥记	程含章	《滇文丛录》
重建凌云塔记	程含章	《滇文丛录》
迁建李忠定公祠堂记	程含章	《滇文丛录》
游永春池谒杨两依先生遗像记	艾濂	《滇文丛录》
导潜记	杨昌	《滇文丛录》
修堤述略	杨昌	《滇文丛录》
靖南纪绩	杨昌	《滇文丛录》
公蚕室记	杨名飏	《滇文丛录》
新建彩云书院记	杨名飏	《滇文丛录》
采铜炼铜记	倪慎枢	《滇文丛录》
修学宫殿宇礼乐器记	马春藻	《滇文丛录》
述雄川阁记	戴絅孙	《滇文丛录》
东晋湖记	韩桨	《滇文丛录》
即园前记	李于阳	《滇文丛录》

即园后记	李于阳	《滇文丛录》
书烈妇李刘氏事	李于阳	《滇文丛录》
公农村记	杨丽拙	《滇文丛录》
廉泉记	甘　雨	《滇文丛录》
连河避兵记	甘　雨	《滇文丛录》
平乱纪略	李景贤	《滇文丛录》
重建大观楼记	刘中鹤	《滇文丛录》
习劳记	李承祜	《滇文丛录》
曲江书院记	王家辙	《滇文丛录》
钱南园先生祠堂记	施有奎	《滇文丛录》
归仁里戎事纪略	周文龙	《滇文丛录》
记云南储材馆事	周文龙	《滇文丛录》
记谭叔裕观察课士事	周文龙	《滇文丛录》
过哀牢山记	周文龙	《滇文丛录》
开办宁郡中学堂记	李增蔚	《滇文丛录》
大理震灾记	周宗麟	《滇文丛录》
经正书院藏书记	李　坤	《滇文丛录》

序　跋

·明·

朱子经济文衡类编序	杨一清	《滇南文略》
韦秋山诗序	杨一清	《滇南文略》
檀弓丛训序	张　含	《滇南文略》
转注古音略序	张　含	《滇南文略》
墨池琐录后序	张　含	《滇南文略》
荐贤序	张　含	《滇南文略》
叙才篇	张　含	《滇南文略》
送杨生庐墓还序	王廷表	《滇南文略》
转注古音略后序	杨士云	《滇南文略》
莆见素林公生祠序	杨士云	《滇南文略》
送邦伯刘公入觐序	杨士云	《滇南文略》
东平振旅诗序	杨士云	《滇南文略》
送余先生知嶍峨诗序	杨士云	《滇南文略》
董氏族谱序	杨士云	《滇南文略》
宁边茂绩诗序	杨士云	《滇南文略》
重观滇海序	杨士云	《滇南文略》
聚峰奏议序	杨士云	《滇南文略》
三燕鹿鸣序	杨士云	《滇南文略》

代送元冈马大夫之任序	李元阳	《滇南文略》
升庵杨太守六十序	李元阳	《滇南文略》
送赵学使参蜀政序	李元阳	《滇南文略》
送孙太守序	李元阳	《滇南文略》
送太和令刘君迁守顺州序	李元阳	《滇南文略》
升庵七十行戍稿序	李元阳	《滇南文略》
副使魏材杨公平武定诸夷序	李元阳	《滇南文略》
平南集序	李元阳	《滇南文略》
通志序	李元阳	《滇南文略》
禹山癸卯诗序	李元阳	《滇南文略》
弁乙未鸣	张　合	《滇南文略》
序贵精集	张　合	《滇南文略》
赠云抚凤坪刘公西征缅甸序	许　镒	《滇南文略》
赠云抚凤坪刘公东征罗雄序	许　镒	《滇南文略》
石屏州旧志序	涂时相	《滇南文略》
丹铅录序	梁　佐	《滇南文略》
绳山俚言序	史旌贤	《滇南文略》
试田图籍序	史旌贤	《滇南文略》
刻弘山先生存稿语录序	闪继迪	《滇南文略》
皇极经世心易发微自序	杨向春	《滇南文略》
素吟草自序	杨忠亮	《滇南文略》
送毛直指按滇复命序	王元翰	《滇南文略》
送李宾吾广文高致序	王元翰	《滇南文略》
南岳草自序	王元翰	《滇南文略》
未焚草自序	王元翰	《滇南文略》
德邻篇自序	王元翰	《滇南文略》

·清·

鱼给练奏疏序	王弘祚	《滇南文略》
论语义序	赵士麟	《滇南文略》
孟子义序	赵士麟	《滇南文略》
周澹园诗序	赵士麟	《滇南文略》
寄园寄所寄序	赵士麟	《滇南文略》
宁俭录序	刘　彪	《滇南文略》
四书肯綮序	袁　铣	《滇南文略》
来矣鲜先生易注序	高奣映	《滇南文略》
等音声位合汇序	高奣映	《滇南文略》
杨氏齐家条规序	杨　培	《滇南文略》

滇程日记序	李崇阶	《滇南文略》
偶然草序	徐崇岳	《滇南文略》
李象岳同年游鸡山诗序	阚祯兆	《滇南文略》
王广宁制军寿序	阚祯兆	《滇南文略》
送王峨雪擢台垣序	阚祯兆	《滇南文略》
送杨明远之任景东教授序	何其英	《滇南文略》
乡贤录序	杨永斌	《滇南文略》
庐山志序	王思训	《滇南文略》
乌私泣集序	王思训	《滇南文略》
吴复古京雉尘稿序	孙　鹏	《滇南文略》
李南山遗稿序	孙　鹏	《滇南文略》
金氏重修族谱序	赵元祚	《滇南文略》
金华征献略序	赵元祚	《滇南文略》
滇南山水纲目自序	赵元祚	《滇南文略》
洞虚子墨雨楼集序	张　汉	《滇南文略》
罗青堂遗文序	张　汉	《滇南文略》
修家谱序	张　汉	《滇南文略》
嵩阳书院课文序	张　汉	《滇南文略》
焕沪逸叟图序	张　汉	《滇南文略》
新安吕氏族谱序	张　汉	《滇南文略》
十年吟序	张　汉	《滇南文略》
吴复古滇海集序	陈　沆	《滇南文略》
杜诗分韵序	陈　沆	《滇南文略》
侍母弄孙图序	陈　沆	《滇南文略》
送叔宁介赴任剑川学博序	陈　沆	《滇南文略》
养蒙图说序	陈　沆	《滇南文略》
送粟太守内转序	夏　冕	《滇南文略》
三烈纪序	夏　冕	《滇南文略》
送巩学使复命序	夏　冕	《滇南文略》
送勉序	周于礼	《滇南文略》
送江药舡罢试归养序	周于礼	《滇南文略》
伯兄仲兄寿言	周于礼	《滇南文略》
张氏族谱序	刘　恬	《滇南文略》
张翠屏先生文集序	万友正	《滇南文略》
送同寅马学博致仕序	夏　冕	《滇南文略》
时佛山快游诗集序	赵　淳	《滇南文略》
屺游草自序	赵　淳	《滇南文略》
陈宗五遗集序	傅为诇	《滇南文略》

阿叔伍公崇祀乡贤序	尹　玓	《滇南文略》
重刻关夫子圣迹迁置序	钱　沣	《滇南文略》
夏绸庵诗集序	钱　沣	《滇南文略》
涂二馀静宁纪事诗序	钱　沣	《滇南文略》
襄平周制军西征草序	倪　蜕	《滇南文略》
晋宁凌牧事梅花百咏序	倪　蜕	《滇南文略》
鲁氏家谱序	倪　蜕	《滇南文略》
舒氏族谱小序	倪　蜕	《滇南文略》
弥勒舒烺新婚序	倪　蜕	《滇南文略》
五溪诗序	倪　蜕	《滇南文略》
含山顾元素诗序	倪　蜕	《滇南文略》
甘忠果公传后序	倪　蜕	《滇南文略》
请编审仍照旧规疏	苏霖渤	《滇南文略》
永昌府志序	刘　范	《滇南文略》
萍寄偶吟自序	刘　范	《滇南文略》
自题小像序	刘　范	《滇南文略》
如东录跋	刘　范	《滇南文略》
采蘩诗考	杨履宽	《滇南文略》
草堂集序	杨履宽	《滇南文略》
张鹤亭美人诗序	杨履宽	《滇南文略》

（钟　和）